·ᐊᐱᖂᒼᐤ ᓀᐃᒣᐦ ᐯᐊ ᐋᔅᔅᐳᔅᒍ·ᐊᐁ
ᐊᑎᒫᔨᒫ

Dictionnaire du cri de l'Est de la Baie James

Dialecte du Nord

CRI–FRANÇAIS

Édition 2012

Copyright © Commission scolaire crie
2012

Publié par:
Programmes cris, Commission scolaire crie
C.P. 270
Chisasibi (Québec) J0M 1E0 Canada

Dans le cadre du projet eastcree.org [subventionné par le Conseil de Recherche en Sciences Humaines du Canada, subvention #856-2009-008 à M-O. Junker, Carleton University]

ISBN 978-1-927039-36-6

| ᐁᓴᐁᓴᓂᑭᐧᐃᑯ | **Coordonnatrice** |
|---|---|
| ᒣᕆ-ᐅᑎᓪ ᔐᐳᖅ | Marie-Odile Junker |

| ᐁ ᒪᓯᓇᐦᐊᒫᑦ | **Rédactrices** |
|---|---|
| ᓘᓯ ᐹᐸᔥ-ᓵᓪᑦ | Luci Bobbish-Salt |
| ᐋᓖᔅ ᑕᐦ | Alice Duff |
| ᒣᕆ-ᐅᑎᓪ ᔐᐳᖅ | Marie-Odile Junker |
| ᒫᖁᕆᑦ ᒫᑭᐧᔩ | Marguerite MacKenzie |

---

Données de publication de la Bibliothèque nationale du Canada

Luci Bobbish-Salt
Alice Duff
Marie-Odile Junker
Marguerite MacKenzie

*Waapinuutaahch cheimis pei iiyiyiuyimuwin - atimaapiisim - 1*

*Dictionnaire du cri de l'Est de la Baie James (Dialecte du Nord): Cri-français.*

Inclut une introduction à la langue, de l'information grammaticale, et des définitions pour plus de 15 000 mots cris de l'Est (dialecte du Nord).

ISBN **978-1-927039-36-6**

---

1. Cri- langue - dialecte - cri de l'Est - Baie James- dictionnaire - bilingue. 1. titre

---

Imprimé par: Lulu.com

# ·ᐊᕓᓂᒋᐦᐃᒡ ᓀᐃᕐᑦ ᐸᐁ ᐃᔅᑦᐅᑦᒍ·ᐃᓐ
## ᐊᑎᒫᕐᒥ

## Dictionnaire du cri de l'Est de la Baie James
## Dialecte du Nord

## CRI–FRANÇAIS

## Édition 2012

| | |
|---|---|
| ᑳᓂᑲᓂᔥᑳᐸᑦ | **Coordonnatrice** |
| ᒥᕆ-ᐅᑎᓪ ᔪᐴᕐ | Marie-Odile Junker |
| | |
| ᑳ ᒫᓯᓄᐦᐊᒡ | **Rédactrices** |
| ᓗᓯ ·ᐸᐱᔥ-ᓵᓪᑦ | Luci Bobbish-Salt |
| ᐊᓕᔅ ᑕᑦ | Alice Duff |
| ᒥᕆ-ᐅᑎᓪ ᔪᐴᕐ | Marie-Odile Junker |
| ᒫᒃᐱᓐᔅ ᒫᒃᐁᔨ | Marguerite MacKenzie |
| | |
| ᑳ ·ᐃᕐᐦᐃ·ᐊ·ᐊᑦ | **Assistance technique,** |
| ᑳᒥᓪᐦᒋᐅᕈᓯᐦᐋᒋᐊᔦᔅᒃ | **Scripts d'exportation de la** |
| ᐊᐦ ᐋᐦᓇᒐᔅᐦᒌᒡ ᒫ·ᑳᔦᐦ | **banque de données** |
| ᑌᓗᔨ ᑐᓍᒍ | Delasie Torkornoo |

**Cette version a été publiée par:** Les programmes cris,
Commission scolaire crie
C.P. 270, Chisasibi, Baie James (Québec) J0M 1E0 Canada
Télécopieur: 819-855-2724
**dans le cadre du projet** eastcree.org [subventionné par le Conseil de
Recherche en Sciences Humaines du Canada, subvention #856-2009-008
à M-O. Junker, Université Carleton

Ajouts et corrections peuvent être envoyés aux rédactrices à l'adresse
ci-dessus ou par courriel: ayimuwin@eastcree.org

**Données de publication:**
Luci Bobbish-Salt, Alice Duff, Marie-Odile Junker et Marguerite
MacKenzie (réd.) (2012) *Dictionnaire du cri de l'Est de la Baie James (Dialecte
du Nord): Cri-français*. Commission scolaire crie.

ISBN **978-1-927039-36-6**

Copyright © 2004–2012, Commission scolaire crie

## Éditions précédentes (électroniques 2007–2010)

| ᐅ ᒪᒋᒥᓂᐦᐋᑦ | Rédacteurs et rédactrices |
|---|---|
| ᓗᓯ ᐘᐸᓐᔫᓴᑦᒡ | Luci Bobbish-Salt (2004–2010) |
| ᐊᓕᔅ ᑕᕝ | Alice Duff (2008–2010) |
| ᐁᓪᓯ ᑕᕝ | Elsie Duff (2004–2007) |
| ᐱᓪ ᔮᓯᐚᒡ | Bill Jancewicz (2004) |
| ᒫᕆ-ᐆᑎᓪ ᔫᖕᑭᕐ | Marie-Odile Junker (2004–2010) |
| ᒫᒃᑭᓐᓰ ᒫᑲᕆᑦ | Marguerite MacKenzie (2004–2010) |

## ᓂᐚᐦ ᒉᑳᔮᐱᒫᓯᓐᒡ
### Remerciements

ᓂᐚᐦ ᒉᑳᔮᐱᒫᓯᓐᒡ ᐊᓂᒌ ᒥᔅᑎᐲᐅᑦ ᐅ ᐸᑯ ᐁᑎᐱᒋᕐᒧ ᒫᐦᒡ ᐅ ᐱᒧᐦᑭᒍᓐᒡ ᐅᑉ ᒥᕐᓂᐦᐃᓂᔫᐤ, ᐅᑉ ᒫᐦ :

Nous tenons à remercier toutes les personnes ressources et aînées qui nous ont aidé à créer ce dictionnaire au fil des années, en particulier:

| | | |
|---|---|---|
| ᐁᓪᓯ ᑕᕝ | ᒋᓴᓰᐱ | Elsie Duff – Chisasibi |
| "ᐊᓕ ᑕᕝ | ᒋᓴᓰᐱ | Harry Duff – Chisasibi |
| ᐃᑎᓪ ᓵᒻ | ᒋᓴᓰᐱ | Edith Sam – Chisasibi |
| ᒫᕋᔭ ᓰᐱᔫ | ᒋᓴᓰᐱ | Maria Scipio – Chisasibi |
| "ᐊᓕ ᓰᐱᔫ | ᒋᓴᓰᐱ | Harry Scipio – Chisasibi |
| ᓵᒥᐅᓪ ᒨᔅᐲᐊ | ᒋᓴᓰᐱ | Samuel Bearskin – Chisasibi |
| ᒫᒃᑭᓐᒡ ᒨᔅᐲᐊ | ᒋᓴᓰᐱ | Margaret Bearskin – Chisasibi |
| ᐸᐱ ᓂᑳᐳ | ᒋᓴᓰᐱ | Bobby Neacappo – Chisasibi |
| ᔔᕋᒡ ᔐᒧᐘᐃ | ᒋᓴᓰᐱ | Georgie Snowboy – Chisasibi |
| ᒣᕆ ᐱ. ᔔᕐᒃᑭᔥ | ᐧᐁᒥᓐᒋ | Mary B. Georgekish – Wemindji |
| ᓕᓐᑖ ᐱᓯᑦ | ᐧᐁᒥᓐᒋ | Linda Visitor – Wemindji |
| ᐱᕋᓐᓯᔅ ᐱᓯᑦ | ᐧᐁᒥᓐᒋ | Frances Visitor – Wemindji |
| ᒉᒥᔅ ᑳᐘᐲᑦ | ᐧᐋᐱᒫᑯᔅᑐᐃ | James Kawapit – Whapmagoostui |
| ᒫᑭ ᓈᒡᒋᑰᓐ | ᐧᐋᐱᒫᑯᔅᑐᐃ | Maggie Natachequon – Whapmagoostui |
| ᐊᓐᑐᔫ ᓈᒡᒋᑰᓐ | ᐧᐋᐱᒫᑯᔅᑐᐃ | Andrew Natachequon – Whapmagoostui |
| ᒋᒥ ᔔᕐᒡ | ᐧᐋᐱᒫᑯᔅᑐᐃ | Jimmy George – Whapmagoostui |
| ᐯᕋ | ᐧᐋᐱᒫᑯᔅᑐᐃ | Vera George – Whapmagoostui |

ᓂᐙᐦ ᓂᔅᑯᒨᓈᓐ ᐅᒣ ᐊᑎ ᒥᓵᔪᐦ ᐋᔨᐦᐤ ᒋᔅᑎᒦᐧᐃᐊ ᐊ ᐅᐦᒋ
ᐱᒥᐸᕐᐦᑖᑭᓂᐧᐃᐅᐦ :
Pour leur soutien indéfectible, nous remercions chaleureusement:

ᑌᓯ ᐯᔥᑭᓐ-ᐦᐁᕈᑎᔦᔅ    Daisy Bearskin-Herodier,
                    Coordonnatrice des programmes cris

ᐊᐃᑕ ᒋᓪᐱᓐ    Ida Gilpin, Directrice de l'Éducation

**ᑳ ᒥᓵᐱᔅᑭᐦᐋᒡ ᑳ ᐧᐊᔮᐦᑎᒄ ᒌ**    **Graphisme et photo**
**ᐊᔮᓈᑐᔅᐃᐤ ᐅᒡ**    **de la couverture**
ᑫᐃᑦ ᒥᓴᓐ    Kate Missen

ᓂᐙᐦ ᓂᔅᑯᒨᓈᓐ SIL International ᐊᐊ ᔫᓛᐸᔅ ᑳ ᐊᔨᓂᔅᑳᒋᐤ ᐊᓂᑎᐦ ᐊ
ᐅᐦᒋ ᐧᐋᐸᐦᐋᐧᐃᐊᔥ ᐊᐦ ᐊᔨᐅᑐᒋᐤ ᐊᐦ ᒥᔪᓈᐲᓯᓇᐅᔥ ᐊᐦ ᐦᐤ ᐊᕐ
ᐧᐋᐸᐦᐋᐧᐃᐤ ᐁᔨᐦ ᒌᒡ ᑳᕐᑎᓐ ᒀᔅᑳᔮᐦᑎ ᑳ ᐊᔨ ᐧᐋᐸᐦᐋᐧᐃᔨ᙮
Nous remercions SIL International pour le logiciel Toolbox et pour leur aide dans le développement des systèmes de clavier et des caractères syllabiques, ainsi que l'Université Carleton pour leur infrastructure et leur soutien à la recherche.

## ᓂᔥᑕᒻ ᐊᔨᒧᐧᐃᐊ
## Préface

ᓂᒍᑖ ᒌᒃ ᑭᐦ ᒋᐸᐦᒋᐸᔫ ᐅ ᐊᐱᑎᔨᐤᐊ, ᑲᕐᓘ ᒋᐦ ᐱᒥᐸᔫ ᐊᑦᔨᐤ ᒥᔥᑎᐦ ᐊ ᐊᔨᐦᐋᒡ ᒌ ᐊᐱᑎᔭᐦᑖᑭᓂᐧᐃᐅᐦ᙮ « Il n'y a aucune raison que ce travail s'arrête, il va continuer car il reste tant à faire », disait Luci Bobbish-Salt dans l'introduction à l'édition cri-anglais de 2004. En effet, le travail a continué, et c'est avec plaisir que nous vous présentons aujourd'hui la première édition imprimée en français. En 2004 nous avons publié simultanément les versions imprimées cri-anglais et les versions électroniques en ligne cri-anglais et anglais-cri. En 2007, nous avons eu le plaisir de publier en ligne et en format électronique téléchargeable les versions cri-français et français-cri. En 2008, une édition électronique sur CD, en 2010, une nouvelle édition en ligne, et maintenant, une série de 8 volumes, disponibles dans différents formats. Cette édition contient bien des corrections, mises à jour et nouveaux mots, comme ᓂᐧᑖᐱᐦᒋᒋᐊ nitwaapihchikin 'ordinateur', et ᓂᐧᑖᐱᐦᒋᒋᓂᔥ nitwaapihchikinish 'ordinateur portable', mots qui témoignent de la vitalité et de la capacité de la langue crie à s'adapter aux réalités du 21e siècle. L'équipe s'est déjà lancée dans la prochaine édition, qui inclura plus de mots particuliers à certaines communautés et comprendra une organisation thématique complète. L'équipe éditoriale est ravie de recevoir vos commentaires et suggestions à ayimuwin@eastcree.org. Vous aussi, vous pouvez faire partie de la prochaine édition!

# INTRODUCTION

## Table des matières

**Le cri de l'Est de la Baie James** ........................................................... viii
   **Situation dans la famille linguistique** ........................................... viii
      Dialectes cri-innu-naskapi ................................................................. ix
      Carte des dialectes cri-innu-naskapi ................................................. x
      Dialectes du cri de l'Est .................................................................... xi
      Carte des communautés cries de l'Est ............................................. xi
   **Système d'écriture** ........................................................................... xii
      Tableau d'écriture syllabique – cri de l'Est de la Baie James ...... xiii
      Réforme de l'orthographe ............................................................... xiv
      Représentation en orthographe romane ........................................ xiv
      Système de clavier pour le syllabique ............................................. xv
   **Points de grammaire** ...................................................................... xvi
      Le genre .......................................................................................... xvi
      La transitivité ................................................................................. xvi
   **Classification des mots** ................................................................. xvii

**Guide d'utilisation du dictionnaire** ................................................. xviii
   **Nomenclature** ............................................................................... xviii
      Mot d'entrée ................................................................................. xviii
      Écriture romane ............................................................................. xix
      Dialecte ........................................................................................... xix
   **Information grammaticale et abréviations utilisées** ................... xix
      Noms ............................................................................................... xix
      Verbes ............................................................................................. xx
      Particules, Préverbes et Pronoms ................................................. xxi
      Exemples d'information grammaticale dans le dictionnaire ...... xxiii
   **Définitions** .................................................................................... xxiv
   **Exemples** ...................................................................................... xxv
   **Resources** .................................................................................... xxv

## Le cri de l'Est de la Baie James

Cette section situe le cri de l'Est comme langue autochtone, présente le système d'écriture et quelques aspects de la grammaire, nécessaires pour comprendre les informations données dans le corps de ce dictionnaire bilingue cri-français.

### Situation dans la famille linguistique

Le cri de l'Est de la Baie James (appelé cri de l'Est par les linguistes) appartient au continuum dialectal cri-innu (montagnais)-naskapi qui s'étend du Labrador sur la côte atlantique jusqu'aux montagnes rocheuses en Alberta. Les dialectes principaux de ce continuum, d'Ouest en Est, sont: le cri des plaines (Alberta et Saskatchewan), le cri des bois (Saskatchewan et Manitoba), le cri des marais (Manitoba et Ontario), le cri de Moose (Ontario), l'atikamekw, le cri de l'Est, le naskapi de l'Ouest (Québec) et l'Innu/Montagnais (Québec et Labrador). Ces dialectes trouvent tous leur origine dans une langue parlée il y plusieurs centaines d'années, que les linguistes appellent le cri commun, un membre de la famille de langues algonquiennes. Le cri est apparenté au mi'kmaq, au maliseet-passamaquoddy, à l'ojibwe, au meskwakie (Fox), au menominee, au pied-noir (Blackfoot), à l'arapaho, et à plusieurs autres langues algonquiennes. La prononciation des mots change régulièrement d'un dialecte à l'autre, de sorte que les dialectes se distinguent selon leur usage de la consonne *y, th, n, l* ou *r* dans certains mots:

| | moi | | toi | | lui/elle | | il vente | |
|---|---|---|---|---|---|---|---|---|
| cri des plaines | ᓂᔾ | *niiya* | ᑭᔾ | *kiiya* | ᐃᐧᔾ | *wiiya* | ᔫᑎᓐ | *yôtin* |
| cri des bois | ᓂᖨ | *niitha* | ᑭᖨ | *kiitha* | ᐃᐧᖨ | *wiitha* | ᖪᑎᓐ | *thôtin* |
| cri des marais | ᓂᓇ | *niina* | ᑭᓇ | *kiina* | ᐃᐧᓇ | *wiina* | ᓅᑎᓐ | *nôtin* |
| cri de Moose | ᓂᓚ | *niila* | ᑭᓚ | *kiila* | ᐃᐧᓚ | *wiila* | ᓘᑎᓐ | *lôtin* |
| atikamekw | ᓂᕋ | *niira* | ᑭᕋ | *kiira* | ᐃᐧᕋ | *wiira* | ᕒᑎᓐ | *rôtin* |
| cri de l'Est | ᓂᔨ | *niiyi* | ᒋᔨ | *chiiyi* | ᐃᐧᔨ | *wiiyi* | ᔫᑎᓐ | *yuutin* |
| naskapi de l'Ouest | ᓂᔾ | *niiy* | ᒋᔾ | *chiiy* | ᐃᐧᔾ | *wiiy* | ᔫᑎᓐ | *yuutin* |
| innu (montagnais de l'Ouest) | ᓂᓪ | *niil* | ᒋᓪ | *tshiil* | ᐃᐧᓪ | *uiil* | ᓘᑎᓐ | *luutin* |
| innu (montagnais de l'Est et naskapi de l'Est) | ᓂᓐ | *niin* | ᒋᓐ | *tshiin* | ᐃᐧᓐ | *uiin* | ᓅᑎᓐ | *nuutin* |

Les dialectes se répartissent également en deux groupes, de l'Est et de l'Ouest, dépendant de leur usage des consonnes *k* ou *ch/tsh* avant les voyelles *e, i, ii*:

| | C'est long | Quoi | C'est chaud | toi | vous |
|---|---|---|---|---|---|
| cri des plaines | ᑭᓈᐤ<br>*kinwaaw* | ᑫᒁᐦ<br>*kekwaan* | ᑭᓯᑌᐤ<br>*kisitew* | ᑭᔾ<br>*kiiya* | ᑭᔾᐚᐤ<br>*kiiywaaw* |
| cri des bois | ᑭᓈᐤ<br>*kinwaaw* | ᑫᒁᐦ<br>*kekwaan* | ᑭᓯᑌᐤ<br>*kisitew* | ᑭᖭ<br>*kiitha* | ᑭᖬᐚᐤ<br>*kiithwaaw* |
| cri des marais | ᑭᓈᐤ<br>*kinwaaw* | ᑫᒁᐦ<br>*kekwaan* | ᑭᓯᑌᐤ<br>*kisitew* | ᑭᓇ<br>*kiina* | ᑭᓈᐤ<br>*kiinwaaw* |
| cri de Moose | ᑭᓈᐤ<br>*kinwaaw* | ᑫᒁᐦ<br>*kekwaan* | ᑭᓯᑌᐤ<br>*kisitew* | ᑭᓚ<br>*kiila* | ᑭᓛᐤ<br>*kiilwaaw* |
| atikamekw | ᑭᓈᐤ<br>*kinwaaw* | ᑫᒁᐦ<br>*kekwaan* | ᑭᓯᑌᐤ<br>*kisitew* | ᑭᕋ<br>*kiira* | ᑭᕚᐤ<br>*kiirwaaw* |
| cri de l'Est | ᒋᓈᐤ<br>*chinwaau* | ᒉᒁᐦ<br>*chaakwaan* | ᒋᔑᑌᐤ<br>*chishiteu* | ᒌᔾ<br>*chiiyi* | ᒌᔾᐘᐤ<br>*chiiyiwaau* |
| naskapi de l'Ouest | ᒋᓈᐤ<br>*chinwaaw* | ᒉᒁᐦ<br>*chaakwaan* | ᒋᓯᑖᐤ<br>*chisitaaw* | ᒌᔾ<br>*chiiy* | ᒌᔾᐘᐤ<br>*chiiyiwaaw* |
| innu (montagnais de l'Ouest) | ᒋᓈᐤ<br>*tshinuaau* | ᒉᒁᐦ<br>*tshekuaan* | ᒋᔑᑌᐤ<br>*tshishiteu* | ᒋᓚ<br>*tshiil* | ᒋᓛᐤ<br>*tshiiluaau* |
| innu (montagnais de l'Est et naskapi de l'Est) | ᒋᓈᐤ<br>*tshinuaau* | ᒉᒁᐦ<br>*tshekuaan* | ᒋᔑᑌᐤ<br>*tshishiteu* | ᒋᓇ<br>*tshiin* | ᒋᓈᐤ<br>*tshiinuaau* |

(Note: le syllabique utilisé dans les tableaux ci-dessus est le syllabique de l'Est. Celui de
l'Ouest est un peu différent).

## *Dialectes cri-innu-naskapi*

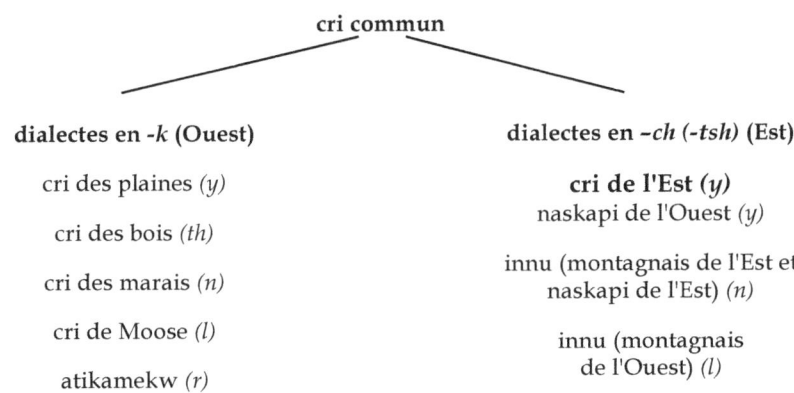

cri commun

**dialectes en -*k* (Ouest)**

cri des plaines *(y)*

cri des bois *(th)*

cri des marais *(n)*

cri de Moose *(l)*

atikamekw *(r)*

**dialectes en –*ch* (*-tsh*) (Est)**

**cri de l'Est *(y)***

naskapi de l'Ouest *(y)*

innu (montagnais de l'Est et naskapi de l'Est) *(n)*

innu (montagnais de l'Ouest) *(l)*

## Carte des dialectes cri-innu-naskapi

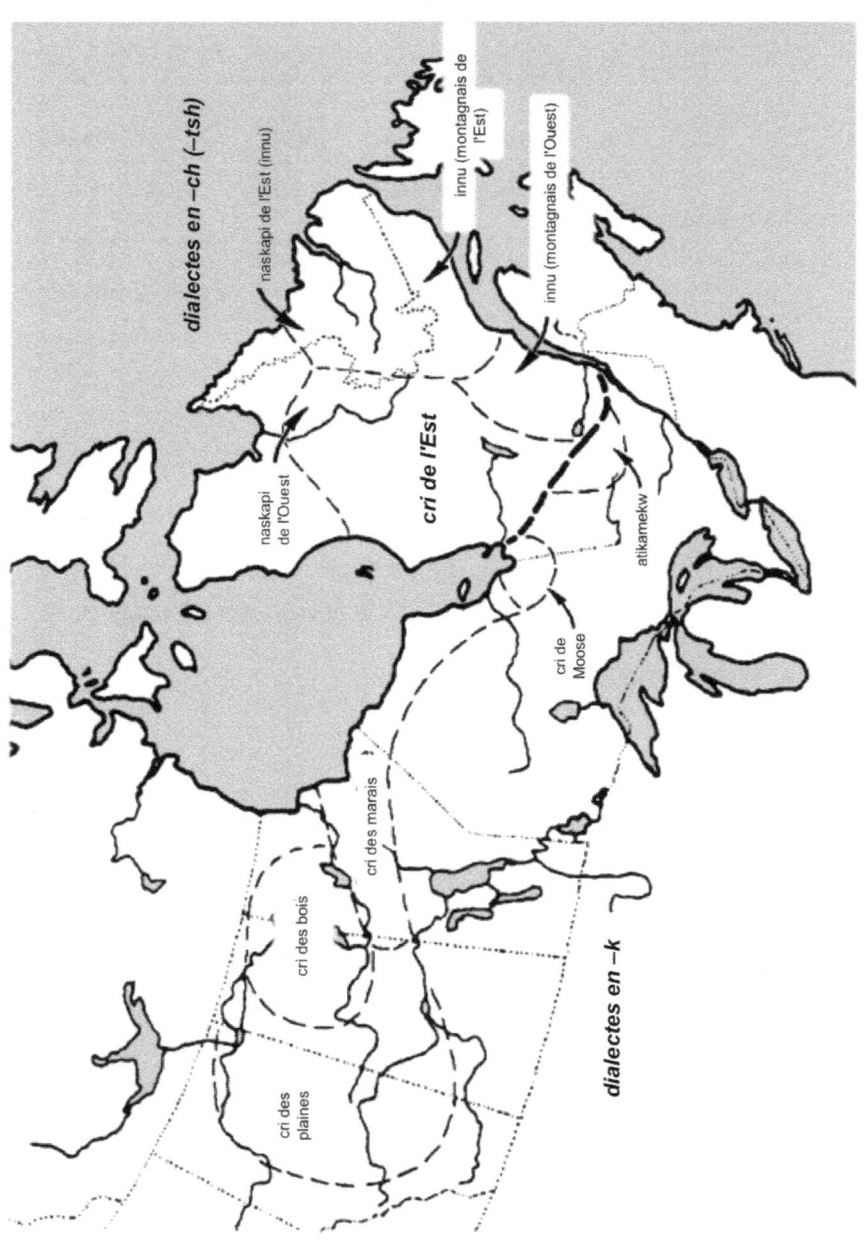

*Dialectes du cri de l'Est*

Le cri de l'Est se divise en deux dialectes principaux, celui du Sud et celui du Nord. Ils diffèrent dans leur prononciation et leur orthographe, ainsi que dans leur vocabulaire et sur certains points de grammaire. Le dialecte du Nord ne prononce pas la voyelle *e*, représentée dans les symboles syllabiques ∇, V, ∪, ⊓, ९, ⌐, ⊸, etc. Celle-ci est remplacée par la voyelle qui s'écrit *aa* en roman et qui se retrouve dans les symboles syllabiques ⊲ ⊲́ Ċ ḃ Ŀ L ᒃ ᣆ ȧ ᖵ. (Les noms propres font exception). Le dialecte du Nord inclut les communautés de Whapmagoostui (Poste-de-la-Baleine), Chisasibi (Fort George), and Wemindji (Vieux-Comptoir). Le dialecte du Sud se divise entre deux sous-dialectes, celui de la côte, qui inclut les communautés de: Eastmain, Waskaganish, et Nemaska (Nemiscau) et celui de l'intérieur, avec: Mistissini, Oujé-Bougoumou et Waswanipi. On connaît un certain nombre de différences entre ces dialectes, mais beaucoup de recherche reste à faire dans ce domaine.

*Carte des communautés cries de l'Est*

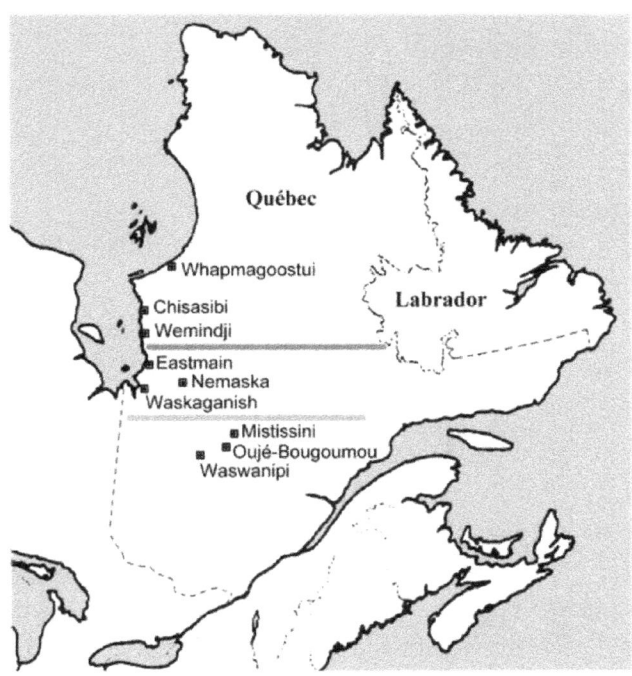

**Système d'écriture**

Les Cris lisent et écrivent avec un système d'écriture syllabique qui s'inspire du système créé par James Evans, un prêtre méthodiste au service des Ojibwés et des Cris de l'Ontario et du Manitoba dans les années 1820-1840. Une version modifiée de ce système est aussi utilisée par les Inuits. Le système cri est complètement *pointé*: on utilise un point au-dessus des symboles pour indiquer la longueur des voyelles. De plus, un point à gauche du symbole indique un *w* avant la voyelle, un petit cercle en position finale indique un *w* ou un *u* consonnantique à la fin d'un mot, le ( " ) est un symbole pour *h*. De plus, le cri de l'Est a aussi un symbole pour indiquer le son *kw* en fin de mot, un son qui n'est pas prononcé dans les dialectes de l'Ouest.

L'ordre de tri des mots cris suit l'ordre des symboles syllabiques dans le tableau, de gauche à droite et de haut en bas, avec les voyelles courtes précédant les voyelles longues.

## Tableau d'écriture syllabique – cri de l'Est de la Baie James

| e-series | we-series | i | ii | u | uu | a | aa | waa | final | extra |
|---|---|---|---|---|---|---|---|---|---|---|
| e |  | i | ii | u | uu | a | aa |  | u | h |
| we |  | wi | wii | wu | wuu | wa | waa |  |  |  |
| pe | pwe | pi | pii | pu | puu | pa | paa | pwaa | p |  |
| te | twe | ti | tii | tu | tuu | ta | taa | twaa | t |  |
| ke | kwe | ki | kii | ku | kuu | ka | kaa | kwaa | k | kw |
| che | chwe | chi | chii | chu | chuu | cha | chaa | chwaa | ch |  |
| me | mwe | mi | mii | mu | muu | ma | maa | mwaa | m |  |
| ne | nwe | ni | nii | nu | nuu | na | naa | nwaa | n |  |
| le | lwe | li | lii | lu | luu | la | laa | lwaa | l |  |
| se | swe | si | sii | su | suu | sa | saa | swaa | s |  |
| she | shwe | shi | shii | shu | shuu | sha | shaa | shwaa | sh |  |
| ye | ywe | yi | yii | yu | yuu | ya | yaa | ywaa | y |  |
| re | rwe | ri | rii | ru | ruu | ra | raa | rwaa | r |  |
| ve | vwe | vi | vii | vu | vuu | va | vaa | vwaa | v, f, |  |
| the | thwe | thi | thii | thu | thuu | tha | thaa | thwaa | th |  |

### *Réforme de l'orthographe*

Depuis la toute première publication du dictionnaire cri-anglais en 1987 (*Cree Dictionary: Eastern James Bay Dialects* [1987]) plusieurs changements ont été apportés à l'orthographe des mots. En général, l'orthographe a été modifiée pour se rapprocher d'une forme plus ancienne de la langue et des autres dialectes du cri. Par exemple, le symbole ∆ a été remplacé par ᐱ dans des mots comme ∆ᑌᐱᑦᑕᑉ. Il y maintenant plus de différences entre la façon d'orthographier les mots dans les dialectes du Nord et du Sud. L'orthographe des mots du Nord reflète mieux la manière dont parlent les aînés, avec moins de contractions dans les mots, surtout à la fin des verbes. Bien que l'orthographe ne soit pas aussi proche de la prononciation des jeunes locuteurs, les changements régularisent mieux l'orthographe des suffixes. La version la plus récente d'un manuel d'orthographe en anglais (Spelling Manual) peut-être téléchargée du site www.eastcree.org.

### *Représentation en orthographe romane*

Le cri de l'Est ne s'écrit généralement pas en lettres romanes comme le français et l'anglais sauf dans des cas où il coexiste avec le syllabique (comme ce dictionnaire) ou dans de rares documents destinés aussi aux gens qui ne lisent pas le syllabique (une version de la Bible a été publiée en orthographe romane standard), ou encore dans les applications qui n'offrent pas le syllabique, comme les systèmes de messageries textuelles des téléphones. Les gens qui savent lire en cri, lisent en syllabique.

Il est néanmoins très pratique d'avoir un système consistant pour représenter le cri avec une écriture romane. Le système partiellement phonémique du *Tableau d'écriture syllabique* (ci-dessus) est utilisé pour la représentation en roman des entrées du dictionnaire, suite au mot d'entrée en syllabique. Il existe deux manières de représenter la longueur des voyelles en orthographe romane: un accent circonflexe ou un macron: *a* "a-bref", *â* "a-long", ou les voyelles doubles: *a* "a-bref", *aa* "a-long". Cette publication fait usage des voyelles doubles pour représenter la longueur des voyelles.

Pour un guide de la prononciation des caractères syllabiques, consultez le tableau de syllabique sonore interactif téléchargeable sur le site eastcree.org: http://www.eastcree.org/keyboard.html.

Pour un guide général de la prononciation en cri, consultez la section *Les sons du cri de l'Est* (*The Sounds of East Cree*) du site eastcree.org.

## *Système de clavier pour le syllabique*

Il existe deux systèmes pour taper en syllabique. Le premier système a pour origine les machines à écrire pour le cri, avec lesquelles chaque touche du clavier correspondait à un symbole. On avait besoin d'apprendre la disposition particulière des touches sur clavier, mais ensuite, on pouvait taper assez vite. Ce clavier est arrangé de façon à ce que la première rangée de touches corresponde à la série de syllabiques en *e,* la suivante à la série en *i,* etc. Ce système exige l'emploi de touches spéciales (Majuscule, Contrôle, etc.) en même temps que d'autres touches pour obtenir la durée des voyelles ou certaines orientations de caractères.

L'autre système combine l'alphabet français ou anglais et le clavier d'ordinateur. On a besoin de connaître la correspondance entre une combinaison de lettres romanes et un caractère syllabique donné, comme on peut le voir dans le tableau d'écriture syllabique. Il faut aussi être familier avec un clavier d'ordinateur standard utilisé pour les langues officielles (anglais ou français). Le système permet qu'on tape les mots cris en lettres romanes, mais ce qu'on voit sur l'écran est le mot en syllabique, au fur et mesure qu'on le tape. Par exemple, si on tape *kaa* ça donne ḃ. Un des avantages de ce système est que le clavier n'a pas besoin d'être modifié (ni touches spéciales, ni nouvelles étiquettes sur les touches) et qu'on n'a pas besoin de mémoriser un nouveau clavier. C'est le système le plus populaire en usage aujourd'hui.

Pour en savoir plus: www.eastcree.org/cree/en/resources/cree-fonts/

## Points de grammaire

La structure du cri est assez différente de celle du français et de l'anglais. Une certaine conscience de ces différences sera utile pour consulter ce dictionnaire.

### *Le genre*

Le genre est une distinction importante en français, et elle l'est aussi en cri. La différence est que le genre en français consiste en une distinction masculin-féminin, alors qu'en cri, on distingue l'*animé* et l'*inanimé*.

Dans la classe des animés on compte les choses ayant des référents animés comme les gens, les animaux, les êtres vivants (dont les arbres et certaines plantes), mais aussi des choses et des objets, comme les voitures, la peau de caribou, le pain et le motoneige.

Dans le dictionnaire le genre des noms est indiqué par les lettres **na** pour *nom animé* et **ni** pour *nom inanimé*. Le genre du verbe est aussi indiqué de cette manière avec **a** et **i**. Voir la section des *Abréviations*, ci-dessous pour en savoir plus.

### *La transitivité*

Les *verbes* servent à décrire des actions ou des états. La personne ou la chose qui fait l'action est appelé un **agent**. S'il y a quelqu'un ou quelque chose qui reçoit ou est affecté par l'action, on l'appelle le **patient**.

Si un verbe a un patient, on l'appelle un verbe *transitif*, parce que l'action "transite" entre l'agent et le patient. Par exemple dans la phrase française 'Anne lance la balle', *Anne* est l'agent et *la balle* est le patient. L'action *lance* passes **(transite)** de l'agent au patient.

Les verbes qui n'ont pas de patient sont appelés des verbes *intransitifs.* Par exemple dans la phrase française 'Anne court.' *Anne* est l'agent, *court* est l'action, mais il n'y a pas de patient.

Les quatre classes de verbes en cri se distinguent selon que le verbe est *transitif* or *intransitif*, et ensuite par le genre (animé ou inanimé) des participants.

### *Verbe Transitif Animé (vta)*

Ces verbes ont un patient qui est affecté par l'action (ce qui fait qu'ils sont transitifs) et ce patient est un nom animé. C'est pourquoi on les appelle verbes transitifs animés. Les lettres **vta** veulent dire *verbe, transitif animé* et c'est ce qui est indiqué avec ces verbes dans le dictionnaire.

    ·ᐊᐱᒫ° waapimaau **vta** ♦ il/elle la/le voit (animé, par exemple: une raquette, un ami)

*Verbe Transitif Inanimé (vti)*

Ces verbes ont aussi un patient affecté par l'action (ce qui fait qu'ils sont transitifs), mais leur patient est un nom **inanimé**. Ils sont notés **vti** pour *verbe, transitif inanimé*.

    ᐚᐱᐦᑎᒼ waapihtim **vti** ♦ il/elle le voit

*Verbe Animé Intransitif (vai)*

Puisque ces verbes n'ont pas de patient, on dit qu'ils sont **intransitifs**. C'est le genre du sujet qui compte: la personne ou la chose qui fait l'action est un nom **animé**. C'est pourquoi ils sont notés **vai** pour *verbe, animé intransitif*.

    ᓂᐹᐅ nipaau **vai** ♦ il/elle dort

    ᒥᐦᑯᓲ mihkusuu **vai** ♦ il/elle/c'est rouge (animé, par exemple une mitaine)

*Verbe Inanimé Intransitif (vii)*

Ici le genre de la chose qui fait l'action est **inanimé** (ou il n'y a pas d'agent, comme pour les verbes impersonnels de météo) et il n'y a pas de patient pour l'action. Ces verbes sont notés **vii** pour *verbe, inanimé intransitif*.

    ᒋᒧᐎᓐ chimuwin **vii** ♦ il pleut

    ᒥᐦᒁᐅ mihkwaau **vii** ♦ c'est rouge

Voir la section des *Abréviations*, ci-dessous dans le *Guide du Dictionnaire* pour en savoir plus.

## Classification des mots

Comme les autres langues de la famille algonquienne, le cri a seulement quatre classes de mots ou parties du discours: des *noms*, des mots qui désignent des êtres et des choses; des *pronoms* qui remplacent des noms; des *verbes*, des mots qui décrivent des actions et des états; et des *particules*, qui incluent l'équivalent de conjonctions ('et', 'mais'), prépositions ('sous') et adverbes ('vraiment'). Le français et l'anglais ont beaucoup plus de parties du discours (des prépositions, des adverbes, des adjectifs, des déterminants) que le cri. Alors que la complexité du français et de l'anglais se situe au niveau de la **phrase**, la complexité du cri se retrouve plutôt au niveau interne du **mot**. En cri, un **verbe** seul peut toujours former une **phrase**. On voit bien ceci dans les définitions du dictionnaire: toutes les traductions des verbes cris sont des phrases complètes.

# Guide d'utilisation du dictionnaire

Pour bien pouvoir utiliser le dictionnaire, il est important de comprendre comment l'information est organisée et présentée.

## Nomenclature

Les pages du dictionnaires sont arrangées en deux colonnes et chaque entrée comprend les informations suivantes:

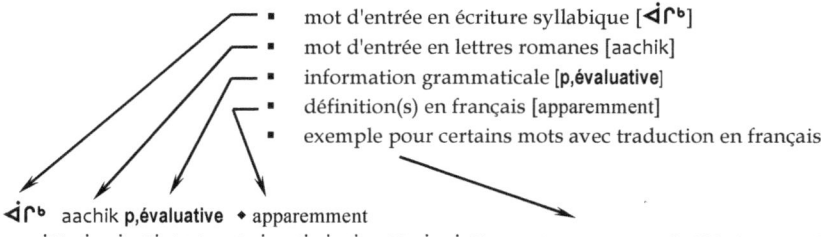

- mot d'entrée en écriture syllabique [◁ᒋᑊ]
- mot d'entrée en lettres romanes [aachik]
- information grammaticale [**p,évaluative**]
- définition(s) en français [apparemment]
- exemple pour certains mots avec traduction en français

◁ᒋᑊ aachik **p,évaluative** ⬥ apparemment
- ◁ᒋᑊ ᒣᵃ ᑲ ᒥᑲᐧᐱᐠ ◁ᓂᐧ ◁ᑲᐧᐃ ᒣᵃ ᒋᑭ ᑲ ᐃᓂᑫₓ ▪ *Apparemment elle/il le lui avait donné quand je lui avais dit de ne pas le lui redonner.*

◁ᒋᒻᐧᑲᐋ aamihkwaan **na** ⬥ une cuillère

◁ᓂᔑᔐᐋ aanishin **vai** ⬥ il/elle est couché-e, à plat, il/elle tombe malade et reste couché-e pendant
    longtemps ou meurt

## *Mot d'entrée*

Dans le dictionnaire cri-français, le *mot d'entrée* (le mot cri) est classé d'après son orthographe en syllabique cri, c'est-à-dire dans l'ordre de lecture du *tableau d'écriture syllabique* (ci-dessus). Ceci est important parce que les mots words qui commencent par ∆ se trouvent en premier, suivis par les mots, commençant par ∆̇, ▷, ▷̇, ◁, ◁̇, etc.

Le mot d'entrée cri consiste en la forme la plus simple du mot; par exemple, si c'est un *nom*, on donnera la forme au singulier, sauf si le mot est utilisé uniquement ou le plus souvent au pluriel. Si c'est un *verbe*, on donnera la troisième personne du singulier de l'indicatif présent de l'indépendant. Par exemple, vous ne trouverez pas le mot cri ᓂᒉ ·◁ᐱᒫᐃᐤ nichii waapimaawich 'je les ai vus' dans le dictionnaire, mais plutôt, le mot ·◁ᐱᒫ° waapimaau 'il/elle le/la voit'. Ce choix est fait parce que la forme infinitive n'existe pas en cri et que la forme de la troisième personne ne comporte aucun préfixe personnel et est la plus simple en inflection ou suffixes. Toutes les autres formes du verbe cri peuvent se construire à partir de celle-ci en appliquant les règles appropriées de préfixation et de suffixation. Le mot d'entrée se trouve en caractères syllabiques en gras immédiatement à gauche dans chaque colonne.

*Écriture romane*

Dans l'entrée, le mot qui apparait immédiatement après le mot en syllabique est la forme en orthographe romane du mot. Comme c'est indiqué ci-dessus dans la section sur le système d'écriture on utilise le voyelles doubles pour représenter les voyelles longues *(ii, uu, aa)* dans l'orthographe romane. Cette orthographe a l'avantage d'indiquer également les touches du clavier à taper pour obtenir les caractères syllabiques.

*Dialecte*

Une indication de l'usage particulier d'un mot dans une communauté ou une aire dialectale se trouve parfois entre [crochets] avant la définition. Le dialecte du Nord inclut les communautés de **Whapmagoostui**, **Chisasibi** et **Wemindji** .

## Information grammaticale et abréviations utilisées

Différentes abréviations sont utilisées dans le dictionnaire, comme on l'a mentionné dans la section sur les points de grammaire. On les trouve surtout dans l'information grammaticale qui accompagne chaque mot. Les tables suivantes offrent une liste complète des abréviations données.

### *Noms*

**na**............................ nom animé
**nad**.......................... nom animé, dépendant
**nap**.......................... nom animé participe/nominalisation
**ni**............................. nom inanimé
**nid**........................... nom inanimé dépendant
**nip**........................... nom inanimé participe/nominalisation

Les noms animés (**na**) font leur pluriel avec le suffixe *–ich* et leur obviatif avec le suffixe *-h*.

Un très petit nombre de noms peuvent avoir le genre *animé* et le genre *inanimé*. Ils feront l'objet de deux entrées (ᒥᔥᑎᒄ mishtikw **na** 'un arbre', ᒥᔥᑎᒄ mishtikw **ni** 'un bâton').

Les *noms animés dépendants* (**nad**) sont des noms qui ont toujours un préfixe personnel. Ils réfèrent aux parties du corps et aux termes de parenté. Quand ils sont utilisés à la troisième personne, les **nad** se terminent avec un *-h* (marque d'obviatif). On les a traduit au singulier dans le dictionnaire bien qu'ils puissent être singulier ou pluriel, 'son fils' ou 'ses fils'.

Les termes de parenté ont été entrés dans le dictionnaire trois fois, avec des préfixes pour 'mon/ma', 'ton/ta' et 'son/sa' étant donné leur fréquence d'usage: ᓂᑳᐧᐄ nikaawii, ᒋᑳᐧᐄ chikaawii, ᐅᑳᐧᐄᐦ ukaawiih.

Les *noms animés participes (nominalisations)* (**nap**) sont des verbes qui sont utilisés comme noms. Ils commencent avec *kaa-* et finissent avec le suffixe verbal du conjonctift *-t, -k* ou *-ch*.

Les *noms inanimés* (**ni**) font leur pluriel avec le suffixe *-h* et leur obviatif singulier avec le suffixe *-iyiu*.

Les *noms inanimés dependents* (**nid**) sont des noms inanimés qui ont toujours un préfixe personnel. Ils réfèrent presque toujours aux parties du corps.

Les *noms inanimés participes (nominalisations)* (**nip**) sont des verbes utilisés comme noms. Ils commencent par *kaa-* et se terminent par un suffixe verbal du conjonctif *-ch*.

## Verbes

| | |
|---|---|
| vai | verbe animé intransitif |
| vai+o | verbe animé intransitif plus objet |
| vii | verbe inanimé intransitif |
| vta | verbe transitif animé |
| vti | verbe transitif inanimé |

*Verbes animés intransitifs* (**vai**): Ces verbes regroupent plusieurs catégories. La plupart de ces verbes ne prennent pas d'objet (nipaau 'il/elle dort'), mais certains en acceptent. Ceux qui forment leur passif en *–kaniuu* au lieu de *–niu* sont codés **vai+o** (ushihtaau 'il/elle le fait').

| Forme active | | Type de verbe | Forme passive | |
|---|---|---|---|---|
| ᓂᐹᐤ | nipaau | **vai** | ᓂᐹᓂᐤ | nipaaniu |
| ᐅᔑᐦᑖᐤ | ushihtaau | **vai+o** | ᐅᔑᐦᑖᑲᓂᐅ | ushihtaakiniuu |

Ces verbes diffèrent aussi dans la voyelle finale du radical. Pour ceux qui se terminent en *-uu* (ᐅ ᐆ ᑦ ᒍ ᖪ ᡤ ᓅ ᖊ), la voyelle du radical n'est pas visible, c'est pourquoi ils sont codés en **-u**, ou **-wi (-iwi, -iiwi, -aawi, -uwi)**.

| Indépendant | Voyelle du radical | Conjonctif |
|---|---|---|
| nikim**uu** | **u** | aa nikim**ut** |
| sischi**iuu** | **wi** | aa sischii**wit** |
| niip**uu** | **wi** | aa niipu**wit** |

*Verbes intransitifs inanimés* (**vii**): Pour ces verbes, le sujet est toujours inanimé (ᒥᐦᒄ mihkwaau 'c'est rouge', ᒥᔅᐳᓐ mispun 'il neige'). Ils diffèrent selon la voyelle du radical. Pour ceux qui se terminent en -*uu* (ᐅ ᐆ ᑐ ᒍ ᒎ ᓄ ᓅ ᔔ), la voyelle du radical n'est pas visible, c'est pourquoi ils sont aussi codés en **-u**, ou **-wi** (**-iwi, -iiwi, -aawi, -uwi**).

*Verbes transitifs animés* (**vta**): Ce sont des verbes comme ᐧᐋᐱᒫᐤ waapimaau 'il/elle la/le voit' où une personne, un animal ou une chose animée agit sur une autre personne, un animal ou une chose animée (grammaticalement animée).

*Verbe transitif inanimé* (**vti**): Ce sont des verbes qui se terminent en -*im* ou-*ham* dans le dialecte du Nord. Une personne ou une chose animée agit sur une chose inanimée (ᐧᐋᐱᐦᑎᒼ waapihtim 'il/elle le voit'). Il existe quelques verbes de la classe **vti** qui ne prennent pas d'objet (ᒫᐦᐊᒼ maaham 'il/elle descend la rivière en bateau').

### Particules, Préverbes et Pronoms

**p** .............................. particule
**preverb** .................... préverbe
**pro** ........................... pronom

Les particules (**p**) sont des mots invariables. Elles sont sous-catégorisées pour leur valeur sémantique comme le **lieu**, le **temps**, etc. Voir la liste complète ci-dessous.

Les préverbes (**préverbe**) se trouvent devant les verbes et peuvent se combiner.

Les pronoms (**pro**) servent parfois à remplacer les noms. Ceux-ci sont sous-catégorisés en: **pronom personnel, focus, démonstratif** etc. Voir la liste complète ci-dessous.

Suite à l'abréviation de particule **p**, précédée par une virgule, on trouve les sous-catégories de particules suivantes:

| | |
|---|---|
| **affirmative** | mot pour dire 'oui' ou pour montrer qu'on est d'accord |
| **conjunction** | mot pour joindre des phrases ou des mots: 'mais, ou, et' |
| **dém, (focus,) lieu** | mot pour montrer ou pointer, mots appelés 'démonstratifs' |
| **emphatique** | mot qui ajoute de l'importance aux autres mots |
| **évaluative** | mot qui indique un jugement sur une situation, 'évidemment, sans doute' |
| **interjection** | mot qu'on dit quand on s'exclame, ou mot de politesse 'bonjour, merci' |
| **lieu** | mot qui indique la situation, l'emplacement ou la direction |
| **manièrer** | mot qui indique la manière de faire quelque chose |
| **negative** | mot pour dire 'non' |
| **nombre** | mot pour exprimer des nombres |
| **quantité** | mots de quantité comme 'quatre livres, trois fois, beaucoup' |
| **question** | mot pour interroger comme 'quand' et le marqueur de question oui-non: aa |
| **temps** | mot pour indiquer le temps ou la durée |

Suite à l'abréviation de pronom **pro**, précédée par une virgule, on trouve les sous-catégories de
pronoms suivants:

| | |
|---|---|
| **absent** | pronom absentatif, pour une personne ou une chose disparue |
| **alternatif** | pronom alternatif, utilisé pour référer à un ou une autre. |
| **dém** | pronom démonstratif |
| **dubitatif** | pronom dubitatif, utilisé pour s'interroger sur l'identité d'une personne ou d'une chose |
| **focus** | pronom focus, utilisé pour attirer l'attention d'une personne ou d'une chose |
| **hésitation** | pronom d'hésitation ou de pause quand on fait une pause dans la phrase |
| **indéfini** | pronom indéfini, utilisé quand on n'est pas sûr de l'identité de quelqu'un ou de quelque chose |
| **question** | pronom interrogatif, utilisé pour demander 'qui' ou 'quoi' |
| **personel emphatique** | pronom personnel, utilisé pour mettre de l'emphase 'moi, toi, lui, elle, etc.' |

Suite à la partie du discours, on trouvera les indications suivantes, séparées par des virgules:

| | |
|---|---|
| **pl** | pluriel |
| **dim** | diminutif, utilisé quand une personne ou une chose est plus petit-e que normal |
| **inverse** | agent et patient inversés, utilisé pour certaines formes transitives |
| **pej** | péjoratif, indiquant que quelque chose est vieux et usé |
| **recip** | réciproque, utilisé quand les gens se font des choses les uns aux autres |
| **redup** | réduplication de la première syllabe du mot indiquant la répétition d'une action ou sa continuité |
| **reflex** | réflexif, utilisé quand on se fait quelque chose à soi-même, par exemple 'se laver' |
| **voc** | vocatif, utilisé avec les termes de parenté pour interpeller les gens |

Les dernières abréviations qu'on trouve avec les parties du discours indiquent la forme morphologique sous-jacente de la racine ou ses variations morpho-phonémiques, toujours précédées par un tiret. Pour les **noms**, on indique la voyelle utilisée avant un suffixe locatif *(-hch)* ou le marqueur du possessif*(-m)*: **-im, iim, -aam**, etc. Pour les **verbes vai** et **vii** se terminant en *–uu,* on indique la voyelle du radical: **-u, -wi (-iwi, -iiwi, -aawi, -uwi)**.

### *Exemples d'information grammaticale dans le dictionnaire*

Voici à titre d'exemples, quelques abréviations grammaticales du dictionnaire:

ᐃᔑᐧᑳᑳᐴᐧᐃᒡ ishkwaakaapuuwich **vai pl -uwi** ◆ les grosses vagues s'arrêtent aux rapides, c'est la fin d'une file de gens, d'arbres

L'information grammaticale de ce mot
est: verbe **a**nimé **i**ntransitif; **pl**uriel; radical en **-uwi.**

ᐊᓂᔮ aniyaa **pro,dém,absent** ◆ feu ...

L'information grammaticale de ce mot est: **pro**nom, **dém**onstratif, **absent**atif.

D'autres abréviations peuvent se trouver dans les définitions, comme les suivantes:

| | |
|---|---|
| ex. | exemple |
| lit. | littéralement |

## Définitions

Dans le dictionnaire, les définitions en français ont une forme particulière, choisies pour refléter le sens du mot cri. La majorité des mots cris sont des verbes, ce que reflète leur définition. Il n'y a pas de distinction de genre féminin-masculin en cri, mais il y a un genre animé-inanimé. Par convention, nous représentons un sujet animé de troisième personne par: **il/elle** et un sujet inanimé par: **ça, c', il**.

Dans certains cas, comme 'elle accouche' ou 'il a une barbe', la définition ne donne que le féminin ou le masculin, mais il faut savoir que, même dans ces cas, le mot cri n'indique pas explicitement le féminin ou le masculin.

Pour les compléments d'objets, nous donnons, par convention **la/le** pour les objets animés et **le** ou **ça** pour les objets inanimés. Ainsi les quatre types de verbes seront traduits selon les conventions suivantes:

ᓄᑎᒫᐤ nuutimaau **vii** ◆ c'est arrondi

ᑯᐃᔥᑯᔑᐤ kuishkushiu **vai** ◆ il/elle siffle

ᐙᐱᐦᑎᒥ waapihtim **vti** ◆ il/elle le voit

ᐙᐱᒫᐤ waapimaau **vta** ◆ il/elle la/le voit

Les noms dans les définitions en français sont normalement précédés de l'article indéfini, afin d'indiquer le genre du mot français:

ᐐᔥᑭᒑᓂᔥ wiishkichaanish **na** ◆ un geai du Canada

De nombreux mots qui décrivent des endroits ou des formes, ou encore le temps, sont exprimés par des verbes en cri. Ceci veut dire que la définition aura la forme d'une phrase complète, comme pour les autres verbes:

ᓄᑎᒫᐤ nuutimaau **vii** ◆ c'est arrondi

ᐱᔅᑯᑎᓈᐤ piskutinaau **vii** ◆ c'est une colline élevée, une montagne

ᒋᒧᐎᓐ chimuwin **vii** ◆ il pleut

Les termes scientifiques (en latin) sont donnés pour un certain nombre d'animaux, d'oiseaux, de poissons, d'insectes et de plantes. Ces termes ne résultent pas d'une rigoureuse identification scientifique. Ces termes se trouvent en italiques:

ᐐᔥᑭᒑᓂᔥ wiishkichaanish **na** ◆ un geai du Canada
*Perisoreus canadensis*

## Exemples

Les exemples cris sont traduits en français tantôt au masculin, tantôt au féminin, ceci afin d'alléger le texte.

## Resources

Un certain nombre de ressources existent, surtout en anglais, pour aider les professeur-e-s et les élèves avec l'orthographe, la grammaire et la lecture en cri. La plupart de ces ressources sont téléchargeables gratuitement sur le site www.eastcree.org:

- Structures comparées du cri de l'Est et du français
- Manuels d'orthographe (*Spelling Manuals for Northern and Southern Dialects*)
- Vocabulaire ressource (*Resource Book for classroom terms used in the elementary grade*s)
- Outils informatiques pour le syllabique (*Cree syllabic fonts and keyboards for typing in Cre*e)
- Pages de grammaire et de prononciation
- Catalogue de livres et de matériel éducatif en langue crie
- Banque de données d'histoire orales en cri avec fichiers sons téléchargeables
- Dictionnaire en ligne avec moteurs de recherche avancés, fichiers sons et images
- Jeux, leçons et exercices de langue interactifs

Voici d'autres sites qui peuvent être utiles:

- www.atlas-ling.ca
- www.cscree.qc.ca
- www.creeculture.ca
- www.gcc.ca
- www.sil.org/computing/toolbox/
- www.collectionscanada.ca/naskapi/
- www.tshakapesh.ca
- www.jeux.tshakapesh.ca
- www.innu-aimun.ca/dictionnaire

# ᐃ

**ᐃᑯᑎᐧᐊᐳᕐᐤ** ikutiwaauchiu vai ♦ sa fourrure est gelée et prise dans la glace, la neige

**ᐃᓯᓂᕁᐧᐁᐦᔭᑭᓂᐁ** isinispuwihyaakiniuu vta,passif -iwi ♦ son nom de famille, son dernier nom est...

**ᐃᓯᓂᐦᑳᓲ** isinihkaasuu vai -u ♦ son nom est...

**ᐃᓯᓈᑯᓯᐤ** isinaakusiu vai ♦ il/elle semble, paraît

**ᐃᔅᐱᑎᐦᐋᐤ** ispitihaau vta ♦ il/elle le place à une certaine hauteur

**ᐃᔅᐱᓐ** ispin p,temps ♦ depuis ▪ ᐋᔨᐄᐊᑦ ᐃᔅᐱᓐ ᓂᕐ ᐳᐦᕐ ᑎᑐᔕᐦ ᑳ ᐃᕁᐋᔅ ᕐᑐᑎᐦᐦ. ▪ Il n'est jamais revenu depuis que je l'ai grondé.

**ᐃᔅᐱᓵᑳᐤ** ispisaakaau vii ♦ l'éperon rocheux est élevé

**ᐃᔅᐱᔨᐤ** ispiyiu vai ♦ il/elle va quelque part, voyage, se déplace

**ᐃᔅᐱᔨᐤ** ispiyiu vii ♦ ça bouge, va quelque part, arrive, se passe

**ᐃᔅᐱᐦᑎᐧᐋᔨᒫᐤ** ispihtiwaayimaau vta ♦ il/elle l'attend à un certain moment

**ᐃᔅᐱᐦᑎᐹᑭᓐ** ispihtipaakin vii ♦ l'eau a la bonne profondeur pour voyager, pour placer et vérifier le filet de pêche

**ᐃᔅᐱᐦᑎᑎᓐ** ispihtitin vii ♦ la glace a maintenant une certaine épaisseur

**ᐃᔅᐱᐦᑎᓂᐦᐤ** ispihtinihuu vai -u ♦ il/elle est absent-e pour un certain temps (la durée doit être spécifiée)

**ᐃᔅᐱᐦᑎᓰᐤ** ispihtisiiu vai ♦ il a ... ans, il est âgé de...

**ᐃᔅᐱᐦᑎᔅᑭᒥᑳᐤ** ispihtiskimikaau vii ♦ le terrain ou le territoire a une certaine taille, mesure...

**ᐃᔅᐱᐦᑖᐧᐋᔮᐤ** ispihtaawaayaau vii ♦ une pointe de terre a une certaine taille, mesure...

**ᐃᔅᐱᐦᒑᐱᓯᔅᒋᓯᐤ** ispihtaapisischisiu vai ♦ il/elle a une certaine taille, il/elle mesure ...

**ᐃᔅᐱᐦᒑᑎᒦᐤ** ispihtaatimiiu vii ♦ l'eau a une certaine profondeur

**ᐃᔅᐱᐦᑖᓂᒃᐋᓲ** ispihtaanikwaasuu vai -u ♦ le lièvre est attrapé au collet pendant la journée, peu après que le collet ait été installé

**ᐃᔅᐱᐦᑖᔅᑯᓲ** ispihtaaskusuu vai -u ♦ l'animal est pris au piège durant la journée, peu après que le piège ait été posé

**ᐃᔅᐱᐦᑖᔪᐃᑳᐤ** ispihtaayuwikaau vii ♦ ça a... (par ex. 2 m) de long sur ... (par ex. 3 m) de large (étalé)

**ᐃᔅᐱᐦᒑᔮᐤ** ispihtaayaau vii ♦ c'est une certaine saison, une époque de l'année

**ᐃᔅᐹᔨᒧᐃᓐ** ispaayimuwin ni ♦ l'espoir

**ᐃᔅᐹᐦᒑᐱᔨᐤ** ispaahchaapiyiu vai ♦ il/elle s'élève dans les airs ▪ ᐦᐦ ᐃᔅᐹᐦᒑᐱᔨᐅᐤ ᐋᓂᕁᐦ ᒍᕁᐋᑦ ᑳ ᐧᐋᕁᐱᐋᑦᐦ. ▪ Elle s'éleva dans les airs, cette balle qu'elle a frappé.

**ᐃᔅᐹᐦᒑᐱᔨᐤ** ispaahchaapiyiu vii ♦ ça s'élève dans les airs

**ᐃᔅᑭᑖᐦᑎᒻ** iskitaahtim vti ♦ il/elle s'essouffle à force de souffler dedans, il/elle souffle dedans à perdre haleine

**ᐃᔅᑭᓂᐱᐤ** iskinipiu vai ♦ il/elle passe la nuit une ou deux fois durant son voyage

**ᐃᔅᑭᓂᐱᐳᓐᐦ** iskinipipunh p,temps ♦ toute l'année, tout l'hiver ▪ ᐋᑕᒡᐦ ᑳᐦ ᐃᐦᒡᐊᕁ ᐳᓂᒍᕁᐳᕁᐦᒡ ᐃᔅᑭᓂᐱᐳᓐᐦᕁ ▪ Il passe toute l'année sur sa ligne de trappe.

**ᐃᔅᑭᓂᑎᐃᔑᑖᐤᐦ** iskinitiwishtaauh p,temps ♦ toute la semaine ▪ ᐃᔅᑭᓂᒍᐧᐃᔑᒑᐤᐦ ᕁᐦ ᐋᕐ ᓂᑎᐧᐋᓂᓯᐤᕁ ▪ La réunion a duré toute la semaine.

**ᐃᔅᑭᓂᑎᐱᔅᑳᐤᐦ** iskinitipiskaauh p,temps ♦ toute la nuit ▪ ᐃᔅᑭᓂᑎᐱᔅᑳᐤᐦ ᕁᐦ ᒍᕁᑲᔮᑯᑎᕁ ᑎᐱᕁᐳᑕᔨᕁ ▪ On voyait la lune pendant toute la nuit.

**ᐃᔅᑭᓂᑎᒃᐋᒋᓐᐦ** iskinitikwaachinh p,temps ♦ tout l'automne ▪ ᐃᔅᑭᓂᑎᒃᐋᐦ ᓂᕁᐦ ᐃᔅᐋᔅᐱᓴᕁ ᐋᓂᒧᑎᕐᐦ ᑳ ᐳᐃᐱᒡᐃᐦᕁ ▪ Les baies que nous avons ramassées tous ont duré tout l'automne.

**ᐃᔅᑭᓂᒋᔑᑳᐤᐦ** iskinichiishikaauh p,temps ♦ toute la journée ▪ ᐃᔅᑭᓂᒋᔑᑳᐤᐦ ᓂᕁᐦ ᒋᕐᒍᑎᐅᐧᐋᑦ ᓅᓯᒥᕐᔅᕁ ▪ J'ai pensé à mon petit-fils/à ma petite fille toute la journée

**ᐃᔅᑭᓂᓃᐱᓐᐦ** iskininiipinh p,temps ♦ tout l'été ▪ ᐋᑕᓐᐤ ᐳᓐᐤ ᑳᐦ ᐃᐦᑦᒡᐦ ᐃᔅᑭᓂᓂᐱᓐᐦᕁ ▪ Il/elle est resté-e ici tout l'été.

ᐃᕐᑭᓂᓰᑯᓐᦀ **iskinisiikunh** p,temps ♦ tout le printemps ▪ ᐃᕐᑭᓂᓰᑯᓐᦀ ᒻ ᓂᐯᑦᐊᑭᓂᐤ ᐱᔭᕐᐅx ▪ *La chasse à l'oie a été bonne tout le printemps.*

ᐃᔅᑯᑎᒃ **iskutik** p,temps ♦ depuis, quand ▪ ἀ·ᔫᒥ ᐊᔅ ᑮᒻ ᒦᒼ·ᕐᑳᓐᒎᒃ ᐃᔅᑯᑎᒃ ᑳ ᑎᑯᔅᒥᒥᒃx ▪ *J'étais très content-e quand elle/il est rentré-e à la maison.*

ᐃᔅᑯᓈᒃ **iskunaak** p,temps ♦ depuis cette fois-là, à partir de ce moment-là ▪ ᑳ ·ᐊᒋᔔᕐᒧᐊᓐᑦ ᑳ ᒍ·ᐊᒡ ᐊᒣᔥᑦ ᐊᒡᑎᒻ ᐃᔅᑯᓈᒃ ᓂᒣ ᒣᐊ ᐅᒻᕐ ᒍ·ᐊᔨx ▪ *La dernière fois qu'elle/il a mangée du castor, elle/il en a trop mangé, alors elle/il n'en a plus mangé depuis.*

ᐃᔅᑯᔨᐊ·ᐊᔨᐤ **iskuyiwaau** vai ♦ il/elle mesure…(par ex. 1m 65cm)

ᐃᔅ·ᑳᐅᒦᒼᒦᒡᒪ **iskwaaumiichim** ni ♦ la nourriture des femmes, certaines parties du corps des animaux mangés seulement par les femmes

ᐃᔅ·ᑳᐅᒫᒃ **iskwaaumaakw** na ♦ un poisson femelle

ᐃᔅ·ᑳᐅᓈᑯᓐ **iskwaaunaakun** vii ♦ ça a l'air féminin

ᐃᔅ·ᑳᐅ **iskwaauu** vai -aawi ♦ c'est une femme

ᐃᔅ·ᑳ·ᐊᔨᐊᒼᑖᑯᓯᐤ **iskwaawaayihtaakusiu** vai ♦ il/elle y a des traits féminins, des manières féminines

ᐃᔅ·ᑳᐤ **iskwaau** na -aam ♦ une femme

ᐃᔅ·ᑳᐱᒼᒼᒦᐊᐱᒡᑭᒡᒪ **iskwaapihchaapichikin** ni ♦ la corde d'un poteau sur lequel on hisse un drapeau

ᐃᔅ·ᑳᒦᒑᐅᒼᑳᐅ **iskwaamitaauhkaau** vii ♦ c'est le bord du rivage, de la berge (d'une étendue d'eau)

ᐃᔅ·ᑳᔨᒡᓰᐊᐤ **iskwaasichaau** vai ♦ il/elle brûle quelque chose

ᐃᔅ·ᑳᔨᒼ **iskwaasim** vti ♦ il/elle le brûle

ᐃᔅ·ᑳᒼᑭᔨᒼ **iskwaahkisim** vti ♦ il/elle en laisse qui n'est pas brûlé

ᐃᔑ **ishi** p,manière ♦ de cette manière

ᐃᔑ·ᐊᒑᐅᒼᑳᐅ **ishiwaataauhkaau** vii ♦ c'est une pointe de terre étroite

ᐃᔑ·ᐊᔭᐤ **ishiwaayaau** vii ♦ ça a quatre côtés droits

ᐃᔑᓂᒼᑲᑎᒼ **ishinihkaatim** vti ♦ il/elle l'appelle, le nomme

ᐃᔑᓂᒼᑳᑖᐤ **ishinihkaataau** vii ♦ ça s'appelle, c'est nommé

ᐃᔑᓂᒼᑳᑖᐅ **ishinihkaataau** vta ♦ il/elle l'appelle, le/la nomme

ᐃᔑᓂᒼᑳᓱᐃ·ᐊᒪ **ishinihkaasuwin** ni ♦ un nom

ᐃᔒᒼᐯ·ᐊᔨᐤ **ishiihkiwaau** vta ♦ il/elle est occupé-e avec elle/lui

ᐃᔑᐱᑯᑖᔑᐤ **ishpikutaashiu** vii ♦ la lumière du jour est haute dans le ciel, c'est un peu haut

ᐃᔑᐱᑯᒡᒥᒪ **ishpikuchin** vai ♦ il/elle vole tout là-haut dans le ciel, il/elle est suspendu-e là haut

ᐃᔑᐱᒼᒼᓰᑳᐤ **ishpichiishikaau** vii ♦ c'est tard dans la matinée

ᐃᔑᐱᒦᒼ **ishpimihch** p,lieu ♦ en haut, au-dessus, au ciel, dans les cieux ▪ ᐃᔑᐱᒦᒼ ἀᒼ ᒦᒍᒼ ᐊᒡᒒ ᐊᒣᒼᐊ ᒦᒋᔓᒡᒻ·x ▪ *Suspends les os de l'ours là-haut dans cet arbre!*

ᐃᔑᐱᒦᒼᒨᔑ **ishpimihshiish** p,lieu dim ♦ un petit peu plus haut

ᐃᔑᐱᔑ **ishpishi** p,temps ♦ à ce moment-là, quand ▪ ᒍ ᐃᔑᐱᔑ ᑎᑯᔅᓂ·ᑳ, ᒍ ᒦᒣᒧᒻᑐ ᑎᑯᔅᒻᒼᒥx ▪ *On s'en ira quand elle/il décidera de rentrer.*

ᐃᔑᐱᔑᒪ **ishpishimun** ni-u ♦ un matelas, quelque chose d'épais pour se coucher

ᐃᔑᐱᔑᒨ **ishpishimuu** vai ♦ il/elle l'utilise comme matelas; il/elle se couche dessus

ᐃᔑᐱᔒᒼᐯ·ᐊᔨᐤ **ishpishiihkiwaau** vta ♦ il/elle a le temps de le faire pour elle/lui

ᐃᔑᐱᔑ **ishpish** p,quantité ♦ combien, une certaine quantité ▪ ᒑᒪ ᐃᔑᐱᔑ ᑳ ᒦᒣᒼᑲ ᔑ·ᐃᔅᐊᒼ·x ▪ *Combien d'argent t'a-t-elle/il donné?*

ᐃᔑᐱᔑᒥᒑᐃ·ᐊᒪ **ishpishtimaawin** ni ♦ une tartinade, quelque chose qu'on étale pour le manger avec quelque chose d'autre

ᐃᔑᐱᔑᒥᒑᐤ **ishpishtimaau** vai ♦ il/elle mange avec quelque chose d'autre

ᐃᔑᐱᔑᒑᑭᒪ **ishpishtaakin** ni-m ♦ une natte ou un napperon sur lequel on nettoie ou dépiaute des oiseaux ou des poissons

ᐃᔑᐱᒼᑖᐤ **ishpihtaau** vai+o ♦ il/elle l'élève (en hauteur), il/elle le rend plus élevé

ᐃᔋᐱᐦᑖᐱᔫ° ishpihtaapishiu vii dim
• c'est l'aurore, c'est à un certain niveau du lever du soleil

ᐃᔋᐸᑭᒋᐦᑎᓐ ishpaakichihtin vii • c'est un banc de neige élevé

ᐃᔋᐹᔋᑖᐱᔫ° ishpaashtaapiyiu vii • la journée devient plus chaude

ᐃᔋᐹᔨᐦᑖᑯᓯᐤ ishpaayihtaakusiu vai
• il/elle est respecté-e, bien vu-e

ᐃᔋᑖᒥᔥᑭᒋᐤ ishtaamishkichiu vai
• il/elle est gelé-e jusqu'au fond (se dit d'une étendue d'eau)

ᐃᔋᑭ ishki p • ça semble, ça paraît (utilisé avec les verbes à l'indépendant subjectif) ▪ ᐃᔋᑭ ᒥᔑᐦᒡᑯᓯᐦᐋ ᑳ ᑎᑯᔫᒃ ᑳ ᔐᐸᔦᐳᓯᐅᐧᒡ ▪ Tout le monde est content qu'elle/il soit revenu, celle/celui qu'on attendait depuis longtemps.

ᐃᔋᑭ ᐋᑳ ishki aakaa p,négative • ça n'a pas l'air, ça ne semble pas, ça ne paraît pas (préverbe négatif utilisé avec les verbes au subjectif) ▪ ᐃᔥᑭ ᐋᑳ ᒥᓄᐦᒡ ᒥᔑᐋ ᑎᐣ" ᐋ" ᐧᐋᕋᓯᐦᐋᐤ ᐋᑳ ᒥᔫᓂᑎ ᔑᐦᒡᒧᓱᐦᑉ ▪ Cet endroit n'est pas bon pour camper puisqu'il n'y a pas de branches d'épinettes à proximité.

ᐃᔋᑯᑎᒃ ishkutik p,temps • depuis, quand ▪ ᐃᔋᑯᑎᒃ ᑳ ᐋᒌᕐᔨᑦ ᐅᒧᔕᓛ ᒪᔥᑲ ᒨ ᕑ ᐋᐳᑎ·ᐋᔋᐦᑎᒃ ᐧᐋᕐᒀᓱᐦᐋ ᐋᔥ ᑳ ᒥᔫᑭᓱᐦᑉ ▪ On ne lui a donné de fusil que quand son grand-père était sûr qu'elle/il était capable de s'en servir avec soin.

ᐃᔋᑯᑖᐤᐧᐋᔭᐱ ishkutaauwaayaapii ni -iim
• du fil électrique

ᐃᔋᑯᑖᐤ ishkutaau ni -aam • une pile, du feu, une bougie (de véhicule) ▪ ᐧᐋᐸᑦ ᐃᔋᑯᑖᐤ ᐋᐸᑎᓐᐋ ᓂᐋᔨᒫᐳᓯᑎᐦᐧᒃ ▪ Ma montre fonctionne avec une pile.

ᐃᔋᑯᑖᐦᑳᓐ ishkutaahkaan ni • un feu sur un support en métal à l'intérieur de l'habitation

ᐃᔋᑯᑭᐦᐋᒻ ishkukiham vti • il/elle en laisse qui ne sont pas hachés

ᐃᔋᐧᑳᑎᓂᐋᐤ ishkwaatinaau vii • c'est la fin de la montagne

ᐃᔋᐧᑳᑖᐅᒫᑯᓐ ishkwaataaumaakun vii
• ça sent le brûlé

ᐃᔋᐧᑳᑖᐅᒫᑯᓯᐤ ishkwaataaumaakusiu vai
• il/elle sent le brûlé

ᐃᔋᐧᑳᑯᐦᑎᓐ ishkwaakuhtin vii • c'est la dernière île

ᐃᔋᐧᑳᑳᐳᐧᐃᐧᒡ ishkwaakaapuwiwich vai pl -uwi • les grosses vagues s'arrêtent aux rapides, c'est la fin d'une file de gens, d'arbres

ᐃᔋᐧᑳᔑᒧᓈᒋᓐ ishkwaashimunaachin ni
• une taie d'oreiller

ᐃᔋᐧᑳᔑᒧᓐ ishkwaashimun ni • un oreiller

ᐃᔋᐧᑳᔑᔫ ishkwaashishiiuu vai -iiwi
• c'est une fille

ᐃᔋᐧᑳᔑᔑᐦᑳᓱᐤ ishkwaashishiihkaasuu vai -u • il/elle agit comme une fille, fait semblant d'être une fille

ᐃᔋᐧᑳᔑᔥ ishkwaashish na dim • une fille, une petite fille

ᐃᔋᐧᑳᔥᒑᐅᒋᓂᒻ ishkwaashchaauchinim vti • il/elle rassemble le bois qui n'est pas brûlé dans le feu

ᐃᔋᐧᑳᔥᒑᐤ ishkwaashchaau ni • du charbon de bois

ᐃᔋᐧᑳᔮᐅᐦᑳᐤ ishkwaayaauhkaau vii
• c'est la fin de la colline

ᐃᔋᐧᑳᔮᐱᒥᓈᑯᓐ ishkwaayaapiminaakun vii • c'est à perte de vue (utilisé avec le négatif) ▪ ᐋᔋᑎᐦ ᐅᕐ ᐃᔋᐧᑳᔮᐱᒥᓈᑯᓐ ᐋᒡ ᑎᐦᒡ ᐋ ᐅᕐ ᑭᐅᐋᔋᐦᑎᓂᐦᐧᒃ ▪ Du sommet on peut voir à perte de vue.

ᐃᔋᐧᑳᔮᐱᒥᓈᑯᓯᐤ ishkwaayaapiminaakusiu vai • il/elle peut se voir sur une grande distance, à perte de vue

ᐃᔋᐧᑳᐦᑖᒥᐦᐄᑭᓂᐱᔫᐃᐦ ishkwaahtaamihiikinipishuih ni pl • les poteaux de tipi de chaque côté de l'entrée

ᐃᔋᐧᑳᐦᑖᒥᐦᒡ ishkwaahtaamihch p,lieu
• dans l'entrée, à l'entrée ▪ ᐋᑎᐣ" ᐃᔋᐧᑳᑖᒥᐦᒡ ᐋᑯᑎᒃ ᑳ ᐧᐋᕐ ᐱᕐᔨᓈᒡ ᐧᐋᓱᐦᐧ ᐅᑎᐣᐋᔨᐧ ▪ Il a laissé son filet de pêche dans l'entrée.

ᐃᔋᐧᑳᐦᑖᒻ ishkwaahtaam na • l'entrée d'une habitation

ᐃᔨᐧᐋᐱᒋᑭᓐ iyiwaapichikin ni • une frange

ᐃᔨᐧᐋᐳᐧᐋᐤ iyiwaapuwaau na -aam • une bernache cravant Branta bernicla

ᐃᔨᐧᐋᑯᑖᐤ iyiwaakutaau vii • ça dépasse, ça a une frange

ᐃᔨᐧᐋᑯᒋᓐ iyiwaakuchin vai • il/elle dépasse, a une frange

ᐃᔾ·ᐊᒋᐱᔪ° iyiwaachipiyiu vai ♦ il/elle dépasse la norme, est de reste, il/elle a des restes

ᐃᔾ·ᐊᒋᐱᔪ° iyiwaachipiyiu vii ♦ c'est ce qui reste

ᐃᔾ·ᐊᒋʰᑎⁿ iyiwaachihtin vii ♦ il y en a plus que nécessaire, ça dépasse

ᐃᔾ·ᐊᔾ iyiwaach p,quantité ♦ extra, davantage, plus ▪ ᐃᔾ·ᐊᔾ ᓂᓈ ᒋᔪ° ᓇ·ᐃᔭⁿ ᐊᓂᖅ ᑲ ᐃⁿᐱⁿ ᓂᑎ·ᐊᒋᐃᒡˣ ▪ *Je lui ai donné plus d'argent qu'il ne voulait.*

ᐃᔪ° iyiu vai ♦ il/elle dit

ᐃᔨᐱᐅᑖᔪ° iyipiiutaashiu vai ♦ il/elle est recouvert-e de neige soufflée

ᐃᔨᑎᒫᑎᔅᒋᓇᐤ° iyitimaatischinaau vai ♦ il/elle s'est chaussé de travers, a mis ses chaussures sur le mauvais pied

ᐃᔨᑎᒫᔥᑖᐤ° iyitimaashtaau vai ♦ il/elle marche les pieds en canard

ᐃᔨᑯᓂᔅᑳᐤ° iyikuniskaau vii ♦ l'habitation (le tipi) a une petite ouverture en haut parce que son revêtement est haussé sur le cadre

ᐃᔨᒋʰᑎ·ᐊᒍ iyichishtiwimuu vii -u ♦ le chemin fait une fourche

ᐃᔨᒋʰᑎ·ᐊʰᑎ·ᑲ° iyichishtiwishtikwaau vii ♦ la rivière fait une fourche

ᐃᔨᒋʰᑎ·ᐊᔪ° iyichihtiwisiiu vai ♦ il/elle fourche, la partie inférieure du corps

ᐃᔨⁿ iyin vii ♦ ça a lieu, ça se passe

ᐃᔨᕀ·ᐊᔪᓂ·ᐊ° iyisaawaasiniwaau vta ♦ il/elle pense qu'il/elle le/la reconnaît

ᐃᔨˢᑭᒋᒋᓂᒻ iyiskimichinim vti ♦ il/elle l'enfouit dans la mousse, dans le sol

ᐃᔨˢᑭᒋᒋᓈᐤ° iyiskimichinaau vta ♦ il/elle l'enfouit dans la mousse, dans le sol

ᐃᔨᔖᒡ iyishaach p,manière ♦ de toutes ses forces, en dépit de ▪ ᐋᔪᒡ ᐃᔨᔖᒡ ᐊᔨ ᒋⁿ ·ᐃᣁ ᒋᒋᔭᐊ ᐊᒡ ᐊᒍᒡᑕ·ᐃᔭᐊ ᐊᑉ ᓂⁿᒡ ᐅⁿᕐ ᒋᒋᔭᐊ ᒥᣁᔭᐊ ᐊᒡ ᐃ·ᐋᐃᒡʰˣ ▪ *Ça m'a pris toutes mes forces pour essayer de manger ce qu'on m'avait donné puisque je n'avais jamais rien mangé de semblable auparavant.*

ᐃᔨᔨᒥᐱᔪ° iyiyimipiyiu vai ♦ il/elle avance, se déplace, voyage contre le vent en véhicule

ᐃᔨᔨᒥᐱᔪ° iyiyimipiyiu vii ♦ ça avance, se déplace, voyage contre le vent

ᐃᔨᔨᒥᑯᒋⁿ iyiyimikuchin vai ♦ il/elle vole, plane

ᐃᔨᔨᒥᑯʰᑎᑖᐤ° iyiyimikuhtitaau vai+o ♦ il/elle le fait flotter face au vent sur l'eau

ᐃᔨᔨᒥᑯʰᑎⁿ iyiyimikuhtin vii ♦ ça flotte dans l'eau face au vent

ᐃᔨᔨᒥᑯʰᒋᒫᐤ° iyiyimikuhchimaau vta ♦ il/elle le/la place pour le/la faire flotter dans l'eau face au vent

ᐃᔨᔨᒥᑯʰᒋⁿ iyiyimikuhchin vai ♦ il/elle flotte face au vent dans l'eau

ᐃᔨᔨᒥᓈᑯⁿ iyiyiminaakun vii ♦ ça a l'air faible, petit

ᐃᔨᔨᒥᓈᑯᔪ iyiyiminaakusiu vai ♦ il/elle a l'air faible, petit

ᐃᔨᔨᒥᓈᑯʰᐊᐤ° iyiyiminaakuhaau vta ♦ il/elle fabrique quelque chose (animé) de faible, de fragile, qui ne va pas durer

ᐃᔨᔨᒥᓈᑯʰᑖᐤ° iyiyiminaakuhtaau vai+o ♦ il/elle fabrique quelque chose de faible, de fragile, qui ne va pas durer

ᐃᔨᔨᒥᔨᐤ° iyiyimisiiu vai ♦ il/elle est faible, lent-e

ᐃᔨᔨᒥʰᑭᒻ iyiyimishkim vti ♦ il/elle marche face au vent

ᐃᔨᔨᒥʰᐊᒻ iyiyimiham vti ♦ il/elle pagaie, nage face au vent

ᐃᔨᔨᒥʰᐊᐤ° iyiyimihaau vta ♦ il/elle s'efforce de lui faire quelque chose mais en vain

ᐃᔨᔨᒫᒋ·ᐃⁿ iyiyimaachiwin p,lieu ♦ en amont du rapide

ᐃᔨᔨᒫᔨʰᑖᑯᔪ° iyiyimaayihtaakusiu vai ♦ il/elle ne fait pas assez d'efforts, est dans une condition assez faible

ᐃᔨᔨᒻ iyiyim p,lieu ♦ face au vent ▪ ᐃᔨᔨᒻ ᐊᒌᒡ ᐊᑎʰⁿᒡ ᐅᒡˣ ▪ *Place le canot face au vent!*

ᐃᔨᐅ·ᐃᔨᓂᒡ iyiyuwishinich vai pl ♦ les vagues déferlent sur le rivage

ᐃᔨᔭᐤᑯ iyiyaaskun vii ♦ la glace n'est pas assez dure pour voyager

ᐃᔨʰᐃᒑᐤ iyihichaau vai [Whapmagoostui] ♦ ce poisson a des écailles

ᐃᔨʰᐊᒻ iyiham vti ♦ il/elle l'enterre, le recouvre (de neige, de terre, de sable)

ᐃᔨʰᐊᐤ° iyihaau vta ♦ il/elle le/la dépose

ᐃᔥᐋᒑᐤ iyihaachaau na -aam ♦ un meunier noir, une carpe noire (poisson) *Catostomus commersoni*

ᐃᔥᐲ iyihpii ni ♦ de l'eau potable

ᐃᔥᑎᐧᐃᓐ iyihtiwin ni ♦ une coutume, une façon de faire, une manière

ᐃᔥᑎᐧᐋᓂᐤ iyihtiwaaniuu vai -iwi ♦ il/elle est d'une autre race

ᐃᔥᑎᐤ iyihtiu vai ♦ il/elle le fait, il lui arrive quelque chose

ᐃᔥᑎᓐ iyihtin vii ♦ c'en est un autre

ᐃᔥᑎᓯᐤ iyihtisiiu vai ♦ il/elle se comporte autrement, c'est un-e autre

ᐃᔥᒑᐦᑉ iyihtaahp-h p,manière ♦ autrement, totalement différent ■ ᐋᓅ ᐃᔥᒑᐦᑉ ᐋ ᐃᐳ ᐊᔨᒥᑦ ᑎᐸᒋᒧᒋᓈᓂᐎᔨᒡ ■ *Il parla de quelque chose de complètement différent pendant qu'on racontait l'histoire.*

ᐃᔥᑭᒥᐦᐋᐤ iyihkimihaau vta ♦ il/elle le/la force à faire quelque chose

ᐃᔥᑭᓱ iyihkisuu vai -u ♦ il/elle émerge de l'eau, il/elle se retrouve à sec et en hauteur

ᐃᔥᑭᔥᑖᐤ iyihkishtaau vii ♦ ça se retrouve à sec et en hauteur

ᐃᔥᑭᐦᐄᐹᐤ iyihkihiipaau vai ♦ il/elle écope, vide l'eau

ᐃᔥᑭᐦᐊᒻ iyihkiham vti ♦ il/elle le pousse avec quelque chose

ᐃᔥᒐᔮᒋᔑᓐ iyihchaayaachishin vai ♦ il/elle s'appuie contre quelque chose, ce qui montre le contour de sa forme

ᐃᔥᒐᔮᒋᐦᑎᓐ iyihchaayaachihtin vii ♦ ça s'appuie contre quelque chose, ce qui montre le contour de sa forme

ᐃᔥᒡ iyihch p,manière ♦ différent, tout autre ■ ᐋᓅ ᐃᔥᒡ ᐋ ᐃᑖᔨᑦ ᒉ ᐋᐦᐱᒡ ᒥᔮᓖᑎᒡ ■ *Il a l'air tout autre depuis que sa santé s'est améliorée.*

ᐃᔨᐅᐃᓯᐤ iyuwisiiu vai ♦ c'est de la nourriture fraîche (se dit de quelque chose d'animé, de viande ou de poisson fraîchement tué)

ᐃᔨᐅᐃᓵᐤ iyuwisaau vii ♦ c'est de la nourriture fraîche

ᐃᔨᐅᐃᔑᐧᐋᔮᔥᑎᓐ iyuwishiwaayaashtin vii ♦ la flamme vacille dans le vent

ᐃᔨᐅᐃᐦᐧᐋᐤ iyuwihwaau vta ♦ elle pompe ses seins pour le lait

ᐃᔨᐧᐋᐱᔨᐤ iyuwaapiyiu vii ♦ il y a de la brise (utilisé avec un préverbe)

ᐃᔨᐧᐋᔮᔑᐤ iyuwaayaashiu vii dim ♦ il y a une petite brise, une brise légère

ᐃᔫᒋᐹᒥᒋᐤ iyuschipaamichiiu vii ♦ ça pousse bien à cause de l'humidité

ᐃᔮᐅᑎᐦᑖᐤ iyaautihutaau vai+o redup ♦ il/elle fait ses livraisons en véhicule

ᐃᔮᐅᑎᐦᑖᓱᒥᑭᓐ iyaautihutaasumikin vii redup ♦ les livraisons sont faites régulièrement en véhicule

ᐃᔮᐅᑎᐦᑖᓱ iyaautihutaasuu vai -u ♦ il/elle fait ses livraisons en véhicule

ᐃᔮᐅᑖᐤ iyaautaau vai+o ♦ il/elle le transporte d'un endroit à l'autre

ᐃᔮᐅᑖᔑᑖᐤ iyaautaashihtaau vai+o redup ♦ il/elle fait ses livraisons en voilier

ᐃᔮᐅᑖᔨᒫᐤ iyaautaayimaau vta ♦ il/elle pense qu'il/elle fait des choses inutiles ■ ᓂᑎᔐᔨᒫᓅ ᒫᓖ ᑳ ᐋᐳᑎᕽ ■ *Je crois que Marie n'avait pas besoin de le refaire.*

ᐃᔮᐅᑖᔨᐦᑎᒻ iyaautaayihtim vti ♦ il/elle pense que c'est fait pour rien

ᐃᔮᐅᑖᔨᐦᑖᑯᓐ iyaautaayihtaakun vii ♦ ça ne sert à rien, à pas grand chose

ᐃᔮᐅᑖᔨᐦᑖᑯᓯᐤ iyaautaayihtaakusiu vai ♦ il/elle fait les choses pour rien

ᐃᔮᐅᒋᔥᑖᐹᐤ iyaauchistaapaau vii ♦ il/elle le transporte à la main, sur son dos, ou par véhicule

ᐃᔮᐅᒋᐆ iyaauchihuu vai -u ♦ il/elle le fait pour rien

ᐃᔮᐅᒡ iyaauch p,évaluative ♦ c'est une perte de temps et d'effort, ça ne sert à rien, c'est inutile ■ ᓅᑖᓐ ᐃᔮᐅᒡ ᐱᒋᐦᑳᐧᐋᒡ, ᐋᒡ ᓂᒥᕐᐃᐅᓂᐦ ᐊᓅᒡ ᑲᐯᐦᐋᑰᓂᕽ ■ *Ça ne sert à rien de poser ses filets de pêche ici, il n'y a pas de poissons dans ce lac.*

ᐃᔮᐅᓈᑯᓐ iyaaunaakun vii ♦ c'est loin, ça semble loin

ᐃᔮᐅᓈᒃᐧᐋᑎᑭᓐ iyaaunaakwaatikin vii ♦ c'est un tunnel, c'est un trou long et profond

ᐃᔮᐅᓯᐤ iyaausiiu vai ♦ il/elle peut seulement en contenir une petite quantité ou un petit nombre, il/elle peut seulement en nourrir un certain nombre

ᐃᔮᐅᔮᐤ iyaauyaau vta ♦ il/elle le transporte

ᐃᔮᐅᐦᑭᐋᒻ iyaauhkiham vti ♦ il/elle enterre dans le sol, il/elle entasse du sable sur le pourtour inférieur de l'habitation

ᐃᔮᐅᐦᑭᐚᐤ iyaauhkihwaau vta ♦ il/elle l'enterre, l'enfouit dans le sol

ᐃᔮᐅᐦᑳᔮᐦᐊᓐ iyaauhkaayaahan vii ♦ c'est englouti par le courant

ᐃᔮᐅᐦᒋᐱᔨᐤ iyaauhchipiyiu vai ♦ il/elle s'enfonce dans le sable

ᐃᔮᐅᐦᒋᐱᔨᐤ iyaauhchipiyiu vii ♦ ça s'enfonce dans le sable

ᐃᔮᐅᐦᒋᓂᒻ iyaauhchinim vti ♦ il/elle l'enterre à la main

ᐃᔮᐅᐦᒋᓈᐤ iyaauhchinaau vta ♦ il/elle l'enterre à la main

ᐃᔮᐧᐃᓐ iyaawin vii ♦ ça ne contient qu'une petite quantité, il n'y en a pas assez

ᐃᔮᐧᐋᐤ iyaawaau vta ♦ il/elle l'a

ᐃᔮᐤ iyaau vai+o ♦ il/elle l'a

ᐃᔮᐱᑖᔨᒫᐤ iyaapitaayimaau vta ♦ il/elle fait attention à, s'occupe de, s'intéresse à lui/elle

ᐃᔮᐱᑖᔨᐦᑎᒻ iyaapitaayihtim vti ♦ il/elle fait attention à, s'occupe de, s'intéresse à lui/elle

ᐃᔮᐱᒥᔨᐚᐤ iyaapimiyiwaau vii ♦ c'est un endroit couvert

ᐃᔮᐱᓯᐦᑎᐚᐤ iyaapisihtiwaau vta ♦ il/elle lui obéit, le/la croit

ᐃᔮᐱᓯᐦᑎᒻ iyaapisihtim vti ♦ il/elle obéit

ᐃᔮᐱᔑᑎᐦᒑᔑᐤ iyaapishitihchaashiu vai dim ♦ il/elle a de petites mains

ᐃᔮᐱᔑᑳᒑᔑᐤ iyaapishikaachaashiu vai dim ♦ il/elle a les jambes maigres

ᐃᔮᐱᔑᒥᓂᑳᔑᐅᐦ iyaapishiminikaashiuh vii pl ♦ les baies sont petites

ᐃᔮᐱᔑᒥᓂᒋᔑᔑᐧᐃᒡ iyaapishiminichishishiwich vai pl dim ♦ les baies sont petites

ᐃᔮᐱᔑᔥᑖᔑᐤ iyaapishishtaashiu vai dim ♦ il/elle écrit petit

ᐃᔮᐱᔑᔥᑭᓯᐤ iyaapishishkishiu vai dim ♦ ses traces sont petites

ᐃᔮᐱᔖᔥᑯᐱᑐᓈᔑᐤ iyaapishaashkupitunaashiu vai dim [Wemindji] ♦ il/elle a les bras maigres

ᐃᔮᐱᔖᔥᑯᐱᑐᐦᔑᐤ iyaapishaashkupituhshiu vai ♦ il/elle a les bras maigres

ᐃᔮᐹᐅᑎᐦᒄ iyaapaautihkw na -um ♦ un caribou mâle au printemps en migration vers le nord et dont les bois commencent à poindre

ᐃᔮᐹᔒᔥ iyaapaashiish na dim ♦ un caribou mâle âgé de deux ans au début de l'automne

ᐃᔮᑐᐃᐦᐋᐤ iyaatuwihaau vta ♦ il/elle le/la critique

ᐃᔮᑐᐃᐦᑖᐤ iyaatuwihtaau vai+o ♦ il/elle le rejette

ᐃᔮᑭᑣᐱᐦᑎᒻ iyaakitwaapihtim vti redup ♦ il/elle continue à regarder dedans (par exemple un trou, un tunnel -pour voir ce qu'il y a dedans)

ᐃᔮᑯᓈᐤ iyaakunaau vai ♦ il/elle est recouvert-e de neige

ᐃᔮᑯᓈᐤ iyaakunaau vii ♦ c'est recouvert de neige

ᐃᔮᑯᓈᐋᒻ iyaakunaaham vti ♦ il/elle l'enterre dans la neige

ᐃᔮᑯᓈᐦᐚᐤ iyaakunaahwaau vta ♦ il/elle l'enterre dans la neige

ᐃᔮᑯᓯᒁᔮᐱᐦᑎᒻ iyaakusikwaayaapihtim vti redup ♦ il/elle continue à regarder dedans (par exemple un trou, un tunnel – pour voir ce qu'il y a dedans)

ᐃᔮᒀᒥᒫᐤ iyaakwaamimaau vta ♦ il/elle le/la prévient, l'avertit

ᐃᔮᒀᒥᓯᐤ iyaakwaamisiiu vai ♦ il/elle fait attention

ᐃᔮᒀᒥᐤ iyaakwaamiiu vai ♦ il/elle fait attention

ᐃᔮᒀᒦᔥᑎᐚᐤ iyaakwaamiishtiwaau vta ♦ il/elle fait attention à elle/lui

ᐃᔮᒀᒦᔥᑎᒻ iyaakwaamiishtim vti ♦ il/elle fait attention à ça

ᐃᔮᒀᒧᐚᐧᐃᓐ iyaakwaamuwaawin ni ♦ un conseil portant sur la sécurité

ᐃᔮᒀᐦᑎᒻ iyaakwaahtim vti ♦ il/elle en mange beaucoup de manière à ne pas partager avec les autres

ᐃᔮᒥᔅᑳᐦᐊᓐ iyaamiskaahan vii ♦ c'est enterré avec les galets par le courant d'eau

ᐃᔮᒥᔅᒋᓂᐦᐋᐤ iyaamischinihaau vta ♦ il/elle en remplit le récipient il le fait déborder

ᐃᔮᒻ **iyaamh** p,quantité ◆ une grande quantité, trop ▪ ᐋᓅ ᐃᔮᒻ ᐄᐦ ᐋᐱᑎᐦᒡ ᒥᐦᒡ ᐋᐸ ᒥᔑᕐᒡ ᑎᓈᔅᑯᐦᐋᔥ ▪ *On utilise trop de bois à cause de ce vieux poêle.*

ᐃᔮᓂᑖᐅᐦᑳᐤ **iyaanitaauhkaau** vii ◆ c'est une pente de terre étroite et basse

ᐃᔮᓂᑭᐦᐙᐤ **iyaanikihwaau** vta ◆ il/elle fait signe un qu'il l'a haché

ᐃᔮᓂᔅᑭᐊᒨᐦᐋᐤ **iyaaniskiwimuhaau** vta redup ◆ il/elle les joint l'un après l'autre

ᐃᔮᓂᔅᑭᐊᒨᑖᐤ **iyaaniskiwimuhtaau** vai+o redup ◆ il/elle joint des choses l'une après l'autre

ᐃᔮᓂᔅᑭᐋᐱᐦᑳᑎᒻ **iyaaniskiwaapihkaatim** vti redup ◆ il/elle les attache l'un à l'autre (filiforme)

ᐃᔮᓂᔅᑭᐋᐱᐦᑳᑖᐤ **iyaaniskiwaapihkaataau** vta ◆ il/elle les attache l'un à l'autre

ᐃᔮᓂᔅᑭᐋᑭᔥᑖᐤ **iyaaniskiwaakishtaau** vai+o redup ◆ il/elle les dépose l'un à côté de l'autre on les superposant un peu (étalé)

ᐃᔮᓂᔅᑭᐋᑭᐦᐋᐤ **iyaaniskiwaakihaau** vta redup ◆ il/elle les dépose l'un à côté de l'autre en les superposant un peu (étalé)

ᐃᔮᓂᐦᐊᒻ **iyaaniham** vti ◆ il/elle le marque, l'entaille

ᐃᔮᓂᐦᐙᐤ **iyaanihwaau** vta ◆ il/elle le marque, l'entaille

ᐃᔮᓯᐦᒋᒫᐤ **iyaasihchimaau** vta ◆ il/elle lui dit de se dépêcher

ᐃᔮᓯᐦᒋᐤ **iyaasihchiiu** vai ◆ il/elle le fait à la hâte, à la va-vite

ᐃᔮᓯᐦᒌᐦᑭᐙᐤ **iyaasihchiihkiwaau** vta ◆ il/elle le fait à la hâte pour lui/elle

ᐃᔮᓯᐦᒌᐦᑭᒻ **iyaasihchiihkim** vti ◆ il/elle le fait à la hâte, en vitesse

ᐃᔮᔅᐙ **iyaaswaa** p,manière ◆ un-e sur deux ▪ ᒥᐦ ᐃᔮᔅᐙ ᓂᒌ ᐊᑎ ᐅᑎᓈᓐ ᐋᐅᐦᐃ ᐙᐤᐦᐦ ▪ *Je n'ai pris qu'un oeuf sur deux.*

ᐃᔮᔅᐋᑎᐱᔅᑳᐅᐦ **iyaaswaatipiskaauh** p,temps [Wemindji] ◆ une nuit sur deux ▪ ᒥᐦ ᐃᔮᔅᐋᑎᐱᔅᑳᐅᐦ ᓂᒌ ᐊᑎ ᐹᑳᓈᓈᓐ ᐄᐦ ᐸᑎᔅᑳᐸ ᐋᐸ ᐋᓅ ᐋᐦᒥ ᑎᐦᑳᑭᑦ ▪ *Nous n'avons eu besoin de faire un feu qu'une nuit sur deux puisqu'il ne faisait pas très froid.*

ᐃᔮᔅᐙᒌᔑᑳᐅᐦ **iyaaswaachiishikaauh** p,temps [Wemindji] ◆ un jour sur deux ▪ ᐃᔮᔅᐙᒌᔑᑳᐅᐦ ᓂᑎᐋᓐᑦᑎᑦᔕᐃ ᒉ ᐃᔓᐦᑕᑦ ᓂᑐᦨᐦᑕᒨᑉᕆᒡᐅᐦ ▪ *Il a demandé de passer à la clinique un jour sur deux.*

ᐃᔮᔅᐙᐦᐊᒻ **iyaaswaaham** vti ◆ il/elle le fait à un sur deux

ᐃᔮᔅᐙᐦᐙᐤ **iyaaswaahwaau** vta ◆ il/elle le fait à un-e sur deux

ᐃᔮᔅᐱᓂᑖᐤ **iyaaspinitaau** vta ◆ visiblement il/elle l'a blessé-e physiquement d'une certaine façon

ᐃᔮᔅᐳᓈᔨᐦᑎᒻ **iyaaspunaayihtim** vti ◆ il/elle s'attend à recevoir à manger quand il/elle le verra

ᐃᔮᔅᑭᐃᐱᐤ **iyaaskiwipiu** vai ◆ il/elle est déjà assis là, posé là, tout prêt

ᐃᔮᔅᑭᐃᔥᑎᐙᐤ **iyaaskiwishtiwaau** vta ◆ il/elle l'a tout prêt pour lui/elle, il/elle se prépare pour lui/elle

ᐃᔮᔅᑭᐃᔥᑖᐤ **iyaaskiwishtaau** vai+o ◆ il/elle l'a tout prêt à l'avance

ᐃᔮᔅᑭᐃᔥᑖᐤ **iyaaskiwishtaau** vii ◆ c'est prêt à l'avance

ᐃᔮᔅᑭᐃᐤ **iyaaskiwiiu** vai ◆ il/elle se prépare

ᐃᔮᔅᑭᐄᔥᑎᒻ **iyaaskiwiishtim** vti ◆ il/elle se prépare pour ça

ᐃᔮᔅᑭᐋᔨᐦᑎᒻ **iyaaskiwaayihtim** vti ◆ il/elle pense à l'avance, planifie

ᐃᔮᔅᑯᐱᐤ **iyaaskupiu** vai ◆ il/elle est fatigué d'être assis

ᐃᔮᔅᑯᑳᐴ **iyaaskukaapuu** vai -uwi ◆ il/elle est fatigué d'être debout

ᐃᔮᔅᑯᑳᑖᐤ **iyaaskukaataau** vai ◆ ses jambes sont fatiguées

ᐃᔮᔅᑯᒨ **iyaaskumuu** vai-u ◆ sa gorge, sa voix est fatiguée

ᐃᔮᔅᑯᓯᐤ **iyaaskusiu** vai ◆ il/elle est fatigué-e

ᐃᔮᔅᑯᓯᐄᓐ **iyaaskusiiwin** ni ◆ la fatigue

ᐃᔮᔅᑯᓯᐃᒥᑭᓐ **iyaaskusiimikin** vii ◆ il est fatigué (inanimé)

ᐃᔮᔅᑯᔑᓐ **iyaaskushin** vai ◆ il/elle a mal partout à force de rester couché-e, à force de voyager en véhicule

ᐃᔮᔅᑯᐦᐄᐙᐤ **iyaaskuhiiwaau** vai ◆ il/elle est agaçant-e de par ses actions, son état

ᐃᔮᔅᑯᐦᐄᐙᐤ **iyaaskuhiiwaau** vii ◆ c'est agaçant

ᐃᔮᔅᑯᐦᐋᐤ iyaaskuhaau vti ♦ il/elle le/la fatigue par ses actions, son état

ᐃᔮᔅᑯᐦᑖᐤ iyaaskuhtaau vai ♦ il/elle est fatigué-e de marcher

ᐃᔮᔒᐚᓂᒋᔥᑭᒻ iyaashiwaanichishkim vti ♦ il/elle marche d'île en île

ᐃᔮᔑᐱᑎᒻ iyaashipitim vti ♦ il/elle l'abaisse rapidement

ᐃᔮᔑᐱᑖᐤ iyaashipitaau vta ♦ il/elle l'abaisse rapidement; le poisson tire sur l'appât et le crochet

ᐃᔮᔑᐱᔨᐤ iyaashipiyiu vai ♦ il/elle baisse, sa valeur diminue

ᐃᔮᔑᐱᔨᐤ iyaashipiyiu vii ♦ ça baisse, ça diminue

ᐃᔮᔑᐱᔨᐦᵁ iyaashipiyihuu vai-u ♦ il/elle baisse, diminue

ᐃᔮᔑᐱᔨᐦᐋᐤ iyaashipiyihaau vta ♦ il/elle tombe (se dit de vêtements, ex. son pantalon)

ᐃᔮᔑᐱᔨᐦᑖᐤ iyaashipiyihtaau vai+o ♦ il/elle (ex. un bas, une chaussette) dégringole, glisse ▪ ᐃᔮᔑᐱᔨᐦᑖᐤ ᐅᒌᔅ ▪ Sa chaussette descend.

ᐃᔮᔑᑎᔑᓂᒻ iyaashitishinim vti ♦ il/elle le fait descendre de quelque chose à la main

ᐃᔮᔑᑭᐎᐹᔥᑖᓂᒨ iyaashikiwipaashtaanimuu vai-u ♦ le soleil indique qu'il va pleuvoir, les rayons de soleil scintillent vers le bas du soleil

ᐃᔮᔑᓂᒻ iyaashinim vti ♦ il/elle le fait descendre de quelque chose à la main

ᐃᔮᔑᓈᐤ iyaashinaau vta ♦ il/elle le/la baisse (ex. pantalon), l'abaisse

ᐃᔮᔑᐦᐊᒻ iyaashiham vti ♦ il/elle l'abaisse avec quelque chose

ᐃᔮᔑᐦᐚ iyaashihwaau vta ♦ il/elle tire et le/la blesse ce qui le/la fait s'abaisser doucement vers le sol

ᐃᔮᔑᐦᒂᐤ iyaashihkwaau vai ♦ il/elle hurle, crie de façon répétée

ᐃᔮᔑᐦᒃᐚᑖᐤ iyaashihkwaataau vta redup ♦ il/elle l'engueule, lui crie dessus de façon répétée

ᐃᔮᔲᐃᑎᐦᑯᔥᒑᐤ iyaashuwitihkuschaau vai redup ♦ il/elle marche de l'un à l'autre

ᐃᔮᔲᐃᑭᒥᒑᔥᑭᒻ iyaashuwikimichaashkim vti redup ♦ il/elle va d'une habitation à l'autre

ᐃᔮᔲᐊᐚᔥᑯᐦᑎᐤ iyaashuwikwaashkuhtiu vai ♦ il/elle saute de l'un à l'autre

ᐃᔮᔖᐱᐦᒑᐎᐤ iyaashaapihchaawiiu vai ♦ il/elle se fait descendre avec une corde

ᐃᔮᔖᐱᐦᒑᓂᒻ iyaashaapihchaanim vti ♦ il/elle le fait descendre, l'abaisse (filiforme)

ᐃᔮᔖᐱᐦᒑᓈᐤ iyaashaapihchaanaau vta ♦ il/elle le/la fait descendre avec une corde

ᐃᔮᔖᐦᑎᐚᐱᔨᐤ iyaashaahtiwaapiyiu vai ♦ il/elle glisse le long de quelque chose

ᐃᔮᔖᐦᑎᐚᐱᔨᐤ iyaashaahtiwaapiyiu vii ♦ ça glisse le long de quelque chose

ᐃᔮᔥᐱᔑᐤ iyaashpishiiu vai ♦ il/elle a le temps de le faire ▪ ᓂᒐ ᐃᔮᔥᐱᔑᐤ ᒌ ᒥᒋᓱᒡ ▪ Elle n'a pas le temps de manger.

ᐃᔮᔥᑎᐚᔅᑯᐱᔨᐤ iyaashtiwaaskupiyiu vai ♦ on le/la voit bouger parmi les arbres

ᐃᔮᔥᑎᐚᔅᑯᐦᑖᐤ iyaashtiwaaskuhtaau vai ♦ on le/la voit marcher parmi les arbres

ᐃᔮᔥᑐᓈᐱᔨᐎᒡ iyaashtunaapiyiwich vai pl ♦ ils/elles s'en vont dans des directions opposées

ᐃᔮᔥᑐᓈᐱᔨᐤᐦ iyaashtunaapiyiuh vii pl ♦ ils/elles (inanimés, par ex des canots) s'en vont dans des directions opposées

ᐃᔮᔥᑐᓈᑳᑖᐱᐤ iyaashtunaakaataapiu vai ♦ il/elle s'assoie en tailleur

ᐃᔮᔥᑖᒫᐤ iyaashtaamaau vta ♦ il/elle se dispute avec lui/elle

ᐃᔮᔨᐎᐤ iyaayiwiiu vai ♦ il/elle est fatigué-e, épuisé-e

ᐃᔮᔨᐚᐹᐤ iyaayiwaapaau vai ♦ il/elle est fatigué-e de tirer ou de porter une charge

ᐃᔮᔫᐃᐱᐤ iyaayuwipiu vai ♦ il/elle est fatigué-e d'être assis

ᐃᔮᔫᐃᐱᔨᐦᑖᐤ iyaayuwipiyihtaau vai+o ♦ il/elle le fatigue (par ex son bras) à force de faire quelque chose pendant longtemps

ᐃᔮᐅᐃᐱᐦᑖᵒ **iyaayuwipihtaau** vai
- il/elle est fatigué-e, épuisé-e de courir

ᐃᔮᐅᐃᑖᑦᐦᑎᒻ **iyaayuwitaahtim** vti
- il/elle est à bout de souffle

ᐃᔮᐅᐃᑳᐴ **iyaayuwikaapuu** vai -uwi
- il/elle est fatigué-e d'être debout

ᐃᔮᐅᐃᒧᐦᐋᵒ **iyaayuwimuhaau** vta
- il/elle le/la rend fatigué-e de trop pleurer, de trop rire, il/elle lui fatigue la voix, la gorge

ᐃᔮᐅᐃᒨ **iyaayuwimuu** vai-u
- il/elle éprouve un grand chagrin, il/elle est fatigué-e, épuisé-e d'avoir utilisé sa voix, sa gorge à force de pleurer, de chanter, de rire

ᐃᔮᐅᐃᓐ **iyaayuwin** vii
- c'est abîmé, perdu, renversé

ᐃᔮᐅᐃᓰᐤ **iyaayuwisiiu** vai
- il/elle est abîmé-e, perdu-e, renversé-e

ᐃᔮᐅᐃᔅᐦᐃᓐ **iyaayuwishin** vai
- il/elle a mal partout à force d'être couché-e, à cause de son voyage en véhicule

ᐃᔮᐅᐃᐦᐄᓲ **iyaayuwihiisuu** vai reflex -u
- il/elle se suicide

ᐃᔮᐅᐃᐦᐆ **iyaayuwihuu** vai -u
- il/elle se fait tuer

ᐃᔮᐅᐃᐦᐋᵒ **iyaayuwihaau** vta
- il/elle le/la tue, l'abîme, le/la gâte, le/la renverse

ᐃᔮᐅᐃᐦᑎᐙᵒ **iyaayuwihtiwaau** vta
- il/elle le/la lui abîme

ᐃᔮᐅᐃᐦᑖᵒ **iyaayuwihtaau** vai+o
- il/elle renverse, abîme

ᐃᔮᐅᐋᔒᐤ **iyaayuwaashiu** vai
- il/elle est fatigué-e d'être dehors dans le vent qui souffle

ᐃᔮᐅᐋᔅᐦᑎᓐ **iyaayuwaashtin** vii
- c'est abîmé, détruit par la force du vent

ᐃᔮᐅᐋᔨᐦᑎᒻ **iyaayuwaayihtim** vti
- il/elle se fait trop de souci à ce sujet, elle se tourmente

ᐃᔮᐦᐱᒋᓈᑯᓐ **iyaahpichinaakun** vii
- ça a l'air important, utile (utilisé au négatif) ▪ ᓇᒧᐃ ᐋᐱ ᐅᒌ ᐃᔮᐦᐱᒋᓈᑯᒻ ᑲ ᑎᑲᕐᑖᑦᒡᐦ ▪ *Le film qu'on a vu n'était pas très intéressant.*

ᐃᔮᐦᐱᒋᓈᑯᓯᐤ **iyaahpichinaakusiu** vai
- il/elle a l'air important, utile (utilisé à la forme négative) ▪ ᑕᐧ ᐃᔮᐦᐱᒋᓈᑯᓯᐤ ᐊᓐ ᐊᑎᐦᑳᓃ ᐊᒡ ᒌ ᒥᓘᑦᐳᐋᑦᐦᐋᐸ ▪ *Le gâteau n'a pas l'air joli même si je l'ai décoré.*

ᐃᔮᐦᑎᐱᐤ **iyaahtipiu** vai
- il/elle s'arrête de temps en temps, bouge de temps à autre

ᐃᔮᐦᑎᒌᔒᑳᐤ **iyaahtichiishikaau** vii
- les jours rallongent

ᐃᔮᐦᑐᒑᐤ **iyaahtuchaau** vai
- il/elle déplace son campement de temps en temps en voyageant.

ᐃᔮᐦᑭᒫᔨᒨ **iyaahkimaayimuu** vai -u
- il/elle pousse pour dépasser

ᐃᔮᐦᑯᐃᐦᑎᐃᑯᐅᐦᐆ **iyaahkuihtiwikuhuu** vai -u
- il/elle porte plusieurs couches de vêtements

ᐃᔮᐦᑯᐃᐦᑎᐃᔅᐦᑖᵒ **iyaahkuihtiwishtaau** vai+o redup
- il/elle empile une chose sur l'autre

ᐃᔮᐦᑯᐃᐦᑎᐃᐦᐋᵒ **iyaahkuihtiwihaau** vta redup
- il/elle les empile l'un-e sur l'autre

ᐃᔮᐦᑯᑎᓈᵒ **iyaahkutinaau** vii
- c'est montagneux

ᐃᔮᐦᑯᓯᑖᒥᓈᵒ **iyaahkusitaaminaau** vai [Chisasibi]
- il/elle est malade d'avoir mangé trop de baies

ᐃᔮᐦᑯᓯᑭᓈᵒ **iyaahkusikinaau** vai
- il/elle a mal aux os

ᐃᔮᐦᑯᓯᑭᓈᒥᐦᒋᐦᐆ **iyaahkusikinaamihchihuu** vai -u
- il/elle sent ses os qui lui font mal

ᐃᔮᐦᒃᐙᐱᔅᑳᵒ **iyaahkwaapiskaau** vii
- ce sont des rochers élevés et dangereux, c'est une montagne aux pentes très raides

ᐄᔮᑯᓈᐱᔩ **iywaakunaapiyiu** vii
- la neige se dépose et recouvre le sol, de l'eau qui n'est pas encore gelée

ᐄᔮᑯᓈᔒᓐ **iywaakunaashin** vai
- il/elle tombe et se retrouve enfoui sous la neige

ᐄᔮᑯᓈᐦᑎᓐ **iywaakunaahtin** vii
- ça tombe et se retrouve enfoui sous la neige

ᐄᔮᔅᐦᑎᓂᔫ **iywaashtinishiu** vai
- le vent tombe alors qu'il/elle voyage

ᐃᐧᔪᐦᑎᓈᑭᒥᐤ **iywaashtinaakimiu** vii
  ◆ l'eau est calme, stagnante
ᐃᐧᔪᐦᑎᐣ **iywaashtin** vii ◆ c'est calme
  (pour le vent), il ne vente pas fort
ᐃᐦᐄᐱᔮᐹᒄ **ihiipiyaapaakw** na ◆ un
  vieux filet de pêche qui n'est plus
  assez bon pour la pêche mais qu'on
  peut utiliser pour autre chose
ᐃᐦᐄᐱᔮᐹᒄ **ihiipiyaapaakw** na
  [Whapmagoostui] ◆ de la ficelle pour
  faire le filet de pêche
ᐃᐦᐄᐱᐦᑳᓈᐦᑎᒄ **ihiipihkaanaahtikw** na
  ◆ une aiguille ou une navette pour
  fabriquer le filet de pêche
ᐃᐦᐄᐱᐦᒑᐤ **ihiipihchaau** vai ◆ il/elle
  fabrique un filet de pêche, un filet à
  castor
ᐃᐦᐄᐱᐦᒑᓯᐤ **ihiipihchaasiu** na -iim
  [Wemindji] ◆ une araignée, lit. 'qui fait
  des filets'
ᐃᐦᐄᐱᐦᒑᓯᐤ **ihiipihchaasiu** vai ◆ il/elle
  fabrique des filets
ᐃᐦᐄᐱ **ihiipii** na ◆ un filet de pêche, un
  filet
ᐃᐦᐄᐱᐅᔨᓂᑖᑭᓐ **ihiipiiushunitaakin** ni
  ◆ une ficelle pour le filet de pêche
ᐃᐦᑎᑎᒼ **ihtitim** vti ◆ il/elle le garde là,
  disponible
ᐃᐦᑎᑎᓂᐦ **ihtitinh** vii pl ◆ il y en a un
  certain nombre
ᐃᐦᑎᑐᔑᑎᐛᓯᐧᐃᐦ **ihtitushtiwaasiwich** vai
  pl ◆ les castors ont un certain nombre
  de huttes
ᐃᐦᑎᑐᐦᐋᐤ **ihtituhaau** vta ◆ il/elle en fait
  un certain nombre
ᐃᐦᑎᑯᓐ **ihtikun** vii ◆ il y en a; ça existe;
  c'est là
ᐃᐦᑎᔑᐧᐃᐦ **ihtishiwich** vai pl ◆ ils/elles
  forment une certaine quantité
ᐃᐦᑎᔮᐤ **ihtiyaau** vta ◆ il/elle le/la garde
  là, disponible
ᐃᐦᑎᐦᑐᐱᐳᓈᓯᐤ **ihtihtupipunwaasiu** vai
  ◆ il/elle a X ans
ᐃᐦᑎᐦᑐᐱᐳᓈᓰᒥᑭᓐ
  **ihtihtupipunwaasiimikin** vii ◆ ça a X
  ans
ᐃᐦᑐᑎᐚᐤ **ihtutiwaau** vta ◆ il/elle le lui
  fait
ᐃᐦᑐᑐᒧᐚᐤ **ihtutimuwaau** vta ◆ il/elle
  le fait pour lui/elle

ᐃᐦᑐᑎᒼ **ihtutim** vti ◆ il/elle le fait
ᐃᐦᑐᑖᑭᓃᐤ **ihtutaakiniuu** vti,passif -iwi
  ◆ c'est fait comme ça
ᐃᐦᑖᐃᓐ **ihtaawin** ni ◆ une ville, un
  village, un territoire de chasse
ᐃᐦᑖᐤ **ihtaau** vai ◆ il/elle existe, il/elle
  est ici, là
ᐃᐦᒋᐹᐱᔨᐤ **ihchipaapiyiu** vii ◆ ça
  déborde à cause de la pluie, des crues
  de printemps

# ᐄ

ᐄᐚᔑᐤ **iiwaashiu** vii dim ◆ l'eau est peu
  profonde
ᐄᐹᑎᐱᐤ **iipaatipiu** vai ◆ il/elle est
  placé-e au milieu du désordre
ᐄᐹᑎᐹᔮᐤ **iipaatipaayaau** vii ◆ le temps
  est très mouillé
ᐄᐹᑎᓐ **iipaatin** vii ◆ le temps est
  mouillé et désagréable
ᐄᐹᑖᐅᐦᑳᐤ **iipaataauhkaau** vii ◆ c'est
  sali avec du sable
ᐄᐹᑖᔨᒧᐦᐋᐤ **iipaataayimuhaau** vta
  ◆ il/elle le/la rend mal à l'aise, triste
ᐄᐹᑖᔨᒨ **iipaataayimuu** vai -u ◆ il/elle se
  sent mal à l'aise, triste, malheureux
ᐄᐹᑖᔨᒫᐤ **iipaataayimaau** vta ◆ il/elle se
  sent mal à l'aise à cause de son
  apparence négligée
ᐄᐹᑖᔨᐦᑎᒼ **iipaataayihtim** vti ◆ il/elle se
  sent mal à l'aise à cause de
  l'apparence négligée de quelque chose
ᐄᐹᑖᔨᐦᑖᑯᓐ **iipaataayihtaakun** vii ◆ le
  temps est désagréable
ᐄᐚᐦᑳᐤ **iipwaahkaau** vai ◆ il/elle est
  intelligent-e, dégourdi-e,
  astucieux/astucieuse
ᐄᑎᐧᐃᐱᑎᒼ **iitiwipitim** vti ◆ il/elle le
  pousse vers les côtés, le tire, le
  déchire de chaque côté
ᐄᑎᐧᐃᑳᒼ **iitiwikaam** p,lieu ◆ des deux
  côtés d'un cours d'eau; des deux côtés
  de l'habitation ■ ᐄᑎᐧᐃᑳᒼ ᐦᵐ ᐊᐦᒉᐤ
  ᐅᐊᓯᐦᐋᐸᐣ ᐊᓄᑦ ᒉᐦᐋᐳᓱᐦᵒ. ◆ ᐄᑎᐧᐃᑳᒼ
  ᐦᵐ ᐊᐸᐦᒑᐊᐧᐊᐣ ᐊᓄᑦ ᒉᐧᐃᐊᐦᐸᐦ. ■ Elle/Il
  plaça ses pièges de chaque côté du lac. ◆
  Les gens avaient vécu des deux côtés de
  l'habitation.

ᐃᑎ·ᐃᓲᓂᒃ iitiwishinich vai pl ♦ ils/elles sont couché-e-s de chaque côté

ᐃᑎ·ᐃᖐ·ᑳᕽ iitiwishkwaahch p,lieu ♦ des deux côtés de la porte ▪ ᐃᑎ·ᐃᖐ·ᑳᕽ ᒥᑭ ·ᐋᕐ·ᐃᐤ ᐊᓂᕐ ᓃᔆ ᒦᔪᖐ·ᑲᓲᒃx ▪ *Les deux vieilles femmes vivront des deux côtés de la porte.*

ᐃᑎ·ᐃ"ᐱᑎᒻ iitiwihpitim vti ♦ il/elle le noue des côtés opposés

ᐃᑎ·ᐃ"ᑯᑎᒻ iitiwihkutim vti ♦ il/elle le sculpte des deux cotés opposés

ᐃᑎ·ᐃ"ᑯᑖᐤ iitiwihkutaau vii ♦ c'est sculpté sur des côtés opposés

ᐃᑎ·ᐃ"ᑯᑖᐤ iitiwihkutaau vta ♦ il/elle le/la sculpte des deux côtés, des côtés opposés

ᐃᑎ·ᐋᑏᓲ iitiwaatiisuu vai-u ♦ il/elle prétend être quelqu'un ou quelque chose

ᐃᑎ·ᐋᑖᐤ iitiwaataau vii ♦ ça semble, ça a l'air de...

ᐃᑎ·ᐋ"ᐊᒫᐤ iitiwaahamaau vai ♦ il/elle coiffe ses cheveux d'une certaine façon, se fait une certaine coiffure

ᐃᑎᐤ iitiu p,lieu ♦ des deux côtés ▪ ᐃᑎᐤ ᓂᖠ" ᒥᔪ"ᐊᓚ° ᐅᒋᔪ"ᑲᔆ·ᐃᐊ ᐊᓂᑎ" ᒥᔪ"ᐋᐯᓂᓲ·ᐊᑎ"'x ▪ *J'ai écrit son nom des deux côtés de la boîte.*

ᐃᑎᐱᐤ iitipiu vai ♦ il/elle est assis-e d'une certaine façon ▪ ·ᐋᒃ ᓅ" ᐋᐅ" ᐃᐅᐤ ᐅᐤ"x ▪ *Elle est assise ici depuis longtemps.*

ᐃᑎᑎᓈᐤ iititinaau vii ♦ la montagne est orientée dans une certaine direction

ᐃᑎᑖᓂᐚᐤ iititaaniwaau vai ♦ il/elle cuisine d'une certaine façon

ᐃᑎᒋᒫᐤ iitichimaau vta ♦ il/elle le/la considère d'une certaine façon, il/elle l'évalue à un certain prix

ᐃᑎᒋ"ᐅᒍ·ᐋᐤ iitichihtimuwaau vta ♦ il/elle lui fait payer un certain prix, lui limite la durée de son travail

ᐃᑎᒋ"ᑎᒻ iitichihtim vti ♦ il/elle fait payer un certain prix pour quelque chose, il/elle limite le temps que cela va prendre

ᐃᑎᒋ"ᑖᑯᓐ iitichihtaakun vii ♦ ça coûte X

ᐃᑎᒋ"ᑖᑯᓲ iitichihtaakusiu vai ♦ il/elle coûte X

ᐃᑎᒥᒋᔑᔑ"ᑎ·ᐋᐤ iitimichishuushtiwaau vta ♦ il/elle le/la ressent (une présence spirituelle)

ᐃᑎᒥᒋᔑᔑ"ᑎᒻ iitimichishuushtim vti ♦ il/elle ressent une présence spirituelle

ᐃᑎᒥᒋ"ᐋᐤ iitimichihaau vta ♦ il/elle le/la fait se sentir comme ça

ᐃᑎᒥᒋ"ᑎᐅ iitimihchihuu vai-u ♦ il/elle se sent d'une certaine façon (bien ou mal, différemment d'auparavant) ▪ ᐁ"ᒑ"ᐸ" ᓂᒥ ᐅ"ᒋ ᒌ" ᐃᑎᒥᒋ"ᒋ"ᐅ ᐊᔨ·ᐊᑦ ·ᐋ"ᒋ ᐊᑲ ᐅ"ᒋ ᑎᑐᓲ"'x ▪ *Il n'est pas venu parce qu'elle/il ne se sentait pas bien.*

ᐃᑎᒨ"ᐋᐤ iitimuhaau vta ♦ il/elle le/la dépose d'une certaine manière

ᐃᑎᒨ"ᑖᐤ iitimuhtaau vai+o ♦ il/elle le/la dépose d'une certaine manière

ᐃᑎᒨ iitimuu vii-u ♦ ça mène à quelque part ou quelque chose (ex. une route, un sentier)

ᐃᑎᒨ iitimuu vai-u ♦ ça colle, c'est attaché d'une certaine façon

ᐃᑎᓂᒻ iitinim vti ♦ il/elle le tient d'une certaine façon; ses traces indiquent quand elles ont été faites

ᐃᑎᓂ"ᐅ iitinihuu vai-u ♦ il/elle est absent-e depuis quelque temps

ᐃᑎᓈᐤ iitinaau vta ♦ il/elle le/la tient d'une certaine façon

ᐃᑎᓯᑯᓲ iitisikusiu vai ♦ de la glace se forme, prend une certaine allure

ᐃᑎᓯᓂ"ᐋᒐᐤ iitisinihiichaau vai ♦ il/elle écrit au sujet de certaines choses, conçoit

ᐃᑎᓯᓂ"ᐊᒻ iitisiniham vti ♦ il/elle écrit, conçoit d'une certaine façon

ᐃᑎᓯᓂ"·ᐋᐤ iitisinihwaau vta ♦ il/elle l'écrit, le/la conçoit, l'identifie d'une certaine façon

ᐃᑎᓯᓈᑖᐤ iitisinaataau vii ♦ c'est écrit, numéroté, marqué, conçu

ᐃᑎᓯᓈᓲ iitisinaasuu vai-u ♦ il/elle est écrit-e, numéroté-e, conçu-e, marqué-e, identifié-e ainsi; son numéro (de téléphone) est...

ᐃᑎ"ᑖᐤ iitisihtaau vai ♦ il/elle porte le canot sur ses épaules dans une certaine direction

ᐃᑎᔅᑭᒥᑳᐤ iitiskimikaau vii ♦ le paysage a certaines caractéristiques

ᐄᑎᔑᒨ **iitishimuu** vai -u ◆ il/elle s'enfuit pour se protéger

ᐄᑎᔑᓈᐤ **iitishinaau** vta ◆ il/elle le/la pousse par là, dans cette direction

ᐄᑎᔑᐚᒨᐙᐤ **iitishihamuwaau** vta ◆ il/elle le lui envoie, il/elle lui envoie un message par la radio

ᐄᑎᔑᐚᒫᒑᐤ **iitishihamaachaau** vai ◆ il/elle envoie quelque chose à quelqu'un d'autre, il/elle envoie un message radio

ᐄᑎᔑᐦᐊᒻ **iitishiham** vti ◆ il/elle l'envoie, il/elle envoie un message radio

ᐄᑎᔑᐦᐚᐤ **iitishihwaau** vta ◆ il/elle l'envoie quelque part

ᐄᑎᔓᐙᐤ **iitishuwaau** vai ◆ il/elle commande, instruit

ᐄᑎᔓᐙᑎᒻ **iitishuwaatim** vti ◆ il/elle donne des ordres, des instructions au sujet de quelque chose

ᐄᑎᔓᐙᑖᐤ **iitishuwaataau** vta ◆ il/elle donne des ordres, des instructions au sujet de quelqu'un

ᐄᑎᔓᒫᐤ **iitishumaau** vta ◆ il/elle lui donne des ordres, des instructions

ᐄᑎᔥᑖᐤ **iitishtaau** vai+o ◆ il/elle le place

ᐄᑎᔥᑖᐤ **iitishtaau** vii ◆ c'est placé d'une certaine façon

ᐄᑎᔥᑭᒻ **iitishkim** vti ◆ il/elle va dans une certaine direction ■ ᐋᓐᑎᐅᒃ ᐸᐃᓯᓃᒡ ᐄᓐᑭᒻ ᐋᐧ ᑐᓂᐲᒃ, ᐋᓐᑎᐅᒃ ᑯᐊᔭᐱᑦᒐᐤᐦ ■ *Il (le chien de tête) allait toujours dans la même direction en gardant le vent du même côté de son corps, il courait toujours dans la bonne direction.*

ᐄᑎᐦᐄᓂᐙᐤ **iitihiiniwaau** vai ◆ il/elle distribue de la nourriture d'une certaine façon, il/elle le/la donne en mariage

ᐄᑎᐦᐅᑖᐤ **iitihutaau** vai+o ◆ il/elle le/la transporte là-bas

ᐄᑎᐦᐅᔮᐤ **iitihuyaau** vta ◆ il/elle la/le transporte là-bas, par eau ou par air

ᐄᑎᐦᐊᒫᐤ **iitihamaau** vai ◆ il/elle place ses pieds d'une certaine manière en marchant

ᐄᑎᐦᐊᒻ **iitiham** vti ◆ il/elle le marque, l'entaille

ᐄᑎᐦᐚᐤ **iitihwaau** vta ◆ il/elle le marque, l'entaille

ᐄᑎᐦᐱᑎᒻ **iitihpitim** vti ◆ il/elle le noue d'une certaine façon

ᐄᑎᐦᐱᑖᐤ **iitihpitaau** vta ◆ il/elle le/la noue d'une certaine façon

ᐄᑎᐦᑎᐚᐤ **iitihtiwaau** vta ◆ il/elle l'entend, le/la comprend d'une certaine façon, il/elle en a mangé une certaine quantité (à en juger par les restes)

ᐄᑎᐦᑎᒻ **iitihtim** vti ◆ il/elle l'entend, le comprend d'une certaine façon, elle le marque d'une certaine façon avec ses dents

ᐄᑎᐦᑖᑯᓐ **iitihtaakun** vii ◆ ça a l'air, c'est compris d'une certaine façon

ᐄᑎᐦᑖᑯᓯᐤ **iitihtaakusiu** vai ◆ il/elle a l'air, est compris d'une certaine façon

ᐄᑎᐦᑭᐙᐤ **iitihkiwaau** vai ◆ la chair de poisson a une certaine apparence

ᐄᑎᐦᑭᐙᔮᔅᑯᓯᐤ **iitihkiwaayaaskusiu** vai ◆ le grain du bois a une certaine apparence

ᐄᑐᐦᑎᑎᐚᐤ **iituhtitiwaau** vta ◆ il/elle le lui apporte

ᐄᑐᐦᑎᑖᐤ **iituhtitaau** vai ◆ il/elle l'apporte là-bas

ᐄᑐᐦᑎᐦᐋᐤ **iituhtihaau** vta ◆ il/elle l'amène, l'apporte (animé) là-bas

ᐄᑐᐦᑖᐤ **iituhtaau** vai ◆ il/elle y va

ᐄᑖᐅᐦᑳᐹᐚᐤ **iitaauhkaapaawaau** vii ◆ c'est un dessin laissé sur le sable par le mouvement de l'eau

ᐄᑖᐤ **iitaau** vta ◆ il/elle lui dit, il/elle dit de lui/d'elle ■ ᐋᐤ ᐋ ᐋᐦ ᐃᔅᑐᓂᐋᑦ ᐋᐧᐋᑉ ᐅᒌᒡ ᑳ ᐊᑐᐦᑎᐊᑦ ᑳᐋᐊᐧᒡ, ᐋᑭᐱᓂᐤ ᒦᔭᐱᓂᐲᒥᒃ ■ *Est-ce bien ce que quelqu'un fait à ses jeunes frères et soeurs comme Kaa-anwat? demandèrent-ils à la vieille femme.*

ᐄᑖᐱᐤ **iitaapiu** vai ◆ il/elle regarde

ᐄᑖᐱᑎᓐ **iitaapitin** vii ◆ c'est utilisé d'une certaine façon

ᐄᑖᐱᑎᓰᐤ **iitaapitisiiu** vai ◆ il/elle fait quelque chose, il/elle est utilisé-e dans un certain but

ᐄᑖᐱᓯᔅᒋᓱᐤ **iitaapisischisiu** vai ◆ il/elle est formé-e d'une certaine façon (par exemple un minéral), il/elle semble comme ça

ᐄᑖᐱᔅᑳᐤ **iitaapiskaau** vii ◆ c'est formé d'une certaine façon, ça semble comme ça

ᐃᒐᐱᔅᐦᐋᐅ iitaapiyihaau vta ♦ il/elle le/la mélange en le/la secouant

ᐃᒐᐱᔅᐦᑖᐅ iitaapiyihtaau vai ♦ il/elle le/la mélange en la/le secouant

ᐃᒐᐱᐦᑖᐅ iitaapihtaau vii ♦ la fumée va dans une certaine direction ▪ ᓂᑦᓂᐲᒃ ᓂᒥ ᐱᕐ ᐃᒐᐱᐦᑖᐤ ᐅᑖ" ᐋᔨ ᕑᐩ ᐅᑎᑲᐯᐊᐦᐋᐤ ᐊᓂᐦᑖᐤ ᒥᐦᑎᒡᒃ. *La fumée ne venait pas dans sa direction, parce qu'il avait installé des arbres là (pour en faire un abri).*

ᐃᒐᐱᐦᑲᑎᒻ iitaapihkaatim vti ♦ il/elle l'attache d'une certaine façon

ᐃᒐᐱᐦᑲᑖᐅ iitaapihkaataau vta ♦ il/elle l'attache d'une certaine façon

ᐃᒐᐱᐦᑲᑖᐅ iitaapihkaataau vii ♦ c'est attaché d'une certaine façon

ᐃᒐᐱᐦᑳᓲ iitaapihkaasuu vai-u ♦ il/elle est attaché-e d'une certaine façon

ᐃᒐᐹᐅ iitaapaau vai ♦ il/elle lace les raquettes d'une certaine façon

ᐃᒐᐹᑭᒧᐦᐋᐅ iitaapaakimuhaau vta ♦ il/elle le/la (filiforme) met, l'installe d'une certaine façon

ᐃᒐᐹᑭᒧᐦᑖᐅ iitaapaakimuhtaau vai ♦ il/elle installe une ligne

ᐃᒐᐹᑭᓐ iitaapaakin vii ♦ c'est (filiforme) d'un certain type

ᐃᒐᐹᒋᓯᐅ iitaapaachisiu vai ♦ il/elle (filiforme) est d'un certain type

ᐃᒐᑎᑎᒻ iitaatitim vti ♦ il/elle raconte, rapporte certaines choses à ce sujet

ᐃᒐᑎᓯᐅ iitaatisiiu vai ♦ il/elle a une certaine personnalité, est dans un certain état

ᐃᒐᑭᒋᐦᑎᓐ iitaakichihtin vii ♦ la neige s'amoncelle d'une certaine façon

ᐃᒐᑭᓐ iitaakin vii ♦ ça (étalé) a certaines qualités

ᐃᒐᒋᐧᐃᐦᑖᐅ iitaachiwihtaau vii ♦ ça bout pendant un certain temps ▪ ᓂᔓᐧ ᑲᔮ ᒫᐦ ᕑᐩ ᐊᐦᑎᓂ ᐋᔨ ᕑᐩᐗᐢᐩᓐᑦ ᐃᒐᒋᐦᑖᐅᐦ ᐊᓂᐦᐄ ᐅᔅᑲᐅᦅ. *Ça fait deux heures et demi que les os bouillent.*

ᐃᒐᒋᒨ iitaachimuu vai-u ♦ il/elle raconte, rapporte

ᐃᒐᒋᒫᐅ iitaachimaau vta ♦ il/elle dit quelque chose de lui; il/elle raconte, rapporte à son sujet ▪ ᑲ" ᐃᒐᒋᒍᒡ ᐊᓂᐩ ᓂᑑᐦᑖᐃ ᐊᐩᐦ ᐧᐃᐦᐹᔮᒧᐧ ᐊᔨ ᕑᐩ ᐧᐃᒋᓖᒡ, ᐊᔨᐊᑲᐩ ᐅᑦᕑᐩ ᓅᐩ ᐅᔨᕑᐩ ᕑᑦᑲᔮᐊᦅ ᐊᓂᑎ ᐊᔅᑖᒥᒃᐅᔅᐧ. *Feu mon père m'a raconté qu'un de ses frères avec qui il vivait était incapable de rapporter quoi que ce soit à manger.*

ᐃᒐᒥᐹᑯᔅᑲᐊᐅ iitaamipaakuskwaau na ♦ une plongeuse sous-marine

ᐃᒐᒥᐹᑯᐦᒡ iitaamipaakuhch p,lieu ♦ sous l'eau ▪ ᐊᓂᒡ" ᐃᒐᒥᐹᑯᐦᒡ ᐊᑯᑎᐅ ᑲ ᐋᐱᐦᑎᐦᑲ ᐊᓂᐩ ᐅᔅᑭᔮᐸᐧ. *Il pouvait apercevoir sa hache sous l'eau.*

ᐃᒐᒥᐹᑯᐃᔨᔨᐅ iitaamipaakuuiiyiyiu na ♦ une plongeuse, un plongeur sous-marin

ᐃᒐᒥᑎᐦᑯᓂᐤ iitaamitihkuniuu vai-iwi ♦ il y a des noeuds dans le bois à l'intérieur de l'arbre

ᐃᒐᒥᒑᓯᔥ iitaamichaashiish na dim ♦ un fétus d'animal

ᐃᒐᒥᔅᑭᒥᒃ iitaamiskimikw ni ♦ une cave, un cellier

ᐃᒐᒥᔅᑭᒥᒡ iitaamiskimich p,lieu ♦ enterré, sous la terre ▪ ᓂᒥᔥ ᐊᓂᒡ" ᐃᒐᒥᔅᑭᒥᒡ ᐊᑯᐦᐄ ᑲ ᒥᐦᑳᓱᐧ ᐊᓂᐩ ᒥᑐᓇᐦᐊᓱᦅ. *Là, enterré, elle trouva un pilon pour faire de la poudre de viande séchée ou de poisson.*

ᐃᒐᒥᔮᒡ iitaamiyaach p,lieu ♦ sous quelque chose d'étalé ▪ ᐃᒐᒥᔮᒡ ᐊᑯᒡ" ᑲ ᐃᐦᑎᓐᒥᑯᑖᐦ ᐊᓂᐩᐧ ᐅᐦᑎᒪᒡᒡ" ᐊᔮᐩ ᐅᔨᕑᐩ ᓂᑎᐦᑳᐦᑎᒃᐦ ᕑᐩᒥᐦᔅᐃᓂᓯᐳᐧ. *Il plaça les piles sous la couverture pour qu'elles ne gèlent pas.*

ᐃᒐᒥᒡ iitaamihch p,lieu ♦ en dessous, dedans ▪ ᐃᒐᒥᒡ ᐊᓂᒡ" ᐅᐩᒡ" ᐊᑯᐦᐄ ᑲ ᐱᔅᑎᓂᒃᐅᐩ ᐊᓂᐩ ᐅᐳᓂᐦᐩᕑᐩ ᑲ ᒋᔨᐧᐃᓂᓯᐳᐧ. *Il/elle a mis ses affaires en-dessous du canot quand il s'est mis à pleuvoir.*

ᐃᒐᒫᑯᓂᒡ iitaamaakunich p,lieu ♦ sous la neige ▪ ᓂᑦᓂᐲᒃ ᐃᒐᒫᑯᓂᒡ ᐋᔨ ᐊᐦᑎᒋᐅ ᐊᑯ ᓂᓂᐦᑎᑲᐩ ᕑᐩᐧᐄᦅᐧᐃᐱᐧᦅ. *Le lièvre que j'avais attrapé au collet était tout recouvert de neige quand je suis allé lever mes collets le lendemain matin.*

ᐃᒐᒫᓯᐦᑎᒡ iitaamaasihtich p,lieu ♦ sous le plancher de branchages d'épinettes du tipi

ᐊᒐᒫᔮᑎᒃᐧ **iitaamaayaahtikw** p,lieu
 ♦ sous les buissons, sous les arbres, au fond des bois ▪ ᑳᓃ ᐊᓂᒡ ᐊᒐᒫᔮᑎᒃᐧ ᐊᑯᑎᓐ ᑭ ᒋᑕᒡ ᐅᒥᑋᔪᓂᐊᔨᐦ ▪ *Ils installèrent leur campement d'hiver au fond des bois.*

ᐊᒐᒫᑎᑯᐱᒌᐤ **iitaamaahtikupichiu** na -iim
 ♦ de la sève d'arbre, de la gomme liquide dans le bois

ᐊᒐᒫᑎᑯᐱᔑᒫᐤ **iitaamaahtikupishimaau** vai ♦ il/elle met de la ficelle sur le bord de la raquette en passant par le trou à l'intérieur du cadre

ᐊᒐᓂᒻ **iitaanim** vti ♦ il/elle le mélange à la main

ᐊᒐᓈᐤ **iitaanaau** vta ♦ il/elle le/la mélange à la main

ᐊᒐᔅᐱᓄᐧᐋᒑᐤ **iitaaspinisuwaachaau** vai ♦ il/elle l'utilise comme arme

ᐊᒐᔅᐱᓈᐧᐃᓐ **iitaaspinaawin** ni ♦ une maladie

ᐊᒐᔅᐱᓈᐤ **iitaaspinaau** vai ♦ il/elle est malade de quelque chose, a une certaine maladie

ᐊᒐᔅᐱᓲ **iitaaspisuu** vai -u ♦ il/elle est lacé-e d'une certaine façon

ᐊᒐᔅᑯᓂᒨᐧᐋᐤ **iitaaskunimuwaau** vta ♦ il/elle le/la (long et rigide) pointe sur lui/elle

ᐊᒐᔅᑯᓂᒻ **iitaaskunim** vti ♦ il/elle le pointe, le tient, vise avec (long et rigide)

ᐊᒐᔅᑯᓈᐤ **iitaaskunaau** vta ♦ il/elle le/la tient, le/la pointe d'une certaine façon (se dit de quelque chose d'animé long et rigide), il/elle le/la condamne, promeut, rétrograde

ᐊᒐᔅᑯᔨᐧᐋᐤ **iitaaskuyiwaau** vai ♦ son corps a une certaine forme

ᐊᒐᔅᑯᔨᐧᐋᔮᐤ **iitaaskuyiwaayaau** vii ♦ ça a une certaine forme

ᐊᒐᔅᑯᐦᐊᒻ **iitaaskuham** vti ♦ il/elle le dirige par là

ᐊᒐᔒᐤ **iitaashiu** vai ♦ il/elle vogue, se fait emporter par le vent dans une certaine direction ▪ ᑳᒦᑳᔅ ᐧᐋᔅᐱᔥᒡ ᐊᐅᑯᓂᒡ ᑲᓂᐧᐋᒥᑉᐅᐅᐊᔨᒡ ᐧᐋᒧᑲᔮᓐᔅᒡ ᐧᐄᔾᑎᒻᐦᒃ ᐧᐊᐧᐊᒡ ᒑᓂᒡ ᒃ ᐊᒐᔅᒡ ▪ *Le mouvement des vagues (qui sont très hautes) est observé, quand quelqu'un ne peut pas voir du tout la direction dans laquelle naviguer.*

ᐊᒐᔥᑎᓐ **iitaashtin** vii ♦ ça vogue, ça se fait emporter par le vent par là

ᐊᒐᔥᑎᐧᐃᔮᐤ **iitaashtihwiyaau** vta ♦ il/elle le lui reproche, le/la blâme pour ça ▪ ᐊᔨᐊᒡ ᐊᒐᔥᑎᐧᐃᔮᐤ ᐊᔥ ᑳ ᐋᑦᐧᐊᔨᐳᒡ ᐧᐊᓂᒡ ᐧᐄᔪᔥᒃᑳᓱᓂᔾ ᐊᒡ ᐊᑉ ᐅᒥ ᐧᐃᐱᓕᒡ ▪ *Il lui reproche d'avoir brisé la fenêtre bien qu'elle ne l'ait pas vu le faire.*

ᐊᒐᔨᒥᑐᐧᐃᒡ **iitaayimituwich** vai pl recip -u ♦ ils/elles pensent l'un à l'autre d'une certaine façon

ᐊᒐᔨᒦᓲ **iitaayimiisuu** vai reflex -u ♦ il/elle se voit d'une certaine façon

ᐊᒐᔨᒨ **iitaayimuu** vai -u ♦ il/elle pense comme ça, elle se sent comme ça

ᐊᒐᔨᒫᐤ **iitaayimaau** vta ♦ il/elle pense à lui/elle d'une certaine façon, il/elle croit qu'il/elle (animé)..., il/elle pense qu'il/elle (animé)... ▪ ᐊᒐᔨᒫᐤ ᐧᐋᓐ ᐊᓂᔾ ᐊᔾ ᐊᔾᑦᔨᐱᔅᐤ ᐧᐃᔾ ᐧᐃᑉ ᐧᐋᔾ ᒌᒃᓂᐳᔅᑦ ▪ *Il croit qu'elle est malade parce qu'elle ne veut rien manger.*

ᐊᒐᔨᐦᑎᒥᐦᐋᐤ **iitaayihtimihaau** vta ♦ il/elle le/la fait penser comme ça, le/la fait se sentir comme ça

ᐊᒐᔨᐦᑎᒻ **iitaayihtim** vti ♦ il/elle y pense d'une certaine façon

ᐊᒐᔨᐦᑖᑯᓐ **iitaayihtaakun** vii ♦ il semble que... ▪ ᐅᒐᑦᔅ ᐊᒐᔨᐦᑖᑯᓂᔾ ᑭ ᑎᒥᔥᒃ ▪ *Il semble que c'était hier qu'il/elle est arrivé-e et le voilà déjà reparti-e.*

ᐊᒐᔨᐦᑖᑯᓯᐤ **iitaayihtaakusiu** vai ♦ il/elle se sent comme ça

ᐊᒐᔮᑭᒥᐦᐊᒻ **iitaayaakimiham** vti ♦ il/elle mélange quelque chose de liquide

ᐊᒐᐦᐊᒻ **iitaaham** vti ♦ il/elle le mélange

ᐊᒐᐦᐧᐋᐤ **iitaahwaau** vta ♦ il/elle le/la mélange

ᐊᒐᐦᑭᑎᑖᐤ **iitaahkititaau** vii ♦ ça sèche en une certaine forme

ᐊᒐᐦᑭᓯᒻ **iitaahkisim** vti ♦ il/elle en brûle une certaine quantité (ex. du bois, de l'essence)

ᐊᒐᐦᑭᓲ **iitaahkisuu** vai -u ♦ il/elle brûle d'une certaine façon (utilisé avec un préverbe)

ᐄᑳᑉᐦᐃᓴᐤ **iitaahkiswaau** vta ◆ il/elle le/la brûle d'une certaine façon (utilisé avec un préverbe) ▪ ᐋᓵᐤ ᐃᔥᒄ ᐋᑳᑉᐦᐃᒡ ᐊᓂᐦ ᐅᑎᔅᑎᐦ ᒉᕕᑦ ᒥᔥᑎᐦᐄᔑᐋᓂᒡ ᐋᓃ ᐦᐁ ᐊᐦᒌᒡ ▪ *Il/elle a brûlé un grand trou dans ses mitaines parce qu'elle les a accrochées trop près du poêle.*

ᐄᑳᐦᒑ **iitaahchaa** p,lieu ◆ de ce côté-ci, de ce côté-là (employé avec un démonstratif), d'un certain côté ▪ ᒫᐅᒡ ᐄᑳᓐ ᑳ ᐅᐹᑎᐄᔨᐋᓐ ᐋᓐ ᒦᔭᓐ ᐋᓐ ᐅᐋᓐ ᐱᐱᒑᐦᐄᕆᐊᐤ ◆ ᐊᐋᓂ ᐯᒥᐱᔥᑎᒡ ᐊᓂᒃ ᐱᒃ ᒫᒡ ᐅᒡ ᐋᒡ ᐄᑳᓐ ᐱᕐᒣᐅᓈᔮᑉ ᐋᓐ ᐱᐱᐦᒃ ᐊᐱ ᓂᐱᐊᑦ ▪ *Je suis allé/e chercher de l'eau de ce côté parce que c'était plus facile.* ◆ *Qui dirige? Est-ce dirigé du coté de l'homme blanc?*

ᐄᑳᐦᒑᑳᒻ **iitaahchaakaam** p,lieu ◆ de l'autre côté (de la rivière, de l'habitation) ▪ ᑳᔅᒡ ᐄᑳᐦᒑᑳᒻ ᐦᐃ ᐱᕐᔥᐧᑖᒡ ᐊᓂᒡ ᔫᓵᐢ ◆ ᐋᒡ ᑳᔅᒡ ᐄᑳᐦᒑᑳᒻ ᐊᑦᐱ ᐊᓂᐦ ᓚᒥᒃᐱᓐᒡᑦᒌᕐ ▪ *Il porte de son canot sur ses épaules de l'autre côté de la rivière.* ◆ *Suspends tes peaux d'oies de l'autre côté de l'habitation!*

ᐄᑳᐦᒑᔥᑭᐋᐤ **iitaahchaashkiwaau** vta ◆ il/elle marche de ce côté de lui/d'elle ▪ ᐅᒡ ᐊᑎᒥᔨᕐᒡ ᐦᐃ ᐄᑳᐦᒑᔥᑭᐋᐤ ᐊᓂᒡ ᑳ ᐋᐦᑎᐦᑎᐅᒡ ᐱᔮᐦᒃ ▪ *Elle/il s'est approché du lagopède par le côté nord pour pouvoir lui tirer dessus.*

ᐄᑳᐦᒑᔥᑭᒻ **iitaahchaashkim** vti ◆ il/elle marche de ce côté de quelque chose

ᐄᑳᐦᒑᐦᐊᒻ **iitaahchaaham** vti ◆ il/elle va de ce côté en véhicule, il/elle tire, lance de ce côté de quelque chose

ᐄᑳᐦᒑᐦᐋᐤ **iitaahchaahwaau** vta ◆ il/elle va de ce côté de lui/d'elle en véhicule, il/elle tire, lance de ce côté de lui/d'elle

ᐄᐧᑳᐅᑎᒻ **iitwaautim** vti ◆ il/elle fait des bruits avec sa voix

ᐄᐧᑳᐅᐦᐋᐤ **iitwaauhaau** vta ◆ il/elle le/la fait faire des bruits de voix

ᐄᐧᑳᐋᐱᑎᒻ **iitwaawaapitim** vti ◆ il/elle fait du bruit avec ses mains ou ses pieds, avec plusieurs coups de fusil

ᐄᐧᑳᐋᐱᔫ **iitwaawaapiyiu** vii ◆ on l'entend, ça retentit d'une certaine façon

ᐄᐧᑳᐋᒧᑎᐋᐤ **iitwaawaamutiwaau** vta ◆ il/elle lui parle pendant longtemps, sans arrêt

ᐄᐧᑳᐋᒫᐤ **iitwaawaamaau** vta ◆ il/elle le mâche bruyamment

ᐄᐧᑳᐋᔑᒑᐤ **iitwaawaaschichaau** vai ◆ il/elle tire des coups de fusil de façon répétée

ᐄᐧᑳᐋᐦᐊᒻ **iitwaawaaham** vti ◆ il/elle fait du bruit avec quelque chose, avec son traîneau, ses raquettes, en voyageant en hiver

ᐄᐧᑳᐋᐦᐋᐤ **iitwaawaahwaau** vta ◆ il/elle le/la frappe et ce qui est frappé fait du bruit

ᐄᐧᑳᐋᐦᑖᐤ **iitwaawaahtaau** vai ◆ il/elle fait beaucoup de bruit

ᐄᐧᒌᒥᑭᓐ **iitwaamikin** vii ◆ c'est bruyant, ça retentit d'une certaine façon

ᐄᐧᒑᓂᐦᒑᐤ **iitwaanihchaau** vta ◆ il/elle leur apporte des nouvelles au sujet d'événements précis ▪ ᓂᔅᑯᑐᒐᓐ ᐅᑉᐊ ᐦᐄᐋᐢᐤ ᐊᐋᐢᐤ ᐋᓐ ᐄᐧᒑᓂᔅᐤ ᐋᓐ ᐦᐃ ᓂᐱᐋᒡ ᐊᐤ ᐋᐯᓱᒻ ᓂᔥᒃ ▪ *Quelquefois quelqu'un serait rentré à la maison en avance pour annoncer qu'il avait tué une oie.*

ᐄᐧᒋᔥᑎᒨᐋᐤ **iitwaashtimuwaau** vta ◆ il/elle interprète, traduit pour lui, transmet un message à la radio

ᐄᐧᒋᔥᑎᒨᐋᑎᒻ **iitwaashtimuwaatim** vti ◆ il/elle l'interprète, le traduit

ᐄᐧᒋᔥᑎᒫᒑᐤ **iitwaashtimaachaau** vai ◆ il/elle interprète, traduit, transmet un message à la radio

ᐄᐧᒑᐦᐋᐤ **iitwaahaau** vta ◆ il/elle interprète, parle pour lui/elle

ᐄᐧᒑᑭᐦᑎᐋᐤ **iitwaahkihtiwaau** vta ◆ il/elle crie après lui/elle, émet différents sons pour diriger les chiens (de traîneau), pour imiter les cris d'animaux ou d'oiseaux

ᐄᐧᒑᐦᑳᓲ **iitwaahkaasuu** vai-u [Wemindji] ◆ il/elle émet une certaine sorte de bruit avec sa voix

ᐄᑯᐦᑯᐸᐋᐤ **iikuhkupaau** vii ◆ c'est un endroit où les buissons, les saules sont si épais que le ruisseau commence à disparaître

ᐄᒋᑯᑎᓐ **iichikutin** vii ◆ il y a du givre, c'est givré,

ᐄᒋᑯᒋᐤ **iichikuchiu** vai ◆ du givre s'est formé sur lui/elle

**ᐄᒋᑳᐱᔅᒋᐱᔨᐤ** iichikwaapischipiyiu vai ◆ il/elle est givré-e ou de la vapeur se forme sur lui/elle (minéral)

**ᐄᒋᑳᐱᔅᒋᐱᔨᐤ** iichikwaapischipiyiu vii ◆ c'est givré ou de la vapeur se forme sur ça

**ᐄᒋᓈᔥᑭᐙᐤ** iichinaashkiwaau vta ◆ il/elle marche de l'un à l'autre

**ᐄᒋᓈᔥᑭᒻ** iichinaashkim vti ◆ il/elle marche de l'un à l'autre

**ᐄᒋᓈᐦᐊᒻ** iichinaaham vti ◆ il/elle va en véhicule d'un endroit à l'autre

**ᐄᒋᓈᐦᐙᐤ** iichinaahwaau vta ◆ il/elle va en véhicule de l'un à l'autre

**ᐄᒋᔅᑐᐏᑭᔕᐤ** iichistuwikishaau vai ◆ il/elle a des sabots ou des ongles fourchus

**ᐄᒋᔥᑐᐏᑭᔥᑳᐤ** iichishtuwikishkwaau vai ◆ il/elle a des sabots fourchus

**ᐄᒋᔥᑖᐤ** iichishtaau vii ◆ c'est écrit d'une certaine façon

**ᐄᒋᔥᑖᐤ** iichishtaau vai ◆ il/elle écrit d'une certaine façon

**ᐄᒑ** iichaa p,lieu ◆ séparé, à part ▪ ᐄᒑ ᐊᓂᑖᐦ ᓂᒌᐦ ᐄᒋᓈᓐ ᓃᔮᓐ ▪ *Nous vivions séparés des autres.*

**ᐄᒑᐐᐤ** iichaawiiu vai ◆ il/elle s'en va, part

**ᐄᒑᐙᐱᓂᒻ** iichaawaapinim vti ◆ il/elle le jette de côté

**ᐄᒑᐙᐱᓈᐤ** iichaawaapinaau vta ◆ il/elle le/la jette de côté

**ᐄᒑᐙᐱᔥᑭᐙᐤ** iichaawaapishkiwaau vta ◆ il/elle le/la pousse de côté avec son pied/corps

**ᐄᒑᐙᐱᔥᑭᒻ** iichaawaapishkim vti ◆ il/elle le pousse de côté avec son corps ou son pied

**ᐄᒑᐱᐤ** iichaapiu vai ◆ il/elle se déplace de côté tout en étant assis

**ᐄᒑᐱᔨᐦᐆ** iichaapiyihuu vai -u ◆ il/elle se déplace de côté

**ᐄᒑᐱᐦᑖᐤ** iichaapihtaau vai ◆ il/elle court à côté

**ᐄᒑᑳᐳᐆ** iichaakaapuu vai -uwi ◆ il/elle se déplace de côté en étant debout

**ᐄᒑᒁᔥᑯᐦᑎᐤ** iichaakwaashkuhtiu vai ◆ il/elle saute à côté

**ᐄᒑᒋᔑᓂᒻ** iichaachishinim vti ◆ il/elle le repousse de côté

**ᐄᒑᒋᔑᓈᐤ** iichaachishinaau vta ◆ il/elle le/la pousse de côté

**ᐄᒑᒋᔑᐦᐊᒻ** iichaachishiham vti ◆ il/elle le renvoie

**ᐄᒑᒋᔑᐦᐙᐤ** iichaachishihwaau vta ◆ il/elle le/la renvoie

**ᐄᒑᓂᒧᐙᐤ** iichaanimuwaau vta ◆ il/elle se déplace de côté pour lui/elle

**ᐄᒑᓂᒻ** iichaanim vti ◆ il/elle le pousse de côté d'un coup de coude

**ᐄᒑᓈᐤ** iichaanaau vta ◆ il/elle le pousse du coude, le/la déplace de côté

**ᐄᒑᓯᐤ** iichaasiu vai [Wemindji] ◆ il/elle sort de la baie

**ᐄᒑᔅᒁᔨᐤ** iichaaskwaayiu vai ◆ il/elle détourne la tête

**ᐄᒑᔥᑖᐤ** iichaashtaau vai ◆ il/elle le déplace de côté

**ᐄᒑᐦᑎᐦᐙᐤ** iichaahtihaau vta ◆ il/elle s'éloigne avec lui/elle

**ᐄᒑᐦᑖᐤ** iichaahtaau vai ◆ il/elle s'éloigne, s'enlève du chemin

**ᐄᓯᒫᓃᐅᓰᐲ** iisimaaniiusiipii ni ◆ la rivière Eastmain

**ᐄᓯᒫᓐ** iisimaan ni ◆ la communauté de Eastmain

**ᐄᓰᐙᓯᐤ** iisiiwaasiu vai ◆ il/elle est fâché-e et ça se voit dans ses actes (utilisé avec *taan*) ▪ ᑖᓐ ᐄᓰᐙᓯᒋᒫ ᓈᔥᒡ ᒋᔅᑳ ᐋᐦ ᐄᔨᐦᑎᒃ ▪ *Tu peux voir par ses actes qu'elle est fâchée, mais je ne sais pas pourquoi.*

**ᐄᔅᐱᑎᒻ** iispitim vti ◆ il/elle le déplace d'une certaine façon, ça goûte comme quelque chose d'autre pour lui/elle ▪ ᒧᔮᒻ ᑏᐦᒡ ᐄᔅᐱᑎᒻ ᐊᓂᔮ ᐅᓂᐲᒻ. ▪ *Son eau goûte le thé selon lui.*

**ᐄᔅᐱᑖᐤ** iispitaau vta ◆ il/elle le/la déplace d'une certaine façon

**ᐄᔅᐱᑖᐦᒁᒨ** iispitaahkwaamuu vai -u ◆ il/elle fait la sieste

**ᐄᔅᐱᑯᓰᐤ** iispikusiiu vai ◆ il/elle est haut-e dans l'arbre

**ᐄᔅᐱᓯᒁᐤ** iispisikwaau vii ◆ la glace est haute

**ᐄᔅᐱᓯᓈᑯᓐ** iispisinaakun vii ◆ c'est à une certaine distance

**ᐄᔅᐱᓯᓈᑯᓯᐤ** iispisinaakusiu vai ◆ il/elle est à une certaine distance

**ᐄᔅᐱᓰᐤ** iispisiiu vai ◆ il/elle est haut-e

ᐄᔅᐱᓵᐱᒫᐤ **iispisaapimaau** vta ♦ il/elle est à une certaine distance (dans l'espace ou dans le temps) de lui/d'elle

ᐄᔅᐱᓵᐱᐦᑎᒻ **iispisaapihtim** vti ♦ il/elle est à une certaine distance (dans l'espace dans le temps) de ça, à une certaine période d'attente de son accouchement

ᐄᔅᐱᓵᐱᐦᑐᐧᐃᒡ **iispisaapihtuwich** vai pl recip -u ♦ ils/elles sont à une certaine distance l'un de l'autre, leur différence d'âge est telle

ᐄᔅᐱᓵᐱᐦᑐᐦᐋᐤ **iispisaapihtuhaau** vta ♦ il/elle établit une certaine distance, une certaine période de temps entre eux/elles

ᐄᔅᐱᓵᐱᐦᑐᐦᑖᐤ **iispisaapihtuhtaau** vai ♦ il/elle établit une certaine distance, une certaine période de temps entre les choses

ᐄᔅᐱᓵᑳᐤ **iispisaakaau** vii ♦ c'est une haute falaise

ᐄᔅᐱᔅᑭᒥᑳᐤ **iispiskimikaau** vii ♦ c'est un terrain élevé

ᐄᔅᐱᔨᐤ **iispiyiu** vii ♦ ça arrive d'une certaine façon

ᐄᔅᐱᔨᐦᐆ **iispiyihuu** vai -u ♦ il/elle bouge son corps

ᐄᔅᐱᔨᐦᑖᐤ **iispiyihtaau** vai ♦ il/elle le fait marcher, bouger, l'emporte en véhicule

ᐄᔅᐱᐦᑎᐹᑭᓐ **iispihtipaakin** vii ♦ la marée est à une certaine hauteur

ᐄᔅᐱᐦᑎᑯᑖᐤ **iispihtikutaau** vai+o ♦ il/elle le/la suspend à une certaine hauteur

ᐄᔅᐱᐦᑎᑯᑖᐤ **iispihtikutaau** vii ♦ c'est suspendu à une certaine hauteur

ᐄᔅᐱᐦᑎᑯᒋᓐ **iispihtikuchin** vai ♦ il/elle est suspendu-e à une certaine hauteur

ᐄᔅᐱᐦᑎᑯᔮᐤ **iispihtikuyaau** vta ♦ il/elle le suspend à une certaine hauteur

ᐄᔅᐱᐦᑎᓂᑯᑎᐤ **iispihtinikutiu** vai ♦ il/elle a un certain poids, il/elle pèse ...

ᐄᔅᐱᐦᑎᓂᑯᓐ **iispihtinikun** vii ♦ ça pèse..., ça a un certain poids

ᐄᔅᐱᐦᑎᔑᒨ **iispihtishimuu** vai-u ♦ il/elle s'attend à être absent-e pour un certain temps

ᐄᔅᐱᐦᑎᔑᒫᐤ **iispihtishumaau** vta ♦ il/elle lui a donné un temps limité

ᐄᔅᐱᐦᑎᔥᑖᐤ **iispihtishtaau** vai ♦ il/elle l'empile sur une certaine hauteur

ᐄᔅᐱᐦᑎᕎ **iispihtiham** vti ♦ il/elle tire depuis une certaine distance, il/elle construit l'habitation d'une certaine hauteur

ᐄᔅᐱᐦᑎᕌᐤ **iispihtihaau** vta ♦ il/elle l'empile sur une certaine hauteur

ᐄᔅᐱᐦᑎᐧᕌᐤ **iispihtihwaau** vta ♦ il/elle tire, jette sur lui/elle à une certaine distance

ᐄᔅᐱᐦᑖᐤ **iispihtaau** vai ♦ il/elle court là-bas

ᐄᔅᐱᐦᑖᐤ **iispihtaau** vii ♦ c'est à une certaine hauteur

ᐄᔅᐱᐦᑖᐱᓯᔅᒌᓯᐤ **iispihtaapisischisiu** vai ♦ il/elle (minéral) a une certaine taille, c'est la lune

ᐄᔅᐱᐦᑖᐱᔅᑳᐤ **iispihtaapiskaau** vii ♦ ça (minéral) a une certaine grandeur

ᐄᔅᐱᐦᑖᑎᒦᐤ **iispihtaatimiiu** vii ♦ l'eau a une certaine profondeur

ᐄᔅᐱᐦᑖᑭᒥᐤ **iispihtaakimiu** vii ♦ c'est une certaine quantité, profondeur de liquide

ᐄᔅᐱᐦᑖᑭᒥᑖᐤ **iispihtaakimitaau** vii ♦ le liquide a une certaine température

ᐄᔅᐱᐦᑖᑭᓐ **iispihtaakin** vii ♦ ça a une certaine taille (étalé), ça mesure...

ᐄᔅᐱᐦᑖᑯᓂᑳᐤ **iispihtaakunikaau** vii ♦ la neige a une certaine profondeur

ᐄᔅᐱᐦᑖᒋᓯᐤ **iispihtaachisiu** vai ♦ il/elle (étalé) a une certaine taille, il/elle mesure...

ᐄᔅᐱᐦᑖᒥᑭᓐ **iispihtaamikin** vii ♦ ça coule, s'écoule par là

ᐄᔅᐱᐦᑖᔅᑯᓐ **iispihtaaskun** vii ♦ ça (long et rigide) a une certaine taille, ça mesure...

ᐄᔅᐱᐦᑖᔅᑯᓯᐤ **iispihtaaskusiu** vai ♦ il/elle a ...(par ex. 30cm) de long et ...(par ex. 5cm) de large (se dit de quelque chose de long, par ex. un bâton ou un poisson)

ᐄᔅᐱᐦᑖᔮᐤ **iispihtaayaau** vii ♦ c'est une certaine saison de l'année

ᐄᔅᐱᔮᐤ **iispihyaau** vai ♦ il/elle vole dans une certaine direction

ᐄᔅᐲᑎ·ᐊᔨᑎᒻ iispiihtiwaayihtim vti
 • il/elle l'attend aux environs de telle heure

ᐄᔅᐲᑖᔨᒦᓲ iispiihtaayimiisuu vai reflex -u
 • il/elle pense qu'il/elle va prendre un certain temps pour faire quelque chose, il/elle cuisine juste assez pour lui/elle-même.

ᐄᔅᐲᑖᔨᒫᐤ iispiihtaayimaau vta • il/elle s'attend à ce qu'il/elle en soit capable; il/elle s'attend à ce qu'il/elle va prendre un certain temps

ᐄᔅᐲᑖᔨᑎᒻ iispiihtaayihtim vti • il/elle s'attend à ce que ça soit d'une certaine façon, d'une certaine quantité, d'un certain temps

ᐄᔅᐲᑖᔨᑖᑯᓐ iispiihtaayihtaakun vii
 • on considère que c'est d'une certaine façon

ᐄᔅᐲᑖᔨᑖᑯᓯᐤ iispiihtaayihtaakusiu vai
 • on la/le considère comme ayant presque la même capacité

ᐄᔅᐹᔅᑯᒧᐦᐋᐤ iispaaskumuhaau vta
 • il/elle le/la place en hauteur

ᐄᔅᐹᔅᑯᒧᑖᐤ iispaaskumuhtaau vai
 • il/elle (long et rigide) le place en hauteur

ᐄᔅᐹᔅᑯᒨ iispaaskumuu vii -u • ça se trouve en hauteur, là-haut

ᐄᔅᐹᔅᑯᑎᓐ iispaaskuhtin vii • c'est suspendu, c'est rangé en hauteur (long et rigide)

ᐄᔅᐹᔅᑿᔮᐤ iispaaskwaayaau vii • c'est une zone de terrain en hauteur avec de grands arbres

ᐄᔅᐹᐦᒑᐙᐱᓂᒻ iispaahchaawaapinim vti
 • il/elle le jette en l'air

ᐄᔅᐹᐦᒑᐙᐱᓈᐤ iispaahchaawaapinaau vta • il/elle le/la jette en l'air

ᐄᔅᐹᐦᒑᐙᐱᐦᐊᒻ iispaahchaawaapiham vti • il/elle le jette dans les airs

ᐄᔅᐹᐦᒑᐙᐱᐦᐙᐤ iispaahchaawaapihwaau vta • il/elle le/la jette dans les airs

ᐄᔅᐴ iispwaau vta • ça a un certain goût pour lui/elle

ᐄᔅᑊ iisp p,temps • quand

ᐄᔅᑎᑎᐤ iistitiu vai • il/elle a une certaine taille ▪ ᐊ"ᐹᐤ ᐧᑫᑎᐦᑦ ᓂᑦᒥ ᑎᑦ ᐊᑎᑎᒃ× ▪ Mon chien est de la même taille que le tien.

ᐄᔅᑎᓵᐱᑎᒻ iistisaapihtim vti • il/elle lève les yeux sur ça

ᐄᔅᑯᐱᑎᒻ iiskupitim vti • il/elle le tire vers le haut

ᐄᔅᑯᐱᑐᓈᐤ iiskupitunaau vai • son bras a...( par ex. 30 cm) de long

ᐄᔅᑯᐱᑖᐤ iiskupitaau vta • il/elle le/la tire vers le haut, le/la remonte

ᐄᔅᑯᐱᔨᐤ iiskupiyiu vai • il/elle prend du poids, augmente

ᐄᔅᑯᐱᔨᐤ iiskupiyiu vii • ça augmente

ᐄᔅᑯᐱᔨᐦᐆ iiskupiyihuu vai-u • il/elle se redresse

ᐄᔅᑯᐹᐤ iiskupaau vai • il/elle est plongé-e jusqu'à une certaine profondeur dans un liquide

ᐄᔅᑯᑖᒨ iiskutaamuu vai-u • il/elle inhale

ᐄᔅᑯᑯᑎᑖᐤ iiskukuhtitaau vai • il/elle le recouvre avec du liquide

ᐄᔅᑯᑯᒋᒫᐤ iiskukuhchimaau vta • il/elle le recouvre avec du liquide

ᐄᔅᑯᑳᐴ iiskukaapuu vai -uwi • il/elle a... (par ex. deux mètres) de haut

ᐄᔅᑯᑳᐴ iiskukaapuu vii -uwi • ça a une certaine hauteur, ça mesure...

ᐄᔅᑯᒧᑖᐤ iiskumuhtaau vai • il/elle le place jusque là, il/elle lui donne une certaine longueur

ᐄᔅᑯᓂᒻ iiskunim vti • il/elle le pousse vers le haut, le retourne

ᐄᔅᑯᓈᐤ iiskunaau vta • il/elle le remonte, le tire vers le haut ▪ ᐄᔅᑯᓈᐤ ᐅᓯᑎᔥᑯᐤ ▪ Elle/il remonte ses manches.

ᐄᔅᑯᓯᐤ iiskusiu vai • il/elle a ... (par ex. deux mètres) de long

ᐄᔅᑯᓯᒃᐙᐤ iiskusikwaau vii • c'est la lisière, la fin d'une étendue de glace

ᐄᔅᑯᐦᐋᐤ iiskuhaau vta • il/elle lui donne ... (par ex. 2 m) de long

ᐄᔅᑯᐦᑎᑳᐤ iiskuhtikaau vii • le bois mesure...(par ex. 1m)

ᐄᔅᑯᐦᑖᐤ iiskuhtaau vai • il/elle lui donne ... (par ex. 2 m) de long

ᐄᔅᒁᐤ iiskwaau vii • ça a un ...(par ex. 3m) de long

ᐄᔅᒁᐱᒑᐱᑎᒻ iiskwaapihchaapitim vti
 • il/elle le tire vers le haut, le remonte avec quelque chose de filiforme

ᐄᕐᑲᐱᓪᐱᑖᐤ iiskwaapihchaapitaau vta
- il/elle le/la tire avec quelque chose de filiforme

ᐄᕐᑲᐱᓪᓕᐱᒋᑲᓈᔮᐱ
iiskwaapihchaapichikinaayaapii ni -m
- une corde utilisée pour remonter la voile sur un bateau

ᐄᕐᑲᐱᓪᓕᐱᔨᐤ iiskwaapihchaapiyiu vai
- il/elle est levé-e sur quelque chose de filiforme

ᐄᕐᑲᐱᓪᓕᐱᔨᐤ iiskwaapihchaapiyiu vii
- c'est levé sur quelque chose de filiforme

ᐄᕐᑲᐸᑭᐦᐊᒻ iiskwaapaakiham vti
- il/elle le soulève (filiforme) avec quelque chose

ᐄᕐᑲᑭᒧᐦᑖᐤ iiskwaakimuhtaau vai
- il/elle le suspend sur... (par ex. 50 cm)

ᐄᕐᑲᑭᓐ iiskwaakin vii
- ça mesure... (par ex. 3 m) (étalé)

ᐄᕐᑲᑭᔅᑖᐤ iiskwaakishtaau vii
- ça s'étend jusqu'à ... (un certain point), ça s'étend sur ... (par ex. 10 m) (étalé)

ᐄᕐᑲᑯᒨ iiskwaakumuu vai-u
- il/elle (étalé) en couvre une certaine surface

ᐄᕐᑲᑯᒨ iiskwaakumuu vii-u
- ça (étalé) en couvre une certaine surface

ᐄᕐᑲᑯᓈᐤ iiskwaakunaau vai
- il/elle est enfoncé-e dans la neige à une certaine profondeur

ᐄᕐᑲᒋᓂᒻ iiskwaachinim vti
- il/elle le soulève (étalé)

ᐄᕐᑲᒋᓈᐤ iiskwaachinaau vta
- il/elle le/la soulève (étalé)

ᐄᕐᑲᒋᓯᔪ iiskwaachisiu vai
- il/elle a ...(par ex. deux mètres) de long (étalé)

ᐄᕐᑲᓂᑳᐤ iiskwaanikaau vii
- l'île mesure... (par ex. 10km)

ᐄᕐᑲᔅᐚᐤ iiskwaaswaau vta
- il/elle le/la brûle

ᐄᕐᑲᔅᑯᓐ iiskwaaskun vii
- ça a...(par ex. deux mètres) de long (long et rigide)

ᐄᕐᑲᔅᑯᓯᔪ iiskwaaskusiu vai
- il/elle a... (par ex. deux mètres) de long

ᐄᕐᑲᔅᑯᐦᑖᐤ iiskwaaskuhtaau vai
- il/elle lui donne ... (par ex. 2 m) de long

ᐄᕐᑲᐦᑎᐏᐤ iiskwaahtiwiiu vai
- il/elle grimpe sur l'échelle, monte les escaliers

ᐄᕐᑲᐦᑭᓲ iiskwaahkisuu vai-u
- il/elle est à moitié brûlé-e

ᐄᕐᑲᐦᑭᔅᐚᐤ iiskwaahkiswaau vta
- il/elle en laisse un peu qui n'est pas brûlé, il lui en reste qui n'est pas brûlé

ᐄᔅᑾ iiskw p,lieu,temps
- jusqu'à un certain point ◾ ᐊᑯᑎᓐ ᒥᑦ ᓕ ᐃᔅ ᐁᓕᐊᑊ ᐋᓐ ᐄᔅᑾ ᓕ ᐅᑦᒥ ᐱᔅᑶᒃ. ▪ J'irai avec lui jusqu'à l'endroit où il prendra une autre route.

ᐄᔅᒋᒫᔅᒁᐤ iischimaaskwaau na -aam
- une Inuite, une femme inuite

ᐄᔅᒌᒫᐅᐊᔅᒋᓯᓐ iischiimaauaschisinh ni pl
- des bottes en peau de phoque

ᐄᔅᒌᒫᐅᒋᔅᑐᐦᒋᑭᓐ iischiimaauchishtuhchikin ni
- une guimbarde, lit. 'instrument de musique Inuit'

ᐄᔅᒌᒫᐅᔅᒌ iischiimaauschii ni
- le territoire Inuit

ᐄᔅᒌᒫᐅᔪᒥᐤ iischiimaauyimiu vai
- il/elle parle l'inuktitut

ᐄᔅᒌᒫᐤ iischiimaau na -aam
- un Inuit, une personne inuite

ᐄᔑ iishi préverbe
- d'une certaine façon, dans une certaine direction, à un certain moment ◾ ᓈᑦ ᐄᔑ ᓂᑎᒻᓖ ᒼ ᐃᔑᒌᐚᒃ. ▪ Ils ont pagayé dans leur canot en remontant le courant.

ᐄᔑᐅᑖᔅᑎᒥᐱᐤ iishiutaashtimipiu vai
- il/elle est assis-e face à une certaine direction

ᐄᔑᑭᒥᑳᓂᐤ iishikimikwaaniuu vai -iwi
- il/elle utilise une sorte d'habitation

ᐄᔑᑭᓂᐦᑖᑯᑖᐤ iishikinihtaakutaau vii
- ça pend à moitié ouvert

ᐄᔑᑭᓐ iishikin p,quantité
- la moitié ◾ ᐄᔑᑭᓐ ᓐ ᒥᒋᒧᐤᐊᐱᐢ ᐊᓄᐦ ᐊᐃᐚᐅᒃ. ▪ Il a coupé la moitié de la bannique pour lui.

ᐄᔑᑭᐦᐊᒻ iishikiham vti
- il/elle le coupe, le fend d'une certaine façon

ᐄᔑᑳᐳᐃᐧᒡ iishikaapuwiwich vai pl -uwi
- la direction des vagues

ᐄᔑᑳᐳᐃᐦᐋᐤ iishikaapuwihaau vta
- il/elle le/la place d'une certaine façon

ᐄᔑᑳᐳᐃᐦᑖᐤ iishikaapuwihtaau vai+o
- il/elle le place d'une certaine façon

ᐄᔑᑳᐳ iishikaapuu vai -uwi
- il/elle est debout d'une certaine façon

ᐃᔅᕆᒫᐤ **iishichimaau** vai ♦ il/elle pagaye, nage dans sa direction

ᐃᔅᒫᒫᐤ **iishimaamaau** vta ♦ il/elle trouve qu'il/elle a une certaine odeur, que ça sent le/la...

ᐃᔅᒫᐦᑎᒼ **iishimaahtim** vti ♦ il/elle trouve que ça a une certaine odeur, que ça sent le/la...

ᐃᔅᓂᐗᐤ **iishiniwaau** vta ♦ il/elle l'identifie comme tel

ᐃᔅᓂᒫᐦᑖᐤ **iishinimaahtaau** vai ♦ il/elle laisse des traces de son activité

ᐃᔅᓂᒼ **iishinim** vti ♦ il/elle l'identifie comme tel

ᐃᔅᓈᑯᓐ **iishinaakun** vii ♦ ça semble, ça paraît...

ᐃᔅᓈᑯᓯᐤ **iishinaakusiu** vai ♦ il/elle paraît, semble, a l'air de...

ᐃᔅᓈᑯᐦᐋᐤ **iishinaakuhaau** vta ♦ il/elle lui donne l'air de...

ᐃᔅᓈᑯᐦᑖᐤ **iishinaakuhtaau** vai ♦ il/elle lui donne l'air de...

ᐃᔅᔅᕆᒫᐤ **iishishimaau** vta ♦ il/elle le/la place, le/la dépose dans une certaine position

ᐃᔅᔅᕆᐤ **iishishin** vai ♦ il/elle se couche d'une certaine façon

ᐃᔅᕆᔪᐎᐤ **iishiyiwiiu** vai ♦ il/elle persiste à faire ce qu'il/elle fait, il/elle fait des manœuvres en vol

ᐃᔅᕆᔪᐋᐤ **iishiyiwaau** vii ♦ le vent souffle dans une certaine direction

ᐃᔅᐦᐆ **iishihuu** vai-u ♦ il/elle s'habille d'une certaine façon

ᐃᔅᐦᐋᐤ **iishihaau** vta ♦ il/elle le fait d'une certaine façon

ᐃᔅᐦᑎᓐ **iishihtin** vii ♦ ça s'ajuste d'une certaine façon

ᐃᔅᐦᑖᐤ **iishihtaau** vai+o ♦ il/elle le fait d'une certaine façon

ᐃᔅᐦᑾᔩᐤ **iishihkwaayiu** vai ♦ il/elle fait une certaine expression du visage

ᐃᔅᐦᐄᐦᑭᒼ **iishiihkim** vti ♦ il/elle est occupé-e avec ça

ᐃᔅ **iish** p,interjection ♦ je me demande où, quoi, comment, pourquoi ■ ᐃᔅ ᑕᓂᑌ ᓅᔥ ᐃᑦᑖᐎᒡ ᐊᓂᐦᒡ ᑳ ᒥᑦᐸᔨᑏᒡ. *Je me demande où ils sont maintenant, ceux qui sont partis.*

ᐃᔥᐱᐳ **iishpipiu** vai ♦ il/elle est placée en haut, en hauteur

ᐃᔥᐱᑎᓈᐤ **iishpitinaau** vii ♦ la montagne est haute, élevée

ᐃᔥᐱᑖᐅᐦᑳᐤ **iishpitaauhkaau** vii ♦ c'est une rive haute et sablonneuse

ᐃᔥᐱᑯᑖᐤ **iishpikutaau** vai+o ♦ il/elle le suspend en hauteur

ᐃᔥᐱᑯᑖᐤ **iishpikutaau** vii ♦ ça vole haut, c'est tout là-haut

ᐃᔥᐱᑯᒋᓐ **iishpikuchin** vai ♦ il/elle vole haut, il/elle est suspendu-e tout là haut

ᐃᔥᐱᒋᐤ **iishpichiu** vai ♦ il/elle déplace son campement en hiver

ᐃᔥᐱᔑᐳᔮᐤ **iishpishipuyaau** vta ♦ il/elle lui donne une certaine portion ou une certaine part de nourriture

ᐃᔥᐱᔑᐴ **iishpishipuu** vai-u ♦ il/elle reçoit sa part de nourriture; il/elle reçoit le montant de son allocation de bien-être social

ᐃᔥᐱᔑᓐ **iishpishin** vai ♦ il/elle est posée ou étendu-e à une certaine hauteur

ᐃᔥᐱᔑᐦᐋᐤ **iishpishihaau** vta ♦ il/elle est capable de prendre soin de lui, d'elle, il/elle a le temps de s'occuper de lui/elle

ᐃᔥᐱᔑᐦᑖᐤ **iishpishihtaau** vai+o ♦ il/elle est à la hauteur (de la tâche)

ᐃᔥᐱᔒᐤ **iishpishiiu** vai ♦ il/elle a le temps de le faire

ᐃᔥᐱᔒᒥᑭᓐ **iishpishiimikin** vii ♦ ça a la capacité de ..., le pouvoir de ...

ᐃᔥᐱᔒᐦᑭᒼ **iishpishiihkim** vti ♦ il/elle a le temps de le faire, le temps pour ça

ᐃᔥᐱᔒᐦᑳᓱᒥᑭᓐ **iishpishiihkaasumikin** vii ♦ ça a la capacité d'avancer, de marcher de lui-même

ᐃᔥᐱᔖᐤ **iishpishaau** vii ♦ ça a une certaine taille, quantité

ᐃᔥᐱᔥᑖᐤ **iishpishtaau** vai ♦ il/elle l'empile en hauteur

ᐃᔥᐱᔥᑖᐤ **iishpishtaau** vii ♦ c'est haut placé

ᐃᔥᐱᐦᑎᓐ **iishpihtin** vii ♦ le barrage de castor est élevé

ᐃᔥᐹᐤ **iishpaau** vii ♦ c'est haut

ᐃᔥᐹᐱᐦᑖᐤ **iishpaapihtaau** vii ♦ la fumée monte, s'élève

ᐃᔅᐹᐲᑭᒍᐛᐤ **iishpaapaakimuhaau** vta
  ◆ il/elle le/la (filiforme) place en haut
ᐃᔅᐹᐲᑭᒎᑖᐤ **iishpaapaakimuhtaau** vai
  ◆ il/elle l'enfile pour le suspendre en haut (filiforme)
ᐃᔅᐹᓂᑳᐤ **iishpaanikaau** vii ◆ c'est une île élevée
ᐃᔅᐹᔥᑯᔨᓐ **iishpaashkushin** vai ◆ il/elle est posé-e, placé-e haut
ᐃᔅᐹᔨᐦᑖᑯᓐ **iishpaayihtaakun** vii ◆ c'est bien considéré
ᐃᔅᐹᐦᑾᐦᐋᐤ **iishpaahkwaahaau** vta
  ◆ il/elle fabrique des raquettes ou un traîneau avec l'avant bien relevé
ᐃᔅᑖᐱᐦᑎᐋᐤ **iishtaapihtiwaau** vta
  ◆ il/elle tire quelque chose sur un traîneau pour le donner à un autre
ᐃᔅᑖᔮᑭᒥᐤ **iishtaayaakimiu** vii ◆ le liquide se dépose, est calme
ᐃᔅᑖᔮᑭᒥᐱᔫ **iishtaayaakimipiyiu** vii
  ◆ l'eau devient toute calme
ᐃᔅᑖᔮᑭᒥᐦᑎᓐ **iishtaayaakimihtin** vii ◆ le liquide se dépose, est calme
ᐃᔅᑯᐱᒋᑭᓐ **iishkupichikin** ni ◆ un reste de tissu, un bout de tissu
ᐃᔅᑯᐱᔫ **iishkupiyiu** vai ◆ il/elle a des restes, il en reste
ᐃᔅᑯᐱᔫ **iishkupiyiu** vii ◆ il en reste, c'est un reste
ᐃᔅᑯᐱᔨᐦᐋᐤ **iishkupiyihaau** vta ◆ il/elle en laisse un peu, il/elle ne verse pas tout
ᐃᔅᑯᐱᔨᐦᑖᐤ **iishkupiyihtaau** vai ◆ il/elle verse en en laissant un peu
ᐃᔅᑯᐚᐤ **iishkupwaau** vta ◆ il/elle en laisse un peu qu'il n'a pas mangé
ᐃᔅᑯᑭᐦᐋᐤ **iishkukihwaau** vta ◆ il/elle en laisse un peu non hâché
ᐃᔅᑯᓂᒧᐋᐤ **iishkunimuwaau** vta
  ◆ il/elle en laisse un peu pour lui/elle
ᐃᔅᑯᓂᒼ **iishkunim** vti ◆ il/elle en laisse, ne prend pas tout
ᐃᔅᑯᓈᐚᑎᓐ **iishkunaawaatin** vii ◆ c'est ce qui reste
ᐃᔅᑯᓈᐤ **iishkunaau** vta ◆ il/elle en laisse un peu, ne prend pas tout
ᐃᔅᑯᔑᒼ **iishkushim** vti ◆ il/elle en laisse un peu non coupé, il/elle en coupe une certaine longueur

ᐃᔅᑯᔎᐤ **iishkushwaau** vta ◆ il/elle en coupe une certaine longueur, en laisse une partie non-coupée
ᐃᔅᑯᔥᑎᐚᓐ **iishkushtiwaan** ni ◆ des restes de nourriture
ᐃᔅᑯᔥᑎᒧᐋᐤ **iishkushtimuwaau** vta
  ◆ il/elle en mange mais en garde pour lui/elle
ᐃᔅᑯᔥᑎᒼ **iishkushtim** vti ◆ il/elle en mange mais en laisse un peu
ᐃᔅᑯᐦᐊᒻ **iishkuham** vti ◆ il/elle en laisse impayé, en prend mais en laisse un peu
ᐃᔅᑯᐛᐤ **iishkuhwaau** vta ◆ il/elle part sans les tuer tous, en prend mais en laisse un peu, il lui reste de l'argent
ᐃᔅᒀᐱᔫ **iishkwaapiyiu** vii ◆ c'est fini, c'est le jour du nouvel an
ᐃᔅᒀᑖᐅᐦᑳᐤ **iishkwaataauhkaau** vii
  ◆ c'est la fin d'une crête sablonneuse
ᐃᔅᒀᑖᐤ **iishkwaataau** vii ◆ ça brûle
ᐃᔅᒀᑖᐦᑎᒼ **iishkwaataahtim** vti ◆ il/elle cesse de respirer, il/elle meurt
ᐃᔅᒀᑯᒋᓐ **iishkwaakuchin** vii ◆ ça a été assez suspendu, c'est la fin du mois
ᐃᔅᒀᒥᑯᔖᒌᔑᑳᐤ
**iishkwaamikushaachiishikaau** vii
  ◆ Noël est passé
ᐃᔅᒀᔮᐤ **iishkwaayaau** vii ◆ c'est la fin de quelque chose
ᐃᔅᒀᔮᓂᐦᒡ **iishkwaayaanihch** p,lieu ◆ au bout ■ ᐸᒋ ᓃᔥᑎᓅᒡ ᐊᐅᒋ ᐃᔅᒀᔮᓐᐦ ᑲ ᐊᑯᕐᐦᒃ ᓂᓚᐦᒡᑕᕐᒃ.  *Prends ces poissons fumés qui sont suspendus au bout!*
ᐃᔅᒀᐦᑎᓐ **iishkwaahtin** vii ◆ c'est le bout, la fin du barrage de castor
ᐃᔅᒀᐦᑮᑖᐤ **iishkwaahkihtaau** vii ◆ il en reste qui n'est pas brûlé
ᐃᔅᒀᐦᑮᓲ **iishkwaahkihsuu** vai-u ◆ il en reste qui n'est pas brûlé
ᐃᔅᒋᔥᑎᓐ **iishchishtin** vii ◆ le niveau d'eau monte à cause du barrage de castor
ᐃᔅᒌᔗᐃᓐ **iishchiishwaawin** ni ◆ un dialecte, la parole, une langue, un sens
ᐃᔅᒌᔗᐤ **iishchiishwaau** vai ◆ il/elle l'exprime d'une certaine façon
ᐃᔅᒌᔗᒥᑭᓐ **iishchiishwaamikin** vii ◆ ça a un certain sens

ᐃᔨᐘᐤ iiyiwaau vii ♦ l'eau est peu profonde

ᐃᔨᐘᐱᔫ iiyiwaapiyiu vii ♦ ça pend en lambeaux, ça fait des franges

ᐃᔨᐘᒡ iiyiwaach p,quantité ♦ en plus, en extra ▪ ᐃᔨᐘᒡ ᓂᒥ ᑎᐘᒡᔾᑎᔾᑦᐋᐊ ᐊᐊ ᓂᐸᐋᐊ ᑳ ᑐᓂᓕᔭᐠ ▪ *Ils m'ont fait payer en plus pour le lit que j'ai acheté.*

ᐃᔨᐘᐡᑭᐘᐤ iiyiwaashkiwaau vta ♦ il/elle triomphe de lui, en vient à bout

ᐃᔨᐘᐡᑭᒻ iiyiwaashkim vti ♦ il/elle réussit à le faire, surmonte des obstacles, en vient à bout

ᐃᔨᐸᐱᐤ iiyipaapiu vai ♦ il/elle est placé-e, posé-e sur une inclinaison

ᐃᔨᐸᐱᔫ iiyipaapiyiu vai ♦ il/elle le conduit d'un côté, il/elle penche d'un côté

ᐃᔨᐸᐱᔫ iiyipaapiyiu vii ♦ ça va vers un côté

ᐃᔨᐸᑎᒻ iiyipaatim vti ♦ il/elle couvre le trou dans la glace avec des branchages et de la neige pour que la glace n'épaississe pas en hiver, en été il/elle arrose le piège pour masquer l'odeur humaine

ᐃᔨᐸᑖᐅᐦᑳᐤ iiyipaataauhkaau vii ♦ le sol est incliné, en pente

ᐃᔨᐸᑯᑖᐤ iiyipaakutaau vii ♦ ça pend de travers

ᐃᔨᐸᑯᒋᓐ iiyipaakuchin vai ♦ il/elle pend de travers

ᐃᔨᐸᑯᐦᑎᓐ iiyipaakuhtin vii ♦ ça penche d'un côté dans l'eau

ᐃᔨᐸᑯᐦᒋᓐ iiyipaakuhchin vai ♦ il/elle flotte en penchant d'un côté

ᐃᔨᐸᓯᐤ iiyipaasiu vai ♦ il/elle est de travers

ᐃᔨᐸᓯᒀᐤ iiyipaasikwaau vii ♦ la glace est inclinée

ᐃᔨᐸᐢᒋᓯᑭᓐ iiyipaaschisikin ni ♦ un fusil de chasse à silex

ᐃᔨᐸᐡᑖᐤ iiyipaashtaau vii ♦ c'est placé sur une inclinaison

ᐃᔨᐸᐡᑭᒻ iiyipaashkim vti ♦ il/elle l'incline avec son pied ou son corps

ᐃᔨᐸᔮᐅᐦᑭᐘᒻ iiyipaayaauhkiham vti ♦ il/elle marche sur l'inclinaison

ᐃᔨᐸᔮᐅᐦᑳᐤ iiyipaayaauhkaau vii ♦ la colline est inclinée

ᐃᔨᐸᔮᐤ iiyipaayaau vii ♦ c'est incliné

ᐃᔨᑅᓯᑖᐤ iiyipwaasitaau vai ♦ il/elle transpire des pieds

ᐃᔨᑎᐦᑭᒫᒄ iiyitihkimaakw na -um ♦ un poisson blanc pêché en eaux intérieures

ᐃᔨᑖᐹᓈᔅᒄ iiyitaapaanaaskw na ♦ un toboggan

ᐃᔨᑭᐹᐦᑖᐤ iiyikipaahtaau vai ♦ il/elle marche les jambes écartées

ᐃᔨᑭᒥᓈᐦᑎᒄ iiyikiminaahtikw ni ♦ un buisson de gadelles rouges des marais *Ribes triste*

ᐃᔨᑭᒥᓐᐦ iiyikiminh ni pl ♦ des gadelles rouges *Ribes triste*, lit. 'des baies de grenouilles'

ᐃᔨᑭᐢᑎᓯᒡ iiyikistisich na pl ♦ des gants

ᐃᔨᑭᐢᑳᒋᓯᐤ iiyikiskaachisiu vai ♦ il/elle est large (étalé)

ᐃᔨᑭᐢᒋᓯᐤ iiyikischisiu vai ♦ il/elle est large

ᐃᔨᑭᐡᑭᒽ iiyikishkimuu vii-u ♦ c'est large (par ex. le chemin) (se dit aussi de quelque chose attaché à quelque chose d'autre, par ex. une bordure)

ᐃᔨᑭᐡᑳᐤ iiyikishkaau vii ♦ c'est large

ᐃᔨᑭᐡᑳᐹᑭᓐ iiyikishkaapaakin vii ♦ c'est large (filiforme)

ᐃᔨᑭᐡᑳᐹᒋᓯᐤ iiyikishkaapaachisiu vai ♦ il/elle (filiforme) est large

ᐃᔨᑭᐡᑳᑭᓐ iiyikishkaakin vii ♦ c'est large (étalé)

ᐃᔨᑭᐡᑳᐢᑯᓐ iiyikishkaaskun vii ♦ c'est large (long et rigide)

ᐃᔨᑭᐡᑳᐢᑯᓯᐤ iiyikishkaaskusiu vai ♦ il/elle (long et rigide) est large

ᐃᔨᑭᐡᒑᒋᐎᓐ iiyikishchaachiwin vii ♦ le rapide est large

ᐃᔨᑭᔨᒥᐦᑖᐤ iiyikiyimihtaau vai+o ♦ il/elle a l'habitude de le faire

ᐃᔨᑭᔮᐎᐤ iiyikiyaawiiu vai ♦ il/elle acquiert une habileté physique par la répétition d'une action

ᐃᔨᑭᔮᔮᔨᒫᐤ iiyikiyaayaayimaau vta ♦ il/elle est habitué-e à lui ou à elle, il/elle lui est familier

ᐄᔨᑭᔮᔨᐦᑎᒥ **iiyikiyaayaayihtim** vti
   ♦ il/elle connait bien ça; il/elle est habitué à ça, il/elle y est habitué-e, ça lui est familier

ᐄᔨᑯᔥᑯᔑᐹᑎᒥ **iiyikuishkushipaatim** na -um ♦ une macreuse à bec jaune, (canard) *Melanitta nigra*

ᐄᔨᑯᐐᔖᓂᒥ **iiyikuwischaanim** vti
   ♦ il/elle entasse du sable autour de la partie inférieure de l'habitation

ᐄᔨᑯᐱᔨᐤ **iiyikupiyiu** vii ♦ le temps se couvre

ᐄᔨᑯᑖᔥᑎᓐ **iiyikutaashtin** vii ♦ c'est recouvert de neige soufflée

ᐄᔨᑯᓂᓰᐧᐃᔥ **iiyikunisiiwich** vai pl ♦ les vagues déferlent

ᐄᔨᑯᓂᔅᑳᐤ **iiyikuniskaau** vii ♦ les recouvrements du sommet de l'habitation sont élevés

ᐄᔨᑯᔅᑯᓐ **iiyikuskun** vii ♦ le ciel est couvert de nuages, le temps est couvert

ᐄᔨᑳᑎᒥ **iiyikaatim** vti ♦ il/elle entasse de la neige autour des bords inférieurs de l'habitation

ᐄᔨᑳᓂᐦᒡ **iiyikaanihch** p,lieu ♦ le pourtour extérieur de l'habitation, là où la neige a été entassée ▪ ᒫᐧᑖᔨ ᐯᔥ ᐱᔅᑎᓇ ᐋ ᐋᑳᔅᑳᑎᑯ ᐄᔨᑳᓂᒡ.ₓ ▪ *Mets ta pelle à neige près du pourtour l'extérieur de l'habitation.*

ᐄᔨᑳᓈᓯᐤ **iiyikaanaasiu** vai ♦ il/elle est infecté-e

ᐄᔨᒃ **iiyik** na -im ♦ une grenouille

ᐄᔨᒋᓂᒥ **iiyichinim** vti ♦ il/elle le presse pour le faire sortir

ᐄᔨᒋᓈᐤ **iiyichinaau** vai ♦ il/elle le/la presse pour le/la faire sortir

ᐄᔨᒋᓈᔥᑭᐙᐤ **iiyichinaashkiwaau** vta
   ♦ il/elle va chez chacun d'eux, chacune d'elles

ᐄᔨᒋᓈᔥᑭᒥ **iiyichinaashkim** vti ♦ il/elle passe de l'un à l'autre

ᐄᔨᒑᐤ **iiyichaau** vai ♦ il/elle met de la neige autour de la base de l'habitation

ᐄᔨᒥᓈᐦᑎᒄ **iiyiminaahtikw** ni ♦ un buisson de bleuets *Vaccinium sp*

ᐄᔨᒥᓐ **iiyiminh** ni pl -im ♦ des bleuets *Vaccinium sp.*

ᐄᔨᒦᒋᐙᐦᑉ **iiyimiichiwaahp** ni -im ♦ un tipi

ᐄᔨᒦᒋᒥ **iiyimiichim** ni ♦ de la nourriture traditionnelle crie

ᐄᔨᓯᓂᔖᐤ **iiyisinischaau** vai ♦ il/elle parle avec les mains, il/elle signe (langue des signes)

ᐄᔨᔅᑯ **iiyiskuu** vii -uwi ♦ l'apparence des nuages signale un temps chaud après une période très froide

ᐄᔨᔅᒋᓯᓐ **iiyischisinh** ni pl ♦ des mocassins en peau d'orignal ou de caribou

ᐄᔨᔅᒋᐦᒄ **iiyischihkw** ni ♦ un seau ou un pot originel, en cuivre

ᐄᔨᔖᓂᒥ **iiyischaanim** vti ♦ il/elle entasse la terre autour de la partie inférieure de l'habitation

ᐄᔨᔑᑉ **iiyiship** na ♦ n'importe quel canard vivant à l'intérieur des terres

ᐄᔨᔥᑯᑖᐤ **iiyishkutaau** ni -aam ♦ un feu direct

ᐄᔨᔩᐅᐙᔨᐦᑎᒧᐎᓐ **iiyiyiuwaayihtimuwin** ni ♦ la mentalité crie

ᐄᔨᔩᐅᑖᔥᑎᒥᐦᒀᓯᐤ **iiyiyiutaashtimihkwaasiu** na -iim ♦ un petit-duc maculé

ᐄᔨᔩᐅᑭᒧᔥ **iiyiyiukimikush** ni [Whapmagoostui] ♦ un tipi

ᐄᔨᔩᐅᑭᒥᒄ **iiyiyiukimikw** ni ♦ un centre de l'amitié autochtone

ᐄᔨᔩᐅᓂᑐᐦᑯᔨᓐ **iiyiyiunituhkuyin** ni -im ♦ un remède traditionnel

ᐄᔨᔩᐅᓂᐦᑳᑖᐤ **iiyiyiunihkaataau** vii ♦ ça a un nom autochtone

ᐄᔨᔩᐅᓂᐦᑳᑖᐤ **iiyiyiunihkaataau** vta
   ♦ il/elle lui donne un nom cri, un nom autochtone

ᐄᔨᔩᐅᓂᐦᑳᓲ **iiyiyiunihkaasuu** vai -u
   ♦ il/elle porte un nom autochtone

ᐄᔨᔩᐅᓈᑯᓐ **iiyiyiunaakun** vii ♦ ça a l'air autochtone

ᐄᔨᔩᐅᓈᑯᓯᐤ **iiyiyiunaakusiu** vai ♦ il/elle a l'air autochtone

ᐄᔨᔩᐅᔅᒀᐤ **iiyiyiuskwaau** na -aam ♦ une femme crie, une autochtone, une Crie

ᐄᔨᔩᐅᔥᑖᐤ **iiyiyiushtaau** vai ♦ il/elle écrit en syllabique

ᐄᔨᔩᐅᔥᑖᐤ **iiyiyiushtaau** vii ♦ c'est écrit en syllabique

ᐄᔨᔫᔨᒥᐤ iiyiyiuyimiu vai ♦ il/elle parle le cri, une langue autochtone

ᐄᔨᔫᔨᒧᐧᐃᓐ iiyiyiuyimuwin ni ♦ le cri, une langue autochtone

ᐄᔨᔫ iiyiyiuu vai -iwi ♦ il/elle est en vie; il est né, elle est née; c'est un autochtone, c'est une autochtone

ᐄᔨᔨᐤ iiyiyiu na -yim ♦ une personne autochtone, un être humain, une personne crie

ᐄᔨᔮᑯᓐ iiyiyaakun na ♦ de la neige fraîche

ᐄᔨᔮᐦᑎᑯᔅᑳᐤ iiyiyaahtikuskaau vii ♦ c'est une aire d'épinettes noires

ᐄᔨᐦᑎᐎᓐ iiyihtiwin vii ♦ c'est vivant (utilisé seulement à la forme négative pour désigner un mort-né)

ᐄᔨᐦᑎᐧᐃᓰᐤ iiyihtiwisiiu vai ♦ il/elle est vivant-e (utilisé seulement à la forme négative pour désigner un mort-né)

ᐄᔨᐦᑖᐙᐳᐃ iiyihtaawaapui ni ♦ de l'eau sur le sol résultant de la fonte des neiges

ᐄᔨᐦᑖᐤ iiyihtaau vii ♦ des bouts de terre visibles quand la neige fond au printemps

ᐄᔨᐦᑭᐦᐅᐤ iiyihkihuu vai -u ♦ il/elle mange, dévore

ᐄᔨᐦᑯᑖᑭᓐ iiyihkutaakin ni ♦ un couteau croche

ᐄᔨᐦᑰ iiyihkuu vii -uwi ♦ c'est couvert de poux

ᐄᔨᐦᒄ iiyihkw na -um ♦ un pou

ᐄᔮᐅᒋᒨ iiyaauchimuu vai -u ♦ il/elle parle pour rien, pose toujours les mêmes questions

ᐄᔮᐅᒋᒫᐤ iiyaauchimaau vta ♦ il/elle lui parle pour rien, lui pose toujours les même questions

ᐄᔮᑭᐙᑯᓐ iiyaakiwaakun na ♦ de la neige granulée

ᐄᔮᑭᑎᐦᐙᐤ iiyaakitihwaau vta ♦ il/elle pique dedans (animé, par ex. un tuyau de poêle) avec un outil

ᐄᔮᑭᑐᐦᐊᒻ iiyaakituham vti ♦ il/elle pique dedans (par ex. un terrier, une hutte de castor) avec un outil

ᐄᔮᒄ iiyaakw p,temps ♦ seulement maintenant

ᐄᔮᔒᐦᑎᒋᓯᐤ iiyaashihtichisiu vai ♦ il/elle sent le sapin baumier

ᐄᔮᔒᐦᑎᒡ iiyaashihtich na pl ♦ des branchages de sapin baumier

ᐄᔮᔒᐦᑎᔅᑳᐤ iiyaashihtiskaau vii ♦ c'est une aire de sapins baumiers

ᐄᔮᔒᐦᑦ iiyaashiht na ♦ sapin baumier *Abies balsamea*

ᐄᔮᐦᑎᑯᔑᔥ iiyaahtikushish na ♦ une jeune épinette noire *Picea mariana*

ᐄᔮᐦᑎᐧᒃᐙᔒᐦᑎᒡ iiyaahtikwaashihtich na pl ♦ des branchages d'épinettes noires

ᐄᔮᐦᑎᒄ iiyaahtikw na -um ♦ une épinette noire *Picea mariana*

ᐄᐦᐄ iihii p,affirmative ♦ oui, je comprends ▪ ᐄᐦᐄ, ᐅᒄ ᐊᑭ ᒀᑖᓇᐧ × ♦ *Oui, on part maintenant.*

ᐄᐦᑭᑎᓐ iihkitin vii ♦ le niveau d'eau d'une étendue d'eau baisse et gèle

ᐄᐦᑭᒋᐤ iihkichiu vai ♦ le barrage de castor est abîmé et fait baisser le niveau d'eau

ᐄᐦᑭᒋᒫᐤ iihkichimaau vta ♦ il/elle en augmente la valeur, le prix

ᐄᐦᑭᒋᔅᑎᒧᐧᐋᐤ iihkichistimuwaau vta ♦ il/elle en augmente le prix, la durée pour lui/elle

ᐄᐦᑭᒋᔅᑎᒻ iihkichistim vti ♦ il/elle en augmente le prix, la durée

ᐄᐦᑭᒋᐦᑎᒻ iihkicihihtim vti ♦ il/elle en augmente la valeur, le prix

ᐄᐦᑭᓯᐹᓯᒻ iihkisipaasim vti ♦ il/elle le fait bouillir jusqu'à ce qu'il ne reste que le gras

ᐄᐦᑭᓯᐹᔥᑖᐤ iihkisipaashtaau vii ♦ l'eau du bouillon s'évapore jusqu'à ce qu'il ne reste que du gras

ᐄᐦᑭᐦᐄᐱᐦᒃᐙᓐ iihkihiipihkwaan ni ♦ une baguette pour remplir les cartouches de fusil

ᐄᐦᑭᐦᐄᐹᐤ iihkihiipaau vai ♦ il/elle écope, pompe l'eau

ᐄᐦᑭᐦᐄᐹᑎᒻ iihkihiipaatim vti ♦ il/elle l'écope

ᐄᐦᒃᐹᐅᑖᐤ iihkaapautaau vai [Whapmagoostui] ♦ il/elle le dilue

ᐄᐦᒃᐹᐱᔨᐤ iihkaapaapiyiu vii ♦ le niveau d'eau baisse

ᐄᒡᑯᓂᑖᐅ iihkaakunitaau vai ♦ il/elle met de la neige dans le bouillon pour gélifier le gras, ajoute de la neige à fondre pour faire de l'eau

ᐄᒐᐃᐧᑖᐅ iihkaachiwihtaau vii ♦ le liquide réduit par ébullition

ᐄᒃᓯᐦᐆᓱ iihkaaskihusuu vai reflex -u ♦ il/elle se propulse avec un bâton dans un canot

ᐄᒃᓴᐦᑎᒨᓐ iihkaashtimun ni ♦ une voile sur un bateau ou un canot

ᐄᒃᓴᐦᑎᒨ iihkaashtimuu vai ♦ il/elle monte la voile sur le canot

ᐄᐦᒋᐱᔨᐅ iihchipiyiu vai ♦ il/elle augmente

ᐄᐦᒋᐱᔨᐅ iihchipiyiu vii ♦ ça augmente

ᐄᐦᒌᔑᐦᑖᐅ iihchishishtitaau vai ♦ il/elle le dilue avec de l'eau

ᐄᐦᒋᐦᐆ iihchihuu vai -u ♦ il/elle augmente (ex. de l'argent à la banque)

ᐄᐦᒋᐦᐋᐅ iihchihaau vta ♦ il/elle l'augmente, lui en rajoute

ᐄᐦᒋᐦᑖᐅ iihchihtaau vai+o ♦ il/elle le fait augmenter, en ajoute

# ᐅ

ᐅᐧᐃᑎᓵᒫᔅᑰ uwitisaamaaskuu vai -uwi ♦ les rayons de chaque côté du soleil sont étroits et ont les couleurs de l'arc-en-ciel

ᐅᐧᐃᑳᔅᑖᔅᑯᓐ uwikaastaaskun vii ♦ il y a des nuages noirs

ᐅᐧᐃᑳᐦᑳᒌᐧᐋᔥᑭᓈᐅ uwikaahkaachiiwaashkinaau vai ♦ il (animé, caribou mâle adulte) a une ramure avec beaucoup de branches

ᐅᐧᐃᒋᑯᒨᔥᑎᐦᐊᒻ uwichikumushtiham vti [Whapmagoostui] ♦ il/elle coud et n'aplatit pas couture

ᐅᐧᐃᒋᒨᐋᔥᐱᒋᐱᑎᒻ uwichimwaashpichipitim vti ♦ il/elle coud et n'aplatit pas la couture

ᐅᐧᐃᒋᓈᑯᓐ uwichinaakun vii ♦ c'est l'aube, la pointe du jour, le crépuscule, la brunante

ᐅᐧᐃᒌᔅᑳᐅ uwichiiskaau vii ♦ c'est montagneux; il y a beaucoup de montagnes par ici

ᐅᐧᐃᓂᒨ uwinimuu vai-u ♦ il/elle change de sujet parce qu'il/elle ne veut pas en parler

ᐅᐧᐃᓂᔥᑖᐅ uwinishtaau vai ♦ il/elle fait une faute en l'écrivant

ᐅᐧᐃᓂᔨᐦᑎᐃᐧᓐ uwiniyihtiwin ni ♦ un méfait, une erreur

ᐅᐧᐃᓂᐦᑖᐅ uwinihtaau vii ♦ une vague de chaleur s'élève de la terre, de la neige, de la glace

ᐅᐧᐃᓈᓐ uwinaan na ♦ une ouananiche, un saumon emprisonné dans les eaux intérieures *salmo salar*

ᐅᐧᐃᓰᑳᐅ uwisiikaau vii ♦ c'est froissé

ᐅᐧᐃᓰᒋᓯᐅ uwisiichisiu vai ♦ il/elle a des rides sur le visage

ᐅᐧᐃᓰᒋᐦᒡᐋᐅ uwisiicihkwaau vai ♦ il/elle a le visage ridé

ᐅᐧᐃᔥᑎᑯᐦᑎᓐ uwishtikuhtin vii ♦ c'est ramolli à force de tremper dans du liquide

ᐅᐧᐃᔥᑎᑯᐦᒋᒫᐅ uwishtikuhchimaau vta ♦ il/elle le/la trempe pour le/la ramollir

ᐅᐧᐃᔥᑎᑯᐦᒋᓐ uwishtikuhchin vai ♦ il/elle est ramolli-e à force d'avoir trempé dans du liquide

ᐅᐧᐃᔥᑎᒃᐋᓂᑯᒋᓐ uwishtikwaanikuchin vii ♦ les nuages sont ronds et vont apporter du temps chaud

ᐅᐧᐃᔨᐹᐱᐅ uwiyipaapiu vai ♦ il/elle a les yeux noirs, foncés

ᐅᐧᐃᔨᐹᔮᑯᓂᐦᑖᐅᔥᑭᔒᐦ uwiyipaayaakunihtaaushkishiih na ♦ le petit ongle du côté extérieur de son sabot (ex. un caribou)

ᐅᐧᐃᔨᑦᐋᐅ uwiyitwaau vai ♦ il/elle blague, dit des choses drôles

ᐅᐧᐃᐦᑖᔨᒫᐅ uwihtaayimaau vta ♦ il est jaloux, envieux de lui/d'elle; elle est jalouse, envieuse de lui/d'elle

ᐅᐧᐃᐦᑖᔨᐦᑎᒨᐃᐧᓐ uwihtaayihtimuwin ni ♦ la jalousie, l'envie

ᐅᐧᐃᐦᑖᔨᐦᑎᒻ uwihtaayihtim vti ♦ il jaloux, envieux; elle est jalouse, envieuse

ᐅᐧᐃᑎᐦᑖᑯᓯᐅ uwiitihtaakusiu vai ♦ à l'entendre il/elle est drôle

ᐅᐧᐃᑕᕐᒫᐤ uwiitaayimaau vta ♦ il/elle pense que quelqu'un ou quelque chose (animé) est drôle

ᐅᐧᐃᑕᕐᐦᑎᒻ uwiitaayihtim vti ♦ il/elle pense que c'est drôle

ᐅᐧᐃᑕᕐᐦᑖᑯᓐ uwiitaayihtaakun vii ♦ c'est drôle

ᐅᐧᐃᑕᕐᐦᑖᑯᓯᐤ uwiitaayihtaakusiu vai ♦ il/elle est drôle

ᐅᐧᐃᒄᕙᐳᑖᑭᓐ uwiikwaaputaakin nid ♦ la peau détendue sous son cou (se dit d'un caribou ou d'un orignal)

ᐅᐧᐃᒋᒫᑭᓐᐦ uwiichimaakinh nad ♦ son époux, son épouse, ses colocataires

ᐅᐧᐃᒋᓯᓂᐦᑳᓱᒫᑭᓐᐦ uwiichisinihkaasumaakinh na ♦ une personne qui a le même nom qu'une autre

ᐅᐧᐃᒑᐛᑭᓂᐤ uwiichaawaakiniu vai ♦ il/elle a un compagnon ou une compagne, un-e ami-e, un-e partenaire

ᐅᐧᐃᒑᐛᑭᓂᑐᑎᐚᐤ uwiichaawaakinitutiwaau vta ♦ il/elle le/la considère comme un ami/une amie, un partenaire/une partenaire

ᐅᐧᐃᓂᔥᑭᒑᐱᐤ uwiinishkichaapiu vai ♦ il/elle a de la saleté, du mucus dans les yeux

ᐅᐧᐃᓂᐦᑐᐧᐃᒑᐤ uwiinihtuwichaau vai ♦ il/elle a les oreilles sales

ᐅᐧᐃᓈᐱᐤ uwiinaapiu vai ♦ il/elle y a de la saleté, du mucus dans les yeux

ᐅᐧᐃᓈᐱᑖᐤ uwiinaapitaau vai ♦ il/elle a de mauvaises dents

ᐅᐧᐃᓈᒋᒨ uwiinaachimuu vai-u ♦ il/elle raconte une histoire salée

ᐅᐧᐃᓈᔥᒑᐚᐤ uwiinaaschaawaau vai ♦ sa viande a mauvais goût parce qu'il/elle a trop couru (se dit d'un caribou ou d'un orignal)

ᐅᐧᐃᓯᓈᑯᓯᐤ uwiisinaakusiu vai ♦ il/elle a l'air drôle

ᐅᐧᐃᔑᒫᐤ uwiishimaau vta ♦ il/elle le/la fait rire

ᐅᐧᐃᔑᓈᑯᓐ uwiishinaakun vii ♦ ça a l'air drôle

ᐅᐧᐃᔑᓈᑯᐦᐋᐤ uwiishinaakuhaau vta ♦ il/elle lui donne l'air drôle

ᐅᐧᐃᔑᓈᑯᐦᑖᐤ uwiishinaakuhtaau vai ♦ il/elle lui donne l'air drôle

ᐅᐧᐃᔑᐦᐋᐤ uwiishihaau vta ♦ il/elle lui joue des tours, lui fait une blague

ᐅᐧᐃᔥᑎᒥᐤ uwiishtimiu vai ♦ il/elle est en charge de la loge de castor

ᐅᐧᐃᔥᑎᒥᐦᑭᐚᐤ uwiishtimihkiwaau vai ♦ il/elle lui confie la loge de castor

ᐅᐧᐃᔥᑎᐦᒋᐹᔮᐤ uwiishtihchipaayaau vii ♦ il y a des flaques d'eau sur le sol bosselé dans une zone marécageuse

ᐅᐧᐃᔥᑎᐦᒑᐤ uwiishtihchaau vii ♦ c'est le sol bosselé d'une zone marécageuse

ᐅᐧᐃᔨᐹᐱᐧᐃᓈᓐ uwiiyipaapiwinaan nid ♦ sa pupille

ᐅᐧᐃᔨᐦᐋᑭᓐᐦ uwiiyihaakinh nad ♦ son caribou abattu, qu'un autre lui a donné

ᐅᐧᐃᐦᒀᐱᑦ uwiihkwaapit nid ♦ sa molaire

ᐅᐧᐃᐦᒀᒥᐦᑭᐚᐤ uwiihkwaamihkiwaau vta [Whapmagoostui] ♦ il/elle lui confie la baleine qui a été abattue

ᐅᐧᐃᐦᒀᓂᔅᒑᐤ uwiihkwaanischaau vai ♦ il/elle a des manches si longues qu'elles lui couvrent les mains

ᐅᐚᐅᑭᓂᑭᓈᔮᐲ uwaaukinikinaayaapii nid ♦ sa colonne vertébrale

ᐅᐚᐅᑭᓂᑭᓐ uwaaukinikin nid ♦ sa colonne vertébrale

ᐅᐚᐱᒫᑯᒥᐤ uwaapimaakumiu vai ♦ on lui confie, il/elle est responsable de la baleine qui vient d'être tuée

ᐅᐚᐱᒫᑯᒥᐦᑭᐚᐤ uwaapimaakumihkiwaau vta ♦ il/elle lui confie la baleine qui vient d'être tuée

ᐅᐚᐱᓯᑖᐤ uwaapisitaau vai ♦ il/elle a les pieds blancs

ᐅᐚᐱᔅᒋᑳᑖᐤ uwaapischikaataau vai ♦ il/elle a les jambes pâles

ᐅᐚᐱᔥᑖᐤ uwaapishtaau vii ♦ ça a du blanc dessus (étalé)

ᐅᐋᑎᑯᓃᐤ uwaatikuniiu vai ♦ il/elle se recouvre et arrange ses couvertures pour dormir

ᐅᐋᑎᓂᑯᐦᐹᒋᓐ uwaatinikuhpaachin ni ♦ du tissu pour une robe de mariée

ᐅᐋᑎᓂᑯᐦᑉ uwaatinikuhp ni ♦ une robe de mariée

ᐅᐋᑎᓂᐦᐄᐹᐤ uwaatinihiipaau vai ♦ il/elle prépare le filet de pêche pour le mettre en place, en mettant des plombs et des flotteurs

ᐆᐋᑎᓈᐃᖁᓈᐅ° uwaatinaaihkunaau na - aam ◆ un gâteau de mariage

ᐆᐋᑎᓈᐱᒋᐦᑖᐅᐃᓐᐦ uwaatinaapichihtaawinh ni pl ◆ des vêtements de mariage

ᐆᐋᑖᔅᐱᑎᐦᐄᐹᐅ° uwaataaspitihiipaau vai [Whapmagoostui] ◆ il/elle raccommode le filet de pêche

ᐆᐋᒋᑳᑖᐅ° uwaachikaataau vai ◆ il/elle marche les jambes arquées

ᐆᐋᒫᐱᐦᑎᒻ uwaamaapihtim vti ◆ il/elle survole la région du regard

ᐆᐋᓂᑖᐦᑎᒻ uwaanitaahtim vti ◆ il/elle a du mal à reprendre son souffle

ᐆᐋᓂᐦᑭᑖᐅ° uwaanihkitaau vai ◆ il/elle n'a rien à manger, meurt de faim

ᐆᐋᓂᐦᑭᐦᓲ uwaanihkihsuu vai -u ◆ il/elle trouve la chaleur insupportable

ᐆᐋᓈᐹᐅᔮᐅ° uwaanaapaauyaau vta ◆ il/elle fait qu'il/elle a du mal à reprendre son souffle après qu'il/elle l'ait maintenu sous l'eau

ᐆᐋᓈᐹᐚᐅ° uwaanaapaawaau vai ◆ il/elle a du mal à reprendre son souffle après avoir été sous l'eau quand de l'eau lui était versé sur la tête

ᐆᐋᓈᔨᐦᑎᒥᐦᐋᐅ° uwaanaayihtimihaau vta ◆ il/elle le/la rend incertaine de ses actions, il/elle fait qu'il/elle n'est pas sûre de ce qu'il/elle doit faire

ᐆᐋᓈᔨᐦᑎᒻ uwaanaayihtim vti ◆ il/elle ne sait pas comment faire quelque chose, quoi faire

ᐆᐋᓐᐦ uwaanh p,manière ◆ à l'aise, facilement ■ ᐋᓬ ᐆᐋᓐ ᐋᓐ ᐃᔥᐳᒃᓣ ᒃ ᑭᔥᑐᑖᒃ ᓂᑖᐱᓐᔨᐋᐋ× ■ Je peux faire ce que je veux maintenant parce que j'ai fini mon travail.

ᐆᐋᔑᐹᔨᒫᐅ° uwaashipaayimaau vta ◆ il/elle pense à lui/elle

ᐆᐋᔑᐹᔨᐦᑎᒻ uwaashipaayihtim vti ◆ il/elle y pense

ᐆᐋᔑᒁᑎᒻ uwaashikwaatim vti ◆ il/elle le raccommode

ᐆᐋᔑᒃᐚᑖᐅ° uwaashikwaataau vta ◆ il/elle le raccommode

ᐆᐋᔑᓈᑯᐦᐄᓲ uwaashinaakuhiisuu vai reflex -u ◆ il/elle arrange son apparence, s'arrange

ᐆᐋᔑᐦᐄᓲ uwaashihiisuu vai reflex -u ◆ il/elle se rend présentable, se prépare

ᐆᐋᔑᐦᐆ uwaashihuu vai -u ◆ il/elle s'habille

ᐆᐋᔑᐦᐋᐅ° uwaashihaau vta ◆ il/elle le /la répare

ᐆᐋᔑᐦᑖᐅ° uwaashihtaau vai+o ◆ il/elle le répare

ᐆᐋᔥᑖᔮᐱᐅ uwaashtaayaapiu vai ◆ il/elle a de grands yeux ronds

ᐆᐋᔨᐚᐦᐊᒫᐅ uwaayiwaahamaau vai ◆ il/elle se coiffe, se peigne les cheveux

ᐆᐋᔨᐱᐅ° uwaayipiu vai ◆ il/elle s'installe, se prépare à hiberner (ours), il/elle s'assied

ᐆᐋᔨᐱᔥᑎᐚᐅ° uwaayipishtiwaau vta ◆ il/elle s'assied à côté de lui/d'elle

ᐆᐋᔨᐱᔥᑎᒻ uwaayipishtim vti ◆ il/elle s'assied à côté de quelque chose, il/elle se met à la tâche

ᐆᐋᔨᑯᑖᐅ° uwaayikutaau vai+o ◆ il/elle le range correctement dans une cache, commence à le suspendre

ᐆᐋᔨᑯᓂᐦᐊᒻ uwaayikuniham vti ◆ il/elle le recouvre correctement

ᐆᐋᔨᑯᓂᐦᐚᐅ° uwaayikunihwaau vta ◆ il/elle le/la recouvre correctement

ᐆᐋᔨᑯᔮᐅ° uwaayikuyaau vta ◆ il/elle le/la suspend correctement pour qu'il soit prêt/elle soit prête

ᐆᐋᔨᑳᐴ uwaayikaapuu vai -uwi ◆ il/elle est prêt-e, debout ou dressé-e

ᐆᐋᔨᓂᒧᐚᐅ° uwaayinimuwaau vta ◆ il/elle le prépare pour lui/elle à la main, le/la vise

ᐆᐋᔨᓂᒻ uwaayinim vti ◆ il/elle le prépare à la main, le vise

ᐆᐋᔨᓈᐅ° uwaayinaau vta ◆ il/elle le/la prépare à la main

ᐆᐋᔨᔑᒫᐅ° uwaayishimaau vta ◆ il/elle le/la couche, l'étend correctement

ᐆᐋᔨᔑᓐ uwaayishin vai ◆ il/elle est prêt-e à se coucher, se couche

ᐆᐋᔨᔥᑎᐚᐅ° uwaayishtiwaau vta ◆ il/elle le prépare pour lui/elle

ᐆᐋᔨᔥᑎᒻ uwaayishtim vti ◆ il/elle se prépare à ce que ça arrive

ᐅᐧᐊᔫᑖᳪ uwaayishtaau vai ◆ il/elle le prépare, le met en place

ᐅᐧᐊᔨᐦᐄᓲ uwaayihiisuu vai reflex -u ◆ il/elle s'assied

ᐅᐧᐊᔨᐦᐊᒻ uwaayiham vti ◆ il/elle le vise

ᐅᐧᐊᔨᐦᐋᐤ uwaayihaau vta ◆ il/elle le/la met en place, le/la prépare, l'assoit

ᐅᐧᐊᔨᐦᐧᐋᐤ uwaayihwaau vta ◆ il/elle le vise

ᐅᐧᐊᔪᐃᐦᐆ uwaayuwihuu vai -u [Wemindji] ◆ il/elle se remet d'une mauvaise santé ou de malchance

ᐅᐧᐊᔪᐃᐦᐋᐤ uwaayuwihaau vta [Wemindji] ◆ il/elle l'aide à se remettre d'une mauvaise santé ou de malchance

ᐅᐧᐊᔪᐧᐊᔨᒨ uwaayuwaayimuu vai -u [Wemindji] ◆ il/elle se sent prêt

ᐅᐧᐊᔳᔥᑎᒻ uwaayuushtim vti [Wemindji] ◆ il/elle se prépare pour ça

ᐅᐧᐊᔮᐅᐦᑭᐦᐊᒫ uwaayaauhkiham vti ◆ il/elle arrange, nivelle le sol avec quelque chose

ᐅᐧᐊᔮᐱᒫᐤ uwaayaapimaau vta ◆ il/elle le choisit

ᐅᐧᐊᔮᐱᐦᑎᒻ uwaayaapihtim vti ◆ il/elle le choisit, le vise

ᐅᐧᐊᔮᐱᐦᑳᑎᒻ uwaayaapihkaatim vti ◆ il/elle l'attache correctement

ᐅᐧᐊᔮᐱᐦᑳᑖᐤ uwaayaapihkaataau vta ◆ il/elle l'attache correctement

ᐅᐧᐊᔮᐱᐦᒑᐱᑎᒻ uwaayaapihchaapitim vti ◆ il/elle le (filiforme) prépare

ᐅᐧᐊᔮᐱᐦᒑᐱᑖᐤ uwaayaapihchaapitaau vta ◆ il/elle le/la (filiforme) prépare en tirant dessus

ᐅᐧᐊᔮᐱᐦᒑᓂᒻ uwaayaapihchaanim vti ◆ il/elle le (filiforme) prépare

ᐅᐧᐊᔮᐱᐦᒑᓈᐤ uwaayaapihchaanaau vta ◆ il/elle le/la (filiforme) le prépare à la main, le tient tout prêt

ᐅᐧᐊᔮᐹᓂᑭᐦᑎᐧᐋᐤ uwaayaapaanikihtiwaau vta ◆ il/elle arrange la corde sur un traîneau

ᐅᐧᐊᔮᐹᓂᐦᐋᐤ uwaayaapaanihaau vta ◆ il/elle arrange l'ordre des chiens de traîneau, il/elle arrange la corde d'un traîneau pour que quelqu'un d'autre le tire

ᐅᐧᐊᔮᑯᓂᒋᔥᑭᒻ uwaayaakunichishkim vti ◆ il/elle arrange, nivelle la neige avec son pied ou son corps

ᐅᐧᐊᔮᑯᓈᓂᒻ uwaayaakunaanim vti ◆ il/elle arrange, nivelle la neige à la main

ᐅᐧᐊᔮᑯᓈᐦᐊᒻ uwaayaakunaaham vti ◆ il/elle arrange nivelle la neige avec un outil

ᐅᐧᐊᔮᒋᐱᑖᐤ uwaayaachipitaau vta ◆ il/elle l'arrange, l'étend (animé, étalé)

ᐅᐧᐊᔮᔅᑯᓂᒻ uwaayaaskunim vti ◆ il/elle pointe son arme, vise avec son arme

ᐅᐧᐊᔮᔅᑯᐦᐋᐤ uwaayaaskuhaau vta ◆ il/elle le/la prépare à être empaqueté sur le traîneau, il/elle prépare le poisson pour le fumer sur un bâton au-dessus du feu

ᐅᐧᐊᔮᔨᐦᑎᒻ uwaayaayihtim vti ◆ il/elle le planifie

ᐅᐧᐋᐦᑯᒫᑭᓐ uwaahkumaakinh nad ◆ sa parenté

ᐅᐱᐹᒧᐦᑖᐤ upipaamuhtaau na ◆ un ou une nomade

ᐅᐱᑎᐧᐋᐅᐦᑳᐤ upitiwaauhkaau vii ◆ c'est un défilé, un passage étroit entre les collines

ᐅᐱᑎᐧᐋᒥᔅᑳᐤ upitiwaamiskaau vii ◆ le fond onduleux de la rivière s'aperçoit

ᐅᐱᑐᐃᓈᐤ upituwitinaau vii ◆ c'est un défilé, un col dans la montagne

ᐅᐱᑐᐃᑳᐳᐃᐧᐃᒡ upituwikaapuwiwich vai pl -uwi ◆ il y a une interruption dans les vagues des rapides

ᐅᐱᑐᐃᔖᑳᐤ upituwischaakaau vii ◆ c'est un défilé dans la fondrière

ᐅᐱᑐᐃᔥᒑᒋᐃᓐ upituwishchaachiwin vii ◆ il y a deux pointes de terre des deux côtés des rapides

ᐅᐱᑖᐅᐦᑳᐤ upitaauhkaau vii ◆ il y a un défilé entre les dunes de sable ou les berges de terre

ᐅᐱᑯᔒᐦᐄᐧᐋᐤ upikushihiiwaau na ◆ un mendiant

ᐅᐱᒋᐃᓐ upichiwin vii ◆ c'est un chenal dans un courant rapide

ᐅᐱᒥᑖᔥᑯᔥᑖᑭᓐ upimitaashkushtaakin nid ◆ sa clavicule

ᐅᐱᒫᒋᐦᐄᐧᐋᐤ upimaachihiiwaau na -aam ◆ le Sauveur

ᐅᐱᔅᒋᐧᐃᓂ **upisischiwinii** nid ♦ ses intestins (pour un orignal, un caribou, un ours)

ᐅᐱᔅᑯᑎ **upiskutii** ni ♦ un estomac de caribou, d'orignal, de castor, d'ours

ᐅᐱᔅᑯᓂᑳᑦ **upiskunikaat** nid ♦ la partie inférieure de sa patte antérieure (pour un cervidé)

ᐅᐱᔅᒀᔅᒋᑲᓐ **upiskwaaschikin** nid ♦ l'endroit où ses clavicules se rejoignent

ᐅᐱᔑᒀᑎᓯᐤ **upishikwaatisiiu** na ♦ un personne qui commet l'adultère

ᐅᐱᔑᒀᑎᔅᒁᐤ **upishikwaatiskwaau** na ♦ une femme adultère

ᐅᐱᔑᔥᒑᒻ **upishishchaam** nid ♦ sa chambre à coucher

ᐅᐱᔖᒋᐦᑯᒥᔒᔥ **upishaachihkumishh** nad ♦ sa jeune femelle caribou âgée d'un an qui ne la quitte pas quand elle a son prochain bébé au printemps

ᐅᐱᔥᑖᐅᔫᔥ **upishtaahuyuuh** nad ♦ son diaphragme (partie du corps)

ᐅᐱᔥᑰᐱᓯᒼ **upishkuupiisim** na ♦ juillet, lit. 'le mois de la mue des oiseaux'

ᐅᐱᔮᑳᐤ **upiyaakaauu** vii -aawi ♦ le fond sablonneux d'une étendue d'eau peut se voir

ᐅᐱᐦᑯᐃ **upihkui** ni ♦ le revêtement de son habitation

ᐅᐱᐦᒋᑮ **upihchikii** ni ♦ un côté antérieur du renard ou du lynx

ᐅᐱᐦᒋᑮ **upihchikii** ni [Wemindji] ♦ son bassin

ᐅᐱᐦᒑᐦᑭᑭᓂᑲᓐ **upihchaahkikinikin** nid ♦ son articulation de la hanche

ᐅᐲᐃᐦ **upiiwiih** nid pl ♦ sa fourrure, ses plumes, ses poils

ᐅᐲᐧᐋᐤ **upiiwaauu** vai -aawi ♦ il/elle a des poils, de la fourrure, des plumes sur lui/elle

ᐅᐲᐧᐋᐤ **upiiwaauu** vii -aawi ♦ ça a des poils, de la fourrure, des plumes dessus

ᐆᐱᒃᐦᑎᐧᐋᔮᐦᑎᒄ **upiikihtiwaayaahtikw** ni ♦ un bâton dont l'écorce a été rongée par un castor

ᐅᐲᑳᑯᑖᑭᓐᐦ **upiikwaakutaakinh** ni ♦ les longs poils du caribou situés sous son menton

ᐅᐲᒥᓂᒄ **upiiminikw** nid ♦ son tibia

ᐅᐲᒥᔫᔨ **upiimiyuyi** ni ♦ le gras situé près du fond de la cavité du corps

ᐅᐲᔥᐲᔥᒀᓐ **upiishpiishkishkwaanh** nad [Whapmagoostui] ♦ sa rate

ᐅᐲᔥᐲᔥᒃ **upiishpiishkh** nad ♦ sa rate

ᐅᐲᔮᐅᑳᑖᐤ **upiiywaaukataau** vai ♦ il/elle a les jambes poilues

ᐅᐲᔮᐅᑳᑦᐦ **upiiywaaukaat-h** ni pl ♦ des bottes en peau de phoque avec le poil laissé sur la partie qui couvre les jambes

ᐅᐲᔮᐅᒥᓈᐦᑎᒄ **upiiywaauminaahtikw** ni ♦ un groseillier rouge (baies poilues) *Ribes sp.*

ᐅᐲᔮᐅᒥᓐᐦ **upiiywaauminh** ni pl ♦ des groseilles rouges

ᐅᐲᔮᐧᐋᔅᒋᑭᓈᐤ **upiiywaawaaschikinaau** vai ♦ il a la poitrine poilue

ᐆᑎᐧᐃᑯᐦᐹᓐ **upiihtiwikuhpaan** ♦ son jupon

ᐆᐦᑯᑖᑭᓂᒥᐦ **upiihkutaakinimh** nid pl ♦ ses copeaux de bois utilisés sur le sol de sa hutte (ex. castor)

ᐅᐳᒋᔒ **upuchishii** ni -iim ♦ l'intestin grêle

ᐅᐹᐤ **upaau** vii ♦ c'est un canal étroit

ᐅᐹᑯᑎᐦᐹᓈᓂᔥ **upaakutihpaanaanish** ni ♦ la fontanelle, la partie molle du crâne d'un bébé

ᐅᐹᒥᔅᑳᐤ **upaamiskaau** vii ♦ il y a un goulet, un passage étroit dans le canal

ᐅᐹᒥᔥᑖᐤ **upaamishtaau** ni ♦ une hutte de castor avec une entrée sur le côté

ᐅᐹᔅᑯᒫᔮᑭᓐ **upaaskumaayaakin** ni ♦ la partie grasse de l'intestin du porc-épic

ᐅᐹᔅᒁᔮᐤ **upaaskwaayaau** vii ♦ c'est un défilé boisé

ᐅᐹᔒᐤ **upaashiu** vii ♦ c'est un goulet, un chenal étroit sur une étendue d'eau

ᐅᐹᔥᑖᒨ **upaashtaamuu** na ♦ un blasphémateur, une blasphématrice, un diffamateur, une diffamatrice

ᐅᐹᒥᐦᑳᒋᑭᓐ **upwaamihkaachikin** ni ♦ un chien de verrou d'arme

ᐅᐹᒧᒑᑭᓐ **upwaamuchaakin** nid ♦ son fémur, l'os de sa cuisse

ᐅᐹᒻ **upwaam** nid ♦ sa cuisse

ᐅᐚᔨᒥᐚ upwaayimimaauu vai -aawi
 • c'est un petit ami, un fils, de l'anglais 'boy'

ᐅᐚᔨᒥᔪᐤ upwaayimishiu vai • elle conçoit un garçon, il/elle a un garçon

ᐅᐚᔨᒻ upwaayimh nad • son amoureux, son fils (de l'anglais 'boy')

ᐅᑎᐛ utiwaa ni • Ottawa

ᐅᑎᐛᔒᒥᐛᐅᐦ utiwaashishiimiwaauh nad • leur enfant, leurs enfants

ᐅᑎᐛᔒᒥᐤ utiwaashishiimiu vai • elle est enceinte, il/elle a un enfant, il/elle a des enfants

ᐅᑎᐛᔒᒥᑐᑎᐚᐤ utiwaashishiimitutiwaau vta • il/elle le/la traite comme son propre enfant

ᐅᑎᐛᔒᒥᒫᐤ utiwaashishiimimaau vta • il/elle est l'enfant

ᐅᑎᐛᔒᒻ utiwaashishiimh nad • son enfant, ses enfants

ᐅᑎᐱᔅᑯᐦᒑᐤ utipiskuhchaau nid • sa première vertèbre, son atlas

ᐅᑎᐱᐦᒃᐚᓱᓂᐤ utipihkwaasuniu vai • il/elle a de quoi recouvrir son habitation

ᐅᑎᐱᐦᒃᐚᓱᓂᐦᑳᓲ utipihkwaasunihkaasuu vai reflex -u • il/elle se fabrique du revêtement pour son habitation

ᐅᑎᐱᐦᒃᐚᐦᑳᓲ utipihkwaahkaasuu vai reflex -u • il/elle se fabrique du revêtement pour son habitation

ᐅᑎᐱᐅᐎᑦ utipiiuwit ni • un panier fait de racines tressées

ᐅᑎᐲᐚᔮᐱ utipiiwaayaapii ni -lim • une racine fine qui s'étend sous la terre

ᐅᑎᐲᐤ utipiiu vai • il/elle a des racines

ᐅᑎᑎᓐ utitin vii • la neige regèle (après avoir dégelé)

ᐅᑎᑖᒥᔨᐤᐦ utitaamiyiuh nad • tous ses intestins

ᐅᑎᑖᓯᒄ utitaasikw na • une couche de bois difficile à sculpter situé dans l'écorce interne, quelquefois juste sur un côté

ᐅᑎᑖᐦᑎᒧᐚᐤ utitaahtimuwaau vta • il/elle le/la fait respirer, le/la ressuscite

ᐅᑎᑭᐦᐅᐃᓐ utikihuwinh ni pl • ses vêtements

ᐅᑎᒀᑯᔕᓐ utikwaakushaan na • la couche extérieure de la peau de baleine

ᐅᑎᒀᐦᑯᐹᓂᔥ utikwaashkupaanish nid • son petit os (pour un oiseau), lit. 'sa petite pelle à neige'

ᐅᑎᒋᑯᒨ utichikumuu vai-u • il/elle a le rhume

ᐅᑎᒋᑯᒻ utichikumh nad • son mucus, sa glaire

ᐅᑎᒋᔒ utichishiih nad • ses intestins

ᐅᑎᒫᑖᔥᑯᔨᐤ utimitaashkuyiu vai • il/elle est déjà rassasié-e avant de manger, il/elle est en train de manger ce qui l'empêche de faire autre chose

ᐅᑎᒫᑖᔥᑯᔨᐦᐋᐤ utimitaashkuyihaau vta • il/elle le/la nourrit pour qu'il/elle ne mange pas lors des repas, il/elle le/la nourrit et l'empêche ainsi de faire quelque chose

ᐅᑎᒥᔅᑮ utimiskii nid • couche interne de la peau (se dit de la peau de phoque, de caribou, de castor, des animaux à fourrure)

ᐅᑎᒥᔅᑯᒥᐦᑭᐚᐤ utimiskumihkiwaau vta • il/elle lui confie un castor

ᐅᑎᒥᔅᑯᒫᐤ utimiskumaau ni -aam • un sentier de castor

ᐅᑎᒥᔥᑯᔨᐦᐋᐤ utimishkuyihaau vta • il/elle le/la nourrit pour qu'il/elle ne mange pas lors des repas

ᐅᑎᒥᔨᑯ utimiyikuu vai-u • ça l'empêche de faire ce qu'il/elle veut

ᐅᑎᒥᔮᑭᓂᐦᒑᐤ utimiyaakinihchaau vai • il/elle l'occupe

ᐅᑎᒥᐦᐄᐚᐤ utimihiiwaau vai • c'est (animé) un blocage, une limitation

ᐅᑎᒥᐦᐄᐚᐤ utimihiiwaau vii • c'est un blocage, une limitation

ᐅᑎᒥᐦᐋᐤ utimihaau vta • il/elle le/la limite dans ses actes

ᐅᑎᒥᐤ utimiiu vai • il/elle est préoccupé-e

ᐅᑎᒦᐦᑭᐚᐤ utimiihkiwaau vta • il/elle se soucie de lui/d'elle plutôt que de faire autre chose

ᐅᑎᒦᐦᑭᒻ utimiihkim vti • il/elle se soucie de ça plutôt que de faire autre chose

ᐅᑎᒫᔦᐅ utimuyaau vta ♦ il/elle fume sa pipe près de là où il/elle a tué l'ours, il/elle donne sa pipe à la personne qui va lui donner l'ours ce qu'elle a tué, il/elle partage sa pipe avec quelqu'un

ᐅᑎᒫᐤ utimaau vta ♦ il/elle l'aspire

ᐅᑎᒫᔨᒨ utimaayimuu vai-u ♦ il/elle préférerait faire une chose plutôt qu'une autre

ᐅᑎᓂᑭᓐᐦ utinikinh ni pl ♦ ses achats

ᐅᑎᓂᑭᐦᐄᐙᓯᐤ utinikihiiwaasiu na -iim ♦ un caissier

ᐅᑎᓂᑯᑏ utinikutii ni ♦ le revêtement interne de la cavité du corps du porc-épic

ᐅᑎᓂᒑᐤ utinichaau vai ♦ il/elle achète

ᐅᑎᓂᒫᓲ utinimaasuu vai-u ♦ il/elle prend, achète pour elle/lui-même

ᐅᑎᓂᒻ utinim vti ♦ il/elle le prend, communie à l'église, l'achète

ᐅᑎᓂᐦᐄᐹᓐ utinihiipaan ni ♦ un trou dans la glace là où le filet de pêche est remonté

ᐅᑎᓈᐤ utinaau vta ♦ il/elle le/la prend, l'achète

ᐅᑎᓈᐹᐤ utinaapaau vai ♦ il/elle tire la ficelle attachée au bout du filet de pêche qui sera levé en hiver

ᐅᑎᓈᐹᓐ utinaapaan ni ♦ l'endroit au bout du filet de pêche sous la glace

ᐅᑎᓈᑭᓈᐱᕀ utinaakinaapii ni -iim ♦ la ligne utilisée pour tirer les filets sous la glace

ᐅᑎᓯᓃᒥᐤ utisiniimiu vai ♦ il/elle a des calculs biliaires, des balles ou de la grenaille pour le fusil

ᐅᑎᓯᓈᑯᓐ utisinaakun vii ♦ c'est visible à une certaine distance

ᐅᑎᓯᓈᑯᓯᐤ utisinaakusiu vai ♦ il/elle est en vue, est au loin

ᐅᑎᓯᐦᑎᐙᐤ utisihtiwaau vta ♦ il/elle peut l'entendre de cette distance

ᐅᑎᓰ utisii nid ♦ son nombril

ᐅᑎᓵᐱᒫᐤ utisaapimaau vta ♦ il/elle le/la voit d'une certaine distance, le/la voit de son vivant

ᐅᑎᓵᐱᐦᑎᒻ utisaapihtim vti ♦ il/elle le voit de son vivant, d'une certaine distance

ᐅᑎᔅᐹᐹᐚᓐᐦ utispaapaawaanh nid pl ♦ ses vêtements imperméables, ses chaussures

ᐅᑎᔑᐚᐤ utishiwaau vai ♦ il/elle fond sur eux

ᐅᑎᔑᐅᐦ utishiuh nad ♦ ses testicules

ᐅᑎᔥᒁᔑᒧᓂᔥ utishkwaashimunish nid ♦ son placenta, lit. 'son petit oreiller'

ᐅᑎᔥᒁᔑᔒᒻᐦ utishkwaashishiimh nad ♦ son amoureuse, sa petite amie

ᐅᑎᔨᔩᒻᐦ utiyiyimh nad ♦ son peuple, ses enfants

ᐅᑎᔨᐦᑭᓂᑭᓐ utiyihkinikin nid ♦ son omoplate

ᐅᑎᐦ utih p,dém,lieu ♦ ici ▪ ᐊᑯᑎᐦ ᐅᑎᐦ ᑳ ᐦ ᐱᐳᓂᓯᔮᐦᒡ C'est ici l'endroit où on passait nos printemps.

ᐅᑎᐦᐄᐹᓐ utihiipaan ni ♦ un trou fait dans la glace pour chercher de l'eau

ᐅᑎᐦᐄᒑᐤ utihiichaau vai ♦ il/elle gagne

ᐅᑎᐦᐊᒫᐤ utihamaau vai ♦ il/elle fait un pas

ᐅᑎᐦᐊᒻ utiham vti ♦ il/elle le fait sortir, le gagne, le colle, ferme l'ouverture dans le tissage des raquettes

ᐅᑎᐦᐋᐹᓐ utihaapaan ni ♦ le trou central dans le tissage des raquettes

ᐅᑎᐦᐙᐤ utihwaau vta ♦ il/elle le/la tire vers lui en utilisant quelque chose, il/elle le/la gagne, il/elle l'enregistre

ᐅᑎᐦᐹᐅᑭᓈᔮᐱᕀ utihpaaukinaayaapii nid [Whapmagoostui] ♦ sa colonne vertébrale

ᐅᑎᐦᐹᐳᐃ utihpaapui ni -um ♦ un liquide fait avec de la cervelle animale, écrasée et bouillie, et utilisée pour ramollir les peaux de caribou ou d'orignal

ᐅᑎᐦᑉ utihp nid ♦ son cerveau

ᐅᑎᐦᑎᐱᐤ utihtipiu vai ♦ il/elle s'accroupit

ᐅᑎᐦᑎᒥᓂᒑᑭᓐ utihtiminichaakin nid ♦ son omoplate

ᐅᑎᐦᑎᒥᓐ utihtimin nid ♦ son épaule

ᐅᑎᐦᑎᒻ utihtim vti ♦ il/elle l'aspire

ᐅᑎᐦᑎᐦᐅᔦᐅ utihtihuyaau vta ♦ il/elle atteint sa destination avec lui/elle par l'eau ou par l'air

ᐅᑎᐦᑎᐦᐊᒻ utihtiham vti ♦ il/elle l'atteint par véhicule

ᐅᑎ"ᑎ"·ᐊ° utihtihwaau vta ♦ il/elle atteint sa cible, arrive chez quelqu'un par véhicule

ᐅᑎ"ᑎ" utihtiih nad ♦ sa fourrure de castor, sa peau de castor

ᐅᑎ"ᑕ·ᐃᓱ utihtaawit ni ♦ sa balle de fourrure

ᐅᑎ"ᑕᔪ utihtaau vai+o ♦ il/elle l'atteint à pied

ᐅᑎ"ᑕᐱᓱ utihtaapisuu vai -u ♦ l'odeur de la fumée, la fumée l'atteint

ᐅᑎ"ᑕᒥᔪᓂᐱᑎᒻ utihtaamimunipitim vti ♦ elle le renverse en tirant

ᐅᑎ"ᑕᒥᔪᓂᐱᑖ° utihtaamimunipitaau vta ♦ il/elle le/la tire sur son ventre

ᐅᑎ"ᑕᒥᔪᓂᐱᔨᐤ° utihtaamimunipiyiu vai ♦ il/elle tombe à la renverse, tombe à plat ventre

ᐅᑎ"ᑕᒥᔪᓂᐱᔨ"ᐦ utihtaamimunipiyihuu vai -u ♦ il/elle se roule sur son ventre

ᐅᑎ"ᑕᒥᔪᓂᓈ° utihtaamimuninaau vta ♦ il/elle le tient à l'envers

ᐅᑎ"ᑕᒥᔪᓂᔑᒫ° utihtaamimunishimaau vta ♦ il/elle le/la dépose sur son ventre

ᐅᑎ"ᑕᒥᔪᓂᔑᓐᵃ utihtaamimunishin vai ♦ il/elle est couché-e sur son ventre

ᐅᑎ"ᑕᒥᔪᓂᔑᑖ° utihtaamimunishtaau vai ♦ il/elle le place à l'envers, avec le haut en bas

ᐅᑎ"ᑕᒥᔪᓂᔑᑖ° utihtaamimunishtaau vii ♦ c'est placé à l'envers, avec le haut en bas

ᐅᑎ"ᑕᒧᓂᒻ utihtaamuninim vti ♦ il/elle le tient à l'envers, le haut en bas

ᐅᑎ"ᑕᒧᓂᐦᐋ° utihtaamunihaau vta ♦ il/elle le place à l'envers, le haut en bas

ᐅᑎ"ᑕ·ᐊᐱᔨᐦᑖ° utihtwaawaapiyihtaau vai ♦ il/elle fait en sorte que le bruit atteigne cette distance

ᐅᑎ"ᑕ·ᐊᐳᒋᒫ° utihtwaawaapuchichaau vai ♦ il/elle fait en sorte que le bruit de sa scie atteigne cette distance

ᐅᑎ"ᑕ·ᐊᑖ° utihtwaawaataau vai ♦ la détonation atteint cette distance

ᐅᑎ"ᑕ·ᐊᑉ"ᐋᒫ° utihtwaawaakihiichaau vai ♦ il/elle fait en sorte de ses bruits de hache atteignent une certaine distance

ᐅᑎ"ᑕ·ᐊ"ᐋᒫ° utihtwaawaahiichaau vai ♦ le bruit qu'elle fait en frappant provient de cette direction

ᐅᑎ"ᐦᑭᑯᓐ utihkikun nid -im ♦ son aile

ᐅᑎ"ᐦᑯᐃ utihkui nid ♦ son aisselle, le dessous de son bras

ᐅᑎ"ᐦᑯᑭᓂᒑᑭᓐ utihkukinichaakin ni ♦ l'os de son aile

ᐅᑎ"ᑯᒧ utihkumuu vai -u ♦ il/elle a des poux

ᐅᑎ"ᒋᐱᔨᐤ° utihchipiyiu vai ♦ il/elle arrive ici en véhicule

ᐅᑎ"ᒋᐱᔨᐤ° utihchipiyiu vii ♦ ça se passe, ça arrive à destination

ᐅᑎ"ᒋᑭᓐ" utihchikinh nid pl ♦ ses nageoires, les trous de ses pieds et pattes dans la peau d'un animal

ᐅᑎ"ᒋᒑᐱᔨᐤ° utihchichaapiyiu vii ♦ c'est magnétique

ᐅᑐᐃ utui nid ♦ son caillot de sang

ᐅᑐᐃ" utuih nad ♦ la partie supérieure de sa peau après qu'on ait enlevé les poils sur une peau d'orignal ou de caribou

ᐅᑐᑎᐦᑯᐦᓯᐤ ututihkuhsiuh nad ♦ ses reins

ᐅᑐᑕᒥᒧᐋ° ututaamimuwaau vta ♦ il/elle se fait facilement des amis, est amical

ᐅᑐᑕᒥᒫ° ututaamimaau vta ♦ il/elle est gentil avec lui

ᐅᑐᑖ·ᐊ·ᐃᓐ ututaamuwaawin ni ♦ une amitié

ᐅᑐᑖᒻ" ututaamh nad ♦ son ami, son amie, ses amis, ses amies, sa parenté

ᐅᑐᑭᒫᒃ utukimaakw na ♦ un poisson mâle

ᐅᑐᑭᓈᐦᑲᓐᵃ utukinaakwaan nid ♦ un porc-épic découpé avec l'os de la hanche attaché à la peau

ᐅᑐᑭ"·ᐊ° utukihwaau vta ♦ il/elle le/la frappe et le/la contusionne, lui fait un bleu

ᐅᑐᑳᐱᐤ utukaapiu vai ♦ il/elle a un oeil au beurre noir

ᐅᑐᑲᐳᐟᐧᐊᐤ utukaapuhwaau vta
• il/elle lui fait un oeil au beurre noir
ᐅᑐᒋᓯᐤ utuchisiu vai • il/elle a des bleus, est contusionné
ᐅᑐᒋᔑᐣ utuchishin vai • il/elle tombe et se fait des bleus
ᐅᑐᒥᓂᐦ utuminich na pl -im • une amélanche *Amelanchier sanguinea*,
ᐅᑐᒥᓈᐦᑎᒄ utuminaahtikw ni • un amélanchier sanguin *Amelanchier sanguinea*
ᐅᑐᐣ utun nid • sa bouche
ᐅᑐᓯᓯᒫᐤ utusisimaau nad • une belle-mère (la femme du père qui n'est pas la mère), une tante (la soeur de la mère, la femme du frère du père)
ᐅᑐᓯᐢ utusis-h nad • sa belle-mère (la femme de son père qui n'est pas sa mère), sa tante (la soeur de sa mère, la femme du frère de son père)
ᐅᑐᐢᐱᐢᑳᐤ utuspiskaau vii • c'est une zone d'aulnes, il y a beaucoup d'aulnes
ᐅᑐᐢᐲ utuspii ni • un aulne rugueux *Alnus rugosa*
ᐅᑐᐢᑯᐣ utuskun nid • son coude
ᐅᑐᔑᒥᒫᐤ utushimimaau nad • un neveu (le fils de sa soeur pour une femme ou de son frère pour un homme)
ᐅᑐᔑᒥᐢᑳᒥᒫᐤ utushimiskwaamimaau nad • une nièce (la fille de sa soeur pour une femme ou de son frère pour un homme)
ᐅᑐᔑᒥᐢᑳᒻᐦ utushimiskwaamh nad • sa nièce (la fille de sa soeur pour une femme ou de son frère pour un homme)
ᐅᑐᔑᒻᐦ utushimh nad • son neveu (le fils de sa soeur pour une femme ou de son frère pour un homme)
ᐅᑐᔨᐨ utuyich na pl [Wemindji] • des raclures de peau de castor sur le cadre
ᐅᑐᐦᑎᐣ utuhtin nid • son talon
ᐅᑑᐟᐦ utuut-h nad • le gras de sa croupe (caribou, orignal)
ᐅᑑᑭᓂᑭᐣ utuukinikin nid • son articulation de la hanche
ᐅᑑᑳᐤ utuukaau vii • c'est écrasé
ᐅᑖᐃᑯᒻᐦ utaaikumh nad • ses narines
ᐅᑖᐃᐦ utaaih nid • son coeur

ᐅᑖᐱᓄᐧᐃᑖᓂᑭᓂᐦ utaapinuwitaanikinich na pl • les os avant du crâne du caribou, le museau
ᐅᑖᐱᐢᑳᑭᓂᐤ utaapishkaakiniu vai • il/elle porte un foulard, une cravate
ᐅᑖᐱᕼᐊᐤ utaapihaau vta • il/elle lui fait haler quelque chose
ᐅᑖᐱᐦᑳᑎᒻ utaapihkaatim vti • il/elle le tire et l'attache à quelque chose
ᐅᑖᐱᐦᑳᑖᐤ utaapihkaataau vta • il/elle le/la tire et l'attache à quelque chose
ᐅᑖᐱᐦᒑᐱᑎᒻ utaapihchaapitim vti • il/elle le tire à lui/elle avec quelque chose de filiforme
ᐅᑖᐱᐦᒑᐱᑖᐤ utaapihchaapitaau vta • il/elle le tire à lui/elle avec quelque chose de filiforme
ᐅᑖᐱᐦᒑᓂᒻ utaapihchaanim vti • il/elle le tire à lui/elle en utilisant quelque chose de filiforme avec les mains
ᐅᑖᐱᐦᒑᓈᐤ utaapihchaanaau vta • il/elle le/la tire à lui/elle en utilisant quelque chose de filiforme avec les mains
ᐅᑖᐹᐅᑖᐤ utaapaautaau vai • il/elle le mouille et ça rétrécit
ᐅᑖᐹᐅᔮᐤ utaapaauyaau vta • il/elle le/la mouille et il/elle rétrécit
ᐅᑖᐹᐤ utaapaau vai • il/elle tire un fardeau
ᐅᑖᐹᐤ utaapaau vta • il/elle le/la traîne, le/la hale
ᐅᑖᐹᑎᒻ utaapaatim vti • il/elle le traîne, le hale
ᐅᑖᐹᒋᑭᐦᓯᒻ utaapaachikihsim vti • il/elle le rétrécit (de la corde en cuir) en le plongeant dans de l'eau trop chaude
ᐅᑖᐹᓂᐦᑭᐧᐊᐤ utaapaanihkiwaau vta • il/elle lui arrange un fardeau pour qu'il puisse le haler
ᐅᑖᐹᓂᐦᑭᐦᑎᐧᐊᐤ utaapaanihkihtiwaau vta • il/elle l'arrange pour le/la haler
ᐅᑖᐹᓂᐦᑭᐦᑎᒻ utaapaanihkihtim vti • il/elle l'arrange pour le haler
ᐅᑖᐹᓂᐦᑳᓲ utaapaanihkaasuu vai reflex -u • il/elle s'arrange son fardeau pour le haler
ᐅᑖᐹᓂᐦᒑᐤ utaapaanihchaau vai • il/elle arrange le fardeau pour le haler

ᐅᑕᐸᓈᔅᑯᐦᒑᐤ utaapanaaskuhchaau vai
  ◆ il/elle fabrique un traîneau
ᐅᑕᐸᓈᔅᒃᐙᐦᑎᒄ utaapanaaskwaahtikw
  na ◆ du bois pour un traîneau, un toboggan
ᐅᑕᐸᓈᔮᐲ utaapanaayaapii ni -iim ◆ un harnais pour traîneau
ᐅᑕᐸᓈᔮᐸᒋᔥᑭᒻ utaapanaayaapaachishkim vti ◆ il/elle utilise une ligne, une corde autour des épaules pour tirer quelque chose
ᐅᑕᐹᓐ utaapaan ni ◆ un fardeau à tirer, un train
ᐅᑕᐸᓯᒻ utaapaasim vti ◆ il/elle fume des intestins en mettant des branchages sur un feu
ᐅᑖᐻᔮᔨᐦᑎᒻ utaapwaayaayihtim na ◆ un croyant, une croyante
ᐅᑖᑭᐙᐳᐦᒃᐙᓂᑭᓐᐦ utaakiwaapuhkwaawinikinh ni pl ◆ une ramure de caribou qui tombe un peu
ᐅᑦᑯᔑᐅᒋᐦᑯᐦᔥ utaakushiuchihkuhsh na ◆ l'étoile du soir
ᐅᑦᑯᔑᐅᒦᒋᓲ utaakushiumiichisuu vai -u ◆ il/elle mange un repas du soir
ᐅᑦᑯᔑᐅᓂᑯᐦᑖᐤ utaakushiunikuhtaau vai ◆ il/elle cherche du feu de bois le soir
ᐅᑦᑯᔑᐤ utaakushiu vii ◆ c'est le soir
ᐅᑦᑯᔑᒌᔑᑳᐤ utaakushichiishikaau vii ◆ c'est tard dans l'après-midi, c'est en fin d'après-midi
ᐅᑦᑯᔑᒐ utaakushichaa p,temps ◆ ce soir, lit. 'quand ça sera le soir'
ᐅᑦᑯᔑᓈᐦᒄ utaakushinaahkwaau vai ◆ il/elle mange le soir
ᐅᑦᑯᔑᐦᐄᑯᐦᑖᐤ utaakushihiikuhtaau vai ◆ il/elle cherche du feu de bois le soir
ᐅᑦᑯᔑᐦᒡ utaakushiihch p,temps ◆ hier
ᐅᑦᑯᔨᔥᑭᒻ utaakuyishkim vti ◆ il/elle chasse le castor, le rat musqué à pied
ᐅᑦᑯᐦᐄᒋᔥᒀᐦᐊᒻ utaakuhiichishkwaaham vti ◆ il/elle chasse le rat musqué avec un fusil, en canot ou à pied, en fin d'après-midi ou le soir
ᐅᑦᑯᐦᐊᒻ utaakuham vti ◆ il/elle chasse le castor en canot ou à pied le soir

ᐅᑦᑯᐦᒄᐋᐧᓂᑭᓐᐦ utaakuhkwaawinikinh ni pl ◆ une ramure de caribou qui tombe un peu
ᐅᑖᒋᒫᐅᓲ utaachimaausuu vai -u ◆ il/elle tire un enfant sur un traîneau, une remorque
ᐅᑖᒋᒫᐤ utaachimaau vta ◆ il/elle le tire en traîneau, en remorque
ᐅᑖᒥᐹᒋᔑᓐ utaamipaachishin vai ◆ il/elle tombe à l'eau en faisant une éclaboussure
ᐅᑖᒥᑎᐦᒑᐦᐋᐤ utaamitihchaahwaau vta ◆ il/elle le/la tape sur la main
ᐅᑖᒥᑭᒋᔖᔑᓐ utaamikichishaashin vai ◆ il/elle tombe sur ses fesses
ᐅᑖᒥᑭᒋᔖᐦᐋᐤ utaamikichishaahwaau vta ◆ il/elle lui donne une fessée
ᐅᑖᒥᑭᐦᐊᒻ utaamikiham vti ◆ il/elle le hache à la hache
ᐅᑖᒥᑭᐦᐋᐤ utaamikihwaau vta ◆ il/elle le/la hache à la hache
ᐅᑖᒥᒑᐳᐦᐋᐤ utaamichaapuhwaau vta ◆ il/elle le/la frappe dans l'oeil
ᐅᑖᒥᔑᑯᔑᓐ utaamishikushin vai ◆ il/elle tombe sur la glace
ᐅᑖᒥᔑᒫᐤ utaamishimaau vta ◆ il/elle le/la frappe contre quelque chose
ᐅᑖᒥᔑᓐ utaamishin vai ◆ il/elle se heurte contre quelque chose
ᐅᑖᒥᔥᑎᒂᓈᔑᓐ utaamishtikwaanaashin vai ◆ il/elle se tape la tête dessus
ᐅᑖᒥᔥᑎᒂᓈᐦᐋᐤ utaamishtikwaanaahwaau vta ◆ il/elle le/la frappe sur la tête
ᐅᑖᒥᐦᐄᑭᓈᐦᑎᒄ utaamihiikinaahtikw ni ◆ une batte de baseball
ᐅᑖᒥᐦᐄᑭᓐ utaamihiikin ni ◆ un marteau, un pilon
ᐅᑖᒥᐦᐄᒑᐤ utaamihiichaau vai ◆ il/elle martèle, tape
ᐅᑖᒥᐦᐄᒑᐱᔨᐤ utaamihiichaapiyiu vii ◆ ça tape sur quelque chose
ᐅᑖᒥᐦᐊᒻ utaamiham vti ◆ il/elle le tape avec quelque chose
ᐅᑖᒥᐦᐋᐤ utaamihwaau vta ◆ il/elle le/la frappe, tape
ᐅᑖᒥᐦᑎᑖᐤ utaamihtitaau vai ◆ il/elle le tape contre quelque chose
ᐅᑖᒥᐦᑎᓐ utaamihtin vii ◆ ça tape sur quelque chose

ᐅᑳᒥᐦᑲᓂᓯᐅ **utaamihkwaanisiu** na -iim
 • un coléoptère, une blatte orientale

ᐅᑳᒥᐦᑲᔑᓐ **utaamihkwaashin** vai
 • il/elle le tape sur la figure, le visage

ᐅᑳᒫᐤ **utaamaau** vta • il/elle l'a dans son ventre (se dit d'un poisson qui a quelque chose d'animé dans son ventre)

ᐅᑳᒫᐱᔅᒋᔑᓐ **utaamaapischishin** vai
 • il/elle glisse et tombe sur le rocher

ᐅᑳᒫᑭᓐ **utaamaakin** ni • le contenu de l'estomac d'un poisson

ᐅᑳᒫᔅᒋᓈᐦᐚᐅ **utaamaaschikinaahwaau** vta • il/elle le/la frappe sur la poitrine

ᐅᑳᒫᔥᑯᔑᓐ **utaamaashkushin** vai
 • il/elle heurte quelque chose en bois

ᐅᑳᒻᐚᒄ **utaamwaakw** na • un huard du Pacifique, un plongeon du Pacifique *Gavia pacifica*

ᐅᑳᒻ **utaamh** nad • son chien

ᐅᑖᓂᓰᒫᐅᐤ **utaanisimaauu** vai -aawi • c'est une fille (lien de parenté)

ᐅᑖᓂᓰᒫᐤ **utaanisimaau** nad • une fille

ᐅᑖᓂᔅ **utaanis-h** nad • sa fille

ᐅᑖᓂᔑᔑᐅ **utaanishishiu** vai • il/elle a une fille, elle conçoit une fille

ᐅᑖᓂᔥᑰᔑᒦᐚᐅᐦ **utaanishkuushiimiwaauh** nad • leur(s) arrière-grand(s)-parent(s), leur arrière-petit-fils, leur arrière-petite-fille, leurs arrière-petits-enfants

ᐅᑳᔅᑯᓈᐤ **utaaskunaau** vta • il/elle l'engage, l'embauche

ᐅᑳᔅᑯᐦᐄᑲᓐ **utaaskuhiikin** ni • un grappin

ᐅᑳᔅᑯᐦᐊᒻ **utaaskuham** vti • il/elle le tire à elle/lui avec un bâton

ᐅᑳᔅᑯᐦᐚᐤ **utaaskuhwaau** vta • il/elle le/la tire à elle/lui avec un bâton

ᐅᑳᔑᔥᑭᒻ **utaashishkim** vti • il/elle se l'accroche involontairement au pied, à la jambe

ᐅᑳᔥᑎᒥᐱᐅ **utaashtimipiu** vai • il/elle s'assoit face à cette direction

ᐅᑳᔥᑎᒥᐱᔥᑎᐚᐤ **utaashtimipishtiwaau** vta • il/elle s'assoit face à lui/elle

ᐅᑳᔥᑎᒥᐱᔥᑎᒻ **utaashtimipishtim** vti • il/elle s'assoit face à ça

ᐅᑳᔥᑎᒥᑳᐳᐎᔥᑎᐚᐤ **utaashtimikaapuwishtiwaau** vta
 • il/elle est debout face à lui/elle

ᐅᑳᔥᑎᒥᐦᒄ **utaashtimihkw** nid • son visage

ᐅᑳᔥᑭᓂᐅ **utaashkiniu** vai • le soleil a des rayons de chaque côté, lit. 'ça porte une ramure'

ᐅᑳᔥᑭᓐ **utaashkinh** nad • ses bois, sa ramure

ᐅᑳᔥᒑᐅᑭᐦᐊᒻ **utaashchaaukiham** vti
 • il/elle rassemble les braises, les charbons ardents

ᐅᑳᔨᕀ **utaayiyii** nid • sa langue

ᐅᑳ **utaah** p,dém,lieu • par ici ▪ ᐊᑯᑳ ᐅᑳ ᒥ ᐃᔔᑳᑦ ᐎ ᐅᕆᐦᕈᑳᑉᑲᕓ • *On ira par ici quand on ira à la pêche sur la glace.*

ᐅᑳᐦᐄᒥᓂᒡ **utaahiiminich** na pl • des fraises *Fragaria sp.*

ᐅᑳᐦᐄᒥᓈᐦᑎᒄ **utaahiiminaahtikw** na -um
 • un fraisier *Fragaria sp.*

ᐅᑳᐦᐋᔮᐱᐃ **utaahaayaapii** nid • son artère

ᐅᑳᐦᐱᔥᑭᓂᑲᓐ **utaahpishkinikin** nid
 • l'os de sa mâchoire inférieure

ᐅᑳᐦᐱᔥᑭᓐ **utaahpishkin** nid • sa mâchoire

ᐅᑳᐦᐱᔥᑭᓐ **utaahpishkinh** ni pl • les mâchoires d'un piège

ᐅᑳᐦᑎᒻ **utaahtim** vti • il/elle l'a dans son ventre (se dit d'un poisson qui a quelque chose d'inanimé dans son ventre)

ᐅᑳᐦᑯᐱᐄᔅᒋ **utaahkupiischii** ni pej • un vieux terrier, un tunnel où un porc-épic a demeuré

ᐅᑳᐦᑯᓯᐎᓐ **utaahkusiwin** ni • sa maladie, son affection (au sens d'une altération de la santé)

ᐅᑳᐦᑯᓯᐅ **utaahkusiu** na -iim • un patient, une patiente (dans un hôpital), un ou une malade

ᐅᑳᐦᑲᐋᐱᒋᑭᓈᔮᐱᐃ **utaahkwaapichikinaayaapii** ni • une corde utilisée pour garder l'avant des raquettes ou du traîneau courbé vers le haut

ᐅᑳᐦᒋᑯᒥᐦᑭᐚᐤ **utaahchikumihkiwaau** vai
 • il/elle lui donne le phoque qu'il/elle a tué

ᐅᒐ"ᕆᑯᒼ" utaahchikumh nad ♦ son phoque

ᐅᒐ"ᕆᒡᐤ utaahchichaau vai ♦ il/elle a quelque chose dans le ventre (se dit d'un poisson)

ᐅᒐ"ᒡᐤ utaahchaau vai ♦ il/elle marche derrière

ᐅᒐ"ᒡᐱᒋᐤ utaahchaapichiu vai ♦ il est le dernier/elle est la dernière du groupe quand on déplace le campement d'hiver

ᐅᒐ"ᒡᐱᔨᐤ utaahchaapiyiu vai ♦ il/elle suit derrière en véhicule

ᐅᒐ"ᒡᐱᔨᐤ utaahchaapiyiu vii ♦ ça suit derrière en véhicule

ᐅᒐ"ᒡᐱᔨ"ᒐ·ᐃᒡ utaahchaapiyihtaawich vai pl ♦ il y a des roulements de tonnerre mais la pluie ne viendra que plus tard

ᐅᒐ"ᒡᑎ"ᑯᒡ utaahchaatihkuhch p,lieu ♦ à l'arrière du canot, du bateau, à la poupe ▪ ᐅᒐ"ᒡᑎ"ᑯᒡ ᐊᑐᒐ" ᐯ ᒥᒐᒡ ᐅ<ˢᕆᑭᒃ ▪ Il a placé son fusil à l'arrière du canot.

ᐅᒐ"ᒡᑯˢᑯᒡ utaahchaakuskusch ni ♦ la partie transversale arrière d'une raquette

ᐅᒐ"ᒡᑳᒡ utaahchaakaat nid ♦ la patte arrière (patte postérieure) d'un cervidé

ᐅᒐ"ᒡ utaahch p,lieu ♦ derrière, en arrière, dans le passé ▪ ᐊᓱᒐ" ᐅᒐ"ᒡ ᐊᑐᒐ" ᐯ ᐅ"ᕆ ᐱᒐ"ᒡᒡ ·ᐄᒑ ᐊᐊ ȧ·ᒐ"ᒡ × Cet homme marchait en arrière.

ᐅᑭᓂ·ᐊᔨᒧᐋᐤ ukiniwaayimuwaau na ♦ un protecteur, une protectrice, un gardien, une gardienne

ᐅᑯᓯᓯᒫᐤ ukusisimaauu vai -aawi ♦ il est le fils, c'est un fils

ᐅᑯᓯᓯᒫᐤ ukusisimaau nad ♦ un fils

ᐅᑯᓯˢ" ukusis-h nad ♦ son fils

ᐅᑯᔑᔨᐤ ukushishiu vai ♦ elle est enceinte, conçoit, enfante

ᐅᑯᔑᔑᒫ·ᐊ"ᑎᒡ ukushishimaawaahtikw ni -um ♦ du bois parfait, du bois de coeur

ᐅᑯᔑᔑ" ukushishh nad ♦ son enfant, son petit

ᐅᑯᔨ·ᐋᔮᐱ ukuyiwaayaapii nid ♦ le ligament qui retient sa tête

ᐅᑯᔨᐤ ukuyiu nid ♦ son cou

ᐅᑯᔪ·ᐃᒑᑭᓐ" ukuyuwichaakinh nid pl ♦ ses vertèbres cervicales

ᐅᑯ"ᑎˢᑯᐃ ukuhtishkui nid ♦ sa gorge

ᐅᑯ"ᑎˢ·ᑭᔮᐱ ukuhtishkwaayaapii nid ♦ son oesophage, sa trachée

ᐅᑯ"ᑎˢ·ᑭᔮᐱᒼ ukuhtishkwaayaapiimh nad ♦ sa cheminée, son tuyau de poêle

ᐅᑯ"ᒐᑭᐊ ukuhtaakin nid ♦ sa trachée

ᐅᑯᓂ"·ᑳᐳ ukuunihkwaapui ni -um ♦ du bouillon fait de neige aspergée de sang de caribou

ᐅᑳᐅˢᑎᒃᐋᓐ ukaaushtikwaan ni -im ♦ une tête de doré

ᐅᑳ·ᐃᒡ ukaawiich na pl ♦ des piquants de porc-épic

ᐅᑳ·ᐄᒫᐤ ukaawiimaauu vai -aawi ♦ elle est mère

ᐅᑳ·ᐄᒫᐤ ukaawiimaau nad ♦ une mère

ᐅᑳ·ᐃ" ukaawiih nad ♦ ses piquants (se dit d'un porc-épic)

ᐅᑳ·ᐃ" ukaawiih nad ♦ sa mère

ᐅᑳ·ᐊᐳ ukaawaapui ni -um ♦ du bouillon de doré jaune

ᐅᑳᐤ ukaau na -m ♦ un doré jaune, un doré blanc, un sandre Stizostedion vitreum

ᐅᑳᓯᒋᒥᐤ ukaasichimiu vai ♦ il/elle est vorace, glouton/gloutonne

ᐅᑳᓯᒋᒥᑎᑎᒼ ukaasichimititim vti ♦ il/elle dévore avec voracité

ᐅᑳᓯᒋᒼ" ukaasichimh nad ♦ sa luette

ᐅᑳˢᒐᒡᐱᔨᐤ ukaashtaapiyiu vii ♦ ça devient noir tout à coup, ça s'assombrit soudainement

ᐅᑳˢᒐᒐᑎᐱˢᑳᐤ ukaashtaatipiskaau vii ♦ c'est une nuit sombre, noire

ᐅᑳˢᒐᒐᔑᒧ ukaashtaashimuu vai -u ♦ il/elle reste dans l'ombre

ᐅᑳˢᒐᒐᔑᐤ ukaashtaashin vai ♦ il/elle est à l'ombre

ᐅᑳˢᒐᒐˢᑭ·ᐋᐤ ukaashtaashkiwaau vta ♦ il/elle lui fait de l'ombre

ᐅᑳˢᒐᒐˢᑭᒼ ukaashtaashkim vti ♦ il/elle bloque la lumière

ᐅᑳˢᒐᒐᔮᐤ ukaashtaayaau vii ♦ c'est couvert, sombre

ᐅᑳˢᒐᒐᐋᒼ ukaashtaaham vti ♦ il/elle lui fait de l'ombre, bloque la lumière

ᐅᑳˢᒐᒐᐋᒫᓱᐃᓐ ukaashtaahaamaasuwin ni ♦ de l'ombre

ᐅᑲᙳᒑᙯᓐᐤ ukaashtaahtin vii ♦ ça bloque la lumière, empêche la lumière de passer

ᐅᑳᐦᑳᒋᐧᐋᐳᐃ ukaahkaachiwaapui ni -um ♦ du bouillon fait de duodénum de lagopède

ᐅᑳᐦᑳᒋᐅᐦ ukaahkaachiuh nad ♦ son duodénum

ᐅᐧᑳᐦᑯᓈᐅᐦ ukwaahkunaauh nad ♦ son menton

ᐅᒋ uchi pro,dém ♦ ceux-ci, celles-ci, ces (animé, voir *uu*) ▪ ᐄᔐᐃᑐᓈᓃᐤ ᒡ ᒥᔆᒐᒥᐦᑐᒡ ᐅᒋ ᒣᑕᐌᓯᒄ. ▪ *Il faut honorer ces visiteurs.*

ᐅᒋᐱᑎᑰ uchipitikuu vai-u ♦ il/elle a une crampe, une crise

ᐅᒋᐱᑎᒻ uchipitim vti ♦ il/elle le tire

ᐅᒋᐱᑖᐤ uchipitaau vta ♦ il/elle le/la tire

ᐅᒋᐱᒋᑭᓈᔮᐲ uchipichikinaayaapii ni ♦ un câble de traction, utilisé pour tirer un canot par-dessus les rapides ou pour démarrer un moteur

ᐅᒋᐱᒋᑭᓐ uchipichikin ni ♦ la détente d'un fusil, le starter, le démarreur

ᐅᒋᐱᒑᒑᐤ uchipichikaachaau vai ♦ il/elle utilise quelque chose pour le tirer

ᐅᒋᐱᒋᒑᐧᐃᒡ uchipichichaawich vta pl ♦ ils/elles tirent sur la peau de caribou, d'orignal jusqu'à ce qu'elle sèche pour la ramollir

ᐅᒋᐱᓯᐧᐋᓯᐅᐦ uchipisiwaasiuh nad ♦ le muscle de la partie inférieure de sa patte (pour un caribou, un orignal), le muscle du dessous des côtes (pour l'ours)

ᐅᒋᐱᔥᑯᐦᒑᔥ uchipishkuhchaash na -im ♦ la vertèbre supérieure du porc-épic

ᐅᒋᐱᔨᐤ uchipiyiu vai ♦ il/elle rétrécit

ᐅᒋᐱᔨᐤ uchipiyiu vii ♦ ça rétrécit

ᐅᒋᐱᔨᐦᐋᐤ uchipiyihaau vta ♦ il/elle le/la retire

ᐅᒋᐱᔨᐦᑖᐤ uchipiyihtaau vai ♦ il/elle le retire

ᐅᒋᐱᐦᐆ uchipihun nid ♦ ses vertèbres cervicales avec deux côtes attachées

ᐅᒋᐳᑰ uchipukuu vai-u ♦ il/elle est emporté-e par le courant

ᐅᒋᐳᔮᐤ uchipuyaau vta ♦ il/elle l'attire avec de la nourriture

ᐅᒋᑲᑎᒼ uchikwaatim vti ♦ il/elle l'attrape avec un crochet

ᐅᒋᑲᑎᐦᐊᒼ uchikwaatiham vti ♦ il/elle l'accroche

ᐅᒋᑲᑎᐦᐋᐤ uchikwaatihwaau vta ♦ il/elle l'y accroche

ᐅᒋᑲᑖᐤ uchikwaataau vta ♦ il/elle l'attrape avec un crochet

ᐅᒋᑲᑖᑭᓐ uchikwaataakin na -im ♦ un poisson attrapé avec un crochet

ᐅᒋᑲᒋᑭᓈᐱᔅᒄ uchikwaachikinaapiskw ni -um ♦ du métal pour des crochets

ᐅᒋᑲᒋᑭᓈᔮᐲ uchikwaachikinaayaapii ni -um ♦ une ligne à pêche

ᐅᒋᑲᒋᑭᓈᐦᑎᒄ uchikwaachikinaahtikw ni -um ♦ une canne à pêche, un bâton de pêche

ᐅᒋᑲᒋᑭᓐ uchikwaachikin ni ♦ un crochet

ᐅᒋᑲᒋᒑᐤ uchikwaachichaau vai ♦ il/elle pêche à la ligne (avec ligne et hameçon)

ᐅᒋᑲᓲ uchikwaasuu vai-u ♦ il/elle se fait accrocher par quelque chose

ᐅᒋᒋᐎᓐ uchichiwin vii ♦ c'est le début, le haut du rapide

ᐅᒋᒑᔅᑮ uchichaaskii nid ♦ son entre-jambe

ᐅᒋᒑᐦᑯᔮᓐ uchichaahkuyaan na -im ♦ une peau de pékan

ᐅᒋᒑᐦᒄ uchichaahkw na -um ♦ une grue du Canada *Grus canadensis*

ᐅᒋᒥᐦᑎᐧᐋᐅᐦ uchimihtiwaauh ni pl ♦ des morceaux bois de bouleau, de peuplier, etc. grignotés par un castor pour se nourrir

ᐅᒋᒫᐅᐃᓐ uchimaauwin ni ♦ le pouvoir, être en charge

ᐅᒋᒫᐅᐱᐤ uchimaaupiu vai ♦ il/elle reste assis comme le patron

ᐅᒋᒫᐅᑭᒥᒄ uchimaaukimikw ni ♦ la maison du directeur/de la directrice, du patron/de la patronne

ᐅᒋᒫᐧᐋᔨᒫᐤ uchimaawaayimaau vta ♦ il/elle le/la considère avec respect

ᐅᒋᒫᐧᐋᔨᐦᑖᑯᓯᐤ uchimaawaayihtaakusiu vai ♦ il/elle doit être respecté

ᐅᒋᒫᐤ uchimaau na -aam ♦ un ou une chef, un patron, une patronne, un directeur, une directrice

ᐅᑎᒫᔅᑿᐤ uchimaaskwaau na -aam ♦ la femme du directeur

ᐅᑎᒫᔑᔫᐱᒥᑿ uchimaashishiiukimikw ni ♦ une résidence, une maison pour les commis

ᐅᑎᒫᔑᔫ uchimaashishiiuu vai -iiwi ♦ il/elle est commis, c'est un-e commis

ᐅᑎᒫᔑᔥ uchimaashish na dim -iim ♦ un ou une commis de magasin

ᐅᑎᒫᔥᑿᔑᔥ uchimaashkwaashish na -iim ♦ la fille du patron, du directeur

ᐅᑎᒫʰᑭᑎᐚᐤ uchimaahkitiwaau vta ♦ il/elle le/la commande, supervise, est plus haut placé-e que lui/elle

ᐅᑎᒫʰᑳᓃᐅ uchimaahkaaniuu vai -iwi ♦ il/elle est chef, c'est le/la chef

ᐅᑎᒫʰᑳᓂᔅᑿᐤ uchimaahkaaniskwaau na -aam ♦ la femme du chef, l'épouse du chef

ᐅᑎᒫʰᑳᓂᔑᔫ uchimaahkaanishishiiuu vai -iiwi ♦ il est conseiller de bande, elle est conseillère de bande

ᐅᑎᒫʰᑳᓂᔑᔥ uchimaahkaanishish na -iim ♦ un conseiller ou une conseillère de bande,

ᐅᑎᒫʰᑳᓂʰᒑᐤ uchimaahkaanihchaau vai ♦ il/elle l'élit comme chef

ᐅᑎᒫʰᑳᓐ uchimaahkaan na -im ♦ un ou une chef

ᐅᑎᒫʰᑳᓲ uchimaahkaasuu vai -u ♦ il/elle fait semblant d'être le chef, se comporte comme le chef, joue au chef

ᐅᒋᔅᑎᓯᒄ uchistisikw ni ♦ la couche inférieure d'une glace noire

ᐅᒋᔅᒌᐚᐦᐄᒑᐤ uchischiwaahiichaau na -aam ♦ un ou une prophète

ᐅᒋᔅᒋᒦᑯᓐ uchischimiikun nad ♦ une plume de la queue

ᐅᒋᔅᒌʰᐱᒥʰ uchischiihpimh nad ♦ son furoncle

ᐅᒋᔥᒡ uchisch nid ♦ son rectum, son anus, ses fesses

ᐅᒋᔥᑎᐧᐃᔑʰᑯᓈʰ uchishtiwishihkunaanh ni pl ♦ l'endroit entre les sabots

ᐅᒋᔥᑎᐧᐃᔨᓯᑖᓐ uchishtiwiyisitaan ni ♦ l'espace entre les deux onglons du sabot

ᐅᒋᔥᑎᐧᐃᔥᑖᓂᐲᐧᐄʰ uchishtiwiishtaanipiiwiih nad -um ♦ les poils qui poussent dans la fente du sabot (du caribou)

ᐅᒋᔥᑎᑭᓂᑭʰ uchishtikinikinh nad [Whapmagoostui] ♦ sa rotule

ᐅᒋᔥᑎᒂᐅᒄʰ uchishtikwaaukwh nad ♦ la viande de sa cuisse avec la rotule attachée

ᐅᒋᔥᑎᒄʰ uchishtikwh nad ♦ sa rotule

ᐅᒋᔥᑎʰᑯᓂᑭᓐ uchishtihkunikin nid ♦ sa rotule

ᐅᒋᔥᒁᒋʰᒌᔥ uchishkwaachihchiish nid dim ♦ son auriculaire, son petit doigt

ᐅᒋᔥᒀᔫᔥᑯᔫʰ uchishkwaayuushkushiuh ni pl -shiim ♦ une quenouille, une quenouille à feuilles larges *Typha latifolia*, un jonc, un jonc des chaisiers *Scirpus sp.*

ᐅᒋʰᒋᐱᔒᔥ uchihchipishiish na -im ♦ une alouette hausse-col, une alouette cornue *Eremophila alpestris*

ᐅᒋʰᒌᑯᓂᐲᐤ uchihchiikunipiu vai ♦ il/elle se met à genoux, s'agenouille

ᐅᒋʰᒌᑯᓂᐱʰᑎᐚᐤ uchihchiikunipishtiwaau vta ♦ il/elle se met à genoux, s'agenouille devant lui/elle

ᐅᒌ uchii pro,dém ♦ ceux-ci, celles-ci, ces (animé, voir *uu*) ■ ᐋᔨᒥᐦᐋᑖᓅ ᒌ ᒥᔅᑕᐦᒡᑦᑯ ᐅᒌ ᓚᒑᑕᒡᒃ. ■ *Il faut honorer ces visiteurs.*

ᐅᒌᒋᓈʰᑯᒨ uchiichinaahkumuu vai -u ♦ il/elle a des lentes

ᐅᒌᒫᑭᓂᐤ uchiimaakiniu vai ♦ il/elle a un ou une camarade dans un véhicule

ᐅᒌᓈᓂᔥ uchiinaanish ni -im ♦ les pléiades, une constellation d'étoiles

ᐅᒌᓈʰᐋᐤ uchiinaahaau vta ♦ il/elle lui donne une récompense inattendue

ᐅᒌᔅᐳʰᐚᒫᒑᐅᑭʰ uchiispuhwaamaachaaukinh nad ♦ le cartilage de ses côtes, le bout du sternum

ᐅᒌᔅᒋᒥᓂᓯᐤ uchiischiminisiu na -iim ♦ un martin-pêcheur *Megaceryle alcyon*

ᐅᒑᐤ uchaau na -aam ♦ une mouche domestique

ᐅᒑᐹᓂᔥ uchaapaanish ni -im ♦ une voiture

**ᐅᒎᑦ** uchaat na -im ◆ un museau (ex. d'orignal, de caribou)
**ᐅᒑᑭᑎᐦᒄ** uchaakitihkw na ◆ la grande ourse, une formation d'étoiles Ursa Major
**ᐅᒑᑳᐱᔥᑖᓐ** uchaakaapishtaan na -im [Whapmagoostui] ◆ un pékan *Martes pennanti*
**ᐅᒑᒃ** uchaak na -im ◆ un pékan *Martes pennanti*
**ᐅᒑᒥᔅᒁᐙᐤ** uchaamiskwaawaau vai ◆ il embrasse une femme
**ᐅᒑᒫᐤ** uchaamaau vta ◆ il/elle l'embrasse
**ᐅᒑᔫᒫᒄ** uchaashuumaakw na ◆ un brochet maillé *Esox niger*
**ᐅᒑᔥᑎᐆ** uchaashtiuu vii -iwi ◆ la viande est tendineuse
**ᐅᒑᔥᑖᔮᐲ** uchaashtaayaapii nid ◆ son tendon, son ligament
**ᐅᒑᔥᑖᔮᐲᐆ** uchaashtaayaapiiuu vii -iiwi ◆ la viande est tendineuse
**ᐅᒑᔨᑯᑭᓐ** uchaayikukin ni ◆ un museau, la base du nez
**ᐅᒑᐦᑎᒻ** uchaahtim vti ◆ il/elle l'embrasse
**ᐅᒑᐦᑳᔨᐚᓐ** uchaahkaayiwaan nid ◆ son gras épais découpé autour du rectum avec la queue attachée
**ᐅᒥᑎᑰ** umitikuu na -uum ◆ un caribou mâle âgé de quatre ans en été
**ᐅᒥᑭᔕᐤ** umikishaau vai ◆ il/elle a une cicatrice
**ᐅᒥᒌᐤ** umichiiu vai ◆ il/elle a des croûtes
**ᐅᒥᒑᐤ** umichaau ni ◆ un ensemble de traces dans la neige, sur le sol là où le caribou a mangé
**ᐅᒥᓂᑑᒻᐦ** uminituumh nad ◆ ses parasites dans la région du nez (pour un orignal, un caribou)
**ᐅᒥᓂᒄ** uminikw na -um ◆ un canard pilet, un pilet à longue queue *Anas acuta*
**ᐅᒥᓂᐦᐅᐎᓐ** uminihuwin ni ◆ de la nourriture qu'il/elle a récolté
**ᐅᒥᓯᒫᐆ** umisimaauu vai -aawi ◆ c'est une grande soeur
**ᐅᒥᓯᒫᐤ** umisimaau nad ◆ une soeur aînée, une grande-soeur
**ᐅᒥᓯᓂᐦᐄᑭᓂᐦᑭᐙᐤ** umisinihiikinihkiwaau vta ◆ il/elle fait un livre, une facture pour lui/elle
**ᐅᒥᔅᐦ** umis-h na ◆ sa soeur aînée, sa grande-soeur
**ᐅᒥᔥᒁᐙᓐ** umishkwaawaan nid [Wemindji] ◆ la partie musclée de sa patte inférieure (se dit d'un caribou ou d'un orignal)
**ᐅᒦᐙᔨᒧᐦᐄᐙᐤ** umiywaayimuhiiwaau na -shiim ◆ celui ou celle qui réconforte
**ᐅᒥᐦᒁᔮᐲ** umihkwaayaapii nid ◆ sa veine
**ᐅᒥᐦᒑᑤᑖᓐ** umihchaatwaataan ni -aam [Whapmagoostui] ◆ la partie inférieure de l'intestin grêle du castor
**ᐅᒥᐦᔪᐎᑏᐦ** umihyuwitiih nad ◆ le velours de ses bois (animé, caribou, orignal) au milieu de l'été
**ᐅᒦᒦᐤ** umiimiiu na ◆ une colombe
**ᐅᒦᓂᒻ** umiinim nid ◆ sa verrue, sa baie
**ᐅᒦᓂᔑᐙᔮᐲᐅᓈᓐᐦ** umiinishiwaayaapiiunaanh nad ◆ ses cils
**ᐅᒦᔥᑐᐙᓐᐦ** umiishtuwaanh nad ◆ ses moustaches, sa barbe
**ᐅᒧᑏ** umutii nid -tayim ◆ son jabot (se dit d'une perdrix ou d'un lagopède)
**ᐅᒧᔓᒥᒫᐆ** umushumimaauu vai -aawi ◆ c'est un grand-père
**ᐅᒧᔓᒥᒫᐤ** umushumimaau nad ◆ un grand-père
**ᐅᒧᔓᒧᐙᐤᐦ** umushumuwaauh nad ◆ leur(s) grand-père(s)
**ᐅᒧᔓᒻᐦ** umushumh nad ◆ son grand-père
**ᐅᒫᐃ** umaai nid ◆ ses excréments
**ᐅᒫᐤ** umaau nid ◆ ses tripes
**ᐅᒫᒌ** umaachii nid -iim ◆ le contenu de son estomac
**ᐅᒫᒥᐦᒑᑤᑖᓂᑭᓐ** umaamihchaatwaataanikin ni -im ◆ la partie inférieure de l'intestin grêle du castor
**ᐅᒫᒫᒻᐦ** umaamaamh nad ◆ ses sourcils
**ᐅᒫᓂᔒᔥ** umaanishiish na -im ◆ un fétus d'orignal, de caribou
**ᐅᒫᓂᐦᑑᒑᑭᓐ** umaanihtuuchaakin ni ◆ l'os du bassin (du pelvis) du castor

ᐅᒫᔑᑳᑖᓐ **umaaschikaataan** nid ♦ sa jambe boiteuse

ᐅᒫᔨᑎᐦᒄ **umaayitihkwh** ni pl ♦ ses crottes (pour un caribou)

ᐅᒫᔨᒋᐦᑯᔒᔮᓐ **umaayichihkushiuyaan** na ♦ une peau de mouton, d'agneau

ᐅᒫᐦᑳᓐ **umaahkaan** na ♦ un treuil, une poulie

ᐅᒼᐙᐦᑎᕚᔒ **umwaahtiwaaschii** ni pej ♦ des marques sur un arbre indiquant qu'un porc-épic en a mangé l'écorce il y environ un an

ᐅᓂᐧᐄᐦ **uniwiih** nid pl ♦ ses joues

ᐅᓂᑳᓐᐦᐱᐧᐋᐤ **unikwaanihkiwaau** vta ♦ il/elle pose un collet pour lui/elle

ᐅᓂᒥᐦᒌᐧᐃᓂᐦᒡ **unimihchiiwinihch** p,lieu ♦ de son côté gauche (à lui ou à elle, animé) ▪ ᐹᒡ ᐅᓂᒥᐦᒌᐧᐋᒡ ᐊᑳᐦᒡ ᑲ ᐊᒡᓅᑎᕐᒃ ▪ *Le toit fuyait et dégoulinait de son côté gauche.*

ᐅᓂᒥᐦᒌᐃᓐ **unimihchiiwin** nid ♦ sa main gauche

ᐅᓂᐦᐃᐅᑳᑦ **unihiiukaat** nid ♦ sa jambe droite ▪ ᒨ ᐋᒑᐦᑎᐱᓂᑦᒡ ᐅᓂᐦᐃᐅᑳᑦ ᑲ ᓅᔫᐦᑎᑯᒃ ▪ *Elle/il s'est cassé la jambe droite en faisant de la luge.*

ᐅᓂᐦᐃᐅᓂᐦᒡ **unihiiunihch** p,lieu ♦ à sa droite ▪ ᐊᓂᑎ ᐅᓂᐦᐃᐧᐃᓅᐦᒡ ᐊᒡᐦᑦ ᐊᓯᐦᑦ ᑲ ᐊᐱᓯᑦ ᐅᒡᓐ ▪ *Son chien est assis à sa droite.*

ᐅᓂᐦᐃᐄᓐ **unihiiwin** ni ♦ sa main droite

ᐅᓂᐦᐋᐱᓂᐦᒃᐧᐋᒥᐤ **unihaakiniskwaamiu** vai ♦ il/elle a une belle-fille (l'épouse de son fils), une nièce croisée (la fille de son frère pour une femme ou la fille de sa soeur pour un homme)

ᐅᓂᐦᐋᐱᓂᐦᒃᐧᐋᒥᐦ **unihaakiniskwaamh** nad ♦ sa belle-fille (la femme de son fils), sa nièce (la fille de son frère (pour une femme) ou de sa soeur (pour un homme))

ᐅᓂᐦᐋᒋᒥᐦ **unihaachimh** nad ♦ son beau-fils (le mari de sa fille), son neveu (le fils de son frère (pour une femme) ou le fils de sa soeur (pour un homme)

ᐅᓃᐱᔑᑎᐦᒑᐤ **uniipishtihchaau** ni ♦ une hutte de castor temporaire pour l'été

ᐅᓃᑳᓂᒫᒄ **uniikaanimaakw** ni ♦ la partie antérieure d'un poisson, l'avant du poisson

ᐅᓃᒋᐦᐄᑯᒫᐤ **uniichihiikumaauu** vai -aawi ♦ c'est un parent

ᐅᓃᒋᐦᐄᑯᒫᐤ **uniichihiikumaau** nad ♦ un parent

ᐅᓃᒋᐦᐄᑯ **uniichihiikuu** vai -u ♦ il/elle a des parents, il/elle les a comme parents

ᐅᓃᒋᐦᐄᒄ **uniichihiikwh** nad ♦ ses parents

ᐅᓃᒫᐹᓐ **uniimaapaan** ni ♦ sa sangle frontale

ᐅᓃᔥᒃ **uniishk** na -im ♦ de la viande de castor du haut de la poitrine

ᐅᓈᐹᒥᐤ **unaapaamiu** vai ♦ elle est mariée, elle a un mari

ᐅᓈᐹᒥᒫᐤ **unaapaamimaauu** vai -aawi ♦ c'est un mari

ᐅᓈᐹᒥᐦᑭᐧᐋᐤ **unaapaamihkiwaau** vta ♦ il/elle lui trouve un mari

ᐅᓈᐹᒻ **unaapaamh** nad ♦ son homme, son mari

ᐅᓈᔮᔅᒋᑭᓈᓐ **unaayaaschikinaan** nid ♦ l'endroit où ses clavicules se rejoignent (caribou, orignal)

ᐅᓯᐱᐱᔫ **usipipiyiu** vai ♦ l'eau bouge à cause de l'activité d'un castor, d'un rat musqué ou d'une loutre

ᐅᓯᐱᐦᑖᐤ **usipihtaau** vai+o ♦ il/elle observe le mouvement de l'eau en quête d'activité animale

ᐅᓯᑎᒑᑭᓐ **usitichaakin** nid ♦ son pied

ᐅᓯᑎᒑᑭᓐᐦ **usitichaakinh** nid pl ♦ les os de son pied

ᐅᓯᑭᓈᐤ **usikinaau** vai ♦ il/elle fait bouillir des os pour le bouillon

ᐅᓯᑭᓈᐳᐃ **usikinaapui** ni ♦ du bouillon d'os bouillis

ᐅᓯᑯᐊᑎᐦᑭᒫᒄ **usikuatihkimaakw** na -um ♦ un grand poisson (un cisco ou un corrégone) très nourrissant

ᐅᓯᑯᒫᒄ **usikumaakw** na -um ♦ un poisson qui est très grand et très nourrissant

ᐅᓯᑯᓂᒫᐲ **usikunimaapii** na -um ♦ un meunier qui est grand et très nourrissant

ᐅᓯᑯᓯᒫᐤ **usikusimaau** nad ♦ une belle-mère (la mère du mari ou de la femme), une tante (la femme du frère de la mère, la soeur du père)

ᐅᕆᑯᕁ usikus-h nad ♦ sa belle-mère (la mère de son mari ou de sa femme), sa tante (la femme du frère de sa mère, la soeur de son père)

ᐅᕆᑲᑎᕁᑊ usikaatihp nid ♦ le sommet de sa tête

ᐅᕆᑳᑯᓐ usikaakun nid ♦ la pliure du genou

ᐅᕆᒄ usikw na -um ♦ un harle huppé, un bec-scie à poitrine rousse, (canard) *Mergus serrator*

ᐅᕆᒉᔖᔮᒀᐤ usichishaayaakwaau vai ♦ il/elle fait bouillir de la viande d'ours

ᐅᕆᒥᔅᒀᐤ usimiskwaau vai ♦ il/elle cuit le castor en le faisant bouillir

ᐅᕆᒫᓵᐤ usimaasaau vai ♦ il/elle fait bouillir du poisson

ᐅᕆᓯᒥᒫᐤ usisimimaau nad ♦ un petit-fils, une petite-fille, un petit-enfant

ᐅᕆᓯᒫᐤ usisimaau nad ♦ un beau-père (le père de l'époux ou de l'épouse), un oncle (relation de sexe opposé à celui du parent- le frère de la mère, le mari de la soeur du père)

ᐅᕆᓯᒻᐦ usisimh nad ♦ son petit-fils, sa petite-fille, ses petits-enfants

ᐅᕆᓯᕁ usis-h nad ♦ son beau-père (le père de son époux ou épouse), son oncle (relation de sexe opposé à celui de son parent- le frère de sa mère, le mari de la soeur de son père)

ᐅᓰᐦᑭᐦᑖᑖᒑᐤ usiihkihaataachaau vai ♦ c'est lui qui baptise, Saint Jean-Baptiste

ᐅᓱᐃ usui nid -um ♦ sa queue

ᐅᓱᐙᑭᓐ usuwaakin ni -im ♦ le coccyx

ᐅᓲ usuu vai -u ♦ il/elle bout

ᐅᓵ usaa p,quantité ♦ surtout ▪ ᐅᓵ ᔮᔅᐹᐅ ᒌᑦ ᐋᔅᐋᐸᐄᒡ ᐸ ᒧᐋᒌᒡᐠ ▪ Ils ont surtout rapporté des framboises quand ils sont allés cueillir des baies.

ᐅᓵᐅᓈᑯᓯᐤ usaaunaakusiu vai [Wemindji] ♦ ça a l'air vert, jaune, brun

ᐅᓵᐅᓯᐤ usaausiu vai ♦ il/elle est vert-e, jaune, brun-e

ᐅᓵᐅᓯᑯᓯᐤ usaausikusiu vai ♦ il/elle est jaune, vert-e translucide (se dit de la glace)

ᐅᓵᐅᔅᑭᒥᒄ usaauskimikw ni -um ♦ de la mousse jaune *Sphagnum sp.*

ᐅᓵᐅᔅᑯᐱᔮᔒᔥ usaauskupiyaashiish na -im ♦ un oiseau jaune-vert, un géospize olive, un pinson olive *Certhidea olivacea*

ᐅᓵᐅᔅᑯᔑᐎᑳᐤ usaauskushiwikaau vii ♦ l'herbe est verte

ᐅᓵᐅᔅᒄ usaauskw na -um [Wemindji] ♦ un ours brun, un ours noir *Ursus americanus*

ᐅᓵᐅᐦᐋᐤ usaauhaau vta ♦ il/elle le/la verdit, jaunit

ᐅᓵᐅᐦᑖᐤ usaauhtaau vai ♦ il/elle le verdit, jaunit

ᐅᓵᐙᐤ usaawaau vai ♦ il/elle fait bouillir des oeufs

ᐅᓵᐙᐤ usaawaau vii ♦ c'est vert ou jaune

ᐅᓵᐙᐱᔅᑳᐤ usaawaapiskaau vii ♦ c'est vert (minéral)

ᐅᓵᐙᑭᒥᐤ usaawaakimiu vii ♦ c'est jaune, brun (liquide)

ᐅᓵᐙᔅᒉᒑᐤ usaawaaschichaau vai ♦ le soleil brille d'un jaune vif, ce qui annonce un temps froid

ᐅᓵᐱᒫᒀᐤ usaapimaakwaau vai ♦ il/elle fait bouillir de la viande de baleine

ᐅᓵᑭᐦᑖᑖᐤ usaakihaataau ni -im ♦ un tunnel dans la hutte de castor

ᐅᓵᒀᐤ usaakwaau vta ♦ il/elle cuit le porc-épic en le faisant bouillir

ᐅᓵᒋᐱᑖᓂᐤ usaachipitwaaniu vai ♦ il/elle a des tresses

ᐅᓵᒋᐱᑖᓂᐦᑮᐙᐤ usaachipitwaanihkiwaau vta ♦ il/elle lui tresse les cheveux, lui fait des tresses

ᐅᓵᒻ usaam p,quantité ♦ trop

ᐅᓵᓯᒀᐤ usaasikwaau vii ♦ c'est une arrête, une crête de glace

ᐅᓵᔮᔅᒀᔮᐤ usaayaaskwaayaau vii ♦ c'est une zone de grands arbres

ᐅᓵᐦᒋᒀᐤ usaahchikwaau vta ♦ il/elle cuit le phoque, la loutre en le/la faisant bouillir

ᐅᔃᐙᐱᓂᒻ uswaawaapinim vti ♦ il/elle le disperse

ᐅᔃᐤ uswaau vta ♦ il/elle le/la fait bouillir

ᐅᔃᐱᔨᐤ uswaapiyiu vai ♦ il/elle est dispersé-e, saupoudré-e

ᐅᐧᵢᕃᐱᔪ uswaapiyiu vii ◆ c'est dispersé, saupoudré

ᐅᐧᵢᕃᐱᒡᐊᐤ uswaapiyihaau vta ◆ il/elle le/la disperse

ᐅᐧᵢᕃᐱᒡᑖᐤ uswaapiyihtaau vai ◆ il/elle en saupoudre

ᐅᐧᵢᐸᒃᐃᐦᒪᐅᐋᐤ uswaapaakihamuwaau vta ◆ il/elle l'éclabousse en jetant de l'eau sur lui/elle

ᐅᐧᵢᐸᒃᐃᐦᐊᒻ uswaapaakiham vti ◆ il/elle l'éclabousse en jetant de l'eau dessus

ᐅᐧᵢᐸᒉᐱᔨᐦᐊᐤ uswaapaachipiyihaau vta ◆ il/elle l'éclabousse

ᐅᐧᵢᐸᒉᐱᔨᐦᑖᐤ uswaapaachipiyihtaau vai ◆ il/elle l'éclabousse

ᐅᐧᵢᐸᒉᔑᒫᐤ uswaapaachishimaau vta ◆ il/elle le/la jette à l'eau en faisant une éclaboussure

ᐅᐧᵢᐸᒉᔑᓐ uswaapaachishin vai ◆ il/elle tombe à l'eau en faisant des éclaboussures

ᐅᐧᵢᐸᒉᐦᑎᑖᐤ uswaapaachihtitaau vai ◆ il/elle le fait tomber dans l'eau avec une éclaboussure

ᐅᐧᵢᐸᒉᐦᑎᓐ uswaapaachihtin vii ◆ ça tombe et éclabousse

ᐅᐧᵢᐸᐦᑖᐤ uswaapaahtitaau vai ◆ il/elle le laisse tomber dans l'eau, le jette à l'eau et ça éclabousse

ᐅᐧᵢᔮᐦᐊᐤ uswaayaahan vii ◆ la force du vent fait que les vagues déferlent et l'éclaboussent

ᐅᐧᵢᐦᐊᒻ uswaaham vti ◆ il/elle l'asperge

ᐅᐧᵢᐦᐋᐤ uswaahwaau vta ◆ il/elle l'asperge

ᐅᔅᐱᑐᓂᑖᓐᐦ uspitunitaanh nad ◆ son bras (pour du grand gibier) rattaché à l'épaule

ᐅᔅᐱᑐᓈᒃᐙᓐ uspitunaakwaan ni ◆ un porc-épic découpé avec l'os de la patte antérieure attaché à la peau

ᐅᔅᐱᒑᑲᓐ uspichaakin nid ◆ sa côte

ᐅᔅᐱᓵᐅᑭᓐ uspisaaukin nid ◆ son sternum (pour les oiseaux)

ᐅᔅᐱᓵᐤ uspisaau nid ◆ sa poitrine

ᐅᔅᐴᐦᑭᓐ uspuuhkin ni ◆ un tibia de phoque, de castor

ᐅᔅᐴᐦᑭᓐᐦ uspuuhkinh na pl ◆ des jambières, jambières-cuissardes en peau de phoque

ᐅᔅᑎᓯᑯᒋᐎᓐ ustisikuchiwin vii ◆ l'eau coule à la surface de la glace ∎ ᓅᔥ ᒌ ᐅᔅᑎᓯᑯᒋᐎᓐ ᑳ ᐹᒋ ᑕᑯᔑᓂᐸᓕᒋ ᔒᐱᒃ. ∎ Il y avait déjà de l'eau à la surface de la glace quand nous y sommes arrivés à la rivière.

ᐅᔅᑎᓯᑯᔥᑖᐤ ustisikushtaau vii ◆ il y a de l'eau à la surface de la glace

ᐅᔅᑎᔅᑭᒥᒡ ustiskimich p,lieu ◆ sur la terre

ᐅᔅᑖᐱᔥ ustaapisch p,lieu ◆ à l'extérieur de, au-dessus de (minéral) ∎ ᐅᔅᑖᐱᔥ ᑮᐦ ᓂᑭᐦᐄ ᐊᓄᒡ ᐅᒑᐦᑳᓐᐦ. ∎ Elle a fait cuire la bannique sur le dessus du poêle.

ᐅᔅᑖᑯᓂᒡ ustaakunich p,lieu ◆ sur la neige ∎ ᐅᔅᑖᑯᓂᒡ ᓂᐦ ᐧᐋᐸᐦᑌᓐ ᐊᓂ ᐧᐊᓂᐦᐋᐱᒃ. ∎ J'ai vu le piège sur la neige.

ᐅᔅᑭᑎᒥᐤ uskitimui na ◆ une racine de nénuphar

ᐅᔅᑭᓂᐤ uskiniu vai ◆ il/elle contient beaucoup d'os, d'arrêtes

ᐅᔅᑭᓈᐙᓐ uskinaawaan ni -im ◆ une coquille d'oeuf

ᐅᔅᑭᓈᒨ uskinaamuu na -uum ◆ un bourdon

ᐅᔅᑭᓐ uskin ni -im ◆ son os

ᐅᔅᑭᐦᑎᒄ uskihtikw nid ◆ son front, l'avant de la raquette

ᐅᔅᑭᐦᑎᒄ uskihtikw ni ◆ l'avant de la raquette

ᐅᔅᑭᐦᑖᒥᓐ uskihtaamin ni -im ◆ un noyau, un caillou, une graine

ᐅᔅᑯᑎᒑᑭᓐ uskutichaakin ni ◆ un bec d'oiseau

ᐅᔅᑯᑎᒥᔅᒌ uskutimischii ni pej ◆ un vieux barrage de castor

ᐅᔅᑯᑎᒻ uskutim ni ◆ un barrage, un barrage de castor

ᐅᔅᑯᑦ uskut nid ◆ son nez, son bec

ᐅᔅᑯᓂᔑᑯᒥᓐ uskunishikumin ni ◆ du foie cuit et écrasé avec des baies

ᐅᔅᑯᓐ uskun ni ◆ un foie, son foie

ᐅᔅᑳᐳᔑᔥᑖᐤ uskaapushishtaau vii ◆ c'est une zone qui a connu récemment un feu de forêt

ᐅᔅᑳᑖᔮᐲ uskaataayaapii ni -iim ◆ une racine de plante, une tige

ᐅᔅᑳᑦ uskaat nid ◆ sa jambe

ᐅᖅᑲᒋᑭᓐ uskaachikin nid -im ♦ son tibia, l'os de la partie inférieure de la jambe

ᐅᖅᑲᖅᑭᓂᒑᑭᓐ uskaaschikinichaakin nid ♦ son sternum (os de devant de la cage thoracique)

ᐅᖅᑲᖅᑭᓈᐅᒃᐤ uskaaschikinaaukw nid ♦ sa poitrine et son ventre (pour un caribou ou un orignal)

ᐅᖅᑲᖅᑭᓐ uskaaschikin nid ♦ sa poitrine

ᐅᖅᑲᖅᑭᓐ uskaaschikin ni ♦ os et viande de la poitrine ou de l'avant d'un orignal, d'un caribou, ou d'un ours

ᐅᖅᑲᐘᑎᒻ uskwaawaatim vti ♦ il/elle (ex. mouche) pond ses oeufs dessus, y dépose ses larves, ses asticots

ᐅᖅᑲᐘᑖᐤ uskwaawaataau vta ♦ il/elle (ex. mouche) pond ses oeufs sur lui/elle, lui dépose ses larves, asticots dessus

ᐅᖅᑲᐤ uskwaau na -aam ♦ une larve, un asticot

ᐅᖅᑲᔮᔅᑯᐦᑎᓐ uskwaayaaskuhtin vii ♦ la hache rebondit sur un objet en hâchant

ᐅᖅᑲᐦᑎᑖᐤ uskwaahtitaau vai ♦ il/elle le fait rebondir dans le mauvais sens

ᐅᔅᒋᐎᓐ uschiwin nid ♦ son museau

ᐅᔅᒋᐄ uschiwii na -uum ♦ les veines de sang brun sur l'estomac d'un poisson

ᐅᔅᒋᐱᐳᓐ uschipipun vii ♦ c'est le début de l'hiver; c'est le début de l'année

ᐅᔅᒋᐱᑎᒥᔅᐠ uschipitimiskw na -um ♦ un castor de trois ans au début de l'automne

ᐅᔅᒋᐱᒫᑎᓰᐤ uschipimaatisiiu vai ♦ c'est une jeune personne, c'est un jeune

ᐅᔅᒋᐱᒹᑭᓐ uschipimwaakin na ♦ le premier gibier tué

ᐅᔅᒋᑎᒀᒋᓐ uschitikwaachin vii ♦ c'est le début de l'automne

ᐅᔅᒋᑖᐹᓈᔅᒀᐤ uschitaapaanaaskwaau vai ♦ il/elle a une voiture neuve, un camion neuf, un traîneau neuf

ᐅᔅᒋᑭᒥᒃ uschikimikw ni ♦ une nouvelle habitation

ᐅᔅᒋᒥᓂᐦᐎᓐ uschiminihuwin ni ♦ la première proie d'un enfant

ᐅᔅᒋᒥᔥᑖᐦᒋᑯᔑᔥ uschimishtaahchikushish na ♦ un jeune phoque adulte, un phoque âgé d'un an

ᐅᔅᒋᒥᔪᔅᑭᒥᐤ uschimiyuskimiu vii ♦ c'est le début du printemps

ᐅᔅᒋᓂᔅᑯᒧᐎᓐ uschiniskumuwin ni ♦ un nouvel accord

ᐅᔅᒋᓃᒋᐅᒋᒫᐦᑳᓐ uschiniichiuchimaahkaan na ♦ le chef des jeunes, la chef des jeunes

ᐅᔅᒋᓃᒋᔅᒀᐅᐤ uschiniichiskwaauu vai -aawi ♦ c'est une jeune femme

ᐅᔅᒋᓃᒋᔅᒀᐤ uschiniichiskwaau na -aam ♦ une jeune femme

ᐅᔅᒋᓃᒋᐅᓈᑯᓰᐤ uschiniichiiunaakusiu vai ♦ il/elle a l'air jeune

ᐅᔅᒋᓈᐹᐚᓐ uschinaapaawaan na -im ♦ un jeune ou futur marié

ᐅᔅᒋᓈᑯᓰᐤ uschinaakusiu vai ♦ il/elle a l'air neuf

ᐅᔅᒋᓰᐤ uschisiiu vai ♦ il est neuf, elle est neuve, c'est neuf

ᐅᔅᒋᔅᑭᑖᐅᐦᑳᐤ uschiskitaauhkaau vii ♦ c'est une zone peuplée de pins

ᐅᔅᒋᔅᑳᐚᔑᐦᑎᒡ uschiskaawaashihtich na pl -im ♦ des branchages de pin

ᐅᔅᒋᔅᑳᐤ uschiskaau vii ♦ c'est une zone de jeune pins

ᐅᔅᒋᔅᒃᐚᐤ uschiskwaawaau vai ♦ il prend une nouvelle épouse

ᐅᔅᒋᔅᒃᐚᓐ uschiskwaawaan na -im ♦ une jeune ou future mariée

ᐅᔅᒋᔅᒃ uschisk na -im ♦ un pin *Pinus sp*.

ᐅᔅᒋᔅᒋᐦᑎᒃ uschischihtikw na -im ♦ un pin sec

ᐅᔅᒋᔮᐹᔒᔑᔥ uschiyaapaashiishish na -shiim ♦ un caribou mâle de deux ans

ᐅᔅᒋᐦᐋᐤ uschihaau vta ♦ il/elle la/le renouvelle, en reçoit un nouveau ou une nouvelle

ᐅᔅᒋᐦᑖᐤ uschihtaau vai+o ♦ il/elle le renouvelle, en reçoit un neuf

ᐅᔅᒋᐦᑖᓰᐤ uschihtaasiu ni -uum ♦ un nénuphar *Nuphar sp*.

ᐅᔅᒌᓈᑯᓐ uschiinaakun vii ♦ ça semble neuf

ᐅᔅᒌᔑᑯᒥᓐᐦ uschiishikuminh na -im ♦ des framboises nains

ᐅᔅᒌᔑᒀᐱᔅᑰ uschiishikwaapiskuu vai-u ♦ il/elle porte des lunettes

ᐅᔅᒌᔑᒀᐱᔅᒄᐦ uschiishikwaapiskwh ni pl ♦ ses lunettes

ᐅᔑᑮᐦ ushikiih nad ♦ sa peau

ᐅᔅᑯᐱᔨᐤ **ushikupiyiu** vii ◆ ça se casse, ça ne marche plus (se dit d'un patin de traîneau, d'une partie d'une machine)

ᐅᔅᑯᐱᔨᐦᐆ **ushikupiyihuu** vai-u ◆ il/elle se blesse en bougeant, il/elle se surmène

ᐅᔅᑯᒨ **ushikumuu** vai-u ◆ il/elle se blesse en toussant

ᐅᔅᑯᓃ **ushikunii** nid ◆ le bout de sa queue (pour un poisson ou une baleine)

ᐅᔅᑯᔒᒫᐤ **ushikushimaau** vta ◆ il/elle le/la blesse en le/la laissant tomber ou en le/la jetant

ᐅᔅᑯᔑᓐ **ushikushin** vai ◆ il/elle se blesse en tombant

ᐅᔅᑯᐦᐄᓲ **ushikuhiisuu** vai reflex -u ◆ elle fait une fausse couche, il/elle se blesse

ᐅᔅᑯᐦᐆ **ushikuhuu** vai-u ◆ il/elle se blesse

ᐅᔅᑯᐦᐋᐤ **ushikuhaau** vta ◆ il/elle le/la blesse profondément

ᐅᔅᑯᐦᑎᑖᐤ **ushikuhtitaau** vai ◆ il/elle l'abîme en le cognant contre quelque chose de sorte que ça ne marche plus

ᐅᔅᑯᐦᒑᐤ **ushikuhtaau** vai ◆ il/elle l'abîme de sorte que ça ne marche plus

ᐅᔅᑰ **ushikuu** vai-u ◆ il/elle le/la blesse en tirant dessus

ᐅᔅᑳᐤ **ushikaauu** vii-aawi ◆ ça enveloppe, c'est la peau

ᐅᔑᒃ **ushich** p,lieu ◆ par-dessus ■ ᐊᓂᐦ ᐅᔑᒃ ᐊᑯᐦᑉ ᑲ ᐊᐳᒋᒃ ᐊᓚ ᓃ·ᐱᒃᐦ. ■ *Mon sac était posé par-dessus*.

ᐅᔑᒧᐦᑎᔨᐗᐤ **ushimuhtiyiwaau** vai ◆ il/elle le cache des autres

ᐅᔑᒧᐦᑎᔮᐤ **ushimuhtiyaau** vta ◆ il/elle le/la cache de lui/d'elle

ᐅᔑᒨ **ushimuu** vai-u ◆ il/elle se cache

ᐅᔑᒫᐤ **ushimaau** vta ◆ il/elle se cache de lui/d'elle

ᐅᔑᓂ·ᐋᐤ **ushiniwaau** vta ◆ il/elle se moque de lui/d'elle

ᐅᔑᓂᒼ **ushinim** vti ◆ il/elle en rit

ᐅᔑᔑᒥᒫᔥ **ushishimimaash** nad ◆ c'est un petit-fils ou une petite-fille encore jeune

ᐅᔑᐳᒥᑭᓐ **ushihumikin** vii ◆ ça augmente

ᐅᔑᐦᐊᒫᐤ **ushihamaau** vai ◆ il/elle fait s'envoler les oies pour qu'elles continuent à revenir se nourrir au même endroit

ᐅᔑᐦᐋᐤ **ushihaau** vta ◆ il/elle le/la fait, le/la fabrique

ᐅᔑᐦ·ᐋᐤ **ushihwaau** vta ◆ il/elle fait s'envoler un oiseau, s'enfuir un animal

ᐅᔑᐦᑎᒧ·ᐋᐤ **ushihtimuwaau** vta ◆ il/elle le fait pour lui/elle

ᐅᔑᐦᑎᒫᒑᐤ **ushihtimaachaau** vai ◆ il/elle le fait pour les autres

ᐅᔑᐦᑎᒫᓲ **ushihtimaasuu** vai reflex -u ◆ il/elle se le fait pour lui/elle

ᐅᔑᐦᑎᒼ **ushihtim** vti ◆ il/elle s'en échappe

ᐅᔑᐦᒑᐤ **ushihtaau** vai+o ◆ il/elle le fait

ᐅᔑᐦᒑᐹᐱᔨᐤ **ushihtaachaapiyiu** vai ◆ il/elle fait quelque chose lui-même, elle-même

ᐅᔑᐦᒑᐹᐱᔨᐤ **ushihtaachaapiyiu** vii ◆ ça fait quelque chose de lui-même

ᐅᔑᐦᒑᒥᑭᓐ **ushihtaachaamikin** vii ◆ ça fabrique des choses (se dit par exemple d'une machine)

ᐅᔑᐦᑯᓐ **ushihkun** nid ◆ son orteil

ᐅᔩᒥᒫᐆ **ushiimimaauu** vai-aawi ◆ c'est un frère cadet ou une soeur cadette

ᐅᔩᒥᒫᐤ **ushiimimaau** na ◆ un frère cadet ou une soeur cadette, un petit-frère ou une petite-soeur

ᐅᔩᒥᐦ **ushiimh** nad ◆ son frère cadet ou sa soeur cadette, son petit-frère ou sa petite-soeur

ᐅᔩᔒᐱᒥᐦᑭ·ᐋᐤ **ushiishiipimihkiwaau** vta ◆ il/elle tue un canard et le lui donne

ᐅᐧᐄᔮᓂᒦ **ushuwiyaanimiu** vai ◆ il/elle a de l'argent

ᐅᔔᑭᓐ **ushukin** nid ◆ le bas de son dos

ᐅᔔᑭᐦᑭᓂᑭᓐ **ushukihkinikin** nid ◆ le bas de sa colonne vertébrale

ᐅᔔᑭᓂᔥ **ushuukinish** ni-im [Whapmagoostui] ◆ les pléiades, une constellation d'étoiles

ᐅᔖᐅ·ᐋᒑᐤ **ushaauwaachaau** vai ◆ il est blond, elle est blonde, il/elle a les cheveux blonds

ᐅᔖᐅᒋᐦᑯᔥ **ushaauchihkush** na-um ◆ un bébé caribou âgé d'un mois (entre mai et juin)

ᐅᔑᐊᓱᐃᔮᓈᐱᔅᑾ **ushaaushuwiyaanaapiskw** na -um ◆ de l'or

ᐅᔑᐅᔅᑳᐤ **ushaaushuukaau** ni -m ◆ de la cassonade, du sucre brun, de l'anglais 'sugar'

ᐅᔑᐅᔥᑎᒃᐋᓈᐤ **ushaaushtikwaanaau** vai ◆ il est blond, elle est blonde, il/elle a les cheveux blonds

ᐅᔑᐅᐦᒑᔒᐤ **ushaauhchaashiu** na -iim ◆ un renard roux

ᐅᔑᐅᐦᒑᔒᔅᑳᐤ **ushaauhchaashiiskaau** vai ◆ il y a beaucoup de renards roux par ici

ᐅᔑᐋᐚᔒᐤ **ushaawaashiu** vii ◆ c'est jaune

ᐅᔑᐋᐚᔥᑎᓐ **ushaawaashtin** vii pl ◆ ce sont des nuages jaunes qui précèdent le vent

ᐅᔑᑎᓈᐤ **ushaatinaau** vii ◆ c'est la crête d'une montagne

ᐅᔑᑐᐃ **ushaatui** ni -m ◆ la queue d'une raquette

ᐅᔑᑖᐅᐦᑭᐦᐊᒻ **ushaataauhkiham** vti ◆ il/elle marche sur une arrête, une crête

ᐅᔑᑭᓂᐦᒑᔥᐧᐋᐤ **ushaakinihchaashwaau** vai ◆ il/elle coupe le poisson par le dos pour en enlever les filets, avant que le poisson entier avec ses arêtes soit suspendu pour être fumé

ᐅᔑᑭᓐ **ushaakinh** na ◆ le morceau d'un grand poisson découpé par le dos et les côtés incluant la chair et les arêtes

ᐅᔑᑳᐴᐃᐧᐃᒡ **ushaakaapuwiwich** vai pl -uwi ◆ les vagues sont très grandes dans cette zone de rapides

ᐅᔑᓯᑳᐤ **ushaasikwaau** vii ◆ c'est une arrête de glace

ᐅᔑᔒᐹᐤ **ushaashipaau** vai ◆ il/elle cuit des canards en les faisant bouillir

ᐅᔑᔔ **ushaashui** na ◆ de la neige fraîche et poudreuse à la surface

ᐅᔑᔮᐅᐦᑳᐤ **ushaayaauhkaau** vii ◆ c'est une crête

ᐅᔑᔮᐤ **ushaayaau** vii ◆ c'est une crête

ᐅᔑᔮᐱᑭᐦᐋᒻ **ushaayaapiskiham** vti ◆ il/elle marche sur une arrête rocheuse

ᐅᔑᔮᐱᔅᑳᐤ **ushaayaapiskaau** vii ◆ c'est une corniche rocheuse

ᐅᔑᔮᑎᒥᐤ **ushaayaatimiiu** vii ◆ c'est un récif, une arrête rocheuse sous l'eau

ᐅᔑᔮᑭᒋᔥᑎᓐ **ushaayaakichistin** vii ◆ c'est un amoncellement de neige soufflée qui forme une arrête

ᐅᔑᔮᑯᓂᑳᐤ **ushaayaakunikaau** vii ◆ c'est une arrête de neige

ᐅᔑᔮᔅᒁᔮᐤ **ushaayaaskwaayaau** vii ◆ c'est une crête avec des arbres

ᐅᔑᐦᑯᐹᐤ **ushaahkupaau** vii ◆ il y a une rangée de saules le long de la rive

ᐅᔥᐋᐹᒋᔥᑎᓐ **ushwaapaachistin** vii ◆ ça fait des éclaboussures en tombant dans l'eau

ᐅᔥᐋᐹᒋᔑᓐ **ushwaapaachishin** vai ◆ il/elle fait des éclaboussures en atterrissant dans l'eau

ᐅᔥᐋᔑᓂᒡ **ushwaashinich** vai pl ◆ les vagues déferlent sur la rive en giclant

ᐅᔥᐋᔑᓐ **ushwaashin** vai ◆ il/elle tombe et gicle

ᐅᔥᐋᔮᐅᐦᒋᔑᓐ **ushwaayaauhchishin** vai ◆ il/elle fait gicler le sable en atterrissant

ᐅᔥᐋᔮᑯᓂᒋᔑᓐ **ushwaayaakunichishin** vai ◆ il/elle tombe sur de la neige poudreuse et fait gicler la neige dans les airs

ᐅᔥᑎᑖᐋᔮᐤ **ushtitaawaayaau** vii ◆ la surface de la neige gèle après la pluie en hiver

ᐅᔥᑎᒃᐋᓂᐲᐄ **ushtikwaanipiiwii** nid ◆ ses cheveux

ᐅᔥᑎᒃᐋᓂᑖᐹᓈᔅᒄ **ushtikwaanitaapaanaaskw** ni -um ◆ la partie courbée de l'avant d'un traîneau, d'un toboggan

ᐅᔥᑎᒃᐋᓂᑭᓐ **ushtikwaanikin** nid ◆ son crâne

ᐅᔥᑎᒃᐋᓂᑯᒋᓐ **ushtikwaanikuchin** vii ◆ selon l'apparence des nuages, un redoux, un temps plus chaud s'annonce

ᐅᔥᑎᒃᐋᓈᐴ **ushtikwaanaapui** ni ◆ du bouillon de têtes de poisson

ᐅᔥᑎᒃᐋᓈᔅᒄ **ushtikwaanaaskwh** ni pl -um ◆ un balai de sorcière, un buisson de branches qui se développe sur un arbre

ᐅᔥᑎᒃᐋᓐ **ushtikwaan** nid ◆ sa tête

ᐅᵁᓂᒫᐤ **ushtimaau** vai ♦ il/elle voit des traces de gros gibier

ᐅᵁᑐᐃᐦᑖᐦᑎᒻ **ushtuwihtaahtim** vti ♦ il/elle ne peut pas bien respirer, il/elle trouve que c'est difficile de respirer

ᐅᵁᑐᑎᒧᓈᐳᐃ **ushtutimunaapui** ni -um ♦ du sirop contre la toux

ᐅᵁᑐᑎᒻ **ushtutim** vti ♦ il/elle tousse

ᐅᵁᒐᐱᔨᐦᒐᐤ **ushtaapiyihtaau** vai ♦ il/elle cause des problèmes

ᐅᵁᒐᑯᔒᐦᒡ **ushtaakushiihch** p,temps ♦ avant-hier, l'avant-veille ∎ ᐅᵁᒐᑯᔒᐦ ᒋᒻ ᐋᒋᒫᐦᒑᑎᐱᐦ ᒍᔅᒻx ∎ *Il a vu un orignal avant-hier.*

ᐅᵁᑭᐙᔒᔥ **ushkiwaashish** na -iim ♦ un nouveau-né, un bébé

ᐅᵁᑭᑎᓐ **ushkitin** vii ♦ la glace vient juste de se former

ᐅᵁᑭᑎᔑᐤ **ushkitishiu** vii dim ♦ le premier gel en automne

ᐅᵁᑭᑎᐃ **ushkitii** nid ♦ son abdomen, son sternum avec la viande dessus

ᐅᵁᑭᑯᒋᓐ **ushkikuchin** vai ♦ c'est le début du mois

ᐅᵁᑭᑯᐦᐹᐤ **ushkikuhpaau** vai ♦ il/elle a une robe neuve, un manteau neuf

ᐅᵁᑭᒡ **ushkich** p,temps ♦ d'abord, la première fois ∎ ᓂᒡ ᐋᐦ ᒋᒻ ᒌᐙᐸᒫᒡᒃ ᐅᵁᑭᒡ ᑳ ᐋᐱᒉᔅᒃ ∎ *J'étais très surprise la première fois que je l'ai vu.*

ᐅᵁᑭᓈᔨᒥᐦᒋᐦᐆ **ushkinaayimihchihuu** vai -u ♦ il/elle a des brûlures d'estomac

ᐅᵁᑭᔅᑎᓵᐤ **ushkistisaau** vai ♦ il/elle a des mitaines neuves

ᐅᵁᑭᔅᒋᓈᐤ **ushkischinaau** vai ♦ il/elle a des bottes neuves, des chaussures neuves, des mocassins neufs

ᐅᵁᑭᔒ **ushkishii** na ♦ une piste de motoneige

ᐅᵁᑭᔒᐅᑯᓈᓐ **ushkishiiukunaan** nid [Chisasibi] ♦ la plume si difficile à plumer dans l'articulation de son aile (se dit d'une oie)

ᐅᵁᑭᔒᐦ **ushkishiih** nad ♦ son ongle, sa griffe

ᐅᵁᑭᔥᑐᑎᓈᐤ **ushkishtutinaau** vai ♦ il/elle a un chapeau neuf

ᐅᵁᑭᐦᐄᐹᓂᒫᑯᐦᒑᐤ **ushkihiipaanimaakuhchaau** vai ♦ il/elle rejette dans l'eau le premier poisson attrapé dans un filet après lui avoir coupé le bout d'une de ses nageoires

ᐅᵁᑭᐦᐄᐹᓂᒫᑰ **ushkihiipaanimaakuu** vai -u ♦ c'est le premier poisson attrapé dans un filet de pêche neuf et qui porte chance (le poisson porte-bonheur)

ᐅᵁᑭᐦᐆ **ushkihuu** vai -u ♦ il (caribou mâle adulte) perd le velours de sa ramure en septembre

ᐅᵁᑭᐦᐆᐱᓰᒻ **ushkihuupiisim** na -um [Whapmagoostui] ♦ septembre

ᐅᵁᑯᑳᓐ **ushkukaan** ni ♦ une habitation neuve

ᐅᵁᑳᐤ **ushkaau** vii ♦ c'est neuf

ᐅᵁᑳᐳᓯᔅᑖᐤ **ushkaapusistaau** vii ♦ c'est une aire brûlée récemment

ᐅᵁᑳᐹᓈᑎᓐ **ushkaapaanaatin** vii ♦ c'est le premier gel d'une étendue d'eau en automne

ᐅᵁᑳᑯᔒᔥ **ushkaakushish** na -um ♦ un porc-épic âgé d'un an

ᐅᵁᑳᒋᐦᑯᓯᑯᑖᐤ **ushkaachihkusikutaau** vii ♦ c'est de la glace noire avec des glaçons en dessous

ᐅᵁᑳᒋᐦᒄ **ushkaachihkw** ni -um ♦ une alène, un perçoir

ᐅᵁᑳᒑᐅᐃᑦ **ushkaachaauwit** ni -um ♦ un sac fait de peau de pattes de caribou

ᐅᵁᑳᒑᐅᐄᐦᒀᔮᐤ **ushkaachaauwiihkwaayaau** ni -m ♦ un sac fait de peaux de pattes de caribou

ᐅᵁᑳᒑᐅᔮᓂᑳᑦ **ushkaachaauyaanikaat-h** na ♦ des mitasses faites de peau de pattes de caribou

ᐅᵁᑳᒑᐤ **ushkaachaau** ni ♦ la partie de la patte sur une peau de caribou ou d'orignal

ᐅᵁᑳᒑᐅᐦ **ushkaachaauh** nad ♦ la peau de ses pattes (se dit d'un caribou ou d'un orignal)

ᐅᵁᑳᒑᒄᐙᓂᔥ **ushkaachaakwaanish** ni ♦ l'os de la patte avant rattaché à la peau d'un porc-épic dont on a découpé la viande

ᐅᵁᑳᐦᑎᑯᔅᑳᐤ **ushkaahtikuskaau** vii ♦ c'est une aire d'arbustes

ᐅᔥᑳᐦᑎᑳᐅ ushkaahtikaau vii ♦ c'est une aire d'arbres qui ont poussé récemment

ᐅᔥᑳᐦᑎᑳᑭᒫᐅ ushkaahtikaakimaau vii ♦ c'est un lac entouré d'arbustes

ᐅᔥᑳᐦᑎᑾᔒᐦᑎᒡ ushkaahtikwaashihtich na pl ♦ des branchages d'arbuste

ᐅᔥᑳᐦᑎᒄ ushkaahtikw na -um ♦ un arbuste, un arbrisseau

ᐅᔃᒄᒧᔥ ushkwaachuush na -im ♦ une pomme de pin

ᐅᔃᒄᔑᒫᐅ ushkwaashimaau vta ♦ il/elle le/la fait rebondir

ᐅᔃᒄᔑᓐ ushkwaashin vai ♦ il/elle rebondit

ᐅᔃᒄᐦᐊᒻ ushkwaaham vti ♦ il/elle le fait rebondir, s'en aller dans la mauvaise direction

ᐅᔃᒄᐦᐙᐅ ushkwaahwaau vta ♦ il/elle le/la fait rebondir, s'en aller dans la mauvaise direction

ᐅᔃᒄᐦᑎᓐ ushkwaahtin vii ♦ ça rebondit dans la mauvaise direction, en biais

ᐅᔥᒋᑎᐦᑯᔥ ushchitihkush na -shiim ♦ un caribou âgé d'un an

ᐅᔥᒋᒨᔔᔑᔥ ushchimuushuushish na -im ♦ un orignal âgé d'un an

ᐅᔥᒌᔑᑯᑭᓐ ushchiishikukin nid ♦ son arcade sourcilière

ᐅᔥᒌᔑᑯᒥᓈᐦᑎᒄ ushchiishikuminaahtikw na -um ♦ une ronce pubescente, une catherinette, une catalinete, une mûre du Canada *Rubus pubescens*

ᐅᔥᒌᔑᒄ ushchiishikw nid ♦ son oeil

ᐅᔨᐤ uyiu nid ♦ son corps

ᐅᔮ uyaa pro,dém ♦ celui-ci, celle-ci, ceci, ce, cet, cette (inanimé obviatif, voir *uu*)

ᐅᔮᔨᐤ uyaayiu pro,dém ♦ celui-ci, celle-ci, ceci, ce, cet, cette (inanimé obviatif, voir *uu*) ▪ ᐊᔨᐄᐁᐦ ᐅᔮᔨᐤ ᐧᐋᔨᐤ ᑳ ᐅᒧᐦᒌᒡ ᒫᐦᔨᐤᐦ ▪ *Ceci est la tente qu'elle a faite.*

ᐅᔮᔨᐅᐦ uyaayiuh pro,dém ♦ celui-ci, celle-ci, ce, cet, cette (obviatif animé), ceux-ci, celles-ci, ces (inanimé ou obviatif animé) (voir *uu*) ▪ ᐊᔨᐄᐊᐤ ᐅᔮᔨᐅᐦ ᑳ ᐧᐃᓐᐦᐋᒡ ᐅᐸᔨᐦ ▪ *Voici celles de ses flèches qu'il a perdu.*

ᐅᔮᐦᔮᐎᓐ uyaahyaawin nid ♦ son haleine

ᐅᐦᐄ uhii pro,dém ♦ celles-ci, ceux-ci, ces (inanimé, voir *uu*) ▪ ᐁᑳ ᓂᓂᓯᑐᐁᐋᐤ ᐅᐦᐄ ᒫᓂᒄᐦᐁ ▪ *Je ne reconnais pas ces choses.*

ᐅᐦᐆᒥᓯᐤ uhuumisiu na -iim ♦ une chouette en général, aussi utilisé pour un grand-duc *Bubo virginianus*

ᐅᐦᐋᑭᐦ uhaakiih nad ♦ ses écailles (se dit d'un poisson)

ᐅᐦᐱᐱᑎᒻ uhpipitim vti ♦ il/elle le soulève en tirant

ᐅᐦᐱᐱᑖᐅ uhpipitaau vta ♦ il/elle le/la soulève en tirant

ᐅᐦᐱᐱᔨᐤ uhpipiyiu vai ♦ ça monte, se soulève

ᐅᐦᐱᐱᔨᐤ uhpipiyiu vii ♦ ça monte, ça se soulève

ᐅᐦᐱᐱᔨᐦᐋᐅ uhpipiyihaau vta ♦ il/elle le/la fait se lever, monter

ᐅᐦᐱᐱᔨᐦᑖᐅ uhpipiyihtaau vai ♦ il/elle le soulève

ᐅᐦᐱᑯᑖᐅ uhpikutaau vta ♦ il/elle le/la suspend

ᐅᐦᐱᑳᑖᔨᐤ uhpikaataayiu vai ♦ il/elle lève la patte, la jambe

ᐅᐦᐱᒋᐤ uhpichiu vai ♦ il/elle grandit

ᐅᐦᐱᒋᓈᐅᓲ uhpichinaausuu vai -u ♦ il/elle élève des enfants

ᐅᐦᐱᒋᓈᐅ uhpichinaau vta ♦ il/elle l'élève (un enfant)

ᐅᐦᐱᒫ uhpimaa p,lieu ♦ sur le côté, à côté ▪ ᐊᓂᒉ ᐅᐦᐱᒫ ᐊᑎᒉ ᑲ ᐅᐦᑦ ᒋᐱᒍ ᐊ ᐱᒻᐋᑭᓐᐦ ▪ *La vis était attachée sur le côté.*

ᐅᐦᐱᒫᐲᐤ uhpimaapiu vai ♦ il/elle est assis-e penché-e d'un côté

ᐅᐦᐱᒫᑯᑖᐅ uhpimaakutaau vai ♦ il/elle le suspend penché d'un côté

ᐅᐦᐱᒫᑯᑖᐅ uhpimaakutaau vii ♦ c'est suspendu penché d'un côté

ᐅᐦᐱᒫᑯᐦᑎᓐ uhpimaakuhtin vii ♦ ça flotte penché sur le côté

ᐅᐦᐱᒫᑳᐴ uhpimaakaapuu vai -uwi ♦ il/elle est debout penché sur le côté

ᐅᐦᐱᒫᔅᒀᔨᐤ uhpimaaskwaayiu vai ♦ il/elle penche la tête de côté

ᐅᐦᐱᒫᔑᒫᐅ uhpimaashimaau vta ♦ il/elle le/la couche sur le côté

ᐴᐱᒫᔑᓐ **uhpimaashin** vai ♦ il/elle est couché-e sur le côté

ᐴᐱᒫᔥᑖᐤ **uhpimaashtaau** vii ♦ c'est posé incliné

ᐴᐱᒫᔥᑖᐤ **uhpimaashtaau** vai ♦ il/elle est assis-e sur une inclinaison

ᐴᐱᒫᔥᑭᐚᐤ **uhpimaashkiwaau** vta ♦ il/elle le/la fait pencher sur le côté

ᐴᐱᒫᔥᑭᒼ **uhpimaashkim** vti ♦ il/elle le fait pencher sur le côté

ᐴᐱᒫᔥᒀᔑᓐ **uhpimaashkwaashin** vai ♦ il/elle est couché-e la tête sur le côté

ᐴᐱᒫᔥᒀᒡ **uhpimaashkwaahch** p,lieu ♦ à côté de l'entrée ▪ ᐊᓂᒉ ᐴᐱᒫᔥᒀᒡ ᐊᐧᑫᒡ ᐯ ᐸᕐᑭᓈᑲᓂ ᐊᓂᑉ ᑲᓅ ▪ *Il avait déposé le porc-épic à côté de l'entrée.*

ᐴᐱᒫᔮᐤ **uhpimaayaau** vii ♦ c'est en pente (ex le sol)

ᐴᐱᒫᔮᔅᑯᔑᓐ **uhpimaayaaskushin** vai ♦ il/elle (long et rigide) penche d'un côté

ᐴᐱᒫᔮᔅᑯᐦᑎᑖᐤ **uhpimaayaaskuhtitaau** vai ♦ il/elle (long et rigide) penche d'un côté

ᐴᐱᒫᔮᔅᑯᐦᑎᓐ **uhpimaayaaskuhtin** vii ♦ ça (long et rigide) penche d'un côté

ᐴᐱᒫᔮᔕᐤ **uhpimaayaashiu** vai ♦ il/elle est poussé-e, renversé-e sur son côté par le souffle du vent

ᐴᐱᒫᔮᔥᑎᓐ **uhpimaayaashtin** vii ♦ ça se fait renverser sur le côté par le souffle du vent ▪ ᒨ ᐴᐱᒫᔮᔥᑎᓐ ᐊ ᓅᑎᓈ ᒐᐱᒡ ▪ *Notre canot s'est fait renverser sur le côté par le souffle du vent la nuit dernière.*

ᐴᐱᓂᑭᓅ **uhpinikiniuu** vti,passive -iwi ♦ c'est le début du portage, c'est soulevé, ramassé ▪ ᐊᐧ ᐴᕐ ᐴᐱᓂᑭᓅᐧ ▪ *c'est le début du portage, lit. 'c'est là que c'est ramassé*

ᐴᐱᓂᑰ **uhpinikuu** vai -u ♦ ça l'encourage

ᐴᐱᓂᒨᐚᐤ **uhpinimuwaau** vta ♦ il/elle le soulève pour lui/elle

ᐴᐱᓂᒼ **uhpinim** vti ♦ il/elle le soulève

ᐴᐱᓂᔥᒑᔨᐤ **uhpinischaayiu** vai ♦ il/elle lève les mains

ᐴᐱᓂᐦᑖᐅᒋᓈᐤ **uhpinihtaauchinaau** vta ♦ il/elle l'élève (un enfant)

ᐴᐱᓈᐤ **uhpinaau** vta ♦ il/elle l'élève, le/la soulève

ᐴᐱᓐ **uhpinh** nid pl ♦ ses poumons

ᐴᐱᓯᑭᓐ **uhpisikin** ni -im ♦ de la levure chimique, de la poudre à lever

ᐴᐱᓯᒃᐚᐤ **uhpisikwaau** vii ♦ la glace est surélevée

ᐴᐱᓲ **uhpisuu** vai -u ♦ il/elle lève à cause de la levure

ᐴᐱᔅᑯᐱᔨᐤ **uhpiskupiyiu** vii ♦ la glace lève

ᐴᐱᔅᒁᔨᐤ **uhpiskwaayiu** vai ♦ il/elle soulève la tête

ᐴᐱᔥᑭᒼ **uhpishkim** vti ♦ il/elle le soulève avec le pied ou le corps

ᐴᐱᔥᑳᐤ **uhpishkaau** ni ♦ il/elle passe d'une attitude réservée à une attitude plus ouverte, il/elle s'ouvre (psychologiquement)

ᐴᐱᐦᐅᑖᐤ **uhpihutaau** vai+o ♦ il/elle s'élève dans les airs avec lui/elle

ᐴᐱᐦᐅᒋᑭᓂᔥ **uhpihuchikinish** ni -i ♦ un clipet, un petit crochet sur le piège qui le maintient en place

ᐴᐱᐦᐅᒥᑭᓐ **uhpihumikin** vii ♦ ça décolle, s'envole (ex avion)

ᐴᐱᐦᐅᔮᐤ **uhpihuyaau** vta ♦ il/elle l'emmène dans les airs avec elle/lui

ᐴᐱᐦᐆ **uhpihuu** vai -u ♦ il/elle s'envole, expression utilisée quand les lièvres se font rare

ᐴᐱᐦᐆᐱᓯᒼ **uhpihuupiisim** na ♦ le mois d'août

ᐴᐱᐦᐊᒼ **uhpiham** vti ♦ il/elle le soulève avec quelque chose, ouvre les mâchoires du piège

ᐴᐲᐤ **uhpiiu** vai ♦ il/elle se lève pour tirer, se soulève

ᐴᐲᔥᑎᐚᐤ **uhpiishtiwaau** vta ♦ il/elle se lève pour lui tirer dessus

ᐴᐹᐱᐤ **uhpaapiu** vai ♦ il/elle lève les yeux

ᐴᐹᐱᐦᐄᑯᓯᐤ **uhpaapihiikusiu** na ♦ le pancréas, un organe en forme d'éponge situé près de l'estomac (chez l'humain, le caribou, l'orignal et l'ours)

ᐴᐹᐱᐦᑖᐤ **uhpaapihtaau** vii ♦ la fumée s'élève

ᐴᐹᐱᐦᒑᐱᑎᒼ **uhpaapihchaapitim** vti ♦ il/elle le hisse avec une corde

ᐅᕻᐸᐱᙾᒐᐪᐤ **uhpaapihchaapitaau** vta
- il/elle le/la hisse avec une corde

ᐅᕻᐹᑭᕻᐊᒍ·ᐊᐤ **uhpaakihamuwaau** vta
- il/elle le soulève (étalé) pour lui/elle

ᐅᕻᐹᑭᕻᐊᒫ **uhpaakiham** vti
- il/elle soulève (étalé)

ᐅᕻᐹᔅᑯᕻᐊᒫ **uhpaaskuham** vti
- il/elle soulève avec une perche

ᐅᕻᐹᔅᑯᕻ·ᐊᐤ **uhpaaskuhwaau** vta
- il/elle le/la soulève avec une perche

ᐅᕻᐹᔑᐤ **uhpaashiu** vai
- il/elle souffle vers le haut

ᐅᕻᐹᔥᑎᓐ **uhpaashtin** vii
- ça souffle vers le haut

ᐅᕻᐹᐦᑭᐦᐄᑭᓈᐦᑎᒄ **uhpaahkihiikinaahtikw** ni
- une perche pour le soulever (filiforme)

ᐅᕻᐧᐹᐱᔨᐤ **uhpwaapiyiu** vai
- il/elle se soulève

ᐅᕻᐧᐹᐱᔨᐤ **uhpwaapiyiu** vii
- ça se soulève

ᐅᕻᐧᐹᔮᑭᒥᕻᐊᒫ **uhpwaayaakimiham** vti
- il/elle remue le dépôt (au fond d'un liquide)

ᐅᕻᑎᐧᐃᑭ **uhtiwikii** nid
- son oreille

ᐅᕻᑎᑖᔅᐱᓂᓱ·ᐋᒐᐤ **uhtitaaspinisuwaachaau** vai [Wemindji]
- il/elle l'utilise comme arme

ᐅᕻᑎᑖᔅᑯ·ᐋᐱᓂᑭᓐ **uhtitaaskuwaapinikin** na
- une balise faite avec un jeune arbre pour montrer qu'il y a un campement là

ᐅᕻᑎᑦᐋ·ᐋᐱᔨᐤ **uhtitwaawaapiyiu** vii
- c'est de là que provient le bruit

ᐅᕻᑎᑦᐋ·ᐋᐱᔨᕻ·ᐊᐤ **uhtitwaawaapiyihaau** vta
- il/elle fait en sorte que son bruit (animé) atteigne cette distance

ᐅᕻᑎᑦᐋ·ᐋᑖᐤ **uhtitwaawaataau** vai
- la détonation provient de cette direction

ᐅᕻᑎᑦᐋ·ᐋᕻᐊᒫ **uhtitwaawaaham** vti
- il/elle fait du bruit de là-bas en frappant quelque chose

ᐅᕻᑎᑦᐋᑎᒫ **uhtitwaatim** vti
- le bruit qu'elle fait avec sa voix provient de là-bas

ᐅᕻᑎᓂᒨ·ᐊᐤ **uhtinimuwaau** vta
- il/elle le lui fournit

ᐅᕻᑎᓂᒨ·ᐋᑎᒻ **uhtinimuwaatim** vti
- il/elle le fournit pour quelque chose
- ᒥᑯ ·ᐃᔭ ᑭᕻ ᐅᕻᑎᓂᒨ·ᐋᑎᒻ ᐊᓂᒃ ᒥᒍᓱᓂᐦᐤ ᐊᑊ ᐅᕻᕐ ᑫᕻ ·ᐃᑦᐋᑯᐨ ᐊ·ᐋᕐᐦᐤ× *Il était le seul qui pouvait fournir ce qu'il fallait pour la fête, étant donné que personne d'autre ne pouvait l'aider.*

ᐅᕻᑎᓂᒫᒐᐤ **uhtinimaachaau** vai
- il/elle y pourvoit, subvient
- ᐊᐦᑭᑎᐤ ᐊᑊ ᑭᕻ ᐊᕻᑕᕐᐱᐤ ᒥᒋᒥᐤ ᒥᑯ ·ᐃᔭ ᑭᕻ ᐅᕻᑎᓂᒫᒋᐤ ᑭᕐᐃᕐᐅ ᑎ ᒋᕐᐃᓯ·ᐃᓐᐤ× *Il était le seul qui pouvait fournir à manger quand personne d'autre ne le pouvait.*

ᐅᕻᑎᓂᒫᓱᐤ **uhtinimaasuu** vai reflex -u
- il/elle subvient à ses (propres) besoins

ᐅᕻᑎᓈᐤ **uhtinaau** vta
- il/elle l'obtient de là

ᐅᕻᑎᓐ **uhtin** vii
- le vent vient de cette direction

ᐅᕻᑎᓯᕻᑎᒻ **uhtisihtim** vti
- il/elle est capable de l'entendre à cette distance

ᐅᕻᑎᓯᐤ **uhtisiiu** vai
- il/elle le mérite

ᐅᕻᑎᔅᑭ·ᐋᐱᔅᑳᐤ **uhtiskiwaapiskaau** vii
- c'est un morceau de roche pointé vers l'observateur

ᐅᕻᑎᔅᑯᐃᑯᑖᐤ **uhtiskuwikutaau** vii
- c'est suspendu face au locuteur, vole directement vers la locutrice

ᐅᕻᑎᔅᑯᐃᑯᒋᓐ **uhtiskuwikuchin** vai
- il/elle est suspendu-e face au locuteur, vole directement vers la locutrice

ᐅᕻᑎᔅᑯᐃᑯᕻᑎᓐ **uhtiskuwikuhtin** vii
- ça flotte vers le locuteur ou la locutrice

ᐅᕻᑎᔅᑯᐃᑯᕻᒋᓐ **uhtiskuwikuhchin** vai
- il/elle flotte tout droit vers le locuteur ou la locutrice

ᐅᕻᑎᕻᐄᐹᐤ **uhtihiipaau** vai
- il/elle va chercher de l'eau là-bas

ᐅᕻᑎᕻᐄᐹᓐ **uhtihiipaan** ni
- un trou dans la glace pour boire de l'eau, un endroit pour chercher de l'eau potable

ᐅᕻᑎᕻᑦᐋ·ᐋᕻ·ᐊᐤ **uhtihtwaawaahwaau** vta
- il/elle (ex tambour) résonne, fait du bruit quand il/elle le frappe là-bas

ᐅᔪᕻᑎᑖᐤ **uhtuhtitaau** vai
- il/elle en rapporte de là-bas

ᐅᔪᕻᑎᕻᐊᐤ **uhtuhtihaau** vta
- il/elle le/la ramène de là-bas

ᐅᐦᑐᐦᑖᐅ uhtuhtaau vai ♦ il/elle vient de là-bas en marchant

ᐅᐦᑖᐐᒫᐅᐅ uhtaawiimaauu vai-aawi ♦ c'est un père

ᐅᐦᑖᐐᒫᐅ uhtaawiimaau nad ♦ un père

ᐅᐦᑖᐐᐦ uhtaawiih nad ♦ son père

ᐅᐦᑖᐅ uhtaau vii ♦ ça bout

ᐅᐦᑖᒋᒨ uhtaachimuu vai-u ♦ il/elle raconte où il/elle est allé ou où il/elle a été

ᐅᐦᑖᓯᐲᐅ uhtaasipiiu vai ♦ il/elle fait pulser l'eau par ses mouvements là-bas.

ᐅᐦᑖᔅᒃᕙᐅ uhtaaskwaau ni-aam ♦ un sentier créé par un castor en transportant des arbres abattus et de la nourriture vers sa hutte

ᐅᐦᑖᔑᐤ uhtaashiu vai ♦ il/elle souffle, navigue de là-bas

ᐅᐦᑖᔥᑎᓐ uhtaashtin vii ♦ ça souffle, navigue de là-bas

ᐅᐦᑭᕚᐙᐃᐦᑯᓈᐅ uhkiwaawaaihkunaau na-m ♦ une crêpe de poisson

ᐅᐦᑭᕚᐚᐳᐃ uhkiwaawaapui ni-m ♦ de la soupe de poisson

ᐅᐦᑭᕚᐅ uhkiwaau na-m ♦ de la chair de poisson

ᐅᐦᑯᒥᒫᐅᐅ uhkumimaauu vai-aawi ♦ c'est une grand-mère

ᐅᐦᑯᒥᒫᐅ uhkumimaau nad ♦ une grand-mère

ᐅᐦᑯᒥᓯᒫᐅᐅ uhkumisimaauu vai-aawi ♦ c'est un oncle (le frère de la mère, le mari de la soeur du père), c'est un beau-père (le mari de la mère)

ᐅᐦᑯᒥᓯᒫᐅ uhkumisimaau nad ♦ un oncle (le frère de la mère, le mari de la soeur de la mère), un beau-père (le mari de la mère)

ᐅᐦᑯᒥᔅᐦ uhkumis-h nad ♦ son oncle (le frère de sa mère, le mari de la soeur de la mère), son beau-père (le mari de la mère)

ᐅᐦᑯᒨᐚᐅᐦ uhkumuwaauh nad ♦ leur grand-mère, leurs grand-mères

ᐅᐦᑯᒲ uhkumh nad ♦ sa grand-mère, ses grand-mères

ᐅᐦᑯᓐ uhkun nid ♦ sa cheville, son poignet

ᐅᐦᑳᑎᒼ uhkaatim vti ♦ il/elle le déteste, ça le/la dégoûte

ᐅᐦᑳᑖᔮᔨᒫᐅ uhkaataayaayimaau vta ♦ il/elle le/la trouve embêtante

ᐅᐦᑳᑖᔮᔨᐦᑎᒼ uhkaataayaayihtim vti ♦ il/elle le déteste, ça le/la dégoûte

ᐅᐦᑳᒥᑰ uhkaamikuu vai-u ♦ le bruit qu'il fait l'offense, l'agace

ᐅᐦᑳᒫᐅ uhkaamaau vta ♦ il/elle le blesse, l'offense parce qu'il/elle dit

ᐅᐦᑳᓯᓂᐚᐅ uhkaasiniwaau vta ♦ son apparence, ses actions le/la dégoûte

ᐅᐦᑳᓯᓂᒼ uhkaasinim vti ♦ il/elle désapprouve ce qu'il/elle voit

ᐅᐦᑳᓯᐦᑎᕚᐅ uhkaasihtiwaau vta ♦ il/elle trouve agaçant le bruit de voix qu'il/elle fait

ᐅᐦᑳᓯᐦᑎᒼ uhkaasihtim vti ♦ il/elle trouve son bruit agaçant, il/elle est blessé par ce qu'elle entend

ᐅᐦᑳᓯᐦᑖᑯᓯᐤ uhkaasihtaakusiu vai ♦ il/elle fait un son de voix qui est très agaçant

ᐅᐦᑳᓰᐤ uhkaasiiu vai ♦ il/elle est facilement agacé-e

ᐅᐦᑳᐦᐋᐅ uhkaahaau vta ♦ il/elle l'agace

ᐅᐦᒋ uhchi p,lieu ♦ de, provenir de ▪ ᐊᓂᑖᐦ ᐅᐦᒋ ᐙᔅᑳᐦᐄᑲᓂᒌᒡ ᐊᑖᒡᐦ ᑳ ᐅᐦᐸᖠᒃ ᐊᓐ ᑎᐹᒋᒨᓯᓐ ▪ *Cette histoire provient de Waskaganish.*

ᐅᐦᒋ uhchi préverbe ♦ (marque du passé accompagnant la négation des verbes indépendants et conjonctifs) ▪ ᒉᐗ ᐅᐦᒋ ᐃᐦᑎᐤᐊᒃ ♦ ᐋᐅᑦ ᐋᔨᒻ ᑲ ᑭᔅᑭᓄᐦᒫᐦᐋᑦᐦᑦ ᑯᔥ, ᐋᑲ ᐅᐦᒋ ᐃᐦᑎᒻᐴ ᒐᑊ ᐊᔨᒧᐎᓂᔨᐤ ▪ *Il n'y en avait pas. ♦ Nous l'enseignions à nos enfants, avant qu'il n'y ait aucune autre langue (d'instruction coloniale)'.*

ᐅᐦᒋᑭᐤ uhchikiuu vii-iwi ♦ ça fuit

ᐅᐦᒋᑭᐎᑐᓈᓈᐅ uhchikiwitunaanaau vai ♦ il/elle trait la vache

ᐅᐦᒋᑭᐎᐦᐋᐅ uhchikiwihaau vta ♦ il/elle le/la verse, renverse d'un récipient

ᐅᐦᒋᑭᐚᐱᐅ uhchikiwaapiu vai ♦ il/elle verse des larmes

ᐅᐦᒋᑯᓐ uhchikun nid ♦ son genou

ᐅᐦᒋᔥᑖᐹᐅ uhchishtaapaau vai ♦ il/elle en retire des choses

ᐅᐦᒌᐤ uhchiiu vai ♦ il/elle vient de là, a son origine là, prend sa source là

ᐅᐦᒋᔅᑎᒧᐙᐅ uhchiishtimuwaau vta
* il/elle lui en fournit

# ᐆ

ᐆ uu pro,dém * celui-ci, celle-ci, ceci, ce, cet, cette, voici (animé ou inanimé) ▪ ᐋᐧᒡ ᒦᑉ ᐆ ᓂᑎᔥᒄ ᒌ ᑎᒥᑉᒫ ᓃᐱᑉᔖᐃᐧᓐᐃᒡ ▪ *C'est cette robe que je vais porter au mariage.*

ᐆᶜ uut ni * un canot

# ᐊ

ᐊᐅᑭᑎᓈᔮᐅᐦᒡ aukitinaayaauhch p,lieu
* du côté ombragé de la montagne ▪ ᐋᓅ ᐋ ᐦ ᒥᒋᔥᑲᒃ ᒄ ᐊᓂᒡ ᐊᐅᑭᑎᓈᔮᐅᐦᒡ. ▪ *Il y a avait toujours encore beaucoup de neige du côté ombragé de la montagne*

ᐊᐅᑭᑎᓈᐦᒡ aukitinaahch p,lieu * du côté ombragé d'une montagne ou d'une colline ▪ ᐊᑎᑎ ᑎᐦᒋᔭᓯ ᐊᐅᑭᑎᓈᐦᒡ. ▪ *Il fait plus frais du côté ombragé de la montagne.*

ᐊᐅᑭᑳᒫᐙᔖᐅ aukikaamaawaashaau p,lieu * du côté sud de la baie là où le soleil ne brille pas ▪ ᐊᓂᒡ ᐊᐅᑭᑳᒫᐙᔖᐅ ᐋᑐᒡ ᐯ ᐦᓈᒋᑎᓴᐅᐃᓖ ▪ *Des arbres ont été coupés du côté sud de la baie.*

ᐊᐅᑭᑳᒫᓯᐦᑖᐤ aukikaamaasihtaau vai
* il/elle fait un portage du côté sud de la rivière ou du lac

ᐊᐅᑭᑳᒫᔮᒋᐃᐧᓐ aukikaamaayaachiwin p,lieu * du côté sud du rapide ▪ ᐊᓂᒡ ᐊᐅᑭᑳᒫᔮᒋᐃᐧᓐ ᐋᑐᒡ ᐃᒋᐦᐃ ᐯ ᒃᒡᔪᐃᓗ. ▪ *On s'est retrouvé du côté sud du rapide.*

ᐊᐅᑭᑳᒻ aukikaam p,lieu * sur la rive sud ▪ ᐊᓂᒡ ᐊᐅᑭᑳᒻ ᐋᑐᒡ ᒃ ᐱᑎᐦᐋᒡ ᓔᦶᐃ ▪ *Mon père a placé ses filets sur la rive sud de la rivière.*

ᐊᐅᑳᐤ aukaau vii * c'est le crépuscule; c'est la tombée du jour

ᐊᐅᑳᔥᑖᔑᓐ aukaashtaashin vai * il/elle est couché-e à l'ombre

ᐊᐅᑳᔮᐤ aukaayaau p,lieu * à l'ombre ▪ ᐊᓂᒡ ᐋ ᐊᐅᑳᔫ ᐋᑐᒡ ᒃ ᐯᒥ ᐃᔥᐋᔫᔨ. ▪ *Je me suis reposée à l'ombre.*

ᐊᐅᑳᐦᑎᒄ aukaahtikw p,lieu * du côté ombragé de l'arbre là où le soleil ne brille pas ▪ ᐋᑐᓐ ᒃ ᒋᑭᒡ ᐱᔐᒡ ᐊᓂᑦ ᐊᐅᑳᐦᑎᒄˣ. ▪ *Les champignons ont poussé du côté ombragé de l'arbre.*

ᐊᐅᒑᐚᐤ auchaawaau vai * il/elle marche jusqu'à l'autre côté de la pointe

ᐊᐅᒑᐚᐱᔫ auchaawaapiyiu vai * il/elle va de l'autre côté de la pointe en véhicule

ᐊᐅᒑᐚᐦᒻ auchaawaaham vti * il/elle pagaie jusqu'à l'autre côté de la pointe

ᐊᐅᒑᐤ auchaau p,lieu * de l'autre côté de la pointe ▪ ᐊᐅᒑᐤ ᐃᔑᐋᐧᐃᐧ ᐊᓂᒌ ᒃ ᓂᒎᐦᐅᒡˣ. ▪ *Les chasseurs sont allés de l'autre côté de la pointe.*

ᐊᐅᓰᐚᐱᐦᒑ ausiwaapihchaa p,temps * le surlendemain, après-demain ▪ ᐊᐅᓰᐚᐦᒌ ᐃᒡᐤ ᒥᒋᐋ ᒌ ᒋᐦᒋᐸᔮˣ. ▪ *Je vais commencer à emballer mes affaires après-demain.*

ᐊᐅᓯᐱᐳᓂᐦᒡ ausipipunihch p,temps * l'hiver d'il y a deux ans, il y a deux hivers ▪ ᐊᐅᓯᐱᐳᓂᐦᒡ ᐋᐧᐋᐧᐃᐧ ᓖᓅ ᒃ ᒃᕙ ᒌᐱᒌ ᐅᒡ ᒌᔖᓯᐱˣ. ▪ *L'hiver il y a deux ans était la dernière fois qu'elle/il est venu à Chisasibi.*

ᐊᐅᓯᑎᒃᐙᑯᐦᒡ ausitikwaakuhch p,temps * l'automne il y a deux ans ▪ ᐋᓅ ᐋᐦ ᓂᐱᐋᐧᐸᓂᐃᐧᒡ ᐱᔭᓸ ᐊᐅᓯᑎᒃᐙᑯᐦᒡˣ. ▪ *On a ramassé beaucoup d'oies l'automne il y a deux ans.*

ᐊᐅᓯᓃᐱᓂᐦᒡ ausiniipinihch p,temps * il y a deux étés, l'été d'il y a deux ans ▪ ᐋᓅ ᐋᐦ ᒥᔻᔪ ᒧᒋᐤ ᐆᐱ ᐊᐅᓯᓃᐱᓂᐦᒡ ᐊᓂᒡ ᐊᑎᒨᒡˣ. ▪ *Il y avait plein de feu de forêt dans l'Ouest il y a deux étés.*

ᐊᐅᓯᓰᑯᓂᐦᒡ ausisiikunihch p,temps * le printemps d'il y a deux ans ▪ ᐊᐅᓯᓰᑯᓂᐦᒡ ᐋᑎᑎ ᒃ ·ᐃᓴᐋᐃᐧ ᐊᓯ ᓖᓅ ᐅᔒᒡᒡᓮˣ. ▪ *Mon dernier petit-enfant a eu sa cérémonie de première marche au printemps il y a deux ans.*

ᐊᐅᓰᐦᑎᒡ ausihtich p,lieu * derrière le tas de bois dehors ▪ ᐊᓂᒡ ᐊᐅᓰᐦᑎᒡ ᐋᑐᒡ ᒃ ᒨᐃᐱᒌᔅ ᐊᓂᒃ ᐅᒡᔥˣ. ▪ *Il a attaché son chien derrière le tas de bois.*

ᐊᐅᓵᐅᐦᒡ ausaauhch p,lieu * de l'autre côté de la montagne ▪ ᒃ ᒎᐃᐧᔅᐦᑎᒡ ᐋᑐᒡ ᐋᓅ ᒃ ᒥᒋᐧᐤ ᔭᓂᒧ ᐊᓂᒡ ᐊᐅᓵᐅᐦᒡˣ. ▪ *Quand on est allé cueillir des baies, il y en avait plein de l'autre côté de la montagne.*

ᐊᐅᕐᐋᐱᔪᐤ ausaawaapiyiu vai [Wemindji]
• il/elle va de l'autre côté en véhicule

ᐊᐅᕐᐋᔭᐱᐦᑎᒼ ausaawaayaapihtim vti
[Wemindji] • il/elle le voit disparaître derrière quelque chose

ᐊᐅᕌ ausaau p,lieu • de l'autre côté de la pointe ▪ ᐊᐅᕐᐤ ᐋᒡᖮ ᓐᒼ ᐧᐋᕆᐅᐧᐊᕝ ▪ *Ils vivaient de l'autre côté de la pointe.*

ᐊᐅᕌᓂᒡ ausaanich p,lieu • de l'autre côté de l'île ▪ ᐊᐅᕐᓂᐤ ᐋᒡᖮ ᓐᒼ ᐅᖮ ᑭᕝᐅᕝ ᐧᐋᕆᐧᐊᐤ ▪ *L'autre canot plein de gens a touché terre de l'autre côté de l'île.*

ᐊᐅᕌᐦᑎᒃ ausaahtikw p,lieu • de l'autre côté de l'arbre ▪ ᐋᕀᐤ ᐊᖮ ᓐᒼ ᐱᓐᐧᐊᐧ ᐊᐅᕐᐤᐦᑎᒃ ᐊ ᒥᓂᐨᐋᖮ ▪ *Cette épinette blanche a beaucoup de sève de l'autre côté.*

ᐊᐅᔅᒑᒃᐤᐋᐱᑭᓈᐦᑎᒃ austaaskuhiikinaahtikw ni • un bâton utilisé pour étirer et assouplir les bottes en peau de phoque

ᐊᐅᔅᒑᒃᐤᐊᕝ aushtaaskuham vti
• il/elle assouplit et étirer des bottes de peau de phoque avec un bâton

ᐊᐅᔅᒐᔑᔅ aushtaashiish p,lieu • un peu plus loin ▪ ᐊᐅᔅᒐᔪᔅ ᐋᒡᐦ ᐱᓐᒌᐧᐊᖮ ᐊᖮᒼᐋ ᒥᒦᐦᑎᐦᐱ ▪ *Mets ta brassée de bois un peu plus loin.*

ᐊᐅᐦᐦᐋᐧᐋᐅ auhiiwaau vai • il/elle prête

ᐊᐅᐦᐋᐅ auhaau vta • il/elle le lui prête

ᐊᐅᐦᐋᒡᐃᐊ auhaasuwin ni • un emprunt

ᐊᐅᐦᐋᒡᒫᐅ auhaasumaau vta • il/elle le lui emprunte

ᐊᐅᐦᐋᒡ auhaasuu vai -u • il/elle l'emprunte

ᐊᐅᐦᑳᓂᑭᒥᒃᐤ auhkaanikimikw ni • une grange ou un bâtiment pour les animaux

ᐊᐅᐦᑳᓐ auhkaan na • un animal sauvage qui a été apprivoisé, un animal domestique; un animal sauvage (se dit à Waapmagoostui)

ᐊᐅᐦᒐᐅ auhchaau vai • il/elle possède un animal domestique

ᐊᐧᐋᑎᑯᐦᐋᐱᑳᐦᑎᒃ awaatikuhiikinaahtikw ni • une perche utilisée pour arranger le recouvrement du haut du tipi

ᐊᐧᐋᑎᑯᐦᐋᒑᐅ awaatikuhiichaau vai
• il/elle arrange le haut du recouvrement de l'habitation, le haut de la toile du tipi

ᐊᐧᐋᓂᐦᑎᒋᐅ awaanihtichiu vai • il/elle est gêné-e, timide, intimidé-e

ᐊᐧᐋᓂᐦᑎᒋᐦᐄᐧᐋᐅ awaanihtichihiiwaau vai • il/elle cause de l'embarras

ᐊᐧᐋᓂᐦᑎᒋᐦᐋᐅ awaanihtichihaau vta
• il/elle l'embarrasse, le/la fait se sentir gêné

ᐊᐧᐋᓂᐦᑎᒋᐦᔅᑎᐧᐋᐅ awaanihtichiishtiwaau vta • il/elle se sent gêné, intimidé par lui/elle

ᐊᐧᐋᓐ awaan pro,question • qui ▪ ᐊᐧᐋᓐ ᑭ ᐧᐋᐱᒡ ᑭ ᐧᐋᔭᐧᐊᒡᐧᐊᖮ ▪ *Qui as-tu vu en sortant?*

ᐊᐧᐋᓐ awaan pro,indéfini • quelqu'un, une personne

ᐊᐧᐋᔑᔑᐦᑳᓂᔥ awaashishihkaanish na
• une poupée

ᐊᐧᐋᔑᔑᐤ awaashishiiuu vai -iiwi • il/elle est jeune, est encore enfant

ᐊᐧᐋᔑᔑᐧᐋᔨᐦᑎᒼ awaashishiiwaayihtim vti • il/elle est irresponsable, enfantin

ᐊᐧᐋᔑᔥ awaashish na -im • un enfant

ᐊᐧᐋᔑᔥᒌᔥ awaashishchiish ni -im • de la mousse de sphaigne, lit.'de la mousse à bébé'

ᐊᐧᐋᔑᔥᐦ ᒋᒋᔥᑭᐧᐋᐅ awaashish-h chichishkiwaau vta • elle est enceinte

ᐊᐱᐧᐃᓈᒋᓐ apiwinaachin ni • une toile pour le poste d'affût

ᐊᐱᐧᐃᓈᐦᑎᒃ apiwinaahtikw ni -um • une structure pour le poste d'affût

ᐊᐱᐧᐃᓐ apiwin ni • un poste d'affût

ᐊᐱᐤ apiu vai • il/elle s'assoit

ᐊᐱᐹᐦᐄᑭᓐ apipaahiikin na • une des attaches sur le bord d'un filet de pêche

ᐊᐱᐹᐦᐋᐅ apipaahaau vta • il/elle renforce les extrémités du filet de pêche

ᐊᐱᓲ apisuu vai -u • il/elle est réchauffé-e par le soleil ou une source de chaleur

ᐊᐱᓵᐧᐋᐅ apisaawaau vai • ça émet de la chaleur (par exemple, le poêle)

ᐊᐱᔃᐤ apiswaau vta • il/elle le/la réchauffe

**ᐊᐱᔅ** apis ni [Whapmagoostui] ◆ de la ficelle

**ᐊᐱᔑᐧᐋᔖᔑᐤ** apishiwaashaashiu vii dim ◆ la baie est petite

**ᐊᐱᔑᐳᔑᐤ** apishipushiu vai dim ◆ il/elle n'a qu'une petite ration de nourriture

**ᐊᐱᔑᑭᒫᔑᐤ** apishikimaashiu vii ◆ c'est un petit lac ou étang

**ᐊᐱᔑᑯᔑᔑᐤ** apishikushishiu vai dim ◆ c'est un petit morceau de glace

**ᐊᐱᔑᒋᔮᔥᑯᔥ** apishichiyaashkush na ◆ une sterne arctique *Sterna paradisaea*

**ᐊᐱᔑᔒᐹᐧᐋᔮᔑᐤ** apishishiipaawaayaashiu vai dim ◆ ce passage, ce chenal est étroit

**ᐊᐱᔑᔥᑎᐧᑳᓈᔑᐤ** apishishtikwaanaashiu vai dim ◆ il/elle a une petite tête

**ᐊᐱᔑᔥᑎᐧᑳᔑᐤ** apishishtikwaashiu vii dim ◆ c'est un petit ruisseau

**ᐊᐱᔑᔥᑎᐧᑳᔮᔑᐤ** apishishtikwaayaashiu vii dim ◆ c'est un ruisseau

**ᐊᐱᔒᔑᔑᐤ** apishiishishiu vai dim ◆ il/elle est petit-e ▪ ᓄᐧᐃᒡ ᐊᐱᔒᔑᔑᐤ ᐊᓐ ᐊᐧᐋᔑᔥₓ ▪ *Ce bébé est très petit.*

**ᐊᐱᔒᔥ** apishiish p,quantité ◆ un petit peu ▪ ᐊᐱᔒᔥ ᒥᒄ ᓂᑭ ᐋᐱᑎᓰᓐ ᐊᓅᐦᒡₓ ▪ *Je vais juste travailler un petit peu aujourd'hui*

**ᐊᐱᔒᔨᔨᔥ** apishiiyiyish na -im ◆ un nain, un lutin, quelqu'un de petit

**ᐊᐱᔓᐃ** apishui ni ◆ un poteau de tipi, une poutre

**ᐊᐱᔔᐦᒑᐤ** apishuuhchaau vai ◆ il/elle monte les poteaux du tipi

**ᐊᐱᔖᐱᔥᑳᔑᐤ** apishaapishkaashiu vii dim ◆ c'est petit (minéral)

**ᐊᐱᔖᐱᔥᒋᔑᐤ** apishaapishchishiu vai dim ◆ il/elle est petit-e (minéral)

**ᐊᐱᔖᐹᑭᔑᐤ** apishaapaakishiu vii dim ◆ c'est petit en diamètre (filiforme)

**ᐊᐱᔖᐹᒋᑯᔨᐧᐋᔑᐤ** apishaapaachikuyiwaashiu vai dim ◆ il/elle a un cou maigre

**ᐊᐱᔖᐹᒋᔑᔑᐤ** apishaapaachishishiu vai dim ◆ son diamètre est petit-e (filiforme, ex. un fil fin)

**ᐊᐱᔖᑭᒥᔑᐤ** apishaakimishiu vii dim ◆ c'est une petite quantité de liquide

**ᐊᐱᔖᑭᔑᐤ** apishaakishiu vii dim ◆ c'est petit (étalé)

**ᐊᐱᔖᒋᔑᔑᐤ** apishaachishishiu vai dim ◆ il/elle est petit-e (étalé)

**ᐊᐱᔖᒋᐦᑯᔥ** apishaachihkush na -um ◆ une caribou femelle âgée de deux ans

**ᐊᐱᔖᓂᑳᔑᐤ** apishaanikaashiu vai dim ◆ c'est une petite île

**ᐊᐱᔖᔑᐤ** apishaashiu vii dim ◆ c'est petit ▪ ᐧᐋᔫ ᐊᐱᔖᔑᐤ ᐊᓐ ᒦᒋᐧᐋᐦᑉₓ ▪ *Ce tipi est trop petit.*

**ᐊᐱᔖᔥᑯᔑᐤ** apishaashkushiu vai ◆ c'est petit (long et rigide)

**ᐊᐱᔖᔥᑯᔑᔑᐤ** apishaashkushishiu vii dim ◆ c'est petit, c'est court et fin (se dit de quelque chose de long et rigide) ▪ ᓈᔥᑖᐧᐹᐦ ᐊᐱᔖᔥᑯᔑᔑᐤ ᓂᒥᔥᑎᑯᒥᓈᓐₓ ▪ *Notre arbre est très petit.*

**ᐊᐱᔥᑎᐧᐋᐤ** apishtiwaau vta ◆ il/elle s'assoit à côté de lui/d'elle

**ᐊᐱᔥᑎᒼ** apishtim vti ◆ il/elle s'assoit à côté de ça

**ᐊᐱᔥᑖᐦᒋᑯᔑᔥ** apishtaahchikushish na ◆ un bébé phoque

**ᐊᐱᔥᑖᐦᒋᑯᔮᓂᔥ** apishtaahchikuyaanish na ◆ une peau de bébé phoque

**ᐊᐱᐦᑖᐤ** apihtaau vii ◆ c'est bleu foncé, le ciel est sombre

**ᐊᐱᐦᑖᑭᓐ** apihtaakin vii ◆ c'est noir (étalé)

**ᐊᐱᐦᑖᒋᓯᐤ** apihtaachisiu vai ◆ il/elle est noir-e (étalé)

**ᐊᐱᐦᑖᔅᑯᓐ** apihtaaskun vii ◆ c'est sombre (se dit de quelque chose de long et rigide)

**ᐊᐱᐦᑖᔅᑯᓯᐤ** apihtaaskusiu vai ◆ il/elle est sombre (se dit de quelque chose d'animé qui est long et rigide)

**ᐊᐱᐦᑦ** apiht na ◆ un silex

**ᐊᐱᐦᑭᓐ** apihkin na ◆ la barre transversale d'un canot

**ᐊᐱᐦᑯᐃ** apihkui ni ◆ de quoi recouvrir un abri, un revêtement pour abri

**ᐊᐱᐦᑳᑎᐧᒫᐤ** apihkaatimwaau vta ◆ il/elle lui tresse les cheveux

**ᐊᐱᐦᑳᑎᒼ** apihkaatim vti ◆ il/elle le tresse

**ᐊᐱᐦᑳᑖᐤ** apihkaataau vta ◆ il/elle le/la tresse

**ᐊᐱᐦᑳᑖᐤ** apihkaataau vii ◆ c'est tressé

**ᐊᐱᐦᐧᑳᐤ** apihkwaau vai ◆ il/elle place une couverture sur l'abri

ᐊᐱᐦᑲᑎᒻ apihkwaatim vti ♦ il/elle recouvre l'abri

ᐊᐱᐦᑲᓐ apihkwaan ni ♦ une couverture pour le toit, l'habitation

ᐊᐱᐦᑲᓱᓈᔮᐱ apihkwaasunaayaapii ni -m ♦ une corde ou une ficelle sur la couverture de l'habitation

ᐊᐱᐦᑲᓱᓐ apihkwaasun ni ♦ de quoi recouvrir l'abri

ᐊᐱᐦᒋᐱᔨᐤ apihchipiyiu vai ♦ il/elle bleuit dans le visage, son visage bleuit

ᐊᐳᐃ apui na ♦ une pagaie, une rame, une hélice pour un moteur hors-bord

ᐊᐳᔮᐦᑎᒄ apuyaahtikw na -um ♦ du bois pour faire une pagaie

ᐊᐴᐦᒑᐤ apuuhchaau vai ♦ il/elle fabrique une pagaie

ᐊᐧᐹᐅᐧᐃᔨᑰ apwaauwiyikuu vai -u ♦ il/elle transpire parce qu'il/elle porte un lourd fardeau sur son dos

ᐊᐧᐹᐃᔨᓲ apwaawiyisuu vai reflex -u ♦ il/elle se fait transpirer à force de travailler si fort

ᐊᐧᐹᐤ apwaawiiu vai reflex ♦ il/elle transpire parce qu'elle travaille fort, parce qu'elle fait de l'exercice physique

ᐊᐧᐹᐤ apwaau vai ♦ il/elle fait rôtir de la viande sur un bâton

ᐊᐧᐹᐱᔪ apwaapiyiu vai ♦ il/elle transpire, sue

ᐊᐧᐹᑎᐦᒑᐤ apwaatihchaau vai ♦ il transpire des mains

ᐊᐧᐹᒨ apwaamuu vai -u ♦ il/elle crie si fort qu'elle transpire

ᐊᐧᐹᓂᒻ apwaanim vti ♦ c'est lourd à porter ou même à tirer pour lui/elle

ᐊᐧᐹᓂᔥ apwaanish na -m ♦ une grosse truite de lac *Salvelinus*

ᐊᐧᐹᓈᔅᒄ apwaanaaskw ni ♦ un bâton pour faire rôtir quelque chose sur le feu de camp ou le poêle

ᐊᐧᐹᓐ apwaan ni ♦ de la nourriture rôtie sur le feu

ᐊᐧᐹᓲ apwaasuu vai -u ♦ il/elle transpire, sue

ᐊᐧᐹᔮᐹᐤ apwaayaapaau vai ♦ il/elle transpire parce qu'elle tire ou porte un lourd fardeau

ᐊᐧᐹᔮᓂᐦᐊᒧᒡ apwaayaanihamuch vti pl ♦ les sons du tonnerre annoncent un temps chaud et humide

ᐊᐧᐹᔮᔨᐦᑎᒻ apwaayaayihtim vti ♦ il/elle transpire suite à des efforts physiques

ᐊᑎ ati préverbe ♦ commencer à

ᐊᑎᐱᓯᒥᐦᒄ atipisimihkw ni ♦ une aiguille pour lacer ou tisser la partie avant et arrière des raquettes

ᐊᑎᐱᔅ atipis ni ♦ de la babiche utilisé pour le tissage avant et arrière des raquettes

ᐊᑎᐲ atipii na ♦ du fil ou de la babiche utilisé pour tisser l'avant et l'arrière de la raquette

ᐊᑎᑎᐧᐃᔥ atitiwiish p,quantité ♦ un petit peu plus ▪ ᐊᑎᑎᐧᐃᔥ ᒫ ᐊᑯ ᒥᕐᐦ ᓂₓ. *Donne-moi encore un peu plus de thé.*

ᐊᑎᑎᐤ atitiu p,quantité ♦ plus ▪ ᒥᕐᐊ ᐊᑎᑎᐤ ᓂᐧᐄ ᒥᒌᓐₓ ▪ *Je veux manger plus de poisson.*

ᐊᑎᑎᒦᐤ atitimiiu vii ♦ le niveau d'eau monte

ᐊᑎᑐᓂᐦᐄᐹᓐ atitunihiipaan ni ♦ un tissu utilisé pour rouler et ranger le filet de pêche

ᐊᑎᑖᐤ atitaau vii ♦ il/elle pourrit quand il ne sèche pas assez vite

ᐊᑎᒋᐆᐦ atichiiuh vii pl ♦ les baies ne sont pas mûres

ᐊᑎᒌᔥ atichiish-h na ♦ des baies qui commencent juste à pousser, qui ne sont pas encore mûres

ᐊᑎᒥᐱᐤ atimipiu vai ♦ il/elle est assise le dos tourné

ᐊᑎᒥᐱᑖᐤ atimipitaau vta ♦ il/elle le/la rattrape en courant

ᐊᑎᒥᐱᔥᑎᐧᐋᐤ atimipishtiwaau vta ♦ il/elle s'assoit en lui tournant le dos

ᐊᑎᒥᐱᔥᑎᒻ atimipishtim vti ♦ il/elle s'assoit en lui tournant le dos

ᐊᑎᒥᐱᔪ atimipiyiu vai ♦ il/elle s'en va d'ici

ᐊᑎᒥᐱᔪ atimipiyiu vii ♦ ça s'en va d'ici

ᐊᑎᒥᐱᐦᑖᐤ atimipihtaau vai ♦ il/elle court en sens inverse

ᐊᑎᒥᑖᐹᐤ atimitaapaau vai ♦ il/elle s'éloigne en tirant quelque chose

ᐊᑎᒥᑯᑖᓕ atimikutaau vii ◆ ça s'éloigne en volant

ᐊᑎᒥᑯᐦᒋᓐ atimikuhchin vai ◆ il/elle s'éloigne à la nage ou en pagayant

ᐊᑎᒥᑳᐳᐎᔥᑎᐋᐤ atimikaapuwishtiwaau vta ◆ il/elle est debout en lui tournant le dos

ᐊᑎᒥᑳᐳᐎᔥᑎᒼ atimikaapuwishtim vti ◆ il/elle est debout en lui tournant le dos

ᐊᑎᒥᑳᐳ atimikaapuu vai -uwi ◆ il/elle est debout le dos tourné

ᐊᑎᒥᑳᓯᐤ atimikaasiu vai ◆ il/elle s'éloigne en pataugeant dans l'eau

ᐊᑎᒥᓐ atimin ni ◆ les attaches de la raquette, les fixations de la raquette

ᐊᑎᒥᔑᓐ atimishin vai ◆ il/elle est couché-e le dos tourné

ᐊᑎᒥᐦᑳᐤ atimishkaau vai ◆ il/elle s'éloigne à la nage, en pagayant

ᐊᑎᒥᐦᐊᒼ atimiham vti ◆ il/elle le rattrape en véhicule

ᐊᑎᒥᐦᐋᐤ atimihwaau vta ◆ il/elle le rattrape et le dépasse en véhicule

ᐊᑎᒥᐦᔮᐤ atimihyaau vai ◆ il/elle s'envole (en avion)

ᐊᑎᒥᐦᔮᒥᑭᓐ atimihyaamikin vii ◆ ça s'envole

ᐊᑎᒧᐎᑖᐤ atimuwitaau vai, vai+o ◆ il/elle s'éloigne à pied avec une charge sur son dos (en s'éloignant de celui ou de celle qui parle) ▪ ᐊᑎᒧᐎᑖᐤ ᐊᓛᕐ ᒋᑐᑐ ᐯ ᐊᔓᕐᐊ ▪ il/elle s'éloigne à pied en transportant sur son dos la charge de nourriture que je lui ai donnée.

ᐊᑎᒧᑖᓂᐋᐤ atimutaaniwaau vai ◆ il/elle fait cuire de la nourriture pour les chiens

ᐊᑎᒧᐦᑖᐤ atimuhtaau vai ◆ il/elle marche en sens contraire

ᐊᑎᒫᐅᐦᑳᐤ atimaauhkaau vii ◆ il y a une montagne ou une colline au loin

ᐊᑎᒫᐤ atimaau vta ◆ il/elle le rattrape en marchant

ᐊᑎᒫᐱᓯᒼ atimaapiisim p,lieu ◆ le nord, le côté opposé au soleil ▪ ᐊᑎᒫᐱᓯᒼ ᑮ ᐅᐦᒋ ᐊ ᐃᔅᑾᐤ ᐯ ᒋᕐ ᑭᐋᕐᒡ ▪ Cette femme qui nous a rendu visite venait du Nord.

ᐊᑎᒫᐳᑖᐤ atimaaputaau vii ◆ ça s'éloigne en flottant

ᐊᑎᒫᐳᑰ atimaapukuu vai -u ◆ il/elle s'éloigne en flottant

ᐊᑎᒫᔮᐱᑐᐦᒡ atimaayaapitikuhch p,lieu ◆ du côté de la hache qui ne coupe pas ▪ ᐊᑎᐋ ᐊᑎᒫᔮᐱᑐᐦ ᑭᒼ ᐋᓄᒍᒡᒡᑕᐯᐊ ᐊᓯᕐ ᐅᕐᑭᐦᐃᕐᐊ ᐋᑎᕐ ᐊᑊ ᒣᕐᐊ ᐅᒼᕐ ᒐᒼᐅᕐᕐ ▪ Elle a failli se couper avec la hache, mais heureusement elle la tenait avec la lame à l'envers.

ᐊᑎᒠᐋᐱᔨᐤ atimwaawaapiyiu vai ◆ il/elle s'en va et on l'entend le faire ▪ ᓅᒼ ᑭᒼ ᑎᐱᐦᑳᐊ ᐃᑕᕐᑦ ᑭ ᐊᑎᒠᐋᐱᔨᕐᒃ ▪ C'était déjà la nuit quand nous l'avons entendue partir en voiture.

ᐊᑎᒠᐋᐱᔨᐤ atimwaawaapiyiu vii ◆ ça s'en va et on l'entend

ᐊᑎᒠᐋᔑᓐ atimwaawaashin vai ◆ il/elle s'en va et on entend ses pas

ᐊᑎᐧᐋᑎᒼ atimwaatim vti ◆ il/elle s'éloigne en marchant et en émettant des bruits vocaux

ᐊᑎᒼ atim na ◆ un chien Canis lupus familiaris

ᐊᑎᓯᑭᓐ atisikin ni ◆ une teinture

ᐊᑎᓯᒼ atisim vti ◆ il/elle le teint ▪ ᐊᑎᓯᒼ ᐅᐸᑐᒃ ᐊᒼ ᑭᒼ ᐙᐋᑦᐋᑉᒃ ▪ Elle/il teint son manteau car il avait perdu sa couleur.

ᐊᑎᓱᐃᐦ atisuwich vai pl -u ◆ elles (les baies) sont mûres, elles sont teintes

ᐊᑎᓱ atisuu vai -u ◆ il/elle pourrit parce qu'il/elle n'a pas séché assez vite, il/elle est teint

ᐊᑎᓰᐤ atiswaau vta ◆ il/elle le/la teint

ᐊᑎᔅᒋᓂᔥᒋᑳᐳ atischinischikaapuu vii -uwi ◆ c'est placé de haut en bas (se dit d'un poteau, quand le gros bout est en haut)

ᐊᑎᐦᑎᐦᐋᐤ atihtihwaau vta ◆ il/elle lui tire à côté

ᐊᑎᐦᑖᐅᐱᔨᐤ atihtaaupiyiu vai ◆ il/elle déteint

ᐊᑎᐦᑖᐅᐱᔨᐤ atihtaaupiyiu vii ◆ ça déteint

ᐊᑎᐦᑖᐦ atihtaauh vii pl ◆ les baies mûrissent, prennent de la couleur

ᐊᑎᐦᑖᐱᐤ atihtaapiu vai ◆ il/elle louche

ᐊᑎᐦᑖᑯᐦᑊ atihtaakuhp ni [Whapmagoostui] ◆ un manteau en peau de castor

ᐊᑎᐦᑖᔅᒋᐦᒁᐳ atihtaaschihkwaapuu vai -u ◆ il/elle mange directement de la casserole

55

ᐊᑎᒃᒫᒄᐗᐱ atihkimaakwaapui ni
• un bouillon de poisson blanc

ᐊᑎᒃᒫᒃᑦ atihkimaakw na -um • un grand corégone, un corégone de lac (un poisson blanc) *Coregonus clupeaformis*

ᐊᑎᒃᑯᐧᐃᔮᔅ atihkuwiyaas ni • de la viande de caribou

ᐊᑎᒃᑯᐸᒥᒄᐋᑎᒄ" atihkupaamikwaahtikwh ni pl • une sorte de saule

ᐊᑎᒃᑯᐸᒥᒄ" atihkupaamikwh ni pl • une sorte de saule

ᐊᑎᒃᑯᑭᒥᒄ atihkukimikw ni -m • la place des caribous, une haute montagne couverte de poil de caribou blanc (légende)

ᐊᑎᒃᑯᑭᓐ atihkukin ni • un os de caribou

ᐊᑎᒃᑯᒦᒋᒻ atihkumiichim ni • les parties comestibles du caribou, lit. 'de la nourriture de caribou'

ᐊᑎᒃᑯᔮᓂᐲᒄᐋᓲᓐ atihkuyaanipihkwaasun ni • une peau de caribou pour recouvrir l'habitation

ᐊᑎᒃᑯᔮᓐ atihkuyaan na • une peau de caribou

ᐊᑎᒃᐙᐱ atihkwaapui ni • du bouillon de caribou

ᐊᑎᒃᐙᐹᐤ atihkwaapaau na -aam • un homme qui tue facilement les caribous

ᐊᑎᒃᐤ atihkw na -um • un caribou

ᐊᑎᒡᒋᓈᐤ atihchinaau vii • c'est l'aube, tôt le matin

ᐊᑎᒡᒡ atihch p,lieu • mal centré ■ ᓂᒥ ᐅ"ᒥ ᒥᒃᐯᒡ"ᒋᐤ ᐋᐦᒡᑯᐤ ᐊᑎᒡ"ᒡ ᐊᑦ ᒡ" ᐊᐤᒋᑦ"ᒡ ᒥᐦᒡᐅᐧᐃᐦᐸᒡ_x ■ *Le feu n'a pas bien brûlé parce que le foyer était mal centré.*

ᐊᑐᐧᐃᐦᐹᐅᐦᑳᐤ atuwihpaauhkaau vai • le sol s'élève graduellement

ᐊᑐᑎᐱᐤ atutipiu vai • il/elle s'assoit dessus

ᐊᑐᑎᐹᓯᐙᑭᓐ atutipaasiwaakin ni • un récipient d'eau

ᐊᑐᒡ atuch p,négative • ne...pas (n'aurait pas, ne devrait pas) ■ ᐊᑐᒡ ᐋ ᒦ"ᒥ ᒥᓯᑦ ᐊᓂᐦ ᒡ" ᒥᓴᐯᒃ ᐊᐤ ᒡ ᐊᐧᐃᒡ"ᑎᑦ_x ■ *Je ne le lui aurais pas donné si j'avais su qu'elle/il n'allait pas l'utiliser.*

ᐊᑐᔅᑭᐧᐃᓯᐤ atuskiwisiu vai • il/elle a des côtés (par exemple un traîneau)

ᐊᑐᔅᑭᐙᐤ atuskiwaau vta • il/elle travaille pour lui/elle, il/elle le/la sert

ᐊᑐᔅᑭᐙᔅᑯᐦᐄᑭᓐ atuskiwaaskuhiikin ni • un feu sur un support de métal

ᐊᑐᔅᒑᐃᓐ atuschaawin ni • un travail, un service

ᐊᑐᔅᒑᐤ atuschaau vai • il/elle travaille pour les autres, sert les autres

ᐊᑐᔥᑭᒫᒃᐋᓐ atushkimaakwaan ni • un contenant à poissons

ᐊᑐᐦᐄᑭᓐ atuhiikin ni • une marque indiquant la direction à prendre

ᐊᑐᐦᐄᒑᐤ atuhiichaau vai • il/elle pointe du doigt

ᐊᑐᐦᐊᒧᐙᐤ atuhamuwaau vta • il/elle le met en joue, le vise pour lui/elle

ᐊᑐᐦᐊᒻ atuham vti • il/elle le met en joue, le vise

ᐊᑐᐦᐙᐤ atuhwaau vta • il/elle le/la pointe du doigt

ᐊᑑᔥ atuush na -im • un cannibal, un monstre géant

ᐊᑖᐙᐅᑭᒥᒄ ataawaaukimikw ni • un magasin, lit. 'un bâtiment pour vendre'

ᐊᑖᐙᐤ ataawaau vai • il/elle vend

ᐊᑖᐙᒑᐤ ataawaachaau vai • il/elle en vend

ᐊᑖᐙᓯᐤ ataawaasiu na -iim • un commerçant, un marchand

ᐊᑖᐙᔥᑎᒧᐙᐤ ataawaashtimuwaau vta • il/elle vend pour lui/elle

ᐊᑖᐸᓯᒻ ataapaasim vti • il/elle fume les intestins d'un animal en plaçant des branchages sur le feu

ᐊᑖᒫᐤ ataamaau vta • il/elle le lui vend

ᐊᑖᒫᔨᒦᓲ ataamaayimiisuu vai reflex -u • il/elle se fait des reproches, il/elle s'en tient responsable

ᐊᑖᒫᔨᒫᐤ ataamaayimaau vta • il/elle l'en tient responsable

ᐊᑖᒫᔨᐦᑎᒧᐙᐤ ataamaayihtimuwaau vta • il/elle le/la tient responsable de ça, le/la blâme

ᐊᑖᒫᔨᐦᑎᒻ ataamaayihtim vti • il/elle le voit comme la cause

ᐊᑖᓐ ataan na -siim • une roche lisse utilisée pour piler le poisson séché et le réduire en poudre

ᐊᑭᔅᒄᐋᑎᒃ akiskwaahtikw na • la pointe d'une flèche

ᐊᑭᐢᒄ akiskw na ♦ une flèche

ᐊᑭᐦᒌ akihchii ni ♦ un crochet de bois ou de métal pour suspendre les casseroles au-dessus du feu

ᐊᑭᐦᒌᑭᐦᑎᒼ akihchiikihtim vti ♦ il/elle fabrique un crochet (pour une théière sur le feu); il/elle pose une ligne de pêche de nuit en attachant la ligne à un crochet sur un poteau

ᐊᑯᐃᑎᔅᒀᐤ akuitiskwaau vai ♦ le soleil a atteint sa hauteur maximale

ᐊᑯᐱᑎᒧᐚᐃᓐ akupitimuwaawin ni ♦ une compresse chaude

ᐊᑯᐱᑎᒧᐚᐤ akupitimuwaau vai ♦ il/elle lui met un plâtre, une compresse

ᐊᑯᐱᑎᒫᐤ akupitimaau vai ♦ il/elle porte un plâtre, une compresse

ᐊᑯᐱᐦᒂᐤ akupihkwaau vii ♦ le canon de son fusil est sale et plein de poudre

ᐊᑯᐹᑎᓂᒧᐚᐤ akupaatinimuwaau vta ♦ il/elle lui met une compresse

ᐊᑯᐹᑎᓂᒼ akupaatinim vti ♦ il/elle soigne avec une compresse

ᐊᑯᑎᐹᔮᐤ akutipaayaau vii ♦ le sol et la végétation sont mouillés par la rosée ou la pluie

ᐊᑯᑖᐤ akutaau vai ♦ il/elle le suspend

ᐊᑯᑖᐤ akutaau vii ♦ c'est suspendu

ᐊᑯᑖᐹᓐ akutaapaan ni ♦ le crochet de bois attaché au poteau du tipi avec une corde pour suspendre les casseroles

ᐊᑯᑖᓲᓐ akutaasun ni ♦ un drapeau

ᐊᑯᑦᐚᔥᑎᓂᐤ akutwaashtiniu p,lieu ♦ au début du rapide ▪ ᐋᑎᐦ ᐊᑯᑦᐚᔥᑎᓂᐤ ᐋᑯᑎᐦ ᑳ ᑯᑎᐙᔨᒡₓ ▪ *On a construit un feu au début du rapide.*

ᐊᑯᒌᐤ akuchiu vai ♦ ça gèle en s'attachant à quelque chose (se dit aussi d'un bébé pas encore né attaché à la paroi utérine)

ᐊᑯᒋᑭᓈᐤ akuchikinaau vai ♦ il/elle suspend ses os (par exemple, les os d'un ours)

ᐊᑯᒋᑭᓈᐦᑎᒃ akuchikinaahtikw ni ♦ un poteau sur lequel on attache des os

ᐊᑯᒋᓐ akuchin vai ♦ il/elle est suspendu-e

ᐊᑯᒥᔒᔥ akumishiish na -im ♦ une moucherolle à ventre jaune *Empidonax flaviventris*

ᐊᑯᒨ akumuu vai -u ♦ il/elle flotte sur place (par exemple dans un canot ou juste dans l'eau)

ᐊᑯᓂᒼ akunim vti ♦ il/elle le presse sur quelque chose

ᐊᑯᓂᓵᑳᐤ akunisaakaau vii ♦ c'est une falaise, une montagne avec un rocher surplombant

ᐊᑯᓂᐦᐃᐅᑖᒋᒫᓐ akunihiiutaachimaan ni ♦ une bâche pour protéger les affaires dans le canot

ᐊᑯᓂᐦᐃᐅᑖᓐ akunihiiutaan ni ♦ une bâche pour le canot

ᐊᑯᓂᐦᐊᒼ akuniham vti ♦ il/elle le couvre

ᐊᑯᓂᐦᐚᐤ akunihwaau vta ♦ il/elle le/la couvre

ᐊᑯᓃᐤ akuniiu vai ♦ il/elle se recouvre

ᐊᑯᓈᐤ akunaau vta ♦ il/elle l'appuie sur quelque chose en pressant dessus

ᐊᑯᓈᐱᔅᑳᐤ akunaapiskaau vii ♦ c'est un morceau de rocher saillant vers vous

ᐊᑯᓈᐳᐚᐦᐄᑭᓐ akunaapuwaahiikin ni ♦ un couvercle de pot, de bouilloire, quelque chose pour couvrir un liquide

ᐊᑯᓈᐳᐚᐦᐊᒼ akunaapuwaaham vti ♦ il/elle recouvre le liquide avec un couvercle

ᐊᑯᓈᐦᒂᐄᐤ akunaahkwaawiiu vai ♦ il/elle recouvre son visage avec (étalé)

ᐊᑯᓈᐦᒁᔑᒦᓲ akunaahkwaashimiisuu vai reflex -u ♦ il/elle est couché-e le visage recouvert

ᐊᑯᓈᐦᒁᔑᒫᐤ akunaahkwaashimaau vai ♦ il/elle le/la couche le visage recouvert

ᐊᑯᓈᐦᒁᔑᓐ akunaahkwaashin vai ♦ il/elle se couche le visage recouvert

ᐊᑯᓰᐅᑖᐦᐆ akusiiutwaahuu vai -u ♦ il/elle s'envole et va se percher

ᐊᑯᓰᐤ akusiiu vai ♦ il/elle se perche dessus

ᐊᑯᔅᒋᐧᐃᒋᓂᒼ akuschiwichinim vti ♦ il/elle le répare avec de la boue ou de la colle

ᐊᑯᔅᒋᐧᐃᒋᓈᐤ akuschiwichinaau vta ♦ il/elle le/la répare avec de la boue ou de la colle

◁ᑯᒡᒫᐅᒐᓐᒥᓪ **akuschaauchinim** vti
 ♦ il/elle appuie un morceau de bois qui brûle contre quelque chose, contre un tas de bois de chauffage

◁ᑯᔅᑎᐦᐊᒻ **akushtiham** vti ♦ il/elle le coud à quelque chose

◁ᑯᔅᑎᐦᐘᐅ **akushtihwaau** vta ♦ il/elle le/la coud à quelque chose

◁ᑯᔅᑐᔮᑭᓐ **akushtuyaakin** ni ♦ un flotteur pour le filet de pêche

◁ᑯᔨᑎᔅᒀᐅ **akuyitiskwaau** vii ♦ le soleil du matin est déjà haut dans le ciel

◁ᑯᔮᐅ **akuyaau** vta ♦ il/elle le/la suspend ◾ ◁ᑯᔫ ᐅᑎᔅᔨᓐ ᒌ ᐸᓯᔥᑎᑦᑦ ◾ *Elle suspend ses mitaines pour les faire sécher.*

◁ᑯᐦᐄᑭᓐ **akuhiikin** ni ♦ la partie supérieure de l'habitation ajustée selon la direction du vent

◁ᑯᐦᐄᒑᐅ **akuhiichaau** vai ♦ il/elle ajuste la toile au sommet du tipi pour que le feu à l'intérieur brûle bien

◁ᑯᐦᐊᒻ **akuham** vti ♦ il/elle recouvre le dessus de l'habitation

◁ᑯᐦᐱᓂᒻ **akuhpinim** vti ♦ il/elle le maintient

◁ᑯᐦᐱᓈᐅ **akuhpinaau** vta ♦ il/elle le/la maintient

◁ᑯᐦᐹᒋᓐ **akuhpaachin** ni ♦ du tissu (pour faire une robe ou un manteau)

◁ᑯᐦᑉ **akuhp** ni ♦ une robe

◁ᑯᐦᑉ **akuhp** na ♦ un manteau

◁ᑯᐦᑎᑖᐅ **akuhtitaau** vti ♦ il/elle le trempe (dans un liquide)

◁ᑯᐦᑎᑭᐦᐊᒻ **akuhtikiham** vti ♦ il/elle cloue dessus

◁ᑯᐦᑎᑭᐦᐘᐅ **akuhtikihwaau** vta ♦ il/elle le/la cloue dessus

◁ᑯᐦᑎᓐ **akuhtin** vii ♦ ça flotte

◁ᑯᐦᑎᔥᒀᔮᐲ **akuhtishkwaayaapii** na ♦ une cheminée, un tuyau de poêle

◁ᑯᐦᑮᑖᐅ **akuhkihtaau** vii ♦ ça brûle et colle à quelque chose

◁ᑯᐦᑯᐃ **akuhkui** na ♦ une sangsue

◁ᑯᐦᒋᒨ **akuhchimuu** vai-u ♦ il/elle trempe sa nourriture dans la sauce, dans la graisse

◁ᑯᐦᒋᒫᐅ **akuhchimaau** vta ♦ il/elle le trempe (dans un liquide)

◁ᑯᐦᒋᓐ **akuhchin** vai ♦ il/elle flotte

◁ᑳᐛ **akaawii** p,négative ♦ ne fais pas ◾ ◁ᑳᐛ ᑮᐊ ᐱᔅᒌᐦᐋᐧ ◾ *Ne ressors pas!*

◁ᑳᐛᑎᐦᐅᑯᐁ **akaawaatihukuu** vai-u ♦ il/elle ne peut pas voyager à cause de vents trop forts

◁ᑳᐛᑖᔒᐅ **akaawaataashiu** vai ♦ il/elle ne peut pas se déplacer à pied parce que le vent souffle trop fort

◁ᑳᒥᒋᐦᒋᑭᒦᐦᒡ **akaamichihchikimiihch** p,lieu ♦ de l'autre côté de l'océan ◾ ◁ᑳᒥᒋᐦᒋᑭᒦᐦᒡ ᐦᐊ ᐅᐦᒌ ◁ᐊ ᐋᑯᓂ ◾ *Cet homme est venu de l'autre côté de l'océan.*

◁ᑳᒥᓵᑭᐦᐄᑭᓃᐦᒡ **akaamisaakihiikinihch** p,lieu ♦ de l'autre côté du lac ◾ ᐋᒡᐦ ◁ᑳᒥᓵᑭᐦᐄᑭᓃᐦᒡ ◁ᑯᒡᐦ ᒋ ᒌᒥᒑᓪ ᐱᔅᐯᐋᐧ ᐱᔨᐋᐧᐦ ◾ *Leur habitation était située de l'autre côté du lac.*

◁ᑳᒥᔅᑭᓂᐁ **akaamiskiniu** p,lieu ♦ de l'autre côté du chemin, de la route ◾ ᐦᐊ ᑭᐋᐸᐁ ᒥᔨᐦᑯᐦ ◁ᐦᐊ ᐋᒡ ◁ᑳᒥᔅᑭᓂᐁᐠ ◾ *Le castor a abattu un arbre de l'autre côté de la route.*

◁ᑳᒥᔅᒑᒡ **akaamischaach** p,lieu ♦ de l'autre côté du muskeg, de la tourbière ◾ ◁ᑳᒥᔅᒑᒡ ᐦᐊ ᐱᓕᐦᒫᒡ ᒋ ᐊᐲᐦᐁᐠ ◾ *Je l'ai vu traverser le muskeg.*

◁ᑳᒥᔥᑯᑖᐦᒡ **akaamishkutaahch** p,lieu ♦ de l'autre côté du feu par rapport au locuteur ou à la locutrice ◾ ◁ᐃᒡ ᐅᐦᒥ ᐸᐁ◁ᔨᓪ ᓂᒋᐁᐧᑖᐅ ᐋᒡ ◁ᑳᒥᔥᑯᑖᐦᒡ ◾ *Surveille ma bannique par l'autre côté du feu (qui nous sépare).*

◁ᑳᒦᐦᒡ **akaamihch** p,lieu ♦ de l'autre côté d'un cours d'eau ◾ ᐋᐗᓪ ◁ᐦ ◁ᐦᒪᔨᒡ ᐱᐊᔥᔨ ᐋᒡ ◁ᑳᒦᐦᒡ ◾ *Il y a plein de sentiers de lièvres de l'autre côté de la rivière.*

◁ᑳᒫᐅᐦᒡ **akaamaauhch** p,lieu ♦ de l'autre côté de la prochaine crête ◾ ◁ᑳᒫᐅᐦᒡ ᓂᐦᒥ ᐃᔅᐳ ◁ᐦᐱᐋᒡᐧ ◾ *On a déplacé notre camp de l'autre côté de la prochaine crête.*

◁ᐧᑳᐛᐅ **akwaawaau** vai ♦ il/elle suspend la viande ou le poisson aux barres de l'étendoir pour le faire sécher

◁ᐧᑳᐛᓂᐱᔑᐅᐃᐦ **akwaawaanipishuih** ni-m ♦ des barres transversales au-dessus du feu dans le tipi pour faire cuire la nourriture

ᐊᐧᑳᐧᐊᵃ akwaawaan ni-m ◆ de la viande de castor découpée en fines lanières et mise à sécher sur l'étendoir

ᐊᐧᑳᐳᐦᐋᐤ akwaapichichaau vai ◆ il/elle attrape des poissons dans la frayère avec un filet

ᐊᐧᑳᐳᓯᒧᐧᐋᐤ akwaapisimuwaau vta ◆ il/elle le/la fume (ex. de la viande, une peau d'orignal) pour quelqu'un d'autre

ᐊᐧᑳᐳᓯᒼ akwaapisim vti ◆ il/elle le fume

ᐊᐧᑳᐳᓯᔅᑖᐤ akwaapisistaau vii ◆ c'est contre du métal et ça brûle

ᐊᐧᑳᐳᓯᔅᒋᓯᐤ akwaapisischisiu vai ◆ il/elle touche du métal brûlant et se brûle

ᐊᐧᑳᐳᓯᐤ akwaapisiu vai ◆ il/elle voyage avec trop de choses inutiles

ᐊᐧᑳᐳᓲ akwaapisuu vai-u ◆ il/elle est irrité-e par la fumée; il/elle est fumé-e

ᐊᐧᑳᐳᓵᐧᐋᐤ akwaapisaawaau vta ◆ il/elle tanne une peau d'orignal ou de caribou au moyen de la fumée

ᐊᐧᑳᐳᓵᐧᐋᓈᐦᑎᒃᵈ akwaapisaawaanaahtikw ni ◆ un poteau utilisé pour fumer la viande, la peau

ᐊᐧᑳᐳᔅᒋᓂᑭᓐᵃ akwaapischinikin ni ◆ un morceau de métal plat utilisé pour flamber les animaux et enlever les poils, les piquants

ᐊᐧᑳᐳᔅᒋᓂᐦᐋᐤ akwaapischinichaau vta ◆ il/elle appuie du métal brûlant sur quelque chose (d'animé) (par ex. sur la peau du porc-épic pour enlever les piquants et le poils)

ᐊᐧᑳᐳᔅᒋᓂᒼ akwaapischinim vti ◆ il/elle l'appuie en pressant contre du métal brûlant

ᐊᐧᑳᐳᔅᒋᓈᐤ akwaapischinaau vta ◆ il/elle le presse contre du métal brûlant

ᐊᐧᑳᐳᔨᐧᐃᒡ akwaapiyiwich vai pl ◆ les vagues déferlent sur le rivage

ᐊᐧᑳᐳᔨᐤ akwaapiyiu vai ◆ il/elle va vers le rivage, accoste

ᐊᐧᑳᐳᔨᐤ akwaapiyiu vii ◆ il arrive au rivage, il aborde le rivage

ᐊᐧᑳᐳᐦᑎᐧᐋᐤ akwaapihtiwaau vai ◆ il/elle nous enfume

ᐊᐧᑳᐳᐦᑎᐧᐋᐦᑎᓐ akwaapihtiwaahtin vii ◆ le bois ne brûle pas bien et nous enfume

ᐊᐧᑳᐳᐦᑖᐅᒫᑯᓐ akwaapihtaaumaakun vii ◆ ça sent la fumée

ᐊᐧᑳᐳᐦᑖᐤ akwaapihtaau vii ◆ c'est enfumé

ᐊᐧᑳᐳᐦᑖᓂᒼ akwaapihtaanim vti ◆ il/elle fait de la fumée, il/elle nous enfume

ᐊᐧᑳᐳᐦᑳᑖᐤ akwaapihkaataau vii ◆ ça y est attaché

ᐊᐧᑳᐳᐦᑳᓲ akwaapihkaasuu vai-u ◆ il/elle y est attaché

ᐊᐧᑳᐹᑎᓂᒼ akwaapaatinim vti ◆ il/elle le sort d'un liquide avec les mains

ᐊᐧᑳᐹᑎᓈᐤ akwaapaatinaau vta ◆ il/elle le/la sort d'un liquide avec les mains

ᐊᐧᑳᐹᑎᐦᐊᒼ akwaapaatiham vti ◆ il/elle le sort d'un liquide avec quelque chose

ᐊᐧᑳᐹᑎᐦᐧᐋᐤ akwaapaatihwaau vta ◆ il/elle le/la sort d'un liquide avec quelque chose (ex. un outil, un ustensile)

ᐊᐧᑳᐹᒋᐱᑎᒼ akwaapaachipitim vti ◆ il/elle le sort de l'eau

ᐊᐧᑳᑭᐧᐃᓂᐦᐋᐤ akwaakiwinichaau vai ◆ il/elle recueille la graisse durcie du bouillon

ᐊᐧᑳᑭᐧᐃᓂᒼ akwaakiwinim vti ◆ il/elle recueille la graisse durcie au fond de la casserole

ᐊᐧᑳᑭᒥᓂᐦᐋᐤ akwaakiminichaau vai ◆ il/elle recueille la graisse à la main

ᐊᐧᑳᑭᒥᓂᒼ akwaakiminim vti ◆ il/elle en recueille la graisse à la main

ᐊᐧᑳᑯᐱᔨᐤ akwaakupiyiu vai ◆ il/elle moisit

ᐊᐧᑳᑯᐱᔨᐤ akwaakupiyiu vii ◆ ça moisit

ᐊᐧᑳᑯᓈᐤ akwaakunaau vii ◆ la neige colle à ça

ᐊᐧᑳᑯᔑᓐ akwaakushin vai ◆ il/elle est moisi-e

ᐊᐧᑳᑯᐦᑎᓐ akwaakuhtin vii ◆ c'est moisi

ᐊᐧᑳᒋᒫᐤ akwaachimaau vii ◆ la neige mouillée colle aux raquettes lorsqu'on marche

ᐊᐧᑳᒥᔅᒋᐤ akwaamischiiu vai ◆ il/elle repose au fond de l'eau, flotte et finit par arriver sur le rivage

ᐊᐧᑲᓂᒪ akwaanim vti ♦ il/elle le décharge d'un véhicule

ᐊᐧᑳᓅ akwaanaau vta ♦ il/elle le/la décharge d'un véhicule

ᐊᐧᑳᓲ akwaanaasuu vai ♦ il/elle décharge un véhicule

ᐊᐧᑭᐧᐋᐱᓂᒪ akwaasiwaapinim vti ♦ il/elle le jette sur le rivage

ᐊᐧᑭᐧᐋᐱᓈᐤ akwaasiwaapinaau vta ♦ il/elle le/la jette sur le rivage ▪ ᑭᒻ ᓯᒪ ᐊᐧᑭᐧᐋᐱᓈᐤ ᐊᓅᔥ ᓂᑎᔮᐹ ᐦ ᐧᐋᓂᐦᐋᒋᒻᐦᑫ ▪ *Il a jeté ma mitaine perdue sur le rivage depuis son canot.*

ᐊᐧᑳᐢᑭᑎᓇ akwaaskitin vii ♦ c'est gelé et collé à quelque chose

ᐊᐧᑳᐢᑯᐹᓇ akwaaskupaan na -im ♦ une pelle à neige en bois

ᐊᐧᑳᐡᑖᒋᒧ akwaashtaachimuu vai-u ♦ il/elle se hisse sur la terre ferme, sur la glace (en sortant de l'eau)

ᐊᐧᑳᔨᐧᐋᐤ akwaayiwaau vii ♦ c'est un vent qui souffle vers le rivage

ᐊᐧᑳᐦᐦᐄᑭᓇ akwaahiikin ni ♦ un ustensile pour servir de la nourriture qui a bouilli dans un pot

ᐊᐧᑳᐦᐋᒪ akwaaham vti ♦ il/elle le sort d'un liquide avec quelque chose (ex. une louche)

ᐊᐧᑳᐦᐧᐃᓂᐦᑎᑯ akwaahwinihtikw ni -im ♦ du bois flotté

ᐊᐧᑳᐦᑭᑎᑖᐤ akwaahkititaau vii ♦ c'est séché et collé à quelque chose

ᐊᐧᑳᐦᑭᑎᓲ akwaahkitisuu vai-u ♦ il/elle est collé-e à quelque chose par la chaleur ou la sécheresse

ᐊᒋᐃᐱᑎᒪ achiwipitim vti ♦ il/elle le raccourcit en le brisant

ᐊᒋᐃᐱᑖᐤ achiwipitaau vta ♦ il/elle le/la raccourcit en le/la brisant

ᐊᒋᐃᐱᔨᐤ achiwipiyiu vai ♦ il/elle raccourcit, il/elle diminue

ᐊᒋᐃᐳᑖᐤ achiwiputaau vai+o ♦ il/elle raccourcit en sciant

ᐊᒋᐃᐳᔮᐤ achiwipuyaau vta ♦ il/elle le raccourcit en sciant

ᐊᒋᐃᑳᑎᒪ achiwikwaatim vti ♦ il/elle le raccourcit en cousant

ᐊᒋᐃᑳᑖᐤ achiwikwaataau vta ♦ il/elle le/la raccourcit ou rapetisse en cousant

ᐊᒋᐃᒫᐤ achiwimaau vta ♦ il/elle le/la diminue en mangeant

ᐊᒋᐃᓂᒪ achiwinim vti ♦ il/elle le réduit, le diminue à la main

ᐊᒋᐃᓈᐤ achiwinaau vta ♦ il/elle le/la réduit, le/la diminue à la main

ᐊᒋᐃᔑᒪ achiwishim vti ♦ il/elle le réduit, le diminue en coupant

ᐊᒋᐃᔥᐧᐋᐤ achiwishwaau vta ♦ il/elle le/la réduit en coupant

ᐊᒋᐃᐦᐊᒪ achiwiham vti ♦ il/elle le fait diminuer en en enlevant; il/elle le fait diminuer avec quelque chose

ᐊᒋᐃᐦᐋᐤ achiwihaau vta ♦ il/elle le/la diminue

ᐊᒋᐃᐦᐧᐋᐤ achiwihwaau vta ♦ il/elle le/la fait diminuer en en enlevant (ex. de la neige) ou en en dépensant (ex. de l'argent)

ᐊᒋᐃᐦᑎᒪ achiwihtim vti ♦ il/elle le diminue en mangeant

ᐊᒋᐃᐦᑖᐤ achiwihtaau vai+o ♦ il/elle le diminue

ᐊᒋᐃᐦᑯᑎᒪ achiwihkutim vti ♦ il/elle le réduit, le diminue en sculptant

ᐊᒋᐃᐦᑯᑖᐤ achiwihkutaau vta ♦ il/elle le/la réduit, le/la diminue en sculptant

ᐊᒋᐧᐋᐱᐦᑳᑎᒪ achiwaapihkaatim vti ♦ il/elle le raccourcit en l'attachant

ᐊᒋᐧᐋᐱᐦᑳᑖᐤ achiwaapihkaataau vta ♦ il/elle le/la raccourcit en l'attachant

ᐊᒋᐧᐋᐳᐃᑲᒧᐧᐋᐤ achiwaapuwikihamuwaau vta ♦ il/elle diminue la quantité de liquide en lui donnant à boire

ᐊᒋᐧᐋᐳᐃᑲᐦᐊᒪ achiwaapuwikiham vti ♦ il/elle diminue la quantité de liquide à la louche

ᐊᒋᐧᐋᑭᐦᐊᒪ achiwaakiham vti ♦ il/elle le baisse (étalé)

ᐊᒋᑳᔒᐤᔒᐹᐦᑖᑭᓇ achikaashiushiipaahtaakin ni -im ♦ un forme pour étendre la peau de vison pour la faire sécher

ᐊᒋᑳᔒᐤᔮᓇ achikaashiuyaan na -im ♦ une peau de vison

ᐊᒋᑳᔒᐧᐃᓂᐦᐦᐄᑭᓇ achikaashiwinihiikin ni -im ♦ un piège à vison

ᐊᒋᑳᔑ·ᐃᓂ"ᐋᒋᐤ
achikaashiwinihiichaau vai ♦ il/elle place un piège à vison

ᐊᒋᑳᔑ·ᐃᑐᐃ achikaashiwiitui ni -im ♦ les glandes olfactives du vison

ᐊᒋᑳᔑ achikaash na -im ♦ un vison

ᐊᒋᒄ achikw na -um ♦ du phlegme, du mucus

ᐊᒋᒋᐱᑎᒼ achichipitim vti ♦ il/elle le renverse

ᐊᒋᒋᐱᑖᐤ achichipitaau vta ♦ il/elle le/la renverse

ᐊᒋᒋᐱᔨᐤ achichipiyiu vai ♦ il/elle tombe en avant, tête la première

ᐊᒋᒋᐱᔨᐤ achichipiyiu vii ♦ ça tombe en avant

ᐊᒋᒋᐱᔨ"ᐋᐤ achichipiyihaau vta ♦ il/elle le/la fait se renverser

ᐊᒋᒋᐱᔨ"ᑖᐤ achichipiyihtaau vai ♦ il/elle le renverse

ᐊᒋᒋᑳᐳ·ᐃ"ᐋᐤ achichikaapuwihaau vta ♦ il/elle le/la place à l'envers renversé

ᐊᒋᒋᑳᐳ·ᐃ"ᑖᐤ achichikaapuwihtaau vai+o ♦ il/elle le place à l'envers

ᐊᒋᒋᑳᐳ achichikaapuu vai -uwi ♦ il/elle fait un appui renversé sur la tête, il/elle fait le poirier

ᐊᒋᒋᑳᑖᔥᑭᐗᐤ achichikaataashkiwaau vta ♦ il/elle lui fait un croche-pied, un croc-en-jambe

ᐊᒋᒋᔑᓐ achichishin vai ♦ il/elle est couché-e, allongé-e la tête vers le bas

ᐊᒋᒋᔥᑖᐤ achichishtaau vai ♦ il/elle le place à l'envers, il/elle écrit à l'envers

ᐊᒋᒋᐦᑎᓐ achichihtin vii ♦ c'est placé à l'envers

ᐊᒋᒧᔑᔥ achimushish na ♦ un chiot

ᐊᒋᒨᔑᔑᒡ achimuushishich na pl -im ♦ un saule discolore *Salix discolor*

ᐊᒋᓈᐱᒄ achinaapikw na -um ♦ un serpent

ᐊᒋᔥᑎᐙᐤ achishtiwaau vii ♦ la pente nous cache le rapide en aval

ᐊᒋᔥᑎᑯᑖᐤ achishtikutaau vai+o ♦ il/elle le suspend à l'envers

ᐊᒋᔥᑎᑯᑖᐤ achishtikutaau vii ♦ c'est suspendu à l'envers

ᐊᒋᔥᑎᑯᒋᓐ achishtikuchin vai ♦ il/elle est suspendu-e la tête en bas, à l'envers

ᐊᒋᔥᑎᑯᔮᐤ achishtikuyaau vta ♦ il/elle le/la suspend la tête en bas

ᐊᒋᔥᑎᑯᐦᑎᓐ achishtikuhtin vii ♦ ça flotte à l'envers

ᐊᒋᔥᑎᑯᐦᓰᐤ achishtikuhchin vai ♦ il/elle flotte la tête en bas

ᐊᒋᔥᑎᓂᒼ achishtinim vti ♦ il/elle le tient à l'envers

ᐊᒋᔥᑎᓈᐤ achishtinaau vta ♦ il/elle le/la tient la tête en bas

ᐊᒋᔥᑎ"ᐋᐤ achishtihaau vta ♦ il/elle le place la tête en bas

ᐊᒋᔥᑑ achishtuu p,lieu ♦ à l'ouest ▪ ᐊᒋᔥᑑ ᒋᐦ ᐅᑐ"ᑖᐤ ᐊ ᒫᔥᑲᐤ₊ *Cet ours venait de l'ouest.*

ᐊᒋᔥᑖ·ᐃᓂᔅᒀᔨᐤ achishtaawiniskwaayiu vai ♦ il/elle baisse la tête

ᐊᒋᐦᑎᒼ achihtim vti ♦ il/elle compte des choses

ᐊᒋᐦᑖᓲᓐ achihtaasun ni ♦ un nombre, un numéro

ᐊᒋᐦᑖᓲ achihtaasuu vai -u ♦ il/elle compte

ᐊᒋᐦᑯᔑᔥ achihkushish na -um ♦ un caribou âgé d'un an

ᐊᒋᐦᑯᔥ achihkuhsh na -im ♦ une étoile

ᐋᒑᓐ achaan na -im ♦ un cannibale géant, un monstre

ᐊᒥᑎᓲ amitisuu vai -u ♦ il/elle est conscient-e de la présence d'un esprit

ᐊᒥᔅᑯ·ᐃᓂ"ᐄᑭᓐ amiskuwinihiikin ni -m ♦ un piège à castor

ᐊᒥᔅᑯ·ᐃᓂ"ᐋᒋᐤ amiskuwinihiichaau vai ♦ il/elle pose un piège à castor

ᐊᒥᔅᑯ·ᐃᔮᔅ amiskuwiyaas ni ♦ de la viande de castor

ᐊᒥᔅᑯ·ᐃᓯᐱ amiskuwiisipui ni -um ♦ la vésicule biliaire du castor

ᐊᒥᔅᑯ·ᐃᔨᐤ amiskuwiiyu na -m ♦ du gras de castor

ᐊᒥᔅᑯ·ᐋᔥᑖᓂᒫᑭᓐ amiskuwaashtaanimaakin ni -m ♦ une lampe à la graisse de castor

ᐊᒥᔅᑯᐱᒦ amiskupimii ni -iim ♦ de la graisse de castor

ᐊᒥᔅᑯᑎᑖᒥᔫᐦ amiskutitaamiyuuh ni pl ♦ les entrailles du castor

ᐊᒥᔅᑯᑎᔨᑭᓐ amiskutiyikin na ♦ une omoplate de castor

ᐊᒥᔅᑯᑐᑎᒄᑯᐦᓯᐅᒡ amiskututihkuhsiuch na pl -iim ♦ des reins de castor

ᐊᒥᔅᑯᑭᓐ amiskukin ni ♦ un os de castor

ᐊᒥᔅᑯᑳᒄᑳᒋᐅ amiskukaahkaachiu na -m ♦ le gros intestin du castor

ᐊᒥᔅᑯᒋᒃᐙᒋᑭᓐ amiskuchikwaachikin ni ♦ un crochet à castor

ᐊᒥᔅᑯᒋᔥ amiskuchisch ni -im ♦ l'anus d'un castor

ᐊᒥᔅᑯᒥᒄ amiskumihkw ni -m ♦ du sang de castor

ᐊᒥᔅᑯᒫᐃ amiskumaai ni -m ♦ les excréments du castor

ᐊᒥᔅᑯᒫᒋᐃ amiskumaachii ni -m ♦ le contenu de l'estomac et de l'intestin du castor

ᐊᒥᔅᑯᓂᑳᓐ amiskunikwaan ni ♦ un collet à castor

ᐊᒥᔅᑯᓵᑭᐦᐄᑭᓐ amiskusaakihiikin ni -m ♦ un lac où il y a des castors

ᐊᒥᔅᑯᔅᑯᓐ amiskuskun ni -m ♦ du foie de castor

ᐊᒥᔅᑯᔅᑳᐤ amiskuskaau vii ♦ il y a beaucoup de castors par ici

ᐊᒥᔅᑯᔅᒋᒄ amiskuschihkw ni ♦ un pot de castor bouilli

ᐊᒥᔅᑯᔑᑊ amiskuship na -im ♦ une macreuse à ailes blanches *Melanitta deglandi*

ᐊᒥᔅᑯᔥᑎᒀᓂᑭᓐ amiskushtikwaanikin ni ♦ un crâne de castor

ᐊᒥᔅᑯᔮᓂᑯᑉ amiskuyaanikuhp ni ♦ un manteau en peau de castor

ᐊᒥᔅᑯᔮᓂᔅᑎᓰᒡ amiskuyaanistisich na pl -m ♦ des mitaines (des moufles) en peau de castor

ᐊᒥᔅᑯᔮᓂᔑᑐᓐ amiskuyaanishtutin ni -m ♦ un chapeau en peau de castor

ᐊᒥᔅᑯᔮᓐ amiskuyaan na ♦ une fourrure de castor

ᐊᒥᔅᑯᐦᐄᐲ amiskuhiipii ni -uum ♦ un filet utilisé pour tuer le castor

ᐊᒥᔅᑯᑉᐱᓐ amiskuhpin ni -m ♦ les poumons du castor

ᐊᒥᔅᑯᑐᐃ amiskuhtui ni -m ♦ un cadre pour étendre et faire sécher la peau de phoque ou de castor

ᐊᒥᔅᑯᑳᓐ amiskuhkaan na ♦ une sculpture représentant un castor

ᐊᒥᔅᒀᐄᑯᓈᐤ amiskwaaihkunaau ni -aam ♦ de la banique (une sorte de pain) faite avec de la graisse de castor

ᐊᒥᔅᒀᐱᑦ amiskwaapit ni -m ♦ une dent de castor

ᐊᒥᔅᒀᐳᐃ amiskwaapui ni ♦ du bouillon de castor

ᐊᒥᔅᒀᐹᐙᐤ amiskwaapaawaau na -aam ♦ une macreuse à ailes blanches *Melanitta deglandi*

ᐊᒥᔅᒀᔫᐃ amiskwaayui ni -uum ♦ une queue de castor

ᐊᒥᔅᑿ amiskw na -um ♦ un castor *Castor canadensis*

ᐊᒥᔑᑯᔑᔥ amishkushish na -um ♦ un bébé castor *Castor canadensis*

ᐊᒥᔑᑯᔑᔥ amishkushiish na -im ♦ un insecte noire (une bibitte noire) qui vit dans l'eau

ᐊᒥᔑᑯᒡᒌᔥ amishkuhchuush ni -uum ♦ un cadre plus petit pour faire sécher la peau d'un jeune castor

ᐊᒥᒄ amihkw na ♦ une aiguille à lacer les raquettes

ᐊᒫᐙᑭᐦᐋᐤ amaawaakihwaau vta ♦ il/elle effraie et éloigne le gibier avec ses bruits de hache

ᐊᒫᐙᒫᐤ amaawaamaau vta ♦ il/elle fait s'enfuir un animal, un oiseau, sans faire exprès avec sa voix

ᐊᒫᐙᓲ amaawaasuu vai -u ♦ il/elle est effrayé-e par un coup de fusil et s'enfuit

ᐊᒫᐙᔅᐙᐤ amaawaaswaau vta ♦ il/elle l'effraie et le fait s'enfuir avec son coup de fusil

ᐊᒫᐦᐃᐹᐤ amaahiipaau vii ♦ il n'y a plus de poissons à attraper par ici ce qui fait qu'on doit déplacer le filet de pêche ■ ᓂᐲ ᐙᑎᒄᐋᐸᐤ ᔫᔥ ᐊᒫᐦᐊᐤ ᐅᑎᒡ ᓂᓛᒃ ■ *Je vais déplacer mon filet ailleurs parce qu'il n'y a plus de poissons à attraper par ici.*

ᐊᒫᐦᐊᐸᑎᒻ amaahiipaatim vta ♦ il/elle n'attrape plus de poisson par ici alors il/elle doit déplacer le filet de pêche

ᐊᒫᐦᐋᐤ amaahaau vta ♦ il/elle l'effraie et le/la chasse par sa présence

ᐊᒫᐦᑖᖴ **amaahtaau** vta ♦ il/elle effraie et fait s'enfuir le gibier de cet endroit par sa présence

ᐊᕙᐙᓯᔐᐤ **amwaawaasischaau** vai ♦ il/elle effraie le gibier et le fait s'enfuir en tirant des coups de feu

ᐊᓂᑎᐦ" **anitih** p,dém,lieu ♦ là-bas ▪ ᐊᑎᐦ" ᐊᓂᑎᐦ" ᒌ ᐱᕐᐦᑎᓂᒼᑖ ᓂᒪᐦᒡᑐᒥᐦᒼ Pose ton poisson fumé là-bas.

ᐊᓂᑖᐦ" **anitaah** p,dém,lieu ♦ là-bas, c'est là-bas ▪ ᒡᐸ ᐃᒫᑎ ᐊᓂᑖᐦ" ᐅᐱᐦᒡᐊᐸᐤ ᐧᐃᕐᐧᐃᐦᒼ Il n'est pas là-bas, à la maison de son ami-e.

ᐊᓂᑯᐃ **anikui** na ♦ une manche

ᐊᓂᑯᒑᐦ" **anikuchaash** na -im ♦ un écureuil roux *Tamiasciurus hudsonicus*

ᐊᓂᒌ **anichii** pro,dém ♦ ceux-là, celles-là, ces, voilà (animé pluriel, voir *an*) ▪ ᐊᑯᐱᐤ ᒫ ᐊᓂᒌ ᐱᐦᒡᕐᐤ ᐧᐊᐦᐦᐃᑎᒼᐦᒼ Suspend ces pantalons dehors!

ᐊᓂᔮ **aniyaa** pro,dém ♦ celui-là, celle-là, cela, ça, ce, cet, cette (obviatif inanimé, voir *an*) ▪ ᐄᐦ ᒑᐦᑖᖴ ᐊᓂᔮ ᐅᒡᒼ

ᐊᓂᔮ **aniyaa** pro,dém ♦ le défunt, la défunte ▪ ᓄᐃᐤ ᒌᐦ ᒦᔭᐦᒡᑎᕐᐤ ᐊᓂᔮ ᓂᒑᐧᐃᐦ Ma défunte mère était très gentille.

ᐊᓂᔮᔫ **aniyaayiu** pro,dém ♦ celui-là, celle-là, cela, ça, ce, cet, cette (inanimé obviatif, voir *an*) ▪ ᐁᐦᐁᐦᒥ ᐊᓂᔮᔫ ᐧᐃᕐᐧᐃᐤ ᑳ ᐅᐧᐊᐦᒼᒼᐸᐃᐦᑐᐦᐊᖴᐦᒼ Oui, c'est bien leur maison qui a été rénovée.

ᐊᓂᔮᔫᐦ" **aniyaayiuh** pro,dém ♦ celui-là, celle-là, ce, cet, cette, ceux-là, celles-là, ces (voir *an*) ▪ ᐸᕐᐊᐃᐤ ᒫ ᐊᓂᔮᔫᐦ" ᐅᑎᑯᑦᐸᐤ ᓂᐳ ᐱᐦᐦᑎᒋᒼᐸᐤᐦᒼ

ᐊᓂᐦᐄ **anihii** pro,dém ♦ ceux-là, celles-là, ces (inanimé pluriel, voir *an*) ▪ ᐱᐦᐅᐱᒡᐸ ᒫ ᐊᓂᐦᐄ ᐊᑦᒼᑑᒡᐸᐦᒼ Rentre ces flotteurs-là pour le filet!

ᐊᓂᐦᐅᐅ **anihuu** vai -u ♦ il/elle est parti-e depuis longtemps

ᐊᓄᐦᒡᐱᐱᔫ **anuhchipiyiu** vai ♦ il/elle le ramasse rapidement

ᐊᓅᐦᑮᐦᒃ **anuuhchiihkaan** p,temps [Wemindji] ♦ récemment, il n'y a pas longtemps ▪ ᐊᓅᐦᑮᐦᒃ ᓂᐦ" ᒧᐧᐃᐸᐦᒼ ᐅᒡ ᐸᕐᐸᐄᐦᒡᐦᒼᐦᒼ Récemment, nous sommes allés dans le sud pour nous approvisionner.

ᐊᓅᐦᒌᐦᒑ **anuuhchiihchaa** p,temps ♦ récemment, il n'y a pas longtemps ▪ ᐊᓅᐦᒌᐦᒑ ᓂᐦ" ᐱᒫᑎᓯᐤ ᐅᑎᐧᐊᔅᒡᒼᐦᒼ Son bébé est né récemment.

ᐊᓅᐦᒡ **anuuhch** p,temps ♦ maintenant, aujourd'hui ▪ ᐊᓅᐦᒡ ᓂᑲ ᓂᑖᐧᐊᐱᓕᐤ ᓂᕒᒡᐤᐦᒼ Je vais aller voir mon frère aîné aujourd'hui.

ᐊᓈᓂᐦᑎᓂᒼ **anaanishtinim** vti ♦ il/elle le sépare en morceaux

ᐊᓈᐦᑭᓐ **anaaskin** na ♦ l'ossature du canot

ᐊᓈᐦᑳᓐ **anaaskaan** ni ♦ du linoleum, de quoi recouvrir le sol

ᐊᓈᐦᒑᐤ **anaaschaau** vai ♦ il/elle recouvre le sol de branches, de branchages de sapin

ᐊᓈᐦᑭᓱᓐ **anaahkisun** ni -u ♦ un matelas, par exemple une peau de caribou

ᐊⁿ **an** pro,dém ♦ celui-là, celle-là, cela, ça, ce, cet, cette, voilà (animé ou inanimé) ▪ ᐋᐧᐃᐦ ᓯᐳᐦᒡᐯᕐᐤ ᒫ ᑲᐦᐄᒡ ᐊⁿ ᐊᐦᒡᒼᒡᐤᐦᒼ Cette fille-là ira chercher de l'eau très tôt le matin.

ᐊᐱᐱᐧᐃᐦ **asipiwich** vai pl ♦ ils/elles sont assis ensemble, en groupe

ᐊᐱᐱᑎᒼ **asipitim** vti ♦ il/elle les rassemble rapidement

ᐊᐱᐳᑖᑭᓐ **asiputaakin** ni ♦ une lime

ᐊᐱᐹᒋᐦᑎᓐ **asipaachishin** vai ♦ on le/la voit avec de l'eau en arrière-fond

ᐊᐱᐹᒋᐦᑎᓐ **asipaachihtin** vii ♦ c'est une silhouette avec de l'eau en arrière-plan

ᐊᓯᒀᐦᐱᑖᐤ **asikwaahpitaau** vta ♦ il/elle attache les oies ensemble par le cou

ᐊᓯᒀᐦᐱᒋᑭᓈᔮᐱ **asikwaahpichikinaayaapii** ni ♦ une ficelle pour attacher les oies ensemble

ᐊᓯᒧᐧᐃᐦ **asimuwich** vai pl -u ♦ ils/elles forment une grappe (par exemple des baies)

ᐊᓯᒨᐦ" **asimuuh** vii pl ♦ ça forme une grappe (par exemple des baies)

ᐊᓯᓂᒼ **asinim** vti ♦ il/elle en tient une poignée

ᐊᓯᓂᓯᔫ **asinisiiu** vai ♦ il/elle est dur-e au toucher, sur une partie du corps

ᐊᓯᓃ **asinii** na ♦ une roche, un caillou

ᐊᓯᓃ **asinii** ni ♦ une roche, un caillou, un plomb, une balle de fusil

ᐊᓯᓂᐅᔅᒥᑳᐤ **asiniiuskimikaau** vii
 • c'est un sol rocailleux, caillouteux
ᐊᓯᓂᐤ **asiniiuu** vii -iiwi • c'est un endroit rocheux
ᐊᓯᓃᐚᒥᔅᑳᐤ **asiniiwaamiskaau** vii • ça a un fond rocailleux, caillouteux (se dit d'un plan d'eau)
ᐊᓯᓃᔥ **asiniish** ni dim • une balle de 22
ᐊᓯᓃᐦᑳᓐ **asiniihkaan** ni • une brique, un plâtre
ᐊᓯᓈᐤ **asinaau** vta • il/elle les tient en botte dans sa main, en prend une poignée
ᐊᓯᓈᐤ **asinaau** vii • c'est dur quand on touche (par exemple autour d'une blessure ou d'une brûlure)
ᐊᓯᓈᐲ **asinaapii** ni • un plomb pour le filet à poisson, une ancre de pierre pour un piège placé sous l'eau
ᐊᓯᓈᑯᓈᔥᑭᒻ **asinaakunaashkim** vti • il/elle tasse la neige
ᐊᓯᓈᒥᔅᑰ **asinaamiskuu** vii -uwi • le fond de l'eau en est recouvert de galets
ᐊᓯᓈᒥᔅᒄ **asinaamiskw** ni • du gravier
ᐊᓯᓈᒥᔥᑯᔖ **asinaamishkush-h** ni pl • les galets au fond de l'eau
ᐊᓯᓱᐃ **asisui** ni • un burin à glace
ᐊᓯᓵᒋᓰᐤ **asisaachisiiu** vai • il/elle est avare
ᐊᓯᐦᐱᑎᒻ **asihpitim** vti • il/elle les attache ensemble, en botte ou en bouquet
ᐊᓯᐦᐱᑖᐤ **asihpitaau** vta • il/elle les attache ensemble, en botte ou en bouquet
ᐊᓯᐦᒑᐤ **asihchaau** vai • il/elle partage sa nourriture, en donne aux autres
ᐊᓱᐎᑖᐤ **asuwitaau** vai • il/elle le met dans un récipient
ᐊᓱᐚᑯᐦᑎᑖᐤ **asuwaakuhtitaau** vai • il/elle flotte parallèle au rivage
ᐊᓵᑳᐱᔅᑳᐤ **asaakaapiskaau** vii • il y a beaucoup de roches visibles dans l'eau
ᐊᓵᒋᓂᒻ **asaachinim** vti • il/elle tient un paquet de quelque chose (étalé) dans sa main
ᐊᓵᒋᓈᐤ **asaachinaau** vta • il/elle tient une poignée de quelque chose (animé) (étalé) dans sa main

ᐊᓵᒋᐦᑖᐤ **asaachihtaau** vai+o • il/elle est avare
ᐊᓵᒥᒡ **asaamich** na pl • des raquettes
ᐊᓵᒫᐦᑎᑯᒡ **asaamaahtikuch** na pl -m • des cadres de raquettes
ᐊᓵᒫᐦᑎᒄ **asaamaahtikw** na -um • le bois utilisé pour les cadres de raquettes
ᐊᓵᔮᔅᑯᓈᐤ **asaayaaskunaau** vta • il/elle le/la renvoie de son travail, il/elle le/la licencie
ᐊᔅᐱᐱᐎᓐ **aspipiwin** ni • un coussin, quelque chose pour s'asseoir dessus
ᐊᔅᐱᐲᐤ **aspipiu** vai • il/elle est assis-e sur quelque chose
ᐊᔅᐱᑯᐎᓐ **aspikuwin** ni • quelque chose qu'on utilise comme un châle
ᐊᔅᐱᑯᓐ **aspikun** ni -m • une cape
ᐊᔅᐱᑰ **aspikuu** vai -u • il/elle porte quelque chose comme un châle, il/elle se couvre les épaules avec quelque chose
ᐊᔅᐱᒋᓈᑭᓐ **aspichinaakin** ni • un étui à fusil, une capote (un préservatif)
ᐊᔅᐱᒧᒋᑭᓐ **aspimuchikin** ni • une rondelle ou un joint pour une vis
ᐊᔅᐱᓂᑭᓐ **aspinikin** ni • une manique, une poignée
ᐊᔅᐱᓂᒻ **aspinim** vti • il/elle le prend mais en utilisant quelque chose pour protéger ses mains
ᐊᔅᐱᓈᐤ **aspinaau** vta • il/elle le/la prend mais en utilisant quelque chose pour protéger ses mains
ᐊᔅᐱᓐ **aspin** p,temps • de temps en temps ▪ ᐊᔅᐱᓐ ᒥᑦ ᓂᐦ ᐋᐸᓛᓲᑦ ᓂᔅᑭᒡ ᐋᑦ ᐱᒫᔥᑳᐦ。 ▪ *De temps en temps, on a vu voler des oies.*
ᐊᔅᐱᔅᒋᒫᐤ **aspischimaau** vai • il/elle utilise quelque chose pour protéger ses raquettes de la saleté
ᐊᔅᐱᐦᐊᒻ **aspiham** vti • il/elle ajuste quelque chose dessus pour qu'il s'ajuste mieux
ᐊᔅᐱᐦᐚᐤ **aspihwaau** vta • il/elle ajuste quelque chose dessus pour mieux l'ajuster
ᐊᔅᐱᐦᐱᒋᑭᓐ **aspihpichikin** ni • un morceau de bois pour protéger la lame d'un couteau croche

ᐊᔅᐱᕽᐱᕽᓲᓐ aspihpihsun ni ♦ une couverture pour envelopper le bébé dans son sac

ᐊᔅᐱᕽᑎᑭᕽᐊᒡ aspihtikiham vti ♦ il/elle met quelque chose en dessous de ce qu'il/elle hache

ᐊᔅᐱᕽᑎᑭᕽᐧᐊᐤ aspihtikihwaau vta ♦ il/elle le/la coupe, le/la hache, en plaçant en dessous quelque chose en bois

ᐊᔅᐸᐳᐧᐊᐤ aspaapuwaau vai ♦ il/elle ajoute quelque chose au liquide pour le rendre plus nutritif

ᐊᔅᐹᐹᐧᐊᐤ aspaapaawaau vai ♦ il/elle porte un vêtement imperméable

ᐊᔅᐹᐹᐧᐊᓐ aspaapaawaanh ni pl ♦ un vêtement ou une chaussure imperméable

ᐊᔅᐹᑭᕽᐃᑭᓐ aspaakihiikin ni ♦ un morceau de bois le long du bord extérieur du canot, du papier carbone

ᐊᔅᐹᔅᑯᔑᒫᐤ aspaaskuschimaau vai ♦ il/elle recouvre la partie médiane de la raquette avec une peau ou un tissu

ᐊᔅᐹᔅᑯᔑᒫᓐ aspaaskushimaan ni ♦ une peau, un tissu enroulé autour de la partie médiane de la raquette, au dessus du tissage en babiche

ᐊᔅᐹᔨᒧᐎᓐ aspaayimuwin ni ♦ l'espoir

ᐊᔅᑎᓵᔮᐲ astisaayaapii ni ♦ du fil pour des mitaines

ᐊᔅᑎᔅ astis ni ♦ un tendon

ᐊᔅᑎᔅᑭᒥᒄ astiskimikw ni ♦ la terre ferme

ᐊᔅᑖᒥᔅᑭᕽᐊᒡ astaamiskiham vti ♦ il/elle le retient au fond de l'eau avec quelque chose

ᐊᔅᑖᒥᔅᑭᕽᐧᐊᐤ astaamiskihwaau vta ♦ il/elle le/la coince (par exemple un castor) au fond de l'eau avec quelque chose

ᐊᔅᑖᓲᑭᒥᒄ astaasuukimikw ni ♦ un entrepôt, une cabane d'entreposage

ᐊᔅᑖᔅᑯᓂᒪᒡ astaaskunim vti ♦ il/elle le maintient contre quelque chose (de long et rigide)

ᐊᔅᑖᔅᑯᓈᐤ astaaskunaau vta ♦ il/elle le/la maintient contre quelque chose en bois

ᐊᔅᑖᔅᑯᔖᐧᐊᐤ astaaskushaawaau vai ♦ il/elle fait de la babiche avec un couteau et une peau drapée sur un morceau de bois

ᐊᔅᑖᔅᑯᕽᐄᒑᐤ astaaskuhiichaau vai ♦ il/elle les maintient contre du bois

ᐊᔅᑖᔅᑯᕽᐊᒡ astaaskuham vti ♦ il/elle le maintient avec un bâton pour le travailler

ᐊᔅᑖᔅᑯᕽᐧᐊᐤ astaaskuhwaau vta ♦ il/elle le/la maintient contre quelque chose en bois

ᐊᔅᑭᐎᕽᐄᐹᐤ askiwihiipaau vai ♦ il/elle attend assis que le castor apparaisse, il/elle attend assis près du filet de pêche

ᐊᔅᑭᐧᐊᕽᒋᒃᐧᐋᐱᐤ askiwaahchikwaapiu vai ♦ il/elle attend couché que la loutre apparaisse

ᐊᔅᑭᒧᐧᐊᐤ askimuwaau vta ♦ il/elle attend couché qu'il/elle arrive

ᐊᔅᒋᐱᐤ aschipiu vai ♦ il/elle est fatigué-e d'être assis-e

ᐊᔅᒋᐱᔅᑯᓈᐤ aschipiskunaau vai ♦ son dos est fatigué

ᐊᔅᒋᐳᑖᐤ aschiputaau vai+o ♦ il/elle le fait déborder, cause une inondation

ᐊᔅᒋᐳᑖᐤ aschiputaau vii ♦ c'est inondé par une rivière qui déborde ▪ ᐊᔅᒋᐳᑖᐤ ᐊᓂᑌ ᑳ ᐄ ᐋᔨᕽᔮᒄx ▪ L'endroit où nous vivions est maintenant inondé.

ᐊᔅᒋᐳᑰ aschipukuu vai-u ♦ son camp est inondé, sa maison est inondé

ᐊᔅᒋᐳᔮᐤ aschipuyaau vta ♦ il/elle l'inonde

ᐊᔅᒋᐳᐤ aschipuu vai-u ♦ il/elle mange quelque chose de cru

ᐊᔅᒋᑭᒋᔖᐱᐤ aschikichishaapiu vai ♦ ses fesses sont fatiguées d'être assises

ᐊᔅᒋᑳᐳᐤ aschikaapuu vai-uwi ♦ il/elle est fatigué-e d'être debout

ᐊᔅᒋᒥᓈᔮᐲ aschiminaayaapii ni ♦ de la babiche épaisse (du lacet de peau) pour la partie de la raquette où repose le pied

ᐊᔅᒋᒥᓈᔮᐲᐅᒥᒄ aschiminaayaapiiumihkw ni ♦ une aiguille pour lacer ou tisser la partie médiane des raquettes

ᐊᔅᒥᒫᐤ aschimaau vai ♦ il/elle tisse, lace des raquettes, travaille au laçage des raquettes

ᐊᔅᒥᒫᑎᒻ aschimaatim vti ♦ il/elle le lace

ᐊᔅᒥᒫᑖᐤ aschimaataau vta ♦ il/elle le lace

ᐊᔅᒥᔑᓐ aschishin vai ♦ il/elle est fatigué-e d'être couché-e

ᐊᔅᒡᑯᒫᓂᐧᐃᑦ aschihkumaaniwit ni ♦ un sac pour la chasse, une gibecière dans laquelle on met aussi ce qu'il faut pour chasser

ᐊᔅᒡᑯᑦ aschihkw ni ♦ une bouilloire, un seau

ᐊᔅᒌ aschii ni ♦ le monde, la terre, un territoire, un pays

ᐊᔅᒌᐅᑖᐅᒀᐤ aschiiutaauhkaau vii ♦ c'est un endroit où la terre est noire

ᐊᔅᒌᐅᓯᓂᐦᐄᑲᓐ aschiiusinihiikin ni ♦ une carte

ᐊᔅᒌᐅᔅᑭᒥᑳᐤ aschiiuskimikaau vii ♦ c'est un terrain mousseux, une terre couverte de mousse

ᐊᔅᒌᐧᐋᐳᐃ aschiiwaapui ni ♦ une flaque d'eau

ᐊᔅᒌᐧᐋᑎᓯᐤ aschiiwaatisiiu vai ♦ il/elle vit attaché aux biens de ce monde, vit une vie matérialiste, désire des biens terrestres

ᐊᔅᒌᑳᑎᒻ aschiikaatim vti ♦ il/elle entasse de la mousse autour du bas de son habitation

ᐊᔅᒌᒥᓐ aschiiminh ni pl ♦ des camarines noires *Empetrum nigrum*

ᐊᔑᐃᔥᑖᑭᓐ ashiwishtaakin ni ♦ une vieille hache utilisée pour casser une lutte de castor

ᐊᔑᐧᐋᐱᐅᓈᓐ ashiwaapiunaan ni ♦ un affût, un endroit où l'on s'embusque pour observer le gibier, un poste d'observation

ᐊᔑᐧᐋᐱᐤ ashiwaapiu vai ♦ il/elle est à l'affût

ᐊᔑᐧᐋᐱᒫᐤ ashiwaapimaau vta ♦ il/elle l'attend et le/la guette, il/elle est à l'affût de quelqu'un

ᐊᔑᐧᐋᐱᑎᒻ ashiwaapihtim vti ♦ il/elle est à l'affût de quelque chose, il/elle le guette

ᐊᔑᐧᐋᐳᐧᐋᑲᓐ ashiwaapuwaakin ni -im ♦ un couteau utilisé pour détacher la viande des os en mangeant

ᐊᔑᐧᐋᐳ ashiwaapuu vai-u ♦ il/elle mange en utilisant son couteau à détacher la viande des os

ᐊᔑᐧᐋᑖᐅᒀᐤ ashiwaataauhkaau vii ♦ le sommet de la colline forme une crête

ᐊᔑᐧᐋᓯᐤ ashiwaasiu vai ♦ il/elle a trois côtés ou plus, trois angles ou plus

ᐊᔑᒀᐱᑎᒻ ashikwaapihtim vti ♦ il/elle l'observe à la jumelle

ᐊᔑᒀᐱᒋᑭᓐ ashikwaapihchikin ni ♦ des jumelles, un télescope, un viseur de carabine

ᐊᔑᒀᑎᑭᐦᐊᒻ ashikwaatikiham vti ♦ il/elle utilise quelque chose pour sentir ce qu'il y a dans un trou, un tunnel

ᐊᔑᒡ ashich p,manière ♦ en même temps, ensemble ▪ ᐊᐅᑦ ᐧᐋᑭ ᐊᔑᒡ ᒡ ᐧᐋᕐᒥᐋᐧᐊᒡ ▪ *Elle/il ira en même temps les autres.*

ᐊᔑᒥᑰ ashimikuu vta-u ♦ il/elle lui donne quelque chose à manger

ᐊᔑᒫᐤ ashimaau vta ♦ il/elle le/la nourrit

ᐊᔑᒫᑲᓐ ashimaakin ni ♦ un harpon, une lance

ᐊᔑᓂᐧᐋᓯᐤ ashiniwaasiu vai ♦ il/elle attend ▪ ᒣᔅᒃ ᒥᔥᐹᒡ ᐊᔑᓂᐧᐋᓯᑦ ▪ *Elle/Il attend sur la route.*

ᐊᔑᓂᐧᐋᐦᐋᐤ ashiniwaahaau vta ♦ il/elle l'attend

ᐊᔑᓂᐧᐋᐦᑖᐤ ashiniwaahtaau vai+o ♦ il/elle l'attend

ᐊᔑᓃᔑᐤ ashiniiushiu vii dim ♦ c'est recouvert de petits galets

ᐊᔑᔑᒀᐱᒫᐤ ashishikwaapimaau vta ♦ il/elle l'observe à la jumelle

ᐊᔑᔑᓈᐹᓐ ashishunaapaan ni ♦ quelque chose pour durcir la cordelette d'un collet pour le garder ouvert

ᐊᔑᔮᑎᒀᐤ ashiyaahtikwaau vii ♦ la hache s'émousse facilement

ᐊᔒᑎᓐ ashiihtin vii ♦ la lame ou la pointe s'émousse, ça s'épointe

ᐊᔑᐦᑯᒦᐤ **ashiihkumaau** vii ♦ ça (le couteau) s'émousse vite en coupant ou dépeçant ▪ ᐋᓅᒡ ᓂᑳᕆᒥᒡ ᐋᔥ ᐊᔑᐦᑯᒥᔑᐤ ᐅᒍᑦᑯᒫᒡ ᑳ ᐊᑎᔥᑎᐦᑖᑦ. ▪ *Son couteau s'émoussa vite alors qu'elle/il dépeçait le caribou.*

ᐊᔑᐹᒋᓈᐤ **ashupaachinaau** vai ♦ il/elle verse de l'eau sur sa peau

ᐊᔑᑎᒧᐙᐤ **ashutimuwaau** vta ♦ il/elle lui confie

ᐊᔑᑎᒫᒑᐎᓐ **ashutimaachaawin** ni ♦ le fait d'être digne confiance

ᐊᔑᑎᒫᒑᐤ **ashutimaachaau** vai ♦ il/elle confie quelque chose à quelqu'un

ᐊᔑᒋᐱᐦᑯᑖᐤ **ashuchipihkutaau** p,lieu ♦ près du feu ▪ ᐊᔑᒋᐱᐦᑯᑖᑦ ᒌ ᐱᑐᓈᑦ ᐊᓂᒌ ᐅᐙᐴᔑᒻ ᐋᓅᒡ ᐋᔥ ᒌ ᐋᑯᑉᕐᑖᑦᐦ. ▪ *Il a mis ses lapins près du feu parce qu'ils étaient congelés.*

ᐊᔥᐦᐊᒻ **ashuham** vti ♦ il/elle l'étale, le peint

ᐊᔥᐦᐙᐤ **ashuhwaau** vta ♦ il/elle l'étale, le peint

ᐊᔫᐙᓯᐤ **ashuuwaasiu** vai ♦ il/elle a un rebord d'une certaine largeur

ᐊᔖᐙᔥᑎᐦᐄᒑᐤ **ashaawaashtihiichaau** vai ♦ il/elle lui fait signe de la main de rester en arrière

ᐊᔖᐙᔥᑎᐦᐊᒧᐙᐤ **ashaawaashtihamuwaau** vta ♦ il/elle lui fait signe d'arrêter

ᐊᔖᐱᑎᒻ **ashaapitim** vti ♦ il/elle le tire en arrière

ᐊᔖᐱᑖᐤ **ashaapitaau** vta ♦ il/elle la/le tire en arrière

ᐊᔖᐱᔨᐤ **ashaapiyiu** vai ♦ il/elle recule

ᐊᔖᐱᔨᐤ **ashaapiyiu** vii ♦ ça recule

ᐊᔖᐱᔨᐦᱣ **ashaapiyihuu** vai-u ♦ il/elle recule

ᐊᔖᐱᔨᐦᐋᐤ **ashaapiyihaau** vta ♦ il/elle le/la conduit en marche arrière

ᐊᔖᐱᔨᐦᑖᐤ **ashaapiyihtaau** vai ♦ il/elle le recule

ᐊᔖᐱᐦᑖᐤ **ashaapihtaau** vai ♦ il/elle court en marche arrière, à l'envers

ᐊᔖᑳᐴ **ashaakaapuu** vai-uwi ♦ il/elle recule debout

ᐊᔖᓂᒻ **ashaanim** vti ♦ il/elle le retourne

ᐊᔖᓈᐤ **ashaanaau** vta ♦ il/elle la/le repousse, il/elle il retourne ce qu'il/elle a acheté

ᐊᔖᔮᐴᑖᐤ **ashaayaaputaau** vii ♦ le courant l'emporte

ᐊᔖᔮᐴᑰ **ashaayaapukuu** vai-u ♦ le courant l'emporte

ᐊᔖᔮᔑᐤ **ashaayaashiu** vai ♦ il/elle est repoussé-e en arrière par le vent

ᐊᔖᔮᔥᑎᓐ **ashaayaashtin** vii ♦ c'est repoussé en arrière par le vent

ᐊᔖᐦᐊᒻ **ashaaham** vti ♦ il/elle le fait reculer (le canot) en pagayant en marche arrière

ᐊᔖᐦᑎᒫᐤ **ashaahtimaau** vai ♦ il/elle revient sur ses pas

ᐊᔖᐦᑖᐤ **ashaahtaau** vai ♦ il/elle marche à reculons

ᐊᔥᐱᒋᑯᐹᓐᐦ **ashpichikupaanh** ni pl ♦ des fils pour les bouées et les plombs

ᐊᔥᐱᒋᑯᓈᐦᐊᓐ **ashpichikunaahun** ni ♦ un tablier

ᐊᔥᐱᔑᑖᔑᒧᐎᓐ **ashpishitaashimuwin** ni ♦ un tapis, un paillasson

ᐊᔥᐱᔑᓐ **ashpishin** vai ♦ il/elle est couché-e sur un endroit élevé, sur un lit

ᐃᔥᐱᔖᐙᓐ **ishpishaawaan** ni ♦ quelque chose (de la mousse, de l'herbe, des branches) sur quoi déposer le poisson pour le vider et le nettoyer

ᐊᔥᐹᔥᑯᔑᒫᐤ **ashpaashkushimaau** vai ♦ il/elle recouvre le laçage de la section médiane de la raquette avec du cuir ou du tissu

ᐊᔥᑎᐱᐤ **ashtipiu** vai ♦ il/elle s'assoit avec les autres

ᐊᔥᑎᑯᑖᐤ **ashtikutaau** vai+o ♦ il/elle est suspendu-e avec le reste

ᐊᔥᑎᑯᑖᐤ **ashtikutaau** vii ♦ c'est suspendu avec le reste

ᐊᔥᑎᑯᒋᓐ **ashtikuchin** vai ♦ il/elle est suspendu-e avec le reste

ᐊᔥᑎᑯᔮᐤ **ashtikuyaau** vta ♦ il/elle le/la suspend avec le reste

ᐊᔥᑎᒋᒦᓲ **ashtichimiisuu** vai reflex -u ♦ il/elle s'inclut avec le reste

ᐊᔥᑎᒋᒫᐤ **ashtichimaau** vta ♦ il/elle le/la compte avec le reste

ᐊᔅᑎᒡᐱᒡ ashtichihtim vti ♦ il/elle le compte avec le reste

ᐊᔅᑎᓂᒻ ashtinim vti ♦ il/elle le prend avec le reste

ᐊᔅᑎᓈᐤ ashtinaau vta ♦ il/elle l'inclut avec le reste

ᐊᔅᑎᔗᓐ ashtishwaan na -shiim ♦ un caribou enterré dans la neige après avoir été dépecé et éviscéré

ᐊᔅᑎᔥᑖᐤ ashtishtaau vii ♦ ça reste avec les autres

ᐊᔅᑎᔥᑖᐤ ashtishtaau vai ♦ il/elle le place avec le reste

ᐊᔅᑎᔥᑭᐚᐤ ashtishkiwaau vta ♦ il/elle le/la retient sur quelque chose avec son pied ou son corps

ᐊᔅᑎᔥᑭᒻ ashtishkim vti ♦ il/elle le retient avec son pied ou son corps, il/elle enfile quelque chose de plus

ᐊᔅᑎᒡᒋᑯᓂᐎᑦ ashtihchikuniwit ni ♦ un récipient pour ce qu'on va conserver, cacher ou laisser

ᐊᔅᑎᒡᒋᑯᓂᒑᐤ ashtihchikunihchaau vai ♦ il/elle prépare quelque chose pour le cacher ou l'entreposer

ᐊᔅᑎᒡᒋᑯᓇ ashtihchikunh ni pl ♦ des choses entreposées, cachées, laissées

ᐊᔅᑎᒡᒋᑰ ashtihchikuu vai -u ♦ il/elle entrepose, cache, laisse

ᐊᔥᑐᐎᓵᒫᒡᑐᒡ ashtuwisaamaahtikuch na pl -um ♦ du bois coupé pour les cadres de raquettes au printemps et gardé sous terre jusqu'à l'automne

ᐊᔥᑐᐚᐤ ashtuwaau vta ♦ il/elle a préparé à manger avant son arrivée

ᐊᔥᑐᑎᓐ ashtutin ni ♦ un chapeau, une casquette

ᐊᔥᑐᑖᑭᓐ ashtutaakin ni ♦ de la graisse ajoutée à de l'huile de baleine, de phoque, de perdrix pour lui donner bon goût

ᐊᔥᑐᔫᑭᒥᒄ ashtuyiukimikw ni ♦ une usine à canots

ᐊᔥᑐᔫ ashtuyiu vai ♦ il/elle fabrique un canot

ᐊᔥᑖᐤ ashtaau vai ♦ il/elle le place là

ᐊᔥᑖᐤ ashtaau vii ♦ c'est posé là

ᐊᔥᑖᐱᒡᑳᑎᒻ ashtaapihkaatim vti ♦ il/elle l'attache avec les autres, avec le reste

ᐊᔥᑖᐱᒡᑳᑖᐤ ashtaapihkaataau vta ♦ il/elle l'attache avec le reste

ᐊᔥᑖᔅᑳᒡᐱᑎᒻ ashtaaskwaahpitim vti ♦ il/elle l'attache (étalé) à quelque chose de long et rigide

ᐊᔥᑖᔅᑳᒡᐱᑖᐤ ashtaaskwaahpitaau vta ♦ il/elle l'attache à quelque chose de long et rigide

ᐊᔥᑖᔥᑯᔖᐚᐤ ashtaashkushaawaau vai ♦ il/elle coupe la babiche sur un morceau de bois

ᐊᔥᑖᔮᒡᑎᒄ ashtaayaahtikw na -um ♦ une croix, un crucifix

ᐊᔥᑖᐎᓐ ashtwaawin na ♦ une jeune fille promise ou fiancée dès son jeune âge, quelque chose mis de coté pour l'utiliser plus tard

ᐊᔥᑖᐤ ashtwaau vai ♦ il/elle garde quelque chose pour plus tard

ᐊᔥᑖᑭᓂᒑᐤ ashtwaakinihchaau vai ♦ il/elle prépare à manger pour les chasseurs, pour les invités

ᐊᔥᑖᑭᓐ ashtwaakin na ♦ de la nourriture (animée, par exemple du castor) préparée pour les invités

ᐊᔥᑖᓲ ashtwaasuu vai reflex -u ♦ il/elle se garde des choses pour un usage ultérieur

ᐊᔥᒋᐱᑎᒻ ashchipitim vti ♦ il/elle l'entraîne avec il/elle

ᐊᔥᒋᐱᑖᐤ ashchipitaau vta ♦ il/elle entraîne avec elle/lui

ᐊᔥᒋᑭᐊᒻ ashchikiham vti ♦ il/elle le coupe sur quelque chose en bois

ᐊᔥᒋᑳᐳᐎᐋᐤ ashchikaapuwihaau vta ♦ il/elle le/la place debout avec les autres

ᐊᔥᒋᒀᑎᒻ ashchikwaatim vti ♦ il/elle le coud à quelque chose

ᐊᔥᒋᒀᑖᐤ ashchikwaataau vta ♦ il/elle le/la coud sur quelque chose

ᐊᔥᒍᒋᓂᔥ ashchuchinish na ♦ une amorce (sur une cartouche de fusil)

ᐊᔨᒥᐤ ayimiu vai ♦ il/elle parle

ᐊᔨᒥᑐᓈᔨᐤ ayimitunaayiu vai ♦ il/elle bouge ses lèvres comme si il/elle parlait

ᐊᔨᒥᐋᐅᑭᒥᒄ ayimihaaukimikw ni ♦ une église

ᐊᔨᒥᐦᐊᐅᕆᒻᵒ ayimihaauchimaau na -aam
 ◆ un pasteur, un prêcheur

ᐊᔨᒥᐦᐊᐅᕐᑐᐦᒋᑲᓐ ayimihaauchishtuhchikin ni ◆ une orgue (d'église)

ᐊᔨᒥᐦᐊᐅᒌᔑᑳᐅᵒ ayimihaauchiishikaau vii
 ◆ c'est dimanche, lit. 'le jour de prières'

ᐊᔨᒥᐦᐊᐅᓯᓂᐦᐄᑭᓐ ayimihaausinihiikin ni ◆ un livre de prières

ᐊᔨᒥᐦᐋᐎᓐ ayimihaawin ni ◆ une prière, une religion

ᐊᔨᒥᐦᐋᐋᑎᓯᐤᵒ ayimihaawaatisiiu vai
 ◆ il/elle est pratiquant-e, dévot-e

ᐊᔨᒥᐦᐋᐅᵒ ayimihaau vai ◆ il/elle va à l'église

ᐊᔨᒥᐦᐋᐅᵒ ayimihaau vta ◆ il/elle lui parle

ᐊᔨᒥᐦᐋᔅᒄᐋᐅᑭᒥᒄ ayimihaaskwaaukimikw na -m ◆ un couvent

ᐊᔨᒥᐦᐋᔅᒄᐋᐤᵒ ayimihaaskwaau na -aam
 ◆ une religieuse

ᐊᔨᒥᐦᐋᔥᑎᐋᐅᵒ ayimihaashtiwaau vta
 ◆ il/elle lui adresse une prière, il/elle prie

ᐊᔨᒥᐦᑎᐋᐅᵒ ayimihtiwaau vta ◆ il/elle lui fait la lecture

ᐊᔨᒥᐦᑖᐤᵒ ayimihtaau vai+o ◆ il/elle le lit

ᐊᔨᒥᐦᒋᑳᐤᵒ ayimihchikaau vai ◆ il/elle prie, lit

ᐊᔨᒥᐦᒋᑳᔥᑎᒧᐋᐅᵒ ayimihchikaashtimuwaau vta ◆ il/elle prit pour lui/elle

ᐊᔨᒦᒥᑭᓐᵒ ayimiimikin vii ◆ ça parle

ᐊᔨᒦᔥᑎᒧᐋᐅᵒ ayimiishtimuwaau vta
 ◆ il/elle prend sa défense, parle en son nom

ᐊᔨᒧᐎᓐ ayimuwin ni ◆ un mot, une langue, le langage, la parole

ᐊᔨᒧᐋᔮᐲ ayimuwaayaapii ni -iim ◆ une radio

ᐊᔨᒧᐋᔮᐲᐅᒋᒫᐤᵒ ayimuwaayaapiiuchimaau na -iim ◆ un annonceur ou une annonceuse radio, un directeur ou une directrice de station de radio

ᐊᔫᐎᒌᒫᐤᵒ ayuwichiimaau vta ◆ il/elle grandit plus vite que lui/elle

ᐊᔫᐎᒌᐦᑎᒻ ayuwichiihtim vti ◆ il/elle devient plus grand que ça

ᐊᔫᐎᓂᐎᑦ ayuwiniwit ni ◆ une balle de fourrures

ᐊᔫᐎᓐ ayuwin ni ◆ de la peau, de la fourrure

ᐊᔫᐎᐦᐋᐅᵒ ayuwihaau vta ◆ il/elle le/la persuade

ᐊᔫᒥᓂᐦ ayuuminich na pl -im ◆ des flocons d'avoine

ᐊᔫᒥᓈᐳᐃ ayuuminaapui ni -m ◆ du gruau, de la bouillie d'avoine

ᐊᔫᐦᐄᑭᓐ ayuuhiikinich na pl -im ◆ du poisson pilé pour le pemmican

ᐊᔫᐦᐄᒑᐤᵒ ayuuhiichaau vai ◆ il/elle pile du poisson sec ou de la viande pour faire du pemmican

ᐊᔫᐦᐋᐅᐦ ayuuhwaauch na pl -im [Whapmagoostui] ◆ du poisson pilé pour le pemmican

ᐊᔮᐱᐦ ayaapich p,manière ◆ quand même, malgré tout ■ ᐊᔮᐱᐦ ᓂᒥᑐᑌᐋᐦ ᐋᐦ ᓂᑎᐦᐋᒋᐤ ᐋᐦ ᐋᐦ ᑎᐦ ᕆᒌᐱᐦᑖᓖ ᒦᐸ ᒦ ᐊᔭᒋᒄᑲ ■ Je suis quand même allé à la réunion, même si je ne savais pas ce dont on allait discuter.

ᐊᓕᐱᓐ alipin na -um ◆ un ruban

ᐊᐦᑎᑦᐋᑎᒻ ahtitwaatim vti ◆ le bruit qu'il/elle émet (sa voix) provient d'une certaine direction

ᐊᐦᑏ ahtii na ◆ une peau de castor

ᐊᐦᑏᔖᐳᓂᑭᓐ ahtiishaapunikin ni ◆ une aiguille pour lacer la peau de castor sur un cadre pour la faire sécher

ᐊᐦᑐᐦᑖᐤ ahtuhtaau vai ◆ il/elle en fabrique un certain nombre

ᐊᐦᒑᐅᐎᑦ ahtaauwit ni [Wemindji] ◆ un sac à peaux de castor

ᐊᐦᑦᐋᐋᑖᒨ ahtwaawaataamuu vai -u
 ◆ on entend son souffle provenir d'une certaine direction

ᐊᐦᑦᐋᐋᐋᓯᒑᐤ ahtwaawaasischaau vai
 ◆ le son de son coup de fusil provient d'une certaine direction

ᐊᐦᑯᔑᐤᵒ ahkushiu vai ◆ une fuite d'eau lui goutte dessus

ᐊᐦᑯᔥᑎᓐ ahkushtin vii ◆ ça goutte, ça fuit

ᐊᐦᒑᐤᵒ ahchaau vai ◆ il/elle casse des os pour faire du bouillon

ᐊᖽᐱᖅᑲᔅᒫᓄ **ahchaapihkwaashimaau** vta ◆ il/elle le/la fait former une saillie dans la toile du tipi en l'appuyant sur cette toile

ᐊᖽᐱᖅᑲᑎᑖᐤ **ahchaapihkwaahtitaau** vai ◆ il/elle le fait se gonfler, bomber en appuyant quelque chose dessus

ᐊᖽᐱ **ahchaapii** na ◆ un arc, un ressort, un archet

ᐊᖽᑎᖅᑦ **ahchaatihkw** na -u ◆ une caribou enceinte

ᐊᖽᒥᔅᑯ **ahchaamiskuu** vai -uwi ◆ elle (castor) est enceinte

ᐊᖽᔥᑎᒧ **ahchaashtimuu** vai -u ◆ elle (une chienne) est enceinte

ᐊᖽᔮᐱᓰᐤ **ahchaayaapishiiu** vai ◆ la lynx est enceinte

ᐊᖽᔮᐳᓲ **ahchaayaapushuu** vai -u ◆ la lièvre est enceinte

ᐊᖽᔮᒋᔑᓐ **ahchaayaachishin** vai ◆ il/elle fait une bosse quand il/elle est couvert avec quelque chose (étalé)

ᐊᖽᔮᒋᑎᓐ **ahchaayaachihtin** vii ◆ ça fait une bosse quand c'est recouvert avec quelque chose (étalé)

ᐊᖽᒃᑯ **ahchaahkuu** vai -uwi ◆ il/elle a un esprit, une âme

ᐊᖽᒃ **ahchaahkw** na ◆ une âme, un esprit, un pompon sur un chapeau ou une tuque

ᐋ

ᐋ **aa** p,question ◆ mot interrogatif ▪ ᐋᑳᐃ ᐄᕐᐤ ᐋₓ ᐌᔨ ᐋ ᕆᐧᐋ ᒫᕐₓ ▪ *Ne vas pas à la rivière, d'accord?* ◆ *Veux-tu y aller maintenant?*

ᐋ **aa** preverbe ◆ voir *aah*

ᐋ ᐃᔑ **aa ishi** préverbe ◆ comme, d'une certaine manière (forme changée de ishi, utilisée avec les verbes au conjonctif)

ᐋᐃ **aai** p,interjection ◆ c'est d'elle/de lui qu'il s'agit (expression utilisée avec le nom de quelqu'un ou de quelque chose) ▪ ᐋᐃ ᑳ ᐋᑎᒃ ᔭᐄₓ ▪ *C'est d'elle qu'il s'agit, Marie.*

ᐋᐃᐧᐋᔥ **aaiwaash** p,évaluative ◆ pas de chance, tant pis ▪ ᐋᐃᐧᐋᔥ ᓂᕐ ᓂᒻᕐ ᐅᑎᒫᓕᒄₓ ▪ *Tant pis, je n'ai pas gagné.*

ᐋᐃᐧᐋᒡ **aaiwaahch** p,évaluative ◆ quoiqu'il en soit, de toutes façons, essaie quand même ▪ ᐋᐃᐧᐋᔮ ᒫ ᐋ ᕆᐅᕐₓ ▪ *Au moins essaie quand même et conseille-le/la.*

ᐋᐃᑳᓈᓯᐤ **aaikaanaasiu** vai ◆ il/elle est infecté-e

ᐋᐃᒃᑭᒥᒫᐤ **aaihkimimaau** vta ◆ il/elle insiste qu'il/elle le fasse

ᐋᐃᒃᑭᒥᒐᐤ **aaihkimihaau** vta ◆ il/elle l'oblige à faire quelque chose

ᐋᐃᒃᑭᒥᒃᑖᐤ **aaihkimihtaau** vai ◆ il/elle persévère

ᐋᐃᒃᑭᒻ **aaihkim** p,manière ◆ avec insistance ▪ ᐋᐃᒃᑭᒻ ᓰ ᐋᖮ ᒐ ᐧᐋᕆᔮᕐᐤ ᐋᑳ ᒐ ᐅᕐᕆ ᐧᐋ ᐧᐋᕆᔮᕐᐤₓ ▪ *Il lui dit avec insistance d'épouser quelqu'un (de particulier), alors qu'elle ne voulait pas.*

ᐋᐃᒃᑯᓈᐤ **aaihkunaau** na -aam ◆ de la banique, du banock, du gâteau

ᐋᐃᒃᑯᓈᔑᔥ **aaihkunaashish** na -m ◆ un biscuit

ᐋᐃᒃᑯᓈᔥ **aaihkunaash** na ◆ un petit morceau de banique, de gâteau

ᐋᐃᒃᑯᓈᒐᐤ **aaihkunaahchaau** vai ◆ il/elle fait de la banique, du gâteau

ᐋᐅᐧᑖᔑᔥ **aautwaashiish** na -siim [Chisasibi] ◆ une petite truite grise *Salvelinus sp.*

ᐋᐅᐧᑖᔑᔥ **aautwaashiish** na [Whapmagoostui] ◆ un portageur ou une portageuse rapide, une personne qui est rapide dans les portages, qui va et vient en courant avec sa charge

ᐋᐅᒃ **aaukw** pro,focus ◆ c'est lui, c'est elle, réponse à quelqu'un qui raconte une histoire ▪ ᐋᐅᒃ ᐋᔭ ᐋᐧᒨᕐ ᑲ ᑭᕐᑦᐸᑦ ᐋᖮ ᕐᒍᕐᖮᕿₓ

ᐋᐅᒋᑯᑎᓱ **aauchikutisuu** vai -u ◆ il/elle fait plusieurs voyages pour rapporter le caribou tué au camp

ᐋᐧᐃᔨᐤ **aawiyiuh** pro,indéfini ◆ ça pourrait être elle/lui (voir *awaan*) ▪ ᐋᓂᐋᑕᓂ ᐱᕐ ᐋᐧᐃᔨᐤ ᐅᑐᔅᐤ ᐋᖯᐱᔅ ᓂᔅᐱᑦᓯ ▪ *Elle pourrait être sa fille parce qu'elle lui ressemble.*

ᐋᐧᐋᐅᑭᓂᑭᓂᐧᐃᒡ **aawaaukinikiniwich** nip ◆ le fond d'un piège

ᐊ·ᐊᐱᒫᐤ aawaayimaau vta ♦ il/elle le/la prend pour un-e autre ▪ ᑲ ·ᐊᐱᒡ ᐊᓂᖅ" ᐊᐯᐤ" ᑐ"ᒡᐃ" ᑎ" ᐊ·ᐊᐱᒫᕽ ▪ *Il croyait que l'homme qu'il avait vu était son père*

ᐊ·ᐊᔨ"ᑎᒻ aawaayihtim vti ♦ il/elle le prend pour un autre ▪ ᐊ·ᐊᔨ"ᑎᒻ ·ᐃᐯ ᐊ" ᑐᑐᓂᒡ ᑲ ·ᐊᐱ"ᑎᒻᑫ ᐊᕐᐊᑎᒦᕽ ▪ *Il croit que c'est son canot qu'il a vu près du rivage.*

ᐊᐤ aau pro,dém ♦ est-ce lui? est-ce elle? (c'est-tu lui? c'est-tu elle?) ▪ ᐊᐤ ᐊ ᒺᑲ ᐊᓀ ᐃᓴ·ᑲᐤ ᑲ" ᐱᔭᐊᒡ ᒥᒡᓯᑲᓐᕽ ▪ *Est-ce elle la femme qui a tanné ta peau d'orignal?*

ᐊᐱᐱᑎᒻ aapipitim vti ♦ il/elle le démêle

ᐊᐱᐱᑖᐤ aapipitaau vta ♦ il/elle le/la démêle, le/la dénoue

ᐊᐱᐱᔨᐤ aapipiyiu vai ♦ ça se défait, se dénoue

ᐊᐱᐱᔨᐤ aapipiyiu vii ♦ ça se déroule, se défait

ᐊᐱᑎᓂ"·ᐊᐤ aapitinihwaau vta ♦ il/elle le/la tue d'un seul coup

ᐊᐱᑎᓂᐤ aapitiniiu vai ♦ il/elle réussit à tout prendre en une fois

ᐊᐱᑎᓐ aapitin vii ♦ c'est utile, c'est pertinent

ᐊᐱᑎᓐ aapitin p,manière ♦ tous à la fois, en une (seule) fois ▪ ᒦᑯ ᐊᐱᑎᓐ ᑎ" ᐊᐯᕐ"ᑎᒍ ᑐᒧᑲᕐᐃᐤ"ᕽ ▪ *Il a descendu toutes leurs affaires à la rivière en une seule fois.*

ᐊᐱᑎᓯ·ᐃᓐ aapitisiiwin ni ♦ un travail

ᐊᐱᑎᓯᐤ aapitisiiu vai ♦ il/elle travaille

ᐊᐱᑎᓯᒥᑫᓐ aapitisiimikin vii ♦ ça marche, ça fonctionne

ᐊᐱᑎᓯᓯᐤ aapitisiisiu na -iim ♦ un travailleur, une travailleuse

ᐊᐱᑎᔑᔥᑎ·ᐊᐤ aapitishiishtiwaau vta ♦ il/elle travaille pour lui ou pour elle

ᐊᐱᑎᔑᔥᑎᒻ aapitishiishtim vti ♦ il/elle travaille pour ça

ᐊᐱᑎ"ᐊ"ᒡᓵᑉᐁ"ᑖ"ᑎ" aapitihaashtaanikinaahtikwh ni pl ♦ des bâtons pour retenir les branchages sur les côtés de l'entrée de l'habitation

ᐊᐱᑎ"ᐊ"ᒡᓵᓂᒡ aapitihaashtaanich na pl ♦ des piles de branchages posées sur les côtés de l'entrée de l'habitation

ᐊᐱᑯᔑᔑᐤᒥᒻ" aapikushiishiuminh ni pl ♦ des baies, lit. 'des baies de souris', entreposées par les souris

ᐊᐱᑯᔑᔥ aapikushiish na -im ♦ une souris, un appelant en forme de souris, un morceau de fourrure attaché à un fil et traîné sur le sol pour chasser le harfang des neiges (une chouette blanche)

ᐊᐱᒋ"ᐊᐤ aapichihaau vta ♦ il/elle l'utilise, l'emploie

ᐊᐱᒋ"ᐊᑲᓐ aapichihaakin na ♦ un aide, une personne qui aide

ᐊᐱᒋ"ᑖᐃᓐ" aapichihtaawinh ni pl ♦ des affaires, des choses utiles, des vêtements

ᐊᐱᒋ"ᑖᐤ aapichihtaau vai+o ♦ il/elle l'utilise

ᐊᐱᒥᐱᑖᐤ aapimipitaau vta ♦ il/elle appelle le gibier

ᐊᐱᒥᐱᔨᐤ aapimipiyiu vai ♦ il/elle arrive par ici en véhicule, il/elle vole vers ici

ᐊᐱᒥᔥᐧᐋᒡ" aapimishkwaahch p,lieu ♦ de l'autre côté de la porte ▪ ᑲ ᐃ"ᑎᒡ ᓂ·ᐊᒡ ᐊᓄᒡ" ᐊᐱᒥᔥᐧᐋᒡ" ᐃᔨ ᑐ·ᐊᐱᕽ ▪ *Elle s'est assise de l'autre côté de la porte aussitôt qu'elle est entrée.*

ᐊᐱᒥᔥᑎ·ᐊᐤ aapimiishtiwaau vta ♦ il/elle se tourne vers elle/lui

ᐊᐱᒧᑎᓐ aapimutin vii ♦ c'est à l'abri du vent

ᐊᐱᒧᒋ·ᐃᓐ aapimuchiwin vii ♦ le courant ralenti

ᐊᐱᒫᐤ aapimaau p,lieu ♦ juste à côté ▪ ᐊᐱᒫᐤ ᐊᓄᒡ" ᐊᓐ ·ᐊᑖ"ᐃᑲᓐ ᐊᒡᒡ" ᑲ ᐃᔨ ᐊᒡᒥᒃᓯᕽ ▪ *Je me suis caché juste à côté de la maison.*

ᐊᐱᒫᑉᑖᐤ aapimaaputaau vii ♦ ça dérive vers une zone d'eau calme

ᐊᐱᒫᑉᑯ aapimaapukuu vai -u ♦ il/elle dérive jusqu'à des eaux calmes

ᐊᐱᒫᔑᐤ aapimaashiu vai ♦ il/elle vole, souffle, vogue sous le vent

ᐊᐱᒫᔥᑎᓐ aapimaashtin vii ♦ ça vole, souffle, vogue sous le vent

ᐊᐱᓂᒻ aapinim vti ♦ il/elle le déroule, le dévide

ᐊᐱᓄ·ᐃᑖᐤ aapinuwitaau vai ♦ il/elle évide le crâne du caribou

ᐊᐱᓈᐤ aapinaau vta ♦ il/elle le/la déroule, dévide

ᐊᐱᓯ"ᐊᐤ aapisihaau vta ♦ il/elle le/la ranime (d'un évanouissement provoqué par l'enchantement ou du sommeil)

ᐊᐱᔾ·ᐊᔨ"ᑎᒫ aapisiiwaayihtim vti
* il/elle reprend ses esprits, reprend connaissance

ᐊᐱᓵ·ᐊᐤ aapisaawaau vai * il/elle désosse la viande

ᐊᐱᓵᐱᐤ aapisaapiu vai * il/elle se retourne pour regarder

ᐊᐱᓵᐱᒫᐤ aapisaapimaau vta * il/elle lui rend son regard

ᐊᐱᓵᐱ"ᑎᒫ aapisaapihtim vti * il/elle se retourne pour le regarder

ᐊᐱᓵᐸᐅᔮᐤ aapisaapaauyaau vta
* il/elle le/la réveille en lui mettant de l'eau sur le visage ou en lui donnant à boire

ᐊᐱᓵᐸ·ᐊᐤ aapisaapaawaau vai * il/elle se réveille en se mettant de l'eau sur le visage ou en buvant quelque chose

ᐊᐱᔅᑎᒋᐱᑎᒫ aapistichipitim vti * il/elle déchire la couture

ᐊᐱᔅᑎᒋᐱᑖᐤ aapistichipitaau vta
* il/elle déchire la couture de quelque chose (d'animé)

ᐊᐱᔅᑎᒋᐱᔨᐤ aapistichipiyiu vai * sa couture se défait

ᐊᐱᔅᑎᒋᐱᔨᐤ aapistichipiyiu vii * sa couture se défait

ᐊᐱᔅᑎᒋᓂᒫ aapistichinim vti * il/elle ouvre, défait la couture

ᐊᐱᔅᑎᒋᓈᐤ aapistichinaau vta * il/elle ouvre la couture de quelque chose (d'animé)

ᐊᐱᔅᑎᒋᔑᒫ aapistichishim vti * il/elle ouvre la couture en la coupant

ᐊᐱᔅᑎᒋᔕᐤ aapistichishwaau vta
* il/elle ouvre la couture en la coupant

ᐊᐱᔅᑯᑎᑯᓂᔅᒋᑦ aapiskutikunischit na
* un balai de sorcière dans un arbre (une boule de buissons sur les branches d'un arbre)

ᐊᐱᔑᔑᒑᒡ aapishishchaach nip * une chambre, une pièce ▪ ᐊᓯᒡ" ᐊᐱᔑᔑᒑᒡ ᐱᔑᓈᑦ ᐊᐁ ᓂᐸᐧᐃᐁᒃ ▪ Mets le lit dans la chambre!

ᐊᐱᔑ"ᑯᔑᐤ aapishihkushiu vai * il/elle est réveillé-e, il/elle a les yeux grands ouverts

ᐊᐱᔥᑎᒋᐱᔨᐦᐋᐤ aapishtichipiyihaau vta
* il/elle en déchire la couture tout en le portant

ᐊᐱᔥᑎᒋᔥᑭᐋᐤ aapishtichishkiwaau vta
* il/elle le déchire au niveau de la couture en le portant

ᐊᐱᔥᑎᒋᔥᑭᒫ aapishtichishkim vti
* il/elle en déchire la couture tout en le portant

ᐊᐱ"ᐃᐆᑖᐤ aapihiiutaau vai * il/elle ouvre des boîtes, des sacs

ᐊᐱ"ᐄᐱᑎᒫ aapihiipitim vti * il/elle l'ouvre rapidement, en tirant dessus

ᐊᐱ"ᐄᐱᑖᐤ aapihiipitaau vta * il/elle l'ouvre rapidement, en tirant dessus

ᐊᐱ"ᐄᑭᓄᐧᐃᑖᓂᔥᑎᒃᐧᐋᓐ aapihiikinuwitaanishtikwaan ni * le contenu du crâne du caribou

ᐊᐱ"ᐄᑭᓐ aapihiikin ni * une clé, un ouvre-boîte

ᐊᐱ"ᐄᔥᑭᐋᐤ aapihiishkiwaau vta
* il/elle le/la force à s'ouvrir avec son pied ou son corps

ᐊᐱ"ᐄᔥᑭᒫ aapihiishkim vti * il/elle le force à s'ouvrir avec son pied ou son corps

ᐊᐱ"ᐊᒫ aapiham vti * il/elle l'ouvre

ᐊᐱ"ᐊᔥᑖᐤ aapihashtaau vii * c'est laissé ouvert, ça reste ouvert

ᐊᐱ"ᐋᔅᑯᐦᐊᒫ aapihaaskuham vti
* il/elle l'ouvre en le soulevant avec quelque chose

ᐊᐱ"ᐋᔅᑯᐦᐋᐤ aapihaaskuhwaau vta
* il/elle l'ouvre en le/la forçant avec quelque chose

ᐊᐱ"ᐧᐊᐤ aapihwaau vta * il/elle l'ouvre

ᐊᐱ"ᐧᐊᔥᑖᓂᒫ aapihwaashtaanim vti
* il/elle le défait, le déroule (filiforme)

ᐊᐱ"ᐧᐊᔮᒋᐱᑎᒫ aapihwaayaachipitim vti
* il/elle le déballe rapidement

ᐊᐱ"ᐧᐊᔮᒋᓂᒫ aapihwaayaachinim vti
* il/elle le déballe ▪ ᐊᐱ"ᐧᐊᔮᒋᓂᒫ ᐁ ᒥᔑᓂᐊᐢ ▪ Il déballe les cadeaux qu'il a reçus.

ᐊᐱ"ᐧᐊᔮᒋᓈᐤ aapihwaayaachinaau vta
* il/elle le/la déballe

ᐊᐱ"ᑎᐅᐱᑐᐣ aapihtiwipitun p,lieu * la moitié du bras ▪ ᐊᐱ"ᑎᐅᐱᑐᐣ ᐦ ᐅᐱᐧᐊᐢ ᐊᑯ"ᓂᒼ ▪ Elle/Il a trempé son bras à moitié dans l'eau.

ᐊᐱ"ᑎᐅᐱᔨᐦᑖᐤ aapihtiwipiyihtaau vai
* il/elle en verse la moitié

ᐊᐱᐦᑎᐅᐸᐱᔪᐤ aapihtiwipaapiyiu vii
 ◆ la marée est mi-haute

ᐊᐱᐦᑎᐅᐸᑭᓐ aapihtiwipaakin vii ◆ la marée est mi-haute

ᐊᐱᐦᑎᐅᑎᕽᐦᵈ aapihtiwitihkw na -shiim
 ◆ un caribou mâle âgé de quatre ans en été

ᐊᐱᐦᑎᐅᑯᔥᒑᐤ aapihtiwikuschaau p,lieu
 ◆ à mi-chemin dans portage, à miportage ▪ ᐊᐱᐦᑎᐅᑯᔥᒑᐤ ᐊᑯᑎᕽ ᐃᕽᒑᓂᐊᓄᐸᓐᑦ ᐊᑯᓐ ᒃ ᐦ ᐊᑕᓂᐦᐄᑦᑿᐦᵡ ▪ Il y avait une source à mi-chemin dans le portage, c'est là que les gens campaient.

ᐊᐱᐦᑎᐅᑳᑦ aapihtiwikaat p,lieu ◆ au milieu de la jambe ▪ ᒥᓂᔔᐦ ᐦᐤ ᒫᑯᒫᑦ ᐊᐱᐦᑎᐅᑳᑦᐦ ▪ Une bibitte l'a piqué au milieu de la jambe.

ᐊᐱᐦᑎᐅᑳᒻ aapihtiwikaam p,lieu ◆ à mi-chemin le long d'un lac ▪ ᐊᐱᐦᑎᐅᑳᒻ ᐦᐤ ·ᐊᐯᓖᐊᐤ ·ᐊᐯᔪᐦᐦᵡ ▪ Ils ont vu un cygne à mi-chemin le long d'un lac.

ᐊᐱᐦᑎᐅᒫᒃᑳᐣ aapihtiwimaakwaan ni -shiim ◆ la section du milieu d'un poisson

ᐊᐱᐦᑎᐅᓃᐦᑎᒋᐊᐤ aapihtiwiniihtichiwaau vai ◆ le soleil est à moitié couché, il/elle est à moitié descendu-e

ᐊᐱᐦᑎᐅᐣ aapihtiwin vii ◆ c'est mercredi, il en reste la moitié

ᐊᐱᐦᑎᐅᓯᔪ aapihtiwisiiu vai ◆ c'est la moitié

ᐊᐱᐦᑎᐅᔅᑭᓂᐤ aapihtiwiskiniu p,lieu ◆ à mi-chemin ▪ ᐊᐱᐦᑎᐅᔅᑭᓂᐤ ᓂᐦ ᒫᐦᐸᒋᐦᑖᐣᐦᵡ ▪ On est tombé en panne d'essence à mi-chemin.

ᐊᐱᐦᑎᐅᔅᒋᓂᑖᐤ aapihtiwischinitaau vai ◆ il/elle le remplit à moitié avec quelque chose

ᐊᐱᐦᑎᐅᔅᒋᓈᐤ aapihtiwischinaau vii ◆ c'est à moitié rempli

ᐊᐱᐦᑎᐅᔅᒋᓈᐹᒋᔅᑖᐤ aapihtiwischinaapaachistaau vai ◆ il/elle le remplit à moitié avec un liquide

ᐊᐱᐦᑎᐅᔅᒋᓈᐹᔮᐤ aapihtiwischinaapaayaau vii ◆ c'est à moitié plein (d'un liquide)

ᐊᐱᐦᑎᐅᔨᐤ aapihtiwiyiu p,lieu ◆ jusqu'à la taille ▪ ᐊᐱᐦᑎᐅᔨᐤ ᐦᐤ ᐊᐦᑳᑦᔾ ▪ Elle/Il a été brûlée jusqu'à la taille.

ᐊᐱᐦᑎᐅᐦᐊᒻ aapihtiwiham vti ◆ c'est midi, c'est le milieu de la journée; il/elle en est au milieu de son voyage, à mi-chemin

ᐊᐱᐦᑎᐅᐋᐅᐦᵡ aapihtiwaauhch p,lieu ◆ à mi-chemin du sommet de la colline ▪ ᐊᑯᑎᕽ ᒃ ᐊᐱᔮᐣ ᐁᑎᕽ ᐊᐱᐦᑎᐅᐋᐅᐦᵡ ᐃᐦᒌᔮᐣᐦᵡ ▪ Je me suis assis quand je suis arrivé à mi-chemin du sommet de la colline.

ᐊᐱᐦᑎᐅᐋᐦᑎᐠᐧ aapihtiw=aahtikw p,lieu ◆ au milieu de (long et rigide) ▪ ᐊᓂᕽ ᐊᐱᐦᑎᐅᐋᐦᑎᐠᐧ ᐊᑯᑎᕽ ᒃ ᑭᐯᒎ ᐦᒡᒑᐸᐠᐦᵡ ▪ Il y avait un clou au milieu de la planche.

ᐊᐱᐦᑎᐅᐋᐦᑭᑎᑖᐤ aapihtiwaahkitittaau vii
 ◆ c'est à moitié sec

ᐊᐱᐦᑎᐅᐋᐦᑭᑎᓲ aapihtiwaahkitisuu vai -u
 ◆ il/elle est à moitié séché-e

ᐊᐱᐦᑎᐤ aapihtiu p,quantité ◆ la moitié ▪ ᐊᐱᐦᑎᐤ ᓂᐦ ᐹᐤ ᒫᓂᕽ ᓴᐦᒡᐊᑯᐦᐤ ᒃ ᐅᐦᑎᒡᐨ ▪ Il m'a donné la moitié de l'argent qu'elle/il a gagné.

ᐊᐱᐦᑖᑎᐱᔅᑳᐤ aapihtaatipiskaau vii ◆ il est minuit

ᐊᐱᐦᑖᑎᑯᐦᵡ aapihtaatikuhch p,lieu ◆ au milieu du canot ▪ ᐦᐤ ᐱᑖᔦᐸ ᐊᐱᐦᑖᑎᑯᐦᵡ ᐊᐦ ᐸᑯᐦᵡ ▪ Il y avait un trou au milieu du canot.

ᐊᐱᐦᑖᒋᐧᔑᑳᐤ aapihtaachiishikaau vii ◆ il est midi, c'est le milieu de la journée

ᐊᐱᐦᑖᒥᑎᓂᐤ aapihtaamitiniu p,lieu ◆ à mi-chemin vers le sommet de la montagne ▪ ᐦᒥ ᐊᐦ ᐦᐤ ᒣᦡᐠ ᒥᦡᐏᔾᐦᵡ ᐊᐦᑎ ᐊᐱᐦᑖᒥᑎᓂᐤᐦᵡ ▪ Il y avait beaucoup de bleuets à mi-chemin vers le sommet de la montagne.

ᐊᐱᐦᑖᒥᑎᐣ aapihtaamitin p,lieu ◆ à mi-chemin vers le sommet de la montagne ▪ ᐊᐱᐦᑖᒥᑎᐣ ᒥᐧᐦ ᐦᐤ ᐃᔅᐸᐏ ᒥᐧᐨᔨᐦᑖᐤᐦᵡ ▪ Il y avait de l'herbe que jusqu'à mi-chemin vers le sommet de la montagne.

ᐊᐱᐦᑖᓂᑭᐦᑉ aapihtaanikihp p,lieu ◆ à mi-chemin d'un portage ▪ ᐊᐱᐦᑖᓂᑭᐦᑉ ᐊᑯᑎᕽ ᒃ ᐊᑎ ᑳᒋᐸᐦᐊᒀᐠᐦᵡ ▪ Nous avons pris une collation à mi-chemin du portage

ᐊᐱᐦᑖᔅᑭᓂᐤ aapihtaaskiniu p,lieu ◆ à mi-chemin ▪ ᐊᐱᐦᑖᔅᑭᓂᐤ ᓂᐦ ᒫᐦᐸᒋᐦᑖᐣᐦᵡ ▪ On est tombé en panne d'essence à mi-chemin.

ᐊᐱᐦᑯᐱᑎᒻ aapihkupitim vti ◆ il/elle le dénoue rapidement

ᐊᐱᐦᑯᐱᑖᐤ aapihkupitaau vta ◆ il/elle le/la libère rapidement

ᐊᐱᐦᑯᐱᔨᐅ aapihkupiyiu vii ◆ ça se dénoue tout seul

ᐊᐱᐦᑯᐱᔨᐦᐅ aapihkupiyihuu vai -u
◆ il/elle se détache (en remuant)

ᐊᐱᐦᑯᒫᐤ aapihkumaau vta ◆ il/elle le/la défait, le/la dénoue avec ses dents

ᐊᐱᐦᑯᓂᒼ aapihkunim vti ◆ il/elle le dénoue, le libère

ᐊᐱᐦᑯᓂᓲ aapihkuniisuu vai reflex -u
◆ il/elle se détache tout-e seul-e, lui/elle-même

ᐊᐱᐦᑯᓈᐤ aapihkunaau vta ◆ il/elle défait ses liens, le/la libère

ᐊᐱᐦᑯᐦᑎᒼ aapihkuhtim vti ◆ il/elle le détache avec ses dents

ᐊᐳᐃᐚᐃᓐ aapuiwaawin ni ◆ un paquet envoyé à quelqu'un

ᐊᐳᐃᑯᓰᐃᓐ aapuikusiiwin ni ◆ un paquet envoyé à quelqu'un

ᐊᐳᐃᐱᔨᐅ aapuwipiyiu vii ◆ le temps se réchauffe, il dégèle

ᐊᐳᐃᐱᔨᐅ aapuwipiyiu vai ◆ il/elle dégèle ■ ᓃᓐ ᐊᐳᐃᐱᔨᐅ ᐊ ᓂᓯᑦᕐᑲx . Mon oie est déjà dégelée.

ᐊᐳᐃᐱᔨᐦᐋᐤ aapuwipiyihaau vta
◆ il/elle le/la fait dégeler

ᐊᐳᐃᐱᔨᐦᑖᐤ aapuwipiyihtaau vai
◆ il/elle le fait dégeler

ᐊᐳᐃᐱᔨᐦᑖᐤ aapuwipiyihtaau vai+o
◆ Il/elle le fait dégeler. ■ ᐊᐳᐃᐱᔨᐦᑖᐤ ᐅᒦᕐᑲx ■ Elle fait dégeler sa nourriture.

ᐊᐳᐃᑎᐦᒑᓈᐤ aapuwitihchaanaau vta
◆ il/elle lui réchauffe les mains avec les siennes

ᐊᐳᐃᑖᐤ aapuwitaau vii ◆ ça dégèle avec de la chaleur

ᐊᐳᐃᑖᒫᐤ aapuwitaamaau vta ◆ il/elle le/la réchauffe, le/la fait dégeler avec sa bouche

ᐊᐳᐃᑖᐦᑎᒼ aapuwitaahtim vti ◆ il/elle le fait dégeler dans sa bouche

ᐊᐳᐃᑯᐦᑖᐤ aapuwikuhtaau vai
◆ il/elle le fait fondre dans l'eau

ᐊᐳᐃᑯᐦᒌᒫᐤ aapuwikuhchimaau vta
◆ il/elle le/la fait fondre dans l'eau

ᐊᐳᐃᒌᔑᑳᐤ aapuwichiishikaau vii ◆ il fait chaud

ᐊᐳᐃᓂᒼ aapuwinim vti ◆ il/elle le fait fondre ou dégeler avec ses mains

ᐊᐳᐃᓯᒼ aapuwisim vti ◆ il/elle le dégèle

ᐊᐳᐃᓲ aapuwisuu vai -u ◆ il/elle est réchauffé-e par la chaleur

ᐊᐳᐃᔁᐤ aapuwiswaau vta ◆ il/elle le/la fait dégeler avec de la chaleur

ᐊᐳᐃᔥᑭᐚᐤ aapuwishkiwaau vta
◆ il/elle le/la réchauffe, le/la fait dégeler avec son pied ou son corps

ᐊᐳᐃᔥᑭᒼ aapuwishkim vti ◆ il/elle le réchauffe avec son pied ou son corps

ᐊᐳᐃᐦᑮᐦᑖᐤ aapuwihkihtaau vii
◆ l'habitation se réchauffe

ᐊᐳᐄᐤ aapuwiiu vii ◆ la glace ramollit au printemps ou dans l'eau tiède en automne

ᐊᐳᐙᐱᓯᔅᒋᓯᐤ aapuwaapisischisiu vai
◆ il/elle chauffe (minéral)

ᐊᐳᐙᐱᔅᒋᑖᐤ aapuwaapischitaau vii
◆ ça chauffe (minéral)

ᐊᐳᐙᑭᒥᑖᐤ aapuwaakimitaau vii ◆ le liquide est chaud

ᐊᐳᐙᑯᓂᒋᐱᔨᐅ aapuwaakunichipiyiu vii
◆ la neige fond à cause du temps doux

ᐊᐳᐙᔅᑯᑖᐤ aapuwaaskutaau vii ◆ ça chauffe (long et rigide)

ᐊᐳᐙᔅᑯᓯᐤ aapuwaaskusiu vai ◆ il/elle chauffe (long et rigide)

ᐊᐳᐚᔥᑖᐤ aapuwaashtaau vii ◆ c'est réchauffé par le soleil

ᐊᐳᐚᔮᐤ aapuwaayaau vii ◆ il fait doux (se dit du temps)

ᐊᐳᑎᐚᐦᐋᒫᐤ aaputiwaahaamaau vai
◆ il/elle coiffe ses cheveux en arrière

ᐊᐳᑎᑖᐦᒋᑭᓐ aaputitaahchikin ni ◆ le sac aérien d'une truite retourné, attaché d'un côté, gonflé, attaché de l'autre et bouilli

ᐊᐳᑎᓂᒼ aaputinim vti ◆ il/elle le retourne

ᐊᐳᑎᓈᐤ aaputinaau na -m ◆ un castor apprêté en le désossant de manière à laisser la viande en un seul morceau, recousu, retourné, gonflé pour qu'il soit rond et cuit suspendu à une cordelette

ᐊᐳᑎᓈᐤ aaputinaau vta ◆ il/elle le/la retourne

ᐊᐳᑎᡇᐤ aaputishwaau vai ◆ il/elle découpe la viande de l'animal en commençant par le postérieur

ᐊᐳᑖᔨᐤ aaputaayiu vai ◆ il/elle lève la queue

ᐊᐳᒋᐱᑖᐤ aapuchipitaau vta ◆ il/elle le/la retourne

ᐊᐳᒋᐱᔨᐤ aapuchipiyiu vai ◆ il/elle se retourne

ᐊᐳᒋᐱᔨᐤ aapuchipiyiu vii ◆ ça se retourne

ᐊᐳᔥᑭᐘᐤ aapushkiwaau vta ◆ il/elle va le/la rencontrer sur le chemin de son retour

ᐊᐳᔥᑳᒋᒑᐤ aapushkaachichaau vai ◆ il/elle va à la rencontre de quelqu'un qui revient

ᐊᐳᔨᐘᐤ aapuyiwaau vai ◆ il/elle envoie quelque chose à quelqu'un

ᐊᐳᔮᐤ aapuyaau vta ◆ il/elle envoie un paquet à quelqu'un

ᐊᐳᐦᐚᔥᑖᓈᐤ aapuhwaashtaanaau vta ◆ il/elle le/la déroule

ᐊᐳᐦᐚᔥᑖᐦᑏᑖᐤ aapuhwaashtaahtitaau vai ◆ il/elle le déroule en s'en éloignant

ᐊᐳᐦᐚᔥᑖᐦᑎᐦᐋᐤ aapuhwaashtaahtihaau vta ◆ il/elle le/la déroule tout en marchant

ᐊᐳᐦᐚᔥᑎᓐ aapuhwaahtin vii ◆ ça se déroule en tombant

ᐊᐳᐦᑖᐤ aapuhtaau vai ◆ il/elle rapporte autant de viande qu'il/elle peut porter du gros gibier qu'il/elle a tué

ᐊᐳᐦᑖᓐ aapuhtaan ni ◆ des entrailles de gros gibier ramenés à la maison

ᐊᐳᐦᑭᑖᐦᐱᔨᐦᐆ aapuhkitaahpiyihuu vai -u ◆ il/elle le crache, le recrache

ᐊᐳᐦᑭᑖᐦᑎᒼ aapuhkitaahtim vti ◆ il/elle le crache, le recrache

ᐊᐹᐎᐤ aapaawiiu vai ◆ il/elle se réchauffe en bougeant

ᐊᐹᓂᒼ aapaanim vti ◆ il/elle le réchauffe avec les mains

ᐊᐹᓈᐤ aapaanaau vta ◆ il/elle le/la fait fondre, le/la dégèle avec ses mains

ᐊᑎ aati préverbe ◆ commencer à (variante de *ati*, utilisée avec les verbes au conjonctif)

ᐊᑎᐃᐦᐋᐤ aatiwihaau vta ◆ il/elle ne peut pas le sortir de là parce qu'il/elle est coincé

ᐊᑎᐃᐦᑖᐤ aatiwihtaau vai+o ◆ il/elle ne peut pas sortir ça de là parce que c'est coincé

ᐊᑎᐄ aatiwii p,évaluative ◆ au moins, heureusement ■ ᐊᑎᐄ ᒥᒌᐢ ᐳᕐᐋᐤ ᓂᔥᑴ ■ *Elle/il a rapporté à la maison au moins dix oies.*

ᐊᑎᐙᓯᓂᐙᐤ aatiwaasiniwaau vta ◆ il/elle n'aime pas son apparence, la désapprouve

ᐊᑎᐙᓯᓂᒼ aatiwaasinim vti ◆ il/elle n'en aime pas l'apparence

ᐊᑎᐙᔨᒨ aatiwaayimuu vai -u ◆ il/elle manque de confiance

ᐊᑎᐙᔨᒫᐤ aatiwaayimaau vta ◆ il/elle le/la repousse, rejette ■ ᐡ ᒐ ᐊᑎᐙᔨᒫᐤ ᐋᓂᐦ ᐊᐋᔨᐤ ᐸ ᓂᑎᐋᔨᑕᒡ ᒫ ᐋᕆᒌᐢ ■ *Elle/il a rejeté l'offre en mariage d'un-e autre prétendant-e.*

ᐊᑎᐙᔨᐦᑎᒼ aatiwaayihtim vti ◆ il/elle le rejette ■ ᔮᒡ ᑭᔭᐸ ᐊᑎᐙᔨᐦᑎᒼ ᐋᓂᑭ ᐊᐦᐋᔑᐢ ᒪ ᒥᔥᕈᐋᑦᒡ ■ *Évidemment, elle/il rejette le manteau qui lui a été donné.*

ᐊᑎᐱᔥᒄ aatipiishkw p,conjonction ◆ je me demande si... (expression de doute) ■ ᐊᑎᐱᔥᒄ ᒥᒍ ᐅᑉ ᓈᒋᒌᒼ ᒪ ᐳᒡᐢ ■ *Je me demande si mon petit-fils qui est parti en canot a mangé quelque chose ce matin.*

ᐊᑎᑑᓰᐤ aatituusiiu vai ◆ il/elle est maigre, faible ■ ᐋᐋᓂᒼ ᐊᑎᑑᔾᐅ ᐊᐸ ᐋᒡ ᒥᒋᐢ ■ *Elle s'affaiblit parce qu'elle ne mange jamais.*

ᐊᑎᑳᒫᔑᒫᐤ aatikaamaashimaau vta ◆ il/elle l'abandonne de l'autre coté d'une étendue d'eau sans aucun moyen de traverser

ᐊᑎᑳᒫᔑᓐ aatikaamaashin vai ◆ sa traversée est bloquée par une étendue d'eau

ᐊᑎᑳᒫᔮᐤ aatikaamaayaau vii ◆ il n'y a pas moyen de traverser cette étendue d'eau sans canot, bateau ou radeau

ᐊᑎᑳᒼ aatikaam p,lieu ◆ sur l'autre rive sans moyens de traverser ■ ᐊᑎᑳᒼ ᐃᐦᑖᐗᒡ ᐋᒡ ᐃᔮᐅᑏᒡ ᐆᑎᓈᐤ ■ *Elles/Ils sont coincé-es sur l'autre rive parce que nous n'avons pas de canot pour les chercher.*

ᐊᑎᒋᓂᐱᑎᒻ aatichinipitim vti ◆ il/elle le met sur son dos

ᐊᑎᒋᓂᐱᑖᐤ aatichinipitaau vta ◆ il/elle le/la met sur son dos

ᐊᑎᒋᓂᐱᔨᐤ aatichinipiyiu vai ◆ il/elle tombe à la renverse (sur le dos)

ᐊᑎᒋᓂᐱᔨᐦᐆ aatichinipiyihuu vai -u ◆ il/elle se retourne sur le dos

ᐊᑎᒋᓂᒋᒫᐤ aatichinichimaau vai ◆ il/elle nage sur son dos

ᐊᑎᒋᓂᒻ aatichinim vti ◆ il/elle lui maintient le devant en l'air

ᐊᑎᒋᓂᔑᒫᐤ aatichinishimaau vta ◆ il/elle le couche sur le dos

ᐊᑎᒋᓂᔑᓐ aatichinishin vai ◆ il/elle est couché-e sur le dos

ᐊᑎᒋᓂᔥᑖᐤ aatichinishtaau vai ◆ il/elle le pose à l'endroit sur le dos

ᐊᑎᒋᓂᔥᑖᐤ aatichinishtaau vii ◆ c'est placé à l'envers

ᐊᑎᒋᓂᔥᒁᔑᓐ aatichinishkwaashin vai ◆ il/elle est couché-e sur le dos

ᐊᑎᒋᓈᐤ aatichinaau vta ◆ il/elle lui maintient le devant en l'air

ᐊᑎᒋᓈᐲᐦᐄᑭᓂᐎᔥᑎᒃᐚᓂᑭᐚᑭᓂᐆ aatichinaapihiikiniwishtikwaanikiwaakiniuu vai -iwi ◆ il reçoit un paquet/l'emballage de viande fait d'une tête de caribou qui a été retournée, ouverte et évidée (traditionnellement donné au jeune homme)

ᐊᑎᒋᓈᐲᐦᐄᑭᓂᐎᔥᑎᒃᐚᓐ aatichinaapihiikiniwishtikwaan ni -u ◆ la tête d'un caribou retournée de haut en bas, ouverte au couteau et évidée

ᐊᑎᒫ aatimaa p,temps ◆ très longtemps ■ ᐊᑎᒫ ᓂᒉ ᔔᓈᐧᔮᒉ ᓂᒐ ᑭᔥᐋ ᑌᑦ ᑌᒉᔮ x ◆ On l'a attendu très longtemps mais il n'est jamais arrivé.

ᐊᑎᓂᔥᒑᐦᐱᑖᐤ aatinischaahpitaau vta ◆ il/elle lui attache les pattes pour l'empêcher de s'échapper

ᐊᑎᔉᒃᐚᐦᐄᐹᐤ aatiskwaahiipaau vai ◆ il/elle déplace son filet de pêche en hiver

ᐊᑎᔅᒌᐤ aatischiiu vai ◆ il/elle laisse des traces

ᐊᑎᔅᒑᐦᐋᐅᓲ aatischaahaausuu vai -u ◆ un orignal ou un caribou vient de mettre à bas et le petit a laissé des traces dans la neige (une neige tardive ou quand la neige est presque fondue)

ᐊᑎᔥᑭᐚᐤ aatishkiwaau vta ◆ il/elle est en avance sur lui/elle, il/elle le/la marque de son pied ou de son corps

ᐊᑎᔥᑭᒻ aatishkim vti ◆ il/elle arrive en avance; il/elle le marque de son pied ou de son corps ■ ᐄ ᐊᑎᔥᑭᒻ ᐋᐦᒌᕽ ᐸᐱᐦᒉᒋᓯᕽ x ◆ Elle/il veut arriver avant l'avion.

ᐊᑎᔫᐦᑭᐚᐤ aatiyuuhkiwaau vta ◆ il/elle lui raconte une légende ■ ᐋᐴ ᐊᐦ ᒥᔮᔥᑎᒃᐦ ᐊᐦ ᐊᑎᔫᐦᑭᐙᒡ ᒥᒉ ᓂᓯᒃᐦ ᐊᐧᐋᒍᐦ ᐧᐋ ᐋᐹᔅᑎᒃᐦᐄᑐᒡ x ■ Il aime raconter des légendes à ceux et celles qui veulent bien l'écouter.

ᐊᑎᔫᐦᑳᓐ aatiyuuhkaan ni ◆ une légende

ᐊᑎᔫᐦᒑᐤ aatiyuuhchaau vai ◆ il/elle raconte une légende ■ ᒫᒃ ᐊᔑᒡᑎᐱᔥᑳᐦᒄ ᐊᑎᔫᐦᒑᐤ x ■ Il raconte une légende presque chaque soir.

ᐊᑎᐦᐅᑖᐤ aatihutaau vii ◆ c'est abîmé d'avoir frotté contre quelque chose

ᐊᑎᐦᐊᒻ aatiham vti ◆ il/elle le marque

ᐊᑎᐦᐚᐤ aatihwaau vta ◆ il/elle le/la marque

ᐊᑎᐦᑎᐦᐊᒻ aatihtiham vti ◆ il/elle tire à côté

ᐊᑐᐧᐄᐦᐆ aatuwihuu vai -u ◆ il/elle est coincé-e

ᐊᑐᐧᐄᐦᐋᐤ aatuwihaau vta ◆ il/elle le/la coince ■ ᐊᑐᐧᐄᐦᐋᐤ ᐊᓂᑭᐦ ᓂᒉᐱᔥᒌᔨᔑᕽ ᑲ ᑯᒐᑳᒡ x ■ Il a essayé ma bague et l'a coincé sur son doigt.

ᐊᑐᐧᐄᐦᒑᐤ aatuwihtaau vai ◆ il/elle se coince ■ ᐊᑐᐧᐄᐦᒉᐤ ᐅᔥᑎᒀᓂᒡ ᐊᐧᐊᔥ ᐊᐦ ᐸᑕᔮᔥᑯᕽ x ■ Sa tête est coincée dans le trou.

ᐋᒑᐱᔅᒋᐱᔨᐤ aataapischipiyiu vai ◆ il/elle est enfermé-e à clé, barré-e en-dedans

ᐋᒑᐱᔅᒋᐱᔨᐤ aataapischipiyiu vii ◆ c'est barré, fermé à clé

ᐋᒑᐱᔅᒋᓂᑭᓐ aataapischinikin ni ◆ un cadenas, une serrure

ᐋᒑᐱᔅᒋᓂᒻ aataapischinim vti ◆ il/elle cadenasse, le barre

ᐊᑕᐱᔅᕆᓈᐤ **aataapischinaau** vta ♦ il/elle barre la porte (la ferme à clé) pour lui en interdire l'accès

ᐊᑕᐱᐦᑳᑖᐤ **aataapihkaataau** vii ♦ ça en porte les marques (filiforme) d'avoir été attaché ou pris au lacet

ᐊᑕᐱᐦᑳᓲ **aataapihkaasuu** vai-u ♦ il/elle porte les marques de ses liens

ᐊᑖᑯᓈᔑᓐ **aataakunaashin** vai ♦ des signes de son activité peuvent se voir dans la neige

ᐊᑖᔅᑯᐦᐄᐅᑖᓈᐦᑎᒄ **aataaskuhiiutaanaahtikw** ni ♦ un bâton qui soutient une étagère

ᐊᑖᔅᑯᐦᐄᐅᑖᓐ **aataaskuhiiutaan** ni ♦ une étagère

ᐊᑖᔅᑯᐦᐄᑭᓈᐦᑎᒄ **aataaskuhiikinaahtikw** ni ♦ un loquet en bois

ᐊᑖᔅᑯᐦᐄᑭᓐ **aataaskuhiikinh** ni pl ♦ les bâtons qui maintiennent une pile de bois de chaque côté

ᐊᑖᔅᑯᐦᐊᒻ **aataaskuham** vti ♦ il/elle installe des poteaux pour maintenir la pile de bois

ᐊᑦ **aat** p,conjonction ♦ bien que ▪ ᐊᖬᐱᖬ ᓈᒥ ᐱᓯᒡᐊᔫ ᐊᑦ ᔫᒻ ᒦᕐᓱᒃ. ▪ Il ne prend pas de poids, bien qu'elle/il mange tout le temps.

ᐋᑭᐃᐱᓈᔅᕆᐤ **aakiwipinaaschiiu** vai ♦ il/elle (un ours) n'hiberne pas dans sa tanière mais s'assied et laisse les feuilles et la neige le recouvrir

ᐋᑭᐃᐱᔫ **aakiwipiyiu** vai ♦ il/elle disparaît

ᐋᑭᐃᐱᔫ **aakiwipiyiu** vii ♦ ça disparaît

ᐋᑭᐃᐱᔨᐆ **aakiwipiyihuu** vai-u ♦ il/elle va se cacher derrière quelque chose

ᐋᑭᐃᐱᔨᐦᐋᐤ **aakiwipiyihaau** vta ♦ il/elle le/la cache derrière quelque chose

ᐋᑭᐃᐱᔨᐦᑖᐤ **aakiwipiyihtaau** vai ♦ il/elle se cache derrière quelque chose

ᐋᑭᐃᑯᑖᐤ **aakiwikutaau** vii ♦ ça pend caché

ᐋᑭᐃᑯᒋᓐ **aakiwikuchin** vai ♦ il/elle pend caché

ᐋᑭᐃᔅᑳᐤ **aakiwiskwaau** vii ♦ le soleil brille à travers les nuages

ᐋᑭᐋᐅᐦᒡ **aakiwaauhch** p,lieu ♦ du côté caché de la montagne

ᐋᑭᐋᐱᓈᐤ **aakiwaapinaau** vta ♦ il/elle lui cache les yeux avec les mains, l'ours empêche quelqu'un de voir sa tanière (on dit que l'ours lui cache les yeux pour l'empêcher de voir)

ᐋᑭᐋᐱᔅᑳᐤ **aakiwaapiskaau** vii ♦ la vue est bloquée par des roches

ᐋᑭᐋᐱᐦᒁᓲ **aakiwaapihkwaasuu** vai-u ♦ il/elle a les yeux bandés

ᐋᑭᐋᐱᐦᒁᐦᐱᑖᐤ **aakiwaapihkwaahpitaau** vta ♦ il/elle lui bande les yeux

ᐋᑭᐋᓯᔅᒑᐤ **aakiwaasischaau** vai ♦ le soleil est caché derrière les nuages

ᐋᑭᐋᔅᑯᐦᑎᓐ **aakiwaaskuhtin** vii ♦ c'est caché derrière un arbre

ᐋᑭᐋᔅᒑᐤ **aakiwaaschaau** vii ♦ le soleil est caché

ᐋᑭᐋᔥᑖᐦᑎᓐ **aakiwaashtaahtin** vii ♦ c'est là où le soleil brille jamais

ᐋᑭᐋᔥᑯᔑᒨ **aakiwaashkushimuu** vai-u ♦ il/elle se cache derrière un arbre

ᐋᑭᐋᔥᑯᔑᒫᐤ **aakiwaashkushimaau** vta ♦ il/elle le/la cache derrière un arbre

ᐋᑭᐋᔨᐦᑎᒻ **aakiwaayihtim** vti ♦ il/elle s'évanouit

ᐋᑭᐤ **aakiu** p,lieu ♦ derrière, hors de vue ▪ ᐊᖬᒡ ᖬᒡ ᐱᔅᑎᒡ ᐋᑭᐤ. ▪ Mets le là-bas, hors de ma vue!

ᐋᑭᑐ **aakitu** na ♦ un bâton courbé utilisé pour découvrir des tunnels de castor sous la glace

ᐋᑭᑐᓂᒻ **aakitunim** vti ♦ il/elle met sa main dedans

ᐋᑭᑐᓈᐤ **aaakitunaau** vta ♦ il/elle met sa main dedans (animé)

ᐋᑭᑖᐱᑖᐤ **aakitaapitaau** vta ♦ il/elle lui fait avoir des haut-le-coeur ou le/la fait vomir en lui enfonçant les doigts dans la gorge

ᐋᑭᑖᐱᔫ **aakitaapiyiu** vai ♦ il/elle a des haut-le-coeur, envie de vomir

ᐋᑭᑖᓈᐤ **aakitaanaau** vta ♦ il/elle lui ui fait avoir des haut-le-coeur ou le/la fait vomir en lui enfonçant les doigts dans la gorge

ᐋᖁᐃᐦᑎᐋᐱᓯᔅᕆᔑᓐ **aakuihtiwaapisischishin** vai ♦ il/elle est disposé-e en couches (minéral)

ᐊᑯᐱᑎᓂᒻ aakupitinim vti ◆ il/elle installe une ligne de pêche nocturne en plaçant un bâton par dessus le trou et en y attachant la ligne

ᐊᑯᑎʰ aakutih p,dém,focus,lieu ◆ juste là ▪ ᐊᑯᑎʰ ᐊᓂʰ ᐅʷᑎ·ᑲᓭᵘᴸ ᑲ ᑉˢᑦʺᐅᵇ ᐊᵃ ᒋᒋ<ˣ ▪ J'ai tiré et touché ce canard juste-là sur sa tête.

ᐊᑯᑖʰ aakutaah p,dém,focus,lieu ◆ d'accord, ça va, là-bas ▪ ᐊᑯᑖʰ, ᒡᔫ ᒥᔦᐱᓂˣ ◆ ᐊᑯᑖʰ ᐊᑦʰ ᑲ ᐃᒍʰᑦᑉᵃˣ ▪ D'accord ça marche bien maintenant. ◆ Je suis allé là-bas.

ᐊᑯᔅ·ᑲᔮᐱᒫᵒ aakusukwaayaapimaau vta ◆ il/elle en examine l'intérieur

ᐊᑯᔅ·ᑲᔮᐱʰᑎᴸ aakusukwaayaapihtim vti ◆ il/elle en examine l'intérieur

ᐊᑯᔥᑭʰᐊᴸ aakuskiham vti ◆ il/elle en bloque l'accès avec quelque chose

ᐊᑯᔑᒨ aakushimuu vai-u ◆ il/elle se cache derrière quelque chose

ᐊᑯᔑᒫᵒ aakushimaau vta ◆ il/elle se cache de lui ou d'elle

ᐊᑯᔑᓐ aakushin vai ◆ il/elle est invisible

ᐊᑯᔛ aakush p,affirmative ◆ ça ne fait rien, c'est pas grave, ça va ▪ ᐊᑯᔛ ᐊᑯᑖʰ ᒪ ᐃᒋᐋᓈᵘᵘˣ ▪ Ça va, laisse-le comme il est.

ᐊᑯᔥᑭ·ᐊᵒ aakushkiwaau vta ◆ il/elle lui bouche la vue

ᐊᑯᔥᑭʰᑖᵒ aakushkishtaau vai ◆ il/elle lui en bloque l'accès avec quelque chose

ᐊᑯᔨʰᑎᔫ aakuyihtishiu vai ◆ il/elle porte plusieurs choses sur son dos

ᐊᑯᔨʰᑐ·ᐊᒫᵒ aakuyihtuwimaau ni-uum ◆ une hutte de castor à deux étages

ᐊᑯᔮᑭʰᐃᑭᓈᒋᶯ aakuyaakihiikinaachin ni ◆ du tissu pour des rideaux

ᐊᑯᔮᑭʰᐃᑭᓐ aakuyaakihiikin ni ◆ un rideau

ᐊᑯᔮᑭʰᐊᴸ aakuyaakiham vti ◆ il/elle suspend quelque chose devant, il/elle ferme les rideaux

ᐊᑯᔮᑭʰ·ᐊᵒ aakuyaakihwaau vta ◆ il/elle le/la suspend (étalé) devant elle/lui pour le/la cacher

ᐊᑯᔮᒋᐱᑎᴸ aakuyaachipitim vti ◆ il/elle descend le store, tire le rideau

ᐊᑯʰ aakuh p,interjection ◆ d'accord ▪ ᐊᑯʰ ᒪᵇ ᒪᒋᑖˣ ▪ D'accord, allons-y.

ᐊᑯʰ aakuh p,conjonction ◆ pis, puis ▪ ᑲʷ ᑭᔅᒥᒋᔅᐃʷᵘᴸ ᐊᑯʰ ᒥᵃ ᐊᑎ ᒥᔑʰᒡᑉᵃˣ ▪ On a fini de manger, puis on a continué sur notre chemin.

ᐊᑯʰᐊᴸ aakuham vti ◆ il/elle le cache

ᐊᑯʰ·ᐊᵒ aakuhwaau vta ◆ il/elle se cache derrière quelque chose

ᐊᑯʰᑎᵃ aakuhtin vii ◆ c'est invisible

ᐊᑯʰ·ᑲᐧᓂᔫ aakuhkwaaniisuu vai reflex -u ◆ il/elle se couvre le visage avec les mains

ᐊᑯ aakuu p,interjection ◆ ça suffit ▪ ᐊᑯ ᒪ ᐃʷʰᔒ ᓂ<ᑉᵃ ᐱᑎᴸˣ ▪ Ça suffit, je ne vais plus dormir.

ᐊᑯʰᐅᒡ aakuuhut p,affirmative ◆ oui d'accord, vas-y! (expression de l'accord pour agir) ▪ ᐊᑯʰᐅᒡ, ᐃʷᒍᑎᶮᒡᵒ ᐊᵃ ᑲ ·ᐃʺ ᐃʷᒍᑎᶮᵈˣ ▪ Oui d'accord, allons faire ce que nous voulions faire.

ᐋᑲ aakaa p,négative ◆ ne...pas, non, à moins que... ▪ ᓂᒐ ᑭᑉ ᒡʰ ·ᐃʷᑎᓂᵃ ᐋᑲ ᑎᒍᔅᓂᐋˣ ▪ Je ne peux pas te le dire à moins que tu ne viennes ici.

ᐋᑳᓯᑯᔫᵒ aakaasikusiu vai ◆ il/elle est bloqué-e par la glace pendant son voyage

ᐋᑳᓯᑯ·ᐊᵒ aakaasikwaau vii ◆ c'est bloqué par la glace

ᐊ·ᑳᒡᔅᑎᐱᔅᑳᵒ aakwaachistipiskaau vii ◆ c'est tard la nuit

ᐊ·ᑳᔥᑭ·ᐊᵒ aakwaashkiwaau vta ◆ il/elle le/la ramène au rivage ▪ ᐊᒥ·ᐃᵈ ᐊᒐᐱᑎᒡ ᐊᵃ ᐅᒡᔮᔅᵈ ᐋᒦ ᐊʺ ᒥᒍˡᔅᑦᔦᵘ ᒥʷᑎᵈ ᐊʺ ᐊ·ᑳᔥᑭ·ᐊᵈˣ ▪ Cette machine est utilisée pour rapporter de gros arbres sur le rivage.

ᐊᒋᐱᐳᓂᔫ aachipipunishiu vai ◆ il/elle est pris-e par le gel avant d'avoir pu rejoindre sa destination d'hiver en canot

ᐊᒋᑳʰᑯʰᵇ aachikaahkuhk nip ◆ sa cheville ou son poignet

ᐊᒋᒃ aachik p,évaluative ◆ apparemment ▪ ᐊᒋᒃ ᒥᵃ ᑲ ᒥᒡᐋᒋ ᐊᐅᒃ ᐊᑲ·ᐃ ᒥᵃ ᒥᒃ ᐃᑎᵇˣ ▪ Apparemment elle/il le lui avait donné quand je lui avais dit de ne pas le lui redonner.

ᐊᒋᒋᑳᑖᐱᑖᵒ aachichikaataapitaau vta ◆ il/elle le/la fait trébucher en lui tirant la jambe

ᐊᒋᓂᔥᑭᐦᐊᐅ aachiniskihaau vta ♦ il/elle lui attache les pattes avant sur la poitrine

ᐊᒋᓃᐱᓂᔑᐅ aachiniipinishiu vai ♦ il/elle se fait prendre par la fonte des glaces sans canot pour rejoindre sa destination d'été

ᐊᒋᔑᒫᐅ aachishimaau vta ♦ il/elle l'accroche à quelque chose

ᐊᒋᔑᓐ aachishin vai ♦ il/elle est attrapé-e et gardé-e là

ᐊᒋᐦᑎᑖᐅ aachihtitaau vai ♦ il/elle l'accroche à quelque chose

ᐊᒋᐦᑎᓐ aachihtin vii ♦ c'est accroché à quelque chose

ᐊᒋᐦᒋᒨ aachihchimuu vai-u ♦ il/elle reste coincé-e sur une île ou une banc de sable à cause de la marée montante

ᐊᒥᐃᒡ aamiwich vai pl ♦ ils (les poissons) sont en train de frayer

ᐊᒥᐙᐱᔥᑭᐙᐅ aamiwaapishkiwaau vta ♦ il/elle le/la fait tomber avec son corps ou son pied

ᐊᒥᐙᐱᔥᑭᒥ aamiwaapishkim vti ♦ il/elle le fait tomber avec son corps ou son pied

ᐊᒥᐱᑎᒥ aamipitim vti ♦ il/elle l'enlève de quelque chose

ᐊᒥᐱᑖᐅ aamipitaau vta ♦ il/elle l'enlève de quelque chose

ᐊᒥᐱᔨᐅ aamipiyiu vai ♦ il/elle tombe de quelque chose

ᐊᒥᐱᔨᐅ aamipiyiu vii ♦ ça tombe de quelque chose

ᐊᒥᐱᔨᐦᐳ aamipiyihuu vai-u ♦ il/elle s'enlève de quelque chose, il/elle descend de quelque chose

ᐊᒥᐱᔨᐦᐊᐅ aamipiyihaau vta ♦ il/elle le/la fait tomber d'un véhicule

ᐊᒥᐱᔨᐦᑖᐅ aamipiyihtaau vai ♦ quelque chose tombe de son véhicule, accidentellement

ᐊᒥᐱᐦᑖᐅ aamipihtaau vai ♦ il/elle coule de quelque chose

ᐊᒥᑖᐹᓰᐦᑖᓂᐎᒡ aamitaapaasihtaaniwich p,lieu ♦ à la fin d'un portage ▪ ᐋᑯᓐᐦ ᐊᓂᓐᐦ ᐊᐦ ᒥᐹᓰᐦᑖᓂᐎᒡ ᐧᑳ ᐱᔥᑎᓂᒫᐦᒡ ᐊᓂᐦᐄ ᒥᒋᑳᐦᒡ ᑳ ᐱᒣᐦᑖᔮᐦᒡ ♦ Nous avons laissé nos affaires à la fin du portage.

ᐊᒥᑖᐦᑎᒥ aamitaahtim vti ♦ il/elle le crache

ᐊᒥᒀᔥᑯᐦᑎᐅ aamikwaashkuhtiu vai ♦ il/elle saute de là

ᐊᒥᒋᐎᓐ aamichiwin vii ♦ c'est là où le courant commence à descendre

ᐊᒥᒋᔑᓂᒥ aamichishinim vti ♦ il/elle le repousse avec les mains et le fait tomber de quelque chose

ᐊᒥᒋᔑᓈᐅ aamichishinaau vta ♦ il/elle le/la repousse avec les mains et le/la fait tomber

ᐊᒥᓂᒥ aaminim vti ♦ il/elle l'enlève de quelque chose (d'une surface horizontale) avec ses mains ou ses bras

ᐊᒥᓈᐅ aaminaau vta ♦ il/elle le/la fait descendre de quelque chose avec ses mains ou ses bras

ᐊᒥᓵᐅᒋᐱᔨᐅ aamisaauchipiyiu vii ♦ une bûche en feu roule hors du foyer

ᐊᒥᔅᒋᓂᑖᐅ aamischinitaau vai ♦ il/elle remplit le fait déborder

ᐊᒥᔅᒋᓈᐅ aamischinaau vii ♦ c'est trop rempli et ça déborde avec quelque chose de solide

ᐊᒥᔑᒫᐅ aamishimaau vta ♦ il/elle le/la fait tomber de son véhicule

ᐊᒥᔑᓐ aamishin vai ♦ il/elle tombe

ᐊᒥᐱᑭᐙᐅ aamishkiwaau vta ♦ il/elle le/la fait tomber ou se détacher avec son corps ou son pied

ᐊᒥᐱᑭᒥ aamishkim vti ♦ il/elle le fait tomber ou se détacher en le cognant avec son corps ou son pied

ᐊᒥᔨᐦᒑᐅ aamiyihchaau vai [Wemindji] ♦ il/elle va pêcher des poissons en train de frayer

ᐊᒥᐦᐊᒥ aamiham vti ♦ il/elle le fait tomber avec quelque chose

ᐊᒥᐦᐋᐅ aamihwaau vta ♦ il/elle le/la fait tomber avec quelque chose

ᐊᒥᐦᑎᑖᐅ aamihtitaau vai ♦ il/elle fait tomber quelque chose en se déplaçant avec un véhicule

ᐊᒥᐦᑎᓐ aamihtin vii ♦ ça tombe de quelque chose en train de bouger

ᐊᒥᐦᑯᐱᔨᓈᓂᐎᒡ aamihkupiyinaaniwich ni pl ♦ la rougeole

ᐊᒥᐦᒀᓐ aamihkwaan na ♦ une cuillère

ᐊᒦᐅᑭᑉ aamiiukihp ni ♦ une frayère

ᐊᒦᐅᒫᒄ aamiiumaakw na -um ♦ un poisson sur le point de frayer, un frai

ᐊᒦᐤ aamiiu vai ♦ il/elle en descend

ᐊᒦᐦᑳᓈᓐ aamiihkaanaan ni ♦ un endroit où on attrape le frai (les poissons en train de frayer), une frayère

ᐊᒧᑎᒄ aamutihkw na -um ♦ un caribou qui se cache après avoir été effrayé par les humains

ᐊᒧᑖᐱᔨᐤ aamutaapiyiu vai ♦ il/elle tombe du canot parce qu'il tangue

ᐊᒧᑖᐱᔨᐤ aamutaapiyiu vii ♦ ça tombe du canot parce qu'il tangue

ᐊᒧᑖᔥᑭᐙᐤ aamutaashkiwaau vta ♦ il/elle le/la sort du canot en le/la poussant

ᐊᒧᑖᔥᑭᒼ aamutaashkim vti ♦ il/elle le sort du canot en poussant dessus

ᐊᒨ aamuu na -uum ♦ une abeille

ᐊᒨᒋᔥᑐᓐ aamuuchishtun na -uum ♦ une ruche

ᐊᒨᔔᑳᐤ aamuushuukaau ni -m ♦ du miel, lit.'du sucre d'abeilles'

ᐊᒫᐅᐦᒋᐦᑎᓐ aamaauhchihtin vii ♦ le lac s'écoule des deux cotés d'une montagne ou d'une colline

ᐊᒫᐴᑯ aamaapukuu vai -u ♦ il/elle franchit le rebord en flottant

ᐊᒫᒋᐧᓱ aamaachiwisuu vai -u ♦ il/elle bout et déborde

ᐊᒫᒋᐧᐃᐦᑖᐤ aamaachiwihtaau vii ♦ ça bout et ça déborde

ᐋᓂᐱᐤ aanipiu vai ♦ il/elle s'assoit au fond de quelque chose

ᐋᓂᐱᔨᐤ aanipiyiu vii ♦ ça va jusqu'au fond

ᐋᓂᑯᒑᔑᐧᐃᔮᓐ aanikuchaashiwiyaan na ♦ une peau d'écureuil

ᐋᓂᑯᒑᔑᐧᐃᓂᐦᐄᑭᓐ aanikuchaashiwinihiikin ni -u ♦ un piège à écureuil

ᐋᓂᑯᒑᔑᐧᐃᓂᐦᐄᒑᐤ aanikuchaashiwinihiichaau vai ♦ il/elle pose un piège à écureuil

ᐋᓂᑯᒑᔥ aanikuchaash na -im ♦ un écureuil *Sciurus hudsonicus*

ᐋᓂᐢᑭᐧᐃᐲᐤ aaniskiwipiu vai ♦ il/elle est placé-e de façon à rallonger quelque chose

ᐋᓂᐢᑭᐧᐃᑭᓂᑎᐦᒑᓐ aaniskiwikinitihchaan ni ♦ une articulation du doigt

ᐋᓂᐢᑭᐧᐃᑭᓈᓐ aaniskiwikinaan ni ♦ une articulation (entre deux os)

ᐋᓂᐢᑭᐧᐃᒀᑎᒼ aaniskiwikwaatim vti ♦ il/elle le rallonge en le cousant à un autre morceau

ᐋᓂᐢᑭᐧᐃᒀᑖᐤ aaniskiwikwaataau vta ♦ il/elle le/la rallonge en le/la cousant à un autre morceau

ᐋᓂᐢᑭᐧᐃᓂᒼ aaniskiwinim vti ♦ il/elle le rallonge en le tenant avec la main

ᐋᓂᐢᑭᐧᐃᓈᐤ aaniskiwinaau vta ♦ il/elle le/la rallonge à la main

ᐋᓂᐢᑭᐧᐃᔑᓐ aaniskiwishin vai ♦ il/elle dort au pied des autres quand la hutte est pleine

ᐋᓂᐢᑭᐧᐃᔥᑎᐦᐙᐤ aaniskiwishtihwaau vta ♦ il/elle le/la coud à un-e autre pour le/la rallonger

ᐋᓂᐢᑭᐧᐃᐦᐋᐤ aaniskiwihaau vta ♦ il/elle le/la place de façon à le/la rallonger

ᐋᓂᐢᑭᐧᐃᐦᐱᑎᒼ aaniskiwihpitim vti ♦ il/elle le noue à un autre pour le rallonger

ᐋᓂᐢᑭᐧᐃᐦᐱᒋᑭᓐ aaniskiwihpichikin ni ♦ une rallonge de traîneau

ᐋᓂᐢᑭᐧᐃᐦᐱᓱ aaniskiwihpisuu vai -u ♦ ils sont joints ensemble

ᐋᓂᐢᑭᐙᐱᐦᑳᑎᒼ aaniskiwaapihkaatim vti ♦ il/elle le rallonge en y nouant quelque chose

ᐋᓂᐢᑭᐙᐱᐦᑳᑖᐤ aaniskiwaapihkaataau vta ♦ il/elle le/la rallonge en nouant quelque chose sur lui ou sur elle

ᐋᓂᐢᑭᐙᐱᐦᒑᓂᒼ aaniskiwaapihchaanim vti ♦ il/elle y (filiforme) attache un autre morceau

ᐋᓂᐢᑭᐙᐱᐦᒑᓈᐤ aaniskiwaapihchaanaau vta ♦ il/elle lui attache un autre morceau de ligne après (filiforme)

ᐋᓂᐢᑭᐙᐹᒋᓂᒼ aaniskiwaapaachinim vti ♦ il/elle attache deux ficelles ensembles pour le rallonger

ᐊᓂᔅᑭ·ᐊᐧᐹᒋᓈᐤ aaniskiwaapaachinaau vta ◆ il/elle le/la (filiforme) rallonge à la main, il/elle attache des ficelles ou de la corde pour le/la rallonger

ᐊᓂᔅᑭ·ᐊᔅᐱᑎᒼ aaniskiwaaspitim vti ◆ il/elle le lace, le tisse à la suite d'un autre

ᐊᓂᔅᑭ·ᐊᔅᐱᑖᐤ aaniskiwaaspitaau vta ◆ il/elle le/la rallonge en le/la laçant ou en le/la tissant

ᐊᓂᔅᑭ·ᐊᔅᑯᒨ aaniskiwaaskumuu vii -u ◆ c'est attaché à un autre (bâton)

ᐊᓂᔅᑭ·ᐊᔅᑯᔑᓐ aaniskiwaaskushin vai ◆ il/elle est attaché-e par un autre (bâton)

ᐊᓂᔅᐱᒋᐦ aanishkimich p,lieu ◆ à terre, sur le sol

ᐊᓂᔅᑯᐱᑎᒼ aaniskupitim vti ◆ il/elle le tire derrière l'autre

ᐊᓂᔅᑯᐱᑖᐤ aaniskupitaau vta ◆ il/elle le/la tire derrière l'autre

ᐊᓂᔅᑯᑖᐱᐦᑳᑎᒼ aaniskutaapihkaatim vti ◆ il/elle fait un noeud dessus

ᐊᓂᔅᑯᑖᐱᐦᑳᑖᐤ aaniskutaapihkaataau vta ◆ il/elle le/la noue pour le/la rallonger

ᐊᓂᔅᑯᑖᐱᐦᒐᔑᒫᐤ aaniskutaapihchaashimaau vta ◆ il/elle lui en ajoute avec de la ficelle ou de la corde

ᐊᓂᔅᑯᑖᐱᐦᒑᐦᑎᑖᐤ aaniskutaapihchaahtitaau vai ◆ il/elle y attache un autre morceau pour le rallonger

ᐊᓂᔅᑯᑖᐹᐤ aaniskutaapaau vai ◆ il/elle le rallonge en y nouant un autre morceau (filiforme)

ᐊᓂᔅᑯᑖᐹᓐ aaniskutaapaan ni ◆ un noeud, un noeud pour rallonger

ᐊᓂᔅᑯᑖᐹᓐ aaniskutaapaan na ◆ un arrière grand-parent, un bisaïeul, une bisaïeule, un arrière petit-enfant

ᐊᓂᔥᐋ aanischaa p,manière ◆ à suivre, de façon continue ▪ ᐋᑖᒡᐦ ᐋᐦᒋ ᒄᐦ ᑭᓄ·ᐋᔨᐦᒑᒨᐦ ᐋᐳᒡᐦᐸᐋᐦ ᐊᓂᔥᐋ ᐋᐦ ᒄᐦ ·ᐄᐦᒍᑉᓂ·ᐄᐤ"ₓ ▪ Les légendes ont été préservées parce qu'elles ont été transmises de façon continue.

ᐊᓂᔥᐋᓂᒼ aanischaanim vti ◆ il/elle le rallonge

ᐊᓂᔥᐋᓈᐤ aanischaanaau vta ◆ il/elle le/la rallonge

ᐊᓂᔥᐋᔮᐱᐦᑳᑎᒼ aanischaayaapihkaatim vti ◆ il/elle les attache l'un après l'autre

ᐊᓂᔥᐋᔮᐱᐦᑳᑖᐤ aanischaayaapihkaataau vta ◆ il/elle les attache l'un après l'autre

ᐊᓂᔥᐋᔮᐱᐦᒐᔑᒫᐤ aanischaayaapihchaashimaau vta ◆ il/elle les place l'un après l'autre (filiforme)

ᐊᓂᔥᐋᔮᐱᐦᒑᐦᑎᑖᐤ aanischaayaapihchaahtitaau vai ◆ il/elle les attache l'un après l'autre (filiforme)

ᐊᓂᔑᓐ aanishin vai ◆ il/elle est couché-e, à plat, il/elle tombe malade et reste couché-e pendant longtemps ou meurt

ᐊᓂᔥᑐ·ᐃᓂᔅᑳᒡᐦ aanishtuwiniskaach nip ◆ la partie du tipi où les poteaux se rejoignent

ᐊᓂᔥᑖᐤ aanishtaau vii ◆ c'est déposé au fond

ᐊᓂᔥᑭ·ᐃᔑᐤ aanishkiwishiu na ◆ un arrière grand-parent, un arrière petit-enfant

ᐊᓂᔥᑭ·ᐃᔥᑎᐦᐊᒼ aanishkiwishtiham vti ◆ il/elle y coud un morceau pour le rallonger

ᐊᓂᔥᑭ·ᐃᔥᑖᐤ aanishkiwishtaau vai ◆ il/elle en pose en y ajoutant

ᐊᓂᔥᑭ·ᐃᔥᑖᐤ aanishkiwishtaau vii ◆ c'est placé pour allonger quelque chose

ᐊᓈᐤᐦᒡ aanaauhch p,lieu ◆ le pied d'une montagne

ᐊᓈ·ᑖᐳᒋᒑᓂ·ᐃᒡ aanaatwaapuchichaaniwich nip ◆ un chevalet de sciage

ᐊᓈᐦᒡ aanaahch p,lieu ◆ au fond ▪ ᐊᓈᐦᒡ ᒄᐦ ᐋᐧᒑᐤᐦ ᐋᐅᑉ ᒃ ·ᐃᐦ"ᒋᓯ"ₓ ▪ Ce qu'elle avait perdu, était au fond.

ᐊ·ᓈᐱᒫᐤ aanwaapimaau vta ◆ il/elle lui trouve des torts, des défauts

ᐊ·ᓈᐱᐦᑎᒼ aanwaapihtim vti ◆ il/elle lui trouve des torts, des défauts

ᐊ·ᓈᔨᒫᐤ aanwaayimaau vta ◆ il/elle se plaint à son sujet

ᐋᓈᔅᑎᒥ **aanwaayihtim** vti ♦ ça lui déplaît (à lui ou à elle)

ᐋᓈᔅᑖᑯᓐ **aanwaayihtaakun** vii ♦ ce n'est pas cru, c'est dénié

ᐋᓈᔅᑖᑯᓯᐅ **aanwaayihtaakusiu** vai ♦ il/elle en est blâmé, tenu responsable

ᐋᓈᔅᕆᒑᐤ **aanwaayihchichaau** vai ♦ il/elle critique les gens

ᐋᓈᑎᐙᐅ **aanwaahtiwaau** vta ♦ il/elle ne le croit pas

ᐋᓈᑎᒧᐃᓐ **aanwaahtimuwin** ni ♦ l'incrédulité

ᐋᓈᑎᒥ **aanwaahtim** vti ♦ il/elle ne veut pas le croire, il/elle le dénie

ᐋᓯᔮᓐ **aasiyaan** ni ♦ une couche

ᐋᓯᔮᓐ **aasiyaan** na ♦ une serviette hygiénique

ᐋᓯᐦᒑᔨᐦᑎᒥᐦᐄᑯ **aasihchaayihtimihiikuu** vai -u ♦ il/elle est très intéressé-e, motivé-e

ᐋᓰᑐᔒᒨ **aasiitushimuu** vai -u ♦ il/elle s'appuie contre quelque chose, en étant assis

ᐋᓰᑐᔒᒫᐤ **aasiitushimaau** vta ♦ il/elle l'appuie sur quelque chose

ᐋᓰᑐᔑᓐ **aasiitushin** vai ♦ il/elle est appuyé-e sur quelque chose

ᐋᓰᑐᐦᑎᑖᐤ **aasiituhtitaau** vta ♦ il/elle l'appuie sur quelque chose

ᐋᓰᑐ **aasiituu** vai -u ♦ il/elle s'appuie sur quelque chose pour se lever

ᐋᓱᐦᑎᑖᐤ **aasuhtitaau** vta ♦ il/elle le redresse en se penchant par dessus quelque chose

ᐋᓱᐦᑎᓐ **aasuhtin** vii ♦ ça s'appuie sur quelque chose

ᐋᓱ **aasuu** vai -u ♦ il/elle se retient à quelque chose de solide

ᐋᔃᐙᔥᑭᐙᐤ **aaswaashkiwaau** vta ♦ il/elle le dépasse en marchant sans le voir

ᐋᔃᐙᔥᑭᒥ **aaswaashkim** vti ♦ il/elle va au-delà de ça, le dépasse

ᐋᔃᐙᔮᐱᒫᐤ **aaswaayaapimaau** vta ♦ ça lui manque de ne pas le/la voir

ᐋᔃᐚᐦᒪ **aaswaaham** vti ♦ il/elle tire, lance et le dépasse

ᐋᔅᐱᑎᔑᓐ **aaspitishin** vai ♦ il/elle s'appuie sur quelque chose (de long et rigide), sur un dossier

ᐋᔅᐳᓂᓰᐤ **aaspunisiiu** vai ♦ il/elle est avide

ᐋᔅᑭᐤ **aaskiu** p,temps ♦ quelquefois, de temps en temps ▪ ᐋᔅᑭᐤ ᓂᓅᑖᐧᑎᕁᐋᐤ ᐋᐧᐱᐳᓃᒡ ▪ Quelquefois je vais chasser le caribou en hiver.

ᐋᔅᑭᒧᐚᐤ **aaskimuwaau** vta ♦ il/elle attend qu'il/elle passe par là

ᐋᔅᑯᐹᔮᒡ **aaskupaayaach** p,lieu ♦ le bord de l'eau ▪ ᐋᔅᑯᐹᔮᒡ ᐋᑯᓐ ᒃ ᑭᓰᒋᐋᐧᑖᒡ ᐅᑎᔅᑎᕁᐦ ▪ Il a lavé sa casserole au bord de l'eau.

ᐋᔅᒃ **aask** p,manière ♦ encore et encore

ᐋᔅᒃ **aask** p,temps ♦ de temps en temps

ᐋᔒ **aashi** préverbe ♦ de cette façon; ainsi; de cette manière; comme ça (from *aa(h) ishi*) ▪ ᒫᒃᑖᒡ ᐋᔒ ᐱᐱᓰᒡ ᒃ ᐅᑎᐦᐹᒡ ᐋᔥᐦᐃᔑᐅᐸᓂᐤ ᒃ ᒥᕁᐅᐳᐊᑦᒡ ▪ *Elle emménage dans la nouvelle maison qu'ils lui ont donnée.*

ᐋᔒᐃᐦᑎᑖᐤ **aashiwihtitaau** vai ♦ il/elle le transporte de l'autre côté à pied

ᐋᔒᐋᐅᑭᐦᒪ **aashiwaaukiham** vti ♦ il/elle marche d'une montagne à l'autre, d'une colline à l'autre

ᐋᔒᐋᐱᐦᑳᑎᒥ **aashiwaapihkaatim** vti ♦ il/elle l'attache de l'un à l'autre

ᐋᔒᐋᐱᐦᑳᑖᐤ **aashiwaapihkaataau** vta ♦ il/elle l'attache de l'un à l'autre

ᐋᔒᐋᐱᐦᒑᐐᐤ **aashiwaapihchaawiiu** vai ♦ il/elle traverse en tirant sur une corde

ᐋᔒᐋᐱᐦᒑᐱᑎᒥ **aashiwaapihchaapitim** vti ♦ il/elle le fait traverser en tirant sur une corde

ᐋᔒᐋᐱᐦᒑᐱᑖᐤ **aashiwaapihchaapitaau** vta ♦ il/elle le/la fait traverser en tirant sur une corde

ᐋᔒᐋᒥᐦᑭᓈᓃᓱ **aashiwaamihkinaaniisuu** vai reflex -u ♦ il/elle se tient les joues avec les mains

ᐋᔒᐋᔅᑯᒧᐦᑖᐤ **aashiwaaskumuhtaau** vai ♦ il/elle le dépose en travers (quelque chose de long et rigide)

ᐋᔒᐋᔅᑯᔒᒫᐤ **aashiwaaskushimaau** vta ♦ il/elle le/la dépose en travers

ᐋᔒᐋᔅᑯᐦᑎᓐ **aashiwaaskuhtin** vii ♦ ça (long et rigide) traverse quelque chose

ᐊᔑᐋᐣᑯᔑᓐ aashiwaashkushin vai
• il/elle est posé-e en travers (se dit de quelque chose en forme de bâton)

ᐊᔑᐋᐦᑎᐎᐤ aashiwaahtiwiiu vai
• il/elle grimpe d'un endroit à l'autre

ᐊᔑᑯᒥᓵᒫᐤ aashikumisaamaau vta
• il/elle tisse le renforcement de babiche le long du cadre des raquettes

ᐊᔑᑯᒫᐱᐦᒑᔥᑭᒼ aashikumaapihchaashkim vti • il/elle se fait attraper dans tous les collets

ᐊᔑᑯᒻ aashikum p,temps • chaque fois ▪ ᐊᔑᑯᒻ ᐊᕐ ᑎᑯᔮ ᒫᑯᓈᐱᒻx ▪ *Elle/Il vient chaque fois qu'il y a une fête.*

ᐊᔑᒫᑯᐧᐃᐧᐃᒡ aashimwaakuwiwich vai pl-uwi • ils/elles jouent au jeu où les pierres sont lancées sur une cible

ᐊᔑᒫᑯᐲᓯᒼ aashimwaakupiisim na • le moi de mai

ᐊᔑᒫᒄ aashimwaakw na -um • un huard à gorge rousse *Gavia stellata*

ᐊᔑᔑᓐ aashishin vai • il/elle est marqué-e, égratigné-e

ᐊᔑᐦᑎᓐ aashihtin vii • c'est marqué, égratigné

ᐊᔑᐦᑭᑖᐦᑎᒼ aashihkitaahtim vti • il/elle respire rapidement, il/elle halète

ᐊᔑᐦᑳᐌᐦᐋᐤ aashihkwaauhaau vta
• il/elle le/la fait crier, hurler

ᐊᔑᐦᑳᐙᐧᐃᒡ aashihkwaawich vai pl • les coups de tonnerre sont très rapprochés, lit. 'ils crient'

ᐊᔑᐦᑳᐗᐤ aashihkwaau vai • il/elle hurle, crie

ᐊᔒᑐᔑᒧᑎᑎᐙᐤ aashiitushimutitiwaau vta • il/elle s'appuie sur lui/elle

ᐊᔒᑐᔑᒧᑎᒼ aashiitushimutim vti
• il/elle s'appuie dessus

ᐊᔥᐅᐱᔨᐤ aashuwipiyiu vai • il/elle traverse en véhicule

ᐊᔥᐅᐱᔨᐤ aashuwipiyiu vii • ça traverse

ᐊᔥᐅᐱᐦᑖᐤ aashuwipihtaau vai
• il/elle traverse en courant

ᐊᔥᐅᐱᐦᒋᒑᐤ aashuwipiihchichaau vai
• il/elle va d'une habitation dans une autre

ᐊᔥᐅᐃᑎᓐ aashuwitin vii • ça gèle jusqu'à l'autre côté

ᐊᔥᐅᐃᑖᒋᒨ aashuwitaachimuu vai -u
• il/elle le traverse en rampant

ᐊᔥᐅᐃᑭᒥᒑᐱᐦᑖᐤ aashuwikimichaapihtaau vai • il/elle court jusqu'à l'autre maison ▪ ᐊᔥᐅᐃᑭᒥᒑᐱᐦᑖᐤ ᒫ ᐋᐦᑎᒥᒃ ᐊᐦ ᐋᒋᒧᓈᓂᐎᒡx ▪ *Il court jusqu'à l'autre maison pour leur apporter les nouvelles.*

ᐊᔥᐅᐃᑭᒥᒑᑎᔑᐦᐙᐤ aashuwikimichaatishihwaau vta
• il/elle l'envoie dans une autre habitation

ᐊᔥᐅᐃᑳᒫᐤ aashuwikaamaau vai
• il/elle traverse l'habitation pour aller s'asseoir

ᐊᔥᐅᐃᑳᒫᐱᔨᐤ aashuwikaamaapiyiu vai
• il/elle traverse une étendue d'eau en véhicule

ᐊᔥᐅᐃᑳᒫᐱᔨᐤ aashuwikaamaapiyiu vii
• ça traverse une étendue d'eau

ᐊᔥᐅᐃᑳᓰᐤ aashuwikaasiu vai • il/elle patauge pour traverser une étendue d'eau

ᐊᔥᐅᐃᑳᓯᐱᔨᐤ aashuwikaasipiyiu vai
• il/elle traverse une étendue d'eau en véhicule

ᐊᔥᐅᐃᑳᓯᐱᔨᐦᑖᐤ aashuwikaasipiyihtaau vai • il/elle l'emporte en traversant une étendue d'eau en véhicule

ᐊᔥᐅᐃᑳᓯᐦᐅᔮᐤ aashuwikaasihuyaau vta
• il/elle l'emmène en traversant une étendue d'eau sur l'eau ou dans les airs

ᐊᔥᐅᐃᑳᓯᐦᑎᑖᐤ aashuwikaasihtitaau vai
• il/elle l'emporte en traversant une étendue d'eau à pied

ᐊᔥᐅᐃᑳᓯᐦᑎᐦᐋᐤ aashuwikaasihtihaau vta • il/elle l'emmène en traversant une étendue d'eau à pied

ᐊᔥᐅᐃᑳᓯᐦᔮᐤ aashuwikaasihyaau vai
• il/elle vole pour traverser une étendue d'eau

ᐊᔥᐅᐃᑳᔥᑯᐦᑎᐤ aashuwikwaashkuhtiu vai • il/elle traverse en sautant

ᐊᔥᐅᐃᑳᔥᑲᐱᔨᐦᐅ aashuwikwaashkwaapiyihuu vai -u
• il/elle traverse en bondissant d'un endroit à l'autre

ᐊᔥᐅᐃᔅᑭᓅ aashuwiskiniu p,lieu • en traversant la route • ᐊᔥᐅᐃᔅᑭᓅ ᑭᐦ ᐃᐦᐱᔨᔫ ᐊᐦ ᓂᐦᒃx ▪ *L'oie s'enfuit en traversant la route.*

ᐊᔥᐅᐃᔅᑰ aashuwiskuu vai -u • il/elle traverse la glace à pied

**ᐋᔓᐧᐃᔥᑎᐧᑳᐱᔨᐤ** aashuwishtikwaapiyiu vai ◆ il/elle traverse la rivière

**ᐋᔓᐧᐃᔥᑎᐧᑳᐱᔨᐤ** aashuwishtikwaapiyiu vii ◆ ça traverse la rivière

**ᐋᔓᐧᐃᔥᑭᒼ** aashuwishkim vti ◆ il/elle le traverse à pied

**ᐋᔓᐧᐃᔥᒑᑭᐦᐊᒼ** aashuwishchaakiham vti ◆ il/elle traverse la tourbière à pied

**ᐋᔓᐧᐃᐦᐅᓈᓐ** aashuwihunaan ni ◆ l'endroit où on traverse un lac ou une rivière

**ᐋᔓᐧᐃᐦᐊᒼ** aashuwiham vti ◆ il/elle traverse une étendue d'eau à la nage ou en pagayant

**ᐋᔓᐧᐃᐦᑎᐦᐋᐤ** aashuwihtihaau vta ◆ il/elle le/la fait traverser à pied

**ᐋᔓᐧᐃᐦᑖᐤ** aashuwihtaau vai ◆ il/elle traverse à pied

**ᐋᔓᑭᓂᐦᑳᒑᐤ** aashukinihkaachaau vai ◆ il/elle fabrique un pont avec

**ᐋᔓᑭᓂᐦᒑᐤ** aashukinihchaau vai ◆ il/elle fabrique un pont

**ᐋᔓᑭᓈᔥᑯᔑᓐ** aashukinaashkushin vai ◆ ça forme un pont (par exemple un arbre tombé)

**ᐋᔓᑭᓐ** aashukin ni ◆ un pont, un ponton, une échelle

**ᐋᔓᔑᒧᐧᐋᐤ** aashushimuwaau vta ◆ il/elle s'appuie sur lui/elle

**ᐋᔓᔑᒨ** aashushimuu vai -u ◆ il/elle s'appuie contre quelque chose

**ᐋᔓᔑᒫᐤ** aashushimaau vta ◆ il/elle l'appuie contre quelque chose

**ᐋᔓᔑᓐ** aashushin vai ◆ il/elle s'appuie contre quelque chose

**ᐋᔖᑳᔅᑯᓐ** aashaakaaskun vii ◆ sa fourche (par exemple la fourche d'un poteau) est utilisée comme crochet

**ᐋᔖᑳᔅᑯᓯᐤ** aashaakaaskusiu vai ◆ l'arbre a une fourche utilisée comme crochet

**ᐋᔖᒋᑭᒫᐤ** aashaachikimaau vii ◆ c'est un lac en forme de crochet

**ᐋᔥᑎᐧᐋᐤ** aashtiwaau vii ◆ le feu est éteint, la lumière est éteinte ▪ ᐋᔥᑎᐧᐋᐤ ᐃᔥᑯᑖᐤ ᐋᑳ ᐃᐦᑎᑯᐦᒡᐦ ᔖᔥ ᒥᐦᑦᐦ. ▪ *Le feu s'est éteint parce qu'il y avait plus de bois.*

**ᐋᔥᑎᐧᐋᐤ** aashtiwaau vai ◆ le feu est éteint, la lumière à l'intérieur est éteinte

**ᐋᔥᑎᐧᐋᐱᑎᒼ** aashtiwaapitim vti ◆ il/elle éteint la lumière

**ᐋᔥᑎᐧᐋᐱᑖᐤ** aashtiwaapitaau vta ◆ il/elle lui éteint la lumière

**ᐋᔥᑎᐧᐋᐱᔨᐤ** aashtiwaapiyiu vii ◆ ça s'éteint ▪ ᐋᔥᑎᐧᐋᐱᔨᐤ ᐧᐋᔥᑖᓂᒫᑭᓐ ᐋᑳ ᐅᐦᒋ ᐲᐦᒋᐱᒫᓂᐧᐃᒡ. ▪ *La lampe s'éteint parce que personne ne l'a remplie.*

**ᐋᔥᑎᐧᐋᐱᔨᐤ** aashtiwaapiyiu vai ◆ il/elle s'éteint

**ᐋᔥᑎᐧᐋᐱᔨᒋᐦᑎᑖᐤ** aashtiwaapiyichihtitaau vai ◆ il/elle laisse les sédiments se déposer au fond du récipient, il/elle le décante, le fait décanter

**ᐋᔥᑎᐧᐋᐱᔨᒋᐦᑎᓐ** aashtiwaapiyichihtin vii ◆ c'est un liquide décanté

**ᐋᔥᑎᐧᐋᐱᔨᐦᐋᐤ** aashtiwaapiyihaau vta ◆ il/elle le secoue et il/elle s'éteint

**ᐋᔥᑎᐧᐋᐱᔨᐦᑖᐤ** aashtiwaapiyihtaau vai ◆ il/elle éteint en secouant

**ᐋᔥᑎᐧᐋᐴᑖᑎᒼ** aashtiwaapuutaatim vti ◆ il/elle l'éteint en soufflant ▪ ᑖᐹ ᒌᐦ ᐋᔥᑎᐧᐋᐴᑖᑎᒼ ᐅᐧᐋᔥᑖᓂᒫᑭᓐᐦ ᐧᐋᔅ ᐋᐦ ᐋᐱᔒᔑᔑᑦ. ▪ *Elle/Il est trop jeune pour souffler ses bougies.*

**ᐋᔥᑎᐧᐋᐴᑖᑖᐤ** aashtiwaapuutaataau vta ◆ il/elle l'éteint en soufflant ▪ ᐋᔥᑎᐧᐋᐴᑖᑖᐤ ᒫᒌᔅᐦ. ▪ *Elle/Il éteint l'allumette en soufflant.*

**ᐋᔥᑎᐧᐋᓂᒼ** aashtiwaanim vti ◆ il/elle l'éteint ▪ ᒥᑖᐦᑐ ᐋ ᐃᔅᐱᔨᔨᒡ ᐋᔥᑎᐧᐋᓂᒼ ᐅᐧᐋᔥᑖᓂᒫᑭᓐ. ▪ *Il éteint la lumière à 10 heures.*

**ᐋᔥᑎᐧᐋᓈᐤ** aashtiwaanaau vta ◆ il/elle l'éteint ▪ ᒋᑭ ᐋᔥᑎᐧᐋᓈᐤ ᐊᓂᔮᐦ ᐅᒋᔮᐱᔅᒋᔮᐧᐋᓐᐦ. ▪ *Elle/il va laisser s'éteindre le feu de son poêle.*

**ᐋᔥᑎᐧᐋᔑᒫᐤ** aashtiwaashimaau vta ◆ il/elle l'étouffe, l'éteint

**ᐋᔥᑎᐧᐋᔥᑭᒼ** aashtiwaashkim vti ◆ il/elle l'éteint avec son pied ou son corps ▪ ᐋᔥᑎᐧᐋᔥᑭᒼ ᐊᓂᔮ ᐃᔥᑯᑖᔨᐤ ᐋᐦᐧᒫᔮᐦ ᒦᓐ ᐊᑎ ᐧᐃᔨᐦᑖᔨᒡ. ▪ *Elle/Il éteint le feu avant qu'il ne s'enflamme à nouveau.*

**ᐋᔥᑎᐧᐋᔮᐹᐅᑖᐤ** aashtiwaayaapaautaau vai ◆ il/elle l'éteint avec un liquide

**ᐋᔥᑎᐧᐋᔮᐹᐧᐋᐤ** aashtiwaayaapaawaau vii ◆ c'est éteint avec un liquide ▪ ᐋᐦ ᒌᐦ ᒋᒧᐧᐃᐦᒡ ᑳ ᐋᔥᑎᐧᐋᔮᐹᐧᐋᒡ ᓂᑎᔥᑯᑖᒥᓈᓐ. ▪ *Notre feu s'est éteint à cause de la pluie.*

ᐋᔅᑎ·ᐋᔕᔩᐤ aashtiwaayaashiu vai
- il/elle est éteint-e par le vent

ᐋᔅᑎ·ᐋᔕᔅᑎᓐ aashtiwaayaashtin vii
- c'est éteint par le vent

ᐋᔅᑎ·ᐋ"ᐄᒑᐤ aashtiwaahiichaau vai
- il/elle éteint un feu, combat le feu ▪ ᒑᓐ ᐋᔅᑎ·ᐋ"ᐄᒑᐤ ᐃᒫ ᐄᔅ·ᑳᔨᒡ ᐋᓄᒡ" ᒑᓐ ·ᐋᕆ·ᐋ"ᐤₓ ▪ *Jean éteint le feu qui est près de la maison.*

ᐋᔅᑎ·ᐋ"ᐄᒑᐱᔨᐤ aashtiwaahiichaapiyiu vai
- il/elle s'éteint

ᐋᔅᑎ·ᐋ"ᐄᒑᐱᔨᐤ aashtiwaahiichaapiyiu vii
- ça s'éteint

ᐋᔅᑎ·ᐋ"ᐊᒻ aashtiwaaham vti
- il/elle l'éteint (le feu, la lumière)

ᐋᔅᑎ·ᐋ"·ᐋᐤ aashtiwaahwaau vta
- il/elle l'éteint ▪ ᐋᔅᑎ·ᐋ"·ᐋᐤ ᐋᓯᔨ" ᐅᕐᒐᓗ" ᐋ"ᑐᔨᒡ ᐋ"ᑯᔨᐅᐱᒐ"ᐤₓ ▪ *Il éteint sa cigarette avant d'entrer à l'hôpital.*

ᐋᔅᑎ·ᐋ"ᑎᑖᐤ aashtiwaahtitaau vai
- il/elle le frappe sur quelque chose pour l'éteindre ▪ ᐋᔅᑎ·ᐋ"ᑎᑖᐤ ᐊᔨ ᐅᑳᑦ ᒑᓐ ᐃᔨᒡᒡ" ᒃ ᐊᒡᑦᓴₓ ▪ *Il éteint le feu sur sa chaussette qu'elle avait suspendue trop près du feu en la frappant.*

ᐋᔅᑎᒥᑖ" aashtimitaah p,lieu
- de ce côté ▪ ᐋᔅᑎᒥᑖ" ᒥᑖᒨ ᓂᕐᓚᓴₓ ▪ *Notre maison est de ce côté.*

ᐋᔅᑎᒥ"ᑎᒡ aashtimihtich p,lieu
- de ce côté du tas de bois ▪ ᐋᔅᑎᒥ"ᑎᒡ ᐃ" ᐱᒡ"ᐊᒡ ᒪ"ᒡₓ ▪ *Il fendait du bois de ce côté du tas de bois.*

ᐋᔅᑎᒦᒑ aashtimiihchaa p,temps
- depuis ce temps-là, après cette fois-là ▪ ᐋᔅᑎᒦᒑ ᒫ ᓂ" ·ᐋᔭᓬₓ ▪ *Je l'ai revu à nouveau après cette fois-là.*

ᐋᔅᑎᒫᐅ"ᒡ aashtimaauhch p,lieu
- de ce côté de la crête, de la montagne ▪ ᓂᒐ ᐅᒡᔨ ᐋᔨ ᐋᔅᑎᒫᐅ"ᒡₓ ▪ *Le soleil ne brille pas de ce côté de la montagne.*

ᐋᔅᑎᒫᐤ aashtimaau p,lieu
- de ce côté de la pointe ▪ ᐃ" ᒧᔮ ᐅᔭ"ᑎ·ᐋ ᐋᔅᑎᒫᐤₓ ▪ *Il y avait un phare de ce côté de la pointe.*

ᐋᔅᑎᒫᐱᔅᑳᐤ aashtimaapiskaau vii
- c'est du coté du rocher en face de toi

ᐋᔅᑎᒫᐱᔅᒡ aashtimaapisch p,lieu
- de ce côté d'une pointe rocheuse ▪ ᒪ"ᑕ ᓂ" ·ᐋᐱᓚ·ᐊᒡ ᕆᔳᒐᒡ ᐋᔅᑎᒫᐱᔅᒡₓ ▪ *J'ai vu beaucoup d'ours de ce côté de la pointe rocheuse.*

ᐋᔅᑎᒫᔥᑖᐤ aashtimaashtaau p,lieu
- du côté ensoleillé ▪ ᐋᓄᑦ" ᐋ" ᐋᔅᑎᒫᔥᑖᔨ ᐊᒡᐊᒡ ᐊᓄᒃ ᓂᒥᕆ"ₓ ▪ *Suspends le poisson à sécher du côté ensoleillé!*

ᐋᔅᑎᒫᔥᑖᐱᐤ aashtimaashtaapiu vai
- il/elle s'assoit au soleil

ᐋᔅᑎᒫᔥᑖᑯᓰᐤ aashtimaashtaakusiiu vai
- il/elle (un oiseau) se perche du côté ensoleillé

ᐋᔅᑎᒫᔥᑖᑳᐴ aashtimaashtaakaapuu vai
-uwi - il/elle est debout au soleil

ᐋᔅᑎᒫᔥᑖᑳᐴ aashtimaashtaakaapuu vii -uwi
- c'est placé au soleil

ᐋᔅᑎᒫᔥᑖᔑᒫᐤ aashtimaashtaashimaau vta
- il/elle le mets, le couche au soleil

ᐋᔅᑎᒫᔥᑖᔑᓐ aashtimaashtaashin vai
- il/elle est couché-e au soleil

ᐋᔅᑎᒫᔥᑖᔥᑖᐤ aashtimaashtaashtaau vai
- il/elle l'étale au soleil

ᐋᔅᑎᒫᔥᑖᔥᑖᐤ aashtimaashtaashtaau vii
- c'est étalé au soleil

ᐋᔅᑎᒫᔥᑖ"ᐋᐤ aashtimaashtaahaau vta
- il/elle l'étale au soleil

ᐋᔅᑎᒫᔮᐤ aashtimaayaau vii
- c'est du côté ensoleillé

ᐋᔅᑎ"ᑖ·ᐋᔮᐤ aashtihtaawaayaau vii
- c'est une étendue de terre du côté ensoleillé de la baie, de l'île ▪ ᖃᑦ" ᐋ" ᐋᔅᑎ"ᒐ·ᐋᔨ ᐊᒡᒡ" ᒃ" ᐋᔨᔨ"ᐊ ᐊᒋ ᕆᔳᕆᓚₓ ▪ *Ce gros bateau avait fait naufrage du côté ensoleillé de la baie.*

ᐋᔅᑎ"ᑖᐤ aashtihtaau p,lieu
- sur la côte nord, du côté ensoleillé de la baie, de l'île ▪ ᐋᔅᑎ"ᑖᐤ ᐃ" ᐊ·ᐱᔨ"ᐅᒡᑦᒡᐊᒡ ᐊᒡ ᐋ"ᑐᒡ ᒃ ᒥᔅᐱ·ᐊᓂ·ᐊᒡₓ ▪ *On a trouvé un phoque échoué sur la côte nord de la baie.*

ᐋᔅᑎ"ᑖᑳᒫ·ᐋᔖᐤ
aashtihtaakaamaawaashaau vii - c'est le côté nord de la baie

ᐋᔅᑎ"ᑖᑳᒫᓰ"ᑖᐤ
aashtihtaakaamaasihtaau vai - il/elle fait son portage du côté nord de la rivière, du lac

ᐋᔅᑎ"ᑖᑳᒫᔮᒋ·ᐃᓐ
aashtihtaakaamaayaachiwin p,lieu - du côté nord du rapide ▪ ᖃᑦ" ᐋᔅᑎ"ᑖᑳᒫᔮᒋ·ᐃᓐ ᐊᒡᒡ" ᒃ ᒥᑦᒐ"ᐃ ᐊ ᔳ"ᑎ·ᐊₓ ▪ *Nous avons installé notre wigwam du côté nord des rapides.*

ᐋᔅᑎᐦᑖᑳᒻ aashtihtaakaam p,lieu ◆ du côté nord par rapport au locuteur ou à la locutrice ■ ᒦᒡᔫᐄᐤ ᐋᔅᑯᓗᒡ ᐋᔅᑎᐦᑖᑳᒻᐦ ◆ Il y a beaucoup de coquillages du côté nord.

ᐋᔅᑎᐦᑖᔮᐦᑎᒄ aashtihtaayaahtikw p,lieu ◆ du côté ensoleillé de l'arbre ■ ᐱᑯᒡ ᖃ" ᐋᒡᔨᒡ ᒣᔥᑎᐦᔮᐲᐤ ᐋᓯᒡ" ᐋᔅᑎᐦᑖᔮᐦᑎᒄ. Les perdrix étaient perchées du coté ensoleillé de l'arbre.

ᐋᔅᑐᓈᓈᐤ aashtunaanaau vai ◆ il/elle tient ses raquettes avec l'avant de l'une sur l'arrière de l'autre

ᐋᔅᑐᓈᔥᑖᐤ aashtunaashtaau vai ◆ il/elle écrit un "X", il/elle vote, il/elle le place croisé

ᐋᔅᑐᓈᔥᑖᐤ aashtunaashtaau vii ◆ c'est placé croiser

ᐋᔅᑐᓈᔮᐤ aashtunaayaau vii ◆ c'est croisé

ᐋᔅᑐᓈᔮᐱᐦᒑᐦᑎᑖᐤ aashtunaayaapihchaahtitaau vai ◆ il/elle l'attache en l'enroulant et le croisant

ᐋᔅᑐᓈᔮᐹᑭᒧᐦᑖᐤ aashtunaayaapaakimuhtaau vai ◆ il/elle forme un "X" avec de la corde

ᐋᔅᑐᓈᔮᓯᔅᒑᐤ aashtunaayaasischaau vai ◆ c'est l'équinoxe

ᐋᔅᑐᓈᔮᔅᑯᒧᐦᑖᐤ aashtunaayaaskumuhtaau vai ◆ il/elle attache des bâtons en croix

ᐋᔅᑐᓈᔮᔅᑯᒨ aashtunaayaaskumuu vii-u ◆ c'est attaché en croix (bâtons)

ᐋᔅᑐᓈᔮᔥᑯᔥᑖᐤ aashtunaayaashkushtaau vai ◆ il/elle croise un poteau sur l'autre

ᐋᔅᑖᔥᑭᐙᐤ aashtaashkiwaau vta ◆ il/elle le/la rate parce qu'il/elle est déjà en route

ᐋᔥᑭᓅ aashkiniuu vii-iwi ◆ c'est fait en plastique

ᐋᔥᑭᓂᔥ aashkinish na-im ◆ un coquillage

ᐋᔥᑭᓐ aashkin na ◆ les bois (de cervidés), la ramure

ᐋᔥᒄ aashkw p,temps ◆ plus tard, encore ■ ᐋᔥᒄ ᓂᑉ ᐋᔨᒦᒡ ᐃ ᒥᓯ"ᐋᐯᖅ ◆ ᐋᔥᒄ ᔫ" ᐊᖠᐦᓄᑉ ᐋ" ᐧᐋ"ᐱᒡ ᐧᐁᔭᐱᒡᑉ" ᖃ ᐋᓯᐱᔥ ᐧᐃ"ᐅᒎᐱ ᐸᓰᑉ ᐸᒌᒡᑲᐅᓂᐅᐦ. Je lirai ce livre plus tard. ◆ Elle/il rit encore à chaque fois que je la/le vois depuis que je lui ai raconté cette histoire.

ᐋᔨᐙᔨᒨ aayiwaayimuu vai-u ◆ il/elle commence une bagarre

ᐋᔨᐙᐦᒡ aayiwaahch p, manière ◆ essaie au moins

ᐋᔨᐅ" aayiuh p,conjonction ◆ aussi ■ ᐋᔨᐅ" ᒦᒋᒥᔅ ᑮ" ᒦᔅᐱᒻ ᖃ ᑎᐱᔅᑭᒡᑲ. Il a aussi reçu de la nourriture pour son anniversaire.

ᐋᔨᒄ aayikw na-um ◆ une fourmi

ᐋᔨᒋᑳᐳᐧᐃᐦᐋᐤ aayichikaapuwihaau vta ◆ il/elle le/la met fermement debout

ᐋᔨᒋᑳᐳᐧᐃᐦᑖᐤ aayichikaapuwihtaau vai+o ◆ il/elle se tient debout avec assurance

ᐋᔨᒋᑳᐴ aayichikaapuu vai-uwi ◆ il/elle est solide sur ses pattes/jambes

ᐋᔨᒥᐱᔫ aayimipiyiu vii ◆ c'est bien occupé ici, il se passe beaucoup de choses

ᐋᔨᒥᐱᔫ aayimipiyiu vai ◆ il/elle est toujours en train de conduire ■ ᓂᐄᐤ ᐃᔮᔨᒥᐱᔫ ᖃ ᐋᔨᐊᔅ ᐅᔥᒋᔨᐤ ᐅᑕᐹᑳᔥᑦ. Il est toujours en train de conduire depuis qu'il a eu son nouveau camion.

ᐋᔨᒥᓐ aayimin vii ◆ c'est difficile, ça coûte trop cher

ᐋᔨᒥᓯᐤ aayimisiu vai ◆ il/elle est occupé-e, il est actif, elle est active ■ ᒫᑲ ᐋᔨᒥᓯᐤ ᐋᓯᒡ ᐅᑎᐋᔅᔫᒡ. Son enfant est à l'âge où elle/il s'intéresse à tout.

ᐋᔨᒥᐆ aayimihuu vai-u ◆ il/elle a du mal, il/elle éprouve des difficultés ■ ᐋᒡ ᒫ ᐃᔮᔨᒦᑉᒡ ᐋᖃ ᐋ" ᐃᔨᐋᔨ"ᓂᐋᒡ ᐅ"ᒡ ᖃ ᐋᔨᒦᐋᒡᒡ. Maintenant elle a du mal parce qu'elle n'a pas écouté les conseils de sa grand-mère.

ᐋᔨᒥᐋᐤ aayimihaau vta ◆ il/elle lui fait la vie dure

ᐋᔨᒥᐋᐤ aayimihaau p,manière ◆ lentement et progressivement ■ ᒡᵈ ᐋᔨᒦᐋᐤ ᓂᒡ ᐱᔪ"ᒡ ᖃ ᐛᐱᐋᒡᵔ. J'ai gravi la pente lentement et progressivement.

.

ᐊᔨᒥᐦᑭᐧᐊᐤ aayimiihkiwaau vta ♦ il/elle n'arrête pas de s'occuper de lui/elle, de le/la déranger ▪ ᒎᓐ ᐊᔨᒥᐦᑭᐧᐊᐤ ᐅᔫᕐᒻᐟ ▪ *Elle est toujours en train de déranger son petit frère ou sa petite soeur.*

ᐊᔨᒥᐦᑭᒼ aayimiihkim vti ♦ il/elle n'arrête pas de le déranger

ᐊᔨᒥᐦᑳᓱ aayimiihkaasuu vai reflex -u ♦ il/elle est occupé-e à se préparer à faire quelque chose

ᐊᔨᒧᑎᒼ aayimutim vti ♦ il/elle en parle

ᐊᔨᒧᒫᐤ aayimumaau vta ♦ il/elle parle d'elle/de lui

ᐊᔨᒧᐦᐋᐤ aayimuhaau vta ♦ il/elle le/la fait éternuer

ᐊᔨᒧᐦᑖᐤ aayimuhtaau vai ♦ il/elle est dans mon chemin en train de rentrer et sortir ▪ ᐋᓅ ᐊᐦ ᐊᔨᒧᐦᑖᐟ ᐊᐦ ᐧᐋᐦ ᒥᐧᒋᐧᐋᐳᕈᑉᑲᐧᑦ ▪ *J'essaie de laver le plancher et elle est dans mon chemin.*

ᐊᔨᒫᒡ aayimaach p,lieu ♦ dans un endroit difficile ▪ ᐋᓅ ᐊᔨᒫᒡ ᐊᐦ ᐊᔅᒌᐟ ᐊᐸ ᐊᒦᐦᒃ ▪ *Ce castor est dans un endroit difficilement accessible.*

ᐊᔨᒫᓯᓈᑯᓐ aayimaasinaakun vii ♦ ça semble difficile

ᐊᔨᒫᓯᓈᑯᓯᐤ aayimaasinaakusiu vai ♦ il/elle semble difficile

ᐊᔨᔨᒨ aayiyimuu vai -u ♦ il/elle éternue ▪ ᒎᓐ ᐊᔨᔨᒨ ᐊᐦ ᒥᐦᑎᓃᑦ ᐧᐋᔥᐊᐤ ▪ *Elle éternue chaque fois qu'elle sent du poivre.*

ᐊᔪᐧᐃᒀᓈ aayuwikwaanaa p,interjection ♦ le/la voilà parti ▪ ᐊᔪᐧᐃᒀᓈ ᐊᓂᐦ ᔓᓂᐦᒐᐸᐧᔅ ᒫᓄᐦᒡᐧᑖᒡᐟ ▪ *Le voilà parti, le poisson que j'avais attrapé.*

ᐊᔪᐧᐃᒃ aayuwikw p,conjonction ♦ c'est pourquoi ▪ ᐊᐦᑐᕐᐤ ᐊᔪᐧᐃᒃ ᐧᐋᒥᕐ ᐊᒃ ᑎᑯᓂᐦᒃᑦ ▪ *Il est malade c'est pourquoi il n'est pas là.*

ᐊᔪᑖᔨᒫᐤ aayutaayimaau vta ♦ il/elle le/la croit capable de faire quelque chose

ᐊᔪᓯᓈᑯᓐ aayusinaakun vii ♦ il y a l'air d'en avoir beaucoup

ᐊᔪᓯᓈᑯᓯᐤ aayusinaakusiu vai ♦ il/elle a l'air très compétent dans ce qu'il fait

ᐊᔪᓯᐦᑎᐧᐊᐤ aayusihtiwaau vai ♦ il/elle se fait gronder

ᐊᔪᐦᒃᐧ aayuhkw p,manière ♦ malgré l'interdit, en désobéissant ▪ ᐊᔪᐦᒃᐧ ᒌᕐᐤ ᐊᐱᐱᔾᐊ ᐊᒃ ᐊᒉᐳᓂᐱᔅ ▪ *Il est sorti en désobéissant.*

ᐊᔮᓈᔮᔒᐤ aayaanaayaashiu vii dim ♦ cette pointe de terre est très basse

ᐊᔮᔨᐦᑎᑳᒡ aayaayihtikaach p,lieu ♦ le long d'un mur, sur un mur ▪ ᐊᑯᐨ ᐊᓐ ᐅᐯᐧᒐᐧᓯᐟ ᐊᓯᐧᐦ ᐅᐱᕐᒨᐦᒃᐋ ᐊᔮᔨᐦᑎᑳᐦᒡ ▪ *Elle a suspendu ses peaux de rat musqué en rangée le long du mur.*

ᐋᐦ aah préverbe ♦ quand, pendant (préverbe du conjonctif, utilisé avec les verbes au conjonctif) ▪ ᒐᐨ ᓂᑭ ᐃᐦ ᐊᔨᒨ ᒫᐱᐧ ᐋᐦ ᒥᒋᔔᐦᒡ ▪ *Je ne peux pas parler quand je mange.*

ᐋᐦ ᑎᑳᐊᔥᑖᐦᑎᐦᒡ aah tikaashtaahtihch nip ♦ un film

ᐋᐦᐊᐧᐋᔒᐥᐦ aahaawaashiish na ♦ un canard kakawi *Clangula hyemalis*

ᐋᐦᐋᑲ aahaakaa p,négative ♦ ne....pas, ne...rien (voir *aah +aakaa*) ▪ ᒥᒼᒋᒌ ᐧᑦᓛᐸᐤ ᐃᔅᐋᒨ ᐋᐦᐋᑲ ᐋᓄᐦᒃ ᐅᑎᓈᐧᒃ ᒫᑉᐋ ᒫ ᒥᒑᓱᐧᐋᐸᐧᑦ ▪ *C'est arrivé souvent qu'il n'y avait rien à manger.*

ᐋᐦᐋᔅ aahaas na -im ♦ un cheval, de l'anglais 'horse'

ᐋᐦᑎᐧᐊᐤ aahtiwaau vai ♦ il/elle change de pelage ou la couleur de sa fourrure

ᐋᐦᑎᐱᐤ aahtipiu vai ♦ il/elle se déplace, va s'asseoir ailleurs, déménage

ᐋᐦᑎᑯᑖᐤ aahtikutaau vii ♦ c'est suspendu ailleurs, ça bouge en étant suspendu, le collet a été déplacé par l'animal

ᐋᐦᑎᑯᑖᐤ aahtikutaau vai+o ♦ il/elle le suspend ailleurs

ᐋᐦᑎᑯᒋᓐ aahtikuchin vai ♦ il/elle remue en étant suspendu

ᐋᐦᑎᑯᔮᐤ aahtikuyaau vta ♦ il/elle le suspend ailleurs

ᐋᐦᑎᑯᐦᑖᐤ aahtikuhtitaau vai ♦ il/elle le déplace ailleurs dans l'eau

ᐋᐦᑎᒧᐦᐋᐤ aahtimuhaau vta ♦ il/elle le/la remplace, le/la change

ᐋᐦᑎᒧᐦᑖᐤ aahtimuhtaau vai ♦ il/elle le change, le remplace avec quelque chose d'autre

ᐋᐦᑎᓂᒼ aahtinim vti ♦ il/elle le change de place à la main

ᐋᐦᑎᓈᐤ aahtinaau vta ♦ il/elle change de place, de position, l'heure (sur la montre) ▪ ᐋᐦᑎᓈᐤ ᐱᓲᓈᐦᒡ̆ᐦx ▪ *Il change l'heure sur la montre.*

ᐋᐦᑎᓈᔅᒑᐤ aahtinaaschaau vai ♦ il/elle change les branchages sur le sol ▪ ·ᐊᐱᓲᑌᒡ ᑭᐣ ᐋᐦᑎᓈᔅᒑᐦx ▪ *Il changera les branchages demain.*

ᐋᐦᑎᓯᓂᐦᐄᑭᓂᐤ aahtisinihiikiniuu vii -iwi ♦ c'est changé (se dit de quelque chose d'écrit)

ᐋᐦᑎᓯᓂᐦᐊᒻ aahtisiniham vti ♦ il/elle est le change en écrivant, le réécrit

ᐋᐦᑎᔅᑯᐦᐊᒻ aahtiskuham vti ♦ il/elle déplace ses lignes de pêche nocturne en hiver

ᐋᐦᑎᔅᑯ aahtiskuu na -m ♦ une gélinotte à queue fine *Tympanuchus phasianellus*

ᐋᐦᑎᔅᒀᓈᐤ aahtiskwaanaau vta ♦ il/elle lui bouge la tête

ᐋᐦᑎᔅᒀᔨᐤ aahtiskwaayiu vai ♦ il/elle bouge la tête

ᐋᐦᑎᔥᒑᓂᒨᐙᐤ aahtischaanimuwaau vta ♦ il/elle change la mousse qui sert de couche au bébé

ᐋᐦᑎᔥᑭᐙᐤ aahtishkiwaau vta ♦ il/elle change de vêtements, il/elle le bouge avec son pied ou son corps

ᐋᐦᑎᔥᑭᒧᔮᐤ aahtishkimuyaau vta ♦ il/elle le/la change de vêtements

ᐋᐦᑎᐦᐆ aahtihuu vai -u ♦ il/elle déplace son campement (par véhicule)

ᐋᐦᑎᐦᐊᒻ aahtiham vti ♦ il/elle le bouge avec quelque chose

ᐋᐦᑎᐦᐋᐤ aahtihaau vta ♦ il/elle le/la bouge, le/la déplace

ᐋᐦᑎᐦᐙᐤ aahtihwaau vta ♦ il/elle le/la bouge avec quelque chose

ᐋᐦᑎᐦᐱᑎᒻ aahtihpitim vti ♦ il/elle l'attache ailleurs

ᐋᐦᑎᐦᐱᑖᐤ aahtihpitaau vta ♦ il/elle l'attache ailleurs

ᐋᐦᑐᒑᐤ aahtuchaau vai ♦ il/elle déménage, va s'installer ailleurs

ᐋᐦᑐᐦᑎᑖᐤ aahtuhtitaau vai ♦ il/elle l'emporte ailleurs à pied

ᐋᐦᑐᐦᑎᐦᐋᐤ aahtuhtihaau vta ♦ il/elle l'emporte ailleurs à pied

ᐋᐦᑐᐦᑖᐤ aahtuhtaau vai ♦ il/elle va ailleurs à pied

ᐋᐦᑖᐱᐦᑳᑎᒻ aahtaapihkaatim vti ♦ il/elle le rattache, il/elle le rattache ailleurs

ᐋᐦᑖᐱᐦᑳᑖᐤ aahtaapihkaataau vta ♦ il/elle le/la rattache d'une autre façon, à un autre endroit

ᐋᐦᑖᐳᑖᐤ aahtaaputaau vii ♦ ça change de place à cause du courant

ᐋᐦᑖᐴᐦᒑᐤ aahtaapuuhchaau vai ♦ il/elle change son eau de lavage

ᐋᐦᑖᑭᒥᐱᔨᐤ aahtaakimipiyiu vii ♦ un liquide bouge

ᐋᐦᑖᑭᒥᐦᐊᒻ aahtaakimiham vti ♦ il/elle remue un liquide avec quelque chose

ᐋᐦᑖᔅᑯᐱᔨᐤ aahtaaskupiyiu vai ♦ il/elle (long, en bois) bouge

ᐋᐦᑖᔅᑯᐱᔨᐤ aahtaaskupiyiu vii ♦ ça (long, en bois) bouge

ᐋᐦᑖᔅᑯᐦᑎᑖᐤ aahtaaskuhtitaau vai ♦ il/elle remplace la poignée en bois

ᐋᐦᑖᔅᒋᒑᐅᑭᐦᐊᒻ aahtaaschichaaukiham vti ♦ il/elle attise le feu

ᐋᐦᑖᔅᒋᒑᐅᑭᐦᐙᐤ le netschaaukihwaau vta ♦ il/elle l'attise, il/elle le/la tisonne (par exemple les braises d'un feu ou d'un poêle)

ᐋᐦᑭᒦᐦᑭᐙᐤ aahkimiihkiwaau vta ♦ il/elle s'occupe bien de lui/d'elle

ᐋᐦᑭᒦᐦᑭᒻ aahkimiihkim vti ♦ il/elle s'applique bien à quelque chose

ᐋᐦᑭᒫᔨᒫᐤ aahkimaayimaau vta ♦ il/elle s'occupe bien de lui/d'elle

ᐋᐦᑭᒫᔨᐦᑎᒻ aahkimaayihtim vti ♦ il/elle s'applique

ᐋᐦᑯᐃᐦᑎᐧᐊᔅᒋᓈᐤ aahkuihtiwiaschinaau vai ♦ il/elle porte des couvre-chaussures

ᐋᐦᑯᐃᐦᑎᐧᐊᔅᒋᓈᐦ aahkuihtiwiaschinaanh ni pl ♦ des couvre-chaussures

ᐋᐦᑯᐃᐦᑎᐧᐃᐱᐧᐃᒡ aahkuihtiwipiwich vai pl ♦ ils sont placés l'un sur l'autre; elles sont placées l'une sur l'autre

ᐋᐦᑯᐃᐦᑎᐧᐃᐱᐤ aahkuihtiwipiu vai ♦ il/elle est placé-e sur l'autre

ᐋᐦᑯᐃᐦᑎᐧᐃᐲᐦᑎᐦᐊᒻ aahkuihtiwipiihtiham vti ♦ il/elle le met dans quelque chose puis met le tout dans quelque chose d'autre

ᐊᐦᑯᐃᐦᑎᐧᐃᐲᐦᑎᐧᐋᐤ
aahkuihtiwipiihtihwaau vta ♦ il/elle le/la met dans quelque chose puis met le tout dans quelque chose d'autre

ᐊᐦᑯᐃᐦᑎᐧᐃᐲᐦᒋᐦᑎᓐ
aahkuihtiwipiihchihtin vii ♦ c'est dans quelque chose qui est dans quelque chose d'autre

ᐊᐦᑯᐃᐦᑎᐧᐃᐲᐦᒋᐦᔑᓐ
aahkuihtiwipiihchihshin vai ♦ il/elle est dans quelque chose qui est dans quelque chose d'autre

ᐊᐦᑯᐃᐦᑎᐧᐃᓂᒻ aahkuihtiwinim vti
♦ il/elle les tient l'un au-dessus l'autre

ᐊᐦᑯᐃᐦᑎᐧᐃᓈᐤ aahkuihtiwinaau vta
♦ il/elle le/la tient en couches successives

ᐊᐦᑯᐃᐦᑎᐧᐃᔑᒫᐤ aahkuihtiwishimaau vta
♦ il/elle le/la place, le/la dépose en couches successives

ᐊᐦᑯᐃᐦᑎᐧᐃᔑᓂᒡ aahkuihtiwishinich vai pl ♦ ils/elles sont couché-es l'un sur l'autre, empilés; ils/elles sont couché-es l'une sur l'autre, empilé-es

ᐊᐦᑯᐃᐦᑎᐧᐃᔥᑖᐤ aahkuihtiwishtaau vai
♦ il/elle place des choses l'une sur l'autre, il/elle empile

ᐊᐦᑯᐃᐦᑎᐧᐃᔥᑖᐤ aahkuihtiwishtaau vii
♦ c'est empilé

ᐊᐦᑯᐃᐦᑎᐧᐃᔥᑭᐧᐋᐤ aahkuihtiwishkiwaau vta ♦ il/elle en enfile un autre (vêtement)

ᐊᐦᑯᐃᐦᑎᐧᐃᔥᑭᒻ aahkuihtiwishkim vti
♦ il/elle enfile une autre couche de vêtements

ᐊᐦᑯᐃᐦᑎᐧᐃᐦᐋᐤ aahkuihtiwihaau vta
♦ il/elle les empile les uns sur les autres

ᐊᐦᑯᐃᐦᑎᐧᐋᐱᓯᓯᔑᓐ
aahkuihtiwaapisisichishin vai ♦ il/elle est fait-e de couches successives

ᐊᐦᑯᐃᐦᑎᐧᐋᐱᓯᓯᒋᐦᑎᓐ
aahkuihtiwaapisisichihtin vii ♦ c'est fait de couches successives

ᐊᐦᑯᐱᐤ aahkupiu vai ♦ le porc-épic rentre dans un trou, dans sa tanière et reste là pendant longtemps

ᐊᐦᑯᐱᐳᓐ aahkupipun vii ♦ c'est un hiver très froid

ᐊᐦᑯᐱᐦᐄᑯ aahkupihiikuu vta inverse -u
♦ il/elle a du mal à attraper et à tuer le porc-épic qui était entré dans un trou, dans sa tanière

ᐊᐦᑯᓐ aahkun vii ♦ ça a du goût, c'est fort

ᐊᐦᑯᓯᐤ aahkusiu vai ♦ il/elle est malade

ᐊᐦᑯᓯᑳᑖᐤ aahkusikaataau vai ♦ il/elle a mal aux jambes

ᐊᐦᑯᔑᔑᓐ aahkushishin vai [Wemindji]
♦ il/elle s'est blessé en tombant, en frappant quelque chose

ᐊᐦᑯᔥᑎᒃᐋᓈᐤ aahkushtikwaanaau vai
♦ il/elle a mal à la tête

ᐊᐦᑯᔥᑎᒋᔖᐤ aahkushtichishaau vai
♦ il/elle a mal au ventre

ᐊᐦᑯᐦᐃᐧᐋᐤ aahkuhiiwaau vai ♦ il/elle lui fait mal, lui fait de la peine

ᐊᐦᑯᐦᐃᐧᐋᐤ aahkuhiiwaau vii ♦ ça fait mal, ça fait de la peine

ᐊᐦᑯᐦᐋᐤ aahkuhaau vta ♦ il/elle le/la blesse, lui fait mal (physiquement ou émotionnellement)

ᐊᐦᒁᐱᓯᔅᑖᐤ aahkwaapisistaau vii
♦ c'est très chaud (minéral)

ᐊᐦᒁᐱᓯᔅᒋᓱ aahkwaapisischisiu vai
♦ il/elle est très chaud-e (minéral)

ᐊᐦᒁᑎᒫᐤ aahkwaatimaau vta ♦ il/elle le/la mord profondément

ᐊᐦᒁᑎᓐ aahkwaatin vii ♦ ça fait beaucoup de mal, ça fait des ravages (par exemple une maladie, une épidémie, une guerre)

ᐊᐦᒁᑎᓯᐤ aahkwaatisiiu vai ♦ il/elle est malveillant-e; il est dangereux, nocif, elle est /dangereuse, nocive; il/elle fait les choses en maître

ᐊᐦᒁᑎᓱᓱ aahkwaatisusuu vai reflex -u
♦ il/elle se coupe profondément avec un instrument

ᐊᐦᒁᑎᔣᐤ aahkwaatishwaau vta
♦ il/elle se coupe profondément et la blessure est grave

ᐊᐦᒁᑎᐦᐊᒻ aahkwaatiham vti ♦ il/elle le détruit en le frappant, l'abîme avec quelque chose, il/elle gagne beaucoup d'argent, a un gros salaire ▪ ᐊᐦᒁᑎᐦᐊᒻ ᒋ ᐋᕐᐊᔅ ᐊᔑᒡ ᐊᐱᐅᒡᒡ. ▪ *Elle/Il gagne maintenant beaucoup d'argent depuis qu'elle/il a changé de travail.*

ᐋᐦᑲᑎᐦᐊᐤ aahkwaatihwaau vta
 • il/elle le/la détruit en frappant, l'abîme beaucoup avec quelque chose

ᐋᐦᑳᓯᑭᓐ aahkwaataaskitin vii
 • c'est bien gelé, une vaste étendue gèle durant la nuit

ᐋᐦᑳᓯᑭᓂᐦᑖᐤ aahkwaataaskitihtaau vai+o • il/elle le gèle bien, il/elle le congèle

ᐋᐦᑳᑯᔑᒫᐤ aahkwaataaskushimaau vta • il/elle déchire un grand trou dedans sur quelque chose de long et rigide

ᐋᐦᑳᑯᐦᑎᑖᐤ aahkwaataaskuhtitaau vai • il/elle déchire un grand trou dedans (par exemple son manteau) sur quelque chose de long et rigide

ᐋᐦᑳᔥᑭᒋᐤ aahkwaataashkichiu vai • il/elle attrape plein de gelures, sur une surface étendue

ᐋᐦᑳᔨᐦᑎᒼ aahkwaataayihtim vti • il/elle le porte à l'extrême

ᐋᐦᑳᔨᐦᑖᑯᓐ aahkwaataayihtaakun vii • on pense que c'est dangereux, nocif

ᐋᐦᑳᔨᐦᑖᑯᓯᐤ aahkwaataayihtaakusiu vai • on pense qu'il/elle est dangereux, nocif

ᐋᐦᑳᐦᑭᓯᒼ aahkwaataahkisim vti • il/elle le brûle gravement ▪ ᓂᐧᐃ ᐋᐦᑳᐦᑭᓯᒼᕐ ᐊᓂᐦ ᐅᓛᐦᑭᓕ ᐊᐚᐦᑲᓕ ᐆ ᐅᔅᑲᔨ ▪ Il a brûlé un grand trou dans sa nouvelle tente.

ᐋᐦᑳᐦᑭᔃᐤ aahkwaataahkiswaau vta • il/elle la brûle gravement, elle tire et perce un grand trou dedans

ᐋᐦᑳᑭᒥᑖᐤ aahkwaakimitaau vii • c'est un liquide brûlant

ᐋᐦᑳᑯᓈᐅᑎᓐ aahkwaakunaautin vii • la neige est bien gelée et dure

ᐋᐦᑯᐱᔨᐤ aahkwaachipiyiu vii • c'est très abîmé, c'est une affaire très sérieuse

ᐋᐦᑯᐱᔨᐤ aahkwaachipiyiu vai • il/elle est déchiré-e, réduit-e en lambeaux

ᐋᐦᑯᐱᔨᐦᐋᐤ aahkwaachipiyihaau vta • il/elle l'abîme en l'utilisant, le détruit en le portant ▪ ᐋᐦᑯᐱᔨᐦᐋᐤ ᐅᐱᔨᑎᒥᕐ▪ Il a fait un gros trou dans son pantalon.

ᐋᐦᑯᐱᔨᐦᑖᐤ aahkwaachipiyihtaau vai • il/elle a un gros trou dans ses vêtements, il/elle cause un gros problème

ᐋᐦᑯᒋᑭᐦᐅᓱᐤ aahkwaachikihusuu vai reflex -u • il/elle se coupe gravement avec une hache

ᐋᐦᑯᒋᑭᐦᐋᐤ aahkwaachikihwaau vta • il/elle le/la coupe gravement avec une hache

ᐋᐦᑯᒋᔑᒼ aahkwaachishim vti • il/elle le coupe gravement

ᐋᐦᑯᒋᐦᐃᓱᐤ aahkwaachihiisuu vai reflex -u • il/elle fait empirer ses propres problèmes

ᐋᐦᑯᒋᐦᐋᐤ aahkwaachihaau vta • il/elle essaie de l'aider mais son état empire

ᐋᐦᑯᒋᐦᑖᐤ aahkwaachihtaau vai+o • il/elle fait empirer les choses, il/elle essaie d'aider mais ne fait qu'empirer les choses, les gâche par son intervention

ᐋᐦᑳᓯᓈᑯᓐ aahkwaasinaakun vii • ça semble dangereux, nocif

ᐋᐦᑳᓯᓈᑯᓯᐤ aahkwaasinaakusiu vai • il/elle a l'air malveillant, dangereux

ᐋᐦᑳᔅᑭᑎᒫᐤ aahkwaaskitimaau vta • il/elle le/la gèle bien, le/la congèle

ᐋᐦᑳᔅᑭᓐ aahkwaaskitin vii • c'est bien gelé, c'est congelé

ᐋᐦᑳᔥᑭᒋᐤ aahkwaashkichiu vai • il/elle est bien gelé-e, congelé-e

ᐋᐦᑳᐦᑭᑎᑖᐤ aahkwaahkititaau vii • ça durcit en séchant

ᐋᐦᑳᐦᑭᑎᓱᐤ aahkwaahkitisuu vai -u • il/elle durcit en séchant

ᐋᐦᒋᐱᑎᒼ aahchipitim vti • il/elle le déplace ailleurs

ᐋᐦᒋᐱᑖᐤ aahchipitaau vta • il/elle le/la déplace ailleurs

ᐋᐦᒋᐱᒋᐧᐃᔮᓈᐤ aahchipichiwiyaanaau vai • il/elle change de chemise

ᐋᐦᒋᐱᒋᐤ aahchipichiu vai • il/elle déplace son campement en hiver

ᐋᐦᒋᐱᔨᐤ aahchipiyiu vai • il/elle bouge tout-e seul-e

ᐋᐦᒋᐱᔨᐤ aahchipiyiu vii • ça bouge, ça se déplace

ᐋᐦᒋᐱᔨᒋᓵᐤ aahchipiyichiisaau vai • il/elle change de pantalon

ᐋᕐᒋᐱᔨᐦᐋᐅ aahchipiyihaau vta ♦ il/elle le/la bouge, le/la déplace

ᐋᕐᒋᐱᔨᐦᑖᐅ aahchipiyihtaau vai ♦ il/elle le fait bouger

ᐋᕐᒋᐱᐦᑖᒥᑭᓐ aahchipihtaamikin vii ♦ ça se déplace

ᐋᕐᒋᑯᐧᐃᔮᔅ aahchikuwiyaas ni -um ♦ de la viande de phoque

ᐋᕐᒋᑯᐧᐃᔪ aahchikuwiiyu na -um ♦ de la graisse de phoque

ᐋᕐᒋᑯᐱᑯᓈᔮᐅ aahchikupikunaayaau ni -m ♦ un trou dans la glace par lequel le phoque remonte pour respirer

ᐋᕐᒋᑯᐱᒦ aahchikupimii ni -iim ♦ de l'huile de phoque

ᐋᕐᒋᑯᐲᐦᒋᓈᓐ aahchikupiihchisinaan ni ♦ une pochette de munitions faite en peau de phoque

ᐋᕐᒋᑯᐹᓂᑭᒃ aahchikupaanikiik na -im ♦ une crêpe frite dans de la graisse de phoque

ᐋᕐᒋᑯᑎᒋᔑᔥ aahchikutichishii ni -um ♦ des intestins de phoque

ᐋᕐᒋᑯᑎᔨᔩ aahchikutiyiyii ni -um ♦ une omoplate de phoque

ᐋᕐᒋᑯᑎᐦᒌᐦ aahchikutihchiih na -um ♦ des nageoires de phoque

ᐋᕐᒋᑯᑎ aahchikutii ni -m ♦ un estomac de phoque

ᐋᕐᒋᑯᑐᑎᐦᑯᔑᐤᒡ aahchikututihkuhsiuch na pl -iim ♦ des reins de phoque

ᐋᕐᒋᑯᑖᐃᕽ aahchikutaaih ni -um ♦ un coeur de phoque

ᐋᕐᒋᑯᒥᔅᑯᐦᑐᐃ aahchikumiskuhtui ni -m ♦ un cadre pour étendre la peau de phoque

ᐋᕐᒋᑯᒥᐦᑿ aahchikumihkw ni -m ♦ du sang de phoque

ᐋᕐᒋᑯᔅᐴᐦᑭᓐ aahchikuspuuhkin ni -um ♦ un membre inférieur de phoque

ᐋᕐᒋᑯᔅᑯᓐ aahchikuskun ni -um ♦ un foie de phoque

ᐋᕐᒋᑯᔅᑳᐤ aahchikuskaau vii ♦ il y a beaucoup de phoques par ici

ᐋᕐᒋᑯᔑᔥ aahchikushish na -kumish ♦ un bébé phoque

ᐋᕐᒋᑯᔑᐦᑭᓐ aahchikushukin ni -im ♦ le bas du dos d'un phoque

ᐋᕐᒋᑯᔥᑎᒀᓐ aahchikushtikwaan ni -um ♦ une tête de phoque

ᐋᕐᒋᑯᔮᓂᐱᔨᒌᔅ aahchikuyaanipiyichiis ni -um ♦ un pantalon en peau de phoque

ᐋᕐᒋᑯᔮᓐ aahchikuyaan na ♦ une peau de phoque

ᐋᕐᒋᑯᐦᐄᐲ aahchikuhiipii ni -um ♦ un filet pour attraper les phoques

ᐋᕐᒋᑯᐦᑳᓐ aahchikuhkaan na ♦ une bouée (balise navale), un phoque gonflé, un phoque empaillé

ᐋᕐᒋᑳᐴᐧᐃᐦᐋᐅ aahchikaapuwihaau vta ♦ il/elle le/la déplace pour le/la dresser ailleurs

ᐋᕐᒋᑳᐴᐧᐃᐦᑖᐅ aahchikaapuwihtaau vai+o ♦ il/elle le déplace pour qu'il se dresse ailleurs

ᐋᕐᒋᑳᐴ aahchikaapuu vai -uwi ♦ il/elle se déplace debout

ᐋᕐᒋᒀᐃᐦᑯᓈᐅ aahchikwaaihkunaau na -aam ♦ de la banique à la graisse de phoque

ᐋᕐᒋᒀᐧᐃᑦ aahchikwaawit ni ♦ un sac en peau de phoque

ᐋᕐᒋᒀᐧᐋᔑᒑᐅ aahchikwaawaaschaau vai ♦ il/elle tire au fusil sur un phoque et on entend les coups de feu

ᐋᕐᒋᒀᐳᐃ aahchikwaapui ni ♦ du bouillon de phoque

ᐋᕐᒋᒀᔅᑎᓯᒡ aahchikwaastisich na pl -um ♦ des mitaines en peau de phoque

ᐋᕐᒋᒀᔅᒋᓯᓐᐦ aahchikwaaschisinh ni pl ♦ des bottes en peau de phoque

ᐋᕐᒋᒀᐢᑯᐦᑎᐅ aahchikwaashkuhtiu vai ♦ il/elle saute d'un endroit à l'autre

ᐋᕐᒋᒀᔮᐲ aahchikwaayaapii ni -um ♦ une corde en peau de phoque

ᐋᕐᒋᒀᔮᐲᐦᒑᐅ aahchikwaayaapiihchaau vai ♦ il/elle fabrique une corde en peau de phoque

ᐋᕐᒋᒄ aahchikw na ♦ un phoque
*Pinnipedia phocidae*

ᐋᕐᒋᓂᐦᑳᑖᐅ aahchinihkaataau vii ♦ son nom a changé

ᐋᕐᒋᓂᐦᑳᓲ aahchinihkaasuu vai -u ♦ il/elle change de nom

ᐋᕐᒋᓈᑯᓐ aahchinaakun vii ♦ ça a changé d'apparence

ᐋᕐᒋᓈᑯᓯᐤ aahchinaakusiu vai ♦ il/elle a changé d'apparence

**aahchinaakuhiisuu** vai reflex -u
- il/elle change d'apparence

**aahchinaakuhaau** vta
- il/elle lui change son apparence

**aahchinaakuhtaau** vai
- il/elle en change l'apparence, l'aspect

**aahchistaasiyaanihaau** vta
- il/elle change sa couche

**aahchiskitim** vti
- il/elle change d'emploi, de job, de place

**aahchishimaau** vta
- il/elle le/la déplace pour le/la coucher ailleurs

**aahchishin** vai
- il/elle va se recoucher ailleurs

**aahchishtaau** vai
- il/elle le déplace

**aahchishtaau** vii
- c'est ailleurs, ça a changé de place

**aahchishkim** vti
- il/elle le déplace avec son pied ou son corps, il/elle va se changer (changer de vêtements)

**aahchiyiwaau** vii
- le vent tourne

**aahchiyiwaapiyiu** vii
- le vent tourne

**aahchihuu** vai -u
- il/elle change de vêtements

**aahchihaau** vta
- il/elle le/la change

**aahchihtaau** vai+o
- il/elle le change

**aahchihyaau** vai
- il/elle s'envole ailleurs

**aahchiiuh** p,manière [Wemindji]
- différent ▪  ▪ Elle/il semble différent-e depuis la dernière fois que je l'ai vu-e.

**aahchiiu** vai
- il/elle bouge

**aahch** p,manière
- en empirant les choses

**aahmwaayaah** p,temps
- avant, auparavant ▪ ▪ Je veux aller au magasin avant qu'il ferme.

**witipii** ni -m
- une racine de plante ou d'arbre

**witipiich** na pl -m
- des racines

**witipuyaau** vai
- il/elle pagaie en avant

**wititihkumaau** ni
- un sentier de caribou

**wititaasikw** ni
- un arbre qui n'a pas les qualités nécessaires pour fabriquer des instruments parce qu'il est trop dur à sculpter, de couleur brune et parce qu'il se tord en séchant

**witinihiipaau** vta
- il/elle tire la ficelle attachée au filet de pêche pour le vérifier en hiver, il/elle s'assoit et attends au bord du filet à castor pour attraper le castor au moment où il se prendra dans le filet

**witinihiipaan** ni
- un trou dans la glace là où on remonte le filet de pêche pour le vérifier

**witisimuwin** ni
- une partie transparente de l'intestin grêle

**witiskiwipiu** vai
- il/elle est assis-e, placé-e devant, en face

**witiskiwikaapuwishtaatuwich** vai pl recip -u
- ils/elles sont debout face à face

**witiskiwikaapuu** vai -uwi
- il/elle est debout face à ça

**witiskiu** p,lieu
- face à, dans la direction de ▪ ▪ Il a planté sa tente face à cette direction.

**witihtim** vti
- il/elle l'atteint à pied, il/elle le happe en le mordant, le suce (ex la moelle des os)

**witihtukaatimaaniuu** vii,impersonnel -iwi
- tout le campement arrive là où sont les caribous

**witihtwaawaapiyiu** vai
- son bruit retentit jusque là

**witihtwaawaapiyiu** vii
- son bruit retentit jusque là (se dit de quelque chose d'inanimé)

**witaayaau** vii
- la neige gèle après avoir fondu

·ᐃᒥᑳᓂᐅ wichikaachinaaniuu vii,impersonnel -iwi ◆ on installe le camp là où toute la viande du caribou est découpée et préparée

·ᐃᓯᑎᓯᑿ wichistisikw na -i ◆ la dernière couche de glace

·ᐃᓯᑭᔅᑿ wichiskiskw na ◆ le gros intestin de l'ours

·ᐃᔑᑐᓂᐦᐄᑭᓐ wichishtikunihiikin ni ◆ un abri comme un porche utilisé pour l'entrée d'une habitation d'hiver

·ᐃᔑᑐᓂᐦᐊᒻ wichishtikuniham vti ◆ il/elle lui fait un abri

·ᐃᔑᑐᓇᐹᓱᐎᓐ wichishtikunaapaasuwin ni ◆ un parapluie, quelque chose pour se protéger de la pluie

·ᐃᔑᑐᓇᐹᓱ wichishtikunaapaasuu vai -u ◆ le soleil a un anneau au-dessus de lui

·ᐃᔑᑐᓇᔅᒀᔮ wichishtikunaaskwaayaau vii ◆ c'est un endroit abrité par les arbres

·ᐃᔑᑐᑯᒨ wichishtikushimuu vai -u ◆ il/elle s'abrite

·ᐃᔑᑎᒃᐋ wichishtikwaau vii ◆ c'est un endroit abrité

·ᐃᔑᑐᓐ wichishtun ni ◆ un nid

·ᐃᔑᑭᒋᔒᐅᐦᐄᐲ wichishkichishiiuhiipii ni -im ◆ une ficelle supplémentaire attachée en haut et en bas du filet de pêche

·ᐃᔑᑿᐃᓂᐦᐄᑭᓐ wichishkuwinihiikin ni ◆ un piège à rat musqué

·ᐃᔑᑿᐃᓂᐦᐄᒑ wichishkuwinihiichaau vai ◆ il/elle pose un piège à rat musqué

·ᐃᔑᑿᐄᔥᑦ wichishkuwiisht ni -im ◆ la hutte du rat musqué

·ᐃᔑᑯᔒᐹᐦᑖᑭᓐ wichishkushiipaahtaakin ni ◆ une forme pour étendre la fourrure de rat musqué

·ᐃᔑᑯᔮᓐ wichishkuyaan na ◆ une peau de rat musqué

·ᐃᔑᒀᐳᐃ wichishkwaapui ni -im ◆ du bouillon de rat musqué

·ᐃᔑᒀᐦᑖᐃᑦ wichishkwaahtaawit ni ◆ un sac à peaux séchées de rat musqué

·ᐃᔑᔥᑿ wichishkw na -um ◆ un rat musqué

·ᐃᔑᐦᑭᓐ wichihkinh ni pl ◆ la réserve de nourriture d'un castor

·ᐃᒌ wichii ni -m ◆ une montagne

·ᐃᓂᐱᑖ winipitaau vta ◆ il/elle le/la détourne du droit chemin

·ᐃᓂᐱᒋᔅᑎᓂᒻ winipichistinim vti ◆ il/elle l'égare

·ᐃᓂᐱᒋᔅᑎᓈ winipichistinaau vta ◆ il/elle l'égare

·ᐃᓂᐱᔨᐤ winipiyiu vai ◆ il/elle conduit, va dans le mauvais sens

·ᐃᓂᑎᐱᔅᑎᓰᐎᓐ winitipistisiiwin ni ◆ la nuit éternelle

·ᐃᓂᑐᑎᐚ winitutiwaau vta ◆ il/elle lui fait du tort

·ᐃᓂᑐᑎᒻ winitutim vti ◆ il/elle le fait de travers, fait du mal

·ᐃᓂᑐᒑ winitutaachaau vta ◆ il/elle fait du tort aux autres

·ᐃᓂᑳᑎᐊᒻ winikaatiham vti ◆ il/elle le transporte, le porte sur ses épaules

·ᐃᓂᑳᑎᐚ winikaatihwaau vta ◆ il/elle le/la transporte, le/la porte sur ses épaules

·ᐃᓂᑳᑖᔮᔅᑯᐦᐊᒻ winikaataayaaskuham vti ◆ il/elle le porte avec un bâton sur ses épaules

·ᐃᓂᑳᑖᔮᔅᑯᐦᐚ winikaataayaaskuhwaau vta ◆ il/elle le/la porte avec un bâton sur ses épaules

·ᐃᓂᒋᔅᒋᓯᐤ winichischisiu vai ◆ il/elle oublie

·ᐃᓂᒋᔅᒋᓰᑎᑎᐚ winichischisiititiwaau vta ◆ il/elle l'oublie

·ᐃᓂᒋᔅᒋᓰᑎᑎᒻ winichischisiititim vti ◆ il/elle l'oublie

·ᐃᓂᒑ winichaau vai ◆ il/elle porte le canot sur ses épaules

·ᐃᓂᒑᑎᐊᑖ winichaatiwitaau vta ◆ il/elle porte le canot sur ses épaules avec quelque chose d'autre sur son dos

·ᐃᓂᒧᒡ winimuch p,manière ◆ en secret, en cachette, en douce ▪ ·ᐃᓂᒧᒡ ᒥᒋᓱ ᒫᑲᒃ ᐊ ᐊᔑᒀᐱᑖᐎᐦᒃ ▪ Il mangeait en douce pendant que les gens se préparaient à partir.

93

**ᐧᐃᓂᒧᔮᐤ** winimuyaau vta ◆ il/elle le trompe

**ᐧᐃᓂᒧᐦᐋᐤ** winimuhaau vta ◆ il/elle le/la met, l'enfile de travers

**ᐧᐃᓂᒧᐦᑖᐤ** winimuhtaau vai ◆ il/elle le/la met, l'enfile de travers

**ᐧᐃᓂᒨᓯᓈᑯᓐ** winimuusinaakun vii ◆ ça a l'air faux, ça donne une mauvaise impression

**ᐧᐃᓂᒨᓯᓈᑯᓰᐤ** winimuusinaakusiu vai ◆ il/elle a l'air faux, donne une mauvaise impression

**ᐧᐃᓂᔅᑯᒨ** winiskumuu vii -u ◆ c'est le bout, la fin de la route

**ᐧᐃᓂᔅᑯᓰᐤ** winiskusiu vai ◆ il/elle en est le bout, la fin

**ᐧᐃᓂᔅᑯᐦᑎᒄ** winiskuhtikw ni -um ◆ le sommet de l'arbre, le bout du morceau de bois

**ᐧᐃᓂᔅᐧᑳᐤ** winiskwaau vii ◆ c'en est le bout, la fin

**ᐧᐃᓂᔅᐧᑳᔅᑯᓐ** winiskwaaskun vii ◆ c'en est le bout (long et rigide)

**ᐧᐃᓂᔅᐧᑳᔅᑯᓰᐤ** winiskwaaskusiu vai ◆ il/elle en est le bout (long et rigide)

**ᐧᐃᓂᔅᐧᑳᐦᑎᒄ** winiskwaahtikw ni -um ◆ le bout d'un canot

**ᐧᐃᓂᔑᒫᐤ** winishimaau vta ◆ il/elle lui fait perdre son chemin, s'égarer

**ᐧᐃᓂᔑᒻ** winishim vti ◆ il/elle le coupe de travers

**ᐧᐃᓂᔑᓐ** winishin vai ◆ il/elle se perd

**ᐧᐃᓂᔴᐤ** winishwaau vta ◆ il/elle le/la coupe de travers

**ᐧᐃᓂᔥᑭᒻ** winishkim vti ◆ ça fait beaucoup de traces

**ᐧᐃᓂᔥᑳᐧᐃᓐ** winishkaawin ni ◆ une résurrection

**ᐧᐃᓂᔥᑳᐤ** winishkaau vai ◆ il/elle se lève, se réveille

**ᐧᐃᓂᔥᑳᐱᑎᒻ** winishkaapitim vti ◆ il/elle le soulève alors qu'il était étendu à terre

**ᐧᐃᓂᔥᑳᐱᑖᐤ** winishkaapitaau vta ◆ il/elle le/la tire pour le/la faire se lever

**ᐧᐃᓂᔥᑳᒋᔑᐦᐧᐋᐤ** winishkaachishihwaau vta ◆ il/elle lui dit de se lever

**ᐧᐃᓂᔥᑳᓂᒻ** winishkaanim vti ◆ il/elle le soulève alors qu'il était étendu à terre

**ᐧᐃᓂᔥᑳᓈᐤ** winishkaanaau vta ◆ il/elle le/la soulève alors qu'il/elle était étendue à terre

**ᐧᐃᓂᔥᑳᔅᐧᑳᓈᐤ** winishkaaskwaanaau vai ◆ il/elle soulève la tête de quelqu'un

**ᐧᐃᓂᐦᐄᑭᓂᔥ** winihiikinish ni ◆ un petit piège

**ᐧᐃᓂᐦᐄᑭᓈᐦᑎᒄ** winihiikinaahtikw ni ◆ un bâton utilisé pour bien fixer un piège

**ᐧᐃᓂᐦᐄᑭᓐ** winihiikin ni ◆ un piège

**ᐧᐃᓂᐦᐄᒑᐤ** winihiichaau vai ◆ il/elle piège, pose des pièges

**ᐧᐃᓂᐦᐊᒧᐧᐋᐤ** winihamuwaau vta ◆ il/elle pose un piège pour lui/elle

**ᐧᐃᓂᐦᐊᒫᐤ** winihamaau vai ◆ il/elle perd la piste

**ᐧᐃᓂᐦᐋᐤ** winihaau vta ◆ il/elle le/la perd

**ᐧᐃᓂᐦᐧᐋᐤ** winihwaau vta ◆ il/elle fait une erreur en fabriquant un filet de pêche

**ᐧᐃᓂᐦᐱᓲ** winihpisuu vai -u ◆ il/elle fait une erreur, une faute, il/elle se trompe

**ᐧᐃᓂᐦᑎᐧᐋᐤ** winihtiwaau vta ◆ il/elle le/la comprend mal, de travers

**ᐧᐃᓂᐦᑎᒻ** winihtim vti ◆ il/elle le comprend mal, de travers

**ᐧᐃᓂᐦᑎᓐ** winihtin vii ◆ c'est perdu

**ᐧᐃᓂᐦᑖᐤ** winihtaau vai+o ◆ il/elle le perd

**ᐧᐃᓂᐦᐧᑖᓲ** winihtwaasuu vai reflex -u ◆ il/elle souffre des conséquences de ses actions

**ᐧᐃᓂᐦᑯᓈᐱᔩᐤ** winihkunaapiyiu vai ◆ il/elle se perd dans la neige

**ᐧᐃᓂᐦᑯᓈᐱᔩᐤ** winihkunaapiyiu vii ◆ ça se perd dans la neige

**ᐧᐃᓂᐦᑯᓈᐱᔨᐦᐋᐤ** winihkunaapiyihaau vta ◆ il/elle le/la perd dans la neige

**ᐧᐃᓂᐦᑯᓈᐱᔨᐦᑖᐤ** winihkunaapiyihtaau vai ◆ il/elle le perd dans la neige

**ᐧᐃᓂᐦᑯᔑᐤ** winihkushiu vai ◆ il/elle est somnambule

**ᐧᐃᓈᐹᐤ** winaapaau vai ◆ il/elle le lace, le tisse de travers

**ᐧᐃᓈᐹᑭᐦᐊᒻ** winaapaakiham vti ◆ il/elle fait une faute en laçant, en tissant, en tricotant ou en crochetant quelque chose

ᐧᐃᓈᐹᑭᒻᐧᐊᐤ winaapaakihwaau vta
♦ il/elle fait une faute en laçant, en tissant (ex. raquettes, filet de pêche)

ᐧᐃᓈᐹᔑᐧᐊᐤ winaapaashwaau vai ♦ il/elle découpe de travers des longs morceaux de porc-épic ou de huard

ᐧᐃᓈᑎᓐ winaatin vii ♦ c'est perdu, détruit

ᐧᐃᓈᑎᓰᐤ winaatisiiu vai ♦ il/elle meurt, se perd

ᐧᐃᓈᑖᐲᐦᒑᐱᔫ winaataapihchaapiyiu vai
♦ il/elle s'emmêle

ᐧᐃᓈᑖᐲᐦᒑᐱᔫ winaataapihchaapiyiu vii
♦ ça s'emmêle

ᐧᐃᓈᑖᐲᐦᒑᓂᒻ winaataapihchaanim vti
♦ il/elle l'emmêle (filiforme)

ᐧᐃᓈᑖᐲᐦᒑᓈᐤ winaataapihchaanaau vta
♦ il/elle l'emmêle (filiforme)

ᐧᐃᓈᒋᒫᐤ winaachimaau vta ♦ il/elle le distrait par la parole

ᐧᐃᓈᒋᐆ winaachihuu vai-u ♦ il/elle meurt accidentellement, se perd

ᐧᐃᓈᒋᐦᐋᐤ winaachihaau vta ♦ il/elle le/la détruit, dérange

ᐧᐃᓈᒋᐦᑖᐤ winaachihtaau vai+o ♦ il/elle détruit, dérange

ᐧᐃᔅᑖᓰᒫᑯᓐ wistaasimaakun vii ♦ l'odeur est désagréable

ᐧᐃᔅᑖᓰᒫᑯᓰᐤ wistaasimaakusiu vai ♦ son odeur est désagréable

ᐧᐃᔑᑯᔑᒫᐤ wishikushimaau vta ♦ il/elle le/la blesse en le/la laissant tomber du véhicule sur lequel il/elle le/la transporte

ᐧᐃᔑᐦᑖᒑᐤ wishihtaachaau vai ♦ il/elle tanne la peau

ᐧᐃᔥᑎᐧᐃᐱᐤ wishtiwipiu vai ♦ il/elle est mal assis-e

ᐧᐃᔥᑎᐧᐃᑳᐴ wishtiwikaapuu vai -uwi
♦ il/elle inconfortable en étant debout

ᐧᐃᔥᑎᐧᐃᒨ wishtiwimuu vai-u ♦ il/elle est mal ajusté-e

ᐧᐃᔥᑎᐧᐃᒨ wishtiwimuu vii-u ♦ c'est mal ajusté

ᐧᐃᔥᑎᐧᐃᓂᐧᐊᐤ wishtiwiniwaau vta
♦ il/elle trouve qu'il/elle n'a pas l'air bien (habillé), il/elle lui semble avoir quelque chose qui cloche

ᐧᐃᔥᑎᐧᐃᓂᒻ wishtiwinim vti ♦ il/elle le trouve de travers, mal placé ■ ᐧᐃᔥᑎᐧᐃᓂᒻ ᐊᐅᒃ ᒥᔑᓈᐦᐃᑳᐳᓯᐤ. ■ Elle/il trouve la décoration murale mal placée.

ᐧᐃᔥᑎᐧᐃᓈᑯᓐ wishtiwinaakun vii ♦ il y a quelque chose qui cloche, qui ne va pas

ᐧᐃᔥᑎᐧᐃᓈᑯᓰᐤ wishtiwinaakusiu vai
♦ il/elle a quelque chose qui cloche, qui ne va pas

ᐧᐃᔥᑎᐧᐃᓐ wishtiwin vii ♦ c'est difficile à faire

ᐧᐃᔥᑎᐧᐃᔑᓐ wishtiwishin vai ♦ il/elle est inconfortable en étant couché-e

ᐧᐃᔥᑎᐧᐃᔥᑭᐧᐊᐤ wishtiwishkiwaau vta
♦ il/elle ne lui va pas bien, il/elle le/la fait se sentir mal à l'aise en s'asseyant à côté de lui/d'elle

ᐧᐃᔥᑎᐧᐃᔨᓲ wishtiwiyisuu vai reflex -u
♦ il/elle se complique la tâche

ᐧᐃᔥᑎᐧᐃᔮᐤ wishtiwiyaau vta ♦ il/elle lui fait la vie dure, lui complique la tâche

ᐧᐃᔥᑎᐧᐃᐤ wishtiwiiu vai ♦ il/elle trouve ça difficile à faire à cause des circonstances

ᐧᐃᔥᑎᐧᐋᔨᒫᐤ wishtiwaayimaau vta
♦ il/elle le/la met mal à l'aise, il/elle sent qu'il/elle pourrait faire les choses différemment

ᐧᐃᔥᑎᐧᐋᔨᐦᑎᒥᐦᐋᐤ wishtiwaayihtimihaau vta ♦ il/elle le/la met mal à l'aise, il/elle sent qu'il/elle pourrait faire les choses différemment

ᐧᐃᔥᑎᐧᐋᔨᐦᑎᒼ wishtiwaayihtim vti
♦ il/elle se sent mal à l'aise par rapport à ça

ᐧᐃᔥᑎᒫᐤ wishtimaau vai ♦ il/elle voit des traces, des signes de caribou, d'orignal mais ne les tue pas, rentre chez lui pour informer les autres

ᐧᐃᔥᑎᐦᐄᐹᐤ wishtihiipaau vii ♦ ça flotte à la surface de l'eau

ᐧᐃᔥᑎᐦᐄᐹᐤ wishtihiipaau vai ♦ il/elle flotte à la surface de l'eau

ᐧᐃᔥᑎᐦᐄᐹᑯᐦᒋᒫᐤ wishtihiipaakuhchimaau vta ♦ il/elle le fait flotter à la surface de l'eau parce que les plombs sont trop légers

ᐧᐃᔥᑖᐱᔨᐦᐋᐤ wishtaapiyihaau vta
♦ il/elle lui cause des problèmes

·ᐃᔑᒐᒥᒋᐦᐅ wishtaamihchihuu vai -u
 ◆ il/elle se sent mal à l'aise
·ᐃᔑᒐᐦ wishtaah p,lieu ◆ derrière
 quelque chose
·ᐃᔑᒡ wisht p,manière ◆ pour taquiner ▪
 ᓂᔕᐧᐃᔑᐋᐦ ᐦᐄ ᐋᐦ ᐃᔑᑑᐋᒡ ᐊᓂᒡᐦ
 ᐅᒋᔥᐦₓ ▪ *Il le faisait vraiment pour taquiner sa grande soeur.*
·ᐃᔑᑭᑎᐦᒀᔥᑐᑎᓐ wishkitihkwaashtutin ni
 ◆ le capuchon attaché au manteau en
 peau de caribou d'un enfant
·ᐃᔑᑯᐃ wishkui na -uaam ◆ un bouleau
 *Betula papyrifera*, de l'écorce de bouleau
·ᐃᔑᑯᔮᐦᑎᒄ wishkuiyaahtikw ni ◆ du
 bois de bouleau
·ᐃᔑᒀᐅᐅᑦ wishkwaauut ni ◆ un canot
 d'écorce de bouleau
·ᐃᔑᒀᐹᒥᔒᐦ wishkwaapaamishiih na -um
 ◆ un saule qui ressemble à un
 bouleau
·ᐃᔑᒀᔅᑳᐤ wishkwaaskaau vii ◆ c'est
 une aire de bouleaux
·ᐃᔑᒋᑭᔑᑭᐃᓐ wishchikishkiwin vii ◆ des
 nuage noirs apportent la neige, la pluie
 ou un temps froid au printemps
·ᐃᔑᒌ wishchii ni -m ◆ le tuyau d'une
 pipe
·ᐃᔩᐋᐙᐱᓂᒻ wiyiwiiwaapinim vti
 ◆ il/elle le jette dehors
·ᐃᔩᐋᐙᐱᓈᐤ wiyiwiiwaapinaau vta
 ◆ il/elle le/la jette dehors
·ᐃᔩᐋᐙᐱᔑᒀᐤ
 wiyiwiiwaapishkwaau vta ◆ il/elle
 le/la jette dehors, l'emporte sur lui/elle
 en sports
·ᐃᔩᐋᐙᐱᔥᑭᒻ wiyiwiiwaapishkim vti
 ◆ il/elle le met à la porte, le jette
 dehors
·ᐃᔩᐋᐙᐱᐦᐊᒼ wiyiwiiwaapiham vti
 ◆ il/elle s'en débarrasse, le rejette
·ᐃᔩᐋᐙᐱᐦᐙᐤ wiyiwiiwaapihwaau vta
 ◆ il/elle se débarrasse de lui/d'elle,
 le/la rejette
·ᐃᔩᐋᐤ wiyiwiiu vai ◆ il/elle en sort,
 il/elle défèque, fait caca
·ᐃᔩᐋᐱᑎᒼ wiyiwiipitim vti ◆ il/elle le
 fait sortir de quelque chose
·ᐃᔩᐋᐱᑖᐤ wiyiwiipitaau vta ◆ il/elle
 l'en fait sortir
·ᐃᔩᐋᐱᔨᐤ wiyiwiipiyiu vai ◆ il/elle
 tombe

·ᐃᔩᐋᐱᔨᐤ wiyiwiipiyiu vii ◆ ça tombe
·ᐃᔩᐋᐱᔨᐦᐆ wiyiwiipiyihuu vai -u
 ◆ il/elle sort à toute vitesse
·ᐃᔩᐋᐱᔨᐦᐋᐤ wiyiwiipiyihaau vta
 ◆ il/elle le/la fait sortir
·ᐃᔩᐋᐱᔨᐦᑖᐤ wiyiwiipiyihtaau vai
 ◆ il/elle le fait sortir
·ᐃᔩᐋᐱᐦᑖᐤ wiyiwiipihtaau vai ◆ il/elle
 sort en courant
·ᐃᔩᐋᐱᐦᑣᐤ wiyiwiipihtwaau vai
 ◆ il/elle sort en courant en le/la
 portant, le/la tenant
·ᐃᔩᐋᑎᒥᔥᒀᐦᒡ wiyiwiitimishkwaahch
 p,lieu ◆ dehors devant l'entrée, le seuil
 de la porte ▪ ·ᐃᔩᐋᑎᒥᔥᒀᐦᒡ ᐊᒐᐦ ᐧᐋ ᐆᑲ
 ᒋᒌᔖᒡ ᐅᑭᔥᐦₓ ▪ *Il a laissé ses raquettes dehors juste devant l'entrée.*
·ᐃᔩᐋᑎᒥᐦᒡ wiyiwiitimihch p,lieu
 ◆ dehors, en plein air ▪ ·ᐃᔩᐋᑎᒥᐦ ᐦᐄ
 ·ᐃᔩᐋᐋᐦᐊᐦ ᐊᓂᒡᐦ ᐊᑎᐦᐧᐋᐤ ᐧᐋ ᓃᐹᔥᒌᐦᐄₓ
 *Dehors, elles/ils découpèrent le caribou qu'elles/ils avaient tué.*
·ᐃᔩᐋᑎᔑᒫᐤ wiyiwiitishimaau vta
 ◆ il/elle lui a échappé en sortant
·ᐃᔩᐋᑎᔑᓂᒻ wiyiwiitishinim vti ◆ il/elle
 le pousse au dehors
·ᐃᔩᐋᑎᔑᓈᐤ wiyiwiitishinaau vta
 ◆ il/elle le/la force à sortir en le/la
 poussant
·ᐃᔩᐋᑎᔑᐦᐊᒼ wiyiwiitishiham vti
 ◆ il/elle l'envoie dehors, lui ordonne
 de sortir
·ᐃᔩᐋᑎᔑᐦᐙᐤ wiyiwiitishihwaau vta
 ◆ il/elle l'envoie dehors, lui ordonne
 de sortir
·ᐃᔩᐋᑖᐹᐤ wiyiwiitaapaau vai ◆ il/elle
 traîne l'ours hors de sa caverne, sort
 l'ours de sa caverne en tirant dessus
·ᐃᔩᐋᑖᐹᑎᒻ wiyiwiitaapaatim vti
 ◆ il/elle le traîne vers le dehors
·ᐃᔩᐋᒀᔥᑯᐦᑎᐤ wiyiwiikwaashkuhtiu vai
 ◆ il/elle bondit hors de quelque chose
·ᐃᔩᐋᒥᑭᓂᐲᓯᒻ wiyiwiimikinipiisim na
 [Wemindji] ◆ le mois de janvier, lit. 'la
 lune qui sort'
·ᐃᔩᐋᒥᑭᓐ wiyiwiimikin vii ◆ c'est
 Nouvel An, lit. ça sort
·ᐃᔩᐋᔑᑎᐙᐤ wiyiwiishtiwaau vta
 ◆ il/elle sort pour aller à sa
 rencontre, pour voir comment il/elle va

·ᐃᕐᐄᵚᑎᴸ **wiyiwiishtim** vti ◆ il/elle sort et va vers ça

·ᐃᕐᐄᵚᑭ·ᐊ° **wiyiwiishkiwaau** vta ◆ il/elle le/la pousse dehors avec son pied ou son corps

·ᐃᕐᐄᵚᑭᴸ **wiyiwiishkim** vti ◆ il/elle le pousse dehors avec son pied ou son corps

·ᐃᕐᐄᦾᐱᐦᑖ° **wiyiwiiyaapihtaau** vii ◆ la fumée s'éteint

·ᐃᕐᐄᦾᒧᐦᒑ° **wiyiwiiyaamuhchaau** vai ◆ il/elle les fait sortir par ses actions

·ᐃᕐᐄᦾᔅᑯᒼ **wiyiwiiyaaskunim** vti ◆ il/elle le (filiforme) rallonge en le faisant sortir de quelque chose

·ᐃᕐᐄᦾᔅᑯᓈ° **wiyiwiiyaaskunaau** vta ◆ il/elle le/la (filiforme) rallonge en le/la faisant sortir de quelque chose

·ᐃᕐᐄᵚᑎᒑ° **wiyiwiihtitaau** vai ◆ il/elle l'emporte dehors

·ᐃᕐᐄᵚᑎᵚᐊᐅᓱᓈᓂᐅ **wiyiwiihtihaausunaaniuu** vii,impersonnel -iwi ◆ il y a une cérémonie de la première marche

·ᐃᕐᐄᵚᑎᐊ° **wiyiwiihtihaau** vta ◆ il/elle l'emmène dehors

·ᐃᕐᐄᵚᔾ° **wiyiwiihyaau** vai ◆ ça s'envole

·ᐃᕐᐊ° **wiyiwaau** vii ◆ c'est l'embouchure d'une rivière vers un lac ou une autre rivière

·ᐃᕐᐊᐱᓐ **wiyiwaapin** vii ◆ c'est la première lueur du jour

·ᐃᕐᐊᵚᐱᑭᓐ **wiyiwaahiikin** ni ◆ la nageoire de la queue de poisson

·ᐃᕐᐱᒑᐳᐦᓱᑦ **wiyipichaapuhusuu** vai reflex -u ◆ il/elle a les yeux maquillés

·ᐃᕐᐱᓂᒼ **wiyipinim** vti ◆ il/elle le noircit à la main

·ᐃᕐᐱᓈ° **wiyipinaau** vta ◆ il/elle le/la noircit à la main

·ᐃᕐᐱᓈᑯᓐ **wiyipinaakun** vii ◆ ça a l'air noir, sombre

·ᐃᕐᐱᓈᑯᓯᐅ° **wiyipinaakusiu** vai ◆ il/elle a l'air noir, sombre

·ᐃᕐᐱᓯᐅ° **wiyipisiu** vai ◆ il/elle est noir-e

·ᐃᕐᐱᓯᒃᐗ° **wiyipisikwaau** vii ◆ c'est du verglas

·ᐃᕐᐱᔅᒋᐗᑳ° **wiyipischiwikaau** vii ◆ c'est de la boue noire, de l'argile noire

·ᐃᕐᐱᔅᒋᐗᒋᓯᐅ **wiyipischiwichisiu** vai ◆ il/elle est en boue noire, en argile noire

·ᐃᕐᐱᔅᒋᐗᓈ° **wiyipischiwinaau** vai ◆ il/elle a le nez noir (se dit par ex. d'un chien)

·ᐃᕐᐱᔑᑭᔮ° **wiyipishikiyaau** vai ◆ il/elle a la peau noire

·ᐃᕐᐱᔑᓐ **wiyipishin** vai ◆ il/elle se salit, devient noir en touchant quelque chose

·ᐃᕐᐱᔖ° **wiyipishaau** vai ◆ l'intérieur d'une peau, d'une fourrure est sombre, habituellement durant l'été

·ᐃᕐᐱᔥᑎᒃᐙᓈ° **wiyipishtikwaanaau** vai ◆ il/elle a les cheveux noirs

·ᐃᕐᐱᔨᐦᑖ° **wiyipiyihtaau** vai ◆ il/elle le dirige, l'organise, le coordonne

·ᐃᕐᐱᐦᐆ **wiyipihuu** vai -u ◆ il/elle s'habille en noir

·ᐃᕐᐱᐦᐊ° **wiyipihaau** vta ◆ il/elle le/la noircit

·ᐃᕐᐱᐦᑎᓐ **wiyipihtin** vii ◆ ça se salit, devient noir en touchant quelque chose

·ᐃᕐᐱᐦᑖ° **wiyipihtaau** vai+o ◆ il/elle le noircit

·ᐃᕐᐱᐦᒃᐙᓈ° **wiyipihkwaanaau** vta ◆ il/elle lui noircit le visage avec les mains

·ᐃᕐᐱᐃᔨᐃᔨᐅ **wiyipiiyiyiu** na [Whapmagoostui] ◆ un Noir, une Noire, une personne de race noire

·ᐃᕐᐹᐅᐦᑳ° **wiyipaauhkaau** vii ◆ c'est du sable noir

·ᐃᕐᐹ° **wiyipaau** vii ◆ c'est noir

·ᐃᕐᐹᐱᐧᓈᓐ **wiyipaapiwinaan** ni ◆ sa pupille

·ᐃᕐᐹᐱᐦᑎᐊᐱᔨᐅ **wiyipaapihtiwaapiyiu** vai ◆ il y a de la fumée noire qui en sort

·ᐃᕐᐹᐱᐦᑖ° **wiyipaapihtaau** vii ◆ il y a de la fumée noire

·ᐃᕐᐹᐹᑭᓐ **wiyipaapaakin** vii ◆ c'est noir (filiforme)

·ᐃᕐᐹᐹᒋᓯᐅ **wiyipaapaachisiu** vai ◆ il/elle est noir-e (filiforme)

•ᐃᕈᐸᑭᒣᵒ wiyipaakimiu vii ♦ c'est un liquide noir, sombre, l'eau est sombre quand il vente

•ᐃᕈᐸᑭᵃ wiyipaakin vii ♦ c'est noir (étalé)

•ᐃᕈᐸᒋᓯᵒ wiyipaachisiu vai ♦ il/elle est noir-e (étalé)

•ᐃᕈᐸᒋᔑᵃ wiyipaachishin vai ♦ il/elle (étalé) est noir, sale d'avoir touché quelque chose

•ᐃᕈᐸᒋᐦᑎᵃ wiyipaachihtin vii ♦ c'est sale, noir (étalé) par le contact avec quelque chose

•ᐃᕈᐸᐅᑎᑯᔑᵒ wiyipaashtikushiiu na -iim ♦ un Noir, une Noire, une personne de race noire

•ᐃᕈᐸᐅᒉᐅᑭᐦᐊᒻ wiyipaashchaaukiham vti ♦ il/elle le noircit avec du charbon

•ᐃᕈᐸᐅᒉᐅᑭᐦᐊᐅᵒ wiyipaashchaaukihwaau vta ♦ il/elle le/la noircit avec du charbon

•ᐃᕈᐸᔮᐅᵒ wiyipaayaau vii ♦ c'est une aire qui est inondée quand la neige fond au printemps

•ᐃᕈᐸᐦᑎᑯᐙᵒ wiyipaahtikuwaau vai ♦ sa fourrure est noire

•ᐃᕈᐸᐦᑭᓯᒻ wiyipaahkisim vti ♦ il/elle le brûle jusqu'à ce qu'il soit tout noir

•ᐃᕈᐸᐦᑭᓱ wiyipaahkisuu vai -u ♦ il/elle brûle jusqu'à ce qu'il/elle soit toute noire

•ᐃᕈᐸᐦᑭᔁᐅᵒ wiyipaahkiswaau vta ♦ il/elle le/la brûle

•ᐃᕈᐸᐦᑭᐦᑖᵒ wiyipaahkihtaau vii ♦ ça brûle tout noir

•ᐃᕈᑭᐦᐊᒻ wiyikiham vti ♦ il/elle lui donne forme à la hache

•ᐃᕈᑯᐦᑎᑖᵒ wiyikuhtitaau vai ♦ il/elle met le bateau, le canot à l'eau

•ᐃᕈᑯᐦᒋᒫᵒ wiyikuhchimaau vta ♦ il/elle le place dans une certaine position sur une étendue d'eau (ex des appelants sur un étang)

•ᐃᕈᑳᐳᐃᐦᐋᵒ wiyikaapuwihaau vta ♦ il/elle le/la dresse, met debout dans la bonne position

•ᐃᕈᑳᐳᐃᐦᑖᵒ wiyikaapuwihtaau vai+o ♦ il/elle le dresse

•ᐃᕈᑳᔅᒋᑖᓐ wiyikaaschitaanh nid pl ♦ les durillons sur ses pieds, les coussinets de ses pattes (se dit d'un castor)

•ᐃᕈᒋᐳᓯᵒ wiyichipusiu vai ♦ il/elle est sale

•ᐃᕈᒋᐳᔥᑭᒻ wiyichipushkim vti ♦ il/elle le salit

•ᐃᕈᒋᐳ wiyichipuu vai -u ♦ il/elle a le visage tout barbouillé, sale après avoir mangé

•ᐃᕈᒋᐺᒻ wiyichipwaau vii ♦ c'est sale, là où la saleté est visible

•ᐃᕈᒋᒫᵒ wiyichimaau vta ♦ il/elle en fixe le prix

•ᐃᕈᒋᐦᐋᵒ wiyichihaau vta ♦ il/elle le/la gaspille, n'a pas saisi la chance de ce qu'il/elle lui offrait

•ᐃᕈᒋᐦᑖᵒ wiyichihtaau vai+o ♦ il/elle le gaspille, n'en a pas profité

•ᐃᕈᒐᐃᑖᵒ wiyichaawiyihtaau vii ♦ ça prend feu facilement, c'est très inflammable

•ᐃᕈᒐᐱᓈᵒ wiyichaapinaau vta ♦ il/elle lui met du charbon de bois, du maquillage pour les yeux

•ᐃᕈᒐᔨᐦᑖᑯᓐ wiyichaayihtaakun vii ♦ quel gâchis, c'est gaspillé

•ᐃᕈᒐᔨᐦᑖᑯᓯᵒ wiyichaayihtaakusiu vai ♦ c'est bien dommage de ne pas profiter de lui/d'elle; quel gâchis pour lui/elle; il/elle n'a pas réalisé son potentiel

•ᐃᕈᓱ wiyisuu vai -u ♦ ça s'enflamme

•ᐃᕈᔅᑖᓱ wiyistaasuu vai -u ♦ il/elle met tout en place

•ᐃᕈᔅᑯᑖᔮᒋᓯᵒ wiyiskushtaayaachisiu vai ♦ il/elle est brun-e, gris-e (étalé)

•ᐃᕈᔑᑭᵃ wiyishikin ni ♦ un modèle, un patron

•ᐃᕈᔑᒑᵒ wiyishichaau vai ♦ il/elle découpe

•ᐃᕈᔑᒻ wiyishim vti ♦ il/elle le découpe

•ᐃᕈᔗᐙᑖᵒ wiyishuwaataau vta ♦ il/elle le/la commande, lui donne des ordres

•ᐃᕈᔗᐙᓯᵒ wiyishuwaasiu na -iim ♦ le directeur du district de la Compagnie de la Baie d'Hudson, lit. 'celui qui dirige'

•ᐃᕈᔕᒫᵒ wiyishumaau vta ♦ il/elle lui donne des ordres, le commande, donne des instructions sur lui/elle

•ᐃᕈᔕᐅᵒ wiyishwaau vta ♦ il/elle le/la découpe

**ᐧᐃᔨᔥᑎᐧᐋᐤ** wiyishtiwaau vta ◆ il/elle l'expose, l'indique pour lui/elle

**ᐧᐃᔨᔥᑖᐤ** wiyishtaau vai ◆ il/elle l'écrit, l'indique, le place

**ᐧᐃᔨᔥᑖᐤ** wiyishtaau vii ◆ c'est écrit

**ᐧᐃᔨᔨᐆ** wiyiyiuu vii -iwi ◆ c'est gras

**ᐧᐃᔨᔨᐤ** wiyiyiu vai ◆ il/elle a beaucoup de graisse, de gras

**ᐧᐃᔨᔪᒌ** wiyiyuchii ni ◆ la partie blanche d'un arbre sous l'écorce

**ᐧᐃᔨᔮᑭᓐ** wiyiyaakin vii ◆ ça sent l'urine

**ᐧᐃᔨᔮᒋᓯᐤ** wiyiyaachisiu vai ◆ il/elle sent l'urine

**ᐧᐃᔨᐧᔮᐱᐢᒄ** wiyiywaapiskw ni ◆ un quartz, un cristal de roche

**ᐧᐃᔨᐦᐋᐤ** wiyihaau vta ◆ il/elle l'expose, l'indique

**ᐧᐃᔨᐦᐱᑎᒻ** wiyihpitim vti ◆ il/elle l'attache de la façon qui lui convient

**ᐧᐃᔨᐦᐱᑖᐤ** wiyihpitaau vta ◆ il/elle l'attèle, il/elle l'arrime (ex. un traîneau), il/elle l'attache à une ficelle pour le faire rôtir

**ᐧᐃᔨᐦᑖᐤ** wiyihtaau vii ◆ ça prend feu

**ᐧᐃᔨᐦᑖᐱᔨᐤ** wiyihtaapiyiu vai ◆ il/elle prend feu, s'enflamme

**ᐧᐃᔨᐦᑖᐱᔨᐤ** wiyihtaapiyiu vii ◆ ça prend feu, s'enflamme

**ᐧᐃᔨᐦᑭᐦᐊᒻ** wiyihkiham vti ◆ il/elle le façonne à la hâche

**ᐧᐃᔨᐦᑯᑎᒻ** wiyihkutim vti ◆ il/elle le façonne, le taille avec un couteau, un couteau croche

**ᐧᐃᔨᐦᑯᑖᐤ** wiyihkutaau vta ◆ il/elle le/la façonne, taille avec un couteau croche, le/la rabote

**ᐧᐃᔨᐦᑯᐦ** wiyihkwh nad ◆ ses amygdales

**ᐧᐃᔩ** wiyii nid ◆ sa vessie

**ᐧᐃᔪᐧᐃᐦᐊᒻ** wiyuwiham vti ◆ il/elle pagaie jusqu'à l'embouchure

**ᐧᐃᔫ** wiyuu vai -u ◆ il/elle hurle

**ᐧᐃᔫᔑᐧᐋᔮᔥᑎᓐ** wiyuushiwaayaashtin vii ◆ le feu bouge avec la brise

**ᐧᐃᔫᔥᑭᒻ** wiyuushkim vti ◆ il/elle marche jusqu'à l'embouchure

**ᐧᐃᔮᐃᐦᑯᓈᐅᔥᑖᐤ** wiyaaihkunaaushtaau vii ◆ ça sent la bannique, le gâteau en train de cuire

**ᐧᐃᔮᐱᐢᑭᐦᐋᐤ** wiyaapiskihaau vta ◆ il/elle le/la (minéral) place, dispose

**ᐧᐃᔮᐱᔥᑭᔥᑖᐤ** wiyaapishkishtaau vai ◆ il/elle le place (minéral)

**ᐧᐃᔮᐱᐦᑳᑖᐤ** wiyaapihkaataau vta ◆ il/elle l'attache correctement, il/elle le prépare tout attaché

**ᐧᐃᔮᐱᐦᒑᓂᒻ** wiyaapihchaanim vti ◆ il/elle en fait une boucle pour un piège

**ᐧᐃᔮᑎᒻ** wiyaatim vti ◆ il/elle rit beaucoup

**ᐧᐃᔮᑭᐱᐤ** wiyaakipiu vai ◆ il/elle (étalé) est placé, est étendu

**ᐧᐃᔮᑭᓐ** wiyaakin ni ◆ un plat, une assiette, une poêle à frire

**ᐧᐃᔮᑭᔥᑖᐤ** wiyaakishtaau vai ◆ il/elle l'étend (étalé)

**ᐧᐃᔮᑭᔥᑖᐤ** wiyaakishtaau vii ◆ c'est étendu (étalé)

**ᐧᐃᔮᑭᐦᐊᒻ** wiyaakiham vti ◆ il/elle plante sa tente

**ᐧᐃᔮᑭᐦᐋᐤ** wiyaakihaau vta ◆ il/elle l'étend (étalé)

**ᐧᐃᔮᒫᐤ** wiyaamaau vta ◆ il/elle le/la porte comme vêtement

**ᐧᐃᔮᓐᐦ** wiyaanh nad ◆ le muscle son mollet

**ᐧᐃᔮᓵᐲᐤ** wiyaasaapiiu vai ◆ il/elle commence à devenir aveugle à cause de la neige, à souffrir d'une ophtalmie des neiges, d'une cécité des neiges

**ᐧᐃᔮᐢ** wiyaas ni -im ◆ de la viande

**ᐧᐃᔮᐢᑯᓂᒑᐤ** wiyaaskunichaau vai ◆ il/elle le juge en cour, au tribunal

**ᐧᐃᔮᐢᑯᓂᒑᓯᐤ** wiyaaskunichaasiu na -iim ◆ un juge

**ᐧᐃᔮᐢᑯᓈᐤ** wiyaaskunaau vta ◆ il/elle le/la pointe (ex. flèche), le/la vise, le/la juge au tribunal

**ᐧᐃᔮᐢᑯᔑᒫᐤ** wiyaaskushimaau vta ◆ il/elle le/la dépose comme fondations

**ᐧᐃᔮᐢᑯᔥᑖᐤ** wiyaaskushtaau vai ◆ il/elle bâtit les fondations d'un bâtiment

**ᐧᐃᔮᐢᑯᐦᐊᒻ** wiyaaskuham vti ◆ il/elle le met sur un bâton pour le faire rôtir

**ᐧᐃᔮᐢᑯᐦᐧᐋᐤ** wiyaaskuhwaau vta ◆ il/elle le prépare pour le cuire sur un bâton

**ᐧᐃᔮᐢᑯᐦᑎᑖᐤ** wiyaaskuhtitaau vai ◆ il/elle le dépose pour les fondations

•ᐃᔭᔆᒋ wiyaaschii ni -im ♦ le milieu d'un arbre, la partie médiane d'un arbre

•ᐃᔭᔒᐱᒡᏊᓈᐤ° wiyaashipichistinaau vta ♦ il/elle le/la trahit (terme biblique)

•ᐃᔭᔒᒫᐤ° wiyaashimaau vta ♦ il/elle raconte sur lui/elle des histoires qui ne sont pas vraies, il/elle le/la trompe avec ses paroles

•ᐃᔭᔒᓐ wiyaashin p,évaluative ♦ ça compte, ça se passe (normalement utilisé à la forme négative) ■ ᑕᒃ ᒋᑊ ·ᐃᔭᔒᓐ ᑲᓛ ᐊ" ᒥᐦᑭᐃᏊᐦᕁ ■ Il n'arrivera rien tant qu'on le garde gelé.

•ᐃᔭᔒᐦᐄᐊᐤ° wiyaashihiiwaau vai ♦ il/elle trompe

•ᐃᔭᔐ wiyaash p,manière ♦ aux alentours, environ, d'une certaine façon, quelque chose ■ ·ᐃᔭᔐ ᐊ ᓂᑊ ᐋᐦᑕᐄᐊ ᐊᑳ ᒣᐁᓛ ᓂᕐᕁᐊ" ᐊ".ᒡᔐ ᐋ"ᒧᑲᔭᕁ ♦ ·ᐃᔭᔐ ᓂᐊᑦ'ᐄᓪ ᑳ ᐃᐡᑳᔾ ᓂᐦ" ᐳᐁᐧᐦᒡᔭᕁ ■ Est-ce que quelqu'un dira quelque chose si je n'enlève pas mes chaussures avant d'entrer? ♦ J'arrête mon travail à 6 heures environ.

•ᐃᔭᔐᑐᑎᐊᐤ° wiyaashtutiwaau vta ♦ il/elle le/la blesse, lui cause du tort d'une certaine façon, le/la répare

•ᐃᔭᔐᑖᔨᒫᐤ° wiyaashtaayimaau vta ♦ il/elle ressent quelque chose pour lui/elle

•ᐃᔭᔐᑖᔨᐦᏊᒡ wiyaashtaayihtim vti ♦ il/elle est en colère, pense que quelque chose ne va pas avec ça, est mécontent de ça

•ᐃᔭᔐᑖᐦ wiyaashtaah p,manière ♦ aux environs de, dans les environs, quelque part autour de ■ ·ᐃᔭᔐᑖᐦ ·ᐋᒥᓂᑦᐡᐁ ᐊᑦᐋ" ᐱᏊᒡ ᑲᐦ" ᐋᒡ ᑲᔮ ᐊᓂᕐ ᑲ ·ᐊ" ᐋᕐ ᑲᐸᕐᕁ ■ C'est aux environs de Wemindji que nos visiteurs (en canot) se sont d'abord arrêtés.

•ᐃᔭᔨᒫᐤ° wiyaayimaau vta ♦ il/elle le/la choisit

•ᐃᔭᔨᐦᏊᒧᐊᐤ° wiyaayihtimuwaau vta ♦ il/elle décide, planifie pour lui/elle

•ᐃᔭᔨᐦᏊᒡ wiyaayihtim vti ♦ il/elle prend une décision à son sujet

•ᐃᔭᐦᐋᐤ° wiyaahaau vta ♦ il/elle le/la fait rire

•ᐃᔭᐦᏊᒡ wiyaahtim vti ♦ il/elle le porte (vêtement)

•ᐃᔭᐦᑭᐦᓯᒑᐤ° wiyaahkihsichaau vai ♦ il/elle déclenche la dynamite

•ᐃᔭᐦᒋᑭᓐᐦ wiyaahchikinh ni pl ♦ un vêtement

•ᐃᔭᐦᒡᐦ wiyaahchh nad -um ♦ ses parasites (ceux du caribou)

•ᐃ"Ꮚᑕᔆᑲᐤ° wihtitaaskwaau ni ♦ un sentier de castor bien marqué

•ᐃ"Ꮏᔅᑭᓄᐃᓱ wihtiskinuwisuu vai -u ♦ ses traces révèlent d'où il/elle est venu

•ᐃ"Ꮏᔅᑳᓈᓯᐤ wihtiskaanaasiu vai ♦ il/elle appartient à ce pays ou à cette tribu

•ᐃ"ᒡᒋᑯᏊᐃᓐ wihchikutisuwin ni -m ♦ une aire où on écorche et découpe les caribous,

•ᐃ"ᒡᒋᐃᐊ wihchichiwin vii ♦ le courant s'écoule de là

•ᐃ"ᒡᒋᐃᔑᐤ° wihchichiwishiu vai dim ♦ il/elle s'écoule de là

•ᐃ"ᒌᐧᐦ wihchiikwh ni pl -m ♦ les branchies du poisson

•ᐃ"ᔭᐱᏊᒡ wihyaapitim vti ♦ il/elle le gâche, en fait un gros dégât

•ᐃ"ᔭᐱᑖᐤ° wihyaapitaau vta ♦ il/elle le/la gâche, en fait un gros dégât

•ᐃ"ᔭᑐᔆᑴᐦ wihyaatuskwh nad ♦ sa glande au bout de la queue (se dit des oiseaux)

## •ᐋ

•ᐋ Wii p,emphatique ♦ (particule emphatique située avant ou après le nom) ᑲᐯ ·ᐋ ᒫᏊᐊ" ᐸᐨ" ᒥᐁᐊ ᒣᐁᑳᕐᓚ ♦ ᓂᒉᐊ ·ᐋ ᒫᐲᔭᐁ, ᓂᒉᐊ ᐊᐃᐅ"ᒋ ᐃ"Ꮚᐁᐊᕁ ■ Ne gratte pas encore le gras de la peau, attends que ça soit complètement gelé. ♦ Ce n'était même pas de la toile, ça n'existait pas encore.

•ᐋᐅᏊᐦᑭᐊᐤ° wiiutihkiwaau vta ♦ il/elle en fait une charge pour lui/elle

•ᐋᐅᏊᐦᑭᐦᏊᒡ wiiutihkihtim vti ♦ il/elle en fait une charge pour ça (inanimé)

•ᐋᐅᏊᐦᑳᓱ wiiutihkaasuu vai reflex -u ♦ il/elle prépare sa charge, emballe ses affaires, sa nourriture, etc.

•ᐋᐅᒫᐤ° wiiumaau vai ♦ elle est épouse

ᐧᐃᐅᔒᐧᐃᐤ wiiushiwin ni ◆ une charge portée sur le dos

ᐧᐃᐅᔒᐤ wiiushiu vai ◆ il/elle porte une charge sur son dos

ᐧᐃᐅ wiiuu vai -uwi ◆ il/elle s'accouple (ex. chien)

ᐧᐃᐅ wiiuu vai -uwi ◆ il est marié, il a une femme

ᐧᐃᐧᐃᐨ wiiwit nid ◆ sa valise, son sac

ᐧᐃᐧᐃᓴᔨᒧᑎᒻ wiiwiiswaayimutim vti ◆ il/elle est sûr-e qu'il/elle sera celui/celle qui peut le faire, il/elle est trop déterminé-e

ᐧᐃᐧᐃᔑᔥᐦᒉᓐ wiiwiishishukuchin vai ◆ il/elle essaie de faire les choses à la hâte

ᐧᐃᐤ wiiuh nad ◆ sa femme, son épouse

ᐧᐃᐱᒋᐧᐃᔮᓂᔥᑖᐤ wiipichiwiyaanishtaau vii ◆ ça sent le tissu brûlé, la toile brûlée

ᐧᐃᐱᒋᐤ wiipichiu na -iim ◆ un morse *Odobenus Rosmarus*

ᐧᐃᐱᒡ wiipich p,temps ◆ bientôt, tôt ▪ ᓂ·ᒡ ᐧᐃᐱᒡ ᐊᑉ ᑊ ᐧᐊᓴᐸᔦ ᑭᑭᔐᑉ ▪ *Je me suis levé très tôt le matin.*

ᐧᐃᐱᒦᐅᑭᓐ wiipimiiukin vii ◆ ça sent, ça a un goût d'essence, de pétrole

ᐧᐃᐱᒦᐅᒋᓯᐤ wiipimiiuchisiu vai ◆ il/elle sent le pétrole, l'essence

ᐧᐃᐱᔅ wiipis na -im ◆ un bâton taillé pointu et utilisé comme lance, une lance

ᐧᐃᐱᐦᑯᑖᐅᑭᓐ wiipihkutaaukin vii ◆ ça sent la cendre

ᐧᐃᐳᔅᑳᐤ wiipuskaau vii ◆ c'est une aire qui a été ravagée par un feu de forêt

ᐧᐃᐳᔅᑳᑭᒫᐤ wiipuskaakimaau vii ◆ c'est un lac dans une aire ravagée par un feu de forêt

ᐧᐃᐳᔅᑳᔅᒋᐦᑎᒄ wiipuskaaschihtikw ni -um ◆ un arbre brûlé, du bois d'un feu de forêt

ᐧᐃᐳᔅᑳᔅᒋᐤ wiipuskaaschiiuu vii -iiwi ◆ c'est une aire sur le sol qui a été brûlée par un feu de forêt

ᐧᐃᑎᐱᒫᐤ wiitipimaau vta ◆ il/elle s'assied avec, à côté de lui/elle, l'ours hiberne avec son petit

ᐧᐃᑎᐱᒫᑭᓂᔥ wiitipimaakinish na -um ◆ un ourson dans sa tanière avec sa mère durant l'hibernation

ᐧᐃᑎᐱᔥᑎᐧᐊᐤ wiitipishtiwaau vta ◆ il/elle s'assied avec lui/elle, lui tient compagnie

ᐧᐃᑎᐱᔥᑎᒻ wiitipishtim vti ◆ il/elle s'assoit avec, à coté

ᐧᐃᑎᐱᐦᑎᒻ wiitipihtim vti ◆ il/elle s'assoit avec ça

ᐧᐃᑎᐱᐦᑎᔮᐤ wiitipihtiyaau vta ◆ il/elle l'assoit à côté de quelqu'un

ᐧᐃᑎᑭ wiitikii nid ◆ son pénis

ᐧᐃᑎᑯᓃᔥᑎᐧᐊᐤ wiitikuniishtiwaau vta ◆ il/elle se glisse au lit avec lui/elle

ᐧᐃᑎᑳᐅᑎᐦᒄ wiitikaautihkw na -shiim [Whapmagoostui] ◆ un caribou mâle

ᐧᐃᑎᒥᔅᑰ wiitimiskuu vai -u ◆ le castor s'accouple

ᐧᐃᑎᒧᓯᐤ wiitimusiu vai ◆ il l'a comme belle-soeur, elle l'a comme beau-frère, il l'a comme cousine (croisée), elle l'a comme cousin (croisé)

ᐧᐃᑎᒧᓯᒫᐤ wiitimusimaau nad ◆ une belle-soeur, un beau-frère, un cousin croisé ou une cousine croisée (une personne du sexe opposé au sien qui est la descendante du frère de sa mère ou de la soeur de son père)

ᐧᐃᑎᒧᔥ wiitimus-h nad ◆ sa belle-soeur ou son beau-frère, son cousin croisé ou sa cousine croisée (une personne du sexe opposé au sien qui est la descendante du frère de sa mère ou de la soeur de son père)

ᐧᐃᑎᒫᓯᑭᓐ wiitimaasikin vii ◆ ça sent le poisson

ᐧᐃᑎᒫᓯᒋᓯᐤ wiitimaasichisiu vai ◆ il/elle sent le poisson

ᐧᐃᑎᐦᐅᒫᐤ wiitihumaau vta ◆ il/elle l'accompagne dans un canot à part

ᐧᐃᑐᐃ wiitui ni -uum ◆ un anus de castor incluant le gras tout autour

ᐧᐃᑐᔨᒫᒄᐊᓐ wiituyimaakwaan ni -uum ◆ la partie juste avant la queue du poisson

ᐧᐃᑐᔮᐳᐃ wiituyaapui ni ◆ du bouillon fait des glandes du castor situées sous le castoreum

ᐧᐃᑐᔮᐳᑭᐦᑎᒻ wiituyaapukihtim vti ◆ il/elle met des glandes olfactives dans l'eau bouillante pour en faire un remède

ᐧᐃᑐᔭᐢᑯᓂᑭᓐ wiituyaaskunikin ni ◆ un bâton frotté avec du musc placé à côté d'un piège

ᐧᐃᑐᔭᐢᑯᓂᒼ wiituyaaskunim vti ◆ il/elle met du musc sur un poteau pour attirer le lynx dans le piège par l'odorat

ᐧᐃᑖᐳᓲ wiitaapushuu vai-u ◆ le lièvre s'accouple

ᐧᐃᑖᐹᐅᐦ wiitaapaauh nad ◆ son compagnon (se dit de deux hommes)

ᐧᐃᑖᔅᒋᐦᒁᒫᐤ wiitaaschihkwaamaau vai ◆ il/elle utilise la même casserole que quelqu'un d'autre pour cuire sa nourriture en même temps ou pour faire du thé

ᐧᐄᑭᔥᒄ wiikishkw ni-im ◆ un oignon

ᐧᐄᑯᐲ wiikupii ni ◆ de l'écorce de bouleau utilisée comme ficelle

ᐧᐄᑯᐲᔖᑭᓐ wiikupiishaakin ni ◆ un arc-en-ciel

ᐧᐄᑯᐦᑯᐚᐅᐦᒁ wiikuhkuwaauhkwh nad ◆ sa croupe (caribou, orignal)

ᐧᐄᒁᐳᑖᑭᓐ wiikwaaputaakin na ◆ sa peau qui pend sous la gorge (se dit d'un orignal ou d'un caribou)

ᐧᐄᒃᐚᑭᑭᓐ wiikwaakikin vii ◆ ça sent la moisissure, le moisi

ᐧᐄᒃᐚᓂᒼ wiikwaanim vti ◆ ses traces sont fraîches

ᐧᐄᒃᐚᐦᐊᒼ wiikwaaham vti ◆ ses traces sont fraîches

ᐧᐄᒄ wiikw ni-m ◆ le gras sur les organes du gros gibier

ᐧᐄᒋᐅᑳᐧᐄᒫᐤ wiichiukaawiimaau vta ◆ il/elle a la même mère que lui

ᐧᐄᒋᐤ wiichiu vai ◆ il/elle vit, habite quelque part

ᐧᐄᒋᐱᐳᓂᐦᑖᒫᐤ wiichipipunihtaamaau vta ◆ il/elle passe l'hiver avec lui/elle

ᐧᐄᒋᐱᒌᒫᐤ wiichipichiimaau vta ◆ il/elle voyage avec elle/lui en déplaçant son campement d'hiver

ᐧᐄᒋᐱᒫᑎᓰᒫᐤ wiichipimaatisiimaau vta ◆ ils/elles passent leur vie ensemble, il/elle passe sa vie avec lui/elle

ᐧᐄᒋᐱᔨᒫᐤ wiichipiyimaau vta ◆ il/elle l'accompagne dans un véhicule à part

ᐧᐄᒋᐱᐦᑖᒫᐤ wiichipihtaamaau vta ◆ il/elle court avec lui

ᐧᐄᒋᐳᔥᑭᐚᐤ wiichipushkiwaau vta ◆ il/elle le/la salit

ᐧᐄᒋᑳᐳᐃᔥᑎᐚᐤ wiichikaapuwishtiwaau vta ◆ il/elle se tient à côté de lui/d'elle, le/la soutient

ᐧᐄᒋᑳᐳᐃᔥᑎᒼ wiichikaapuwishtim vti ◆ il/elle le soutient

ᐧᐄᒋᒋᔖᔨᔥᒁᔥ-ᐦ wiichichishaayishkwaash-h nad ◆ sa femme, sa petite amie

ᐧᐄᒋᒋᔖᔨᔨᐤ wiichichishaayiyiuh nad ◆ son mari, son ami

ᐧᐄᒋᒋᔖᔨᔨᔥ-ᐦ wiichichishaayiyish-h nad ◆ son vieil ami, son mari

ᐧᐄᒋᒌᒫᐤ wiichichiimaau vta ◆ il/elle a le même âge que lui/elle

ᐧᐄᒋᒑᔅᑭᐦᐄᒑᐤ wiichichaaskihiichaau vai ◆ il/elle place un bâton indiquant qu'il/elle a déjà installé le campement

ᐧᐄᒋᒥᑯᔖᒫᐤ wiichimikushaamaau vta ◆ il/elle fait la fête avec lui/elle

ᐧᐄᒋᒥᓂᐦᒁᒫᐤ wiichiminihkwaamaau vta ◆ il/elle boit avec lui/elle

ᐧᐄᒋᒥᔮᔨᐦᑎᒧᒫᐤ wiichimiywaayihtimumaau vta ◆ il/elle se réjouit avec lui/elle

ᐧᐄᒋᒦᒋᓱᒫᐤ wiichimiichisumaau vta ◆ il/elle mange avec lui/elle

ᐧᐄᒋᒫᐤ wiichimaau vta ◆ il/elle vit avec lui/elle

ᐧᐄᒋᒫᑎᐚᒫᐤ wiichimaatiwaamaau vta ◆ il/elle joue avec lui/elle

ᐧᐄᒋᓂᑐᐦᐅᒫᐤ wiichinituhumaau vta ◆ il/elle chasse avec lui/elle

ᐧᐄᒋᓰᑯᓂᐦᑖᒫᐤ wiichisiikunihtaamaau vta ◆ il/elle passe le printemps avec lui/elle

ᐧᐄᒋᓱᒫᐤ wiichisumaau vta ◆ il/elle le/la nomme

ᐧᐄᒋᔅᐱᐦᑎᓰᒫᐤ wiichispihtisiimaau vta ◆ il/elle a le même âge que lui/elle

ᐧᐄᒋᔅᒁᐅᐦ wiichiskwaauh nad ◆ sa compagne (se dit de deux femmes)

ᐧᐄᒋᔖᒳ wiichischaamuu vai-u ◆ il/elle va vivre avec une autre famille, un autre groupe

ᐧᐄᒋᔖᓂᒫᐤ wiichishaanimaau nad ◆ un frère ou une soeur, un cousin ou une cousine parallèle (le fils ou la fille du frère du père ou de la soeur de la mère)

ᐧᐄᒋᔖᓂᔑᒫᐤ wiichishaanishimaau nad
 ◆ un petit frère, une petite soeur, un cousin plus jeune, une cousine plus jeune

ᐧᐄᒋᔖᐦ wiichishaanh nad ◆ son frère ou sa soeur, son cousin ou sa cousine parallèle (le fils ou la fille du frère de son père ou de la soeur de sa mère)

ᐧᐄᒋᔥᑎᒁᑭᐲᒫᐤ wiichishtikwaakipiimaau vta ◆ il/elle passe l'automne avec lui/elle

ᐧᐄᒋᔥᑎᒨ wiichishtimuu vai -u ◆ le chien/la chienne s'accouple

ᐧᐄᒋᔥᑖᒫᐅᑭᓐ wiichishtaamaaukin vii ◆ ça sent le tabac

ᐧᐄᒋᔥᑖᒫᐅᒋᓯᐤ wiichishtaamaauchisiu vai ◆ il/elle sent le tabac

ᐧᐄᒋᔥᑖᒫᐅᓵᐙᐤ wiichishtaamaausaawaau vai ◆ il/elle émane une odeur de tabac

ᐧᐄᒋᔥᑖᒫᐅᔥᑖᐤ wiichishtaamaaushtaau vii ◆ ça sent le tabac brûlé

ᐧᐄᒋᐦᐄᐙᐅᒋᒫᐤ wiichihiiwaauchimaau na ◆ un agent des Affaires indiennes, représentant du gouvernement fédéral

ᐧᐄᒋᐦᐄᐙᐅᓯᓂᐦᐄᑭᓐ wiichihiiwaausinihiikin ni ◆ un topo-guide

ᐧᐄᒋᐦᐄᐙᐎᓐ wiichihiiwaawin ni ◆ de l'aide, du soutien, de l'assistance

ᐧᐄᒋᐦᐄᐙᐤ wiichihiiwaau vai ◆ il/elle aide, accompagne les gens en voyage; il/elle est son témoin pour un mariage

ᐧᐄᒋᐦᐄᐙᐤ wiichihiiwaau vii ◆ ça aide

ᐧᐄᒋᐦᐄᐙᐱᔫ wiichihiiwaapiyiu vii ◆ ça aide

ᐧᐄᒋᐦᐄᐙᓯᐤ wiichihiiwaasiu na -iim ◆ un/une aide

ᐧᐄᒋᐦᐋᐤ wiichihaau vta ◆ il/elle l'aide

ᐧᐄᒋᐦᑎᐎᓐ wiichihtiwin ni ◆ un mariage

ᐧᐄᒋᐦᑐᐦᐋᐤ wiichihtuhaau vta ◆ il/elle les marie l'un à l'autre

ᐧᐄᒋᐦᑖᐤ wiichihtaau vai+o ◆ il/elle y aide, y contribue

ᐧᐄᒋᐦᑖᓯᑭᐦᑎᒻ wiichihtaasikihtim vti ◆ il/elle les apparie (chaussettes)

ᐧᐄᒋᐦᔮᒫᐤ wiichihyaamaau vta ◆ il/elle vole avec lui/elle

ᐧᐄᒌᑖᔨᐦᑎᒧᒫᐤ wiichiitaayihtimumaau vta ◆ il/elle est d'accord avec lui/elle

ᐧᐄᒌᔨᔨᐅᐦ wiichiiyiyiuh nad ◆ son frère, sa soeur, son cousin ou sa cousine parallèle (le fils ou la fille de la soeur de sa mère ou du frère de son père), son frère cri, sa soeur crie, son compagnon humain, sa compagne humaine

ᐧᐄᒌᔨᐦᑳᐅᓐᐦ wiichiiyihkaaunh nad ◆ son demi-frère ou sa demi-soeur, son cousin ou sa cousine, son frère adoptif, sa soeur adoptive

ᐧᐄᒑᐅᑐᐎᒡ wiichaautuwich vai pl recip -u ◆ ils/elles vont ensemble

ᐧᐄᒑᐙᐤ wiichaawaau vta ◆ il/elle va avec lui

ᐧᐄᒑᐱᑎᓰᒫᐤ wiichaapitisiimaau vta ◆ il/elle travaille avec lui/elle

ᐧᐄᒑᐱᔒᔥ wiichaapishiish na -im ◆ une mésange à tête brune *Parus hudsonicus; Poecile hudsonica*

ᐧᐄᒡ wiich nid ◆ sa maison, son habitation

ᐧᐄᒥᑎᔑᒻ wiimitishim vti ◆ il/elle en découpe un morceau

ᐧᐄᒥᑎᔥᐙᐤ wiimitishwaau vta ◆ il/elle en découpe un morceau (de quelque chose d'animé)

ᐧᐄᒥᓂᒌ wiiminichii ni -m ◆ Wemindji

ᐧᐄᒥᓐ wiimin na -im ◆ de l'ocre, une roche rouge ou verte écrasée et mélangée avec de la graisse pour faire de la peinture

ᐧᐄᒥᔥᑎᑯᐦᔮᐅᑭᓐ wiimishtikuhyaaukin vii ◆ ça sent le tétras *Falcipennis canadensis*

ᐧᐄᒧᔥᑖᐅᑭᓐ wiimuushtaaukin vii ◆ il y a une odeur de fumée

ᐧᐄᒧᔥᑖᐅᒋᓯᐤ wiimuushtaauchisiu vai ◆ il/elle sent la fumée

ᐧᐄᒫᐱᔨᔥᑎᐙᐤ wiimaapiyishtiwaau vta ◆ il/elle le/la contourne pour l'éviter

ᐧᐄᒫᐱᔨᔥᑎᒻ wiimaapiyishtim vti ◆ il/elle le contourne pour l'éviter

ᐧᐄᒫᐱᐦᑖᐤ wiimaapihtaau vai ◆ il/elle le contourne en courant pour l'éviter

ᐧᐄᒫᒧᐦᑖᐤ wiimaamuhtaau vai ◆ il/elle évite un obstacle en le faisant contourner par le sentier

ᐧᐄᒫᔥᑭᐙᐤ wiimaashkiwaau vta ◆ il/elle le/la contourne

ᐧᐄᒫᔥᑭᒻ wiimaashkim vti ◆ il/elle le contourne

·ᐄᒻᐊᒻ wiimaaham vti ♦ il/elle le contourne en véhicule pour l'éviter

·ᐄᒻᐋᐤ wiimaahwaau vta ♦ il/elle le/la contourne en véhicule

·ᐃᓂᐅ wiiniuu vii -iwi ♦ il y a de la moelle dans cet os

·ᐃᓂᐹᑯᒫᒃᑦ wiinipaakumaakw na -im ♦ un poisson d'eau salée

·ᐃᓂᐹᑦᒡ wiinipaakuhch p,lieu ♦ dans la baie au large ▪ ᐋᔥᑕᐱᐦ ᐲᒣ ᒥᓯᒋᓂᑕᐅᒡ ᑭᔅᐳᒡ ᐋᐦᒡ ·ᐃᓂᐹᒡᒡ ᑳ ᐱᒥᐸᔫᔮᒡᒃ ▪ Les vagues étaient énormes alors que nous voyagions dans la baie au large.

·ᐃᓂᐹᑯ wiinipaakuu na -m ♦ un Cri, une Crie de la côte de la Baie James

·ᐃᓂᐹᒃ wiinipaakw ni ♦ la baie James et la baie d'Hudson

·ᐃᓂᐹᔥᑖᐤ wiinipaashtaau vii ♦ l'eau de neige fondue a mauvais goût

·ᐃᓂᑎᐦᒑᐤ wiinitihchaau vai ♦ il/elle a les mains sales

·ᐃᓂᑐᐦᑯᔨᓂᑭᐣ wiinituhkuyinikin vii ♦ ça sent le médicament

·ᐃᓂᑖᐤ wiinitaau vai ♦ il/elle fait un rôt puant qui provient d'aigreurs d'estomac

·ᐃᓂᑯᓈᐙᐤ wiinikunaawaau vai ♦ il/elle a mauvaise haleine

·ᐃᓂᒑᐦᐄᑭᐣ wiinichaahiikin ni ♦ de la viande réduite en poudre et mélangée avec de la moelle d'os d'avant-bras

·ᐃᓂᒫᑯᐣ wiinimaakun vii ♦ ça sent mauvais, ça pue

·ᐃᓂᒫᑯᓯᐤ wiinimaakusiu vai ♦ il/elle sent mauvais, pue

·ᐃᓂᓈᑯᐣ wiininaakun vii ♦ ça a l'air sale, laid

·ᐃᓂᓈᑯᓯᐤ wiininaakusiu vai ♦ il/elle a l'air sale, laid

·ᐃᓂᓯᐤ wiinisiu vai ♦ il/elle est sale

·ᐃᓂᔅᐱᑯᐣ wiinispikun vii ♦ ça a un mauvais goût

·ᐃᓂᔅᐱᑯᓯᐤ wiinispikusiu vai ♦ il/elle a un mauvais goût

·ᐃᓂᔑᒨ wiinishimuu vai -u ♦ il/elle se salit en touchant quelque chose

·ᐃᓂᔑᒫᐤ wiinishimaau vta ♦ il/elle le/la salit en le/la laissant toucher quelque chose, il/elle le/la laisse pourrir

·ᐃᓂᔑᐦᑯᓈᐅᒫᑯᐣ wiinishihkunaaumaakun vii ♦ ça pue des pieds

·ᐃᓂᔑᐦᑯᓈᐤ wiinishihkunaau vai ♦ il/elle pue des pieds, des orteils

·ᐃᓂᔑᑭᐋᐤ wiinishkiwaau vta ♦ il/elle le/la salit avec son corps ou ses pieds

·ᐃᓂᔑᑭᒻ wiinishkim vti ♦ il/elle le salit avec son corps ou ses pieds

·ᐃᓂᔥᑯ wiinishkw na -um ♦ une marmotte *Marmota monax*

·ᐃᓂᐋᐤ wiinihaau vta ♦ il/elle le/la salit

·ᐃᓂᐦᑎᑖᐤ wiinihtitaau vai ♦ il/elle le salit en le laissant toucher quelque chose, elle laisse la viande pourrir

·ᐃᓂᐦᑎᑳᐤ wiinihtikaau vii ♦ c'est un sol, un plancher sale

·ᐃᓂᐦᑎᐣ wiinihtin vii ♦ c'est pourri, gaspillé

·ᐃᓂᐦᑭᑖᐤ wiinihkihtaau vii ♦ ça pourrit à cause de la chaleur

·ᐃᓂᐦᑭᓱ wiinihkihsuu vai -u ♦ ça pourrit à cause de la chaleur

·ᐄᓈᐤ wiinaau vii ♦ c'est sale

·ᐄᓈᐱᓯᔅᑖᐤ wiinaapisistaau vii ♦ la casserole sent parce que la nourriture a brûlé pendant qu'on cuisinait

·ᐄᓈᐱᓯᔅᒋᓯᐤ wiinaapisischisiu vai ♦ il/elle est sale (minéral)

·ᐄᓈᐱᔅᑳᐤ wiinaapiskaau vii ♦ c'est sale (minéral)

·ᐄᓈᑭᒥᐤ wiinaakimiu vii ♦ l'eau est sale

·ᐄᓈᑭᒥᔑᐣ wiinaakimishin vai ♦ le liquide a tourné, est gâché

·ᐄᓈᑭᒥᐦᐋᐤ wiinaakimihaau vta ♦ il/elle le/la contamine (se dit d'un liquide)

·ᐄᓈᑭᒥᐦᑖᐤ wiinaakimihtaau vai+o ♦ il/elle le contamine (se dit d'un liquide)

·ᐄᓈᑭᐣ wiinaakin vii ♦ c'est sale (étalé)

·ᐄᓈᑯᓂᑳᐤ wiinaakunikaau vii ♦ la neige est sale

·ᐄᓈᑯᓂᒋᓯᐤ wiinaakunichisiu vai ♦ la neige est sale

·ᐄᓈᒋᓯᐤ wiinaachisiu vai ♦ il/elle est sale (étalé)

·ᐄᓈᔅᑯᐣ wiinaaskun vii ♦ c'est sale (long et rigide)

**ᐧᐄᓈᔅᑯᓯᐤ** wiinaaskusiu vai ◆ il/elle est sale (long et rigide)
**ᐧᐄᓈᔥᑎᑮ** wiinaashtikii ni -im ◆ un sac de nourriture, un estomac de caribou ou d'orignal
**ᐧᐄᓈᔨᒫᐤ** wiinaayimaau vta ◆ il/elle pense qu'il/elle n'est pas propre
**ᐧᐄᓈᔨᐦᑎᒼ** wiinaayihtim vti ◆ il/elle pense que ce n'est pas propre
**ᐧᐄᓈᔨᐦᑖᑯᓐ** wiinaayihtaakun vii ◆ c'est détestable, dégoûtant
**ᐧᐄᓈᔨᐦᑖᑯᓯᐤ** wiinaayihtaakusiu vai ◆ il/elle est détestable, dégoûtant-e
**ᐧᐄᓐ** wiin ni -im ◆ de la moelle
**ᐧᐄᓯᐳᐃ** wiisipui ni -m ◆ la vésicule biliaire
**ᐧᐄᓯᑭᓐ** wiisikin vii ◆ c'est aigre, amer
**ᐧᐄᓯᑭᐦᐅᐧᐋᐤ** wiisikihuwaau vii ◆ ça pique
**ᐧᐄᓯᑭᐦᐅᑰ** wiisikihukuu vai -u ◆ ça le/la pique
**ᐧᐄᓯᑭᐦᐧᐋᐤ** wiisikihwaau vta ◆ il/elle le/la pique
**ᐧᐄᓯᑳᐱᐤ** wiisikaapiu vai ◆ ses yeux lui piquent
**ᐧᐄᓯᑳᐱᓯᔅᑖᐤ** wiisikaapisistaau vii ◆ ça a un goût aigre à cause de la chaleur
**ᐧᐄᓯᑳᐱᓲ** wiisikaapisuu vai -u ◆ les yeux lui piquent à cause de la fumée
**ᐧᐄᓯᑳᐱᐦᑖᐤ** wiisikaapihtaau vii ◆ le feu produit une  fumée épaisse
**ᐧᐄᓯᑳᐱᐦᑖᓂᐦᑖᐤ** wiisikaapihtaanihtaau vai ◆ il/elle produit une fumée qui pique les yeux
**ᐧᐄᓯᑳᑭᒥᐤ** wiisikaakimiu vii ◆ c'est un liquide aigre, amer
**ᐧᐄᓯᑳᔅᑯᑖᐤ** wiisikaaskutaau vai+o ◆ il/elle (ex. du bouillon) a un goût amer parce qu'on l'a trop cuit
**ᐧᐄᓯᑳᔥᑖᐤ** wiisikaashtaau vii ◆ ça brûle au soleil
**ᐧᐄᓯᑳᐦᐱᓈᐤ** wiisikaahpinaau vai ◆ il/elle souffre énormément, il/elle est tourmenté-e
**ᐧᐄᓯᑳᐦᑭᓯᒼ** wiisikaahkisim vti ◆ il/elle le brûle pour que ça ait un goût amer
**ᐧᐄᓯᑳᐦᑭᓲ** wiisikaahkisuu vai -u ◆ il/elle a une brûlure qui la/le pique
**ᐧᐄᓯᑳᐦᑭᔂᐤ** wiisikaahkiswaau vta ◆ il/elle le/la brûle pour le/la faire souffrir
**ᐧᐄᓯᑳᐦᑭᐦᑖᐤ** wiisikaahkihtaau vii ◆ ça a un goût aigre à cause de la chaleur
**ᐧᐄᓯᒋᐱᒁᐦᑎᒄᐦ** wiisichipikwaahtikwh ni pl -um ◆ un buisson de thé du labrador
**ᐧᐄᓯᒋᐱᒄᐦ** wiisichipikwh ni pl -um ◆ du thé du Labrador
**ᐧᐄᓯᒋᒥᓈᓐᐦ** wiisichiminaanh ni pl ◆ des canneberges, lit. 'des baies aigres'
**ᐧᐄᓯᒋᒥᓈᐦᑎᒄ** wiisichiminaahtikw ni ◆ un buisson de canneberges
**ᐧᐄᓯᒋᒥᓐᐦ** wiisichiminh ni pl ◆ des canneberges, lit. 'des baies aigres'
**ᐧᐄᓯᒋᓂᒼ** wiisichinim vti ◆ il/elle se blesse la main avec la pression d'un outil qu'il/elle utilise
**ᐧᐄᓯᒋᓈᐤ** wiisichinaau vta ◆ il/elle le/la blesse en l'empoignant avec force
**ᐧᐄᓯᒋᓯᐤ** wiisichisiu vai ◆ il/elle a un goût amer, il/elle pique, comme une brûlure
**ᐧᐄᓯᒋᔑᒫᐤ** wiisichishimaau vta ◆ il/elle le/la blesse en le/la faisant tomber
**ᐧᐄᓯᒋᔥᑭᐧᐋᐤ** wiisichishkiwaau vta ◆ il/elle lui cause une douleur qui brûle avec son pied ou son corps
**ᐧᐄᓯᒋᐦᑎᑖᐤ** wiisichihtitaau vai ◆ il/elle se blesse en se cognant
**ᐧᐄᓯᓱᐱᔨᐦᐆ** wiisisupiyihuu vai -u ◆ il/elle le fait à la hâte
**ᐧᐄᓯᓱᐹᒋᐦᑎᓐ** wiisisupaachihtin vii ◆ le vent souffle presque constamment comme on peut le voir en observant la surface de l'eau
**ᐧᐄᓯᓱᒥᐦᒁᐤ** wiisisumihkwaau vii ◆ c'est d'un rouge brillant
**ᐧᐄᓯᓲᓈᑯᓐ** wiisisunaakun vii ◆ c'est tape-à-l'oeil, c'est d'une couleur éclatante
**ᐧᐄᓯᓱᔨᐧᐋᐤ** wiisisuyiwaau vii ◆ c'est un vent très fort
**ᐧᐄᓱᐧᐃᑭᓐ** wiisuwikin vii ◆ la viande de caribou ou d'orignal a un goût de rut
**ᐧᐄᓱᐦᔂᔨᒫᐤ** wiisuhswaayimaau vta ◆ il/elle pense qu'il/elle commence bien mais se décourage

ᐄᓴᐄ wiisaawaa p,manière ◆ environ ■ ᐄᓴᐄ ᓂᕐᑌ ᓄᔮᑎᓂᐚᓈᒥ ᑳ ᐃᔾᐱᔾᑎᒃ ᐊᓂᒌᒻ ᐋᒻ ᒥᒐᐉᓄᐋᔫ ■ *Il y avait environ une cinquantaine d'entre nous qui se rendaient à la fête en véhicule.*

ᐄᔥᑐᑳᐴ wiisaaskupaau vai ◆ il/elle (ex. arbre) est mort à cause de l'inondation

ᐄᓴᐦᑖᐤ wiisaahtaau ni-m ◆ du bois mort (n'importe quel arbre) qui a été piqué par un pic-bois

ᐄᔥ wiis ni-im ◆ le gras autour du grand intestin d'un cervidé

ᐄᔅᑯᑖᐤ wiiskutaau vii ◆ c'est noir de fumée

ᐄᔅᑯᑖᓂᓯᔅᒋᒼ wiiskutaanisischim vti ◆ les poteaux et les rabats au sommet du tipi sont couverts de suie

ᐄᔅᑯᓯᒻ wiiskusim vti ◆ il/elle le fume (ex. de la viande, du poisson)

ᐄᔅᑯᓲ wiiskusuu vai-u ◆ il/elle est noire de fumée

ᐄᔅᑐᔥᑖᔮᐤ wiiskushtaayaau vii ◆ c'est gris

ᐄᔅᑐᔥᑖᔮᑭᓐ wiiskushtaayaakin vii ◆ c'est gris, brun (étalé)

ᐄᔅᑯᔥᑖᔮᒋᓯᐤ wiiskushtaayaachisiu vai ◆ il/elle est gris-e, brun-e (étalé)

ᐄᔅᒀᑖᐹᓐ wiiskwaataapaan ni ◆ une bâche sur une charge de traîneau

ᐄᔅᒀᔮᑭᐱᐤ wiiskwaayaakipiu vai ◆ il/elle est assis-e avec quelque chose enroulé autour de lui/d'elle

ᐄᔅᒀᔮᑭᐦᐱᑎᒻ wiiskwaayaakihpitim vti ◆ il/elle l'emballe et le ficelle

ᐄᔅᒀᔮᑭᐦᐱᑖᐤ wiiskwaayaakihpitaau vta ◆ il/elle l'emballe et le/la ficelle en un ballot

ᐄᔅᒀᔮᑭᐦᐱᑖᐤ wiiskwaayaakihpitaau vii ◆ c'est emballé et ficelé en un ballot

ᐄᔅᒀᔮᒋᐱᔨᐤ wiiskwaayaachipiyiu vii ◆ c'est emmêlé dans quelque chose (étalé)

ᐄᔅᒀᔮᒋᐱᔨᐤ wiiskwaayaachipiyiu vai ◆ il/elle est emmêlé-e dans quelque chose (étalé)

ᐄᔅᒀᔮᒋᐱᔨᐦᐋᐤ wiiskwaayaachipiyihaau vta ◆ il/elle l'emballe dans quelque chose (étalé)

ᐄᔅᒀᔮᒋᐱᔨᐦᑖᐤ wiiskwaayaachipiyihtaau vai ◆ il/elle l'emballe dans quelque chose (étalé)

ᐄᔅᒀᔮᒋᓂᑭᓐ wiiskwaayaachinikin ni ◆ du papier d'emballage, un emballage

ᐄᔅᒀᔮᒋᓂᒼ wiiskwaayaachinim vti ◆ il/elle l'emballe dans quelque chose (étalé)

ᐄᔅᒀᔮᒋᓈᐤ wiiskwaayaachinaau vta ◆ il/elle l'emballe dans quelque chose (étalé)

ᐄᔅᒀᔮᒋᓈᓲ wiiskwaayaachinaasuu vai-u ◆ il/elle est emballé-e dans quelque chose (étalé)

ᐄᔅᒀᔮᒋᔑᓐ wiiskwaayaachishin vai ◆ il/elle se drape dedans (étalé)

ᐄᔅᒀᔮᒋᔥᑎᐦᒀᓈᐦᐱᑖᐤ wiiskwaayaachishtihkwaanaahpitaau vta ◆ il/elle lui attache un foulard autour de la tête

ᐄᔅᒀᔮᒋᐤ wiiskwaayaachiiu vai ◆ il/elle se drape dedans (étalé)

ᐄᔅᒌᐹᒀᑭᒥᐤ wiischiipaakwaakimiu vii ◆ l'eau a un goût de marécage

ᐄᔅᒌᐦᑎᑰ wiischiihtikuu vai-uwi ◆ il/elle est pourri-e (ex. un arbre)

ᐄᔅᒌᐦᑎᒄ wiischiihtikw ni-u ◆ du bois pourri

ᐄᔑᑳᑯᓐ wiishikaakukun vii ◆ ça sent la mouffette

ᐄᔑᑳᑯᒋᓯᐤ wiishikaakuchisiu vai ◆ il/elle sent la mouffette

ᐄᔑᒋᐱᑯᔥ wiishichipikush-h ni pl ◆ du thé du Labrador qui pousse sur les îles de la Baie James *Ledum palustre sp.* peut-être *Ledum palustre decumbens*

ᐄᔑᓈᐚᐳᐃ wiishinaawaapui ni-uum ◆ du castoréum, une sécrétion d'une glande du castor, utilisée en médecine (le castor l'utilise pour rendre sa fourrure imperméable)

ᐄᔑᓈᐤ wiishinaau na-m ◆ le castoréum du castor ou du rat musqué

ᐄᔒᔒᐱᒋᓯᐤ wiishiishiipichisiu vai ◆ il/elle sent le canard

ᐄᔓᐚᐃᓐ wiishuwaawin ni ◆ une loi

ᐄᔓᐋᑎᒼ wiishuwaatim vti ◆ il/elle commande, donne des ordres

ᐄᔓᐚᔮᔥᑎᓐ wiishuwaayaashtin vii ◆ le feu se déplace avec la brise

•ᐃᔅᐹᕐᔅᑎᓐ wiishupaachistin vii ◆ des vents toujours forts créent de grosses vagues

•ᐃᔓᒐᔫᔥ wiishutaashiish ni ◆ un morceau de tissu, de peau pour s'asseoir au fond du canot

•ᐃᔖᑭᒋᐤ wiishaakichiu vai ◆ la peau de bête commence à geler, à se lyophiliser et devient blanche

•ᐃᔖᑯᐱᓰᒻ wiishaakupiisim na ◆ octobre, lit. 'le mois du rut

•ᐃᔖᑯ wiishaakuu vai-u ◆ il est en rut (ex. orignal, caribou)

•ᐃᔖᒃ wiishaakw na-um ◆ un caribou mâle âgé de quatre ans en octobre

•ᐃᔖᒫᐤ wiishaamaau vta ◆ il/elle l'invite à le suivre

•ᐃᔥᑎᒧᑭᓐ wiishtimukin vii ◆ ça sent le chien mouillé

•ᐃᔥᑎᒧᒋᓯᐤ wiishtimuchisiu vai ◆ il/elle sent le chien mouillé

•ᐃᔥᑎᔒ wiishtischii ni pej ◆ une vieille hutte de castor vide

•ᐃᔥᑎᐦᒑᐤ wiishtihchaau vai ◆ le castor, le rat musqué bâtit sa hutte

•ᐃᔥᑐᐃ wiishtui ni-uum ◆ le museau d'un animal

•ᐃᔥᑖᐅᐦ wiishtaauh nad ◆ sa belle-soeur (si elle est une femme), son beau-frère (s'il est un homme), son cousin croisé ou sa cousine croisée (une personne du même sexe qui est la descendante du frère de sa mère ou de la soeur de son père)

•ᐃᔥᑖᒫᐤ wiishtaamaau na ◆ la belle-soeur d'une femme, le beau frère d'un homme, un cousin croisé ou une cousine croisée (une personne du même sexe qui est la descendante d'un frère de la mère ou d'une soeur du père)

•ᐃᔥᑦ wiisht ni-im ◆ une hutte de rat musqué, de castor

•ᐃᔥᑭᒑᓂᒋᐛᐦᑉ wiishkichaanichiwaahp ni-im [Whapmagoostui] ◆ un wigwam, une tipi, une habitation de forme allongée

•ᐃᔥᑭᒑᓂᒥᐦ wiishkichaaniminh ni pl ◆ une sorte de baies, lit. 'des baies de geai du Canada'

•ᐃᔥᑭᒑᓂᔥ wiishkichaanish na-im ◆ un geai du Canada *Perisoreus canadensis*

•ᐃᔥᑭᒑᓐ wiishkichaan na-im ◆ un mécanicien, une mécanicienne

•ᐃᔥᑭᒥᔥᑖᐤ wiishkimishtaau vii ◆ la mousse, la terre sent la fumée

•ᐃᔥᑯᑐᐎᑭᓐ wiishkutuwikin vii ◆ ça sent la fumée, le feu

•ᐃᔥᑯᑐᐎᒋᓯᐤ wiishkutuwichisiu vai ◆ il/elle sent le feu, la fumée

•ᐃᔥᑯᑐᐃᔥᑖᐤ wiishkutuwishtaau vii ◆ ça sent le brûlé

•ᐃᔥᒃᐛᔮᒋᔥᑎᐦᐊᒻ wiishkwaayaachistiham vti ◆ il/elle coud autour d'un objet placé dans un morceau de tissu, de peau

•ᐃᔨ wiiyi pro,personnel emphatique 3 3' ◆ elle, lui ■ ·ᐃᔨ ᑭᔾ ᐦ ·ᐊᕐᐋ·ᐊ ᑲ ᐋᓕᔅᑎᐦᑕᐋ·ᐃᔨᒃ ■ *Elle suivit les autres quand ils allèrent chercher les provisions cachées.*

•ᐃᔨᐛᐤ wiiyiwaau pro,personnel emphatique 3p 3'p ◆ elles, eux ■ ·ᐃᔨ·ᐊᐤ ᑭᑉ ᐸᒑ·ᐃᒃ ᐋᓂᔾ ᐊᐦᐦᑲᑕ ᑲ ᐅᔥᑲᔪᒃ ■ *Eux, ils apporteront la nouvelle toile pour le tipi.*

•ᐃᔨᑎᐦᒀᐤ wiiyitihkwaau vai ◆ il/elle écorche et découpe le caribou

•ᐃᔨᑭᔅᒃᐤ wiiyikiskwh nad ◆ son palais (dans la bouche)

•ᐃᔨᑭᐦᐛᐤ wiiyikihwaau vta ◆ il/elle le/la taille à la hache

•ᐃᔨᒃᐛᐱᐦᑖᐎᓂᒋᓯᐤ wiiyikwaapihtaawinichisiu vai ◆ il/elle sent la fumée

•ᐃᔨᒃᐛᐱᐦᑖᐎᓂᒋᐦᐋᐤ wiiyikwaapihtaawinichihaau vta ◆ il/elle le/la fait sentir la fumée

•ᐃᔨᒋᔖᔮᒃᐛᐤ wiiyichishaayaakwaau vai ◆ il/elle écorche et découpe un ours

•ᐃᔨᒋᐦᑎᒻ wiiyichihtim vti ◆ il/elle lui assigne un prix

•ᐃᔨᒑᐱᓈᐤ wiiyichaapinaau vta ◆ il/elle met du charbon de bois, du maquillage sur les yeux de quelqu'un

•ᐃᔨᒥᔅᑯᑭᓐ wiiyimiskukin vii ◆ ça goûte et ça sent le castor

•ᐃᔨᒥᔅᑯᒋᓯᐤ wiiyimiskuchisiu vai ◆ il/elle goûte et sent le castor

•ᐃᔨᒥᔅᑯᔥᑖᐤ wiiyimiskushtaau vii ◆ ça sent le castor qui cuit

•ᐃᔨᒥᔅᒀᐤ wiiyimiskwaau vai ◆ il/elle écorche et découpe un castor

ᐧᐃᔨᒨᓴᐤ **wiiyimuuswaau** vai ♦ il/elle écorche et découpe un orignal

ᐧᐃᔨᔥᑎᐦᒋᑯᓂᑲᓐ **wiiyishtihchikunikin** vii ♦ ça sent le moisi, le renfermé (comme quand quelque chose a été gardé dans une malle pendant longtemps)

ᐧᐃᔨᔥᑎᐦᒋᑯᓂᒋᓯᐤ **wiiyishtihchikunichisiu** vai ♦ il/elle sent le moisi

ᐧᐃᔨᔥᑦ-ᐦ **wiiyisht-h** nid pl ♦ ses pattes (pour un orignal, caribou)

ᐧᐃᔨᐦᐊᒼ **wiiyiham** vti ♦ il/elle (se dit d'un porc-épic) a beaucoup de gras

ᐧᐃᔨᐦᐋᐤ **wiiyihaau** vta ♦ il/elle l'écorche et le/la découpe

ᐧᐃᔨᐦᑖᐤ **wiiyihtaau** vai ♦ il/elle le démembre, découpe la viande en morceaux

ᐧᐃᔫᐃᐧᑯᐹᐤ **wiiyuwihkupaau** vii ♦ il y a des saules jusqu'à l'embouchure

ᐧᐃᔮᐅᐦᑭᐦᐄᑭᓐ **wiiyaauhkihiikin** ni ♦ une plate-forme en terre ou en sable pour la construction du canot

ᐧᐃᔮᐱᒫᒃᐘᐤ **wiiyaapimaakwaau** vai ♦ il/elle écorche et découpe une baleine

ᐧᐃᔮᐳᔂᐤ **wiiyaapushwaau** vai ♦ il/elle écorche et découpe un lièvre

ᐧᐃᔮᑯᒋᓯᐤ **wiiyaakuchisiu** vai ♦ il/elle sent le porc-épic, a une odeur de porc-épic

ᐧᐃᔮᔂᐤ **wiiyaashwaau** vta ♦ il/elle le/la découpe en bandelettes (ex. de la peau de lapin)

ᐧᐃᔮᐦᒋᒃᐘᐤ **wiiyaahchikwaau** vai ♦ il/elle écorche et découpe le phoque, la loutre

ᐧᐃᔼᔒᐦᑯᐧᐃᐨ **wiiywaashihkuwiwich** vai pl -uwi ♦ les aiguilles d'épinette sèches ont l'air d'être passées au feu

ᐧᐄᐦ **wiih** préverbe ♦ vouloir, désirer, avoir l'intention (employé avec des verbes à l'indépendant, quand le sujet de vouloir et de l'action voulue est le même)

ᐑᐦᐄᒑᔅᒄ **wiihiichaaskw** ni -um ♦ de l'écorce

ᐑᐦᐄᓲ **wiihiisuu** vai reflex -u ♦ il/elle dit son (propre) nom

ᐑᐦᐋᐤ **wiihaau** vta ♦ il/elle lui donne un nom

ᐑᐦᐱᑐᓂᔅᒋᓯᐤ **wiihpitunischisiu** vai ♦ l'arbre est creux

ᐑᐦᐱᓰᐤ **wiihpisiiu** vai ♦ il est creux, elle est creuse

ᐑᐦᐱᓵᑳᐤ **wiihpisaakaau** vii ♦ il y a une grotte dans la falaise

ᐑᐦᐱᔅᑭᒫᑳᐤ **wiihpiskimikaau** vii ♦ il y a un creux dans la terre, dans la mousse

ᐑᐦᐱᔥᒑᓂᒨᐋᐤ **wiihpischaanimuwaau** vta ♦ il/elle retire la partie humide de la mousse utilisée comme lange de bébé

ᐑᐦᐱᐦᑎᒋᓯᐤ **wiihpihtichisiu** vai ♦ il/elle (ex. bois sec) est creux

ᐑᐦᐹᐤ **wiihpaau** vii ♦ c'est creux au centre

ᐑᐦᐹᐱᓯᔅᒋᓯᐤ **wiihpaapisischisiu** vai ♦ il/elle a un creux au centre (minéral)

ᐑᐦᐹᐱᔅᑳᐤ **wiihpaapiskaau** vii ♦ c'est creux au centre (minéral)

ᐑᐦᐹᑎᐦᑯᑎᒼ **wiihpaatihkutim** vti ♦ il/elle taille un creux dedans

ᐑᐦᐹᑯᓂᑳᐤ **wiihpaakunikaau** vii ♦ il y a un creux dans la neige

ᐑᐦᐹᑯᓈᔥᑭᒼ **wiihpaakunaashkim** vti ♦ il/elle fait un creux dans la neige avec son pied ou son corps

ᐑᐦᐹᒥᑐᐃᐧᐨ **wiihpaamituwich** vai pl recip -u ♦ ils/elles dorment ensemble

ᐑᐦᐹᒫᐤ **wiihpaamaau** vta ♦ il/elle dort avec lui/elle

ᐑᐦᐹᔅᑭᑎᓐ **wiihpaaskitin** vii ♦ c'est gelé avec un creux dedans

ᐑᐦᐹᔅᑯᓐ **wiihpaaskun** vii ♦ c'est creux (long et rigide)

ᐑᐦᐹᔅᑯᓯᐤ **wiihpaaskusiu** vai ♦ il est creux, elle est creuse (long et rigide)

ᐑᐦᐹᔅᒄ **wiihpaaskw** ni -um ♦ une berce commune *Heracleum lanatum*

ᐑᐦᐹᔥᑭᒋᐤ **wiihpaashkichiu** vai ♦ il/elle est gelé-e avec un creux dedans

ᐑᐦᐹᔮᑯᐦᑖᐤ **wiihpaayaakuhtaau** vii ♦ la neige fond à partir du fond

ᐑᐦᐹᐦᑎᒼ **wiihpaahtim** vti ♦ il/elle dort avec

ᐑᐦᑎᒨᐋᐤ **wiihtimuwaau** vta ♦ il/elle le lui dit

- ᐄᐦᑎᒫᑰ wiihtimaakuu vai -u ◆ il/elle le sait grâce aux signes, les signes le lui indique
- ᐄᐦᑎᒫᒑᐤ wiihtimaachaau vai ◆ il/elle le dit aux autres
- ᐄᐦᑎᒼ wiihtim vti ◆ il/elle le dit, le confesse
- ᐄᐦᑭᓐ wiihkin vii ◆ c'est délicieux
- ᐄᐦᑯᐃ wiihkui ni -kwaam ◆ une vessie d'animal ou un oesophage d'oiseau gonflé, séché et utilisé comme récipient pour la graisse
- ᐄᐦᑯᑎᐦᐊᒼ wiihkutiham vti ◆ il/elle le décoince en utilisant quelque chose
- ᐄᐦᑯᑎᐦᐋᐤ wiihkutihwaau vta ◆ il/elle le /la décoince en utilisant quelque chose
- ᐄᐦᑯᒋᐱᑎᒼ wiihkuchipitim vti ◆ il/elle le sort de quelque chose en tirant dessus
- ᐄᐦᑯᒋᐱᑖᐤ wiihkuchipitaau vta ◆ il/elle le/la tire, le/la décoince
- ᐄᐦᑯᒋᐦᐆ wiihkuchihuu vai -u ◆ il/elle se libère
- ᐄᐦᑯᒋᐦᐋᐤ wiihkuchihaau vta ◆ il/elle le/la libère
- ᐄᐦᑯᒋᐦᑖᐤ wiihkuchihtaau vai+o ◆ il/elle le libère
- ᐄᐦᑯᒋᐤ wiihkuchiu vai ◆ il/elle se libère, se décoince
- ᐄᐦᑳᐴᐦ wiihkaapuuh vii pl -uwi ◆ les baies sont sucrées et juteuses
- ᐄᐦᑳᑦ wiihkaat p,manière ◆ attendu, mais qui n'a pas lieu ▪ ᐄᐦᑳᑦ ᐁ ᐅᑎᔥᑖ ᐊᐱᐦᑖᑯᔑᑳᓂᑦ ᐊᔮᒡᐃ ᑭᔮ ᓂ ᒫᑦᑲ ▪ Si elle ne vient pas à midi, ça voudra dire qu'elle est déjà partie
- ᐄᐦᑳᑭᒥᐤ wiihkaakimiu vii ◆ ça a bon goût
- ᐄᐦᒀᐙᔖᐤ wiihkwaawaashaau vii ◆ c'est la fin de la baie
- ᐄᐦᒀᐤ wiihkwaau vai ◆ il/elle jure
- ᐄᐦᒀᑎᒼ wiihkwaatim vti ◆ il/elle l'injurie
- ᐄᐦᒀᑖᐤ wiihkwaataau vta ◆ il/elle l'injurie
- ᐄᐦᒀᑭᒫᐤ wiihkwaakimaau vii ◆ c'est l'autre bout du lac
- ᐄᐦᒀᒨ wiihkwaamuu vii -u ◆ c'est le bout de la route, du sentier, c'est un cul-de-sac

- ᐄᐦᒀᓈᐙᓐ wiihkwaanaawaan na ◆ un lagopède éviscéré par le haut
- ᐄᐦᒀᓈᐤ wiihkwaanaau vta ◆ il/elle éviscère, nettoie le lagopède en pelant la peau de haut en bas sans la déchirer
- ᐄᐦᒁᓯᑳᐤ wiihkwaasikwaau vii ◆ c'est le bord de la glace, c'est tout couvert de glace
- ᐄᐦᒀᔅᒋᓂᑭᓐ wiihkwaaschinikin ni ◆ la fin d'une rangée de bâtons dans un piège en filet pour attraper les castors
- ᐄᐦᒀᔅᒋᓂᒼ wiihkwaaschinim vti ◆ il/elle le met à l'abri (se dit d'un piège)
- ᐄᐦᒀᔑᓐ wiihkwaashin vai ◆ il/elle arrive à un cul-de-sac
- ᐄᐦᒀᔥᑎᐦᐊᒼ wiihkwaashtiham vti ◆ il/elle le coud en forme de sac
- ᐄᐦᒀᔥᑎᐦᐋᐤ wiihkwaashtihwaau vta ◆ il/elle le/la coud en forme de sac
- ᐄᐦᒀᔮᐅᑯᐦᑉ wiihkwaayaaukuhp ni ◆ un manteau, un parka qui s'enfile en le passant par dessus la tête
- ᐄᐦᒀᔮᐤ wiihkwaayaau vii ◆ c'est le fond du tunnel, un cul-de-sac
- ᐄᐦᒀᔮᑯᓈᐤ wiihkwaayaakunaau vii ◆ c'est complètement couvert de neige
- ᐄᐦᒀᔮᑯᓈᐤ wiihkwaayaakunaau vai ◆ il/elle est complètement couvert-e de neige
- ᐄᐦᒋᐹᐤ wiihchipaau vai ◆ il/elle aime boire de l'alcool
- ᐄᐦᒋᐺᐤ wiihchipwaau vta ◆ il/elle en aime le goût
- ᐄᐦᒋᒥᓈᐤ wiihchiminaau vai ◆ il/elle aime les baies
- ᐄᐦᒋᔅᑎᐤ wiihchistiu vai ◆ il est délicieux, elle est délicieuse, c'est délicieux (animé)
- ᐄᐦᒋᔅᑎᒷᐤ wiihchistimwaau vta ◆ il/elle aime sa cuisine, sa nourriture
- ᐄᐦᒋᔅᑎᒼ wiihchistim vti ◆ il/elle en aime le goût
- ᐄᐦᒋᔅᑎᐦᐋᐤ wiihchistihaau vta ◆ il/elle lui donne bon goût
- ᐄᐦᒋᐦᒁᒨ wiihchihkwaamuu vai -u ◆ il/elle aime dormir
- ᐄᐦᒑᔑᐅᒋᓯᐤ wiihchaashiuchisiu vai ◆ il/elle sent le renard

# ·ᐋ

**·ᐋᐃᐱᔥ** waaipisch p,temps [Whapmagoostui] ◆ un petit peu ▪ ·ᐋᐃᐱᔥ ᓂᕠ ᓄᐸᐊ ᐊᐦᓕᐱᐦ ᐅᐦᒋ ᒥᑦᒐᐱᑎᔮᐊ ᑎᐊₓ ▪ *J'ai dormi un petit peu avant de retourner au travail.*

**·ᐋᐃᐱᔥᐦᒌᔥ** waaipishchiish p,temps ◆ un petit peu ▪ ·ᐋᐃᐱᔥᐦᒌᔥ ᓂᕠ ᓄᐸᐊ ᐊᐦᓕᐱᐦ ᐅᐦᒋ ᒥᑦᒐᐱᑎᔮᐊ ᑎᐊₓ ▪ *J'ai dormi un petit peu avant de retourner au travail.*

**·ᐋᐃᐱᔨᐅ** waaipiyiu vii ◆ ça a un creux, une dépression

**·ᐋᐃᑎᓈᐅ** waaitinaau vii ◆ c'est une vallée, une dépression dans la montagne

**·ᐋᐃᑭᐦᐄᒑᐅ** waaikihiichaau vai ◆ il/elle taille un creux dans le sol

**·ᐋᐃᑭᐦᐊᒼ** waaikiham vti ◆ il/elle taille un creux dans le sol

**·ᐋᐅᑎᒫᔨᒥᓲ** waautimaayimiisuu vai reflex - u ◆ il/elle pense qu'il/elle ralentit les gens, les entrave

**·ᐋᐅᑎᒫᔨᒫᐅ** waautimaayimaau vta ◆ il/elle pense qu'il/elle est une entrave pour elle/lui

**·ᐋᐅᑎᒫᔨᐦᑎᒼ** waautimaayihtim vti ◆ il/elle pense que ça la/le ralentit, l'entrave

**·ᐋᐅᑭᓂᑭᓐ** waaukinikin ni ◆ sa colonne vertébrale

**·ᐋᐅᑭᓂᔥᒋᒫᐅ** waaukinischimaau ni ◆ un renforcement spécial du laçage sur la partie de la raquette en contact avec le pied

**·ᐋᐅᑭᓈᐦᑎᒄ** waaukinaahtikw ni ◆ le faîtage de la tente

**·ᐋᐅᒋᐱᑖᐅ** waauchipitaau vta ◆ il/elle l'embrasse

**·ᐋᐅᒋᑯᔨᐋᓈᐅ** waauchikuyiwaanaau vta ◆ il/elle met ses bras autour de son cou

**·ᐋᐅᒋᓂᒼ** waauchinim vti ◆ il/elle met ses bras tout autour

**·ᐋᐅᒋᓈᐅ** waauchinaau vta ◆ il/elle l'embrasse

**·ᐋᐅᓈᑖᐱᐦᒑᐱᔫ** waaunaataapihchaapiyuu vai ◆ il/elle est emmêlé-e (filiforme)

**·ᐋᐅᓈᑖᐱᐦᒑᐱᔫ** waaunaataapihchaapiyiu vii ◆ c'est emmêlé (filiforme)

**·ᐋᐅᔮᐱᑭᓐ** waauyaapikin vii ◆ le cadre pour faire sécher les peaux de castor est rond

**·ᐋᐅᔮᐱᒋᓂᒼ** waauyaapichinim vti ◆ il/elle courbe le bois en cercle

**·ᐋᐅᔮᐳᑖᐅ** waauyaaputaau vai+o ◆ il/elle le scie en cercle

**·ᐋᐅᔮᐳᔮᐅ** waauyaapuyaau vai ◆ il/elle le scie en cercle

**·ᐋᐅᔮᑭᒫᐅ** waauyaakimaau vii ◆ c'est un lac rond

**·ᐋᐅᔮᒧᐦᐋᐅ** waauyaamuhaau vta ◆ il/elle le/la place en formant un cercle

**·ᐋᐅᔮᒧᐦᑖᐅ** waauyaamuhtaau vai ◆ il/elle dispose les choses en cercle

**·ᐋᐅᔮᒧ** waauyaamuu vii-u ◆ c'est circulaire (ex. une route)

**·ᐋᐅᔮᓂᑭᓐ** waauyaanikin ni ◆ le gras qui entoure l'intestin grêle du caribou

**·ᐋᐅᔮᓂᒼ** waauyaanim vti ◆ il/elle le courbe pour former un cercle

**·ᐋᐅᔮᓈᐅ** waauyaanaau vta ◆ il/elle le/la courbe

**·ᐋᐅᔮᓯᐤ** waauyaasiu vai ◆ il/elle est circulaire

**·ᐋᐅᔮᓯᓂᐦᐄᒑᐅ** waauyaasinihiichaau vai ◆ il/elle dessine des cercles

**·ᐋᐅᔮᓯᓂᐦᐊᒼ** waauyaasiniham vti ◆ il/elle dessine un cercle dessus

**·ᐋᐅᔮᓯᓂᐦᐙᐅ** waauyaasinihwaau vta ◆ il/elle dessine un cercle sur lui/elle

**·ᐋᐅᔮᔅᑯᓐ** waauyaaskun vii ◆ c'est circulaire (long et rigide)

**·ᐋᐅᔮᔅᒑᐅ** waauyaaschaau vai ◆ le soleil brille de manière circulaire

**·ᐋᐅᔮᔥᐚᐅ** waauyaashwaau vta ◆ il/elle le/la découpe en rond

**·ᐋᐅᔮᔥᑖᐅ** waauyaashtaau vai ◆ il/elle écrit dans un cercle, il/elle le place dans un cercle

**·ᐋᐅᔮᔥᑖᐅ** waauyaashtaau vii ◆ c'est placé, écrit, marqué dans un cercle

**·ᐋᐅᔮᔮᐅ** waauyaayaau vii ◆ c'est circulaire

ᐊᐅᔭᔨᐱᒋᓈᐤ **waauyaayaapichinaau** vta ♦ il/elle le /la courbe en un cercle (ex. du bois)

ᐊᐅᔭᔨᐱᓯᔅᒋᓯᐤ **waauyaayaapisischisiu** vai ♦ il/elle (minéral) est circulaire

ᐊᐅᔭᔨᐱᔅᑳᐤ **waauyaayaapiskaau** vii ♦ c'est circulaire (minéral)

ᐊᐅᔭᔨᐱᔅᒋᓂᒼ **waauyaayaapischinim** vti ♦ il/elle le courbe (minéral) pour former un cercle

ᐊᐅᔭᔨᐱᔅᒋᓈᐤ **waauyaayaapischinaau** vta ♦ il/elle le /la courbe (minéral) pour former un cercle

ᐊᐅᔭᔨᐹᑭᐱᐤ **waauyaayaapaakipiu** vai ♦ il/elle (filiforme) est disposé en cercle

ᐊᐅᔭᔨᐹᑭᐣ **waauyaayaapaakin** vii ♦ c'est circulaire (filiforme)

ᐊᐅᔭᔨᐹᑭᔥᑖᐤ **waauyaayaapaakishtaau** vai ♦ il/elle le place (filiforme) en cercle

ᐊᐅᔭᔨᐹᑭᔥᑖᐤ **waauyaayaapaakishtaau** vii ♦ c'est placé en cercle (filiforme)

ᐊᐅᔭᔨᐹᑭᐦᐋᐤ **waauyaayaapaakihaau** vta ♦ il/elle le/la place (filiforme) en cercle

ᐊᐅᔭᔨᐹᒋᓂᒼ **waauyaayaapaachinim** vti ♦ il/elle forme une boucle avec ça (filiforme)

ᐊᐅᔭᔨᐹᒋᓈᐤ **waauyaayaapaachinaau** vta ♦ il/elle forme une boucle avec lui/elle (filiforme)

ᐊᐅᔭᔨᐹᒋᓯᐤ **waauyaayaapaachisiu** vai ♦ il/elle (filiforme) est circulaire

ᐊᐅᔭᔨᐹᒋᓯᐣ **waauyaayaapaachishin** vai ♦ il/elle est disposé-e en cercle (filiforme)

ᐊᐅᔭᔨᐹᒋᐦᑎᐣ **waauyaayaapaachihtin** vii ♦ c'est disposé en cercle (filiforme)

ᐊᐅᔭᔨᒋᔾ **waauyaayaachishim** vti ♦ il/elle le découpe en un cercle

ᐊᐅᔭᔨᔅᑯᓯᐤ **waauyaayaaskusiu** vai ♦ il/elle est circulaire (long et rigide)

ᐊᐅᔭᐦᐋᐤ **waauyaahaau** vta ♦ il/elle lui donne une forme circulaire

ᐊᐅᔭᐦᑖᐤ **waauyaahtaau** vai+o ♦ il/elle le rend circulaire

ᐊᐅᔭᐦᑖᑭᓈᐦᑎᒃ **waauyaahtaakinaahtikw** ni -um ♦ un baril en bois

ᐊᐅᔭᐦᑖᑭᐣ **waauyaahtaakin** ni -im ♦ une baignoire, un baril

ᐊᐅᔭᐦᑯᑎᒼ **waauyaahkutim** vti ♦ il/elle le taille en cercle

ᐊᐅᔭᐦᑯᑖᐤ **waauyaahkutaau** vta ♦ il/elle le/la taille en cercle

ᐊᐅᔭᐦᒀᐤ **waauyaahkwaau** vai ♦ il/elle a le visage rond

ᐘᐃᔨᐦᐆ **waawiyihuu** vai-u ♦ il/elle surmonte la famine, survit à la famine

ᐛᐃᐱᐱᔨᐤ **waawiipipiyiu** vai ♦ il/elle tremble

ᐛᐃᐱᐱᔨᐤ **waawiipipiyiu** vii ♦ ça tremble

ᐛᐃᐱᑳᐴ **waawiipikaapuu** vai -uwi ♦ il/elle se balance debout d'avant en arrière

ᐛᐃᐱᒋᐤ **waawiipichiu** vai ♦ il/elle tremble de froid

ᐛᐃᐹᐦᐱᔅᒋᑭᓈᐱᔨᐤ **waawiipaahpischikinaapiyiu** vai ♦ sa mâchoire bouge vite de haut en bas ou de droite à gauche, sa mâchoire tremble

ᐛᐃᐹᐦᐱᔥᑭᓈᐅᒋᐤ **waawiipaahpishkinaauchiu** vai ♦ il/elle claque des dents (de froid)

ᐛᐃᐹᐦᐱᔥᑭᓈᐱᔨᐤ **waawiipaahpishkinaapiyiu** vai ♦ sa mâchoire bouge vite de haut en bas ou de droite à gauche, sa mâchoire tremble

ᐛᐃᒫᔮᔅᑯᐦᐊᒼ **waawiimaayaaskuham** vti ♦ il/elle évite de heurter les rochers en canot

ᐛᐃᓯᒑᔨᒨ **waawiisichaayimuu** vai redup -u ♦ il/elle souffre, a beaucoup de douleur

ᐛᐃᓯᒑᔨᐦᑎᒧᐎᐣ **waawiisichaayihtimuwin** ni redup ♦ la douleur, la souffrance, l'agonie

ᐛᐃᓯᒑᔨᐦᑎᒼ **waawiisichaayihtim** vti redup ♦ il/elle souffre

ᐛᐃᓵᐛ **waawiisaawaa** p, manière ♦ à peu près, environ ▪ ᐛᐃᓵᐛ ᓂᑲᐛ ᑳ ᐃᔥᐲᑦᐸᒫᑲᓂᐎᑦ ᒋᕌᐤ *Il devait être environ huit heures, quand on est rentré à la maison.*

ᐛᐃᐦᐋᐤ **waawiihaau** vta redup ♦ il/elle les appelle par leur nom

ᐛᐋᐱᑉᑎᒻ waawaapipitim vti redup
 • il/elle le berce, le balance à la main
ᐛᐋᐱᑎᑖᐤ waawaapipitaau vta
 • il/elle le/la berce
ᐛᐋᐱᐱᔫ waawaapipiyiu vai redup
 • il/elle oscille
ᐛᐋᐱᐱᔫ waawaapipiyiu vii redup • ça oscille
ᐛᐋᐱᑭᒌᔕᔒᒨ waawaapikichishaashimuu vai redup -u
 • il/elle danse en pivotant ses hanches
ᐛᐋᐱᒋᔖᔫ waawaapichischaayiu vai redup • il/elle tortille des hanches
ᐛᐋᐱᒫᐤ waawaapimaau vta redup
 • il/elle l'examine de près
ᐛᐋᐱᔅᒀᔫ waawaapiskwaayiu vai redup
 • il/elle dit non de la tête
ᐛᐋᐱᔅᒀᔑᑎᐚᐤ waawaapiskwaayishtiwaau vta redup
 • il/elle lui dit non de la tête
ᐛᐋᐱᔮᐦᐋᐤ waawaapiyihaau vta redup
 • il/elle le/la berce
ᐛᐋᐱᔮᐦᑖᐤ waawaapiyihtaau vta redup
 • il/elle l'agite d'avant en arrière
ᐛᐋᐱᐦᑎᒧᐚᐤ waawaapihtimuwaau vta redup • il/elle regarde et le choisit pour lui/elle
ᐛᐋᐱᐦᑎᒫᓲ waawaapihtimaasuu vai reflex redup -u • il/elle se le/la choisit
ᐛᐋᐱᐦᑎᒻ waawaapihtim vti redup
 • il/elle l'inspecte
ᐛᐋᐱᐦᒋᑳᐤ waawaapihchikaau vai redup
 • il/elle survole du regard, feuillette des livres
ᐛᐋᐲᐤ waawaapiiu vai redup • il/elle se balance, oscille
ᐛᐋᐹᐱᐦᒑᐱᔮᐦᐋᐤ waawaapaapihchaapiyihaau vta redup
 • il/elle ne se balance pas doucement dans le hamac
ᐛᐋᐹᐱᐦᒑᐱᔮᐦᑖᐤ waawaapaapihchaapiyihtaau vai redup
 • il/elle le balance au bout d'une corde
ᐛᐋᐹᐱᐦᒑᓂᒻ waawaapaapihchaanim vti redup • il/elle le balance (filiforme)
ᐛᐋᐹᐱᐦᒑᓈᐤ waawaapaapihchaanaau vta redup • il/elle le/la balance (filiforme)

ᐛᐋᐹᔑᐤ waawaapaashiu vai redup
 • il/elle se balance, oscille dans le vent
ᐛᐋᐹᔥᑎᓐ waawaapaashtin vii redup
 • ça se balance, ça oscille dans le vent
ᐛᐋᐹᔫ waawaapaayiu vai redup
 • il/elle remue la queue
ᐛᐋᑭᐱᐤ waawaakipiu vai redup • il/elle est assis-e drapé-e de quelque chose (étalé)
ᐛᐋᑭᑖᐅᐦᑳᐤ waawaakitaauhkaau vii redup • c'est une colline tortueuse
ᐛᐋᑭᑖᐅᐦᒑᒋᐎᓐ waawaakitaauhchaachiwin vii redup
 • c'est un rapide qui serpente, sinueux
ᐛᐋᑭᒨ waawaakimuu vii redup -u • c'est une route sinueuse, un chemin sinueux
ᐛᐋᑭᓯᓂᐦᐋᒻ waawaakisiniham vti redup
 • il/elle écrit en lettres cursives, en cursive
ᐛᐋᑭᓯᓈᑖᐤ waawaakisinaataau vai redup
 • il/elle est tordu-e
ᐛᐋᑭᓯᓈᓲ waawaakisinaasuu vai redup -u
 • il/elle a des lignes ondulées écrites dessus
ᐛᐋᑭᔥᑖᐤ waawaakishtaau vai redup
 • il/elle écrit à la main en cursive
ᐛᐋᑭᔥᑖᐤ waawaakishtaau vii redup
 • c'est écrit à la main en cursive
ᐛᐋᑭᔥᒁᔮᐤ waawaakishkwaayaau vii redup • la rivière est sinueuse
ᐛᐋᑭᔥᒁᐦᐊᒻ waawaakishkwaaham vti redup • il/elle fait du canot sur une rivière sinueuse
ᐛᐋᑭᐦᐋᐤ waawaakihaau vta redup
 • il/elle l'emmitoufle, l'emballe dans quelque chose (étalé)
ᐛᐋᑭᐦᐱᑎᒻ waawaakihpitim vti redup
 • il/elle l'emballe dans quelque chose puis le ficelle, il/elle l'empaquette
ᐛᐋᑭᐦᐱᑖᐤ waawaakihpitaau vta redup
 • il/elle l'emballe dans quelque chose puis le ficelle, il/elle l'empaquette
ᐛᐋᒄᑖᐤ waawaakuhtaau vai redup
 • il/elle marche en vacillant
ᐛᐋᑳᐱᑎᒋᓂᒻ waawaakaapitichinim vti redup • il/elle emballe la lame du couteau ou de la hache avec quelque chose

ᐧᐊᐧᑲᐱᐦᒑᐧᐃᐤ waawaakaapihchaawiiu
vai redup ♦ ça remue

ᐧᐊᐧᑲᐱᐦᒑᐱᑎᒼ waawaakaapihchaapitim vti redup
♦ il/elle le fait aller (filiforme) en zigzag en tirant dessus

ᐧᐊᐧᑲᐱᐦᒑᐱᑖᐤ waawaakaapihchaapitaau vta redup
♦ il/elle le/la fait aller en zigzag (filiforme) en tirant dessus

ᐧᐊᐧᑲᐱᐦᒑᐱᔨᐦᐆ waawaakaapihchaapiyihuu vai redup -u
♦ ça bouge en se tortillant (ex. serpent)

ᐧᐊᐧᑲᐱᐦᒑᐱᔨᐦᐋᐤ waawaakaapihchaapiyihaau vta redup
♦ il/elle le/la fait s'incurver (filiforme)

ᐧᐊᐧᑲᐱᐦᒑᐱᔨᐦᑖᐤ waawaakaapihchaapiyihtaau vai redup
♦ il/elle le fait s'incurver (filiforme)

ᐧᐊᐧᑲᐱᐦᒑᓂᒼ waawaakaapihchaanim vti redup ♦ il/elle l'incurve (filiforme), le met en zigzag

ᐧᐊᐧᑲᐱᐦᒑᓈᐤ waawaakaapihchaanaau vta redup ♦ il/elle l'incurve (filiforme), le/la met en zigzag

ᐧᐊᐧᑲᐱᐦᒑᔑᒼ waawaakaapihchaashim vti redup ♦ il/elle le coupe (filiforme) de travers

ᐧᐊᐧᑲᐱᐦᒑᐦᐧᐋᐤ waawaakaapihchaashwaau vai redup
♦ il/elle coupe la babiche de travers

ᐧᐊᐧᑲᐹᑭᐱᐤ waawaakaapaakipiu vai redup ♦ il/elle est disposé-e en courbe

ᐧᐊᐧᑲᐹᑭᔥᑖᐤ waawaakaapaakishtaau vai redup ♦ il/elle le place (filiforme) en courbe

ᐧᐊᐧᑲᐹᑭᔥᑖᐤ waawaakaapaakishtaau vii redup ♦ c'est disposé (filiforme) en courbe

ᐧᐊᐧᑲᐹᑭᐦᐋᐤ waawaakaapaakihaau vta redup ♦ il/elle le/la place (filiforme) en courbe

ᐧᐊᐧᑲᑎᒦᐤ waawaakaatimiiu vii redup
♦ le chenal serpente sous l'eau

ᐧᐊᐧᑲᔮᐤ waawaakaayaau vii redup
♦ c'est un chenal sinueux

ᐧᐊᐧᑳᐦᑎᓐ waawaakaahtin vii redup
♦ c'est un barrage courbé, incurvé

ᐧᐊᐧᒋᑭᒫᐤ waawaachikimaau vii redup
♦ c'est un lac sinueux

ᐧᐊᐧᒋᑭᔅᑭᒫᐧᐋᐤ waawaachikiskimaawaau vai ♦ il/elle a une petite tête et un corps bien rond (se dit d'un poisson)

ᐧᐊᐧᒋᒄᐋᑎᒼ waawaachikwaatim vti redup
♦ il/elle le coud tout de travers

ᐧᐊᐧᒋᒄᐋᑖᐤ waawaachikwaataau vta redup
♦ il/elle le/la coud tout de travers

ᐧᐊᐧᒋᓂᒼ waawaachinim vti redup
♦ il/elle l'emballe

ᐧᐊᐧᒋᓈᐤ waawaachinaau vta redup
♦ il/elle l'emballe

ᐧᐊᐧᒋᔅᑎᐦᑦ waawaachistiham vti redup
♦ il/elle coud un emballage tout autour

ᐧᐊᐧᒋᔅᑎᐦᐧᐋᐤ waawaachistihwaau vta redup ♦ il/elle coud un emballage tout autour de lui/elle

ᐧᐊᐧᒋᔑᒫᐤ waawaachishimaau vta redup
♦ il/elle le/la drape dans quelque chose (étalé) en se couchant

ᐧᐊᐧᒋᔑᓂᒡ waawaachishinich vai pl redup
♦ ils/elles sont couchés ensemble sous la même couverture

ᐧᐊᐧᒋᔑᓐ waawaachishin vai redup
♦ il/elle est couché-e drapé-e dans quelque chose

ᐧᐊᐧᒋᔥᑎᒄᐋᔮᐤ waawaachishtikwaayaau vii redup
♦ c'est une rivière sinueuse

ᐧᐊᐧᒋᔥᑎᐦᐦᐦ waawaachishtiham vti redup ♦ il/elle le coud tout de travers

ᐧᐊᐧᒌᐤ waawaachiiu vai redup ♦ il/elle se drape dedans

ᐧᐊᐧᒌᐤ waawaachiiu vai redup ♦ il/elle est capable de faire quelque chose

ᐧᐊᐧᒡ waawaach p,évaluatif ♦ même, toutefois, malheureusement ■ ᐧᐊᐧ ᑭ ᐃᓯᒋᔅᒋᓈᐸᓐ ᒫᒃ ᐋᓃ ᒃ ᐧᒃ ᐦ ᐦᑳᓈ.
*Il faisait si froid, mais malheureusement nous avions oublié les allumettes.*

ᐧᐊᐧᓯᐱᔨᐦᑖᐤ waawaasipiyihtaau vai redup
♦ il/elle l'agite, le fait briller

ᐧᐊᐧᓯᒧᒡ waawaasimuch vti pl redup
♦ il/elle fait des éclairs, de la foudre pendant l'orage

ᐧᐊᐧᔥᑎᐦᐊᒧᐧᐋᐤ waawaashtihamuwaau vta redup
♦ il/elle lui fait signe

ᐧᐊᐧᔥᑖᐱᔫ waawaashtaapiyiu vii redup
♦ il y a de la foudre, des éclairs

ᐛᐛᔥᑳᔫ waawaashkaashiu na -iim
 * un cerf de Virginie, un chevreuil, un cerf à queue blanche *Odocoileus virginianus*

ᐛᐤ waau ni -m * un oeuf

ᐛᐱᐛᐦᐛᐤ waapiwaahwaau na -m
 * une oie des neiges *Chen caerulescens* lit. 'oie blanche'

ᐛᐲᐤ waapiu vai * il/elle voit

ᐛᐱᐱᔨᐎᒡ waapipiyiwich vai pl * les vagues sont de couleur claire

ᐛᐸᒌᔅᑎᓐ waapipaachistin vii * la pluie qui approche se voit à distance

ᐛᐱᐦᑿ waapitihkw na -um * un caribou blanc, albinos

ᐛᐱᑖᐅᓯᐤ waapitaausiu vai * il/elle est décoloré-e

ᐛᐱᑖᐛᐤ waapitaawaau vii * c'est décoloré

ᐛᐱᑭᒥᐱᔨᐤ waapikimipiyiu vai * l'eau est claire, ce qui signifie que le vent va tomber

ᐛᐱᑭᔫ waapikiyiu na -im * un harfang des neiges *Nyctea scandiaca*

ᐛᐱᑯᓃᐤ waapikuniiu vii * les bourgeons poussent, éclosent

ᐛᐱᑯᓈᐤ waapikunaau vai * il/elle a des plumes blanches

ᐛᐱᑯᔨᐛᐤ waapikuyiwaau vai * il/elle a le cou blanc

ᐛᐱᒁᑎᐦᐋᒡ waapikwaatihiichaau vai
 * il/elle balaie l'air de sa ramure

ᐛᐱᒁᑎᐦᒻ waapikwaatiham vti
 * il/elle le balaie, le rejette avec sa ramure

ᐛᐱᒁᑎᐦᐛᐤ waapikwaatihwaau vta
 * il/elle le balaie, le rejette avec sa ramure

ᐛᐱᒁᑭᓂᑭᐦᑎᒻ waapikwaakinikihtim vti
 * il/elle prend un lièvre au collet avec une perche et du fil

ᐛᐱᒁᑭᓐ waapikwaakin ni * une perche de collet à ressort

ᐛᐱᒥᐹᑎᒻ waapimipaatim vti * il/elle utilise un miroir ou de l'eau pour prédire le futur

ᐛᐱᒥᔅᒄ waapimiskw na -um * un castor blanc, albinos

ᐛᐱᒦᓱᐎᓐ waapimiisuwin ni * un miroir

ᐛᐱᒦᓱᐤ waapimiisuu vai reflex -u * il/elle se regarde dans le miroir, il/elle se mire

ᐛᐱᒫᐅᓱᐤ waapimaausuu vai -u * elle accouche

ᐛᐱᒫᐤ waapimaau vta * il/elle le/la voit

ᐛᐱᒫᑯᐎᔮᔅ waapimaakuwiyaas ni
 * de la viande de baleine

ᐛᐱᒫᑯᐎᔫ waapimaakuwiiyu na * de la graisse de baleine

ᐛᐱᒫᑯᑎᒌᔑᐃ waapimaakutichishii ni
 * un intestin de baleine

ᐛᐱᒫᑯᑎ waapimaakutii ni * un estomac de baleine

ᐛᐱᒫᑯᔅᑎᔅ waapimaakustis ni * un tendon de baleine

ᐛᐱᒫᑯᔅᑯᓐ waapimaakuskun ni * un foie de baleine

ᐛᐱᒫᑯᔅᑳᐤ waapimaakuskaau vii * il y a beaucoup de baleines par ici

ᐛᐱᒫᑯᔑᑯᓃ waapimaakushikunii ni
 * une queue de baleine

ᐛᐱᒫᑯᔑᔥ waapimaakushish na -kumish
 * un bébé baleine

ᐛᐱᒫᑯᔥᑎᒁᓐ waapimaakushtikwaan ni
 * une tête de baleine

ᐛᐱᒫᑯᔥᑐᐃ waapimaakushtui ni * la communauté située au bord du fleuve Grande Baleine ▪ ᐛᐱᒫᑯᔥᑐᐃ ᐛᐳᒡ ᐛᐤ ᐊᔭᐅᒡ ᐃᐦᒌᐊᐤᐦ *La communauté de Whapmagoostui est un des villages cris.*

ᐛᐱᒫᑯᔮᓂᔅᒋᓯᓐ waapimaakuyaanischisinh na * des bottes en peau de baleine

ᐛᐱᒫᑯᔮᓐ waapimaakuyaan na * de la peau de baleine

ᐛᐱᒫᒄ waapimaakw na -um * une baleine blanche, un béluga *Delphinapterus leucas*

ᐛᐱᓂᑐᐎᒡ waapinituwich vai pl recip -u
 * ils/elles divorcent, se séparent

ᐛᐱᓂᑯᔅᒑᐤ waapinikuschaau vai
 * il/elle place ses lignes de pêche nocturne en été, les lançant dans l'eau depuis la rive

ᐛᐱᓂᑳᐳ waapinikaapuu vai -uwi
 * il/elle se tient là jusqu'à l'aube

ᐛᐱᓂᒋᐦᑯᔥ waapinichihkuhsh na -im
 * l'étoile du matin, Vénus

ᐙᐱᓂᑉᐪᐦᑯ waapinichaauschihkw ni ◆ une poubelle, une corbeille à papier

ᐙᐱᓂᑖᔮᑭᓐ waapinichaauyaakin ni ◆ une poubelle

ᐙᐱᓂᒑᐎᓐ waapinichaawin ni ◆ des déchets, les vidanges

ᐙᐱᓂᒑᐅ waapinichaau vai ◆ il/elle vide la poubelle, jette ses déchets, jette des choses

ᐙᐱᓂᒑᓯᐅ waapinichaasiu na -iim ◆ un éboueur, une éboueuse

ᐙᐱᓂᒧᐙᐅ waapinimuwaau vta ◆ il/elle le lui lance

ᐙᐱᓂᒻ waapinim vti ◆ il/elle le jette

ᐙᐱᓂᔑᓐ waapinishin vai ◆ il/elle reste couché, dort jusqu'au matin

ᐙᐱᓂᔨᐙᐅ waapiniyiwaau vii ◆ le vent souffle jusqu'au matin

ᐙᐱᓂᐦᐊᒻ waapiniham vti ◆ il/elle voyage en canot jusqu'à l'aube

ᐙᐱᓂᐦᑖᐅ waapinihtaau vai ◆ il/elle marche jusqu'à l'aube

ᐙᐱᓅᑖᐅᐄᔨᔨᐅᒡ waapinuutaauiiyiyiuch na pl -im ◆ les gens de l'Est, les Naskapis

ᐙᐱᓅᑖᐙᔮᐹᐅ waapinuutaawaayaapaau vai ◆ il/elle tresse ses raquettes dans le style naskapi

ᐙᐱᓅᑖᐦᒡ waapinuutaahch p,lieu ◆ à l'est ▪ ᒥᔖᐳ ᐃᔨᔨᐅᒡ ᐊᓂᑖ ᐙᐱᓅᑖᐦᒡ ᑭᐦ ᐅᐦᓂᓯᐦᑳᐅᑎᐅᒡ ▪ Beaucoup d'hommes furent mariés à des femmes de l'Est.

ᐙᐱᓈᐅᐱᔨᐅ waapinaaupiyiu vai ◆ son visage pâlit, se vide de son sang

ᐙᐱᓈᐅᓯᐅ waapinaausiu vai ◆ il/elle a un visage pâle

ᐙᐱᓈᐅ waapinaau vta ◆ il/elle s'en débarrasse, il/elle se sépare de lui, le/la divorce

ᐙᐱᓈᑭᓂᐅ waapinaakiniuu vai -iwi ◆ il/elle est séparé-e, divorcé-e

ᐙᐱᓈᑯᓐ waapinaakun vii ◆ ça semble blanc, ça a l'air blanc

ᐙᐱᓈᑯᓯᐅ waapinaakusiu vai ◆ il/elle semble blanc, il/elle a l'air blanc

ᐙᐱᓐ waapin vii ◆ c'est l'aube

ᐙᐱᓯᐅ waapisiu vai ◆ il est blanc, elle est blanche

ᐙᐱᓯᐅ waapisiu na -iim ◆ un cygne siffleur Olor columbianus

ᐙᐱᓯᓂᐦᐊᒻ waapisiniham vti ◆ il/elle fait un dessin blanc dessus

ᐙᐱᓯᓂᐦᐙᐅ waapisinihwaau vta ◆ il/elle fait une marque blanche dessus

ᐙᐱᓯᓈᑖᐅ waapisinaataau vii ◆ ça a une marque blanche dessus

ᐙᐱᓯᓈᓯᐅ waapisinaasiu vai ◆ il/elle a un dessin blanc dessus

ᐙᐱᐢᑭᒥᑳᐅ waapiskimikaau vii ◆ c'est une étendue de lichen des rennes

ᐙᐱᐢᑭᒥᒄ waapiskimikw ni ◆ du lichen des rennes Cladina sp.

ᐙᐱᐢᑭᒥᒋᐢᑳᐅ waapiskimichiskaau vii ◆ c'est une étendue de lichen des rennes

ᐙᐱᐢᑯᑖᐅ waapiskutaau vii ◆ c'est emporté par la glace durant la fonte

ᐙᐱᐢᑯᓱ waapiskuusuu vai-u ◆ il/elle est emporté-e par la glace durant la fonte

ᐙᐱᐢᒄ waapiskw na -um ◆ un ours blanc Ursus maritimus

ᐙᐱᐢᒋᐎᑳᐅ waapischiwikaau vii ◆ c'est un onguent blanc, de la crème

ᐙᐱᐢᒋᐎᒋᓯᐅ waapischiwichisiu vai ◆ c'est de la boue blanche, de l'argile blanche

ᐙᐱᐢᒋᒃᐙᑮᐦᐄᑭᓐ waapischikwaakihiikin ni ◆ une marque, un signal sur un arbre

ᐙᐱᐢᒋᒃᐙᑮᐦᐙᐅ waapischikwaakihwaau vai ◆ il/elle marque l'arbre, fait une flache sur l'arbre

ᐙᐱᐢᒋᒃᐙᐦᑮᐦᐄᒑᐅ waapischikwaahkihiichaau vai ◆ il/elle marque les arbres, fait des flaches sur les arbres

ᐙᐱᐢᒋᐦᑯᑎᒻ waapischihkutim vti ◆ il/elle en taille l'extrémité, le pourtour

ᐙᐱᐢᒋᐦᑯᑖᐅ waapischihkutaau vta ◆ il/elle en taille l'extrémité, le pourtour pour l'améliorer

ᐙᐱᔑᑭᔮᐅ waapishikiyaau vai ◆ il/elle a la peau blanche

ᐙᐱᔖᐅ waapishaau vai ◆ l'intérieur de la fourrure est blanc, quand la fourrure est d'excellente qualité

ᐙᐱᔥᑎᑲᓈᐤ waapishtikwaanaau vai
- il/elle a les cheveux blancs

ᐙᐱᔥᑎᒼ waapishtim na ◆ un chien blanc

ᐙᐱᔥᑖᓂᐅᔒᐹᐦᑖᑭᓐ waapishtaaniushiipaahtaakin ni -im
- une forme pour faire sécher la fourrure de martre

ᐙᐱᔥᑖᓂᐅᔮᓐ waapishtaaniuyaan na -im
- une peau de martre

ᐙᐱᔥᑖᓂᐎᓂᐦᐄᑭᓐ waapishtaaniwinihiikin ni -im ◆ un piège à martre

ᐙᐱᔥᑖᓂᐎᓂᐦᐄᒑᐤ waapishtaaniwinihiichaau vai ◆ il/elle pose un piège à martre

ᐙᐱᔥᑖᓂᓈᑯᓐ waapishtaaninaakun vii
- c'est une aire qui semble habitée par des martres

ᐙᐱᔥᑖᓈᔅᑾᔮᐤ waapishtaanaaskwaayaau vii ◆ c'est une aire d'arbres à longues branches, lit. 'peau de martre'

ᐙᐱᔥᑖᓐ waapishtaan na -im ◆ une martre *Martes americana*

ᐙᐱᔥᑭᐙᐤ waapishkiwaau vta ◆ il/elle lui donne un coup de pied, le/la frappe et le/la repousse avec son corps

ᐙᐱᔥᑭᑎᓐ waapishkitin vii ◆ il y a du givre partout en automne

ᐙᐱᔥᑭᑖᐤ waapishkitaau vai ◆ il/elle a de la fourrure blanche sur la poitrine

ᐙᐱᔥᑭᒼ waapishkim vti ◆ il/elle le frappe, le déplace, le repousse du pied

ᐙᐱᔥᑳᐱᒫᒄ waapishkaapimaakw na -im
- une baleine à peau blanche, un béluga *Delphinapterus leucas*

ᐙᐱᔨᐹᑎᒼ waapiyipaatim vti ◆ il/elle répand de l'eau tout autour du piège pour éliminer l'odeur humaine

ᐙᐱᐦᐄᑭᓐ waapihiikin ni [Wemindji] ◆ un balai

ᐙᐱᐦᐄᑭᓐᐦ waapihiikinh ni pl ◆ des balayures

ᐙᐱᐦᐄᑯᔒᔥ waapihiikushiish na -im ◆ un bruant des neiges *Plectrophenax nivalis*

ᐙᐱᐦᐄᒋᔥᒁᑖᐤ waapihiichishkwaataau vta ◆ il/elle lui tire dessus avec un lance-pierre

ᐙᐱᐦᐄᒋᔥᒁᓐ waapihiichishkwaan ni ◆ un lance-pierre

ᐙᐱᐦᐄᒑᐤ waapihiichaau vai [Wemindji]
- il/elle balaie le plancher

ᐙᐱᐦᐄᒑᓯᐤ waapihiichaasiu na -iim [Wemindji] ◆ un ou une concierge, un portier, un balayeur

ᐙᐱᐦᐆ waapihuu vai -u ◆ il/elle s'habille en blanc

ᐙᐱᐦᐊᒧᐙᐤ waapihamuwaau vta
- il/elle le/la lui passe

ᐙᐱᐦᐊᒼ waapiham vti ◆ il/elle le balaie

ᐙᐱᐦᐋᐤ waapihaau vta ◆ il/elle le blanchit, l'éclaircit

ᐙᐱᐦᐋᑯᓈᐤ waapihaakunaau vai
- il/elle balaie, pellète la neige

ᐙᐱᐦᐋᑯᓈᐦᐄᒑᐱᔨᐤ waapihaakunaahiichaapiyiu vii ◆ ça rejette, souffle la neige

ᐙᐱᐦᐋᒋᔥᒁᑎᒼ waapihaachishkwaatim vti ◆ il/elle lui tire dessus au lance-pierre

ᐙᐱᐦᐋᒋᔥᒁᓐ waapihaachishkwaan ni
- un lance-pierre

ᐙᐱᐦᐙᐤ waapihwaau vta ◆ il/elle le/la balaie, le/la passe

ᐙᐱᐦᑎᑳᐤ waapihtikaau vii ◆ c'est du bois blanc (se dit de bois utile)

ᐙᐱᐦᑎᒋᓯᐤ waapihtichisiu vai ◆ il est blanc, elle est blanche (se dit de bois utile)

ᐙᐱᐦᑎᒼ waapihtim vti ◆ il/elle le voit

ᐙᐱᐦᑎᔮᐤ waapihtiyaau vta ◆ il/elle le/la lui montre

ᐙᐱᐦᑖᐤ waapihtaau vta ◆ il/elle voit ses traces

ᐙᐱᐦᑖᐤ waapihtaau vai+o ◆ il/elle le rend blanc

ᐙᐱᐦᑭᓯᒼ waapihkisim vti ◆ il/elle ne cuit pas assez la viande

ᐙᐱᐦᑭᔂᐤ waapihkiswaau vta ◆ il/elle ne cuit pas assez la viande

ᐙᐱᐦᒀᐦᐅᓱ waapihkwaahusuu vai reflex -u
- il/elle se poudre le visage

ᐙᐱᐦᒀᐦᐏᓲ waapihkwaahwiisuu vai reflex -u ◆ il/elle se poudre le visage

ᐙᐱᐦᒀᐦᐙᐤ waapihkwaahwaau vta
- il/elle poudre le visage de quelqu'un pour l'éclaircir

ᐘᐱᐦᒑ **waapihchaa** p,temps ◆ demain, lit. 'quand ce sera le matin' ◼ ᐘᐱᐦ ᓂᑭ ᐊᓈᑲᓈᐤ ᓂᑎᐦᑖᐱᔅᑯᓈᕽ ◼ *Demain, nous recouvrirons de branchages le sol de notre tipi.*

ᐘᐱᐦᒑᐙᐤ **waapihchaawaau** vai ◆ il/elle a la chair blanche

ᐘᐱᐦᒑᔒᔑᐅᔮᓐ **waapihchaashiishiuyaan** na ◆ une peau de renard blanc

ᐘᐱᐦᒑᔒᔥ **waapihchaashiish** na -im ◆ un renard arctique

ᐘᐱᔮᐙᐴᐃ **waapihyaawaapui** ni ◆ du bouillon de lagopède des saules

ᐘᐱᔮᐤ **waapihyaau** na -aam ◆ un lagopède des saules *Lagopus lagopus*, lit.'lagopède blanc'

ᐚᐳᔑᐧᐃᓂᐦᐄᑭᓐ **waapushuwinihiikin** ni -im ◆ un piège à lièvre

ᐚᐳᔑᐧᐃᓂᐦᐄᒑᐤ **waapushuwinihiichaau** vai ◆ il/elle pose un piège à lièvre

ᐚᐳᔐᑎᔨᑭᓐ **waapushutiyikin** na ◆ une omoplate de lièvre

ᐚᐳᔐᒋᑭᓂᐦ **waapushuchikinh** ni pl ◆ des pattes de lièvre

ᐚᐳᔐᒫᐤ **waapushumaau** ni -m ◆ un sentier de lièvre

ᐚᐳᔐᓂᒃᐚᓐ **waapushunikwaan** ni ◆ un collet de lièvre

ᐚᐳᔐᔅᑳᐤ **waapushuskaau** vii ◆ il y a beaucoup de lièvres par ici

ᐚᐳᔐᔨᔥᑎᐦᒑᐱᔨᔑᐤ **waapushuyishtihchaapiyishiu** vii dim ◆ il y a une chute de neige douce et poudreuse pendant la nuit

ᐚᐳᔐᔮᓂᐹᑎᑯᑦ **waapushuyaanipaatikut** ni -im ◆ un jupon en fourrure de lièvre

ᐚᐳᔐᔮᓂᐹᑭᓐ **waapushuyaanipaakin** na ◆ une couverture en fourrure de lièvre

ᐚᐳᔐᔮᓂᒥᐦᒄ **waapushuyaanimihkw** na ◆ une aiguille pour tisser la fourrure de lièvre pour faire des couvertures et des vêtements

ᐚᐳᔐᔮᓐ **waapushuyaan** na ◆ de la fourrure de lièvre, un manteau en fourrure de lièvre

ᐚᐳᔙᐱ **waapushwaapui** ni -im ◆ du bouillon de lièvre

ᐚᐳᔝᑯᓐ **waapushwaakun** na ◆ de la neige fraîchement tombée, légère

ᐚᐳᔥ **waapush** na -um ◆ un lièvre d'Amérique (un lapin) *Lepus americanus*

ᐚᐳᔮᓐ **waapuyaan** ni ◆ une couverture

ᐚᐳᐦᒋᑭᓐ **waapuhuchikin** ni ◆ un verrou ou chien, une languette de retenue pour garder le piège ouvert

ᐚᐹᐅᐦᑳᐤ **waapaauhkaau** vii ◆ c'est du sable blanc

ᐚᐹᐤ **waapaau** vii ◆ c'est blanc

ᐚᐹᐱᓯᔅᒋᓯᐤ **waapaapisischisiu** vai ◆ il est blanc, elle est blanche (minéral)

ᐚᐹᐱᔅᑳᐤ **waapaapiskaau** vii ◆ c'est blanc (minéral)

ᐚᐹᐱᐦᒑᐧᐄᐤ **waapaapihchaawiiu** vai ◆ il/elle se balance à une corde

ᐚᐹᐱᐦᒑᐱᑎᒼ **waapaapihchaapitim** vti ◆ il/elle le tire et le balance

ᐚᐹᐱᐦᒑᐱᑖᐤ **waapaapihchaapitaau** vta ◆ il/elles ne le/la tire pas et ne le/la balance pas correctement

ᐚᐹᐱᐦᒑᐦᐊᒼ **waapaapihchaaham** vti ◆ il/elle le frappe avec quelque chose pour le faire se balancer

ᐚᐹᐱᐦᒑᐦᐙᐤ **waapaapihchaahwaau** vta ◆ il/elle le/la frappe avec quelque chose pour qu'il/elle se balance

ᐚᐹᐳᐃᓈᓐ **waapaapuwinaan** ni ◆ le blanc de l'oeil

ᐚᐹᐳᑖᐤ **waapaaputaau** vii ◆ ça s'éloigne en flottant

ᐚᐹᐹᑭᒋᐤ **waapaapaakichiu** vii ◆ ça gèle tout blanc, ça se lyophilise (filiforme)

ᐚᐹᐹᑭᓐ **waapaapaakin** vii ◆ c'est blanc (filiforme)

ᐚᐹᐹᒋᓯᐤ **waapaapaachisiu** vai ◆ il est blanc, elle est blanche (filiforme)

ᐚᐹᑭᒥᐤ **waapaakimiu** vii ◆ c'est blanc (liquide)

ᐚᐹᑭᓐ **waapaakin** vii ◆ c'est blanc (étalé)

ᐚᐹᑭᐦᐊᒼ **waapaakiham** vti ◆ il/elle le blanchit en le frappant (étalé)

ᐚᐹᑭᐦᐙᐤ **waapaakihwaau** vta ◆ il/elle le/la blanchit en le/la frappant (étalé)

ᐚᐹᑯᓂᑳᐤ **waapaakunikaau** vii ◆ cette aire est blanche de neige

ᐛᐹᒋᔫ waapaachisiu vai ♦ il est blanc, elle est blanche (étalé)

ᐛᐹᓯᓵᐤ waapaasischaau vai ♦ les rayons de soleil sont blancs

ᐛᐹᔅᑭᑎᓐ waapaaskitin vii ♦ c'est gelé tout blanc

ᐛᐹᔅᑯᓐ waapaaskun vii ♦ c'est blanc (long et rigide)

ᐛᐹᔅᑯᐦᐊᒻ waapaaskuham vti ♦ il/elle l'enlève du chemin en utilisant un bâton

ᐛᐹᔅᑯᐦᐘᐤ waapaaskuhwaau vta ♦ il/elle l'enlève du chemin en utilisant un bâton

ᐛᐹᔒᐤ waapaashiu vai ♦ il/elle se fait emporter par le souffle

ᐛᐹᔥᑎᒥᑰ waapaashtimikuu vai-u ♦ le vent l'emporte

ᐛᐹᔥᑎᒫᐤ waapaashtimaau vta ♦ il/elle le/la fait s'envoler

ᐛᐹᔥᑎᓐ waapaashtin vii ♦ le vent l'emporte

ᐛᐹᔥᑎᐦᑖᐤ waapaashtihtaau vai+o ♦ il/elle laisse le vent emporter les parties sèches des baies en les versant de haut dans un autre contenant

ᐛᐹᔥᑯᔑᓐ waapaashkushin vai ♦ il/elle est repoussé-e en arrière en frappant du bois, il/elle rebondit sur du bois

ᐛᐹᔨᐘᐤ waapaayiwaau vai ♦ il/elle a la queue blanche

ᐛᐹᔨᒫᐤ waapaayimaau vta ♦ il/elle l'abandonne

ᐛᐹᔨᐦᑎᒧᐘᐤ waapaayihtimuwaau vta ♦ il/elle lui pardonne

ᐛᐹᔨᐦᑎᒫᒑᐎᓐ waapaayihtimaachaawin ni ♦ le pardon

ᐛᐹᔨᐦᑎᒫᒑᐤ waapaayihtimaachaau vai ♦ il/elle pardonne

ᐛᐹᔨᐦᑎᒼ waapaayihtim vti ♦ il/elle l'abandonne, il/elle pardonne

ᐛᐹᐦᑐᑖᐤ waapaahutaau vii ♦ ça dérive

ᐛᐹᐦᐅᑰ waapaahukuu vai-u ♦ il/elle dérive, va à la dérive

ᐛᐹᐦᐅᔮᐤ waapaahuyaau vta ♦ il/elle le laisse dériver

ᐛᐹᐦᑎᑯᐛᐤ waapaahtikuwaau vai ♦ il/elle a une fourrure grise

ᐛᐹᐦᒋᒄ waapaahchikw na -um ♦ un phoque blanc, albinos

ᐛᑎᑰ waatikuu vai -u ♦ il/elle a un terrier, une tanière

ᐛᑎᒄ waatikw ni -um ♦ un terrier, une tanière

ᐛᑎᔅᑯᔒ waatiskuschii ni pej ♦ un vieux terrier, une vieille tanière

ᐛᑎᔅᒄ waatiskw ni -um ♦ une tanière d'ours

ᐛᑎᔒᔥ waatishish na dim -im ♦ jeune castor, castor d'un an

ᐛᑎᐦᒑᐤ waatihchaau vai ♦ le castor, le rat musqué creuse un tunnel le long de la rive

ᐛᑦ waat ni -im ♦ un tunnel de castor, de rat musqué

ᐛᑭᒧᐦᑖᐤ waakimuhtaau vai ♦ il/elle crée un sentier ou une route avec des tournants

ᐛᑭᒨ waakimuu vii-u ♦ le sentier ou la route a des tournants

ᐛᑳᐤ waakaau vii ♦ c'est courbé

ᐛᑳᐱᓯᓰᔫ waakaapisischisiu vai ♦ il/elle est courbé-e (minéral)

ᐛᑳᐱᔅᑳᐤ waakaapiskaau vii ♦ c'est courbé (minéral)

ᐛᑳᐱᐦᒑᓂᒼ waakaapihchaanim vti ♦ il/elle le courbe à la main (filiforme)

ᐛᑳᐱᐦᒑᓈᐤ waakaapihchaanaau vta ♦ il/elle le/la courbe à la main (filiforme)

ᐛᑳᐱᐦᒑᔑᓐ waakaapihchaashin vai ♦ il/elle se couche courbé en deux

ᐛᑳᐹᑭᓐ waakaapaakin vii ♦ c'est courbé (filiforme)

ᐛᑳᐹᒋᔫ waakaapaachisiu vai ♦ il/elle est courbé-e (filiforme)

ᐛᑳᔅᑭᑎᓐ waakaaskitin vii ♦ c'est courbé par le gel

ᐛᑳᔅᑯᑎᐦᒑᐤ waakaaskutihchaau vai ♦ il/elle a les doigts crochus

ᐛᑳᔅᑯᓐ waakaaskun vii ♦ c'est courbé (long et rigide)

ᐛᑳᔅᑯᓯᐤ waakaaskusiu vai ♦ il/elle est courbé-e (long et rigide)

ᐛᑳᔥᑭᒋᔫ waakaashkichiu vai ♦ il/elle est courbé-e par le gel

•ᐚᑲᕈᐊᐤ waakaayiwaau vai ♦ il/elle a la queue courbée

•ᐚᒃᐦᑭᑎᑖᐤ waakaahkititaau vii ♦ ça se courbe en séchant, ça sèche courbé

•ᐚᒃᐦᑭᑎᓲ waakaahkitisuu vai-u ♦ il/elle se courbe en séchant, il/elle sèche courbé

•ᐚᒃᐦᑿᐤ waakaahkwaau vii ♦ la partie avant de la raquette est courbée

•ᐚᒃᐦᑿᐤ waakaahkwaau vai ♦ il/elle est courbé-e (raquette, traîneau)

•ᐚᒃᐦᑳᓂᑭᓐ waakaahkwaanikin ni ♦ un bâton est attaché à la partie avant du cadre de la raquette ou du traîneau et est tiré pour en courber la forme

•ᐚᒋᐱᑎᒼ waachipitim vti ♦ il/elle le courbe en tirant

•ᐚᒋᐱᑖᐤ waachipitaau vta ♦ il/elle le/la courbe en tirant

•ᐚᒋᐱᔅᑯᓈᐤ waachipiskunaau vai ♦ il/elle est bossu-e

•ᐚᒋᐱᔅᑯᓈᐱᐤ waachipiskunaapiu vai ♦ il/elle est assis-e tout bossu

•ᐚᒋᐱᔨᐤ waachipiyiu vai ♦ il/elle se courbe

•ᐚᒋᐱᔨᐤ waachipiyiu vii ♦ ça se courbe

•ᐚᒋᑯᑖᐤ waachikutaau vai ♦ il/elle a le nez de travers, le nez crochu

•ᐚᒋᓂᒥᔅᑯᐦᑐᔮᐤ waachinimiskuhtuyaau vai ♦ il/elle courbe du saule, de jeunes arbres pour fabriquer un cadre pour faire sécher la peau de castor

•ᐚᒋᓂᒼ waachinim vti ♦ il/elle le courbe

•ᐚᒋᓂᓵᒫᐤ waachinisaamaau vai ♦ il/elle courbe des cadres de raquettes

•ᐚᒋᓈᐤ waachinaau na-m ♦ l'ossature du canot

•ᐚᒋᓈᐤ waachinaau vta ♦ il/elle le/la courbe

•ᐚᒋᓈᑭᓂᔅᑳᐤ waachinaakiniskaau vii ♦ c'est une zone de mélèzes

•ᐚᒋᓈᑭᓂᐦᑎᒄ waachinaakinihtikw ni ♦ du bois de mélèze séché

•ᐚᒋᓈᑭᓈᐹᔑᐦᑯᒡ waachinaakinaapaashihkuch na pl ♦ des branchages de mélèze ou d'un grand arbre

•ᐚᒋᓈᑭᓐ waachinaakin na ♦ un mélèze *Larix laricuna*

•ᐚᒋᓯᐤ waachisiu vai ♦ il/elle est courbé-e

•ᐚᒋᔥᑎᒀᐤ waachishtikwaau vii ♦ il y a un méandre dans la rivière

•ᐚᒋᔥᑭᐚᐤ waachishkiwaau vta ♦ il/elle le/la courbe avec son pied ou son corps

•ᐚᒋᔥᑭᒼ waachishkim vti ♦ il/elle le courbe avec son pied ou son corps

•ᐚᒋᔮᒫᐤ waachiyaamaau vta ♦ il/elle le/la salue, lui serre la main

•ᐚᒋᔮᐦ waachiyaah p,interjection ♦ bonjour, salut (expression utilisée pour saluer quelqu'un, de l'anglais 'what cheer') ▪ ᐚᒋᔮᐦ, ᓂᒥᐦᑖᐦᒋᐦᑳ ᒉ ᐚᐱᒫᑖᐣ. *Bonjour, je suis content de te revoir.*

•ᐚᒋᔮᐦᒑᒨ waachiyaahchaamuu vai ♦ il/elle salue (les gens)

•ᐚᒋᐦᐋᐤ waachihaau vta ♦ il/elle le/la courbe, lui donne une forme crochue

•ᐚᒋᐦᑖᐤ waachihtaau vai+o ♦ il/elle le rend crochu

•ᐚᒋᐦᑭᓲ waachihkisuu vai-u ♦ il/elle se courbe sous l'effet de la chaleur

•ᐚᒋᐦᑭᐦᑖᐤ waachihkihtaau vii ♦ c'est courbé par la chaleur

•ᐚᒋᐦᒡ waachihch p ♦ précisément celui-là ▪ ᒫ ᐚᒋᐦᒡ ᑳ ᐊᐧᐁᔨᒫᒃ ᐋᑎᐚᕈᕽ. *J'en veux un qui est exactement comme celui-ci.*

•ᐚᒡ waach na-im ♦ une montre, une pendule, de l'anglais 'watch'

•ᐚᒦᓈᑯᓐ waaminaakun vii ♦ c'est une bonne vue, on y voit loin à l'horizon

•ᐚᒥᔥᑎᑯᔒᐅᔥᑖᐤ waamishtikushiiushtaau vai ♦ il/elle écrit en anglais

•ᐚᒥᔥᑎᑯᔒᐅᔥᑖᐤ waamishtikushiiushtaau vii ♦ c'est écrit en anglais

•ᐚᒥᔥᑎᑯᔒᐅᔨᒥᐤ waamishtikushiiuyimiu vai ♦ il/elle parle anglais

•ᐚᒥᔥᑎᑯᔒᐅᔨᒧᐃᓐ waamishtikushiiuyimuwin ni ♦ la langue anglaise

•ᐚᒥᔥᑎᑯᔒᐤ waamishtikushiiu na-iim ♦ un homme blanc, un Blanc

ᐙᒧᒡ waamuhch p,manière ♦ à la vue de tous, bien en vue ▪ ᐋᒻ ᐙᒧᒡ ᐊ" ᓲ" ᑎᒑᒡ ᐊᓅ ᐅᒫ"ᑭᐊ·ᐊᵒ, ᔖᐋᑦ ᐊ" ᐊᐱ"ᑎᒍ"ᑦᵡ ▪ *Ils plantèrent leur tente bien en vue pour qu'on ne les rate pas.*

ᐙᓯᐱᐤ waasipiu vai ♦ ça brille au loin à cause du soleil

ᐙᓯᐹᒃᐛᐤ waasipaakwaau vii ♦ le fond une étendue d'eau est visible parce que l'eau est claire et peu profonde

ᐙᓯᐹᔥᑖᐤ waasipaashtaau vii ♦ c'est visible à travers les arbres (ex. un lac, une rivière)

ᐙᓯᐺᓲ waasipwaasuu vai -u ♦ il/elle brille de transpiration

ᐙᓯᑭᒫᐤ waasikimaau vta ♦ il/elle ronge l'écorce d'un arbre ou d'un saule qui devient blanc

ᐙᓯᑭᓈᓲ waasikinaasuu vai -u ♦ on peut voir ses os briller au soleil

ᐙᓯᑭᐦᑎᐛᐤ waasikihtiwaau vta ♦ il/elle ronge l'écorce d'un arbre ou d'un saule qui devient blanc

ᐙᓯᓈᑯᓐ waasinaakun vii ♦ ça a l'air facile à faire

ᐙᓯᓈᑯᓯᐤ waasinaakusiu vai ♦ ça (animé) a l'air facile à faire

ᐙᓯᓲ waasisuu vai -u ♦ il/elle brille au soleil

ᐙᓯᔥᑖᐤ waasistaau vii ♦ ça brille au loin à cause du soleil

ᐙᓯᐦᑯᓲ waasihkusuu vai -u ♦ il/elle brille au soleil

ᐙᓯᐦᑯᔥᑖᐤ waasihkushtaau vii ♦ ça brille au soleil

ᐙᓯᐦᑯᐦᒻ waasihkuham vti ♦ il/elle le fait briller

ᐙᓯᐦᑯᐦᐛᐤ waasihkuhwaau vta ♦ il/elle le/la cire

ᐙᓵ waasaa p,interjection ♦ Oh! oh non! ▪ ᐙᓵ ᒫ ᐊᔅᑭᐋᒡ ᐊᵃ ᐊ·ᐊᔫᵡ ▪ *Oh non! Cet enfant va se brûler!*

ᐙᓵᐱᓯᔅᑖᐤ waasaapisistaau vii ♦ ça brille fort (minéral)

ᐙᓵᐱᓯᔅᒋᓯᐤ waasaapisischisiu vai ♦ il/elle brille (minéral)

ᐙᓵᐱᔨᐤ waasaapiyiu vii ♦ le ciel se dégage

ᐙᓵᑎᐱᔅᑳᐤ waasaatipiskaau vii ♦ c'est une nuit claire

ᐙᓵᒋᐅᓐ waasaachiwin vii ♦ la couleur blanche de l'eau indique qu'il y a un rapide

ᐙᓵᒋᓯᐤ waasaachisiu vai ♦ il/elle (étalé) est blanc et se voit de loin que le soleil brille dessus

ᐙᓵᒋᔅᑖᐤ waasaachistaau vii ♦ c'est blanc (étalé) et se voit de loin quand le soleil brille dessus

ᐙᓵᒥᐦᑭᑖᐤ waasaamihkitaau vai ♦ il/elle est affaibli-e par le manque de nourriture

ᐙᓵᒥᐦᑭᓲ waasaamihkisuu vai -u ♦ il/elle a trop chaud, est trop cuit

ᐙᓵᒥᐦᑭᐦᑎᐦᐋᐤ waasaamihkihtihaau vta ♦ il/elle l'affame et l'affaiblit

ᐙᓵᒥᐦᑭᐦᑖᐤ waasaamihkihtaau vii ♦ c'est trop chaud, trop cuit

ᐙᓵᒫᐱᓯᔅᑖᐤ waasaamaapisistaau vii ♦ c'est devient trop chaud à cause de la chaleur

ᐙᓵᒫᐱᓯᔅᒋᓯᐤ waasaamaapisischisiu vai ♦ la chaleur est trop forte pour ça (minéral)

ᐙᓵᒫᔥᑎᐛᐤ waasaamaashtiwaau vii ♦ le feu est trop bas, sur le point de s'éteindre

ᐙᓵᒻ waasaam p,quantité ♦ trop

ᐙᓵᓃᐦᑖᑭᓈᐱᔅᒄ waasaanihtaakinaapiskw ni -um ♦ une vitre, un verre à lampe

ᐙᓵᓃᐦᑖᑭᓈᐦᑎᒄ waasaanihtaakinaahtikw ni -um ♦ un encadrement de fenêtre

ᐙᓵᓃᐦᑖᑭᓐ waasaanihtaakin ni -im ♦ une fenêtre

ᐙᓵᔅᑯᑖᐤ waasaaskutaau vii ♦ c'est (long et rigide) lisse et brillant

ᐙᓵᔅᑯᓂᐱᔨᐤ waasaaskunipiyiu vii ♦ ça se dégage, se transforme en une journée claire et ensoleillée

ᐙᓵᔅᑯᓂᔨᐛᐤ waasaaskuniyiwaau vii ♦ c'est une journée claire et venteuse

ᐙᓵᔅᑯᓈᔥᑎᓐ waasaaskunaashtin vii ♦ le vent chasse les nuages

ᐙᓵᔅᑯᓐ waasaaskun vii ♦ c'est une journée claire au ciel bleu

ᐙᓵᔅᑯᓯᐤ waasaaskusiu vai ♦ il/elle (long et rigide) est lisse et brillant

ᐙᓵᔮᐤ waasaayaau vii ♦ il fait jour

•ᐊᕓᔨᐱᐁ waasaayaapin vii ♦ la lueur de l'aube est visible

•ᐊᕓᔨᐱᓯᔅᒋᓯᐤ waasaayaapisischisiu vai ♦ il/elle est chauffé-e au rouge, brûlant-e

•ᐊᕓᔨᐱᔅᑳᐤ waasaayaapiskaau vii ♦ c'est clair (minéral)

•ᐊᕓᔨᒋᔑᓐ waasaayaachishin vii ♦ la peau de phoque, la peau de baleine est gardée dans un endroit humide dans le noir jusqu'à ce que la partie supérieure de la peau tombe

•ᐊᕓᒥᔅᑳᐤ waasaayaamiskaau vii ♦ le fond de l'eau se voit bien

•ᐊᕽ"ᐊᐁ waasaahan vii ♦ les vagues sont visibles à la surface de l'eau

•ᐊᕽ"ᑎ·ᐊᐤ waasaahtiwaau na ♦ la partie blanche d'un arbre dont l'écorce a été rongée par un porc-épic

•ᐊ·ᐦᓂᐱ waaswaanipii ni ♦ Waswanipi

•ᐊᔅᐱᑎᒻ waaspitim vti ♦ il/elle le tisse, le lace

•ᐊᔅᐱᑎ"ᐃᐹᐤ waaspitihiipaau vta ♦ il/elle raccommode un filet de pêche

•ᐊᔅᐱᑎ"ᐃᐹᐁ waaspitihiipaan ni ♦ de la ficelle pour raccommoder les filets de pêche

•ᐊᔅᐱᑖᐅᓲ waaspitaausuu vai-u ♦ il/elle enroule le bébé dans un sac à mousse

•ᐊᔅᐱᑖᐤ waaspitaau vta ♦ il/elle l'enroule dans un sac à mousse, raccommode le filet de pêche

•ᐊᔅᐱᓱ·ᐃᔮᐁ waaspisuwiyaan ni ♦ un sac à mousse

•ᐊᔅᐱᓲ waaspisuu vai-u ♦ il/elle est enroulé-e, lacé-e

•ᐊᔅᑐᐃᔅᑯᐁ waastuwiskun vii ♦ il y a une aurore boréale

•ᐊᔅᒐᔥᒀ"ᑳᐤ waastaaschihkwaau vai ♦ il/elle a des taches blanches sur le visage de ses cicatrices qui pèlent

•ᐊᔅᑖᔨᐱᓯᔅᑖᐤ waastaayaapisistaau vii ♦ c'est rouge (minéral), chauffé à blanc

•ᐊᔅᑖᔨᐱᓯᔅᒋᓯᐤ waastaayaapisischisiu vai ♦ il/elle est rouge (minéral), chauffé-e à blanc

•ᐊᔅᑖᔨᐱᓯᔅᒋᓯᒻ waastaayaapisischisim vti ♦ il/elle le fait chauffer au rouge (minéral)

•ᐊᔅᑖᔨᐱᓯᔅᒋᔅᐙᐤ waastaayaapisischiswaau vta ♦ il/elle le fait chauffer au rouge (minéral)

•ᐊᔅᑭᒥᑖ"ᐊᐤ waaskimitaahaau vai ♦ il/elle a le coeur pur, il/elle fait attention quand il pense

•ᐊᔅᑭᒥᓈᑯᐁ waaskiminaakun vii ♦ le ciel a l'air dégagé

•ᐊᔅᑭᒥᓈᑯᓯᐤ waaskiminaakusiu vai ♦ il/elle semble clair

•ᐊᔅᑭᒥᓰᐤ waaskimisiiu vai ♦ la chair et la peau d'un poisson sont claires

•ᐊᔅᑭᒥ"ᑖᑯᓯᐤ waaskimihtaakusiu vai ♦ sa voix est claire, audible

•ᐊᔅᑭᒫᐤ waaskimaau vii ♦ c'est une belle journée, bien claire

•ᐊᔅᑭᒫᐱᓯᔅᒋᓯᐤ waaskimaapisischisiu vai ♦ il/elle est poli-e (minéral)

•ᐊᔅᑭᒫᐱᔅᑭ"ᐦᐄᑭᐁ waaskimaapiskihiikin ni ♦ un tampon à récurer

•ᐊᔅᑭᒫᐱᔅᑭ"ᐊᒻ waaskimaapiskiham vti ♦ il/elle le fait bien briller (minéral)

•ᐊᔅᑭᒫᐱᔅᑭ"ᐙᐤ waaskimaapiskihwaau vta ♦ il/elle l'éclaircit, le/la fait briller, le/la cire (minéral)

•ᐊᔅᑭᒫᐱᔅᑳᐤ waaskimaapiskaau vii ♦ c'est poli (minéral)

•ᐊᔅᑭᒫᐱᔅᒋᓂᒻ waaskimaapischinim vti ♦ il/elle le poli à la main

•ᐊᔅᑭᒫᐱᔅᒋᓈᐤ waaskimaapischinaau vta ♦ il/elle le/la poli à la main (minéral)

•ᐊᔅᑭᒫᐱᔅᒋ"ᑖᐤ waaskimaapischihtaau vai+o ♦ il/elle l'éclaircit, le fait briller, le cire (minéral)

•ᐊᔅᑭᒫᐱ"ᔑ"ᑯᓯᐤ waaskimaapihshihkushiu vai ♦ il/elle est bien réveillé-e

•ᐊᔅᑭᒫᑯᓂᑳᐤ waaskimaakunikaau vii ♦ la neige est propre, brillante

•ᐊᔅᑭᒫᓂᓂᒻ waaskimaaninim vti ♦ il/elle laisse des traces récentes et visibles après la tempête

•ᐊᔅᑭᒫᔨᒨ waaskimaayimuu vai-u ♦ il/elle est alerte, conscient-e

•ᐊᔅᑭᒫᔨᒫᐤ waaskimaayimaau vta ♦ il/elle pense que quelqu'un est alerte

•ᐊᔅᑭᒫᔨ"ᑎᒻ waaskimaayihtim vti ♦ il/elle est alerte, pense clairement

ᐚᔅᑭᓂᐊᑖᐤ waaskiniwaataau vii ♦ c'est bien visible à distance (ex. sentier, traces)

ᐚᔅᑭᓄᐎᓲ waaskinuwisuu vai -u ♦ ses traces, signes d'activité sont bien visibles à distance

ᐚᔅᑳ waaskaa p,lieu ♦ autour ▪ ᒥᔮᐦ ᐋᔅᑲ ᐊᐅᑎᑦ ᒥᔅᐋᒻᐦ ᒌ ᒥᒋᒧᐃᐤ ᒦᒍᑎᒡᐦ. ▪ Il y avait des arbres tout autour du tipi.

ᐚᔅᑳᐱᐎᒡ waaskaapiwich vai pl ♦ ils/elles sont assis autour de quelque chose, en cercle

ᐚᔅᑳᐱᔥᑎᐚᐎᒡ waaskaapishtiwaawich vta pl ♦ ils/elles sont assis en cercle autour de lui/d'elle ▪ ᒨᐦ ᐚᔅᑳᐱᔥᑎᐚᐎᒡ ᐅᐦᑰᒪᐤ ᐋᐃᑦ ᑎᐹᒋᒧᒋᑖᐎᒡ. ▪ Elles se sont assises autour de leur grand-mère alors qu'elle racontait des histoires.

ᐚᔅᑳᐱᔥᑖᑐᐎᒡ waaskaapishtaatuwich vai pl recip -u ♦ ils/elles s'assoient ensemble en cercle

ᐚᔅᑳᐱᔨᐤ waaskaapiyiu vii ♦ ça se déplace autour de ça en véhicule

ᐚᔅᑳᐱᔨᔥᑎᐚᐤ waaskaapiyishtiwaau vta ♦ il/elle tourne en rond autour de lui/d'elle

ᐚᔅᑳᐱᔨᐦᑖᐤ waaskaapiyihtaau vai ♦ il/elle le fait passer à tout le monde

ᐚᔅᑳᐳᔮᐤ waaskaapuyaau vta ♦ il/elle scie tout autour

ᐚᔅᑳᑎᓐ waaskaatin vii ♦ il y a de la glace le long du bord d'une étendue d'eau

ᐚᔅᑳᑳᐳᐎᒡ waaskaakaapuwiwich vai pl -uwi ♦ ils/elles se tiennent debout en cercle

ᐚᔅᑳᑳᐳᐎᔥᑎᐚᐎᒡ waaskaakaapuwishtiwaawich vta pl ♦ ils/elles se tiennent autour de lui/d'elle

ᐚᔅᑳᑳᐳᐎᔥᑎᒧᒡ waaskaakaapuwishtimuch vti pl ♦ ils/elles se tiennent autour de ça ▪ ᒨᐦ ᐚᔅᑳᑳᐳᐎᔥᑎᒧᒡ ᐃᔥᑯᑌᐅᒡ ᐋᐃᑦ ᒨᐦ ᒌᔅᑭᑖᐤ. ▪ Ils se tiennent autour du feu parce qu'ils avaient très froid.

ᐚᔅᑳᑳᐳᐎᐋᐤ waaskaakaapuwihaau vta ♦ il/elle les place en cercle

ᐚᔅᑳᑳᐳᐎᐦᑖᐤ waaskaakaapuwihtaau vai+o ♦ il/elle les place en cercle

ᐚᔅᑳᑳᐚᑎᒻ waaskaakwaatim vti ♦ il/elle coud tout autour

ᐚᔅᑳᑳᐚᑖᐤ waaskaakwaataau vta ♦ il/elle coud tout autour de lui/d'elle

ᐚᔅᑳᒧᐋᐤ waaskaamuhaau vta ♦ il/elle le/la met autour de quelque chose

ᐚᔅᑳᒧᐦᑖᐤ waaskaamuhtaau vai ♦ il/elle le met autour

ᐚᔅᑳᒧ waaskaamuu vii -u ♦ ça tourne autour, est tout autour

ᐚᔅᑳᒫᓂᔅᒋᐤ waaskaamaanischiuu vii -iwi ♦ il y a une clôture tout autour

ᐚᔅᑳᒫᓂᔅᒋᐦᑭᐦᑎᐚᐤ waaskaamaanischihkihtiwaau vta ♦ il/elle l'entoure d'une clôture, le/la clôture

ᐚᔅᑳᒫᓂᔅᒋᐦᑭᐦᑎᒻ waaskaamaanischihkihtim vti ♦ il/elle l'entoure d'une clôture, le clôture

ᐚᔅᑳᓈᔥᒑᐤ waaskaanaaschaau vai ♦ il/elle dispose des branchages tout autour du mur intérieur de l'habitation

ᐚᔅᑳᓯᓂᐦᐋᐤ waaskaasinihiichaau vai ♦ il/elle dessine des cercles

ᐚᔅᑳᓯᓂᐦᐊᒻ waaskaasiniham vti ♦ il/elle l'encercle

ᐚᔅᑳᓯᓂᐦᐚᐤ waaskaasinihwaau vta ♦ il/elle l'encercle par écrit

ᐚᔅᑳᔅᒋᓂᒻ waaskaaschinim vti ♦ il/elle fait un cercle avec des perches autour du piège en laissant un espace pour que le castor puisse nager

ᐚᔅᑳᔑᒫᐤ waaskaashimaau vta ♦ il/elle les dispose en cercle

ᐚᔅᑳᔑᒻ waaskaashim vti ♦ il/elle découpe autour de ça

ᐚᔅᑳᔑᓂᒡ waaskaashinich vai pl ♦ ils/elles sont couché-e-s autour, en cercle

ᐚᔅᑳᔥᐘᐤ waaskaashwaau vta ♦ il/elle le coupe en rond

ᐚᔅᑳᔥᑎᐦᐄᑭᓐ waaskaashtihiikin ni ♦ le mur d'une tente, une partie additionnelle cousue autour du fond de la tente pour l'alourdir

ᐚᔅᑳᔥᑎᐦᐊᑎᒻ waaskaashtihatim vti ♦ il/elle y coud un bord

ᐚᔅᑳᔥᑎᐦᐊᒻ waaskaashtiham vti ♦ il/elle le coud tout autour

ᐚᔅᑳᔥᑎᐦᐚᐤ waaskaashtihwaau vta ♦ il/elle le/la coud tout autour

ᐚᔅᑳᔥᑖᐤ waaskaashtaau vai ♦ il/elle les place tout autour

ᐚᔅᑳᔥᑖᐤ waaskaashtaau vii ♦ c'est placé tout autour

ᐚᔅᑳᔥᑭᐚᐤ waaskaashkiwaau vta ♦ il/elle marche, va autour de lui/d'elle

ᐚᔅᑳᔥᑭᒼ waaskaashkim vti ♦ il/elle marche tout autour

ᐚᔅᑳᔮᐤ waaskaayaau vii ♦ c'est rond

ᐚᔅᑳᔮᐹᔑᑭᓐ waaskaayaapaashikin ni ♦ une bande découpée autour du bord de la peau, de la fourrure

ᐚᔅᑳᔮᐹᔑᒼ waaskaayaapaashim vti ♦ il/elle coupe les bords de la peau, de la fourrure

ᐚᔅᑳᔮᐹᔥᐚᐤ waaskaayaapaashwaau vta ♦ il/elle coupe une bande autour des bords de la peau, de la fourrure

ᐚᔅᑳᔮᑐᔨᐤ waaskaayaatuyiu vai ♦ il y a un cercle autour du soleil de la lune qui indique qu'il va pleuvoir ou neiger

ᐚᔅᑳᔮᑯᐦᑖᐤ waaskaayaakuhtaau vii ♦ la neige fond autour d'un objet à cause de sa chaleur

ᐚᔅᑳᔮᐦᑭᐦᑖᐤ waaskaayaahkihtaau vii ♦ le feu brûle autour d'un objet

ᐚᔅᑳᐦᐄᑭᓐ waaskaahiikin ni -im ♦ une maison

ᐚᔅᑳᐦᐋᐤ waaskaahaau vta ♦ il/elle les place tout autour

ᐚᔅᑳᐦᑖᐤ waaskaahtaau vai ♦ il/elle marche autour de quelque chose

ᐚᔅᑳᐦᑯᓈᔅᓯᓂᐦᑳᑎᒼ waaskaahkunaaschinihkaatim vti ♦ il/elle enfile la jambière du mocassin

ᐚᔅᑳᐦᑯᓈᔅᓯᓐ waaskaahkunaaschisin ni ♦ la partie supérieure d'un mocassin autour de la cheville

ᐚᔅᒄᐚᐦᑖᒥᐙᔥᑎᐤ waaskwaahtaamiwiishtiuu vii -iwi ♦ c'est le fond (l'arrière à l'intérieur) de la hutte de castor situé à l'opposé de l'entrée ▪ ᐚ" ᐚᔅᑳᐦᑖᒥᐙᔥᑎᐤ le fond (l'arrière à l'intérieur) de la hutte de castor situé à l'opposé de l'entrée

ᐚᔅᒄᐚᐦᑖᒥᔥᑐᐎᑯᐦᒡ waaskwaahtaamishtuwikuhch p,lieu [Whapmagoostui] ♦ l'arrière, le fond de la hutte de castor opposée à l'entrée

ᐚᔅᒄᐚᐦᑖᒥᐦᐄᑭᓂᐱᔅᐦᐅᐃᐦ waaskwaahtaamihiikinipishuih ni pl ♦ des perches pour le fond du tipi

ᐚᔅᒄᐚᐦᑖᒥᐦᒡ waaskwaahtaamihch p,lieu ♦ le fond de l'habitation situé face à la porte, l'autre côté de l'habitation situé en face de la porte ▪ ᐚᔅᒄᐚᐦᑖᒥᐦᒡ ᐊᑦᒡ" ᐱᑐᔥᑌᐤ ᐊᓄᑦ ᒫᒋᑦᐦᐅᒃ Dis aux visiteurs d'entrer jusqu'au fond!

ᐚᔥᒐᓯᑯᑖᑭᓐ waaschaasikutaakin na -im ♦ un junco ardoisé Junco hyemalis

ᐚᔥᒐᔮᑯ waaschaayaaku vii -uwi ♦ on peut voir au loin une plage de sable

ᐚᔒᐹᔥᑖᐤ waashipaashtaau vii ♦ c'est une étendue d'eau qui se voit de loin

ᐚᔑᔨᐦᑎᑳᐤ waashiyihtikaau vii ♦ les planches, les murs forment un coin

ᐚᔑᐦᐄᑎᓈᐤ waashihiitinaau vii ♦ c'est une montagne en forme de fer à cheval

ᐚᔑᐦᐄᑖᐤᐦᑳᐤ waashihiitaauhkaau vii ♦ c'est la rive d'un méandre

ᐚᔑᐦᐄᔒᐎᑳᐤ waashihiischiwikaau vii ♦ c'est boueux autour du bord de la pointe

ᐚᔑᐦᐄᔮᑳᐅᐤ waashihiiyaakaauu vii -aawi ♦ le bord de la baie est sablonneux

ᐚᔑᐦᐋᐤ waashihaau vii ♦ c'est une baie

ᐚᔑᐦᐋᑯᓂᑳᐤ waashihaakunikaau vii ♦ la neige est en forme de fer à cheval

ᐚᔑᐦᐋᑯᓈᐦᐊᒼ waashihaakunaaham vti ♦ il/elle creuse la neige en forme de baie

ᐚᔖᐅᑭᒥᒄ waashaaukimikw ni ♦ une habitation construite avec quatre perches verticales attachées horizontalement en haut

ᐚᔖᐋᑎᓐ waashaawaatin vii ♦ le bord de la baie est gelé

ᐚᔖᐤ waashaau vii ♦ c'est une baie

ᐚᔖᐹᐤ waashaapaau vai ♦ il/elle fait de la babiche, de la cordelette de peau avec un outil

ᐚᔖᑎᓐ waashaatin vii ♦ il y a une étendue d'eau gelée sans neige

ᐚᔖᑭᒫᐤ waashaakimaau vii ♦ l'eau est claire

ᐚᔖᓯᒄᐋᐤ waashaasikwaau vii ♦ la glace est claire

·ᐊᔑᖕᣔ·ᐃᑲᐤ waashaaschiwikaau vii
   ◆ c'est clair (ex. onguent)
·ᐊᔑᔭᐱᔑᣔᕒᔨᐤ waashaayaapisischisiu vai
   ◆ il/elle brille (minéral)
·ᐊᔑᔭᐱᔅᑲᐤ waashaayaapiskaau vai
   ◆ il/elle est clair-e (minéral)
·ᐊᔑᔭᑎ"ᐸᐤ waashaayaatihpaau vai
   ◆ il/elle est chauve
·ᐊᔑᔭᑭᒥᐤ waashaayaakimiu vii ◆ c'est de l'eau claire
·ᐊᔥ ᐆ waash uu p,discours ◆ devoir, pour résultat ▪ ·ᐊᔥ ᐆ ᐱᑎᒪ ᓂᑲ ᐊ"ᒋ"ᐸᐊ ᐊ".ᒎᒡᐦ ᔨ" ᐋᒍ"ᑕᢹ ·ᐁᢹᐋᒡᐦᵡ ❖ ·ᐊᔥ ᐆ ᒌᵃ ᓂᑲ ᐸᒡᐋᐯᢰᵃ ᐊᓂᐦ ᓂᓂᢹᐋᐲᖒᵃᓪᵡ ❖ Je dois changer mes vêtements avant d'aller quelque part. ◆ Je dois relaver cette brassée de linge.
·ᐊᔥ ᐊᓐ waash an p,discours ◆ en fait ▪ ·ᐊᔥ ᐊᓐ ᔨ" ᑎᑎᔑᐨ ᑳ ᐸᕐ ·ᐋ"ᑎᒋ·ᐃᣕ ᑳ ᐊ"ᑯᒋᑯᐊᢰᣔ ᐊᐅᣕ" ᐱᑎ·ᐊᢹᑍᑦᵡ ▪ En fait, elle est venu m'annoncer la nouvelle que son enfant était malade.
·ᐊᔥᐱᒋᔑ"ᒐ·ᐸᐊ waashpichishtaapaan ni-um ◆ des attaches de traîneau
·ᐊᔥᐱᓂᒋ"ᐅ waashpinichihuu vai -u
   ◆ il/elle en profite
·ᐊᔥᑎᓂᒧ·ᐊᐤ waashtinimuwaau vta
   ◆ il/elle lui fait signe de venir
·ᐊᔥᑎ"ᐋᒑᐤ waashtihiichaau vai ◆ il/elle fait signe, agite la main
·ᐊᔥᑎ"ᐊᒧ·ᐊᐤ waashtihamuwaau vta
   ◆ il/elle lui fait un signe de la main
·ᐊᔥᑖ·ᐃᓐ waashtaawin ni ◆ une lumière
·ᐊᔥᑖᐤ waashtaau vii ◆ la lumière est allumée, il y a de la lumière
·ᐊᔥᑖᐱᑎᒼ waashtaapitim vti ◆ il/elle allume la lumière
·ᐊᔥᑖᐱᔨᐤ waashtaapiyiu vii ◆ ça s'allume, clignote
·ᐊᔥᑖᓂᑭ"ᑎ·ᐊᐤ waashtaanikihtiwaau vai
   ◆ il/elle l'éclaire
·ᐊᔥᑖᓂᒧ·ᐊᐤ waashtaanimuwaau vta
   ◆ il/elle l'éclaire pour lui/elle
·ᐊᔥᑖᓂᒫᑭᓂᐱᒦ waashtaanimaakinipimii ni -m ◆ une lampe à huile, à kérosène
·ᐊᔥᑖᓂᒫᑭᓈᔮᐲ" waashtaanimaakinaayaapiih ni pl -m ◆ des fils électriques
·ᐊᔥᑖᓂᒫᑭᓈ"ᑎᐠ waashtaanimaakinaahtikw ni -um ◆ un chandelier en bois

·ᐊᔥᑖᓂᒫᑭᓐ waashtaanimaakin ni ◆ une lampe, une lumière, une bougie
·ᐊᔥᑖᓂᒫᓲ waashtaanimaasuu vai reflex -u
   ◆ il/elle s'éclaire elle/lui-même
·ᐊᔥᑖᓂᒼ waashtaanim vti ◆ il/elle l'éclaire
·ᐊᔥᑖᓂ"ᑭ"ᑎᒼ waashtaanihkihtim vti
   ◆ il/elle l'inonde de lumière
·ᐊᔥᑖᓈᐤ waashtaanaau vta ◆ il/elle allume ses lumières
·ᐊᔥᑖᔮᐲ"ᑎᒼ waashtaayaapihtim vti
   ◆ il/elle y jette un coup d'oeil
·ᐊᔥᐲᐨ waashkit ni ◆ un gilet, une petite veste, de l'anglais 'weskit'
·ᐊᔥᑭᒋᓈᑯᓐ waashkichinaakun vii ◆ ça a l'air vieux
·ᐊᔥᑭᒋᓈᑯᓯᐤ waashkichinaakusiu vai
   ◆ il a l'air vieux; elle a l'air vieille
·ᐊᔥᑭᔒ waashkichiish p,temps ◆ il y a assez longtemps, ça fait un bon moment que... ▪ ·ᐊᔥᑭᔒ ᒫ"ᕒᑫ ᓂᔨ" ·ᐊᒫᒎ ᐊᵃ ᑳ ᢰ ·ᐋᒎᐸᑎᣕᵡ ▪ Ça fait un bon moment que je n'ai pas vu ma collègue.
·ᐊᔥᑭᒐᐸᓯᒐᔅᒌᐤ waashkichaapusistaaschiiuu vii -iiwi ◆ il y a des traces d'un ancien feu de forêt
·ᐊᔥᑭᒡ waashkich p,temps ◆ il y a longtemps ▪ ·ᐊᔥᑭᒡ ᐊᓂᒡ" ᐋᔑᒡ·ᐨ" ᔨ" ᒥ·ᒎ"ᑎᒡ ·ᐊ" ᓃᔔ"ᐃᑦᵡ ▪ Il y a longtemps, elle/il allait chasser le caribou.
·ᐊᔥᑳᔥᑖᐤ waashkaashtaau vai ◆ il/elle le met, le place tout autour
·ᐊᔥᑳᔥᑖᐤ waashkaashtaau vii ◆ c'est placé tout autour
·ᐊᔥᑳ"ᐄᑭᓂᔒᔥ waashkaahiikinishish ni -im ◆ le village ou la communauté de Waskaganish, autrefois Rupert House
·ᐊᔨᐹᔮᐤ waayipaayaau vii ◆ c'est une flaque d'eau, un trou rempli d'eau
·ᐊᔨᒐᐆ"ᖒ waayitaauhchiiu vii ◆ ce sont les premiers signes de la fonte des glaces le long de la rive au printemps
·ᐊᔨᓯᐤ waayisiu vai ◆ ça a un creux, une entaille
·ᐊᔨᔑᣔ·ᐃᑲᐤ waayischiwikaau vii ◆ c'est une tranchée dans une zone boueuse
·ᐊᔨᔨᒨ waayiyimuu vii -u ◆ ça tourne (ex. route, sentier)

ᐧᐊᔨᔨᐱᔪ° waayiyupiyiu vai ♦ il/elle prend le tournant en conduisant, en marchant

ᐧᐊᔨᔨᐱᔪ° waayiyupiyiu vii ♦ ça prend, suit le tournant

ᐧᐊᔨᔪᑖᐅᐦᑳᐤ° waayiyutaauhkaau vii ♦ c'est un tournant de la rive, un méandre

ᐧᐊᔨᔪᑭᒫᐤ° waayiyukimaau vii ♦ c'est un lac en demi-cercle

ᐧᐊᔨᔪᒨ waayiyumuu vii -u ♦ c'est un chemin, une route, un sentier qui serpente

ᐧᐊᔨᔪᓯᒃᐚᐤ° waayiyusikwaau vii ♦ il y a un demi-cercle de glace autour d'une pointe

ᐧᐊᔨᔪᔥᑎᒃᐚᐤ° waayiyushtikwaau vii ♦ il y a un méandre

ᐧᐊᔨᔪᐦᑖᐤ° waayiyuhtaau vai ♦ il/elle prend un tournant en marchant

ᐧᐊᔨᐧᐚᐤ° waayiywaau vii ♦ c'est courbé, en demi-cercle

ᐧᐊᔨᐧᐚᐹᒋᒋᐃᐧᐣ° waayiywaapaachichiwin vii ♦ il y a un méandre dans la rivière, un tournant dans les rapides

ᐧᐊᔨᐦᐄᑭᐣ° waayihiikin ni ♦ un trou

ᐧᐊᔨᐦᐊᒼ waayiham vti ♦ il/elle le creuse, y fait une entaille

ᐧᐊᔨᐦᐋᐤ° waayihwaau vta ♦ il/elle le/la creuse, y fait une entaille

ᐧᐊᔨᐦᑯᑖᐤ° waayihkutaau vta ♦ il/elle creuse un trou dedans

ᐧᐊᔪᐱᔨᐦᐆ waayupiyihuu vai -u ♦ il/elle prend tout à coup un tournant, dévie

ᐧᐊᔪᑎᐣ° waayutin vii ♦ il y en a bien assez

ᐧᐊᔪᑎᓰᐤ° waayutisiiu vai ♦ il y en a bien assez (animé)

ᐧᐊᔪᑎᐦᐱᓂᑖᐤ° waayutihpinitaau vta ♦ il/elle en attrape, en ramasse tout plein

ᐧᐊᔪᒋᐱᔨᐤ° waayuchipiyiu vai ♦ il/elle abonde, il n'en manque pas (animé)

ᐧᐊᔪᒋᐱᔨᐤ° waayuchipiyiu vii ♦ ça abonde, il n'en manque pas

ᐧᐊᔪᒋᒦᒋᓱ waayuchimiichisuu vai -u ♦ il/elle a bien assez à manger, ne manque pas de nourriture

ᐧᐊᔪᒋᐦᐋᐤ° waayuchihaau vta ♦ il/elle n'en manque pas, en a bien assez

ᐧᐊᔪᒋᐦᑖᐤ° waayuchihtaau vai+o ♦ il/elle en a beaucoup

ᐧᐊᔪᓵᐱᒫᐤ° waayusaapimaau vta ♦ il/elle en voit tout plein (animé)

ᐧᐊᔪᓵᐱᐦᑎᒼ waayusaapihtim vti ♦ il/elle en voit tout plein

ᐧᐊᔮᐅᐦᒋᐦᑎᐣ° waayaauhchihtin vii ♦ il y a un lac au sommet de la montagne ou de la colline

ᐧᐊᔮᐤ° waayaau vii ♦ il y a un creux, une dépression dans le sol, c'est entaillé

ᐧᐊᔮᐱᔅᑳᐤ° waayaapiskaau vii ♦ la roche est creuse

ᐧᐊᔮᐱᔅᒋᐳᑖᐤ° waayaapischiputaau vai+o ♦ il/elle lime une rainure dedans (minéral)

ᐧᐊᔮᐱᔅᒋᓂᑭᐣ° waayaapischinikin ni ♦ un barrage de pêche

ᐧᐊᔮᑎᒃᐚᐤ° waayaatikwaau vii ♦ il y a un passage dans les vagues

ᐧᐊᔮᑯᓈᐦᐊᒼ waayaakunaaham vti ♦ il/elle fait un trou dans la neige pour ça

ᐧᐊᔮᑯᓈᐦᐋᐤ° waayaakunaahwaau vta ♦ il/elle fait un trou dans la neige pour lui/elle

ᐧᐊᔮᒋᐃᐧᐣ° waayaachiwin vii ♦ la surface de l'eau a une dépression causée par un tourbillon

ᐧᐋᐦ waah p,interjection ♦ quoi? (en réponse à quelqu'un qui appelle votre nom) pardon? ▪ ᐧᐋᐦ, ᒑᐨ ᑯᐦᕃᐦᑖᐣ° ᐊ° ᐋᐦᐁ° ᐯ ᐃᔅᒋᔦᐦ˟ ▪ Pardon? Je n'ai pas bien entendu ce que tu viens de dire.

ᐧᐋᐦ waah préverbe ♦ vouloir, intention, désir (forme changée de wii, utilisée avec les verbes au conjonctif) ▪ ᐧᐊᑐᐦ ᐧᐊᓂᒡ ᐧᐋᐨ ᐋᑑᐨᒡ ᐅᑖᐱᐋᐧ ᐅᐦ ᐊᔅᐦᒑᔨᐣ˟ ▪ Il veut aller là où est sa mère.

ᐧᐋᐦᐄᑖᐅᐦᒋᐤ° waahiitaauhchiiu vii ♦ la glace se brise sur les bords d'une étendue d'eau

ᐧᐋᐦᐄᑖᐅᐦᒋᐄᓈᐦᐊᒼ waahiitaauhchiinaaham vti ♦ il/elle pagaie le long du rivage là où il y a de l'eau libre au printemps

ᐧᐋᐦᐧᐋᐤ° waahwaau na -aam ♦ une oie des neiges *Chen caerulescens*

ᐧᐋᐦᑎᑖᐧᐋᐤ° waahtitaawaau vai ♦ il/elle a des ventes, des prix assez bas

ᐛᐦᑎᑖ·ᐊᓂᐆ waahtitaawaaniuu vii,impersonnel -iwi ◆ il y a une vente

ᐛᐦᑎᒋᒫᐤ waahtichimaau vta ◆ il/elle le/la vent à bas prix, pas cher

ᐛᐦᑎᒋᐦᑎᒧ·ᐋᐤ waahtichihtimuwaau vta ◆ il/elle le lui vent à bas prix, pas cher

ᐛᐦᑎᒋᐦᑎᒼ waahtichihtim vti ◆ il/elle en baisse le prix

ᐛᐦᑎᒋᐦᑖᑯᓐ waahtichihtaakun vii ◆ c'est pas cher

ᐛᐦᑎᒋᐦᑖᑯᓯᐤ waahtichihtaakusiu vai ◆ il n'est pas cher, elle n'est pas chère, ce n'est pas cher (animé)

ᐛᐦᑎᒋᐦᑖᓲ waahtichihtaasuu vai -u ◆ il/elle baisse ses prix

ᐛᐦᑎᓐ waahtin vii ◆ c'est facile, c'est pas cher

ᐛᐦᑎᓯᐤ waahtisiiu vai ◆ il/elle est facile, pas cher/chère

ᐛᐦᑖᐱᐦᑳᑎᒼ waahtaapihkaatim vti ◆ il/elle l'attache pas trop serré

ᐛᐦᑖᐱᐦᑳᑖᐤ waahtaapihkaataau vii ◆ c'est attaché pas trop serré

ᐛᐦᑖᐱᐦᑳᓲ waahtaapihkaasuu vai -u ◆ il/elle est attaché-e pas trop serré-e

ᐛᐦᑖᔨᐦᑎᒼ waahtaayihtim vti ◆ il/elle pense que c'est facile

ᐛᐦᑯᐸᓃᑮᒃ waahkupaanikiik na -im ◆ une crêpe de rogue

ᐛᐦᑯᒡ waahkuch na pl -um ◆ des oeufs de poisson, une rogue

ᐛᐦᑯᒫᐤ waahkumaau vta ◆ il/elle lui est apparenté-e

ᐛᐦᑯᓂᒡ waahkunich na pl ◆ du lichen

ᐛᐦᑯᓈᐱᔅᒄ waahkunaapiskw na -um ◆ une tripe de roche (une sorte de lichen) *Umbilicaria*

ᐛᐦᑯᓈᐳᐃ waahkunaapui ni ◆ du bouillon de lichen, de la soupe de lichen

ᐛᐦᑯᔑᑭᒥᓐ waahkushikumin ni ◆ des oeufs de poisson mélangés avec des baies

ᐛᐦᑯᐦᑯᐙᑖᓐ waahkuhkuwaataan vii ◆ il grêle

ᐛᐦᑰ waahkuu vai -u ◆ le poisson a des oeufs

ᐛᐦᑿᐃᐦᑯᓈᐤ waahkwaaihkunaau ni -aam ◆ de la banique faite avec des oeufs de poisson

ᐛᐦᒁᐳᐃ waahkwaapui ni ◆ du bouillon de rogue

ᐛᐦᒋ waahchi préverbe ◆ d'où, de là (forme changée du *uhchi*, utilisée avec les verbes au conjonctif) ■ ᐊᑯᒡᐦ ᐊᓂᒡ ᐛᐦᒋ ·ᐃᓛᐱᓯᓂᐋᒡ ᓂᒍᐦᑖᐱᒥᐦᒡx ■ *Elle a reçu ses instructions de l'hôpital.*

ᐛᐦᒋᐱᔨᐤ waahchipiyiu vai ◆ c'est facile à faire (animé)

ᐛᐦᒋᐱᔨᐤ waahchipiyiu vii ◆ c'est facile à faire (inanimé)

ᐛᐦᒋᐦᑖᐤ waahchihtaau vai+o ◆ il/elle le trouve facile à faire, à trouver

ᐛᐦᔫ waahyiu p,lieu ◆ loin, distant ■ ·ᐛᔫ ᐋᒡᐦ ᐅᐦᒋ ᐊᐸᐦᐋᐱᓂᐤ ᐊᑎᓐᐦ ᐸ ·ᐊᐧᓈᐦᐸ ᐊᓂᐧᑲ ᐅᒐᑎᔥᑲ.x ■ *Elle a jeté son eau sale loin de la maison.*

# ᐱ

ᐱᐱ·ᐋᓯᔥᒑᐤ pipiwaasischaau vai ◆ le soleil commence à briller à travers les nuages

ᐱᐱᑭᑎᓐ pipikitin vii ◆ l'étendue d'eau est recouverte d'une fine couche de glace

ᐱᐱᑭᑣᐤ pipikitwaau vii ◆ le fil de la lame du couteau, de la hache est fin

ᐱᐱᑭᔅᑯᓐ pipikiskun vii ◆ il y a une fine couche de nuages

ᐱᐱᑭᔖᔑᐤ pipikishaashiu vai dim ◆ sa peau est très fine

ᐱᐱᑯᒌᐦᑭ·ᐋᐤ pipikuchiihkiwaau vta redup ◆ il/elle s'amuse avec elle/lui

ᐱᐱᑯᒌᐦᑭᒼ pipikuchiihkim vti redup ◆ il/elle s'amuse avec

ᐱᐱᑯᓯᐦᑖᑯᓯᐤ pipikusihtaakusiu vai redup ◆ il/elle nous amuse parce qu'il/elle dit ou chante

ᐱᐱᑯᐦᑖ·ᐃᒡ pipikuhtaawich vai pl redup ◆ ils/elles font du bruit quand leurs pagaies frappent le canot ■ ᓅᒋ ᐊᒋ ᐱᐱᑯᐦᑖᐧᐃx ᓅᒡ ᐊᒋ ᐋᓄᐦᑳᐦᒡᓚᓂᓴᒡ.x ■ *Tu peux maintenant entendre le bruit de leurs pagaies sur le canot. Ils doivent être près de la grève.*

ᐱᐱᑳᐤ pipikaau vii ♦ c'est fin

ᐱᐱᑳᐱᓯᔅᒋᓯᐅ pipikaapisischisiu vai ♦ il/elle est fin-e (minéral)

ᐱᐱᑳᐱᔅᑳᐤ pipikaapiskaau vii ♦ c'est fin (minéral)

ᐱᐱᑳᓯᒌᔨᐦᑐᑎᒻ pipikaasischiiyihtutim vti ♦ il/elle est capable de le faire, il/elle le fait presque sans effort

ᐱᐱᑳᔅᑯᓐ pipikaaskun vii ♦ c'est fin (long et rigide)

ᐱᐱᑳᔅᑯᓯᐅ pipikaaskusiu vai ♦ il/elle est fin-e (long et rigide)

ᐱᐱᒁᐤ pipikwaau vai redup ♦ le bruit des pagaies qui frappent le canot, le bruit de la glace qu'on teste qui signifie qu'elle est fine ■ ᒋᓐ ᐸᑕ ᐱᐱᒁᐤ ᒋᓐ ᒥᔕᑲᓂᓱᒃ ■ *Tu peux entendre le bruit des pagaies sur le canot, ils doivent être en train d'arriver.*

ᐱᐱᒋᐎᔨᔪᒌᐤ pipichiwiyiyuchiiu vai ♦ les nouvelles pousses sur l'arbre sont fines

ᐱᐱᒋᓯᒁᐤ pipichisikwaau vii ♦ c'est de la glace fine

ᐱᐱᒋᓯᐅ pipichisiiu vai ♦ il/elle est plat-e

ᐱᐱᒋᔅᑭᓈᐱᐤ pipichiskinaapiu vai redup ♦ il/elle a les yeux bleus

ᐱᐱᒋᔑᒻ pipichishim vti ♦ il/elle le coupe fin

ᐱᐱᒋᔥᐚᐤ pipichishwaau vta ♦ il/elle le/la coupe fine

ᐱᐱᒋᐦᑯᑎᒻ pipichihkutim vti ♦ il/elle le taille fin

ᐱᐱᒋᐦᑯᑖᐤ pipichihkutaau vta ♦ il/elle le/la taille fine

ᐱᐱᒑᑭᓐ pipichaakin vii ♦ c'est fin (étalé)

ᐱᐱᒑᒋᓯᐅ pipichaachisiu vai ♦ il/elle est fin-e (étalé)

ᐱᐱᒥᐦᑭᒑᐤ pipimiihkiwaau vta redup ♦ il/elle fait des choses pour lui/elle, prend soin de lui/d'elle

ᐱᐱᒫᒥᔒᔥᑎᐚᐤ pipimaamishiishtiwaau vta redup ♦ il/elle est timide envers lui/elle

ᐱᐱᒫᒥᐦᑎᐚᐤ pipimaamihtiwaau vta redup ♦ il/elle est embarrassé-e par ce qu'il/elle a dit

ᐱᐱᒫᒫᔨᒨ pipimaamaayimuu vai redup -u ♦ il/elle se sent gêné-e

ᐱᐱᓯᐅᓯᑑ pipisiiusituu vii redup -uwi ♦ il y a un signe de vent sur l'eau

ᐱᐱᓵᐛᔮᔅᑯᐦᑎᓐ pipisaawaayaaskuhtin vii redup ♦ son écho se propage à travers les arbres

ᐱᐱᔑᔑᓐ pipishishin vai redup ♦ il/elle fait écho, renvoie en écho

ᐱᐱᔑᐦᑎᓐ pipishihtin vii redup ♦ ça fait écho, renvoie en écho

ᐱᐱᔥᑎᐦᐄᐹᐤ pipishtihiipaau vii redup ♦ ça flotte légèrement sur l'eau

ᐱᐱᔮᐱᐤ pipiyaapiu vai ♦ c'est de la neige fraîchement tombée

ᐱᐱᔮᐹᐤ pipiyaapaau vai redup ♦ il/elle inonde le ruisseau ou le lac sur une aire étendue

ᐱᐱᔮᔮᐹᐚᐤ pipiyaayaapaawaau vii ♦ c'est pelucheux, duveteux quand c'est mouillé

ᐱᐱᔮᔮᑯᓐ pipiyaayaakun na ♦ de la neige légère et duveteuse

ᐱᐱᐦᒁᒫᐤ pipihkwaamaau vta redup ♦ il/elle le/la grignote, le/la mord un morceau à la fois

ᐱᐱᐦᒁᐦᑎᒻ pipihkwaahtim vti redup ♦ il/elle le/la grignote, le/la mord un morceau à la fois

ᐱᐱᐅᐱᔨᐤ pipiiupiyiu vai redup ♦ il/elle est dispersé-e

ᐱᐱᐅᐱᔨᐤ pipiiupiyiu vii redup ♦ c'est dispersé

ᐱᐱᐅᐱᔨᐦᐋᐤ pipiiupiyihaau vta redup ♦ il/elle le/la disperse

ᐱᐱᐅᐱᔨᐦᑖᐤ pipiiupiyihtaau vai redup ♦ il/elle le disperse

ᐱᐱᐅᓂᒻ pipiiunim vti redup ♦ il/elle le disperse, en laisse des rebuts

ᐱᐱᐅᓈᐤ pipiiunaau vta redup ♦ il/elle le/la disperse, en laisse des rebuts

ᐱᐱᐅᔥᑖᓲ pipiiushtaasuu vai redup -u ♦ il/elle disperse quelque chose autour d'elle/de lui

ᐱᐱᐅᐦᑎᒻ pipiiuhtim vti redup ♦ il/elle laisse des épluchures, des rebuts de nourriture

ᐱᐱᐚᔥᑎᓐ pipiiwaashtin vii redup ♦ c'est dispersé par le vent

ᐱᐱᔃᐱᔨᐤ pipiiswaapiyiu vii redup ♦ ça fait des bulles

ᐱᐲᐦᑎᑑ pipiihtihuu vai redup -u ♦ il/elle pagaie pendant longtemps sans s'arrêter pour camper

ᐱᐲᐦᒋᐤ pipiihchiiu vai redup ♦ il/elle parcourt une grande distance avant d'installer son campement d'hiver

ᐱᐳᐙᔮᔅᑯᐦᑎᓐ pipuwaayaaskuhtin vii redup ♦ c'est visible à travers les arbres

ᐱᐳᐙᔮᰴᑯᔑᓐ pipuwaayaashkushin vai redup ♦ il/elle est debout à moitié caché par les arbres, mais encore visible

ᐱᐳᓂᐱᔮᔑᔥ pipunipiyaashiish na -im ♦ un oiseau d'hiver

ᐱᐳᓂᑎᐦᑯᔥ pipunitihkush na ♦ un orignal ou un caribou âgé d'un an

ᐱᐳᓂᑯᔥᑐᔮᑭᓐ pipunikushtuyaakin ni ♦ un flotteur pour le filet de pêche d'hiver

ᐱᐳᓂᑳᓐ pipunikaan ni ♦ une habitation d'hiver

ᐱᐳᓂᓯᐤ pipunisiu na -iim ♦ un faucon gerfaut *Falco rusticolus*, un busard Saint-Martin *Circus cyaneus*

ᐱᐳᓂᔅᒋᓯᓐᐦ pipunischisinh ni pl ♦ des bottes, chaussures, mocassins d'hiver

ᐱᐳᓂᔑᐤ pipunishiu vai ♦ il/elle passe l'hiver dans un endroit

ᐱᐳᓂᐦᑑ pipunihuu vai -u ♦ il/elle s'habille pour l'hiver

ᐱᐳᓂᐦᑖᐤ pipunihtaau vai ♦ il/elle passe l'hiver à un certain d'endroit

ᐱᐳᓂᐦᒡ pipunihch p,temps ♦ l'hiver dernier, l'an dernier ■ ᐱᐳᓂᐦᒡ ᐋᔭᑦ ᐋᐦᑎᔾ ᐦ ᐄᐹᓖᒡ ᑰᐊᐦᑯᐋᐲᐦ x *L'hiver dernier c'était la première fois qu'il a vu un carcajou.*

ᐱᐳᓈᔥᑭᒋᐦᑯᔥ pipunaashkichihkush na ♦ un orignal ou un caribou âgé d'un an

ᐱᐳᓐ pipun vii ♦ c'est l'hiver

ᐱᐹᐅᒫᒃᐙᐤ pipaaumaakwaau vai redup ♦ il/elle chante pour avoir bonne chance tout en pêchant ou en installant un filet

ᐱᐹᐄᒑᐙᐤ pipaawiichaawaau vta redup ♦ il/elle marche autour avec lui/elle, il/elle l'a pour ami

ᐱᐹᐙᐤ pipaawaau vai ♦ il/elle est de bon augure

ᐱᐹᐙᒥᑭᓐ pipaawaamikin vii ♦ c'est un présage

ᐱᐹᐙᔮᔨᒫᐤ pipaawaayaayimaau vta ♦ il/elle croit que c'est un bon présage pour lui/elle

ᐱᐹᐙᔮᔨᐦᑎᒼ pipaawaayaayihtim vti ♦ il/elle croit que c'est un bon présage pour lui/elle

ᐱᐹᑎᑯᐱᐤ pipaatikupiu vai redup ♦ il/elle s'assoit les jambes repliés, à genoux assis-e

ᐱᐹᑎᑯᓈᐤ pipaatikunaau vta redup ♦ il/elle pétrit la pâte pour la banique, pour le pain

ᐱᐹᑎᐦᑯᓂᒼ pipaatihkunim vti redup ♦ il/elle le tient en main en allant partout, il/elle le transporte

ᐱᐹᑯᓈᓯᔅᒑᐤ pipaakunaasischaau vii redup ♦ c'est ensoleillé avec des passages nuageux

ᐱᐹᑯᐦᐙᐤ pipaakuhwaau vai redup ♦ il/elle perce des trous dans le cadre de la raquette pour y faire passer le laçage

ᐱᐹᑳᐱᐤ pipaakaapiu vai redup ♦ il/elle a les yeux gonflés

ᐱᐹᒋᔅᑳᑎᓯᐤ pipaachiskaatisiiu vai redup ♦ il/elle est lent-e dans ce qu'il/elle fait

ᐱᐹᒋᐤ pipaachiiu vai redup ♦ il/elle est lent-e à faire les choses

ᐱᐹᒥᐱᐦᑖᐤ pipaamipihtaau vai redup ♦ il/elle court partout

ᐱᐹᒥᑎᔑᐦᐊᒼ pipaamitishiham vti redup ♦ il/elle l'envoit dans des endroits différents

ᐱᐹᒥᑎᔑᐦᐙᐤ pipaamitishihwaau vta redup ♦ il/elle lui court après, l'envoie partout

ᐱᐹᒥᑎᔑᐦᐙᑭᓐ pipaamitishihwaakin na redup ♦ un messager, une messagère

ᐱᐹᒥᑭᐙᐱᐤ pipaamikiwaapiu vai redup ♦ il/elle a les larmes aux yeux

ᐱᐹᒥᔅᑯᐱᔨᐤ pipaamiskupiyiu vai redup ♦ il/elle patine

ᐱᐹᒥᔨᐦᑖᐤ pipaamiyihtaau vai redup ♦ il/elle erre ça et là, va vivre d'un endroit à un autre

ᐱᐹᒥᐦᐃᓂᐙᐤ pipaamihiiniwaau vta redup ♦ il/elle distribue de la nourriture aux autres

**ᐱᐹᒥᐦᔮᐅᒫᔅᑭᓂᐤ** pipaamihyaaumaaskiniu ni ♦ une piste d'atterrissage

**ᐱᐹᒥᐦᔮᕚᔥᑎᑯᔒᐤ** pipaamihyaawaashtikushiiu na redup ♦ un ou une pilote de ligne

**ᐱᐹᒧᐦᑎᑖᐤ** pipaamuhtitaau vai redup ♦ il/elle va partout en letransportant

**ᐱᐹᒧᐦᑎᐋᐤ** pipaamuhtihaau vta redup ♦ il/elle se promène avec lui, l'emmène se promener, le promène

**ᐱᐹᒧᐦᒑᐦᒋᒄ** pipaamuhtaawaahchikw na redup -um ♦ une sorte de phoque qui marche, lit. 'le phoque qui marche'

**ᐱᐹᒧᐦᑖᐤ** pipaamuhtaau vai redup ♦ il/elle se promène

**ᐱᐹᒫᑎᑯᐦᐊᒳ** pipaamaatikuham vti redup ♦ il/elle nage par là

**ᐱᐹᒫᑎᓰᐤ** pipaamaatisiiu vai redup ♦ c'est un vagabond, un nomade

**ᐱᐹᒫᑯᓂᒋᐱᔨᐤ** pipaamaakunichipiyiu vii redup ♦ il y a des averses de neige

**ᐱᐹᒫᔒᐤ** pipaamaashiu vai redup ♦ il/elle navigue à la voile de-ci de-là

**ᐱᐹᒫᔥᑎᒫᐤ** pipaamaashtimaau vta redup ♦ il/elle navigue à la voile de-ci de-là avec lui/elle

**ᐱᐹᒫᔥᑎᓐ** pipaamaashtin vii redup ♦ ça navigue à la voile de-ci de-là

**ᐱᐹᒫᔥᑎᐦᑖᐤ** pipaamaashtihtaau vai+o redup ♦ il/elle le fait voler (ex. le cerf-volant)

**ᐱᐹᒫᐦᑎᐐᐱᐦᑖᐤ** pipaamaahtiwiipihtaau vai redup ♦ il/elle court partout sur un poteau (ex. les poteaux d'une tente)

**ᐱᐹᒼᐚᐚᔑᓐ** pipaamwaawaashin vai redup ♦ il/elle fait du bruit avec ses pas qu'on peut entendre

**ᐱᐹᒼᐚᐚᔮᑯᓈᔑᓐ** pipaamwaawaayaakunaashin vai redup ♦ il/elle fait du bruit avec ses pas qu'on peut entendre dans la neige

**ᐱᐹᓂᔪᒫᐤ** pipaaniyumaau vta redup ♦ il/elle va partout en le/la transportant sur son dos

**ᐱᐹᓯᑯᒌᔑᒼ** pipaasikuschaashim vti redup ♦ il/elle le détache en coupant

**ᐱᐹᓯᑯᒌᔑᐘᐤ** pipaasikuschaashwaau vta redup ♦ il/elle le/la détache en coupant

**ᐱᐹᔅᑯᑖᐅᐦᑳᐤ** pipaaskutaauhkaau vii redup ♦ c'est une aire, une région de collines

**ᐱᐹᔅᑯᓯᐤ** pipaaskusiu vai redup ♦ il/elle a des bosses, des rondeurs, des bourrelets

**ᐱᐹᔅᑯᓯᒃᑳᐤ** pipaaskusikwaau vii redup ♦ il y a des piles de glace, gelées ensemble

**ᐱᐹᔅᑯᔅᑭᒥᑳᐤ** pipaaskuskimikaau vii redup ♦ c'est un sol plein de bosses

**ᐱᐹᔅᑯᔅᒋᐎᑳᐤ** pipaaskuschiwikaau vii redup ♦ il y a des bosses boueuses par ici

**ᐱᐹᔅᒀᐅᐦᑳᐤ** pipaaskwaauhkaau vii redup ♦ c'est du sable plein de bosses

**ᐱᐹᔅᒀᐤ** pipaaskwaau vii redup ♦ il y a des bosses

**ᐱᐹᔅᒀᑯᓂᑳᐤ** pipaaskwaakunikaau vii redup ♦ c'est de le neige pleine de bosses

**ᐱᐹᔑᒀᔨᐦᑎᒼ** pipaashikwaayihtim vti ♦ il/elle est surexcité-e

**ᐱᐹᔑᔑᒼ** pipaashishim vti redup ♦ il/elle le coupe

**ᐱᐹᔥᑯᔖᐱᔨᐤ** pipaashkushaapiyiu vai redup ♦ il/elle a des boutons sur la peau, il/elle a la chair de poule

**ᐱᐹᔥᑯᔥᑎᐦᒋᐹᔮᐤ** pipaashkushtihchipaayaau vii redup ♦ il y a des trous d'eau dans le marécage

**ᐱᐹᔨᑎᑖᒌᐦᑳᓲ** pipaayititaachiihkaasuu vai reflex -u ♦ il/elle se débrouille tout seul, fait les choses de manière indépendante

**ᐱᐹᔨᐦᑖᒨᐎᒡ** pipaayihtaamuwich vai pl redup -u ♦ les baies poussent de-ci de-là

**ᐱᐹᔨᐦᑖᒨᐦ** pipaayihtaamuuh vii pl redup ♦ ils/elles poussent de-ci de-là, sont suspendus de-ci de-là

**ᐱᐹᔨᐦᑖᔥᑖᐤ** pipaayihtaashtaau vai redup ♦ il/elle fait, place les choses de manière trop espacé

**ᐱᐹᔨᐦᑖᔮᑯᓂᑳᐤ** pipaayihtaayaakunikaau vii redup ♦ il y a de la neige par-ci par-là

**ᐱᐹᐦᐄᑭᓐ** pipaahiikin na redup ♦ une ficelle utilisée pour renforcer les bords du filet de pêche

ᐱᐹᐦᑎᐙᔮᔥᑯᔥᑭᒻ
pipaahtiwaayaashkushkim vti redup
♦ il/elle marche à côté d'une rivière, d'une route tout près des arbres

ᐱᐹᐦᑖᐤ pipaahtaau vai redup ♦ il/elle chasse en route pendant son déplacement

ᐱᐹᐱᐦᑭᐎᔅᑯᓐ pipaahkihkiwiskun vii redup ♦ le soleil brille de façon intermittente

ᐱᑎᑯᓯᐤ pitikusiu vai ♦ il/elle est corpulent-e, trapu-e

ᐱᑎᑯᔥᑭᐙᐤ pitikushkiwaau vta ♦ il/elle s'assoit sur lui/elle, le/la retient de son poids

ᐱᑎᑯᔥᑭᒻ pitikushkim vti ♦ il/elle s'assoit dessus, le retient de son poids

ᐱᑎᒀᐤ pitikwaau vii ♦ c'est court et épais, petit et trapu

ᐱᑎᒀᔨᐙᐤ pitikwaayiwaau vai ♦ il/elle a une large queue (ex. castor)

ᐱᑎᒥᑰ pitimikuu vai -u ♦ il/elle a déclenché le piège sans se faire attraper

ᐱᑎᒥᔅᒄ pitimiskw na -um ♦ un castor de trois ans

ᐱᑎᒧᔮᐤ pitimuyaau vai ♦ il/elle trouve le piège refermé mais vide

ᐱᑎᒫ pitimaa p,temps ♦ tout d'abord, avant ▪ ᐱᑎᒫ ᓂᑭ ᒦᒋᓱ ᐃᔥᑯ ᒄ ᑎᑕᓱᓈᐋᓐ x ▪ *Tout d'abord je vais manger, ensuite je viendrai te voir.*

ᐱᑎᒫᐤ pitimaau vta ♦ il/elle tente de le/la mordre

ᐱᑎᓈᐤ pitinaau vta ♦ il/elle tente de l'attraper

ᐱᑎᐦᐳᑖᐤ pitihutaau vii ♦ c'est attrapé dans un filet de pêche

ᐱᑎᐦᐳᔮᐤ pitihuyaau vta ♦ il/elle l'attrape dans un filet à castor, un filet de pêche

ᐱᑎᐦᐊᒫᐤ pitihamaau vai ♦ il/elle prend la mauvaise route, il/elle quitte le sentier

ᐱᑎᐦᐊᒫᐱᐦᑖᐤ pitihamaapihtaau vai ♦ il/elle quitte la route, le sentier en courant

ᐱᑎᐦᐊᒻ pitiham vti ♦ il/elle est attrapé dans un filet de pêche, il/elle manque de le frapper

ᐱᑎᐦᐙᐤ pitihwaau vta ♦ il/elle manque de le/la frapper

ᐱᑎᐦᑎᒻ pitihtim vti ♦ il/elle l'a presque mordu, manque de la mordre

ᐱᑎᐦᑳᔨᔨᐤ pitihkaayiyiu vai ♦ le porc-épic lance ses piquants

ᐱᑐᑖ pitutaa p,lieu ♦ à côté de, au bord de ▪ ᐋᓂᑦ ᐱᑐᒋ ᒦᔅᑭᒻ ᐊᐋᑦ ᐳ ᒥᐦᐋᒡ ᐊᓅᑊ ᓂᐸᔭᐱᑕᒻᑦᒻ x ▪ *Elle a trouvé la pièce au bord de la route.*

ᐱᑐᑖᐱᔨᐤ pitutaapiyiu vai ♦ il/elle s'éloigne, se perd

ᐱᑐᑖᐱᔨᐤ pitutaapiyiu vii ♦ ça s'éloigne

ᐱᑐᑖᐱᐦᑖᐤ pitutaapihtaau vai ♦ il/elle s'écarte, provient de quelque chose

ᐱᑐᑖᔅᑭᓂᐤ pitutaaskiniu p,lieu ♦ sur le côté du sentier ou de la route ▪ ᐱᑐᑖᔅᑭᓂᐤ ᔫ ᐊᓄᑦ ᐊᓅᑊ ᐅᒋᐦᑎᒻ ᐳ ᒥᐦᐃᔥx ▪ *Il a mis du bois qu'il a coupé sur le côté de la route.*

ᐱᑖᑎᔥ pitaatis ni ♦ une pomme de terre, une patate, de l'anglais 'potato' ou du français 'patate'

ᐱᑖᑯᔑᔥ pitaakushish na ♦ un porc-épic âgé de deux ans

ᐱᑦ pit na ♦ du beurre, de l'anglais 'butter'

ᐱᑦ pit p,temps ♦ pour le moment, pour l'instant ▪ ᐊᑯᓐ ᒫ ᐱᑦ ᐱᐊ ᒐᐦᕁ ᒣ ᑎᑕᓱᓈᐸ x ▪ *Reste ici pour le moment, jusqu'à ce que revienne.*

ᐱᑭᔥᑎᐙᐱᑎᒻ pikishtiwaapitim vti ♦ il/elle tire à l'eau

ᐱᑭᔥᑎᐙᐱᑖᐤ pikishtiwaapitaau vta ♦ il/elle le/la tire dans l'eau

ᐱᑭᔥᑎᐙᐱᓂᒻ pikishtiwaapinim vti ♦ il/elle le jette à l'eau

ᐱᑭᔥᑎᐙᐱᓈᐤ pikishtiwaapinaau vta ♦ il/elle le/la jette à l'eau

ᐱᑭᔥᑎᐙᐱᔫ pikishtiwaapiyiu vai ♦ il/elle tombe à l'eau

ᐱᑭᔥᑎᐙᐱᔫ pikishtiwaapiyiu vii ♦ ça tombe à l'eau

ᐱᑭᔥᑎᐙᐱᔨᐦᐆ pikishtiwaapiyihuu vai -u ♦ il/elle saute à l'eau

ᐱᑭᔥᑎᐙᐱᔨᐦᐋᐤ pikishtiwaapiyihaau vta ♦ il/elle le/la laisse tomber à l'eau

ᐱᑭᔥᑎᐙᐱᔨᐦᑖᐤ pikishtiwaapiyihtaau vai ♦ il/elle le laisse tomber à l'eau

ᐱᑭᔥᑎᐙᐱᐦᑖᐤ pikishtiwaapihtaau vai ♦ il/elle court à l'eau

ᐱᑭᔥᑎᐙᑎᓯᓰᑭᒻ pikishtiwaatisisikim vti
• il/elle le fait tomber à l'eau

ᐱᑭᔥᑎᐙᑎᐦᒋᔥᑭᐙᐤ pikishtiwaatihchishkiwaau vta • il/elle le pousse à l'eau

ᐱᑭᔥᑎᐙᒋᔑᒨ pikishtiwaachishimuu vai -u • il/elle se sauve en entrant dans l'eau depuis la terre

ᐱᑭᔥᑎᐙᒋᔑᐦᐙᐤ pikishtiwaachishihwaau vta • il/elle le poursuit jusque dans l'eau

ᐱᑭᔥᑎᐙᐦᐊᒻ pikishtiwaaham vti
• il/elle le met à l'eau, le plonge dans l'eau

ᐱᑭᔥᑎᐙᐦᐙᐤ pikishtiwaahwaau vta
• il/elle le/la met à l'eau

ᐱᑭᔥᑎᐙᐦᑖᐤ pikishtiwaahtaau vai
• il/elle entre dans l'eau en marchant

ᐱᑯᑎᒃᐛᐙᑭᓈᐦᑎᒄ pikutikwaawaakinaahtikw ni • un étendoir, pour suspendre de la viande ou du poisson pour le faire sécher dehors

ᐱᑯᑎᒃᐛᐙᐊᓐ pikutikwaawaan ni • un étendoir fait de poteaux pour suspendre de la viande ou du poisson pour le faire sécher dehors

ᐱᑯᑎᔅᑭᒥᑳᐦᒡ pikutiskimikaahch p,lieu
• dans la nature , dans la brousse ■ ᐋᔐᐙᒡ ᒦᐛᔖᔫᑎᒥ ᐋᑦ ᐱᑯᑎᔅᑭᒥᑳᐦᒡ ᐋᑦ ᐃᔥᑖᒡᒃ. ■ Elle/il trouve ça très reposant d'être dans la nature.

ᐱᑯᑎᔅᑭᒥᒡ pikutiskimich p,lieu • au fond des bois ■ ᐋᓂᒡ ᓂᑎᐊ ᐱᑯᑎᔅᑭᒥᒡ ᐋᑎᐊ ᐯ ᐧᐃᐱᓕᒡ ᐋᓄᐯ ᐋᑦ ᒦᑲᒐᑦᓇᑦᒧ ᒥᑯᑦᒨ. ■ C'est au fond des bois qu'elle/il a vu un arbre bizarre.

ᐱᑯᑑᔖᐤ pikutushaau vai • elle enfante sans être mariée, elle enfante d'un bâtard

ᐱᑯᑑᔖᓂᐤ pikutushaaniuu vai -iwi
• c'est un bâtard, une bâtarde, un enfant né hors des liens du mariage

ᐱᑯᑑᔖᓐ pikutushaan na • un bâtard, un enfant né en dehors du mariage

ᐱᑯᑖᐅᒄ pikutaauhkw ni • un lac ou un étang sans sortie ni entrée d'eau

ᐱᑯᒑᐱᒋᒑᐤ pikuchaapichichaau vai
• il/elle retire les intestins du gibier

ᐱᑯᒑᓂᑭᓐ pikuchaanikin ni • la cavité de laquelle les intestins viennent d'être retirés

ᐱᑯᒑᓂᒥᔅᑾᐤ pikuchaanimiskwaau vai
• il/elle retire les intestins du castor

ᐱᑯᒑᓈᐤ pikuchaanaau vai • il/elle retire les intestins

ᐱᑯᒑᓈᒀᐤ pikuchaanaakwaau vai
• il/elle retire les intestins du porc-épic

ᐱᑯᒑᔽᐤ pikuchaashwaau vta • il/elle le/la coupe pour en retirer les intestins

ᐱᑯᓄᐃᔥᑖᐤ pikunuwishtaau vai • il/elle écrit sans référence

ᐱᑯᓄᐃᐦᐊᒻ pikunuwiham vti • il/elle chante par coeur

ᐱᑯᓄᒫᐤ pikunumaau vta • il/elle parle de lui/d'elle derrière son dos

ᐱᑯᓈᐱᑎᒻ pikunaapitim vti • il/elle perce un trou dedans

ᐱᑯᓈᐱᑖᐤ pikunaapitaau vta • il/elle perce un trou dedans (animé)

ᐱᑯᓈᐱᔫ pikunaapiyiu vai • il/elle se fait percer un trou dedans

ᐱᑯᓈᐱᔫ pikunaapiyiu vii • ça se fait percer un trou dedans

ᐱᑯᓈᑭᐦᑎᒻ pikunaakihtim vti • il/elle grignote un trou dans quelque chose en bois

ᐱᑯᓈᒫᐤ pikunaamaau vta • il/elle grignote un trou dedans (animé)

ᐱᑯᓈᓂᒻ pikunaanim vti • il/elle creuse un trou dedans avec ses mains

ᐱᑯᓈᓯᐤ pikunaasiu vai • il/elle creuse un trou dedans (animé)

ᐱᑯᓈᓯᒃᐙᐤ pikunaasikwaau vii • il y a un trou dans la glace

ᐱᑯᓈᓵᑳᐤ pikunaasaakaau vii • il y a un trou dans le rocher

ᐱᑯᓈᔅᑭᒦᑳᐤ pikunaaskimikaau vii • il y a un trou dans la mousse

ᐱᑯᓈᔑᒻ pikunaashim vti • il/elle découpe un trou dedans

ᐱᑯᓈᔥᑎᐦᐊᒻ pikunaashtiham vti
• il/elle fait un trou dedans avec un instrument affûté

ᐱᑯᓈᔥᑎᐦᐙᐤ pikunaashtihwaau vta
• il/elle fait un trou dedans (animé) avec un instrument affûté

ᐱᑯᓈᔥᑭᐙᐤ pikunaashkiwaau vta
• il/elle fait un trou dedans (animé) avec son pied ou son corps

**pikunaashkim** vti ♦ il/elle fait un trou dedans avec son pied ou son corps

**pikunaayiwaau** vai ♦ il/elle (ex. castor) a la queue trouée

**pikunaayaau** vii ♦ c'est troué

**pikunaayaapisischisiu** vai ♦ il/elle est troué-e (minéral)

**pikunaayaapiskaau** vii ♦ c'est troué (minéral)

**pikunaayaapaakin** vii ♦ c'est troué (filiforme)

**pikunaayaapaachisiu** vai ♦ il/elle est troué-e (filiforme)

**pikunaayaakin** vii ♦ c'est troué (étalé)

**pikunaayaachisiu** vai ♦ il/elle est troué-e (étalé)

**pikunaayaaskun** vii ♦ c'est troué (long et rigide)

**pikunaayaaskusiu** vai ♦ il/elle est troué-e (long et rigide)

**pikunaayaahkihtaau** vii ♦ le feu brûle un trou dedans

**pikunaayaahkihsuu** vai -u ♦ le feu brûle un trou dedans (animé), l'animal a un trou dans sa fourrure due au coup de fusil

**pikunaahiikin** ni ♦ une perceuse

**pikunaaham** vti ♦ il/elle perce un trou dedans avec quelque chose

**pikunaahwaau** vta ♦ il/elle perce un trou dedans (animé) avec quelque chose

**pikunaahtikaau** vii ♦ c'est un morceau de bois troué

**pikunaahtichisiu** vai ♦ il/elle (en bois) a un trou dedans

**pikunaahtaau** vai+o ♦ il/elle fait un trou dedans

**pikusuu** vai -u ♦ il/elle est réchauffé-e par la chaleur du feu, du poêle

**pikusaachikimiu** vii ♦ il y a une aire d'eau libre sur la glace

**pikusaayimaau** vta ♦ il/elle lui souhaite quelque chose

**pikusaayihtimuwaau** vta ♦ il/elle souhaite quelque chose de lui/d'elle

**pikusaayihtim** vti ♦ il/elle le souhaite

**pikusaayihchikin** ni ♦ un instrument de chasse ou de piégeage

**pikuschaakaakimaau** vii ♦ il y a un petit lac dans le marais

**pikushitaashin** vai ♦ il/elle a une ampoule au pied

**pikushihaau** vta ♦ il/elle se tient là dans l'espoir d'obtenir de la nourriture de lui/d'elle sans ce que soit trop évident

**pikushihtaau** vai ♦ il/elle se tient là dans l'espoir d'obtenir quelque chose sans qu'il/elle ait besoin de demander

**pikushkitaashikin** ni -m ♦ la partie de devant du castor avec la queue, pour pouvoir la cuire ou la suspendre pour la sécher

**pikuhiichaau** vai ♦ il/elle taille un trou dans la glace

**pikuham** vti ♦ il/elle taille un trou dans la glace pour y placer un filet ou une ligne de pêche

**pikuhaakin** ni ♦ un trou fait dans la glace pour y placer un filet de pêche ou une ligne de pêche ou encore pour attraper un castor

**pikaasischiiu** vai ♦ il/elle est capable de prendre ses responsabilités

**pikaasischiihkiwaau** vta ♦ il/elle est capable de s'en occuper

**pikaasischiihkim** vti ♦ il/elle est capable de s'en occuper (ex. son travail)

**pikaasischaayimuu** vai -u ♦ il/elle croit qu'il peut s'en s'occuper

**pikaasischaayimaau** vta ♦ il/elle pense qu'il/elle peut s'en occuper, qu'il/elle est capable

**pikaaschiihkaasuu** vai reflex -u ♦ il/elle gagne sa vie, il/elle est auto-suffisant-e

**pikaashimuu** vai -u ♦ il/elle nage

**pikaahaau** vta ♦ il/elle le/la cuit en le/la faisant bouillir

ᐱᑳᑖᐤ **pikaahtaau** vai+o ◆ il/elle le cuit en le faisant bouillir

ᐱᐧᑳᐅᑭᓈᔑᑭᓐ **pikwaaukinaashikin** ni -m ◆ un filet, un filet mignon

ᐱᐧᑳᐅᓂᐱ **pikwaaunipii** ni -m ◆ de l'eau libre sur un lac, une rivière en hiver

ᐱᐧᑳᓈᐤ **pikwaanaau** vai ◆ il/elle est capable de marcher sur la croûte de neige gelée sans s'enfoncer (utilisé avec une particule négative) ◾ ᓈᑉᑎᒃ ᓂᒥ ᐱᐧᑳᔫ ᐧᐃᐱᒃ ᒥᒨᐸ ᑭ ᐧᐊᔭᐧᐃᐨ. ◾ Il était capable de marcher sur la croûte de neige gelée ce matin.

ᐱᐧᑳᔨᒫᐤ **pikwaayimaau** vta ◆ il/elle a hâte qu'il/elle fasse quelque chose, le/la voie

ᐱᐧᑳᔨᐦᑎᒻ **pikwaayihtim** vti ◆ il/elle a hâte de.../que quelque chose arrive ◾ ᐱᐧᑳᔨᐦᑎᒻ ᒥ ᒦᒋᒡ. ◾ Il a hâte de manger.

ᐱᐧᑳᐦᐄᐹᐤ **pikwaahiipaau** vai ◆ il/elle pose un filet de pêche en hiver

ᐱᐧᑳᐦᐄᐹᓈᓐ **pikwaahiipaanaan** ni ◆ un trou dans la glace pour la pêche au filet en hiver

ᐱᐧᑳᐦᐋᐤ **pikwaahaau** vta ◆ il/elle le fait attendre tout anxieux

ᐱᐧᑳᐦᑎᓐ **pikwaahtin** vii ◆ ça coupe bien, c'est coupant

ᐱᒋᐃᔮᓐ **pichiwiyaan** ni ◆ une chemise, du tissu

ᐱᒋᐤ **pichiu** vai ◆ il/elle part pour son campement d'hiver

ᐱᒋᐤ **pichiu** na -iim ◆ de la résine

ᐱᒋᒋᐧᐋᐱᓂᒻ **pichichiwaapinim** vti ◆ il/elle le jette à terre

ᐱᒋᒋᐧᐋᐱᓈᐤ **pichichiwaapinaau** vta ◆ il/elle le/la jette à terre

ᐱᒋᓯᐦᒃᐧᐋᐅᔮᓐ **pichisihkwaauyaan** ni ◆ une bavette

ᐱᒋᓯᐦᒁᐤ **pichisihkwaau** vai ◆ il/elle bave

ᐱᒋᔅᑎᐱᐦᒁᐦᐄᑭᓐ **pichistipihkwaahiikinh** ni pl ◆ des poteaux utilisés pour alourdir les recouvrements de l'habitation

ᐱᒋᔅᑎᒫᐤ **pichistimaau** vta ◆ il/elle relâche sa morsure sur lui/elle

ᐱᒋᔅᑎᓂᒑᐧᐃᓐ **pichistinichaawin** ni ◆ un don, une offrande

ᐱᒋᔅᑎᓂᒑᐤ **pichistinichaau** vai ◆ il/elle fait un don en argent, dépose le canot pour se reposer durant un long portage

ᐱᒋᔅᑎᓂᒑᔥᑎᒧᐧᐋᐤ **pichistinichaashtimuwaau** vta ◆ il/elle fait une offrande (à l'église) pour lui/elle

ᐱᒋᔅᑎᓂᒨᐧᐋᐤ **pichistinimuwaau** vta ◆ il/elle le lui donne, lui permet de l'utiliser, lui donne la permission

ᐱᒋᔅᑎᓂᒻ **pichistinim** vti ◆ il/elle le relâche, le laisse partir

ᐱᒋᔅᑎᓈᐤ **pichistinaau** vta ◆ il/elle le/la relâche, le/la laisse partir

ᐱᒋᔅᑎᔥᑭᒻ **pichistishkim** vti ◆ il/elle soulève son pied, enlève son corps de ça

ᐱᒋᔅᑎᐦᐄᑭᓐ **pichistihiikin** ni ◆ quelque chose utilisé pour alourdir quelque chose d'autre

ᐱᒋᔅᑎᐦᐧᐋᐤ **pichistihwaau** vai ◆ il/elle pose un filet de pêche

ᐱᒋᔅᑎᐦᑎᒻ **pichistihtim** vti ◆ il/elle relâche sa morsure sur ça

ᐱᒋᔅᑖᐱᐦᒑᓈᐤ **pichistaapihchaanaau** vta ◆ il/elle le/la fait descendre, l'abaisse avec une corde

ᐱᒋᔅᑖᔨᒨ **pichistaayimuu** vai -u ◆ il/elle perd le goût de vivre

ᐱᒋᔅᑖᔮᐅᐦᒋᔑᓐ **pichistaayaauhchishin** vai ◆ il/elle soulève de la poussière, du sable en tombant

ᐱᒋᔅᑖᐦᑎᓐ **pichistaahtin** vii ◆ il pleut si fort que les gouttes rebondissent du sol

ᐱᒋᔅᑭᓂᓯᐤ **pichiskinisiu** vai ◆ il/elle est bleu-e, vert-e

ᐱᒋᔅᑭᓈᐤ **pichiskinaau** vii ◆ c'est bleu, vert

ᐱᒋᔅᑭᓈᐱᔅᑳᐤ **pichiskinaapiskaau** vii ◆ c'est bleu, vert (minéral)

ᐱᒋᔅᑭᓈᓯᔅᒑᐤ **pichiskinaasischaau** vai ◆ les rayons du soleil sont bleus ce qui amène le beau temps

ᐱᒋᔅᑭᓐ **pichiskin** vii ◆ l'atmosphère est bleue et brumeuse quand il fait chaud

ᐱᒋᔅᑭᐦᐄᒑᐤ **pichiskihiichaau** vai ◆ il/elle l'écrase avec quelque chose

ᐱᒋᔅᑯᒫᓐ **pichiskumaan** ni ◆ des morceaux de glace taillés

ᐱᕐᑭᓇᐤ pichischinaau vai ♦ il/elle l'émiette ou l'écrase à la main

ᐱᕐᑭᔑᐣ pichischishin vai ♦ il/elle tombe et se fracasse

ᐱᕐᑳᐅᑭᐦᐃᑭᓂᐦ pichischaaukihiikinich na pl -siim ♦ du poisson séché un peu écrasé avant d'en faire de la poudre pour du pemmican

ᐱᕐᗂᐱᐦᒃᐋᒻ pichishtipihkwaaham vti ♦ il/elle alourdit le recouvrement avec des poteaux

ᐱᕐᗂᐦᐃᑭᓐ pichishtihiikinh ni pl ♦ des poids pour ancrer le recouvrement de l'habitation

ᐱᕐᗂᐋᒻ pichishtiham vti ♦ il/elle met quelque chose dessus pour l'alourdir

ᐱᕐᗂᐋᐤ pichishtihwaau vta ♦ il/elle met quelque chose de lourd sur lui/elle pour l'empêcher de bouger

ᐱᕐᗂᑐᐃᐅᔮᐤ pichishtuwihuyaau vta ♦ il/elle l'emmène en avant avant de lever le camp

ᐱᕐᗂᒐᐦᐄᐋᐤ pichishtaapihchaawiiu vai ♦ il/elle se fait descendre avec une corde

ᐱᕐᗂᒐᐦᐄᓂᒼ pichishtaapihchaanim vti ♦ il/elle le fait descendre, l'abaisse avec une corde

ᐱᕐᗂᑕᐦᑭᐦᐃᑭᓐ pichishtaakihiikinh ni pl ♦ des poteaux pour ancrer le revêtement du bas de l'habitation sur son pourtour

ᐱᕐᗂᑖᐤ pichishtwaau vai ♦ il/elle ramasse ses affaires avant de déménager son campement

ᐱᕐᗂᐯᓈᐱᔫ pichishkinaapishiu vii dim ♦ le ciel est bleu à l'aube

ᐱᕐᗂᑭᐦᐋᒻ pichishkiham vti ♦ il/elle l'écrase

ᐱᕐᗂᑭᐦᐋᐤ pichishkihwaau vta ♦ il/elle l'écrase

ᐱᕐᗂᑳᑯᓈᔥᑭᒼ pichishkaakunaashkim vti ♦ il/elle piétine la neige

ᐱᕐᗂᒋᔥᑭᐋᐤ pichishchishkiwaau vta ♦ il/elle l'écrase avec le pied ou le corps

ᐱᕐᗂᒋᔥᑭᒼ pichishchishkim vti ♦ il/elle les piétine (ex. traces sur le sol)

ᐱᒋᐤ pichiiuu vai ♦ il/elle est collant-e, gluant-e ▪ ᐋᒧᒡ ᐱᒋᐤ ᐊᐧ ᕐᒥᐦᑎᒥᐦᑉᑫ ᒃ ᕐᑫᑐᐅᐸᒃ ▪ La cuillère en bois que j'ai prise est toute gluante.

ᐱᒋᐤ pichiiuu vii ♦ c'est collant, gluant

ᐱᒋᐋᔅᑯᓐ pichiiwaaskun vii ♦ le bâton a de la résine dessus, est collant

ᐱᐋᐃᒃ pichaaik p,temps ♦ à ce moment-là, maintenant, sur le point de ▪ ᐱᐋᐃᒃ ᒃ ᐊᐧ ᒐᕐᑉᒐᕐᑫ ᓂᐦᑖᕐᒧᐧᓐ ▪ J'étais justement sur le point d'allumer la bouilloire.

ᐱᒥᐋᐱᐦᐋᒻ pimiwaapiham vti ♦ il/elle l'abat

ᐱᒥᐱᒋᐤ pimipichiu vai ♦ il/elle voyage en hiver

ᐱᒥᐱᔫ pimipiyiu vai ♦ il/elle voyage en véhicule, roule, marche bien

ᐱᒥᐱᔫ pimipiyiu vii ♦ ça roule, marche bien

ᐱᒥᐱᔨᐦᐋᐤ pimipiyihaau vta ♦ il/elle le/la conduit dans un véhicule, il/elle le/la fait tomber (se dit d'un oiseau atteint et tué)

ᐱᒥᐱᔨᐦᑖᐤ pimipiyihtaau vai ♦ il/elle le conduit, vérifie ses opérations (ex. pour son entreprise)

ᐱᒥᐱᔨᐦᑖᓯᐤ pimipiyihtaasiu na -iim ♦ un conducteur, une conductrice, celle ou celui qui conduit ▪ ᐋᔫ ᐦ ᐊᐧ ᐊᐧᒡ ᓂᐱᒥᐱᔨᐦᑖᓈ ᒃ ᒎᐋᐧᐱᓈᕐᒡ ▪ Quand on est allé magasiner notre chauffeur avait envie de dormir.

ᐱᒥᐱᐦᑖᐤ pimipihtwaau vai ♦ il/elle le porte en courant

ᐱᒥᑎᑎᓈᐤ pimititinaau vii ♦ une chaîne de montagnes qui traverse une région

ᐱᒥᑎᑳᓯᐦᑎᑖᐤ pimitikaasihtitaau vai ♦ il/elle tire le canot en pataugeant

ᐱᒥᑎᑳᔥᑖᐱᔫ pimitikaashtaapiyiu vai ♦ on voit son ombre quand il/elle passe

ᐱᒥᑎᑳᔥᑖᐱᔫ pimitikaashtaapiyiu vii ♦ on voit son ombre quand ça passe

ᐱᒥᑎᓈᐤ pimitinaau vii ♦ il y a une chaîne de montagne

ᐱᒥᑎᐋᐋᓐ pimitihaawaan ni ♦ un poteau fixe dans un tipi sur lequel des étendoirs à viande sont placés

ᐱᑎᑊᐘᐤ **pimitihwaau** vai ♦ il/elle va en travers, perpendiculaire à la longueur, au côté

ᐱᑎᐦᑖᐦᐄᑭᐣ **pimitihtaahiikin** ni ♦ un poteau utilisé pour alourdir la toile de la porte d'une habitation

ᐱᑎᐋᐧᐦᑳᐤ **pimitaauhkaau** vii ♦ c'est une colline

ᐱᑎᐋᐤ **pimitaau** vii ♦ il y a de la graisse qui flotte à la surface du bouillon de viande ou de poisson

ᐱᑎᐋᐱᔕᐦᒋᒋᐎᐣ **pimitaapischaachichiwin** vii ♦ c'est un rapide sinueux, peu profond, au fond rocheux

ᐱᑎᐋᑯᐎᐱᔨᐦᐋᐤ **pimitaakuwipiyihaau** vta ♦ il/elle le/la tient (ex. pagaie) correctement, pas de travers

ᐱᑎᐋᒋᒨ **pimitaachimuu** vai ♦ il/elle marche à quatre pattes

ᐱᑎᐋᔅᑯᐳᑖᑭᓐᐦ **pimitaaskuputaakinh** ni pl ♦ les barres de traverse sur un traîneau, un toboggan

ᐱᑎᐋᔅᑯᒧᐦᑖᐤ **pimitaaskumuhtaau** vai ♦ il/elle le met en travers (long et rigide)

ᐱᑎᐋᔅᑯᓂᑭᐣ **pimitaaskunikin** na ♦ une planche pour préparer la taille du filet de pêche

ᐱᑎᐋᔅᑯᓂᒼ **pimitaaskunim** vti ♦ il/elle le tient en travers (long et rigide)

ᐱᑎᐋᔅᑯᓈᐤ **pimitaaskunaau** vta ♦ il/elle le/la tient en travers (long et rigide), dans le sens de la longueur

ᐱᑎᐋᔅᑯᔑᐣ **pimitaaskushin** vai ♦ il/elle est couché-e en travers de quelque chose, de tout son long et horizontalement

ᐱᑎᐋᔅᑯᐦᐊᒻ **pimitaaskuham** vti ♦ il/elle gouverne le canot au bon angle

ᐱᑎᐋᔅᑯᐦᑎᐣ **pimitaaskuhtin** vii ♦ c'est posé en travers

ᐱᑎᐋᔒᐤ **pimitaashiu** vai ♦ il/elle est retourné-e sur le côté par le vent (ex. nuage)

ᐱᑎᐋᔥᑎᐣ **pimitaashtin** vii ♦ c'est retourné sur le côté par le vent

ᐱᑎᐋᔥᑯᔥᑖᑭᓐᐦ **pimitaashkushtaakinh** ni pl ♦ des étendoirs à viande amovibles

ᐱᑎᐋᐦᑯᓈᑭᐣ **pimitaahkunaakin** ni ♦ un bâton duquel on pend un collet

ᐱᒥᑳᓯᐤ **pimikaasiu** vai ♦ il/elle patauge dans l'eau

ᐱᒥᑳᓯᐦᑎᑖᐤ **pimikaasihtitaau** vai ♦ il/elle patauge en le tirant vers le rivage

ᐱᒥᑳᓯᐦᑎᐦᐋᐤ **pimikaasihtihaau** vta ♦ il/elle patauge en le/la portant le long du rivage

ᐱᒥᑳᓯᐦᔮᐤ **pimikaasihyaau** vai ♦ il/elle survole l'eau (ex. un oiseau)

ᐱᒥᒋᐎᐣ **pimichiwin** vii ♦ il y a un débit d'eau

ᐱᒥᒋᐱᔫ **pimichipiyiu** vai ♦ il/elle va latéralement

ᐱᒥᒋᐱᔫ **pimichipiyiu** vii ♦ ça va latéralement

ᐱᒥᒋᐱᔨᐦᐋᐤ **pimichipiyihaau** vta ♦ il/elle le/la fait aller latéralement

ᐱᒥᒋᐱᔨᐦᑖᐤ **pimichipiyihtaau** vai ♦ il/elle le/la fait aller latéralement

ᐱᒥᒋᑭᒫᐤ **pimichikimaau** vii ♦ le lac est situé en travers (est perpendiculaire à la vue ou le chemin du locuteur)

ᐱᒥᒋᑳᐴ **pimichikaapuu** vai -uwi ♦ il/elle se tient latéralement

ᐱᒥᒋᔅᒋᓂᐙᐱᔩᐤ **pimichischiniwaapiyiu** vai ♦ il/elle conduit avec le vent qui souffle de côté

ᐱᒥᒋᔅᒋᓂᐙᐦᔮᐤ **pimichischiniwaahyaau** vai ♦ il/elle (en avion) vole en travers du vent

ᐱᒥᒋᔥᑎᑳᐤ **pimichishtikaau** vii ♦ c'est un comptoir, lit. 'quelque chose en bois posé en travers'

ᐱᒥᒋᔥᑐᐦᑭᓈᐣ **pimichishtuhkinaan** ni ♦ un poteau utilisé pour alourdir la toile de la porte du tipi

ᐱᒥᒋᔥᒋᓂᐙᔥᑭᒼ **pimichishchiniwaashkim** vti ♦ il/elle marche avec le vent de son côté

ᐱᒥᒋᐦᐋᐅᓲ **pimichihaausuu** vai ♦ il/elle élève des enfants ▪ ᒫᒃ ᐯ ᐱᒥᒋᐦᐋᐅᔨᒡ ᐋᑎᐣ ᐯ ᐦᐁ ᐋᔨᐋᐦᓂᑕᒡ ᐅᐦᑎᐣ ᒑ ᒣ ᐃᐦᒍᑎᐘᒡ ᐅᑎᐋᔨᔨᐦ᙮ ▪ *Sa grand-mère lui donnait toujours des conseils quand elle élevait ses enfants.*

ᐱᒥᒡ **pimich** p, lieu ♦ latéralement ▪ ᐋᓄᒡᐦ ᐱᒥᒡ ᐋᑐᒡᐦ ᐯ ᐃᐦᐱᔩᐤ ᐋᐦ ᐅᒡ ᐦ ᐋᐦ ᑭᐋᔨᐦᒡ᙮ ▪ *Le canot s'est déplacé latéralement alors que nous essayions d'aborder sur le rivage.*

ᐱᒥᒍ pimimuu vii -u ♦ ça passe par ici (se dit d'une route)

ᐱᒥᓂᐧᐃᑖᐤ piminiwitaau vta ♦ il/elle lui fait la cuisine, cuisine pour lui/elle

ᐱᒥᓂᐃᓱ piminiwisuu vai reflex -u ♦ il/elle se fait la cuisine

ᐱᒥᓂᐋᐤ piminiwaau vai ♦ il/elle cuisine

ᐱᒥᓂᐋᒐᐤ piminiwaachaau vai ♦ il/elle l'utilise pour cuisiner (ex. casserole)

ᐱᒥᓂᐋᐣ piminiwaan ni ♦ la cuisine, l'art culinaire

ᐱᒥᓈᐅᓱ piminaausuu vai -u ♦ il/elle élève des enfants

ᐱᒥᓈᐤ piminaau vta ♦ il/elle l'élève (comme un parent le fait pour un enfant), il/elle subvient à ses besoins

ᐱᒥᓈᐦᑎᑖᐤ piminaahtitaau vai ♦ le manche de la hache est fendu

ᐱᒥᓯᒀᐤ pimisikwaau vii ♦ c'est une ligne de glace

ᐱᒥᓯᔅᐱᓲᓐ pimisispisun ni ♦ le tissage de la raquette qui donne le soutien principal

ᐱᒥᓵᐙᐤ pimisaawaau vai ♦ il/elle a de la graisse à la surface de son bouillon

ᐱᒥᓵᐙᓐ pimisaawaan ni ♦ de la graisse qui flotte à la surface d'un liquide lors de la cuisson

ᐱᒥᔅᑯᐱᒋᐤ pimiskupichiu vai ♦ il/elle déplace son campement d'hiver en passant sur la glace

ᐱᒥᔅᑯᐱᐦᑖᐤ pimiskupihtaau vai ♦ il/elle court sur la glace

ᐱᒥᔅᑯᑖᒋᒨ pimiskutaachimuu vai -u ♦ il/elle rampe sur la glace

ᐱᒥᔅᑯᔑᓐ pimiskushin vai ♦ il/elle est couché-e sur la glace

ᐱᒥᔅᑯᐦᑖᐤ pimiskuhtaau vai ♦ il/elle marche sur la glace

ᐱᒥᔅᒀᔮᐤ pimiskwaayaau vii ♦ c'est là où coule la rivière ▪ ᒫᐦ ᐋᒡ ᐋᐹᔫ ᐋᐦ ᐱᒥᔅᒀᔫ ᔮᐦ ▪ *Tu sais qu'il y a une rivière qui coule là à cause du paysage.*

ᐱᒥᔅᒋᐧᑳᐤ pimischiwikaau vii ♦ c'est une ligne de boue ou d'argile

ᐱᒥᔅᒑᑳᐤ pimischaakaau vii ♦ c'est une ligne de muskeg

ᐱᒥᔑᓐ pimishin vai ♦ il/elle se couche; le phoque se baigne au soleil; il/elle est enterré là

ᐱᒥᔥᑳᐤ pimishkaau vai ♦ il/elle pagaie en canot, il/elle nage

ᐱᒥᔥᑳᑎᑎᒼ pimishkaatitim vti ♦ il/elle le pagaie

ᐱᒥᔥᑳᓈᓐ pimishkaanaan ni ♦ un portage entre deux cours d'eau

ᐱᒥᔨᐋᐤ pimiyiwaau vii ♦ le vent souffle en rafale

ᐱᒥᔨᐋᐱᔫ pimiyiwaapiyiu vii ♦ une rafale de vent passe au-dessus

ᐱᒥᔨᐋᔮᐤ pimiyiwaayaau vii ♦ le tunnel du castor, du rat musqué est par là

ᐱᒥᐦᐆᔮᐤ pimihuyaau vta ♦ il/elle l'emmène en avion, vole en l'emportant

ᐱᒥᐦᐊᒼ pimiham vti ♦ il/elle migre

ᐱᒥᐦᑳᓂᔑᑯᒥᓐ pimihkaanishikumin ni -im ♦ du pemmican au baies sauvages, une mixture très nutritive de viande animale ou de chair de poisson séchée et pulvérisée avec de la graisse animale fondue et des baies sauvages

ᐱᒥᐦᑳᓂᐦᒑᐤ pimihkaanihchaau vai ♦ il/elle fait du pemmican

ᐱᒥᐦᑳᓐ pimihkaan ni -im ♦ du pemmican, une mixture très nutritive de viande animale ou de chair de poisson séchée et pulvérisée avec de la graisse animale fondue

ᐱᒥᐦᒑᔑᑯᒥᓐ pimihchaashikumin ni -im ♦ du pemmican, une mixture très nutritive de viande animale, de foie ou de chair de poisson séchée et pulvérisée avec de la graisse animale fondue et des baies sauvages

ᐱᒥᐦᔮᐤ pimihyaau vai ♦ il/elle vole

ᐱᒥᐦᔮᒥᑭᓐ pimihyaamikin vii ♦ ça vole

ᐱᒦ pimii ni ♦ du lard, du gras, de l'essence, de l'huile, du naphta

ᐱᒦᐃᐧᐃᑦ pimiiuwit ni ♦ un bidon d'essence

ᐱᒦᐤ pimiiuu vai -iiwi ♦ il est gras, elle est grasse, il/elle (ex. un véhicule) contient de l'essence, du pétrole

ᐱᒦᐤ pimiiuu vii -iiwi ♦ c'est graisseux

ᐱᒦᐦᑭᐙᐤ pimiihkiwaau vta ♦ il/elle y travaille, il/elle fait quelque chose pour lui/elle

ᐲᒥᐦᑭᒻ **pimiihkim** vti ♦ il/elle y travaille, fait quelque chose avec

ᐲᒥᐦᒑᐤ **pimiihchaau** vai ♦ il/elle fait fondre le gras

ᐱᒧᐃᑖᐤ **pimuwitaau** vai ♦ il/elle le porte sur son dos

ᐱᒧᐃᔮᐤ **pimuwiyaau** vta ♦ il/elle le/la porte sur son dos

ᐱᒍᑎᒻ **pimutim** vti ♦ il/elle jette quelque chose dessus

ᐱᒍᑏᐦᬊᐤ **pimutihkwaau** vai ♦ il/elle lance des flèches

ᐱᒍᑏᐦᬊᑎᒻ **pimutihkwaatim** vti ♦ il/elle tire une flèche dessus

ᐱᒍᑏᐦᬊᑖᐤ **pimutihkwaataau** vta ♦ il/elle lui tire une flèche dessus

ᐱᒧᒋᒑᐤ **pimuchichaau** vai ♦ il/elle jette

ᐱᒧᓵᑎᐦᐄᒑᐤ **pimusinaatihiichaau** vai ♦ il/elle jette des pierres

ᐱᒧᓵᑎᐦᐊᒼ **pimusinaatiham** vti ♦ il/elle jette des pierres dessus

ᐱᒧᓵᑎᐦᐚᐤ **pimusinaatihwaau** vta ♦ il/elle lui jette des pierres dessus

ᐱᒧᐦᑎᑖᐤ **pimuhtitaau** vai ♦ il/elle le porte en marchant

ᐱᒧᐦᑎᐦᐋᐤ **pimuhtihaau** vta ♦ il/elle le/la guide, marche avec lui

ᐱᒧᐦᑖᐚᒑᐤ **pimuhtaawaachaau** vai ♦ il/elle l'utilise pour marcher avec

ᐱᒧᐦᑖᐤ **pimuhtaau** vai ♦ il/elle marche

ᐱᒧᐦᑖᔮᑯ **pimuhtaayaakuu** vai -uwi ♦ le porc-épic se promène à la recherche d'un partenaire pour s'accoupler en automne

ᐱᒧᐦᑖᔮᔅᑯᒫᐤ **pimuhtaayaaskumaau** vai ♦ il/elle (ex. porc-épic) laisse une piste d'arbres dont il/elle a rongé l'écorce il/elle laisse une piste d'arbres dont il/elle a rongé l'écorce (se dit habituellement d'un porc-épic)

ᐱᐆᐦᑳᐤ **pimaauhkaau** vii ♦ c'est une barre de sable

ᐱᒪᐲᔅᑳᐤ **pimaapiskaau** vii ♦ c'est une ligne rocheuse

ᐱᒪᐲᔅᒋᐦᑎᓐ **pimaapischihtin** vii ♦ ça s'étend par ici (minéral, ex. conduite d'eau)

ᐱᒪᐲᔥᒋᔑᓐ **pimaapishchishin** vai ♦ ça s'étend (minéral) le long de quelque chose

ᐱᒪᐱᐦᑖᐤ **pimaapihtaau** vii ♦ il y a de la fumée qui s'en élève

ᐱᒫᐳᑖᐤ **pimaaputaau** vai+o ♦ il/elle le laisse flotter

ᐱᒫᐳᑖᐤ **pimaaputaau** vii ♦ ça flotte

ᐱᒫᐳᑯ **pimaapukuu** vai -u ♦ il/elle flotte

ᐱᒫᐳᔪ **pimaapuyiu** vai ♦ il/elle chasse la baleine

ᐱᒫᐳᔮᐤ **pimaapuyaau** vta ♦ il/elle la/le laisse flotter (par ex. une pagaie)

ᐱᒫᐹᑭᒧᐦᐋᐤ **pimaapaakimuhaau** vta ♦ il/elle l'enfile

ᐱᒫᑎᒦᐤ **pimaatimiiu** vii ♦ c'est un chenal

ᐱᒫᑎᓰᐃᓐ **pimaatisiiwin** ni ♦ la vie, un mode de vie

ᐱᒫᑎᓰᐤ **pimaatisiiu** vai ♦ il/elle vit, est vivant

ᐱᒫᑐᔪ **pimaatuyiu** vai ♦ il y a un anneau autour du soleil (utilisé avec 'loin' ou 'près')

ᐱᒫᑯᓂᑳᐤ **pimaakunikaau** vii ♦ c'est une ligne de neige

ᐱᒫᒋᐦᐄᐚᐃᓐ **pimaachihiiwaawin** ni ♦ le salut

ᐱᒫᒋᐦᐄᐚᐤ **pimaachihiiwaau** vai ♦ il/elle sauve des vies, donne sa vie pour les autres

ᐱᒫᒋᐦᐄᐚᓯᐤ **pimaachihiiwaasiu** na -iim ♦ un sauveur (biblique)

ᐱᒫᒋᐦᐄᑯ **pimaachihiikuu** vai -u ♦ il/elle en survit, est sauvé-e par lui/elle/ça

ᐱᒫᒋᐦᐆ **pimaachihuu** vai -u ♦ il/elle gagne sa vit, survit

ᐱᒫᒋᐦᐋᐤ **pimaachihaau** vta ♦ il/elle le/la sauve, subvient à ses besoins

ᐱᒫᒋᐦᑖᐤ **pimaachihtaau** vai+o ♦ il/elle le sauve

ᐱᒫᒥᓂᐚᐤ **pimaaminiwaau** vta ♦ il/elle l'embarrasse par son apparence

ᐱᒫᒥᓈᑯᓯᐤ **pimaaminaakusiu** vai ♦ son apparence embarrasse les autres

ᐱᒫᒥᓯᐤ **pimaamisiiu** vai ♦ il/elle est embarrassé-e, timide

ᐱᒫᓈᐱᔪ **pimaanaapiyiu** vii ♦ ça se craque, se fend (long et rigide)

ᐱᒫᓈᐱᔪ **pimaanaapiyiu** vai ♦ il/elle se craque, se fend (long et rigide)

ᐱᒫᔅᑯᒧᐦᑖᐤ **pimaaskumuhtaau** vai ♦ il/elle le soulève (long et rigide)

ᐱᒫᔅᑯᐦᐋᐤ **pimaaskuhaau** vta ♦ il/elle le/la dépose (long et rigide)

ᐱᒫᔅᑯᐦᑎᓐ **pimaaskuhtin** vii ♦ ça s'étend là (long et rigide)

ᐱᒫᔅᒀᔮᐤ **pimaaskwaayaau** vii ♦ c'est une ligne d'arbres

ᐱᒫᔎ **pimaashiu** vai ♦ il/elle navigue à la voile, souffle avec

ᐱᒫᔥᑎᓐ **pimaashtin** vii ♦ c'est emporté par le vent

ᐱᒫᔥᑯᔑᓐ **pimaashkushin** vai ♦ il/elle est couché-e de tout son long

ᐱᒫᔥᑯᔥᑖᐤ **pimaashkushtaau** vai ♦ il/elle le dépose (long et rigide)

ᐱᒫᔨᒫᐤ **pimaayimaau** vta ♦ il/elle l'agace, lui fait quelque chose

ᐱᒫᔨᐦᑎᒻ **pimaayihtim** vti ♦ il/elle l'agace avec ça, lui fait quelque chose

ᐱᒫᐦᐳᑖᐤ **pimaahutaau** vai+o ♦ il/elle flotte, emporté par le courant

ᐱᒫᐦᐳᑖᐤ **pimaahutaau** vii ♦ c'est déplacé par les vagues, ça dérive

ᐱᒫᐦᐳᑰ **pimaahukuu** vai -u ♦ il/elle dérive

ᐱᒫᐦᐳᔮᐤ **pimaahuyaau** vta ♦ il/elle l'emporte en flottant

ᐱᒫᐦᐋᓐ **pimaahan** vii ♦ c'est déplacé, dérivé par le vent

ᐱᒼᗆᔑᓐ **pimwaawaashin** vai ♦ il/elle fait un bruit en marchant tout près

ᐱᒼᗆᔑᑎᓐ **pimwaawaashtin** vii ♦ c'est le son du vent qui passe qu'on entend

ᐱᒼᐤ **pimwaau** vta ♦ il/elle lui jette quelque chose

ᐱᒼᐋᑎᒻ **pimwaatim** vti ♦ il/elle fait du bruit avec sa voix en passant

ᐱᓂᐗᐤ **piniwaau** vai ♦ il/elle perd sa fourrure, ses cheveux

ᐱᓂᐚᔮᐦᑎᑭᐦᐄᒑᐤ **piniwaayaahtikihiichaau** vai ♦ il/elle hache les branches d'un jeune arbre pour en recouvrir le sol de son habitation

ᐱᓂᐚᔮᐦᑎᑭᐦᒻ **piniwaayaahtikiham** vti ♦ il/elle hache et étale les branches d'un jeune arbre pour en recouvrir le sol de son habitation

ᐱᓂᐤ **piniu** na -m ♦ un caribou mâle âgé de cinq ans en janvier quand il perd ses bois

ᐱᓂᐱᔨᐤ **pinipiyiu** vii ♦ ça se désagrège

ᐱᓂᐱᔨᐦᐋᐤ **pinipiyihaau** vta ♦ il/elle le/la saupoudre

ᐱᓂᐱᔨᐦᑖᐤ **pinipiyihtaau** vai ♦ il/elle le saupoudre

ᐱᓂᐳᒋᑭᓐᐦ **pinipuchikinh** ni pl ♦ de la sciure

ᐱᓂᐳᒋᒑᐤ **pinipuchichaau** vai ♦ il/elle fait de la sciure

ᐱᓂᑎᐚᐦᐚᐤ **pinitiwaahwaau** vta ♦ il/elle fait tomber les plumes de l'oiseau en l'abattant

ᐱᓂᑭᓈᓂᒼ **pinikinaanim** vti ♦ il/elle laisse traîner les os aux alentours

ᐱᓂᑭᐦᐊᒼ **pinikiham** vti ♦ il/elle laisse des copeaux après avoir fendu du bois

ᐱᓂᓂᒼ **pininim** vti ♦ il/elle laisse des restes de quelque chose

ᐱᓂᔥᑖᐤ **pinishtaau** vai ♦ il/elle laisse traîner des choses

ᐱᓂᔥᑖᐤ **pinishtaau** vii ♦ ça traîne par terre au rebut

ᐱᓂᐦᐋᐤ **pinihaau** vta ♦ il/elle le/la laisse traîner éparpillé

ᐱᓂᐦᑯᑖᒑᐤ **pinihkutaachaau** vai ♦ il/elle laisse des restes autour d'elle/de lui après avoir raboté du bois, il/elle laisse des copeaux

ᐱᓈᐚᐤ **pinaawaau** vai ♦ il/elle pond ses oeufs

ᐱᓈᑎᐦᒄ **pinaatihkw** na -shiim ♦ une caribou femelle en train d'accoucher

ᐱᓈᑯᓈᔥᑭᐚᐤ **pinaakunaashkiwaau** vta ♦ il/elle s'ébroue, secoue ses pieds et la neige tombe sur quelqu'un d'autre

ᐱᓈᑯᓈᔥᑭᒼ **pinaakunaashkim** vti ♦ il/elle fait tomber la neige dont il/elle est recouvert-e sur quelque chose

ᐱᓈᑯᓈᐦᐊᒧᐚᐤ **pinaakunaahamuwaau** vta ♦ il/elle se brosse (avec un instrument) pour faire tomber la neige sur quelqu'un d'autre

ᐱᓈᒋᔥᑰ **pinaachishkuu** vai -u ♦ le rat musqué a des petits

ᐱᓈᔅᒌᐤ **pinaaschiiu** vii ♦ les feuilles tombent des arbres

ᐱᓈᔎ **pinaashiu** vai ♦ il/elle se fait souffler, emporter par le vent (ex. de la neige, un arbre qui perd ses feuilles)

ᐱᓈᔥᑎᓐ **pinaashtin** vii ◆ ça se fait souffler, emporter par le vent, par un courant d'air (ex. de la poussière, des débris ou du sable)

ᐱᓈᔮᐳᔛ **pinaayaapushuu** vai -u ◆ la hase, la lapine a des petits

ᐱᓈᔮᐹᒋᔥᑭᒼ **pinaayaapaachishkim** vti ◆ il/elle dérange le fil de fer du collet

ᐱᓯᐚᓯᒼ **pisiwaasim** vti ◆ il/elle met le feu à de la fourrure ou à des cheveux

ᐱᓯᐚᓲ **pisiwaasuu** vai -u ◆ la fourrure prend feu

ᐱᓯᐚᔃᐤ **pisiwaaswaau** vta ◆ il/elle met le feu aux fourrures

ᐱᓯᐚᔥᑖᐤ **pisiwaashtaau** vii ◆ la fourrure est roussie par la chaleur

ᐱᓯᐹᐦᔮᐤ **pisipaahyaau** vai ◆ il/elle (ex. oiseau) survole l'eau de près

ᐱᓯᐹᐦᔮᒥᑭᓐ **pisipaahyaamikin** vii ◆ ça (ex. avion) vole au-dessus de l'eau

ᐱᓯᑎᓈᐤ **pisitinaau** vii ◆ c'est une vallée entre les collines

ᐱᓯᒑᐅᐦᑭᐦᐊᒼ **pisitaauhkiham** vti ◆ il/elle marche le long de la tranchée

ᐱᓯᒑᐅᐦᑳᐤ **pisitaauhkaau** vii ◆ c'est une tranchée

ᐱᓯᒑᐅᐦᒋᐱᐦᑖᐤ **pisitaauhchipihtaau** vai ◆ il/elle court le long de la tranchée

ᐱᓯᒑᐅᐦᒋᔥᑭᒼ **pisitaauhchishkim** vti ◆ il/elle creuse une tranchée dans la terre ou le sable

ᐱᓯᑯᐹᒋᔑᓐ **pisikupaachishin** vai ◆ il/elle (ex. toboggan) glisse doucement sur la neige mouillée

ᐱᓯᑯᓂᒑᐤ **pisikunichaau** vai ◆ il/elle plante ses griffes dedans

ᐱᓯᑯᓂᒼ **pisikunim** vti ◆ il/elle l'attrape avec ses griffes, il/elle le rend collant

ᐱᓯᑯᓈᐤ **pisikunaau** vta ◆ il/elle l'attrape avec ses griffes, ses serres (ex. oiseau de proie), il/elle le/la rend collant

ᐱᓯᑯᓯᔫ **pisikusiiu** vai ◆ il/elle est collant-e

ᐱᓯᑯᔥᒋᐧᐃᓂᒼ **pisikuschiwichinim** vti ◆ il/elle le colle avec de la résine

ᐱᓯᑯᔥᒋᐧᐃᓈᐤ **pisikuschiwichinaau** vta ◆ il/elle le/la colle avec de la résine

ᐱᓯᑯᔥᒋᐚᐤ **pisikuschiwaau** vai ◆ il/elle a de la résine collé sur lui/elle

ᐱᓯᑯᔑᓐ **pisikushin** vai ◆ il/elle est collé-e dessus

ᐱᓯᑯᐦᐄᑭᓐ **pisikuhiikin** ni ◆ de la colle, du ruban adhésif

ᐱᓯᑯᐦᐄᒑᐤ **pisikuhiichaau** vai ◆ il/elle les colle ensemble

ᐱᓯᑯᐦᐊᒼ **pisikuham** vti ◆ il/elle les colle ensemble

ᐱᓯᑯᐦᐚᐤ **pisikuhwaau** vta ◆ il/elle le/la colle avec quelque chose

ᐱᓯᑯᐦᑎᓐ **pisikuhtin** vii ◆ ça colle

ᐱᓯᑯ **pisikuu** vai -u ◆ il/elle se lève, se met debout

ᐱᓯᑯᓈᐤ **pisikuunaau** vta ◆ il/elle l'aide à se lever

ᐱᓯᑯᔥᑎᐚᐤ **pisikuushtiwaau** vta ◆ il/elle se lève pour le/la saluer ou pour lui témoigner du respect

ᐱᓯᒀᐤ **pisikwaau** vii ◆ c'est collant

ᐱᓯᒀᐱᐤ **pisikwaapiu** vai ◆ il/elle a les yeux fermés

ᐱᓯᒀᐱᐱᔨᐎᐤ **pisikwaapipiyihuu** vai -u ◆ il/elle cligne de l'oeil, bat des paupières

ᐱᓯᓂᐎᓐ **pisiniwin** ni ◆ quelque chose dans l'oeil

ᐱᓯᓐ **pisin** vai ◆ il/elle attrape quelque chose dans l'oeil

ᐱᓯᓯᑭᒫᐤ **pisisikimikaau** vii ◆ il y a une tranchée dans le sol

ᐱᓯᔅᑖᐱᐦᑳᑎᒼ **pisistaapihkaatim** vti ◆ il/elle l'attache autour de quelque chose

ᐱᓯᔅᑖᐱᐦᑳᑖᐤ **pisistaapihkaataau** vta ◆ il/elle l'attache autour de quelque chose

ᐱᓯᔅᑖᐱᐦᒑᐦᑎᑖᐤ **pisistaapihchaahtitaau** vai ◆ il/elle le place (filiforme) au-dessus de quelque chose

ᐱᓯᔅᑖᐹᑭᒧᐦᐋᐤ **pisistaapaakimuhaau** vta ◆ il/elle le/la suspend (filiforme) au-dessus de quelque chose

ᐱᓯᔅᑖᐹᑭᒧᐦᑖᐤ **pisistaapaakimuhtaau** vai ◆ il/elle le suspend (filiforme) au-dessus de quelque chose

ᐱᓯᔅᑖᐹᑭᔥᑖᐤ **pisistaapaakishtaau** vai ◆ il/elle le place (filiforme) au-dessus de quelque chose

ᐱᓯᔅᑖᐹᐱᐦᐋᐤ pisistaapaakihaau vta
 ♦ il/elle le/la place (filiforme) au-dessus de quelque chose

ᐱᓯᔅᑖᑭᐦᐋᐤ pisistaakihaau vta ♦ il/elle le/la drape (étalé) au-dessus de quelque chose

ᐱᓯᔅᑖᑯᓈᑭᐦᑎᒻ pisistaakunaakihtim vti
 ♦ il/elle ajoute de la neige dans la casserole pour la refroidir

ᐱᓯᔅᑖᔅᑿᐤ pisistaaskwaau vai ♦ il/elle lace, tisse la babiche jusqu'à la section médiane du cadre de la raquette

ᐱᓯᔅᑖᔅᑿᓐ pisistaaskwaan ni ♦ la babiche qui maintient le tissage central au cadre de la raquette

ᐱᓯᔅᑳᐱᒫᐤ pisiskaapimaau vta ♦ il/elle le/la remarque

ᐱᓯᔅᑳᐱᐦᑎᒻ pisiskaapihtim vti ♦ il/elle le remarque

ᐱᓯᔅᑳᑎᒻ pisiskaatim vti ♦ il/elle se soucie de ça (utilisé à la forme négative)

ᐱᓯᔅᑳᑖᐤ pisiskaataau vta ♦ il/elle se soucie de lui/d'elle (utilisé à la forme négative) ▪ ᓇᒧᐃᑦ ᓂᒥ ᐱᔅᑳᑖᐤ ᐊᓄᒡ ᐅᑖᒥᒡ ᐊᒡ ᒌ ᒫᔔᑖᐅᒡ ▪ Il ne se soucie pas de son chien bien qu'il aille toujours se battre.

ᐱᓯᔅᒋᐗᑳᐤ pisischiwikaau vii ♦ c'est une tranchée dans la boue

ᐱᓯᔅᒋᐦᑎᐙᐤ pisischihtiwaau vta
 ♦ il/elle est conscient de se répéter

ᐱᓯᔓ pisischuu vai-u ♦ il/elle est atteint-e par des étincelles qui jaillissent du feu

ᐱᓯᔅᒑᑳᐤ pisischaakaau vii ♦ c'est une tranchée dans un muskeg

ᐱᓯᔅᒑᔨᒫᐤ pisischaayimaau vta ♦ il/elle est conscient de quelque chose à propos de lui/d'elle, se soucie de lui/d'elle (utilisé à la forme négative) ▪ ᓂᒥ ᑭᔅᐊ ᐱᓯᔅᑳᔨᒫᐤ ᐊᓄᒡ ᐅᑎᓯᔅᑯᓯᐙ ᓇᒧᐃ ᐊᒡ ᐊᑳᐱᐦᑎᐊᔅᓯᒡ ▪ Elle/Il n'est pas conscient-e de la quantité de fumée qu'elle répand autour d'elle.

ᐱᓯᔅᒑᔨᐦᑎᒻ pisischaayihtim vti ♦ il/elle en est conscient, s'en soucie

ᐱᓯᐦᐄᑖᐹᓇᔅᑿᐤ pisihiitaapaanaaskwaau vai ♦ il/elle cherche du bois pour un toboggan ou un traîneau

ᐱᓯᐦᐄᒑᐤ pisihiichaau vai ♦ il/elle coupe du bois pour fabriquer des outils de chasse

ᐱᓯᐦᐄᓵᒫᐤ pisihiisaamaau vai ♦ il/elle coupe du bois pour des raquettes

ᐱᓯᐦᐊᐳᔮᐤ pisihapuyaau vta ♦ il/elle coupe du bois pour des pagaies

ᐱᓯᐦᐊᒂᔅᑯᐹᓈᐤ pisihakwaaskupaanaau vta ♦ il/elle coupe du bois pour une pelle à neige

ᐱᓯᐦᐊᒑᐴᐃᓯᒻ pisihachaayuwisim vti
 ♦ il/elle retire la première peau de la queue du castor ou du rat musqué avec de la chaleur ou de l'eau chaude

ᐱᓯᐦᐊᒥᐦᒃᐙᓈᐤ pisihamihkwaanaau vta
 ♦ il/elle coupe du bois pour fabriquer une cuillère en bois

ᐱᓯᐦᐊᒻ pisiham vti ♦ il/elle coupe du bois pour ça

ᐱᓯᐦᐊᔒᐹᐦᑖᑭᓈᐤ pisihashiipaahtaakinaau vta ♦ il/elle coupe du bois pour fabriquer un cadre ou une forme pour étendre les peaux

ᐱᓯᐦᐊᔥᑐᔫ pisihashtuyiu vai ♦ il/elle coupe du bois pour un canot

ᐱᓯᐦᑯᐹᐤ pisihkupaau vii ♦ ça (ex. un ruisseau) a des saules épais, des buissons de chaque côté

ᐱᓯᐤ pisiiu vai ♦ il est lent, elle est lente

ᐱᓯᐦᑭᐙᐤ pisiihkiwaau vta ♦ il/elle est lent-e avec lui/elle

ᐱᓯᐦᑭᒻ pisiihkim vti ♦ il/elle est lent-e à le faire

ᐱᓱᐱᔨᐦᐋᐤ pisupiyihaau vta ♦ il/elle le/la conduit lentement

ᐱᓱᐱᔨᐦᑖᐤ pisupiyihtaau vta ♦ il/elle le fait aller doucement, le fait lentement

ᐱᓱᒫᐤ pisumaau vta ♦ il/elle l'insulte avec ses paroles

ᐱᓱᐦᐊᒻ pisuham vti ♦ il/elle trébuche dessus

ᐱᓱᐦᐙᐤ pisuhwaau vta ♦ il/elle trébuche sur lui/elle

ᐱᓱᐦᑎᒻ pisuhtim vti ♦ il/elle est insulté-e par ce que quelqu'un dit

ᐱᓱᐦᑖᐤ pisuhtaau vai ♦ il/elle marche lentement

ᐱᓱ pisuu vai-u ♦ il/elle attrape son odeur, son odeur de fumée

ᐱᓵᐤ pisaau vii ♦ c'est une vallée

ᐱᔅᐱᔨᐅ  pisaapiskaau vii ♦ c'est un passage entre les rochers, un défilé

ᐱᔅᐱᑎᒥᐤ  pisaatimiiu vii ♦ il y a un chenal sous l'eau

ᐱᔅᑯᓂᑳᐤ  pisaakunikaau vii ♦ il y a une tranchée dans la neige

ᐱᔅᒥᔅᑭᐦᐊᒻ  pisaamiskiham vti ♦ il/elle creuse un trou, une tranchée dans le sol, dans le sable

ᐱᔅᒥᔅᑳᐤ  pisaamiskaau vii ♦ c'est une tranchée dans la roche sous l'eau

ᐱᔅᒥᔅᒋᐱᑎᒻ  pisaamischipitim vti ♦ il/elle creuse un trou dans la terre, le sable sous l'eau

ᐱᔅᔅᑎᒀᐱᔨᐤ  pisaastikwaapiyiu vai ♦ il/elle suit la rivière en véhicule

ᐱᔅᔅᑎᒀᐱᔨᐤ  pisaastikwaapiyiu vii ♦ ça suit la rivière

ᐱᔅᔅᒀᔮᐤ  pisaaskwaayaau vii ♦ c'est un passage, un défilé boisé

ᐱᐧᔮᐤ  piswaau vta ♦ il/elle alerte l'animal par son odeur

ᐱᐧᔮᐱᐦᒑᔑᒫᐤ  piswaapihchaashimaau vta ♦ il/elle le fait s'accrocher (filiforme) à quelque chose

ᐱᐧᔮᐱᐦᒑᔑᓐ  piswaapihchaashin vai ♦ il/elle (filiforme) est accroché-e à quelque chose

ᐱᐧᔮᐱᐦᒑᔥᑭᐧᐋᐤ  piswaapihchaashkiwaau vta ♦ il/elle est accroché-e, emmêlé-e à lui/elle (filiforme)

ᐱᐧᔮᐱᐦᒑᔥᑭᒻ  piswaapihchaashkim vti ♦ il/elle est accroché-e, emmêlé-e à lui/elle (filiforme)

ᐱᐧᔮᐱᐦᒑᐦᑎᑖᐤ  piswaapihchaahtitaau vai ♦ il/elle l'accroche (filiforme) à quelque chose

ᐱᐧᔮᐱᐦᒑᐦᑎᓐ  piswaapihchaahtin vii ♦ c'est accroché à quelque chose

ᐱᐧᔮᐹᑭᐦᐊᒻ  piswaapaakiham vti ♦ il/elle trébuche dessus (filiforme)

ᐱᐧᔮᐹᑭᐦᐧᐋᐤ  piswaapaakihwaau vta ♦ il/elle trébuche dessus (filiforme), s'emmêle dans le filet de pêche

ᐱᐧᔮᐹᒋᔅᑎᓐ  piswaapaachistin vii ♦ c'est (filiforme) emmêlé dedans

ᐱᐧᔮᐹᒋᔑᓐ  piswaapaachishin vai ♦ il/elle s'emmêle (filiforme) dedans

ᐱᐧᔮᐹᒋᔥᑭᒻ  piswaapaachishkim vti ♦ il/elle s'emmêle dans la ligne

ᐱᐧᔮᐹᒋᐦᑎᑖᐤ  piswaapaachihtitaau vai ♦ il/elle le fait s'attraper

ᐱᐧᔮᔅᑯᔨᐤ  piswaaskuyiu vai ♦ il/elle se sent mal d'avoir mangé trop de graisse

ᐱᐧᔮᔮᐤ  piswaayaau vii ♦ c'est de la nourriture riche et grasse

ᐱᔅᐱᒋᔑᓂᒻ  pispichishinim vti ♦ il/elle le laisse sortir, le fait passer par sous la toile, mais pas par la porte

ᐱᔅᐱᒋᔑᓈᐤ  pispichishinaau vta ♦ il/elle le/la laisse sortir, passer par sous la toile du tipi au lieu d'utiliser la porte

ᐱᔅᐱᓂᑏᓲ  pispinitiisuu vai reflex -u ♦ il/elle manque de se tuer

ᐱᔅᐱᓯᔅᑖᐤ  pispisistaau vii ♦ ça émet des étincelles, ça pète

ᐱᔅᐱᔅᒋᐤ  pispischiu na -iim ♦ une gélinotte huppée, une perdrix *Bonasa umbellus*

ᐱᔅᐹᐱᐤ  pispaapiu vai ♦ il/elle regarde par le trou, la fenêtre

ᐱᔅᑎᔅᑭᐧᐋᐤ  pistiskiwaau vta ♦ il/elle lui rentre dedans, le/la boxe accidentellement

ᐱᔅᑎᔅᑭᒻ  pistiskim vti ♦ il/elle lui rentre dedans, le/la boxe accidentellement

ᐱᔅᑐᐃᐦᑖᓲᐃᓐ  pistuwihutaasuwin ni pl ♦ des choses emportées à l'avance en canot, en avion

ᐱᔅᑐᐃᐦᑖᓲ  pistuwihutaasuu vai -u ♦ il/elle emporte des choses à l'avance en canot, en avion

ᐱᔅᑐᐃᐦᐅᔮᐤ  pistuwihuyaau vta ♦ il/elle l'emmène à l'avance par voie d'eau ou voie aérienne

ᐱᔅᑖᐱᐦᒑᔑᒧᑎᑎᐧᐋᐤ  pistaapihchaashimutitiwaau vta ♦ il/elle se couche en travers de lui/elle

ᐱᔅᑖᐱᐦᒑᔑᒧᑎᑎᒻ  pistaapihchaashimutitim vti ♦ il/elle se couche en travers

ᐱᔅᑭᑎᓯᓂᐦᐄᑭᓂᔥ  piskitisinihiikinish ni dim ♦ un vers, une petite partie séparée de quelque chose d'écrit ou d'imprimé

ᐱᔅᑭᑎᓯᓂᐦᐄᑭᓐ  piskitisinihiikin ni ♦ un chapitre, une partie séparée de quelque chose d'écrit ou d'imprimé

ᐱᔅᑭᒫᐤ  piskimaau vta ♦ il/elle le/la coupe (filiforme) avec ses dents

**ᐱᔅᑭᔥᑎᐦᐧᐋᐤ** piskishtihwaau vta ◆ il/elle perce des trous assez espacés pour le tressage de soutien de la raquette

**ᐱᔅᑭᐦᐄᐱᐤ** piskihiipiu vai ◆ il/elle aplanit le sol pour une habitation

**ᐱᔅᑭᐦᑎᒼ** piskihtim vti ◆ il/elle le/la coupe (filiforme) avec ses dents

**ᐱᔅᑯᐱᐤ** piskupiu vai ◆ il/elle est empilé-e

**ᐱᔅᑯᑎᐧᐋᓵᐧᐋᓈᐳᐃ** piskutiwaasaawaanaapui ni ◆ du bouillon obtenu en cuisant des têtes et des ailes d'oie plumée

**ᐱᔅᑯᑎᐧᐋᓵᐧᐋᓐᐦ** piskutiwaasaawaanh ni pl ◆ des têtes et des ailes de volaille sauvage plumée

**ᐱᔅᑯᑎᑯᒋᓐ** piskutikuchin vai ◆ il/elle est suspendu-e en hauteur, elle porte une jupe ou une robe courte, il/elle vole haut dans le ciel

**ᐱᔅᑯᑎᓂᔅᑭᐦᐧᐋᑭᓐ** piskutiniskihwaakin na -um ◆ un balai de sorcière, un buisson de branches qui se développe sur un arbre

**ᐱᔅᑯᑎᓂᔅᒋᐧᐹᐤ** piskutinischipwaau vta ◆ il/elle (ex. porc-épic) mange toute l'écorce sur le pied de l'arbre

**ᐱᔅᑯᑎᓂᔅᒋᐧᐹᑭᓐ** piskutinischipwaakin na ◆ le pied d'un arbre dont le porc-épic a mangé toute l'écorce

**ᐱᔅᑯᑎᓈᐤ** piskutinaau vii ◆ c'est une colline élevée, une montagne

**ᐱᔅᑯᑖᐅᑭᐦᐧᐋᐤ** piskutaaukihwaau vta ◆ il/elle le/la frappe et lui fait un grosse bosse

**ᐱᔅᑯᑖᐅᐦᑳᐤ** piskutaauhkaau vii ◆ c'est une colline élevée, une pointe de sable

**ᐱᔅᑯᑳᐴᐦ** piskukaapuuh vii pl -uwi ◆ les buissons forment un monticule

**ᐱᔅᑯᒑᐦᐧᐋᐤ** piskuchaahwaau vta ◆ il/elle le/la frappe et l'ouvre en le cassant

**ᐱᔅᑯᒑᐦᑎᓐ** piskuchaahtin vii ◆ ça tombe et ça s'ouvre en se cassant

**ᐱᔅᑯᓂᑳᐤ** piskunikaau vii ◆ l'île a une colline

**ᐱᔅᑯᓯᐤ** piskusiu vai ◆ il/elle a une bosse

**ᐱᔅᑯᓯᐧᑳᐤ** piskusikwaau vii ◆ il y a une bosse sur la glace

**ᐱᔅᑯᔅᑎᐦᒑᐤ** piskustihchaau vii ◆ c'est une élévation, le terrain forme une bosse

**ᐱᔅᑯᔅᒋᔅᑳᐤ** piskuschiskaau vii ◆ c'est une élévation recouverte de pins

**ᐱᔅᑯᔅᒑᑳᐤ** piskuschaakaau vii ◆ c'est une bosse, une élévation dans le muskeg

**ᐱᔅᑯᔥᑖᐤ** piskushtaau vai ◆ il/elle empile tout en tas

**ᐱᔅᑯᔥᑖᐤ** piskushtaau vii ◆ c'est empilé en tas

**ᐱᔅᑯᔮᑳᐆ** piskuyaakaauu vii -aawi ◆ c'est une dune de sable

**ᐱᔅᑯᔮᒋᓂᒼ** piskuyaachinim vti ◆ il/elle l'emballe

**ᐱᔅᑯᔮᒌᐤ** piskuyaachiiu vai ◆ il/elle s'en drape

**ᐱᔅᑯᐦᐋᐤ** piskuhaau vta ◆ il/elle les empile en tas, en hauteur

**ᐱᔅᑯᐦᑯᓈᓐ** piskuhkunaan ni ◆ une cheville ou un poignet

**ᐱᔅᑳᐱᐦᒑᐱᑎᒼ** piskaapihchaapitim vti ◆ il/elle le tire et le rompt (filiforme)

**ᐱᔅᑳᐱᐦᒑᐱᑖᐤ** piskaapihchaapitaau vta ◆ il/elle le/la tire et le /la rompt (filiforme)

**ᐱᔅᑳᐱᐦᒑᐱᔨᐦᐆ** piskaapihchaapiyihuu vai -u ◆ il/elle tire et rompt le fil, la corde, le fil de fer qui le/la tient

**ᐱᔅᑳᐱᐦᒑᔑᒼ** piskaapihchaashim vti ◆ il/elle le coupe

**ᐱᔅᑳᐱᐦᒑᐧᔖᐤ** piskaapihchaashwaau vta ◆ il/elle le/la coupe (filiforme) et le/la détache

**ᐱᔅᑳᐹᑭᐦᐊᒼ** piskaapaakiham vti ◆ il/elle le casse (filiforme) en le frappant avec quelque chose

**ᐱᔅᑳᐹᑭᐦᐧᐋᐤ** piskaapaakihwaau vta ◆ il/elle le casse en le frappant

**ᐱᔅᑳᐹᐦᑭᐦᓯᒼ** piskaapaahkihsim vti ◆ il/elle le brûle (filiforme) pour le couper

**ᐱᔅᑳᐹᐦᑭᐦᐧᓵᐤ** piskaapaahkihswaau vta ◆ il/elle le/la brûle et le/la coupe (filiforme)

**ᐱᔅᐧᑳᐤ** piskwaau vii ◆ ça a une bosse, fait une bosse

**ᐱᔅᐧᑳᐱᔅᑳᐤ** piskwaapiskaau vii ◆ c'est un affleurement rocheux élevé

**ᐱᔅᐧᑳᐱᔨᐤ** piskwaapiyiu vii ◆ le brouillard tombe brusquement, le vent se lève brusquement, la neige se met brusquement à tomber

**ᐱᐢᐚᐲᐎᐣ** piskwaapiiwin vii ◆ une tempête de neige arrive tout à coup

**ᐱᐢᐚᐳᓯᐢᑎᑖᐤ** piskwaapusistitaau vii ◆ c'est une montagne ou une colline rocheuse

**ᐱᐢᐚᑯᓂᑳᐤ** piskwaakunikaau vii ◆ c'est une bosse dans la neige

**ᐱᐢᐚᐢᒂᔮᐤ** piskwaaskwaayaau vii ◆ c'est une élévation boisée

**ᐱᐢᒁᐦᐊᒼ** piskwaaham vti ◆ il/elle le percute en tirant ou en jetant quelque chose dessus

**ᐱᐢᒁᐦᐧᐋᐤ** piskwaahwaau vta ◆ il/elle le/la percute

**ᐱᐢᒋᑭᐦᐧᐋᐤ** pischikihwaau vta ◆ il/elle le/la coupe (filiforme) avec une hache

**ᐱᐢᒋᑯᐦᑎᔥᒁᐱᑖᐤ** pischikuhtishkwaapitaau vta ◆ il/elle lui coupe la gorge tout de suite après l'avoir tué (orignal, caribou) pour empêcher le contenu de l'estomac de monter vers la tête

**ᐱᐢᒋᓯᐤ** pischisiu vai ◆ il/elle a une maille large (ex. filet)

**ᐱᐢᒋᔨᐧᐋᐤ** pischiyiwaau vta ◆ il/elle le/la vainc

**ᐱᐢᒋᔮᒑᐤ** pischiyaachaau vai ◆ il/elle gagne, vainc

**ᐱᐢᒋᐦᑎᐱᔑᐤ** pischihtipishiu vai ◆ il/elle (jeune ours) hiberne seul pour la première fois

**ᐱᐢᒑᐅᒌᐤ** pischaauchiiu vai ◆ il/elle se fait une entorse ou une foulure, s'étire un muscle

**ᐱᐢᒑᐧᐋᐤ** pischaawaau vai ◆ il/elle est maigre, il est osseux, elle est osseuse

**ᐱᐢᒑᐤ** pischaau vai ◆ il/elle dévie de la route, du chemin, du sentier

**ᐱᐢᒑᐱᔨᐤ** pischaapiyiu vai ◆ il/elle quitte accidentellement la route, dévie de sa route pour en emprunter une autre en conduisant

**ᐱᐢᒑᐱᔨᐦᐆ** pischaapiyihuu vai -u ◆ il/elle dévie soudainement de son chemin, du chemin emprunté par la horde (se dit d'un orignal, d'un caribou)

**ᐱᐢᒑᒁᔥᑯᐦᑎᐤ** pischaakwaashkuhtiu vai ◆ il/elle saute sur le côté

**ᐱᔑᐅᑖᐱᒁᐤ** pishiutaapikwaau vai ◆ il/elle pose des collets de lynx

**ᐱᔑᐅᑖᐦᐱᔥᑭᐣ** pishiutaahpishkin ni ◆ l'os de la mâchoire d'un lynx

**ᐱᔑᐅᓂᒁᐣ** pishiunikwaan ni ◆ un collet de lynx

**ᐱᔑᐅᔮᐣ** pishiuyaan na ◆ une peau de lynx

**ᐱᔑᐎᓂᐦᐄᒑᐤ** pishiwinihiichaau vai ◆ il/elle pose un piège à lynx

**ᐱᔑᐧᐋᐳᐃ** pishiwaapui ni ◆ du bouillon de lynx

**ᐱᔑᐧᐋᐳᒋᑭᓐᐦ** pishiwaapuchikinh ni pl ◆ des décorations faites de fil sur les raquettes

**ᐱᔑᐤ** pishiu na -iim ◆ un lynx*Lynx canadensis*

**ᐱᔑᑯᐱᑎᒼ** pishikupitim vti ◆ il/elle le détache

**ᐱᔑᑯᐱᑖᐤ** pishikupitaau vta ◆ il/elle le fait se détacher

**ᐱᔑᑯᐱᔨᐤ** pishikupiyiu vai ◆ il/elle se détache tout seul

**ᐱᔑᑯᐱᔨᐤ** pishikupiyiu vii ◆ ça se détache tout seul

**ᐱᔑᑯᓂᒼ** pishikunim vti ◆ il/elle le défait, détache, disloque

**ᐱᔑᑯᓈᐤ** pishikunaau vta ◆ il/elle le/la défait, détache, disloque

**ᐱᔑᑯᔑᐱᐦᑖᐤ** pishikushipihtaau vai ◆ il/elle se lève rapidement, se remet rapidement sur ses pieds

**ᐱᔑᑯᔥᑭᐧᐋᐤ** pishikushkiwaau vta ◆ il/elle ne réussit pas à embarquer dessus ou dedans et perd l'équilibre, il/elle le/la manque en allant dans le mauvais sens

**ᐱᔑᑯᔥᑭᒼ** pishikushkim vti ◆ il/elle le fait se détacher avec son pied ou son corps, ne réussit pas à embarquer dessus et perd l'équilibre

**ᐱᔑᑳᐳᐧᐃᐧᐃᒡ** pishikaapuwiwich vai pl -uwi ◆ c'est une fine rangée d'arbres

**ᐱᔑᒋᔥᑎᐧᐋᐤ** pishichishtiwaau vta ◆ il/elle lui obéit, l'écoute

**ᐱᔑᒋᔥᑎᒼ** pishichishtim vti ◆ il/elle est obéissant-e, l'écoute

**ᐱᔑᒋᔥᑭᒼ** pishichishkim vti ◆ il/elle suit la rivière en marchant

**ᐱᔑᒋᐦᐋᐤ** pishichihaau vta ◆ il/elle l'écoute

ᐱᔑᒥᓈᐱ pishiminaapii ni ♦ la ligne d'amarre d'une raquette, la ligne qui suit l'intérieur du cadre

ᐱᔑᒫᵒ pishimaau vai ♦ il/elle met la cordelette de bordure sur le cadre de la raquette

ᐱᔑᒫᓐ pishimaan ni ♦ la cordelette de bordure à laquelle se tisse le reste de la raquette

ᐱᔑᔑᑯᐱᔨᐦᐋᵒ pishishikupiyihaau vta ♦ il/elle le/la vide complètement

ᐱᔑᔑᑯᐱᔨᐦᑖᵒ pishishikupiyihtaau vai ♦ il/elle le vide complètement

ᐱᔑᔑᑯᑳᐴ pishishikukaapuu vii -uwi ♦ c'est vide (placé sur un axe vertical)

ᐱᔑᔑᑯᓯᐤ pishishikusiu vai ♦ il/elle est vide

ᐱᔑᔑᑯᔥᑖᵒ pishishikushtaau vii ♦ c'est placé là et c'est vide

ᐱᔑᔑᑯᐦᑖᵒ pishishikuhtaau vai ♦ il/elle marche les mains vides

ᐱᔑᔑᒁᵒ pishishikwaau vii ♦ c'est vide

ᐱᔑᔑᒁᐹᐆ pishishikwaapaauu vai -aawi ♦ il est célibataire, c'est un célibataire

ᐱᔑᔑᒁᔨᒨ pishishikwaayimuu vai -u ♦ il/elle est mécontent-e parce qu'on ne partage pas la nourriture avec lui

ᐱᔑᔑᒄ pishishikw p,quantité ♦ rien de plus, rien d'autre, simplement ■ ᐱᔑᔑᒄ ᓂᐱᓤ ᐠ ᒥᓂ·ᐸ·ᐊᒡ ᐊᐸ ᐅᐟᒥ ᐃᔨᒡ ᐊᐦᑉᐠ ■ Ils n'avaient que de l'eau à boire parce qu'ils n'avaient plus de thé.

ᐱᔑᔑᑖᐚᵒ pishishtaawaau vai ♦ il/elle marche de l'autre côté de la pointe, de la colline

ᐱᔑᔑᑖᵒ pishishtaau vii ♦ des étincelles jaillissent du feu

ᐱᔑᔑᑖᐱᐦᒑᔑᒫᵒ pishishtaapihchaashimaau vta ♦ il/elle le/la dépose (filiforme) en travers de quelque chose

ᐱᔑᔑᑖᐱᐦᒑᔑᓐ pishishtaapihchaashin vai ♦ il/elle est couché-e, posé-e par-dessus quelque chose

ᐱᔑᔑᑖᑭᔥᑖᵒ pishishtaakishtaau vai ♦ il/elle le recouvre (étalé)

ᐱᔑᔑᑖᑯᓈᑭᐦᑎᒼ pishishtaakunaakihtim vti ♦ il/elle ajoute de la neige à la casserole pour la refroidir rapidement

ᐱᔑᔑᑖᑯᓈᐦᑭᐦᑎᒼ pishishtaakunaahkihtim vti ♦ il/elle ajoute de la neige à la casserole pour refroidir le bouillon

ᐱᔑᔑᑖᐦᐄᑭᓐ pishishtaahiikin ni ♦ un fouet, une lanière

ᐱᔑᔑᑖᐦᐊᒼ pishishtaaham vti ♦ il/elle le fouette

ᐱᔑᔑᑖᐦᐚᵒ pishishtaahwaau vta ♦ il/elle le/la fouette

ᐱᔑᔑᒑᔑᐤ pishishchaashiu vii dim ♦ c'est une petite chambre

ᐱᔑᐦᐆ pishihuu vai -u ♦ il/elle ne tue plus rien parce qu'il/elle n'a pas traité les animaux avec suffisamment de respect, il/elle cesse d'être respectée par les autres

ᐱᔑᐦᑯᐹᐤ pishihkupaau vii [Whapmagoostui] ♦ les saules poussent en rangée le long du rivage

ᐱᔑᐦᑳᐹᐤ pishihkaapaau vii ♦ il y a de gros saules, buissons de chaque coté (ex. du ruisseau)

ᐱᔑᐃᔑᔥ pishiishish na -im ♦ un jeune lynx

ᐱᔓᔑᓐ pishushin vai ♦ il/elle s'emmêle en étant entraîné

ᐱᔖᑯᒫᵒ pishaakumaau vta ♦ il/elle oublie de le/la manger sans faire exprès

ᐱᔖᑯᓂᒼ pishaakunim vti ♦ il/elle l'oublie et le laisse par hasard, par erreur

ᐱᔖᑯᓈᵒ pishaakunaau vta ♦ il/elle l'oublie et le/la laisse par erreur

ᐱᔖᑯᔥᑭᐚᵒ pishaakushkiwaau vta ♦ il/elle passe par là sans le/la trouver

ᐱᔖᑯᔥᑭᒼ pishaakushkim vti ♦ il/elle passe par là sans le trouver

ᐱᔖᑯᐦᑎᒼ pishaakuhtim vti ♦ il/elle oublie de manger sans faire exprès

ᐱᔖᒁᐱᒫᵒ pishaakwaapimaau vta ♦ il/elle ne le/la remarque pas, ne réussit pas à le/la remarquer

ᐱᔖᒁᐱᐦᑎᒼ pishaakwaapihtim vti ♦ il/elle ne le remarque pas, ne réussit pas à le remarquer

ᐱᔖᓈᒥᔅᒑᒋᐎᓐ pishaanaamischaachiwin vii ♦ ce sont des petits rochers sous le rapide

ᐱ·ᔑᒻᕆᐧᐦ pishwaamihchihuu vai -u
   ◆ il/elle se sent malade après avoir mangé de la nourriture riche et grasse
ᐱᐁᐧᐱᓂᑎᒻ pishpinitim vti ◆ il/elle le fait à peine, l'atteint presque
ᐱᐁᐧᐱᓂᑖᐤ pishpinitaau vta ◆ il/elle le/la met en danger, en vient presque à lui causer des dommages sérieux, l'atteint presque (ex. un original)
ᐱᐁᐧᐱᔑᐁᐧᑖᐤ pishpishishtaau vii ◆ le feu crépite, jette des étincelles
ᐱᐁᐧᑎᑳᐯᐧᐊᐅᐧᔥᑖᐤ pishtikwaayaaushtaau vai ◆ il/elle écrit en français
ᐱᐁᐧᑎᑳᐯᐧᐊᐅᐧᔥᑖᐤ pishtikwaayaaushtaau vii ◆ c'est écrit en français
ᐱᐁᐧᑎᑳᐯᐧᐊᐅᐧᔨᒥᐤ pishtikwaayaauyimiu vai ◆ il/elle parle français
ᐱᐁᐧᑎᑳᐯᐧᐊᐅᐧᔨᒧᐃᐧᓐ pishtikwaayaauyimuwin ni ◆ la langue française
ᐱᐁᐧᑎᑳᐯᐧᐊᐤ pishtikwaayaau na ◆ un Français
ᐱᐁᐧᑎᑳᐯᐧᐊᐢᐠᐊᐧᐤ pishtikwaayaaskwaau na ◆ une Française
ᐱᐁᐧᑎᒫᐤ pishtimaau vta ◆ il/elle le/la mord, mange, boit par accident
ᐱᐁᐧᑎᓂᒻ pishtinim vti ◆ il/elle prend le faux, le mauvais
ᐱᐁᐧᑎᓈᐤ pishtinaau vta ◆ il/elle prend le mauvais, le faux, il/elle le/la prend pour quelqu'un d'autre
ᐱᐁᐧᑎᔑᒫᐤ pishtishimaau vta ◆ il/elle le/la heurte accidentellement à quelque chose
ᐱᐁᐧᑎᔑᓐ pishtishin vai ◆ il/elle se heurte à quelque chose
ᐱᐁᐧᑎᐦᐊᒻ pishtiham vti ◆ il/elle le heurte accidentellement
ᐱᐁᐧᑎᐦᐋᐧᐤ pishtihwaau vta ◆ il/elle le/la heurte accidentellement
ᐱᐁᐧᑎᐦᑎᑖᐤ pishtihtitaau vai ◆ il/elle heurte à quelque chose
ᐱᐁᐧᑎᐦᑎᒻ pishtihtim vti ◆ il/elle mord, mange, boit accidentellement
ᐱᐁᐧᑎᐦᑎᒻ pishtihtim vti ◆ il/elle répare un trou dans un canot
ᐱᐁᐧᑎᐦᑖᐧᑳᑮᐱᐧᓐ pishtihtwaawaakin ni ◆ une trousse de réparation pour canot

ᐱᐁᐧᑎᐦᑖᐧᐤ pishtihtwaau vai ◆ il/elle répare un canot
ᐱᐁᐧᑐᒐᐤ pishtuchaau vai ◆ il/elle entre par erreur dans la mauvaise habitation
ᐱᐁᐧᑖᐋᐧᔨᒫᐤ pishtaawaayimaau vta ◆ il/elle le/la prend pour quelqu'un d'autre, le/la confond avec quelqu'un d'autre
ᐱᐁᐧᑖᐋᐧᔨᐦᑎᒻ pishtaawaayihtim vti ◆ il/elle le prend pour quelque chose d'autre, le confond avec quelque chose d'autre
ᐱᐁᐧᑖᐤ pishtaau ni ◆ de la fumée provenant d'un feu allumé par quelqu'un
ᐱᐢᑭᔖᐋᐧᐤ pishkishaawaau vai ◆ il/elle vide et nettoie le poisson
ᐱᐢᑭᐦᐋᐧᐤ pishkihwaau vai ◆ il/elle fait des mailles assez grandes en tissant ses raquettes
ᐱᐢᑯᐱᑎᒻ pishkupitim vti ◆ il/elle le plume, le déplume ou en arrache les poils
ᐱᐢᑯᐱᑖᐤ pishkupitaau vta ◆ il/elle le/la plume, déplume, lui arrache les poils
ᐱᐢᑯᑎᐋᐧᐱᑖᐤ pishkutiwaapitaau vta ◆ il/elle lui arrache les cheveux, les poils (se dit d'un corps humain)
ᐱᐢᑯᑎᐋᐧᐱᔫ pishkutiwaapiyiu vai ◆ il/elle perd ses cheveux, ses poils, sa fourrure
ᐱᐢᑯᑎᐋᐧᑯᐦᒋᓐ pishkutiwaakuhchin vai ◆ il/elle (ex. un animal mort) perd sa fourrure après avoir passé trop de temps dans l'eau
ᐱᐢᑯᑎᐋᐧᔮᑎᐦᐋᐧᐤ pishkutiwaayaatihwaau vta ◆ il/elle lui rase sa fourrure
ᐱᐢᑯᒋᐋᐧᐱᓂᒻ pishkuchiwaapinim vti ◆ il/elle le jette dans les airs
ᐱᐢᑯᒋᐋᐧᐱᓈᐤ pishkuchiwaapinaau vta ◆ il/elle le/la jette dans les airs
ᐱᐢᑯᒑᐱᔫ pishkuchaapiyiu vai ◆ il/elle s'ouvre
ᐱᐢᑯᒑᔑᓐ pishkuchaashin vai ◆ ça tombe et ça s'ouvre, ses entrailles se déchirent et s'ouvrent parce qu'on l'a laissé trop longtemps sans l'éviscérer
ᐱᐢᑯᒑᐦᐊᒻ pishkuchaaham vti ◆ il/elle le casse et l'ouvre (ex. un sac) avec quelque chose

**ᐱᔥᑯᓂᒑᐤ** pishkunichaau vai ◆ il/elle plume des oiseaux

**ᐱᔥᑯᓂᒼ** pishkunim vti ◆ il/elle le plume (ex. la tête ou l'aile d'un oiseau)

**ᐱᔥᑯᓂᐦᔮᐧᐋᐤ** pishkunihyaawaau vai ◆ il/elle plume un lagopède

**ᐱᔥᑯᓈᐤ** pishkunaau vta ◆ il/elle le/la plume (ex. oie, canard)

**ᐱᔥᑯᐢᒃ** pishkusk na -im ◆ une oie qui mue

**ᐱᔥᑯᔑᑉ** pishkuship na ◆ un canard qui mue

**ᐱᔥᑯᔒᐧᐋᑯᐦᑉ** pishkushiiwaakuhp na ◆ un vieux manteau en peau de caribou dont les poils commencent à tomber

**ᐱᔥᑯᐧᔖᐤ** pishkushwaau vta ◆ il/elle en rase les poils (ex. d'une peau d'animal)

**ᐱᔥᑯᔥᑐᓈᔑᓐ** pishkushtunaashin vai ◆ il/elle se cogne le nez et saigne du nez

**ᐱᔥᑯᔥᑐᓈᔥᑭᐧᐋᐤ** pishkushtunaashkiwaau vta ◆ il/elle le/la cogne et le/la fait saigner du nez

**ᐱᔥᑯᔥᑐᓈᐦᐧᐋᐤ** pishkushtunaahwaau vta ◆ il/elle le/la fait saigner du nez

**ᐱᔥᑯᔥᑐᓐ** pishkushtun vai ◆ il/elle saigne du nez

**ᐱᔥᑯᔥᑖᐤ** pishkushtaau vai ◆ il/elle les empile en hauteur, il/elle est empilé-e

**ᐱᔥᑯᔮᒋᔑᒫᐤ** pishkuyaachishimaau vta ◆ il/elle le/la couche en l'enveloppant dans quelque chose d'étalé

**ᐱᔥᑯᔮᒋᔑᓐ** pishkuyaachishin vai ◆ il/elle se couche enveloppé-e de quelque chose d'étalé, sous une couverture

**ᐱᔥᑯᐦᐄᒑᐤ** pishkuhiichaau vai ◆ il/elle ensouple, enlève les racines de poil du cuir

**ᐱᔥᑯᐦᐧᐋᐤ** pishkuhwaau vta ◆ il/elle en gratte les poils pour les enlever (ex. peau d'orignal)

**ᐱᔥᑯᐦᒋᑭᓂᐦᒑᐤ** pishkuhchikinihchaau vai ◆ il/elle fait un grattoir à os

**ᐱᔥᑯᐦᒋᑭᓈᐦᑎᒄ** pishkuhchikinaahtikw ni -m ◆ un poteau ou une perche sur lequel la peau d'orignal ou de caribou est placée pour qu'on y gratte les poils

**ᐱᔥᑯᐦᒋᑭᓐ** pishkuhchikin ni ◆ un ensoupleur (un os aiguisé de patte de caribou ou d'orignal, servant à enlever les racines de poil des peaux)

**ᐱᔥᑯᐦᒌ** pishkuhchii ni ◆ un arbre tombé, déraciné, une crosse de fusil

**ᐱᔥᑯᐦᒌᐦᑎᒄ** pishkuhchiihtikw ni ◆ un arbre tombé, abattu, déraciné, desséché

**ᐱᔥᑰ** pishkuu vai -u ◆ il/elle mue (ex. oiseau)

**ᐱᔥᒋᐧᔖᐤ** pishchishwaau vta ◆ il/elle le/la coupe (filiforme)

**ᐱᔥᒡ** pishch p,quantité ◆ quelque, pas tous ▪ ᒥᒄ ᐱᔥᒡ ᒌᐦ ᑎᑯᔑᓂᒡ ᐊᓂᒌ ᐊᐧᐋᓂᒌ ᐃᐢᑯᑎᑉ ᑳ ᒋᐦᒋᔥᑖᑭᓂᐧᐃᔨᒡ ᒑ ᒫᑎᐧᐋᓂᐧᐃᔨᒡ᙮ ▪ *Il n'y en avait que quelques uns qui étaient là quand le jeu devait commencer.*

**ᐱᔨᒌᐢ** piyichiis na -im ◆ un pantalon

**ᐱᔨᒑᓂᔑᔥ** piyichaanishish na ◆ un oisillon

**ᐱᔨᐢᑯᐱᔨᐤ** piyiskupiyiu vai ◆ il/elle passe tout seul dedans

**ᐱᔨᐢᑯᐱᔨᐤ** piyiskupiyiu vii ◆ ça passe tout seul dedans, ça traverse tout seul, le fond en est arraché

**ᐱᔨᐢᑯᐱᔨᐦᐋᐤ** piyiskupiyihaau vta ◆ il/elle le/la fait traverser en le/la déplaçant

**ᐱᔨᐢᑯᐱᔨᐦᑖᐤ** piyiskupiyihtaau vai ◆ il/elle le fait traverser

**ᐱᔨᐢᑯᐳᑖᐤ** piyiskuputaau vai+o ◆ il/elle scie à travers

**ᐱᔨᐢᑯᐳᔮᐤ** piyiskupuyaau vta ◆ il/elle scie au travers

**ᐱᔨᐢᑯᐹᒋᑰ** piyiskupaachikuu vii -uwi ◆ de l'eau passe au travers

**ᐱᔨᐢᑯᐹᒌᐤ** piyiskupaachiiu vai ◆ le bébé crève sa poche des eaux pendant qu'il nait

**ᐱᔨᐢᑯᐹᔥᑖᐤ** piyiskupaashtaau vii ◆ il y a de l'eau sur la glace provenant de neige fondue au soleil

**ᐱᔨᐢᑯᑎᒫᐦᑯᓈᐤ** piyiskutimaahkunaau vai ◆ il/elle s'enfonce dans la neige jusqu'au niveau du sol

**ᐱᔨᐢᑯᑎᒫᐦᑯᓈᐱᒋᐤ** piyiskutimaahkunaapichiu vai ◆ il/elle fait la trace en déplaçant son campement d'hiver

ᐱᔅᑯᑖᔨᑉᐦᐊᒻ piyiskutaayaakiham vti
 • il/elle le perce (étalé) en utilisant quelque chose

ᐱᔅᑯᒋᔅᒑᐙᐱᔨᐤ piyiskuchischaawaapiyiu vii • le fond du récipient, du contenant tombe

ᐱᔅᑯᓂᒻ piyiskunim vti • il/elle perce un trou dedans avec sa main

ᐱᔅᑯᓈᐤ piyiskunaau vta • il/elle perce un trou dedans avec ses mains

ᐱᔅᑯᐦᐊᒻ piyiskuham vti • il/elle en détache le fond avec quelque chose

ᐱᔅᑯᐦᐙᐤ piyiskuhwaau vta • il/elle perce un trou dedans avec quelque chose

ᐱᔅᒁᑯᐦᑖᐤ piyiskwaakuhtaau vii • la neige fond jusqu'au sol

ᐱᔅᔑᑯᒋᐎᓐ piyishkuchiwin vii • l'eau brise et traverse quelque chose

ᐱᔨᐃᐦᑖᐙᐤ piyiyihtaawaau vii • le son s'entend clairement, ça s'entend bien

ᐱᔨᐃᐦᑖᐙᐱᔨᐤ piyiyihtaawaapiyiu vii • le son provient clairement de là

ᐱᔨᐃᐦᑖᐙᑭᐦᐄᒑᐤ piyiyihtaawaakihiichaau vai • il/elle fait des bruits de hache assez forts

ᐱᔨᐃᐦᑖᐙᒋᐎᓐ piyiyihtaawaachiwin vii • le courant d'eau s'entend clairement

ᐱᔨᐃᐦᑖᐱᐤ piyiyihtaapiu vai • il/elle s'assoit là où on la/le remarque

ᐱᔨᐃᐦᑖᓈᑯᓐ piyiyihtaanaakun vii • c'est possible de voir de loin

ᐱᔨᐃᐦᑖᔥᑖᐤ piyiyihtaashtaau vii • c'est placé là où c'est visible, on peut le remarquer

ᐱᔨᐃᐦᑖᔮᐱᒫᐤ piyiyihtaayaapimaau vta • il/elle le/la voit complètement et clairement

ᐱᔨᐃᐦᑖᔮᐱᐦᑎᒻ piyiyihtaayaapihtim vti • il/elle voit le tout clairement

ᐱᔨᐦᑖᐙᐳᔅᒋᐦᑎᒃᵈ piyihtaawaapuschihtikw na -im • un arbre dont toutes les branches ont brûlé

ᐱᔮᐅᑖᐱᒃᐚᐤ piyaautaapikwaau vai • il/elle pose des pièges de lagopède

ᐱᔮᐅᓂᒀᓐ piyaaunikwaan ni • un collet de lagopède

ᐱᔮᐅᐦᐄᐱᐃ piyaauhiipii ni -im • un filet pour attraper des lagopèdes

ᐱᔮᐚᐳᐃ piyaawaapui ni -m • du bouillon de lagopède

ᐱᔮᐚᑯᓂᔥ piyaawaakunish na • de légers flocons de neige

ᐱᔮᐤ piyaau na -m • un lagopède (Lagopus sp.)

ᐱᔮᐱᐦᑯᐦᑖᐤ piyaapihkuhtaau vai • il/elle met des cendres dessus

ᐱᔮᐱᐦᒃ piyaapihkw ni • de la cendre

ᐱᔮᐹᐤ piyaapaau vii • l'eau arrive jusqu'aux racines de l'arbre

ᐱᔮᑭᔅᒋᓂᐚᐤ piyaakischiniwaau vta • il/elle le/la voit clairement

ᐱᔮᑭᔅᒋᓂᒻ piyaakischinim vti • il/elle le voit clairement

ᐱᔮᑭᔅᒋᓈᑯᓐ piyaakischinaakun vii • ça a l'air clair

ᐱᔮᑭᔅᒋᐦᑖᑯᓐ piyaakischihtaakun vii • c'est facile à comprendre, à entendre, on l'entend clairement

ᐱᔮᑭᔅᒋᐦᑖᑯᓯᐤ piyaakischihtaakusiu vai • il/elle est facile à comprendre, à entendre, on l'entend clairement

ᐱᔮᑭᔅᒑᔨᒫᐤ piyaakischaayimaau vta • il/elle pense qu'il/elle est lucide

ᐱᔮᑭᔅᒑᔨᐦᑎᒻ piyaakischaayihtim vti • il/elle est lucide

ᐱᔮᑭᔥᑳᔥᑎᐚᐤ piyaakishkaashtiwaau vai • le soleil brille fort

ᐱᔮᒀᑭᒦ piyaakwaakimii ni • Pointe Bleue

ᐱᔮᒀᑭᒦᐅᐄᔨᔨᐤ piyaakwaakimiiuiiyiyiu na -im • une personne qui vient de Pointe Bleue

ᐱᔮᒫᐅᐊᔅᒋᓈᐤ piyaamaauaschisinaau vai • il/elle porte deux chaussures différentes, de taille différente

ᐱᔮᒫᐅᒃᐚᑎᒻ piyaamaaukwaatim vti • il/elle coud les mauvais morceaux ensembles

ᐱᔮᒫᐅᒃᐚᑖᐤ piyaamaaukwaataau vta • il/elle coud les mauvais morceaux ensembles

ᐱᔮᒫᐅᓂᒻ piyaamaaunim vti • il/elle en tient, prend, donne deux qui ne forment pas une paire (ex. bas, bottes), il/elle prend le mauvais

**ᐱᔮᒫᐅᓈᐤ** piyaamaaunaau vta ◆ il/elle en tient, prend, donne deux qui ne forment pas une paire (ex. bas, bottes), il/elle prend le mauvais

**ᐱᔮᒫᐅᓐ** piyaamaaun vii ◆ c'est dépareillé

**ᐱᔮᒫᐅᓰᐤ** piyaamaausiiu vai ◆ il/elle est dépareillé-e

**ᐱᔮᒫᐅᔅᑎᓵᐤ** piyaamaaustisaau vai ◆ il/elle porte des mitaines dépareillées

**ᐱᔮᒫᐅᔥᑭᐙᐤ** piyaamaaushkiwaau vta ◆ il/elle en porte une paire dépareillée

**ᐱᔮᒫᐅᔥᑭᒼ** piyaamaaushkim vti ◆ il/elle en porte deux dépareillées (ex. chaussures)

**ᐱᔮᓯᐅᐱᒦ** piyaasiupimii ni ◆ de la graisse d'oie, du gras d'oie

**ᐱᔮᓯᐅᒫᔥᑖᒄ** piyaasiumaashtaakw na [Wemindji] ◆ de la peau d'oie séchée, fumée

**ᐱᔮᓯᐤ** piyaasiu na -iim ◆ une volaille assez grosse comme une dinde ou une oie

**ᐱᔮᓰᔅᑳᐤ** piyaasiiskaau vii ◆ il y a des oies en abondance

**ᐱᔮᔅᑖᔅᑭᒥᒄ** piyaastaaskimikw ni ◆ de la mousse à pointe verte

**ᐱᔮᔅᑳᐤ** piyaaskaau vii ◆ il y a beaucoup de lagopèdes par ici

**ᐱᔮᔅᒑᔮᐲᐦ** piyaaschaayaapiih ni pl ◆ des bretelles, de l'anglais 'braces'

**ᐱᔮᔒᔑᐅᐹᔥᒋᔑᑭᓂᔥ** piyaashiishiupaashchishikinish ni ◆ une carabine

**ᐱᔮᔒᔥ** piyaashiish na -im ◆ un oiseau

**ᐱᔮᐦᑭᓐ** piyaahkin vii ◆ c'est propre et pur

**ᐱᔮᐦᑭᔅᑳᐱᐦᑖᐤ** piyaahkiskaapihtaau vii ◆ il y a de la fumée qui monte et ça se voit clairement

**ᐱᔮᐦᑳᑭᒥᐤ** piyaahkaakimiu vii ◆ c'est de l'eau propre

**ᐱᔮᐦᒋᓰᐤ** piyaahchisiiu vai ◆ il/elle est propre, pur-e

**ᐱᔮᐦᒋᐦᐄᐙᐤ** piyaahchihiiwaau vii ◆ ça nettoie

**ᐱᔮᐦᒋᐦᐋᐤ** piyaahchihaau vta ◆ il/elle le/la nettoie, il/elle le/la garde propre

**ᐱᔮᐦᒋᐦᑖᐤ** piyaahchihtaau vai+o ◆ il/elle nettoie, il/elle garde propre

**ᐱᔮᐦᒌᐦᒑᐦᒄ** piyaahchiihchaahkw na -um ◆ le Saint Esprit

**ᐱᐧᔮᐱᔅᑯᔮᑭᓐ** piywaapiskuyaakin ni ◆ une bouteille ou un pot de verre

**ᐱᐧᔮᐱᔅᑯᐦᑭᐦᑎᐙᐤ** piywaapiskuhkihtiwaau vta ◆ il/elle y attache un morceau de métal

**ᐱᐧᔮᐱᔅᑯᐦᑯᑖᑭᓐ** piywaapiskuhkutaakin ni ◆ un rabot

**ᐱᐧᔮᐱᔅᑯᐦᑯᐦᑎᒼ** piywaapiskuhkuhtim vti ◆ il/elle y attache un morceau de métal

**ᐱᐧᔮᐱᔅᑰ** piywaapiskuu vai -uwi ◆ il/elle est en métal

**ᐱᐧᔮᐱᔅᑰ** piywaapiskuu vii -uwi ◆ c'est en métal

**ᐱᐧᔮᐱᔅᒁᔮᐲ** piywaapiskwaayaapii ni ◆ un fil de fer, un fil métallique

**ᐱᐧᔮᐱᔅᒄ** piywaapiskw ni -um ◆ du métal

**ᐱᓛᐅᔅ** pilaaus ni ◆ une blouse, de l'anglais blouse'

**ᐱᐧᓛᒡ** pilwaach na -im ◆ une broche, de l'anglais 'brooch' ou du français 'broche'

**ᐱᐦᐱᐦᒋᔨᐦᑎᐤ** pihpihchiyihtiu vai ◆ il/elle agit par erreur, inconsciemment

**ᐱᐦᐳᐎᐱᔨᐦᐋᐤ** pihpuwipiyihaau vta redup ◆ il/elle le/la secoue bien

**ᐱᐦᐳᐎᐱᔨᐦᑖᐤ** pihpuwipiyihtaau vai redup ◆ il/elle secoue quelque chose de quelque chose

**ᐱᐦᐳᐎᐱᐦᒁᐤ** pihpuwipihkwaau vta redup ◆ il/elle tape la neige pour la faire tomber de la toile du tipi

**ᐱᐦᐳᐎᐱᐦᒁᐦᐊᒼ** pihpuwipihkwaaham vti redup ◆ il/elle tape la neige avec quelque chose pour la faire tomber de la toile du tipi

**ᐱᐦᐳᐎᑎᐙᔑᒫᐤ** pihpuwitiwaashimaau vai redup ◆ il/elle le/la secoue d'un large geste au-dessus de la neige, de l'herbe pour en enlever l'excès d'eau (se dit de la fourrure)

**ᐱᐦᐳᐎᓂᔅᑭᐦᐊᒼ** pihpuwiniskiham vti redup ◆ il/elle frappe la neige pour la faire tomber du tipi

**ᐱᐦᐳᐎᓯᑯᐦᐊᒼ** pihpuwisikuham vti redup ◆ il/elle le frappe pour faire tomber la glace

ᐱᐦᐳᐃᓯᑯᐦᐙᐤ pihpuwisikuhwaau vta
redup ◆ il/elle le/la frappe pour faire tomber la glace

ᐱᐦᐳᐃᔑᒫᐤ pihpuwishimaau vta redup
◆ il/elle le/la frappe pour en faire tomber quelque chose

ᐱᐦᐳᐃᐦᐴ pihpuwihusuu vai reflex redup -u
◆ il/elle l'enlève en se brossant

ᐱᐦᐳᐃᐦᐊᒥ pihpuwiham vti redup
◆ il/elle l'enlève en brossant, en frappant

ᐱᐦᐳᐃᐦᐙᐤ pihpuwihwaau vta redup
◆ il/elle lui enlève la neige ou le sable, il/elle le/la nettoie en le frappant

ᐱᐦᐳᐃᐦᑎᑖᐤ pihpuwihtitaau vai redup
◆ il/elle le frappe contre quelque chose pour en enlever quelque chose

ᐱᐦᐳᐋᑉᐦᐊᒥ pihpuwaakiham vti redup
◆ il/elle le frappe (étalé) de ses mains pour en enlever quelque chose

ᐱᐦᐳᐋᑉᐦᐙᐤ pihpuwaakihwaau vta redup
◆ il/elle le frappe (étalé) de ses mains pour en enlever quelque chose

ᐱᐦᐳᐋᑯᓂᑭᐦᐴ pihpuwaakunikihusuu vai reflex redup -u ◆ il/elle se brosse pour enlever la neige

ᐱᐦᐳᐋᑯᓂᑭᐦᐊᒥ pihpuwaakunikiham vti redup ◆ il/elle le brosse pour enlever la neige

ᐱᐦᐳᐋᒋᐱᔨᐦᐋᐤ pihpuwaachipiyihaau vta redup ◆ il/elle le/la secoue (étalé)

ᐱᐦᐳᐋᒋᐱᔨᐦᑖᐤ pihpuwaachipiyihtaau vai redup ◆ il/elle le/la secoue

ᐱᐦᐳᐋᔅᑯᐱᑎᒻ pihpuwaaskupitim vti redup ◆ il/elle en enlève quelque chose (long et rigide)

ᐱᐦᐳᐋᔅᑯᐱᑖᐤ pihpuwaaskupitaau vta redup ◆ il/elle le/la secoue pour en enlever quelque chose

ᐱᐦᐳᐋᔅᑯᐦᐊᒥ pihpuwaaskuham vti redup
◆ il/elle le frappe contre quelque chose pour en enlever la neige, le sable, etc.

ᐱᐦᐳᐋᔅᑯᐦᐙᐤ pihpuwaaskuhwaau vta redup ◆ il/elle le/la frappe contre quelque chose pour en enlever quelque chose

ᐱᐦᐳᐋᔑᐦᑖᐤ pihpuwaashihtaau vai+o redup ◆ il/elle le suspend dehors (étalé) pour que le vent emporte la poussière, les poils, les plumes, etc.

ᐱᐦᐳᐋᔑᐦᑎᒫᐤ pihpuwaashtimaau vta redup ◆ il/elle le/la suspend dehors (étalé) pour que le vent emporte la poussière, les poils, les plumes, etc.

ᐱᐦᑖᐙᐳᔥ pihtaawaapush na ◆ un lièvre dépiauté et flambé

ᐱᐦᑖᐤ pihtaau vai+o ◆ il/elle le flambe pour enlever les poils, les plumes, les piquants, etc.

ᐱᐦᑖᐤ pihtaau na -um ◆ un castor flambé

ᐱᐦᑖᒀᐤ pihtaakwaau vai ◆ il/elle flambe le porc-épic pour enlever les poils et les piquants

ᐱᐦᑖᒀᑭᓈᐦᑎᒄ pihtaakwaakinaahtikw ni -um ◆ un bâton utilisé pour flamber un porc-épic

ᐱᐦᑖᒥᔅᒀᐤ pihtaamiskwaau vai ◆ il/elle flambe le castor pour enlever la fourrure

ᐱᐦᑭᔖᐱᔨᐤ pihkishaapiyiu vai ◆ il/elle a des rides, sa peau est ridée

ᐱᐦᑭᔖᓈᐤ pihkishaanaau vta ◆ il/elle en ramasse un pli entre ses doigts

ᐱᐦᑭᐦᑰ pihkihukuu vai -u ◆ son coeur bat, il/elle a un pouls

ᐱᐦᑭᐦᐊᓐ pihkihan vii ◆ il bat (ex. le coeur)

ᐱᐦᑭᐦᑖᐤ pihkihtaau vii ◆ c'est roussi, brûlé légèrement

ᐱᐦᑭᐦᓲ pihkihsuu vai -u ◆ il/elle est roussi-e, brûlé-e légèrement

ᐱᐦᑭᐦᔃᐤ pihkihswaau vta ◆ il/elle le/la grille, le/la fait rôtir

ᐱᐦᑯᐹᓵᑳᐤ pihkupaasaakaau vii ◆ le rocher va droit dans l'eau

ᐱᐦᑯᐹᔮᐱᔅᑳᐤ pihkupaayaapiskaau vii ◆ le rocher va droit dans l'eau

ᐱᐦᑯᑎᓂᒻ pihkutinim vti ◆ il/elle le dégage (quelque chose qui était coincé)

ᐱᐦᑯᑎᓈᐤ pihkutinaau vta ◆ il/elle le/la dégage à la main (quelque chose qui était coincé)

ᐱᐦᑯᑎᐦᐊᒥ pihkutiham vti ◆ il/elle le dégage (ex. quelque chose qui était pris gelé dans le sol)

ᐱᐦᑯᑎᐦᐧᐋᐤ pihkutihwaau vta ◆ il/elle le/la dégage (ex. quelque chose qui était pris gelé dans le sol)
ᐱᐦᑯᑎᐦᑭᐦᑖᐤ pihkutihkihtaau vii ◆ ça se dégage sous l'effet de la chaleur
ᐱᐦᑯᑎᐦᑭᐦᓲ pihkutihkihsuu vai-u ◆ il/elle se dégage sous l'effet de la chaleur
ᐱᐦᑯᑖᐅᓯᓃᒡ pihkutaausiniich na pl -uum ◆ des pierres pour le foyer
ᐱᐦᑯᑖᐅᐦᑎᑳᐤ pihkutaauhtikaau vii ◆ il y a des cendres sur le sol, le bois
ᐱᐦᑯᑖᐅᐦᑖᐤ pihkutaauhtaau vai ◆ il/elle met des cendres dessus
ᐱᐦᑯᑖᐧᐋᐱᔅᑳᐤ pihkutaawaapiskaau vii ◆ c'est couvert de cendres (minéral)
ᐱᐦᑯᑖᐧᐋᐴ pihkutaawaapui ni -uum ◆ de l'eau de lessive, lit. 'liquide de cendres' (autrefois, on la cendre de bois servait de savon pour la lessive)
ᐱᐦᑯᑖᐧᐋᔅᑯᓐ pihkutaawaaskun vii ◆ ça a des cendres dessus
ᐱᐦᑯᑖᐤ pihkutaau ni -aam ◆ de la cendre, de la suie, un foyer
ᐱᐦᑯᑖᔒ pihkutaaschii ni pej ◆ un vieux foyer
ᐱᐦᑯᑖᐦᑭᓱ pihkutaahkitisuu vai-u ◆ ça se détache en séchant
ᐱᐦᑯᑖᐦᑭᐦᑖᐤ pihkutaahkihtaau vii ◆ ça se détache en séchant
ᐱᐦᑯᒋᐱᑎᒼ pihkuchipitim vti ◆ il/elle l'enlève (quelque chose qui était collé)
ᐱᐦᑯᒋᐱᑖᐤ pihkuchipitaau vta ◆ il/elle l'enlève (quelque chose qui était collé)
ᐱᐦᑯᒋᐱᔫ pihkuchipiyiu vai ◆ il/elle s'enlève, se décolle
ᐱᐦᑯᒋᐱᔫ pihkuchipiyiu vii ◆ ça se décolle, s'enlève
ᐱᐦᑯᓂᑎᐦᒁᐤ pihkunitihkwaau vai ◆ il/elle dépiaute un caribou
ᐱᐦᑯᓂᒋᑳᔑᐧᐋᐤ pihkunichikaashiwaau vai ◆ il/elle dépiaute un vison
ᐱᐦᑯᓂᒋᔖᔮᒁᐤ pihkunichishaayaakwaau vai ◆ il/elle dépiaute un ours
ᐱᐦᑯᓂᒋᔥᒁᐤ pihkunichishkwaau vta ◆ il/elle dépiaute un rat musqué
ᐱᐦᑯᓂᒑᐤ pihkunichaau vai ◆ il/elle le dépiaute (un animal à fourrure)
ᐱᐦᑯᓂᒑᑭᐧᐋᐤ pihkunichaakiwaau vai ◆ il/elle dépiaute un pékan

ᐱᐦᑯᓂᒥᔅᒁᐤ pihkunimiskwaau vai ◆ il/elle dépiaute un castor
ᐱᐦᑯᓂᒥᐦᐄᐦᑭᓈᐤ pihkunimihiihkinaau vai ◆ il/elle dépiaute un loup
ᐱᐦᑯᓂᒼ pihkunim vti ◆ il/elle le dépiaute
ᐱᐦᑯᓂᔑᓈᐧᐋᓈᐤ pihkunishinaawaanaau vai ◆ il/elle enlève les glandes sexuelles du castor (avec lesquelles on fabrique le castoréum)
ᐱᐦᑯᓂᐦᒑᔑᐧᐋᐤ pihkunihchaashiwaau vai ◆ il/elle dépiaute un renard
ᐱᐦᑯᓃᐤ pihkuniiu vai ◆ il/elle a une ampoule, l'écorce de l'arbre peut facilement s'enlever au printemps
ᐱᐦᑯᓈᐤ pihkunaau vta ◆ il/elle le/la dépiaute
ᐱᐦᑯᓈᐱᔑᐧᐋᐤ pihkunaapishiwaau vai ◆ il/elle dépiaute un lynx
ᐱᐦᑯᓈᐱᔥᑖᓂᐧᐋᐤ pihkunaapishtaaniwaau vta ◆ il/elle dépiaute une martre
ᐱᐦᑯᓈᐳᔕᐤ pihkunaapushwaau vai ◆ il/elle dépiaute un lièvre
ᐱᐦᑯᓈᐦᒋᒁᐤ pihkunaahchikwaau vai ◆ il/elle dépiaute une loutre ou un phoque
ᐱᐦᑯᓵᒋᑭᒥᐤ pihkusaachikimiu vii ◆ il y a de l'eau libre après qu'une fine couche de glace s'est brisée
ᐱᐦᑯᔑᒡ pihkushich na pl -im ◆ des mouches noires, des collemboles, des insectes qu'on voit sur la neige au printemps
ᐱᐦᑯᔨᔫᔖᐧᐋᐤ pihkuyiyushaawaau vta ◆ il/elle coupe le gras de la peau
ᐱᐦᑰ pihkuhuu vai-u ◆ il/elle est libre, se détache
ᐱᐦᑰᐦᐋᐤ pihkuhaau vta ◆ il/elle le/la libère, le/la gagne
ᐱᐦᑰᑖᐤ pihkuhtaau vti ◆ il/elle gagne
ᐱᐦᑰᑖᐦᐅᓐ pihkuhtaahun na ◆ un ceinture
ᐱᐦᑰᑖᐦᐆ pihkuhtaahuu vai-u ◆ il/elle porte une ceinture
ᐱᐦᑳᐤ pihkaau vii ◆ c'est courbé
ᐱᐦᑳᐱᐦᒑᓂᒼ pihkaapihchaanim vti ◆ il/elle le double (filiforme)
ᐱᐦᑳᐱᐦᒑᓈᐤ pihkaapihchaanaau vta ◆ il/elle le/la double (filiforme)

ᐱᕽᑲᓂᐱᐤ pihkaanipiu vai ♦ il/elle est assis-e, posé-e à part

ᐱᕽᑲᓂᑳᐳ> pihkaanikaapuu vai -uwi ♦ il/elle se tient à part

ᐱᕽᑲᓂᓯᐤ pihkaanisiiu vai ♦ il/elle est à part, séparé-e des autres

ᐱᕽᑲᓂᔥᑖᐤ pihkaanishtaau vai ♦ il/elle le met à part, le sépare des autres

ᐱᕽᑲᓂᕽᐋᐤ pihkaanihaau vta ♦ il/elle le/la met à part, le/la sépare du reste

ᐱᕽᑲᐣ pihkaan p,manière ♦ à part, tout seul ■ ᐱᕽᑲᐣ ᐊᓂᒡ ᑮ ᐊᕽᒡᐊ ᒣᕽᒋᐊ ᒃᒋᒫ ᑲ ᒣᑯᖒᓂᐊᕽ ■ *Ce plat spécial à la fête a été présenté à part du reste de la nourriture.*

ᐱᕽᑳᐱᑎᒼ pihkwaapitim vti ♦ il/elle ramasse, détache de la mousse de sphaigne

ᐱᕽᑳᐱᑖᐤ pihkwaapitaau vta ♦ il/elle en arrache un morceau

ᐱᕽᑳᐱᔨᐤ pihkwaapiyiu vai ♦ il/elle se casse net, se détache

ᐱᕽᑳᐱᔨᐤ pihkwaapiyiu vii ♦ ça se casse net, se détache

ᐱᕽᑳᐱᔨᕽᐋᐤ pihkwaapiyihaau vta ♦ il/elle le/la casse net, le/la détache

ᐱᕽᑳᐱᔨᕽᑖᐤ pihkwaapiyihtaau vai ♦ il/elle en détache un morceau, en casse un morceau

ᐱᕽᑳᐳᐃ pihkwaapui ni -uum ♦ de l'eau de poudre à fusil

ᐱᕽᑳᐳᑖᐤ pihkwaaputaau vai+o ♦ il/elle en scie un morceau

ᐱᕽᑳᐳᔮᐤ pihkwaapuyaau vta ♦ il/elle en scie un morceau

ᐱᕽᑳᑖᐅᕽᒋᐱᔨᐤ pihkwaataauhchipiyiu vii ♦ un morceau de terre sablonneuse se détache

ᐱᕽᑳᑭᕽᐊᒧᐋᐤ pihkwaakihamuwaau vta ♦ il/elle en détache un morceau pour lui/elle à la hache

ᐱᕽᑳᑭᕽᐊᒼ pihkwaakiham vti ♦ il/elle en détache un morceau à la hache

ᐱᕽᑳᑭᕽᐋᐤ pihkwaakihwaau vta ♦ il/elle en détache un morceau à la hache

ᐱᕽᑳᒋᔥ pihkwaachiish na ♦ une chauve-souris *Chiroptera*

ᐱᕽᑳᒫᐤ pihkwaamaau vta ♦ il/elle en mange une bouchée

ᐱᕽᑳᓂᒼ pihkwaanim vti ♦ il/elle en casse un morceau

ᐱᕽᑳᓈᐤ pihkwaanaau vta ♦ il/elle en casse un morceau à la main, il/elle casse le bord de la glace en marchant

ᐱᕽᑳᓯᑯᐱᔨᐤ pihkwaasikupiyiu vai ♦ la glace se casse net

ᐱᕽᑳᓯᑯᔥᑭᐋᐤ pihkwaasikushkiwaau vta ♦ il/elle en casse un morceau avec son pied ou son corps

ᐱᕽᑳᓯᑯᔥᑭᒼ pihkwaasikushkim vti ♦ il/elle casse un morceau de glace avec son pied ou son corps

ᐱᕽᑳᔅᒋᐎᑭᕽᐊᒼ pihkwaaschiwikiham vti ♦ il/elle en coupe un morceau (de boue)

ᐱᕽᑳᔅᒋᐎᒋᓂᒼ pihkwaaschiwichinim vti ♦ il/elle marche en accumulant de la boue sur ses chaussures

ᐱᕽᑳᔅᒋᐎᒋᓈᐤ pihkwaaschiwichinaau vta ♦ il/elle prend un morceau de boue dans la main

ᐱᕽᑳᔅᒑᐤ pihkwaaschaau vai ♦ il/elle coupe et retire des morceaux de mousse presque gelés du sol (pour les utiliser comme couches de bébé ou pour calfeutrer un abri)

ᐱᕽᑳᔑᑭᓂᒌᔑᑳᐤ pihkwaashikinichiishikaau vii ♦ c'est vendredi, lit. 'jour de farine'

ᐱᕽᑳᔑᑭᓂᒡ pihkwaashikinich na pl ♦ de la farine

ᐱᕽᑳᔑᑭᓈᐳᐃ pihkwaashikinaapui ni -m ♦ du bouillon épaissi avec de la farine

ᐱᕽᑳᔑᑭᓈᐳᕽᒑᐤ pihkwaashikinaapuhchaau vai ♦ il/elle fait du bouillon épaissi avec de la farine

ᐱᕽᑳᔑᒧᐋᐤ pihkwaashimuwaau vta ♦ il/elle en coupe un morceau pour lui

ᐱᕽᑳᔑᒫᐤ pihkwaashimaau vta ♦ il/elle le/la laisse tomber et en casse un morceau

ᐱᕽᑳᔑᒼ pihkwaashim vti ♦ il/elle en coupe un morceau

ᐱᕽᑳᔓᐋᐤ pihkwaashwaau vta ♦ il/elle en coupe un morceau

ᐱᕽᑳᔥᑭᐋᐤ pihkwaashkiwaau vta ♦ il/elle en casse un morceau avec son corps ou son pied

ᐱᐦᑲᐡᑭᒼ **pihkwaashkim** vti ♦ il/elle en casse un morceau avec son corps ou son pied

ᐱᐦᑲᔮᐅᐦᒋᐡᑭᒼ **pihkwaayaauhchishkim** vti ♦ il/elle en casse un morceau de sol sablonneux avec son corps ou son pied

ᐱᐦᑲᔮᐸᑖᐤ **pihkwaayaaputaau** vii ♦ c'est emporté par le courant, un morceau en est détaché par le courant

ᐱᐦᑲᔮᑯᓂᒋᐱᔨᐤ **pihkwaayaakunichipiyiu** vii ♦ un morceau de neige se détache

ᐱᐦᑲᔮᑯᓂᒋᐡᑭᒼ **pihkwaayaakunichishkim** vti ♦ il/elle casse, détache un morceau de neige en donnant des coups de pied ou avec son pied ou son corps

ᐱᐦᑳᐦᐊᒼ **pihkwaaham** vti ♦ il/elle en détache, casse un morceau avec un outil

ᐱᐦᑳᐦᐊᓐ **pihkwaahan** vii ♦ le vent casse une fine couche de glace et ça fait de l'eau libre

ᐱᐦᑳᐦᐊᔥᒑᐤ **pihkwaahaschaau** vai ♦ il/elle découpe un morceau de mousse gelée pour les couches du bébé et en enlève la neige

ᐱᐦᑳᐦᐚᐤ **pihkwaahwaau** vta ♦ il/elle en casse un morceau avec un outil

ᐱᐦᑳᐦᑎᑖᐤ **pihkwaahtitaau** vai ♦ il/elle en casse un morceau en le laissant tomber ou en le frappant sur quelque chose

ᐱᐦᑳᐦᑎᒼ **pihkwaahtim** vti ♦ il/elle en prend une bouchée

ᐱᐦᑳᐦᑯᑎᒼ **pihkwaahkutim** vti ♦ il/elle en taille un morceau

ᐱᐦᑳᐦᑯᑖᐤ **pihkwaahkutaau** vta ♦ il/elle en taille un morceau

ᐱᐦᒄ **pihkw** ni-uum ♦ de la poudre à fusil

ᐱᐦᒋᐱᔫ **pihchipiyiu** vai ♦ il/elle se courbe

ᐱᐦᒋᐱᔫ **pihchipiyiu** vii ♦ ça se courbe

ᐱᐦᒋᐱᔨᐦᑖᐤ **pihchipiyihtaau** vai ♦ il/elle plie les bras, les jambes

ᐱᐦᒋᐳᔨᑐᐎᓐ **pihchipuyituwin** ni ♦ du poison

ᐱᐦᒋᐳᔮᐤ **pihchipuyaau** vta ♦ il/elle l'empoisonne

ᐱᐦᒋᐴ **pihchipuu** vai-u ♦ il/elle est empoisonné-e, a mangé quelque chose par erreur

ᐱᐦᒋᑮᐤ **pihchikiuu** vai-iwi ♦ il/elle goutte, dégoutte

ᐱᐦᒋᑮᐤ **pihchikiuu** vii-iwi ♦ ça goutte, ça dégoutte

ᐱᐦᒋᑭᐎᓂᑭᓐ **pihchikiwinikin** ni ♦ un compte-goutte, des gouttes pour les yeux, du collyre

ᐱᐦᒋᑭᐎᓂᒼ **pihchikiwinim** vti ♦ il/elle en verse une petite quantité

ᐱᐦᒋᑭᐎᓈᐤ **pihchikiwinaau** vta ♦ il/elle en verse une petite quantité

ᐱᐦᒋᑭᐎᐋᐤ **pihchikiwihaau** vta ♦ il/elle en verse une petite quantité

ᐱᐦᒋᑭᐦᐊᒼ **pihchikiham** vti ♦ il/elle le coupe, le hache par erreur

ᐱᐦᒋᑭᐦᐚᐤ **pihchikihwaau** vta ♦ il/elle le/la coupe, le/la hache par erreur

ᐱᐦᒋᑳᔅᑯᐦᑎᑖᐤ **pihchikaaskuhtitaau** vai ♦ le manche de sa hache est presque cassé

ᐱᐦᒋᒥᑎᒫᐤ **pihchimitimaau** vai ♦ il/elle suit le mauvais chemin

ᐱᐦᒋᓂᒼ **pihchinim** vti ♦ il/elle le plie, le coude

ᐱᐦᒋᓈᐤ **pihchinaau** vta ♦ il/elle le/la plie

ᐱᐦᒋᔅᑖᔮᐅᐦᒋᐱᑎᒼ **pihchistaayaauhchipitim** vti ♦ il/elle soulève le sable ou la poussière en passant

ᐱᐦᒋᔅᑖᔮᐅᐦᒋᐱᑖᐤ **pihchistaayaauhchipitaau** vta ♦ il/elle fait se soulever quelque chose de poudreux (animé) en passant ou en le touchant

ᐱᐦᒋᔅᑖᔮᐅᐦᒋᔅᑎᓐ **pihchistaayaauhchistin** vii ♦ ça fait se soulever la poussière ou le sable en tombant

ᐱᐦᒋᔅᑖᔮᐅᐦᒋᐡᑭᐚᐤ **pihchistaayaauhchishkiwaau** vta ♦ il/elle le/la fait se soulever (quelque chose de poudreux, animé) avec son pied ou son corps

ᐱᐦᒋᔅᑖᔮᐅᐦᒋᐡᑭᒼ **pihchistaayaauhchishkim** vti ♦ il/elle soulève la poussière ou le sable avec son pied ou son corps

ᐄᑦᒋᔑᒨ pihchishimuu vai-u ◆ le soleil se couche

ᐄᑦᒋᔑᒫᐤ pihchishimaau vta ◆ il/elle le/la laisse tomber

ᐄᑦᒋᔑᓐ pihchishin vai ◆ il/elle tombe

ᐄᑦᒋᐦᑎᑖᐤ pihchihtitaau vai ◆ il/elle le laisse tomber, déclenche le piège

ᐄᑦᒋᐦᑎᓐ pihchihtin vii ◆ ça tombe, c'est une cascade

ᐄᒡᒌᐦᒀᓂᑭᓐ pihchiihkwaanikin ni ◆ un pli, une fronce dans le tissu

ᐄᒡᒌᐦᒀᓂᒑᐤ pihchiihkwaanichaau vai ◆ il/elle plie, fronce, fait des fronces en cousant

ᐄᒡᒌᐦᒀᓂᒻ pihchiihkwaanim vti ◆ il/elle coud des fronces sur l'avant des mocassins

ᐄᒡᒌᐦᒀᐦᐊᒻ pihchiihkwaaham vti ◆ il/elle coud l'avant des mocassins, fait des fronces

ᐄᒡᒑᒋᓂᒻ pihchaachinim vti ◆ il/elle fait un pli dedans (étalé)

ᐄᒡᒑᒋᓈᐤ pihchaachinaau vta ◆ il/elle fait un pli dedans (étalé)

ᐄᔮᑯᓯᐤ pihyaakusiu vai ◆ il est épais, elle est épaisse, il/elle est dense

ᐄᔮᑯᔥᑖᐤ pihyaakushtaau vii ◆ ça s'est épaissit à force de reposer

ᐄᔮᑯᐦᐋᐤ pihyaakuhaau vta ◆ il/elle l'épaissit

ᐄᔮᑯᐦᑖᐤ pihyaakuhtaau vai ◆ il/elle l'épaissit

ᐄᔮᒀᐤ pihyaakwaau vii ◆ la substance est épaisse

ᐄᔮᒀᑭᒥᐤ pihyaakwaakimiu vii ◆ le liquide est épais

ᐄᔮᒀᒑᒋᐅᓱ pihyaakwaachiwisuu vai-u ◆ il/elle épaissit en bouillant

ᐄᔮᒀᒑᒋᐅᐦᑖᐤ pihyaakwaachiwihtaau vii ◆ ça épaissit en bouillant

# ᐄ

ᐄᐳᐳᒋᑭᓐ piiupuchikinh ni pl ◆ des copeaux de bois

ᐄᐳᑎᒻ piiutim vti ◆ il/elle descend, franchit le rapide

ᐄᐳᑖᐳᑖᐤ piiutaaputaau vii ◆ ça franchit le rapide en flottant

ᐄᐳᑖᐳᑰ piiutaapukuu vai-u ◆ il/elle franchit le rapide en flottant

ᐄᐳᑖᐹᐤ piiutaapaau vai ◆ il/elle tire une charge trop lourde pour lui/elle ce qui fait qu'il/elle doit alléger sa charge en route

ᐄᐳᑭᐦᐄᑭᓐ piiukihiikinh ni pl ◆ des copeaux, des éclats de bois obtenus avec une hache

ᐄᐳᑭᐦᐄᒑᐤ piiukihiichaau vai ◆ il/elle fait des copeaux de bois

ᐄᐳᓯᑯᐦᐊᑭᓐ piiusikuhakin ni ◆ des éclats de glace obtenus en ciselant

ᐄᐳᔅᑭᐦᐄᑖᓐ piiuskihiitaanh ni pl ◆ des copeaux de bois obtenus avec une hache

ᐄᐳᔑᑭᓐ piiushikinh ni pl ◆ des morceaux de tissu, des restes de tissu

ᐄᐳᔑᒻ piiushim vti ◆ il/elle le coupe, laissant des restes

ᐄᐳᔖᐙᐤ piiushaawaau vai ◆ il/elle coupe, laissant des restes

ᐄᐳᔥᐚᐤ piiushwaau vta ◆ il/elle le/la coupe, laissant des restes

ᐄᐳᔥᑖᐤ piiushtaau vai ◆ il/elle les disperse, laisse traîner des choses aux alentours

ᐄᐳᐦᐋᐤ piiuhaau vta ◆ il/elle le/la laisse traîner, en laisse des restes aux alentours

ᐄᐳᐦᐊᒫᒀᐤ piiuhaamaakwaau vai ◆ il/elle écaille le poisson

ᐄᐳᐦᐊᒫᓵᐤ piiuhaamaasaau vai ◆ il/elle écaille le poisson

ᐄᐳᐦᐙᐤ piiuhwaau vta ◆ il/elle l'écaille (le poisson)

ᐄᐳᐦᑎᑭᐦᐄᒑᐤ piiuhtikihiichaau vai ◆ il/elle coupe du petit bois

ᐄᐳᐦᑯᑖᒑᐤ piiuhkutaachaau vai ◆ il/elle rabote (du bois), il/elle laisse des copeaux de bois

ᐄᐃᓐ piiwin vii ◆ c'est une tempête de neige, c'est le blizzard

ᐄᐚᐹᔑᑭᓐ piiwaapaashikin ni ◆ des restes de peau non-tannée après qu'on a coupé des lanières pour faire des raquettes

ᐲᐗᐯᐦᔂᐤ piiwaapaashwaau vta
  ♦ il/elle laisse des restes de peau après avoir coupé des lanières de raquette
ᐲᐙᑎ"ᐃᑭᓂᒡ piiwaatihiikinich na pl -um
  ♦ des restes de peau sur le cadre
ᐲᐙᔨᒫᐤ piiwaayimaau vta ♦ il/elle se moque de lui/d'elle, est méchant-e envers lui/elle, lui manque de respect
ᐲᐙᔨᐦᑖᑯᓯᐤ piiwaayihtaakusiu vai
  ♦ il/elle est méprisable, indigne
ᐲᐳᑖᐤ piiputaau vii ♦ le feu fait de la fumée
ᐲᐳᑖᐱᔨᐤ piiputaapiyiu vii ♦ de la fumée s'en échappe
ᐲᐳᑖᓂᒧᐙᐤ piiputaanimuwaau vta
  ♦ il/elle fait de la fumée autour de lui pour éloigner les mouches
ᐲᐳᑖᓂᒼ piiputaanim vti ♦ il/elle fait de la fumée pour attirer l'attention
ᐲᐳᑖᓂᐦᑭᐦᑎᐙᐤ piiputaanihkihtiwaau vta ♦ il/elle le/la fume
ᐲᐳᑖᓂᐦᑭᐦᑎᒼ piiputaanihkihtim vti
  ♦ il/elle le fume
ᐲᐳᑖᔑᐤ piiputaashiu vii dim ♦ il y a un peu de fumée provenant d'un feu
ᐲᐳᑖᔥᑎᓐ piiputaashtin vii ♦ la neige est soufflée par le vent
ᐲᐳᑖᐦᐊᒧᐙᐤ piiputaahamuwaau vta
  ♦ il/elle fait de la fumée pour attirer l'attention
ᐲᐳᑖᐦᐊᒼ piiputaaham vti ♦ il/elle fait de la fumée pour éloigner les moustiques
ᐲᐳᑖᐦᑎᓐ piiputaahtin vii ♦ c'est un signal de fumée
ᐲᑐᐃ piitui ni -uum ♦ une corde de trait ou une boucle avant sur un traineau ou un toboggan
ᐲᑐᔥ piitush p,manière ♦ complètement différent ▪ ᐋᔅ ᐲᑐᔥ ᐋᑦ ᐃᒐᔅᑕᒋᑦᕐᒡ ᐋᑦ ᐃᒐᔅᑕᒋᑦᕐᔅᑌᒥ ᐊᓂᒡ᙮ ᐋᑴᔅᔅ᙮× ▪ Il est complètement différent de son frère.
ᐲᑯᐧᐃᑖᐱᔨᐤ piikuwitaapiyiu vai ♦ le ballot sur son dos se détache
ᐲᑯᐧᐃᑖᐱᔨᐤ piikuwitaapiyiu vii ♦ la charge qui est dessus, la boîte, le contenant se détache
ᐲᑯᐙᐤ piikuwaau vai ♦ il/elle a une fourrure épaisse

ᐲᑯᐙᔥᑎᒀᓈᐤ piikuwaashtikwaanaau vai ♦ il/elle a les cheveux épais, touffus
ᐲᑯᐱᑎᒼ piikupitim vti ♦ il/elle le déchire, le casse
ᐲᑯᐱᑖᐤ piikupitaau vta ♦ il/elle le/la déchire
ᐲᑯᐱᒋᒑᐤ piikupichichaau vai ♦ il/elle casse tout
ᐲᑯᐱᔨᐤ piikupiyiu vai ♦ il/elle casse, est cassé-e
ᐲᑯᐱᔨᐤ piikupiyiu vii ♦ c'est cassé, ça casse
ᐲᑯᐳᑖᐤ piikuputaau vai+o ♦ il/elle le casse avec une scie
ᐲᑯᐳᔮᐤ piikupuyaau vta ♦ il/elle le/la casse avec une scie
ᐲᑯᑎᐤ piikutiuu vii -iwi ♦ c'est du bois pourri
ᐲᑯᑎᐃᐦᑎᑯ piikutiwihtikuu vai -uwi
  ♦ c'est du bois pourri (animé)
ᐲᑯᑎᐃᐦᑎᑯ piikutiwihtikuu vii -uwi
  ♦ c'est du bois pourri
ᐲᑯᑭᐦᐊᒼ piikukiham vti ♦ il/elle le casse avec une hache
ᐲᑯᑭᐦᐙᐤ piikukihwaau vta ♦ il/elle le/la casse avec une hache
ᐲᑯᒫᐤ piikumaau vta ♦ il/elle le/la casse avec ses dents
ᐲᑯᓂᒼ piikunim vti ♦ il/elle le casse avec ses mains
ᐲᑯᓈᐤ piikunaau vta ♦ il/elle fait de la monnaie, du change, il/elle le/la casse avec ses mains
ᐲᑯᓈᑯᓐ piikunaakun vii ♦ ça a l'air usé
ᐲᑯᓈᑯᓯᐤ piikunaakusiu vai ♦ il/elle a l'air cassé, tout abîmé, en loques
ᐲᑯᓈᑯᐦᐋᐤ piikunaakuhaau vta ♦ il/elle lui donne l'air usé à force de le/la maltraiter ou de l'utiliser
ᐲᑯᓈᑯᐦᑖᐤ piikunaakuhtaau vai ♦ il/elle lui donne l'air usé en le maltraitant ou en l'utilisant
ᐲᑯᓯᓂᐦᐄᒑᐤ piikusinihiichaau vai
  ♦ il/elle paie ses dettes, efface quelque chose
ᐲᑯᓯᓂᐦᐋᒫᐤ piikusinihaamwaau vta
  ♦ il/elle paie ses dettes, efface ce qu'il/elle a écrit

ᐱᑯᓱᐋᔮᑭᓐ piikusuwaayaakin ni ◆ du tissu épais, molletonné ou pelucheux

ᐱᑯᓱᐋᔮᒋᓯᐤ piikusuwaayaachisiu vai ◆ c'est un tissu épais, molletonné ou pelucheux

ᐱᑯᔒᒫᐤ piikushimaau vta ◆ il/elle le/la casse en le laissant tomber ou en le frappant contre quelque chose

ᐱᑯᔒᒼ piikushim vti ◆ il/elle le découpe

ᐱᑯᔒᓐ piikushin vai ◆ il/elle se casse en tombant ou en se cognant contre quelque chose

ᐱᑯᔈᐤ piikushwaau vta ◆ il/elle le/la découpe

ᐱᑯᔥᑎᒀᓈᐦᐋᐤ piikushtikwaanaahwaau vta ◆ il/elle lui casse la tête en la frappant

ᐱᑯᔥᑭᐋᐤ piikushkiwaau vta ◆ il/elle le/la casse avec son pied ou son corps

ᐱᑯᔥᑭᒼ piikushkim vti ◆ il/elle le casse avec son pied ou son corps

ᐱᑯᐦᐄᒑᐤ piikuhiichaau vai ◆ il/elle casse des choses

ᐱᑯᐦᐊᒼ piikuham vti ◆ il/elle le paie, le casse avec quelque chose

ᐱᑯᐦᐙᐤ piikuhwaau vta ◆ il/elle le/la casse avec quelque chose

ᐱᑯᐦᑎᑖᐤ piikuhtitaau vai ◆ il/elle le casse en le frappant, en le laissant tomber sur quelque chose

ᐱᑯᐦᑎᒼ piikuhtim vti ◆ il/elle le casse avec ses dents

ᐱᑯᐦᑎᓐ piikuhtin vii ◆ ça casse en tombant et en cognant contre quelque chose

ᐱᑯᐦᑭᐦᑖᐤ piikuhkihtaau vii ◆ c'est cassé par la chaleur

ᐱᑯᐦᑭᐦᓲ piikuhkihsuu vai-u ◆ il/elle est cassé-e par la chaleur

ᐱᑰ piikuu vai-u ◆ la glace se brise

ᐲᑳᑭᒥᐱᔨᐤ piikaakimipiyiu vii ◆ l'eau est remuée

ᐲᑳᑭᒥᐦᐊᓐ piikaakimihan vii ◆ l'eau est trouble

ᐲᑳᒫᐦᐊᓐ piikaakimaahan vii ◆ l'eau est remuée par les vagues

ᐲᒀᐱᐦᐊᒼ piikwaapiham vti ◆ il/elle le démonte (ex. un moteur), le démantèle

ᐲᒀᐳᑖᐤ piikwaaputaau vii ◆ c'est cassé par le courant

ᐲᒀᐳᑰ piikwaapukuu vai-u ◆ il/elle est cassé-e par le courant

ᐲᒀᐹᐅᑖᐤ piikwaapaautaau vai ◆ il/elle le casse, l'abîme avec du liquide

ᐲᒀᐹᐅᔮᐤ piikwaapaauyaau vta ◆ il/elle l'abîme avec de l'eau

ᐲᒀᐹᐋᐤ piikwaapaawaau vii ◆ c'est abîmé avec du liquide

ᐲᒀᑭᒥᐤ piikwaakimiu vii ◆ le bouillon est épais et riche

ᐲᒀᑯᓈᔥᑭᒼ piikwaakunaashkim vti ◆ il/elle piétine la neige

ᐲᒀᑯᐦᑖᐤ piikwaakuhtaau vii ◆ quelque chose tombe et se casse à cause du dégel

ᐲᒀᒋᐱᑎᒼ piikwaachipitim vti ◆ il/elle le déchire (étalé)

ᐲᒀᒋᐱᑖᐤ piikwaachipitaau vta ◆ il/elle le/la déchire

ᐲᒀᒋᓂᒼ piikwaachinim vti ◆ il/elle déchire (étalé, ex. du papier) avec ses mains

ᐲᒀᒋᓈᐤ piikwaachinaau vta ◆ il/elle le/la déchire (étalé) avec ses mains

ᐲᒀᓰᐤ piikwaasiiu vai ◆ il/elle (animal) est charnu, il/elle (arbre) est épais

ᐲᒀᔒᒼ piikwaashim vti ◆ il/elle le coupe en tranches épaisses (ex. de la viande)

ᐲᒀᔖᐋᐤ piikwaashaawaau vai ◆ il/elle coupe les morceaux en couches ou en tranches épaisses

ᐲᒀᔈᐤ piikwaashwaau vta ◆ il/elle le/la coupe (ex. un animal) en tranches épaisses

ᐲᒀᔥᑎᒫᐤ piikwaashtimaau vta ◆ il/elle lui tire dessus et le démantèle

ᐲᒀᔥᑎᓐ piikwaashtin vii ◆ c'est brisé, tordu par la force du vent

ᐲᒀᔥᑭᒋᐤ piikwaashkichiu vai ◆ il/elle casse en gelant

ᐲᒀᔥᑯᔒᐎᑳᐤ piikwaashkushiwikaau vii ◆ l'herbe est épaisse

ᐲᒀᔥᑯᔒᒫᐤ piikwaashkushimaau vta ◆ il/elle le/la déchire sur quelque chose en le portant

ᐲᒀᔮᐤ piikwaayaau vii ◆ c'est dense, buissonneux, épais

ᐲᒀᔮᑯᓂᑳᐤ piikwaayaakunikaau vii ◆ la neige est tassé-e et dure

ᐱᑯᔃᔅᑎᒋᓯᐅ piikwaayaastichisiu vai
- c'est un arbre touffu, au branchage bien dense

ᐱᒁᐳᐦ piikwaahukuu vai -u ◆ il/elle est brisé-e par le vent et les vagues

ᐱᒁᐊᓐ piikwaahan vii ◆ c'est brisé par le vent et les vagues

ᐱᒋᑮᔑᑭᔒᔥ piichikiishkishiish na -im ◆ un bruant chanteur, un pinson chanteur *Melospiza melodia*

ᐱᒋᒋᐱᔨᐤ piichichipiyiu vai ◆ il/elle est détaché-e, bouge de temps en temps

ᐱᒋᒋᐱᔨᐤ piichichipiyiu vii ◆ c'est détaché, ça bouge de temps en temps

ᐱᒋᒋᑭᓈᐱᑎᒼ piichichikinaapitim vti ◆ il/elle tire dessus ce qui fait que les joints se détachent

ᐱᒋᒋᑭᓈᐱᔨᐤ piichichikinaapiyiu vai ◆ il/elle se détache et se met à bouger

ᐱᒋᒋᑭᓈᐱᔨᐤ piichichikinaapiyiu vii ◆ ça se détache et se met à bouger

ᐱᒋᓈᑭᒥᐤ piichinaakimiu vii ◆ l'eau est trouble, remuée

ᐱᒋᓈᑭᒥᐦᐊᒼ piichinaakimiham vti ◆ il/elle remue l'eau avec quelque chose

ᐱᒋᓈᑭᒥᐦᐊᓐ piichinaakimihan vii ◆ l'eau est remuée par les vagues

ᐱᒋᓈᔥᑭᒼ piichinaashkim vti ◆ il/elle remue l'eau en marchant dedans

ᐱᔥᑳᒑᔨᒫᐤ piichiskaataayimaau vta ◆ il/elle s'ennuie avec lui/elle

ᐱᔥᑳᒑᔨᐦᑎᒧᐎᓈᑯᓯᐤ piichiskaataayihtimuwinaakusiu vai ◆ il/elle a l'air seul

ᐱᔥᑳᒑᔨᐦᑎᒼ piichiskaataayihtim vti ◆ il/elle est seul-e, s'ennuie

ᐱᔥᑳᒑᐦᑖᑯᓐ piichiskaataayihtaakun vii ◆ c'est ennuyeux, solitaire

ᐱᔥᑳᒑᐦᑖᑯᓯᐤ piichiskaataayihtaakusiu vai ◆ il est ennuyeux, elle est ennuyeuse

ᐱᔥᑳᒋᔥᑖᐤ piichiskaachishtaau vai ◆ il/elle nous manque et on se sent tout seul sans lui/elle

ᐱᔥᑳᓯᓐ piichiskaasinim vti ◆ ça a l'air ennuyeux pour lui/elle

ᐱᔥᑳᓵᓈᑯᓐ piichiskaasinaakun vii ◆ ça a l'air ennuyeux

ᐱᔥᑳᓵᓈᑯᓯᐤ piichiskaasinaakusiu vai ◆ il est ennuyeux, elle est ennuyeuse, fatiguant-e à regarder

ᐱᔥᑳᓯᐦᑖᑯᓐ piichiskaasihtaakun vii ◆ ça semble ennuyeux

ᐱᔥᑳᓯᐦᑖᑯᓯᐤ piichiskaasihtaakusiu vai ◆ il/elle est fatigant-e à entendre, à écouter, il/elle nous fatigue les oreilles

ᐱᔥᑳᓯᐦᑖᑯᐦᑖᐤ piichiskaasihtaakuhtaau vai ◆ le bruit qu'il/elle fait est ennuyeux

ᐱᔥᒌᒑᐚᐤ piichischaawaau vai ◆ il/elle est faible (ex. animal) parce qu'il/elle a couru fort, s'est démené-e contre un collet ou un piège pendant longtemps

ᐱᒋᔖᐎᓈᒹ piichishaawinitaamuu vai -u ◆ son souffle se vaporise

ᐱᒋᔖᐱᔨᐤ piichishaapiyiu vai ◆ il/elle fait de la vapeur, est plein de vapeur, est embué

ᐱᒋᔖᐱᔨᐤ piichishaapiyiu vii ◆ ça créé de la vapeur, c'est plein de vapeur

ᐱᒋᔖᑖᐤ piichishaataau vii ◆ il y a de la vapeur d'eau, de la buée

ᐱᒋᔖᔮᐤ piichishaayaau vii ◆ ça s'élève au-dessus de l'eau (ex. brume)

ᐱᒋᔖᔮᑭᒥᑖᐤ piichishaayaakimitaau vii ◆ de la vapeur s'élève de l'eau chaude

ᐱᒋᔖᔮᔥᑎᓐ piichishaayaashtin vii ◆ il y a du brouillard ou de la brume apportée par le vent

ᐱᒋᔖᐦᑭᒥᐤ piichishaahkimiu vii ◆ la brume s'élève au-dessus de l'eau

ᐱᒋᔥᑎᓂᒼ piichishtinim vti ◆ il/elle le bouge lentement mais progressivement

ᐱᒋᔥᑎᐦᐊᒼ piichishtiham vti ◆ il/elle le conduit vite, le bouge plus vite que prévu

ᐱᒋᔥᑖᐚᔮᑭᒥᔥᑭᒼ piichishtaawaayaakimishkim vti ◆ il/elle remue les sédiments en marchant dans l'eau

ᐱᒋᔥᑳᒋᒫᐤ piichishkaachimaau vta ◆ il/elle s'ennuie de l'entendre toujours répéter la même chose

ᐱᒋᔥᑳᒋᐦᐋᐤ piichishkaachihaau vta ◆ il/elle s'ennuie ou se sent tout seul à cause de son absence

ᐱᒋᔥᒁᐅᐦᐄᐚᐤ piichishkwaauhiiwaau vta ◆ il/elle s'attire les commérages

ᐲᒋᔅ·ᑲᐳ″Ẳᑯ piichishkwaauhiikuu vai -u
• il/elle potine, fait circuler des commérages

ᐲᒋᔅ·ᑲᐳ″ᐊᓕ piichishkwaauhaau vta
• il/elle le/la fait potiner, répandre des commérages à son sujet

ᐲᒋᔅ·ᑲᓕ piichishkwaau vai • il/elle parle beaucoup, répand des commérages

ᐲᒋᔅ·ᑲᒐᓕ piichishkwaataau vta • il/elle potine, répand des commérages à son sujet

ᐲᒋ″ᒋ·ᑲᓕ piichihchikwaau vii • c'est un terrain difficile, montagneux

ᐲᒥᐱᓕ piimipiu vai • il/elle est posé-e, assis-e là tout tordu

ᐲᒥᐱᑎᒻ piimipitim vti • il/elle le retourne

ᐲᒥᐱᒐᓕ piimipitaau vta • il/elle le/la retourne, le/la tord

ᐲᒥᐱᔨᓕ piimipiyiu vai • il/elle est tordu-e

ᐲᒥᐱᔨᓕ piimipiyiu vii • c'est tordu

ᐲᒥᐳᒐᓕ piimiputaau vai+o • il/elle l'a vu tout tordu

ᐲᒥᐳᔭᓕ piimipuyaau vai • il/elle l'a vu tout tordu

ᐲᒥᐸᒐᔅᑯ″Ẳᑮ·″ᑎᐟ piimipaataaskuhiikinaahtikw ni • un bâton, une perche pour essorer la peau

ᐲᒥᐸᒐᔅᑯ″ᐊᒻ piimipaataaskuham vti • il/elle l'essore avec un bâton

ᐲᒥᐸᒐᔅᑯ″·ᐊᓕ piimipaataaskuhwaau vta • il/elle l'essore (ex. peau d'orignal) avec un bâton

ᐲᒥᑯᒐᓕ piimikutaau vai+o • il/elle le suspend tout tordu

ᐲᒥᑯᒐᓕ piimikutaau vii • ça pend tout tordu

ᐲᒥᑯᒋᓐ piimikuchin vai • il/elle est suspendu-e en biais

ᐲᒥᑯᔭᓕ piimikuyaau vta • il/elle le/la suspend de travers

ᐲᒥᑳᐳ·ᐃ″ᒐᓕ piimikaapuwihtaau vai+o • il/elle le met debout de biais

ᐲᒥᑳᐳ piimikaapuu vai -uwi • il/elle se tient debout de biais

ᐲᒥᑳᐳ piimikaapuu vii -uwi • ça se tient de biais

ᐲᒥᑲᒫᐱᔨᓕ piimikaamaapiyiu vai • il/elle traverse en diagonale en véhicule

ᐲᒥᑲᒫᐱᔨᓕ piimikaamaapiyiu vii • ça perd sa position

ᐲᒥᑲᒫᐱᔨ″ᐊᓕ piimikaamaapiyihaau vta • il/elle le/la traverse en diagonale en véhicule

ᐲᒥᑲᒫᐱ″ᒑᐱᑎᒻ piimikaamaapihchaapitim vti • il/elle le tire (filiforme) en biais

ᐲᒥᑲᒫᐱ″ᒑᐱᒐᓕ piimikaamaapihchaapitaau vta • il/elle le tire (filiforme) en biais

ᐲᒥᑲᒫᐱ″ᒑᓂᒻ piimikaamaapihchaanim vti • il/elle le place de biais (filiforme)

ᐲᒥᑲᒫᐱ″ᒑᐊᓕ piimikaamaapihchaahaau vta • il/elle le place (filiforme) de biais

ᐲᒥᑲᒫᑭᐱᓕ piimikaamaakipiu vai • il/elle est placé-e de biais (étalé)

ᐲᒥᑲᒫᒋ·ᐃᓐ piimikaamaachiwin vii • le rapide serpente

ᐲᒥᑲᒫᒻ″ᐊᓕ piimikaamaamuhaau vta • il/elle le/la met de biais

ᐲᒥᑲᒫᒻ″ᒐᓕ piimikaamaamuhtaau vai • il/elle le met de biais

ᐲᒥᑲᒫᓂᒻ piimikaamaanim vti • il/elle le tient de biais

ᐲᒥᑲᒫᓇᓕ piimikaamaanaau vta • il/elle le /la tient de biais

ᐲᒥᑲᒫᓯᓕ piimikaamaasiu vai • il/elle est placé-e de biais

ᐲᒥᑲᒫᓯᓂ″ᐊᒻ piimikaamaasiniham vti • il/elle dessine une ligne en diagonale

ᐲᒥᑲᒫᔅᑯᐱᓕ piimikaamaaskupichiu vai • il/elle déplace son campement d'hiver en traversant la glace en diagonale

ᐲᒥᑲᒫᔅᑯ″ᒐᓕ piimikaamaaskuhtitaau vai • il/elle les place (long et rigide) en diagonale

ᐲᒥᑲᒫᔅᑯ″ᑎ″ᐊᓕ piimikaamaaskuhtihaau vta • il/elle le/la fait traverser la glace à pied en diagonale

ᐲᒥᑲᒫᔅᑯ piimikaamaaskuu vai -u • il/elle traverse la glace en diagonale

ᐲᒥᑲᒫᔑᒻ piimikaamaashim vti • il/elle le coupe en biais

ᐲᒥᑲᒫ·ᓕᓕ piimikaamaashwaau vta • il/elle le/la coupe en biais

ᐲᒥᑲᒫ″ᒐᓕ piimikaamaashtaau vai • il/elle le place de biais

ᐱᒦᑳᒪᔥᑖᐤ piimikaamaashtaau vii ♦ c'est placé de biais

ᐱᒦᑳᒪᔥᑭᒻ piimikaamaashkim vti ♦ il/elle le traverser à pied en diagonale

ᐱᒦᑳᒫᔮᐤ piimikaamaayaau vii ♦ c'est placé en biais

ᐱᒦᑳᒫᔮᐱᐦᑳᑎᒻ piimikaamaayaapihkaatim vti ♦ il/elle l'attache en biais

ᐱᒦᑳᒫᔮᐱᐦᑳᑖᐤ piimikaamaayaapihkaataau vta ♦ il/elle l'attache en diagonale

ᐱᒦᑳᒫᔮᐳᑰ piimikaamaayaapukuu vai -u ♦ il/elle se fait emporter de coté par le courant

ᐱᒦᑳᒫᔮᒋᐱᑎᒻ piimikaamaayaachipitim vti ♦ il/elle le tire (étalé) de biais

ᐱᒦᑳᒫᔮᒋᐱᑖᐤ piimikaamaayaachipitaau vta ♦ il/elle le/la tire de biais

ᐱᒦᑳᒫᔮᒋᓂᒻ piimikaamaayaachinim vti ♦ il/elle le plie (étalé) en diagonale

ᐱᒦᑳᒫᔮᒋᓈᐤ piimikaamaayaachinaau vta ♦ il/elle le/la plie (étalé) en diagonale

ᐱᒦᑳᒫᔮᔅᑯᒧᐦᐋᐤ piimikaamaayaaskumuhaau vii ♦ c'est installé en diagonale (long et rigide)

ᐱᒦᑳᒫᔮᔅᑯᒧᐦᑖᐤ piimikaamaayaaskumuhtaau vai ♦ il/elle l'installe en diagonale (long et rigide)

ᐱᒦᑳᒫᔮᔅᑯᒨ piimikaamaayaaskumuu vai -u ♦ il/elle est monté-e en diagonale (long et rigide)

ᐱᒦᑳᒫᔮᔅᑯᒨ piimikaamaayaaskumuu vii -u ♦ c'est monté en diagonale (long et rigide)

ᐱᒦᑳᒫᐦᐋᐤ piimikaamaahaau vta ♦ il/elle le/la place de biais

ᐱᒦᑳᒫᐦᑎᑖᐤ piimikaamaahtitaau vai ♦ il/elle fait traverser quelque chose en diagonale

ᐱᒦᑳᒻ piimikaam p,lieu ♦ une diagonale sur un cours d'eau ▪ ᐋᑦ ᐱᒦᑳᒻ ᐊᑖᒡ ᒃ ᐊᔅᐱ ᑎᔑᕐᒫᓪ ᒃ ᐊᐦᑎᒃᒫᓪ. ▪ Nous avons traversé la rivière en diagonale pour aller chercher du bois.

ᐱᒦᒀᑎᒻ piimikwaatim vti ♦ il/elle coud de travers

ᐱᒦᒀᑖᐤ piimikwaataau vta ♦ il/elle le/la coud de travers

ᐱᒦᒀᓈᐤ piimikwaanaau vta ♦ il/elle lui tord le cou

ᐱᒦᒋᐃᓐ piimichiwin vii ♦ l'eau coule de manière sinueuse

ᐱᒦᓂᑭᓐ piiminikin ni ♦ un bouton de porte

ᐱᒦᓂᒻ piiminim vti ♦ il/elle le tourne, le tord

ᐱᒦᓈᐤ piiminaau vta ♦ il/elle le/la tourne, tord

ᐱᒦᓯᐤ piimisiu vai ♦ il/elle (ex. un arbre) est tordu

ᐱᒦᐅᑖᓂᒻ piimishtaanim vti ♦ il/elle le tortille à la main (filiforme), remonte un ressort

ᐱᒦᐅᑖᓈᐤ piimishtaanaau vta ♦ il/elle le tortille (filiforme) à la main, le/la remonte

ᐱᒦᐅᑖᐦᐊᒻ piimishtaaham vti ♦ il/elle enroule, tortille quelque chose de filiforme qui est suspendu

ᐱᒦᐅᑖᐦᐙᐤ piimishtaahwaau vta ♦ il/elle enroule, tortille quelque chose (animé) de filiforme qui est suspendu

ᐱᒦᐦᐃᑭᓐ piimihiikin ni ♦ une vis

ᐱᒦᐦᐊᒻ piimiham vti ♦ il/elle le tourne, le visse

ᐱᒦᐦᐙᐤ piimihwaau vta ♦ il/elle l'enroule, le/la remonte

ᐱᒦᐦᑎᑳᐤ piimihtikaau vii ♦ le bois est tordu

ᐱᒦᐦᑎᒋᓯᐤ piimihtichisiu vai ♦ il/elle (bois) est tordu

ᐱᒦᐦᑖᐤ piimihtaau vai+o ♦ il/elle le rend disproportionné

ᐱᒦᐦᑯᑎᒻ piimihkutim vti ♦ il/elle le taille de biais

ᐱᒦᐦᑯᑖᐤ piimihkutaau vta ♦ il/elle le taille de travers, tout tordu

ᐱᒦᐦᑳᐱᔨᐤ piimihkwaapiyiu vai ♦ son visage devient tout tordu, il/elle a la paralysie de Bell

ᐲᒫᐤ piimaau vii ♦ c'est tordu, croche

ᐲᒫᐱᓯᔑᓯᐤ piimaapisischisiu vai ♦ il/elle est tordu-e (minéral)

ᐲᒫᐱᔅᑭᐦᐊᒻ piimaapiskiham vti ♦ il/elle le tord, le visse (minéral)

ᐲᒫᐱᔅᑳᐤ piimaapiskaau vii ♦ c'est tordu (minéral)

ᐱᒪᐱᐦᑕᑎᒻ piimaapihkaatim vti ♦ il/elle l'attache tordu

ᐱᒪᐱᐦᑳᑖᐤ piimaapihkaataau vta ♦ il/elle l'attache tordu

ᐱᒪᐱᐦᒑᐱᑎᒻ piimaapihchaapitim vti ♦ il/elle le tire (filiforme) le forçant à s'enrouler, s'entortiller

ᐱᒪᐱᐦᒑᐱᑖᐤ piimaapihchaapitaau vta ♦ il/elle le/la tire (filiforme) le/la forçant à s'enrouler, s'entortiller

ᐱᒪᐱᐦᒑᐱᔫ piimaapihchaapiyiu vai ♦ il/elle est tout entortillé-e (filiforme)

ᐱᒪᐱᐦᒑᐱᔫ piimaapihchaapiyiu vii ♦ c'est tout entortillé (filiforme)

ᐱᒪᐱᐦᒑᓂᒻ piimaapihchaanim vti ♦ il/elle l'entortille (filiforme)

ᐱᒪᐱᐦᒑᓈᐤ piimaapihchaanaau vta ♦ il/elle l'entortille (filiforme)

ᐱᒫᐹᑭᓐ piimaapaakin vii ♦ il est entortillé (filiforme)

ᐱᒫᐹᑭᔥᑖᐤ piimaapaakishtaau vai ♦ il/elle le place tout entortillé, enroulé

ᐱᒫᐹᑭᐦᐊᒻ piimaapaakiham vti ♦ il/elle l'enroule, l'entortille tout autour (ex. la cordelette du tressage des raquettes)

ᐱᒫᐹᑭᐦᐋᐤ piimaapaakihwaau vta ♦ il/elle le/la rend tout entortillé (filiforme)

ᐱᒫᐹᒋᓯᐤ piimaapaachisiu vai ♦ il/elle est entortillé-e (filiforme)

ᐱᒫᑭᔥᑖᐤ piimaakishtaau vii ♦ c'est tout enroulé, entortillé (étalé)

ᐱᒫᔅᑯᓐ piimaaskun vii ♦ c'est tout tordu (long et rigide)

ᐱᒫᔅᑯᓯᐤ piimaaskusiu vai ♦ il/elle est tout tordu-e (long et rigide)

ᐱᒫᔥᑎᓐ piimaashtin vii ♦ c'est tordu par le vent

ᐱᓂᐌᑦ piiniwit ni ♦ un sac de pinces à linge

ᐲᓂᓯᒡ piinisich na pl -simich ♦ des fèves

ᐲᓐ piin ni -im ♦ une pince à linge, une épingle de nourrice

ᐱᓯᑎᐱᔅᑳᐤ piisitipiskaau vii ♦ c'est une longue nuit

ᐱᓯᑎᐦᐋᒫᐦᐋᐤ piisitikihiichaau vai ♦ il/elle coupe le bois en petit morceau, il/elle hache du bois

ᐱᓯᑎᒃᐙᒋᓐ piisitikwaachin vii ♦ c'est un automne long

ᐱᓯᒧᐦᑖᐤ piisimuhtaau na -m ♦ un champignon qui pousse sur les arbres

ᐱᓯᒧᐦᑳᓐ piisimuhkaan ni ♦ un montre

ᐱᓯᒨ piisimuu vai -uwi ♦ le soleil brille encore avant de se coucher

ᐱᓯᒨᓯᓂᐦᐄᑭᓐ piisimuusinihiikin ni ♦ un calendrier

ᐱᓯᒫᔮᐲ piisimwaayaapii ni ♦ un rayon de soleil

ᐱᓯᒫᐦᒑᐦᒡ piisimwaahtaahch p,lieu ♦ vers le sud ▪ ᐱᓯᒫᐦᒡ ᐦ ᐃᑎᔥᐳᓈᐅᑎᐅᑉ ᐊᐋᐅᑦ ᐋᒥᒡ ᑳ ᐊᐸᐦᒐᑦᒃᐦ ▪ Les gens ont été évacués vers le sud quand il y a eu trop de fumée dans leur village.

ᐱᓯᒻ piisim na ♦ le soleil, un mois

ᐱᓯᓯᓃ piisisinii ni ♦ une cartouche, un plomb (pour la chasse)

ᐱᓯᓯᔫ piisisiiu vai ♦ il/elle est en petit morceaux, c'est de la monnaie

ᐱᓯᓰᑯᓐ piisisiikun vii ♦ c'est un long printemps

ᐱᓯᐦᐊᒻ piisiham vti ♦ il/elle le casse en petits morceaux

ᐱᓯᐦᐋᐤ piisihwaau vta ♦ il/elle le/la casse en petits morceaux

ᐱᓯᐦᑎᑖᐤ piisihtitaau vai ♦ il/elle le laisse tomber et ça se casse en petits morceaux

ᐱᓵᐤ piisaau vii ♦ il y en a beaucoup; sa texture est fine

ᐱᓵᑯᐱᔫ piisaakupiyiu vai ♦ il/elle dure longtemps

ᐱᓵᑯᐱᔫ piisaakupiyiu vii ♦ ça dure longtemps

ᐱᓵᑯᐱᔨᐦᑖᐤ piisaakupiyihtaau vai ♦ il/elle le fait durer longtemps

ᐱᓵᑯᓂᒻ piisaakunim vti ♦ il/elle le fait durer longtemps

ᐱᓵᑯᓈᐤ piisaakunaau vta ♦ il/elle le/la fait durer longtemps

ᐱᓵᑯᓐ piisaakun vii ♦ ça dure longtemps

ᐱᓵᑯᓯᐤ piisaakusiiu vai ♦ il/elle dure longtemps

ᐱᓵᑯᐦᐋᐤ piisaakuhaau vta ♦ il/elle le/la fait durer longtemps

ᐱᓵᑯᐦᑖᐤ piisaakuhtaau vai ♦ il/elle le fait durer longtemps

ᐲᓵᓅᐦᑳᐤ piisaanaauhkaau vii ♦ c'est fin (granuleux, ex. sable)

ᐱᔃᐯᔨᐤ piiswaapiyiu vai ♦ il/elle fait des bulles, se gonfle

ᐱᔃᐯᔨᐤ piiswaapiyiu vii ♦ ça fait des bulles, ça gonfle

ᐱᔃᔮᐃᐦᑯᓈᐤ piiswaayaaihkunaau na -m ♦ du pain

ᐱᔃᔮᐃᐦᑯᓈᐦᒑᐤ piiswaayaaihkunaahchaau vai ♦ il/elle fait du pain

ᐱᔃᔮᐃᐦᑯᓈᐦᒑᓯᐤ piiswaayaaihkunaahchaasiu na -iim ♦ un boulanger, lit. 'celui qui fait du pain'

ᐱᔃᔮᑭᓐ piiswaayaakin vii ♦ ça a un sens (étalé), (ex. le tissu)

ᐱᔃᐦᑎᓐ piiswaahtin vii ♦ il y a de la brume qui provient de la cascade

ᐲᐢᑳᓯᑯᐦᐊᒻ piiskaasikuham vti ♦ il/elle creuse un grand trou dans la glace

ᐱᔑᐚᑳᐳᐃᐧᒋ piishiwaakaapuwiwich vai pl -uwi ♦ il y a de petites vagues à la surface de l'eau

ᐱᔑᐱᐳᓐ piishipipun vii ♦ c'est un long hiver, une longue année

ᐱᔑᐳᔮᑭᓐ piishipuyaakin ni ♦ un endroit où on attrape des poissons en train de frayer, un barrage pour capturer les poissons en train de frayer

ᐱᔑᑯᒫᐤᐦᑖᔑᐤ piishikumaauhtaashiu vii dim ♦ il y a de petites gouttes de pluie, il tombe une pluie ou une neige fine

ᐱᔑᒋᔑᑳᐤ piishichiishikaau vii ♦ c'est une longue journée

ᐱᔑᒧᔥ piishimush na ♦ un champignon

ᐱᔑᓃᐱᓐ piishiniipin vii ♦ c'est un été long

ᐱᔑᓃᐦᑎᒋᐚᔮᐤ piishiniihtichiwaayaau vii ♦ c'est une longue pente

ᐱᔑᔖᑭᒋᐚᔮᐤ piishishaakichiwaayaau vii ♦ c'est une longue pente à grimper

ᐱᔑᔥᑖᔑᐤ piishishtaashiu vii dim ♦ c'est écrit tout petit

ᐱᔑᔨᐚᐤ piishiyiwaau vai ♦ il y a de longs intervalles entre les rafales de vents

ᐱᔑᔨᐚᐱᔨᐤ piishiyiwaapiyiu vai ♦ il y a de longs intervalles entre les rafales de vents

ᐱᔑᔨᐚᑳᐳᐃᐧᒡ piishiyiwaakaapuwiwich vai pl -uwi ♦ il y a de grosses vagues déferlantes dans le rapide

ᐱᔑᔨᔨᐦᑭᐦᐆ piishiyiyihkihuu vai -u ♦ il/elle mange avec avidité

ᐱᔑᐦᑭᐚᔮᐢᑯᓯᐤ piishihkiwaayaaskusiu vai ♦ l'arbre a des cercles de croissances qui sont rapprochés, serrés

ᐱᔑᐦᑳᐹᐤ piishihkaapaau ni ♦ une vallée avec des saules et des arbres

ᐱᔖᑭᓂᐱᐦᑯᐃ piishaakinipihkui ni -m ♦ un recouvrement pour l'habitation fait de peau de caribou ou d'orignal

ᐱᔖᑭᓂᑯᐦᑉ piishaakinikuhp ni ♦ un manteau de cuir, une peau tannée

ᐱᔖᑭᓂᐢᑎᓯᒡ piishaakinistisich na pl ♦ des mitaines de cuir, de peau

ᐱᔖᑭᓂᔑᓯᓐ piishaakinischisinh ni pl ♦ des chaussures de cuir

ᐱᔖᑭᓈᐱ piishaakinaapii ni ♦ une corde ou une ficelle de cuir

ᐱᔖᑭᓈᐲᐦᒑᐤ piishaakinaapiihchaau vai ♦ il/elle fabrique une corde de peau, de cuir

ᐱᔖᑭᓐ piishaakin ni ♦ du cuir, de la peau tannée

ᐱᔖᓈᒥᔅᒑᒋᒋᐃᐧᓐ piishaanaamischaachichiwin vii ♦ il y a beaucoup de rochers qui affleurent dans le rapide

ᐱᔖᐦᐊᔑᐤ piishaahashiu vii dim ♦ il y a de petites vagues sur l'eau

ᐱᔑᐚᔮᒋᐃᐧᐦᑖᐤ piishwaayaachiwihtaau vii ♦ il se forme de la mousse, de l'écume à la surface de la nourriture lors de la cuisson

ᐱᔥᑖᐅᐱᔨᐤ piishtaaupiyiu vai ♦ ça mousse

ᐱᔥᑖᐅᐱᔨᐤ piishtaaupiyiu vii ♦ ça mousse

ᐱᔥᑖᐅᑖᒨ piishtaautaamuu vai -u ♦ il/elle mousse à la bouche

ᐱᔥᑖᐅᒋᐃᐧᓐ piishtaauchiwin vii ♦ l'eau forme de l'écume à cause du courant rapide

ᐱᔥᑖᐅᐦᐊᓐ piishtaauhan vii ♦ l'eau forme de l'écume à cause des vagues

ᐲᔥᑖᐲᑭᒥᒋᐃᓐ piishtaawaakimichiwin vii ◆ le courant créé de l'écume dans l'eau

ᐲᔥᑖᐙᒋᐃᓐ piishtaawaachiwin vii ◆ le courant créé de l'écume dans l'eau

ᐲᔥᑖᐙᒋᐃᐦᑖᐤ piishtaawaachiwihtaau vii ◆ ça bout pour former de l'écume, de la mousse

ᐲᔥᑖᐤ piishtaau vii ◆ de l'écume sur l'eau, sur un liquide de cuisson

ᐲᔥᑖᐦᐋᐤ piishtaahan vii ◆ il y a de l'écume sur l'eau

ᐲᔥᑳᐱᑎᒼ piishkaapitim vti ◆ il/elle fait un plus grand trou dedans

ᐲᔥᑳᔮᐤ piishkaayaau vii ◆ c'est un grand trou

ᐲᔥᑳᔮᑯᐦᑖᐤ piishkaayaakuhtaau vii ◆ le feu fait fondre un grand trou dans la neige

ᐲᔥᒄ piishkw na -im ◆ un mange-maringouin, un engoulevent d'Amérique *Chordeiles minor*

ᐲᔥᒐᒧᐧᐃᑭᐦᐚᐤ piishchaamuwikihwaau vta ◆ il/elle atteint l'animal ou l'oiseau dans l'estomac ce qui fait que son contenu se déverse

ᐲᕐᐦᑎᐋᔨᒨ piiyihtiwaayimuu vai -u ◆ il/elle doute de pouvoir faire quelque chose

ᐲᕐᐦᑎᐋᔨᒫᐤ piiyihtiwaayimaau vta ◆ il/elle doute qu'il/elle (quelqu'un d'autre) soit capable de faire quelque chose

ᐲᕐᐦᑎᐋᔨᐦᑎᒼ piiyihtiwaayihtim vti ◆ il/elle doute

ᐲᕐᐦᒐᐋᒋᐧᐃᓐ piiyihtaawaachiwin vii ◆ il y a un bruit de rapides au loin

ᐲᕐᐦᑖᑯᒋᓐ piiyihtaakuchin vai ◆ il/elle est bien visible en train de voler à part du reste de la volée

ᐲᕐᐦᒐᔮᐱᒥᓈᑯᓐ piiyihtaayaapiminaakun vii ◆ c'est bien visible au loin

ᐲᕐᐦᒐᔮᐱᒥᓈᑯᓯᐤ piiyihtaayaapiminaakusiu vai ◆ il/elle est bien visible au loin

ᐲᔮᔑᑭᓐᐦ piiywaashikinh ni pl ◆ des chaussettes, des bas

ᐲᐦᐃᒼ piihim p,temps ◆ jusqu'à cette époque, ce moment ■ ᐲᐦᐃᒼ ᐦ" ᐊᐣ ᓂᑳᕐᐊ ᒌ" ᐊ" ᐦ" ᐊᐧᐸᒻᐅᑦᕐᕐ"ₓ ■ *On a attrapé beaucoup de poisson dans nos filets jusqu'à l'automne.*

ᐲᐦᐱᒋᓯᐤ piihpiichisiu na -lim ◆ une nyctale boréale (une chouette) *Aegolius funereus*

ᐲᐦᐲᐦᒑᐤ piihpiihchaau na -aam ◆ un merle *Turdus migratorius*

ᐲᐦᑎᐧᐃᐱᒋᐧᐃᔮᓈᓐ piihtiwipichiwiyaanaan ni ◆ un maillot de corps, un tricot de corps, une camisole

ᐲᐦᑎᐧᐃᐱᔨᒌᓵᓐ piihtiwipiyichiisaan na ◆ un caleçon, une culotte, une petite culotte, des bobettes, un boxer, un slip; un sous-vêtement long

ᐲᐦᑎᐧᐃᐱᐦᑳᐤ piihtiwipihkwaau vai ◆ il/elle ajoute un autre recouvrement pour l'habitation

ᐲᐦᑎᐧᐃᑎᓈᐤ piihtiwitinaau vii ◆ le pic, le sommet de la montagne est élevé

ᐲᐦᑎᐧᐃᑭᒫᐤ piihtiwikimaau vii ◆ le lac est près d'un autre lac

ᐲᐦᑎᐧᐃᑯᓃᐤ piihtiwikuniiu vai ◆ il/elle est recouvert-e d'une autre couche (ex. de couvertures)

ᐲᐦᑎᐧᐃᑯᐦᐆ piihtiwikuhuu vai -u ◆ il/elle porte deux jupes, deux manteaux

ᐲᐦᑎᐧᐃᒀᑎᒼ piihtiwikwaatim vti ◆ il/elle coud des bottes en peau de phoque de façon à les rendre imperméable

ᐲᐦᑎᐧᐃᒧᐦᑖᐤ piihtiwimuhtaau vai ◆ il/elle enfile une autre couche par-dessus

ᐲᐦᑎᐧᐃᓯᐤ piihtiwisiiu vai ◆ il/elle est disposé-e en couches

ᐲᐦᑎᐧᐃᔑᒼ piihtiwishim vti ◆ il/elle en coupe, en tranche une couche

ᐲᐦᑎᐧᐃᔥᐚᐤ piihtiwishwaau vta ◆ il/elle le/la coupe en fine tranches, en découpe une couche

ᐲᐦᑎᐧᐃᔥᑖᐤ piihtiwishtaau vai ◆ il/elle le dispose en couches

ᐲᐦᑎᐧᐃᔥᑭᐚᐤ piihtiwishkiwaau vta ◆ il/elle en porte plusieurs couches, le/la porte en-dessous

ᐲᐦᑎᐧᐃᔥᑭᒼ piihtiwishkim vti ◆ il/elle en porte plusieurs couches, le porte en-dessous

ᐲᐦᑎᐎᔥᒃᐙᐦᑖᒻ piihtiwishkwaahtaam ni ◆ un porche

ᐲᐦᑎᐎᐦᑖᐤ piihtiwihtaau vai+o ◆ il/elle y ajoute un étage supérieur

ᐲᐦᑎᐐᒫᐤ piihtiwiimaau vii ◆ c'est une hutte de castor à deux niveaux

ᐲᐦᑎᐚᐚᒋᓂᒼ piihtiwaawaachinim vti ◆ il/elle en enroule une autre couche (étalé) autour

ᐲᐦᑎᐚᐚᒋᓈᐤ piihtiwaawaachinaau vta ◆ il/elle en enroule une autre couche (étalé) autour de lui, d'elle

ᐲᐦᑎᐚᐤ piihtiwaau vii ◆ c'est en couches, il y en a un par-dessus l'autre

ᐲᐦᑎᐚᐱᒋᔥᑖᐅᓈᓐᐦ piihtiwaapichishtaaunaanh ni pl ◆ des sous-vêtements

ᐲᐦᑎᐚᒋᔥᑭᐚᐤ piihtiwaachishkiwaau vta ◆ il/elle en porte une autre couche (animé)

ᐲᐦᑎᐚᒋᐦᑎᑖᐤ piihtiwaachihtitaau vai ◆ il/elle met une autre couche (étalé)

ᐲᐦᑎᐚᒋᐦᑎᓐ piihtiwaachihtin vii ◆ une autre couche y est ajouté (étalé)

ᐲᐦᑎᐚᔅᐱᑎᒼ piihtiwaaspitim vti ◆ il/elle le tisse par-dessus une première couche de fil

ᐲᐦᑎᐚᔅᑯᐦᑎᓐ piihtiwaaskuhtin vii ◆ le bois (ex. le grain du bois) est en couches

ᐲᐦᑎᐚᔮᒋᔥᑭᒼ piihtiwaayaachishkim vti ◆ il/elle porte une autre couche

ᐲᐦᑎᑎᓈᐤ piihtitinaau vii ◆ c'est une longue montagne à traverser

ᐲᐦᑎᑖ piihtitaa p,lieu ◆ à l'intérieur

ᐲᐦᑎᑖᐅᑎᓐ piihtitaautin vii ◆ l'air froid entre dans l'habitation

ᐲᐦᑎᑖᐚᐱᓂᒼ piihtitaawaapinim vti ◆ il/elle le jette à l'intérieur

ᐲᐦᑎᑖᐚᐱᓈᐤ piihtitaawaapinaau vta ◆ il/elle le/la jette à l'intérieur

ᐲᐦᑎᑖᐱᑎᒼ piihtitaapitim vti ◆ il/elle le fait rentrer en le tirant

ᐲᐦᑎᑖᐱᑖᐤ piihtitaapitaau vta ◆ il/elle le/la fait rentrer en le/la tirant

ᐲᐦᑎᑖᐱᔫ piihtitaapiyiu vai ◆ il/elle rentre dans quelque chose

ᐲᐦᑎᑖᐱᔫ piihtitaapiyiu vii ◆ ça rentre dans quelque chose

ᐲᐦᑎᑖᐱᐦᑖᐤ piihtitaapihtaau vai ◆ il/elle rentre en courant

ᐲᐦᑎᑖᑖᐹᐤ piihtitaataapaau vta ◆ il/elle le/la fait rentrer en le/la traînant

ᐲᐦᑎᑖᑖᒋᒨ piihtitaataachimuu vai -u ◆ il/elle rentre en rampant

ᐲᐦᑎᑖᒋᐎᓐ piihtitaachiwin vii ◆ c'est une longue série de rapides

ᐲᐦᑎᑖᒋᔑᓂᒼ piihtitaachishinim vti ◆ il/elle le fait rentrer en le poussant

ᐲᐦᑎᑖᒋᔑᓈᐤ piihtitaachishinaau vta ◆ il/elle le/la fait rentrer en le/la poussant

ᐲᐦᑎᒨ piihtitaamuu vii -u ◆ ça rentre dans quelque chose, comme un chemin dans une ville

ᐲᐦᑎᑖᔥᑭᐚᐤ piihtitaashkiwaau vta ◆ il/elle le/la pousse dedans avec son pied ou son corps

ᐲᐦᑎᑖᔥᑭᒼ piihtitaashkim vti ◆ il/elle le fait rentrer à coups de pied

ᐲᐦᑎᑖᔨᑯᒋᐦᑎᓐ piihtitaayikuchihtin vii ◆ la neige tomber dans l'habitation pendant une chute de neige

ᐲᐦᑎᑖᔮᑯᓈᐱᔫ piihtitaayaakunaapiyiu vii ◆ la neige tombe dedans

ᐲᐦᑎᑖᔮᔅᒑᐤ piihtitaayaaschaau vai ◆ les rayons de soleil pénètrent à l'intérieur

ᐲᐦᑎᑖᔮᔒᐤ piihtitaayaashiu vai ◆ il/elle est soufflé-e à l'intérieur par le vent

ᐲᐦᑎᑖᔮᔥᑎᓐ piihtitaayaashtin vii ◆ c'est soufflé à l'intérieur par le vent

ᐲᐦᑎᑖᔮᐦᑐᒑᐤ piihtitaayaahtuchaau vai ◆ il/elle emménage dans sa nouvelle maison

ᐲᐦᑎᑖᐦᔮᐤ piihtitaahyaau vai ◆ il/elle rentre dedans en volant

ᐲᐦᑎᑭᑖᐤ piihtikitaau vai+o ◆ il/elle le/la rentre

ᐲᐦᑎᑭᒥᐦᒡ piihtikimihch p,lieu ◆ dedans, à l'intérieur (de la maison) ▪ ᐊᓱᒡ ᐲᐦᑎᑭᒥᐦᒡ ᐊᐦᒡ ᑲ ᒎᐦᑎᒋᒡ ᐋᔫ ᐋ ᐃᐯᔥᑎᓈᓂᐦᐤ C'est dedans qu'elle a fait ses sculptures à cause du mauvais temps.

ᐲᐦᑎᑭᐦᐋᐤ piihtikihaau vta ◆ il/elle le/la fait rentrer

ᐲᐦᑎᑳᒥᑭᓐ piihtikaamikin vii ◆ deux grandes étendues de terre ferme bordent cette étendue d'eau

ᐲᐦᑎᑳᒫᔮᐤ piihtikaamaayaau vii ◆ l'étendue d'eau est large

ᐱᐦᑎᓈᐅᐃᔥᒑᓐ piihtinaawischaan ni
  • la doublure d'une mitaine
ᐱᐦᑎᓈᐅᐃᔥᒑᐤ piihtinaawischaau vai
  • il/elle porte une autre paire de mitaines ou de gants
ᐱᐦᑎᔅᒀᔮᐤ piihtiskwaayaau vii • c'est une longue section droite d'eau calme de la rivière entre les rapides
ᐱᐦᑎᐦᑯᓐ piihtihukun vii • c'est loin en canot
ᐱᐦᑎᐦᐊᒧᐚᐤ piihtihamuwaau vta
  • il/elle lui donne du tabac, une cigarette
ᐱᐦᑎᐦᐊᒻ piihtiham vti • il/elle le met dans quelque chose
ᐱᐦᑎᐦᐚᐤ piihtihwaau vta • il/elle le/la met dans quelque chose, lui donne une deuxième portion de nourriture
ᐱᐦᑎᐦᐚᔒᒨ piihtihwaashimuu vai -u
  • il/elle est couché-e enroulé-e dedans (ex. dans son sac de couchage)
ᐱᐦᑐᐱᑎᒻ piihtupitim vti • il/elle en enlève une couche, le pèle
ᐱᐦᑐᐱᑖᐤ piihtupitaau vta • il/elle lui enlève une couche, le/la pèle
ᐱᐦᑐᐹᐱᔨᐤ piihtupaapiyiu vai • il/elle a une ampoule, une cloque
ᐱᐦᑐᐹᐱᔨᐤ piihtupaapiyiu vii • ça a une ampoule, une cloque
ᐱᐦᑐᐹᔮᐤ piihtupaayaau vii • il y a de l'eau entre deux couches de glace
ᐱᐦᑐᑎᒡ piihtutich p,lieu • à bord, dans un canot ▪ ᐱᐦᑐᑎᒡ ᓂᒌ ᐅᐦᑎᓈᓐ ᑳ ᐙᓂᐦᒉᔭᓐ ᓂᒨᐦᑯᒫᓐ᙮ *J'ai trouvé le couteau que j'avais perdu dans le canot.*
ᐱᐦᑐᑭᐚᐤ piihtukiwaau vta • il/elle va lui rendre visite chez lui
ᐱᐦᑐᓯᑯᒋᐎᓐ piihtusikuchiwin vii • l'eau coule entre deux couches de glace
ᐱᐦᑑᑎᓵᓐ piihtuutisaan ni • la paroi interne d'un gésier d'oiseau
ᐱᐦᑖᐅᐦᑳᐤ piihtaauhkaau vii • c'est une longue colline
ᐱᐦᑖᐚᔮᐤ piihtaawaayaau vii • c'est un long rivage
ᐱᐦᑖᐱᔅᑭᐦᐚᐤ piihtaapiskihwaau vta
  • il/elle le/la fait rôtir dans le four
ᐱᐦᑖᐱᔥ piihtaapisch p,lieu • l'intérieur du canon d'un fusil

ᐱᐦᑖᐲᔨᐦᐋᐤ piihtaapiyihaau vta • il/elle le fait rentrer dedans, l'enregistre (sur cassette), le fait rentrer dedans en véhicule
ᐱᐦᑖᐲᔨᐦᑖᐤ piihtaapiyihtaau vai • il/elle le fait rentrer dedans, l'enregistre (sur cassette)
ᐱᐦᑖᐹᐅᑖᐤ piihtaapaautaau vai • il/elle fait rentrer de l'eau dedans
ᐱᐦᑖᐹᐅᔮᐤ piihtaapaauyaau vta • il/elle remplit avec un liquide, lui administre un lavement
ᐱᐦᑖᐹᐚᐤ piihtaapaawaau vii • l'eau rentre dedans, s'infiltre
ᐱᐦᑖᐹᑯ piihtaapaakuu vii -uwi • l'eau pénètre dans un endroit qui reste normalement sec quand la marée monte
ᐱᐦᑖᑳᓲ piihtaakaasuu vai reflex -u • il/elle remplit sa pipe
ᐱᐦᑖᒋᐎᓐ piihtaachiwin vii • c'est un long rapide
ᐱᐦᑖᒑᐤ piihtaachaau vai • il/elle le remplit (ex un édredon de plumes) avec quelque chose
ᐱᐦᑖᒥᑎᓈᐤ piihtaamitinaau vii • c'est une longue montagne à traverser ou à escalader
ᐱᐦᑖᓱᐚᑭᓐ piihtaasuwaakin ni • un récipient, un contenant, un conteneur
ᐱᐦᑖᓱ piihtaasuu vai -u • il/elle charge des affaires dans des contenants
ᐱᐦᑖᔅᑭᒥᑳᐤ piihtaaskimikaau vii • c'est un long bout de terre
ᐱᐦᑖᔅᒀᔮᐤ piihtaaskwaayaau vii • c'est une aire boisée longue à traverser
ᐱᐦᑖᔅᒋᐦᒀᔒᓐ piihtaaschihkwaashin vai
  • il/elle est dans une bouilloire, dans un pot
ᐱᐦᑖᔨᑯᑎᓲ piihtaayikutisuu vai -u
  • il/elle rentre la viande de caribou dans l'habitation
ᐱᐦᑖᐦᐊᒻ piihtaaham vti • il/elle jette du bois de chauffage à l'intérieur
ᐱᐦᑣᐅᐱᐤ piihtwaaupiu vai • il/elle est assis-e là en fumant
ᐱᐦᑣᐅᑳᐴ piihtwaaukaapuu vai -uwi
  • il/elle reste debout en fumant

ᐲᑳᐛᓖᐤ piihtwaawaachaau vai ♦ il/elle fume une certaine marque de tabac ou de cigarettes

ᐲᑳᐤ piihtwaau vai ♦ il/elle fume

ᐲᑳᑎᑎᐙᐤ piihtwaatitiwaau vta ♦ il/elle en fume (une certaine marque de tabac ou de cigarettes)

ᐲᑕᐚᒋᔥᑎᐦᐄᑭᓐ piihtwaachishtihiikin ni ♦ de la doublure pour des vêtements

ᐲᑕᐚᒋᔥᑎᐦᐊᒻ piihtwaachishtiham vti ♦ il/elle coud une doublure dedans

ᐲᑕᐚᒋᔥᑎᐦᐙᐤ piihtwaachishtihwaau vta ♦ il/elle coud une doublure dedans (animé, ex des mitaines)

ᐲᐦᑯᑖᑭᓐ piihkutaakinh ni pl ♦ des copeaux de bois

ᐲᐦᑯᑖᒑᐤ piihkutaachaau vai ♦ il/elle créé des copeaux de bois avec son rabot ou son couteau croche

ᐲᐦᒋᐚᐱᐦᐙᐤ piihchiwaapihwaau vta ♦ il/elle le/la fait glisser dedans

ᐲᐦᒋᐚᔖᐤ piihchiwaashaau vii ♦ c'est dans la baie

ᐲᐦᒋᐱᒫᐤ piihchipimaau vai ♦ il/elle fait le plein, remplit le récipient avec de la graisse ou du carburant

ᐲᐦᒋᐱᒫᑭᓐ piihchipimaakin ni-im ♦ un récipient pour de la graisse obtenue par la cuisson

ᐲᐦᒋᐱᐦᑳᐤ piihchipihkwaau vai ♦ il/elle prépare des cartouches pour le fusil de chasse

ᐲᐦᒋᐱᐦᑳᓐ piihchipihkwaan ni ♦ une cartouche de fusil

ᐲᐦᒋᐱᐅᔮᓐ piihchipiiuyaan ni ♦ un sac pour le duvet ou les plumes d'oies

ᐲᐦᒋᑭᒋᔖᓐ piihchikichishaan ni ♦ le bout du gros intestin rempli de graisse, séché et cuit

ᐲᐦᒋᑯᓈᐚᐱᑖᐤ piihchikunaawaapitaau vta ♦ il/elle le/la jette dans la bouche de quelqu'un

ᐲᐦᒋᑯᓈᐚᔥᑳᑰ piihchikunaawaashkaakuu vai-u ♦ il/elle rentre dans sa bouche

ᐲᐦᒋᑯᓈᐤ piihchikunaau p,lieu ♦ dans la bouche ▪ ᐋᐦᑰ ᑮ ᐲᐦᒋᑯᓈᐚᐱᑖᐤ ᐊᓄᑉ ᒣᓯᔮᕽ ▪ Il/Elle jeta la baie directement dans sa bouche.

ᐲᐦᒋᒑᐤ piihchichaau vai ♦ il/elle rentre, entre

ᐲᐦᒋᒑᒥᑭᓐ piihchichaamikin vii ♦ c'est la veille de Noël, lit. 'ça entre'

ᐲᐦᒋᓵᓈᓐ piihchisinaan ni ♦ une giberne, une cartouchière

ᐲᐦᒋᓱᐎᑖᐤ piihchisuwitaau vai ♦ il/elle le met dedans

ᐲᐦᒋᓱᐎᔮᐤ piihchisuwiyaau vta ♦ il/elle le/la met dans un récipient, un contenant

ᐲᐦᒋᔅᑯᒥᑳᐤ piihchiskumikaau vii ♦ c'est une longue étendue d'eau à traverser

ᐲᐦᒋᔅᒑᑳᐤ piihchischaakaau vii ♦ c'est un long muskeg à traverser

ᐲᐦᒋᔑᒨ piihchishimuu vai-u ♦ il/elle se glisse dedans (ex dans un sac de couchage)

ᐲᐦᒋᔑᒫᐤ piihchishimaau vta ♦ il/elle le met douillettement, bien au chaud dedans

ᐲᐦᒋᔑᓐ piihchishin vai ♦ il/elle est dedans

ᐲᐦᒋᔥᑎᐙᐳᑰ piihchishtiwaapukuu vai-u ♦ il/elle entre dans la rivière en flottant

ᐲᐦᒋᔥᑎᐚᔑᐤ piihchishtiwaashiu vai ♦ il/elle entre dans l'embouchure de la rivière

ᐲᐦᒋᔥᑎᒁᔮᐤ piihchishtikwaayaau vii ♦ c'est une longue rivière sur laquelle voyager prend longtemps

ᐲᐦᒋᔥᑐᐱᔩᐤ piihchishtuwipiyiu vai ♦ il/elle va à l'embouchure de la rivière

ᐲᐦᒋᔥᑐᐱᔩᐤ piihchishtuwipiyiu vii ♦ ça va, ça se rend à l'embouchure de la rivière

ᐲᐦᒋᔥᑐᐦᑎᓐ piihchishtuwikuhtin vii ♦ le canot est à l'embouchure de la rivière, du ruisseau, de la baie

ᐲᐦᒋᔥᑐᐦᑭᒻ piihchishtuwishkim vti ♦ il/elle marche jusqu'à l'embouchure de la rivière

ᐲᐦᒋᔥᑐᐦᐅᑖᐤ piihchishtuwihutaau vai+o ♦ il/elle elle l'apporte à l'embouchure de la rivière par véhicule à moteur

ᐲᐦᒋᔥᑐᐦᐊᒻ piihchishtuwiham vti ♦ il/elle pagaie dans l'embouchure de la rivière, du cours d'eau

ᐲᕐᒡᑐ·ᐃᓐᔾᐤ piihchishtuwihyaau vai
- il/elle entre en volant dans l'embouchure de la rivière

ᐲᕐᒡᑐ·ᐃᓐᔾᕐᒥᑲᐤ piihchishtuwihyaamikin vii - ça entre en volant dans l'embouchure de la rivière (ex. avion)

ᐲᕐᒡᑐ piihchishtuu p,lieu - à l'embouchure de la rivière ▪ ᓃᔅᑫ ᐊᐦ ᐱᒥᒋᒧ ᔓᔓᐱᒃ ᐊᓂᒉᐦ ᐲᕐᒡᑐ ᐊᓂᒥᔾ ᓰᐱᕀᕐ ▪ Il y avait beaucoup de canards à l'embouchure de la rivière.

ᐲᕐᒡᑭ·ᐊᐤ piihchishkiwaau vta - il/elle imprègne tout son corps ▪ ᐲᕐᒡᑲᑦ ▪ il en est rempli, imprégné, possédé (ex. d'un esprit)

ᐲᕐᒋᔪ piihchiyiu p,lieu - à l'intérieur du corps, en usage interne ▪ ᐊᓂᒡᐦ ᐲᕐᒋᔪ ᐊᐅᑎᓐᐦ ᒃ ·ᐃᔅᒃᑐᒐᑦᒃ ᐊᓂᔾ ᒦᒋᕐᒃ ᒃ ᕐᒋᕐᒃ ▪ Ce qu'elle a mangé l'a affectée.

ᐲᕐᒋᔪᔪᑭᐦᐄᑭᐣ piihchiyiyukihiikin ni - un intestin d'animal rempli de gras et suspendu à sécher, puis cuit avant d'être mangé

ᐲᕐᒋᔾᑭᐧᐃᑖᐤ piihchiyaakiwitaau vai - il/elle met du sable dedans

ᐲᕐᒋᔾᑭ·ᐊᐤ piihchiyaakiwaau vii - du sable est rentré dedans

ᐲᕐᒋᐦᑎᐣ piihchihtin vii - c'est dans quelque chose, dedans

ᐲᕐᒋᐦᑯᒫᓈᐣ piihchihkumaanaan ni - un étui à couteau, un fourreau

ᐲᕐᒋᐤ piihchiiu vai - il/elle voyage en hiver en parcourant une longue distance avant d'établir son camp

ᐲᕐᒑᐤ piihchaau vii - c'est une longue, grande distance

ᐲᕐᒑᓂᑭᐦᑉ piihchaanikihp ni - un long portage

ᐲᕐ·ᒑᐦᑭᔑᐅᑭᒥᒄ piihchwaahkishiukimikw ni-m - une mission catholique

ᐲᕐ·ᒑᐦᑭᔑᐤ piihchwaahkishiu na-m - une personne de foi catholique, un ou une catholique

ᐲᕐᒡ piihch p,lieu - dans quelque chose ▪ ᐲᕐᒡ ᐅ·ᔐᑭᑎᕐᒡ ᑦ ᐅᐦᑎᒉ ᑕᐱᔥᑯᐦᐊᔪᐤ ᒫᒡ ᐊᐦ ᒥᔑᒐᒋᐤ▪ Il a trouvé une belle bague dans sa poche.

ᐴᐃᐧᐋᔑᔥ puiwaashish na-m - un castor de deux ans

ᐴᐃᐧᐋᔾᐦᒋᒄ puiwaayaahchikw na-m - un phoque de deux ans

ᐴᐃᒥᐦᒄ·ᐊᐤ puwimihkwaau vii - ça semble rouge, rose

ᐴᐃᓂᔅᑭᐦᐧᐊᐤ puwiniskihwaau vta - il/elle frappe la neige avec (ex un arbre)

ᐴᐃᐧᐁᔑᐣ puwinwaashin vai - il/elle est à peine visible à travers la neige, le brouillard, la brume, etc.

ᐴᐃᐧᐁᐦᑎᐣ puwinwaahtin vii - c'est encore visible malgré la neige, le brouillard, la brume, etc.

ᐴᐃᓯᑯᐦ·ᐊᐤ puwisikuhwaau vta - il/elle fait tomber la glace de lui/d'elle

ᐴᐃᔅᑳᐤ puwiskwaau vii - il y a des signes annonciateurs de beau temps après une tempête

ᐴᐃᔑᒫᐤ puwishimaau vta - il/elle sent que quelqu'un est en train de conjurer contre lui/elle

ᐴᐃᔮᔨᒫᐤ puwiyaayimaau vta - il/elle sent que c'était à propos d'elle/de lui

ᐴᐃᔮᔨᐦᑎᒼ puwiyaayihtim vti - il/elle sent quelque chose à propos de ça

ᐴ·ᐋᐹ·ᐊᐤ puwaapaawaau vai - il/elle sent l'eau imprégner ses vêtements, ses chaussures

ᐴ·ᐋᐹ·ᐊᐱᔪ puwaapaawaapiyiu vii - le liquide pénètre à travers quelque chose

ᐴ·ᐋᑎᒼ puwaatim vti - il/elle en rêve

ᐴ·ᐋᒑᐤ puwaataau vta - il/elle rêve de lui/d'elle

ᐴ·ᐋᑯᓂᐦᐅᓲ puwaakunikihusuu vai reflex -u - il/elle se brosse la neige pour se l'enlever

ᐴ·ᐋᑯᓂᐦᐊᒼ puwaakunikiham vti - il/elle tape la neige pour l'enlever de ça

ᐴ·ᐋᑯᓂᐦ·ᐊᐤ puwaakunikihwaau vta - il/elle tape la neige avec quelque chose pour l'enlever de lui/d'elle

ᐳᐌᑯᓂᒋᐲᑖᐤ **puwaakunichipitaau** vta
• il/elle enlève la neige de lui/d'elle

ᐳᐌᑯᓂᒋᐱᔨᐦᑖᐤ **puwaakunichipiyihtaau** vai • il/elle secoue la neige de quelque chose (étalé)

ᐳᐌᑯᓂᒋᐤ **puwaakunichiiu** vai • il/elle se tape pour enlever la neige

ᐳᐌᑯᓂᒡ **puwaakunich** p,lieu • couvert de neige mais encore visible ▪ ᓂᑭᑦ ᒋᖧᔨᑎᐤ ᐊᐧᐊᑯ ᐊᑦ ᑭᒻ ᐱᒧᐦᑕᐅᓈ ᐊᑦ ᒧᑕᓂᔨᒃ ᐳᐌᑯᓂᒡ ᐊᓯᓐ ᐊᑦ ᑭᒻ ᐱᒧᐦᑕᒡᒃ ▪ *Je sais que quelqu'un a marché là parce que je peux voir les traces malgré la chute de neige.*

ᐳᐌᒨᐃᓐ **puwaamuwin** ni • un rêve

ᐳᐌᒨ **puwaamuu** vai -u • il/elle rêve

ᐳᐌᓯᒑᐤ **puwaasischaau** vai • le soleil brille à travers de fins nuages

ᐳᐌᐦᑖᐤ **puwaahtaau** vai • il/elle dort profondément sans distractions (utilisé à la forme négative) ▪ ᐊᑦ ᐋᓄᒃ ᐃᔥᐱᔥ ᐅᖧᒋᓈᑯᓂᑦ ᐊᑦ ᐋ ᐳᐌᓯᓂᑦ ᐋᔥᑎᑦ ᓂᒥ ᐱᐅᐌᐦᑖᑦ ▪ *Même quand il y a beaucoup de bruit dû aux préparatifs du départ en canot, elle/il dort encore profondément.*

ᐳᓈᐦᑭᒋᐦᑯᐧ **punaashkichihkush** na -shiim • un caribou d'un ou deux ans qui quitte sa mère quand elle a son prochain petit au printemps

ᐳᐢᑎᓯᐢᒋᓂᐦᐋᐤ **pustisischinihaau** vta • il/elle lui met ses chaussures

ᐳᐢᑎᓯᐢᒋᓈᐤ **pustisischisinaau** vai • il/elle met ses chaussures

ᐳᐢᑎᓯᔅᒑᐤ **pustisischaau** vai • il/elle met des gants, des mitaines

ᐳᐢᑎᓵᒥᐦᐋᐤ **pustisaamihaau** vta • il/elle lui met ses raquettes

ᐳᐢᑎᓵᒫᐤ **pustisaamaau** vai • il/elle met ses raquettes

ᐳᐢᑖᓯᐦᐋᐤ **pustaasihaau** vta • il/elle lui enfile ses chaussettes, ses bas

ᐳᐢᑖᐢᑯᐦᑎᑖᐤ **pustaaskuhtitaau** vai • il/elle le met (long et rigide) sur quelque chose

ᐳᐢᒋᓈᐅᑭᒥᒃᐧ **puschinaaukimikw** ni • un abri fait de jeunes arbres

ᐳᐢᒋᐢᑐᓂᐦᐄᐢᐤ **puschishtutinihiisuu** vai reflex -u • il/elle met un chapeau

ᐳᐡᑎᑯᐦᐅᐤ **pushtikuhuu** vai -u • il/elle le met, l'enfile (se dit d'une robe ou d'un manteau)

ᐳᐡᑎᑯᐦᐹᐤ **pushtikuhpaau** vai • il/elle enfile une robe, un manteau

ᐳᐡᑖᐹᓂᐦᐋᐤ **pushtaapaanihaau** vta • il/elle lui met les harnais

ᐳᐡᒋᐢᑐᑎᓂᐦᐋᐤ **pushchishtutinihaau** vta • il/elle lui met son chapeau

ᐳᐡᒋᐢᑭᐋᐤ **pushchishkiwaau** vta • il/elle le/la met (animé, vêtement)

ᐳᐡᒋᐢᑭᒧᔮᐤ **pushchishkimuyaau** vta • il/elle le met sur lui/elle

ᐳᐡᒋᐢᑭᒻ **pushchishkim** vti • il/elle le met, l'enfile

ᐳᐦᒋᐧᐃᑎᐦᐋᐤ **puhchiwitihaau** vta • il/elle le charge sur son dos pour qu'il/elle puisse le porter ▪ ᐳᐦᒋᐧᐃᐦᑖᐤ ▪ *Marie le charge sur le dos de Jean pour qu'il puisse le porter.*

ᐳᐦᒋᐧᐃᑖᐤ **puhchiwitaau** vai • il/elle met sa charge sur son dos

ᐳ

ᐳᐃᐦᑎᑖᐤ **puuwihtitaau** vai • il/elle sent la conjuration contre elle/lui

ᐳᐳᔫ **puupuushiu** vai • elle urine, fait pipi

ᐳᐳᔮᑭᓐ **puupuuyaakin** ni • un seau de toilette

ᐳᑎᐋᒋᐦᐋᐤ **puutiwaachihaau** vta • il/elle étire la fourrure mais la rend trop arrondie sur les côtés

ᐳᑎᒥᒃᐧ **puutimikw** p,manière • tout à coup

ᐳᑎᓂᐦᒑᐤ **puutinihchaau** vai • il/elle fait du pouding cuit à la vapeur, de l'anglais 'pudding'

ᐳᑎᓈᐳᐃ **puutinaapui** ni • un liquide qui a été utilisé pour faire du pouding à la vapeur

ᐳᑎᓈᒋᓐ **puutinaachin** ni • un chiffon, un linge utilisé pour emballer le pouding à la vapeur

ᐳᑎᓐ **puutin** na -im • du flan, du pouding à la vapeur, de l'anglais 'pudding'

ᐳᑐᐁᐱᐤ **puutuwipiu** vai ♦ il/elle est assis-e paresseusement, il est gras et paresseux, elle est grasse et paresseuse

ᐳᑐᐁᐱᔨᐤ **puutuwipiyiu** vai ♦ il/elle est gonflé-e, ballonné-e

ᐳᑐᐁᐱᔨᐤ **puutuwipiyiu** vii ♦ c'est gonflé

ᐳᑐᐁᐱᒫᐤ **puutuwikimaau** vii ♦ c'est un lac ovale ou rond

ᐳᑐᐁᓯᐤ **puutuwisiu** vai ♦ il est gros, rond; elle est grosse, ronde

ᐳᑐᐁᓵᒥᒡ **puutuwisaamich** na pl ♦ des raquettes en forme de pattes d'ours

ᐳᑐᐚᐤ **puutuwaau** vii ♦ c'est gonflé, ballonné, enflé

ᐳᑐᐚᐱᐢᑳᐤ **puutuwaapiskaau** vii ♦ c'est large, d'un grand diamètre (minéral)

ᐳᑐᐚᐸᑭᓐ **puutuwaapaakin** vii ♦ c'est d'un grand diamètre (filiforme)

ᐳᑐᐚᐸᒋᓯᐤ **puutuwaapaachisiu** vai ♦ il/elle est gonflé-e (filiforme)

ᐳᑐᐚᑳᔑᐤ **puutuwaakaashiu** vai ♦ il/elle est gonflé-e par le vent

ᐳᑐᐚᑳᔑᑎᓐ **puutuwaakaashtin** vii ♦ c'est gonflé par le vent (étalé)

ᐳᑐᐧᐋᒋᓯᐤ **puutuwaachisiu** vai ♦ c'est arrondi (étalé)

ᐳᑖᑎᒼ **puutaatim** vti ♦ il/elle le souffle, souffle dessus

ᐳᑖᑦᐦᐄᑭᓐ **puutaatihiikin** ni ♦ un gonfleur

ᐳᑖᑦᐦᐄᒑᐤ **puutaatihiichaau** vai ♦ il/elle souffle, pulvérise, vaporise

ᐳᑖᑦᐧᐋᐤ **puutaatihwaau** vta ♦ il/elle le/la gonfle

ᐳᑖᑖᐤ **puutaataau** vta ♦ il/elle lui souffle dessus, le/la gonfle

ᐳᑖᒋᑭᓐ **puutaachikin** ni ♦ un sifflet, un klaxon, une sirène

ᐳᑖᒋᒑᐤ **puutaachichaau** vai ♦ il/elle souffle

ᐳᑦ **puut** p,temps ♦ de temps en temps, de façon inattendue, sûrement ▪ ᐳᑦ ᒫ ᐋᓅ ᐊᑉ ᐅᐦ ᒥᔮᐧᐊᑦ ᐊᔨᐦᐋᐱᒫᐤ ᑲ ᑭᔅᐦᐊᒃᒡ ▪ *De temps en temps, le prédicateur parlait très fort.*

ᐳᒋᒑᐤ **puuchichaau** vai ♦ il/elle a une bedaine

ᐳᒋᒫᑯᔥ **puuchimaakush** na -um ♦ un petit poisson blanc fin et étroit

ᐳᒋᓂᔑᔥ **puuchinishish** na dim dim ♦ un beignet

ᐳᒫᐤ **puumaau** vai ♦ il/elle est fatigué-e d'attendre

ᐳᒫᐦᐋᐤ **puumaahaau** vta ♦ il/elle l'attend impatiemment parce qu'il/elle est en retard

ᐳᒫᐦᑖᐤ **puumaahtaau** vai+o ♦ il/elle l'attend impatiemment parce qu'il/elle est en retard (ex. l'avion)

ᐳᓂᐱᒫᑎᓯᐤ **puunipimaatisiu** vai ♦ il/elle meurt

ᐳᓂᑎᓈᔅᑯᐦᑎᓐ **puunitinaaskuhtin** vii ♦ les poteaux du haut font rentrer la fumée dans le tipi

ᐳᓂᑎᓐ **puunitin** vii ♦ l'air du haut de l'habitation souffle et fait rentrer la fumée à l'intérieur

ᐳᓂᒼ **puunim** vti ♦ il/elle ajoute du bois sur le feu

ᐳᓂᓅᔖᓂᐤ **puuninuushaaniu** vai ♦ il/elle est sevré-e (d'avoir été nourri-e au sein)

ᐳᓂᓅᔖᓂᐦᐋᐤ **puuninuushaanihaau** vta ♦ elle le sèvre, arrête de l'allaiter

ᐳᓂᓵᐸᑎᒼ **puunisinaapaatim** vti ♦ il/elle l'arrime, l'ancre

ᐳᓂᓵᐸᑖᐤ **puunisinaapaataau** vta ♦ il/elle l'arrime, l'ancre

ᐳᓂᓵᐹᓱᐃᓈᔮᐱ **puunisinaapaasuwinaayaapii** ni ♦ une corde ou une chaîne d'ancre

ᐳᓂᓵᐹᓱᐃᓐ **puunisinaapaasuwin** ni ♦ une ancre

ᐳᓂᓵᒋᑭᓐ **puunisinaachikin** ni ♦ une roche ou un bâton attaché à une corde pour ancrer ou arrimer quelque chose

ᐳᓂᐦᐋᐤ **puunihaau** vta ♦ il/elle l'arrête (ex. le tabac)

ᐳᓂᐦᑖᐤ **puunihtaau** vai+o ♦ il/elle l'arrête

ᐳᓃᐤ **puuniiu** vai ♦ il/elle l'arrête

ᐳᓈᐱᑎᓯᐤ **puunaapitisiu** vai ♦ il/elle arrête de travailler

ᐳᓈᐱᒫᐤ **puunaapimaau** vta ♦ il/elle ne peut pas lui faire faire ce qu'il/elle veut qu'il/elle fasse, il/elle est incapable de l'attraper

ᐳᓈᐱᐦᑎᒼ **puunaapihtim** vti ♦ il/elle essaie mais ne peut pas le faire

ᐳᓈᐹᒋᓂᒼ **puunaapaachinim** vti ♦ il/elle attache la charge pour l'empêcher de dévier du sentier en descendant

ᐳᓈᐹᒋᓇᐤ **puunaapaachinaau** vta ♦ il/elle l'attache pour l'empêcher de dévier du sentier en descendant

ᐳᓈᑯᓇᐤ **puunaakunaau** vai ♦ il/elle met de la neige dans le bouillon pour faire figer le gras

ᐳᓈᑳᐦᑎᐚᐤ **puunaakwaahtiwaau** ni ♦ un arbre qui a été grignoté par un porc-épic l'année dernière ou il y a plus longtemps encore

ᐳᓈᔮᔨᐦᑎᒼ **puunaayaayihtim** vti ♦ il/elle cesse d'y penser, il/elle change d'avis à propos de ça

ᐳᓯᐚᐱᓂᒼ **puusiwaapinim** vti ♦ il/elle le jette à bord d'un véhicule

ᐳᓯᐚᐱᓇᐤ **puusiwaapinaau** vta ♦ il/elle le/la jette à bord d'un véhicule

ᐳᓯᐤ **puusiu** vai ♦ il/elle embarque, monte dans un véhicule

ᐳᓯᒀᔥᑯᐦᑎᐤ **puusikwaashkuhtiu** vai ♦ il/elle saute dedans

ᐳᓯᒋᐎᓐ **puusichiwin** vii ♦ l'eau rentre dans le canot lors du voyage

ᐳᓯᒋᔑᐦᐚᐤ **puusichishihwaau** vta ♦ il/elle l'envoie dessus ou dedans

ᐳᓯᐦᐋᐤ **puusihaau** vta ♦ il/elle le/la charge dans un véhicule, l'emmène en voiture

ᐳᓯᐦᑖᐤ **puusihtaau** vai+o ♦ il/elle le charge dans un canot, une voiture, un bateau

ᐳᓯᐦᑖᓱᐎᓐ **puusihtaasuwin** ni ♦ un cargaison, un chargement

ᐳᓯᐦᑖᓱᒥᑭᓐ **puusihtaasumikin** vii ♦ ça charge le véhicule, le remplit

ᐳᓯᐦᑖᓲ **puusihtaasuu** vai -u ♦ il/elle charge des choses dedans

ᐳᓵᓈᔑᓐ **puusaanaashin** vai ♦ il/elle dort bien après avoir mangé du gras, de la graisse

ᐳᔅᑯᓯᓂᐦᐊᒼ **puuskusiniham** vti ♦ il/elle trace une ligne en travers

ᐳᔅᑯᓯᓂᐦᐚᐤ **puuskusinihwaau** vta ♦ il/elle trace une ligne en travers, le/la divise en deux

ᐳᔅᑯᓯᓈᑖᐤ **puuskusinaataau** vii ♦ ça a une ligne en travers

ᐳᔥᒋᓈᐅᔮᑭᓐ **puuschinaauyaakin** ni ♦ un seau de toilette

ᐳᔥᒋᓈᐤ **puuschinaau** na ♦ un jeune arbre qui a été coupé

ᐳᔥᒋᓈᐦᑭᐦᑎᐚᐤ **puuschinaahkihtiwaau** vta ♦ il/elle coupe et place un jeune arbre pour marquer sa position, sa direction

ᐳᔥᒋᓈᐦᑭᐦᑎᒼ **puuschinaahkihtim** vti ♦ il/elle coupe et place un jeune arbre pour marquer sa position, sa direction

ᐳᔑᒋᔑᐦᐊᒼ **puushichishiham** vti ♦ il/elle l'envoie à bord

ᐳᔒ **puushii** na ♦ un chat *Felis domesticus*, de l'anglais 'pussy'

ᐳᔥᑯᐱᑎᒼ **puushkupitim** vti ♦ il/elle le déchire en deux

ᐳᔥᑯᐱᑖᐤ **puushkupitaau** vta ♦ il/elle le/la déchire en deux

ᐳᔥᑯᐱᔨᐤ **puushkupiyiu** vai ♦ il/elle se casse en deux

ᐳᔥᑯᐱᔨᐤ **puushkupiyiu** vii ♦ ça se casse en deux

ᐳᔥᑯᔑᒼ **puushkushim** vti ♦ il/elle le coupe en deux

ᐳᔥᑯᔑᓐ **puushkushin** vai ♦ il/elle tombe et se casse en deux

ᐳᔥᑯᔺᐤ **puushkushwaau** vta ♦ il/elle le/la coupe en deux

ᐳᔥᑯᔥᑭᐚᐤ **puushkushkiwaau** vta ♦ il/elle le/la casse en deux avec son pied ou son corps

ᐳᔥᑯᔥᑭᒼ **puushkushkim** vti ♦ il/elle le casse en deux avec son pied ou son corps

ᐳᔥᑯᐦᐚᐤ **puushkuhwaau** vta ♦ il/elle le tranche, coupe à travers les vagues en canot

ᐳᔥᑯᐦᑏ **puushkuhtii** na ♦ cinquante cents, lit. 'une demi-peau de castor'

ᐳᐦᑎᐲᐤ **puuhtipiu** vai ♦ il/elle est assis-e à l'intérieur (ex. dans une boîte), il/elle est assis-e sur un trou (ex. trou de la toilette)

ᐳᐦᑎᑎᑖᐅᓈᓃᓱᐤ **puuhtitittaaunaaniisuu** vai reflex -u ♦ il/elle se met le doigt, la main dans la bouche

ᐳᐦᑎᑕᐅᓈᓅ puuhtititaaunaanaau vta
• il/elle met ses doigts dans la bouche de quelqu'un d'autre

ᐳᐦᑎᑕᐅᓈᔮᔅᑯᐦᐚᐤ puuhtitaaunaayaaskuhwaau vta
• il/elle lui met un bâton dans la bouche, dans la gueule

ᐳᐦᑎᓂᑭᓐ puuhtinikin na • un dé à coudre

ᐳᐦᑎᓂᒼ puuhtinim vti • il/elle met le doigt ou la main dedans (inanimé)

ᐳᐦᑎᓈᐤ puuhtinaau vta • il/elle met le doigt ou la main dedans (animé)

ᐳᐦᑖᐱᒥᓈᑯᓐ puuhtaapiminaakun vii
• c'est une belle vue parce qu'il n'y a pas d'obstacles

ᐳᐦᑖᑭᒥᐱᔮᐦᐚᐤ puuhtaakimipiyihaau vta
• il/elle le/la laisse tomber dans un récipient d'eau

ᐳᐦᑖᑭᒥᐱᔨᐦᑖᐤ puuhtaakimipiyihtaau vai
• il/elle le laisse tomber dans un récipient d'eau, dans un trou dans la glace

ᐳᐦᒑᔥᑎᒃᐚᐤ puuhtaashtikwaau vai
• il/elle marche le long du rivage

ᐳᐦᒑᔥᑎᒃᐚᐱᒋᐤ puuhtaashtikwaapichiu vai • il/elle déplace son campement d'hiver en longeant une rivière gelée

ᐳᐦᒑᔥᑎᒃᐚᐱᔨᐤ puuhtaashtikwaapiyiu vai
• il/elle suit le bord de la rivière en véhicule

ᐳᐦᒑᔥᑎᒃᐚᐦᐊᒼ puuhtaashtikwaaham vti
• il/elle pagaie sur la rivière

ᐳᐦᒑᔥᑎᓐ puuhtaashtin vii • le vent souffle dedans

ᐳᐦᒋᐱᔨᐤ puuhchipiyiu vai • il/elle tombe dedans

ᐳᐦᒋᐱᔨᐤ puuhchipiyiu vii • ça tombe dedans

ᐳᐦᒋᐱᔨᐦᐋᐤ puuhchipiyihaau vta
• il/elle le/la laisse tomber dedans

ᐳᐦᒋᐱᔨᐦᑖᐤ puuhchipiyihtaau vai
• il/elle le laisse tomber dedans

ᐳᐦᒋᓱᐎᑖᐤ puuhchisuwitaau vai
• il/elle le met dans quelque chose

ᐳᐦᒋᓱᐎᔮᐤ puuhchisuwiyaau vta
• il/elle le/la met dans quelque chose

ᐳᐦᒋᔥᑎᒃᐚᐱᒋᐤ puuhchishtikwaapichiu vai • il/elle déplace son campement d'hiver en longeant une rivière gelée

ᐳᐦᒋᔥᑎᒃᐚᐦᔮᐤ puuhchishtikwaahyaau vai
• il/elle survole la rivière, vole en suivant la rivière

ᐳᐦᒋᔥᑳᑭᓐ puuhchishkaakinh ni pl
• des bottes en peau de phoque courtes

ᐳᐦᒑᐱᓂᓲ puuhchaapiniisuu vai reflex -u
• il/elle se met le doigt dans l'oeil

ᐳᐦᒑᐱᓈᐤ puuhchaapinaau vta • il/elle lui met le doigt dans l'oeil

ᐳᐦᒑᐳᐦᐚᐤ puuhchaapuhwaau vta
• il/elle lui enfonce quelque chose dans l'oeil

# ᐹ

ᐹᐃ paai na -im • de la tarte, de l'anglais 'pie'

ᐹᐅᓅ paauniiu vai • il/elle s'évanouit de faim

ᐹᐅᔥᑎᑯᐃ paaushtikui ni -um • un rapide

ᐹᐅᔥᑎᑯᔒᔥ paaushtikushiish ni -um
• un petit rapide

ᐹᐱᑯᐱᑎᒼ paapikupitim vti • il/elle pèle la couche extérieure

ᐹᐱᑯᐱᑖᐤ paapikupitaau vta • il/elle frotte et pèle la couche extérieure

ᐹᐱᑯᐱᔨᐤ paapikupiyiu vai • il/elle pèle

ᐹᐱᑯᐱᔨᐤ paapikupiyiu vii • ça pèle

ᐹᐱᑯᓂᒼ paapikunim vti • il/elle en pèle la couche extérieure en utilisant ses mains

ᐹᐱᑯᓈᐤ paapikunaau vta • il/elle le/la frotte et en pèle la couche extérieure avec ses mains

ᐹᐱᑯᓯᐦᐄᒑᔅᑯᐱᔨᐤ paapikusihiichaaskupiyiu vai • l'écorce de l'arbre se détache

ᐹᐱᑯᓵᒋᓂᒼ paapikusaachinim vti
• il/elle en pèle la peau, en détache l'emballage à la main

ᐹᐱᑯᓵᒋᓈᐤ paapikusaachinaau vta
• il/elle en pèle, détache la couche extérieure

ᐹᐱᑯᔑᑭᓐ paapikushikin ni • un éplucheur

ᐸᐱᑯᔑᒻ **paapikushim** vti ♦ il/elle le pèle au couteau

ᐸᐱᑯᔑᐧᑳᐧᔑᓐ **paapikushiikwaawaashin** vai ♦ il/elle s'érafle la peau sur de la glace, de la neige gelée

ᐸᐱᑯᔕᐱᑖᐤ **paapikushaapitaau** vta ♦ il/elle le/la pèle, lui enlève la peau

ᐸᐱᑯᔕᑭᒫᐤ **paapikushaakimaau** vta ♦ il/elle le/la pèle, lui enlève la peau avec ses dents

ᐸᐱᑯᔕᑭᐦᐊᒻ **paapikushaakiham** vti ♦ il/elle le pèle avec une hache

ᐸᐱᑯᔕᑭᐦᑎᒻ **paapikushaakihtim** vti ♦ il/elle le pèle avec ses dents

ᐸᐱᑯᔬᐤ **paapikushwaau** vta ♦ il/elle le/la pèle au couteau

ᐸᐱᑯᐦᐊᒻ **paapikuham** vti ♦ il/elle le pèle en le frottant avec quelque chose

ᐸᐱᑯᐦᐙᐤ **paapikuhwaau** vta ♦ il/elle le/la gratte et le/la pèle avec quelque chose

ᐸᐱᐧᑳᐱᔥᒋᐱᔨᐤ **paapikwaapischipiyiu** vii ♦ ça pèle (minéral), du métal pèle, le revêtement (ex. de l'émail) se décolle

ᐸᐱᐧᑳᐱᔥᒋᐱᔨᐤ **paapikwaapischipiyiu** vai ♦ il/elle pèle (minéral), du métal pèle, le revêtement (ex. de l'émail) se décolle

ᐸᐱᒋᐤ **paapichiu** vai ♦ il/elle retourne de son campement d'hiver à pied

ᐸᐱᔨᐤ **paapiyiu** vai ♦ il/elle arrive en véhicule, la marée monte

ᐸᐱᔨᐦᐋᐤ **paapiyihaau** vta ♦ il/elle arrive avec lui/elle en véhicule, il/elle le/la vomit

ᐸᐱᔨᐦᑖᐤ **paapiyihtaau** vai ♦ il/elle arrive avec en véhicule, il/elle le vomit

ᐸᐦᒑᐅᑎᐦᑯᒼ **paapihtaautihkw** na -um ♦ un caribou en migration

ᐸᐦᒑᐤ **paapihtaau** vai ♦ il/elle arrive en courant

ᐸᐦᒑᒥᑭᓐ **paapihtaamikin** vii ♦ ça vient, s'approche ▪ ᒫᑲᓐ ᐸᐦᒑᒥᑭᓐ ᐅᐱᐊᕐᐦᑭᒥᒃ ▪ L'avion vient par ici maintenant (sur le sol).

ᐸᐦᒡᐋᐤ **paapihtwaau** vai ♦ il/elle arrive avec en courant

ᐸᐦᒋᑭᐧᐃᐦᑖᑭᓐ **paapihchikiwihtaakin** ni -m ♦ un plat pour recueillir les gouttes

ᐸᐦᐋᐤ **paapihyaau** vai ♦ il/elle arrive en volant, par avion

ᐸᐄᐙᑖᔨᒨ **paapiiwaataayimuu** vai -u ♦ il/elle est rendu-e mal à l'aise par les autres, on lui mène la vie dure

ᐸᐄᐦᑐᐃᔥᒑᐤ **paapiihtuwischaau** vii redup ♦ la viande a des couches de gras, est marbrée de gras

ᐸᐹᐤ **paapaau** ni -m ♦ du poivre, de l'anglais 'pepper'

ᐸᐹᐦᑭᐦᑎᐙᐤ **paapaahkihtiwaau** vta ♦ il/elle met, utilise du poivre dessus

ᐸᐹᐦᑭᐦᑎᒼ **paapaahkihtim** vti ♦ il/elle met, utilise du poivre dessus

ᐸᑎᐙᐤ **paatiwaau** vta ♦ il/elle l'apporte pour lui/elle

ᐸᑎᐸᐱᔨᐤ **paatipaapiyiu** vii ♦ le niveau d'eau augmente dans la rivière à cause de la pluie, de la fonte des neiges au printemps; la marée va et vient à des intervalles plus rapides que d'habitude

ᐸᑎᑖᒨ **paatitaamuu** vii -u ♦ il y a de la brume dans l'air qui amènera un temps froid, habituellement durant le printemps

ᐸᑎᑯᑦ **paatikut** ni ♦ le jupon d'une femme, une jupe de toile cousue autour du bas d'une peau sur le point d'être fumée, de l'anglais 'petticoat'

ᐸᑎᑯᐦᒋᓐ **paatikuhchin** vai ♦ il/elle vient à la nage, en pagayant

ᐸᑎᒫᔒᔥ **paatimaashiish** p,temps ♦ un petit peu plus tard ▪ ᐸᑎᒫᔒᔥ ᑕ ᐄ ᐸᒡ ᓂᑎᐧᐋᐦᑖᒡ ▪ Viens et vérifie encore son état un petit peu plus tard.

ᐸᑎᒫ **paatimaah** p,temps ♦ plus tard ▪ ᐸᑎᒫ ᐦ ᐸᐤ ᐊᓅᒡ ᐯ ᐸᕐ ᐊᔅᒥᒥᐦᒡ ▪ Elle a apporté la nourriture plus tard ce soir-là.

ᐸᑎᒫᐧᐋᐤ **paatimaahwaau** vta ♦ (son coup) l'atteint mais il ne meurt que plus tard

ᐸᑎᒫᐱᓂᑖᐤ **paatimaahpinitaau** vta ♦ sa proie meurt plus tard que prévu

ᐸᑎᒫᐱᓈᐤ **paatimaahpinaau** vta ♦ il/elle meurt plus tard que prévu

ᐸᑎᒫᐱᓈᐋᐤ **paatimaahpinaahaau** vta ♦ il/elle lui tire dessus et le/la touche mais il/elle s'envole avant de tomber

ᐸᑎᓂᑳᑏᐊᒻ paatinikaatiham vti
- il/elle arrive en le portant sur son dos

ᐸᑎᓂᑳᑎᐗᐅ paatinikaatihwaau vta
- il/elle arrive en le/la portant sur son dos

ᐸᑎᓂᒑᐤ paatinichaau vai - il/elle arrive en portant un canot sur ses épaules

ᐸᑎᔅᑯᓐ paatiskun vii - il y a une tempête qui arrive

ᐸᑎᔅᒃᐙᐤ paatiskwaau vii - la glace monte à cause du haut niveau d'eau

ᐸᑎᔅᒄ paatiskw na - la première couche de glace, celle qui monte à cause d'un haut niveau d'eau

ᐸᑎᔥ paatish p,temps - jusqu'à ▪ ᐸᑎᔥ ᒥᔥᐊ ᒥᔪᐱᔨᓕ ᐃᔅᐸ ᓂ ᐳᓯᑎᔥᐠ ▪ *On attendra jusqu'à ce qu'il aille mieux avant de partir pour notre voyage en canot.*

ᐸᑎᐦᐅᑖᐤ paatihutaau vai+o - il/elle l'apporte à la nage, en avion, en canot

ᐸᑎᐦᐅᔮᐤ paatihuyaau vta - il/elle l'apporte par eau ou par air

ᐸᑎᐦᐱᓈᐤ paatihpinaau vai - il/elle rentre à la maison parce qu'il/elle se sent mal

ᐸᑖᐅᐦᑳᐤ paataauhkaau vii - cette colline fait face au locuteur

ᐸᑖᐤ paataau vai+o - il/elle l'apporte

ᐸᑖᐱᓐ paataapin vii - c'est le point du jour, l'aube

ᐸᑖᐱᐦᑖᐤ paataapihtaau vii - la fumée arrive par ici

ᐸᑖᐳᑎᐙᐤ paataaputiwaau vai - la nourriture du castor flotte en aval

ᐸᑖᐳᑖᐤ paataaputaau vii - c'est apporté ici par le courant

ᐸᑖᐳᑰ paataapukuu vai -u - il/elle flotte vers le locuteur

ᐸᑖᐳᔫ paataapuyiu vai - il/elle arrive au rapide en canot

ᐸᑖᒋᒧᔥᑎᐙᐤ paataachimushtiwaau vta
- il/elle annonce à quelqu'un la mort de quelqu'un

ᐸᑖᒋᒨ paataachimuu vai -u - il/elle arrive pour l'annoncer, pour annoncer la mort de quelqu'un

ᐸᑖᒧᐦᒑᐤ paataamuhchaau vai - il/elle le fait s'enfuir vers quelqu'un

ᐸᑖᓯᐲᐤ paataasipiiu vii - ça indique la présence d'animaux (ex. le mouvement de l'eau du trou dans la glace)

ᐸᑖᔒᐤ paataashiu vai - il/elle navigue, vogue, est emporté-e par le vent dans cette direction

ᐸᑖᔥᑎᒥᐱᐤ paataashtimipiu vai - il/elle est assis-e, placé-e face à cette direction

ᐸᑖᔥᑎᒥᑳᐴ paataashtimikaapuu vai -uwi
- il/elle est debout, se tient face à cette direction

ᐸᑖᔥᑎᒥᔥᑳᐤ paataashtimishkaau vai
- il/elle s'approche en pagayant ou à la nage (vers celui qui parle)

ᐸᑖᔥᑎᒧᐦᑖᐤ paataashtimuhtaau vai
- il/elle marche dans cette direction

ᐸᑖᔥᑎᓐ paataashtin vii - c'est soufflé, emporté par le vent dans cette direction

ᐸᑖᔥᑳᐎᒡ paataashkaawich vai pl - les vagues arrivent même sans vent, signe que le vent va bientôt se lever

ᐸᑖᐋᓐ paataahan vii - c'est apporté par le courant

ᐹᑖᐅᑎᒻ paatwaautim vti - il/elle approche en émettant des bruits de voix

ᐹᑖᐎᒡ paatwaawich vai pl - les coups de tonnerre de l'orage qui approche se font entendre

ᐹᑖᐋᐱᔫ paatwaawaapiyiu vai
- il/elle fait du bruit en approchant du locuteur

ᐹᑖᐋᐱᔫ paatwaawaapiyiu vii - ça fait du bruit en allant vers le locuteur

ᐹᑖᐋᐱᐦᑖᐤ paatwaawaapihtaau vai
- il/elle arrive en courant et on entend ses pas

ᐹᑖᐋᑖᒨ paatwaawaataamuu vai -u
- il/elle approche et le chasseur entend son souffle

ᐹᑖᐋᑖᐦᑎᒻ paatwaawaataahtim vti
- il/elle approche et on entend son souffle

ᐹᑖᐋᓯᒑᐤ paatwaawaasischaau vai
- il/elle tire à portée de voix indiquant qu'il/elle se dirige and cette direction

ᐹᑖᐋᔑᓂᒡ paatwaawaashinich vai pl
- il y a un son de vagues sur l'eau

ᐸᐋᐧᐊᔑᓐ paatwaawaashin vai ♦ il/elle approche et on entend ses pas

ᐸᐋᐧᐊᔥᑎᓐ paatwaawaashtin vii ♦ le vent ou quelque chose emporté par le vent approche et on peut l'entendre

ᐸᐋᐧᐊᐦᑎᓐ paatwaawaahtin vii ♦ la pluie approche et on peut l'entendre

ᐸᐋᑕᑎᒼ paatwaatim vti ♦ il/elle fait des bruits de voix qu'on peut entendre quand il/elle approche

ᐹᑭᑖᐤ paakitaau vai ♦ il/elle rote

ᐹᑭᑖᑎᐙᐤ paakitaatitiwaau vta ♦ il/elle rote à cause de lui/elle

ᐹᑭᑖᑎᒼ paakitaatim vti ♦ il/elle rote à cause de ça

ᐹᑭᑖᐦᐋᐤ paakitaahaau vta ♦ il/elle le/la fait roter

ᐹᑭᓂᒑᐤ paakinichaau vai ♦ il/elle a les gencives enflées

ᐹᑭᓐ paakin vii ♦ c'est enflé

ᐹᑯᐱᔫ paakupiyiu vai ♦ il/elle se réveille

ᐹᑯᐹᐤ paakupaau vai ♦ il/elle fait surface

ᐹᑯᐹᔥᑳᑐᐃᐧᒡ paakupaashkaatuwich vai pl recip -u ♦ ils/elles remplissent le barrage à poisson et font surface

ᐹᑯᑎᐙᐱᔨᐦᐋᐤ paakutiwaapiyihaau vta ♦ il/elle sèche sa fourrure

ᐹᑯᑎᐙᔑᒫᐤ paakutiwaashimaau vta ♦ il/elle traîne le castor sur la neige après l'avoir attrapé pour enlever l'excès d'eau de la fourrure

ᐹᑯᑎᒫᐤ paakutimaau vta ♦ il/elle le/la gèle, le/la lyophilise, ronge un trou dedans

ᐹᑯᑎᒫᑭᓐ paakutimaakin na ♦ une peau d'animal lyophilisée, glacée

ᐹᑯᑎᓐ paakutin vii ♦ c'est lyophilisé

ᐹᑯᑎᐦᐄᒑᐤ paakutihiichaau vai ♦ il/elle fait des trous avec un outil

ᐹᑯᑎᐦᐊᒼ paakutiham vti ♦ il/elle fait un trou dedans

ᐹᑯᑎᐦᐙᐤ paakutihwaau vta ♦ il/elle fait un trou dedans avec quelque chose

ᐹᑯᑎᐦᑎᒼ paakutihtim vti ♦ il/elle ronge un trou à travers

ᐹᑯᑎᐦᑖᐅᒌᔑᑳᐤ paakutihtaauchiishikaau vii ♦ c'est un bon jour pour lyophiliser

ᐹᑯᑖᐅᑭᓈᐱᔫ paakutaaukinaapiyiu vai ♦ il/elle a un trou, un déchirure à l'arrière

ᐹᑯᑖᐅᑭᓈᐱᔫ paakutaaukinaapiyiu vii ♦ ça a un trou, une déchirure à l'arrière

ᐹᑯᑖᐱᔅᑭᐦᐊᒼ paakutaapiskiham vti ♦ il/elle perce un trou dedans (métal) avec quelque chose

ᐹᑯᑖᐱᔅᑭᐦᐙᐤ paakutaapiskihwaau vta ♦ il/elle fait un trou dedans (métal) avec quelque chose

ᐹᑯᑖᑭᐦᐊᒼ paakutaakiham vti ♦ il/elle fait un trou dedans (étalé) avec quelque chose

ᐹᑯᑖᑭᐦᐙᐤ paakutaakihwaau vta ♦ il/elle fait un trou dedans (étalé) avec quelque chose

ᐹᑯᑖᔅᑯᔑᒫᐤ paakutaaskushimaau vta ♦ il/elle se l'accroche en passant et il/elle se déchire (ex. son pantalon)

ᐹᑯᑖᔅᑯᐦᐊᒼ paakutaaskuham vti ♦ il/elle fait un trou dedans en le déchirant avec quelque chose (long et rigide)

ᐹᑯᑖᔅᑯᐦᐙᐤ paakutaaskuhwaau vta ♦ il/elle fait un trou dedans en le/la déchirant avec quelque chose (long et rigide)

ᐹᑯᑖᔅᑯᐦᑎᑖᐤ paakutaaskuhtitaau vai ♦ il/elle se l'accroche en passant et ça se déchire

ᐹᑯᑖᔥᑯᔑᒫᐤ paakutaashkushimaau vta ♦ il/elle le/la déchire en restant accroché sur quelque chose de long et rigide

ᐹᑯᒋᐤ paakuchiu vai ♦ il/elle (ex. peau de bête) est lyophilisé

ᐹᑯᒋᐱᑎᒼ paakuchipitim vti ♦ il/elle fait un trou dedans avec ses mains, avec ses pattes

ᐹᑯᒋᐱᑖᐤ paakuchipitaau vta ♦ il/elle creuse un trou dedans avec ses mains ou ses pattes

ᐹᑯᒥᐦᒀᐤ paakumihkwaau vai ♦ il/elle crache du sang

ᐹᑯᒧᐃᓐ paakumuwin ni ♦ du vomi

ᐹᑯᒧᑎᑎᒼ paakumutitim vti ♦ il/elle vomit dessus

ᐹᑯᒧᑖᐱᔫ paakumutaapiyiu vai ♦ il/elle vomit, à force d'avoir trop bougé

ᐹᑯᒥᑖᐱᔨᐦᐆ paakumutaapiyihuu vai -u
 • il/elle vomit en bougeant

ᐹᑯᒧᰂᑳᑰ paakumushkaakuu vai -u • ça le fait vomir

ᐹᑯᒫᐤ paakumaau vta • il/elle le réveille par ses bruits de voix

ᐹᑯᔅᒑᐦᬁ paakuschaaham vti • il/elle revient après avoir été rare pendant un certain nombre d'années

ᐹᑯᐦᐚᐤ paakuhwaau vta • il/elle le/la réveille d'une autre façon qu'en parlant

ᐹᑳᐱᐤ paakaapiu vai • son oeil est gonflé

ᐹᐧᑳᐤ paakwaau vii • l'eau est peu profonde jusqu'à assez loin du rivage

ᐹᐧᑳᑯᓂᒋᐱᔨᐦᐆ paakwaakunichipiyihuu vai -u • il/elle émerge de la neige

ᐹᐧᑳᑯᓂᒋᐤ paakwaakunichiiu vai
 • il/elle remonte à la surface de la neige

ᐹᐧᑳᔮᔨᐚᐤ paakwaayiwaau vii • l'eau près du rivage est peu profonde

ᐹᒋ paachi préverbe • vers ici, par ici

ᐹᒋᐱᔨᐤ paachipiyiu vai • il/elle enfle, gonfle, est enflé-e

ᐹᒋᐱᔨᐤ paachipiyiu vii • ça enfle, gonfle, est enflé-e

ᐹᒋᑯᐦᑎᰂᒀᐱᔨᐤ paachikuhtishkwaapiyiu vai • il/elle a les oreillons

ᐹᒋᓰᐤ paachisiu vai • il/elle est enflé-e

ᐹᒋᔅᒀᐤ paachiskwaau vii • la glace est stratifiée, en strates

ᐹᒋᔅᒄ paachiskw ni • de la glace fraîche

ᐹᒋᔥᑖᐹᐤ paachishtaapaau vai • il/elle arrive en le/la tirant

ᐹᒋᔥᑖᒋᐎᓐ paachishtaachiwin vii • les rapides coulent, le courant coule dans cette direction

ᐹᒋᔥᑖᒋᒨ paachishtaachimuu vai -u
 • il/elle arrive en rampant

ᐹᒋᐦᐱᓈᐱᔨᐤ paachihpinaapiyiu vai
 • ses poumons sont enflés

ᐹᒋᐦᒀᐤ paachihkwaau vai • son visage est enflé

ᐹᒋᐦᒀᐱᔨᐤ paachihkwaapiyiu vai • son visage enfle

ᐹᒡ paach p,temps • il y a longtemps; autrefois

ᐹᒥᔥᑎᒀᐤ paamishtikwaau vai • il/elle traverse la rivière

ᐹᒥᔥᑭᒻ paamishkim vti • il/elle traverse le sentier, la route

ᐹᒥᐦᐄᑭᓂᐱᔐᐧᐃᐦ paamihiikinipishuih ni pl
 • les poteaux de chaque côté des poteaux de fondation

ᐹᒥᬁ paamiham vti • il/elle rend l'habitation plus solide en ajoutant des poteaux de chaque coté des poteaux de fondation

ᐹᒫᑎᒦᐤ paamaatimiiu vii • le même niveau d'eau fait une courbe

ᐹᓂᐱᑖᐤ paanipitaau vta • il/elle l'étend, l'élargit

ᐹᓂᐱᔨᐤ paanipiyiu vai • il/elle s'ouvre, s'élargit

ᐹᓂᐱᔨᐤ paanipiyiu vii • ça s'ouvre, s'élargit

ᐹᓂᑮᒃ paanikiik na -im • une crêpe, de l'anglais 'pancake'

ᐹᓂᔅᒋᐦᒄ paanischihkw na/ni -um • une poêle à frire

ᐹᓂᔅᒋᐦᒄ paanischihkw ni -um • une guitare

ᐹᓂᔑᒻ paanishim vti • il/elle tranche de la viande pour la cuire ou la sécher

ᐹᓂᔖᐚᐤ paanishaawaau vai • il/elle tranche de la viande en spirale pour former de longues bandelettes

ᐹᓂᔖᐚᐱᔨᐤ paanishaawaapiyiu vai
 • il/elle s'ouvre, s'étend, s'élargit

ᐹᓂᔖᐚᐱᔨᐤ paanishaawaapiyiu vii
 • ça s'ouvre, s'élargit

ᐹᓂᬁ paaniham vti • il/elle enlève de cette surface la neige ou la première couche de sol

ᐹᓂᐦᖃᒥᓲ paanihaamisuu vai -u • il/elle ramasse des baies en enlevant la neige

ᐹᓈᑯᐦᑖᐤ paanaakuhtaau vii • c'est un endroit où la neige a fondu et où le sol est exposé

ᐹᓈᔮᐤ paanaayaau vii • c'est arrondi au fond

ᐹᓯᒥᓈᐤ paasiminaau vai • il/elle fait sécher les baies

ᐹᓯᒥᓈᐦ paasiminaanh ni pl • de petits fruits séchés, des baies séchées

ᐹᓰᒫᐤ paasimwaau vta ♦ il/elle suspend les affaires de quelqu'un d'autre pour les faire sécher

ᐹᓰᒻ paasim vti ♦ il/elle le fait sécher

ᐹᓯᓂᐚᐤ paasiniwaau vai ♦ il/elle fait sécher la viande

ᐹᓯᓈᓲ paasinaasuu vai reflex -u ♦ il/elle fait sécher ses vêtements mouillés

ᐹᓯᓈᐦᑲᐎᓂᒡ paasinaahkwaakinich na pl - im ♦ le lycopode *Lycopodium sp.*

ᐹᓯᓯᒁᐤ paasisikwaau vii ♦ c'est une fine bande de glace

ᐹᓯᓯᓂᐦᐊᒻ paasisiniham vti ♦ il/elle dessine une ligne

ᐹᓯᓯᓈᓲ paasisinaasuu vai -u ♦ il/elle a une raie dessus

ᐹᓯᔅᒋᓂᒻ paasischinim vti ♦ il/elle le découvre (enlève ce qui couvre)

ᐹᓯᔅᒋᓈᐤ paasischinaau vta ♦ il/elle le/la découvre (enlève ce qui couvre)

ᐹᓯᔅᒐᐤ paasischaau vai ♦ il/elle fait sécher de la mousse pour les couches de bébé

ᐹᓯᐦᐄᐹᐤ paasihiipaau vai ♦ il/elle fait sécher le filet de pêche

ᐹᓯᐦᑭᐚᔮᔅᑯᓯᔾ paasihkiwaayaaskusiu vai ♦ l'arbre a des cercles de croissance

ᐹᓯᐦᒃᐚᓐ paasihkwaan ni ♦ du sang de caribou séché

ᐹᓲ paasuu vai -u ♦ il est sec, elle est sèche

ᐹᓵᔨᐚᓐ paasaayiwaan ni -m ♦ une queue de castor ouverte en deux et suspendue pour la faire sécher

ᐹᓵᐦᑾᓂᒡ paasaahkwaanich na pl ♦ des oeufs de poisson séchés

ᐹᓵᐦᒂᓐ paasaahkwaan ni -m ♦ des oeufs de poisson séchés

ᐹᔃᐤ paaswaau vta ♦ il/elle le/la sèche

ᐹᔅᐹᔅᒋᐱᒫᐦᑭᑖᐤ paaspaaschipimaahkihtaau vii redup ♦ la graisse gicle à cause de la chaleur

ᐹᔅᐹᔅᒋᓯᑯᐱᑎᒻ paaspaaschisikupitim vti redup ♦ il/elle fait passer son canot au-dessus de gros morceaux de glace en voyageant en eau libre au printemps

ᐹᔅᐹᔅᒋᓯᒐᐤ paaspaaschisichaau vai redup ♦ il/elle tire au fusil plusieurs fois

ᐹᔅᐹᔅᒋᔅᒑᓃᐤ paaspaaschischaaniuu vii redup -iwi ♦ c'est le tir des fusils qu'on entend le matin du Nouvel An (forme passive dérivée du verbe *paaspaaschisichaau*)

ᐹᔅᑎᓯᑯᐱᔨᔾ paastisikupiyiu vai ♦ la glace est fendue

ᐹᔅᑎᓯᑯᐱᔨᔾ paastisikupiyiu vii ♦ la glace dessus est fendue

ᐹᔅᑖᐱᔅᒋᓂᑭᓐ paastaapischinikin ni ♦ un endroit dans les rapides où on porte le canot par-dessus les rochers

ᐹᔅᑖᒋᓂᒻ paastaachinim vti ♦ il/elle tourne la page

ᐹᔅᑭᐳᐦᑳᔒᐤ paaskitaauhkaashiu vai ♦ le sable est emporté par le vent

ᐹᔅᑭᑖᔅᑎᓐ paaskitaashtin vii ♦ c'est découvert par le vent

ᐹᔅᑭᐦᐊᒻ paaskiham vti ♦ il/elle enlève la neige, la terre autour de quelque chose

ᐹᔅᑭᐦᐋᐅᓲ paaskihaausuu vai -u ♦ ses oeufs éclosent

ᐹᔅᑳᐅᐦᑳᔅᑎᓐ paaskaauhkaashtin vii ♦ la couche de sable est emportée par le vent

ᐹᔅᑳᑯᐦᑖᐤ paaskaakuhtaau vii ♦ au fur et à mesure que la neige fond ça devient visible

ᐹᔅᒋᐎᓵᐚᐤ paaschiwisaawaau vai ♦ il/elle fait de la confiture de baies

ᐹᔅᒋᐎᓵᐚᓐ paaschiwisaawaan ni ♦ de la confiture de baies

ᐹᔅᒋᐱᑎᒻ paaschipitim vti ♦ il/elle en retire la couverture

ᐹᔅᒋᐱᑖᐤ paaschipitaau vta ♦ il/elle le/la découvre, lui retire sa couverture

ᐹᔅᒋᐱᔨᔾ paaschipiyiu vai ♦ il/elle éclate

ᐹᔅᒋᐱᔨᔾ paaschipiyiu vii ♦ ça éclate

ᐹᔅᒋᑭᒥᒋᐎᓐ paaschikimichiwin vii ♦ la rivière coule

ᐹᔅᒋᒋᐎᓐ paaschichiwin vii ♦ les rapides coulent au-dessus de quelque chose

ᐹᔅᒋᓂᒻ paaschinim vti ♦ il/elle le craque, l'ouvre avec ses mains

ᐹᔅᒋᓈᐤ paaschinaau vta ♦ il/elle le/la craque, l'ouvre avec ses mains

**ᐸᔅᒋᓰᑲᐱᒋᔥᑖᐃᓐ** paaschisikinaapichishtaawin ni ♦ des munitions

**ᐸᔅᒋᓰᑲᐱᔅᒄ** paaschisikinaapiskw ni ♦ un canon de fusil

**ᐸᔅᒋᓰᑲᐴᔥ** paaschisikinaapush na -um ♦ un lièvre tué au fusil

**ᐸᔅᒋᓰᑲᓐ** paaschisikin ni ♦ un fusil

**ᐸᔅᒋᓵᐤ** paaschisichaau vai ♦ il/elle tire au fusil

**ᐸᔅᒋᓯᒻ** paaschisim vti ♦ il/elle tire dessus

**ᐸᔅᒋᓴᐁᐤ** paaschiswaau vta ♦ il/elle lui tire dessus

**ᐸᔅᒋᔥᑭᐙᐤ** paaschishkiwaau vta ♦ il/elle le/la craque, l'ouvre avec son pied ou son corps

**ᐸᔅᒋᐦᑎᑖᐤ** paaschihtitaau vai ♦ il/elle le craque, l'ouvre en le faisant tomber

**ᐸᔅᒋᐦᑎᑖᐤ** paaschihtitaau vai ♦ il/elle le fend, le craque

**ᐸᔅᒋᐦᑖᑯᑖᐤ** paaschihtaakutaau vai ♦ il/elle garde le rabat de la porte ouverte

**ᐸᔅᒋᐦᑖᑯᑖᐤ** paaschihtaakutaau vii ♦ c'est ouvert (le rabat de la porte)

**ᐸᔅᒋᐦᑖᓂᒧᐙᐤ** paaschihtaanimuwaau vta ♦ il/elle l'ouvre pour lui/elle (ex. le rabat de la porte)

**ᐸᔅᒋᐦᑖᓂᒻ** paaschihtaanim vti ♦ il/elle ouvre le rabat de la porte

**ᐸᔅᒋᐦᑖᔮᔥᑎᓐ** paaschihtaayaashtin vii ♦ c'est emporté, soufflé de côté par le vent

**ᐸᔅᒋᐦᑯᓈᔮᔥᑎᓐ** paaschihkunaayaashtin vii [Whapmagoostui] ♦ le vent emporte, souffle la neige de là

**ᐸᔅᒋᐦᒁᓈᐤ** paaschihkwaanaau vai ♦ il/elle découvre son visage

**ᐸᔅᒋᐦᒁᔑᒫᐤ** paaschihkwaashimaau vta ♦ il/elle le couche à terre avec le visage découvert

**ᐸᔅᒋᐦᒁᔨᐤ** paaschihkwaayiu vai ♦ il/elle se découvre le visage

**ᐸᔅᒌᐤ** paaschiu vai ♦ il/elle découvre l'habitation (au sens d'enlever la couverture)

**ᐸᔅᒑᒧᐙᑭᓈᐦᑎᒄ** paaschaamuwaakinaahtikw ni ♦ un morceau de bois creux utilisé pour sécher le sang du caribou

**ᐸᔒᐚᐤ** paashiwaau vta ♦ il/elle l'apporte, l'amène

**ᐸᔒᐳᑖᐤ** paashiputaau vta ♦ il/elle l'a vu

**ᐸᔑᑯᓈᑯᓐ** paashikunaakun vii ♦ ça disparaît de sa vue

**ᐸᔑᑯᓈᑯᐦᑖᐤ** paashikunaakuhtaau vai ♦ il/elle s'en dispense, l'a démonté, démantelé en un rien de temps

**ᐸᔑᑰᒄᔒᐚᓐ** paashikuuhkuushiwaan na ♦ du lard, du bacon tranché

**ᐸᔑᑳᐱᐦᑎᒻ** paashikwaapihtim vti ♦ il/elle le voit disparaître de sa vue

**ᐸᔑᑳᑎᓐ** paashikwaatin vii ♦ c'est venteux, orageux

**ᐸᔑᑳᔨᒫᐤ** paashikwaayimaau vta ♦ il/elle est mécontent-e de ses actes, désapprouve ses actes

**ᐸᔑᒋᔥᑭᒻ** paashichishkim vti ♦ il/elle le découvre (enlève ce qui le recouvre) avec son pied ou son corps

**ᐸᔑᒡ** paashich p,location ♦ par-dessus, au-delà ▪ ᐊᒡ" ᐸᔑᒡ ᐋᔅᒄᐦᐃᐱᓯᒡᒃ ᐋᑐᒡ ᑲ ᐃᔅ ᐋᔅᐋᒡᔅ ᐋᓯᒡ" ᑐ".ᐋᔨ"ₓ ♦ Il a lancé la balle par-dessus la petite maison.

**ᐸᔑᔥᑖᐤ** paashishtaau vii ♦ il y a une ligne dessus, à travers

**ᐸᔑᐦᐅᑯᔑᐤ** paashihukushiu vii dim ♦ ce n'est pas loin en pagayant

**ᐸᔑᐦᐅᔑᐤ** paashihushiu vai ♦ il/elle voyage en canot sur une petite distance

**ᐸᓅᐳᓐ** paashupipun vii ♦ c'est un hiver bref; cet hiver ne dure pas longtemps

**ᐸᓅᑎᐱᔥᑳᔑᐤ** paashutipishkaashiu vii dim ♦ c'est une nuit courte

**ᐸᓅᑎᑳᒋᓐ** paashutikwaachin vii ♦ c'est un automne bref; cet automne ne dure pas longtemps

**ᐸᓅᑳᒫᔮᔑᐤ** paashukaamaayaashiu vii dim ♦ il y a un rétrécissement dans la largeur de l'étendue d'eau

**ᐸᓅᒋᔅᑭᐦᐄᒑᐤ** paashuchiskihiichaau vai ♦ il/elle met un bâton indiquant que son campement n'est pas loin

**ᐸᓅᒌᔑᑳᔑᐤ** paashuchiishikaashiu vii dim ♦ c'est une journée courte

**ᐸᓅᓃᐱᓐ** paashuniipin vii ♦ c'est un été bref; cet été ne dure pas longtemps

ᐹᔅᐦᐅᓈᑯᓐ paashunaakun vii ♦ c'est à côté

ᐹᔅᐦᐅᓰᑯᓐ paashusiikun vii ♦ c'est un printemps bref; ce printemps ne dure pas longtemps

ᐹᔅᐦᐅᔒᐤ paashushiu vii dim ♦ ce portage est court

ᐹᔥᐦᐋᐱᔅᑳᐤ paashaapiskaau vii ♦ le rocher a de fines veines d'une autre couleur

ᐹᔥᐙᐙᒌᐎᓐ paashwaawaachiwin vii ♦ le son des rapides est proche

ᐹᔥᐙᐚᔮᐦᐊᓐ paashwaawaayaahan vii ♦ le son de l'eau mouvante est proche

ᐹᔥᐙᐱᒫᐤ paashwaapimaau vta ♦ il/elle est près de lui/d'elle

ᐹᔥᐙᐱᐦᑎᒼ paashwaapihtim vti ♦ il/elle est près de ça

ᐹᔥᐙᐱᐦᑐᐦᑖᐤ paashwaapihtuhtaau vai ♦ il/elle les place tout près l'un de l'autre

ᐹᔥᐙᔨᒫᐤ paashwaayimaau vta ♦ il/elle l'attend

ᐹᔥᐙᔨᐦᑎᒼ paashwaayihtim vti ♦ il/elle l'attend

ᐹᔥᐹᔥᑖᐤ paashpaashtaau na -aam ♦ un pic tridactyle, un pic à dos rayé *Picoides tridactylus*

ᐹᔥᑎᑖᐤᑮᐦᐊᒼ paashtitaauhkiham vti ♦ il/elle marche sur une arrête et descend de l'autre côté de la montagne

ᐹᔥᑎᓯᑯᐦᐚᐤ paashtisikuhwaau vta ♦ il/elle fend la glace avec un outil

ᐹᔥᑎᔑᑯᔑᒫᐤ paashtishikushimaau vta ♦ il/elle le/la fend, craque en le/la tapant sur la glace

ᐹᔥᑎᐦᐄᑭᓲ paashtihiikisuu vai -u ♦ il/elle casse et ouvre les os pour en extraire la moelle

ᐹᔥᑎᐦᐊᒼ paashtiham vti ♦ il/elle l'enjambe, le dépasse, tire par-dessus

ᐹᔥᑎᐦᐚᐤ paashtihwaau vta ♦ il/elle le/la dépasse, l'enjambe, lui tire par-dessus

ᐹᔥᑎᐦᐚᔮᐱᒫᐤ paashtihwaayaapimaau vta ♦ il/elle l'a manqué, il/elle ne l'a pas vu

ᐹᔥᑖᐤᒦᒋᒼ paashtaaumiichim ni ♦ de la viande séchée

ᐹᔥᑖᐅᐦᒡ paashtaauhch p,lieu ♦ de l'autre côté de la montagne, de la colline ▪ ᐊᒡ ᐹᔥᑖᐅᐦᒡ ᐊᑯᒡ ᑲ ᐱᓈᓱ·ᒫᑊᒄ ▪ *Elle a plumé le huard de l'autre côté de la colline.*

ᐹᔥᑖᐤ paashtaau vii ♦ c'est sec

ᐹᔥᑖᐱᔅᒋᐱᔫ paashtaapischipiyiu vii ♦ il y a une crevasse, une fente (minéral)

ᐹᔥᑖᐱᔅᒋᐱᔫ paashtaapischipiyiu vai ♦ il/elle a une crevasse, une fente (minéral, ex. un rocher)

ᐹᔥᑖᐱᔨᔥᑳᑰ paashtaapiyishkaakuu vai -u ♦ le liquide lui remonte dans le nez

ᐹᔥᑖᐳᐎᑖᐤ paashtaapuwitaau vai ♦ il/elle le fait déborder

ᐹᔥᑖᐳᐚᐤ paashtaapuwaau vii ♦ ça déborde

ᐹᔥᑖᒋᐎᓲ paashtaachiwisuu vai -u ♦ il/elle bout et déborde

ᐹᔥᑖᒋᐎᐦᑖᐤ paashtaachiwihtaau vii ♦ ça déborde

ᐹᔥᑖᒋᔑᒨ paashtaachishimuu vai -u ♦ il/elle court dans la mauvaise direction dans sa hâte à s'échapper

ᐹᔥᑖᒋᐙᑎᓄᒧᔖᐚᑎᓐ paashtaachiiwaatinimushaawaatin vii ♦ c'est un vent du nord-est

ᐹᔥᑖᒋᐙᑎᓐ paashtaachiiwaatin vii ♦ c'est un vent du nord-ouest

ᐹᔥᑖᒨ paashtaamuu vai -u ♦ il/elle blasphème

ᐹᔥᑖᓈᐱᔫ paashtaanaapiyiu vii ♦ c'est fendillé (ex. la peinture sur le canot)

ᐹᔥᑖᓈᐦᑭᑎᑖᐤ paashtaanaahkititaau vii ♦ ça sèche et craque, fendu par la chaleur

ᐹᔥᑖᓈᐦᑭᑎᓲ paashtaanaahkitisuu vai -u ♦ il/elle est fendu-e par la chaleur

ᐹᔥᑖᔅᑯᐱᔫ paashtaaskupiyiu vai ♦ il/elle est fêlé-e (long et rigide)

ᐹᔥᑖᔅᑯᐱᔫ paashtaaskupiyiu vii ♦ c'est fêlé (long et rigide)

ᐹᔥᑖᔮᔨᒫᐤ paashtaayaayimaau vta ♦ il/elle respecte une personne plus qu'une autre

ᐹᔥᑖᐦᑎᐐᐤ paashtaahtiwiiu vai ♦ il/elle grimpe dessus

ᐹᔅᒑᐦᑎᐧ **paashtaahtikw** p,lieu ♦ de l'autre côté des arbres, des buissons ▪ ᐹᔅᒑᐦᑎᐧ ᐋᒐᐦ ᐊᑎᒐᐦ ᑲ ᒐᐱᐧᐸᒡₓ ▪ *Il pose ses collets de l'autre côté des arbres.*

ᐹᔅᑭᑖᔒᐤ **paashkitaashiu** vai ♦ il/elle est découvert-e par le vent (ex. un traîneau)

ᐹᔅᑭᑖᔥᑎᓐ **paashkitaashtin** vii ♦ c'est découvert par le vent

ᐹᔅᑭᒫᐤ **paashkimaau** vta ♦ il/elle l'ouvre en le craquant avec ses mains ou ses dents

ᐹᔅᑭᔖᒄᕒᐦᑎᓐ **paashkishaakwaahtin** vii ♦ il pleut si fort que ça éclabousse, c'est une pluie torrentielle

ᐹᔅᑭᐦᐋᐧᐋᐤ **paashkihaawaau** vai ♦ il/elle craque la coquille de l'oeuf

ᐹᔅᑭᐦᑎᒻ **paashkihtim** vti ♦ il/elle l'ouvre en le craquant avec ses dents

ᐹᔅᑭᐦᑯᓈᔥᑭᒻ **paashkihkunaashkim** vti ♦ il/elle va retracer son sentier après la tempête de neige

ᐹᔅᑮᑭᒋᔒᐤ **paashkiikichishiu** vai ♦ ses traces sont recouvertes par le vent

ᐹᔅᑳᐱᔑᓐ **paashkaapishin** vai ♦ il/elle se fait éclater l'oeil en tombant

ᐹᔅᑳᔒᐤ **paashkaashiu** vai ♦ sa couverture, sa bâche est emportée par le vent

ᐹᔅᑳᔥᑎᓐ **paashkaashtin** vii ♦ le vent emporte la bâche

ᐹᔅᒋᐱᑎᒻ **paashchipitim** vti ♦ il/elle le jette par-dessus, au-dessus de quelque chose

ᐹᔅᒋᐱᔨᐤ **paashchipiyiu** vai ♦ il/elle dépasse, tombe par-dessus quelque chose, va au-delà d'une certaine quantité (de temps ou d'argent)

ᐹᔅᒋᐱᔨᐤ **paashchipiyiu** vii ♦ ça dépasse, tombe par-dessus quelque chose, va au-delà d'une certaine quantité (de temps ou d'argent)

ᐹᔅᒋᑲᐧᔥᑯᐦᑎᐤ **paashchikwaashkuhtiu** vai ♦ il/elle saute par-dessus

ᐹᔅᒋᔑᑭᓂᔥ **paashchishikinish** ni ♦ un pistolet, un révolver

ᐹᔅᒋᔥᑭᐋᐧᐤ **paashchishkiwaau** vta ♦ il/elle le/la découvre avec le pied ou le corps, il/elle le/la dépasse

ᐹᔅᒋᔥᑭᒻ **paashchishkim** vti ♦ il/elle le fendille, le fait éclater avec son pied ou son corps

ᐹᔨᑯᐄᔨᔨᐅᐋᐧᔮᐤ **paayikuiiyiyiuwaayaau** vii ♦ c'est un ensemble

ᐹᔨᑯᐧᐃᑖᐤ **paayikuwitaau** vai ♦ il/elle en porte un sur son dos

ᐹᔨᑯᐧᐃᑦ **paayikuwit** ni ♦ une boîte, un carton

ᐹᔨᑯᐱᐤ **paayikupiu** vai ♦ il/elle est assis-e seul-e

ᐹᔨᑯᐱᐳᓌᓰᐤ **paayikupipunwaasiu** vai ♦ il/elle a un an

ᐹᔨᑯᐱᐳᓐ **paayikupipunh** p,temps ♦ un an ▪ ᐋᔅᑎᐱᔨ ᐹᔨᑯᐱᐳᓐ ᑖᐦ ᐊᔪᓯᐋᒌᒡ ᐊᓂᔾ ᑲ ᓂᑎᐋᐸᐦᑎᒡᒃₓ ▪ *Elle a attendu toute une année pour sa commande.*

ᐹᔨᑯᐱᑖᐤ **paayikupitaau** vai ♦ il/elle attrape un poisson dans son filet, en retire un

ᐹᔨᑯᐱᐃᓯᒻ **paayikupiisim** p,temps ♦ un mois

ᐹᔨᑯᐳᔮᐤ **paayikupuyaau** vai ♦ il/elle est la seule à pagayer dans le canot

ᐹᔨᑯᑖᐅᓰᐤ **paayikutaausiiu** vii ♦ il y a une seule famille dans cette habitation, une seule famille habite ici

ᐹᔨᑯᑖᓂᐤ **paayikutaaniu** p,quantité ♦ une famille

ᐹᔨᑯᑭᒥᐤ **paayikukimiu** vii ♦ une habitation

ᐹᔨᑯᑭᒥᒋᔒᐤ **paayikukimichisiu** vai ♦ il y a une habitation dans ce campement

ᐹᔨᑯᑳᐴ **paayikukaapuu** vai -uwi ♦ il/elle se tient à l'écart, tout seul/toute seule

ᐹᔨᑯᒀᐱᓂᑭᓐ **paayikukwaapinikin** ni ♦ une poignée

ᐹᔨᑯᒌᔑᑳᐦ **paayikuchiishikaauh** p,temps ♦ en un seul jour

ᐹᔨᑯᒥᓂᑳᐤ **paayikuminikaau** vii ♦ il y a une seule baie

ᐹᔨᑯᒥᓂᔅᑳᐤ **paayikuminiskaau** vii ♦ il y a une botte, un paquet, une liasse, un fagot

ᐹᔨᑯᒥᓂᔥᑖᐦ **paayikuminishtaauh** vii pl ♦ ça forme une seule pile (ex. des troncs d'arbre)

ᐹᔨᒥᓂᑉᐱᑖᐅ paayikuminihpitaau na
• un bouquet, une gerbe, une botte (de choses animées attachées ensemble)

ᐹᔨᒥᓂᑉᐱᔑᐧᐃᒡ paayikuminihpihsuwich na pl • une botte d'oies attachées les unes aux autres par le cou

ᐹᔨᒥᓂᐦᑳᑲᓐ paayikuminihkwaakin ni
• une tasse

ᐹᔨᒥᓈᔨᑐᐧᐃᒡ paayikuminaayituwich vai pl recip -u • ils/elles forment un seul groupe

ᐹᔨᒦᒋᓲ paayikumiichisuu vai -u
• il/elle mange seul

ᐹᔨᑯᓂᒻ paayikunim vti • il/elle en tient un, en porte un

ᐹᔨᑯᓂᐦᒡ paayikunihch p,lieu • au même endroit, de la même manière ▪ ᐋᓐᑎᔨᒡ ᐹᔨᑯᓂᐦᒡ ᐊᔑᐦᒑᑦᒋ ᒥᔑᑦᔨᓐ ᐋᒃ ᐅᑏᒑᑦᔅ.x ▪ Il fabrique toujours le même style de mocassins.

ᐹᔨᑯᓈᐅ paayikunaau vai • il/elle en tient un, en porte une

ᐹᔨᑯᓐ paayikun vii • il est tout seul, il n'y en a qu'un

ᐹᔨᑯᔅᒋᓐ paayikuschisin ni • une paire de chaussures

ᐹᔨᑯᔑᐤ paayikushiu vai • il/elle est tout seul-e

ᐹᔨᑯᔑᑳᑯᔮᓐ paayikushikaakuyaan na
• vingt-cinq cents ou un quart de quelque chose, lit. 'une peau de mouffette'

ᐹᔨᑯᔖᐱᐳᓐᐦ paayikushaapipunh vii pl
• ils sont onze

ᐹᔨᑯᔖᐳᐧᐃᒡ paayikushaapuwich vai pl -u
• ils/elles sont onze

ᐹᔨᑯᔖᑉᐧᐋᐤ paayikushaapwaau p,quantité
• onze fois ▪ ᐹᔨᑯᔖᑦᒋ ᐅᔥ ᑮ ᐋᒡᐋᑦᒋᐋᐅ ᐋᒃ ᐋᒥᔅᐧᐃᒡ.x ▪ Il est déjà allé onze fois trapper le castor.

ᐹᔨᑯᔖᑉ paayikushaap p,nombre • onze ▪ ᐹᔨᑯᔖᑉ ᑮ ᐹᔅᐋᐅ ᐋᐦᓀᑦᒑ.x ▪ Elle a rapporté à la maison onze martres.

ᐹᔨᑯᔥᑎᐤ paayikushtiu p,quantité • un famille de castors, une hutte de castor

ᐹᔨᑯᔥᑖᐅᔖᑉ paayikushtaaushaap p,nombre • dix-neuf ▪ ᐹᔨᑯᔥᑖᐅᔖᑦᒋ ᐋᓂᑐᐊᐹᐋᑦᒡ ᐋᔑᑦᒡ ᐋᒃ ᐅᑎᐋᔅᔅᑦᒡ.x ▪ Elle n'a pas eu d'enfant avant l'âge de dix-neuf ans.

ᐹᔨᑯᔥᑖᐅ paayikushtaau p,nombre • neuf ▪ ᐹᔨᑯᔥᑖᐤ ᑎᐦᑖᐤ ᓂᔥ ·ᐋᐱᒡᒑᔅᑦ ᒥᔥᑎᐦᑦᔨᑦᐅᒡ ᑮ ᒥᐦᑎᐹᔥᔅ.x ▪ Nous avons vu des perdrix neuf fois pendant notre voyage.

ᐹᔨᑯᔥᑖᐅ paayikushtaau vii • il n'y en a qu'un qui reste, assis là.

ᐹᔨᑯᔥᑖᐅ ᑎᐦᑖᐅ ᒥᑖᐦᑐᒥᑎᓂᐤ paayikushtaau tihtaau mitaahtumitiniu p,nombre • neuf cents

ᐹᔨᑯᔥᑖᒥᑎᓂᐤ paayikushtaamitiniu p,nombre • quatre-vingt-dix, nonante

ᐹᔨᑯᐦᐋᐤ paayikuhaau vta • il/elle ne s'occupe que de lui/elle, il/elle utilise toujours le/la même

ᐹᔨᑯᐦᑖᐧᐃᒡ paayikuhtaawich vti pl
• ils/elles l'utilisent en même temps

ᐹᔨᑯᐦᑖᐤ paayikuhtaau vai • il/elle n'en utilise qu'un, il/elle marche seul

ᐹᔨᑰᐦᑭᐧᐋᐤ paayikuuhkiwaau vta
• il/elle est seul-e à s'en occuper, à le lui faire

ᐹᔨᑰᐦᑭᒻ paayikuuhkim vti • il/elle est seul-e à s'en occuper, il/elle le fait tout-e seul-e, il/elle est seul-e dans le véhicule

ᐹᔨᑿᐅᒋᔖᒥᑖᐦᑐᒥᑎᓂᐤ paayikwaauchishaamitaahtumitiniu p,nombre • mille

ᐹᔨᑿᐅᒥᑖᐦᑐᒥᑎᓂᐤ paayikwaaumitaahtumitiniu p,nombre • cent

ᐹᔨᒀᐤ paayikwaau p,temps • une fois ▪ ᒥᑦ ᐹᔨᒀᐤ ᓂᔑᒋᐋᑦ ᐋᔥ ·ᐋᒡ·ᐃᒡ ᐋᒃ ᒧᐃᔅᔅ.x ▪ Je me souviens être allé ramasser des baies une fois avec lui.

ᐹᔨᒀᑲᓐ paayikwaakin vii • ça forme un seul morceau (étalé)

ᐹᔨᒀᒋᓯᐤ paayikwaachisiu vai • ça forme une seule pièce (étalé), c'est une seule peau d'animal

ᐹᔨᒀᒋᔑᒫᐤ paayikwaachishimaau vta
• il/elle met une couche dessus

ᐹᔨᒀᒋᐦᑎᑖᐅ paayikwaachihtitaau vai
• il/elle en utilise une couche

ᐹᔨᒀᒡ paayikwaach p,quantité • une pièce (étalé) ▪ ᒥᑦ ᐹᔨᒀᐤ ᒧᔑᔭᓐ ᑮ ᐋᐱᔥᑖᐤ ᐋᒃ ᐅᔅᐧᐃᒡ ᐋᐦᑮ ᐋᒡᐹᔅᔅ.x ▪ Elle a seulement utilisé une peau d'orignal pour faire cette veste.

ᐹᔨᒀᒥᐦᒀᓂᔥ paayikwaamihkwaanish p,quantité • une cuillerée à thé, à café

ᐸᔨᑭᒫᒃᐊ **paayikwaamihkwaan** p,quantité ♦ une cuillerée à soupe

ᐸᔨᐤ **paayikw** p,nombre ♦ un

ᐹᐱᐅ **paahpiu** vai ♦ il/elle rit

ᐹᐱᓯᒃᐦᒑᐱᔪ **paahpisihkaashtaapiyiu** vii redup ♦ la lumière clignote

ᐹᐱᓯᐦᑳᔮᔥᑖᐱᔪ **paahpisihkaayaashtaapiyiu** vii redup ♦ le feu scintille

ᐹᐱᔑᐦᒃᐦᒑᐱᔪ **paahpishihkaashtaapiyiu** vai redup ♦ la lumière scintille

ᐹᐱᔑᐦᑳᔮᐸᔑᐧᐃᐦ **paahpishihkaayaapaashiwich** vai pl redup ♦ les étoiles scintillent

ᐹᐦᐋᐤ **paahpihaau** vta ♦ il/elle le/la fait rire

ᐹᐦᑳᓲ **paahpihkaasuu** vai -u ♦ il/elle fait semblant de rire

ᐹᐦᑳᒧ **paapihkwaamuu** vai ♦ il/elle sourit, rit dans son sommeil

ᐹᐦᒀᔪ **paahpihkwaayiu** vai ♦ il/elle sourit

ᐹᐦᐱᒋᐹᔥᑖᓐ **paahpihchipaashtaan** vii redup ♦ il commence à pleuvoir

ᐹᐦᐱᒋᑭᐅ **paahpihchikiuu** vii redup -iwi ♦ ça dégoutte, ça coule goutte à goutte

ᐹᐦᐱᒋᑭᐧᐃᐦᑖᑭᓂᐱᒦ **paahpihchikiwihtaakinipimii** ni redup ♦ des égouttures de graisse de nourriture cuite sur le feu

ᐹᐦᐲᒥᑳᒫᔮᐱᐦᒑᓂᒼ **paahpiimikaamaayaapihchaanim** vti redup ♦ il/elle arrange les cordes en zigzag

ᐹᐦᐲᒥᑳᒫᔮᔅᑯᐦᓲ **paahpiimikaamaayaaskuhusuu** vai reflex redup -u ♦ il/elle se fait avancer à la perche dans le canot en remontant les rapides en zigzag

ᐹᐦᐲᐦᑎᐧᐃᑯᐦᐆ **paahpiihtiwikuhuu** vai redup -u ♦ il/elle porte plusieurs couches de vêtements

ᐹᐦᐲᐦᑎᐧᐃᐦᔑᒻ **paahpiihtiwishkim** vti redup ♦ il/elle porte plusieurs couches

ᐹᐦᐲᐦᑎᐧᐋᐤ **paahpiihtiwaau** vii redup ♦ c'est disposé en couches, a plusieurs niveaux

ᐹᐦᐲᐦᑎᐧᐋᒋᐦᑎᓐ **paahpiihtiwaachihtin** vii redup ♦ c'est en couches (étalé)

ᐹᐦᐲᐦᑎᐧᐋᔮᔅᑯᐱᒋᐤ **paahpiihtiwaayaaskupichiu** vai redup ♦ il/elle déplace son campement d'hiver d'une clairière jusqu'au couvert des arbres

ᐹᐦᐲᐦᑎᐧᐋᔮᔅᒀᔮᐤ **paahpiihtiwaayaaskwaayaau** vii redup ♦ des clairières alternent avec des bouquets d'arbres

ᐹᐦᐹᐅᐱᐦᒀᔮᔥᑎᓐ **paahpaaupihkwaayaashtin** vii redup ♦ c'est agité par le vent

ᐹᐦᐹᐅᐱᐦᒃᐧᐋᐦᐊᒼ **paahpaaupihkwaaham** vti redup ♦ il/elle tape la toile du tipi pour enlever la neige

ᐹᐦᐹᐧᐋᐦᒑᐤ **paahpaawaahchaau** vai redup ♦ il/elle (ex. un oiseau) se déplace en battant des ailes

ᐹᐦᐹᐧᐋᐦᒑᐱᐦᑖᐤ **paahpaawaahchaapihtaau** vai redup ♦ il/elle (ex. un oiseau) court en battant des ailes pour s'envoler

ᐹᐦᐹᑯᐧᐋᐤ **paahpaakuwaau** vai ♦ sa fourrure, ses poils sont fins et courts

ᐹᐦᐹᑯᐧᐋᔮᐤ **paahpaakuwaayaau** vii ♦ la fourrure est fine

ᐹᐦᐹᑯᑎᐦᐊᒼ **paahpaakutiham** vti redup ♦ il/elle fait un trou dedans

ᐹᐦᐹᑯᑖᑯᐦᑖᐤ **paahpaakutaakuhtaau** vii redup ♦ le sol est dégagé ici et là au printemps parce que la neige a fondu

ᐹᐦᐹᑯᓈᔅᑯᓐ **paahpaakunaaskun** vii ♦ le niveau de la neige sur la glace est bas

ᐹᐦᐹᒀᑭᓐ **paahpaakwaakin** vii ♦ c'est étroit (étalé)

ᐹᐦᐹᒀᑯᓂᑳᐤ **paahpaakwaakunikaau** vii ♦ il y a une fine couche de neige

ᐹᐦᐹᒀᒋᓯᐤ **paahpaakwaachisiu** vai ♦ il/elle est étroit-e (étalé)

ᐹᐦᐹᒀᓈᒥᔅᒑᒋᒋᐧᐃᓐ **paahpaakwaanaamischaachichiwin** vii ♦ c'est un rapide peu profond et rocheux

ᐹᐦᐹᒋᐱᔅᑳᐤ **paahpaachipiskaau** vii ♦ c'est un affleurement rocheux arrondi et exposé

ᐹᐦᐹᒋᐱᔅᒋᓂᑳᐤ **paahpaachipischinikaau** vii ♦ c'est une île rocheuse (d'affleurements rocheux)

ᐹᕽᐹᓈᒥᔖᒋᐧᐃᓐ
paahpaanaamischaachiwin vii redup
• l'eau coule entre les rochers

ᐹᕽᐹᓯᓈᑖᐨ paahpaasisinaataau vii redup
• c'est rayé, à rayures

ᐹᕽᐹᓯᓈᓲ paahpaasinaasuu vai redup -u
• il/elle est rayé-e, a des rayures

ᐹᕽᐹᔑᔑᒼ paahpaashishim vti redup
• il/elle le tranche

ᐹᕽᐹᔑᔖᐤ paahpaashishaau vai redup
• il/elle a la peau rayée, un pelage avec des rayures

ᐹᕽᐹᔑᔖᒋᐱᔅᑯᓈᐤ
paahpaashishaachipiskunaau vai redup
• il/elle a une rayure ou des rayures sur le dos

ᐹᕽᐹᔑᔬᐤ paahpaashishwaau vta redup
• il/elle le/la tranche, le/la marque au couteau

ᐹᕽᐹᔨᑯᑎᓱᐧᐃᐨ paahpaayikutisuwich vai pl redup -u • ils/elles changent de couleur de-ci de-là (les baies)

ᐹᕽᐹᔨᑯᑎᐦᑖᐅᐦ paahpaayikutihtaauh vii pl redup • les baies changent de couleur de-ci de-là

ᐹᕽᐹᔨᑯᒥᓂᒋᓂᔒᐤ
paahpaayikuminichinishiu vai redup
• il/elle ramasse des baies une à la fois

ᐹᕽᐹᔨᑯᓂᒼ paahpaayikunim vti redup
• il/elle les porte un à la fois

ᐹᕽᐹᔨᑯᓈᐤ paahpaayikunaau vta redup
• il/elle les porte un à la fois

ᐹᕽᐹᔨᑯᔥᑖᐤ paahpaayikushtaau vai redup
• il/elle les sépare les uns des autres

ᐹᕽᐹᔨᑯᔥᑖᐅᐦ paahpaayikushtaauh vii pl redup • chacun est séparé des autres

ᐹᕽᐹᔨᒃᐚᐤ paahpaayikwaau p,quantité redup
• un à la fois, une à la fois ▪ ᒫᐦ ᐹᕽᐹᔨᒃᐚᐤ ᑭᐦ ᐱᓯᔥᑳᐧᑖᓪ ᐲᔥᑳᐧᑖᓄᐤ ᐹᔨᒃ ᐧᐃᔮᐳᓂᔬᕽ ▪ Elle met une portion de ragoût dans chaque bol.

ᐹᕽᐹᔨᒃ paahpaayik p,quantité redup • un par un, chacun ▪ ᐹᕽᐹᔨᒃ ᒫ ᐅᒋᔑᒥᐦ ᑭᐦ ᐧᐃᒋᐚᐦ ᐋᐦ ᒧᐚᐨᒃ ▪ Elle a emmené chacun de ses enfants en voyage dans le sud.

ᐹᕽᐹᐦᑖᐅᓲ paahpaahtaausiiu vai redup
• il/elle est tacheté-e

ᐹᕽᐹᐦᑖᐅᔑᑭᔮᐤ paahpaahtaaushikiyaau vai redup • il/elle a des tâches de rousseur

ᐹᕽᐹᐦᑖᐅᔖᐤ paahpaahtaaushaau vai redup • il/elle est tacheté-e, a la peau tachetée

ᐹᕽᐹᐦᑖᐅᐦᒀᐤ paahpaahtaauhkwaau vai redup • il/elle a des tâches de rousseur dans la figure

ᐹᕽᐹᐦᑖᐚᐤ paahpaahtaawaau vii redup
• c'est à pois (ex. un tissu à pois)

ᐹᐦᑎᐚᐤ paahtiwaau vta • il/elle l'entend

ᐹᐦᑎᐚᔥᑭᒼ paahtiwaashkim vti • il/elle marche sur le bord d'une rivière ou d'une route

ᐹᐦᑎᒼ paahtim vti • il/elle l'entend, entend

ᐹᐦᑖᑯᓐ paahtaakun vii • c'est audible, ça s'entend

ᐹᐦᑖᑯᓯᐤ paahtaakusiu vai • il/elle s'entend, est audible, il/elle pleure parce qu'il/elle a reçu de mauvaises nouvelles

ᐹᐦᑖᑯᐦᑖᐤ paahtaakuhtaau vai • il/elle lui fait faire du bruit

ᐹᐦᑭᒥᓂᑭᓐ paahkiminikin ni • un trou dans la glace où la surface de l'eau est dégagée pour détecter l'activité des castors

ᐹᐦᑭᐦᐋᒀᓐ paahkihaakwaan ni -im • un poulet

ᐹᐦᑯᐱᐤ paahkupiu vai • ça sèche à l'air libre

ᐹᐦᑯᐱᔨᐤ paahkupiyiu vai • il/elle sèche

ᐹᐦᑯᐱᔨᐤ paahkupiyiu vii • ça sèche

ᐹᐦᑯᐱᔨᐦᑖᐤ paahkupiyihtaau vai
• il/elle le fait sécher dans la sécheuse

ᐹᐦᑯᐹᑎᓂᒼ paahkupaatinim vti • il/elle l'essore pour le sécher

ᐹᐦᑯᐹᑎᐦᐚᐤ paahkupaatihwaau vta
• il/elle enlève l'excès d'humidité dans la peau de bête en la raclant

ᐹᐦᑯᐹᑖᔮᔅᑯᐦᐄᑭᓈᐦᑎᒃ
paahkupaataayaaskuhiikinaahtikw ni
• des perches pour essorer la peau de bête

ᐹᐦᑯᑎᐚᐤ paahkutiwaau vii • c'est une aire au sol bien sec

ᐹᐦᑯᑖᐅᐦᑳᐤ paahkutaauhkaau vii
• c'est sec (en parlant du sol)

ᐹᐦᑯᑖᒧᔥᑯᔨᐤ paahkutaamushkuyiu vai
• il/elle a soif après avoir mangé

ᐹᐦᑯᑖᒧᔥᑳᑰ paahkutaamushkaakuu vai -u ◆ ça lui donne soif

ᐹᐦᑯᑖᒨ paahkutaamuu vai -u ◆ il/elle a soif

ᐹᐦᑯᑖᐦᑎᒻ paahkutaahtim vti ◆ il/elle a soif

ᐹᐦᑯᑯᑖᐤ paahkukutaau vii ◆ c'est suspendu et sec

ᐹᐦᑯᑯᒋᓐ paahkukuchin vai ◆ il est suspendu et sec, elle est suspendue et sèche

ᐹᐦᑯᑯᓈᐚᐤ paahkukunaawaau vai ◆ sa bouche est sèche

ᐹᐦᑯᑯᐦᑎᓐ paahkukuhtin vii ◆ ça sèche là (quelque chose qui a été trempé dans l'eau)

ᐹᐦᑯᓂᑭᓐ paahkunikin ni ◆ de la poudre, du talc pour bébé

ᐹᐦᑯᓂᒻ paahkunim vti ◆ il/elle le sèche en utilisant ses mains

ᐹᐦᑯᓈᐤ paahkunaau vta ◆ il/elle le/la sèche avec ses mains

ᐹᐦᑯᓯᐤ paahkusiu vai ◆ il est sec, elle est sèche

ᐹᐦᑯᓯᑖᐦᐅᓲ paahkusitaahusuu vai reflex -u ◆ il/elle se sèche les pieds en se les essuyant

ᐹᐦᑯᓯᑯᐱᔨᐤ paahkusikupiyiu vii ◆ la glace est en train de sécher

ᐹᐦᑯᓯᒃᐚᐤ paahkusikwaau vii ◆ c'est de la glace sèche

ᐹᐦᑯᔅᑭᒥᑳᐤ paahkuskimikaau vii ◆ c'est un sol sec

ᐹᐦᑯᔑᓐ paahkushin vai ◆ il/elle s'est desséché-e là

ᐹᐦᑯᔖᓂᑭᓐ paahkushaanikin ni ◆ du talc

ᐹᐦᑯᔥᑖᐤ paahkushtaau vii ◆ ça se dessèche

ᐹᐦᑯᔥᑭᐚᐤ paahkushkiwaau vta ◆ il/elle (un vêtement) sèche sur lui/elle quand il/elle /la/le porte

ᐹᐦᑯᔥᑭᒻ paahkushkim vti ◆ il/elle le fait sécher en le portant

ᐹᐦᑯᐦᐊᒻ paahkuham vti ◆ il/elle le fait sécher

ᐹᐦᑯᐙᐤ paahkuhwaau vta ◆ il/elle l'essuie pour le/la sécher

ᐹᐦᑯᐦᑎᑳᐤ paahkuhtikaau vii ◆ le bois est sec

ᐹᐦᑯᐦᑎᒄ paahkuhtikwh ni pl ◆ du bois sec

ᐹᐦᑯᐦᒂᐦᐅᓲ paahkuhkwaahusuu vai reflex -u ◆ il/elle se sèche le visage

ᐹᐦᑳᐱᑎᒻ paahkaapitim vti ◆ il/elle le fait éclater, l'ouvre en le manipulant

ᐹᐦᑳᐱᑖᐤ paahkaapitaau vta ◆ il/elle le fait éclater avec ses mains, ses ongles, il/elle le/la gratte et le/la fait saigner

ᐹᐦᑳᐱᔨᐧᐃᒡ paahkaapiyiwich vai pl ◆ les vagues sur l'eau se brisent

ᐹᐦᑳᐱᔨᐤ paahkaapiyiu vai ◆ il/elle éclate, explose, saigne

ᐹᐦᑳᐱᔨᐤ paahkaapiyiu vii ◆ ça éclate, explose

ᐹᐦᑳᒋᐎᓐ paahkaachiwin vii ◆ l'eau fait soudain un bruit éclatant quand les vagues se brise dans le rapide

ᐹᐦᑳᒑᓂᒻ paahkaachaanim vti ◆ il/elle le fait éclater avec ses mains

ᐹᐦᑳᒑᓈᐤ paahkaachaanaau vta ◆ il/elle le/la fait éclater avec ses mains

ᐹᐦᑳᒑᐦᐊᒻ paahkaachaaham vti ◆ il/elle le frappe et le fait éclater avec quelque chose

ᐹᐦᑳᒑᐦᐘᐤ paahkaachaahwaau vta ◆ il/elle le/la frappe et le/la fait éclater avec quelque chose

ᐹᐦᑳᒡ paahkaach p, manière ◆ doucement, lentement ■ ᐹᐦᑳᒡ ᒫᒥᐦᑑ ᒋᔒᒥᕽ ■ Balance doucement ton petit frère ou ta petite soeur!

ᐹᐦᑳᓂᒻ paahkaanim vti ◆ il/elle le fait éclater, le casse pour l'ouvrir avec ses mains

ᐹᐦᑳᓈᐤ paahkaanaau vta ◆ il/elle le/la fait éclater, le/la casse pour l'ouvrir avec ses mains

ᐹᐦᑳᓯᒻ paahkaasim vti ◆ il/elle le fait éclater (ex. du pain mouillé posé sur un furoncle)

ᐹᐦᑳᔃᐤ paahkaaswaau vai ◆ il/elle prédit le futur en examinant une omoplate brûlée, un bréchet

ᐹᐦᑳᔒᒫᐤ paahkaashimaau vta ◆ il/elle le/la laisse tomber et le/la fait saigner, éclater ou s'ouvrir

ᐹᐦᑳᔑᓐ paahkaashin vai ◆ il/elle tombe et se coupe

ᐸᕻᔥᑎᐊᒻ paahkaashtiham vti
- il/elle l'ouvre en le faisant éclater avec un objet pointu

ᐸᕻᔥᑎᐦᐋᐤ paahkaashtihwaau vta
- il/elle le/la fait éclater avec un objet pointu

ᐸᕻᔥᑭᐋᐤ paahkaashkiwaau vta
- il/elle l'ouvre en la faisant éclater, le/la fait saigner en utilisant son pied ou son corps

ᐸᕻᔥᑭᒻ paahkaashkim vti
- il/elle le/la fait éclater avec son pied ou son corps

ᐸᕻᔮᐸᒋᓈᐤ paahkaayaapaachinaau vta
- il/elle l'ouvre en le/la faisant éclater à la main (ex. placenta)

ᐸᕻᔮᒋᐅᓱ paahkaayaachiwisuu vai -u
- il/elle éclate et s'ouvre par ébullition

ᐸᕻᔮᒋᐃᐦᑖᐤ paahkaayaachiwihtaau vii
- ça éclate et s'ouvre par ébullition

ᐸᕻᔮᓈᐤ paahkaayaachinaau vta
- il/elle le/la fait sortir en déchirant son sac (étalé), il/elle déchire la poche des eaux d'un nouveau né pour le faire sortir

ᐸᕻᐋᒻ paahkaaham vti
- il/elle le perce avec quelque chose, fait un trou dans la glace

ᐸᕻᐋᐤ paahkaahwaau vta
- il/elle le/la perce en utilisant quelque chose

ᐸᕻᐋᐦᑏᑖᐤ paahkaahtitaau vai
- il/elle le laisse tomber pour l'ouvrir en le cassant

ᐹᐦᒁᐅᑳᐤ paahkwaaukaau vii
- c'est de la viande séchée sans aucune humidité ou graisse

ᐹᐦᒁᐤ paahkwaau vii
- c'est sec, la marée est basse

ᐹᐦᒁᐱᓯᔒᓯᐤ paahkwaapisischisiu vai
- il est sec, elle est sèche (minéral)

ᐹᐦᒁᐱᓯᔒᓯᒻ paahkwaapisischisim vti
- il/elle le sèche (minéral) sous l'effet de la chaleur, le fait réduire par ébullition

ᐹᐦᒁᐱᓯᔒᓯᐘᐤ paahkwaapisischiswaau vta
- il/elle le/la sèche (minéral) avec de la chaleur

ᐹᐦᒁᐱᔅᑭᐦᐊᒻ paahkwaapiskiham vti
- il/elle le sèche (minéral)

ᐹᐦᒁᐱᔅᑭᐦᐋᐤ paahkwaapiskihwaau vta
- il/elle le/la sèche (minéral)

ᐹᐦᒁᐱᔅᑳᐤ paahkwaapiskaau vii
- c'est sec (minéral)

ᐹᐦᒁᐱᔅᒋᐱᔨᐤ paahkwaapischipiyiu vii
- c'est sec après un temps humide (se dit d'un rocher, d'un affleurement rocheux), ça sèche (minéral)

ᐹᐦᒁᑭᓐ paahkwaakin vii
- c'est sec

ᐹᐦᒁᒋᐃᓯᒻ paahkwaachiwisim vti
- il/elle le réduit par ébullition

ᐹᐦᒁᒋᐃᓱ paahkwaachiwisuu vai -u
- il/elle se réduit par ébullition

ᐹᐦᒁᒋᐃᓷᐤ paahkwaachiwiswaau vta
- il/elle le/la fait réduire par ébullition

ᐹᐦᒁᒋᐃᐦᑖᐤ paahkwaachiwihtaau vii
- ça réduit par ébullition

ᐹᐦᒁᒋᓯᐤ paahkwaachisiu vai
- il est sec (étalé), elle est sèche

ᐹᐦᒁᓈᒥᔅᒑᒋᐃᓐ paahkwaanaamischaachiwin vii
- le niveau d'eau est très peu profond dans un rapide

ᐹᐦᒁᔅᑯᓐ paahkwaaskun vii
- c'est sec (long et rigide)

ᐹᐦᒁᔅᑯᓯᐤ paahkwaaskusiu vai
- il est sec (long et rigide), elle est sèche

ᐹᐦᒁᔒᐤ paahkwaashiu vai
- il/elle est séché-e par le vent

ᐹᐦᒁᔒᑭᐤ paahkwaashikiuu vii -iwi
- ça tarit, ça se tarit

ᐹᐦᒁᔥᑎᒫᐤ paahkwaashtimaau vta
- il/elle le/la fait sécher au vent

ᐹᐦᒁᔥᑎᓐ paahkwaashtin vii
- c'est séché par le vent, le temps sec après la pluie

ᐹᐦᒁᔥᑎᐦᑖᐤ paahkwaashtihtaau vai+o
- il/elle le fait sécher au vent

ᐹᐦᒁᔨᒧᐦᐄᓱ paahkwaayimuhiisuu vii -u
- il/elle se sèche, sèche ses vêtements après avoir été mouillé-e, se met au sec

ᐹᐦᒁᔮᐤ paahkwaayaau vii
- le temps est sec, ça sèche après la pluie

ᐹᐦᒁᐦᒡ paahkwaahch p,lieu
- sur la terre ferme ■ ᐊᑎᐄ ᐹᐦᒁᐦᒡ ᑮ ᐱᑎᓈᒧᐙᑦᑳ ᐋᓂᑖᐦ ᐅᑎᔥᑎᒫᒃ x ■ Heureusement qu'elle/il avait laissé les affaires qu'elle/il voulait garder sur la terre ferme.

## ᐧᐸ

**ᐧᐸᐳᡱᒡ** pwaapuhch p,temps ♦ l'hiver dernier, l'an dernier, l'an passé ▪ ᓂᑊ ᐧᐁᑊᐃᐧᐊᵃ ᑊ ᓂᑌᐅᑖᓂᐧᐊᐦ ᐱᑎᑊᐸᐧᐃᑊ ᐧᐳᡱˣ ▪ *L'hiver dernier, j'étais au rassemblement du lac Burton.*

**ᐧᐸᑭᒡ** pwaakit ni ♦ une poche, de l'anglais 'pocket'

**ᐧᐸᒋᒋᑭᐦᑖᐤ** pwaachichikihtaau vii ♦ ça sent la pourriture à cause de la chaleur

**ᐧᐸᒋᒋᔑᓐ** pwaachichishin vai ♦ il/elle pourrit là à cause de la chaleur

**ᐧᐸᒋᒋᐦᑎᓐ** pwaachichihtin vii ♦ ça pourrit

**ᐧᐸᒋᒋᐦᑭᓲ** pwaachichihkisuu vai-u ♦ il/elle (animal) sent la pourriture à cause de la chaleur

**ᐧᐸᒋᒋᐤ** pwaachichiiu vai ♦ il/elle pète tout en se déplaçant ou en soulevant quelque chose

**ᐧᐸᒋᐢᑐᡱᐙᒧ** pwaachistuhkwaamuu vai-u ♦ il/elle pète dans son sommeil

**ᐧᐸᒋᐢᑑ** pwaachistuu vai-u ♦ il/elle pète

**ᐧᐹᐢᑎᐅ** pwaashtiu p,temps ♦ trop tard ▪ ᐧᐋᐦ ᐧᐹᐢᑎᐤ ᑭᐤ ᑎᑯᔥᐁ, ᓈᔥ ᓂᒥ ᐃᐦᑕᑯᓐᐅᐦ ᒥᒌᓱᓂᐦˣ ▪ *Elle/Il est arrivé-e trop tard, il n'y a plus de nourriture à la fête.*

## ᑎ

**ᑎᐧᐃᐱᔨᐤ** tiwipiyiu vai ♦ il/elle a du temps libre

**ᑎᐧᐃᐱᔨᐤ** tiwipiyiu vii ♦ ça s'ouvre, fait de la place

**ᑎᐧᐊᐹᔮᐤ** tiwipaayaau vii ♦ il y a une ouverture d'eau dans la glace sur une rivière au printemps

**ᑎᐧᐃᑎᓈᐤ** tiwitinaau vii ♦ c'est une vallée, une dépression dans la montagne

**ᑎᐧᐃᑭᐦᐄᑭᓐ** tiwikihiikin ni ♦ une trouée, une ligne défrichée dans le bois

**ᑎᐧᐃᑭᐦᐄᒑᐤ** tiwikihiichaau vai ♦ il/elle défriche le bois

**ᑎᐧᐃᑭᐦᐊᒻ** tiwikiham vti ♦ il/elle coupe les buissons et les arbres

**ᑎᐧᐃᓯᒀᐤ** tiwisikwaau vii ♦ c'est une aire ouverte de glace qui flotte sur l'eau

**ᑎᐧᐃᐦᑖᐤ** tiwishtaau vai ♦ il/elle dégage cet endroit

**ᑎᐧᐃᐦᑖᐤ** tiwishtaau vii ♦ c'est une semaine

**ᑎᐧᐃᐦᑖᓲ** tiwishtaasuu vai-u ♦ il/elle dégage un endroit en mettant les choses de côté

**ᑎᐧᐃᐦᐄᑭᓐ** tiwihiikin ni ♦ une ligne droite coupée dans la forêt, le bois

**ᑎᐧᐃᐦᐱᐢᒋᓂᑭᓐ** tiwihpischinikin ni ♦ une clairière qui traverse une aire rocailleuse

**ᑎᐧᐃᐦᐱᐢᒋᓂᒻ** tiwihpischinim vti ♦ il/elle fait une clairière à travers une zone rocailleuse

**ᑎᐧᐃᐦᑎᒻ** tiwihtim vti ♦ il/elle (ex. un castor) grignote une ouverture dedans (ex. dans une barricade)

**ᑎᐧᐃᐦᑯᓈᐦᑭᒻ** tiwihkunaashkim vti ♦ il/elle fait la trace, trace le sentier en marchant dans la neige

**ᑎᐧᐃᐦᑯᓈᐦᐊᒻ** tiwihkunaaham vti ♦ il/elle fait la trace après une grosse chute de neige

**ᑎᐧᐄᐦᑎᐧᐋᐤ** tiwiishtiwaau vta ♦ il/elle se met de côté pour le/la laisser passer

**ᑎᐧᐊᐅᐦᑳᐤ** tiwaauhkaau vii ♦ c'est une aire dégagée sur un terrain caillouteux ou vallonné

**ᑎᐧᐊᐤ** tiwaau vii ♦ il y a encore de la place

**ᑎᐧᐊᐱᐢᑳᐤ** tiwaapiskaau vii ♦ c'est une aire dégagée sur un terrain caillouteux

**ᑎᐧᐊᐱᐢᒋᓂᒻ** tiwaapischinim vti ♦ il/elle le dégage (rocher) comme pour construire un barrage

**ᑎᐧᐊᐳᑯ** tiwaapukuu vai-u ♦ il y a une ouverture dans la glace flottante pendant la fonte

**ᑎᐧᐊᑯᓂᑳᐤ** tiwaakunikaau vii ♦ c'est une aire dégagée recouverte de la neige

**ᑎᐧᐊᑯᓈᐦᑭᐧᐊᐤ** tiwaakunaashkiwaau vta ♦ il/elle dégage un endroit dans la neige, en marchant

ᑎᐙᑯᓈᔥᑭᒼ tiwaakunaashkim vti
  • il/elle fait la trace, trace le sentier après une grosse chute de neige

ᑎᐙᓂᑳᐤ tiwaanikaau vii • il y a un espace entre les îles

ᑎᐚᔅᑳᐤ tiwaaskwaau vii • il y a une ouverture dans la forêt

ᑎᐚᔅᑳᔮᐤ tiwaaskwaayaau vii • c'est une aire ouverte, une clairière dans la forêt

ᑎᐱᐱᔫ tipipiyiu vii • c'est rempli, la boucle est bouclée

ᑎᐱᑎᐦᒑᐦᑎᒼ tipitihchaahtim vti • il/elle le/la mesure avec ses mains

ᑎᐱᒋᒫᐤ tipichimaau vta • il/elle compte, ajoute

ᑎᐱᒋᔥᑖᓲ tipichistaasuu vai-u • il/elle fait un inventaire

ᑎᐱᒋᔥᑎᒧᐚᐤ tipichishtimuwaau vta • il/elle le compte, l'ajoute pour lui/elle

ᑎᐱᒋᐦᑎᒼ tipichihtim vti • il/elle le compte, l'additionne

ᑎᐱᓂᐎᐦᐄᑭᓐ tipiniwihiikin ni • un abri construit par quelqu'un

ᑎᐱᓂᐎᐦᐅᓲ tipiniwihusuu vai reflex -u • il/elle se construit un abri contre le vent

ᑎᐱᓂᐚᐤ tipiniwaau vii • c'est protégé du vent

ᑎᐱᓂᐚᔑᒧᐎᓐ tipiniwaashimuwin ni • un lieu abrité

ᑎᐱᓂᐚᔑᒨ tipiniwaashimuu vai-u • il/elle se met à l'abri du vent

ᑎᐱᓂᐚᔥᑭᒼ tipiniwaashkim vti • il/elle l'abrite du vent

ᑎᐱᓂᐚᔮᔥᑯᔑᒨ tipiniwaayaashkushimuu vai-u • il/elle se met à l' abri du vent dans les arbres

ᑎᐱᓂᐚᐦᕽ tipiniwaaham vti • il/elle l'abrite du vent

ᑎᐱᓂᒼ tipinim vti • il/elle appuie quelque chose dessus pour le mesurer

ᑎᐱᓂᔅᑳᑎᒼ tipiniskaatim vti • il/elle le mesure avec son bras

ᑎᐱᓂᔅᑳᑖᐤ tipiniskaataau vta • il/elle le/la mesure avec son bras

ᑎᐱᓂᔥᒑᓂᒼ tipinischaanim vti • il/elle le mesure avec sa main

ᑎᐱᓂᐦᐄᐹᐤ tipinihiipaau vai • il/elle mesure la distance entre les flotteurs et les plombs sur un filet de pêche

ᑎᐱᓈᐤ tipinaau vta • il/elle tient quelque chose contre lui pour le mesurer avec

ᑎᐱᓈᐱᔨᐦᐋᐤ tipinaapiyihaau vta • il/elle le/la rationne pour qu'il/elle dure plus longtemps (ex. la farine)

ᑎᐱᓰᑖᒫᐤ tipisitaamaau vta • il/elle le/la mesure en plaçant un pied devant l'autre

ᑎᐱᓰᑖᐦᑎᒼ tipisitaahtim vti • il/elle le mesure en plaçant un pied devant l'autre

ᑎᐱᓯᓂᐦᐄᒑᐤ tipisinihiichaau vai • il/elle fait un inventaire, les comptes

ᑎᐱᓯᓂᐦᕽ tipisiniham vti • il/elle en fait l'inventaire

ᑎᐱᓯᓂᐦᐙᐤ tipisinihwaau vta • il/elle en fait l'inventaire

ᑎᐱᓰᐤ tipisiiu vai • il/elle se baisse rapidement

ᑎᐱᔅᑳᐅᐲᓯᒼ tipiskaaupiisim na • la lune, lit. 'l'étoile de la nuit'

ᑎᐱᔅᑳᐅᒋᐦᑯᐦᔥ tipiskaauchihkuhsh na • une étoile de la nuit

ᑎᐱᔅᑳᐤ tipiskaau vii • il fait nuit

ᑎᐱᔅᑳᒑ tipiskaachaa p,temps • ce soir, quand il fera nuit

ᑎᐱᔅᑳᓂᐲᓯᒼ tipiskaanipiisim na • la lune, lit. 'le soleil de la nuit'

ᑎᐱᔥᒋᐲᓯᒼ tipischipiisim na • la lune

ᑎᐱᔑᐚᔮᐱᐦᑖᐱᔫ tipishiwaayaapihtaapiyiu vii • le vent a presque éteint le feu

ᑎᐱᔑᐚᔮᔥᑎᓐ tipishiwaayaashtin vii • le feu s'est presque éteint à cause du vent

ᑎᐱᔑᐲᐳᑖᔥᑎᓐ tipishipiiputaashtin vii • la neige est soufflée assez bas sur le sol

ᑎᐱᔑᒫᐤ tipishimaau vta • il/elle le/la mesure en utilisant quelque chose pour comparer

ᑎᐱᔑᒼ tipishim vti • il/elle le coupe et le divise en parties égales

ᑎᐱᔑᔥᒋᔥᑳᔒᐤ tipishishchishkaashiu vai dim • c'est un endroit qui manque de pins

ᑎᐱᔒᔥ tipishiish p,lieu ♦ en dessous ▪ ᑎᐱᔒᔥ ᐊᓂᒡᐦ ᐱᒫᐸᒋᒡᐦ ᐊᑯᐸᐃᓐ ᒌ ᐊᒡᒌᔅᐁ ᐊᓐᐦ ᑎᒋᐳᓐᐦ ᑲ ᓂᐱᐊᐎᐦᐠ ▪ Passe une corde en dessous pour y suspendre tes vêtements mouillés!

ᑎᐱᔒᔥᑎᐙᐤ tipishiishtiwaau vta
♦ il/elle se baisse rapidement pour chercher à l'esquiver

ᑎᐱᔒᔥᑎᒻ tipishiishtim vti ♦ il/elle se baisse rapidement pour chercher à l'esquiver

ᑎᐱᔖᐤ tipishwaau vta ♦ il/elle le/la divise en parties égales en coupant

ᑎᐱᔥᑭᒧᐋᐃᐦᑯᓈᐤ tipshkimuwaaihkunaau na ♦ un gâteau d'anniversaire, de fête

ᑎᐱᔥᑭᒼ tipishkim vti ♦ il/elle a son anniversaire, sa fête

ᑎᐱᔥᑯᑎᐱᐤ tipishkutipiu vai ♦ il/elle est placé-e verticalement, mis-e debout

ᑎᐱᔥᑯᑎᓂᒼ tipishkutinim vti ♦ il/elle le place verticalement, le met debout avec ses mains

ᑎᐱᔥᑯᑎᓈᐤ tipishkutinaau vta ♦ il/elle le/la place verticalement, le/la met debout avec ses mains

ᑎᐱᔥᑯᑎᔑᒼ tipishkutishim vti ♦ il/elle le coupe carrément tout droit

ᑎᐱᔥᑯᑎᔕᐤ tipishkutishwaau vta ♦ il/elle le/la coupe carrément tout droit

ᑎᐱᔥᑯᑎᐦᐋᐤ tipishkutihaau vta ♦ il/elle le/la place verticalement

ᑎᐱᔥᑯᑖᐱᐦᑖᐤ tipishkutaapihtaau vii ♦ la fumée monte tout droit

ᑎᐱᔥᑯᒋᑳᐴᐃᐦᐋᐤ tipishkuchikaapuwihaau vta ♦ il/elle le/la place verticalement, le/la met debout tout droit

ᑎᐱᔥᑯᒋᑳᐴᐃᐦᑖᐤ tipishkuchikaapuwihtaau vai+o ♦ il/elle le place verticalement, le met debout tout droit

ᑎᐱᔥᑯᒋᑳᐴ tipishkuchikaapuu vai -uwi ♦ il/elle est debout, il/elle est placé-e tout-e droit-e

ᑎᐱᔥᑯᒋᑳᐴ tipishkuchikaapuu vii -uwi ♦ c'est placé tout droit, verticalement

ᑎᐱᔥᑯᒋᔥᑖᐤ tipishkuchishtaau vai ♦ il/elle le place verticalement, tout droit

ᑎᐱᔥᑯᒋᔥᑖᐤ tipishkuchishtaau vii ♦ c'est placé verticalement, tout droit

ᑎᐱᔥᑯᒡ tipishkuch p,lieu ♦ en face, devant ou au-dessus ▪ ᐊᐦᐋᐤ ᑎᐱᔥᑯᒃ ᐃᐦ ᑭᒥᔅᒉᐳ ᑲᐃᐸᐸᑐᐊᐸᒃₓ ▪ L'hélicoptère a volé juste au-dessus.

ᑎᐱᔨᐙ tipiyiwaa p,manière ♦ son propre ▪ ᐃᐦ ᑎᐱᔨᐙ ᐅᒌᒡ ᐦᐁ ᐊᐱᓂᓂᐳ ᑲ ᓂᑎᐦᐄᐳᐊᐎᐦᑯₓ ▪ Son propre canot a été utilisé pour remonter la rivière.

ᑎᐱᔮᑭᓐ tipiyaakin ni -im [Wemindji] ♦ une baignoire, de l'anglais 'tub'

ᑎᐱᐦᐄᐲᓯᒧᐙᓐ tipihiipiisimwaan ni [Whapmagoostui] ♦ un calendrier

ᑎᐱᐦᐄᑭᓐ tipihiikin ni ♦ un mile, un gallon

ᑎᐱᐦᐄᒑᐤ tipihiichaau vai ♦ il/elle paie, paye

ᑎᐱᐦᐄᒑᔥᑎᒧᐙᐤ tipihiichaashtimuwaau vta ♦ il/elle paye pour lui/elle

ᑎᐱᐦᐊᒧᐙᐤ tipihamuwaau vta ♦ il/elle le/la paye, le/la récompense

ᑎᐱᐦᐊᒫᑯᓯᐃᐎᓐ tipihamaakusiiwin ni ♦ un salaire, une récompense

ᑎᐱᐦᐊᒼ tipiham vti ♦ il/elle le paye, le mesure

ᑎᐱᐦᐋᒧᐦᑎᔮᐤ tipihaamuhtiyaau vta ♦ il/elle le lui fait payer

ᑎᐱᐦᐋᒫᒑᔥᑎᒫᒑᐤ tipihaamaachaashtimaachaau vai ♦ il/elle effectue un paiement pour quelqu'un d'autre, honore sa dette pour lui/elle

ᑎᐱᐦᐋᔅᒑᐤ tipihaaschaau vai ♦ il/elle mesure le pays, arpente le terrain

ᑎᐱᐦᐋᔅᒑᓯᐤ tipihaaschaasiu na -iim ♦ un arpenteur, une arpenteuse

ᑎᐱᐦᐙᐤ tipihwaau vta ♦ il/elle paye pour quelque chose (d'animé), le/la mesure

ᑎᐱᐦᑎᐎᓐ tipihtiwin vii ♦ le brouillard est bas

ᑎᐱᐦᑎᐙᐤ tipihtiwaau vai ♦ il/elle attend et écoute d'abord ce qu'il/elle a à dire

ᑎᐱᐦᑎᑖᐤ tipihtitaau vai ♦ il/elle en compare la taille avec quelque chose d'autre

ᑎᐱᐦᑎᑯᒋᓐ tipihtikuchin vai ♦ il/elle vole bas, est suspendu assez bas

ᑎᐱᐦᑎᓯᐤ tipihtisiiu vai ♦ il est bas, elle est basse

ᑎᐱᐦᑎᐦᐱᒫᑳᐤ tipihtiskimikaau vii ♦ la terre est basse, le terrain est bas

ᑎᐱᐦᑖᐤ tipihtaau vii ♦ c'est bas

ᑎᐱᐦᒑᔨᒨ tipihtaayimuu vai-u ♦ il/elle est humble

ᑎᐱᐦᒑᔨᒫᐤ tipihtaayimaau vta ♦ il/elle pense qu'il/elle n'est pas important

ᑎᐱᐦᒑᔨᐦᒑᑯᓐ tipihtaayihtaakun vii ♦ ce n'est pas important

ᑎᐱᐦᒑᔨᐦᒑᑯᓯᐤ tipihtaayihtaakusiu vai ♦ il/elle a la réputation d'être humble

ᑎᐲᐙᐅᓯᐤ tipiiwaausiu vai ♦ il/elle est le propriétaire de quelque chose

ᑎᐹᐱᒫᐤ tipaapimaau vta ♦ il/elle regarde pour voir combien il/elle en a fait, jusqu'où il/elle est allée

ᑎᐹᐱᐦᑎᒼ tipaapihtim vti ♦ il/elle regarde pour voir où ça en est, si c'est prêt ou pas

ᑎᐹᐹᑎᒼ tipaapaatim vti ♦ il/elle le mesure avec quelque chose de filiforme

ᑎᐹᐹᑖᐤ tipaapaataau vta ♦ il/elle le/la mesure en utilisant quelque chose de filiforme

ᑎᐹᐹᒋᑭᓐ tipaapaachikin ni ♦ un mètre à ruban, du fil à mesurer

ᑎᐹᐹᔅᑯᔨᓱ tipaapaaskuyisuu vai reflex -u ♦ il/elle se pèse

ᑎᐹᐹᔥᑯᑖᐤ tipaapaashkutaau vai+o ♦ il/elle le pèse

ᑎᐹᐹᔥᑯᒋᑭᓐ tipaapaashkuchikin ni ♦ une livre, une balance pour peser

ᑎᐹᐹᔥᑯᔮᐤ tipaapaashkuyaau vta ♦ il/elle le/la pèse

ᑎᐹᑎᑎᒼ tipaatitim vti ♦ il/elle le raconte

ᑎᐹᒋᒧᐎᓐ tipaachimuwin ni ♦ une histoire, des nouvelles

ᑎᐹᒋᒧᓯᐤ tipaachimusiu na -iim ♦ un messager, une messagère, un conteur, une conteuse

ᑎᐹᒋᒧᔥᑎᐚᐤ tipaachimushtiwaau vta ♦ il/elle lui raconte une histoire, lui donne des nouvelles

ᑎᐹᒋᒨ tipaachimuu vai-u ♦ il/elle raconte une histoire, donne des nouvelles

ᑎᐹᒋᒨᓯᓂᐦᐄᑭᓐ tipaachimuusinihiikin ni ♦ un journal, un rapport

ᑎᐹᒋᓂᒼ tipaachinim vti ♦ il/elle le mesure (étalé) en l'élevant à côté de quelque chose

ᑎᐹᒋᓈᐤ tipaachinaau vta ♦ il/elle le/la mesure (étalé) en l'élevant à côté de quelque chose

ᑎᐹᓂᒫᑐᐎᒡ tipaanimaatuwich vai pl recip -u ♦ ils/elles le divisent entre eux

ᑎᐹᓂᒧᐚᐤ tipaaninimuwaau vta ♦ il/elle le divise entre eux

ᑎᐹᓂᒼ tipaaninim vti ♦ il/elle le met à part du reste, le sépare du reste

ᑎᐹᓂᓯᐤ tipaanisiiu vai ♦ il/elle est distinct-e, séparé-e

ᑎᐹᓂᔥᑖᐤ tipaanishtaau vai ♦ il/elle le met à part du reste, le sépare du reste

ᑎᐹᓂᐦᐋᐤ tipaanihaau vta ♦ il/elle le/la met à part du reste, le/la sépare du reste

ᑎᐹᓐ tipaan p,manière ♦ part (à), séparé ■ ᑎᐹᓐ ᔒ ·ᐃᑎ·ᐃᒡ ᐊᓂᐦ ᑭ ·ᐃᐧᐃᐅᐅᒻᐅᒡ·ₓ ■ Les gens avec qui nous avons voyagé ont leur propre habitation, séparée de la nôtre.

ᑎᐹᔅᑯᓂᑭᓐ tipaaskunikin ni ♦ un mètre, une verge (ancienne unité de mesure anglo-saxonne équivalente à 0,914 m) (ex. une verge de tissu)

ᑎᐹᔅᑯᓂᒑᐅᑭᒥᒄ tipaaskunichaaukimikw ni ♦ le palais de justice, le tribunal

ᑎᐹᔅᑯᓂᒑᐤ tipaaskunichaau vai ♦ il/elle fait tenir un procès, le/la traîne en justice

ᑎᐹᔅᑯᓂᒑᓯᐤ tipaaskunichaasiu na -iim ♦ un juge, un avocat, une homme ou une femme de loi

ᑎᐹᔅᑯᓂᒼ tipaaskunim vti ♦ il/elle le mesure avec une règle ou un mètre à ruban

ᑎᐹᔅᑯᓈᐤ tipaaskunaau vta ♦ il/elle le/la juge, le/la traîne en justice

ᑎᐹᔅᑯᐦᐄᑭᓈᐦᑎᒄ tipaaskuhiikinaahtikw ni ♦ une règle (à mesurer)

ᑎᐹᔅᒋᐤ tipaaschiu p ♦ par chance, par pure coïncidence

ᑎᐹᔨᒥᓱᐎᓐ tipaayimiisuwin ni ♦ la liberté, l'autonomie, l'auto-détermination

ᑎᐹᔨᒥᓱ tipaayimiisuu vai reflex -u ♦ il/elle a le libre-arbitre, est indépendant-e

ᓂᐯᔨᒫᐤ tipaayimaau vta ♦ il/elle le/la contrôle, a le dernier mot à son sujet

ᓂᐯᔨᐦᑎᒧᐦᐋᐤ tipaayihtimuhaau vta ♦ il/elle lui donne la permission de faire ce qu'il/elle veut avec

ᓂᐯᔨᐦᑎᒼ tipaayihtim vti ♦ il/elle le possède, le gouverne, le teste

ᓂᐯᔨᐦᑖᑯᓐ tipaayihtaakun vii ♦ ça lui appartient, ça en fait partie

ᓂᐯᔨᐦᑖᑯᓯᐤ tipaayihtaakusiu vai ♦ il/elle appartient à un certain groupe, est gouverné-e par un certain groupe

ᓂᐯᔨᐦᒋᒑᐎᓐ tipaayihchichaawin ni ♦ une règle, une autorité

ᓂᐯᔨᐦᒋᒑᓯᐤ tipaayihchichaasiu na -iim ♦ un gouverneur, une gouverneure, un dirigeant, une dirigeante, le gouvernement, Dieu

ᑎᑎᐱᓈᐤ titipinaau vta redup ♦ il/elle le/la roule, l'enroule

ᑎᑎᐱᓈᐱᐦᑳᑎᒼ titipinaapihkaatim vti redup ♦ il/elle l'attache dessus en l'emballant, en l'enroulant plusieurs fois autour

ᑎᑎᐱᓈᐱᐦᑳᑖᐤ titipinaapihkaataau vta redup ♦ il/elle l'attache dessus en l'emballant, en l'enroulant autour

ᑎᑎᐱᓈᐱᐦᒑᓂᒼ titipinaapihchaanim vti redup ♦ il/elle l'enroule (filiforme) autour de quelque chose

ᑎᑎᐱᓈᐱᐦᒑᔑᒫᐤ titipinaapihchaashimaau vta redup ♦ il/elle l'enroule (filiforme) autour

ᑎᑎᐱᓈᐱᐦᒑᐦᑎᑖᐤ titipinaapihchaahtitaau vai ♦ il/elle l'enroule (filiforme) autour de quelque chose

ᑎᑎᐱᓈᔅᑯᐱᔨᐦᐤ titipinaaskupiyihuu vai redup -u ♦ un lièvre s'entortille sur les piquets du piège

ᑎᑎᐱᓈᔅᑯᐦᑎᑖᐤ titipinaaskuhtitaau vai redup ♦ il/elle l'enroule autour d'un objet en bois

ᑎᑎᐱᓈᔥᑯᔑᒫᐤ titipinaashkushimaau vta redup ♦ il/elle l'enroule autour d'un objet en bois

ᑎᑎᐱᓈᔥᑯᔑᓐ titipinaashkushin vai redup ♦ il/elle est enroulée autour

ᑎᑎᐱᔥᑎᐦᐊᒼ titipishtiham vti redup ♦ il/elle l'ourle, en fait l'ourlet

ᑎᑎᐱᔥᑎᐦᐚᐤ titipishtihwaau vta redup ♦ il/elle l'ourle, en fait l'ourlet

ᑎᑎᐹᓯᐤ titipaashiu vai redup ♦ il/elle est entortillé-e par le vent, l'air

ᑎᑎᐹᔥᑎᓐ titipaashtin vii redup ♦ c'est entortillé par le vent, l'air

ᑎᑎᑯᔥᒑᐤ titikuschaau vai ♦ la partie de la raquette sur laquelle on met le pied est trop courte pour lui/elle

ᑎᑎᒃᐚᓯᐤ titikwaaschiu vai ♦ il/elle a froid aux pieds

ᑎᑎᒃᐚᔑᑳᐹᐚᐤ titikwaaschikaapaawaau vai ♦ il/elle se mouille et se refroidit les pieds

ᑎᑎᒃᐚᓵᐅᒋᐤ titikwaaschaauchiu vai ♦ il/elle a les mains froides

ᑎᒑᑭᓐ titaakin ni ♦ un coin utilisé pour bien faire tenir la lame de la hache sur le manche, pour fendre le bois

ᑎᒑᐦᑯᑳᑖᐤ titaahkukaataau vai ♦ il/elle a les jambes courtes

ᑎᒑᐦᑯᐦᐊᒫᐤ titaahkuhamaau vai redup ♦ il/elle fait de petits pas

ᑎᑭᐙᓯᐧᐃᒡ tikiwaashiwich vai pl ♦ ils sont peu nombreux; elles sont peu nombreuses

ᑎᑭᐙᔑᖬ tikiwaashinh vii pl ♦ il y en a peu

ᑎᑭᓯᒼ tikisim vti ♦ il/elle le cuit

ᑎᑭᓲ tikisuu vai -u ♦ il/elle est cuit-e, c'est cuit (animé)

ᑎᑭᔛᐤ tikiswaau vta ♦ il/elle le/la cuit

ᑎᑭᔥᑖᐤ tikishtaau vii ♦ c'est cuit

ᑎᑯᐱᔨᐤ tikupiyiu vai ♦ il/elle (ex. des morceaux de cadre de raquette à l'avant ou à l'arrière) est joint-e à un autre, est collé-e à quelque chose d'autre

ᑎᑯᐱᔨᐤ tikupiyiu vii ♦ c'est joint à un autre, ça colle à quelque chose d'autre

ᑎᑯᑎᐦᒑᔥᑭᐚᐤ tikutihchaashkiwaau vta ♦ il/elle lui marche sur la main

ᑎᑯᑳᐳᐧᐃᐦᐋᐤ tikukaapuwihaau vta ♦ il/elle le place debout, verticalement avec les autres

ᑎᑯᑳᐳᐧᐃᐦᑖᐤ tikukaapuwihtaau vai+o ♦ il/elle le place debout, verticalement avec les autres

**ᑎᑯᑳᐳ** tikukaapuu vai -uwi ♦ il/elle le place avec le groupe, il/elle le joint avec les autres, debout ou verticalement

**ᑎᑯᔑᑖᔥᑭᐚᐤ** tikushitaashkiwaau vta ♦ il/elle marche sur le pied de quelqu'un

**ᑎᑯᔑᓐ** tikushin vai ♦ il/elle arrive à pied

**ᑎᑯᐦᐊᒻ** tikuham vti ♦ il/elle met quelque chose dessus, l'aplatit, le presse avec quelque chose

**ᑎᑯᐦᐋᐤ** tikuhaau vta ♦ il/elle l'ajoute à ce qu'elle a déjà donné ou à ce qu'elle a déjà

**ᑎᑯᐦᑖᐤ** tikuhtaau vai ♦ il/elle l'ajoute à ce qu'il/elle a déjà

**ᑎᑯᐦᑭᓯᑭᓐ** tikuhkisikin ni ♦ de la soudure, le fer à souder

**ᑎᑯᐦᑭᓯᒑᓯᐤ** tikuhkisichaasiu na -iim ♦ un soudeur, une soudeuse

**ᑎᑯᐦᑭᓯᒻ** tikuhkisim vti ♦ il/elle le soude

**ᑎᑯᐦᑭᔃᐤ** tikuhkiswaau vta ♦ il/elle le/la soude

**ᑎᑳᔥᑖᐧᐃᔮᐤ** tikaashtaawiyaau vta ♦ il/elle l'alerte de sa présence sans faire exprès

**ᑎᑳᔥᑖᐱᔪ** tikaashtaapiyiu vai ♦ il/elle passe et on voit son ombre

**ᑎᑳᔥᑖᐱᔪ** tikaashtaapiyiu vii ♦ ça passe et on voit son ombre

**ᑎᑳᔥᑖᔑᓐ** tikaashtaashin vai ♦ il/elle fait de l'ombre, est dans un film, c'est son ombre

**ᑎᑳᔥᑖᐦᑎᑖᐤ** tikaashtaahtitaau vai ♦ il elle va au cinéma

**ᑎᑳᔥᑖᐦᑎᓐ** tikaashtaahtin vii ♦ ça fait de l'ombre, c'est un film, c'est une ombre

**ᑎᒀᐱᐦᑳᔥᑳᑯ** tikwaapihkaashkaakuu vai -u ♦ il/elle remarque ses mouvements du coin de l'oeil en passant

**ᑎᒀᑭᐱᐤ** tikwaakipiu vai ♦ il/elle passe l'automne à un certain endroit

**ᑎᒀᒋᓂᔒᐤ** tikwaachinishiu vai ♦ il/elle est forcé-e de passer l'automne à un certain endroit

**ᑎᒀᒋᓐ** tikwaachin vii ♦ c'est l'automne

**ᑎᒀᒋᔥᑖᐅᑭᒥᒃ** tikwaachistaaukimikw ni ♦ une hutte d'automne

**ᑎᒀᒋᐦᑖᐤ** tikwaachihtaau vai+o ♦ il/elle passe l'automne à un certain endroit

**ᑎᒀᒌᔅᑳᐤ** tikwaachiiskaau vii ♦ il y a une gelée, du givre ce matin

**ᑎᒀᐦᑎᓐ** tikwaahtin vii ♦ on laisse de la nourriture reposer pendant la nuit pour en améliorer la saveur

**ᑎᒋᔥᒋᓂᒼ** tichischinim vti ♦ il/elle le laisse tomber sans faire exprès

**ᑎᒋᔥᒋᓈᐤ** tichischinaau vta ♦ il/elle le/la laisse tomber sans faire exprès

**ᑎᒥᑎᓐ** timitin vii ♦ la glace est épaisse

**ᑎᒥᑭᓐ** timikin vii ♦ l'eau monte

**ᑎᒥᑳᐳᐚᐱᔪ** timikaapuwaapiyiu vii ♦ l'eau monte

**ᑎᒥᑳᐳᐚᔮᐦᐊᓐ** timikaapuwaayaahan vii ♦ le niveau d'eau monte du côté sous le vent à cause des vents forts

**ᑎᒥᔮᑯᓂᑳᐤ** timiyaakunikaau vii ♦ la neige est profonde

**ᑎᒥᔮᔅᑯᓐ** timiyaaskun vii ♦ la neige est profonde sur la glace

**ᑎᒥᐦᒋᐱᓯᑭᓐ** timihchipisikin ni -u ♦ un paquet de viande de caribou désossée provenant de la tête, du poitrail et des côtes

**ᑎᒥᐦᒋᓂᒼ** timihchinim vti ♦ il/elle l'empaquette, l'entrepose

**ᑎᒥᐦᒋᓈᐤ** timihchinaau vta ♦ il/elle l'empaquette, l'entrepose

**ᑎᒥᐦᒋᐤ** timihchiu vai ♦ il/elle empaquette, entrepose ses affaires

**ᑎᒥᐤ** timiiu vii ♦ l'eau est profonde

**ᑎᓱᑖᐤ** tisutaau vai+o ♦ il/elle le piège, le prend au piège

**ᑎᓱᓲ** tisusuu vai -u ♦ il/elle est pris-e dans un piège

**ᑎᓱᔮᐤ** tisuyaau vta ♦ il/elle le/la prend au piège

**ᑎᓱᔮᑭᓈᐳᔥ** tisuyaakinaapush na -um ♦ un lièvre pris dans un piège

**ᑎᔅᑭᒥᐚᔕᐚᐤ** tiskimiwaashaawaau vai ♦ il/elle traverse d'un bout à l'autre en marchant

**ᑎᔅᑭᒥᐱᔪ** tiskimipiyiu vai ♦ il/elle traverse directement en véhicule

**ᑎᔅᑭᒥᐱᔪ** tiskimipiyiu vii ♦ ça traverse tout droit

**ᑎᔅᑭᒥᐱᔨᐦᐋᐤ** tiskimipiyihaau vta ♦ il/elle le/la fait directement traverser en véhicule

ᑎᕵᑭᐱᔨᑖᐤ **tiskimipiyihtaau** vai
  • il/elle le fait traverser en véhicule
ᑎᕵᑭᐱᑖᐤ **tiskimipihtaau** vai • il/elle traverse tout droit en courant
ᑎᕵᑭᐹᐅᓈᓄᐅᐱᔫ **tiskimipaahunaanuwishiu** vii dim • c'est une petite étendue d'eau traversée pendant un portage en canot ▪ ᓈᔅᑦ ᐋᑦ ᒋᓈᓂᒡ ᐊᑯ ᐱᒋᑳᐯ ᐹᐅᐸᑭ ᒋᑦ ᑎᕵᑭᐹᐅᓈᓄᐅᐱᔫᖦ. ▪ *Le portage était si long qu'on a traversé une petite étendue d'eau une fois en canot.*
ᑎᕵᑭᑳᓯᐤ **tiskimikaasiu** vai • il/elle traverse tout droit en marchant dans l'eau
ᑎᕵᑭᑳᓯᐱᑖᐤ **tiskimikaasipihtaau** vai
  • il/elle traverse tout droit en courant dans l'eau peu profonde
ᑎᕵᑭᑳᓯᑎᑖᐤ **tiskimikaasihtitaau** vai
  • il/elle traverse tout droit en marchant dans l'eau
ᑎᕵᑭᑳᓯᑎᐋᐤ **tiskimikaasihtihaau** vta
  • il/elle le fait traverser directement en marchant dans l'eau
ᑎᕵᑭᑳᓯᔮᐤ **tiskimikaasihyaau** vai
  • il/elle traverse tout droit en volant par-dessus l'eau
ᑎᕵᑭᑳᓯᔮᒥᑭᓐ **tiskimikaasihyaamikin** vii
  • ça traverse tout droit en volant par-dessus l'eau
ᑎᕵᑭᒨ **tiskimimuu** vii-u • ça traverse (ex. sentier)
ᑎᕵᑭᔅᑯᐱᒋᐤ **tiskimiskupichiu** vai
  • il/elle traverse tout droit sur la glace en déplaçant son campement d'hiver
ᑎᕵᑭᔅᑯᐱᑖᐤ **tiskimiskupihtaau** vai
  • il/elle traverse directement la glace en courant
ᑎᕵᑭᔅᑯᑎᓂᔫᒫᐤ **tiskimiskutiniyumaau** vta • il/elle traverse directement la glace en le/la portant sur son dos
ᑎᕵᑭᔅᑯᑎᐋᐤ **tiskimiskutihaau** vta
  • il/elle lui fait traverser la glace à pied
ᑎᕵᑭᔅᑯᑐᐄᑖᐤ **tiskimiskutuwitaau** vai
  • il/elle traverse directement la glace en portant des choses sur son dos
ᑎᕵᑭᔅᑯᑖᐹᐤ **tiskimiskutaapaau** vai
  • il/elle traverse tout droit en tirant un traîneau
ᑎᕵᑭᔅᑯᑖᒋᒫᐤ **tiskimiskutaachimaau** vta
  • il/elle lui fait traverser directement la glace en le/la tirant sur un traîneau
ᑎᕵᑭᔅᑯᑎᑖᐤ **tiskimiskuhtitaau** vai
  • il/elle traverse la glace en le/la portant sur son dos
ᑎᕵᑭᔅᑰ **tiskimiskuu** vai-u • il/elle traverse directement en marchant sur la glace
ᑎᕵᑭᔅᒑᑭᐦᒼ **tiskimischaakiham** vti
  • il/elle traverse la tourbière tout droit en marchant
ᑎᕵᑭᔅᒑᒋᐱᒋᐤ **tiskimischaachipichiu** vai
  • il/elle traverse la tourbière tout droit en déplaçant son campement d'hiver
ᑎᕵᑭᔥᑖᐤ **tiskimishtaau** vai • il/elle le place en travers
ᑎᕵᑭᔥᑖᐤ **tiskimishtaau** vii • c'est placé, écrit en travers
ᑎᕵᑭᔥᑭᒼ **tiskimishkim** vti • il/elle le traverse directement en marchant
ᑎᕵᑭᐅᑖᐤ **tiskimihutaau** vai+o • il/elle le fait traverser une étendue d'eau à la nage ou à la pagaie
ᑎᕵᑭᐅᔮᐤ **tiskimihuyaau** vta • il/elle lui fait traverser l'eau ou les airs
ᑎᕵᑭᐊᒼ **tiskimiham** vti • il/elle traverse tout droit à la nage, à la pagaie
ᑎᕵᒫᐱᔅᑭᒧᑖᐤ **tiskimaapiskimuhtaau** vai
  • il/elle l'installe en travers (minéral)
ᑎᕵᒫᐱᔅᑭᒨ **tiskimaapiskimuu** vai-u
  • il/elle est installé-e en travers (minéral)
ᑎᕵᒫᐱᔅᑭᒨ **tiskimaapiskimuu** vii-u
  • c'est installé (minéral) en travers
ᑎᕵᒫᐹᑭᐳ **tiskimaapaakipiu** vai
  • il/elle est placé-e directement en face (filiforme)
ᑎᕵᒫᐹᑭᒧᐋᐤ **tiskimaapaakimuhaau** vta
  • il/elle le/la tend, le/la dresse (filiforme) en travers
ᑎᕵᒫᐹᑭᒧᑖᐤ **tiskimaapaakimuhtaau** vai
  • il/elle l'installe (filiforme) en travers
ᑎᕵᒫᐹᑭᒨ **tiskimaapaakimuu** vai-u
  • il/elle s'étend directement
ᑎᕵᒫᐹᑭᒨ **tiskimaapaakimuu** vii-u
  • il/elle s'étend directement (filiforme)

ᑎᔅᑭᒫᐹᑳᔥᑖᐤ **tiskimaapaakishtaau** vai
 • il/elle le place, le tend (filiforme) en travers

ᑎᔅᑭᒫᐹᑳᔥᑖᐤ **tiskimaapaakishtaau** vii
 • c'est placé (filiforme) en travers

ᑎᔅᑭᒫᐹᑮᐦᐋᐤ **tiskimaapaakihaau** vta
 • il/elle le/la place directement en face

ᑎᔅᑭᒫᔅᑯᒧᐦᑖᐤ **tiskimaaskumuhtaau** vai
 • il/elle l'installe (long et rigide) en travers

ᑎᔅᑭᒫᔅᑯᔑᓐ **tiskimaaskushin** vai • il/elle posé en travers tout droit (long et rigide); il/elle est couché en travers

ᑎᔅᑭᒫᔅᑯᔥᑖᐤ **tiskimaaskushtaau** vai
 • il/elle le place (long et rigide) directement en travers

ᑎᔅᑭᒫᔅᑯᐦᐋᐤ **tiskimaaskuhaau** vta
 • il/elle le/la place (long et rigide) en travers

ᑎᔅᑭᒫᔅᑯᐦᑎᓐ **tiskimaaskuhtin** vii • c'est étendu (long et rigide, ex. un arbre en travers de la route) en travers

ᑎᓯᐱᔑᑭᓂᐤ **tishipishikiniuu** vti, passif -iwi
 • il/elle est coupé-e à l'articulation, à la jointure

ᑎᓯᐱᔑᒼ **tishipishim** vti • il/elle est coupé-e à l'articulation, à la jointure

ᑎᔨᑯᒡ **tiyikuch** p,conjonction • plutôt ▪ ᑎᔨᑯᒡ ᒫᐦ ᐙᐱᐋᐱᑎᒥᒡ ᑮᐦ ᐊᔨᐋᐦᒃ. ▪ *Nous devrions plutôt nous asseoir dehors.*

ᑎᐦᑎᐱᐱᑎᒼ **tihtipipitim** vti redup • il/elle le roule en tirant

ᑎᐦᑎᐱᐱᑖᐤ **tihtipipitaau** vta redup • il/elle le/la roule en tirant

ᑎᐦᑎᐱᐱᔨᐤ **tihtipipiyiu** vai redup • il/elle roule

ᑎᐦᑎᐱᐱᔨᐤ **tihtipipiyiu** vii redup • ça roule

ᑎᐦᑎᐱᐱᔨᐦᐆ **tihtipipiyihuu** vai redup -u
 • il/elle roule et roule

ᑎᐦᑎᐱᐱᔨᐦᐋᐤ **tihtipipiyihaau** vta redup
 • il/elle le/la fait rouler

ᑎᐦᑎᐱᐱᔨᐦᑖᐤ **tihtipipiyihtaau** vai redup
 • il/elle le fait rouler

ᑎᐦᑎᐱᓂᒼ **tihtipinim** vti redup • il/elle le roule encore et encore

ᑎᐦᑎᐱᔑᒫᓂᒡ **tihtipishimaanich** na pl
 • des chauffe-poignets en fourrure de lièvre faits pour garder les poignets chauds

ᑎᐦᑎᐱᔥᑭᐙᐤ **tihtipishkiwaau** vta redup
 • il/elle le/la fait rouler avec son pied ou son corps

ᑎᐦᑎᐱᔥᑭᒼ **tihtipishkim** vti redup • il/elle le fait rouler avec son pied ou son corps

ᑎᐦᑎᐱᐦᐱᑎᒼ **tihtipihpitim** vti redup
 • il/elle l'attache

ᑎᐦᑎᐱᐦᐱᑖᐤ **tihtipihpitaau** vta redup
 • il/elle l'attache

ᑎᐦᑎᐹᐱᐦᑳᑎᒼ **tihtipaapihkaatim** vti redup
 • il/elle entoure la ficelle autour pour l'attacher

ᑎᐦᑎᐹᐱᐦᑳᑖᐤ **tihtipaapihkaataau** vta redup
 • il/elle entoure la ficelle autour de lui/d'elle pour l'attacher

ᑎᐦᑎᐹᐱᐦᒑᓂᑭᓐ **tihtipaapihchaanikin** ni
 • un demi-cercle de peau qui entoure le trou pour le pied dans la raquette

ᑎᐦᑎᐹᐱᐦᒑᔑᒫᐤ **tihtipaapihchaashimaau** vta redup • il/elle l'enroule autour de quelque chose

ᑎᐦᑎᑯᐱᔨᐤ **tihtikupiyiu** vai • il/elle s'égalise

ᑎᐦᑎᑯᐱᔨᐤ **tihtikupiyiu** vii • ça s'égalise

ᑎᐦᑎᑯᑎᓈᐤ **tihtikutinaau** vii • le sommet de la montagne est plat

ᑎᐦᑎᑯᑖᐅᐦᑭᐦᐊᒼ **tihtikutaauhkiham** vti
 • il/elle l'égalise (ex. du sable, le sol) avec un outil

ᑎᐦᑎᑯᑖᐅᐦᑳᐤ **tihtikutaauhkaau** vii • la surface du sol est régulière

ᑎᐦᑎᑯᓰᐤ **tihtikusiiu** vai • il/elle est plat-e, régulier/régulière, c'est plat, régulier

ᑎᐦᑎᑯᔅᑭᒥᑳᐤ **tihtikuskimikaau** vii • c'est un terrain plat

ᑎᐦᑎᑯᔥᑭᐙᐤ **tihtikushkiwaau** vta
 • il/elle l'égalise avec son pied ou son corps

ᑎᐦᑎᑯᔥᑭᒼ **tihtikushkim** vti • il/elle l'égalise avec son pied ou son corps

ᑎᐦᑎᑯᐦᐊᒼ **tihtikuham** vti • il/elle l'égalise avec un outil

ᑎᐦᑎᑯᐦᑖᐤ **tihtikuhtaau** vai • il/elle l'égalise, l'aplatit

ᑎᐦᑎᒀᐅᐦᒋᓂᒼ **tihtikwaauhchinim** vti
 • il/elle l'égalise (sable) avec ses mains

ᑎᐦᑎᒀᐤ **tihtikwaau** vii • c'est uniformément plat

ᑎᐦᑎᐱᑯᑎᓂᔅᑭᒻ **tihtikwaakunichishkim** vti ♦ il/elle égalise la neige avec son pied

ᑎᐦᑎᑲᐋᑭᐦᐊᒻ **tihtikwaakunaakiham** vti ♦ il/elle égalise de la neige dure en la cassant

ᑎᐦᑎᑲᐦᐊᒻ **tihtikwaakunaaham** vti ♦ il/elle égalise la neige avec un outil

ᑎᐦᑐ **tihtu** p,quantité ♦ voir *taan tihtu*

ᑎᐦᑐᑖᐅᓰᐃᐧ **tihtutaausiiwich** vai pl ♦ il y a un certain nombre de familles dans un camp

ᑎᐦᑐᑖᓂᐤ **tihtutaaniu** p, quantité ♦ il y a un certain nombre de familles dans un camp

ᑎᐦᑑᐦᑏ **tihtuhtii** p,quantité ♦ un certain nombre de dollars

ᑎᐦᑖᐱᔅᑳᐅᐦ **tihtwaapiskaauh** vii pl ♦ il y en a un certain nombre (minéral)

ᑎᐦᑖᐱᔅᒋᓰᐃᐧ **tihtwaapischisiwich** vai pl ♦ il y en a un certain nombre (minéral, animé)

ᑎᐦᑖᐹᑭᓐ **tihtwaapaakinh** vii pl ♦ il y en a un certain nombre (filiforme)

ᑎᐦᑖᐹᒋᓰᐃᐧ **tihtwaapaachisiwich** vai pl ♦ il y en a un certain nombre (filiforme, animé)

ᑎᐦᑖᐹᒡ **tihtwaapaach** p,quantité ♦ un certain nombre, une certaine quantité (filiforme) ▪ ᐹᔨᑯᔖᑉ ᑎᐦᑖᐹᒡ ᓂᑉ ᓂᑎᐦᐋᔅᑳᑎᒻₓ ▪ *J'aurai besoin de neuf morceaux de corde.*

ᑎᐦᑖᑭᓐ **tihtwaakinh** vii pl ♦ il en y a un certain nombre de couches (étalé)

ᑎᐦᑖᒋᓂᒻ **tihtwaachinim** vti ♦ il/elle en tient un certain nombre (étalé)

ᑎᐦᑖᒋᓈᐤ **tihtwaachinaau** vta ♦ il/elle en tient un certain nombre (étalé, animé)

ᑎᐦᑖᒋᓰᐃᐧ **tihtwaachisiwich** vai pl ♦ il y en a un certain nombre de couches (étalé, animé)

ᑎᐦᑖᒋᔥᑭᐙᐤ **tihtwaachishkiwaau** vta ♦ il/elle en porte un certain nombre de couches (animé)

ᑎᐦᑖᒋᔥᑭᒻ **tihtwaachishkim** vti ♦ il/elle enfile un certain nombre de couches, en met un certain nombre sur le corps

ᑎᐦᑖᔅᑯᓐ **tihtwaaskunh** vii pl ♦ il y en a un certain nombre (long et rigide)

ᑎᐦᑖᔅᑯᓯᐃᐧ **tihtwaaskusiwich** vai pl ♦ il y en a un certain nombre (long et rigide)

ᑎᐦᑖᐦᑎᒄ **tihtwaahtikw** p,quantité ♦ un certaine quantité, un certain nombre (long et rigide) ▪ ᑖᓐ ᑎᐦᑖᐦᑎᒄ ᐋᐧᑦ ᐋᑎᐦᐋᔨᐦᑖᑯᐦᒄₓ ▪ *De combien de poteaux a-t-on encore besoin?*

ᑎᐦᑭᐱᐤ **tihkipiu** vai ♦ il/elle (ex. pain) refroidit au dehors

ᑎᐦᑭᒫᐤ **tihkimaau** vta ♦ il/elle le poignarde, le/la transperce d'un coup de lance

ᑎᐦᑭᔅᑯᐹᔥᑖᐤ **tihkiskupaashtaau** vii ♦ il y a de l'eau provenant de neige fondue sur la glace

ᑎᐦᑭᔥᑖᐤ **tihkishtaau** vii ♦ ça se refroidit quand on le laisse reposer

ᑎᐦᑭᐦᑎᒻ **tihkihtim** vti ♦ il/elle le transperce avec une lance, le poignarde

ᑎᐦᑯᑎᐦᒑᐦᐅᓲ **tihkutihchaahusuu** vai reflex -u ♦ il/elle se coince le doigt, la main

ᑎᐦᑯᑎᐦᒑᐦᐙᐤ **tihkutihchaahwaau** vta ♦ il/elle lui coince le doigt, la main

ᑎᐦᑯᑖᐅᐦᑭᐦᐊᒻ **tihkutaauhkiham** vti ♦ il/elle monte sur le sommet de la rive

ᑎᐦᑯᑖᒥᑎᓐ **tihkutaamitin** ni ♦ le sommet d'une montagne

ᑎᐦᑯᑖᒥᒋᐙᐤ **tihkutaamichiwaau** vai ♦ il/elle monte au sommet de la montagne

ᑎᐦᑯᑳᐴ **tihkukaapuu** vai -uwi ♦ il/elle n'est pas grand-e, il/elle est de petite taille

ᑎᐦᑯᒋᑲᐋᔥᑯᐦᑎᐤ **tihkuchikwaashkuhtiu** vai ♦ il/elle saute pour se jucher au sommet de quelque chose

ᑎᐦᑯᒋᔥᑖᐤ **tihkuchishtaau** vai ♦ il/elle le soulève et le juche au sommet de quelque chose

ᑎᐦᑯᒋᔥᑖᐤ **tihkuchishtaau** vii ♦ ça se pose au sommet de quelque chose

ᑎᐦᑯᒥᑯ **tihkumikuu** vai-u ♦ il/elle (ex. un piège, une clé à molette) accroche et le retient

ᑎᐦᑯᒧᒋᑭᓐ **tihkumuchikin** ni ♦ une clé à molette, des tenailles, un étau

**ᑎᐦᑯᒧᔮᐤ** tihkumuyaau vta ◆ il/elle l'attrape et le/la retient (ex. dans un étau)

**ᑎᐦᑯᒨᒋᑭᓐ** tihkumuuchikin ni ◆ des tenailles

**ᑎᐦᑯᒫᐤ** tihkumaau vta ◆ il/elle le/la tient dans ses dents, dans sa bouche

**ᑎᐦᑯᓂᑭᓐ** tihkunikin ni ◆ un manche

**ᑎᐦᑯᓂᒁᔮᐤ** tihkunikwaayaau vii ◆ ça a des manches courtes

**ᑎᐦᑯᓂᒧᐚᐤ** tihkunimuwaau vta ◆ il/elle le tient pour lui/elle

**ᑎᐦᑯᓂᒻ** tihkunim vti ◆ il/elle le tient

**ᑎᐦᑯᓈᐅᓲ** tihkunaausuu vai -u ◆ il/elle tient un bébé

**ᑎᐦᑯᓈᐤ** tihkunaau vta ◆ il/elle le/la tient

**ᑎᐦᑯᓯᐤ** tihkusiu vai ◆ il/elle est court-e

**ᑎᐦᑯᓯᑖᐦᐅᓲ** tihkusitaahusuu vai reflex -u ◆ il/elle se laisse tomber quelque chose sur le pied

**ᑎᐦᑯᔅᑳᑎᒻ** tihkuskaatim vti ◆ il/elle marche dessus

**ᑎᐦᑯᔅᑳᑖᐤ** tihkuskaataau vta ◆ il/elle lui marche dessus

**ᑎᐦᑯᔅᑳᒋᑭᓐ** tihkuskaachikin ni ◆ une semelle de chaussure

**ᑎᐦᑯᔅᒑᐤ** tihkuschaau vai ◆ il/elle fait un pas

**ᑎᐦᑯᐦᐄᑭᓈᐦᑎᒄ** tihkuhiikinaahtikw ni ◆ une pagaie qui sert de gouvernail

**ᑎᐦᑯᐦᐄᑭᓐ** tihkuhiikin ni ◆ un gouvernail, un volant

**ᑎᐦᑯᐦᐊᒧᐚᐤ** tihkuhamuwaau vta ◆ il/elle le dirige pour lui/elle

**ᑎᐦᑯᐦᐊᒻ** tihkuham vti ◆ il/elle le dirige, le gouverne

**ᑎᐦᑯᐦᐋᐤ** tihkuhaau vta ◆ il/elle le/la raccourcit

**ᑎᐦᑯᐦᐋᒧᓯᐤ** tihkuhaamusiu na -iim ◆ un timonier, la personne qui gouverne le canot ou le bateau

**ᑎᐦᑯᐦᑎᒧᔨᓲ** tihkuhtimuyisuu vai reflex -u ◆ il/elle prend sa propre température avec un thermomètre

**ᑎᐦᑯᐦᑎᒻ** tihkuhtim vti ◆ il/elle le tient dans ses dents, dans sa bouche

**ᑎᐦᑯᐦᑎᐦᐋᐤ** tihkuhtihaau vta ◆ il/elle le/la soulève et le/la dépose au sommet quelque chose

**ᑎᐦᑯᐦᑖᐅᐦᒋᑭᒫᐤ** tihkuhtaauhchikimaau vii ◆ le lac est au sommet de la montagne

**ᑎᐦᑯᐦᑖᐅᐦᒡ** tihkuhtaauhch p,lieu ◆ au sommet de la rive ▪ ᓈᑖᐦ ᑎᐦᑯᐦᑖᐅᐦᒡ ᐋᑯᑎᐦ ᑳ ᐚᐱᒥᒋᐦᑦ ᒥᐦᐄᐦᑭᓐ᙮ ▪ *On a vu un loup au sommet de la rive.*

**ᑎᐦᑯᐦᑖᐤ** tihkuhtaau vai ◆ il/elle le raccourcit

**ᑎᐦᑯᐦᑖᒋᐏᓐ** tihkuhtaachiwin p,lieu ◆ en haut du rapide ▪ ᑎᐦᑯᐦᑖᒋᐏᓐ ᓈᑖᐦ ᐋᑯᑎᐦ ᑳ ᐚᐱᒫᑭᓂᐎᑦ ᒋᔖᔮᒄ᙮ ▪ *On a vu un ours en haut du rapide.*

**ᑎᐦᑯᐦᑖᒋᐱᔅᑯᓐ** tihkuhtaachipiskun p,lieu ◆ dans le haut du dos ▪ ᓈᐦᐋᐤ ᑎᐦᑯᐦᑖᒋᐱᔅᑯᓐ ᒌᐦ ᐅᒋᔅᒌᐦᐱᒥᐤ᙮ ▪ *Elle/il avait un furoncle dans le haut du dos.*

**ᑎᐦᑯᐦᑖᒥᑎᓂᐤ** tihkuhtaamitiniu p,lieu ◆ au sommet d'une montagne ▪ ᓈᔥᒡ ᐋᐦ ᒌᐦ ᔫᑎᐦᒡ ᑳ ᐅᑎᐦᑎᒫᐦᒡ ᓈᑎᐦ ᑎᐦᑯᐦᑖᒥᑎᓂᐤ᙮ ▪ *Il ventait fort quand nous sommes arrivés au sommet de la montagne.*

**ᑎᐦᑯᐦᑖᓂᒡ** tihkuhtaanich p,lieu ◆ au sommet de l'île ▪ ᑎᐦᑯᐦᑖᓂᒡ ᐊᓂᑎᐦ ᒥᓂᔥᑎᑯᐦᒡ ᐋᐦ ᒥᔅᒑᑯᐎᒡ ᐋᑯᑎᐦ ᓈᔥᒡ ᑳᐦ ᒥᐦᒐᒡᐦ ᔑᑯᑖᐤᐦ᙮ ▪ *Il y avait beaucoup de framboises jaunes au sommet de l'île dans le marécage.*

**ᑎᐦᑯᐦᒋᐱᔨᐤ** tihkuhchipiyiu vai ◆ il/elle va au sommet de quelque chose

**ᑎᐦᑯᐦᒋᐱᔨᐤ** tihkuhchipiyiu vii ◆ ça va au sommet de quelque chose

**ᑎᐦᑯᐦᒋᑳᐴ** tihkuhchikaapuu vai -uwi ◆ il/elle se tient au sommet de quelque chose

**ᑎᐦᑯᐦᒋᔑᓐ** tihkuhchishin vai ◆ il/elle est couché-e au sommet de quelque chose

**ᑎᐦᑯᐦᒡ** tihkuhch p,lieu ◆ sur le dessus ▪ ᑎᐦᑯᐦᒡ ᓈᑎᐦ ᐊᔥᑖᐤ, ᓂᒥ ᒋᑭ ᐅᑎᐦᑎᓂᒻ᙮ ▪ *Mets-le sur le dessus là où elle/il peut l'atteindre!*

**ᑎᐦᑳᐅᐦᑳᐤ** tihkaauhkaau vii ◆ c'est du sable froid, des cendres froides

**ᑎᐦᑳᐤ** tihkaau vii ◆ c'est froid au toucher

**ᑎᐦᑳᐱᓯᔅᒋᓯᐤ** tihkaapisischisiu vai ◆ il/elle est froid-e (minéral)

**ᑎᐦᑳᐱᓯᔅᒋᓯᒻ** tihkaapisischisim vti ◆ il/elle le refroidit (minéral) dans un liquide

**ᑎᐦᑳᐱᔅᑳᐤ** tihkaapiskaau vii ◆ c'est froid (minéral)

ᑎᓐᑳᐸᐅᑖᐤ **tihkaapaautaau** vai ♦ il/elle le dissout avec un liquide

ᑎᓐᑳᐸᐅᔮᐤ **tihkaapaauyaau** vta ♦ il/elle le/la refroidit en versant de l'eau froide dessus

ᑎᓐᑳᐹᐚᐤ **tihkaapaawaau** vii ♦ ça se dissout dans un liquide

ᑎᓐᑳᔮᐅᓈᑯᓯᐤ **tihkaayaaunaakusiu** vai ♦ il/elle fera froid si on se fie à l'apparence du soleil

ᑎᓐᑳᔮᐤ **tihkaayaau** vii ♦ il fait froid dehors

ᑎᓐᑳᔮᓂᐦᑖᐤ **tihkaayaanihtaau** vai ♦ il/elle laisse entrer le froid en entrant et sortant dans la maison

ᑎᓐᒁᐤ **tihkwaau** vii ♦ c'est court

ᑎᓐᒑᐱᓯᔅᒋᓯᐤ **tihkwaapisischisiu** vai ♦ il/elle est court-e (minéral)

ᑎᓐᒁᐱᔅᑳᐤ **tihkwaapiskaau** vii ♦ c'est court (minéral)

ᑎᓐᒁᐹᑭᓐ **tihkwaapaakin** vii ♦ c'est court (filiforme)

ᑎᓐᒁᐹᒋᓯᐤ **tihkwaapaachisiu** vai ♦ il/elle est court-e (filiforme)

ᑎᓐᒁᑭᓐ **tihkwaakin** vii ♦ c'est court (étalé)

ᑎᓐᒁᑯᔨᐚᐤ **tihkwaakuyiwaau** vai ♦ il/elle a le cou court

ᑎᓐᒁᒋᓯᐤ **tihkwaachisiu** vai ♦ il/elle est court-e (étalé)

ᑎᓐᒁᔅᑯᓐ **tihkwaaskun** vii ♦ c'est court (long et rigide)

ᑎᓐᒁᔅᑯᓯᐤ **tihkwaaskusiu** vai ♦ il/elle est court-e (long et rigide)

ᑎᓐᒁᔅᑯᔑᒫᓐ **tihkwaaskushimaan** ni ♦ le laçage qui retient ensemble les deux morceaux du cadre des longues raquettes vers l'avant

ᑎᓐᒁᔨᐚᐤ **tihkwaayiwaau** vai ♦ il/elle a une queue courte

ᑎᓐᒋᐱᔨᐤ **tihchipiyiu** vai ♦ il/elle se refroidit après une suée ou une fièvre, il/elle fond

ᑎᓐᒋᐹᑭᓐ **tihchipaakin** vii ♦ c'est froid et humide (étalé)

ᑎᓐᒋᐹᒋᓯᐤ **tihchipaachisiu** vai ♦ il/elle a froid à cause de ses vêtements mouillés, parce qu'il a sué

ᑎᓐᒋᐹᔮᐤ **tihchipaayaau** vii ♦ c'est froid parce que c'est humide dehors

ᑎᓐᒋᑭᒥᐤ **tihchikimiu** vii ♦ c'est un liquide froid

ᑎᓐᒋᑭᒥᓯᐤ **tihchikimisiu** vai ♦ il/elle est froid-e (liquide)

ᑎᓐᒋᑭᒥᔥᑖᐤ **tihchikimishtaau** vai ♦ il/elle le laisse refroidir (liquide)

ᑎᓐᒋᑭᒥᔥᑖᐤ **tihchikimishtaau** vii ♦ le liquide se refroidit (on le laisse se refroidir)

ᑎᓐᒋᑭᒫᐳᐃ **tihchikimaapui** ni ♦ de l'eau froide

ᑎᓐᒋᓈᐤ **tihchinaau** vta ♦ il/elle le/la refroidit en le/la touchant avec ses mains froides

ᑎᓐᒋᓯᐤ **tihchisiu** vai ♦ il/elle est froid-e au toucher

ᑎᓐᒋᓯᒼ **tihchisim** vti ♦ il/elle le fait fondre

ᑎᓐᒋᓲ **tihchisuu** vai-u ♦ ça fond

ᑎᓐᒋᔹᐤ **tihchiswaau** vta ♦ il/elle le/la fait fondre

ᑎᓐᒋᔅᑎᓐ **tihchistin** vii ♦ c'est un vent froid

ᑎᓐᒋᔅᑖᐤ **tihchistaau** vii ♦ ça fond

ᑎᓐᒋᔑᑎᑳᓈᐤ **tihchishtikwaanaau** vai ♦ il/elle a la tête froide

ᑎᓐᒋᔑᑎᒄ **tihchishtikw** p,lieu ♦ tout le long de la rivière ■ ᓂᒫᔨᑯ ᑎᓐᒋᔑᑎᒄ ᒥᔥᑖᒼ ᐊᒋᔅᐠₓ ■ Il y a des traces témoignant de l'activité des castors tout le long de la rivière.

ᑎᓐᒋᔥᑭᐚᐤ **tihchishkiwaau** vta ♦ il/elle lui donne un coup de pied

ᑎᓐᒋᔥᑭᒼ **tihchishkim** vti ♦ il/elle lui donne un coup de pied

ᑎᓐᒋᔥᑳᒋᒑᐤ **tihchishkaachichaau** vai ♦ il/elle donne des coups de pied

ᑎᓐᒋᔨᐚᐤ **tihchiyiwaau** vii ♦ le vent est froid, glacial

ᑎᓐᒋᔨᐚᐱᔨᐤ **tihchiyiwaapiyiu** vii ♦ le vent est froid, glacial

ᑎᓐᒋᔨᐚᐱᔨᔑᐤ **tihchiyiwaapiyishiu** vii dim ♦ il y a un vent frais, une brise fraîche

ᑎᓐᒋᔨᐚᐱᔨᐦᐋᐤ **tihchiyiwaapiyihaau** vta ♦ il/elle le/la refroidit trop vite

ᑎᓐᒋᔨᐚᔮᔑᐤ **tihchiyiwaayaashiu** vai ♦ il/elle est refroidi-e à l'air

ᑎᐦᒋᔾᐋᔭᔥᑎᒥᔾ
tihchiyiwaayaashtimiisuu vai reflex -u
* il/elle se refroidit avec une brise fraîche

ᑎᐦᒋᔾᐋᔭᔥᑎᒨ tihchiyiwaayaashtimuu vai -u * il/elle se refroidit (volontairement), se rafraîchit

ᑎᐦᒋᔾᐋᔭᔥᑎᒫᐤ
tihchiyiwaayaashtimaau vta * il/elle laisse entrer de l'air pour se rafraîchir, se refroidir

ᑎᐦᒋᔾᐋᔭᔥᑎᓐ tihchiyiwaayaashtin vii
* c'est refroidi à l'air

ᑎᐦᒋᔾᐋᔭᔥᑎᐦᑖᐤ
tihchiyiwaayaashtihtaau vai+o * il/elle laisse entrer de l'air pour le refroidir

ᑎᐦᒋᔫᔥᑎᒨ tihchiyuushtimuu vai -u
* il/elle est refroidi-e par le vent

ᑎᐦᒌᐤ tihchiiu vii * la neige fond en tombant

# ᑏ

ᑏ tii na -m * du thé, de l'anglais 'tea'
ᑏᐅᔅᒋᐦᒄ tiiuschihkw ni * une bouilloire
ᑏᐙᐦᒡ tiiwaahch p,temps * tout de suite, immédiatement ▪ ᑏᐙᐦᒡ ᐄᐦ ᑕᑯᔑᐦᒃ ᒉᐸᐦᑕᒃ ᐋᐦ ᐋᐦᑯᓯᒡ ᙭ *Elle est venue tout de suite quand elle a entendu qu'il était malade.*

ᑏᐸᐟ tiipwaat ni -im * une théière, de l'anglais 'teapot'

ᑏᔨᐛᐳᐦᒑᐤ tiiywaapuhchaau vai * il/elle fait du thé

# ᑑ

ᑑᑑᔑᓈᐳᐃ tuutuushinaapui na -uum * du lait

ᑑᒥᑎᐦᒑᐤ tuumitihchaau vai * il/elle a les mains grasses

ᑑᒥᑎᐦᒑᓃᓲ tuumitihchaaniisuu vai reflex -u
* il/elle se met de la crème, un onguent sur les mains

ᑑᒥᑎᐦᒑᓈᐤ tuumitihchaanaau vta
* il/elle lui met de la pommade sur les mains, lui graisse les mains

ᑑᒥᑭᓂᒋᓂᒼ tuumikinichinim vti * il/elle offre de la graisse à l'Esprit en en frottant sur le crâne d'un ours

ᑑᒥᒀᐦᑯᓈᐚᐤ tuumikwaahkunaawaau vai
* il/elle a le menton graisseux

ᑑᒥᓂᑭᓐ tuuminikin ni * une pommade
ᑑᒥᓂᒼ tuuminim vti * il/elle le graisse
ᑑᒥᓈᐤ tuuminaau vta * il/elle le/la graisse

ᑑᒥᓰᑖᐤ tuumisitaau vai * il/elle a les pieds bien graissés, recouverts de pommade ou d'onguent

ᑑᒥᓰᑖᓈᐤ tuumisitaanaau vta * il/elle lui met de la pommade sur les pieds, lui graisse les pieds

ᑑᒥᔅᑯᐎᓐ tuumiskuwin ni * de la pommade pour les cheveux, de la brillantine, un tonique pour le cuir chevelu

ᑑᒥᔅᒃᐚᓈᐤ tuumiskwaanaau vta * il/elle lui graisse la tête, met de la crème pour les cheveux sur lui/elle

ᑑᒥᔥᒀᒋᐴ tuumishkwaachipuu vai -u
* il/elle a le menton graisseux et la bouche graisseuse d'avoir mangé de la nourriture grasse

ᑑᒥᐦᐋᐤ tuumihaau vta * il/elle y (animé) ajoute de la graisse, du gras, le/la rend riche et grasse

ᑑᒥᐦᑭᐚᓂᒋᐤ tuumihkiwaanichiu vai
* il/elle ajoute de la graisse ou du gras à un poisson cuit

ᑑᒥᐦᒀᓃᓲ tuumihkwaaniisuu vai reflex -u
* il/elle applique de la crème, de la pommade sur son visage

ᑑᒥᐦᒀᓈᐤ tuumihkwaanaau vta * il/elle met de la crème, de la pommade sur le visage de quelqu'un d'autre

ᑑᒧᐚᒑᐎᓐ tuumuwaachaawin ni * de la pommade pour les cheveux, de la brillantine, un tonique pour le cuir chevelu

ᑑᒫᐤ tuumaau vii * c'est gras
ᑑᒫᐱᔑᓂᑭᓐ tuumaapischinikin ni * de l'huile d'arme à feu, de l'huile à fusil

ᑑᒫᐱᔑᓂᒼ tuumaapischinim vti * il/elle l'huile, le graisse (minéral)

ᑐᒫᑉᐃᒑᓂᒻ **tuumaapihchaanim** vti
+ il/elle l'huile, le graisse (filiforme)
ᑐᒫᑉᐃᒑᓈᐤ **tuumaapihchaanaau** vta
+ il/elle l'huile, le/la graisse (filiforme)
ᑐᒫᒋᓂᒻ **tuumaachinim** vti + il/elle l'huile, le/la graisse (en tissu ou en toile)
ᑐᒫᒋᓈᐤ **tuumaachinaau** vta + il/elle l'huile, le/la graisse (en tissu ou en toile)
ᑐᒫᔅᑯᓐ **tuumaaskun** vii + c'est graissé ((long et rigide))
ᑐᔅᑯᐦᐙᐤ **tuuskuhwaau** vta + il/elle lui donne un coup de coude
ᑐᔥᑑᐲᐱᔨᐤ **tuushtuupipiyiu** vai + il/elle frémit (ex. un arbre souple)
ᑐᔥᑑᐲᐱᔨᐤ **tuushtuupipiyiu** vii + ça frémit (ex. de la gélatine)
ᑐᔥᑑᐱᓯᐤ **tuushtuupisiiu** vai + il/elle est flexible
ᑐᔥᑑᐱᔨᐤ **tuushtuupiyiu** vii + c'est flexible
ᑐᔥᑑᐹᐤ **tuushtuupaau** vii + c'est flexible
ᑐᔥᑑᐹᔅᑯᓐ **tuushtuupaaskun** vii + c'est flexible (long et rigide)
ᑐᔥᑑᐹᔅᑯᓯᐤ **tuushtuupaaskusiu** vai
+ il/elle est flexible (long et rigide)
ᑐᐦᐙᐤ **tuuhwaau** vai + il/elle joue au ballon, à la balle
ᑐᐦᐙᓐ **tuuhwaan** na + une balle, un ballon
ᑐᐦᑑᐱᓯ **tuuhtuupisii** na -m + un jeu de bouton sur fil
ᑐᐦᑭᒋᔒᔥᑎᐙᐤ **tuuhkichishiishtiwaau** vta
+ il/elle lui montre les fesses
ᑐᐦᑭᐊᒻ **tuuhkiham** vti + il/elle l'élargit, en l'écartant
ᑐᐦᑭᐦᐙᐤ **tuuhkihwaau** vta + il/elle l'élargit, l'ouvre (raquette)
ᑐᐦᑳᐱᐤ **tuuhkaapiu** vai + il/elle ouvre les yeux
ᑐᐦᑳᐱᓈᐤ **tuuhkaapinaau** vta + il/elle lui ouvre les yeux
ᑐᐦᑳᐱᐦᒃᐙᒨ **tuuhkaapihkwaamuu** vai -u
[Whapmagoostui] + il/elle dort les yeux ouverts
ᑐᐦᑳᐱᐦᒑᓂᒻ **tuuhkaapihchaanim** vti
+ il/elle en tient une boucle ouverte

ᑐᐦᑳᐱᐦᒑᓈᐤ **tuuhkaapihchaanaau** vta
+ il/elle en tient une boucle ouverte
ᑐᐦᑳᐹᑭᐦᐄᑭᓈᐦᑎᒄ **tuuhkaapaakihiikinaahtikw** ni + un bâton pour garder le trou de la pointe du pied ouvert quand on tresse les raquettes
ᑐᐦᑳᐹᑭᐊᒻ **tuuhkaapaakiham** vti
+ il/elle ouvre un espace dedans (filiforme, ex. une boucle de collet)
ᑐᐦᑳᔅᑯᐊᒻ **tuuhkaaskuham** vti + il/elle l'élargit, l'ouvre avec un bâton
ᑐᐦᑳᔅᑯᐦᐙᐤ **tuuhkaaskuhwaau** vta
+ il/elle l'élargit, l'ouvre avec un bâton
ᑐᐦᒋᐱᑎᒻ **tuuhchipitim** vti + il/elle l'ouvre bien grand
ᑐᐦᒋᐱᑖᐤ **tuuhchipitaau** vta + il/elle écarte les côtés bien grands (ex. les côtés du cadre de la raquette)
ᑐᐦᒋᐱᔨᐤ **tuuhchipiyiu** vai + il/elle tombe et ses jambes s'écartent, s'ouvrent en s'écartant
ᑐᐦᒋᐱᔨᐤ **tuuhchipiyiu** vii + ça s'ouvre en s'écartant

## ᑕ

ᑖᒫᐤ **taaimaau** vai + il/elle joue aux cartes
ᑖᒫᓐ **taaimaan** na + une carte à jouer
ᑖᐃᔅᑉ **taaisp** p,question,temps + quand ▪
ᑖᐃᔅᑉ ᑖ ᒋ ᐅᐦ ᐯᒋ ·ᐄᐱᐦᐄᑦ ᐋᐦ ᑭᐦᒌᔅᑌᐅᔨᒡ▪
▪ *Quand peut-elle venir pour m'aider de nouveau à coudre?*
ᑖᐅᐱᑐᓈᐦᐙᐤ **taaupitunaahwaau** vta
+ il/elle le/la frappe sur le bras, l'atteint au bras
ᑖᐅᐱᔨᐤ **taaupiyiu** vai + il/elle déborde
ᑖᐅᐱᔨᐤ **taaupiyiu** vii + ça déborde, ça coïncide avec un autre évènement
ᑖᐅᐱᔨᔥᑎᐙᐤ **taaupiyishtiwaau** vta
+ il/elle tombe sur lui/elle, le/la trouve soudainement par hasard
ᑖᐅᑎᐤ **taautiu** vai + il/elle ouvre la bouche
ᑖᐅᑎᐦᒑᐦᐙᐤ **taautihchaahwaau** vta
+ il/elle le tape sur la main

ᑖᐅᑐᓈᓈᐤ taautunaanaau vai ◆ il/elle garde la bouche ouverte

ᑖᐅᑐᓈᔨᐤ taautunaayiu vai ◆ il/elle ouvre la bouche

ᑖᐅᑐᓈᐦᐱᓲ taautunaahpisuu vai -u ◆ le lièvre est pris au collet autour de la bouche

ᑖᐅᑐᓈᐦᒄᒨ taautunaahkwaamuu vai -u ◆ il/elle dort la bouche ouverte

ᑖᐅᑳᑖᐦᐚᐤ taaukaataahwaau vta ◆ il/elle le frappe sur la jambe, l'atteint à la jambe

ᑖᐅᑳᒻ taaukaam p,lieu ◆ loin dans ou sur l'eau, loin au milieu du lac, au large ■ ᐊᔅᐦ ᑖᐅᑳᒻ ᑰ ᐃᐧᐸᑎᓱᐦᐅᐤ ᐊᐅᒃ ᐁᐅᑎᐧᐋᐤ ᑳ ᒧᔑᒡᒡ ᐋᐤ ᐧᐊᐧᐋᑦᓂᑎᒃᐦ ■ *Leur canot était déjà loin au large quand ils réalisèrent qu'il avait dérivé du rivage.*

ᑖᐅᒌᐙᑎᓐ taauchiiwaatin vii ◆ le vent souffle du Nord ■ ᐋᐦᒡᐤ ᐦᒻ ᑖᐅᒌᐙᑎᓐ ᓅᑎᒌᒡ ᑳ ᐧᐋᔨᐱᔨᐦᒃ ■ *Quand je suis sorti ce matin, le vent soufflait du Nord.*

ᑖᐅᒌᓂᒫᑯᔥ taauchiinimaakush na -im ◆ un petit poisson mangé par les bélugas, un capelan *Mallotus villosus*

ᑖᐅᒑᐳᐦᐚᐤ taauchaapuhwaau vta ◆ il/elle lui frappe l'oeil, l'atteint dans l'oeil

ᑖᐅᓂᒻ taaunim vti ◆ il/elle le gagne dans un tirage, il/elle le choisit au hasard

ᑖᐅᓈᐤ taaunaau vta ◆ il/elle le/la gagne dans un tirage, il/elle le/la choisit au hasard

ᑖᐅᓯᑖᐦᐚᐤ taausitaahwaau vta ◆ il/elle le frappe sur le pied, l'atteint au pied

ᑖᐅᓯᓂᐦᐚᐤ taausinihwaau vta ◆ il/elle vote pour lui/elle, choisit son nom en écrivant quelque chose

ᑖᐅᔅᑭᒥᒡ taauskimich p,lieu ◆ à l'intérieur des terres, au milieu de nulle part sur la terre ■ ᐋᑦᒡ ᑖᐅᔅᑭᒡ ᐊᑯᒡ ᑳ ᒧᐳᦧᑎᐋᐧᐊᐧᐋᔨᐤ ■ *Ils ont fait quelques fouilles archéologiques à l'intérieur des terres.*

ᑖᐅᔅᒑᒡ taauschaach p,lieu ◆ au milieu du muskeg ■ ᐋᑦᒡ ᑖᐅᔅᒑᒡ ᐊᑯᒡᒡ ᑳᒻ ᒥᔫᒡ ᐊᐧᐊᔥᐢᐦᑲᒡᒡᐦ ■ *La mousse pour le bébé était meilleure si elle provenait du milieu du muskeg.*

ᑖᐅᔑᒫᐤ taaushimaau vta ◆ il/elle le fait se cogner contre quelque chose

ᑖᐅᔥᑎᒀᓈᔑᓐ taaushtikwaanaashin vai ◆ il/elle se cogne la tête contre quelque chose

ᑖᐅᔥᑎᒀᓈᐦᐚᐤ taaushtikwaanaahwaau vta ◆ il/elle le frappe sur la tête

ᑖᐅᔥᑭᐚᐤ taaushkiwaau vta ◆ il/elle lui tombe dessus, le/la rencontre par hasard

ᑖᐅᔥᑭᒻ taaushkim vti ◆ il/elle tombe dessus par hasard

ᑖᐅᔥᒀᐦᒡ taaushkwaahch p,lieu ◆ le fond de l'habitation situé face à l'entrée ■ ᑖᐅᔥᒀᐦᒡ ᐦᒻ ᐱᒌᑎᓅᒡ ᐅᑎᒡᐦ ■ *Il rangea sa nourriture au fond de l'habitation face à la porte.*

ᑖᐅᐦᐅᑯᐤ taauhukuu vai -u ◆ il/elle vole directement au-dessus de lui/d'elle, le/la survole; les oies passent au-dessus de sa tête en volant

ᑖᐅᐦᐊᒻ taauham vti ◆ il/elle fait que quelque chose le frappe

ᑖᐅᐦᐚᐤ taauhwaau vta ◆ il/elle fait que quelque chose le/la frappe

ᑖᐎᒡ taawich p,lieu ◆ au large ■ ᐋᔅᑦ ᐋᑦ ᑖᐎᒡ ᒧᔥᑎᒡ ᐊᑯᐤᓐ ᐊᑎᒃᐦ ■ *Ils vivent sur une île dans la baie, au large.*

ᑖᐋᐳᑰ taawaapukuu vai -u ◆ il/elle entre en collision avec des rochers en descendant le rapide

ᑖᐋᐹᒋᑯᔨᐚᐤ taawaapaachikuyiwaahwaau vta ◆ il/elle le/la frappe sur le cou

ᑖᐋᒋᐎᓐ taawaachiwin p,lieu ◆ au milieu du rapide ■ ᐋᐦᒡᐤ ᑖᐋᒋᐎᓐ ᐊᑯᓐ ᑳ ᐅᒍ ᐅᑦᒡᑦ ᓅᒡᑦ ■ *Il y avait une loutre juste au milieu du rapide.*

ᑖᐋᒋᐱᔅᑯᓈᐦᐚᐤ taawaachipiskunaahwaau vta ◆ il/elle le/la frappe sur le dos, l'atteint au dos

ᑖᐋᒋᐱᔅᑯᓐ taawaachipiskun p,lieu ◆ au milieu du dos ■ ᐋᐦᒡᐤ ᑖᐋᒋᐱᔅᑯᓐ ᐦᒻ ᒦᐦᒡᐤ ᒥᑎᓅᓐᐦ ■ *Il atteignit le renard en plein milieu du dos.*

ᑖᐋᓰᔖᐎᒡ taawaasischaawich p,lieu ◆ au milieu du feu ■ ᑖᐋᒋᔖᒡ ᐊᑯᒡᐦ ᑳ ᐱᒌᑎᓅᒡ ᐊᑯᒡ ᐅᑦᔅᔥᐦ ■ *Son morceau de viande tomba en plein milieu du feu.*

ᑖᐋᔅᑯᐦᐊᒻ taawaaskuham vti ◆ il/elle le frappe (long et rigide)

ᑖᐋᔅᑯᐦᐚᐤ taawaaskuhwaau vta ◆ il/elle le/la frappe (long et rigide)

ᑖᐚᔅᑳᐦᒡ taawaaskwaahch p,lieu ◆ en face de la porte vers le fond de l'habitation ▪ ᐋᒡ" ᑖᐚᔅᑳᐦᒡ" ᐊᑯᒡ" ᑳ ᐊᑖᓐᑎᒡ"ᴸ ᐱᔭᐦᒃᐦ ᑳ ᐸᒋ ᐊᐱ"ᐊᕐᓂᕽ ▪ *Quand tu as ouvert la porte, ça a soufflé les cendres vers le fond de la hutte.*

ᑖᐚᐦᐄᑭᓈᐦᑎᑿ taawaahiikinaahtikw ni ◆ une baguette de tambour

ᑖᐚᐦᐄᑭᓐ taawaahiikin na ◆ un tambour

ᑖᐚᐦᐄᒑᐤ taawaahiichaau vai ◆ il/elle joue du tambour, il/elle tambourine sur quelque chose

ᑖᐚᐦᐚᐤ taawaahwaau vai ◆ il/elle tambourine dessus

ᑖᐱᐱᑎᒻ taapipitim vti ◆ il/elle le fait rentrer en tirant (en parlant du mécanisme de rechargement d'un fusil)

ᑖᐱᐱᔨᐤ taapipiyiu vai ◆ il/elle se met en place, il y en a assez pour tout le monde

ᑖᐱᐱᔨᐤ taapipiyiu vii ◆ ça se met en place, il y en a assez pour tout le monde

ᑖᐱᑎᐏᐱᐤ taapitiwipiu vai ◆ il/elle est placé-e à niveau

ᑖᐱᑎᐏᐱᑎᒻ taapitiwipitim vti ◆ il/elle les égalise

ᑖᐱᑎᐏᐱᑖᐤ taapitiwipitaau vta ◆ il/elle l'égalise

ᑖᐱᑎᐏᐱᔨᐤ taapitiwipiyiu vai ◆ il/elle se met à niveau

ᑖᐱᑎᐏᐱᔨᐦᐆ taapitiwipiyihuu vai -u ◆ ils/elles se rassemblent en famille ou en groupe

ᑖᐱᑎᐏᓂᒫᑐᐎᒡ taapitiwinimaatuwich vai pl recip -u ◆ ils/elles se le répartissent entre elles/eux

ᑖᐱᑎᐏᓰᐤ taapitiwisiiu vai ◆ il/elle est à niveau, droit-e

ᑖᐱᑎᐘᔥᒖ taapitiwishtaau vii ◆ c'est placé à niveau, droit

ᑖᐱᑎᐘᔥᒖ taapitiwishtaau vta ◆ il/elle le/la place à niveau, droit

ᑖᐱᑎᐎᐦᐋᐤ taapitiwihaau vta ◆ il/elle le/la place à niveau, droit

ᑖᐱᑎᐚᐤ taapitiwaau vii ◆ c'est à niveau

ᑖᐱᑎᐚᐦᑎᑳᐤ taapitiwaahtikaau vii ◆ il y a des branches régulières sur le sol

ᑖᐱᑎᐤ taapitiu p,manière ◆ également, de la même façon ▪ ᒥᔑᐊ ᑖᐱᑎᐤ ᒋᐯ ᐧᐄ ᐊ"ᑐᓈᐊᐦ ᐊᐦᐊᓂᕽ ▪ *Tu devrais essayer et traiter tout le monde de la même façon.*

ᑖᐱᑖᐱᐦᐊᒻ taapitaapiham vti redup ◆ il/elle le répète

ᑖᐱᑖᐛᐤ taapitaapwaau vai redup ◆ il/elle appelle de manière répétée

ᑖᐱᑖᐛᑖᐤ taapitaapwaataau vta redup ◆ il/elle l'appelle de manière répétée

ᑖᐱᑯᓈᐤ taapikunaau vta ◆ il/elle le/la rassemble (les mailles d'un filet) dans sa main pour y faire passer la ficelle, il/elle enfile le fil de renfort sur le filet

ᑖᐱᑯᔅᒑᐤ taapikuschaau vai ◆ il/elle ajuste la barre transversale de la raquette

ᑖᐱᑯᐦᐊᒻ taapikuham vti ◆ il/elle met un noeud coulant, un collet dessus

ᑖᐱᑯᐦᐚᐤ taapikuhwaau vta ◆ il/elle le prend au collet, l'attrape (ex. une perdrix) avec une boucle de fil de fer sur un bâton

ᑖᐱᑳ taapikaa p,conjonction ◆ parce que, au lieu de ▪ ᐊᐆᐦ ᒌ ᓂᑎ·ᐊᐱᴸ ᑖᐱᑳ ᓂᕐ ᓂᑎ·ᐊᐱᓂᕽ ▪ *Tu n'as pas besoin de le chercher parce que je vais y aller et le prendre.*

ᑖᐱᑳᐳ·ᐃᐦᐋᐤ taapikaapuwihaau vta ◆ il/elle a de la place pour le placer debout

ᑖᐱᒃᕚᐤ taapikwaau vai ◆ il/elle pose des collets

ᑖᐱᒋᐱᔨᐤ taapichipiyiu vai ◆ le traîneau traverse l'eau en passant d'un bloc de glace à l'autre

ᑖᐱᒋᑳᐴ taapichikaapuu vai -uwi ◆ la glace est suffisamment solide pour qu'on puisse se tenir dessus

ᑖᐱᒋᔑᐅᒡ taapichishiwich vai pl ◆ il y en a assez, ils/elles sont assez nombreux

ᑖᐱᒑᔨᒦᓲ taapichaayimiisuu vai reflex -u ◆ il/elle pense qu'il/elle est capable de faire quelque chose

ᑖᐱᒑᔨᒨ taapichaayimuu vai -u ◆ il/elle pense que c'est assez, il/elle a confiance en lui/elle

ᑖᐱᒑᔨᐦᑎᒻ taapichaayihtim vti ◆ il/elle pense que c'est assez, il/elle est content-e avec

ᑖᐱᕐᐦᒑᑦᑯᓐ taapichaayihtaakun vii ♦ ça vaut la peine, ça le mérite

ᑖᐱᕐᐦᒑᑯᓯᐤ taapichaayihtaakusiu vai ♦ il/elle en vaut la peine, il/elle le mérite

ᑖᐲᒥᔅᒁᐤ taapimiskwaau vai ♦ il/elle a assez mangé de castor, il/elle s'est gavé de castor

ᑖᐲᒦᒋᓱ taapimiichisuu vai -u ♦ il/elle a assez mangé

ᑖᐱᒧᐦᐋᐤ taapimuhaau vta ♦ il/elle l'ajuste

ᑖᐱᒧᐦᑖᐤ taapimuhtaau ♦ il/elle l'ajuste

ᑖᐱᓂᒻ taapinim vti ♦ il/elle l'entoure de ses bras, il/elle réussit à tous les tenir dans ses bras

ᑖᐱᓂᔅᐹᑯᑖᐤ taapiniskwaakutaau vii ♦ c'est suspendu à la cime de l'arbre

ᑖᐱᓂᔅᐹᑯᓯᐤ taapiniskwaakusiiu vai ♦ l'oiseau se perche à la cime de l'arbre

ᑖᐱᓈᐤ taapinaau vta ♦ il/elle l'entoure de ses bras, il/elle réussit à tous les tenir dans ses bras

ᑖᐱᓯᑯᔅᑯᓈᐦᑎᒻ taapisikutuskunaahtim vti ♦ il/elle le porte dans le creux de son bras

ᑖᐱᓯᑯᓂᒻ taapisikunim vti ♦ il/elle passe son doigt ou sa main dans l'anneau, dans la boucle de quelque chose (ex. une ficelle)

ᑖᐱᓯᑯᓈᐤ taapisikunaau vta ♦ il/elle passe son doigt ou sa main dans l'anneau, dans la boucle de quelque chose (animé)

ᑖᐱᓯᑯᐦᐊᒧᐙᐤ taapisikuhamuwaau vta ♦ il/elle l'enfile pour lui/elle

ᑖᐱᓯᑯᐦᐊᒻ taapisikuham vti ♦ il/elle l'enfile par quelque chose, enfile une aiguille

ᑖᐱᓯᑯᐦᐙᐤ taapisikuhwaau vta ♦ il/elle l'enfile (ex. des perles), il/elle enfile un poisson sur un bâton par ses branchies, il/elle l'attache (ex. un chien) à un poteau

ᑖᐱᓯᓂᐦᐊᒻ taapisiniham vti ♦ il/elle le copie, en trace le contour

ᑖᐱᓯᓂᐦᐙᐤ taapisinihwaau vta ♦ il/elle en trace le contour

ᑖᐱᓯᔅᒑᐦᐱᓲᓐ taapisischaahpisun na ♦ un anneau (pour le doigt)

ᑖᐱᔅᑯᑖᑎᒦᐤ taapiskutaatimiiu vii ♦ le chenal est droit, le niveau d'eau est le même

ᑖᐱᔅᑯᓂᒻ taapiskunim vti ♦ son poids est soutenu par la glace

ᑖᐱᔅᑳᒡ taapiskaach p,temps ♦ la nuit dernière

ᑖᐱᔅᒋᓂᑖᐤ taapischinitaau vai ♦ il/elle a de la place pour ça, elle le fait rentrer dedans

ᑖᐱᔅᒋᓂᐦᐋᐤ taapischinihaau vta ♦ il/elle a de la place pour lui/elle, il/elle a assez de place pour le mettre dedans

ᑖᐱᔅᒋᓈᐤ taapischinaau vai ♦ il y a de la place pour lui/elle

ᑖᐱᔅᒋᓈᐤ taapischinaau vii ♦ il y a de la place pour ça

ᑖᐱᔑᒫᐤ taapishimaau vta ♦ il/elle l'ajuste, le/la fait rentrer dedans

ᑖᐱᔑᓐ taapishin vai ♦ il/elle rentre dedans, s'ajuste bien

ᑖᐱᔖᐦᐅᓐ taapishaahun na ♦ une boucle d'oreille

ᑖᐱᔥᑭᐙᐤ taapishkiwaau vta ♦ il/elle le porte autour de son cou, par dessus son épaule, il/elle lui va bien (ex. vêtement)

ᑖᐱᔥᑭᒻ taapishkim vti ♦ il/elle le porte autour de son cou, par-dessus son épaule; ça lui va bien

ᑖᐱᔥᑯᑖᔨᒫᐤ taapishkutaayimaau vta ♦ il/elle éprouve le même sentiment pour les deux, il/elle ressent la même chose envers les deux

ᑖᐱᔥᑯᑖᔨᐦᑎᒻ taapishkutaayihtim vti ♦ il/elle éprouve les mêmes sentiments envers les deux

ᑖᐱᔥᑯᒑᐤ taapishkuchaau vii ♦ c'est à niveau

ᑖᐱᔥᑯᓂᑯᓐ taapishkunikun vii ♦ la glace est suffisamment solide pour voyager dessus

ᑖᐱᔥᑯᓐ taapishkun p,manière ♦ tous les deux, en même temps ■ ᑖᐱᔥᑯᓐ ᐦᐃ ᐅᓈᐯᕕᐤ ᐅᒥᔅᖮ. Elle s'est mariée en même temps que sa soeur aînée.

ᑖᐱᔥᑯᔩᐤ taapishkuyiu vai ♦ il/elle a le ventre plein

ᑖᐱᔥᑳᑐᐃᓬ taapishkaatuwich vai pl recip -u ♦ il y a assez de place pour tout le monde

ᑖᐱᔥᑳᑭᓐ taapishkaakin na ♦ une écharpe, un foulard, une cravate, un fichu

ᑖᐱᔮᐚᐤ taapiyaawaau vta ♦ il/elle atteint sa limite de quelque chose (animé, ex. le quota de castor), en acquiert assez

ᑖᐱᔮᐤ taapiyaau vai ♦ il/elle a assez de ce dont il/elle a besoin, il/elle en a assez pour couvrir ses besoins

ᑖᐱᐦᐊᒼ taapiham vti ♦ il/elle répète ce qui a été dit

ᑖᐱᐦᐋᒋᐚᓐ taapihaachiwaan na ♦ un bilboquet esquimau

ᑖᐱᐦᑎᑖᐤ taapihtitaau vai ♦ il/elle le fait rentrer dedans, le fait s'ajuster

ᑖᐱᐦᑎᑖᑭᓐ taapihtitaakin ni ♦ un puzzle

ᑖᐱᐦᑎᓐ taapihtin vii ♦ ça rentre dedans, ça s'ajuste

ᑖᐱᐦᑖᑯᓐ taapihtaakun vii ♦ c'est audible, on peut l'entendre partout

ᑖᐱᐦᑖᑯᓯᐤ taapihtaakusiu vai ♦ il/elle est audible à une grande distance

ᑖᐱᐱᐦᒋᐤ taapihkihtaau vii ♦ c'est vraiment cuit, ça chauffe toute l'habitation

ᑖᐱᐦᒀᒨ taapihkwaamuu vai -u ♦ il/elle a assez dormi

ᑖᐱᐦᒑᔨᒨ taapihchaayimuu vai-u ♦ il/elle est content-e de ce qu'il/elle a

ᑖᑐᒑᐤ taapuchaau vai ♦ il/elle réutilise le même campement une autre année

ᑖᑉᐦᑎᓂᒧᐚᐤ taapuhtinimuwaau vta ♦ il/elle lui en fournit assez

ᑖᐹ taapaa p, négative ♦ non, ne...pas ■ ᑖᐹ ᐅᕐ ·ᐋᕐ·ᐃ·ᐊ·ᑦᐤ ᑦ ᐅᔅᒼᒉᐳ·ᐃᔨᒼ ᐊᐊᓂᑦ ·ᐊᑦᒼᐦᐋᕐᐅᔅᐅᓐ. ■ Il n'a pas aidé à construire cette maison.

ᑖᐹᒋᐃᓯᒼ taapaachiwisim vti ♦ il/elle le refait bouillir, le rebouillit

ᑖᐹᒋᐃᔅᐚᐤ taapaachiwiswaau vta ♦ il/elle le/la refait bouillir, le/la rebouillit

ᑖᐹᓯᔖᐤ taapaasischaau vai ♦ c'est l'équinoxe, les jours et les nuits sont de longueur égale

ᑖᐹᔅᑯᓂᒼ taapaaskunim vti ♦ il/elle pose son collet à lièvre à la même place qu'avant

ᑖᐹᔑᔅᒌᔑᓐ taapaashishchiishin vai ♦ il/elle arrive à un moment opportun, le/la rencontre sur son chemin

ᑖᐹᔥᑯᔑᒫᐤ taapaashkushimaau vta ♦ il/elle l'enroule dessus

ᑖᐹᔥᒌᔑᓐ taapaashchiishin vai ♦ il/elle arrive au bon moment, le/la rencontre par hasard

ᑖᐹᔥᒌᔑᒃᐚᐤ taapaashchiishkiwaau vta ♦ il/elle se trouve là en même temps que lui/elle, le/la recontre par hasard

ᑖᐹᔨᒧᑎᐚᐤ taapaayimutiwaau vta ♦ il/elle pense qu'elle peut le/la vaincre

ᑖᐹᔨᒧᑎᒼ taapaayimutim vti ♦ il/elle pense qu'elle peut le/la vaincre

ᑖᐹᔨᒨ taapaayimuu vai-u ♦ il/elle est sûr-e de pouvoir le faire

ᑖᐹᔨᐦᑎᒥᐦᐄᑯᐤ taapaayihtimihiikuu vai-u ♦ il/elle se contente de ça, en est satisfait

ᑖᐹᔨᐦᑎᒥᐦᐋᐤ taapaayihtimihaau vta ♦ il/elle le/la contente

ᑖᐹᔨᐦᑎᒼ taapaayihtim vti ♦ il/elle est satisfait-e, se contente de ça

ᑖᐹᔨᐦᒋᒑᑦ taapaayihchichaat nap ♦ Dieu

ᑖᐳᐅᒉᔨᐦᑎᒼ taapwaauchaayihtim vti ♦ il/elle lui fait confiance

ᑖᐳᐅᒉᔨᐦᑖᑯᓐ taapwaauchaayihtaakun vii ♦ c'est croyable

ᑖᐳᐅᒉᔨᐦᑖᑯᓯᐤ taapwaauchaayihtaakusiu vai ♦ il/elle est juste, honnête

ᑖᐳᐃᓐ taapwaawin ni ♦ un voeu, un serment

ᑖᐳᐤ taapwaau vai ♦ il/elle dit la vérité, pousse un cri

ᑖᐳᐱᔨᐤ taapwaapiyiu vii ♦ c'est bruyant (ex. une sirène), ça retentit

ᑖᐳᐱᔨᐦᑖᐤ taapwaapiyihtaau vai ♦ il/elle le fait retentir (ex. un klaxon ou une sirène)

ᑖᐳᑖᐤ taapwaataau vta ♦ il/elle l'appelle, publie les bancs de leur mariage

ᑖᐳᒋᒋᐃᓐ taapwaachichiwin vii ♦ le bruit des rapides annonce du mauvais temps

ᑖᐌᔮᓕᒧ taapwaayaayimaau vta
 • il/elle croit en lui/elle

ᑖᐌᔮᔨᐦᑎᒧᐃᓐ taapwaayaayihtimuwin ni • une croyance, la foi

ᑖᐌᔮᔨᐦᑎᒻ taapwaayaayihtim vti
 • il/elle croit

ᑖᐙᐦ taapwaah p,manière • vraiment, c'est vrai, c'est sûr, c'est certain ▪ ᑖᐙᐦ ᒷ ᓂᐦᑳᐤ. • ᑖᐙᐦ, ᒥᕐᐙ ᑎᑎᓐ. ▪ C'est vrai, le temps est toujours très froid. • Oui, je dis vraiment la vérité.

ᑖᑎᐱᐱᔨᐤ taatipipiyiu vai • il/elle conduit autour de quelque chose

ᑖᑎᐲ taatipimuu vii -u • ça va, c'est attaché tout autour

ᑖᑎᐱᔥᑭᐙᐤ taatipishkiwaau vta • il/elle marche tout autour de lui/d'elle

ᑖᑎᐱᔥᑭᒻ taatipishkim vti • il/elle marche tout autour

ᑖᑎᐱᐦᐊᒻ taatipiham vti • il/elle pagaie, vole, nage tout autour

ᑖᑎᐹᐅᐦᔮᐤ taatipaauhuyaau vta
 • il/elle le/la fait faire un tour dans les airs ou sur l'eau

ᑖᑎᐹᐅᐦᐊᒻ taatipaauham vti • il/elle pagaie, nage autour

ᑖᑎᐹᐅᐦᑭᐦᐊᒻ taatipaauhkiham vti
 • il/elle fait le tour de la montagne, de la colline

ᑖᑎᐹᐚᐤ taatipaawaau vai • il/elle fait le tour de la pointe, de l'île

ᑖᑎᐹᐚᐱᔨᐤ taatipaawaapiyiu vai
 • il/elle contourne la pointe en voiture

ᑖᑎᐹᐚᐱᐦᑖᐤ taatipaawaapihtaau vai
 • il/elle contourne la pointe en courant

ᑖᑎᐹᐚᔅᑯᐱᒋᐤ taatipaawaaskupichiu vai
 • il/elle contourne un obstacle en déplaçant son campement d'hiver

ᑖᑎᐹᐚᔮᔒᐤ taatipaawaayaashiu vai
 • il/elle en fait le tour en bateau

ᑖᑎᐹᑯᐦᑖᐤ taatipaakuhtaau vii • la neige fond autour des objets

ᑖᑎᐹᔅᑯᐦᑖᐤ taatipaaskuhtaau vii • le soleil fait fondre la neige autour des objets quand il en fait le tour

ᑖᑎᐹᐦᐊᒻ taatipaaham vti • il/elle le contourne en pagayant, à la nage

ᑖᑎᑉ taatip p,lieu • tout autour ▪ ᒥᕐᐙ ᑖᑎᑉ ᒨ ᐊᔅᒋᓂᑰ ᐊᔅᑮᓈ ᐊᓂᐦᑎ ᒥᕐᐙᔥᐦᒄ. ▪ Il pose de la mousse tout autour de l'habitation.

ᑖᑎᑯᓵᒋᐱᑎᒻ taatikusaachipitim vti
 • il/elle le pèle ▪ ᑖᑎᑯᓵᒋᐱᑎᒻ ᐅᔑᐳᕈᓵᕆᓕᐤ. elle pèle une orange.

ᑖᑎᑯᓵᒋᐱᑖᐤ taatikusaachipitaau vta
 • il/elle le/la pèle

ᑖᑎᔮᑭᓈᔅᑿ taatiyaakinaaskw na • un traîneau

ᑖᑐᐱᑎᒻ taatupitim vti • il/elle l'ouvre en le déchirant

ᑖᑐᐱᑖᐤ taatupitaau vta • il/elle l'ouvre en le déchirant

ᑖᑐᐹᔮᐤ taatupaayaau vii • il y a de l'eau libre sur le lac au printemps ou en hiver

ᑖᑐᑎᓐ taatutin vii • c'est fendu par le gel

ᑖᑐᓂᒻ taatunim vti • il/elle l'ouvre (quelque chose de fermé qui a la forme d'un sac, ex. un sac de farine) à la main

ᑖᑐᓈᐤ taatunaau vta • il/elle l'ouvre (quelque chose de fermé qui a la forme d'un sac, ex. le ventre d'un poisson) à la main

ᑖᑐᓯᑯᒋᐃᓐ taatusikuchiwin vii • le courant crée une fente dans la glace

ᑖᑐᔑᑭᓐ taatushikin na -m • la plus grosse des truites grises, des touladis *Salvelinus namaycush*

ᑖᑐᔑᒻ taatushim vti • il/elle l'ouvre en le coupant avec des ciseaux, un couteau

ᑖᑐᔍᐤ taatushwaau vta • il/elle l'ouvre en le/la coupant

ᑖᑐᔥᑭᐙᐤ taatushkiwaau vta • il/elle le/la déchire en le/la portant, l'ouvre en marchant dessus ou en s'appuyant dessus

ᑖᑐᔥᑭᒻ taatushkim vti • il/elle le/la déchire en le/la portant, l'ouvre en marchant dessus ou en s'appuyant dessus

ᑖᑐᔥᑯᒋᒫᑎᑎᒻ taatushkuchimaatitim vti
 • il/elle casse la glace en pagayant

ᑖᑐᔮᑭᐦᐄᑭᓐ taatuyaakihiikin ni • un couteau à écorcher

ᑖᑐᔨᑭᐦ·ᐋᐤ **taatuyaakihwaau** vai ◆ il/elle découpe la peau de castor de la queue à la lèvre supérieure

ᑖᑐ"ᐊᒻ **taatuham** vti ◆ il/elle l'ouvre en le fendant

ᑖᑐ"·ᐋᐤ **taatuhwaau** vta ◆ il/elle l'ouvre en le fendant

ᑖᑖᐅᒡ **taataauch** p,lieu ◆ en plein milieu ▪ ᐋ"ᑖᐤ ᑖᑖᐅᒡ ᓯ" ᒥᒡᒍ ᐊᓴ ᒥ"ᑎᐨ ᑲ ᒥ"ᒦᔨᑎᕐᵡ. ▪ *En plein milieu se dressait un gros arbre.*

ᑖᑖᐅᓂᒧ·ᐋᐤ **taataaunimuwaau** vta ◆ il/elle le répartit entre eux/elles

ᑖᑖᐅᓈᐤ **taataaunaau** vta ◆ il/elle le/la sépare au milieu à la main

ᑖᑖᐅᔥ·ᐚᐤ **taataaushwaau** vta ◆ il/elle le coupe pour le diviser en parties égales

ᑖᑖᐅᔥᑯᑖᐤ **taataaushkutaau** p,lieu ◆ au milieu du feu

ᑖᑖᐅᔥᑯᑖᑯᔮᐤ **taataaushkutaakuyaau** vta ◆ il/elle le/la suspend directement au-dessus du feu

ᑖᑖᐅ"ᐊᒻ **taataauham** vti ◆ il/elle le sépare au milieu en le frappant avec quelque chose

ᑖᑖ·ᐋᕐᐱᑎᒻ **taataawaachipitim** vti ◆ il/elle le déchire (étalé) au milieu

ᑖᑖᐱᑯᔥᒑᐤ **taataapikuschaau** vai ◆ il/elle met en place la barre transversale des raquettes

ᑖᑭᓯᔅᑭᒻ **taakisiskim** vti ◆ son pied rentre complètement dedans, s'ajuste parfaitement

ᑖᑭᓰ **taakisii** na -m ◆ un taxi

ᑖᑭᔑᐱᐳᓂᐦᑖᐤ **taakishipipunihtaau** vai ◆ il/elle passe tout l'hiver à la même place

ᑖᑭᔑᔥᑎᐤᐃᔥᑖᐅᐦ **taakishishtiwishtaauh** p,temps ◆ toute la semaine

ᑖᑭᔑ"ᑖᐤ **taakishihtaau** vai+o ◆ il/elle le complète, est là jusqu'à la fin

ᑖᑭᔥ **taakish** p,manière ◆ complètement ▪ ᔕᐨ ᑖᑭᔥ ᐳᔮ" ᐊᓴ ·ᐃᔭᐸᵡ. ▪ *Svp, assure-toi de complètement nettoyer ce bol.*

ᑖᑭ"ᑎ"ᐊᒻ **taakihtiham** vti ◆ il/elle rentre complètement dedans, s'ajuste parfaitement

ᑖᑯᒫᐤ **taakumaau** vta ◆ il/elle s'étouffe sur quelque chose de sec, en poudre

ᑖᑯᓰᒨ **taakusimuu** vai -u ◆ il/elle s'étouffe avec un liquide

ᑖᑯᐦᑎᒻ **taakuhtim** vti ◆ il/elle s'étouffe avec

ᑖᒋᒄᐚ"ᐋᐤ **taachikwaauhaau** vta [Wemindji] ◆ il/elle le/la fait crier

ᑖᒋᒄᐋᐤ **taachikwaau** vai [Wemindji] ◆ il/elle crie, hurle, pousse un cri perçant

ᑖᓂᑖ" **taanitaah** p,question, lieu,manière ◆ où, comment ▪ ᑖᓂᑖ" ᒦᒃ ᒌ ᐃᑎᐎᑉ ᓂᒫᒫᒌᐨ ᐋ" ᐅᔕ"ᐋᑭᵡ. ▪ *Comment est-ce que je coupe le poisson si je veux le fumer?*

ᑖᓂ"ᐋᐤ **taanihaau** vii ◆ le sol est à niveau

ᑖᓐ **taan** p,question ◆ quoi, lequel, laquelle, lesquels, lesquelles, comment, où ▪ ᑖᓐ ᐊᓴ ᐃᔅᑴᔥ ᒌ ·ᐃᔨ"ᐃ·ᐋᐨ ᐋ" ᐊᒋᔥ"ᒑ·ᐊᐦᵡ. ▪ *Où est la fille qui va aider à chercher les branchages d'épinette?*

ᑖᓐ ᐃᔥᐱᔥ **taan ishpish** p,quantité ◆ combien ▪ ᑖᓐ ᐃᔥᐱᔥ ᒉ ᓂᑖ·ᐋᔨᕐ·ᐃᒃ ᐱ"ᑉᔅᐳᒡ ᐋ" ᐅᔥᐋᐨ ᐳᓴᵡ. ▪ *Combien de farine te faudra-t-il pour le pouding à la vapeur?*

ᑖᓐ ᑎᐦᑐ **taan tihtu** p,quantité ◆ combien ▪ ᑖᓐ ᑎᐦᑐ ᓂᔅᐹᒃ ᒉ ᓯ·ᒉᐸᵡ. ▪ *Combien d'oies ferez-vous rôtir sur le feu?*

ᑖᓐ ᑎ"·ᑖᐤ **taan tihtwaau** p,quantité ◆ combien de fois? ▪ ᑖᓐ ᑎ"·ᑖᐤ ᔓ" ᑲ ·ᐃᔨ·ᐊᐨ ᐋ" ᓲᒫᓴᓂ·ᐊᐦᵡ. ▪ *Combien de fois avez-vous déjà dansé avec lui/elle?*

ᑖᔅᑎᒋᔥᒀᔨᐅ **taastichiskwaayiu** vai ◆ il/elle met la tête en arrière

ᑖᔅᑎᓵᐱᒫᐤ **taastisaapimaau** vta ◆ il/elle lève les yeux sur lui/elle

ᑖᔅᑎᓵᐱ"ᑎᒻ **taastisaapihtim** vti ◆ il/elle lève les yeux dessus

ᑖᔅᑯᒦᔥ **taaskumiish** p,lieu ◆ pas loin du rivage sur la glace ▪ ᐋᐳᐨ ᐊᓴ ᒃ ᐱᐤᑖᑕᐨ ᐊᒌ" ᑖᔅᑯᒦᔥᵡ. ▪ *La/le voilà en train de tailler un trou dans la glace pas loin du rivage.*

ᑖᔅᑯᒻ **taaskum** p,lieu ◆ très loin sur la glace ▪ ᑖᔅᑯᒻ ᐊᒌ" ᐊᑯᐱ" ᒃᵇ ·ᐋᐱᕐᒃ ᐋ" ᑯᒡᑭᵡ. ▪ *Je l'ai vu poser sa ligne pour la nuit très loin sur la glace.*

ᑖᔅᑳᐱᓰᒋᓰᐤ **taaskaapisischisiu** vai ◆ il/elle est fendu-e (minéral)

ᑖᔅᑳᐱᔅᑳᐤ **taaskaapiskaau** vii ◆ c'est fendu (minéral)

ᑖᔅᑳᔥᑯᐦᑎᑖᐤ **taaskaaskuhtitaau** vai
  ◆ il/elle fend le manche de la hache en hachant

ᑖᔒᐱᑎᒻ **taaschipitim** vti ◆ il/elle le fend en deux

ᑖᔒᐱᑖᐤ **taaschipitaau** vta ◆ il/elle le/la fend en deux

ᑖᔒᐱᔨᐤ **taaschipiyiu** vii ◆ ça se fend

ᑖᔒᐱᔨᐤ **taaschipiyiu** vai ◆ il/elle se fend

ᑖᔒᐳᑖᐤ **taaschiputaau** vai+o ◆ il/elle le fend en le sciant

ᑖᔒᐳᒋᒑᓯᐤ **taaschipuchichaasiu** na -iim
  ◆ un opérateur de scierie, une opératrice de scierie

ᑖᔒᐳᒋᒑᓯᐅᐤ **taaschipuchichaasiiuu** vai -iiwi
  ◆ il est opérateur de scierie, elle est opératrice de scierie

ᑖᔒᐳᔮᐤ **taaschipuyaau** vta ◆ il/elle le/la fend en sciant

ᑖᔒᑭᐦᐊᒻ **taaschikiham** vti ◆ il/elle le fend à la hache

ᑖᔒᑭᐦᐙᐤ **taaschikihwaau** vta ◆ il/elle le/la fend à la hache

ᑖᔒᓂᒻ **taaschinim** vti ◆ il/elle le fend à la main

ᑖᔒᓈᐤ **taaschinaau** vta ◆ il/elle le/la fend à la main

ᑖᔒᓯᐤ **taaschisiu** vai ◆ il/elle est fendu-e

ᑖᔒᓯᑯᐱᔨᐤ **taaschisikupiyiu** vai ◆ la glace craque, se fend

ᑖᔒᓯᒀᐤ **taaschisikwaau** vii ◆ c'est une crevasse, une fente dans la glace

ᑖᔒᓯᓈᒋᐱᔨᐤ **taaschisinaachipiyiu** vii
  ◆ c'est fendu, crevassé (minéral)

ᑖᔒᓯᓈᒋᐱᔨᐤ **taaschisinaachipiyiu** vai
  ◆ il/elle a une fente, une crevasse (ex. un rocher)

ᑖᔒᓵᑳᐤ **taaschisaakaau** vii ◆ il y a une crevasse, une fente dans un affleurement rocheux

ᑖᔒᔑᒫᐤ **taaschishimaau** vta ◆ il/elle le fend en le/la jetant à terre, en le/la frappant contre quelque chose

ᑖᔒᔑᒻ **taaschishim** vti ◆ il/elle le fend avec un couteau, des ciseaux, elle le coupe en deux

ᑖᔒᔗᐤ **taaschishwaau** vta ◆ il/elle l'ouvre en le fendant avec un couteau, en le coupant avec des ciseaux

ᑖᔒᔥᑭᐚᐤ **taaschishkiwaau** vta ◆ il/elle le fend avec son pied ou son corps

ᑖᔒᔥᑭᒻ **taaschishkim** vti ◆ il/elle le fend avec son pied ou son corps

ᑖᔒᐦᑎᑖᐤ **taaschihtitaau** vai ◆ il/elle le fend en le jetant par terre

ᑖᔒᐦᑎᑳᐤ **taaschihtikaau** vii ◆ le bois est fendu

ᑖᔒᐦᑎᒋᓯᐤ **taaschihtichisiu** vai ◆ il/elle (bois) est fendu

ᑖᔑᐱᑖᑭᓂᔖᓂᒻ **taashipitaakinishaanim** vti ◆ il/elle empile du bois sur le feu comme une cache

ᑖᔑᐱᑖᑭᓐ **taashipitaakin** ni ◆ une cache sur une plateforme

ᑖᔑᐦᐄᑭᓐ **taashihiikin** ni ◆ une pierre à aiguiser, un instrument d'affûtage

ᑖᔑᐦᐊᒨᐙᐤ **taashihamuwaau** vta
  ◆ il/elle l'aiguise pour lui/elle

ᑖᔑᐦᐊᒻ **taashiham** vti ◆ il/elle l'aiguise

ᑖᔥᑎᑳᑎᒻ **taashtikaatim** vti ◆ il/elle ne veut pas poursuivre parce que ça lui demande trop d'efforts

ᑖᔥᑎᑳᑖᔮᔨᒫᐤ **taashtikaataayaayimaau** vta ◆ il/elle hésite à lui demander quelque chose parce qu'il/elle risque de ne pas être d'accord

ᑖᔥᑎᑳᑖᔮᔨᐦᑎᒻ **taashtikaataayaayihtim** vti ◆ il/elle ne veut pas, hésite à le faire à cause de l'effort requis

ᑖᔥᑎᑳᒋᔨᑖᐤ **taashtikaachiyitaau** vai
  ◆ il/elle lui demande l'impossible

ᑖᔥᑎᑳᒋᐤ **taashtikaachiu** vai ◆ il/elle hésite à faire quelque chose à cause de l'effort requis

ᑖᔥᑎᒋᐤ **taashtichiu** vai ◆ il/elle vole de plus en plus haut

ᑖᔥᑖᐱᑯᔥᒑᐤ **taashtaapikuschaau** vai
  ◆ il/elle place les indicateurs de contour le long du cadre de la raquette et de la barre transversale pour le tissage

ᑖᔥᑖᐳᐦᐙᐤ **taashtaapuhwaau** vai
  ◆ il/elle va et vient avec l'aiguille pendant le tissage

ᑖᔥᑭᐙᐦᐊᒨᐙᐤ **taashkiwaahamuwaau** vta ◆ il/elle lui fait la raie (dans les cheveux)

ᑖᔥᑭᐙᐦᐊᒫᐤ **taashkiwaahamaau** vai
  ◆ il/elle a une raie dans ses cheveux

**ᑖᔥᑭᒫᐤ** taashkimaau vta ◆ il/elle le/la fend avec ses dents

**ᑖᔥᑭᐦᐄᒑᐤ** taashkihiichaau vai ◆ il/elle fend du bois

**ᑖᔥᑭᐦᐊᒻ** taashkiham vti ◆ il/elle le fend (bois)

**ᑖᔥᑭᐦᐧᐋᐤ** taashkihwaau vta ◆ il/elle le/la fend à la hache

**ᑖᔥᑯᑖᐧᐋᑯᑖᐤ** taashkutaawaakutaau vai ◆ il/elle cuit de la viande sur le feu à feu ouvert

**ᑖᔥᑯᑖᐧᐋᑯᔮᐤ** taashkutaawaakuyaau vta ◆ il/elle le/la cuit à feu direct

**ᑖᔥᑳᐤ** taashkaau vii ◆ c'est fendu

**ᑖᔥᑳᐱᐦᒑᐱᑎᒻ** taashkaapihchaapitim vti ◆ il/elle le fend en deux (filiforme)

**ᑖᔥᑳᐱᐦᒑᐱᑖᐤ** taashkaapihchaapitaau vta ◆ il/elle le/la fend en deux (filiforme)

**ᑖᔥᑳᒋᐧᐃᓲ** taashkaachiwisuu vai -u ◆ il/elle se fend par ébullition

**ᑖᔥᒋᐳᒋᑭᓐ** taashchipuchikin ni ◆ une scierie

**ᑖᐦᑎᐱᐧᐃᓐ** taahtipiwin ni ◆ une chaise

**ᑖᐦᑎᐱᐤ** taahtipiu vai ◆ il/elle s'assoit sur quelque chose

**ᑖᐦᑎᑯᑖᐤ** taahtikutaau vai+o ◆ il/elle le met au sommet

**ᑖᐦᑎᑯᑖᐤ** taahtikutaau vii ◆ c'est au sommet de quelque chose

**ᑖᐦᑎᑯᓰᐤ** taahtikusiiu vai ◆ il/elle s'assoit, se perche au sommet de quelque chose (ex. le toit, la cache)

**ᑖᐦᑎᑯᐢᑳᑎᒻ** taahtikuskaatim vti redup ◆ il/elle le piétine, l'écrase du pied

**ᑖᐦᑎᑯᐢᑳᑖᐤ** taahtikuskaataau vta redup ◆ il/elle le/la piétine, l'écrase du pied

**ᑖᐦᑎᑯᔮᐤ** taahtikuyaau vta ◆ il/elle le suspend au sommet de quelque chose

**ᑖᐦᑎᓂᑭᓐ** taahtinikin ni ◆ un brancard

**ᑖᐦᑎᔥᑖᐤ** taahtishtaau vai ◆ il/elle le place au sommet de quelque chose

**ᑖᐦᑎᔥᑖᐤ** taahtishtaau vii ◆ c'est posé sur une surface

**ᑖᐦᑎᐦᐄᑭᓐ** taahtihiikin ni ◆ quelque chose qui sert de plateforme

**ᑖᐦᑎᐦᐊᒻ** taahtiham vti ◆ il/elle le place sur une plateforme

**ᑖᐦᑎᐦᐋᐤ** taahtihaau vta ◆ il/elle le/la met par-dessus quelque chose

**ᑖᐦᑎᐦᐧᐋᐤ** taahtihwaau vta ◆ il/elle fait une plateforme pour lui/elle

**ᑖᐦᑎᐦᒋᑯᓈᐅᒋᐤ** taahtihchikunaauchiu vai ◆ il/elle a froid aux genoux

**ᑖᐦᑎᐦᒋᔥᑭᐧᐋᐤ** taahtihchishkiwaau vta redup ◆ il/elle lui donne des coups de pied

**ᑖᐦᑎᐦᒋᔥᑭᒻ** taahtihchishkim vti redup ◆ il/elle lui donne des coups de pied

**ᑖᐦᑖᐤ** taahtaau na ◆ une tortue

**ᑖᐦᑖᐱᐢᑭᐱᐤ** taahtaapiskipiu vai ◆ il/elle est assis-e, perché-e, posé-e au sommet des rochers

**ᑖᐦᑖᐱᐢᒋᑳᐴ** taahtaapischikaapuu vai -uwi ◆ il/elle se tient au sommet des rochers

**ᑖᐦᑖᐱᔥᑭᔥᑖᐤ** taahtaapishkishtaau vii ◆ c'est posé au sommet d'un rocher

**ᑖᐦᑖᐢᑯᐱᔨᐤ** taahtaaskupiyiu vai ◆ il/elle se déplace ou tombe sur le bois

**ᑖᐦᑖᐢᑯᐱᔨᐤ** taahtaaskupiyiu vii ◆ ça se déplace ou tombe sur le bois

**ᑖᐦᑖᐢᑯᐦᐄᑭᓐ** taahtaaskuhiikin ni ◆ quelque chose placé en-dessous pour garder les choses au sec

**ᑖᐦᑖᐢᒋᐢᑳᐤ** taahtaaschiskaau vii ◆ c'est une aire de grands pins gris

**ᑖᐦᑖᔥᑯᔥᑖᐤ** taahtaashkushtaau vai ◆ il/elle le charge sur quelque chose en bois

**ᑖᐦᑖᔮᐱᓯᑯᐦᐧᐋᐤ** taahtaayaapisikuhwaau vai ◆ il/elle marche dans ses traces

**ᑖᐦᑖᔮᒋᓈᑭᓐ** taahtaayaachinaakin na ◆ un grand mélèze

**ᑖᐦᑖᔮᐢᐧᑳᔮᐤ** taahtaayaaskwaayaau vii ◆ ces grands arbres n'ont pas de branches basses

**ᑖᐦᑖᔮᐦᑎᒄ** taahtaayaahtikw na ◆ une grande et grosse épinette noire

**ᑖᐦᑭᐦᐧᐋᐤ** taahkihwaau vta ◆ il/elle le/la touche avec ses mains ou avec autre chose

**ᑖᐦᑳᐱᐢᒋᓈᐤ** taahkaapischinaau vta ◆ il/elle le/la touche (minéral, ex. fourneau)

**ᑖᐦᑳᐱᐢᒋᔑᓐ** taahkaapischishin vai ◆ il/elle le touche, est en contact avec (minéral)

**ᑖᐦᑳᐱᐢᒋᐦᑎᓐ** taahkaapischihtin vii ◆ ça touche du métal

Ċʰᑉᐱᑐᑰᐅᒣᵒ taahchipitunaauchiu vai
 • il/elle a froid au bras
Ċʰᑉᐱᔅᑯᑰᐅᒣᵒ taahchiipiskunaauchiu vai
 • il/elle sent le froid dans son dos
Ċʰᑉᐳʰᐊᵒ taahchipuhaau vta • il/elle l'engraisse, la fait grossir
Ċʰᑉᐳ taahchipuu vai-u • il est gros; elle est grosse
Ċʰᑉᐸᒋᔑᓐ taahchipaachishin vai
 • il/elle touche l'eau, est au contact de l'eau
Ċʰᑉᐸᒋʰᑎᓐ taahchipaachihtin vii • ça touche la surface de l'eau, ça effleure l'eau
Ċʰᑐˢᑯᑰᐅᒣᵒ taahchituskunaauchiu vai
 • il/elle a le coude froid
Ċʰᑭᓈᔑᓐ taahchikinaashin vai
 • l'aiguille de porc-épic touche un os dans le corps
Ċʰᑭᓈʰᑎᓐ taahchikinaahtin vii • il y a de la viande sur cet os
Ċʰᑭᒃᔅᑾᐅᒣᵒ taahchikishkwaauchiu vai
 • il/elle a froid au bout des doigts
Ċʰᑯᒐᐅᒣᵒ taahchikutaauchiu vai
 • il/elle a froid au nez
Ċʰᑭᑳᐳ taahchikaapuu vai-uwi • il/elle se tient debout au sommet de quelque chose
Ċʰᑦᓂᒻ taahchinim vti • il/elle le touche
Ċʰᑦᓈᐤ taahchinaau vta • il/elle le/la touche
Ċʰᑦᓯᒄ taahchisikw p,lieu • sur la glace ▪ ᑳ ᐸᑭ ᐋᕐᒐᐸᔅᑖᒡ ᐅᒥʰᑎᐦ ᐊᓂ Ċʰᑦᓯᒄ ᐊᑯᓐʰ ᑳ ᐸᒃ ᐱᒫᓂᓴʰˣ ▪ Quand elle/il a apporté son bois pour le feu, elle/il l'a laissé sur la glace.
Ċʰᑦᔑᓐ taahchishin vai • il/elle touche quelque chose (involontairement), est en contact avec quelque chose
Ċʰᑦᔑˢᑐˢᑯᑰᔑᓐ taahchishtushkunaashin vai • il/elle se heurte le coude
Ċʰᑦᔑˢᑭᒻ taahchishkim vti • il/elle le /la touche avec son pied ou son corps
Ċʰᑦᔑˢᑳᑐᐧᐃᒡ taahchishkaatuwich vai pl recip -u • ils/elles se touchent, sont l'un à côté de l'autre
Ċʰᑦᒋʰᑎᐧᐃᑭᔮᐅᒣᵒ taahchihtiwikiyaauchiu vai • il/elle a froid aux oreilles
Ċʰᑦᒋʰᑎᑖᐤᵒ taahchihtitaau vti • il/elle le place en contact avec quelque chose
Ċʰᑦᒋʰᑎᓐ taahchihtin vii • ça touche à quelque chose
Ċʰᑦᒋʰᒀᐅᒣᵒ taahchihkwaauchiu vai
 • il/elle a froid au visage

## ·Ċ

·Ċᐱᒉᵒ twaapitaau vai • il/elle casse la glace, la croûte de neige en passant
·Ċᐱᔨᐤ twaapiyiu vii • la glace brise
·Ċᑯᐱᒋᐃᓂʰᒡ twaakuwichiwinihch p,lieu
 • au pied du rapide ▪ ·Ċᑯᐱᒋᐃᓂʰᒡ ᐅᐱᒋᐃᓂʰᒡ ᐊᑯᓐʰ ᑳ ᑭ ᐊᑲᐱᔅᓂᑐʰᐃᒃˣ ▪ Les gens attrapaient les poissons à la main au pied du rapide d'Upichiwin.
·Ċᑯᐧᐃᓈᐹᔨᐤᵒ twaakuwinwaapuyiu vai
 • il/elle atteint le bout du rapide
·Ċᑯᐧᐃᓈˢᑭᒻ twaakuwinwaashkim vti
 • il/elle marche jusqu'au pied du rapide
·Ċᑯᐧᐃᓈʰᐊᒻ twaakuwinwaaham vti
 • il/elle atteint le dernier rapide, en descendant la rivière
·Ċᑯᓂᒋᔑᓐ twaakunichishin vai • il/elle s'enfonce dans la neige en marchant
·Ċᒥʰᒡ twaamihch p,lieu • au pied de la colline, montagne
·Ċˢᑯᐸᐋᑭʰᐊᒻ twaaskupaakiham vti
 • il/elle brise une fine couche de glace avec quelque chose
·Ċᔑᒫᐤᵒ twaashimaau vta • il/elle lui fait traverser la glace
·Ċᔑᓐ twaashin vai • il/elle traverse la glace
·Ċˢᑭᒻ twaashkim vti • il/elle brise la glace avec son pied ou son corps
·Ċˢᑯᐸᒋᔑᓐ twaashkupaachishin vai
 • il/elle s'enfonce en traversant la couche supérieure de deux couches de glace
·Ċʰᐅᒉᵒ twaahutaau vai+o • il/elle le fait atterrir
·Ċʰᐅᒥᑭᓐ twaahumikin vii • ça atterrit
·Ċʰᐅᔮᵒ twaahuyaau vta • il/elle le/la fait atterrir
·Ċʰᐅ twaahuu vai-u • il/elle atterrit
·Ċʰᐊᒧᐊᵒ twaahamuwaau vta • il/elle fait un trou dans la glace pour lui/elle

·ᑕ″ᐊᒫ twaaham vti ◆ il/elle fait un trou dans la glace

·ᑕ″ᑎᑖᐤ twaahtitaau vai ◆ il/elle lui fait traverser la glace

·ᑕ″ᑎᐦ twaahtin vii ◆ ça traverse la glace

# ᑭ

ᑭ·ᐃ·ᐊᐲᓂᒻ kiwiwaapinim vti ◆ il/elle le renverse

ᑭ·ᐃ·ᐊᐲᓈᐤ kiwiwaapinaau vta ◆ il/elle le/la renverse

ᑭ·ᐃ·ᐊᐹᔥᑭᒻ kiwiwaapishkim vti ◆ il/elle le renverse avec son pied ou son corps

ᑭ·ᐃᐱᑎᒻ kiwipitim vti ◆ il/elle le fait tomber, le renverse

ᑭ·ᐃᐱᑖᐤ kiwipitaau vta ◆ il/elle le/la fait tomber, le/la renverse

ᑭ·ᐃᐱᔨᐤ kiwipiyiu vai ◆ il/elle tombe à la renverse

ᑭ·ᐃᐱᔨᐤ kiwipiyiu vii ◆ ça se renverse, tombe à la renverse

ᑭ·ᐃᐱᔨᐦᐅ kiwipiyihuu vai-u ◆ il/elle le/la jette à terre, à bas

ᑭ·ᐃᐳᑖᐤ kiwiputaau vai+o ◆ il/elle le fait tomber en le sciant

ᑭ·ᐃᐳᔮᐤ kiwipuyaau vta ◆ il/elle le fait tomber, le renverse en sciant

ᑭ·ᐃᑑ kiwituu vai-uwi ◆ il est très vieux, ancien; elle est très vieille, ancienne

ᑭ·ᐃᑭᒫᐤ kiwikimaau vta ◆ il/elle ronge l'arbre et l'abat

ᑭ·ᐃᑭᒫᑭᓐ kiwikimaakin na-um ◆ un arbre abattu rongé par un castor

ᑭ·ᐃᑭ″ᐊᒻ kiwikiham vti ◆ il/elle l'abat

ᑭ·ᐃᑭ″·ᐋᐤ kiwikihwaau vta ◆ il/elle l'abat (arbre)

ᑭ·ᐃᑭ″ᑎᒻ kiwikihtim vti ◆ il/elle le ronge et l'abat

ᑭ·ᐃᒌᐤ kiwichiu vai ◆ il/elle meurt de froid

ᑭ·ᐃᒌᐦᑖᐤ kiwichihtaau vai+o ◆ il/elle fait un rond dans l'eau, une indication d'un mouvement

ᑭ·ᐃᓂᒻ kiwinim vti ◆ il/elle le démonte à la main

ᑭ·ᐃᓈᐤ kiwinaau vta ◆ il/elle le/la démonte à la main

ᑭ·ᐃᔑᒧᓂᐦᐋᐤ kiwishimunihaau vta ◆ il/elle le/la met au lit, le/la couche

ᑭ·ᐃᔑᒧᓂᐦᑭ·ᐋᐤ kiwishimunihkiwaau vta ◆ il/elle prépare le lit, la couchette de quelqu'un

ᑭ·ᐃᔑᒧᓂᐦᑳᓲ kiwishimunihkaasuu vai reflex-u ◆ il/elle prépare son lit, sa couchette

ᑭ·ᐃᔑᒨ kiwishimuu vai-u ◆ il/elle va se coucher, va au lit

ᑭ·ᐃᔑᓐ kiwishin vai ◆ il/elle tombe

ᑭ·ᐃᔑᑭ·ᐋᐤ kiwishkiwaau vta ◆ il/elle le/la fait tomber avec son pied ou son corps

ᑭ·ᐃᔥᑭᒻ kiwishkim vti ◆ il/elle le fait tomber avec son pied ou son corps

ᑭ·ᐃ″ᐦᐄᑭᓐ kiwihiikin na ◆ un arbre abattu, tombé

ᑭ·ᐃ″ᐊᒻ kiwiham vti ◆ il/elle le renverse, le fait tomber

ᑭ·ᐃ″·ᐋᐤ kiwihwaau vta ◆ il/elle l'abat (l'arbre)

ᑭ·ᐃ″·ᐋᔑ″ᑖᑖᐤ kiwihwaashihtaataau vai+o ◆ il/elle coupe l'arbre pour en recueillir les branches

ᑭ·ᐃ″ᑭᑎ″ᐦᐄᓲ kiwihkitihiisuu vai reflex-u ◆ il/elle se laisse mourir de faim

ᑭ·ᐃ″ᑭᑎ″ᐋᐤ kiwihkitihaau vta ◆ il/elle le/la fait mourir de faim

ᑭ·ᐃ″ᑭᑖᐃᓐ kiwihkitaawin ni ◆ la famine

ᑭ·ᐃ″ᑭᑖᐤ kiwihkitaau vai ◆ il/elle meurt de faim

ᑭ·ᐃ″ᑯᔑᐤ kiwihkushiu vai ◆ il/elle s'endort

ᑭ·ᐋᐳᑖᐤ kiwaaputaau vii ◆ ça tombe et c'est emporté par le courant

ᑭ·ᐋᐳᑯ kiwaapukuu vai-u ◆ il/elle tombe et est emporté-e par le courant

ᑭ·ᐋᐸᐋᒃᐋᐤ kiwaapaakwaau vai ◆ il/elle meurt de soif

ᑭ·ᐋᑯᓈᐤ kiwaakunaau vai ◆ il/elle tombe à la renverse sous le poids de la neige

ᑭ·ᐋᑯᓈᐤ kiwaakunaau vii ◆ ça se renverse sous le poids de la neige

ᑭ·ᐋᔒᐤ kiwaashiu vai ◆ il/elle tombe à la renverse sous la force du vent

ᑭᐋᔅᑎᓐ kiwaashtin vii ♦ ça se renverse sous la force du vent

ᑭᐋᐦᑭᓲ kiwaahkisuu vai -u ♦ il/elle brûle, est réduit-e en cendres

ᑭᐋᐦᑭᐦᑖᐤ kiwaahkihtaau vii ♦ ça brûle, c'est réduit en cendres

ᑭᐱᑖᐤ kipitaau vai ♦ il/elle fait un portage

ᑭᐱᑖᑭᓂᒫᔅᑭᓂᔫ kipitaakinimaaskiniu ni ♦ un sentier sur un portage

ᑭᐱᑖᑭᓐ kipitaakin ni ♦ un portage

ᑭᐱᑦ kipit ni -im ♦ un placard, une étagère, une commode, de l'anglais 'cupboard'

ᑭᐱᐦᑎᒻ kipihtim vti ♦ il/elle fait encore du canot malgré la fine couche de glace à la surface de l'eau

ᑭᐱᐦᑖᒋᐃᓐ kipihtaachiwin vii ♦ le courant fort du rapide frappe la rive

ᑭᐱᐦᑖᐦᐊᓐ kipihtaahan vii ♦ le vent, la vague frappe quelque chose

ᑭᐱᐦᒌᔫᐋᐤ kipihchiiyiwaau p,lieu ♦ au vent, du côté du vent

ᑭᐹᐤ kipaau vai ♦ il/elle débarque

ᑭᐹᐱᐦᑖᐤ kipaapihtaau vai ♦ il/elle débarque en vitesse

ᑭᐹᓈᓂᔅᒌ kipaanaanischii ni ♦ un campement, un campement d'été

ᑭᐹᔮᐦᐅᑰ kipaayaahukuu vai-u ♦ il/elle est forcé-e d'accoster à cause des grands vents

ᑭᑎ kiti préverbe ♦ (marque du futur utilisée avec les verbes indépendants à la troisième personne) ▪ ᐋᐱᐦᒋ ᑭᑎ ᐃᔑᐲᐦᑐ ᐅᓅᔅᐦᐃᐹᒋᑯᓇᐦ ▪ Elle se rendra demain à sa cabane de chasse.

ᑭᑖᐱᒫᐤ kitaapimaau vta ♦ il/elle le/la critique bien fort en parlant, le/la sermonne, il/elle argumente avec ou contre lui ▪ ᓈᔅ ᐊᐤ ᓐ ᐧᐋᐦ ᑭᑖᐦᐸ ᐃᔑᐦᐅᑊ ᐸ ᐧᐋᐱᐧᒡ ᐊᐤ ᓐ ᐦᑎᓘᐦᒡ ᒐᐤ ᐸ ᐋᒌᑎᑦᒃ ▪ Elle l'a bien sermonné quand elle l'a vu après avoir entendu ce qu'il avait dit d'elle.

ᑭᑖᐹᐱᐦᑎᒻ kitaapaapihtim vti ♦ il/elle en voit assez, il/elle a une vue complète (de la chose)

ᑭᑖᐦᑯᐱᑐᓈᐤ kitaahkupitunaau vta ♦ il/elle a les bras courts

ᑭᑖᐦᒀᔅᒀᔮᐤ kitaahkwaaskwaayaau vii ♦ c'est une aire d'arbres assez courts

ᑭᑳᓅᐱᑐᓈᐤ kikaanupitunaau vai ♦ il/elle a de longs bras

ᑭᑳᓅᐳᑖᐤ kikaanuputaau vai+o ♦ il/elle le scie assez long

ᑭᑳᓅᐳᔮᐤ kikaanupuyaau vta ♦ il/elle le/la scie assez long

ᑭᑳᓅᑭᔥᒀᐤ kikaanukishkwaau vai ♦ il/elle a de longues griffes, il/elle a les ongles longs

ᑭᑳᓅᑳᑖᐤ kikaanukaataau vai ♦ il/elle a de longues jambes

ᑭᑳᓅᓯᑖᐤ kikaanusitaau vai ♦ il/elle a de long pieds

ᑭᑳᓅᐦᑎᐧᐃᒑᐤ kikaanuhtiwichaau vai ♦ il/elle a de longues oreilles

ᑭᑳᓵᐱᑖᐤ kikaanwaapitaau vai ♦ il/elle a de longues dents

ᑭᑳᓵᐹᑭᒧᐃᒡ kikaanwaapaakimuwich vai pl -u ♦ elles (les oies) forment une longue ligne

ᑭᑳᓵᔅᑯᔥᑎᐧᐋᐤ kikaanwaaskushtiwaau vai ♦ il/elle a une longue moustache, barbe

ᑭᑳᓵᔅᒀᔮᐤ kikaanwaaskwaayaau vii ♦ c'est une aire de grands arbres

ᑭᑳᓵᔥᑯᑎᐦᒑᐤ kikaanwaashkutihchaau vai ♦ il/elle a de longs doigts, de longues mains

ᑭᑳᔑᑭᔥᒀᐤ kikaashikishkwaau vai ♦ il/elle a des griffes pointues ou des ongles pointus

ᑭᑳᐦᑎᐱᔅᑳᐤ kikaahtipiskaau vii ♦ il y a des éclaircies pendant la nuit

ᑭᒋᓐ kichin ni ♦ une cuisine, de l'anglais 'kitchen'

ᑭᒋᓰᐱᓂᒻ kichisiipinim vti ♦ il/elle fait crisser la glace en marchant dessus

ᑭᒋᓰᐦᐱᑎᒥᓈᐱᑲᓐ kichisiihpitiminaapikin vii ♦ le froid fait crisser les courroies de la raquette quand on marche

ᑭᒋᔥᐧᐋᐧᐋᐤ kichishwaawaau vai ♦ il/elle parle fort, use une voix qui porte pour parler, prêcher

ᑭᒋᐦᓰᐱᔨᔫ kichihsiipiyiyiu vii ♦ la glace grince au printemps et en automne

ᑭᒌᑐᓰᐤ kichiitusiu vai ♦ il/elle est raide d'avoir fait de l'exercice physique

ᑭᒌᐦᑳᐧᐋᐤ kichiihkaawaau vai ♦ sa voix porte

**ᑭᒌᐦᒑᐳᑖᐤ** kichiihchaaputaau vai+o
◆ il/elle le scie, le lime carré, il/elle scie les quatre côtés droits d'un tronc

**ᑭᒌᐦᒑᐳᔮᐤ** kichiihchaapuyaau vta
◆ il/elle le/la scie, le/la lime carré

**ᑭᒌᐦᒑᑭᐦᐊᒼ** kichiihchaakiham vti ◆ il/elle l'équarrit à la hache

**ᑭᒌᐦᒑᑭᐦᐙᐤ** kichiihchaakihwaau vta
◆ il/elle le/la hache en carrés

**ᑭᒌᐦᒑᓯᐤ** kichiihchaasiu vai ◆ il/elle est carré-e

**ᑭᒌᐦᒑᔅᑭᒥᑭᐦᐊᒼ** kichiihchaaskimikiham vti
◆ il/elle coupe à la hache un carré de mousse gelée

**ᑭᒌᐦᒑᔑᒼ** kichiihchaashim vti ◆ il/elle le découpe en carré

**ᑭᒌᐦᒑᔝᐤ** kichiihchaashwaau vta
◆ il/elle le/la découpe en carré

**ᑭᒌᐦᒑᔮᐤ** kichiihchaayaau vii ◆ c'est carré

**ᑭᒌᐦᒑᔮᐱᓯᔅᒋᓯᐤ**
kichiihchaayaapisischisiu vai ◆ il/elle est carré-e (minéral)

**ᑭᒌᐦᒑᔮᐱᓯᔅᒋᓯᒼ**
kichiihchaayaapisischisim vti ◆ il/elle le coupe (minéral) en carré

**ᑭᒌᐦᒑᔮᐱᓯᔅᒋᔽᐤ**
kichiihchaayaapisischiswaau vta
◆ il/elle le/la coupe (minéral) en carré

**ᑭᒌᐦᒑᔮᐱᔅᑳᐤ** kichiihchaayaapiskaau vii
◆ c'est carré (minéral)

**ᑭᒌᐦᒑᔮᑭᓐ** kichiihchaayaakin vii ◆ c'est carré

**ᑭᒌᐦᒑᔮᒋᐱᑎᒼ** kichiihchaayaachipitim vti
◆ il/elle le déchire (étalé) en carré

**ᑭᒌᐦᒑᔮᒋᓯᐤ** kichiihchaayaachisiu vai
◆ il/elle est carré-e (étalé)

**ᑭᒌᐦᒑᔮᒋᔑᒼ** kichiihchaayaachishim vti
◆ il/elle le coupe (étalé) en carré

**ᑭᒌᐦᒑᔮᒋᔝᐤ** kichiihchaayaachishwaau vta ◆ il/elle le/la coupe (étalé) en carré

**ᑭᒌᐦᒑᔮᔅᑯᓐ** kichiihchaayaaskun vii
◆ c'est carré (long et rigide)

**ᑭᒌᐦᒑᔮᔅᑯᓯᐤ** kichiihchaayaaskusiu vai
◆ il/elle est carré-e (long et rigide)

**ᑭᒌᐦᒑᐦᐋᐤ** kichiihchaahaau vta ◆ il/elle le/la hache carré

**ᑭᒌᐦᒑᐦᑖᐤ** kichiihchaahtaau vai+o ◆ il/elle le rend carré

**ᑭᒑᐱᐦᑖᐱᔨᐤ** kichaapihtaapiyiu vai
◆ il/elle a les oreilles bouchées

**ᑭᒑᐱᐦᑖᐦᐆ** kichaapihtaahuu vai -u
◆ il/elle se bouche les oreilles avec quelque chose

**ᑭᒑᐱᐦᑖᐦᐆ** kichaapihtaahuu vai -u ◆ les rayons de soleil sont de chaque côté du soleil, un signe annonciateur de temps froid en hiver

**ᑭᒑᑭᓵᒫᐤ** kichaakisaamaau vai redup
◆ il/elle se promène en raquettes

**ᑭᒑᒋᒫᐤ** kichaachimaau vai ◆ il/elle enlève ses raquettes

**ᑭᒑᒋᒫᐦᐋᐤ** kichaachimaahaau vta
◆ il/elle lui enlève ses raquettes

**ᑭᒑᒥᐱᑎᒼ** kichaamipitim vti redup ◆ il/elle tire dessus pour que ça se détache morceau par morceau

**ᑭᒑᒥᐱᑖᐤ** kichaamipitaau vta redup
◆ il/elle tire dessus pour qu'il/elle se détache (morceau par morceau)

**ᑭᒑᒧᑎᐤ** kichaamutiu vai ◆ il/elle vole (prend ce qui ne lui appartient pas)

**ᑭᒑᒧᑎᒁᐤ** kichaamutikwaau vai ◆ il/elle vole des pièges

**ᑭᒑᒧᑎᒧᐙᐤ** kichaamutimuwaau vta
◆ il/elle le lui vole

**ᑭᒑᒧᑎᐦᐄᐹᐤ** kichaamutihiipaau vai
◆ il/elle vole des filets de pêche

**ᑭᒑᒧᒋᐹᐤ** kichaamuchipaau vai ◆ il/elle vole un verre d'alcool

**ᑭᒑᒧᐦᒋᔑᓂᒡ** kichaamuhchishinich vai pl
◆ les vagues lèchent le rivage

**ᑭᒑᒫᔨᒁᐤ** kichaamaayikwaau vai ◆ il/elle a le nez retroussé ou camus

**ᑭᒑᔅᒁᐤ** kichaaskwaau vai ◆ il/elle prêche

**ᑭᒑᔅᒋᒧᐙᐤ** kichaaschimuwaau vai
◆ il/elle prêche, donne des conseils

**ᑭᒑᔅᒋᒫᐤ** kichaaschimaau vta ◆ il/elle lui donne des conseils, des instructions, il/elle le/la sermonne

**ᑭᒑᔅᒑᔨᐦᑎᒼ** kichaaschaayihtim vti
◆ il/elle a l'air de tout savoir

**ᑭᒑᔥᑎᐱᐱᔨᐤ** kichaashtipipiyiu vii
◆ c'est rapide, ça va vite

**ᑭᒑᔥᑎᐱᐱᔨᐦᐆ** kichaashtipipiyihuu vai -u
◆ il/elle est rapide, agile

**ᑭᒑᔥᑎᐱᔨᒥᑭᓐ** kichaashtipiyimikin vii
◆ ça marche vite, ça se passe vite

ᑭᐌᔥᑎᐱᐊᒫᐤ kichaashtipihamaau vai
• il/elle marche vite, il/elle a le pied rapide

ᑭᐌᔥᑎᐲᐤ kichaashtipiiu vai • il/elle se déplace rapidement, est agile

ᑭᐌᔥᑎᑇᐤ kichaashtipwaau vta • il/elle parle vite

ᑭᐋᔨᐱᒫᐤ kichaayipimaau vta • il/elle lui dit en vitesse ce qu'il/elle fait

ᑭᐋᔨᐱᔨᐦᑳᓲ kichaayipiyihkaasuu vai reflex -u • il/elle se dépêche de faire les choses lui/elle-même

ᑭᐋᐦᑖᐅᓈᐤ kichaahtaaunaau vta • il/elle le/la tient adroitement

ᑭᐋᐦᒑᐃᓂᐚᐤ kichaahtaawiniwaau vta
• il/elle trouve qu'il/elle a l'air de vraiment savoir ce qu'il/elle fait

ᑭᐋᐦᒑᐚᐤ kichaahtaawaau vai • il/elle parle avec éloquence

ᑭᐋᐦᒑᐚᔨᐦᑎᒧᐃᓐ kichaahtaawaayihtimuwin ni • la sagesse

ᑭᐋᐦᒑᐚᔨᐦᑎᒼ kichaahtaawaayihtim vti
• il/elle est sage, intelligent-e

ᑭᐋᐦᒑᐛᐦᑳᓲ kichaahtaawaahkaasuu vai -u
• il/elle fait semblant de parler avec sagesse

ᑭᐋᐦᒋᐤ kichaahchiu vai • il/elle se déshabille

ᑭᐋᐦᒡ kichaahch p,manière • quelque chose d'essentiel, de nécessaire ▪ ᐃᐦ ᑎᑲᐱᔦᐃ ᔖᐨ ᑭᐋᐦᒡ ᐃᐊᐧ ᑭᑐᐦᑑᐣ ▪ *Si tu passes l'automne sur la ligne de trappe, assure-toi d'emporter tout ce qu'il te faut!*

ᑭᒫ kimaa p,manière • avec un peu de chance, avec espoir, on espère que...

ᑭᓂᐚᐱᒫᐤ kiniwaapimaau vta • il/elle le/la regarde, l'observe

ᑭᓂᐚᐱᐦᑎᒼ kiniwaapihtim vti • il/elle le regarde, l'observe

ᑭᓂᐚᑎᒀᐤ kiniwaatikwaau vai • il/elle garde les buts

ᑭᓂᐚᑎᒀᓯᐤ kiniwaatikwaasiu na -iim
• un gardien de but, une gardienne de but

ᑭᓂᐚᒡ kiniwaach p,temps
• fréquemment, régulièrement ▪ ᑭᓂᐚᒡ ᐋᐨ ᐊᑎᓂ ᒥᔅᐯᓄ ᐋᐗᐦᒋᐃᓂᓱᐦ ▪ *Heureusement elle/il a régulièrement du travail.*

ᑭᓂᐚᔨᒫᐅᓲ kiniwaayimaausuu vai -u
• il/elle fait du babysitting, il/elle garde des enfants

ᑭᓂᐚᔨᒫᐅᓲᑭᒥᒄ kiniwaayimaausuukimikw ni • une garderie

ᑭᓂᐚᔨᒫᐤ kiniwaayimaau vta • il/elle prend soin de lui/d'elle, s'en occupe

ᑭᓂᐚᔨᐦᑎᒧᐚᐤ kiniwaayihtimuwaau vta
• il/elle le garde pour lui/elle

ᑭᓂᐚᔨᐦᑎᒫᓲ kiniwaayihtimaasuu vai reflex -u • il/elle se le garde

ᑭᓂᐚᔨᐦᑎᒼ kiniwaayihtim vti • il/elle s'en occupe, se le garde

ᑭᓂᐚᔨᐦᑖᑯᓐ kiniwaayihtaakun vii
• c'est entre les mains de...

ᑭᓂᐚᔨᐦᑖᑯᓯᐤ kiniwaayihtaakusiu vai
• il/elle est gardé-e, soigné-e

ᑭᓄᐎᐃᐧᑳᐦᑎᐚᓯᐤ kinuwishkwaahtiwaasiu na -iim • un portier, une portière

ᑭᓄᐎᐦᐆ kinuwihuu vai -u • il/elle reste dedans et ne fait aucune activité de plein-air

ᑭᓈᒡ kinaach p,lieu • mis de côté, en réserve ▪ ᔖᐨ ᑭᓈᒡ ᐃᐦᑖᐨ ᐊᐦ ᒧᐦᑯᒑᐱ ▪ *Prend soin de garder ton couteau croche.*

ᑭᐚᐹᒋᓈᐤ kinwaapaachinaau vta
• il/elle lui donne juste assez de nourriture pour le/la garder vivante

ᑭᐚᑯᓈᐦᔥᑭᒼ kinwaakunaashkim vti
• il/elle suit un sentier à peine visible dans la neige

ᑭᔑᔖᐤᐦᒑᔒᐤ kisistaauhchaashiu na -iim
• un renard noir *Vulpes sp.*

ᑭᔑᔖᐤ kisistaau vii • c'est cuit bien tendre

ᑭᔑᔅᒋᔒᒨᐚᐤ kisischisimuwaau vta
• il/elle le cuit bien tendre pour lui/elle

ᑭᔑᔅᒋᔒᒼ kisischisim vti • il/elle le cuit jusqu'à ce qu'il soit tendre

ᑭᔑᔅᒋᓲ kisischisuu vai -u • il/elle est cuit-e bien tendre

ᑭᔑᔅᒋᔖᐤ kisischiswaau vta • il/elle le/la cuit jusqu'à ce qu'il/elle soit tendre

ᑭᐦᑎᐱᔅᑳᐤ kistipiskaau vii • c'est une nuit sombre

ᑭᐦᑭᑎᒧᔥᒋᐦᒄ kiskitimuschihkw na • un seau de cuivre

ᑭᐢᑭᑎᓂᐲᓯᒻ kiskitinipiisim na ◆ le mois de novembre, lit. 'le mois du gel'

ᑭᐢᑭᑎᓂᒼ kiskitinim vti ◆ il/elle le courbe et le fait se casser

ᑭᐢᑭᑎᐦᑯᓈᐦᐚᐤ kiskitihkunaahwaau vta ◆ il/elle tire sur un oiseau qui tombe avec une aile cassée

ᑭᐢᑭᑖᒥᐢᑳᐤ kiskitaamiskaau vii ◆ c'est une falaise raide

ᑭᐢᑭᑖᒨ kiskitaamuu vai -u ◆ il/elle suffoque sous une couverture

ᑭᐢᑭᑖᒹᐤ kiskitaamwaau vii ◆ c'est mal aéré (ex. chambre, bâtiment)

ᑭᐢᑭᒋᐱᔩᐦᐋᐤ kiskichipiyihaau vta ◆ il/elle le/la courbe et le/la fait se casser net

ᑭᐢᑭᒥᔥᑭᒻ kiskimishkim vti ◆ il/elle prend un raccourci

ᑭᐢᑭᒧᐦᑖᐤ kiskimuhtaau vai ◆ il/elle créé un raccourci sur un sentier

ᑭᐢᑭᒫᐤ kiskimaau vii ◆ c'est un raccourci

ᑭᐢᑭᒫᔒᐦᑖᑭᓐ kiskimaasihtaakin ni ◆ un portage entre deux cours d'eau

ᑭᐢᑭᓈᐅᑳᐦᐊᓐ kiskinaaukaahan vii ◆ c'est un motif laissé par les vagues sur le sable

ᑭᐢᑭᔐᐦᑎᒄ kiskischaahtikw na -um ◆ du bois pourri (utilisé pour tanner les peaux)

ᑭᐢᒋᐱᐦᒋᐦᑎᓐ kischipihchihtin vii ◆ c'est une chute d'eau soudainement raide et élevée

ᑭᐢᒋᒀᑎᒼ kischikwaatim vti ◆ il/elle le coud

ᑭᐢᒋᒀᑖᐤ kischikwaataau vta ◆ il/elle le/la coud

ᑭᐢᒋᒀᓱᐃᓈᔮᐲ kischikwaasuwinaayaapii na -m ◆ du fil à coudre

ᑭᐢᒋᒀᓲ kischikwaasuu vai -u ◆ il/elle coud, fait de la couture

ᑭᐢᒋᒀᐦᐚᐤ kischikwaahwaau na ◆ n'importe quelle écorce d'arbre utilisée pour faire des contenants ou des couvertures de tipi

ᑭᐢᒋᒀᐦᐚᓂᐎᑦ kischikwaahwaaniwit ni ◆ un panier en écorce

ᑭᐢᒋᒑᒋᒋᐎᓐ kischichaachichiwin vii ◆ c'est une chute d'eau raide et élevée

ᑭᐢᒋᒫᐤ kischimaau vta ◆ il/elle est capable de le/la persuader

ᑭᐢᒋᓵᑳᐤ kischisaakaau vii ◆ c'est une falaise rocheuse raide et élevée

ᑭᐢᒋᓵᒋᐎᓐ kischisaachiwin vii ◆ c'est une chute d'eau raide et élevée

ᑭᐢᒋᔑᓐ kischishin vai ◆ il/elle est pourri-e parce qu'il/elle a été négligé-e pendant longtemps

ᑭᐢᒋᐅᐎᓐ kischihuwin ni ◆ une capacité, un pouvoir

ᑭᐢᒋᐅᐱᔨᐤ kischihupiyiu vii ◆ ça fait le travail, ça en a la capacité

ᑭᐢᒋᐦᐴ kischihuu vai -u ◆ il/elle est capable, sait comment le faire

ᑭᐢᒋᐦᐋᐤ kischihaau vta ◆ il/elle est capable de le faire, réussit à le/la faire l'écouter

ᑭᐢᒋᐦᑎᒧᐚᐤ kischihtimuwaau vta ◆ il/elle le gagne pour lui/elle

ᑭᐢᒋᐦᑎᒫᓲ kischihtimaasuu vai reflex -u ◆ il/elle se le gagne

ᑭᐢᒋᐦᑖᐤ kischihtaau vai+o ◆ il/elle est capable de le faire, sait comment le faire

ᑭᐢᒑᐚᐤ kischaawaau vai ◆ il/elle prend un raccourci en traversant une étendue d'eau

ᑭᐢᒑᐚᒋᐎᓐ kischaawaachiwin vii ◆ les rapides traversent jusqu'à l'autre côté

ᑭᐢᒑᐚᒋᔥᑯᒫᐤ kischaawaachishkumaau ni ◆ un sentier de rat musqué entre deux cours d'eau

ᑭᐢᒑᐚᔥᑭᒻ kischaawaashkim vti ◆ il/elle le traverse (quelque chose en terre ferme) directement jusqu'à la prochaine étendue d'eau

ᑭᐢᒑᔨᐦᑎᒥᐦᐋᐤ kischaayihtimihaau vta ◆ il/elle l'embête, fait en sorte qu'il/elle soit agacé-e

ᑭᐢᒑᔨᐦᑎᒻ kischaayihtim vti ◆ il/elle est frustré-e parce qu'il/elle ne peut rien faire

ᑭᐢᒑᐦᐆ kischaahuu vai -u ◆ le halot du soleil, le rond autour du soleil est très brillant de tous les cotés, les rayons au-dessus du soleil annoncent un temps froid

ᑭᔥᑐᓈᐦᐱᑖᐤ kishtunaahpitaau vta ◆ il/elle attache la gueule du chien pour l'empêcher d'aboyer

ᑭᔅᑭᐄᓂᐱᔨᐅ kishkiwinipiyiu vai ◆ il/elle traverse le brouillard

ᑭᔅᑭᐄᓂᐱᔨᐅ kishkiwinipiyiu vii ◆ le brouillard arrive

ᑭᔅᑭᐄᓂᐹᔥᑖᓐ kishkiwinipaashtaan vii ◆ il y a du brouillard et il bruine

ᑭᔅᑭᐄᓂᔅᑰ kishkiwiniskuu vii -uwi ◆ il y des passages nuageux

ᑭᔅᑭᐄᓈᐱᓐ kishkiwinaapin vii ◆ c'est un matin brumeux, un matin de brouillard

ᑭᔅᑭᐄᓐ kishkiwin na ◆ un nuage

ᑭᔅᑭᐄᓐ kishkiwin vii ◆ il y a du brouillard

ᑭᔅᑭᐃᐦᑭᒥᐅ kishkiwihkimiu vii ◆ il y a du brouillard sur l'eau

ᑭᔅᑭᑎᓈᐅ kishkitinaau vii ◆ c'est une montagne aux falaises élevées

ᑭᔅᑭᒋᐱᑎᒼ kishkichipitim vti ◆ il/elle se courbe et se casse

ᑭᔅᑭᒋᐱᑖᐅ kishkichipitaau vta ◆ il/elle se courbe et se casse net

ᑭᔅᑭᒋᐱᔨᐅ kishkichipiyiu vii ◆ c'est fendu donc ça se casse bien

ᑭᔅᑭᒋᐱᔨᐦᑖᐅ kishkichipiyihtaau vai ◆ il/elle le plie et le plie jusqu'à ce qu'il casse

ᑭᔅᑭᒑᐅ kishkichaau vii [Whapmagoostui] ◆ c'est carré

ᑭᔅᑭᒑᐅ kishkichaau vii ◆ c'est raide

ᑭᔅᑭᒑᐳᑖᐅ kishkichaaputaau vai+o [Whapmagoostui] ◆ il/elle scie droit les quatre cotés d'un tronc

ᑭᔅᑭᒑᒋᒋᐎᓐ kishkichaachichiwin vii ◆ c'est une chute raide sur des rapides

ᑭᔅᑭᒥᑰ kishkimikuu vai-u ◆ il/elle est serré-e et lui rentre dedans

ᑭᔅᑭᒥᔥᑭᒼ kishkimishkim vti ◆ il/elle prend un raccourci à pied

ᑭᔅᑭᓂᐤ kishkiniuu vii -iwi ◆ il y a des vagues sur l'eau

ᑭᔅᑭᓂᒉᔥ kishkinichiish na -im ◆ un lagopède alpin *Lagopus mutus*

ᑭᔅᑭᓂᒡ kishkinich na pl ◆ des vagues sur l'eau

ᑭᔅᑭᓐ kishkin vii ◆ ça tombe en morceaux parce que c'est vieux et mal entretenu

ᑭᔅᑭᔖᒋᒋᐎᓐ kishkishaachichiwin vii ◆ c'est un chute d'eau

ᑭᔅᑭᔥᑳᔖᐅ kishkishkaashaau vii ◆ le feu brûle bien, forme de belles flammes

ᑭᔅᑳᐱᐅ kishkaapiu vai ◆ il/elle souffre de cécité des neiges

ᑭᔅᑳᐹᔮᔑᐅ kishkaapaayaashiu vai ◆ il/elle a les yeux brûlés par le vent

ᑭᔾᐴ kiyipwaa p,affirmative ◆ oui, bien sûr, évidemment ▪ ᑭᔾᐴ ᒎ ᐎᒋᐦᐄᐙᔨᐤ ᐊᔨ ᐱᒥᓯᐅᑎᐅᒡ ▪ *Bien sûr, je vais aider à faire la cuisine.*

ᑭᔮᐅᑎᐱᐅ kiyaautipiu vai ◆ il/elle est assis-e sans bouger

ᑭᔮᐅᑎᑯᑖᐅ kiyaautikutaau vii ◆ ça rode, plane au-dessus dans les airs

ᑭᔮᐅᑎᑯᒋᓐ kiyaautikuchin vai ◆ il/elle rode, plane au-dessus dans les airs

ᑭᔮᐅᒡ kiyaauch p,lieu ◆ dans un endroit caché, dans une cachette ▪ ᓂᒥ ᑭᔮᐌ ᐳᐅᒥ ᒑᐸᓪ ᐊᓯᒡ ᐳᑎᐦᓈᐌ>ᓂᐳᒪ ᐊ·ᓂᐤ ᑭᔾᐴ ᐋᑉ ᑮᒼ ᐊᐦᑎᑎᑯᓈᐃᐤ ▪ *Elle ne réussissait pas à trouver son aiguille de laçage pour les peaux parce qu'elle l'avait mise dans une cachette.*

ᑭᔮᐦ kiyaah p,conjonction ◆ et, aussi ▪ ᒫᑭ ᑭᔮᐦ ᑮᒼ ᐎᒋᐦᐄᐙᐦᒋᓐ ᒃ ᓂᒫᐅᐊ·ᐃᐤ ▪ *Maggie s'est elle aussi jointe à la danse.*

ᑭᐧᐋᑭᔅ kilwaakis ni -im [Wemindji] ◆ de la toile d'emballage, de la toile à sac

ᑭᐧᐋᑭᔅᓯᐎᐦᒀᔮᐅ kilwaakissiwiihkwaayaau ni -im [Wemindji] ◆ de la toile d'emballage

ᑭᐦᒋᔅᑖᐅ kihchistaau ni ◆ du charbon

# ᑯ

ᑯᐃᑯᐱᑎᒼ kuikupitim vti ◆ il/elle le retire de quelque chose

ᑯᐃᑯᐱᔮᐦᐋᐅ kuikupiyihaau vta ◆ il/elle le/la laisser tomber de quelque chose

ᑯᐃᑯᐱᔨᐦᑖᐅ kuikupiyihtaau vai ◆ il/elle le fait tomber de quelque chose

ᑯᐃᑯᓂᒑᐅ kuikunichaau vai ◆ il/elle le décharge, le déballe

ᑯᐃᑯᓂᒼ kuikunim vti ◆ il/elle le sort de quelque chose

ᑯᐃᑯᓈᐅ kuikunaau na -m ◆ un oiseau qui ressemble à un pic-bois

210

ᑯᐃᑯᓈᐤ kuikunaau vta ♦ il/elle le/la sort de quelque chose

ᑯᐃᑯᔑᒫᐤ kuikushimaau vta ♦ il/elle le/la laisser tomber de quelque chose

ᑯᐃᑯᐦᐊᒼ kuikuham vti ♦ il/elle le pousse, le sort à l'aide d'un outil

ᑯᐃᑯᐦᐚᐤ kuikuhwaau vta ♦ il/elle le/la pousse, le/la fait sortir avec un outil

ᑯᐃᑯᐦᑎᑖᐤ kuikuhtitaau vai ♦ il/elle le laisse tomber et il se vide

ᑯᐃᑳᐅᐦᒋᐱᔫ kuikwaauhchipiyiu vii ♦ ça tombe du contenant (granuleux)

ᑯᐃᑳᔅᑯᐦᐊᒼ kuikwaaskuham vti ♦ il/elle utilise quelque chose (long et rigide) pour le sortir de quelque chose

ᑯᐃᑳᔅᑯᐦᐚᐤ kuikwaaskuhwaau vta ♦ il/elle utilise quelque chose (long et rigide) pour le/la sortir de quelque chose

ᑯᐃᔅᑯᐱᐤ kuiskupiu vai ♦ il/elle est assis-e bien droit-e

ᑯᐃᔅᑯᐱᔫ kuiskupiyiu vai ♦ il/elle va tout droit, elle/il conduit tout droit

ᑯᐃᔅᑯᐱᔫ kuiskupiyiu vii ♦ ça va tout droit

ᑯᐃᔅᑯᐳᑖᐤ kuiskuputaau vai+o ♦ il/elle le scie bien droit

ᑯᐃᔅᑯᐳᔮᐤ kuiskupuyaau vta ♦ il/elle le scie bien droit-e

ᑯᐃᔅᑯᑖᑎᓰᐎᓐ kuiskutaatisiiwin ni ♦ la droiture, la vertu

ᑯᐃᔅᑯᑖᑎᓰᐤ kuiskutaatisiiu vai ♦ il/elle vit de façon vertueuse; il/elle a une grande droiture morale

ᑯᐃᔅᑯᑯᑖᐤ kuiskukutaau vai+o ♦ il/elle le pend ou suspend bien droit

ᑯᐃᔅᑯᑯᑖᐤ kuiskukutaau vii ♦ c'est pendu tout droit

ᑯᐃᔅᑯᑯᒋᓐ kuiskukuchin vai ♦ il/elle le suspend bien droit

ᑯᐃᔅᑯᑯᔮᐤ kuiskukuyaau vta ♦ il/elle le/la suspend bien droit-e

ᑯᐃᔅᑯᑳᐳᐎᐦᐋᐤ kuiskukaapuwihaau vta ♦ il/elle le/la dresse bien droit-e

ᑯᐃᔅᑯᑳᐳᐎᐦᑖᐤ kuiskukaapuwihtaau vai ♦ il/elle le pose ou l'installe bien droit; il/elle le met en ligne droite

ᑯᐃᔅᑯᑳᐳ kuiskukaapuu vai -uwi ♦ il/elle se tient droit-e debout

ᑯᐃᔅᑯᒀᑎᒼ kuiskukwaatim vti ♦ il/elle le coud bien droit

ᑯᐃᔅᑯᒀᑖᐤ kuiskukwaataau vta ♦ il/elle le/la coud bien droit-e

ᑯᐃᔅᑯᒋᐎᓐ kuiskuchiwin vii ♦ l'eau coule tout droit

ᑯᐃᔅᑯᒧᐦᐋᐤ kuiskumuhaau vta ♦ il/elle le/la place dessus ou dedans bien droit-e; il/elle l'aligne

ᑯᐃᔅᑯᒧᐦᑖᐤ kuiskumuhtaau vai ♦ il/elle le place, le pose ou l'installe dessus; il/elle l'ajuste, l'aligne

ᑯᐃᔅᑯᒨ kuiskumuu vii -u ♦ le sentier est tout droit

ᑯᐃᔅᑯᓈᑯᓐ kuiskunaakun vii ♦ ça a l'air correct

ᑯᐃᔅᑯᓐ kuiskun vii ♦ c'est juste

ᑯᐃᔅᑯᓯᐤ kuiskusiu vai ♦ il/elle est droit-e

ᑯᐃᔅᑯᓯᓃᐦᐄᒑᐤ kuiskusinihiichaau vai ♦ il/elle écrit en ligne droite

ᑯᐃᔅᑯᓯᓂᐦᐊᒼ kuiskusiniham vti ♦ il/elle écrit des lignes droites dessus, l'édite

ᑯᐃᔅᑯᔑᒼ kuiskushim vti ♦ il/elle le coupe bien droit

ᑯᐃᔅᑯᔑᓐ kuiskushin vai ♦ il/elle est étendu-e droit-e

ᑯᐃᔅᑯᔲᐤ kuiskushwaau vta ♦ il/elle le/la coupe bien droit-e

ᑯᐃᔅᑯᔥᑎᒀᐤ kuiskushtikwaau vii ♦ la rivière est toute droite

ᑯᐃᔅᑯᔥᑖᐤ kuiskushtaau vai ♦ il/elle le dépose bien droit

ᑯᐃᔅᑯᐦᐋᐤ kuiskuhaau vta ♦ il/elle le/la redresse

ᑯᐃᔅᑯᐦᑎᑳᐤ kuiskuhtikaau vii ♦ le bois est bien droit

ᑯᐃᔅᑯᐦᑎᒋᓯᐤ kuiskuhtichisiu vai ♦ il/elle est droit-e (ex. bois)

ᑯᐃᔅᑯᐦᑎᓐ kuiskuhtin vii ♦ ça s'étend tout droit

ᑯᐃᔅᑯᐦᑖᐤ kuiskuhtaau vai ♦ il/elle marche droit, le redresse, le rend droit

ᑯᐃᔅᑯᐦᑯᑎᒼ kuiskuhkutim vti ♦ il/elle le taille bien droit

ᑯᐃᔅᑯᐦᑯᑖᐤ kuiskuhkutaau vta ♦ il/elle le/la taille bien droit-e

ᑯᐃᔅᑯᐦᑯᑖᒑᐤ kuiskuhkutaachaau vai ♦ il/elle le taille, le découpe ou le sculpte bien droit

ᑯᐃᔅᑲᐧᐋᔨᐋᐤ **kuiskwaawaayaau** vii ◆ la ligne de rivage est droite, le littoral est tout droit

ᑯᐃᔅᑳᐤ **kuiskwaau** vii ◆ c'est droit

ᑯᐃᔅᑳᐱᓯᔅᒋᓯᐤ **kuiskwaapisischisiu** vai ◆ il/elle est droit-e (minéral)

ᑯᐃᔅᑳᐱᔅᑭᖮᐊᒻ **kuiskwaapiskiham** vti ◆ il/elle le redresse (minéral) avec un outil

ᑯᐃᔅᑳᐱᔅᑭᐧᐋᐤ **kuiskwaapiskihwaau** vta ◆ il/elle le/la redresse (minéral) avec un outil

ᑯᐃᔅᑳᐱᔅᑳᐤ **kuiskwaapiskaau** vii ◆ c'est droit (minéral)

ᑯᐃᔅᑳᐱᔅᒋᐱᑎᒻ **kuiskwaapischipitim** vti ◆ il/elle le redresse (minéral) en tirant dessus

ᑯᐃᔅᑳᐱᔅᒋᐱᑖᐤ **kuiskwaapischipitaau** vta ◆ il/elle le/la redresse (minéral) en tirant dessus

ᑯᐃᔅᑳᐱᔅᒋᓂᒻ **kuiskwaapischinim** vti ◆ il/elle le redresse (minéral) à la main

ᑯᐃᔅᑳᐱᔅᒋᓈᐤ **kuiskwaapischinaau** vta ◆ il/elle le/la redresse (minéral) à la main

ᑯᐃᔅᑳᐱᐦᑖᐤ **kuiskwaapihtaau** vii ◆ la fumée monte tout droit

ᑯᐃᔅᑳᐱᐦᑲᑎᒻ **kuiskwaapihkaatim** vti ◆ il/elle l'attache correctement

ᑯᐃᔅᑳᐱᐦᑳᑖᐤ **kuiskwaapihkaataau** vta ◆ il/elle l'attache correctement

ᑯᐃᔅᑳᐱᐦᒑᐱᑎᒻ **kuiskwaapihchaapitim** vti ◆ il/elle le redresse (filiforme) en tirant dessus

ᑯᐃᔅᑳᐱᐦᒑᐱᑖᐤ **kuiskwaapihchaapitaau** vta ◆ il/elle le/la redresse (filiforme) en tirant dessus

ᑯᐃᔅᑳᐱᐦᒑᐱᔨᐤ **kuiskwaapihchaapiyiu** vai ◆ il/elle devient droit-e (filiforme)

ᑯᐃᔅᑳᐱᐦᒑᐱᔨᐤ **kuiskwaapihchaapiyiu** vii ◆ ça devient tout droit

ᑯᐃᔅᑳᐱᐦᒑᐱᔨᐦᐋᐤ **kuiskwaapihchaapiyihaau** vta ◆ il/elle le/la fait aller tout droit

ᑯᐃᔅᑳᐱᐦᒑᐱᔨᐦᑖᐤ **kuiskwaapihchaapiyihtaau** vai ◆ il/elle le lance (filiforme) bien droit

ᑯᐃᔅᑳᐱᐦᒑᓂᒻ **kuiskwaapihchanim** vti ◆ il/elle le tient (filiforme) bien droit, dressé

ᑯᐃᔅᑳᐱᐦᒑᓈᐤ **kuiskwaapihchaanaau** vta ◆ il/elle le/la tient (filiforme) bien droit-e, dressé

ᑯᐃᔅᑳᐹᑭᒧᐧᐃᒡ **kuiskwaapaakimuwich** vai pl -u ◆ ils/elles volent en droite ligne, sont suspendu-e-s sur une ligne droite

ᑯᐃᔅᑳᐹᑭᒧᐦᐋᐤ **kuiskwaapaakimuhaau** vta ◆ il/elle le/la suspend bien droit-e (filiforme)

ᑯᐃᔅᑳᐹᑭᒧᐦᑖᐤ **kuiskwaapaakimuhtaau** vai ◆ il/elle le suspend (filiforme) bien droit

ᑯᐃᔅᑳᐹᑭᒨ **kuiskwaapaakimuu** vai -u ◆ il/elle est suspendu-e (filiforme) bien droit

ᑯᐃᔅᑳᐹᑭᒨ **kuiskwaapaakimuu** vii -u ◆ c'est suspendu tout droit (filiforme)

ᑯᐃᔅᑳᐹᑭᓐ **kuiskwaapaakin** vii ◆ c'est droit (filiforme)

ᑯᐃᔅᑳᐹᑭᔥᑖᐤ **kuiskwaapaakishtaau** vai ◆ il/elle le place en ligne droite

ᑯᐃᔅᑳᐹᑭᐦᐋᐤ **kuiskwaapaakihaau** vta ◆ il/elle le/la dépose bien droit-e (filiforme)

ᑯᐃᔅᑳᐹᒋᓂᒻ **kuiskwaapaachinim** vti ◆ il/elle le maintient (filiforme) bien droit

ᑯᐃᔅᑳᐹᒋᓈᐤ **kuiskwaapaachinaau** vta ◆ il/elle le/la maintient (filiforme) bien droit-e

ᑯᐃᔅᑳᐹᒋᓯᐤ **kuiskwaapaachisiu** vai ◆ il/elle est droit-e (filiforme)

ᑯᐃᔅᑳᐹᒋᔑᒻ **kuiskwaapaachishim** vti ◆ il/elle le coupe droit (filiforme)

ᑯᐃᔅᑳᐹᒋᔖᐧᐋᐤ **kuiskwaapaachishaawaau** vai ◆ il/elle découpe du laçage pour raquette en lignes droites

ᑯᐃᔅᑳᐹᒋᔼᐤ **kuiskwaapaachishwaau** vta ◆ il/elle le/la coupe droit-e (filiforme)

ᑯᐃᔅᑳᑭᓐ **kuiskwaakin** vii ◆ c'est droit (étalé)

ᑯᐃᔅᑳᒋᓯᐤ **kuiskwaachisiu** vai ◆ il/elle est droit-e (étalé)

ᑯᐃᔅᑳᔅᑯᓐ **kuiskwaaskun** vii ◆ c'est droit (long et rigide)

ᑯᐃᔅᑳᔅᑯᓯᐤ **kuiskwaaskusiu** vai ◆ il/elle est droit-e (long et rigide)

ᑯᐃᔅᑲᔅᑯᔑᒫᐅ **kuiskwaaskushimaau** vta
 • il/elle le/la dépose droit-e
ᑯᐃᔅᑲᔅᑯᔥᑖᐅ **kuiskwaaskushtaau** vai
 • il/elle le place droit (long et rigide)
ᑯᐃᔅᑲᔅᑯᔥᑖᐅ **kuiskwaaskushtaau** vii
 • c'est placé tout droit (long et rigide)
ᑯᐃᔅᑲᔅᑯᐦᐋᐅ **kuiskwaaskuhaau** vta
 • il/elle le/la place droit-e (long et rigide)
ᑯᐃᔅᑲᔅᑯᐦᑎᑖᐅ **kuiskwaaskuhtitaau** vai
 • il/elle le pose droit (long et rigide)
ᑯᐃᔅᑲᐦᑎᓐ **kuiskwaahtin** vii • c'est un barrage tout droit
ᑯᐃᔅᑾ **kuiskw** p,manière • correct, exact, juste, droit-e • ᑭᔮᐸ ᑯᐃᔅᑾ ᑲ ᐃᐦᑐᑕᒧᐘᓈ ᐋᓂᒥ ᑲ ᐊᔅ ᒋᐱᐦᐧᐋᐸᓂᐃᒄ. ▪ *Il a bien fait son test, correctement.*
ᑯᐃᔑᐅᐃᒋᐅᐃᑳᐅ **kuishiwischiwikaau** vii
 • c'est une fine bande de boue
ᑯᐃᔑᐘᑯᓂᑳᐅ **kuishiwaakunikaau** vii
 • c'est une fine bande de neige
ᑯᐃᔉᐃᒨ **kuishuwimuu** vii -u • la route est étroite
ᑯᐃᔥᑎᑭᒫᐱᐧᐃᒡ **kuishtikimaapiwich** vai pl
 • ils/elles sont assis-es tout autour de l'habitation
ᑯᐃᔥᑎᑳᒫᐘᔖᐘᐅ
 **kuishtikaamaawaashaawaau** vai
 • il/elle fait le tour d'une baie, contourne la baie
ᑯᐃᔥᑎᑳᒫᐅ **kuishtikaamaau** vai • il/elle fait le tour du lac, tourne en rond dans l'habitation
ᑯᐃᔥᑎᑳᒫᐱᒋᐅ **kuishtikaamaapichiu** vai
 • il/elle suit le littoral pour déplacer son campement d'hiver
ᑯᐃᔥᑎᑳᒫᐱᔫ **kuishtikaamaapiyiu** vai
 • il/elle fait le tour de l'habitation
ᑯᐃᔥᑎᑳᒫᐱᔫ **kuishtikaamaapiyiu** vii
 • ça passe autour de l'habitation
ᑯᐃᔥᑎᑳᒫᐱᔨᐦᐋᐅ
 **kuishtikaamaapiyihaau** vta • il/elle le/la passe à ceux et celles qui sont assis en cercle; il/elle lui fait contourner une étendue d'eau en véhicule

ᑯᐃᔥᑎᑳᒫᐱᔨᐦᑖᐅ
 **kuishtikaamaapiyihtaau** vai • il/elle le fait passer à ceux et celles qui sont assis en cercle, elle/il le conduit autour d'une étendue d'eau
ᑯᐃᔥᑎᑳᒫᐱᐦᑖᐅ **kuishtikaamaapihtaau** vai
 • il/elle court autour du lac, de l'étang, de l'habitation
ᑯᐃᔥᑎᑳᒫᑎᐦᐋᐅ **kuishtikaamaatihaau** vta
 • il/elle lui fait faire le tour de l'intérieur de sa maison
ᑯᐃᔥᑎᑳᒫᑖᐹᐅ **kuishtikaamaataapaau** vai
 • il/elle tire une charge autour du lac
ᑯᐃᔥᑎᑳᒫᑖᒋᒫᐅ
 **kuishtikaamaataachimaau** vta • il/elle le/la remorque tout autour du lac
ᑯᐃᔥᑎᑳᒫᑳᓯᐤ **kuishtikaamaakaasiu** vai
 • il/elle marche dans l'eau, patauge le long du rivage
ᑯᐃᔥᑎᑳᒫᓂᒋᔥᑭᒻ
 **kuishtikaamaanichishkim** vti • il/elle fait le tour de l'île à pied
ᑯᐃᔥᑎᑳᒫᔅᑯᐱᒋᐤ
 **kuishtikaamaaskupichiu** vai • il/elle fait le tour du lac sur la glace en déplaçant son campement d'hiver
ᑯᐃᔥᑎᑳᒫᔅᑯᐱᔫ **kuishtikaamaaskupiyiu** vai • il/elle conduit autour du lac sur la glace
ᑯᐃᔥᑎᑳᒫᔅᑯᐱᐦᑖᐅ
 **kuishtikaamaaskupihtaau** vai • il/elle court autour du lac sur la glace
ᑯᐃᔥᑎᑳᒫᔅᑯ **kuishtikaamaaskuu** vai -u
 • il/elle fait le tour du lac à pied sur la glace
ᑯᐃᔥᑎᑳᒫᔅᒋᐦᐋᒻ
 **kuishtikaamaaschaakiham** vti • il/elle fait tout le tour du marécage à pied
ᑯᐃᔥᑎᑳᒫᔥᑖᐅ **kuishtikaamaashtaau** vai
 • il/elle le place tout autour de l'habitation
ᑯᐃᔥᑎᑳᒫᔥᑖᐅᐦ **kuishtikaamaashtaauh** vii pl • les choses sont disposées sur le pourtour
ᑯᐃᔥᑎᑳᒫᔥᑭᒹᐅ
 **kuishtikaamaashkimwaau** vta • il/elle fait le tour de son habitation à pied
ᑯᐃᔥᑎᑳᒫᔥᑭᒻ **kuishtikaamaashkim** vti
 • il/elle en fait le tour (un lac, une courbe) à pied

**ᑯᐃᔐᑎᑳᒫᐅᑖᐅ** kuishtikaamaahutaau vai+o ♦ il/elle lui fait faire le tour du lac en pagayant

**ᑯᐃᔐᑎᑳᒫᐅᔮᐅ** kuishtikaamaahuyaau vta ♦ il/elle lui fait faire le tour du lac par voie d'eau ou voie aérienne

**ᑯᐃᔐᑎᑳᒫᐊᒻ** kuishtikaamaaham vti ♦ il/elle en fait le tour en pagayant, à la nage

**ᑯᐃᔐᑎᑳᒫᐋᐅ** kuishtikaamaahaau vta ♦ il/elle les place tout autour de l'habitation

**ᑯᐃᔐᑎᑳᒻ** kuishtikaam p,lieu ♦ tout autour du lac ou de l'habitation ▪ ᐋᔥᑎᒃᐤ ᑯᐃᔐᑎᑳᒻ ᒌᐦ ᒨᑕᔨᐊᒃ ᐅᔅᒋᒌᐳᒃ ▪ *Il y avait des nénuphars tout autour du lac.*

**ᑯᐃᔥᑯᔑᐤ** kuishkushiu vai ♦ il/elle siffle

**ᑯᐃᔥᑯᔒᐹᑎᒻ** kuishkushipaatim na ♦ une macreuse à bec jaune, (canard) *Melanitta nigra*

**ᑯᐃᔥᑯᔒᐅᓂᑭᒨ** kuishkushiiunikimuu vai-u ♦ il/elle siffle un air, une chanson

**ᑯᐃᔥᑯᔒᒥᑭᓐ** kuishkushiimikin vii ♦ ça siffle

**ᑯᐃᔥᑯᔒᒫᐤ** kuishkushiimaau vta ♦ il/elle le/la siffle

**ᑯᐃᔥᑯᔖᔨᑯᒫᔥᑎᓐ** kuishkushaayikumaashtin vii ♦ le vent siffle

**ᑯᐃᐦᑯᐦᖑᐋᒑᐤ** kuihkuhaachaau na -m ♦ un carcajou *Gulo gulo*

**ᑯᐹᒃ** kupaak ni -im ♦ Québec, une personne qui vient de Québec

**ᑯᑎᐎᑖᐅ** kutiwitaau vta ♦ il/elle fait un feu pour lui/elle

**ᑯᑎᐎᓲᐎᓐ** kutiwisuwin ni ♦ un feu extérieur à coté d'un abri pour passer la nuit

**ᑯᑎᐎᓲ** kutiwisuu vai -u ♦ il/elle fait un feu dehors là où il/elle passe la nuit

**ᑯᑎᐙᐤ** kutiwaau vai ♦ il/elle fait un feu, s'arrête pour manger en voyageant

**ᑯᑎᐙᑭᓂᐦᑎᒃᐤ** kutiwaakinihtikw ni ♦ du petit bois, du bois d'allumage

**ᑯᑎᐙᑭᓂᐦᒑᐤ** kutiwaakinihchaau vai ♦ il/elle fait du petit bois pour allumer le feu

**ᑯᑎᐙᑭᓐᐦ** kutiwaakinh ni pl ♦ du petit bois, du bois d'allumage

**ᑯᑎᐙᐦᑭᑎᐙᐤ** kutiwaahkihtiwaau vta ♦ il/elle fait un feu pour ça (animé)

**ᑯᑎᐙᐦᑭᑎᒻ** kutiwaahkihtim vti ♦ il/elle fait un feu pour le chauffer

**ᑯᑎᐱᐙᐱᔥᑭᒻ** kutipiwaapishkim vti ♦ il/elle le renverse avec son pied ou son corps

**ᑯᑎᐱᐙᐱᐦᐊᒻ** kutipiwaapiham vti ♦ il/elle le renverse d'un geste

**ᑯᑎᐱᐙᐱᐦᐙᐤ** kutipiwaapihwaau vta ♦ il/elle le/la renverse d'un geste

**ᑯᑎᐱᐱᔨᐤ** kutipipiyiu vai ♦ il/elle se renverse, chavire

**ᑯᑎᐱᓂᒧᐙᐤ** kutipinimuwaau vta ♦ il/elle le verse pour lui/elle

**ᑯᑎᐱᓂᒻ** kutipinim vti ♦ il/elle le verse, le vide en versant

**ᑯᑎᐱᓈᐤ** kutipinaau vta ♦ il/elle le/la verse, le/la vide en versant

**ᑯᑎᐱᔥᒋᐦᒁᐤ** kutipischihkwaau vai ♦ il/elle renverse son seau, son pot; il/elle rompt ses fiançailles, sa promesse de mariage

**ᑯᑎᐱᔒᒫᐤ** kutipishimaau vta ♦ il/elle le/la renverse

**ᑯᑎᐱᔑᓐ** kutipishin vai ♦ il/elle se renverse et se répand

**ᑯᑎᐱᔥᑭᐙᐤ** kutipishkiwaau vta ♦ il/elle le/la renverse dans un canot, il/elle le/la renverse avec son pied ou son corps

**ᑯᑎᐱᔥᑭᒻ** kutipishkim vti ♦ il/elle le renverse, il/elle renverse le canot

**ᑯᑎᐱᐦᐊᒻ** kutipiham vti ♦ il/elle le renverse avec un outil

**ᑯᑎᐱᐦᐙᐤ** kutipihwaau vta ♦ il/elle le/la renverse avec quelque chose

**ᑯᑎᐱᐦᑎᑖᐤ** kutipihtitaau vai ♦ il/elle le fait tomber et le renverse

**ᑯᑎᐱᐦᑎᓐ** kutipihtin vii ♦ ça tombe et se renverse

**ᑯᑎᐲᐤ** kutipiiu vai ♦ il/elle chavire (en canot, en bateau)

**ᑯᑎᐹᔑᐤ** kutipaashiu vai ♦ il/elle est renversé-e par le vent

**ᑯᑎᐹᔥᑎᓐ** kutipaashtin vii ♦ c'est renversé par le vent

**ᑯᑎᑯᐱᑎᒻ** kutikupitim vti ♦ il/elle le disloque, disjoint en tirant

ᑯᑎᑯᐱᑖᐤ **kutikupitaau** vta ◆ il/elle lui fait perdre l'équilibre, le/la déséquilibre

ᑯᑎᑯᐱᔨᐤ **kutikupiyiu** vai ◆ il/elle est disloqué-e

ᑯᑎᑯᐱᔨᐤ **kutikupiyiu** vii ◆ c'est disjoint, disloqué

ᑯᑎᑯᓂᐱᑎᒥᔅᒃ **kutikunipitimiskw** na -um ◆ un castor de trois ans qui entre dans sa quatrième année

ᑯᑎᑯᓂᐱᔖᒋᐦᑯᔥ **kutikunipishaachihkush** na -um [Whapmagoostui] ◆ une caribou femelle âgée de trois ans en automne

ᑯᑎᑯᓂᑎᐦᑯᐎᔑᐤ **kutikunitihkuwishiu** vai [Whapmagoostui] ◆ c'est une caribou femelle âgée de trois ans au début de l'hiver

ᑯᑎᑯᓂᒋᒋᐎᑖᐤ **kutikunichichiwitaau** na -shiim [Whapmagoostui] ◆ un caribou mâle âgé de quatre ans en automne

ᑯᑎᑯᓂᒥᔅᒃ **kutikunimiskw** na -shiim ◆ un castor de quatre ans

ᑯᑎᑯᓂᒻ **kutikunim** vti ◆ il/elle le disloque, le disjoint à la main

ᑯᑎᑯᓂᔥᑖᐤ **kutikunishtaau** vii ◆ c'est là toute la nuit

ᑯᑎᑯᓂᔮᐹᔒᔥ **kutikuniyaapaashiish** na -shiim [Chisasibi] ◆ un caribou mâle âgé de trois ans au début de l'hiver quand il a encore ses bois

ᑯᑎᑯᓃᐤ **kutikuniiu** vai ◆ il/elle passe la nuit ailleurs

ᑯᑎᑯᓈᐤ **kutikunaau** vta ◆ il/elle le/la disjoint, le/la disloque à la main

ᑯᑎᑯᔥᒑᐙᔑᒻ **kutikuschaawaashim** vti ◆ il/elle le coupe aux ligaments des articulations

ᑯᑎᑯᔥᒑᐱᔨᐤ **kutikuschaapiyiu** vai ◆ son genou n'arrête pas de se disloquer

ᑯᑎᑯᔥᑭᒻ **kutikushkim** vti ◆ il/elle le disjoint avec son pied ou son corps

ᑯᑎᑯᔥᒑᔥᐚᐤ **kutikushchaashwaau** vta ◆ il/elle le/la disjoint en coupant

ᑯᑎᒃ **kutik** pro,alternatif ◆ autre, un-e autre (animé) ▪ ᒦ ᑯᑎᒃ ᐊᐧᐋ ᓂᑎᐧᐋᐦᒑᓄ ᒌ ᐋᐱᕐᐱᑎᕝ ᒋᑐᕝ ▪ *On a besoin de quelqu'un d'autre pour tirer le canot sur la rive.*

ᑯᑎᒋᔨᐤ **kutichiyiu** pro,alternatif ◆ l'autre (obviatif inanimé, voir *kutik*) ▪ ᒦᐦ ᑯᑎᒋᔨᐤ ᐹᑖᐤ ᓂᐱᒋᒃᑦᐦᐋᑭᓐᑎᔥᐦ ▪ *Il apporta un autre poteau pour construire la suspension de son foyer dans le tipi.*

ᑯᑎᒥᔅᒃᐚᐤ **kutimiskwaau** vai ◆ il/elle a goûté du castor

ᑯᑎᒧᐦᐋᐤ **kutimuhaau** vta ◆ il/elle l'essaie pour voir si il/elle va rentrer, va s'ajuster

ᑯᑎᓂᒻ **kutinim** vti ◆ il/elle le touche, l'examine de ses mains

ᑯᑎᓈᐤ **kutinaau** vta ◆ il/elle le/la touche, le/la palpe, l'examine de ses mains

ᑯᑎᔅᑯᓂᒻ **kutiskunim** vti ◆ il/elle teste la glace pour voir si on peut marcher dessus

ᑯᑎᔅᒑᐤ **kutischaau** vai ◆ il/elle vérifie si l'oie est bien grasse en pinçant la peau sous l'estomac

ᑯᑎᔥᐚᐤ **kutishwaau** vta ◆ il/elle le/la teste en coupant

ᑯᑎᐦᐄᒑᐤ **kutihiichaau** vai ◆ il/elle essaie d'atteindre la cible en tirant

ᑯᑎᐦᐊᒻ **kutiham** vti ◆ il/elle teste sa résistance (ex. du câble) avec quelque chose

ᑯᑎᐦᑯᓈᐃᐧᐤ **kutihkunaawiiu** vai ◆ il/elle se foule la cheville

ᑯᑖᐅᐱᔨᐤ **kutaaupiyiu** vai ◆ il/elle pénètre, s'enfonce

ᑯᑖᐅᐱᔨᐤ **kutaaupiyiu** vii ◆ ça pénètre, s'enfonce

ᑯᑖᐅᓂᒻ **kutaaunim** vti ◆ il/elle le trempe dedans, le pousse dessous à la main

ᑯᑖᐅᓈᐤ **kutaaunaau** vta ◆ il/elle le/la trempe dedans, le/la pousse dedans ou dessous à la main

ᑯᑖᐅᔅᒋᐎᒋᓂᒻ **kutaauschiwichinim** vti ◆ il/elle le pousse dans la boue à la main

ᑯᑖᐅᔅᒋᐎᒋᓈᐤ **kutaauschiwichinaau** vta ◆ il/elle le pousse dans la boue à la main

ᑯᑖᐅᔅᒋᐎᒋᔑᓐ **kutaauschiwichishin** vai ◆ il/elle s'enfonce dans la boue

ᑯᑖᐅᔅᒋᐚᐱᔨᐤ **kutaauschiwaapiyiu** vai ◆ il/elle s'enfonce dans la boue

ᑯᑖᐅᔅᒋ·ᐋᐱᔫ kutaauschiwaapiyiu vii
* ça s'enfonce dans la boue, s'embourbe

ᑯᑖᐅᔅᒑᐤ kutaauschaau vai * il/elle (animal) se raréfie pendant quelques années, forme un cycle, lit. ' va sous la terre'

ᑯᑖᐅᐦᐊᒻ kutaauham vti * il/elle fait rentrer dedans avec un outil

ᑯᑖᐅᐦᐙᐤ kutaauhwaau vta * il/elle le/la pousse dessous avec un outil

ᑯᑖᐎᐤ kutaawiiu vai * il/elle se réfugie, creuse un trou, le soleil se cache derrière les nuages

ᑯᑖᐎᔥᑖᑰ kutaawiishtaakuu vta inverse -u
* il/elle (ex le piquant de porc-épic) s'enfonce profondément dans sa peau

ᑯᑖᐙᑯᓂᒋᐱᔫ kutaawaakunichipiyiu vai
* il/elle s'enfonce dans la neige

ᑯᑖᐙᑯᓂᒋᐱᔫ kutaawaakunichipiyiu vii
* ça s'enfonce dans la neige

ᑯᑖᐙᑯᓂᒋᓂᒻ kutaawaakunichinim vti
* il/elle l'enfonce dans la neige à la main

ᑯᑖᐙᑯᓂᒋᐦᔅᑭ·ᐙᐤ kutaawaakunichishkiwaau vta * il/elle l'enfonce dans la neige avec son pied ou son corps

ᑯᑖᐙᑯᓂᒋᐤ kutaawaakunichiiu vai
* il/elle se creuse un terrier, un trou dans la neige, se réfugie sous la neige

ᑯᑖᐙᑯᓈᔥᑭᒻ kutaawaakunaashkim vti
* il/elle le fait rentrer dans la neige avec son pied ou son corps

ᑯᑖᐙᑯᓈᐦᐊᒻ kutaawaakunaaham vti
* il/elle l'enfonce dans la neige avec quelque chose

ᑯᑖᐙᑯᓈᐦᐙᐤ kutaawaakunaahwaau vta
* il/elle l'enfonce dans la neige avec quelque chose

ᑯᑖᐙᔅᑯᐱᔫ kutaawaaskupiyiu vai
* il/elle se réfugie dans les buissons, les arbres

ᑯᑖᐙᔅᑯᐱᐦᑖᐤ kutaawaaskupihtaau vai
* il/elle s'enfuit, se réfugie dans la forêt en courant

ᑯᑖᐙᔅᑯᐱᐦᑤᐤ kutaawaaskupihtwaau vai
* il/elle s'enfuit, se réfugie dans la forêt en le/la portant (animé ou inanimé)

ᑯᑖᐙᔅᑯᐦᐊᒻ kutaawaaskuham vti
* il/elle va dans le bois

ᑯᑖᐙᔒᑭᐤ kutaawaashikiuu vii -iwi * ça s'écoule

ᑯᑖᐹᐦᐊᒻ kutaapaaham vti * il/elle submerge quelque chose dans l'eau avec un outil

ᑯᑖᑎᒧᐙᐦᐊᒻ kutaatimuwaaham vti
* il/elle vérifie la profondeur de l'eau avec un poteau

ᑯᑖᔅᑯᓈᐤ kutaaskunaau vta * il/elle teste sa longueur (animé, long et rigide)

ᑯᑖᔅᑯᐦᐊᒻ kutaaskuham vti * il/elle teste le grattoir pour voir s'il est bien aiguisé; il/elle teste la peau pour voir si la chair ou les poils vont s'enlever facilement

ᑯᑖᔅᑯᐦᐙᐤ kutaaskuhwaau vta * il/elle essaie de l'ensoupler, d'enlever les racines de poil d'une peau

ᑯᑖᔅᒋᑭᓈᔥᐙᐤ kutaaschikinaashwaau vta
* il/elle l'ouvre en tranchant au niveau du bréchet

ᑯᑦᐙᓱᒥᑎᓂᐤ kutwaasumitiniu p,nombre
* soixante

ᑯᑦᐙᔂᒥᑖᐦᑐᒥᑎᓂᐤ kutwaaswaaumitaahtumitiniu p,nombre [Wemindji] * six cents

ᑯᑦᐙᔖᑉ kutwaashaap p,nombre * seize

ᑯᑦᐙᔥᒡ kutwaashch p,nombre * six

ᑯᑭᒫᐅᔥᑎᒃᐙᓐ kukimaaushtikwaan ni
* une tête de truite grise, de touladi

ᑯᑭᒫᐙᐴᐃ kukimaawaapui ni * du bouillon de truite grise, de touladi

ᑯᑭᒫᐤ kukimaau na -m * une très grosse truite grise, un gros touladi *Salvelinus namaycush*

ᑯᑭᒫᔅᑳᐤ kukimaaskaau vii * il y a beaucoup de truites par ici

ᑯᑭᒫᔒᔥ kukimaashish na -m * une truite grise, un touladi *Salvelinus namaycush*

ᑯᒀᑎᐦᐊᒻ kukwaatiham vti * il/elle le teste avec un outil

ᑯᒀᑎᐦᐙᐤ kukwaatihwaau vta * il/elle le/la teste avec un outil

ᑯᒀᑎᐦᑎᒻ kukwaatihtim vti * il/elle l'essaie en mordant, en goûtant

ᑯᒀᑖᔨᒧᑎᐙᐤ kukwaataayimutiwaau vta
* il/elle pense à essayer de lui faire quelque chose

ᑯᐧᑲᒑᔨᒫᓕᐤ **kukwaataayimaau** vta ♦ il/elle pense à lui faire quelque chose; à faire quelque chose à cause de lui/d'elle

ᑯᐧᑲᒑᔨᐦᑎᒼ **kukwaataayihtim** vti ♦ il/elle pense à le faire

ᑯᐧᑳᒋᒫᐤ **kukwaachimaau** vta ♦ il/elle lui demande

ᑯᐧᑳᒋᔅᑭᑎᐦᐅᑐᐧᐃᒡ **kukwaachiskitihutuwich** vai pl recip -u ♦ ils/elles font la course avec des véhicules

ᑯᐧᑳᒋᐦᐄᐧᐋᐧᐃᓐ **kukwaachihiiwaawin** ni ♦ une tentation

ᑯᐧᑳᒋᐦᐄᐧᐋᓯᐤ **kukwaachihiiwaasiu** na -iim ♦ un tentateur, une tentatrice

ᑯᐧᑳᒋᐋᐤ **kukwaachihaau** vta ♦ il/elle l'essaie

ᑯᐧᑳᒋᐦᑖᐤ **kukwaachihtaau** vai+o ♦ il/elle l'essaie, en fait l'essai, s'exerce

ᑯᐧᑳᒋᐦᒑᒨ **kukwaachihchaamuu** vai -u ♦ il/elle pose une question, demande quelque chose

ᑯᒋᐱᔨᐦᑖᐤ **kuchipiyihtaau** vai ♦ il/elle l'essaie ▪ ᒫᑲᒼ ᑯᒋᐱᔨᐦᑖᐤ ᐋᓂᑖ ᐆᐱᒫᓯᒻᐦ ▪ *Elle essaie son nouveau moteur hors-bord.*

ᑯᒋᐋᐤ **kuchipwaau** vta ♦ il/elle le/la goûte ▪ ᐋᐧᑲᒡ ᓂᒼ ᐆᐦ ᑯᒋᐋᐤ ᑳᐦᕽ ▪ *Il n'a jamais goûté de porc-épic.*

ᑯᒋᔅᒋᓂᐧᐋᑎᒼ **kuchischiniwaatim** vti ♦ il/elle vérifie pour voir si c'est cuit

ᑯᒋᔑᒻ **kuchishim** vti ♦ il/elle le teste en coupant

ᑯᒋᔥᑎᒼ **kuchishtim** vti ♦ il/elle le goûte ▪ ᐱᑎ ᒀᒼ ᑯᒋᔥᑎᒼ ᐋᓂᑖ ᐆᐱᒋᓂᐧᐋᑖᒼ ᐋᐦᐦᒐᐦᒡ ▪ *D'abord elle a goûté ce qu'elle cuisait avant d'y ajouter du sel.*

ᑯᒋᔥᑭᐧᐋᐤ **kuchishkiwaau** vta ♦ il/elle l'essaie pour voir la taille ▪ ᐱᑎ ᒋᑯ ᑯᒋᔥᑭᐧᐋᐤ ᐋᓂᑖ ᒐᕐᓴᐦᑳᓇᒼ ᐋᐦᐦᒐᐦᒡ ᐆᑎᓂᓕᒋ ▪ *Elle va essayer la bague avant de l'acheter.*

ᑯᒋᔥᑭᒻ **kuchishkim** vti ♦ il/elle l'essaie pour voir la taille ▪ ᓂᒼ ᐋᐧᑳᐧᑲᐤ ᐆᐦ ᑯᒋᔥᑭᒻ ᐋᓂᑖ ᐋᕐᒋᓴᕐᕽ ᑳᐦ ᐆᑎᓂᓕᒡ ▪ *Il n'a même jamais essayé le chapeau qu'il a acheté.*

ᑯᒋᐋᐤ **kuchihaau** vta ♦ il/elle l'essaie ▪ ᒼ ᑯᒼᐋᐤ ᐋᐧᑲᓵᕽ ᐋᐦᐋᓯ ᒋ ᒋᐧᒼᑦᕽ ▪ *Il a essayé de nourrir correctement les enfants (à la bonne heure, du point de vue des calories, etc.).*

ᑯᒋᐦᑎᑖᐤ **kuchihtitaau** vai ♦ il/elle l'essaie pour voir si ça va

ᑯᒋᐦᑖᐤ **kuchihtaau** vai+o ♦ il/elle l'essaie, le teste ▪ ᐋᓐᒑᐦ ᒎᐦᑦ ᑯᒋᐦᑖᐤ ᐋᓂᔥ ᑳ ᐋᔨ ᕐᔅᑯᓄᒍᐧᐋᐸᓯᕽ ▪ *Il essaie vraiment de mettre en pratique ce qu'il a appris.*

ᑯᓯᑯᐧᐄᑖᐤ **kusikuwitaau** vai ♦ il/elle porte une lourde charge sur son dos

ᑯᓯᑯᐱᔨᐤ **kusikupiyiu** vai ♦ il/elle est lourd-e à déplacer

ᑯᓯᑯᐱᔨᐤ **kusikupiyiu** vii ♦ c'est lourd, on a du mal à le déplacer

ᑯᓯᑯᑎᐤ **kusikutiu** vii ♦ il/elle est lourd-e

ᑯᓯᑯᑖᐹᓈᐤ **kusikutaapaanaau** vta ♦ il/elle tire une charge lourde sur un traîneau ou en véhicule

ᑯᓯᑯᑖᐹᓈᔅᑳᐤ **kusikutaapaanaaskwaau** vai ♦ il/elle a une lourde charge sur son traîneau, son toboggan

ᑯᓯᑯᒥᐦᒋᐦᐆ **kusikumihchihuu** vai -u ♦ il/elle trouve ou il/elle sent qu'il/elle est lourd, qu'il n'a pas de force, pas d'énergie

ᑯᓯᑯᓐ **kusikun** vii ♦ c'est lourd

ᑯᓯᑯᔥᑳᐅᔑᐤ **kusikushkaaushiu** vai ♦ sa charge sur le dos lui pèse

ᑯᓯᑯᐦᑖᐤ **kusikuhtaau** vai ♦ il/elle le rend lourd

ᑯᓯᒀᐧᐋᔑᓐ **kusikwaawaashin** vai ♦ le bruit de ses pas indique qu'il/elle est lourd-e

ᑯᓯᑲᐱᓯᔅᒋᓯᐤ **kusikwaapisischisiu** vai ♦ il/elle est lourd-e

ᑯᓯᑲᐱᔅᑳᐤ **kusikwaapiskaau** vii ♦ c'est lourd (minéral)

ᑯᓯᑲᐴᐧᐋᔮᐤ **kusikwaapuwaayaau** vii ♦ c'est un contenant de liquide très lourd

ᑯᓯᑳᐧᐹᐧᐋᐤ **kusikwaapaawaau** vii ♦ c'est lourd et imprégné d'eau

ᑯᓯᑳᐹᑭᓐ **kusikwaapaakin** vii ♦ c'est lourd (filiforme)

ᑯᓯᑳᐹᒋᓯᐤ **kusikwaapaachisiu** vai ♦ il/elle est lourd-e (filiforme)

ᑯᓯᑳᑭᓐ **kusikwaakin** vii ♦ c'est lourd (étalé)

ᑯᓯᒀᒋᓯᐤ **kusikwaachisiu** vai ♦ il/elle est lourd-e (étalé)

ᑯᓯᒃᐙᔅᑯᓐ kusikwaaskun vii ◆ c'est lourd (long et rigide)

ᑯᓯᒃᐙᔅᑯᓯᐤ kusikwaaskusiu vai ◆ il/elle est lourd-e (long et rigide)

ᑯᓯᒃᐋᔨᒧᑎᐙᐤ kusikwaayimutiwaau vta ◆ il/elle l'attaque

ᑯᓯᒃᐋᔨᒧᑎᒻ kusikwaayimutim vti ◆ il/elle l'attaque

ᑯᓯᒃᐋᔨᒨ kusikwaayimuu vai-u ◆ il/elle attaque

ᑯᓯᒫᓵᐤ kusimaasaau na-m ◆ un balbuzard pêcheur, un aigle-pêcheur *Pandion haliaetus*

ᑯᓯᔅᐱᒋᐤ kusispichiu vai ◆ il/elle voyage à l'intérieur des terres en déplaçant son campement d'hiver

ᑯᓯᔅᐱᔨᐤ kusispiyiu vai ◆ il/elle remonte la colline, la pente en véhicule; elle remonte vers l'intérieur des terres en véhicule

ᑯᓯᔅᐱᐦᑖᐤ kusispihutaau vai+o ◆ il/elle l'emporte en amont, à l'intérieur des terres en canot, en avion

ᑯᓯᔅᐱᐅᔮᐤ kusispihuyaau vta ◆ il/elle l'emmène en amont de la rivière, à l'intérieur des terres par voie aérienne ou par voie d'eau

ᑯᓯᔅᐱᐦᐊᒻ kusispiham vti ◆ il/elle remonte la rivière, va à l'intérieur des terres en canot

ᑯᓯᔅᐱᐦᑎᑖᐤ kusispihtitaau vai ◆ il/elle l'emporte en amont, vers l'intérieur des terres, le fait débarquer

ᑯᓯᔅᐱᐦᑎᐦᐋᐤ kusispihtihaau vta ◆ il/elle l'emmène à l'intérieur des terres, il/elle le/la ramène au rivage

ᑯᓯᔅᐱᐦᑖᐤ kusispihtaau vai ◆ il/elle court vers le rivage

ᑯᓯᔑᐋᐱᔨᐤ kusischaapiyiu vii ◆ le canot se déporte sur un côté à cause du poids

ᑯᓵᐱᐦᑎᒻ kusaapihtim vti ◆ il/elle fait une cérémonie dans la tente tremblante

ᑯᓵᐱᐦᒋᑭᓐ kusaapihchikin ni ◆ une tente tremblante

ᑯᓵᐹᐤ kusaapaau vii ◆ ça sombre dans l'eau

ᑯᓵᐹᐱᑎᒻ kusaapaapitim vti ◆ il/elle le tire sous l'eau

ᑯᓵᐹᐱᑖᐤ kusaapaapitaau vta ◆ il/elle le/la tire sous l'eau

ᑯᓵᐹᐱᔨᐤ kusaapaapiyiu vai ◆ il/elle plonge sous l'eau

ᑯᓵᐹᐱᔨᐤ kusaapaapiyiu vii ◆ ça commence à sombrer

ᑯᓵᐹᐱᔨᐦᐋᐤ kusaapaapiyihaau vta ◆ il/elle le met sous l'eau par ses mouvements

ᑯᓵᐹᐱᔨᐦᑖᐤ kusaapaapiyihtaau vai ◆ il/elle le submerge avec ses mouvements

ᑯᓵᐹᒋᔑᒫᐤ kusaapaachishimaau vta ◆ il/elle le/la jette pour le/la faire sombrer

ᑯᓵᐹᔮᐦᑖᐤ kusaapaayaahutaau vii ◆ c'est avalé par les vagues

ᑯᓵᐹᔮᐦᑯ kusaapaayaahukuu vai-u ◆ il/elle est happé-e par les vagues, sombre dans les vagues

ᑯᓵᐹᐦᐊᒻ kusaapaaham vti ◆ il/elle le fait couler en jetant quelque chose dessus ou en tirant dessus

ᑯᓵᐹᐦᐙᐤ kusaapaahwaau vta ◆ il/elle le/la fait couler en jetant quelque chose dessus ou en tirant dessus

ᑯᓵᐹᐦᑎᑖᐤ kusaapaahtitaau vai ◆ il/elle le jette et ça sombre dans l'eau

ᑯᔅᐱᐤ kuspiu vai ◆ il/elle débarque, va vers l'intérieur des terres

ᑯᔅᐱᓃᐤ kuspiniiu vai ◆ il/elle a peur qu'il arrive un malheur

ᑯᔅᐱᓃᔥᑎᐙᐤ kuspiniishtiwaau vta ◆ il/elle a peur qu'il/elle essaie et fasse quelque chose

ᑯᔅᐱᓃᔥᑎᒻ kuspiniishtim vti ◆ il/elle a peur de ce qui va arriver

ᑯᔅᐱᓈᑎᑯᓐ kuspinaatikun vii ◆ c'est dangereux

ᑯᔅᐱᓈᔨᐦᑎᒻ kuspinaayihtim vti ◆ il/elle a peur de ce qui risque d'arriver

ᑯᔅᐹᐦᑎᐐᐤ kuspaahtiwiiu vai ◆ il/elle grimpe, monte

ᑯᔅᑖᓯᓂᐙᐤ kustaasiniwaau vta ◆ il/elle a peur de le/la voir

ᑯᔅᑖᓯᓂᒻ kustaasinim vti ◆ il/elle a peur de le voir

ᑯᔅᑖᓯᓈᑯᓐ kustaasinaakun vii ◆ ça a l'air épeurant, effrayant

ᑯᔅᑖᓯᓈᑯᓯᵒ kustaasinaakusiu vai
- il/elle a l'air terrifiant-e, horrible, hideux/hideuse

ᑯᔅᑕᓯᐦᑖᑯᐊ kustaasihtaakun vii ◆ ça semble épeurant, effrayant

ᑯᔅᑕᓯᐦᑖᑯᓯᵒ kustaasihtaakusiu vai
- il/elle nous effraie par ses paroles ou ses cris ou par le bruit qu'il/elle fait

ᑯᐢᑭᓈᐱ kuskinaapii ni -m ◆ une ligne à pêche nocturne (le fil seulement)

ᑯᐢᑭᐊ kuskin ni -m ◆ une ligne à pêche nocturne (incluant, la ligne, le flotteur et le crochet)

ᑯᔅᑯᓯᒫᵒ kuskusimaau vta ◆ il/elle le/la fait sursauter avec des sons vocaux

ᑯᔅᑯᓯᐦᐋᵒ kuskusihaau vta ◆ il/elle le/la fait sursauter

ᑯᔅᑯᓰᐚᔨᐦᑎᒥᐦᐄᑯᐤ kuskusiiwaayihtimihiikuu vai -u ◆ il/elle est surpris-e, saisi-e; il/elle en est surpris-e, saisi-e

ᑯᔅᑯᔅᑾᵒ kuskuskwaau vii ◆ le canot risque de se renverser

ᑯᔅᑯᔅᒑᐱᔮᵒ kuskuschaapiyihaau vta
- il/elle le/la berce dans le canot

ᑯᔅᑯᔅᒑᐱᔨᐦᑖᵒ kuskuschaapiyihtaau vai
- il/elle fait tanguer le canot, le bateau

ᑯᔅᑯᔥ kuskusch ni ◆ la barre transversale d'une raquette

ᑯᔅᒑᐤ kuschaau vai ◆ il/elle pose des lignes de pêche nocturne

ᑯᔅᒑᔨᐤ kuschaayiu ni ◆ un appât, une esche, une amorce

ᑯᔅᒑᔮᐦᑭᐦᑎᒼ kuschaayaahkihtim vti ◆ il/elle appâte l'hameçon ou le piège

ᑯᔅᒑᔮᐦᒑᐤ kuschaayaahchaau vai
- il/elle fait des appâts pour les hameçons et les pièges

ᑯᔖᐚᑯᑖᵒ kushaawaakutaau vii ◆ ça se balance suspendu à quelque chose

ᑯᔖᐚᑯᒋᐊ kushaawaakuchin vai
- il/elle pendille, est suspendu-e

ᑯᔖᐚᔮᐱᐦᑳᑎᒼ kushaawaayaapihkaatim vti ◆ il/elle le suspend avec une corde, une ficelle ou un fil

ᑯᔖᐚᔮᐱᐦᑳᑖᵒ kushaawaayaapihkaataau vta ◆ il/elle le/la suspend avec une corde, une ficelle ou un fil

ᑯᔖᐚᐦᐱᑎᒼ kushaawaahpitim vti
- il/elle le suspend avec une corde, une ficelle ou un fil

ᑯᔖᐚᐦᐱᑖᵒ kushaawaahpitaau vta
- il/elle le/la suspend avec une corde, une ficelle ou un fil

ᑯᔖᐸᒋᔥᑭᐚᵒ kushaapaachishkiwaau vta
- il/elle le/la submerge, l'enfonce sous l'eau avec son pied ou son corps

ᑯᔖᐸᒋᔥᑭᒼ kushaapaachishkim vti
- il/elle le submerge, l'enfonce sous l'eau avec son pied ou son corps

ᑯᔥᑎᒧᐚᵒ kushtimuwaau vta ◆ il/elle a peur de ce qu'il/elle va lui faire

ᑯᔥᑎᒼ kushtim vti ◆ il/elle a peur de ça

ᑯᔥᑖᵒ kushtaau vta ◆ il/elle a peur de lui/elle, il/elle le/la craint

ᑯᔥᑖᑎᑯᐊ kushtaatikun vii ◆ c'est dangereux

ᑯᔥᑖᑎᑯᓯᵒ kushtaatikusiiu vai ◆ il est dangereux, elle est dangereuse

ᑯᔥᑖᑖᔮᔨᐦᑖᑯᓯᵒ kushtaataayaayihtaakusiu vai ◆ il/elle est dangereux/dangereuse de par ses actes

ᑯᔥᑖᒋᐎᐊ kushtaachiwin ni ◆ de la peur, de l'effroi, de la terreur, de l'épouvante, de la panique

ᑯᔥᑖᒋᵒ kushtaachiu vai ◆ il/elle a peur

ᑯᔥᑖᒋᒫᵒ kushtaachimaau vta ◆ il/elle lui fait peur avec des bruits vocaux

ᑯᔥᑖᒋᐦᐋᵒ kushtaachihaau vta ◆ il/elle l'effraie, lui fait peur

ᑯᔥᑖᒋᐦᑯᓯᵒ kushtaachihkushiu vai
- il/elle a un cauchemar

ᑯᔥᑖᒋᐅᑭᒥᐠᐧ kushtaachiiukimikw ni [Whapmagoostui] ◆ une maison hantée

ᑯᔥᑖᒋᐚᔨᐦᑎᒼ kushtaachiiwaayihtim vti
- il/elle a peur rien que d'y penser

ᑯᔥᑯᐱᑖᵒ kushkupitaau vta ◆ il/elle le/la réveille en le/la poussant doucement

ᑯᔥᑯᐱᔨᐤ kushkupiyiu vai ◆ il/elle se réveille, réalise soudain

ᑯᔥᑯᓈᵒ kushkunaau vta ◆ il/elle le/la réveille

ᑯᔥᑯᔥᑭᐚᵒ kushkushkiwaau vta ◆ il/elle le/la secoue du pied ou avec son corps

ᑯᔥᑯᔥᑯᐱᔨᐤ kushkushkupiyiu vai
- il/elle tremble

**ᑯᔥᑯᔥᑯᐱᔨᐤ** kushkushkupiyiu vii ◆ ça bouge, ça secoue

**ᑯᔥᑯᔥᑯᑖᒋᑭᓐ** kushkushkutaachikin ni ◆ un plomb pour l'hameçon

**ᑯᔥᑯᐦᑖᑯᓐ** kushkuhtaakun vii ◆ c'est surprenant, ce sont des nouvelles surprenantes

**ᑯᔥᑯᐦᑖᑯᓯᐤ** kushkuhtaakusiu vai ◆ il/elle surprend quelqu'un par ses propos, par ce qu'il/elle dit

**ᑯᔥᒀᐙᑎᓰᐤ** kushkwaawaatisiiu vai ◆ il/elle est calme, tranquille

**ᑯᔥᒀᐙᑖᐤ** kushkwaawaataau vii ◆ c'est un coup de feu qui fait sursauter

**ᑯᔥᒀᐙᓲ** kushkwaawaasuu vai -u ◆ il/elle est effrayé-e par un coup de fusil

**ᑯᔥᒀᐙᔂᐤ** kushkwaawaaswaau vta ◆ il/elle le/la surprend, le/la fait sursauter en tirant au fusil

**ᑯᔥᒀᐱᐦᒋᑭᓐ** kushkwaapihchikin ni ◆ un viseur de fusil

**ᑯᔥᒀᔨᒫᐤ** kushkwaayimaau vta ◆ il/elle est embarrassé-e, rendu-e perplexe par ses actions

**ᑯᔥᒀᔨᐦᑎᒻ** kushkwaayihtim vti ◆ il/elle est plongé-e dans ses réflexions à propos de ça; il/elle en est perplexe, mystifié-e

**ᑯᔨᑎᐏᐱᐤ** kuyitiwipiu vai ◆ il/elle n'a nulle part où s'asseoir

**ᑯᔨᑎᐏᑳᐴ** kuyitiwikaapuu vai -uwi ◆ il/elle n'a nulle part où se tenir debout, se mettre

**ᑯᔨᑎᐏᒦᒋᓲ** kuyitiwimiichisuu vai -u ◆ il/elle n'a rien à manger

**ᑯᔨᑎᐏᓂᒻ** kuyitiwinim vti ◆ il/elle ne peut pas le trouver en tâtonnant

**ᑯᔨᑎᐏᓈᐤ** kuyitiwinaau vta ◆ il/elle ne peut pas le/la trouver en tâtonnant

**ᑯᔨᑎᐏᔑᒫᐤ** kuyitiwishimaau vta ◆ il/elle n'a nulle part où le/la coucher

**ᑯᔨᑎᐏᔑᓐ** kuituwishin vai ◆ il/elle n'a nulle part où se coucher

**ᑯᔨᑎᐏᔥᑖᐤ** kuyitiwishtaau vai ◆ il/elle n'a nulle part où le poser

**ᑯᔨᑎᐚᐱᒫᐤ** kuyitiwaapimaau vta ◆ il/elle le/la cherche sans le/la trouver

**ᑯᔨᑎᐚᐱᐦᑎᒻ** kuyitiwaapihtim vti ◆ il/elle le cherche sans le trouver

**ᑯᔨᑎᐚᔨᒫᐤ** kuyitiwaayimaau vta ◆ il/elle essaie de le/la trouver mais n'y arrive pas

**ᑯᔨᑎᐚᔨᐦᑎᒻ** kuyitiwaayihtim vti ◆ il/elle le cherche en vain

**ᑯᔨᑎᐤ** kuyitiu p,manière ◆ pas disponible, incapable ▪ ᓈᔥᑎᔨᒡ ᑯᔨᑎᐤ ᓂᒌᐦ ᐃᐦᑐᑎᐚᐤ ᑳ ᐹᒋ ᓈᓂᑖᔑᒧᔥᑎᐎᑦ᙮ ▪ *Quand elle est venu me demander de l'aide, j'étais complètement incapable de l'aider.*

**ᑯᔨᑎᒫᐅᓰᐤ** kuyitimaausiiu vai ◆ il/elle est dans le besoin

**ᑯᔨᑖᒫᐤ** kuyitaamaau vta ◆ il/elle n'a pas de réponse à sa question parce qu'il/elle n'a aucune idée de quoi il/elle parle; il/elle ne peut pas lui donner ce qu'il/elle veut parce qu'il/elle ne l'a pas

**ᑯᔨᐦᑯᓐ** kuyihkun vii ◆ c'est un tremblement de terre

**ᑯᐦᐱᑎᓂᐚᒋᐎᓐ** kuhpitiniwaachiwin vii ◆ l'eau s'écoule du lac, de la rivière dans un ruisseau étroit

**ᑯᐦᑎᒻ** kuhtim vti ◆ il/elle l'avale, il/elle (un poisson) emporte l'hameçon d'une ligne de pêche nocturne

**ᑯᐦᑎᓯᐦᒁᔨᐤ** kuhtisihkwaayiu vai ◆ il/elle avale son crachat

**ᑯᐦᑯᑖᐦᐄᑭᓈᐦᑎᒄ** kuhkutaahiikinaahtikw ni ◆ un bâton qui maintient le cadre de raquette ouvert durant le séchage

**ᑯᐦᑯᑖᐦᐙᐤ** kuhkutaahwaau vta ◆ il/elle met une cale entre le cadre de la raquette pour former la largeur avant de placer les barres transversales avant et arrière

**ᑯᐦᑯᓂᒻ** kuhkunim vti ◆ il/elle le pousse avec les mains

**ᑯᐦᑯᓈᐤ** kuhkunaau vta ◆ il/elle le/la pousse avec les mains

**ᑯᐦᑯᔥᑭᒻ** kuhkushkim vti ◆ il/elle le pousse avec son pied ou son corps

**ᑯᐦᑯᐦᐊᒻ** kuhkuham vti ◆ il/elle le pousse avec quelque chose

**ᑯᐦᑯᐦᐙᐤ** kuhkuhwaau vai ◆ il/elle établit la largeur de la raquette avec un bâton

**ᑯᐦᒋᐱᔨᐦᐋᐤ** kuhchipiyihaau vta ◆ il/elle l'avale d'un coup, l'engloutit

ᑯᐦᒋᐱᔨᐦᑖᐤ **kuhchipiyihtaau** vai ♦ il/elle avale vite, l'engloutit, l'avale d'un trait

ᑯᐦᒋᔅᐠᒑᔮᐱ **kuhchishkwaayaapii** ni -m ♦ un tuyau de poêle

ᑯᐦᔮᐤ **kuhyaau** vta ♦ il/elle l'avale; il/elle attrape du poisson avec sa ligne de pêche nocturne ▪ ᓐ ᑯᐦᔮᐤ ᐊᓂᔮ ᐱᒣᒡ ᑲ ᐊᒋᒫᒡₓ ▪ *Il a avalé la gomme que tu lui as donné.*

## ᑰ

ᑰᒋᐅᔅᒑᐦᐊᒻ **kuuchiiuschaaham** vti ♦ il/elle devient rare pour un certain nombre d'années

ᑰᒋᐤ **kuuchiiu** vai ♦ il/elle plonge dans l'eau

ᑰᓂᐅ **kuuniuu** vii -iwi ♦ il y a de la neige dessus

ᑰᓂᐅ **kuuniuu** vai -iwi ♦ il/elle est recouvert-e de neige

ᑰᓂᐄᓯᒁᐤ **kuuniwisikwaau** vii ♦ il y a de la neige sur la glace

ᑰᓂᐄᔥᑭᐧᐋᐤ **kuuniwishkiwaau** vta ♦ il/elle fait tomber sur lui/elle de la neige qu'il/elle a sur lui/elle

ᑰᓂᐄᔥᑭᒼ **kuuniwishkim** vti ♦ il/elle fait tomber dessus de la neige qu'il/elle a sur lui/elle

ᑰᓂᐄᐦᐋᐤ **kuuniwihaau** vta ♦ il/elle le/la saupoudre de neige

ᑰᓂᐄᐦᑖᐤ **kuuniwihtaau** vai+o ♦ il/elle se fait recouvrir de neige, la neige lui tombe dessus

ᑰᓂᐗᔅᑎᒋᓯᐧᐃᒡ **kuuniwaastichisiwich** vai pl ♦ les branchages sont recouverts de neige

ᑰᓂᐗᔅᑯᓐ **kuuniwaaskun** vii ♦ c'est recouvert de neige, il y a de la neige dessus (long et rigide)

ᑰᓂᐗᔅᑯᓯᐤ **kuuniwaaskusiu** vai ♦ il/elle est recouvert-e de neige (long et rigide)

ᑰᓂᐱᐅᐱᔨᐤ **kuunipiiupiyiu** vii ♦ la neige ne fond pas dans l'eau quand il neige à cause de la température très basse de l'eau

ᑰᓂᐱᐅᐦᐊᓐ **kuunipiiuhan** vii ♦ la glace commence à se former à partir de neige sur l'eau

ᑰᓂᑭᒥᒃ **kuunikimikw** ni ♦ un igloo, un iglou

ᑰᓂᔅᑭᒥᑳᐤ **kuuniskimikaau** vii ♦ le sol est recouvert de neige

ᑰᓂᔥᑎᐦᒑᐤ **kuunishtihchaau** vai ♦ il/elle (ex. castor, rat musqué) construit sa hutte tard en automne avec de la boue et de la neige

ᑰᓃᔅᑳᔮᐤ **kuuniiskaayaau** vii ♦ il va neiger

ᑰᓃᔅᒋᓂᒼ **kuuniischinim** vti ♦ il/elle laisse des traces durant un temps neigeux

ᑰᓈᐴ **kuunaapui** ni -uum ♦ de l'eau obtenue en faisant fondre de la neige

ᑰᓐ **kuun** na ♦ de la neige

ᑰᐦᐹᑎᓰᐎᓐ **kuuhpaatisiiwin** ni ♦ de la misère, une souffrance

ᑰᐦᐹᑖᔨᒧᐦᐋᐤ **kuuhpaataayimuhaau** vta ♦ il/elle le rend malheureux, la rend malheureuse

ᑰᐦᐹᑖᔨᒨ **kuuhpaataayimuu** vai -u ♦ il/elle est toujours malheureux/malheureuse car il/elle est toujours malade

ᑰᐦᑖᐐ **kuuhtaawii** na ♦ ton père

ᑰᐦᑯᒥᓂᐤ **kuuhkuminiu** na ♦ notre grand-mère

ᑰᐦᑯᒥᓈᔥ **kuuhkuminaash** na -im ♦ une vieille femme, une femme âgée, une grand-mère

ᑰᐦᑯᒥᓯᓂᐤ **kuuhkumisiniu** na ♦ notre oncle (le frère de notre père, le mari de la sœur de notre mère), notre beau-père (le mari de notre mère)

ᑰᐦᑯᒥᔅ **kuuhkumis** nad ♦ ton oncle (le frère de ton père, le mari de la sœur de ta mère), ton beau-père (le mari de ta mère qui n'est pas ton père)

ᑰᐦᑯᒼ **kuuhkum** nad ♦ ta grand-mère

ᑰᐦᑰᔑᐎᐱᒦ **kuuhkuushiwipimii** ni -m ♦ de la graisse de porc

ᑰᐦᑰᔑᐧᐋᒼ **kuuhkuushiwpwaam** ni ♦ du jambon

ᑰᐦᑰᔑᐎᑎᒋᔒ **kuuhkuushiwitichishii** ni -m ♦ une saucisse

ᑯᐦᑯᔑᐄᔑᑮ **kuuhkuushiwishikii** na -kaam ♦ une peau de cochon

ᑯᐦᑯᔑᐃᐦᑎᑯᑦ **kuuhkuushiwihtikw** ni -um ♦ un baril de lard

ᑯᐦᑯᔥ **kuuhkuush** na -im ♦ un cochon, du porc salé

# ᑲ

ᑲ **kaa** préverbe ♦ (préverbe du conjonctif, marque du passé, d'une subordonnée relative, utilisé avec les verbes au conjonctif) ▪ ᓂᕐᐦ ᐊᔑᓬᐁ ᑲ ᑎᑯᔑᐦᑫ ▪ *Je lui ai donné à manger quand il est arrivé.*

ᑲ **kaa** préverbe ♦ voir *kaah* ▪ ᓂᕐᐦ ᐊᔑᓬᐁ ᑲ ᑎᑯᔑᐦᑫ ▪ *Je lui ai donné à manger quand il est arrivé.*

ᑲᐃᑖᑭᔥᒑᒡ **kaaitaakishtaach** nip ♦ un revêtement de sol, un couvre-plancher, un linoleum; de la toile cirée

ᑲᐃᔅᒀᐦᑎᐄᐱᔨᓈᓂᐧᐃᒡ **kaaiskwaahtiwiipiyinaaniwich** nip [Whapmagoostui] ♦ un ascenseur (qui descend), un escalier roulant

ᑲᐃᔅᒀᐦᑎᐋᐱᔩᒡ **kaaiskwaahtiwaapiyich** nip ♦ un ascenseur

ᑲᐃᔨᑭᔑᒋᑯᑖᒡ **kaaiyikischikutaat** na -im ♦ un canard souchet *Anas clypeata*, lit. 'celui qui a un large bec'

ᑲᐅᐙᐳᔹᑎᔨᔥᒑᒡ **kaauwaapushutiyishtaach** nip ♦ du tissu avec un motif cachemire

ᑲᐅᐸᐦᑎᐦᑎᓐ **kaaupaachihtin** vii ♦ une brise légère fait des ondulations sur l'eau

ᑲᐅᑭᒥᐤ **kaaukimiu** vii ♦ la surface de l'eau est encore calme, mais on perçoit les signes du vent qui se lève

ᑲᐅᑯᐦᒑᑭᓂᐧᐃᒡ **kaaukuhtaakiniwich** nip ♦ un fusil à pompe

ᑲᐅᓯᐤ **kaausiu** vai ♦ il/elle est rêche, il est rugueux, elle est rugueuse

ᑲᐅᓯᒀᐤ **kaausikwaau** vii ♦ la glace est rugueuse

ᑲᐅᓰᒀᐋᔮᐤ **kaausiikwaawaayaau** vii ♦ la neige gelée est rugueuse

ᑲᐅᔖᐙᐱᔥᒋᔑᑦ **kaaushaawaapishchishit** nap -shim ♦ du cuivre, un sou

ᑲᐅᔖᐤ **kaaushaau** vai ♦ il/elle a la peau rugueuse, rêche

ᑲᐅᔖᔮᐤ **kaaushaayaau** vii ♦ c'est de la peau dure

ᑲᐅᔥᑖᑯᓂᒋᐱᐦᑖᑦ **kaaushtaakunichipihtaat** nap ♦ une motoneige

ᑲᐅᐦᑎᐧᐃᑳᐧᐃᒡ **kaauhtiwikaawich** nip ♦ un fusil à deux canons

ᑲᐅᐦᑖᐱᔩᒡ **kaauhtaapiyich** nip ♦ des sels purgatifs, des sels de fruits, des anti-acides

ᑳᐃᔨᐦᑾᐋᑯᐦᑎᒀᔑᒡ **kaawiyihkwaakuhtikwaashich** nap pl ♦ des raquettes en forme de queue de castor

ᑳᐙᐋᐱᐦᐄᑭᓂᐧᐃᔑᒡ **kaawaawaapihiikiniwishich** nip [Whapmagoostui] ♦ une guimbarde (instrument de musique)

ᑳᐙᐤ **kaawaau** vii ♦ c'est rugueux au toucher

ᑳᐙᐱᑯᑐᔔᐱᔩᒡ **kaawaapikitushuupiyich** nip ♦ un hélicoptère

ᑳᐙᐱᓯᑖᐙᔮᒡᐦ **kaawaapisitaawaayaachh** nip pl ♦ des bottes en peau de phoque avec des semelles légèrement colorées

ᑳᐙᐱᓯᔅᒋᓯᐤ **kaawaapisischisiu** vai ♦ il est rugueux, elle est rugueuse (minéral)

ᑳᐙᐱᔅᑳᐤ **kaawaapiskaau** vii ♦ c'est rugueux (minéral)

ᑳᐙᐱᐦᐋᑯᓈᑦ **kaawaapihaakunaat** nap ♦ un conducteur de chasse-neige

ᑳᐙᐱᐦᒁᐦᐄᓱᓈᓂᐧᐃᒡ **kaawaapihkwaahwiisunaaniwich** nip ♦ de la poudre pour le visage

ᑳᐙᐹᐹᑭᔑᒡ **kaawaapaapaakishich** nip ♦ une ficelle blanche et fine

ᑳᐙᑭᓐ **kaawaakin** vii ♦ c'est rugueux (étalé)

ᑳᐙᑳᔅᑯᐦᒡ **kaawaakaaskuhch** nip ♦ une banane

ᑳᐙᒋᓯᐤ **kaawaachisiu** vai ♦ il/elle est rêche (étalé)

ᑳᐙᓈᔨᐦᑎᒥᐦᐄᐙᔑᑦ **kaawaanaayihtimihiiwaashit** nap -m [Whapmagoostui] ♦ une petite truite grise, un petit touladi *Salvelinus sp.*

ᑲᐙᔅᑳᓇᐅᒋᓯᑦ kaawaasaaskunaauchishit nap -im ♦ un roitelet à couronne rubis *Regulus calendula*, ou à couronne dorée *Regulus satrapa*

ᑲᐙᔅᑖᓂᑭᐦᒋᒑᐱᔨᐦ kaawaastaanikihchichaapiyich ni ♦ une lampe de poche

ᑲᐙᔅᑯᓐ kaawaaskun vii ♦ c'est rugueux (long et rigide)

ᑲᐙᔅᑯᓯᐤ kaawaaskusiu vai ♦ il est rugueux, elle est rugueuse (long et rigide)

ᑲᐙᔖᔮᐱᔥᑳᔒᐦ kaawaashaayaapishkaashich nip [Whapmagoostui] ♦ un verre transparent ▪ ᑲᐙᔖᔮᐱᔥᑳᔒᐤ ᓂᐦ" ᒧᐃᔨᐙᐤₓ ▪ *J'ai utilisé un verre pour ramasser des baies.*

ᑲᐙᔖᔮᑭᐦᐦ kaawaashaayaakihch nip ♦ une feuille de plastique transparente

ᑲᐙᔖᔮᔒᐦ kaawaashaayaashich nip ♦ un verre pour boire ▪ ᑲᐙᔖᔮᔒᐦ ᓂᐦ" ᒧᐃᔨᐙᐤₓ ▪ *J'ai utilisé un verre quand j'ai ramassé des baies.*

ᑲᐙᔥᑎᑳᐤ kaawaashtikaau vii ♦ les aiguilles du branchage sont piquantes

ᑳᐤ kaau p,manière ♦ en retour, rendre ▪ ᒷᐊ ᑳᐤ ᓂᐦ" ᒥᔪ ᐊᓂᔨᐦ" ᐅᑎᐸᒑᐦᑎᐤ ᑲ ᐊᐱᕐᐦᒑᐃᐦₓ ▪ *Je lui ai rendu ses brochettes quand j'eu fini de les utiliser.*

ᑳᐱᐱᔮᐱᑦ kaapipiyaapit nap ♦ de la neige fraîche, de la neige fraîchement tombée, des flocons de neige

ᑳᐱᐹᒥᒑᐦ kaapipaamichaach nip ♦ un tissu écossais plissé, un tissu plissé à carreaux

ᑳᐱᐹᓂᐦᒀᐦᒑᑦ kaapipaanihkwaahchaat nap ♦ une sorte de chouette ou de faucon, lit. 'celle/celui qui bat des ailes'

ᑳᐱᐦ kaapit p,temps ♦ pas encore, attends que..., attendez que... ▪ ᑳᐱᐦ ᐃ ᒪᐦᐤ ᕕᑎᕐᐦᐸᐦ ᕕᕐᒥᐤ ᒥᕐᐱᐃᑦₓ ▪ *Ne gratte pas encore le gras de la peau, attends que ça soit complètement gelé!*

ᑳᐱᒋᔅᒌᐳᑖᑭᓂᐧᐃᐦ ᒦᒋᒻ kaapichischiputaakiniwich miichim ni ♦ un hachoir (à viande)

ᑳᐱᒥᐱᔨᔑᐧᐃᐱᒦ kaapimipiyishiwipimii nip ♦ de l'essence pour le moteur hors-bord ▪ ᐋᑳᐃ ᓓᐦᒋᐁᔨ ᑳᐱᒥᐱᔨᔑᐧᐃᐱᒦ ᒥᕐᐱᐹᕐᒥᐦₓ ▪ *Attention à ne pas tomber en panne d'essence quand tu sortiras!*

ᑳᐱᒥᐱᔨᔑᐦ kaapimipiyishich nip ♦ un moteur hors-bord

ᑳᐱᒥᐱᔨᐦᑖᑦ kaapimipiyihtaat nap ♦ le chauffeur, le conducteur, la conductrice

ᑳᐱᒥᐦᔮᒥᑭᐦᐦ kaapimihyaamikihch nip -kinum/-kinim ♦ un avion

ᑳᐱᒦᐙᔅᑯᐦᐦ kaapimiiwaaskuhch nip ♦ une bougie de cire

ᑳᐱᒫᐱᐦᑖᔑᐦᐦ kaapimaapihtaashichh nip pl ♦ des spirales à moustiques (ce que l'on brûle pour faire de la fumée et éloigner les mouches et moustiques)

ᑳᐱᔅᒋᑯᐹᔮᐦ kaapischikupaayaach nip ♦ un sac de jute, du jute (tissu)

ᑳᐱᔑᒥᒋᐙᒑᔒᐦ kaapishimichwaachaashich nip ♦ une carabine de 22

ᑳᐱᔥᐋᐙᒑᔑᐦ kaapishwaawaachaashich nip ♦ une carabine de 22

ᑳᐱᔨᐦᑖᔮᔅᑯᓯᑦ kaapiyihtaayaaskusit nap ♦ un arbre qui est plus grand que les autres

ᑳᐱᐦᑳᐹᐱᑖᑭᓂᐧᐃᐦ kaapihkwaapitaakiniwich nip ♦ un tissu lainé, du tissu pour couverture, du duffle, une couverture en duffle, une couverture de la Baie d'Hudson

ᑳᐱᐦᑾᐹᐱᑖᐦ kaapihkwaapitaach nip [Wemindji] ♦ un tissu lainé, du tissu pour couverture, du duffle, une couverture en duffle, une couverture de la Baie d'Hudson

ᑳᐱᐦᔭᐦᒀᑭᒥᐦ kaapihyaakwaakimich nip ♦ de l'huile de moteur

ᑳᐱᐦᔭᐦᑳᐙᐦ kaapihyaakwaach nip [Whapmagoostui] ♦ de l'huile de moteur

ᑳᐲᐳᑖᔑᐦᐦ kaapiiputaashichh nip pl ♦ des spirales à moustiques (ce qu'on brûle pour faire de la fumée et éloigner les mouches et moustiques)

ᑳᐲᑯᓱᐙᔮᑭᐦᐦ kaapiikusuwaayaakihch nip ♦ du tissu lainé, du velours épais, de la fourrure polaire (sens moderne)

ᑳᐱ·ᔖᔮᑭᔑᒡ **kaapiishwaayaakishich** nip
 ◆ du pilou, de la finette, de la flanelle de coton

ᑳᐱᔥᑖᐅᐱᔨᔑᒡ **kaapiishtaaupiyishich** nip
 ◆ de la bière

ᑳᐲᐦᑎᑖᐱᑖᑭᓂᐧᐃᒡᐦ **kaapiihtitaapitaakiniwichh** nip [Whapmagoostui] ◆ un fusil à pompe

ᑳᐲᐦᑎᒐᐲᔨᐦᑖᑭᓂᐧᐃᒡ **kaapiihtitaapiyihtaakiniwich** nip ◆ un magnétophone

ᑳᐲᐦᑤᑎᑖᑭᓂᐧᐃᒡ **kaapiihtwaatitaakiniwich** nip ◆ de la marijuana, du haschisch

ᑳᐲᐦᒋᔑᒧᐧᐃᓂᐧᐃᒡ **kaapiihchishimuwiniwich** nip ◆ un sac de couchage

ᑳᐳᑖᑖᑭᓂᐧᐃᒡ **kaaputaataakiniwich** nip ◆ un harmonica

ᑳᐹᔨᑯᑎᓈᐙᔮᒡ **kaapaayikutinaawaayaach** nip-m ◆ un fusil à un seul canon

ᑳᐹᐦᑯᓯᑦ **kaapaahkusit** nap ◆ du lait en poudre

ᑳᐹᐦᑯᐦᐄᒑᐱᔨᒡ **kaapaahkuhiichaapiyich** nip ◆ un séchoir, une sécheuse à linge

ᑳᑎᐹᔨᐦᑎᕽ **kaatipaayihtihk** nap ◆ un directeur, une directrice, un dirigeant, une dirigeante

ᑳᑎᑎᐱᓈᐲᐦᒑᐱᔨᔑᒡᐦ **kaatitipinaapihchaapiyishichh** nap pl [Whapmagoostui] ◆ une cassette, une bande magnétique en cassette pour enregistrer

ᑳᑎᐦᑎᐱᔥᑭᐙᑭᓂᐧᐃᑦ **kaatihtipishkiwaakiniwit** nap ◆ une bicyclette, un vélo

ᑳᑎᐦᑎᐱᔨᒡ **kaatihtipiyich** nip ◆ une roue, un pneu

ᑳᑎᐦᑯᓯᑦ ᐲᓯᒻ **kaatihkusit piisim** na ◆ février, lit. 'le mois court'

ᑳᑎᐦᒋᓯᑦ **kaatihchisit** ni ◆ de la crème glacée

ᑳᑐᔥᑐᐱᔨᒡ **kaatushtupiyich** nip ◆ du jello

ᑳᑖᐤ **kaataau** vai+o ◆ il/elle le cache

ᑳᑭᒑᒋᐸᐙᒫᐙᔮᒡᐦ **kaakichaachipwaamaawaayaachh** nip pl [Whapmagoostui] ◆ des cuissardes

ᑳᑭᒑᒋᐸᐙᒫᔮᒡᐦ **kaakichaachipwaamaayaachh** nip pl ◆ des cuissardes

ᑳᑭᓂᐙᐳᒑᑦ **kaakiniwaapuchaat** nap ◆ un ou une chef intérimaire, un surveillant ou une surveillante

ᑳᑭᔥᒋᒀᓱᐧᐃᐱᔨᒡ **kaakischikwaasuwipiyich** nip ◆ une machine à coudre

ᑳᑭᔑᐦᑖᑦ **kaakischihtaat** nap ◆ un héros, une héroïne, un champion, une championne, un gagnant, une gagnante

ᑳᑭᔮᐦ **kaakiyaah** p,discours ◆ il est possible que... (particule exprimant le doute ou l'incertitude) ■ ᑳᑭᔮᐦ ᐊᐋᒡᐦ ᐊᔭᐅ ᐦ ᐃᑐᒡᒡ ᐊᓇᒡ ·ᐊᕽᐦᐋᐳᕀᐢᐤ ᐊᓇᔅ ᐊ·ᐊᔥᔨᒡ ᐊᐦ ᐅᐦᕐ ᓂᐦ·ᐊᒡᐦᒑᑦᕒᔥ ᒨ ᐃᑐᐦᒡᓚ᙮
 *Il est bien possible que les enfants soient allés dans cette maison alors qu'on les avait prévenus de ne pas y aller.*

ᑳᑯ·ᐃᓂᐦᐄᑭᓐ **kaakuwinihiikin** ni ◆ un piège à porc-épic

ᑳᑯ·ᐃᓂᐦᐄᒑᐤ **kaakuwinihiichaau** vai ◆ il/elle pose un piège à porc-épic

ᑳᑯᐱᒦ **kaakupimii** ni -im ◆ de la graisse de porc-épic

ᑳᑯᐳᒋᔒ **kaakupuuchishii** ni ◆ l'intestin grêle du porc-épic

ᑳᑯᑎᐦᒌᔥᐦ **kaakutihchiishh** ni pl ◆ les pattes antérieures du porc-épic

ᑳᑯᑳᐦᑳᒋᐤ **kaakukaahkaachiu** ni ◆ un estomac de porc-épic

ᑳᑯᒦᒋᒼ **kaakumiichim** ni ◆ les parties comestibles du porc-épic, lit. 'nourriture de porc-épic'

ᑳᑯᒧ·ᐋᑭᓐ **kaakumuwaakin** na -um ◆ du bois pour le feu grignoté par un porc-épic

ᑳᑯᒫᔥᑖᒄ **kaakumaashtaakw** ni ◆ de la peau de porc-épic séchée et fumée

ᑳᑯᓂᑳᓐ **kaakunikwaan** ni ◆ un collet pour porc-épic

ᑳᑯᓵᐲᐦᑎᕽ **kaakusaapihtihk** nap ◆ un conjurateur, la personne qui parle aux esprits dans la tente à deviner?

ᑳᑯᔅᑳᐤ **kaakuskaau** vii ◆ il y beaucoup de porcs-épics par ici

ᑳᑯᔑᒌᔥᐦ **kaakushichishh** ni pl ◆ les pattes postérieures du porc-épic

ᑳᑯᔑᔥ **kaakushish** na -um ◆ un petit porc-épic *Erethizon dorsatum*

ᑳᑯᔖᐅᒋᓂᒻ **kaakushaauchinim** vti ◆ il/elle fait un feu avec un tas de bois

ᑳᑯᔥᑎᒃᐘᓐ kaakushtikwaan ni ◆ une tête de porc-épic

ᑳᑯᔨᐦᑎᐙᐱᐢᑭᒨᐦ kaakuyihtiwaapiskimuch nip ◆ un fusil avec deux canons l'un sur l'autre

ᑳᑯᐦᑎᒄ kaakuhtikwh ni pl ◆ du bois spécialement utilisé pour flamber le porc-épic

ᑳᑯᐦᑖᑭᓂᐎᒡ kaakuhtaakiniwich nip ◆ un fusil à pompe

ᑳᑳᐚᒡ kaakaawaach nip ◆ un tampon à récurer

ᑳᒀᐴᐃ kaakwaapui ni ◆ du bouillon de porc-épic

ᑳᒀᔫᐃ kaakwaayui ni ◆ une queue de porc-épic

ᑳᒃ kaakw na -um ◆ un porc-épic *Erethizon dorsatum*

ᑳᒋᐱᔨᐦᐋᐤ kaachipiyihaau vta ◆ il/elle le/la cache vite

ᑳᒋᐱᔨᐦᑖᐤ kaachipiyihtaau vai ◆ il/elle le cache vite

ᑳᒋᑊ kaachipuu vai -u ◆ il/elle mange quelque chose en secret, cache de la nourriture

ᑳᒋᒑᐱᒄ kaachichaapikwh ni pl ◆ une plante à feuilles persistantes

ᑳᒋᒑᐹᔮᐤ kaachichaapaayaau vii ◆ la marée reste haute

ᑳᒋᒑᑎᐦᒄ kaachichaatihkw na -um ◆ un fétus de caribou extra-utérin

ᑳᒋᒑᒥᔅᒄ kaachichaamiskw na -um ◆ un fétus de castor extra-utérin, un castor géant assez rare

ᑳᒋᒑᓯᒄ kaachichaasikw ni -um ◆ un iceberg

ᑳᒋᒑᔮᐳᔥ kaachichaayaapush na -um ◆ le fétus extra-utérin d'un lapin

ᑳᒋᒑᔮᒄ kaachichaayaakw na -um ◆ le fétus extra-utérin d'un porc-épic

ᑳᒋᒡ kaachich p,temps ◆ toujours ■ ᒎ ᑳᒋᒡ ᑭᑊ ᐈᑖᓐᐤ ᐋᓯᐱ ᑳ ᐃᔨᐱᔅᑯᑉ ᐊᔨᓯᓐᐠ ■ *La sculpture de pierre qu'il a faite durera toujours.*

ᑳᒋᓰᑳᐦᑭᓱᑦ kaachisikaahkisut nap ◆ une cigarette

ᑳᒋᔅᑖᐹᐎᒋᒑᐱᔨᒡ kaachistaapaawichichaapiyich nip ◆ une machine à laver, une planche à laver

ᑳᒋᔥᐚᐚᑖᒡ kaachishwaawaataach nip ◆ une carabine pour le gros gibier

ᑳᒋᔥᑖᐹᐅᒋᔮᑭᓈᐱᔨᒡ kaachishtaapaauchiyaakinaapiyich nip -im ◆ un lave-vaisselle automatique

ᑳᒋᔨᐱᐱᔨᒡ kaachiyipipiyich nip ◆ une fermeture éclair, une fermeture à glissière

ᑳᒌᐙᑎᑯᐱᔨᑦ kaachiiwaatikupiyit nap ◆ une boussole

ᑳᒌᑑᔅᒄ kaachiituuskw na -um ◆ un monstre d'une légende crie

ᑳᒌᒫᔑᐚᐤ kaachiimaashiwaau vii ◆ le feu commence à brûler petit à petit

ᑳᒌᒫᔖᐤ kaachiimaashaau vii ◆ le feu brûle lentement

ᑳᒌᓈᔥᑯᔑᒡ kaachiinaashkushich nip -m ◆ une carabine pour gros gibier

ᑳᒦᒥᐆᒀᑖᔑᒡᒡ kaamimiiukwaataashichh nip pl ◆ des bottes en peau de phoque

ᑳᒥᒫᑯᔥᑖᒡ kaamimwaakushtaach nip ◆ un morceau de tissu à pois

ᑳᒥᐦᒁᐱᔑᒋᔑᑦ kaamihkwaapishchishit nap -shim [Whapmagoostui] ◆ du cuivre, un sou

ᑳᒥᐦᒑᐹᑭᐦᒡ kaamihchaapaakihch nip ◆ un porc-épic découpé avec le fémur attaché à une bande de peau

ᑳᒥᐦᒑᑦᐚᐹᑭᒨᐦ kaamihchaatwaapaakimuchh nip -m [Whapmagoostui] ◆ une guitare

ᑳᒨᓈᐅᐦᑭᐦᐄᒑᐱᔨᒡ kaamunaauhkihiichaapiyich nip -im ◆ une pelle rétrocaveuse

ᑳᒨᓈᐅᐦᑭᐦᐄᒑᑦ kaamunaauhkihiichaat nap ◆ le conducteur d'une pelle rétrocaveuse

ᑳᓂᐹᐦᐆᐚᒡ kaanipaahuwaach nip ◆ un anesthésique

ᑳᓂᐹᐦᐆᐚᒡᒡ kaanipaahuwaachh nip pl ◆ un somnifère, des pilules qui font dormir

ᑳᓂᒌ kaanichii ni -m ◆ un chandail, un gilet, un pull-over, un tricot

ᑳᓃᐱᐆᔥᑖᒡ kaaniipiiushtaach nip ◆ un tissu à fleurs

ᑳᓃᔑᐦᑎᓈᐚᔮᒡ kaaniishutinaawaayaach nip -m ◆ un fusil à deux canons

ᑳᓈᑦᐚᓂᑭᓂᐎᒡ kaanaatwaanikiniwich nip -m ◆ un fusil à un ou deux canons

ᑲᓯᓂᒃᕙᐹᑭᐦᐃᑭᓂᐧᐃᒡ
kaasinikwaapaakihiikiniwich nip ♦ un violon

ᑲᓯᓯᐆ kaasisiiu vai ♦ il/elle est sensible au toucher

ᑲᓯᔮᐲᐢᑭᐦᐊᒼ kaasiyaapiskiham vti ♦ il/elle le sèche, l'essuie (minéral) ▪ ᑲᓯᔮᐲᐢᑲᒼ ᐅᑎᑯᒼᑦx ▪ *Il essuie son seau.*

ᑲᓯᐦᐄᑲᓐ kaasihiikin ni ♦ un torchon, une guenille

ᑲᓯᐱᔅᒋᐱᑖᑭᓂᐧᐃᒡ
kaasiipischipitaakiniwich nip ♦ un accordéon

ᑲᓯᓃᐸᑎᐦᐄᒑᐱᔨᒡ
kaasiinipaatihiichaapiyich nip ♦ un tordeur, une essoreuse

ᑲᓯᓂᑲᓐ kaasiinikin ni ♦ un torchon, un linge à vaisselle pour sécher, essuyer la vaisselle

ᑲᓯᓂᒼ kaasiinim vti ♦ il/elle l'essuie ▪ ᒋᓵᐦᑖᑲᓄ ᑲᓯᓂᒼ ᐊᐦᒌᒡ ᐊᐱᐢᒐᓯx ▪ *Elle essuie la table avant de la mettre.*

ᑲᓯᓃᔮᑲᐊᓄ kaasiiniyaakinaau vai ♦ il/elle lave la vaisselle

ᑲᓯᓈᐅ kaasiinaau vta ♦ il/elle l'essuie

ᑲᓯᓯᓂᐦᐄᑲᓐ kaasiisinihiikin ni ♦ une gomme à effacer

ᑲᓯᓯᓂᐦᐄᒑᐅ kaasiisinihiichaau vai ♦ il/elle efface l'écriture

ᑲᓯᓯᓂᐦᐊᒼ kaasiisiniham vti ♦ il/elle l'efface

ᑲᓯᓯᓂᐦᐋᐅ kaasiisinihwaau vta ♦ il/elle l'efface; il/elle efface son nom

ᑲᓯᐢᑭᒥᒋᓂᒼ kaasiiskimichinim vti ♦ il/elle l'essuie avec de la mousse

ᑲᓯᐢᑭᒥᒋᓈᐅ kaasiiskimichinaau vta ♦ il/elle l'essuie avec de la mousse

ᑲᓯᐦᐊᒼ kaasiiham vti ♦ il/elle l'essuie

ᑲᓯᐦᐋᐅ kaasiihwaau vta ♦ il/elle l'essuie avec quelque chose

ᑲᓯᐦᑎᑖᐅ kaasiihtitaau vai ♦ il/elle l'essuie sur quelque chose

ᑲᓯᐦᑎᑭᐦᐄᑲᓐ kaasiihtikihiikin ni ♦ une vadrouille, une serpillère

ᑲᓯᐦᒀᐦᐅᓐ kaasiihkwaahun ni ♦ une serviette

ᑲᓯᐦᒀᐦᐆ kaasiihkwaahuu vai-u ♦ il/elle s'essuie le visage

ᑲᓲ kaasuu vai-u ♦ il/elle se cache

ᑲᓲᐦᒑᑭᐦᒡ kaasuuhchaakihch nip ♦ du tissu, de la toile de jean, lit. 'tissu solide'

ᑲᔅᐱᐱᔫ kaaspipiyiu vii ♦ ça se casse facilement à cause du froid

ᑲᔅᐱᑎᓐ kaaspitin vii ♦ ça se casse facilement quand c'est froid ou gelé

ᑲᔅᐱᓯᐆ kaaspisiiu vai ♦ il/elle se casse facilement, est friable, fragile

ᑲᔅᐱᓵᐙᓂᒡ kaaspisaawaanich na pl ♦ des poissons séchés avant qu'on les réduise en poudre pour faire du pemmican

ᑲᔅᐱᔑᓐ kaaspishin vai ♦ il/elle se casse facilement quand il/elle est gelé-e ou froid-e

ᑲᔅᐱᐦᐄᑯᐦᑖᐆ kaaspihiikuhtaau vai ♦ il/elle fend du bois et le son du bois indique qu'il fait extrêmement froid

ᑲᔅᐹᐅ kaaspaau vii ♦ ça se casse facilement, c'est friable, fragile, très sec

ᑲᔅᑳᔅᒋᐱᑎᒼ kaaskaaschipitim vti redup ♦ il/elle continue de le griffer avec ses ongles ou ses griffes

ᑲᔅᑳᔅᒋᐱᑖᐅ kaaskaaschipitaau vta redup ♦ il/elle continue à le/la griffer avec ses ongles ou ses griffes

ᑲᔅᒋᐱᑎᒼ kaaschipitim vti ♦ il/elle le griffe

ᑲᔅᒋᐱᑖᐅ kaaschipitaau vta ♦ il/elle le/la griffe ▪ ᑲᔅᒋᐱᑖᐅ ᐊᓵ ᔫᔫᒼ ᐊᑎᒼx ▪ *Le chat griffe le chien.*

ᑲᔅᒋᐱᑖᔮᔅᑯᔑᒫᐅ
kaaschipitaayaashkushimaau vta ♦ il/elle l'éraflé sur quelque chose en bois

ᑲᔅᒋᐱᑖᔮᔅᑯᔑᓐ kaaschipitaayaashkushin vai ♦ il/elle se fait érafler par quelque chose en bois

ᑲᔅᒋᐱᒋᒑᐅ kaaschipichichaau vai ♦ il/elle gratte

ᑲᔅᒋᐱᓱᐙᓰᐆᐱᔫ
kaaschipisuwaasiiupiyiu vii ♦ il y a des rafales de vent soudaines

ᑲᔅᒋᐹᑎᒼ kaaschipaatim vti ♦ il/elle le rase

ᑲᔅᒋᐹᑖᐅ kaaschipaataau vta ♦ il/elle le/la rase ▪ ᒌ ᑲᔅᒋᐹᑖᐅ ᐱᒼ ᐅᒑᐙᒼx ▪ *Elle a aussi rasé son grand-père.*

ᑳᔅᒋᐹᓲᓐ **kaaschipaasun** ni ♦ un rasoir ▪ ᐯᐤ ᐴᓐ ᐃᓐ ᐊᓂ ᑳᔅᒋᐹᓲᓐᐦ ▪ *Ce rasoir n'est plus aiguisé.*

ᑳᔅᒋᐹᓲ **kaaschipaasuu** vai reflex -u ♦ il/elle se rase ▪ ᐯᒋᑐᒦᑐᒣᐹᓲᐦᐅᐤ ᑳᔅᒋᐹᓲᐦ ▪ *Il se rase tous les matins.*

ᑳᔅᒋᓈᐙᐦᔮᐙᓂᐎᑦ **kaaschinaawaahyaawaaniwit** ni ♦ un contenant rempli de lagopède séché et désossé qui a été fendu sur le devant

ᑳᔅᒋᓈᐤ **kaaschinaau** na ♦ un poisson tranché à plat le long du dos ▪ ᒥ ᒋᑎᐦᑖᐸᐤ ᐊᓂ ᑳᔅᒋᓈᐤᐦ ▪ *Fais cuire ce poisson sur un bâton!*

ᑳᔅᒋᓈᔥ **kaaschinaash** na ♦ un petit poisson tranché à plat le long du dos et suspendu au-dessus du feu pour être cuit

ᑳᔅᒉᐦᑮᐦᐄᑭᓐ **kaaschaakihiikin** ni ♦ un outil utilisé pour gratter les peaux

ᑳᔅᒉᐦᑮᐦᐙᐤ **kaaschaakihwaau** vta ♦ il/elle gratte la peau après l'avoir lavée avec du savon et de l'eau

ᑳᔑᐙᐟᐦᒋᐦᒑᑦ **kaaschiwaayihchichaat** nap ♦ quelqu'un de miséricordieux qui vous aime

ᑳᔑᑳᒡ **kaashikaach** p,temps ♦ aujourd'hui, pendant toute la journée ▪ ᓂᒋᑎᒣᐃᑎᑖᓐ ᐊᒐᐦᒡ ᑳᔑᑳᒡᐦ ▪ *J'ai pensé à toi pendant toute la journée.*

ᑳᔑᐦᑖᐤ **kaashihtaau** vai+o ♦ il/elle l'aiguise, l'affile

ᑳᔑᐦᑭᑖᐤ **kaashihkitaau** vai ♦ il/elle a toujours faim, est toujours affamé-e

ᑳᔑᐙᑭᒥᔑᒡ **kaashiiwaakimishich** nip ♦ du sirop sucré pour la toux

ᑳᔑᑎᐦᒑᐤ **kaashiitihchaau** vai ♦ il/elle s'essuie les mains ▪ ᐊᑳ ᑳᔑᑎᐦᒋ ᑎᒐᐱᒋᑎᐤᐦ ▪ *N'essuie pas tes mains sur tes vêtements!*

ᑳᔑᑎᐦᒑᓈᐤ **kaashiitihchaanaau** vta ♦ il/elle lui essuie les mains ▪ ᒋ ᑳᔑᑎᐦᒑᓈᐤ ᒃ ᒥᒋᓱᑎᐦᒡᐦ ▪ *Elle s'essuie les mains après avoir mangé.*

ᑳᔑᔑᐱᑯᑐᐎᒡ **kaashiishiipikutuwich** nip ♦ un fusil à silex

ᑳᔑᔖᓈᐤ **kaashiishaanaau** vta ♦ il/elle le/la lave avec une éponge

ᑳᔑᔥᑭᒻ **kaashiishkim** vti ♦ il/elle l'essuie avec son pied ou son corps

ᑳᔑᔨᐙᐤ **kaashiiyiwaau** vii ♦ il fait extrêmement froid

ᑳᔥᐅᑖᐆᓯᐤ **kaashutaausiiu** vai ♦ il/elle est coupant-e, piquant-e

ᑳᔒᔥᑎᐙᐤ **kaashuushtiwaau** vta ♦ il/elle se cache pour qu'il/elle ne la voit pas

ᑳᔒᔥᑎᒻ **kaashuushtim** vti ♦ il/elle s'en cache

ᑳᔖᐤ **kaashaau** vii ♦ ça un bord tranchant

ᑳᔖᐱᑖᐤ **kaashaapitaau** vai ♦ il/elle a les dents pointues, acérées ▪ ᐋᔥᒡᐹ ᑳᔖᐱᑖᐤ ᒪᐃᔥᐦ ▪ *Le brochet a des dents très pointues.*

ᑳᔖᐱᔅᑳᐤ **kaashaapiskaau** vii ♦ c'est coupant ▪ ᐊᐸᐃ ᒦᒧᑦ ᐊᓂ ᐊᔭᒡ ᐋᔥᒡᐹ ᑳᔖᐱᔅᑳᐦᐦ ▪ *Ne te coupe pas sur ce rocher coupant.*

ᑳᔥᑎᐙᐦᐄᒑᐱᔨᒡ **kaashtiwaahiichaapiyich** nip ♦ un extincteur d'incendie

ᑳᔥᑭᑖᑖᒄ **kaashkitaataakw** na -um ♦ un lézard, un alligator, un crocodile

ᑳᔥᑭᒋᐳᑖᐤ **kaashkichiputaau** vai+o ♦ il/elle aiguise la lame (s'utilise avec un autre mot indiquant qu'on est près ou loin du bord) ▪ ᐊᓐᐹ ᑳᔥᒋᐳᑖᐤ ᐊᓇᑉ ᒋᐦᐄᑭᓱᐹ ᒥ ᒑᓲᐦᐦ ᐊ ᒃᒥ ᑳᔥᒋᐳᑖᐤ ᐊᓇᑉ ᒋᐦᐄᑭᓱᐹ ᒥ ᒑᓲᐦᐦ ▪ *Elle a aiguisé la hâche qu'elle allait emporter loin du bord de la lame. ⋄ Il a aiguisé la hâche qu'elle allait emporter proche du bord de la lame.*

ᑳᔥᑭᒫᐤ **kaashkimaau** vta ♦ il/elle a de la malchance à la chasse après avoir partagé sa proie avec quelqu'un (par ex. un chien qui mange des os de castor signifie que le trappeur ne tuera plus de castor)

ᑳᔥᑭᐦᐄᑭᓐ **kaashkihiikin** ni ♦ un râteau

ᑳᔥᑭᐦᐄᒑᐤ **kaashkihiichaau** vai ♦ il/elle ratisse

ᑳᔥᑭᐦᐊᒻ **kaashkiham** vti ♦ il/elle le racle, le ratisse

ᑳᔥᑭᐦᐙᐤ **kaashkihwaau** vta ♦ il/elle le/la racle, le/la ratisse

ᑳᔥᑳᔥᑭᐦᐊᒻ **kaashkaashkiham** vti redup ♦ il/elle le racle, le ratisse

ᑳᔥᑳᔥᑭᐦᐙᐤ **kaashkaashkihwaau** vta ♦ il/elle le/la racle, le/la ratisse

ᑳᔥᑳᔥᑭᐦᑎᐚᓐ kaashkaashkihtiwaan ni
 ♦ du cartilage
ᑳᔥᑳᔥᒋᐦᑭᔔᔑᐤ
kaashkaashchihkishuushiu vai ♦ la
peau est cuite bien croustillante
ᑳᔨᒦᒥᑭᐦᒡ kaayimiimikihch nip ♦ un
tourne-disque, un électrophone
ᑳᔫᐃᓐ kaayuwin vii ♦ la lame, la pointe
est coupante
ᑳᔫᐃᐚᒻ kaayuwiham vti ♦ il/elle
l'aiguise bien
ᑳᔫᑎᓂᐦᐄᒑᐱᔨᐦ kaayuutinihiichaapiyich
nip ♦ un ventilateur, un éventail
ᑳᔮᐤ kaayaau vta ♦ il/elle le/la cache
ᑳ kaah préverbe ♦ (préverbe du
conjonctif, marque du passé, utilisé
avec les verbes au conjonctif, voir
aussi kaa) ▪ ᓂᕁ ᐊᔑᓛ ᑳ ᑎᒋᔥᐦᒃx ▪ Je
lui ai donné à manger quand il est arrivé.
ᑳᐦᑎᐱᔅᑭᒥᑳᐤ kaahtipiskimikaau vii ♦ il y
a une saillie sur le sol
ᑳᐦᑎᐸᐦᑖᐤ kaahtipihtaau vai+o ♦ il/elle
fabrique une étagère, un rebord
ᑳᐦᑎᐹᐤᑳᐤ kaahtipaauhkaau vii ♦ il y
a une saillie dans la pente
ᑳᐦᑎᐹᐤ kaahtipaau vii ♦ c'est une
saillie, un rebord
ᑳᐦᑎᐹᐱᔅᑳᐤ kaahtipaapiskaau vii ♦ il y
a une saillie dans le rocher
ᑳᑭᐹᐱᐤ kaahkipaapiu vai ♦ il/elle est
assis-e les jambes écartées
ᑳᑭᐹᐱᔨᐊᐤ kaahkipaapiyihuu vai-u
 ♦ il/elle écarte les jambes
ᑳᑭᐹᐱᐦᑖᐤ kaahkipaapihtaau vai
 ♦ il/elle court les jambes écartées
ᑳᑭᐹᑳᐳ kaahkipaakaapuu vai-uwi
 ♦ il/elle est debout les jambes
écartées
ᑳᑭᐹᓈᐤ kaahkipaanaau vta ♦ il/elle lui
écarte les jambes
ᑳᑭᐹᔑᓐ kaahkipaashin vai ♦ il/elle est
couché-e les jambes écartées
ᑳᑭᐹᐦᑖᐤ kaahkipaahtaau vai ♦ il/elle
marche les jambes écartées
ᑳᑭᔮᐦᑾᐅᐊᔅᒋᓯᓐ
kaahkiyaahkwaauaschisinh na-m ♦ des
mocassins courts en peau de phoque
ᑳᑭᔮᐦᑾᐤ kaahkiyaahkwaau na-m ♦ un
chabot de profondeur (poisson)
Myoxocephalus quadricorni

ᑳᑭᕼᐋᒑᓯᐤ kaahkihaachaasiu vai ♦ il (le
poisson) a des écailles sèches
ᑳᑳᒋᐤ kaahkaachiu na-iim ♦ un grand
corbeau Corvus corax
ᑳᑳᒌᒥᓈᐦᑎᒄ kaahkaachiiminaahtikw ni
 ♦ un genévrier commun, du genièvre
Juniperus communis
ᑳᑳᒌᒥᓐ kaahkaachiiminh ni pl ♦ des
baies de genièvre Juniperus communis, lit.
'des fruits du corbeau'
ᑳᑳᓈᓯᑭᓐ kaahkaanaasikin na ♦ une
peau de caribou dont les poils ont été
enlevés et qui est séchée sans avoir
été tannée
ᑳᑳᐦᒌᔑᑉ kaahkaahchiiship na-iim ♦ un
cormoran à aigrettes Phalacrocorax auritus
ᑳᒁᔨᒫᐤ kaahkwaayimaau vta ♦ il est
jaloux de lui/d'elle, elle est jalouse de
lui/d'elle
ᑳᒁᔨᐦᑎᒻ kaahkwaayihtim vti ♦ il en
est jaloux, elle en est jalouse
ᑳᒋᒋᐱᑖᐤ kaahchichipitaau vta ♦ il/elle
le/la saisit, s'accroche à lui/à elle
quand il/elle passe
ᑳᒋᓯᒻ kaahchisim vti ♦ il/elle fait un
peu sécher la viande
ᑳᒋᔅᑖᐤᒋᔅᑎᓐ kaahchistaauhchistin vii
 ♦ il y a une montagne ou une colline à
mi-chemin le long du lac
ᑳᒋᔅᑖᐤ kaahchistaau ni ♦ de la viande
suspendue et séchée un peu
ᑳᒋᔥᑎᓂᒻ kaahchishtinim vti ♦ il/elle
l'attrape
ᑳᒋᔥᑎᓈᐤ kaahchishtinaau vta ♦ il/elle
l'attrape
ᑳᒋᔥᑎᐦᑰ kaahchishtihukuu vai-u
 ♦ il/elle le/la frappe
ᑳᒋᔥᑎᐦᐊᒻ kaahchishtiham vti ♦ il/elle
l'ébrèche, le frappe légèrement
ᑳᒋᔥᑎᐦᐚᐤ kaahchishtihwaau vta
 ♦ il/elle l'ébrèche, le/la frappe
légèrement
ᑳᒌᐚᐤ kaahchiiwaau vai ♦ il/elle va et
vient
ᑳᒌᐚᐦᑖᐤ kaahchiiwaahtaau vai
 ♦ il/elle va et vient à pied
ᑳᐦᓈᑖᐦ ᑎᐹᔨᐦᒋᒑᓯᐤ kaahnaataah
tipaayihchichaasiu na-iim ♦ le
gouvernement fédéral, le
gouvernement canadien

# ᑲ

**ᑲᐱᐋᐤ** kwaapikiwaau vta ◆ il/elle va lui chercher de l'eau

**ᑲᐱᑳᐗᑭᓈᐦᑎᒄ** kwaapikaawaakinaahtikw ni ◆ un joug, une palanche pour porter de l'eau

**ᑲᐱᑳᐗᑭᓐ** kwaapikaawaakin ni ◆ un seau d'eau

**ᑲᐱᑳᓈᐳᐃ** kwaapikaanaapui ni ◆ de l'eau puisée pour la boire ou autres usages

**ᑲᐱᒐᐤ** kwaapichaau vai ◆ il/elle porte de l'eau, va chercher de l'eau

**ᑲᐱᓂᒼ** kwaapinim vti ◆ il/elle en prend une poignée

**ᑲᐱᓈᐤ** kwaapinaau vta ◆ il/elle en prend une poignée (animé, ex. de la farine)

**ᑲᐱᐦᐄᐹᓐ** kwaapihiipaan ni ◆ une écope, une louche

**ᑲᐱᐦᐄᑭᓐ** kwaapihiikin ni ◆ une écope, une louche

**ᑲᐱᐦᐄᒐᐤ** kwaapihiichaau vai ◆ il/elle attrape un poisson dans un filet profond, il/elle le ramasse

**ᑲᐱᐦᐊᒧᐙᐤ** kwaapihamuwaau vta ◆ il/elle le ramasse pour lui/elle

**ᑲᐱᐦᐊᒼ** kwaapiham vti ◆ il/elle le ramasse

**ᑲᐱᐦᐙᐤ** kwaapihwaau vta ◆ il/elle le/la ramasse avec quelque chose

**ᑲᐱᐦᐙᓐ** kwaapihwaan na ◆ un filet de pêche pour ramasser les poissons

**ᑳᑎᐱᐙᐱᓂᒼ** kwaatipiwaapinim vti ◆ il/elle le fait basculer, le renverse

**ᑳᑎᐱᐙᐱᓈᐤ** kwaatipiwaapinaau vta ◆ il/elle le/la fait basculer, le/la renverse

**ᑳᑎᐱᐙᐱᐦᐊᒼ** kwaatipiwaapiham vti ◆ il/elle le fait basculer, le renverse

**ᑳᑎᐱᐙᐱᐦᐙᐤ** kwaatipiwaapihwaau vta ◆ il/elle le/la renverse, le/la fait basculer de force en utilisant quelque chose

**ᑳᑎᐱᐱᔨᐤ** kwaatipipiyiu vai ◆ il/elle roule, se renverse

**ᑳᑎᐱᐱᔨᐤ** kwaatipipiyiu vii ◆ ça roule, ça se renverse

**ᑳᑎᐱᐱᔨᐦᐆ** kwaatipipiyihuu vai -u ◆ il/elle se retourne couché-e

**ᑳᑎᐱᐱᔨᐦᐋᐤ** kwaatipipiyihaau vta ◆ il/elle le/la retourne, le/la renverse

**ᑳᑎᐱᐱᔨᐦᑖᐤ** kwaatipipiyihtaau vai ◆ il/elle le verse (liquide) ▪ ᐋᓂᒉᐤ ᒥᔔᓯᒃᑦᒥᒃ ᐃᐊᑎᑲᓯᑐᐋᒀᒧᓯᑖᑳᔮ ᒋᑐᕐᕐᐦᓂᓯᔭᒃ. Elle a versé la sauce immangeable dans le seau de vidanges.

**ᑳᑎᐱᑎᑦᐙᓲ** kwaatipitittwaasuu vai reflex -u ◆ il/elle se renverse quelque chose dessus

**ᑳᑎᐱᓂᒼ** kwaatipinim vti ◆ il/elle le retourne ▪ ᐊᔅᒌ ᒫ ᑳᑎᐱᓯᒫ ᒌᔕᑎᓂᒧ ᐋᓂᒫ ᐋᐦ ᓐᒋᑲᐙᔭᒃ. Assure-toi de retourner notre canot puisqu'il a pris pas mal d'eau!

**ᑳᑎᐱᓈᐤ** kwaatipinaau vta ◆ il/elle le retourne ▪ ᒣᔑ ᐋᐋᒃ ᒋᑉ ᑳᑎᐱᓈᐤ ᐅᑕᐋᐦᑐᐋᐦᑲᐋᔨᒃ. Elle va bientôt retourner la banique qui cuit sur le poêle.

**ᑳᑎᐱᓰᐅᒋᐱᔨᐤ** kwaatipisaauchipiyiu vii ◆ le morceau de bois dans le feu roule et tombe

**ᑳᑎᐱᓰᐅᒋᓂᒼ** kwaatipisaauchinim vti ◆ il/elle retourne la bûche brûlante

**ᑳᑎᐱᔅᑳᔨᐤ** kwaatipiskwaayiu vai ◆ il/elle tourne la tête de l'autre côté

**ᑳᑎᐱᔑᒫᐤ** kwaatipishimaau vta ◆ il/elle le/la retourne et le/la fait tomber

**ᑳᑎᐱᔥᑖᐤ** kwaatipishtaau vai ◆ il/elle renverse, le met à l'envers

**ᑳᑎᐱᔥᑖᐤ** kwaatipishtaau vii ◆ c'est placé à l'envers

**ᑳᑎᐱᔥᑭᐙᐤ** kwaatipishkiwaau vta ◆ il/elle le renverse avec son pied ou son corps

**ᑳᑎᐱᔥᑭᒼ** kwaatipishkim vti ◆ il/elle le renverse avec son pied ou son corps

**ᑳᑎᐱᐦᐊᒼ** kwaatipiham vti ◆ il/elle le renverse ▪ ᓐᒪ ᑳᑎᐱᐦᐊᒼ ᐅᑐᒥᐦᑲᐯᒫ ᒋ ᒥᑯᓰᓂᐊᔅᒡ. Elle/il a renversé sa tasse pendant la fête.

**ᑳᑎᐱᐦᐋᐤ** kwaatipihaau vta ◆ il/elle le/la renverse, le/la retourne

**ᑳᑎᐱᐦᐙᐤ** kwaatipihwaau vta ◆ il/elle le/la renverse ▪ ᒋ ᐅᑎᓂᒃ ᐋᓂᒋ ᓂᐅᓯᕐᒡᔨ ᒋ ᑳᑎᐱᐦᐋᒋ ᐋᓂᒋ ᒍᒍᔖᐋᐃᒃ. Elle/Il a renversé le lait quand il a pris la bouilloire.

ᐧᑳᑎᐱᐦᑎᑖᐅ° kwaatipihtitaau vai ♦ il/elle le renverse et les choses tombent

ᐧᑳᐢᑭᐧᐋᐅ° kwaaskiwaau vai ♦ sa voix change

ᐧᑳᐢᑭᑳᒫᐱᔨᐅ° kwaaskikaamaapiyiu vai ♦ il/elle se rend de l'autre côté de la rivière en utilisant un bateau à moteur, un canot à moteur

ᐧᑳᐢᑭᑳᒫᐦᐊᒼ kwaaskikaamaaham vti ♦ il/elle pagaie pour aller de l'autre coté de la rivière

ᐧᑳᐢᑭᐦᐊᒼ kwaaskiham vti ♦ il/elle le retourne avec quelque chose

ᐧᑳᐢᑭᐦᐋᐅ° kwaaskihaau vta ♦ il/elle le/la retourne

ᐧᑳᐢᑭᐦᐧᐋᐅ° kwaaskihwaau vta ♦ il/elle le/la retourne avec quelque chose

ᐧᑳᐢᑯᐳᔮᐅ° kwaaskupuyaau vai ♦ il/elle change sa pagaie d'un côté du canot à l'autre

ᐧᑳᐢᑯᑯᒋᓐ kwaaskukuchin vai ♦ le soleil est après son mi-chemin, c'est l'après-midi

ᐧᑳᐢᑳᐱᐦᒑᐦᐊᒼ kwaaskaapihchaaham vti ♦ il/elle le fait tourner sur un fil

ᐧᑳᐢᑳᐱᐦᒑᐦᐧᐋᐅ° kwaaskaapihchaahwaau vta ♦ il/elle le fait tourner sur un fil

ᐧᑳᐢᑳᐳᑎᓂᒼ kwaaskaaputinim vti ♦ il/elle le retourne entièrement

ᐧᑳᐢᑳᐳᑎᓈᐅ° kwaaskaaputinaau vta ♦ il/elle le porte à l'envers

ᐧᑳᐢᑳᐳᑎᐦᐊᒼ kwaaskaaputiham vti ♦ il/elle le retourne

ᐧᑳᐢᑳᐳᑎᐦᐧᐋᐅ° kwaaskaaputihwaau vta ♦ il/elle le/la retourne entièrement

ᐧᑳᐢᑳᐳᑖᐱᐦᒑᐱᔨᐅ° kwaaskaaputaapihchaapiyiu vii ♦ ça s'entortille (plat, filiforme)

ᐧᑳᐢᑳᐳᒋᐱᑎᒼ kwaaskaapuchipitim vti ♦ il/elle le retourne entièrement en tirant dessus

ᐧᑳᐢᑳᐳᒋᐱᑖᐅ° kwaaskaapuchipitaau vta ♦ il/elle le/la retourne entièrement en tirant dessus

ᐧᑳᐢᑳᐳᒋᐱᔨᐅ° kwaaskaapuchipiyiu vai ♦ il/elle se retourne à l'envers ou à l'endroit

ᐧᑳᐢᑳᐳᒋᐱᔨᐅ° kwaaskaapuchipiyiu vii ♦ ça se retourne à l'envers ou à l'endroit

ᐧᑳᐢᑳᐳᒋᐱᔨᐦᐋᐅ° kwaaskaapuchipiyihaau vta ♦ il/elle le/la retourne à l'envers

ᐧᑳᐢᑳᐳᒋᐱᔨᐦᑖᐅ° kwaaskaapuchipiyihtaau vai ♦ il/elle le retourne

ᐧᑳᐢᑳᐳᒋᓯᐅ° kwaaskaapuchisiiu vai ♦ il/elle est retourné-e, retroussé-e

ᐧᑳᐢᑳᐳᒋᐢᑭᐧᐋᐅ° kwaaskaapuchishkiwaau vta ♦ il/elle le/la porte à l'envers

ᐧᑳᐢᑳᐳᒋᐢᑭᒼ kwaaskaapuchishkim vti ♦ il/elle le porte à l'envers

ᐧᑳᐢᑳᑎᓯᐅ° kwaaskaatisiiu vai ♦ il/elle se convertit à Dieu, change sa vie

ᐧᑳᐢᑳᒫᔮᒋᐅᐃᓐ kwaaskaamaayaachiwin vii ♦ les rapides coulent d'un côté à l'autre

ᐧᑳᐢᑳᐢᑯᐳᔮᐅ° kwaaskaaskupuyaau vta ♦ il/elle change sa pagaie de côté en canot

ᐧᑳᐢᑳᐢᑯᓂᒼ kwaaskaaskunim vti ♦ il/elle le retourne (long et rigide)

ᐧᑳᐢᑳᐢᑯᓈᐅ° kwaaskaaskunaau vta ♦ il/elle le/la retourne (long et rigide)

ᐧᑳᐢᑳᔮᐅ° kwaaskaayaau vii ♦ la saison change

ᐧᑳᐢᑳᐦᑎᐧᐋᓂᒼ kwaaskaahtiwaanim vti ♦ il/elle retourne la viande qui sèche

ᐧᑳᐢᒁᐳᑎᓈᐅ° kwaaskwaaputinaau na -m [Whapmagoostui] ♦ un castor préparé en retirant les os pour que la chair soit d'une seule pièce et cuit sur un fil à feu libre

ᐧᑳᐢᒁᐳᒑᐅ° kwaaskwaapuchaau vii ♦ c'est à l'envers

ᐧᑳᐢᒁᐹᑭᐧᐋᐅ° kwaaskwaapaakihwaau vta ♦ il/elle le fait tourner (par ex. de la nourriture cuite suspendue par un fil au dessus du feu)

ᐧᑳᐢᒋᐱᐅ° kwaaschipiu vai ♦ il/elle se retourne assis-e

ᐧᑳᐢᒋᐱᐳᓐ kwaaschipipun vii ♦ c'est vers la fin de l'hiver

ᐧᑳᐢᒋᐱᒫᑎᓯᐅ° kwaaschipimaatisiiu vai ♦ il/elle change son mode de vie

ᐧᑳᐢᒋᐱᔨᐅ° kwaaschipiyiu vai ♦ il/elle se retourne tout-e seul-e

ᐧᑳᐢᒋᐱᔨᐅ° kwaaschipiyiu vii ♦ ça se retourne tout seul

ᐧᑳᐢᒋᐱᔨᐦᐋᐅ° kwaaschipiyihaau vta ♦ il/elle le/la retourne de l'autre côté

ᐧᑲᕐᑳᐳᐧᐃᔥᑎᐧᐋᐤ
**kwaaschikaapuwishtiwaau** vta ◆ il/elle fait demi-tour pour lui faire face, debout

ᐧᑲᕐᑳᐳ **kwaaschikaapuu** vai -uwi ◆ il/elle fait demi-tour debout

ᐧᑲᕐᑎᒑᑳᐤ **kwaaschichiishikaau** vii ◆ le temps change pendant la journée

ᐧᑲᕐᒧᑎᐧᐋᐤ **kwaaschimutiwaau** vta ◆ il/elle se retourne pour lui faire face dans le lit

ᐧᑲᕐᓂᒧᐧᐋᐤ **kwaaschinimuwaau** vta ◆ il/elle le/la retourner pour lui/elle

ᐧᑲᕐᓂᒻ **kwaaschinim** vti ◆ il/elle le retourne

ᐧᑲᕐᓂᓃᐱᐦ **kwaaschiniipin** vii ◆ c'est la fin de l'été, lit. 'la saison change'

ᐧᑲᕐᓈᐤ **kwaaschinaau** vta ◆ il/elle le/la retourne

ᐧᑲᕐᓈᑯᓐ **kwaaschinaakun** vii ◆ son apparence a changée

ᐧᑲᕐᓈᑯᓯᐤ **kwaaschinaakusiu** vai ◆ son apparence a changée

ᐧᑲᕐᓈᑯᐦᐄᓲ **kwaaschinaakuhiisuu** vai reflex -u ◆ il/elle change d'apparence

ᐧᑲᕐᓈᑯᐦᑖᐤ **kwaaschinaakuhtaau** vai ◆ il/elle change d'apparence

ᐧᑲᕐᒋᓐ **kwaaschin** vai ◆ il/elle se retourne couché-e

ᐧᑲᕐᒋᔒᒫᐤ **kwaaschishimaau** vta ◆ il/elle retourne quelqu'un qui est couché pour que cette personne fasse face à l'autre côté

ᐧᑲᕐᒋᔨᐧᐋᐤ **kwaaschiyiwaau** vii ◆ le vent tourne soudain

ᐧᑲᕐᒌᐱᐣ **kwaaschiipin** p,manière ◆ c'est à mon tour, ton tour, son tour, notre tour, votre tour, leur tour ■ ᐊᓂᐦᐋᐤ ᐧᑲᕐᒌᐱᐣ ᑭᐯ ᐯᐧᐋᑖᓓᐤ ᐅᑲᐧᐃᔨᐤ ■ *C'est à leur tour de s'occuper de leur mère.*

ᐧᑲᔖᐧᐋᐤ **kwaaschaawaau** vai ◆ il/elle marche d'une rivière à l'autre

ᐧᑲᔖᐧᐋᐱᒋᐤ **kwaaschaawaapichiu** vai ◆ il/elle voyage jusqu'à une autre étendue d'eau en déplaçant son camp d'hiver

ᐧᑲᔖᐧᐋᓯᐦᑖᐤ **kwaaschaawaasihtaau** vai+o ◆ il/elle portage d'une rivière à l'autre

ᐧᑲᔖᐧᐋᔥᑖᑭᐣ **kwaaschaawaastaakin** ni ◆ un portage d'une rivière à l'autre

ᐧᑲᔖᐧᐋᐦᐊᒻ **kwaaschaawaaham** vti ◆ il/elle pagaie d'une rivière à l'autre ou d'un lac à l'autre

ᐧᑲᔖᔩᐦᑎᒻ **kwaaschaayihtim** vti ◆ il/elle change d'avis à ce sujet

ᐧᑲᔥ **kwaasch** p,manière ◆ c'est à mon tour, ton tour, son tour, notre tour, votre tour, leur tour ■ ᒌᐯ ᐧᑲᔥ ᑎᐦᑭᐣ ᐁ ᐋᔥᒑᐧᐋᐦ ᓂᑎᒋᒋᔥᐊᔨᐦᑎᐦ ■ *C'est à ton tour de porter ça parce que mon bras se fatigue.*

ᐧᑲᔥᑎᑯᐦᑎᒻ **kwaashtikuhtim** vti ◆ il/elle le boit à grand bruit

ᐧᑲᔥᑖᐦ **kwaashtaah** p,lieu ◆ de l'autre côté, d'une autre façon, dans l'autre sens ■ ᐊᒡᐦ ᐧᑲᔥᑖᐦ ᐃᒌᐦ ᐊᑌᐦ ᑲ ᐅᓯᐹᐅᒃ ■ *Elle/il se tenait de l'autre côté.*

ᐧᑳᔥᑯᐦᑎᐤ **kwaashkuhtiu** vai ◆ il/elle saute

ᐧᑳᔥᑯᐦᑎᑎᐧᐋᐤ **kwaashkuhtitiwaau** vta ◆ il/elle lui saute dessus

ᐧᑳᔥᑯᐦᑎᑎᒼ **kwaashkuhtitim** vti ◆ il/elle bondit sur quelque chose

ᐧᑳᔥᑳᐱᑎᒼ **kwaashkwaapitim** vti ◆ il/elle le déplace et le fait se retourner

ᐧᑳᔥᑳᐱᑖᐤ **kwaashkwaapitaau** vta ◆ il/elle le fait rebondir

ᐧᑳᔥᑳᐱᔨᐤ **kwaashkwaapiyiu** vai ◆ il/elle rebondit dans les airs

ᐧᑳᔥᑳᐱᔨᐤ **kwaashkwaapiyiu** vii ◆ ça rebondit dans les airs

ᐧᑳᔥᑳᐱᔨᐦᐆ **kwaashkwaapiyihuu** vai -u ◆ il/elle saute

ᐧᑳᔥᑳᑯᒋᐣ **kwaashkwaakuchin** vai ◆ il/elle rebondit

ᐧᑳᔥᑳᓂᒋᐱᔨᐤ **kwaashkwaanichipiyiu** vai ◆ il/elle se retourne en avant, fait un flip vers l'avant

ᐧᑳᔥᑳᓂᒋᐱᔨᐦᐆ **kwaashkwaanichipiyihuu** vai -u ◆ il/elle se retourne vers l'avant, fait un flip avant

ᐧᑳᔥᑳᓂᒋᐤ **kwaashkwaanichiu** vai ◆ il/elle roule, fait des saltos

ᐧᑳᔥᑳᔑᓐ **kwaashkwaashin** vai ◆ il/elle rebondit

ᐧᑳᔥᑳᔥᑭᒧᐧᐋᐤ **kwaashkwaashkimuwaau** vta ◆ il/elle rebondit jusqu'à lui/elle

·ᖁᓐ·ᖁᔅᑯᖅᑎᐹᐤ
kwaashkwaashkuhtipaau ni -m
* l'artère principale à la sortie du coeur, l'aorte

·ᖁᓐ·ᖁᔅᑯᖅᒋᓰᔥ
kwaashkwaashkuhchishiish na -im
* une sauterelle

·ᖁᓐ·ᖁᔅᑳᒫᔮᒥᔥᑳᒋᐊᓐ
kwaashkwaashkaamaayaamishkaachic hiwin vii redup
* les vagues frappent les rivages d'un bout à l'autre

·ᖁᓐ·ᖁᔅ·ᖁᔮᒋᐧᓲ
kwaashkwaashkwaayaachiwisuu vai redup -u
* il/elle bout et remonte à la surface (par ex. des beignets)

·ᖁᓐ·ᖁᔅ·ᖁᔮᒋᐧᐃᑖᐤ
kwaashkwaashkwaayaachiwihtaau vii redup
* ça bout et ça déborde

·ᖁᓐ·ᖁᔮᐱᐦᒑᐱᑎᒻ
kwaashkwaayaapihchaapitim vti
* il/elle le tire et le fait rebondir (filiforme)

·ᖁᓐ·ᖁᐦᐊᒻ kwaashkwaaham vti * il/elle le frappe et le fait voler dans les airs

·ᖁᓐ·ᖁᐦᐧᐋᐤ kwaashkwaahwaau vta
* il/elle le/la frappe et le/la fait rebondir

·ᖁᓐ·ᖁᐦᑎᓐ kwaashkwaahtin vii * ça rebondit

·ᖁᐦᐧᐋᑭᓐ kwaahwaakin na -im * un petit fuligule, un petit morillon *Aythya affinis* ou un fuligule milouinan, un grand morillon *Aythya Marila*

·ᖁᐦᐲ kwaahpii ni -m * du café, de l'anglais 'coffee'

·ᖁᐦᑯᑎᐧᐋᐱᔫ kwaahkutiwaapiyiu vii
* les flammes s'élèvent du feu

·ᖁᐦᑯᑖᐤ kwaahkutaau vii * le feu brûle bien et émet de la chaleur

·ᖁᐦᑯᑖᓂᒻ kwaahkutaanim vti * il/elle augmente le feu

·ᖁᐦᐧᑳᐱᓯᐤ kwaahkwaapisiu na -iim * un papillon, une mite

·ᖁᐦᐦᑲᑎᐱᓂᒻ kwaahkwaatipinim vti redup
* il/elle le roule

·ᖁᐦᐦᑲᑎᐱᓈᐤ kwaahkwaatipinaau vta redup
* il/elle le/la roule

·ᖁᐦᐦᑿᔖᐤ kwaahkwaashaau vii * c'est un terrain sur lequel il est difficile de marcher à cause des bosses et des zones marécageuses

## ᒋ

ᒋ·ᐃᑖᐤ chiwitaau na * un caribou mâle âgé de cinq ans en octobre qui perd ses bois plus tard que d'habitude

ᒋ·ᐃᑖᔥ chiwitaash na -shiim * un caribou mâle de deux ans en hiver

ᒋᐱᑖᐦᑎᒻ chipitaahtim vti * il/elle suffoque

ᒋᐱᑭᐦᒑᐤ chipikihchaau vai * il/elle est constipé-e

ᒋᐱᑳᐳᐃᐧᐃᒡ chipikaapuwiwich vai pl -uwi
* les vagues du rapide traversent toute la rivière

ᒋᐱᑳᐳ chipikaapuu vai -uwi * il/elle bloque le chemin

ᒋᐱᒀᑎᒻ chipikwaatim vti * il/elle le ferme par une couture

ᒋᐱᒀᑖᐤ chipikwaataau vta * il/elle le/la ferme par une couture

ᒋᐱᐢᑭᓂᐤ chipiskiniu p,lieu * au milieu de la route, du sentier ▪ ᐊᓄᐦ ᒋᐱᐢᑭᓂᐤ ᐊᑯᐦ ᐯ ᐱᒋᔑᒻᐦ ᐊᐊ ᐊᑎᒻₓ * Le chien était couché au milieu de la route.

ᒋᐱᔑᓐ chipishin vai * il/elle se coince dans quelque chose

ᒋᐱᔥᑭᐧᐋᐤ chipishkiwaau vta * il/elle le/la bloque, est en travers de son chemin

ᒋᐱᔥᑭᒻ chipishkim vti * il/elle le bloque, est en travers du chemin

ᒋᐱᔥᑯᔨᐤ chipishkuyiu vai * il/elle s'étouffe sur quelque chose

ᒋᐱᔥᑯᔨᐹᐤ chipishkuyipaau vai * il/elle a du liquide qui lui bloque la gorge

ᒋᐱᔥᑯᔨᐦᐋᐤ chipishkuyihaau vta
* il/elle le/la fait s'étouffer sur quelque chose

ᒋᐱᔥᑯᔨᒥᑭᓐ chipishkuyumikin vii * la glace est coincée et bloque l'écoulement de l'eau de la rivière

ᒋᐱᔥᑳᑯ chipishkaakuu vai -u * il/elle lui bloque le chemin ▪ ᐊᔨᐊᑦ ᒐᐱᔥᑲᑦᒡ ᐊᐦ ·ᐃᐦ ᐳᒋ ᐊᑳ ᐅᐦᒋ ᐊᐱᒡ ᒣᑳᐤ ᒣ ᓱᒫᒡₓ ▪ Il était empêché de partir (en canot) parce qu'il manquait de provisions.

ᒋᐱᔥᑳᒑᐤ chipishkaachaau vai * il/elle bloque le chemin

ᒋᐱᔥᑲᐦᑎᐙᐱᐤ **chipishkwaahtiwaapiu** vai ◆ il/elle est assis-e et bloque l'entrée

ᒋᐱᔥᑲᐦᑎᐚᔥᑖᐤ **chipishkwaahtiwaashtaau** vai ◆ il/elle le met dans l'entrée et ça bloque le passage

ᒋᐱᔥᑲᐦᑎᐚᔥᑖᐤ **chipishkwaahtiwaashtaau** vii ◆ c'est à la porte obstruant le passage

ᒋᐱᔥᑳᐦᒡ **chipishkwaahch** p,lieu ◆ sur le seuil ▪ ᐊᓂᑖᐦ ᒥᐦ ᒋᐱᔥᑳᐦᒡ ᐋᐧᑎᓐ ᑳ ᐅᒋ ᓂᐹᐅᓕᒡ ▪ *Elle/il se tenait sur le seuil.*

ᒋᐱᔮᐦᒑᐅᐱᐹᔥᑭᓐ **chipiyaahchaaupiishaakin** na -um ◆ une peau de caribou trouée par des parasites

ᒋᐱᔮᐦᒑᐅ **chipiyaahchaau** vai ◆ la peau de caribou est marquée, a des trous dus à des parasites

ᒋᐱᐦ **chipih** préverbe ◆ devrais, devrait; voudrais, voudrait (utilisé seulement avec la deuxième ou troisième personne de verbes indépendants) ▪ ᐋᔥ ᒋᐱᐦ ᑭᐸᓯᒡ ᐅᐦ ᐋᔥ ᐊᔥ ᐁᒥᐳᔥᐸᔨᒡ ▪ *Elle/il devrait être au lit à cette heure.*

ᒋᐱᐦᐄᐱᔨᐤ **chipihiipiyiu** vii ◆ ça se ferme tout seul

ᒋᐱᐦᐄᑭᓐ **chipihiikin** ni ◆ un couvercle, un capuchon, un bouchon ▪ ᐋᒡ ᒧᔑᐦᑎᓐ ᐊᓐ ᒋᐱᐦᐄᑭᓐ ▪ *Ce capuchon ne va pas bien.*

ᒋᐱᐦᐅᐋᓯᐤ **chipihuwaasiu** na -iim ◆ un policier

ᒋᐱᐦᐅᑑᑭᒥᒃ **chipihutuukimikw** ni ◆ une prison

ᒋᐱᐦᐊᐳᐚᓐ **chipihapuwaan** ni ◆ une bourre pour la cartouche du fusil de chasse

ᒋᐱᐦᐊᒧᐚᐤ **chipihamuwaau** vta ◆ il/elle le ferme pour lui/elle

ᒋᐱᐦᐊᒻ **chipiham** vti ◆ il/elle le ferme ▪ ᒎᑖᔨᐤ ᐋᐦ ᐁᐸᔥᐸᔥ ᒋᐱᐦᐊᒻ ᐊᒡᑎᐋᐳᒥᑦᐹᔪ ◆ ᔫᐱᒡ ᒉ ᐅ ᒋᐱᐦᐊᒋᐤ ᐊᐦ ᒥᓄᐦᐱᒪᒋᓂᐙᒡ ▪ *Il ferme le magasin à six heures.* ◆ *Assurez-vous de bien fermer cette boîte.*

ᒋᐱᐦᑎᐚᐅᐦᐋᐅᓱᐤ **chipihtiwaauhaausuu** vai-u ◆ il/elle arrête les pleurs du bébé

ᒋᐱᐦᑎᐚᐅᐦᐋᐤ **chipihtiwaauhaau** vta ◆ il/elle le/la fait s'arrêter de pleurer

ᒋᐱᐦᑎᐚᐤ **chipihtiwaau** vai ◆ il/elle arrête de pleurer, de parler, d'émettre un son vocal

ᒋᐱᐦᑖᔑᑭᐤ **chipihtaashikiuu** vii -iwi ◆ ça (ex. du sang, du liquide) arrête de saigner, de couler ▪ ᐊᓵᐦ ᓂᒡ ᒋᐱᐦᑖᓯᑭᐅᐊᐤ ᐦ ᒪᐤᓯᓯᒡ ▪ *Le saignement ne s'est pas arrêté sur sa blessure.*

ᒋᐱᐦᑯᐹᐤ **chipihkupaau** vii ◆ c'est un endroit où les buissons, les arbustes, les saules sont devenus si épais que le ruisseau commence à disparaître

ᒋᐱᐦᒋᐱᔨᐤ **chipihchipiyiu** vai ◆ il/elle s'arrête (en véhicule), il/elle cesse de marcher

ᒋᐱᐦᒋᐱᔨᐤ **chipihchipiyiu** vii ◆ ça s'arrête de marcher

ᒋᐱᐦᒋᐱᔨᐦᐋᐤ **chipihchipiyihaau** vta ◆ il/elle l'arrête, l'éteint

ᒋᐱᐦᒋᐱᔨᐦᑖᐤ **chipihchipiyihtaau** vai ◆ il/elle l'arrête, l'empêche de bouger, l'éteint

ᒋᐱᐦᒋᑳᐴ **chipihchikaapuu** vai -uwi ◆ il/elle s'arrête, s'immobilise ▪ ᐦ ᒋᐱᐦᒋᑳᐴ ᐊᐊᓐ ᒥᔅᑳᒡ ᐋᐦ ᐊᔅᐊᐋᒑᒡ ᒫ ᐅᑎᓐᓂᒡᐦ ▪ *Elle/Il s'est arrêté-e sur la route pour attendre qu'elle le rattrape.*

ᒋᐱᐦᒋᒫᐤ **chipihchimaau** vta ◆ il/elle l'arrête en criant, en émettant des bruits vocaux

ᒋᐱᐦᒋᓂᒻ **chipihchinim** vti ◆ il/elle l'arrête avec les mains, l'éteint ▪ ᒋᐱᐦᒋᓐ ᒫ ᐊᓐ ᐊᓂᒎᐋᔨᕁ ▪ *Eteins cette radio!*

ᒋᐱᐦᒋᓈᐤ **chipihchinaau** vta ◆ il/elle l'arrête avec les mains, l'éteint

ᒋᐱᐦᒋᐦᐋᐤ **chipihchihaau** vta ◆ il/elle l'arrête ▪ ᐦ ᒋᐱᐦᒋᐦᐋᐤ ᐅᑖᓂᔅᐦ ᐦ ᐄᐦ ᒧᐦᒋᐸᔨᔨᕁ ▪ *Elle/Il a empêché sa fille de partir.*

ᒋᐱᐦᒋᐦᑖᐤ **chipihchihtaau** vai+o ◆ il/elle l'arrête, l'éteint ▪ ᔫᑉ ᑐᐦᒑᐤ ᒫ ᒋᐱᐦᒋᐦᒡ ᒥᓂᐦᐁᐱᐊᔨᐤ ᐅᑎᓂᐦᒑᐊᓂᐋᔨᕁ ▪ *Elle essaie vraiment d'arrêter l'alcoolisme dans son village.*

ᒋᐱᐦᒋᐤ **chipihchiiu** vai ◆ il/elle s'arrête, s'éteint, cesse (de fonctionner, de marcher, de bouger, de courir) ▪ ᐋᐧᒡ ᐊᓐᐦ ᓂᓭᑖᐦ ᐦ ᒋᐱᐦᒋᐤᕁ ▪ *Elle s'est arrêtée près de notre maison.*

ᒋᐳᑎᓐ **chiputin** vii ◆ c'est complètement gelé (lac, rivière)

ᒋᐅᑎᑉᕿᓈᐱᑖᐤ chiputihchikinaapitaau vta ♦ il/elle ferme les trous des pattes par une couture sur la peau

ᒋᐳᑐᓈᓃᓲᔾ chiputunaaniisuu vai reflex -u ♦ il/elle se couvre la bouche avec la main

ᒋᐳᑐᓈᓈᐤ chiputunaanaau vta ♦ il/elle couvre la bouche de quelqu'un avec la main

ᒋᐳᑐᓈᐦᐚᐤ chiputunaahwaau vta ♦ il/elle le/la fait taire par ce qu'il/elle dit

ᒋᐳᑐᓈᐦᐱᑏᓲᔾ chiputunaahpitiisuu vai reflex -u ♦ il/elle attache quelque chose pour couvrir sa propre bouche

ᒋᐳᑐᓈᐦᐱᓲᔾ chiputunaahpisuu vai -u ♦ il/elle a quelque chose qui lui couvre la bouche

ᒋᐳᒋᐤ chipuchiu vai ♦ il/elle a de la graisse de caribou durcie qui lui bloque la gorge

ᒋᐳᓂᒻ chipunim vti ♦ il/elle le tient fermé

ᒋᐳᓈᐤ chipunaau vta ♦ il/elle le/la tient fermé-e

ᒋᐳᓯᐤ chipusiu vai ♦ il/elle est bouché-e ou bloqué-e

ᒋᐳᓯᑳᐚᔑᓐ chipusikaawaashin vai ♦ il/elle est bloqué-e par les buissons

ᒋᐳᓯᑳᐤ chipusikaau vii ♦ c'est bloqué par les buissons

ᒋᐳᓯᒃᐚᐤ chipusikwaau vii ♦ c'est bloqué par la glace

ᒋᐳᔅᒋᐅᑖᐤ chipuschiwitaau vai ♦ il/elle le remplit et le bloque avec de la boue, de la gomme, du gras figé

ᒋᐳᔅᒋᐅᓂᒻ chipuschiwichinim vti ♦ il/elle le bloque avec de la boue, de la gomme, du gras gélifié, à l'aide de ses mains

ᒋᐳᔅᒋᐅᓈᐤ chipuschiwichinaau vta ♦ il/elle le/la bloque avec de la boue, du gras gélifié, de la gomme, à l'aide de ses mains

ᒋᐳᔅᒋᐚᐤ chipuschiwaau vii ♦ c'est bloqué par de la boue, de la gomme, du gras

ᒋᐳᔅᒋᐚᐤ chipuschiwaau vai ♦ il/elle est bloqué-e avec (par ex. de la gomme dans les intestins)

ᒋᐳᔅᒋᒫᐤ chipuschimaau vta ♦ il/elle a juste assez de laçage pour finir les raquettes

ᒋᐳᔑᓐ chipushin vai ♦ il/elle bloque quelque chose, est coincé-e dans un trou

ᒋᐳᔥᑎᐦᐊᒻ chipushtiham vti ♦ il/elle le ferme par une couture

ᒋᐳᔥᑎᐦᐚᐤ chipushtihwaau vta ♦ il/elle le/la ferme par une couture

ᒋᐳᔥᑭᐚᐤ chipushkiwaau vta ♦ il/elle lui bloque le passage

ᒋᐳᐦᐚᐤ chipuhwaau vta ♦ il/elle le/la ferme; il/elle le referme sur lui/elle; il/elle le met en prison; il/elle l'éteint

ᒋᐳᐦᐚᑭᓐ chipuhwaakin na ♦ un prisonnier

ᒋᐳᐦᑎᓐ chipuhtin vii ♦ ça bloque quelque chose

ᒋᐹᐃᒄᐚᐤ chipaaikwaau vai ♦ son nez est bouché

ᒋᐹᐹᑭᒧᐦᐋᐤ chipaapaakimuhaau vta ♦ il/elle en fait une barrière (animé, filiforme)

ᒋᐹᐹᑭᒧᐦᑖᐤ chipaapaakimuhtaau vai ♦ il/elle fait une barrière avec une corde, une ficelle

ᒋᐹᑭᒧᐦᐋᐤ chipaakimuhaau vta ♦ il/elle dresse une barrière (animé, étalé)

ᒋᐹᑭᒧᐦᑖᐤ chipaakimuhtaau vai ♦ il/elle le met comme barrière (étalé)

ᒋᐹᔅᑯᒧᐦᐋᐤ chipaaskumuhaau vta ♦ il/elle l'utilise comme barricade ▪ ᒥᔥᑎᒄ ᑮ ᒋᐹᔅᑯᒧᐦᐋᐤ ᐊᓂᑌ ᐅᑦᔅᒋᑳᐦᒄ. *Il a utilisé un arbre comme barricade pour sa porte.*

ᒋᐹᔅᑯᒧᐦᑖᐤ chipaaskumuhtaau vai ♦ il/elle l'utilise comme barricade ▪ ᒥᔥᑎᑯᔥ ᑮ ᒋᐹᑭᒧᐦᑖᐤ ᐆᐸᐦᐄᑭᓂᓕᐤ. *Il a barricadé la fenêtre avec une planche.*

ᒋᐹᔅᑯᐦᐄᑭᓐ chipaaskuhiikin ni ♦ une planche servant à fermer une ouverture

ᒋᐹᔅᑯᐦᐊᒻ chipaaskuham vti ♦ il/elle ferme l'ouverture avec une planche

ᒋᐧᐋᐅᐦᑳᐦᐋᓐ chipwaauhkaahaan vii ♦ c'est bloqué par du sable lavé par les vagues

ᒋᐧᐋᐅᐦᒄᐚᐤ chipwaauhkwaau vii ♦ c'est bloqué par du sable

ᒋᐯᐛᑎᑭᐦᓲ **chipwaawaatihkihsuu** vai-u ♦ il/elle est emprisonné-e par les flammes

ᒋᐯᐤ **chipwaau** vii ♦ c'est fermé, bloqué

ᒋᐯᐱᓈᐤ **chipwaapinaau** vta ♦ il/elle lui ferme les yeux avec la main

ᒋᐯᐱᔅᑭᐦᒼ **chipwaapiskiham** vti ♦ il/elle le ferme au verrou, le verrouille

ᒋᐯᐱᔅᑳᐤ **chipwaapiskaau** vii ♦ c'est bloqué par des roches

ᒋᐯᐱᔅᒋᐱᑎᒼ **chipwaapischipitim** vti [Whapmagoostui] ♦ il/elle le ferme avec une fermeture éclair

ᒋᐯᐱᔅᒋᐱᑖᐤ **chipwaapischipitaau** vta [Whapmagoostui] ♦ il/elle le/la ferme avec une fermeture éclair

ᒋᐯᐱᔅᒋᐱᒋᑭᓐ **chipwaapischipichikin** ni [Whapmagoostui] ♦ une fermeture-éclair, une fermeture à glissière

ᒋᐯᐱᔥᑭᔥᑖᐤ **chipwaapishkishtaau** vii ♦ il y a un rocher qui bloque le passage

ᒋᐯᐱᐦᑳᑎᒼ **chipwaapihkaatim** vti ♦ il/elle le ferme en l'attachant

ᒋᐯᐱᐦᑳᑖᐤ **chipwaapihkaataau** vta ♦ il/elle le/la ferme en l'attachant

ᒋᐯᐱᐦᒑᐱᔫ **chipwaapihchaapiyiu** vii ♦ c'est refermé (ex. la maille de la raquette), le tuyau est bouché

ᒋᐯᐱᐦᒑᐱᔫ **chipwaapihchaapiyiu** vai ♦ il/elle a la circulation sanguine coupée, la circulation de son sang est restreinte

ᒋᐯᑯᓈᐤ **chipwaakunaau** vai ♦ il/elle est bloqué-e par la neige

ᒋᐯᑯᓈᐤ **chipwaakunaau** vii ♦ c'est bloqué par la neige

ᒋᐯᔅᐱᑎᒼ **chipwaaspitim** vti ♦ il/elle le ferme en le laçant

ᒋᐯᔅᐱᑖᐤ **chipwaaspitaau** vta ♦ il/elle le/la ferme en le/la laçant

ᒋᐯᔅᐱᒋᑭᓐ **chipwaaspichikin** ni ♦ une corde, un cordon, une ficelle pour fermer un sac

ᒋᐯᔥᑯᐦᐄᑭᓈᐦᑎᒄ **chipwaaskuhiikinaahtikw** ni ♦ une broche, une brochette pour fermer la cavité d'un animal ou d'un oiseau quand on le rôtit

ᒋᐯᔥᑯᐦᐊᒼ **chipwaaskuham** vti ♦ il/elle le bloque avec un bâton, avec quelque chose de long et rigide

ᒋᐯᔥᑯᐦᐙᐤ **chipwaaskuhwaau** vta ♦ il/elle le/la bloque avec quelque chose (long et rigide)

ᒋᐯᔥᑯᔥᑎᐦᐄᑭᓈᐦᑎᒄ **chipwaashkushtihiikinaahtikw** ni ♦ une broche ou brochette de bois pour fermer la cavité d'un animal éviscéré

ᒋᐯᔥᑯᔥᑎᐦᐄᑭᓐ **chipwaashkushtihiikin** ni ♦ une brochette ou broche pour fermer la cavité d'un animal éviscéré

ᒋᐯᔥᑯᔥᑎᐦᐙᐤ **chipwaashkushtihwaau** vta ♦ il/elle ferme l'ouverture avec une brochette (un animal, un oiseau à rôtir)

ᒋᐯᔩᒄᐙᐤ **chipwaayikwaau** vai ♦ il/elle a le nez bouché

ᒋᐯᐦᑭᑎᓲ **chipwaahkitisuu** vai-u ♦ il/elle se referme à cause de la sécheresse, il/elle meurt de faim

ᒋᑎᒨ **chitimwaau** vta ♦ il/elle le/la dévore

ᒋᑐᐦᐋᐤ **chituhaau** vta ♦ il/elle appelle un animal, un oiseau

ᒋᑑᔫᔅ **chituuusis** nad ♦ ta tante (la soeur de ta mère, la femme du frère de ton père), ta belle-mère (la femme de ton père qui n'est pas ta mère)

ᒋᑖᐤ **chitaau** vai+o ♦ il/elle le dévore, le mange tout entier

ᒋᑭ **chiki** préverbe ♦ indicateur du futur pour la deuxième ou troisième personne de verbes indépendants ▪ ᐙᐯᒡ ᒋᑭ ᐃᔑᐋᐤ ᐅᒎᒉᐱᒋᑯᒥᕽ. ♦ ᒋᑭ ᒌᐤ ᐋᔨ ᒥᔥᑎᓈᓂᐋᐳᕽ. ♦ ᒋᑭ ᒥᒋᓲ ᐊᔨᕐᑐᐤᔑ. ▪ *Il ira demain à sa cabane de chasse.* ♦ *Elle va partir parce qu'il y a trop de monde.* ♦ *Tu vas manger ce soir.*

ᒋᑭᐙᓈᐤ **chikiwaanaau** vta ♦ il/elle laisse les poils sur la peau du caribou

ᒋᑭᐙᔑᐧᐃᒡ **chikiwaashiwich** vai pl ♦ il y en a peu

ᒋᑭᐙᔑᔥ **chikiwaashish** p,quantité,temps ♦ quelquefois, de temps en temps, un petit peu ▪ ᐋᓐ ᒋᑭᐙᔑᔥ ᐋᐤ ᐦᐋ ᐯᒋ ᒥᓭᒌᒃ ᐋᔨᒦᔓᔥ. ▪ *Elle nous a seulement donné un petit peu d'avoine.*

ᒋᑭᒧᐹᒋᔑᓐ **chikimupaachishin** vai ♦ il/elle est coincé-e dans la neige fondue sur la glace

ᑭᑭᒧᔑᕆᐋᐤ chikimuschiwaau vai ♦ il/elle est embourbé-e

ᑭᑭᒧᐦᐋᐤ chikimuhaau vta ♦ il/elle le/la colle dessus

ᑭᑭᒧᐦᑖᐤ chikimuhtaau vai ♦ il/elle le colle dessus

ᑭᑭᒧ chikimuu vai -u ♦ il /elle est attaché-e, coincé-e

ᑭᑭᒧ chikimuu vii -u ♦ c'est attaché, coincé

ᑭᑭᓯᐢᑳᐢᑯᐣ chikisiskaaskun vii ♦ c'est un morceau de bois pour le feu pas encore sec, un bâton encore vert

ᑭᑭᓯᐢᑳᐢᑯᓯᐤ chikisiskaaskusiu vai ♦ il/elle (ex. un arbre) est vert-e, pas sec ou sèche

ᑭᑭᓯᔅᒋᐴ chikisischipuu vai -u ♦ il/elle mange de la viande crue, du poisson

ᑭᑭᓯᔅᒋᓈᐦᑾᒨ chikisischinaahkwaamuu vai -u ♦ il/elle dort les chaussures aux pieds

ᑭᑭᓯᔅᒋᓈᐤ chikisischinaau vai ♦ il/elle porte ses chaussures

ᑭᑭᓯᔅᒋᓯᐤ chikisischisiiu vai ♦ il/elle est cru-e, pas cuit-e

ᑭᑭᓯᔅᒋᐤ chikisischiiu vai ♦ il/elle est cru-e

ᑭᑭᓵᒫᐤ chikisaamaau vai ♦ il/elle porte des raquettes

ᑭᑭᓵᒫᐱᐦᑖᐤ chikisaamaapihtaau vai ♦ il/elle court les raquettes aux pieds

ᑭᑭᔑᐡᑭᑖᓂᐋᐤ chikishishkitaaniwaau vai ♦ il/elle ne les cuit pas assez

ᑭᑭᔑᐡᑳᐤ chikishishkaau vii ♦ c'est cru, pas cuit

ᑭᑭᔑᐡᑳᐦᑎᒃ chikishishkaahtikw ni -um ♦ du bois vert

ᑭᑭᔑᐡᒋᓈᔑᐣ chikishishchinaashin vai ♦ il/elle se couche les chaussures aux pieds

ᑭᑭᔥᑐᑎᓈᐤ chikishtutinaau vai ♦ il/elle porte son chapeau

ᑭᑭᐦᑳᐱᔨᐤ chikihkwaapiyiu vai ♦ il/elle tombe la tête la première

ᒋᑳᒋᐃᓯᒻ chikaachiwisim vti ♦ il/elle le fait bouillir en y ajoutant quelque chose

ᒋᑳᓯᐤ chikaasiu vai ♦ il/elle est étroit-e

ᒋᑳᓯᑯᓯᐤ chikaasikusiu vai ♦ la glace est étroite

ᒋᑳᓯᒃᐋᐤ chikaasikwaau vii ♦ c'est un rétrécissement dans la glace

ᒋᑳᐢᑯᐦᑏᑖᐤ chikaaskuhtitaau vai ♦ il/elle sécurise la lame d'une hache ou d'un couteau avec un morceau de bois

ᒋᑳᐡᑎᑎᔮᐤ chikaashtitiyaau vai ♦ il/elle a la taille fine, étroite

ᒋᑳᔨᐚᐅᐦᑳᐤ chikaayiwaauhkaau vii ♦ la colline devient plus étroite, rétrécit

ᒋᑳᔮᐤ chikaayaau vii ♦ ça se rétrécit, ça rétrécit

ᒋᑳᔮᐱᐢᑳᐤ chikaayaapiskaau vii ♦ c'est un défilé dans un affleurement rocheux

ᒋᑳᐦᑯᓂᑖᐤ chikaahkunitaau vai ♦ il/elle coince quelque chose dans le canon du fusil

ᒋᑳᐦᑯᓈᐤ chikaahkunaau vai ♦ il/elle a une écharde ▪ ᒼ ᒋᑳᐦᑯᓈᐤ ᒪᐧᑊ ᐯ ᒍᐦᑦᒋᓰₓ ▪ Elle a eu une écharde en sculptant.

ᒋᒋᐱᔮᐱᐢᑭᑯᒋᐣ chichipiyaapishkikuchin vii ♦ la lune brille dans la nuit claire

ᒋᒋᐱᐦᑳᓂᒼ chichipihkwaanim vti ♦ il/elle garde son fusil chargé

ᒋᒋᐱᐦᑳᔮᐤ chichipihkwaayaau vii ♦ le fusil est chargé

ᒋᒋᑳᐃᐣ chichikaawin ni -um ♦ un chapeau de cowboy, un chapeau avec une visière

ᒋᒋᒑᐤ chichichaau vai ♦ il/elle a des excréments sur son rectum

ᒋᒋᒑᒫᐤ chichichaamaau vta ♦ il/elle salit, souille son fond de culotte, son pantalon avec des excréments ▪ ᒋᒋᒑᐤ ᐅᐱᐦᑐᐃᔭᐱᓯᐋⁿₓ ▪ Il a souillé son sous-vêtement long.

ᒋᒋᒑᐦᑎᒼ chichichaahtim vti ♦ il/elle le salit avec des excréments

ᒋᒋᓈᑭᐦᐊᒻ chichinaakiham vti ♦ il/elle le marque à la hache (long et rigide, se dit du bois, d'un poteau)

ᒋᒋᐡᑭᐋᐤ chichishkiwaau vta ♦ il/elle le/la porte (un vêtement)

ᒋᒋᐡᑭᒧᔮᐤ chichishkimuyaau vta ♦ il/elle le lui enfile (un vêtement)

ᒋᒋᐡᑭᒼ chichishkim vti ♦ il/elle le porte

ᒋᐡ chich p,manière ♦ avec, y compris ▪ ᐦᑐᑎᒼ ᐊᓄᐨ ᐅᒋᐦᐋᐱᒼ ᒋᐡ ᑊᐦ ᐊᓄᐨ ᐧᐃᐅᐨᐦᐊₓ ▪ Il a pris sa hâche avec sa corde pour porter sa charge.

**ᒋᒥᐱᑎᒧᔮᐤ** chimipitimuyaau vai ◆ il/elle n'attrape que la patte de l'animal dans le piège

**ᒋᒥᐱᑎᒼ** chimipitim vti ◆ il/elle le déchire, le détache, le casse net

**ᒋᒥᐱᑖᐤ** chimipitaau vta ◆ il/elle le/la déchire trop court-e

**ᒋᒥᐳᑖᐤ** chimiputaau vai+o ◆ il/elle le scie, coupe à la scie

**ᒋᒥᐳᒋᑭᓐ** chimipuchikin ni ◆ une scie à bûches

**ᒋᒥᐳᔮᐤ** chimipuyaau vta ◆ il/elle le/la scie trop court-e

**ᒋᒥᑎᐦᒑᐤ** chimitihchaau vai ◆ il/elle a le doigt ou la main coupée

**ᒋᒥᑖᐤ** chimitaau vai ◆ il/elle l'installe, le monte ou dresse (par ex. une tente)

**ᒋᒥᑖᐤ** chimitaau vii ◆ ça dépasse, c'est dressé

**ᒋᒥᑖᓐ** chimitaan vii ◆ il arrête de pleuvoir

**ᒋᒥᑭᐦᐊᒼ** chimikiham vti ◆ il/elle le coupe complètement

**ᒋᒥᑭᐦᐧᐋᐤ** chimikihwaau vta ◆ il/elle le/la coupe trop court-e

**ᒋᒥᑭᐦᑎᐧᑳᐦᐊᒫᐤ** chimikihtikwaahamaau vai ◆ il/elle coupe sa frange assez courte

**ᒋᒥᑳᑖᐧᐋᐧᔖᐤ** chimikaataawaashwaau vta ◆ il/elle coupe les jambes du pantalon

**ᒋᒥᑳᑖᐤ** chimikaataau vai ◆ il/elle a une jambe en moins, est amputé-e de la jambe

**ᒋᒥᑳᑖᐱᔨᐤ** chimikaataapiyiu vai ◆ il/elle (ex. pantalon) a une jambe arrachée

**ᒋᒥᑳᑖᐧᔖᐤ** chimikaataashwaau vta ◆ il/elle lui coupe la jambe

**ᒋᒥᒫᐤ** chimimaau vta ◆ il/elle le/la détache en mordant

**ᒋᒥᓂᒼ** chiminim vti ◆ il/elle en casse un morceau avec la main

**ᒋᒥᓂᔅᑭᑑᐦᑎᒄ** chiminiskituuhtikw ni -m ◆ un arbre sec, cassé; une souche d'arbre

**ᒋᒥᓂᔅᒋᐱᔨᐤ** chiminischipiyiu vai ◆ il (se dit d'un arbre mort) est sec et se casse

**ᒋᒥᓈᐤ** chiminaau vta ◆ il/elle en casse un morceau à la main (animé)

**ᒋᒥᓯᑯᐦᑎᑖᐤ** chimisikuhtitaau vai ◆ il/elle le fait se couper par la glace

**ᒋᒥᓲ** chimisuu vai -u ◆ il/elle l'érige, est dressé (ex. arbre)

**ᒋᒥᓵᐦᐅᓈᒋᓐ** chimisaahunaachin ni ◆ du papier toilette

**ᒋᒥᓵᐦᐅᓐ** chimisaahun ni ◆ du papier toilette, pour s'essuyer les fesses

**ᒋᒥᓵᐦᐆ** chimisaahuu vai -u ◆ il/elle lui essuie les fesses

**ᒋᒥᓵᐦᐋᐤ** chimisaahaau vta ◆ il/elle lui essuie les fesses, le/la torche

**ᒋᒥᔑᑯᔑᒫᐤ** chimishikushimaau vta ◆ il/elle le/la fait se couper avec la glace

**ᒋᒥᔑᑳᒑᐤ** chimishikaachaau vai ◆ il/elle coupe des choses avec

**ᒋᒥᔑᒧᐧᐋᐤ** chimishimuwaau vta ◆ il/elle le coupe pour lui/elle

**ᒋᒥᔑᒼ** chimishim vti ◆ il/elle le coupe

**ᒋᒥᐧᔖᐤ** chimishwaau vta ◆ il/elle le/la coupe trop court-e

**ᒋᒥᔥᑎᐧᑳᓈᐤ** chimishtikwaanaau vai ◆ sa tête est coupée

**ᒋᒥᔥᑎᐧᑳᓈᐧᔖᐤ** chimishtikwaanaashwaau vta ◆ il/elle lui coupe la tête

**ᒋᒥᔥᑎᓂᐱᔨᐤ** chimishtinipiyiu vii ◆ le vent tombe progressivement

**ᒋᒥᔥᑎᓐ** chimishtin vii ◆ le vent tombe ▪ ᑳ ᒋᒥᔥᑎᓂᔨᒃ ᐄᔮᒄ ᑳ ᐹᒋ ᐴᓯᒃ᙮ ▪ *Ils ne sont partis en canot que quand le vent est tombé.*

**ᒋᒥᔮᐤ** chimiyaau vta ◆ il/elle le/la dresse, le/la met debout

**ᒋᒥᐦᐄᒑᐤ** chimihiichaau vai ◆ il/elle fend ou coupe du bois

**ᒋᒥᐦᐅᓲ** chimihusuu vai reflex -u ◆ il/elle se coupe avec une hache

**ᒋᒥᐦᐊᒼ** chimiham vti ◆ il/elle le tranche, le coupe (se dit du bois)

**ᒋᒥᐦᐋᐦᑎᐧᑳᐤ** chimihaahtikwaau vai ◆ il/elle coupe des perches

**ᒋᒥᐦᑎᒼ** chimihtim vti ◆ il/elle l'arrache d'un coup de dent

**ᒋᒦᔅᑳᓐ** chimiiskaan ni ◆ une souche, la base d'un arbre

**ᒋᒧᐧᐃᓂᐱᔨᒌᔅ** chimuwinipiyichiis na ◆ des pantalons de pluie

ᒋᒨᐃᓂᐱᔮᔒᔥ **chimuwinipiyaashiish** na
 • lit. 'oiseau de pluie', un bruant, un pinson (désigne plusieurs espèces de bruants, de pinsons)

ᒋᒨᐃᓂᐹᔥᑖᓐ **chimuwinipaashtaan** vii
 • c'est une averse

ᒋᒨᐃᓂᑯᐦᑉ **chimuwinikuhp** ni • un imperméable, un imper, un manteau de pluie, un ciré

ᒋᒨᐃᓂᔑᐤ **chimuwinishiu** vai • il/elle est surpris-e par la pluie, pris-e sous la pluie

ᒋᒨᐃᓂᔥᑐᑎᓐ **chimuwinishtutin** ni • un chapeau de pluie, un suroît

ᒋᒨᐃᓈᐴᐃ **chimuwinaapui** ni • de l'eau de pluie, de l'eau pluviale

ᒋᒨᐃᓈᔅᒑᐤ **chimuwinaaschaau** vii
 • l'apparence du soleil annonce la pluie, c'est un soleil avant-coureur de pluie

ᒋᒨᐃᓈᔖᐤ **chimuwinaashaau** vii • le feu ne brûle pas bien à cause de l'humidité

ᒋᒨᐃᓋᐅᑎᔒᔥ **chimuwinwaautishiish** na • une grive à dos olive *Catharus ustulatus*, une grive solitaire *Catharus guttatus*

ᒋᒨᐃᓐ **chimuwin** vii • il pleut

ᒋᑎᐎᓐ **chimutiwin** ni • un vol

ᒋᑎᐤ **chimutiu** vai • il/elle vole (prend des choses qui ne lui appartiennent pas)

ᒋᑎᒧᐚᐤ **chimutimuwaau** vta • il/elle le/la vole

ᒋᑎᔥ **chimutisch** na pl -iim • un voleur, une voleuse

ᒋᒧᑖᒥᓈᐤ **chimutaaminaau** vta • il/elle l'étrangle

ᒋᒧᑖᒥᐅᒃᐛᐤ **chimutaamishkiwaau** vta
 • il/elle l'étouffe avec son pied ou son corps

ᒋᒧᑖᒫᐱᐦᑳᓲ **chimutaamaapihkaasuu** vai-u
 • il/elle s'étrangle avec

ᒋᒧᑖᒫᑯᓈᐤ **chimutaamaakunaau** vai
 • il/elle suffoque à cause de la neige

ᒋᒧᑖᒫᔑᐤ **chimutaamaashiu** vai • le vent lui vole son souffle

ᒋᒧᑖᒫᐦᐱᓲ **chimutaamaahpisuu** vai-u
 • il/elle est asphyxié-e par la fumée

ᒋᒧᑖᒫᐦᑭᓲ **chimutaamaahkisuu** vai-u
 • il/elle meurt d'asphyxie

ᒋᒧᑖᒫᐦᑭᔃᐤ **chimutaamaahkiswaau** vta
 • il/elle l'asphyxie avec du feu

ᒋᒧᔥᒋᐚᐤ **chimuschiwikaau** vii • c'est un endroit humide et boueux

ᒋᒧᔥᒋᓯᐤ **chimuschisiu** vai • il/elle est mouillé-e, trempé-e, détrempé-e

ᒋᒧᔓᒥᓂᐤ **chimushuminiu** na • notre grand-père

ᒋᒧᔓᒧᐚᐤ **chimushumuwaau** na
 • votre grand-père

ᒋᒧᔔᒻ **chimushum** nad • ton grand-père

ᒋᒧᔥᑳᐤ **chimushkaau** vii • c'est détrempé, mouillé

ᒋᒧᔥᑳᐹᐚᐤ **chimushkaapaawaau** vai
 • il est trempé-mouillé; elle est trempée-mouillée

ᒋᒧᔥᑳᐹᐚᐤ **chimushkaapaawaau** vii
 • c'est trempé-mouillé

ᒋᒧᐦᑭᐦᐄᑭᓐ **chimuhkihiikin** ni • une façon d'attraper les poissons en les effrayant pour qu'ils soient pris au filet

ᒋᒧᐦᑳᔅᑯᐦᐄᑭᓐ **chimuhkaaskuhiikin** ni
 • un bâton pour effrayer le poisson et le faire prendre dans un filet

ᒋᒧᐦᑳᔅᑯᐦᐊᒧᐚᐤ **chimuhkaaskuhamuwaau** vta • il/elle fait en sorte que le poisson se fasse attraper dans le filet en remuant l'eau avec un poteau ou une rame

ᒋᒧᐦᒋᔑᓂᒡ **chimuhchishinich** vai pl • les vagues font du bruit en déferlant

ᒋᒫᐤ **chimaau** vii • c'est raccourci

ᒋᒫᐱᓯᔅᒋᓯᐤ **chimaapisischisiu** vai
 • il/elle est coupé-e trop court-e (minéral)

ᒋᒫᐱᔅᑳᐤ **chimaapiskaau** vii • c'est coupé trop court (minéral)

ᒋᒫᐳᑖᐤ **chimaaputaau** vii • ça se casse et se fait emporter

ᒋᒫᐹᑭᓐ **chimaapaakin** vii • c'est coupé (filiforme)

ᒋᒫᐹᒋᓯᐤ **chimaapaachisiu** vai • il/elle est coupé-e (filiforme)

ᒋᒫᑭᓐ **chimaakin** vii • c'est découpé (étalé)

ᒋᒫᒋᐱᑎᒻ **chimaachipitim** vti • il/elle en arrache un morceau (étalé)

ᒋᒫᒋᐱᑖᐤ **chimaachipitaau** vta • il/elle en arrache un morceau (animé, étalé)

ᒋᒫᐱᔫ chimaachipiyiu vai ♦ il/elle est déchiré-e (étalé)

ᒋᒫᐱᔫ chimaachipiyiu vii ♦ c'est déchiré (étalé)

ᒋᒫᒋᔫ chimaachisiu vai ♦ il /elle est découpé-e (étalé)

ᒋᒫᔅᑯᓐ chimaaskun vii ♦ c'est coupé (long et rigide)

ᒋᒫᔅᑯᓯᐆ chimaaskusiu vai ♦ il/elle est coupé-e (long et rigide)

ᒋᒫᔨᐙᐆ chimaayiwaau vai ♦ il/elle a la queue raccourcie

ᒋᓄᐱᔫ chinupiyiu vii ♦ ça allonge, ça se rallonge

ᒋᓄᐱᔨᐋᐆ chinupiyihaau vta ♦ il/elle l'étend de tout son long

ᒋᓄᐱᔨᐊᑖᐆ chinupiyihtaau vai ♦ il/elle l'allonge

ᒋᓄᑭᒫᐆ chinukimaau vii ♦ c'est un long lac

ᒋᓄᑭᐙᐆ chinukihwaau vta ♦ il/elle le/la coupe en long

ᒋᓄᑯᑖᐆ chinukutaau vai ♦ il/elle a un long bec, a le nez long

ᒋᓄᑯᒋᓐ chinukuchin vai ♦ il/elle est pendu-e, suspendu-e en longueur

ᒋᓄᑳᐴ chinukaapuu vai -uwi ♦ il/elle est grand-e

ᒋᓄᓰᐆ chinusiu vai ♦ il est long, elle est longue

ᒋᓄᓯᑯᓰᐆ chinusikusiu vai ♦ le morceau de glace est long

ᒋᓄᓯᒁᐆ chinusikwaau vii ♦ c'est une longue étendue de glace

ᒋᓄᔖᐅᔥᑎᒁᓐ chinushaaushtikwaan ni ♦ une tête de brochet

ᒋᓄᔖᐚᐯ chinushaawaapui ni ♦ du bouillon de brochet

ᒋᓄᔖᐆ chinushaau na -m ♦ un brochet, un grand brochet *Esox lucius*

ᒋᓄᔨᐙᐆ chinuyiwaau vai ♦ il/elle a le corps long

ᒋᓄᐦᐋᐆ chinuhaau vta ♦ il/elle l'allonge

ᒋᓄᐦᑎᑭᐦᐊᒻ chinuhtikiham vti ♦ il/elle le coupe en long

ᒋᓄᐦᑎᑳᐆ chinuhtikaau vii ♦ c'est un long morceau de bois de chauffage

ᒋᓄᐦᑖᐆ chinuhtaau vai ♦ il/elle l'allonge

ᒋᓛᐅᑭᓈᐆ chinwaaukinaau vai ♦ il/elle a un long dos

ᒋᓛᐅᐦᑭᓈᐦᑖᐆ chinwaauhkinaahtaau vai+o ♦ il/elle le fait trop long (par ex. pignon du toit)

ᒋᓛᐆ chinwaau vii ♦ c'est long

ᒋᓛᐱᓯᔅᒋᔫ chinwaapisischisiu vai ♦ il est long, elle est longue (minéral)

ᒋᓛᐱᔅᑳᐆ chinwaapiskaau vii ♦ c'est long (minéral)

ᒋᓛᐹᑭᓐ chinwaapaakin vii ♦ c'est long (filiforme)

ᒋᓛᐹᒋᑯᑖᐆ chinwaapaachikutaau vai ♦ il/elle a le nez long, un long bec

ᒋᓛᐹᒋᓂᒻ chinwaapaachinim vti ♦ il/elle l'allonge (filiforme), le rallonge (ex. un discours, un conte)

ᒋᓛᐹᒋᓈᐆ chinwaapaachinaau vta ♦ il/elle l'allonge (filiforme)

ᒋᓛᐹᒋᔫ chinwaapaachisiu vai ♦ il est long, elle est longue (filiforme)

ᒋᓛᐹᒋᐦᒁᐆ chinwaapaachihkwaau vai ♦ il/elle a un long visage

ᒋᓛᑭᓐ chinwaakin vii ♦ c'est long (étalé)

ᒋᓛᑯᑯᑖᐆ chinwaakukutaau vai+o ♦ il/elle l'a suspendu assez bas

ᒋᓛᑯᑯᔮᐆ chinwaakukuyaau vta ♦ il/elle le/la laisse suspendu-e assez bas/basse

ᒋᓛᑯᔨᐙᐆ chinwaakuyiwaau vai ♦ il/elle a un long cou

ᒋᓛᒋᔫ chinwaachisiu vai ♦ il est long, elle est longue (étalé)

ᒋᓛᓂᑳᐆ chinwaanikaau vii ♦ l'île est longue

ᒋᓛᓈᑳᐳᐃᐧᐄᒡ chinwaanaakaapuwiwich vai pl -uwi ♦ c'est une longue ligne de vagues dans les rapides

ᒋᓛᔅᑯᓐ chinwaaskun vii ♦ c'est long (long et rigide)

ᒋᓛᔅᑯᓯᐆ chinwaaskusiu vai ♦ il/elle est grand-e

ᒋᓛᔅᑯᐋᐆ chinwaaskuhaau vta ♦ il/elle l'allonge (long et rigide)

ᒋᓛᔅᑯᐦᑖᐆ chinwaaskuhtaau vai ♦ il/elle le rallonge (long et rigide)

ᒋᓛᔥᑖᐱᔫ chinwaashtaapiyiu vii ♦ les flammes jaillissent du feu

ᒋᓛᔨᐙᐆ chinwaayiwaau vai ♦ il/elle a la queue longue

ᒋᐚᐦᒀᐤ chinwaahkwaau vai ♦ la partie courbée de la raquette en avant

ᒋᐚᐦᒑᐤ chinwaahchaau vai ♦ il/elle a de longues plumes sur les ailes

ᒋᓯᐄᐢᑲᑖᐤ chisiwiskitaau vta ♦ il/elle le/la fâche en marchant trop vite pour lui/elle

ᒋᓯᐱᓂᒼ chisipinim vti ♦ il/elle le déboutonne, l'ouvre

ᒋᓯᐱᓈᐤ chisipinaau vta ♦ il/elle le/la déboutonne, l'ouvre

ᒋᓯᐹᑯᐦᒡ chisipaakuhch p,lieu ♦ au bord de l'eau (dans l'eau) ▪ ᒋᓯᐹᑯᐦᒡ ᑭᐦ ᐊᑯᐦᒐᓖᐤ ᐊᓂᒑᐦ ᐅᒍᔖᒡₓ ▪ Il faisait tremper ses peaux d'orignal au bord de l'eau.

ᒋᓯᑯᓯᐚᐤ chisikusiwaau na ♦ votre tante (la femme du frère de votre mère, la soeur de votre père), votre belle-mère (la mère de vos époux ou épouses)

ᒋᓯᑯᐢ chisikus nad ♦ ta tante (la femme du frère de ta mère, la soeur de ton père), ta belle-mère (la mère de ton mari ou de ta femme)

ᒋᓯᑳᐢᑯᐦᐄᑭᓈᐦᑎᒃ chisikaaskuhiikinaahtikw ni ♦ un bâton pour maintenir un piège dans le sol

ᒋᓯᑳᐢᑯᐦᐄᑭᓐ chisikaaskuhiikin ni ♦ un poteau utilisé pour fixer un piège

ᒋᓯᑳᓯᐦᒀᐴ chisikaaschihkwaapuu vai-u ♦ il/elle mange dans la casserole, le chaudron

ᒋᓯᒑᔨᐦᑎᒥᐦᐄᑰ chisichaayihtimihiikuu vai-u ♦ il/elle est vraiment intéressé-e à le faire, est motivé-e

ᒋᓯᒡ chisich p,manière ♦ toute la famille, parents et enfants ▪ ᒋᓯᒡ ᑭᐦ ᐅᐦᐲᐅᐋᐢ ᑳ ᐊᓯᐱᐦᒃₓ ▪ Toute la famille est allée en avion à l'intérieur des terres.

ᒋᓯᓂᐹᔮᐤ chisinipaayaau vii ♦ c'est froid et pluvieux, il fait un temps humide et froid

ᒋᓯᓂᑎᐱᐢᑳᐤ chisinitipiskaau vii ♦ c'est une nuit froide

ᒋᓯᓂᔨᐚᐤ chisiniyiwaau vii ♦ c'est un vent froid

ᒋᓯᓈᐤ chisinaau vii ♦ il fait très froid (se dit en hiver)

ᒋᓯᓈᐱᓐ chisinaapin vii ♦ c'est un matin froid

ᒋᓯᓐ chisin vii ♦ il fait très froid (se dit en hiver)

ᒋᓯᓯᐄᓈᑯᓯᐤ chisisiwinaakusiu vai ♦ il/elle a l'air capable

ᒋᓯᓯᐄᓯᐤ chisisiwisiu vai ♦ il/elle est capable, fort-e

ᒋᓯᓯᒧᐚᐤ chisisimuwaau vta ♦ il/elle le réchauffe pour lui/elle

ᒋᓯᓯᒼ chisisim vti ♦ il/elle le fait chauffer, le réchauffe

ᒋᓯᓯᓂᐤ chisisiniu na ♦ notre oncle (le frère de notre mère, le mari de la soeur de notre père), notre beau-père (le père du mari ou de la femme)

ᒋᓯᓲ chisisuu vai-u ♦ il/elle est chaud-e, il/elle a chaud

ᒋᓯᔧᐚᐤ chisiswaau vta ♦ il/elle le/la réchauffe, le/la chauffe

ᒋᓯᐢ chisis nad ♦ ton oncle (le frère de ta mère, le mari de la soeur de ton père), ton beau-père (le père de ton mari ou de ta femme)

ᒋᓯᐢᑖᐹᒋᓈᐤ chisistaapaachinaau vta ♦ il/elle le/la plonge dans l'eau, le/la submerge

ᒋᓯᐢᑳ chisiskaa p,manière ♦ soudain, vite, tout à coup ▪ ᓂᐦ ᔨᐦᑐᐦᑖᐦᐊᒡ ᐋᔨ ᒋᓯᐢᑳ ᐊᒡ ᐦᒼ ᐅᐦᒡ ᐱᓰᒋᐦᒑᒡₓ ▪ J'ai eu très peur quand elle/il s'est soudain levé-e.

ᒋᓯᐢᑳᔮᐱᐦᑖᐤ chisiskaayaapihtaau vii ♦ la fumée nous indique la force du vent

ᒋᓯᔮᐅᐦᒋᓂᒼ chisiyaauhchinim vti ♦ il/elle le nettoie avec du sable, avec un abrasif

ᒋᓯᔮᐅᐦᒋᓈᐤ chisiyaauhchinaau vta ♦ il/elle le/la nettoie avec du sable

ᒋᓯᔮᐹᐅᔮᐤ chisiyaapaauyaau vta ♦ il/elle le/la rince

ᒋᓯᔮᐹᐚᐤ chisiyaapaawaau vii ♦ c'est rincé, lavé, enlevé au lavage

ᒋᓯᐦᐄᑭᓈᐦᑎᒃ chisihiikinaahtikw ni [Whapmagoostui] ♦ un balai

ᒋᓯᐦᐄᑭᓈᐦᑎᒃ chisihiikinaahtikw ni ♦ un manche à balai

ᒋᓯᐦᐄᑭᓐ chisihiikin ni [Chisasibi] ♦ un balai

ᒋᓯᐦᐄᒑᐤ chisihiichaau vai ♦ il/elle balaye ou balaie

ᒋᓯᐃᐱᔨᐤ chisiipiyiu vii ♦ ça s'efface (ex. de l'écriture, une marque)

ᒋᔨᐱᔪ° chisiipiyiu vii ♦ ça se découvre, le brouillard se lève

ᒋᔩᓈᐤ° chisiinaau vta ♦ il/elle l'essuie sur tout son long

ᒋᔩᔅᒋᐱᔪ° chisiischipiyiu vai ♦ la peau de l'animal se déchire parce que les trous sont trop fins et trop rapprochés quand on la place sur le cadre

ᒋᔨᔮᐹᐅᑖᐤ° chisiiyaapaautaau vai ♦ il/elle le rince

ᒋᔪᐃᔅᑭᑖᐤ° chisuwiskitaau vai+o ♦ il/elle le fâche parce qu'elle marche trop vite pour lui/elle

ᒋᓵᐙᑎᓰᐃᐧᓐ chisaawaatisiiwin ni ♦ tendresse, amour

ᒋᓵᐙᑎᓰᐤ° chisaawaatisiiu vai ♦ il/elle a de la compassion

ᒋᓵᐱᓯᔅᑖᐤ° chisaapisistaau vii ♦ c'est chaud (minéral) ■ ᒋᓵᐱᔅᒋᓘ ᐊᐲ ᐊᓯᓃ ᐅᑎᓂᒪᐦ ■ *Prends la pierre seulement quand elle est chaude!*

ᒋᓵᐱᓯᔅᒋᓲ chisaapisischisuu vai -u ♦ il/elle est chaud-e (minéral)

ᒋᓵᐱᓯᔅᒋᓵᐙᓐ chisaapisischisaawaan na ♦ un poêle, un fourneau, une cheminée, un foyer

ᒋᓵᐱᓰᒼ chisaapiisim na ♦ le mois de février

ᒋᓵᑭᒥᓯᒼ chisaakimisim vti ♦ il/elle le fait chauffer (liquide)

ᒋᓵᒥᔅᑯᔥᑖᐤ° chisaamiskushtaau vii ♦ c'est une hutte construite par un castor adulte

ᒋᓵᒥᔅᑯᐦᑐᐃ chisaamiskuhtui ni ♦ un cadre pour étendre et faire sécher la fourrure d'un castor adulte

ᒋᓵᒥᔅᑯ chisaamiskw na -um ♦ un castor adulte

ᒋᓵᒨᔅ chisaamuus na -um ♦ un orignal adulte

ᒋᓵᓰᓃ chisaasinii ni -m ♦ une cartouche, une balle de fusil

ᒋᓵᓰᓃᐅᐹᔅᒋᓯᑭᓐ chisaasiniiupaaschisikin ni ♦ une carabine 30-30

ᒋᓵᓰᐲ chisaasiipii ni -m ♦ le village ou la communauté de Chisasibi, une grande rivière ■ ᒋᓵᓰᐲᐤ ᐆᐦᒋ ᐊᐙ ᐃᔅᒀᐤ ■ *Cette femme est de Chisasibi.*

ᒋᓵᓰᐲᐅᐄᔨᔪ° chisaasiipiiuiiyiyiu na ♦ une personne qui vient de Chisasibi

ᒋᓵᔅᒑᐤ° chisaaschaau vii ♦ les rayons du soleil sont chauds

ᒋᓵᔮᔅᑯᓂᐲᓯᒼ chisaayaaskunipiisim na ♦ janvier, le mois de janvier

ᒋᔅᐱᑭᑎᓐ° chispikitin vii ♦ la glace est gelée bien épaisse

ᒋᔅᐱᑭᒡᐚ° chispikitwaau vii ♦ le fil de la lame du couteau, de la hache est épais

ᒋᔅᐱᑭᒧᐦᑖᐤ° chispikimuhtaau vai ♦ il/elle l'étale en une couche épaisse

ᒋᔅᐱᑭᒨ chispikimuu vai -u ♦ il/elle est étalé-e en une couche épaisse

ᒋᔅᐱᑭᒨ chispikimuu vii -u ♦ c'est étendu en couche épaisse

ᒋᔅᐱᑭᔅᑯᓐ° chispikiskun vii ♦ il y a des nuages épais

ᒋᔅᐱᑭᔖᐤ chispikishaau vai ♦ il/elle a la peau dure, épaisse

ᒋᔅᐱᑳᐤ° chispikaau vii ♦ c'est épais

ᒋᔅᐱᑳᐱᓯᔅᒋᓯᐤ° chispikaapisischisiu vai ♦ il est épais, elle est épaisse (minéral)

ᒋᔅᐱᑳᐱᔅᑳᐤ° chispikaapiskaau vii ♦ c'est épais (minéral)

ᒋᔅᐱᑳᐹᑭᓐ chispikaapaakin vii ♦ c'est épais (filiforme)

ᒋᔅᐱᑳᐹᒋᓯᐤ° chispikaapaachisiu vai ♦ il est épais, elle est épaisse (filiforme)

ᒋᔅᐱᑳᑯᓂᑳᐤ° chispikaakunikaau vii ♦ la neige est profonde

ᒋᔅᐱᑳᔅᑭᑎᓐ° chispikaaskitin vii ♦ c'est gelé bien épais

ᒋᔅᐱᑳᔅᑯᓐ° chispikaaskun vii ♦ c'est épais (long et rigide)

ᒋᔅᐱᑳᔅᑯᓯᐤ° chispikaaskusiu vai ♦ il est épais, elle est épaisse (long et rigide)

ᒋᔅᐱᒋᐳᑖᐤ° chispichiputaau vai+o ♦ il/elle le scie assez épais

ᒋᔅᐱᒋᐳᔮᐤ° chispichipuyaau vta ♦ il/elle le/la scie bien épais

ᒋᔅᐱᒋᒫᒦᔑᕽᐊᒼ chispichimaamiishiham vti ♦ il/elle met une couche épaisse de pièces dessus

ᒋᔅᐱᒋᒫᒦᔑᐦᐋᐤ° chispichimaamiishihwaau vta ♦ il/elle met une couche épaisse de pièces sur lui/elle

ᒋᔅᐱᒋᓯᑯᓯᐤ° chispichisikusiu vai ♦ il/elle est épaissi-e par la glace

ᒋᔅᐱᒋᓯᒄ **chispichisikwaau** vii ♦ c'est épais avec de la glace

ᒋᔅᐱᒋᓯᔫ **chispichisiiu** vai ♦ il est épais, elle est épaisse

ᒋᔅᐱᒋᔑᑭᔮᐤ **chispichishikiyaau** vai ♦ il/elle a la peau épaisse, dure

ᒋᔅᐱᒋᔑᒫᐤ **chispichishimaau** vta ♦ il/elle applique plusieurs couches, épaisseurs sur lui/elle

ᒋᔅᐱᒋᐋᐤ **chispichihaau** vta ♦ il/elle l'épaissit

ᒋᔅᐱᒋᑖᐤ **chispichihtaau** vai+o ♦ il/elle le fait épais

ᒋᔅᐱᒑᑭᓐ **chispichaakin** vii ♦ c'est épais (étalé)

ᒋᔅᐱᒑᒋᓯᐤ **chispichaachisiu** vai ♦ il est épais, elle est épaisse (étalé)

ᒋᔅᐱᓂᑎᒧᐋᐤ **chispinitimuwaau** vta ♦ il/elle prend sa défense

ᒋᔅᐱᐧᐋᐤ **chispihwaau** vta ♦ il/elle le/la mélange, brasse, remue (par ex. de la pâte) avec quelque chose

ᒋᔅᐹᐙᐅᓲ **chispaawaausuu** vai-u ♦ il/elle prend la défense de ses enfants, les gâte

ᒋᔅᐹᐙᑖᐤ **chispaawaataau** vta ♦ il/elle prend sa défense, le/la gâte

ᒋᔅᐹᐤ **chispaau** p,évaluative ♦ c'est du gâchis, c'est dommage que... ∎ ᒋᔅᐹᐤ ᐊᐅᒃ ᓂᔑᐸᒋᔐᓰᐤ ᐁᓰᔨᐃᒡᑭ ∎ *C'est dommage qu'elle ait renversé le peu de sucre que j'avais!*

ᒋᔅᑎᒥᐦᐄᐙᐤ **chistimihiiwaau** vai ♦ il/elle provoque de la misère

ᒋᔅᑎᒥᐦᐄᐙᐤ **chistimihiiwaau** vii ♦ ça cause de la misère, de la détresse

ᒋᔅᑎᒥᐦᐄᓲ **chistimihiisuu** vai reflex-u ♦ il/elle se fait du tort, se met dans la misère

ᒋᔅᑎᒥᐋᐤ **chistimihaau** vta ♦ il/elle le/la maltraite

ᒋᔅᑎᒧᔥᑭᒻ **chistimushkim** vti ♦ il/elle tasse le sentier à force de marcher dessus

ᒋᔅᑎᒫᑎᓯᔫ **chistimaatisiiu** vai ♦ il/elle est dans le besoin, est pauvre

ᒋᔅᑎᒫᑭᓐ **chistimaakin** vii ♦ les temps sont durs; il y a peu de ressources

ᒋᔅᑎᒫᒋᓂᐙᐤ **chistimaachiniwaau** vta ♦ il/elle le/la regarde avec pitié

ᒋᔅᑎᒫᒋᓈᑯᓐ **chistimaachinaakun** vii ♦ ça semble mal fait, abîmé, usé; ça fait pitié

ᒋᔅᑎᒫᒋᓈᑯᓯᐤ **chistimaachinaakusiu** vai ♦ il/elle a l'air pauvre et fait pitié

ᒋᔅᑎᒫᒋᓈᒑᐤ **chistimaachinaachaau** vai ♦ il/elle considère les autres avec compassion

ᒋᔅᑎᒫᒋᔥᑎᐙᐤ **chistimaachistiwaau** vta ♦ il/elle est pris-e de compassion en entendant ce qu'il/elle a à dire

ᒋᔅᑎᒫᒋᔅᒄ **chistimaachiskwaau** na -m ♦ une pauvre femme, une femme récemment veuve

ᒋᔅᑎᒫᒑᔨᒥᑯᓰᐤ **chistimaachaayimikusiiu** vai ♦ il/elle veut qu'on le/la prenne en pitié

ᒋᔅᑎᒫᒑᔨᒦᓲ **chistimaachaayimiisuu** vai reflex -u ♦ il/elle se prend en pitié

ᒋᔅᑎᒫᒑᔨᒧᐋᐤ **chistimaachaayimuwaau** vai ♦ il/elle fait preuve de compassion, il/elle éprouve de la pitié

ᒋᔅᑎᒫᒑᔨᒫᐤ **chistimaachaayimaau** vta ♦ il/elle a pitié de lui/d'elle

ᒋᔅᑎᒫᒑᔨᐦᑖᑯᓐ **chistimaachaayihtaakun** vii ♦ c'est pitoyable, navrant

ᒋᔅᑎᒫᒑᔨᐦᑖᑯᓯᐤ **chistimaachaayihtaakusiu** vai ♦ il/elle fait pitié

ᒋᔅᑎᒫᒑᔨᐦᒋᒑᐎᓐ **chistimaachaayihchichaawin** ni ♦ la compassion, la pitié

ᒋᔅᑎᒫᒑᔨᐦᒋᒑᐤ **chistimaachaayihchichaau** vai ♦ il/elle est compatissant-e, clément-e

ᒋᔅᑎᓰᔫ **chistisiiu** vai ♦ il/elle est grand-e, important-e

ᒋᔅᑎᓵᐱᒫᐤ **chistisaapimaau** vta ♦ il/elle lève les yeux sur lui/elle

ᒋᔅᑎᐦᐊᒧᐙᐤ **chistihamuwaau** vta ♦ il/elle lui défend de faire quelque chose

ᒋᔅᑐᑖᐤ **chistutaau** vta ♦ il/elle le/la gronde, le/la remarque en faisant un son ou un commentaire

ᒋᔅᑐᐦᐄᒋᔥᒂᐤ **chistuhiichishkwaau** vai ♦ il/elle appelle le rat musqué

ᒋᔅᑐᐦᐄᒧᔃᐤ **chistuhiimuswaau** vai ♦ il/elle appelle l'orignal

ᒋᔅᑐᐦᐄᔖᐤ **chistuhiischaau** vai ◆ il/elle appelle l'outarde, les oies, les bernaches du Canada

ᒋᔅᑐᐦᐋᐤ **chistuhaau** vta ◆ il/elle l'appelle (par ex. un orignal, un oiseau)

ᒋᔅᑐᐦᑎᑖᐤ **chistuhtitaau** vai ◆ il/elle part avec, l'emporte

ᒋᔅᑐᐦᑎᐦᐋᐤ **chistuhtihaau** vta ◆ il/elle s'éloigne en marchant avec lui/elle

ᒋᔅᑐᐦᑖᐤ **chistuhtaau** vai ◆ il/elle part à pied

ᒋᔅᑐᐦᒋᒑᐤ **chistuhchichaau** vai ◆ il/elle joue d'un instrument de musique, il/elle fait marcher la stéréo

ᒋᔅᑑ **chistuu** vai -u ◆ il/elle émet un son vocal

ᒋᔅᑑᒥᑭᓐ **chistuumikin** vii ◆ ça produit un son

ᒋᔅᑖᐅᔅᒋᐙᐱᔫ **chistaauschiwaapiyiu** vai ◆ il/elle s'embourbe

ᒋᔅᑖᐅᔅᒋᐙᐱᔫ **chistaauschiwaapiyiu** vii ◆ ça sombre dans la boue

ᒋᔅᑖᐱᑎᓰᐤ **chistaapitisiiu** vai ◆ il/elle est très utile, fonctionnel/fonctionnelle

ᒋᔅᑖᐱᔅᑭᐦᐄᑭᓈᐦᑎᒄ **chistaapiskihiikinaahtikw** ni ◆ un long outil pour nettoyer le canon d'un fusil

ᒋᔅᑖᐱᔅᑭᐦᐄᑭᓐ **chistaapiskihiikin** ni ◆ un outil pour nettoyer le canon d'un fusil

ᒋᔅᑖᐳᔫ **chistaapuyiu** vai ◆ il/elle commence à descendre le rapide

ᒋᔅᑖᑯᐦᑎᓐ **chistaakuhtin** vii ◆ le canot est enfoncé dans l'eau à cause d'une charge assez lourde

ᒋᔅᑖᒋᐎᓐ **chistaachiwin** vii ◆ c'est là où le courant est le plus fort, c'est la veine principale du courant

ᒋᔅᑖᔅᑯᐱᔫ **chistaaskupiyiu** vii ◆ l'eau déborde sur la glace

ᒋᔅᑖᔥᑎᒫᐤ **chistaashtimaau** vta ◆ il/elle part avec lui/elle en bateau

ᒋᔅᑖᔨᒦᓲ **chistaayimiisuu** vai reflex -u ◆ il est fier de lui, elle est fière d'elle, il/elle se prend pour quelqu'un

ᒋᔅᑖᔨᐦᑖᑯᓯᐤ **chistaayihtaakusiu** vai ◆ il/elle est respecté-e, on a de l'estime pour lui/elle

ᒋᔅᒘᐙᐱᔫ **chistwaawaapiyiu** vai ◆ il/elle fait un son, émet un son

ᒋᔅᒘᐙᐱᔫ **chistwaawaapiyiu** vii ◆ ça fait un son, ça sonne

ᒋᔅᒘᐙᔥᑭᒻ **chistwaawaashkim** vti ◆ il/elle lui fait faire un bruit avec son pied ou son corps

ᒋᔅᑭᔥᑖᐤ **chiskishtaau** vai ◆ il/elle le range

ᒋᔅᑭᐦᐄᑭᓐ **chiskihiikin** ni ◆ un bâton indicateur, qui indique où se trouve un campement

ᒋᔅᑭᐦᐄᒑᐤ **chiskihiichaau** vai ◆ il/elle pose un bâton indicateur

ᒋᔅᑭᐦᐋᐤ **chiskihaau** vta ◆ il/elle le/la range, l'enlève

ᒋᔅᑯᑎᒨᐙᐤ **chiskutimuwaau** vta ◆ il/elle lui apprend quelque chose, lui donne le caribou qu'il/elle a tué

ᒋᔅᑯᑎᒫᑑᑭᒥᒄ **chiskutimaatuukimikw** ni ◆ une école

ᒋᔅᑯᑎᒫᑯᓰᐎᓐ **chiskutimaakusiiwin** ni ◆ une leçon

ᒋᔅᑯᑎᒫᒑᐎᓐ **chiskutimaachaawin** ni ◆ l'enseignement, l'instruction

ᒋᔅᑯᑎᒫᒑᐤ **chiskutimaachaau** vai ◆ il/elle enseigne

ᒋᔅᑯᑎᒫᒑᓯᐤ **chiskutimaachaasiu** na -iim ◆ un professeur, une professeure, un enseignant, une enseignante

ᒋᔅᑯᑎᒫᓲ **chiskutimaasuu** vai reflex -u ◆ il/elle apprend, apprend tout-e seul-e

ᒋᔅᒋᐙᐦᐄᒑᐎᓐ **chischiwaahiichaawin** ni ◆ une prophétie

ᒋᔅᒋᐙᐦᐄᒑᐤ **chischiwaahiichaau** vai ◆ il/elle dit l'avenir

ᒋᔅᒋᓂᐙᐱᐤ **chischiniwaapiu** vai ◆ il/elle apprend comment faire en regardant ■ ᒥᑦ ᒥᓐ ᒋᔅᒋᓂᐙᐱᐤ ᐊᔅᐄᐤ ᐋᐦᑑ ᒥᓐ ᒋᔅᑳᔅᑎᓂᒃ ᐊᓂᒡ ᒫ ᐃᔅᑑᑎᒡᐦ ■ Elle/Il apprend comment le faire en regardant les autres le faire.

ᒋᔅᒋᓂᐙᐱᒫᐤ **chischiniwaapimaau** vta ◆ il/elle l'imite, le/la prend comme modèle ■ ᒦ ᒋᔅᒋᓂᐙᐱᓬᐤ ᐋᐤ ᐃᔐᑎᔥ ᐋᐤ ᒪᐋᐙᔥ ■ Elle a essayé de jouer comme lui (en l'imitant).

ᒋᔅᒋᓂᐙᐱᐦᑎᒻ **chischiniwaapihtim** vti ◆ il/elle l'imite, le prend comme modèle ■ ᒦ ᒋᔅᒋᓂᐙᐱᐦᑎᒦᐤ ᐊᐅᒡ ᐱ ᐅᔨᐦᒑᔥ ■ Elle a utilisé son travail comme modèle.

ᓯᔅᓂ·ᐊᕕᑎᔮ° **chischiniwaapihtiyaau** vta ♦ il/elle lui montre le chemin, la façon, comment faire

ᓯᔅᓂ·ᐊᑎᒑᔨᐤ **chischiniwaatihchaayiu** vai ♦ il/elle fait signe de la main

ᓯᔅᓂᐦᐊᒍ·ᐊ° **chischinuhamuwaau** vta ♦ il/elle l'instruit, lui enseigne

ᓯᔅᓂᐦᐋᒫᒑᐤ° **chischinuhaamaachaau** vai ♦ il/elle enseigne, guide

ᓯᔅᓂᐦᑎᐦᐃ·ᐊ° **chischinuhtihiiwaau** vai ♦ il/elle guide

ᓯᔅᓂᐦᑎᐦᐊ° **chischinuhtihaau** vta ♦ il/elle le/la guide, le/la dirige

ᓯᔅᒑᔨᒫ° **chischaayimaau** vta ♦ il/elle le/la connaît

ᓯᔅᒑᔨᐦᑎᒥᐦᐊ° **chischaayihtimihaau** vta ♦ il/elle l'informe, le lui fait savoir

ᓯᔅᒑᔨᐦᑎᒧᐎᓐ **chischaayihtimuwin** ni ♦ de l'information, des connaissances

ᓯᔅᒑᔨᐦᑎᒼ **chischaayihtim** vti ♦ il/elle le connaît

ᓯᔅᒑᔨᐦᑖᑯᓐ **chischaayihtaakun** vii ♦ c'est connu

ᓯᔅᒑᔨᐦᑖᑯᓯᐤ **chischaayihtaakusiu** vai ♦ il/elle est connu-e

ᓯᔅᒑᔨᐦᑖᑯᐦᐄᓱ **chischaayihtaakuhiisuu** vai reflex -u ♦ il/elle se fait connaître des autres

ᓯᔅᒑᔨᐦᑖᑯᐦᐆ **chischaayihtaakuhuu** vai -u ♦ il/elle veut qu'on sache qu'il/elle est là

ᓯᔅᒑᔨᐦᑖᑯᐦᐊ° **chischaayihtaakuhaau** vta ♦ il/elle le/la fait connaître aux autres

ᓯᔅᒑᔨᐦᑖᑯᐦᑖ° **chischaayihtaakuhtaau** vai ♦ il/elle le fait savoir

ᒋᔑ·ᐃᑭᓂ·ᐊᐱᒫ° **chishiwikiniwaapimaau** vta ♦ il/elle lui jette un coup d'oeil irrité, le/la regarde avec colère

ᒋᔑ·ᐊᒫ° **chishiwimaau** vta ♦ il/elle le fâche par ce qu'il/elle dit

ᒋᔑ·ᐊᓯᓐ **chishiwishin** vai ♦ il/elle est fâché-e parce qu'il/elle est tombé-e, il/elle est couché là en colère

ᒋᔑ·ᐃᐤᐳᑖ° **chishiwishkitaau** vai ♦ il/elle a mal au ventre

ᒋᔑ·ᐊᔨᐦᑎᐤ **chishiwiyihtiu** vai ♦ il/elle fait avec colère

ᒋᔑ·ᐃᐤ·ᐊ° **chishiwihwaau** vta ♦ il/elle le/la fâche en le/la surpassant

ᒋᔑ·ᐃᐤᑖ° **chishiwihtaau** vai ♦ il/elle est fâché-e de marcher

ᒋᔑ·ᐃᐤᐳᑖ° **chishiwihkitaau** vai ♦ il/elle est fâché-e parce qu'il/elle a faim

ᒋᔑ·ᐃᐤᑯᓯᐤ° **chishiwihkushiu** vai ♦ il/elle est fâché-e parce qu'il/elle a sommeil

ᒋᔑ·ᐊᐱᒨ **chishiwaapimuu** vai -u ♦ il/elle désapprouve ce qu'un-e autre fait, ce qu'il voit le fâche, ce qu'elle voit la fâche

ᒋᔑ·ᐊᔐᔥᑎ·ᐊ° **chishiwaashiishtiwaau** vta ♦ il/elle est fâché-e avec lui/elle, il/elle est en colère contre lui/elle

ᒋᔑ·ᐊᔩᒦᓱ **chishiwaayimiisuu** vai reflex -u ♦ il/elle pense qu'il/elle est capable

ᒋᔑ·ᐊᔨᒫ° **chishiwaayimaau** vta ♦ il/elle est décidé-e à le/la trouver, à le/la tuer, à le/la remettre à sa place

ᒋᔑ·ᐊᔨᐦᑎᒼ **chishiwaayihtim** vti ♦ il/elle est déterminé-e à agir, a envie de le faire

ᒋᔑ·ᐊᐦᐊ° **chishiwaahaau** vta ♦ il/elle le/la fâche, le/la met en colère ■ ᒋᔑ·ᐊᐦᐊ° ᐊᑳ ᐅᐦᒋ ᐄᔅᒑᐊᐧᑦ ᑳ ᐅᔑᒥᑯᑦ ■ *Il l'a fâché parce qu'il n'est pas venu quand il l'a invité.*

ᒋᔑᐱᔥᑲᐤᑎᐦᐠ **chishipishkwaautihkw** na -um ♦ une caribou femelle sans ramure

ᒋᔑᐱᔥᑲᐤ **chishipishkwaau** vai ♦ il/elle se coupe les cheveux tout court

ᒋᔑᐱᔨᐤ **chishipiyiu** vai ♦ il/elle va vite, passe vite

ᒋᔑᐱᔨᐤ **chishipiyiu** vii ♦ ça va vite, c'est rapide

ᒋᔑᐱᔨᐦᐊ° **chishipiyihaau** vta ♦ il/elle le/la conduit vite, le/la jette vite

ᒋᔑᐱᔨᐦᑖ° **chishipiyihtaau** vai ♦ il/elle conduit vite

ᒋᔑᐱᐦᑖᒥᑭᓐ **chishipihtaamikin** vai ♦ il/elle est rapide, se répand vite

ᒋᔑᐸᐤ **chishipaau** vii ♦ ça n'a pas de manche

ᒋᔑᐸᔨᐦᑎᒼ **chishipaayihtim** vti ♦ il/elle est deçu-e, se sent seul-e

ᒋᔑᑖᐅᐊᔅᒋᓯᓐᐦ **chishitaauaschisinh** ni pl ♦ des sandales

ᒋᔑᑖᐅᐱᔨᐤ **chishitaaupiyiu** vai ♦ il/elle sue à cause de la fièvre

ᒋᔑᑖᐅᑭᔥᑭᐎᓐ **chishitaaukishkiwin** vii ♦ un temps chaud approche si on en croit les nuages

ᒋᔐᑖᐅᓂᑯᓯᔫ chishitaaunikusiiu vai [Wemindji] ♦ il/elle a de la fièvre, est chaud-e au toucher

ᒋᔐᑖᐅᓃᐱᓐ chishitaauniipin vii ♦ c'est un été chaud

ᒋᔐᑖᐦᐊᒫᐤ chishitaauhamaau vai ♦ il/elle le mange chaud

ᒋᔐᐙᐦᐱᓈᐤ chishitaawaaspinaau vai ♦ il/elle a de la fièvre

ᒋᔐᑳᐤ chishitaau vii ♦ il fait chaud, c'est une journée chaude

ᒋᔨᑭᐎᒥᐦᒃᐚᐤ chishikiwimihkwaau vai ♦ il/elle saigne fort, abondamment

ᒋᔑᑳᐲᐦᐋᐤ chishikaapihaau vta ♦ il/elle l'attache avec une laisse à quelque chose ▪ ᒋᔑᑳᐲᐦᐋᐤ ᐊᐙᔑᔥ ᐁᑳ ᐊᔐᔑᒣᐎᐦᒡ ᐊᐱ ᓂᑎᐊᔭᒡ ᒋ ᐁᐘᐹᔨᒡ ▪ Elle a mis une laisse à son enfant pour qu'il ne soit pas brûlé par le feu.

ᒋᔑᑳᐲᐦᑳᑖᐤ chishikaapihkaataau vta ♦ il/elle le/la met en laisse

ᒋᔑᑳᐲᐦᑳᓲ chishikaapihkaasuu vai-u ♦ il/elle est attaché-e à quelque chose ▪ ᓛᓂᑎ ᐦᓃᒋᐦᑎᒣᐱᓂᒻ ᒋᔑᑳᐲᐦᒃᒡ ᐊᐸ ᐊᑎᒃᓯᒻ ▪ Le chiot est attaché au piquet de tente.

ᒋᔑᑳᐳᐎᐧᐃᒡ chishikaapuwiwich vai pl -uwi ♦ ils/elles se tiennent ensemble pendant un moment

ᒋᔑᑳᐹᐎᓐ chishikaapaawin ni ♦ une ficelle, une corde, une laisse

ᒋᔑᑳᐹᐤ chishikaapaau vai ♦ il/elle harnaché-e (pour empêcher un enfant de s'approcher trop près du feu par exemple)

ᒋᔑᒋᐎᓐ chishichiwin vii ♦ c'est un courant rapide ▪ ᐋᒋᒡᐘᑦ ᒋᔑᒋᐎᓐ ᐅᐱ ᑎᐋᔑᑯᒡ ᐊᔨ ᐘᓯᐦᒃᒡ ▪ Le courant est rapide juste devant notre campement.

ᒋᔑᓂᑖᑯᔑᐤ chishinitaakushiu vii ♦ c'est une soirée fraîche, froide

ᒋᔑᔑᐅᐋᔨᒫᐤ chishishiuwaayimaau vta ♦ il/elle pense qu'il/elle est capable

ᒋᔑᔑᐋᐹᐤ chishishiwaapaau na-m ♦ un homme capable, bien portant, en santé, fort

ᒋᔑᔑᐦᒋᐦᐅᐤ chishishuumihchihuu vai-u ♦ il/elle se sent fort-e, plein-e d'énergie

ᒋᔑᔮᔑᐤ chishiyaashiu vai ♦ il/elle vogue vite, passe vite

ᒋᔑᔮᔥᑎᒫᐤ chishiyaashtimaau vta ♦ il/elle l'aère

ᒋᔑᔮᔥᑎᓐ chishiyaashtin vii ♦ ça va vite (en bateau)

ᒋᔑᐦᑯᔑᐤ chishihkushiu vai ♦ il/elle a sommeil ▪ ᐋᒋᒡᐘᑦ ᒋᔑᐦᑯᔑᐤ ᐋᐅᐱ ᐊᐱ ᐱᐦ ᐧᐃᑖᒡ ᐊᐸᐋᐱᐋᐱᒡᐲᒡ ▪ Il a sommeil d'avoir joué dehors si longtemps.

ᒋᔒᐱᑎᒻ chishiipitim vti ♦ ses traces sont gelées dures

ᒋᔒᐱᒋᐤ chishiipichiu vai ♦ il/elle fait crisser la neige en marchant

ᒋᔒᒨ chishiimuu vai-u ♦ il/elle parle avec colère, d'un ton fâché

ᒋᔒᒫᐤ chishiimaau vta ♦ il/elle le/la fâche avec ce qu'il/elle lui dit

ᒋᔒᒻ chishiim nad ♦ ton jeune frère ou frère cadet, ta jeune soeur ou soeur cadette

ᒋᔒᔑᑖᔑᒧᐎᓐ chishiishitaashimuwin ni ♦ un paillasson, un tapis d'accueil ▪ ᓗ ᒋᒡᐹᐅᑕᔭ ᐊ ᒋᔒᔑᑖᔑᒧᐎᓐ ᐘᐧᐸᐱᒃ ▪ Lave ce paillasson demain!

ᒋᔒᔑᑖᔑᒨ chishiishitaashimuu vai-u ♦ il/elle essuie ses pieds sur quelque chose ▪ ᐊᔭᑦ ᒋᔒᔑᑖᔑᒨ ᐱᔮ ᐱᐦᒋᓚᒃ ▪ Il s'essuie les pieds chaque fois qu'il entre.

ᒋᔒᔑᐋᓈᐤ chishiishaanaau vta ♦ il/elle le/la lave, lui nettoie la peau en essuyant

ᒋᔖᐝᓂᐹᒃ chishaawiinipaakw ni-um ♦ un océan

ᒋᔖᐘᑐᑎᐘᐤ chishaawaatutiwaau vta ♦ il/elle lui témoigne de l'affection

ᒋᔖᑎᒻ chishaatim vti ♦ il/elle regrette de s'en être séparée, ça lui manque

ᒋᔖᑖᐤ chishaataau vta ♦ il/elle regrette de s'être séparée de lui/d'elle, il/elle lui manque

ᒋᔖᒋᒫᓐ chishaachiimaan ni ♦ un gros navire

ᒋᔖᒥᑖᐦᑐᒥᑎᓂᐤ chishaamitaahtumitiniu p,nombre ♦ mille ▪ ᐊᐅᔅᒡ ᒋᔖᒥᑖᐦᑐᒥᑎᓂᐤ ᐃᐱᐹᑯ ᐱᐦ ᐊᑉ ᑎᐊᔑᓂᓐ ᓂᐦᒡᑎᐊᔭᐦᒡ ▪ Il y a eu plus de mille visiteurs dans notre village.

ᒋᔖᒥᓂᑐ chishaaminituu na-m ♦ Dieu, le Grand Esprit

ᒋᔖᓈᐹᐤ chishaanaapaau na-m ♦ un homme adulte

ᒋᔖᔥᑖᐅ **chishaashtaau** vii ♦ c'est une journée chaude, claire, au ciel dégagé

ᒋᔖᔨᒥᐦᐋᐅᒌᔑᑳᐅ **chishaayimihaauchiishikaau** vii ♦ c'est le dimanche de Pâques, lit. 'un grand jour de prières'

ᒋᔖᔨᔥᒀᔥ **chishaayishkwaash** na -im ♦ une vieille femme

ᒋᔖᔨᔨᐅᐆᒥᑭᓐ **chishaayiyiuiimikin** vii ♦ c'est vieux

ᒋᔖᔨᔨᐅᓈᑯᓯᔫ **chishaayiyiunaakusiu** vai ♦ il a l'air vieux, elle a l'air vieille

ᒋᔖᔨᔨᐅᔫᐅᐃᔮᓐ **chishaayiyiushuwiyaan** na -m ♦ la pension de vieillesse

ᒋᔖᔨᔨᐅ **chishaayiyiuu** vai -iwi ♦ il est vieux, elle est vieille, c'est une personne âgée

ᒋᔖᔨᔨᐙᔨᐦᑖᑯᓯᔫ **chishaayiyiwaayihtaakusiu** vai ♦ il a l'air vieux, elle a l'air vieille

ᒋᔖᔨᔫ **chishaayiyiu** na -im ♦ un vieil homme, un homme adulte, un vieillard

ᒋᔖᔨᐦᑭᐦᑎᒻ **chishaayihkihtim** vti ♦ il/elle est la personne la plus âgée du camp; il est le chef parce qu'il est le plus vieux; elle est la chef parce qu'elle est la plus vieille

ᒋᔖᔮᑯᐎᓯᐳᐃ **chishaayaakuwiisipui** ni -uum ♦ la vésicule biliaire d'un ours

ᒋᔖᔮᑯᐎᔫ **chishaayaakuwiiyu** ni -um ♦ de la graisse d'ours (pas cuite)

ᒋᔖᔮᑯᐱᒦ **chishaayaakupimii** ni -m ♦ de la graisse d'ours (cuite), du gras d'ours

ᒋᔖᔮᑯᐱᒦᐦᒑᐅ **chishaayaakupimiihchaau** vai ♦ il/elle fait fondre le gras d'ours

ᒋᔖᔮᑯᐱᔒᔖᐙᓐ **chishaayaakupiishishaawaan** ni ♦ un ragoût d'ours

ᒋᔖᔮᑯᑎᒋᔒ **chishaayaakutichishii** ni -m ♦ des intestins d'ours

ᒋᔖᔮᑯᑎᐦᒌ **chishaayaakutihchii** ni -m ♦ une patte d'ours

ᒋᔖᔮᑯᑎ **chishaayaakuti** ni -aam ♦ un estomac d'ours

ᒋᔖᔮᑯᑭᓐ **chishaayaakukin** ni -im ♦ un os d'ours

ᒋᔖᔮᑯᑭᔒ **chishaayaakukishii** na -iim ♦ une griffe d'ours

ᒋᔖᔮᑯᒀᐦᑯᓈᐅ **chishaayaakukwaahkunaau** ni -m ♦ le menton de l'ours

ᒋᔖᔮᑯᒥᓐ **chishaayaakuminh** ni pl -im ♦ des amélanches, lit. 'baie d'ours', des petites poires *esp. Amelanchier*

ᒋᔖᔮᑯᒦᒋᒻ **chishaayaakumiichim** ni ♦ de la viande d'ours

ᒋᔖᔮᑯᒫᔅᑭᓂᐤ **chishaayaakumaaskiniu** ni ♦ un sentier d'ours

ᒋᔖᔮᑯᓈᑯᓐ **chishaayaakunaakun** vii ♦ le terrain a l'air d'être propice aux ours

ᒋᔖᔮᑯᓰᑦ **chishaayaakusit** ni pl -im ♦ un pied d'ours

ᒋᔖᔮᑯᔅᑯᓐ **chishaayaakuskun** ni -m ♦ du foie d'ours

ᒋᔖᔮᑯᔅᒋᓯᓐ **chishaayaakuschisinh** na ♦ des mocassins en peau d'ours

ᒋᔖᔮᑯᔑᔥ **chishaayaakushish** na -kumish ♦ un ourson *Ursus americanus*

ᒋᔖᔮᑯᔔᑭᓐ **chishaayaakushuukin** ni -im ♦ le dos de l'ours

ᒋᔖᔮᑯᔥᑎᒀᓂᑭᓐ **chishaayaakushtikwaanikin** ni ♦ un crâne d'ours

ᒋᔖᔮᑯᔥᑎᒀᓐ **chishaayaakushtikwaan** ni -m ♦ une tête d'ours

ᒋᔖᔮᑯᔮᓂᑯᐦᑉ **chishaayaakuyaanikuhp** ni ♦ un manteau en fourrure d'ours

ᒋᔖᔮᑯᔮᓐ **chishaayaakuyaan** na ♦ une peau d'ours

ᒋᔖᔮᒀᐱᑦ **chishaayaakwaapit** ni -m ♦ une dent d'ours

ᒋᔖᔮᒀᐳᐃ **chishaayaakwaapui** ni ♦ du bouillon d'ours

ᒋᔖᔮᒀᑎᒄ **chishaayaakwaatikw** ni -m ♦ la tanière d'un ours

ᒋᔖᔮᒀᔮᐲ **chishaayaakwaayaapii** ni ♦ de la ficelle, du lacet de peau d'ours

ᒋᔖᔮᒄ **chishaayaakw** na -um ♦ un ours *Ursus americanus*

ᒋᔖᔮᐦᑎᒀᔑᐦᑎᒡ **chishaayaahtikwaashihtich** na pl ♦ les branchages d'un arbre adulte

ᒋᔖᔮᐦᑎᒄ **chishaayaahtikw** na -um ♦ un arbre adulte, mature

ᒋᔗᐙᐙᐤ **chishwaawaau** vai ♦ il/elle émet des bruits vocaux assez forts

ᒋᔗᐙᐋᐱᔫ **chishwaawaapiyiu** vii ♦ c'est bruyant, fort

ᒋᔗᐙᐋᐱᔨᐦᑖᐤ **chishwaawaapiyihtaau** vai ♦ il/elle monte le volume

**ᒋᐧᔖᐧᐋᑖᐤ** chishwaawaataau vii ◆ le fusil émet un coup bruyant

**ᒋᐧᔖᐧᐋᑭᐦᐄᒑᐤ** chishwaawaakihiichaau vai ◆ il/elle hache bruyamment

**ᒋᐧᔖᐧᐋᑭᐦᐊᒻ** chishwaawaakiham vti ◆ il/elle le hache bruyamment

**ᒋᐧᔖᐧᐋᑭᐦᐧᐋᐤ** chishwaawaakihwaau vta ◆ il/elle le/la hache bruyamment

**ᒋᐧᔖᐧᐋᒋᐧᐃᓐ** chishwaawaachiwin vii ◆ le son de l'eau est fort, l'eau est bruyante

**ᒋᐧᔖᐧᐋᒫᐤ** chishwaawaamaau vta ◆ il/elle le/la mâche bruyamment

**ᒋᐧᔖᐧᐋᔑᓐ** chishwaawaashin vai ◆ il/elle fait beaucoup de bruit en marchant ou en tombant

**ᒋᐧᔖᐧᐋᔮᐢᑯᐦᑎᓐ** chishwaawaayaaskuhtin vii ◆ c'est bruyant quand ça frotte les arbres ou les buissons

**ᒋᐧᔖᐧᐋᔮᔥᑎᓐ** chishwaawaayaashtin vii ◆ c'est bruyant quand le vent le traverse

**ᒋᐧᔖᐧᐋᔮᔥᑯᔑᓐ** chishwaawaayaashkushin vai ◆ il/elle est bruyant-e en marchant entre les arbres et les buissons

**ᒋᐧᔖᐧᐋᔮᔥᑯᔥᑎᓐ** chishwaawaayaashkushtin vii ◆ le vent fait du bruit en passant dans les arbres et les buissons

**ᒋᐧᔖᐧᐋᐦᐊᒻ** chishwaawaaham vti ◆ il/elle fait un bruit fort en le frappant

**ᒋᐧᔖᐧᐋᐦᐧᐋᐤ** chishwaawaahwaau vta ◆ il/elle fait beaucoup de bruit en le/la frappant

**ᒋᐧᔖᐧᐋᐦᑎᐧᐋᐤ** chishwaawaahtiwaau vai ◆ il/elle mâche bruyamment

**ᒋᐧᔖᐧᐋᐦᑎᑖᐤ** chishwaawaahtitaau vai ◆ il/elle tombe, frappe, fait beaucoup de bruit avec

**ᒋᐧᔖᐧᐋᐦᑎᒻ** chishwaawaahtim vti ◆ il/elle le mâche bruyamment

**ᒋᐧᔖᐧᐋᐦᑎᓐ** chishwaawaahtin vii ◆ ça tombe en faisant du bruit, ça sonne fort

**ᒋᐧᔖᐧᐋᐦᑖᐤ** chishwaawaahtaau vai ◆ il/elle est bruyant-e en remuant ou en faisant quelque chose

**ᒋᐧᔖᐧᐋᐦᐧᑳᒨ** chishwaawaahkwaamuu vai-u ◆ il/elle ronfle fort, bruyamment

**ᒋᐧᔖᑖᓐ** chishwaataan vii ◆ il pleut fort, il pleut averse

**ᒋᔥᐱᒋᔑᒻ** chishpichishim vti ◆ il/elle le coupe épais

**ᒋᔥᐱᒋᐧᔖᐤ** chishpichishwaau vta ◆ il/elle le coupe épais, la coupe épaisse

**ᒋᔥᑎᐧᐃᒡ** chishtiwich p,lieu ◆ entre ▪ ᒋᔥᑎᐧᐃᒡ ᒌᐦ ᐹᒋ ᐊᐱᐤ ᐊᓐ ᓈᐹᐤ ᑳ ᒋᓄᑳᐳᐧᐃᑦ᙮ ▪ *Cet homme grand est entré et s'est assis entre nous deux.*

**ᒋᔥᑎᐧᐄᔥᑖᐧᐋᐦᐄᑭᓐ** chishtiwiishtaawaahiikin ni ◆ un poteau pour le filet de pêche en hiver qui est fourchu à un bout

**ᒋᔥᑎᑯᐦᐊᒻ** chishtikuham vti ◆ il/elle le remue, le brasse

**ᒋᔥᑎᒧᔥᑭᒻ** chishtimushkim vti ◆ il/elle tasse le sentier à force de marcher sur la neige

**ᒋᔥᑎᒨ** chishtimuu vii-u ◆ c'est un sentier bien tracé, bien fréquenté

**ᒋᔥᑎᒫᐧᐃᓐ** chishtimaawin vii ◆ c'est important

**ᒋᔥᑎᔑᐦᐊᒻ** chishtishiham vti ◆ il/elle l'envoie, l'expédie

**ᒋᔥᑎᔑᐦᐧᐋᐤ** chishtishihwaau vta ◆ il/elle l'a renvoyé-e

**ᒋᔥᑐᐧᐃᐦᐄᑭᓂᐱᔓᐃᐦ** chishtuwihiikinipishuih ni pl ◆ les poteaux de fondation pour une structure de tipi

**ᒋᔥᑐᐧᐃᐦᐄᑭᓐ** chishtuwihiikin ni ◆ l'assemblement des poteaux au sommet du tipi

**ᒋᔥᑐᐧᐃᐦᐄᒑᐤ** chishtuwihiichaau vai ◆ il/elle attache, met en place les poteaux de fondation du tipi

**ᒋᔥᑐᐦᑭᓈᐦᑎᒄ** chishtuhkinaahtikw ni-um ◆ un cadre de porte

**ᒋᔥᑐᐦᑭᓐ** chishtuhkin na ◆ une porte

**ᒋᔥᑐᐦᒋᑭᓐ** chishtuhchikin ni ◆ un instrument de musique, une chaîne stéréo

**ᒋᔥᑖᐱᑎᓐ** chishtaapitin vii ◆ c'est très utile

**ᒋᔥᑖᐱᒋᐦᐋᐤ** chishtaapichihaau vta ◆ il/elle fait bon usage de lui/d'elle

**ᒋᔥᑖᐱᒋᐦᑖᐤ** chishtaapichihtaau vai+o ◆ il/elle en fait bon usage

ᒋᔅᑖᐸᐅᑎᒧᐧᐊᐤ chishtaapaautimuwaau vta ♦ il/elle lui fait sa lessive, son lavage

ᒋᔅᑖᐸᑎᐦᒑᐤ chishtaapaautihchaau vai ♦ il/elle se lave les mains

ᒋᔅᑖᐸᑖᐤ chishtaapaautaau vai ♦ il/elle le lave

ᒋᔅᑖᐸᐅᒋᑭᒥᒄᐧᐊᐤ chishtaapaauchikimikwaau vai ♦ il/elle lave le plancher ▪ ᐋᔨᐦᐄᐨ ᓃᔥᑎᐳ ᒫᓂᒐᐅᒋᑭᒥᒄᐨ ᒉ ᐁᔥᑭᔥ ᑎᑭᔑᐅᒃ ▪ C'est la deuxième fois qu'il lave le plancher aujourd'hui.

ᒋᔅᑖᐸᐅᒋᑭᓈᔮᐲ chishtaapaauchikinaayaapii ni ♦ une corde à linge

ᒋᔅᑖᐸᐅᒋᑭᓈᐦᑎᒄ chishtaapaauchikinaahtikw ni ♦ un poteau de corde à linge

ᒋᔅᑖᐸᐅᒋᑭᓐ chishtaapaauchikinh ni pl ♦ du lavage, de la lessive

ᒋᔅᑖᐸᐅᒋᑯᓈᐧᐊᐤ chishtaapaauchikunaawaau vai ♦ il/elle se rince la bouche

ᒋᔅᑖᐸᐅᒋᔮᑭᓈᐤ chishtaapaauchiyaakinaau vai ♦ il/elle lave la vaisselle ▪ ᒐ ᐧᐄᒉᐧᐃᔥᑕᑭᓈᒡ ᒐ ᒋᔅᑖᐸᐅᒋᔮᑭᓈᒡ ᑎᐸᒌᐦᒄ ▪ Dis-lui de laver la vaisselle quand elle rentrera.

ᒋᔅᑖᐸᐅᓰᑖᐤ chishtaapaausitaau vai ♦ il/elle se lave les pieds

ᒋᔅᑖᐸᐅᔨᐤ chishtaapaauyiu vai ♦ il/elle se lave

ᒋᔅᑖᐸᐅᔮᐤ chishtaapaauyaau vta ♦ il/elle le/la lave

ᒋᔅᑖᐧᐊᐃᐦᐄᒑᐤ chishtaapaawichichaau vai ♦ il/elle fait la lessive

ᒋᔅᑖᐧᐊᐃᔨᓲ chishtaapaawiyisuu vai reflex-u ♦ il/elle se lave, fait sa toilette, se lisse les plumes

ᒋᔅᑖᐧᐊᐃᔮᐤ chishtaapaawiyaau vta ♦ il/elle le/la lave

ᒋᔅᑖᐧᐊᐄᐧᐊᑭᓂᓲᑉ chishtaapaawiiwaakinisuup na -im ♦ du savon pour le visage

ᒋᔅᑖᑭᓈᐦᑎᒄ chishtaakinaahtikw ni ♦ un poteau, une perche pour fermer une rivière pour attraper un castor

ᒋᔅᑖᒑᐤ chishtaachaau vai ♦ il/elle fait un enclos autour du tunnel ou de la hutte de castor pour l'empêcher de s'enfuir

ᒋᔅᑖᒫᐅᔮᑭᓐ chishtaamaauyaakin ni ♦ un cendrier

ᒋᔅᑖᒫᐅᐦᑯᒫᓂᔥ chishtaamaauhkumaanish ni ♦ un couteau à tabac

ᒋᔅᑖᒫᐧᐋᐳᐃ chishtaamaawaapui ni ♦ de l'eau dans laquelle on a fait tremper du tabac

ᒋᔅᑖᒫᐤ chishtaamaau na -aam ♦ du tabac

ᒋᔅᑖᔒᐤ chishtaashiu vai ♦ il/elle part en bateau, met les voiles, vogue vers le large, prend le large

ᒋᔅᑖᔥᑎᒄ chishtaashtikw ni ♦ la partie principale de la rivière, le bras principal de la rivière ▪ ᒥᔥᑕ ᐋᐦ ᒋᓃᒃ ᐅᐦᒋ ᒥᐱ ᐃᑎᐦᒡ ᐋᓂᑖᐦ ᒋᔅᑖᔥᑎᐧᒄ ▪ Le bras principal de la rivière a mis longtemps à geler.

ᒋᔅᑖᔥᑎᓐ chishtaashtin vii ♦ ça s'éloigne (en bateau)

ᒋᔅᑖᔥᑎᐦᑖᐤ chishtaashtihtaau vai+o ♦ il/elle commence à partir en bateau, à mettre les voiles, à prendre le large

ᒋᔅᑖᔨᒨ chishtaayimuu vai-u ♦ il/elle s'estime, se croit supérieur-e

ᒋᔅᑖᔨᒫᐤ chishtaayimaau vta ♦ il/elle l'estime, le/la respecte

ᒋᔅᑖᔨᐦᑎᒧᐧᐃᓐ chishtaayihtimuwin ni ♦ du respect

ᒋᔅᑖᔨᐦᑎᒼ chishtaayihtim vti ♦ il/elle le respecte

ᒋᔅᑖᔨᐦᑖᑯᓰᐤ chishtaayihtaakusiu vai ♦ il/elle mérite les honneurs, la gloire

ᒋᔅᑖᔨᐦᑖᑯᐦᐋᐤ chishtaayihtaakuhaau vta ♦ il/elle le/la glorifie, le/la rend digne d'admiration

ᒋᔅᑖᔨᐦᑖᑯᐦᑖᐤ chishtaayihtaakuhtaau vai ♦ il/elle le glorifie, le rend admirable

ᒋᔅᒋᓂᐧᐋᒋᑭᐦᐊᒼ chishchiniwaachikiham vti ♦ il/elle fait une marque à la hache dessus

ᒋᔅᒋᓂᐧᐋᒋᑭᐦᐧᐊᐤ chishchiniwaachikihwaau vta ♦ il/elle fait une marque dessus à la hache pour l'identifier

ᒋᔅᒋᓂᐙᒋᑲᑎᒼ
chishchiniwaachikwaatim vti ◆ il/elle coud une marque, une étiquette dessus

ᒋᔅᒋᓂᐙᒋᑲᑖᐤ
chishchiniwaachikwaataau vta ◆ il/elle coud une marque, une étiquette dessus (animé)

ᒋᔅᒋᓂᐋᒋᓯᓂᐦᐊᒼ
chishchiniwaachisiniham vti ◆ il/elle fait une marque dessus par écrit

ᒋᔅᒋᓂᐋᒋᓯᓂᐦᐚᐤ
chishchiniwaachisinihwaau vta
◆ il/elle le/la marque par écrit, l'étiquette

ᒋᔅᒋᓂᐋᒋᔒᒼ chishchiniwaachishim vti
◆ il/elle le/la marque en coupant

ᒋᔅᒋᓂᐋᒋᔽᐤ chishchiniwaachishwaau vta ◆ il/elle le circoncit; il/elle le/la marque en le/la coupant

ᒋᔅᒋᓂᐋᒋᐦᐋᐤ chishchiniwaachihaau vta
◆ il/elle le/la marque pour l'identifier, l'étiquette; il/elle lui donne une bague de fiançailles

ᒋᔅᒋᓂᐋᒋᐦᑎᒨᐚᐤ
chishchiniwaachihtimuwaau vta
◆ il/elle le marque pour lui/elle

ᒋᔅᒋᓂᐋᒋᐦᑖᐤ chishchiniwaachihtaau vai+o ◆ il/elle le marque, l'étiquette

ᒋᔅᒋᓂᐋᒋᐦᒋᑭᓐ
chishchiniwaachihchikin ni ◆ un repère, une marque, une balise, une crête

ᒋᔅᒋᓂᐙᓯᓈᑯᓐ chishchiniwaasinaakun vii ◆ ça indique quelque chose

ᒋᔅᒋᓂᐙᓯᓈᑯᓯᐤ
chishchiniwaasinaakusiu vai ◆ il/elle l'utilise comme guide, comme marque

ᒋᔑᒍᒋᒫᐅᐱᐎᓐ chishchuchimaaupiwin ni ◆ un trône

ᒋᔑᒍᒋᒫᐅᑖᐦᑎᐱᐎᓐ
chishchuchimaautaahtipiwin ni ◆ un trône

ᒋᔑᒍᒋᒫᐅᔥᑐᑎᓐ
chishchuchimaaushtutin ni ◆ une couronne

ᒋᔑᒍᒋᒫᔑᔥ chishchuchimaashish na dim -im
◆ un prince

ᒋᔑᒍᒋᒫᔥᑾᔑᔥ
chishchuchimaashkwaashish na -iim
◆ une princesse

ᒋᔑᒍᒫᐤ chishchumaau vta ◆ il/elle lui rappelle quelque chose

ᒋᔨᐱᐱᑎᒼ chiyipipitim vti ◆ il/elle le ferme avec la fermeture éclair

ᒋᔨᐱᐱᑖᐤ chiyipipitaau vta ◆ il/elle le/la ferme avec la fermeture éclair

ᒋᔨᐱᑎᔑᐦᐚᐤ chiyipitishihwaau vta
◆ il/elle l'envoie très vite

ᒋᔨᐱᒋᐤ chiyipichiu vai ◆ il/elle grandit vite

ᒋᔨᐱᓂᒼ chiyipinim vti ◆ il/elle l'utilise vite ■ ᐋᐦ ᒥᐱᑖᔅᑎᒃ ᒥᓪ ᐋ" ᒋᔨᐱᓂᒼ ᐊᓂᔾ ᐅᔑᑖᒉᑭᓂᕽx ■ Elle utilise très vite son sel parce qu'elle ne fait pas attention.

ᒋᔨᐱᓂᓯᐤ chiyipinisiiu vai ◆ il/elle use vite ses vêtements

ᒋᔨᐱᓂᐦᑖᐅᒋᐤ chiyipinihtaauchiu vai
◆ il/elle grandit vite ■ ᐊᓪ ᐋ" ᒋᔨᐱᓂᐦᑖᐅᓈᐤ ᐊᓂᔾ ᐅᑎᐋᔑᔑᒻ"ᕽx ■ Son bébé grandit très vite.

ᒋᔨᐱᓂᐦᑖᐅᒋᓐ chiyipinihtaauchin vii
◆ ça pousse vite

ᒋᔨᐱᓈᐤ chiyipinaau vta ◆ il/elle l'utilise vite ■ ᒥᓪ ᐋ" ᑴ ᒋᔨᐱᓈᒡ ᐅᐱᕽᐦᑲᔅᑭᓂᕽx ■ Elle a utilisé sa farine très vite.

ᒋᔨᐱᔥᑭᒼ chiyipishkim vti ◆ il/elle use vite ses vêtements

ᒋᔨᐱᐦᑖᐤ chiyipihtaau vai+o ◆ il/elle use vite ses vêtements, l'utilise vite

ᒋᔨᐱᐤ chiyipiiu vai ◆ il/elle le fait vite

ᒋᔨᐹᑯᐦᑖᐤ chiyipaakuhtaau vii ◆ la neige fond vite

ᒋᔨᐹᐦᑭᓱ chiyipaahkisuu vai -u ◆ il/elle brûle, cuit vite

ᒋᔨᑭᐅᐹᒋᐤ chiyikiupaachiiu vii ◆ c'est de la neige mélangée avec de la pluie

ᒋᔨᑭᐎᓂᒼ chiyikiwinim vti ◆ il/elle y ajoute quelque chose

ᒋᔨᑭᐚᐎᓱᐤ chiyikiwaawisuu vai -u
◆ il/elle ramasse des baies de toutes sortes

ᒋᔨᑭᐤ chiyikiu p,conjonction ◆ avec, accompagné-e de ■ ᐋᑎᐱᒡᑯᑦ ᓂᕽ" ᐱᑦᐦᑕᒡ ᒋᔨᑭᐤ ᒫ ᓂᓛᕽx ■ Nous avons attrapé du corégone dans notre filet avec des meuniers.

ᒋᔨᑭᒋᔑᐤ chiyikichishiiu vai ◆ ses fesses le/la démangent ■ ᒋᔨᑭᒋᔑᐤ ᓂᒋᒼ ᐋ" ᐅᑎᓂᔪᑕᕽᕻx ■ Mon chien a les fesses qui le démangent parce qu'il a des vers.

ᑭᔨᑳᔅᐱᓈᐎᐦ **chiyikaaspinaawin** ni ♦ la gale

ᑭᔨᒋᓯᐤ **chiyichisiu** vai ♦ ça le/la gratte, ça le/la démange, il est chatouilleux, elle est chatouilleuse

ᑭᔨᒋᓯᑖᐤ **chiyichisitaau** vai ♦ son pied le/la démange

ᑭᔨᔑᓐ **chiyishin** vai ♦ il/elle glisse ▪ ᒫᓯᑎᐦ ᒥᔅᑯᒦᑦ ᑳ ᑭᔨᔑᒃ ᑳ ᐸᑎ ᐱᒧᐦᑌᑦₓ ▪ Elle/il a glissé sur la glace en marchant là.

ᑭᔮᒫᐅᐱᐤ **chiyaamaaupiu** vai ♦ il/elle est assis immobile, silencieux/silencieuse

ᑭᔮᒫᐅᑎᐱᔅᑳᐤ **chiyaamaautipiskaau** vii ♦ c'était une nuit calme et tranquille

ᑭᔮᒫᐅᑳᐴ **chiyaamaaukaapuu** vai -uwi ♦ il/elle est immobile

ᑭᔮᒫᐅᓰᐤ **chiyaamaausiiu** vai ♦ il/elle est tranquille, calme

ᑭᔮᒫᐅᔑᓐ **chiyaamaaushin** vai ♦ il/elle se couche, s'allonge tranquillement

ᑭᔮᒫᐛᔮᐦᑖᑯᓐ **chiyaamaawaayihtaakun** vii ♦ c'est silencieux, calme, tranquille

ᑭᔮᒫᐛᔮᐦᑖᑯᓯᐤ **chiyaamaawaayihtaakusiu** vai ♦ il/elle est tranquille, paisible

ᑭᔮᒫᐤ **chiyaamaau** p,manière ♦ silencieux, calme, tranquille ▪ ᒨ ᐦᒫ ᑭᔮᒫᐦᑖᒐ ᐋᐅᒡ ᑳ ᓂᑐᐦᑭᔑᒃₓ ▪ C'était toujours tranquille quand on campait tous seuls.

ᑭᔮᒫᔩᐦᑎᒧᐎᓐ **chiyaamaayihtimuwin** ni ♦ la paix

ᑭᔮᒫᔩᐦᑎᒻ **chiyaamaayihtim** vti ♦ il/elle est en paix

ᑭᔮᒻ **chiyaam** p,manière ♦ silencieusement, calmement, paisiblement ▪ ᑭᔮᒻ ᒣ ᐤ ᐋᔨᒥᐦᑖᒡ, ᓂᒫ ᑫ ᑭᓯᐙᐦᐱᐦᑖᐧᔭᓱₓ ▪ Parle-lui tout doucement, ne lève pas la voix!

ᑭᔮᔔᑯᑯᒋᔥᐦ **chiyaashkukuchishh** ni pl ♦ des saules mangés par des castors, lit. 'petits nez de mouette'

ᑭᔮᔥᒄ **chiyaashkw** na -um ♦ une mouette

ᑭᔮᒫᐤ **chiywaamaau** vta ♦ il/elle le/la trompe par ce qu'il/elle dit

ᒌᐦᐄᓂᒻ **chihiinim** vti ♦ il/elle le tient, mais ça lui glisse des mains

ᒌᐦᐄᓈᐤ **chihiinaau** vta ♦ il/elle lui glisse des mains

ᒌᐦᐋᑳ **chihaakaa** p,temps ♦ ne...pas (sens futur) (voir aussi *chaahaakaa*) ▪ ᓂᐦᒻ ᐧᐃᐦᑎᒡᐋᐤ ᒌᐦᐋᐸ ᐃᑐᐦᒉᑦ ᐊᒉᑦₓ ▪ Je lui ai dit de ne pas y aller.

ᒌᐦᑎᒥᐤ **chihtimiu** vai ♦ il est paresseux, elle est paresseuse

ᒌᐦᑎᒥᑳᐴ **chihtimikaapuu** vai -uwi ♦ il/elle est fatigué-e d'être debout, est debout sans rien faire

ᒌᐦᑎᒥᒥᐦᒋᐦᐆ **chihtimimihchihuu** vai -u ♦ il/elle n'a rien envie de faire, il se sent paresseux, elle se sent paresseuse

ᒌᐦᑎᒦᐦᑳᓲ **chihtimiihkaasuu** vai reflex -u ♦ il/elle ne prend pas le temps de bien prendre soin de lui-même/d'elle-même

ᒌᐦᑎᒧᐎᓐ **chihtimuwin** ni ♦ de l'inactivité, de la paresse

ᒌᐦᑎᐦᐋᑭᓐ **chihtihaakin** ni ♦ un poteau, une perche pour guider le filet de pêche en hiver

ᒌᐦᑖᒋᒨ **chihtaachimuu** vai -u ♦ il/elle commence à raconter une histoire

ᒌᐦᑖᒧᐦᑳᓲ **chihtaamuhkaasuu** vai -u ♦ il/elle fait s'enfuir le gibier

ᒌᐦᑖᒧᐦᒑᐤ **chihtaamuhchaau** vai ♦ il/elle le/la fait s'enfuir

ᒌᐦᑭᑎᐦᐊᒻ **chihkitiham** vti ♦ il/elle lui donne un coup de bec (se dit d'un oiseau)

ᒌᐦᑭᑎᐦᐋᐤ **chihkitihwaau** vta ♦ il/elle lui donne un coup de bec (se dit d'un oiseau)

ᒌᐦᑭᔥᑖᐤ **chihkishtaau** vai ♦ il/elle met des signes diacritiques sur les caractères syllabiques

ᒌᐦᑭᔥᑖᐤ **chihkishtaau** vii ♦ ça a des signes diacritiques (se dit d'un caractère syllabique)

ᒌᐦᑳᐎᔮᐤ **chihkaawiyaau** vai ♦ il/elle est piqué-e par une aiguille de porc-épic

ᒌᐦᑳᐎᔮᐦᐄᑐᐎᒡ **chihkaawiyaahiituwich** vai pl recip -u ♦ les porcs-épics se piquent en s'accouplant

ᒌᐦᑳᐛᑎᓰᐤ **chihkaawaatisiiu** vai ♦ il/elle ne fait pas les choses comme il faut, il/elle est négligent-e

ᒋᐦᑳᐙᑖᔨᒨ **chihkaawaataayimuu** vai -u
- il/elle se sent inconfortable, ne se sent pas à l'aise (toujours utilisé à la forme négative) ▪ ᐋᙵᒡ ᐊᒡ ᒋᐦᑳᐙᑖᔨᒡ ᐊᒥ ᒥᒐᑎᓈᓱᒡ ᐊᐙᓯᓴᒡ ᐊᒡ ᐃᔮᑎᒡᒡ ▪ *Elle/il ne se sent pas à l'aise avec tous ces enfants autour d'elle.*

ᒋᐦᑳᐙᒋᐱᔫ **chihkaawaachipiyiu** vai
- les choses vont d'une extrême à l'autre, ne sont pas toujours les mêmes, il y a du chaos (toujours utilisé à la forme négative) ▪ ᐋᙵᒡᒡ ᓂᒥ ᒋᐦᑳᐙᒋᐱᔫ ᓖᐯ ᐊᒡ ᐋᑭᑎᔮᔨᒻᒡ ᐊᐊ ᐅᒐᐱᒡᐃᒡ ▪ *Les choses vont mal quand les gens ne font pas attention à leur travail.*

ᒋᐦᑳᐙᒋᐦᐋᐤ **chihkaawaachihaau** vta
- il/elle ne fait pas attention à lui/elle (toujours utilisé à la forme négative)

ᒋᐦᑳᐱᓈᐤ **chihkaapinaau** vta ◆ il/elle lui donne un coup dans l'oeil

ᒋᐦᑳᓯᔅᒑᐤ **chihkaasischaau** vai ◆ le soleil l'éclaire, le frappe de ses rayons, brille dessus

ᒋᐦᑳᔥᑖᐤ **chihkaashtaau** vii ◆ ça brille de mille feux, ça donne de la lumière, le soleil brille

ᒋᐦᒋᐎᑖᐤ **chihchiwitaau** vai ◆ il/elle l'emporte sur son dos

ᒋᐦᒋᐎᔮᐤ **chihchiwiyaau** vta ◆ il/elle l'emporte sur son dos

ᒋᐦᒋᐛ **chihchiwaa** p,manière ◆ vraiment, en fait ▪ ᒋᐦᒋᐛ ᐃᒑᑎᑦ ᐊᓂᒡ ᒃ ᐃᑎᒃ ▪ *Elle/Il croit vraiment ce que je lui ai dit.*

ᒋᐦᒋᐱᒋᐤ **chihchipichiu** vai ◆ il/elle part pour son campement d'hiver

ᒋᐦᒋᐱᔫ **chihchipiyiu** vai ◆ il/elle part en véhicule, il/elle démarre

ᒋᐦᒋᐱᔫ **chihchipiyiu** vii ◆ c'est lundi, ça commence

ᒋᐦᒋᐱᔨᐦᐋᐤ **chihchipiyihaau** vta ◆ il/elle le/la démarre; il/elle s'en va avec lui/elle en véhicule

ᒋᐦᒋᐱᔨᐦᑖᐤ **chihchipiyihtaau** vai ◆ il/elle le démarre (un moteur); il/elle part avec; il/elle commence quelque chose

ᒋᐦᒋᐱᔮᓯᔅᒑᐤ **chihchipiyaasischaau** vai
- le soleil brille un jour où le ciel est dégagé

ᒋᐦᒋᐱᐦᑖᐤ **chihchipihtaau** vai ◆ il/elle part en courant

ᒋᐦᒋᐱᐦᑣᐤ **chihchipihtwaau** vai ◆ il/elle part en courant avec lui/elle

ᒋᐦᒋᑖᒋᒨ **chihchitaachimuu** vai -u ◆ il/elle (bébé) commence à ramper

ᒋᐦᒋᑭᔖᔑᓐ **chihchikishaashin** vai
- il/elle a mal à l'orteil à force de frotter contre la barre de traverse de la raquette

ᒋᐦᒋᑭᔨᐤ **chihchikiyiu** na -m ◆ un carouge à épaulettes *Agelaius phoeniceus*, un quiscale rouilleux *Euphagus carolinus*

ᒋᐦᒋᒋᒫᐤ **chihchichimaau** vai ◆ il/elle commence à pagayer, à s'éloigner à la nage

ᒋᐦᒋᒋᔒᑳᐤ **chihchichiishikaau** vii ◆ c'est une journée spéciale

ᒋᐦᒋᒋᔒᔥᒄ **chihchichiishikw** ni -um ◆ le ciel, le paradis

ᒋᐦᒋᒥᓯᓂᐦᐄᑭᓐ **chihchimisinihiikin** ni -m
- la Bible

ᒋᐦᒋᓂᐛᐤ **chihchiniwaau** vai ◆ il/elle commence à cuisiner

ᒋᐦᒋᔅᑖᐙᑯᓈᐱᔫ **chihchistaawaakunaapiyiu** vai ◆ il/elle s'enfonce dans la neige

ᒋᐦᒋᔅᑖᐙᑯᓈᐱᔫ **chihchistaawaakunaapiyiu** vii ◆ ça s'enfonce dans la neige

ᒋᐦᒋᔅᑖᐹᒋᐱᑖᐤ **chihchistaapaachipitaau** vta ◆ il/elle le/la plonge dans l'eau, le/la tire à l'eau

ᒋᐦᒋᔅᑖᐹᒋᓈᐤ **chihchistaapaachinaau** vta
- il/elle le/la trempe dans un liquide

ᒋᐦᒋᔅᒋᒫᐤ **chihchischimaau** vai ◆ il/elle commence à tisser les raquettes

ᒋᐦᒋᔖᐅᓂᒻ **chihchishaaunim** vti ◆ il/elle l'enfonce dans quelque chose à la main

ᒋᐦᒋᔖᐅᐦᐊᒻ **chihchishaauham** vti
- il/elle le cloue, l'enfonce

ᒋᐦᒋᔥᑖᐙᔭᑯᓂᒋᓈᐤ **chihchishtaawaayaakunichinaau** vta
- il/elle le/la pousse dans la neige

ᒋᐦᒋᔥᑖᐙᔭᑯᓈᓂᒻ **chihchishtaawaayaakunaanim** vti
- il/elle le met dans la neige à la main

ᒋᐦᒋᔥᑖᐙᔭᑯᓈᓈᐤ **chihchishtaawaayaakunaanaau** vta
- il/elle le/la pousse dans la neige

ᒋᐦᒋᔥᑖᐹᒋᓂᒻ **chihchishtaapaachinim** vti
- il/elle le trempe dans du liquide

ᒌᐦᒌᐦᐋᐅ **chihchihaau** vta ♦ il/elle commence à le/la faire, il/elle lui donne quelque chose qu'il/elle apprécie vraiment

ᒌᐦᒌᐦᑖᐅ **chihchihtaau** vai+o ♦ il/elle commence à le faire

ᒌᐦᒌᐦᑖᐹᒋᐱᑎᒼ **chihchihtaapaachipitim** vti ♦ il/elle le plonge dans l'eau, le tire sous l'eau

ᒌᐦᒌᐦᑖᐹᒋᓂᒼ **chihchihtaapaachinim** vti ♦ il/elle le pousse sous l'eau, le submerge

ᒌᐦᒌᐦᑖᐹᓈᐅ **chihchihtaapaanaau** vta ♦ il/elle le/la pousse sous l'eau, le/la submerge

ᒌᐦᒌᐤ **chihchiiu** vai ♦ il/elle commence à faire quelque chose

ᒌᐦᔮᐱᔅᑳᐅ **chihyaapiskaau** vii ♦ les rochers sont glissants

## ᒌ

ᒌ **chii** préverbe ♦ marque de l'habituel ■ ᐱᔒᐛᐱᓈᑎᐱᐦ ᓂᒌᔥ ᐃᔥᑫ ᐸ ᒌ ᒥᒌᔅ. ■ *Quand on apportait le poisson, alors il mangeait.*

ᒌ **chii** préverbe ♦ voir *chiih*

ᒌᐅᐃᐦᑖᐅ **chiiuwihtaau** vai ♦ le caribou quitte cet endroit après avoir perdu le velours de ses cornes et part à la recherche d'une femelle

ᒌᐅᐱᔨᐤ **chiiupiyiu** vai ♦ il/elle est défait-e, desserré-e

ᒌᐅᐱᔨᐤ **chiiupiyiu** vii ♦ c'est lâche, desserré, ça branle

ᒌᐅᔑᓐ **chiiushin** vai ♦ ça s'ajuste bien, ce n'est pas trop serré

ᒌᐅᔖᐃᐦᑎᒼ **chiiushaayihtim** vti ♦ il/elle a le mal du pays

ᒌᐅᔥᑭᐛᐅ **chiiushkiwaau** vta ♦ il/elle le/la porte ample

ᒌᐅᔥᑭᒼ **chiiushkim** vti ♦ il/elle le porte ample

ᒌᐃᔑᔖᓂᐤ **chiiwishishaaniuu** vai -iwi ♦ il est orphelin, elle est orpheline

ᒌᐃᔑᔖᓂᔑᔥ **chiiwishishaanishish** na -m ♦ un orphelin

ᒌᐚᐤ **chiiwaau** vai ♦ il/elle rentre à la maison ■ ᐸ ᒌᐛᒡ ᐄᔥᒃ ᐛ ᐙᐸᒫᒡ ᐊᓂᐦᐄ ᒫᒨᒡᐦ. ■ *C'est quand elle/il est rentré-e à la maison qu'elle a vu les visiteurs.*

ᒌᐚᐱᒋᐤ **chiiwaapichiu** vai ♦ il/elle revient en déplaçant son campement d'hiver ■ ᐊᓂᒡᐦ ᒣ ᐦᒼ ᐁᔨ ᒌᐚᐱᒉ ᐊᓂᒡ ᐸ ᐊᐦᑎᒉᒫᒡ ᐅᓃᒋᐦᐋᐦ. ■ *Elle retourna à l'endroit où elle pensait qu'étaient restés ses parents.*

ᒌᐚᐱᔥᑎᐚᐤ **chiiwaapishtiwaau** vta ♦ il/elle se retourne pour s'asseoir en face de lui/d'elle

ᒌᐚᐱᔥᑎᒼ **chiiwaapishtim** vti ♦ il/elle se retourne pour s'asseoir en face

ᒌᐚᐱᔨᐤ **chiiwaapiyiu** vai ♦ il/elle revient, fait demi-tour en véhicule, rebrousse chemin

ᒌᐚᐱᔨᐤ **chiiwaapiyiu** vii ♦ ça fait demi-tour, ça vire de bord

ᒌᐚᐱᔨᐦᐆ **chiiwaapiyihuu** vai -u ♦ il/elle fait demi-tour, rebrousse chemin, revient sur ses pas

ᒌᐚᐱᔨᐦᐋᐅ **chiiwaapiyihaau** vta ♦ il/elle le/la ramène à la maison en véhicule

ᒌᐚᐱᐦᑗᐤ **chiiwaapihtwaau** vai ♦ il/elle revient avec en courant, il/elle le rapporte à la maison

ᒌᐚᑎᓂᐱᔨᐤ **chiiwaatinipiyiu** vii ♦ le vent tourne et devient un vent du nord

ᒌᐚᑎᓂᒋᐦᑯᔥ **chiiwaatinichihkuhsh** na -im ♦ l'étoile polaire

ᒌᐚᑎᓂᓯᐤ **chiiwaatinisiu** na ♦ l'esprit du vent de l'Ouest

ᒌᐚᑎᓅᑖᐦᒡ **chiiwaatinuutaahch** p,lieu ♦ du côté nord ■ ᒌᐚᑎᓅᒡᐦ ᐦᒼ ᐆᒥᓯᐌᐆ ᐊᓂᐦ ᐃᐦᑳᐤ ᐸ ᐋᒋ ᓂᑲᒧ. ■ *Cette femme qui chantait venait du Nord.*

ᒌᐚᑎᓈᔅᒄ **chiiwaatinaaskw** na -um ♦ un balai de sorcière, un buisson de branches qui se développe sur un arbre

ᒌᐚᑎᓐ **chiiwaatin** vii ♦ c'est un vent du nord

ᒌᐚᑎᔑᐦᐊᒼ **chiiwaatishiham** vti ♦ il/elle le renvoie ■ ᐌᒡ ᐊᐸᐦᒌᔅᑎᐤ ᐊᓂᒡ ᐊᒋᐦᑖᐸᔫ, ᒌᐚᑎᔑᐦᐊᒻ. ■ *Il a renvoyé le manteau parce qu'il était trop petit.*

ᒌᐊᑎᔑᑦᐙᐅ chiiwaatishihwaau vta
• il/elle le/la renvoie, renvoie à la maison ▪ ᐃᔥᑯᓄᑉ ᑲ ᐅᑎᔅᑳᔮᑦ ᑲ ᒌᐊᑎᔑᑦᐋᑦ ᐊᐅᔖᒻ ᐊᐙᔑᔨᒥ. ▪ *Quand la nuit est tombée, elle a renvoyé les enfants à la maison.*

ᒌᐊᑖᐹᐅ chiiwaataapaau vta • il/elle le/la ramène à la maison en tirant

ᒌᐋᑳᐳᐎᔥᑎᐙᐅ chiiwaakaapuwishtiwaau vta • il/elle fait demi-tour, vers ou en s'éloignant de quelqu'un qui est debout

ᒌᐋᑳᐳᐎᔥᑎᒻ chiiwaakaapuwishtim vti • il/elle retourne à quelque chose qu'il/elle avait abandonné auparavant; il/elle tourne le dos à quelque chose qu'il/elle faisait

ᒌᐋᑳᐳ chiiwaakaapuu vai -uwi • il/elle en fait le tour debout, tourne autour debout

ᒌᐋᒋᐎᓐ chiiwaachiwin vii • la marée descend

ᒌᐋᒥᔮᐅ chiiwaamiyaau vta • il/elle le/la lui rend ▪ ᒉᐊ ᓂᐊ ᒌᐊᒦᔮᑦ ᐊᐅᔖ ᔔᓕᔮᒥ ᑲ ᐊᐎᐋᔨᕐᒃ. ▪ *J'ai rendu l'argent que je lui avais emprunté.*

ᒌᐊᓂᒻ chiiwaanim vti • il/elle le tourne dans l'autre direction avec les mains, il/elle le retourne

ᒌᐊᓈᐅ chiiwaanaau vta • il/elle le/la tourne dans une autre direction

ᒌᐋᔅᑳᔨᐤ chiiwaaskwaayiu vai • il/elle tourne la tête

ᒌᐋᔅᒑᐤ chiiwaaschaau vai • il/elle rentre à la maison, revient à son lieu de naissance après une longue absence

ᒌᐊᔥᑭᐙᐅ chiiwaashkiwaau vta • il/elle le retourne du pied ou avec le corps; il/elle marche vers là où ils sont et retourne au point de départ

ᒌᐊᔥᑭᒻ chiiwaashkim vti • il/elle rentre à la maison en dépassant un certain point de repère; il/elle lui fait faire face dans l'autre direction avec son pied ou son corps; le soleil commence à se coucher; le vent suit le soleil

ᒌᐊᔮᐅ chiiwaayaau vii • c'est calme et tranquille, là où on peut entendre l'écho

ᒌᐊᔮᑯᑖᐅ chiiwaayaakuhtaau vii • la neige fond si vite qu'on l'entend fondre

ᒌᐊᔮᒧᑳᓲ chiiwaayaamuhkaasuu vai reflex -u • il/elle rabat le gibier (pour qu'il se rapproche de l'endroit où il/elle veut le tuer)

ᒌᐊᔮᔅᑯᐊᒻ chiiwaayaaskuham vti • il/elle lui fait faire demi-tour (se dit d'un canot)

ᒌᐊᐦᐅᑖᐅ chiiwaahutaau vai+o • il/elle le rapporte en canot

ᒌᐊᐦᐅᔮᐅ chiiwaahuyaau vta • il/elle le/la ramène, retourne par voie d'eau ou voie aérienne

ᒌᐊᐦᐅ chiiwaahuu vai -u • il/elle rentre, retourne en canot

ᒌᐊᐦᑎᑎᐙᐅ chiiwaahtitiwaau vta • il/elle le/la ramène à la maison pour quelqu'un d'autre

ᒌᐊᐦᑎᑖᐅ chiiwaahtitaau vai • il/elle le rapporte à la maison ▪ ᒌᐊᐦᑎᑖᐅ ᐊᓄᒃ ᑫᒋᑐᕈᓂᓲ ᑲ ᐊᐙᐦᐋᒨᒄ. ▪ *Il rapporte la scie que j'ai empruntée.*

ᒌᐊᐦᑎᓖ chiiwaahtitwaasuu vai -u • il/elle en rapporte à la maison (par ex. de la nourriture d'ailleurs)

ᒌᐊᐦᑎᐋᐅ chiiwaahtihaau vta • il/elle le/la ramène à la maison ▪ ᓃᐙᐤ ᒌ ᒌᐊᐦᑎᐋᐅ ᐊᐅᔖᑦ ᓂᔥᑦ ᑲ ᐊᔑᒀᐱᓯᐅᐃᒡ. ▪ *Il a ramené à la maison les oies qu'on lui avait donné tout de suite.*

ᒌᐊᐦᔮᐅ chiiwaahyaau vai • il/elle rentre à la maison en volant, les oies volent vers le sud

ᒌᐱᑎᓂᒻ chiipitinim vti • il/elle le retire de sa position dressée

ᒌᐱᑎᓈᐅ chiipitinaau vta • il/elle le tire en arrière

ᒌᐱᑎᐋᐸᓐ chiipitihaapaan ni -m • un bâton pour garder un collet ouvert

ᒌᐱᑖᓂᑳᐅ chiipitaanikaau vii [Whapmagoostui] • c'est une île élevée

ᒌᐱᑖᔅᑯᐦᐄᑭᓈᐦᑎᒄ chiipitaaskuhiikinaahtikw ni -m • un bâton ou pieu où on fixe un oiseau mort comme leurre

ᒌᐱᑖᔅᑯᐦᐄᑭᓐ chiipitaaskuhiikin ni -m • un oiseau mort fixé à un bâton pour servir de leurre

ᒌᐱᒋᐱᔨᐤ chiipichipiyiu vai • il/elle tombe, est renversé-e

ᒌᐱᓯᑳᐧᐃᐋᐤ chiipichikaapuwihaau vta ♦ il/elle le/la dresse, le/la met debout

ᒌᐱᓯᑳᐧᐃᐦᑖᐤ chiipichikaapuwihtaau vai+o ♦ il/elle le dresse, le met debout, le monte

ᒌᐱᓯᔒᒫᐤ chiipichishimaau vta ♦ il/elle le/la dresse étendu

ᒌᐱᒋᐥᑖᐤ chiipichishtaau vai ♦ il/elle le met droit debout, le redresse

ᒌᐱᒋᐥᑭᐧᐋᐤ chiipichishkiwaau vta ♦ il/elle le/la renverse du pied ou du corps

ᒌᐱᒋᐥᑭᒼ chiipichishkim vti ♦ il/elle le renverse du pied ou du corps

ᒌᐱ chiipii na -m ♦ un fantôme

ᒌᐱᑭᒼᐤ chiipiikimikw ni ♦ un cimetière

ᒌᐱᑭᓐ chiipiikinh ni pl ♦ les os des pattes d'un ours, des os humain humain

ᒌᐱᒥᐥᑎᑯᐧᐃᑦ chiipiimishtikuwit ni ♦ un cercueil

ᒌᐳᓯᐤ chiipusiu vai ♦ il/elle est effilé-e

ᒌᐳᐥᑎᔑᓐ chiipushtishin vai ♦ il/elle est percé-e

ᒌᐳᐦᐊᒼ chiipuham vti ♦ il/elle l'effile, le taille en pointe avec un outil

ᒌᐳᐦᐧᐋᐤ chiipuhwaau vta ♦ il/elle l'effile avec un outil

ᒌᐳᐦᑖᐤ chiipuhtaau vai ♦ il/elle l'affile, le taille en pointe

ᒌᐹᐦᔮᔥ chiipaahyaash na -im ♦ une petite nyctale ou une chouette limard
*Aegolius acadicus*

ᒌᐧᐋᐤ chiipwaau vii ♦ c'est en pointe, en fuseau

ᒌᑎᐃᓂᒼ chiitiwinim vti ♦ il/elle le tient bien en place

ᒌᑎᐃᓯᐤ chiitiwisiu vai ♦ il/elle est raide

ᒌᑎᐃᔅᒑᐧᐹᐤ chiitiwischaapwaau vta ♦ il/elle le/la mange (par exemple un oiseau) sans séparer les os

ᒌᑎᐃᐦᑭᓂᑳᑦ chiitiwihiikinikaat ni ♦ l'os de la patte arrière d'un certain caribou mâle, qu'on fend en deux, dont on enlève la moelle pour la donner à manger seulement à des hommes âgés, et qui est ensuite rattaché ensemble et conservé

ᒌᑎᐃᐦᑖᐤ chiitiwihtaau vai+o ♦ il/elle le raidit

ᒌᑎᐧᐋᐤ chiitiwaau vii ♦ c'est raide, rigide

ᒌᑎᐧᐊᐱᐦᑳᑎᒼ chiitiwaapihkaatim vti ♦ il/elle le fixe bien en place en l'attachant

ᒌᑎᐧᐊᐱᐦᑳᑖᐤ chiitiwaapihkaataau vta ♦ il/elle le/la fixe bien en place en l'attachant

ᒌᑎᐧᐋᐹᑭᓐ chiitiwaapaakin vii ♦ c'est raide (filiforme)

ᒌᑎᐧᐋᐹᒋᓯᐤ chiitiwaapaachisiu vai ♦ il/elle est raide (filiforme)

ᒌᑎᐧᐋᑭᓐ chiitiwaakin vii ♦ c'est raide (étalé)

ᒌᑎᐧᐋᑯᔨᐧᐋᐤ chiitiwaakuyiwaau vai ♦ il/elle a un torticolis

ᒌᑎᐧᐋᒋᓯᐤ chiitiwaachisiu vai ♦ il/elle est raide (étalé)

ᒌᑎᐧᐋᒋᐦᑖᐤ chiitiwaachihtaau vai+o ♦ il/elle le raidit (étalé)

ᒌᑎᐧᐋᔅᑯᐱᔨᐤ chiitiwaaskupiyiu vai ♦ il/elle se raidit

ᒌᑎᐧᐋᔅᑯᓐ chiitiwaaskun vii ♦ c'est raide (long et rigide)

ᒌᑎᐧᐋᔅᑯᓯᐤ chiitiwaaskusiu vai ♦ il/elle est raide, courbaturé-e

ᒌᑎᐧᐋᔅᑯᔨᐧᐋᐳᓯᐃᓐ chiitiwaaskuyiwaahusuwin ni ♦ un corset, une gaine

ᒌᑎᐧᐋᐦᑭᑎᑖᐤ chiitiwaahkititaau vii ♦ ça se raidit en séchant

ᒌᑎᐧᐋᐦᑭᑎᓲ chiitiwaahkitisuu vai -u ♦ il/elle raidit en séchant

ᒌᑎᒧᔅ chiitimus nad ♦ ton beau-frère ou ta belle-soeur, ton cousin croisé ou ta cousine croisée (une personne du sexe opposé au tien qui est la descendante du frère de ta mère ou de la soeur de ton père)

ᒌᑭᑖᐅᐦᐨ chiikitaauhch p,lieu ♦ près d'une crête de sable, une colline ■ ᐋᓃ ᐊᓂᒉ" ᒌᑭᑖᐅᐦᒡ ᐊᑯᑎᐦ ᑲ ᐋᕆ ᐄᐱᐧᐋᒋᔅᒃᐧᐤᐦ ᑲ ᐋᕆᐊᒌᒄᐦᒃ × ■ *Nous nous sommes reposés tout près d'une crête de sable quand nous sommes allés chercher du bois.*

ᒌᑭᒋᓈᐤ chiikichinaau vta ♦ il/elle le/la chatouille ■ ᐊᑲ ᐄ ᒌ ᒌᑭᒋ ᒋᔖᒥᐦ × ■ *Ne chatouille pas ton petit frère ou ta petite soeur.*

ᐦᑭᙆᓛᒡ **chiikisinaach** p,lieu ♦ près d'un rocher ▪ ᓛᵘᐪ ᐊᓂᑦ" ᐦᑭᙆᓛ ᐊᒡᐊ" ᑲ ᒡᐱ·ᐊᕁᵘˣ ▪ *Là tout près d'un rocher, on a fait un feu.*

ᐦᑭᔆᒕᒡ **chiikischaach** p,lieu ♦ près d'un marécage ▪ ᐦᑭᔆᒕᒡ ᐊᒡᐊ" ᑲ ᒦᒥᓯ"ᒢᔆᵘˣ ▪ *On a ramassé des branches d'épinette près du marécage.*

ᐦᑭ"ᐃᑭᓂᔆ **chiikihiikinish** ni ♦ une petite hache

ᐦᑭ"ᐃᑭᓚᔆᵂ **chiikihiikinaapiskw** ni ♦ la lame d'une hache

ᐦᑭ"ᐃᑭᓚ"ᑎᵏ **chiikihiikinaahtikw** ni ♦ un manche de hache

ᐦᑭ"ᐃᑭᓐ **chiikihiikin** ni ♦ une hache

ᐦᑭ"ᐃᒋᐊᐤ **chiikihiichaau** vai ♦ il/elle le taille à la hache pour qu'il ait la bonne taille

ᐦᑭᐊᒻ **chiikiham** vti ♦ il/elle le hache

ᐦᑭᐦᒡ **chiikihch** p,lieu ♦ près du bord intérieur d'un tipi ▪ ᓛᵘᐪ ᐊᓂᑦ" ᐦᑭᐦᒡ ᐊᒡᒡ" ᑲ ᐱᔆᑎᓈᒡ ᐊᓂᑉᕼ" ᐅᒡᐅᐸᐃᔆᵘˣ ▪ *Elle/il a mis sa graisse d'ours près du bord intérieur du tipi.*

ᒋᑳᐊᐌᔓᒫᐤ **chiikaawaashimaau** vta ♦ il/elle déchire le tissage le long du bord intérieur de la raquette

ᒋᑳᐱᔆ **chiikaapisch** p,lieu ♦ près d'un rocher, d'un caillou, d'une roche ▪ ᒋᑳᐱᔆ ᐦᒼ ᐊᔆᒌᐤ ᐅᒣᐦᔑ·ᐁ·ᐦᐱᒧˣ ▪ *Il a posé son piège à renard près du rocher.*

ᒋᑳᒋᐁ **chiikaachiwin** vii ♦ les rapides sont près du rivage

ᒋᑳᔆᑭᐱᐤ **chiikaaskupiu** vai ♦ il/elle est assis-e près d'un mur, d'un arbre

ᒋᑳᔆᑯᑲᐱᐤ **chiikaaskukaapuu** vai -uwi ♦ il/elle se tient, est debout près d'un mur, d'un arbre

ᒋᑳᔆᑯᐦᑎᓐ **chiikaaskuhtin** vii ♦ ça en longe le bord, c'est parallèle (se dit d'une rivière parallèle à une autre étendue d'eau)

ᒋᑳ"ᑎ·ᐊᑭᐊᒻ **chiikaahtiwaakiham** vti ♦ il/elle enlève les branches de l'arbre à la hache ▪ ᓛᐅᑦ ᐦᒼ ᐃ"ᒡᐤ ᑲ ᒋᑳ"ᑎ·ᐊ"ᐊᐤ ᐊᓂᑉᕼ" ᐊᐱᐅᐊᕁˣ ▪ *Ça lui a pris longtemps pour enlever les branches des poteaux du tipi.*

ᒋᑳ"ᑎ·ᐊᑭᐊᐧᐊᐤ **chiikaahtiwaakihwaau** vta ♦ il/elle lui enlève ses branches (se dit d'un arbre) ▪ ᒋᔆᑳ"ᑎ·ᐊ"·ᐊᐤ ᐊᓂᐸᐦ ᒥᕐᑫᒡᔆᵘ ᑲ ᐅᓭᐅᒌᒡ ᐊ·ᐸᓛᔆᵘˣ ▪ *Il a enlevé les branches de ces petits arbres pour en faire des broches à rôtir.*

ᒋᑳ"ᑎ·ᐊ"ᐊᒻ **chiikaahtiwaaham** vti ♦ il/elle enlève les branches de l'arbre à la hache

ᒋᑳ"ᑎ·ᐊ"·ᐊᐤ **chiikaahtiwaahwaau** vta ♦ il/elle coupe les branches de l'arbre

ᒋᒋᓂᑭᓐ **chiichinikin** ni ♦ du gras de brochet frit et mélangé avec de la farine

ᒋᒋᓈ"ᑯᔆ **chiichinaahkush** na -im ♦ une lente, une oeuf de pou

ᒋᒋᔖᓐ **chiichishaan** nad ♦ ton frère ou ta soeur, ton cousin ou ta cousine parallèle (le fils ou la fille du frère de ton père ou de la soeur de ta mère)

ᒋᒋᔨᔨᐤ **chiichiiyiyiu** nad ♦ ton frère, ta soeur, ton cousin ou ta cousine parallèle (le fils ou la fille de la soeur de ta mère ou du frère de ton père), ton frère cri, ta soeur crie, ton compagnon humain, ta compagne humaine

ᒋᒌᐅᐱᐤ **chiichaaupiu** vai ♦ il/elle guérit parce qu'il/elle en fait moins

ᒋᒌᐤ **chiichaau** vai ♦ il/elle est guéri-e de ses blessures

ᒋᒌᓯᑭᓐ **chiichaasikin** ni ♦ un baume

ᒋᒌᔮᐸᔆ **chiichaayaapush** na -um ♦ un lièvre pris au collet par les pattes arrières (postérieures)

ᒋᒦᓛ **chiiminaa** p,quantité ♦ beaucoup ▪ ᓛᵘ ᒋᒦᓛ ᐊ" ᐦᒼ ᐸᑦᑦ ᒥ"ᒡˣ ▪ *Elle/il a apporté beaucoup de bois pour le feu.*

ᒋᒧᑎᓰᐤ **chiimutisiiu** vai ♦ il est secret, elle est secrète; il/elle est dissimulé-e, rusé-e, sournois-e

ᒋᒧᒡ"ᑭ"ᒡᐤ **chiimutaahkihtaau** vii ♦ ça brûle et personne ne s'en aperçoit

ᒋᒧᒋᔨᒥᐤ **chiimuchiyimiu** vai ♦ il/elle murmure

ᒋᒧᒡ **chiimuch** p,manière ♦ en secret, secrètement ▪ ᒋᒧᒡ ᐦᒼ ᐅᑎᒫᐤ ᒐᐦᑭᐸᕁˣ ▪ *Elle/Il est venu-e ici en secret la nuit dernière.*

ᒋᒧᓴᐱᐤ **chiimusaapiu** vai ♦ il/elle espionne, jette un coup d'oeil

ᒌᒧᓵᐲᒫᐤ chiimusaapimaau vta ◆ il/elle lui jette un coup d'oeil, le/la surveille sans qu'il/elle le sache

ᒌᒧᓵᐱᐦᑎᒼ chiimusaapihtim vti ◆ il/elle le regarde sans être vu-e

ᒌᒫᐤ chiimaau vta ◆ il/elle va avec lui/elle en véhicule

ᒌᒫᓂᒌᒫᐤ chiimaanichimaau na -m ◆ un capitaine (de navire)

ᒌᒫᓈᐹᐤ chiimaanaapaau na -m ◆ un marin

ᒌᒫᓐ chiimaan ni ◆ un bateau, un navire

ᒌᓂᐚᔒᐦᐋᐤ chiiniwaashihaau vii
◆ c'est une baie pointue

ᒌᓂᐳᑖᐤ chiiniputaau vai+o ◆ il/elle l'affile, le lime ou le scie en pointe

ᒌᓂᐳᔮᐤ chiinipuyaau vta ◆ il/elle l'effile en pointe

ᒌᓂᑖᐅᐦᑳᐤ chiinitaauhkaau vii ◆ c'est une arête pointue

ᒌᓂᑭᐦᐊᒼ chiinikiham vti ◆ il/elle lui fait une pointe à la hache

ᒌᓂᑭᐦᐋᐤ chiinikihwaau vta ◆ il/elle lui fait une pointe à la hache

ᒌᓂᐧᑳᓂᐚᐱᐦᐅᓲ chiinikwaaniwaapihusuu vai reflex -u
◆ il/elle se fait tourner, tournoyer, virevolter

ᒌᓂᐧᑳᓂᐚᐱᐦᐊᒼ chiinikwaaniwaapiham vti ◆ il/elle le balaie en cercle

ᒌᓂᐧᑳᓂᐚᐱᐦᐋᐤ chiinikwaaniwaapihwaau vta ◆ il/elle le/la balaie en cercle

ᒌᓂᐧᑳᓂᐱᑎᒼ chiinikwaanipitim vti
◆ il/elle le fait tourner en rond

ᒌᓂᐧᑳᓂᐱᑖᐤ chiinikwaanipitaau vta
◆ il/elle le/la fait tourner en rond

ᒌᓂᐧᑳᓂᐱᔫ chiinikwaanipiyiu vai
◆ il/elle tourne, virevolte, fait le tour

ᒌᓂᐧᑳᓂᐱᔫ chiinikwaanipiyiu vii ◆ ça tourne, ça tournoie, ça tourbillonne

ᒌᓂᐧᑳᓂᐱᔨᐦᐆ chiinikwaanipiyihuu vai -u
◆ il/elle tourne, virevolte, fait des pirouettes

ᒌᓂᐧᑳᓂᐱᔨᐦᐋᐤ chiinikwaanipiyihaau vta
◆ il/elle le conduit en cercle, en rond; il/elle fait tourner son partenaire de danse

ᒌᓂᐧᑳᓂᐱᔨᐦᑖᐤ chiinikwaanipiyihtaau vai
◆ il/elle le balance; le fait tourner, tournoyer, tourbillonner, virevolter

ᒌᓂᐧᑳᓂᐱᐦᑖᐤ chiinikwaanipihtaau vai
◆ il/elle court en rond, court tout autour, fait le tour en courant

ᒌᓂᐧᑳᓂᑎᔒᐦᐋᐤ chiinikwaanitishihwaau vta ◆ il/elle le/la poursuit autour de quelque chose

ᒌᓂᐧᑳᓂᑖᐹᐤ chiinikwaanitaapaau vai
◆ il/elle tourne en rond en tirant quelque chose

ᒌᓂᐧᑳᓂᑯᒋᓐ chiinikwaanikuchin vai
◆ il/elle tournoie dans les airs après avoir été atteint-e (comme un canard à la chasse), tombe en vrille

ᒌᓂᐧᑳᓂᒋᐎᓐ chiinikwaanichiwin vii
◆ c'est un remou, un tourbillon

ᒌᓂᐧᑳᓂᓂᒼ chiinikwaaninim vti ◆ il/elle le retourne

ᒌᓂᐧᑳᓂᓈᐤ chiinikwaaninaau vta
◆ il/elle le/la tourne avec ses mains

ᒌᓂᐧᑳᓂᔥᑖᐦᐋᐤ chiinikwaanishtaahwaau vta ◆ il/elle l'entortille alors qu'il/elle est suspendu-e

ᒌᓂᐧᑳᓂᔥᑭᐋᐤ chiinikwaanishkiwaau vta
◆ il/elle marche tout autour de lui/d'elle

ᒌᓂᐧᑳᓂᔥᑭᒼ chiinikwaanishkim vti
◆ il/elle le contourne à pied

ᒌᓂᐧᑳᓂᔮᐱᐦᒑᐱᑎᒼ chiinikwaaniyaapihchaapitim vti
◆ il/elle le fait tourner sur une ficelle

ᒌᓂᐧᑳᓂᔮᐱᐦᒑᐱᑖᐤ chiinikwaaniyaapihchaapitaau vta
◆ il/elle le/la fait tourner sur une ficelle

ᒌᓂᐧᑳᓂᐦᐋᐤ chiinikwaanihwaau vta
◆ il/elle l'encercle par voie d'eau ou par voie aérienne

ᒌᓂᐧᑳᓂᐦᑖᐤ chiinikwaanihtaau vai
◆ il/elle marche tout autour; il/elle en fait le tour (par ex. aiguille d'horloge); une heure passe

ᒌᓂᐧᑳᓂᐦᑯᑎᒼ chiinikwaanihkutim vti
◆ il/elle taille tout autour de ça

ᒌᓂᐧᑳᓂᐦᔮᐤ chiinikwaanihyaau vai
◆ il/elle vole en rond

**ᓰᓂᑳᔭᐱᐦᑖᐱᔫ** chiinikwaanaayaapihtaapiyiu vii ◆ la fumée fait des ronds

**ᓰᓂᑳᔭᐱᐦᒑᔑᓐ** chiinikwaanaayaapihchaashin vai ◆ il/elle est couché-e roulé-e en boule

**ᓰᓂᑳᔭᐱᐦᒑᐦᐊᒻ** chiinikwaanaayaapihchaaham vti ◆ il/elle le fait tourner suspendu à un fil

**ᓰᓂᑳᔭᐱᐦᒑᐦᐚᐤ** chiinikwaanaayaapihchaahwaau vta ◆ il/elle le/la fait tourner suspendu-e à un fil

**ᓰᓂᑳᔭᐱᐦᒑᐦᑎᓐ** chiinikwaanaayaapihchaahtin vii ◆ c'est en rouleaux (filiforme)

**ᓰᓂᑳᔭᒋᒋᐧᐃᓐ** chiinikwaanaayaachichiwin vii ◆ c'est un courant tourbillonnant

**ᓰᓂᑳᔭᔅᑯᐦᐊᒻ** chiinikwaanaayaaskuham vti ◆ il/elle le fait tourner avec un bâton

**ᓰᓂᑳᔭᔅᑯᐦᐚᐤ** chiinikwaanaayaaskuhwaau vta ◆ il/elle le/la fait tourner avec un bâton

**ᓰᓂᑳᔭᔫ** chiinikwaanaayaashiu vai ◆ il/elle virevolte emporté-e par le vent

**ᓰᓂᑳᔭᔥᑎᓐ** chiinikwaanaayaashtin vii ◆ ça tourbillonne, ça tournoie sous l'effet du vent ▪ ᓐ" ᓰᓂᑳᔭᔥᑎᓐ ᐊᐊ ᓂᒥᕐᓂᐦᐄᐊ ᑳ ᑎᑎᕐᓂᓛᐊₓ ▪ *Le vent a fait tourbillonner mon livre dans les airs quand je l'ai fait tomber.*

**ᓰᓂᑳᔭᔥᑎᐦᑖᐤ** chiinikwaanaayaashtihtaau vai+o ◆ il/elle le fait tourbillonner dans les airs

**ᓰᓂᑳᔭᔥᑎᐦᑖᑭᓐ** chiinikwaanaayaashtihtaakin ni ◆ une éolienne, un moulin à vent

**ᓰᓂᑳᔭᔥᑖᐱᑖᐤ** chiinikwaanaayaashtaapitaau vta ◆ il/elle le/la fait tourner dans les airs

**ᓰᓂᑳᔭᔥᑖᐱᔫ** chiinikwaanaayaashtaapiyiu vii ◆ une lumière (qui) tourne, par ex. celle d'un gyrophare

**ᓰᓂᓯᐤ** chiinisiu vai ◆ il/elle est pointu-e

**ᓰᓂᔑᒼ** chiinishim vti ◆ il/elle le coupe en pointe

**ᓰᓂᔖᐤ** chiinishwaau vta ◆ il/elle le/la coupe en pointe

**ᓰᓂᔥᑎᑳᓈᐤ** chiinishtikwaanaau vai ◆ il/elle a la tête pointu-e

**ᓰᓂᔥᔺᐋᔭᐱᑯᔒᔥ** chiinishjuwaayaapikushiish na -im ◆ une musaraigne, une musaraigne cendrée *Sorex cinereus*

**ᓰᓂᐦᐋᐤ** chiinihaau vta ◆ il/elle le/la rend pointu-e

**ᓰᓂᐦᑎᒋᓯᐤ** chiinihtichisiu vai ◆ il/elle est pointu-e (bois utile)

**ᓰᓂᐦᒑᐤ** chiinihtaau vai+o ◆ il/elle le rend pointu, l'affûte

**ᓰᓂᐦᑯᒑᐤ** chiinihkutaau vta ◆ il/elle le/la taille en pointe

**ᒌᓈᐚᒋᐧᐃᓐ** chiinaawaachiwin vii ◆ il y a un goulet à la fin du rapide

**ᒌᓈᐤ** chiinaau vii ◆ c'est pointu

**ᒌᓈᐱᑐᐦᑦ** chiinaapitikuhch p,lieu ◆ du côté coupant d'une lame de hache

**ᒌᓈᐱᑖᐤ** chiinaapitaau vai ◆ il/elle a des dents pointues, tranchantes, acérées

**ᒌᓈᐱᓯᔅᒋᓯᐤ** chiinaapisischisiu vai ◆ il/elle est pointu-e (pierre, métal)

**ᒌᓈᐱᔅᑭᐦᐊᒻ** chiinaapiskiham vti ◆ il/elle met un point dessus (minéral)

**ᒌᓈᐱᔅᑭᐦᐚᐤ** chiinaapiskihwaau vta ◆ il/elle met un point sur lui/elle (minéral)

**ᒌᓈᐱᔅᑳᐤ** chiinaapiskaau vii ◆ c'est pointu (minéral)

**ᒌᓈᐱᔅᒋᐳᑖᐤ** chiinaapischiputaau vai+o ◆ il/elle le scie, l'affile, l'aiguise (métal, pierre) en pointe

**ᒌᓈᐱᔅᒋᐳᔮᐤ** chiinaapischipuyaau vta ◆ il/elle le lime, l'effile en pointe

**ᒌᓈᐱᔅᒋᔑᒫᐤ** chiinaapischishimaau vta ◆ il/elle le/la frotte à quelque chose pour lui donner la forme d'une pointe

**ᒌᓈᐱᔅᒋᐦᑎᑖᐤ** chiinaapischihtitaau vai ◆ il/elle le frotte (métal, pierre) pour en affiler ou aiguiser la pointe

**ᒌᓈᐹᑭᓐ** chiinaapaakin vii ◆ c'est pointu (filiforme)

**ᒌᓈᐹᒋᓯᐤ** chiinaapaachisiu vai ◆ il/elle est pointu-e (filiforme)

ᙆᓇᑭᓐ chiinaakin vii ♦ c'est pointu (étalé)

ᙆᓇᒋᓯᐅ chiinaachisiu vai ♦ il/elle est pointu-e (étalé)

ᙆᓇᔅᑯᐳᑖᐅ chiinaaskuputaau vai+o ♦ il/elle le taille en pointe (long et rigide)

ᙆᓇᔅᑯᐳᔮᐅ chiinaaskupuyaau vta ♦ il/elle le/la taille en pointe (long et rigide)

ᙆᓇᔅᑯᑎᐦᑖᐅ chiinaaskutihtaau vai+o ♦ il/elle le frotte ou lime (long et rigide) pour en affiler la pointe

ᙆᓇᔅᑯᑭᐦᐚᐅ chiinaaskukihwaau vta ♦ il/elle le/la taille en pointe

ᙆᓇᔅᑯᓐ chiinaaskun vii ♦ c'est pointu (long et rigide)

ᙆᓇᔅᑯᓯᐅ chiinaaskusiu vai ♦ il/elle est pointu-e (long et rigide)

ᙆᓇᔅᑯᔒᒫᐅ chiinaaskushimaau vta ♦ il/elle le/la frotte (long et rigide) pour lui donner la forme d'une pointe

ᙆᓇᔅᑯᐦᑯᑎᒻ chiinaaskuhkutim vti ♦ il/elle le taille en pointe

ᙆᓇᔅᑯᐦᑯᑖᐅ chiinaaskuhkutaau vta ♦ il/elle le/la taille en pointe

ᙆᓈᐱᔥᑭᓈᐅ chiinaahpishkinaau vai ♦ il/elle a la mâchoire pointue

ᙆᓈᐦᒀᐅ chiinaahkwaau vai ♦ il/elle (un toboggan, une raquette) a le devant pointu

ᒌᓴᐚᓯᓂᒻ chiisaawaasinim vti ♦ il/elle pense qu'elle le reconnaît

ᒌᓴᐚᓯᓈᑯᓯᐅ chiisaawaasinaakusiu vai ♦ il/elle est marqué-e de sorte qu'on peut le/la distinguer des autres

ᒌᐳᔥᒋᓂᑖᐅ chiipuschinitaau vai ♦ il/elle le remplit à ras bords, complètement

ᒌᑖᐱᔅᐲᑳᒻ chiistaapiskiham vti ♦ il/elle nettoie l'intérieur du canon d'un fusil

ᒌᑖᔅᑯᐦᐚᐅ chiistaaskuhwaau vta ♦ il/elle le/la cloue

ᒌᑖᔅᑯᐦᑎᒻ chiistaaskuhtim vti ♦ il/elle le cloue

ᒌᑖᔅᑯᐦᒋᒑᐅ chiistaaskuhchichaau vai ♦ il/elle le cloue

ᒌᑖᔅᒀᓐ chiistaaskwaan ni -im ♦ un clou

ᒌᔅᑭᒥᑳᐅ chiiskimikaau vii ♦ c'est un sol glissant

ᒌᔅᑭᒫᐳᔥ chiiskimaapush na -um ♦ un lièvre pris au collet et tué instantanément

ᒌᔅᑭᐋᒻ chiiskiham vti ♦ il/elle lui enfonce le doigt dedans, lui donne un petit coup

ᒌᔅᑭᐚᐅ chiiskihwaau vta ♦ il/elle lui enfonce le doigt dedans, il/elle (par ex. un chien) lui donne un petit coup de dent

ᒌᔅᑳᐱᔅᑳᐅ chiiskaapiskaau vii ♦ c'est une falaise abrupte

ᒌᔅᑳᐱᔅᒋᒋᐃᐧᓐ chiiskaapischichiwin vii ♦ c'est un courant, un rapide au-dessus d'un rocher élevé, un courant qui chute brutalement

ᒌᔅᑳᔅᑭᐱᐅ chiiskaaskupiu vai ♦ il/elle est assis-e sur une surface dure et ça lui fait mal

ᒌᔅᒋᐎᑳᐅ chiischiwikaau vii ♦ la boue est lisse, glissante

ᒌᔅᒋᒥᑎᐦᒑᐅ chiischimitihchaau vai ♦ il/elle ne sent plus sa main

ᒌᔅᒋᒥᓂᐳᑖᐅ chiischiminiputaau vta ♦ il/elle aiguise le bord et le/la rend très coupante

ᒌᔅᒋᒥᓯᐅ chiischimisiu vai ♦ il/elle se sent engourdi-e, a des fourmis dans les jambes, les pieds, ou les mains

ᒌᔅᒋᒥᓯᑖᐱᐅ chiischimisitaapiu vai ♦ il/elle a les pieds engourdis à force d'être assis-e

ᒌᔅᒋᒥᔨᐚᐱᔨᐅ chiischimiyiwaapiyiu vai ♦ il/elle se met à grelotter, à trembler, à avoir des frissons

ᒌᔅᒋᓂᐦᑯᓈᔮᐲ chiischinihkunaayaapii ni ♦ de lacets pour les mocassins

ᒌᔅᒋᓂᐦᑯᓈᔮᐲᑭᐦᑎᒻ chiischinihkunaayaapiikihtim vti ♦ il/elle pose les lacets des mocassins pour les enrouler autour de la jambe

ᒌᔅᒋᓯᑳᐱᔅᑳᐅ chiischisikaapiskaau vii ♦ c'est une falaise rocheuse bien à-pic

ᒌᔅᒋᓯᑳᐅ chiischisikwaau vii ♦ c'est une falaise de glace

ᒌᔅᒋᓵᐱᐦᑎᒻ chiischisaapihtim vti ♦ il/elle lui jette un coup d'oeil

ᒋᔅᒋᓵᑲᐅ chiischisaakaau vii ♦ c'est une falaise, c'est à-pic

ᒋᔅᒋᓵᑳᑭᒫᐅ chiischisaakaakimaau vii ♦ c'est un lac entouré de falaises rocheuses

ᒋᔅᒑᐦᐱᓲᓐ chiischaahpisun ni ♦ une jarretière, une jarretelle

ᒋᔑ chiishi préverbe ♦ finir

ᒋᔑᐙᐅ chiishiwaau vii ♦ la fourrure est à son meilleur

ᒋᔑᐱᑎᒼ chiishipitim vti ♦ il/elle le fait glisser dans une boucle en tirant

ᒋᔑᐱᑭᓐ chiishipikin vii ♦ tout est en fleur, en pleine floraison

ᒋᔑᐱᒋᐤ chiishipichiiu vii ♦ c'est la saison où les plantes et les arbres sont à leur apogée

ᒋᔑᐱᔨᐤ chiishipiyiu vii ♦ c'est fini, terminé

ᒋᔑᐹᒥᒋᐤ chiishipaamichiiu vii ♦ c'est en fleur, en pleine floraison

ᒋᔑᐸᐙᐅ chiishipwaau vii ♦ c'est un temps doux en hiver

ᒋᔑᐹᐋᔮᔨᐦᑖᑯᓐ chiishipwaanaayaayihtaakun vii ♦ c'est un temps doux en hiver

ᒋᔑᐺᔮᐤ chiishipwaayaau vii ♦ c'est un temps doux en hiver

ᒋᔑᑭᐦᑖᐤ chiishikihtaau vii ♦ c'est vraiment cuit

ᒋᔑᑯᔑᓐ chiishikushin vai ♦ il/elle glisse sur la glace

ᒋᔑᑳᐦᑎᒼ chiishikaaihtim vti ♦ il/elle a fini de pelleter la neige là où l'habitation va être érigée

ᒋᔑᑳᐅ chiishikaau vii ♦ il fait jour ■ ᐋᐦ ᒋᔑᑳᐅᒃ ᐊᑑᓐ" ᒫᒥᒃ ᐋᐦ ᐴᑎᒋᔑᓈᐅᒃ ■ Il vaut mieux travailler avec les perles quand il fait jour.

ᒋᔑᑳᓂᐲᓯᒼ chiishikaanipiisim na ♦ le soleil

ᒋᔑᑳᓂᒋᐦᑯᔥ chiishikaanichihkuhsh na-im ♦ l'étoile du jour, une étoile qui se voit le jour

ᒋᔑᑳᔥᑖᐤ chiishikaashtaau vii ♦ c'est le clair de lune, ça brille comme en plein jour

ᒋᔑᒀᑎᒼ chiishikwaatim vti ♦ il/elle finit de le coudre ■ ᐃᓐ ᒥᒃ ᒋᔑᒀᑎᒼ ᐊᓂᒃ ᐙᐳᔮᓂᐤ ᐋᐦ ᐱᒥᐦᑭᒃ ■ Elle finit de coudre la couverture sur laquelle elle travaillait.

ᒋᔑᒀᑖᐤ chiishikwaataau vta ♦ il/elle a fini de le/la coudre

ᒋᔑᒄ chiishikw ni-um ♦ le ciel

ᒋᔑᓂᒑᐅ chiishinichaau vai ♦ il/elle tanne une peau

ᒋᔑᓂᒼ chiishinim vti ♦ il/elle tanne la peau de bête

ᒋᔑᓈᐤ chiishinaau vta ♦ il/elle le/la tanne (se dit d'une peau de bête) ■ ᐋᐸᐃᐧᑦ ᓅ ᒋᔑᓈᒡ ᐊᓂᒥᒃ ᒥᔅᑭᔅᑯᒥᒼ ᐅᒐᒃ ■ Elle/il va maintenant tanner sa grande peau d'orignal.

ᒋᔑᐦᐋᐤ chiishihaau vta ♦ il/elle le/la finit ■ ᐄᓐ ᒋᔑᐦᐋᐤ ᐊᓂᒃ ᐊᔨᒫᒃ ᒃ ᓂᑎᐋᐧᐅᑌᐅᑎᓯᐤ·ᐃᒄ ■ Elle a fini les raquettes que quelqu'un voulait.

ᒋᔑᐦᑐᒼ chiishihtutim vti ♦ il/elle le finit

ᒋᔑᐦᑖᐤ chiishihtaau vai+o ♦ il/elle le finit ■ ᐅᒐᒋᓲᓐ ᒋᐦ ᒋᔑᐦᑖᐅ ᐊᓂᒃ ᒫᕐᒋᓐ ᒃ ᐅᔑᐦᒋᒃ ■ Elle a fini les mocassins qu'elle fabriquait hier.

ᒋᔑᐦᑭᓱᐤ chiishihkisuu vai-u ♦ il/elle est bien cuit-e

ᒋᔓᐎᑖᐤ chiishuwitaau vii ♦ l'endroit se réchauffe

ᒋᔓᐎᑯᓂᐦᐋᒼ chiishuwikuniham vti ♦ il/elle le recouvre pour le garder au chaud

ᒋᔓᐎᑯᓂᐦᐋᐤ chiishuwikunihwaau vta ♦ il/elle le/la recouvre pour le/la garder au chaud

ᒋᔓᐎᑯᓃᐤ chiishuwikuniiu vai ♦ il/elle se garde au chaud en se couvrant

ᒋᔓᐎᔨᐤ chiishuwiyiu vii ♦ Il y a un redoux qui empêche la glace située sous une épaisse couche de neige de geler dur ■ ᓂᒫ ᓂᓐ ᐱᒥᐱᒋᐊ ᐊᐆᒡ ᒄᐦᐋᐅᒡ ᐋᐦ ᒋᔓᐎᔨᐤ ■ On ne peut pas voyager sur le lac parce qu'une couche de neige a empêché la glace de geler.

ᒋᔓᐙᐅ chiishuwaau vii ♦ c'est chaud ■ ᐋᐅᒃ ᐋᐦ ᒋᔓᐋᐦ ᒥᓯᑐᒃᐊ ᐋᐦ ᐎᐋᒑᐅᐊᑦᒃ ᐋᐦ ᒫᒪᑲᐦᔕᓐ ■ Au milieu de l'hiver, une hutte d'hiver est un abri très chaud.

ᒋᔓᐋᑯᓈᐤ chiishuwaakunaau vii ♦ c'est isolé par la neige

ᒋᓴ·ᐛᔫ° **chiishuwaayaau** vii ♦ il y a un redoux en hiver ▪ ᐊᑯᓐ" ᖃ ᒋ ᕐᑐ"ᒉᖮᵐᵘ ᓚᓱ·ᐛᔨᵐᵘ ᓂᔅᕈᔅᴸ ᐛ" ·ᐃᐅᐳ·ᖃˣ ▪ *J'emmenais mes petits frères et mes petites soeurs se promener quand il y avait un redoux en hiver.*

ᒋᓴᓂᴸ **chiishunim** vti ♦ il/elle le réchauffe avec ses mains, l'emballe dans quelque chose de chaud

ᒋᓴᓂᓯᐤ **chiishuniisuu** vai reflex -u ♦ il/elle se garde au chaud en s'emmitouflant

ᒋᓴᓈ° **chiishunaau** vta ♦ il/elle le/la réchauffe avec les mains, l'enveloppe dans quelque chose de chaud

ᒋᓴᔪ° **chiishusiu** vai ♦ il/elle est chaude (se dit d'un vêtement), il/elle garde chaud ▪ ᒋᓴᔪ° ·ᐛ>ᓴᖯᵃ ᐛ" ᐱ>ᓂᔪᴸ ᐛ" ᒥᒥᵖ·ᐛᑭᓂ·ᐃᒡˣ ▪ *Porter de la fourrure de lièvre en hiver vous garde bien au chaud.*

ᒋᓴᵖᑭ·ᐛ° **chiishushkiwaau** vta ♦ il/elle le/la garde au chaud avec son pied ou son corps ▪ ᒋᓴᵖᒋ·ᐛ° ᒪ·ᖯᵛ ᐛ" ᓂᐸᔪᵘˣ ▪ *Il la garde au chaud (avec son corps) pendant qu'elle dort.*

ᒋᓴᵐᑭᴸ **chiishushkim** vti ♦ il/elle le garde au chaud avec son pied ou son corps

ᒋᓴ"ᐛ° **chiishuhaau** vta ♦ il/elle l'habille chaudement

ᒋᓴᐤ **chiishuuhuu** vai -u ♦ il/elle s'habille chaudement ▪ ·ᐋᖨ ᒋᓴ"ᐤ ᐳᖯ ᖃ ᐃᵘᐱᔪ ᒥᑎᔅᖯᖮᵃˣ ▪ *Elle est habillée trop chaudement pour si une belle journée.*

ᒋᔈ·ᐛ° **chiishaawaau** vai ♦ il/elle détache la viande de l'os en la coupant

ᒋᔈᐊᑎᴸ **chiishaawaatim** vti ♦ il/elle détache la viande de l'os en la coupant

ᒋᔈᐊᵃ **chiishaawaan** ni ♦ de la viande désossée

ᒋᔈᐋᐳ **chiishaapaauu** vai -aawi ♦ c'est un homme adulte

ᒋᔈᑎᵛ **chiishaatin** vii ♦ c'est préfabriqué, tout fait ▪ ᐛ" ᒋᔈᑎᵘ ᒪᖮ ᓂᑭ ᐳᑎᓚᖯˣ ▪ *Je vais m'acheter une tente toute faite.*

ᒋᔈᑎᓯᐤ **chiishaatisiiu** vai ♦ il/elle est préfabriqué-e, tout-e fait-e ▪ ᒋᵐ ᒋᔈᑎᔪ° ᒋᖯᐱᕐᖯ·ᐛᵃ ᖃ ᒥᖨ·ᐛᖯᵃˣ ▪ *Je lui ai donné un réchaud de camping tout fait.*

ᒋᔈᒋᒍ **chiishaachimuu** vai -u ♦ il/elle a fini de raconter une histoire ▪ ·ᒡᵐᵘ ᒋᵐ ᒋᔈᒋᒍ ᖃ ᐸᒥ ᐋ"ᒋᒡ·ᐃᒡˣ ▪ *Il finissait de raconter son histoire au moment où tu es entré.*

ᒋᔈᵛ **chiishaach** p,temps ♦ tout de suite, maintenant, avant de... ▪ ᒋᔈᵛ ᓂᑭ ᐋ"ᑎᵘᐋᵃ ᓂᒡ ᓂᑭ ·ᐃᓂᒋᔨᕐᖮᵃˣ ▪ *Je vais tout de suite le mettre dans la neige pour ne pas l'oublier.*

ᒋᔈᵛ **chiishaach** p,évaluative ♦ ah oui? voyons voir (expression de doute, sujette à vérification) ▪ ᒋᔈᵛ ᒪ, ᓂᑭ ·ᐋᐱ"ᒉᒃˣ ▪ *Ah oui? Voyons voir.*

ᒋᔈᒥᐳᒡᵈ **chiishaamiiumaakw** na ♦ un poisson qui a fini de frayer

ᒋ·ᔈᐱᒥᑕᐤ° **chiishwaakimitaau** vii ♦ le liquide est chaud

ᒋᵘ>ᒉ>·ᐛ° **chiishputaayaapuwaau** vai ♦ il/elle est plein-e de liquide

ᒋᵘ>ᑯᓈ·ᐛᵘᑯ° **chiishpukunaawaashkuyiu** vai ♦ il/elle a la bouche pleine

ᒋᵘ>"ᐤ·ᐛ° **chiishpuhiiwaau** vta ♦ il/elle les rassasie

ᒋᵘ>"ᐛᴸ **chiishpuham** vti ♦ il/elle le remplit de nourriture (réfère à la bosse sur l'os sonore d'un brochet qui annonce une pêche fructueuse)

ᒋᵘ>"ᐛ° **chiishpuhaau** vta ♦ il/elle le/la remplit de nourriture

ᒋᵘ> **chiishpuu** vai -u ♦ il/elle a trop mangé ▪ ᓂᒡ ·ᐛ·ᐋᖨ ᒋᵐ ᐛᵘᔪ° ᐛᵘᐱᔪ ᒋᵘ>ᒡˣ ▪ *Il a tellement mangé qu'il ne peut plus bouger.*

ᒋᵘᑎᐸᐱᒪᐤ° **chiishtipaapimaau** vta ♦ il/elle le/la remarque tout de suite

ᒋᵘᑎᐸᐱ"ᑎᴸ **chiishtipaapihtim** vti ♦ il/elle le remarque tout de suite

ᒋᵘᑎᐸ **chiishtip** p,manière ♦ vite, rapide, soudain ▪ ᐛᖯ·ᐃ ᐋᓂᵘ ᒋᵘᑎᐸ ·ᐃ" ᒋᔪ"ᒋᒡ ᐛᵃ ᖃ ᐳᔪ"ᒉᖯᵃ, ᒪ ᒥᖨ·ᐃᓪᵐᵘ ᒪᒡˣ ▪ *N'essaie pas de le faire trop vite, ou ça n'aura pas l'air bien.*

ᒋᵘᑎᓂᐱᔨᐤ° **chiishtinipiyiu** vii ♦ il y a soudain une forte rafale de vent

ᒋᵘᑎᓂᴸ **chiishtinim** vti ♦ il/elle le pince

ᒋᵘᑎᓈ° **chiishtinaau** vta ♦ il/elle le/la pince

ᒋᵘᑎᓴᑳᑭᒪᐤ° **chiishtisaakaakimaau** vii ♦ le lac, la rivière a une falaise rocheuse d'un côté

ᒋᔥᑎᐦᐄᐹᓈᐦᑎᒃᐤ chiishtihiipaanaahtikw ni ◆ un des deux poteaux qui servent à ancrer le filet de pêche

ᒋᔥᑎᐦᐄᐹᓐ chiishtihiipaan ni ◆ un bâton pour ancrer le bout d'un filet de pêche

ᒋᔥᑎᐦᐄᑭᓐ chiishtihiikin ni ◆ une fourchette, une aiguille hypodermique, un instrument pour percer

ᒋᔥᑎᐦᆞᒻ chiishtiham vti ◆ il/elle le pique; il/elle fait rôtir de la viande sur un bâton

ᒋᔥᑎᐦᐋᐃᐦᑯᓈᐤ chiishtihaaihkunaau na - aam ◆ de la banique cuite sur un bâton sur le feu

ᒋᔥᑎᐦᐋᐃᐦᑯᓈᐦᒑᐤ chiishtihaaihkunaahchaau vai ◆ il/elle fait de la banique sur un bâton

ᒋᔥᑎᐦᐋᑯᐦᑎᓐ chiishtihaakuhtin vii ◆ l'avant du canot est bas par rapport à la surface de l'eau

ᒋᔥᑎᐦᐙᐤ chiishtihwaau vta ◆ il/elle le/la pique; il/elle lui donne une piqûre

ᒋᔥᑎᐦᒑᐱᔨᐤ chiishtihchaapiyiu vai ◆ il/elle laisse le filet de pêche lui glisser des mains en le préparant

ᒋᔥᑖᐤ chiishtaau na ◆ ta belle-soeur (si tu es une femme), ton beau-frère (si tu es un homme), ton cousin croisé ou ta cousine croisée (une personne du même sexe que toi qui est la descendante du frère de ta mère ou de la soeur de ton père)

ᒋᔥᑖᑭᐦᐄᑭᓈᔮᐲ chiishtaakihiikinaayaapii ni ◆ une corde de tente

ᒋᔥᑖᑭᐦᐄᑭᓐ chiishtaakihiikin ni ◆ des poteaux des deux côtés d'une tente, un pieu

ᒋᔥᑖᑭᐦᆞᒻ chiishtaakiham vti ◆ il/elle attache les cordes de la tente aux poteaux

ᒋᔥᑭᑎᓈᐤ chiishkitinaau vii ◆ c'est une falaise dans une montagne

ᒋᔥᑭᑖᐅᐦᑳᐤ chiishkitaauhkaau vii ◆ le rivage est escarpé

ᒋᔥᑭᑳᒫᔮᐤ chiishkikaamaayaau vii ◆ c'est escarpé le long du rivage

ᒋᔥᑳᐱᔅᒑᒋᐏᓐ chiishkaapischaachiwin vii ◆ c'est une chute au-dessus des rochers

ᒋᔥᑳᑎᒦᐤ chiishkaatimiiu vii ◆ l'eau est profonde près du rivage

ᒋᔥᑳᔨᐙᐤ chiishkaayiwaau vii ◆ le fond de l'eau est tout à coup en pente raide

ᒋᔥᒁᐤ chiishkwaau vai ◆ il est fou, elle est folle, il/elle a la rage

ᒋᔥᒁᐱᔨᐤ chiishkwaapiyiu vai ◆ il/elle a le vertige, la tête lui tourne

ᒋᔥᒁᐱᐦᐋᐤ chiishkwaapihaau vta ◆ il/elle le/la soûle

ᒋᔥᒁᐹᐤ chiishkwaapaau vai ◆ il/elle est saoul-e, ivre

ᒋᔥᒁᐹᔥᑳᑰ chiishkwaapaashkaakuu vai -u ◆ il/elle est en état d'ébriété

ᒋᔥᒁᒫᐤ chiishkwaamaau vta ◆ il/elle le/la rend fou/folle avec le bruit qu'il/elle fait

ᒋᔥᒁᔒᐤ chiishkwaashiu vai ◆ il/elle est bête, idiot-e, ridicule

ᒋᔥᒁᔑᓐ chiishkwaashin vai ◆ il/elle s'assomme

ᒋᔥᒁᔮᐱᒥᓈᑯᓐ chiishkwaayaapiminaakun vii ◆ ça donne le vertige quand on le regarde (ex. des couleurs vives)

ᒋᔥᒁᔮᐱᒧ chiishkwaayaapimuu vai -u ◆ il/elle a le vertige

ᒋᔥᒁᔮᐱᐦᑎᒻ chiishkwaayaapihtim vti ◆ il/elle a le vertige, sa vision est trouble et fait que la tête lui tourne

ᒋᔥᒁᔮᔨᐦᑎᒥᐦᐄᑰ chiishkwaayaayihtimihiikuu vai -u ◆ il/elle/ça le rend fou, la rend folle, le/la rend confus-e

ᒋᔥᒁᔮᔨᐦᑎᒻ chiishkwaayaayihtim vti ◆ il/elle a beaucoup de choses à l'esprit, il/elle a l'esprit confus

ᒋᔥᒁᔮᔨᐦᑖᑯᓐ chiishkwaayaayihtaakun vii ◆ c'est confus, bruyant

ᒋᔥᒁᔮᔨᐦᑖᑯᓯᐤ chiishkwaayaayihtaakusiu vai ◆ il/elle les confond, crée de la confusion par ses actions

ᒋᔥᒁᐦዳ chiishkwaahaau vta ◆ il/elle le/la dérange avec ses actions

ᒋᔥᒁᐦᐙᐤ chiishkwaahwaau vta ◆ il/elle l'assomme

ᒋᔥᒋᐏᒋᔑᓐ chiishchiwichishin vai ◆ il/elle glisse sur la boue

ᒋᔥᒋᐳᑖᐤ chiishchiputaau vai+o ◆ il/elle le scie

ᒋᔥᒋᐳᒋᑭᓐ chiishchipuchikin ni ◆ une scie

ᒋᐳᕆᓂ chiishchipuchichaau vai
- il/elle scie du bois

ᒋᐳᔮᐤ chiishchipuyaau vta - il/elle le/la scie

ᒋᒋᒥᐢᑭᒼ chiishchimishkim vti - il/elle l'engourdit en lui coupant la circulation

ᒋᓵᑳᑭᒫᐤ chiishchisaakaakimaau vii
- c'est un lac bordé de falaises

ᒋᔑᐱᔑᔥ chiishchishipishish na -im
- une sarcelle à ailes vertes, une sarcelle d'hiver (un canard) *Anas crecca*

ᒋᔑᑖᔑᓐ chiishchishitaashin vai
- il/elle a mal au pied parce qu'il/elle se l'est cogné-e

ᒋᔑᒫᐤ chiishchishimaau vta - il/elle le/la pousse dans quelque chose de coupant ou pointu

ᒋᔑᔑᓐ chiishchishin vai - il/elle se fait piquer par un objet pointu; il/elle tombe sur quelque chose de pointu

ᒋᔥᒑᔨᐢᑯᔨᐤ chiishchaayishkuyiu vai
- il/elle le sent qui bloque son œsophage après avoir avalé de la nourriture

ᒋᔥᒑᔨᐢᑳᑰ chiishchaayishkaakuu vai -u
- il/elle a un morceau de nourriture coincé dans son œsophage

ᒌᔨ chiiyi pro,personnel emphatique 2 - toi ▪ ᒌᔨ ᐲᐦ ᒫ ᐧᐁᐦ ᒐᐧᐋᐳᔥᑖᐦ ᐧᐋᐱᐦᒡ ▪ *Je voudrais que toi aussi, tu viennes nous rendre visite demain.*

ᒌᔨᐧᐋᐤ chiiyiwaau pro,personnel emphatique 2p
- vous ▪ ᒋᔅᒋᔖᒑᐧᐋᐅᐧᐋᐤ ᒌᔨᐧᐋᐤ ᐧᐋᐦᐱᔥ ᒥᓃᔑᒄᑦᐅᒡ ᐊᑎ ᑭᑦᐧᒌ ▪ *Vous, vous savez comme c'est agréable quand le printemps arrive.*

ᒌᔮᓅ chiiyaaniu pro,personnel emphatique 21p
- nous (toi compris) ▪ ᒌᔮᓅ ᐃᔒᒑᒑ ᒫ ᐃᐦᑐᑎᐦᒡ ᐊᓐ ᐊᐱᑎᓰᐧᐃᓐᐦ ▪ *C'est nous qui devrions faire le travail*

ᒌᐦ chiih préverbe - pouvoir ▪ ᐲᐦᒡ ᒫ ᒌᐦ ᐱᒥᓯᐧᐋᓐ ᒪᑰᔒᐧᐃᓈᒡ ▪ *Oui, je pourrai cuisiner pour la fête.*

ᒌᐦ chiih préverbe - marque du passé ▪ ᒌᐦ ᐱᒧᒋᔖᐦᑎᐧᐋᐤ ᐊᓂᐦ ᐱᔦᔒᐦ ▪ *Elle/il a jeté une roche sur l'oiseau.*

ᒌᐦᐃᓐ chiihin vii - ça marche, ça fonctionne

ᒌᐦᑎᐤ chiihtiu vai - il/elle marche, fonctionne ▪ ᐋᔥᑕ ᓅᐦᑎ ᐊᐦ ᒨᒑᑳᐦᒡ ᑭ ᐧᐋᔥᒍᑎᐧᐋᐳᓐᐧᐃᑖᓯᐦᒃ ▪ *Ma voiture marche maintenant qu'elle a été réparée.*

ᒌᐦᑑᓈᑭᓅᐤ chiihtunaakiniuu vta,passif -iwi
- il/elle (une peau d'orignal, de caribou) a été tanné-e mais qui a besoin d'être retanné-e

ᒌᐦᑳᐅᓈᑯᐦᑖᐤ chiihkaaunaakuhtaau vai
- il/elle garde son équipement de chasse bien en vue

ᒌᐦᑳᐧᐋᐤ chiihkaawaau vii - c'est calme et tranquille, là où on peut entendre l'écho

ᒌᐦᑳᐧᐋᐱᔨᐤ chiihkaawaapiyiu vai
- il/elle émet un son clair

ᒌᐦᑳᐧᐋᐱᔨᐤ chiihkaawaapiyiu vii - ça fait un son clair

ᒌᐦᑳᐧᐋᐱᔨᐦᐋᐤ chiihkaawaapiyihaau vta
- il/elle lui fait produire un son clair

ᒌᐦᑳᐧᐋᐱᔨᐦᑖᐤ chiihkaawaapiyihtaau vai
- il/elle le fait émettre un son clair

ᒌᐦᑳᐧᐋᒋᐧᐃᓐ chiihkaawaachiwin vii - il y a un bruit de rapides au loin, on entend les rapides au loin

ᒌᐦᑳᐧᐋᔑᓐ chiihkaawaashin vai - il/elle marche bruyamment

ᒌᐦᑳᐧᐋᐦᑎᐧᐋᐤ chiihkaawaahtiwaau vai
- il/elle mâche bruyamment ▪ ᓂ ᐁᐦ ᒌᐦᑳᐧᐋᐦᑎᐧᐋᐤ ᒐ ᐊᒥᔅᒃ ᐊᐦ ᒌᒋᔅ ▪ *On peut entendre mâcher bruyamment le castor qui mange.*

ᒌᐦᑳᒫᑯᓐ chiihkaamaakun vii - ça sent fort ▪ ᐋᐧᓉᒉᐦ ᒌᐦᑳᒫᑯᓐ ᐊᒡ ᐧᐋᔥᒎᓂᐋᐦ ▪ *L'odeur des poubelles est très forte.*

ᒌᐦᑳᒫᑯᓯᐤ chiihkaamaakusiu vai - il/elle sent fort, pue ▪ ᐋᐧᓉᒡ ᐊᐦ ᒌᐦᑳᒫᑯᓰᒡ ᔑᑳᒃ ᐁ ᐲᐦ ᐱᒥᐦᐋᐦᐧᑐᒋᐦᒡ ▪ *La mouffette sentait vraiment fort quand nous conduisions.*

ᒌᐦᑳᓂᐧᐋᐤ chiihkaaniwaau vta - il/elle le/la voit bien, clairement ▪ ᐋᐧᓉᒡ ᐊᐦ ᒌᐦᑳᓂᐧᐋᒡ ᐅᐦᑳᐧᐃᓐ ᐊᓂᒉ ᑭᒑ ᓂᐧᐋᐱᒫᒋᐦᒡ ▪ *Elle pouvait bien voir et identifier sa grand-mère à la réunion.*

ᒌᐦᑳᓂᒼ chiihkaanim vti - il/elle le voit bien, clairement, tout de suite

ᒌᐦᑳᓈᑯᓐ chiihkaanaakun vii - c'est clair, évident, très visible ▪ ᓂ ᐁᐦ ᒌᐦᑳᓈᒡ ᐊᐦ ᐊᐦᑕᒫᐧᐃᓈᐦ ▪ *C'est évident d'après la couleur de ta bouche que tu as mangé de la confiture.*

ᒌᐦᑳᓈᑯᓯᐤ chiihkaanaakusiu vai ♦ il/elle se voit bien, on le/la voit bien ▪ ᒌᐦᑳᓈᑯᔨᐤ ᐋᑦ ᐧᐋᐸᕐᒡ ᐊᓯᒡᐦ ᐋᑦ ᐅᐱᐸᔨᐋᓯᐤ ᐋᑦ ᐱᑦᐦᒌᒡₓ ▪ On la voit bien en train de marcher dans le bois parce qu'elle est habillée en blanc.

ᒌᐦᑳᓈᑰᐦᐋᐤ chiihkaanaakuhaau vta ♦ il/elle le/la rend bien visible, il/elle le/la met en évidence ▪ ᑭᓴᓈ ᐋᑦ ᐅᐦᒋ ᒌᐦᑳᓈᑰᐦᐋᒡ ᓂᔅᑫᐦ ᑳ ᐱᓯᐸᐦᐋᒡₓ ▪ Il a bien mis en évidence qu'il avait tué une oie.

ᒌᐦᑳᓈᔮᐤ chiihkaanaayaau vii ♦ c'est une pointe de terre effilée

ᒌᐦᑳᔥᑯᒋᒫᐤ chiihkaashkuchimaau vai ♦ il/elle pagaie près du rivage

ᒌᐦᑳᔮᔥᑎᐧᐋᐤ chiihkaayaashtiwaau vai ♦ il/elle brille, étincelle ▪ ᑎᐱᔅᑯᐦ ᒌᐦ ᒌᐦᑳᔮᔥᑎᐧᐋᐤ ᑎᐱᔅᑰᓂᐦᐄᒡ ᒑᔥᒑᔅᑭᒡₓ ▪ La lune brillait la nuit dernière.

ᒌᐦᑳᔮᔥᑖᐤ chiihkaayaashtaau vii ♦ ça produit une lumière vive

ᒌᐦᑳᔮᔥᑖᐱᔨᐤ chiihkaayaashtaapiyiu vii ♦ le feu brûle en émettant soudain des flammes vives, c'est un feu soudainement vif

ᒌᐦᑳᔮᔥᑖᓂᒻ chiihkaayaashtaanim vti ♦ il/elle allume la lumière en position forte ▪ ᒌᐦᑳᔮᔥᑖᓂᒻ ᐅᐧᐋᒑᓕᐸᒻ ᐋᑦ ᑲᓂᐧᐋᒫᒡ ᐅᒥᒌᒫᐦₓ ▪ Elle allume la lumière pour chercher ses perles.

ᒌᐦᑳᔮᔨᒦᓲ chiihkaayaayimiisuu vai reflex -u ♦ il/elle s'estime, se croit supérieur

ᒌᐦᑳᔮᔨᒫᐤ chiihkaayaayimaau vta ♦ il/elle pense qu'il/elle est spécial-e, qu'il/elle se distingue des autres

ᒌᐦᑳᔮᔨᐦᑎᒻ chiihkaayaayihtim vti ♦ il/elle accorde beaucoup d'importance à ça, s'en souvient bien

ᒌᐦᑳᔮᔨᐦᑖᑯᓐ chiihkaayaayihtaakun vii ♦ c'est bien connu

ᒌᐦᑳᔮᔨᐦᑖᑯᓯᐤ chiihkaayaayihtaakusiu vai ♦ il/elle est connu-e

ᒌᐦᑳᐦᐄᑰ chiihkaahiikuu vai -u ♦ il/elle est parfaitement conscient-e de tout ce qui l'entoure

ᒌᐦᑳᐦᑎᐧᐋᔥᑖᐤ chiihkaahtiwaashtaau vii ♦ il y a de l'eau libre le long du rivage au printemps

ᒌᐦᑳᐦᑎᐧᐋᐦᒻ chiihkaahtiwaaham vti ♦ il/elle en enlève les branches à la hache

ᒌᐦᑳᐦᑎᒄ chiihkaahtikw p,lieu ♦ près d'un mur ou d'un arbre ▪ ᐊᓂᐦ ᒌᐦᑳᐦᑎᒄ ᐊᑐᐦ ᐱ ᐊᐧᒑᓈᐤ ᐊᓂᐦ ᐅᐦᒋᐅᐧᐋᐦᐋᒡₓ ▪ Son piège était tout près de l'arbre.

ᒌᐦᑳᐦᑖᑯᓐ chiihkaahtaakun vii ♦ ça s'entend bien, clairement ▪ ᐅᒡᑭᐦ ᒌᐦ ᒌᐦᑳᐦᑖᑯᓐ ᓂᑳᒻᐅᐸ ᐋᒡ ᐧᐋᔭᔓ ᒌᐦ ᐃᐦᑖᒡᒡᒧₓ ▪ On pouvait bien entendre la musique, même si on était loin.

ᒌᐦᑳᐦᑖᑯᓯᐤ chiihkaahtaakusiu vai ♦ il/elle s'entend bien ▪ ᓄᑎᐋ ᐤᐦᒋ ᒌᐦᑳᐦᑖᑯᓯᐤ ᑳ ᐧᐃᐦ ᐊᐸᓕᒫᒎᒡ ᐊᓂᒡᐃᐧᐋᐦᐄᔅₓ ▪ On ne l'entendait pas bien quand on a voulu lui parler à la radio.

ᒌᐦᒌᐱᑎᐦᑎᒥᓈᐤ chiihchiipitihtiminaau vai ♦ il/elle a des spasmes à l'épaule

ᒌᐦᒌᐱᑎᐦᒑᐤ chiihchiipitihchaau vai ♦ il/elle a des spasmes à la main

ᒌᐦᒌᐹᐱᐤ chiihchiipaapiu vai ♦ il/elle cligne de l'oeil, il/elle a un spasme ou un tic à l'oeil

ᒌᐦᒌᑯᒫᐤ chiihchiikumaau vta redup ♦ il/elle le/la ronge jusqu'à l'os

ᒌᐦᒌᑯᐦᑎᒻ chiihchiikuhtim vti redup ♦ il/elle ronge un os et le nettoie de sa viande

ᒌᐦᒌᒀᔨᐧᐋᐤ chiihchiikwaayiwaau vai ♦ il/elle a la queue nue

ᒌᐦᒌᒄ chiihchiikw na -um ♦ une verrue

ᒌᐦᒌᒋᓃᓲ chiihchiichiniisuu vai redup -u ♦ il/elle se gratte parce que ça le/la démange

ᒌᐦᒌᒋᓈᐤ chiihchiichinaau vta redup ♦ il/elle le/la gratte (par ex. son menton) parce que ça le/la gratte ▪ ᑭᓴᓈ ᔔᐦ ᐋᑦ ᒌᐦᒌᒋᓈᒡ ᐅᐦᑰᐦᑳᓃᒡₓ ▪ Elle se gratte fort le menton.

ᒌᐦᒌᔒᔑᒻ chiihchiishishim vti ♦ il/elle détache la viande de l'os en la coupant

ᒌᐦᒌᔒᔒᐧᐋᐤ chiihchiishishwaau vta ♦ il/elle découpe l'excès de gras de la peau

ᒌᐦᒌᔒᐦᐧᐋᐤ chiihchiishihwaau vta ♦ il/elle gratte le poil brûlé, la fourrure de l'animal en le flambant

ᒌᐦᒌᐦᑲᐹᒋᑖᐤ chiihchiihkwaakihtaau vii ♦ ça brûle complètement, ça se réduit en cendres

ᒌᐦᒑᔮᐤ chiihchaayaau vii ♦ c'est un coin

ᒌᐦᒑᐦᑎᑰ chiihchaahtikaau vii ♦ ça a un coin (se dit de bois utile)

ᒋᐦᒑᐦᑎᒋᓯᐤ chiihchaahtichisiu vai ♦ le morceau de bois a un coin

ᒋᐦᒡ chiihch p,lieu ♦ près, près de, proche ▪ ᐋᐯᐃ ᐋᓅᒡ ᒋᐦᒡ ᐆᔥ" ᐊᓂᒡ" ᐃᔅᑯᒡᐃᒃ. ▪ Ne reste pas trop près du feu!

## J

ᒐᐧᐋᔥᒃ chuwaashk na -im ♦ un pluvier semipalmé Charadrius semipalmatus

## J

ᒑᐃᔨᔫ chuuiiyiyiu na -im ♦ un Juif, une Juive, de l'anglais 'Jew'

ᒑᒐ chuuchuu vai -u [Wemindji] ♦ il/elle est nourri-e au sein, au biberon

ᒐᒐ chuuchuu ni -m [Wemindji] ♦ un biberon

ᒑᒐᔑᓈᐳᐃ chuuchuushinaapui na -uum [Wemindji] ♦ du lait

ᒐᒐᔥ chuuchuush ni -im [Wemindji] ♦ un mamelon (sein, biberon)

ᒐᔥᒐᔥᒋᔒᔥ chuushchuushchishiish na -m ♦ une paruline des ruisseaux, une fauvette des ruisseaux Seiurus noveboracensis

ᒐᐧᐋᓂᔥ chuuhwaanish na dim ♦ une boule, une petite balle

## ᒑ

ᒑ chaa préverbe ♦ futur (marque de futur utilisée avec les verbes au conjonctif) ▪ ᒑ ᐊᑉ ·ᐋᐃ·ᐃᔮᐤ ᐄᔅ"ᒡᐋ ᐋ" ᒥᑖᐆᓂ·ᐃᑉᵪ ♦ ᓂᔅᑕᒥᑐ° ᐆᔅ ·ᐃᐃᑦ ᒑ ᑎᑐ"ᑉᵪ. ▪ Tu viendras avec moi quand j'irai à la fête. ♦ Je sais maintenant qu'elle reviendra bientôt.

ᒑᑎᓵᒫᓈᐤ chaatisaamaanaau vta ♦ il/elle lui enlève ses raquettes

ᒑᑎᔅᐱᒋᓈᑭᓈᓂᒻ chaatispichinaakinaanim vti ♦ il/elle enlève l'étui du fusil

ᒑᑎᐦᐄᐹᓈᐤ chaatihiipaanaau vai ♦ il/elle l'enlève, le/la sort du filet

ᒑᑖᐹᐤ chaataapaau vai ♦ il/elle s'enlève la corde du traîneau, du toboggan

ᒑᑖᔅᑯᓂᒧᐋᐤ chaataaskunimuwaau vta ♦ il/elle le/la sort du piège pour lui/elle

ᒑᑖᔅᑯᓈᐤ chaataaskunaau vta ♦ il/elle le/la sort du piège

ᒑᑭᑦ chaakit ni -im ♦ un long manteau, un paletot, un pardessus, une pelisse, une vareuse, de l'anglais 'jacket'

ᒑᑳᑦ chaakaat p,manière ♦ presque ▪ ᒑᑳᑦ ᒍᓐ ᓂ·ᐊᐧᐦᒡᐊᒃ ᐋ·ᐋᓂ ᐃᔅᑐᒡᒑᔮᵪ. ▪ Je vois des traces d'animaux presque à chaque fois que je sors.

ᒑᒀᓂᔥᒌᔥ chaakwaanishchiish ni pej -im ♦ quelque chose de vieux, d'usé, une vieille chose

ᒑᒀᓐ chaakwaan ni -im ♦ une chose ▪ ᐊᐋᒡ" ᒃ ᒑᒀᓐ ᒃ ᐊᐋᑉᒡᒑᑉᵪ. ▪ Donne-moi une chose que je puisse utiliser.

ᒑᒀᓐ chaakwaan pro,question ♦ que, qu'est-ce que? quoi? ▪ ᒑᒀᓐ ᐋᓐᐋᑦᒋᑎᒡᵪ. ▪ Qu'est-ce que tu veux? / Que veux-tu?

ᒑᒀᓐ chaakwaan pro,indéfini ♦ quelque chose

ᒑᒀᔫ chaakwaayiu pro,question ♦ que, qu'est-ce que? quoi? (obviatif singulier)

ᒑᒀᔫ chaakwaayiu pro,indéfini ♦ quelque chose (obviatif singulier)

ᒑᒀᔫ chaakwaayiu ni ♦ une chose (obviatif singulier)

ᒑᒃ chaak p,temps ♦ finalement, enfin ▪ ᒑᒃ ᒣ ᒃ ᑭᔅᑐ"ᒡᐨ ᒃ ᒋᔥ"ᑐ"ᑉ ᐆᒐᐦᑎᒋ·ᐃᐊᵪ. ▪ Elle/il est enfin reparti-e après avoir fini son travail.

ᒑᒃᐧ chaakw p,question ♦ quel, quelle? ▪ ᒑᒃᐧ ᒋᑉ"ᐋᐹ ᒃ ᐦ"ᑐᓂᒣ ᓂᑐ"ᒡᑖᵪ. ▪ Quelle hâche prendras-tu quand tu sortiras chercher du bois pour le feu?

ᒑᒋᑯᐱᑎᒻ chaachikupitim vti ♦ il/elle l'enlève, l'arrache, le fait glisser de quelque chose

ᒑᒋᑯᐱᑖᐤ chaachikupitaau vta ♦ il/elle l'enlève, l'arrache, le/la fait glisser de quelque chose

ᒑᒋᑯᓂᒻ chaachikunim vti ♦ il/elle l'enlève (ex chaussette)

ᒐᓯᑯᓈᐤ **chaachikunaau** vta ♦ il/elle l'enlève de quelque chose

ᒐᓯᒄᑯᓂᒻ **chaachikwaaskunim** vti ♦ il/elle l'enlève (ex la fourrure sur un cadre)

ᒐᓯᒄᑯᓈᐤ **chaachikwaaskunaau** vta ♦ il/elle l'enlève, le/la fait glisser (ex la peau sur un cadre)

ᒐᓯᒄᑯᔉᒻ **chaachikwaaskuham** vti ♦ il/elle enlève le manche de la hache

ᒐᓯᒄᑯᑎᑖᐅ **chaachikwaaskuhtitaau** vai ♦ il/elle perd la partie coupante de la hache qui se détache du manche pendant qu'elle hache

ᒐᔅᑭᐎᓐ **chaachiskiwin** vii ♦ c'est rare

ᒐᔅᑭᐎᓯᔫ **chaachiskiwisiiu** vai ♦ il/elle est rare

ᒐᒋᔕᐸᐅᓂᔥᑳᐤ **chaachishaapaawinishkaau** vai ♦ il/elle se lève tôt le matin

ᒐᒋᔕᐸᐅᔫ **chaachishaapaawiiu** vai ♦ il/elle commence tôt le matin

ᒐᒋᔕᐸᐱᔫ **chaachishaapaapiyiu** vai ♦ il/elle part tôt le matin en véhicule

ᒐᒋᔕᐸᑯᑎᐙᐤ **chaachishaapaakutiwaau** vai ♦ il/elle fait un feu tôt le matin

ᒐᒋᔕᓈᒄᑳᐤ **chaachishaapaanaahkwaau** vai ♦ il/elle prend ou mange son déjeuner (Canada), petit déjeuner (France)

ᒐᒋᔕᐸᔮᐅᐊᔅᒋᓯᓐ **chaachishaapaayaauaschisinh** ni pl ♦ des pantoufles, des chaussons, des savates

ᒐᒋᔕᐸᔮᐅᑯᑊ **chaachishaapaayaaukuhp** ni ♦ une robe d'intérieur, une robe-tablier

ᒐᒋᔕᐸᔮᐅᒦᒋᒻ **chaachishaapaayaaumiichim** ni ♦ de la nourriture pour le petit déjeuner

ᒐᒋᔕᐸᔮᐅ **chaachishaapaayaau** vii ♦ c'est le matin

ᒐᒋᔕᐸᔮᒐ **chaachishaapaayaachaa** p,temps ♦ demain matin, quand ce sera le matin

ᒐᒋᔕᐹᐦᐄᑯᑖᐤ **chaachishaapaahiikuhtaau** vai ♦ il/elle ramasse du bois pour le feu tôt le matin

ᒐᒋᔕᐹᑖᐤ **chaachishaapaahtaau** vai ♦ il/elle part à pied tôt le matin

ᒐᒋᔖᑊ **chaachishaap** p,temps ♦ ce matin ■ ᒐᒋᔖᑊ ᑮ ᑎᑯᔮᓐ ᐊᐦ ᐊᐗᔑᔥ ᐊᐦ ᐄᐦ ᐋᑦ ᒍᐊᑎᓯᔾ·ᐊᔨᒡᐦ ■ *L'enfant est venu ce matin pour nous rendre visite.*

ᒐᒋᔑᒋᐱᔫ **chaachishchipiyiu** vai ♦ il/elle suffit à peine, ça (animé) suffit à peine

ᒐᒋᔑᒋᐱᔫ **chaachishchipiyiu** vii ♦ c'est à peine suffisant, c'est tout juste assez

ᒐᒋᔥ **chaachishch** p,manière ♦ à peine, de justesse, tout juste ■ ᒣᑦ ᒐᒋᔥ ᓂᑮ ᐙᐸᒫᐤ ᐊᐦ ᓂᑑᑦᑯᒡ ᐹ ᐄᐦ ᐋᐎᐦᐋᑉᒡᐠ ■ *J'ai réussi à voir le docteur de justesse, je voulais le voir avant qu'il ne parte.*

ᒑᒫᑳ **chaamaakaa** p,évaluative ♦ pas étonnant, néanmoins ■ ᒑᒫᑳ ᐁᐤ ᐁᑎᑐ ᐊᑐᑊ ᔪ ᐋᐦ ᐋᐦ ᓂᔖᐦᑳᒑᑐᒡ ■ *Pas étonnant qu'il soit devenu comme ça après tous les problèmes qu'il a eu.*

ᒐᓯᔅᑭᐙᐤ **chaasiskiwaau** vta ♦ il/elle le/la prend sur le fait ■ ᓂᒌ ᒐᓯᔅᑭᐙᐤ ᐋᐦ ᐋᐦ ᑖᑖᑦ ᐊᑐᐦ ᐎᒐᐙᔉᒃ ■ *Je l'ai pris en train d'essayer de mordre son camarade de jeu.*

ᒐᔅᑭᒻ **chaasiskim** vti ♦ il/elle y arrive à l'heure, à temps (par ex. à une réunion) ■ ᓂᑳᒡ ᓂᑦ ᐅᐦᒋ ᒐᔅᑭᒻ ᐊᑖᐙᑲᒥᑯᔫ ᐋᐦ ᐊᐦᐱᐦᐋᐱᐙᔨᐠ ■ *Elle/Il n'a presque pas réussi à arriver à temps au magasin.*

ᒑᔅᑎᓈᓯᐦᑎᒻ **chaastinaasihtim** vti ♦ il/elle est certain-e que c'est ce qu'il/elle a entendu

ᒑᔅᑭᑦ **chaaskit** p,temps ♦ souvent, fréquemment ■ ᓇᒥᐦ ᒑᔅᑭᑦ ᐊᔪ ᐋᐦ ᒥᑦᐦᑊᒡ ᑊ ᒍᐎᓕᔉᒡᐠ ■ *Manger du poisson la fait vouloir souvent boire.*

ᒑᔅᑭᒧᐙᐤ **chaaskimuwaau** vta ♦ il/elle le/la prend sur le fait et l'empêche de continuer

ᒑᔅᑯᐦᑎᐙᐤ **chaaskuhtiwaau** vta ♦ il/elle n'entend qu'une partie de ce qu'il/elle dit

ᒑᔑᐙᑦ **chaashiwaat** p,évaluative ♦ depuis, au moins, heureusement que..., ■ ᐁᐱ ᒐᔑᐙᑦ ᑮ ᑎᔥᐋᐱᓕᔮ ᐊᑐᐦ ᐹ ᐄᐦ ᑎᔅᐲᑖᐦᐱᔾᐠ ■ *Heureusement que c'était elle qui savait qu'elle avait décidé de partir!*

ᒑᔥᑎᐗᐱᒫᐤ **chaashtiwaapimaau** vta ♦ il/elle le/la voit juste à temps, dans sa vie

ᒑᔥᑎᐗᐱᐦᑎᒻ **chaashtiwaapihtim** vti ♦ il/elle le voit juste à temps dans sa vie

ᒉᔅᑎᓂᵒ **chaashtiniu** p,temps ♦ à temps, pendant qu'il est encore temps ▪ ᒉᔅᑎᓂᵒ ᒋ ᐅᑎᓯᓯ ᐊᔨ ᑭᕐᒃ ᐊᔅᒌᒃ" ᐃᔪᐦᑳᒡᒃ. ▪ *Assure-toi d'enlever la nourriture à temps avant qu'elle ne brûle.*

ᒉᔅᑎᓂᒃ **chaashtinim** vti ♦ il/elle l'attrape juste à temps ▪ ᐊᓐᐃ ᒉᔅᑎᓂᒃ ᐊᓄᒃ ᐅᑐ ᒃ ᐧᐊᐸᐊᓄᑉᐧ. ▪ *Il a réussi à rattraper son canot juste alors qu'il commençait à partir.*

ᒉᔅᑎᓈᑎᐱᵒ **chaashtinaatipiu** vai ♦ il/elle est bien assis-e, solidement ou en sécurité

ᒉᔅᑎᓈᑎᓐ **chaashtinaatin** vii ♦ c'est certain, c'est ferme

ᒉᔅᑎᓈᒑᔮᒥᓕᵒ **chaashtinaataayaayimaau** vta ♦ il/elle est certain-e qu'il/elle est capable de le faire

ᒉᔅᑎᓈᒑᔮᔨᑎᒃ **chaashtinaataayaayihtim** vti ♦ il/elle en est certain-e, sûr-e ▪ ᒉᔅᑎᓈᒑᔮᔨᑎᒃ ᒋ ᒥᑭᓂᐃ ᐊᓄᒃ ᐊᐱᑎᐃᓯᓯ ᑳ ᓂᑎᐧᐊᑎᒃ". ▪ *Elle/il est sûre qu'elle/ilobtiendra le travail qu'elle/il voulait.*

ᒉᔅᑎᓈᒑᔮᔨᑖᑯᓐ **chaashtinaataayaayihtaakun** vii ♦ c'est fiable, c'est sûr

ᒉᔅᑎᓈᒑᔮᔨᑖᑯᓯᵒ **chaashtinaataayaayihtaakusiu** vai ♦ il/elle est fiable, digne de confiance, sûr-e

ᒉᔅᑎᓈᒋᑳᐴ **chaashtinaachikaapuu** vai-uwi ♦ il/elle demeure ferme, se tient ou reste solidement debout

ᒉᔅᑎᓈᒋᔥᑖᵒ **chaashtinaachishtaau** vii ♦ c'est bien en place, posé ou placé correctement ▪ ᒉᔅᑎᓈᓐᒡ" ᐊᵃ ᐸᒃᔥᑉᕐᐸ ᓂᕐ ᑭᑉ ᐸ"ᕐᑎᒃ. ▪ *Place le pot correctement pour qu'il ne tombe pas.*

ᒉᔅᑎᓈᔥ **chaashtinaash** p,évaluative ♦ c'est sûr, sûrement, certainement ▪ ᒉᔅᑎᓈᔥ ᑭᕐ ᑭᕐᑎᐧᐋᓈ ᑎᑎᒃ"ᒃ ᑳ ᓈᐳ"ᐅᑉ. ▪ *C'est sûr qu'on va manger quand il reviendra de la chasse.*

ᒉᔅᑎᓈᐦᐳ **chaashtinaahuu** vai-u ♦ il/elle en est sûr-e, certain-e ▪ ᕐᓄᐦ ᒉᔅᑎᓈᐦᐳ ᒋ ᒡᐧᓀᒡᒡ ᐊᓄᒃ ᑳ ᐃᒡᒃ. ▪ *Elle/Il est sûr-e qu'elle croira ce qu'il lui a dit.*

ᒉᔅᑎ"ᐧᐊᵒ **chaashtihwaau** vti ♦ il/elle lui tire dessus juste à temps

ᒉᔅᑎ"ᑎᒃ **chaashtihtim** vti ♦ il/elle arrive juste à temps pour recevoir à manger

ᒑ"ᐋᑳ **chaahaakaa** p,négative ♦ ne...pas (sens futur) (voir chaa + h+aakaa) ▪ ᓂᕐ" ·ᐃ"ᑎᒍ·ᐊᵒ ᒑ"ᐋᒃ ᐃᐳ"ᒃᒡ ᐊᒡ"ᒃ. ▪ *Je lui ai dit de ne pas y aller.*

ᒑ"ᑭᔥᑭᐧᐋᵒ **chaahkishkiwaau** vta ♦ il/elle lui en lève une partie avec son pied ou son corps

ᒑ"ᑭᐦᐄᐹᵒ **chaahkihiipaau** vai ♦ son poids (se dit du filet de pêche) fait se dresser les flotteurs en été

ᒑ"ᑭ"·ᐋᐅᓵᒃ **chaahkihwaausaam** na ♦ une raquette longue et pointue

ᒑ"ᑳᐱᑖᵒ **chaahkaapitaau** vai ♦ il/elle a les dents en avant

ᒑ"ᒃᔅ·ᑳᐱᔨᵒ **chaahkaaskwaapiyiu** vai ♦ il/elle se soulève à un bout

ᒑ"ᒃᔅ·ᑳᐱᔨᵒ **chaahkaaskwaapiyiu** vii ♦ ça se soulève à un bout

ᒑ"ᒃᔅ·ᑳᐱᔨᐦᐳ **chaahkaaskwaapiyihuu** vai-u ♦ il/elle lève la tête tout en étant couché

ᒑ"ᒃᔅ·ᑳᓈᵒ **chaahkaaskwaanaau** vta ♦ il/elle lève la tête

ᒑ"ᒃᔅ·ᑳᔨᓐ **chaahkaaskwaashin** vai ♦ il/elle est couché-e la tête levée

ᒑ"ᒃᔅ·ᑳᔨᵒ **chaahkaaskwaayiu** vai ♦ il/elle lève la tête

ᒑ"ᒃᔥᒑᐱᔨᵒ **chaahkaashtaapiyiu** vii ♦ le feu s'embrase et les flammes s'élèvent vives et hautes

ᒑ"ᒃᔥᑯᔥᑭ·ᐋᵒ **chaahkaashkushkiwaau** vta ♦ il/elle lui lève l'autre côté (long et rigide) en posant le pied dessus

ᒑ"ᒃᔥᑯᔥᑭᒃ **chaahkaashkushkim** vti ♦ il/elle lève son autre côté (long et rigide) en posant le pied dessus

ᒑ"ᒃᔥ·ᑳᔨᒫᵒ **chaahkaashkwaashimaau** vta ♦ il/elle le/la couche avec la tête relevée

ᒑ"ᑳᔨ·ᐋᐱᔨᵒ **chaahkaayiwaapiyiu** vai ♦ il/elle a la queue recourbée

ᒑ"ᒑ"ᒡ **chaahchaahkw** na ♦ un autour des palombes *Accipiter gentilis*

ᒑ"ᒑ"ᒋᑯᔥᒑᵒ **chaahchaahchikuschaau** vai ♦ il/elle place des lignes de pêche nocturne en été

# ᛫ᒋ

᛫ᑳᑉᓂᑦ **chwaakinit** ni [Whapmagoostui] ♦ du chocolat, de l'anglais 'chocolat'

᛫ᑳᑉᓕᑦ **chwaakilit** ni ♦ du chocolat, de l'anglais 'chocolat'

# ᒥ

ᒥᑎᑐᓐ **mititun** p,manière ♦ complètement, entièrement ▪ ᒥᑎᑐᓐ ᓅᑯᓯᐅ ᐅᒋᒋ"ᐋ᛫ᐊ᛫ᐊᓐ ᛫ᐃᔮᐱᒡᐤ" ᐳᒧᒋᒻᐢ᛫. ▪ *On peut voir l'amour qu'elle porte à ses petits enfants quand elle/il les voit.*

ᒥᑎᒫᐤ **mitimaau** vai ♦ il/elle suit le sentier, le chemin, la route

ᒥᑎᒥᐱᐦᑖᐤ **mitimaapihtaau** vai ♦ il/elle suit la route, le sentier en courant

ᒥᑎᒫᔑᓐ **mitimaashin** vai ♦ il/elle est allongé-e près de quelque chose

ᒥᑎᒫ"ᑎᓐ **mitimaahtin** vii ♦ c'est posé le long de quelque chose

ᒥᑎᓂᓵ᛫ᐋᐤ **mitinisaawaau** vai ♦ il/elle tient l'omoplate ou le sternum d'un animal tout près du feu pour voir si elle/il brûle pour pouvoir prédire l'avenir (par ex. où se trouve le gibier, si des visiteurs vont venir)

ᒥᑎᔨ **mitiyi** nid ♦ un estomac

ᒥᑎ"ᑎᒫ"ᑎ᛫ᐋᐤ **mitihtimaapiishtiwaau** vta ♦ il/elle poursuit un animal

ᒥᑎ"ᑎᓈᐸᓐ **mitihtinaapaan** ni-m ♦ la ligne de pêche de nuit quand elle est remontée

ᒥᑎ"ᑐᔫ **mitihtuyiu** vai ♦ il/elle suit les traces du caribou, de l'orignal

ᒥᑎ"ᑖᐤ **mitihtaau** vta ♦ il/elle le/la traque et le/la capture

ᒥᑎ"ᒌ **mitihchii** nid ♦ une main

ᒥᑐᑎᓯᐤ **mitutisiu** vai ♦ il/elle va dans une tente à suer

ᒥᑐᑎᓵᓈᒋᓂᑭᒥᒄ **mitutisaanaachinikimikw** ni ♦ une cabane bâtie avec des perches recourbées ou fléchies

ᒥᑐᑎᓵᓈᒋᓈ"ᑎᒄ **mitutisaanaachinaahtikwh** ni pl ♦ des perches recourbées ou fléchies utilisées pour la structure d'une cabane, d'un abri

ᒥᑐᑎᓵᓐ **mitutisaan** ni ♦ une suerie, une cabane à suer

ᒥᑐᑭᓐ **mitukin** ni ♦ une articulation de hanche

ᒥᑐᑭ"ᐱᔾᒌ **mitukihpischii** ni pej ♦ un vieux campement abandonné

ᒥᑐᑭ"ᑉ **mitukihp** ni ♦ un campement abandonné

ᒥᑐᓂᓯᐤ **mitunisiiu** vai ♦ il/elle fait les choses avec soin et précision

ᒥᑐᓈᐤ **mitunaau** vii ♦ c'est fini, parfait, lisse (se dit du sol)

ᒥᑐᓈᐱ **mitunaapii** ni ♦ des bandes de peau qui vont du trou pour les orteils à la barre transversale de la raquette

ᒥᑐᓈᐱ"ᒑᐤ **mitunaapiihchaau** vai ♦ il/elle fait se rejoindre les bandes de peau et le trou des orteils sur la barre de traverse de la raquette

ᒥᑐᓈᔨ"ᒋᑭᓐ **mitunaayihchikin** ni ♦ l'esprit, l'intelligence, la faculté de penser

ᒥᑐ"ᑎᓂ"ᐋᐸᓐ **mituhtinihaapaan** ni ♦ le laçage de la raquette au talon

ᒥᑖᐅ᛫ᐃᑎᑎ᛫ᐋᐤ **mitaauwititiwaau** vta ♦ il/elle le/la maudit

ᒥᑖᐅ᛫ᐃᓐ **mitaauwin** ni ♦ le chamanisme ou shamanisme, la conjuration

ᒥᑖᐅ"ᐊᒻ **mitaauham** vti ♦ il/elle descend la rivière en pagayant

ᒥᑖ᛫ᐃᑎᑎᒻ **mitaawititim** vti ♦ il/elle lui jette un sort

ᒥᑖ᛫ᐋᑎᓯᐤ **mitaawaatisiiu** vai ♦ il/elle pratique la conjuration

ᒥᑖᐤ **mitaau** na-m ♦ un conjureux, une conjureuse; un conjurateur, une conjuratrice

ᒥᑖᐱᐤ **mitaapiu** vai ♦ un groupe reste en arrière alors que les autres avancent vers un autre camp

ᒥᑖᐹᐤ **mitaapaau** vai ♦ il/elle arrive à une étendue d'eau ou de glace pendant son voyage

**ᒥᑖᐹᐱᒋᐤ** mitaapaapichiu vai ◆ il/elle arrive d'un voyage de l'intérieur des terres en hiver

**ᒥᑖᐹᐱᔨᐤ** mitaapaapiyiu vai ◆ il/elle arrive sur une zone d'eau ou de glace en véhicule

**ᒥᑖᐹᐱᐦᑖᐤ** mitaapaapihtaau vai ◆ il/elle arrive au rivage, en courant ou en véhicule à roues

**ᒥᑖᐹᓈᓂᐦᒡ** mitaapaanaanihch p,lieu ◆ au bout du portage, à la fin du portage

**ᒥᑖᐹᓯᐦᑖᐤ** mitaapaasihtaau vai ◆ il/elle arrive à l'étendue d'eau portageant son canot sur les épaules

**ᒥᑖᐹᓯᐦᑖᑭᓐ** mitaapaasihtaakin ni ◆ la fin d'un portage

**ᒥᑖᐹᔅᒑᑳᐤ** mitaapaaschaakaau vii ◆ le muskeg s'étend jusqu'à l'étendue d'eau

**ᒥᑖᐹᔮᐅᐦᑳᐤ** mitaapaayaauhkaau vii ◆ c'est le pied d'une colline au bord d'un lac ou d'une rivière

**ᒥᑖᐹᔮᐤ** mitaapaayaau vii ◆ c'est au bord d'une étendue d'eau

**ᒥᑖᐹᔮᐱᔅᑳᐤ** mitaapaayaapiskaau vii ◆ l'affleurement rocheux s'étend jusqu'à l'eau

**ᒥᑖᐹᐦᑎᑖᐤ** mitaapaahtitaau vai ◆ il/elle arrive à l'eau avec, l'apporte au bord de l'eau

**ᒥᑖᐹᐦᑎᐦᐋᐤ** mitaapaahtihaau vta ◆ il/elle arrive à une étendue d'eau avec lui/elle

**ᒥᑖᐹᐦᔮᐤ** mitaapaahyaau vai ◆ il/elle s'envole vers une étendue d'eau ou de glace; il/elle arrive en avion de l'intérieur des terres

**ᒥᑖᓯᐦᒑᐤ** mitaasihchaau vai ◆ il/elle tricote des chaussettes

**ᒥᑖᓵᔮᐲ** mitaasaayaapii ni -m ◆ de la laine, du fil

**ᒥᑖᓵᔮᐲᐆ** mitaasaayaapiiuu vii -iiwi ◆ c'est fait en laine

**ᒥᑖᓵᔮᐲᐆ** mitaasaayaapiiuu vai -iiwi ◆ c'est de la laine , c'est fait en laine (animé)

**ᒥᑖᔅ** mitaas ni ◆ un bas, une chaussette, un chausson, une socquette

**ᒥᑖᔅᑯᐱᒋᐤ** mitaaskupichiu vai ◆ il/elle se déplace, déplace son campement d'hiver sur un lac ou une rivière gelée

**ᒥᑖᐦᑎᑎᓐᐦ** mitaahtitinh vii pl ◆ il y en a dix

**ᒥᑖᐦᑎᔑᐏᒡ** mitaahtishiwich vai pl ◆ ils/elles sont dix

**ᒥᑖᐦᑐ** mitaahtu p,nombre ◆ dix

**ᒥᑖᐦᑐᒥᑎᓂᐚᐦᑏ** mitaahtumitiniwaahtii ni ◆ cent dollars

**ᒥᑖᐦᑐᒥᑎᓂᐤ** mitaahtumitiniu p,nombre ◆ cent

**ᒥᑖᐦᑐᔨᒡ** mitaahtuyich p,manière ◆ il y a dix manières différentes, dix façons

**ᒥᑖᐦᑗᐤ** mitaahtwaau p,quantité ◆ dix fois

**ᒥᑗᐚᒋᐏᓐ** mitwaawaachiwin vii ◆ c'est le son de l'eau qu'on entend

**ᒥᑗᐚᔮᔑᑭᐆ** mitwaawaayaashikiuu vii -iwi ◆ il y a un son d'eau qui coule doucement

**ᒥᑗᑖᐤ** mitwaataau vii ◆ c'est la détonation d'un fusil qu'on entend

**ᒥᑗᑖᓐ** mitwaataan vii ◆ il y un bruit de pluie

**ᒥᑗᒋᔅᑑ** mitwaachistuu vai -u ◆ on l'entend mais on ne le/la voit pas, il/elle est audible mais invisible

**ᒥᑗᒫᑑ** mitwaamaatuu vai -u ◆ on l'entend pleurer (animé)

**ᒥᑗᔅᒑᐤ** mitwaaschaau vai ◆ il/elle tire et on peut entendre au loin les coups de fusil

**ᒥᑗᔑᓐ** mitwaashin vai ◆ il/elle fait un son en frappant, le réveil se met à sonner

**ᒥᑗᔥᑎᓐ** mitwaashtin vii ◆ c'est le vent qu'on peut entendre

**ᒥᑗᔨᐚᐤ** mitwaayiwaau vii ◆ c'est le bruit du vent qu'on entend

**ᒥᑗᔮᐱᔅᑭᐦᐄᒑᐤ** mitwaayaapiskihiichaau vai ◆ il/elle fait du bruit avec (minéral)

**ᒥᑗᔮᑭᒫᐦᐊᓐ** mitwaayaakimaahan vii ◆ ce sont les vagues qui déferlent qu'on entend au loin

**ᒥᑗᔮᔥᑭᒋᐤ** mitwaayaashkichiu vai ◆ il/elle émet un craquement à cause du froid

**ᒥᑗᔮᐦᐊᓐ** mitwaayaahan vii ◆ c'est le son des vagues qu'on entend

**ᒥᑗᔮᐦᑯᓈᐅᑎᓐ** mitwaayaahkunaautin vii ◆ la neige émet un crissement à cause du froid

ᒥᑳᐦᐊᒻ **mitwaaham** vti ♦ il/elle le frappe et il produit un son

ᒥᑳᐦᐙᐤ **mitwaahwaau** vta ♦ il/elle produit un son quand il/elle le/la frappe

ᒥᑳᐦᑎᑖᐤ **mitwaahtitaau** vai ♦ il/elle fait sonner une cloche, il/elle le laisse tomber et ça fait du bruit

ᒥᑳᐦᑎᓐ **mitwaahtin** vii ♦ ça sonne, ça fait du bruit en tombant

ᒥᑳᐦᒁᒨ **mitwaahkwaamuu** vai -u ♦ il/elle ronfle

ᒥᑯᒌ **mikuchii** p,temps ♦ pour un instant, pendant un moment

ᒥᑯᔅᑳᑖᔨᒫᐤ **mikuskaataayimaau** vta ♦ il/elle se fait du souci pour lui/elle

ᒥᑯᔅᑳᑖᔨᐦᑎᒻ **mikuskaataayihtim** vti ♦ il/elle se fait du souci

ᒥᑯᔖᐤ **mikushaau** vai ♦ il/elle fait la fête

ᒥᑯᔖᒌᔑᑭᓂᐲᓯᒻ **mikushaachiishikinipiisim** na ♦ le mois de décembre, lit. 'le mois de fête'

ᒥᑯᔖᒌᔑᑭᓂᐦᑖᐤ **mikushaachiishikinihtaau** vai ♦ il/elle fête Noël

ᒥᑯᔖᒌᔑᑳᐤ **mikushaachiishikaau** vii ♦ c'est Noël

ᒥᑯᔖᓂᐤ **mikushaaniuu** vii,impersonnel -iwi ♦ il y a une fête

ᒥᑯᔖᓐ **mikushaan** ni ♦ de la nourriture pour une fête

ᒥᑯᔖᐦᐄᐙᐤ **mikushaahiiwaau** vai ♦ il/elle organise une fête

ᒥᑯᔖᐦᐋᐤ **mikushaahaau** vta ♦ il/elle organise une fête pour lui/elle

ᒥᑯᔥᑳᒋᒫᐤ **mikushkaachimaau** vta ♦ il/elle le/la dérange constamment en lui parlant, en le/la questionnant

ᒥᑯᔥᑳᒋᐦᐋᐤ **mikushkaachihaau** vta ♦ il/elle l'agace constamment

ᒥᑯᔥᑳᒋᐦᑖᐤ **mikushkaachihtaau** vai+o ♦ il/elle ne le laisse pas tranquille, le dérange

ᒥᑳᐱᐤ **mikaaipiu** vai ♦ il/elle dégage la neige avant d'établir son campement

ᒥᑳᐃᔅᑯᐦᐊᒻ **mikaaiskuham** vti ♦ il/elle ramasse les morceaux de glace du trou dans la glace; il/elle enlève la neige de cet endroit en utilisant quelque chose

ᒥᑳᐃᐦᑎᒻ **mikaaihtim** vti ♦ il/elle pellette la neige vers l'extérieur

ᒥᑳᐦᐄᑭᓐ **mikaahiikin** ni ♦ une pelle à neige

ᒥᐘᑯᓈᐱᐤ **mikwaakunaapiu** vai ♦ il/elle crée un monticule en se tenant sous la neige

ᒥᐘᑯᓈᔥᑖᐤ **mikwaakunaashtaau** vii ♦ ça fait un monticule quand c'est couvert de neige

ᒥᒃ ᓈᐅᔥ **mikw naaush** p,manière ♦ à peine, tout juste ∎ ᒥᒃ ᓈᐅᔥ ᓂᓖᐲᐊᐸᒫᐤ ᐋᐦᒌᔥ ᐊᑎ ᐋᑦᒋᓯᐦᐸᐦᒄ *Je l'ai tout juste aperçu avant qu'il disparaisse de ma vue.*

ᒥᒋᐙᓂᐤ **michiwaaniuu** vai -iwi ♦ il/elle est pénible, difficile

ᒥᒋᐙᓐ **michiwaan** na ♦ une personne malfaisante, diabolique, quelqu'un de méchant

ᒥᒋᐚᔑᔒᐤ **michiwaashishiiuu** vai -iwi ♦ il/elle se comporte mal, en enfant gâté-e

ᒥᒋᐱᑖᐤ **michipitaau** vta ♦ il/elle le/la détourne du droit chemin et lui fait commettre une faute

ᒥᒋᐱᑯᔅᑳᐤ **michipikuskaau** vii ♦ c'est un endroit de buissons épais

ᒥᒋᐱᔨᐤ **michipiyiu** vai ♦ il/elle tourne mal, ça se passe mal pour lui/elle

ᒥᒋᐱᔨᐤ **michipiyiu** vii ♦ ça va mal, ça se passe mal

ᒥᒋᐳᑯ **michipukuu** vai -u ♦ il/elle a des débris secs sur lui/elle

ᒥᒋᑭᐙᐤ **michikiwaau** vai ♦ l'arbre a un grain trop tordu pour qu'on puisse bien le tailler ou le sculpter

ᒥᒋᒀᓲ **michikwaasuu** vai -u ♦ il/elle coud mal, en faisant de gros points

ᒥᒋᒌᔑᑭᓂᔒᐤ **michichiishikinishiu** vai ♦ il/elle est retenu-e par le mauvais temps pendant son voyage

ᒥᒋᒌᔑᑳᐤ **michichiishikaau** vii ♦ c'est un jour de mauvais temps

ᒥᒋᒌᐦᑳᐦᓂᒻ **michichiihkwaahnim** vti ♦ il/elle l'assemble mal (ex. un mocassin), fait des plis inégaux

ᒥᒋᒥᐱᔨᐤ **michimipiyiu** vai ♦ il/elle est coincé-e dans une certaine position

ᒥᒋᒥᐱᔨᐤ **michimipiyiu** vii ♦ ça reste coincé, bloqué

**ᒥᒋᒥᒫᐤ** michimimaau vta ◆ il/elle le/la retient avec les dents

**ᒥᒋᒥᓂᑑ** michiminituu na -m ◆ le diable, un esprit malfaisant

**ᒥᒋᒥᓂᒼ** michiminim vti ◆ il/elle le retient de faire quelque chose

**ᒥᒋᒥᓈᐤ** michiminaau vta ◆ il/elle le retient de faire quelque chose

**ᒥᒋᒥᔥᑭᐙᐤ** michimishkiwaau vta ◆ il/elle le/la retient avec son pied ou son corps

**ᒥᒋᒥᔥᑭᒼ** michimishkim vti ◆ il/elle le retient du pied ou avec son corps

**ᒥᒋᒥᐦᐊᒼ** michimiham vti ◆ il/elle l'attache avec quelque chose

**ᒥᒋᒥᐦᐙᐤ** michimihwaau vta ◆ il/elle l'attache, l'assujettit

**ᒥᒋᒥᐦᑎᒼ** michimihtim vti ◆ il/elle le retient avec les dents

**ᒥᒋᒦᐤ** michimiiu vai ◆ il/elle s'accroche, décide de rester

**ᒥᒋᒧᐙᐦᐄᑭᓐ** michimuwaahiikin ni ◆ une barrette à cheveux

**ᒥᒋᒧᐹᒋᔑᓐ** michimupaachishin vai ◆ il/elle est coincé-e, pris-e dans la neige molle sur la glace

**ᒥᒋᒧᔑᒫᐤ** michimushimaau vta ◆ il/elle le fait se coincer dans quelque chose

**ᒥᒋᒧᔑᓐ** michimushin vai ◆ il/elle est coincé-e dans une certaine position

**ᒥᒋᒧᐦᐙᐤ** michimuhwaau vta ◆ il/elle l'attache avec quelque chose

**ᒥᒋᒧᐦᑎᑖᐤ** michimuhtitaau vai ◆ il/elle s'accroche à quelque chose

**ᒥᒋᒧᐦᑎᓐ** michimuhtin vii ◆ c'est coincé, bloqué

**ᒥᒋᒫ** michimaa p,manière ◆ y compris

**ᒥᒋᒫᐱᐢᑭᐦᐊᒼ** michimaapiskiham vti ◆ il/elle l'attache avec quelque chose (minéral)

**ᒥᒋᒫᐱᐢᑭᐦᐙᐤ** michimaapiskihwaau vta ◆ il/elle l'attache avec quelque chose (minéral)

**ᒥᒋᒫᐱᐦᑳᑎᒼ** michimaapihkaatim vti ◆ il/elle le retient en l'attachant

**ᒥᒋᒫᐱᐦᑳᑖᐤ** michimaapihkaataau vta ◆ il/elle le/la retient en l'attachant

**ᒥᒋᒫᐱᐦᒑᓂᒼ** michimaapihchaanim vti ◆ il/elle le retient (filiforme) avec les mains

**ᒥᒋᒫᐱᐦᒑᓈᐤ** michimaapihchaanaau vta ◆ il/elle le/la retient (filiforme) avec les mains

**ᒥᒋᒫᒥᑐᓈᔨᐦᑎᒼ** michimaamitunaayihtim vti ◆ il/elle a de mauvaises pensées, en pense du mal

**ᒥᒋᒫᐢᑯᓂᒼ** michimaaskunim vti ◆ il/elle le tient en place (long et rigide)

**ᒥᒋᒫᐢᑯᓈᐤ** michimaaskunaau vta ◆ il/elle le/la tient bien en place

**ᒥᒋᒫᐢᑯᐦᐊᒼ** michimaaskuham vti ◆ il/elle le stabilise, en utilisant quelque chose

**ᒥᒋᒫᐢᑯᐦᐙᐤ** michimaaskuhwaau vta ◆ il/elle le/la stabilise, en utilisant quelque chose de long et rigide

**ᒥᒋᓂᐙᐤ** michiniwaau vta ◆ il/elle n'aime pas son apparence, son apparence lui déplaît

**ᒥᒋᓂᑎᐙᔨᐦᑎᒧᐎᓐ** michinitiwaayihtimuwin ni ◆ de la luxure, un désir charnel

**ᒥᒋᓂᒼ** michinim vti ◆ il/elle n'aime pas son apparence

**ᒥᒋᓈᑯᓯᐤ** michinaakusiu vai ◆ il a l'air affreux, elle a l'air affreuse

**ᒥᒋᓈᑯᐦᑖᐤ** michinaakuhtaau vai ◆ il/elle lui donne l'air affreux

**ᒥᒋᓐ** michin vii ◆ c'est sale, laid

**ᒥᒋᓐ** michin p,manière ◆ exactement, complètement, du début à la fin ▪ ᓈᔥᒡ ᒥᒋᓐ ᐋᐦ ᐑᐦ ᒋᐢᒑᔨᐦᑎᐦᒃ ᑖᓂᑖᐦ ᐋᐦ ᐃᐦᑐᑖᑭᓂᐎᔨᒡ. ▪ *Il veut savoir exactement comment c'est fait, du début à la fin.*

**ᒥᒋᓯᐅᐲᓯᒼ** michisiupiisim na ◆ le mois de mars

**ᒥᒋᓯᐤ** michisiu vai ◆ il/elle est sale, laid-e, il est affreux, elle est affreuse

**ᒥᒋᓯᐤ** michisiu na -iim ◆ un aigle royal *Aquila chrysaetos*

**ᒥᒋᓯᑯᓯᐤ** michisikusiu vai ◆ la glace est rugueuse

**ᒥᒋᓯᒁᐤ** michisikwaau vii ◆ la glace est rugueuse, mauvaise pour voyager

**ᒥᒋᓯᒧᑎᒼ** michisimutim vti ◆ il/elle aboie, jappe contre ça

**ᒥᒋᓯᒨ** michisimuu vai -u ◆ il/elle aboie

**ᒥᒋᐢᐱᑯᓯᐤ** michispikusiu vai ◆ il/elle a mauvais goût

**ᒥᒋᐢᑖᐙᐤ** michistaawaau vai ◆ il/elle marche jusqu'à la pointe

ᒥᔅᒑᐋᔨᑯᓂᑳᐤ michistaawaayaakunikaau vii ♦ c'est une pointe de neige

ᒥᔅᒑᐤ michistaau vta ♦ il/elle jappe après lui/elle, aboie contre lui/elle (se dit d'un chien)

ᒥᔅᑳᐸᐤ michiskaapaau na -aam ♦ la personnification d'un pet, un péteux

ᒥᔅᑿᐅᐤ michiskwaauu vai -aawi ♦ elle a le teint foncé (se dit d'une femme)

ᒥᔑᒫᐤ michishimaau vta ♦ il/elle le/la fait se salir sur quelque chose

ᒥᔑᓐ michishin vai ♦ il/elle se salit sur quelque chose

ᒥᔑᔥᑐᑎᐙᐤ michishtutiwaau vta ♦ il/elle lui cause du tort

ᒥᔑᔥᑐᑎᒧᐃᓐ michishtutimuwin ni ♦ un péché, une mauvaise action

ᒥᔑᔥᑖᐙᓯᒀᐤ michishtaawaasikwaau vii ♦ c'est une pointe de glace

ᒥᔑᔥᑖᐙᔅᑭᒥᑳᐤ michishtaawaaskimikaau vii ♦ c'est une pointe de terre

ᒥᔑᔥᑖᐙᔨᐅᐦᑳᐤ michishtaawaayaauhkaau vii ♦ c'est une pointe de sable

ᒥᔑᔥᑖᐙᔨᐊᐤ michishtaawaayaau vii ♦ c'est une pointe, un cap

ᒥᔑᔥᑖᐙᔨᐊᐱᔅᑳᐤ michishtaawaayaapiskaau vii ♦ c'est une pointe rocheuse, une pointe recouverte de roches

ᒥᔑᔥᑖᐙᐦᑯᐸᐤ michishtaawaahkupaau vii ♦ c'est une pointe de saules

ᒥᔑᔥᑖᐤ michishtaau vai ♦ il/elle le salit, le souille

ᒥᔑᔥᑖᐦᐋᐤ michishtaahaau vai ♦ il/elle est diabolique

ᒥᔑᔥᑯᑖᐤ michishkutaau ni -m ♦ un feu d'enfer

ᒥᔑᔥᑿᔑᔑᐤ michishkwaashishiiuu vai -iiwi ♦ elle se comporte mal, en fille gâtée

ᒥᒋᔨᒥᐦᐋᐤ michiyimihaau vta ♦ il/elle lui parle de façon vulgaire

ᒥᒋᔨᐦᒑᐦᒄ michiyihchaahkw na -um ♦ un esprit malin, malfaisant

ᒥᒋᐦᐋᐤ michihaau vta ♦ il/elle le/la fait mal; il/elle le/la salit

ᒥᒋᐦᑐᑎᒻ michihtutim vti ♦ il/elle fait du mal, cause du tort

ᒥᒋᐦᑖᐤ michihtaau vai+o ♦ il/elle le fait mal, le salit

ᒥᒋᐦᑢᐃᓐ michihtwaawin ni ♦ la méchanceté, la cruauté, la malice, un péché

ᒥᒋᐦᑢᐤ michihtwaau vai ♦ il/elle a des choses à se reprocher,

ᒥᒋᐦᒁᔫ michihkwaayiu vai ♦ il/elle a l'air d'être au bord des larmes

ᒥᒋᐦᒋᓐ michihchin ni ♦ son pouce, le pouce d'un gant ou d'une mitaine, un pouce (unité de mesure)

ᒥᒌᐙᒋᓐ michiiwaachin ni ♦ un bandage

ᒧᒧᐹᒋᔑᓐ michumipaachishin vai ♦ il/elle est prise, coincé-e dans la neige molle sur la glace

ᒫᐅᓲ michaausuu vai -u ♦ il/elle ramasse des baies avec des débris

ᒫᐱᒋᐦᐋᐤ michaapichihaau vta ♦ il/elle l'emploie mal, en abuse (animé)

ᒫᐱᒋᐦᑖᐤ michaapichihtaau vai+o ♦ il/elle le maltraite, le traite mal

ᒫᐳᐃ michaapui ni -um ♦ de l'eau de vaisselle ou de lavage sale, des eaux usées

ᒫᐴᔑᐦᒄ michaapuuschihkw ni ♦ un seau de ménage, un seau hygiénique, une chaudière de chambre, un seau de toilette

ᒫᐹᐤ michaapaauu vai -aawi ♦ il a le teint foncé (se dit d'un homme)

ᒫᐊᑎᒻ michaatutim vti ♦ il/elle en donne de mauvaises nouvelles

ᒫᐊᑭᒋᔥᑎᓐ michaakichishtin vii ♦ la neige est dure, amoncelée par le vent, la tempête

ᒫᐊᑭᒥᐤ michaakimiu vii ♦ c'est de l'eau sale, un liquide sale

ᒫᐊᑭᓐ michaakin vii ♦ c'est sale, pas bon (étalé)

ᒫᐊᑯᓂᑳᐤ michaakunikaau vii ♦ la neige est mauvaise pour voyager (dessus)

ᒫᐊᒋᒫᐤ michaachimaau vta ♦ il/elle dit du mal de lui/d'elle

ᒫᐊᒋᓯᐤ michaachisiu vai ♦ il/elle est sale (étalé)

ᒫᐊᒥᔅᑳᐤ michaamiskaau vii ♦ le fond du lac est mauvais

ᒥᒋᐦᔅᐱᓈᐤ michaaspinaau vai ◆ il/elle a une mauvaise maladie, une maladie incurable

ᒥᒋᐦᔅᑯᓯᐤ michaaskusiu vai ◆ il/elle est mal formé-e

ᒥᒑᔨᒧᑎᒼ michaayimutim vti ◆ il/elle en dit du mal

ᒥᒑᔨᒧᒫᐤ michaayimumaau vta ◆ il/elle dit du mal de lui/d'elle

ᒥᒑᔨᒫᐤ michaayimaau vta ◆ il/elle ne l'aime pas; il/elle/ça (animé) lui déplaît

ᒥᒑᔨᐦᑎᒼ michaayihtim vti ◆ il/elle ne l'aime pas, est insatisfait-e, il est malheureux, elle est malheureuse

ᒥᒑᔨᐦᑖᑯᓐ michaayihtaakun vii ◆ c'est désagréable, déplaisant

ᒥᒑᔨᐦᑖᑯᓯᐤ michaayihtaakusiu vai ◆ il/elle est déplaisant-e

ᒥᒥᑦᤳᐋᐱᔨᐤ mimitwaapiyiu vai redup ◆ il/elle émet des craquements

ᒥᒥᑦᤳᐋᑭᐦᐄᒑᐤ mimitwaakihiichaau vai redup ◆ il/elle fait des sons de hache

ᒥᒥᑦᤳᐋᓯᑯᑎᓐ mimitwaasikutin vii redup ◆ il y a des bruits de glace qui craque à cause du froid extrême

ᒥᒥᑦᤳᐋᔮᐱᒑᔑᓐ mimitwaayaapitaashin vai redup ◆ il/elle claque des dents

ᒥᒥᑦᤳᐋᔮᐦᑭᐦᑖᐤ mimitwaayaahkihtaau vii redup ◆ le feu crépite

ᒥᒥᑦᤳᐋᔮᐦᑯᓈᐅᑎᓐ mimitwaayaahkunaautin vii redup ◆ il y a des bruits de neige qui crisse dehors à cause du froid extrême

ᒥᒥᑦᤳᐋᐦᐄᒑᐤ mimitwaahiichaau vai redup ◆ il/elle toque sur quelque chose, martèle quelque chose

ᒥᒥᑦᤳᐋᐦᐊᒼ mimitwaaham vti redup ◆ il/elle continue à le frapper et il produit un son

ᒥᒥᑦᤳᐋᐦᑎᐙᐤ mimitwaahtiwaau vai redup ◆ il/elle mâche et on l'entend

ᒥᒥᑯᐱᑎᒼ mimikupitim vti redup ◆ il/elle le frotte pour l'assouplir

ᒥᒥᑯᐱᑖᐤ mimikupitaau vta redup ◆ il/elle le/la frotte pour l'assouplir

ᒥᒥᑯᓂᒼ mimikunim vti redup ◆ il/elle le frotte avec ses mains pour l'assouplir, le lave à la main

ᒥᒥᑯᓈᐤ mimikunaau vta redup ◆ il/elle le/la frotte, l'assouplit, le/la lave à la main

ᒥᒥᒋᒌᔴᑖᐤ mimichichiishwaataau vta redup ◆ il/elle l'insulte, l'injurie, le traite de tous les noms

ᒥᒥᒋᒌᐦᒄᐙᐱᔨᐤ mimichichiihkwaapiyiu vii redup ◆ c'est mal froncé (ex. comme les fronces de la partie avant du mocassin)

ᒥᒥᒋᓯᒃᐙᐤ mimichisikwaau vii redup ◆ c'est de la glace rugueuse

ᒥᒥᒋᔨᒥᐦᐋᐤ mimichiyimihaau vta redup ◆ il/elle lui parle de façon vulgaire

ᒥᒥᒋᔨᔥᒌᔴᐤ mimichiyishchiishwaau vai redup ◆ il/elle parle mal, jure, sacre

ᒥᒥᒋᔨᐦᑎᐤ mimichiyihtiu vai redup ◆ il/elle fait les choses n'importe comment, néglige de bien faire

ᒥᒥᒋᐦᐆ mimichihuu vai redup -u ◆ il/elle est vêtu-e de guenilles, s'habille mal, est débraillé-e

ᒥᒥᒋᐦᐊᒫᐤ mimichihamaau vai redup ◆ il/elle marche avec les pieds en dedans

ᒥᒥᒑᑭᒋᔥᑎᓐ mimichaakichishtin vii redup ◆ la surface est rugueuse avec la poudrerie

ᒥᒥᓃᐤ miminiiu vai redup ◆ il/elle se prépare pour le travail ou pour un voyage

ᒥᒥᓈᐳᔅᑖᔒᐤ miminaapustaaschiiuu vii redup -iiwi ◆ il y a des traces d'un ancien feu de forêt ici et là

ᒥᒥᓈᔑᐦᑖᐤ miminaashihtaau vai redup ◆ il/elle ramasse des branchages

ᒥᒥᔑᒫᐤ mimishimaau vta redup ◆ il/elle raconte des mensonges à son sujet

ᒥᒥᔑᐦᐋᐤ mimishihaau vta redup ◆ il/elle lui cause des ennuis par ses actions

ᒥᒥᔑᐦᑎᒄᐋᐤ mimishihtikwaau vai redup ◆ il/elle coupe de grosses bûches pour le feu

ᒥᒥᔒᐤ mimishiiu vai redup ◆ il/elle compte dessus

ᒥᒥᔒᑐᑎᐙᐤ mimishiitutiwaau vta redup ◆ il/elle compte sur lui/elle pour quelque chose

ᒥᒥᔫᐱᑖᐤ mimiyupitaau vai redup ◆ il/elle attrape des poissons qui sont gros et en bonne santé dans son filet de pêche

**mimiyuhkiwaau** vta redup
 ♦ il/elle le/la traite bien; il/elle nettoie un animal après l'avoir tué

**mimiyuhkim** vti redup ♦ il/elle le nettoie bien, en prend bien soin

**mimiywaapitaau** vai redup
 ♦ il/elle a de belles dents

**mimiywaachimiisuu** vai reflex redup -u ♦ il/elle parle pour donner bonne impression

**mimiywaaskuwitaau** vai redup
 ♦ il (un caribou adulte mâle) a une longue ramure courbée sans presque aucune branche

**mimiywaashtichisiwich** vai pl redup ♦ les branchages conviennent bien pour le sol

**mimihtaakumuu** vai redup -u
 ♦ il/elle se vante

**mimihtaakusiu** vai redup
 ♦ il/elle s'en vante

**mimihtaakusiiwaachaau** vai redup ♦ il/elle en est fière, se pavane avec

**mimihkiwihtaan** vii redup ♦ il y a de grosses gouttes de pluie

**mimihkishtaau** vii redup ♦ c'est écrit en gros

**mimihkishtaau** vai redup
 ♦ il/elle l'écrit en grand

**mimihkushtaau** vii redup ♦ c'est écrit en rouge

**mimihkushtaau** vai redup
 ♦ il/elle l'écrit en rouge

**mimihkaaukaau** vii redup ♦ ce sont des granules à gros grains

**mimihkaapiu** vai redup ♦ il/elle a de grands yeux

**mimihkaapitaau** vai redup
 ♦ il/elle a de grandes dents

**mimihkaatikwaau** vii redup ♦ il y a de gros rouleaux dans l'eau

**mimihkaakunichipiyiu** vii redup ♦ il neige à gros flocons

**mimihkaahan** vii redup ♦ il y a de grosses vagues dans l'eau

**mimihchipaashtaan** vii redup
 ♦ il y a de grosses gouttes de pluie

**mimihchipwaamaau** vai redup
 ♦ il/elle a de grosses cuisses

**mimihchitihchaau** vai redup
 ♦ il/elle a de grosses ou grandes mains

**mimihchikaataau** vai redup
 ♦ il/elle a de longues jambes

**mimihchiminikaauh** vii pl redup ♦ les baisses sont grosses

**mimihchiminichisiwich** vai pl redup ♦ les baies sont grosses

**mimihchimuu** vai redup -u ♦ il/elle se vante

**mimihchisiiu** vai redup ♦ il est fier, elle est fière

**mimihchihaau** vta redup
 ♦ il/elle le rend fier de lui, la rend fière d'elle ■ ·ᒡ ᒥᒥᐦᒋᐋᐤ ᐅᑯᓯᓴ × ■ *Jean est fier de son fils.*

**mimihchiipitaau** vai redup
 ♦ il/elle attrape un gros poisson dans un filet

**mimushihkihiiminaataau** vta ♦ il/elle en sort les baies, les raisins (animé, par ex. de la bannique)

**mimushihkihtim** vti ♦ il/elle le ramasse et en mange les miettes, les restes

**mimushkaashiu** vai ♦ le vent amène des nuages

**mimuuschichiwin** vii ♦ de l'eau sort de terre en faisant des bulles

**mimaauhtaau** vai ♦ il/elle fait semblant de pleurer

**mimaauhtwaau** vai ♦ il/elle fait semblant de pleurer

**mimaatiwaauiyihtiu** vai redup ♦ il/elle joue à des jeux

**mimaatiniwikuchin** vai redup
 ♦ il/elle se déplace, agit lentement

**mimaatiniwaayaahchiiu** vai redup ♦ il/elle se déplace lentement

**mimaatwaau** vai ♦ il/elle gémit de douleur

**mimaakupaatinim** vti redup
 ♦ il/elle le lave à la main

**mimaakwaayihtim** vti redup
 ♦ il/elle reçoit ce qu'il/elle mérite

**mimaaniwihtaan** vii redup ♦ il y a des averses de neige

**mimaanipiwich** vai pl redup
 ♦ ils/elles sont placé-e-s de ci de là

ᒥᒪᓂᐹᔥᑖ **mimaanipaashtaan** vii redup
 ♦ il y a des averses de pluie
ᒥᒪᓂᑯᑖᐤ **mimaanikutaau** vai+o redup
 ♦ il/elle suspend quelque chose de ci de là
ᒥᒪᓂᑯᒋᓂᒡ **mimaanikuchinich** vai pl redup
 ♦ il y a juste quelques nuages
ᒥᒪᓂᑯᒋᓐ **mimaanikuchin** vii redup ♦ c'est ensoleillé avec des intervalles nuageux
ᒥᒪᓂᑯᔮᐤ **mimaanikuyaau** vta redup
 ♦ il/elle le/la suspend ici et là
ᒥᒪᓂᑯᐦᑎᓐ **mimaanikuhtin** vii redup ♦ le vent fait onduler certaines parties de l'eau
ᒥᒪᓂᑳᐅᐹᒋᔅᑎᓐ **mimaanikaaupaachistin** vii redup ♦ il y a des signes de vent sur l'eau
ᒥᒪᓂᑳᐳᐃᐦᑖᐤ **mimaanikaapuwihtaau** vai+o redup ♦ il/elle les dispose de ci de là
ᒥᒪᓂᑳᐳᐃᐧᒡ **mimaanikaapuwiwich** vai pl redup -uwi ♦ ils/elles se tiennent de ci de là, en groupe
ᒥᒪᓂᔥᑖᐤ **mimaanishtaau** vai redup
 ♦ il/elle les place de ci de là, à plusieurs endroits
ᒥᒪᓂᔥᑖᐎᐦ **mimaanishtaauh** vii pl redup
 ♦ ils sont placés ici et là
ᒥᒪᓂᔨᐚᐤ **mimaaniyiwaau** vii redup ♦ le vent souffle ici et là
ᒥᒪᓂᔨᐚᐱᔨᐤ **mimaaniyiwaapiyiu** vii redup
 ♦ le vent souffle par intervalles
ᒥᒪᓂᐦᐋᐤ **mimaanihaau** vta redup ♦ il/elle les place de ci de là
ᒥᒪᓂᐦᑯᐹᐤ **mimaanihkupaau** vii redup ♦ il y a des bouquets de saules ici et là
ᒥᒪᓈᔅᒀᔮᐤ **mimaanaaskwaayaau** vii redup
 ♦ il y a des bouquets d'arbres ici et là
ᒥᒪᓈᐦᑭᓱᐃᐧᒡ **mimaanaahkisuwich** vai pl redup -u ♦ il y a des bouquets d'arbres épargnés par le feu de ci de là
ᒥᒫ **mimaan** p,lieu redup ♦ ici et là, dispersé ▪ ᒥᑦ ᒥᒪ ᑮ ᓂᔥᑐᐦᕋᐦ ᒧᓱᐦ ᐁ ᒍᐃᑦᔮᐦ × ▪ Quand je suis allé ramasser des baies, elles ne poussaient qu'ici et là.

ᒥᒣᐤᐃᐦᐄᑯ **mimaayuwihiikuu** vai -u
 ♦ c'est désirable pour lui/elle ▪ ᒥᔦᐤᐃᐦᐄᑯ ᐄ ᑭᐱᓯᒡ ᐊᓄᐦᒡ ᓃᐱᓈᓐ ᒣ ᓂᐱᓈᓂᐤ × ♦ ᓚᑦᒑᐦ ᒥᔦᐤᐃᐦᐄᑯ ᐊᓄᒡ ᐅᑎᐦᐁ ᐯ ᐁᔅᐱᑎᓂᐦᒃ × ▪ Il désire visiter sa soeur (ou son frère) l'été prochain. ♦ Elle aimerait bien avoir ce canot qu'elle a vu.
ᒥᒣᐤᐃᐦᐋᐤ **mimaayuwihaau** vta ♦ il/elle lui semble désirable
ᒥᒫᔮᒋᒧᔥᑎᐚᐤ
 **mimaayaachimushtiwaau** vta ♦ il/elle cafarde auprès de lui/d'elle
ᒥᒫᔮᒋᒨ **mimaayaachimuu** vai -u ♦ il/elle bavarde, fait des commérages
ᒥᒫᐦᑖᐅᐃᔨᐦᑎᐤ **mimaahtaauiyihtiu** vai
 ♦ il est magicien, elle est magicienne, il/elle fait des tours de magie, fait des choses extraordinaires
ᒥᒫᐦᑖᐅᑭᐦᑎᐚᓐ **mimaahtaaukihtiwaan** ni ♦ des motifs mordillés sur de l'écorce de bouleau
ᒥᒫᐦᑖᐅᑭᐦᑎᒼ **mimaahtaaukihtim** vti
 ♦ il/elle fait des dessins sur l'écorce de bouleau en la mordant
ᒥᒫᐦᑖᐅᓈᑯᓐ **mimaahtaaunaakun** vii
 ♦ c'est décoré, sophistiqué
ᒥᒫᐦᑖᐅᓈᑯᓯᐤ **mimaahtaaunaakusiu** vai
 ♦ il/elle est décoré-e, sophistiqué-e
ᒥᒫᐦᑖᐅᓯᐤ **mimaahtaausiiu** vai ♦ il/elle est incroyable, étonnant-e, fait des choses extraordinaires
ᒥᒫᐦᑖᐅᔑᒼ **mimaahtaaushim** vti ♦ il/elle le coupe dans des formes variées
ᒥᒫᐦᑖᐅᔕᐤ **mimaahtaaushwaau** vta
 ♦ il/elle le/la coupe dans des formes variées
ᒥᒫᐦᑖᐅᔥᑖᐤ **mimaahtaaushtaau** vai
 ♦ il/elle le dispose d'une drôle de façon
ᒥᒫᐦᑖᐅᐦᐋᐤ **mimaahtaauhaau** vta
 ♦ il/elle le/la dispose de façon étrange
ᒥᒫᐦᑖᐅᐦᑎᐚᐤ **mimaahtaauhtiwaau** vai
 ♦ il/elle mord l'écorce de bouleau pour faire des motifs
ᒥᒫᐦᑖᐅᐦᑯᑎᒼ **mimaahtaauhkutim** vti
 ♦ il/elle grave des dessins dessus
ᒥᒫᐦᑖᐅᐦᑯᑖᐤ **mimaahtaauhkutaau** vta
 ♦ il/elle grave des dessins sur lui/elle

ᒥᒫᐦᑖᐦᑰᒋᓃᐤ **mimaahtaauhkutaachaau** vai ◆ il/elle découpe ou taille des motifs

ᒥᒫᑖᐙᐱᐦᒑᓂᒑᐎᐊᓐ **mimaahtaawaapihchaanichaawin** ni ◆ un jeu de ficelle joué sur les mains

ᒥᒫᑖᐙᐱᐦᒑᓂᒑᐤ **mimaahtaawaapihchaanichaau** vai ◆ il/elle joue à des jeux de ficelle

ᒥᒫᑖᐙᐱᐦᒑᓂᒼ **mimaahtaawaapihchaanim** vti ◆ il/elle fait des noeuds, des formes avec une ficelle (ou quelque chose de filiforme)

ᒥᒫᑖᐙᐱᐦᒑᓈᐤ **mimaahtaawaapihchaanaau** vta ◆ il/elle fait des noeuds, des formes avec (animé, filiforme)

ᒥᒫᑖᐋᐹᒋᔥᑎᐦᐊᒼ **mimaahtaawaapaachishtiham** vti ◆ il/elle le brode

ᒥᒫᑖᐙᒋᓂᒼ **mimaahtaawaachinim** vti ◆ il/elle le plie (étalé) de différentes façons

ᒥᒫᑖᐙᒋᓈᐤ **mimaahtaawaachinaau** vta ◆ il/elle le/la plie (étalé) de différentes façons

ᒥᒫᑖᐙᒋᔑᒼ **mimaahtaawaachishim** vti ◆ il/elle le coupe (étalé) de différentes façons

ᒥᒫᑖᐙᒋᔳᐤ **mimaahtaawaachishwaau** vta ◆ il/elle le coupe (étalé) de différentes façons

ᒥᒫᐦᑯᑖᑯᓯᐤ **mimaahkutaakusiu** vai ◆ il/elle se plaint tout le temps; c'est un râleur, une râleuse

ᒥᒫᐦᑰᐙᐴᔨᐤᐦ **mimaahkwaaupiyiuh** vii pl ◆ l'aurore boréale devient rouge

ᒥᒫᐦᒋᑯᓂᒼ **mimaahchikunim** vti ◆ il/elle le retient avec la main

ᒥᒫᐦᒋᑯᓈᐤ **mimaahchikunaau** vta ◆ il/elle le/la retient avec la main, ne le/la laisse pas partir

ᒥᒫᐦᒋᑯᔥᑭᐚᐤ **mimaahchikushkiwaau** vta ◆ il/elle l'empêche de bouger avec son pied ou son corps

ᒥᒫᐦᒋᑯᔥᑭᒼ **mimaahchikushkim** vti ◆ il/elle l'empêche de bouger avec son pied ou son corps

ᒥᒫᐦᒋᑯᔥᑳᑰ **mimaahchikushkaakuu** vai -u ◆ il/elle ne peut pas bouger à cause du poids qui pèse sur lui/elle, il/elle est retenu-e par quelque chose

ᒥᒫᐦᒋᑯᐦᐊᒼ **mimaahchikuham** vti ◆ il/elle met du poids dessus pour l'empêcher de bouger

ᒥᒫᐦᒋᑯᐦᐚᐤ **mimaahchikuhwaau** vta ◆ il/elle lui met du poids dessus pour l'empêcher de bouger

ᒥᒫᐦᒋᒄᐙᐢᑭᐦᐄᑭᓐᐦ **mimaahchikwaapiskihiikinh** ni pl ◆ des menottes

ᒥᒫᐦᒋᒄᐙᐢᑭᐦᐊᒼ **mimaahchikwaapiskiham** vti ◆ il/elle l'attache avec du métal (ex. une chaîne)

ᒥᒫᐦᒋᒄᐙᐢᑭᐦᐚᐤ **mimaahchikwaapiskihwaau** vta ◆ il/elle lui passe les menottes; il/elle l'empêche de s'échapper en utilisant des roches comme barricade

ᒥᒹᓰᐦᒌᐤ **mimwaasihchiiu** vai ◆ il/elle se déshabille

ᒥᓂᐎᓂᐦᐄᒑᐤ **miniwinihiichaau** vai ◆ il/elle ramasse ses pièges

ᒥᓂᐚᐱᐦᐊᒼ **miniwaapiham** vti ◆ il/elle le balaie, le brosse

ᒥᓂᐚᐱᐦᐚᐤ **miniwaapihwaau** vta ◆ il/elle le/la balaie, le/la brosse

ᒥᓂᐱᑎᒼ **minipitim** vti ◆ il/elle l'arrache

ᒥᓂᐱᑖᐤ **minipitaau** vta ◆ il/elle l'arrache

ᒥᓂᐱᔑᔮᐤ **minipishuyaau** vai ◆ il/elle ramasse des poteaux pour le tipi

ᒥᓂᐱᔨᐤ **minipiyiu** vai ◆ il/elle s'enlève

ᒥᓂᐱᔨᐤ **minipiyiu** vii ◆ ça s'enlève

ᒥᓂᑎᒥᐢᑭᔮᐦᐄᒑᐤ **minitimiskiyaahiichaau** vai ◆ il/elle enlève la viande d'une peau avec un ensoupleur

ᒥᓂᑎᐦᑯᑯᓈᔽᐤ **minitihkukunaashwaau** vta ◆ il/elle lui coupe les ailes

ᒥᓂᑑ **minituu** na -m ◆ un esprit

ᒥᓂᑑᐢᑿᐤ **minituuskwaau** na -m ◆ une sirène

ᒥᓂᑑᔑᐤ **minituushiuu** vai -iwi ◆ il/elle a des vers, est infesté-e d'insectes, est véreux/véreuse

ᒥᓂᑑᔑᐚᑭᒥᐤ **minituushiwaakimiu** vii ◆ il y a des insectes dans l'eau

ᒥᓂᑑᔓᐤ minituushuu vii -uwi ♦ il y a des vers, des insectes dedans

ᒥᓂᑑᔥ minituush na -im ♦ un insecte

ᒥᓂᑑᐦᑳᓐ minituuhkaan na ♦ une idole ou une image, une statue religieuse

ᒥᓂᑑᐦᑳᐤ minituuhkwaau na -m [Whapmagoostui] ♦ une sirène

ᒥᓂᑭᓈᔒᒻ minikinaashim vti ♦ il/elle le désosse

ᒥᓂᑭᓈᔖᐙᐤ minikinaashaawaau vai ♦ il/elle désosse un animal

ᒥᓂᑭᓈᔥᐙᐤ minikinaashwaau vta ♦ il/elle le/la désosse

ᒥᓂᑭᔖᐳᔮᐤ minikishaapuyaau vai ♦ il/elle n'attrape que la griffe de l'animal dans le piège

ᒥᓂᑭᐦᐅᑐᐐᐦ minikihutuwich vai pl recip -u ♦ les vagues clapotent

ᒥᓂᑭᐦᐊᒻ minikiham vti ♦ il/elle le coupe en morceaux, le hache

ᒥᓂᑭᐦᐙᐤ minikihwaau vta ♦ il/elle le/la coupe en morceaux, le/la hache

ᒥᓂᑯᐹᐤ minikupaau vai ♦ il/elle ramasse de l'écorce de bouleau pour en faire de la corde

ᒥᓂᑯᓈᐱᑖᐤ minikunaapitaau vta ♦ il/elle lui arrache les grandes plumes de ses ailes

ᒥᓂᑯᓈᐱᒋᒑᐤ minikunaapichichaau vai ♦ il/elle déplume surtout les ailes d'un grand oiseau tué à la chasse

ᒥᓂᑯᔑᔥ minikushish na -im ♦ une minute, de l'anglais ou du français 'minute'

ᒥᓂᑳᑖᔥᐙᐤ minikaataashwaau vta ♦ il/elle lui coupe les jambes

ᒥᓂᒁᐤ minikwaau vai ♦ il/elle retire ou enlève les collets

ᒥᓂᒨ minimuu vii -u ♦ c'est un petit morceau de terre dans un marécage, un affleurement rocheux, un étang

ᒥᓂᓂᒻ mininim vti ♦ il/elle l'enlève à la main

ᒥᓂᓈᐤ mininaau vta ♦ il/elle l'enlève à la main

ᒥᓂᓯᑯᐦᐙᐤ minisikuhwaau vta ♦ il/elle en fait tomber la glace en le/la frappant

ᒥᓂᓵᒁᐱᔥᒑᒋᒋᐎᓐ minisaakwaapischaachichiwin vii ♦ il y a une petite île rocheuse au milieu du rapide

ᒥᓂᓵᒄ minisaakw ni -um ♦ une île de sable ou de cailloux

ᒥᓂᔥᑎᑯᒋᐎᓐ ministikuchiwin vii ♦ le courant contourne l'île

ᒥᓂᔥᑎᑯᓯᒁᐤ ministikusikwaau vii ♦ c'est une plaque de glace

ᒥᓂᔥᑎᒁᐱᔅᒄ ministikwaapiskw ni -um ♦ une île rocheuse, un rocher à fleur d'eau, un récif

ᒥᓂᔥᑎᒑᑭᒥᐤ ministikwaakimiu vii ♦ c'est un lac plein d'îles

ᒥᓂᔥᑎᒑᑯᓂᑳᐤ ministikwaakunikaau vii ♦ c'est une plaque de neige

ᒥᓂᔥᑎᒁᔅᒁᔮᐤ ministikwaaskwaayaau vii ♦ c'est un bouquet d'arbres isolé

ᒥᓂᔅᑳᐤ miniskaau vii ♦ c'est un ballot, un rouleau de tissu

ᒥᓂᔑᒁᓈᐦᑭᓲ minischikwaanaahkisuu vai-u ♦ il/elle est cuit-e si tendre que la tête se détache (par ex. un castor)

ᒥᓂᔑᒻ minishim vti ♦ il/elle le détache en le coupant

ᒥᓂᔥᐙᐤ minishwaau vta ♦ il/elle le/la détache en coupant, le/la coupe

ᒥᓂᔥᑎᑯᐦᑯᐹᐤ minishtikuhkupaau vii ♦ c'est un bouquet de saules dans une étendue d'eau

ᒥᓂᔥᑎᒁᓈᔥᐙᐤ minishtikwaanaashwaau vta ♦ il/elle lui coupe la tête

ᒥᓂᔥᑎᒄ minishtikw ni -um ♦ une île

ᒥᓂᔥᑖᐤ minishtaau vii ♦ c'est une pile

ᒥᓂᐦᐄᐅᑯᐹᐤ minihiiwiikupaau vai ♦ il/elle ramasse de l'écorce de saule pour l'utiliser comme corde

ᒥᓂᐦᐄᐙᐤ minihiiwaau vai ♦ il/elle sert, offre à boire

ᒥᓂᐦᐄᐱᒫᐤ minihiipimaau vai ♦ il/elle enlève le gras

ᒥᓂᐦᐄᐱᒫᑎᒻ minihiipimaatim vti ♦ il/elle le dégraisse

ᒥᓂᐦᐄᐱᒫᓐ minihiipimaan ni ♦ de la graisse obtenue par la cuisson

ᒥᓂᐦᐄᐹᐤ minihiipaau vai ♦ il/elle remonte le filet de pêche

ᒥᓂᐦᐄᑯᔅᑳᐤ minihiikuskaau vii ♦ c'est un boisé d'épinettes blanches

ᒥᓐᐦᐄᑯᐦᑎᒄ **minihiikuhtikw** na -um ◆ une épinette blanche sèche, encore debout; de l'épinette blanche pour bois de chauffage, bois de feu, bois à brûler

ᒥᓐᐦᐄᒀᔑᐦᑎᒡ **minihiikwaashihtich** na pl ◆ des branchages d'épinette blanche

ᒥᓐᐦᐄᒄ **minihiikw** na -um ◆ une épinette blanche

ᒥᓐᐦᐄᔅᒋᐚᐤ **minihiischiwaau** vai ◆ il/elle recueille de la gomme des arbres

ᒥᓐᐦᐅᐎᓐ **minihuwin** ni -u ◆ de la nourriture récoltée

ᒥᓐᐦᐆ **minihuu** vai -u ◆ il/elle rapporte de la nourriture de la chasse

ᒥᓐᐦᐊᒻ **miniham** vti ◆ il/elle l'enlève avec un outil

ᒥᓐᐦᐋᐤ **minihaau** vta ◆ il/elle lui donne à boire

ᒥᓐᐦᐚᐤ **minihwaau** vta ◆ il/elle l'enlève avec un outil

ᒥᓐᐦᑯᒨ **minihkumuu** vai -u ◆ il/elle pèle l'écorce d'un bouleau

ᒥᓐᐦᑲᐁᐳ **minihkwaaupiu** vai ◆ il/elle boit assis-e

ᒥᓐᐦᑳᐃᓐ **minihkwaawin** ni ◆ l'alcoolisme, l'abus d'alcool, la boisson (au sens négatif)

ᒥᓐᐦᑳᐛᒑᐤ **minihkwaawaachaau** vai ◆ il/elle s'en sert pour boire

ᒥᓐᐦᑲᐤ **minihkwaau** vai ◆ il/elle boit

ᒥᓐᐦᑲᑎᑦ **minihkwaatitim** vti ◆ il/elle le boit

ᒥᓐᐦᑲᑖᐤ **minihkwaataau** vai ◆ il/elle fait sortir son sang

ᒥᓐᐦᑲᑭᓐ **minihkwaakin** ni ◆ un verre, une tasse

ᒥᓐᐦᑳᒑᐤ **minihkwaachaau** vai ◆ il/elle l'utilise pour boire

ᒥᓐᐦᑲᒥᑭᓐ **minihkwaamikin** vii ◆ ça prend de l'eau pour se refroidir (ex. un moteur hors-bord)

ᒥᓐᐦᑳᓈᐤ **minihkwaanaau** vta ◆ il/elle en fait sortir le sang, le/la saigne

ᒥᓐᐦᑳᓯᐤ **minihkwaasiu** na -iim ◆ un ivrogne, un soûlon, un soûlard, un poivrot, un alcoolique

ᒥᓄᐦᑳᓈᓐ **minuhkaanaan** na ◆ un esclave, une esclave

ᒦᐋᐆᐦᑳᐤ **minaauhkaau** vii ◆ c'est une barre de sable

ᒦᐋᐆᐦᒄ **minaauhkw** ni ◆ un banc de sable

ᒦᐋᐚᐤ **minaawaau** vai ◆ il/elle ramasse des oeufs

ᒦᐋᐛᑎᒻ **minaawaatim** vti ◆ c'est un rétrécissement, un chenal dans un lac créé par deux pointes de terre

ᒦᐋᐛᓐ **minaawaan** ni ◆ un endroit où on ramasse des oeufs

ᒦᐋᐱᑎᒻ **minaapitim** vti ◆ il/elle l'étend, l'ouvre et l'étale (ex. de la mousse)

ᒦᐋᐱᑖᐱᑖᐤ **minaapitaapitaau** vta ◆ il/elle lui arrache une dent ou les dents

ᒦᐋᐱᑖᐱᒋᒑᐤ **minaapitaapichichaau** vai ◆ il/elle arrache des dents

ᒦᐋᐱᔅᒄ **minaapiskw** ni -um ◆ une île rocheuse

ᒦᐋᐱᐦᒑᐱᑎᒻ **minaapihchaapitim** vti ◆ il/elle l'enlève (filiforme) en tirant

ᒦᐋᐱᐦᒑᐱᑖᐤ **minaapihchaapitaau** vta ◆ il/elle le détache et l'enlève (filiforme) en tirant

ᒦᐋᐱᐦᒑᓂᒻ **minaapihchaanim** vti ◆ il/elle l'enlève (filiforme) avec les mains

ᒦᐋᐱᐦᒑᓈᐤ **minaapihchaanaau** vta ◆ il/elle l'enlève (filiforme) avec les mains

ᒦᐋᐹᐅᑖᐤ **minaapaautaau** vai ◆ il/elle l'enlève avec de l'eau

ᒦᐋᐹᐅᔮᐤ **minaapaauyaau** vta ◆ il/elle l'enlève avec de l'eau

ᒦᐋᐹᐚᐤ **minaapaawaau** vii ◆ ça s'efface, ça s'enlève à l'eau

ᒦᐋᑎᒦᐤ **minaatimiiu** vii ◆ c'est un endroit où l'eau est profonde

ᒦᐋᒑᐹᐅᑖᐤ **minaataapaautaau** vai ◆ il/elle fait attention à ne pas le mouiller

ᒦᐋᑭᒥᐦᑳᓈᐤ **minaakimihkwaanaau** vta ◆ il/elle en fait sortir le sang, le/la saigne

ᒦᐋᑯᓂᑳᐤ **minaakunikaau** vii ◆ c'est une plaque de neige

ᒦᐋᒋᒫᐤ **minaachimaau** vta ◆ il/elle fait attention à ce qu'il/elle lui dit

ᒥᓈᒋᔥᑎᐧᐋᐤ minaachishtiwaau vta
  • il/elle le met de côté pour lui/elle
ᒥᓈᒋᐦᐋᐤ minaachihaau vta • il/elle
l'économise, le/la gère avec précaution
(ex. de l'argent)
ᒥᓈᒋᐦᑖᐤ minaachihtaau vai+o • il/elle
économise, en prend bien soin, l'utilise
avec parcimonie
ᒥᓈᔅᑯᑎᓈᐤ minaaskutinaau vii • c'est
une montagne boisée
ᒥᓈᔅᑯᓈᐤ minaaskunaau vai • il/elle
détache la fourrure séchée du cadre ou
de la forme
ᒥᓈᔅᑳᐧᐋᐤ minaaskwaau vii • c'est un
bouquet d'arbres
ᒥᓈᔅᑳᐧᐋᔮᐤ minaaskwaayaau vii • c'est un
bouquet d'arbres
ᒥᓈᐦᐅᑎᑎᐧᐋᐤ minaahutitiwaau vta
  • il/elle le/la prend pour l'utiliser
lui/elle-même
ᒥᓈᐦᐅᑎᑎᒼ minaahutitim vti • il/elle le
prend pour l'utiliser lui/elle-même
ᒥᓈᐦᐆ minaahuu vai-u • il/elle ramasse
des choses à utiliser, il/elle récupère
quelque chose
ᒥᓈᐦᑎᑳᐤ minaahtikaau vii • c'est un
endroit recouvert de branchages
ᒥᓈᐦᑭᐦᑖᐤ minaahkihtaau vii • les traces
disparaissent dans la neige fondante
ᒥᓯᐚ misiwaa p,quantité • tout, tous,
toute ▪ ᒥᓯᐚ ᒨ ᐧᐋᐸᐦᑎᒹᒡ ᐊᓂᐦ
ᒋᒫᓂᓈᐦᒡₓ ▪ Ils ont tous vu le grand
bateau.
ᒥᓯᐚᐱᔨᐦᐋᐤ misiwaapiyihaau vta
  • il/elle l'avale tout entier
ᒥᓯᐚᐱᔨᐦᑖᐤ misiwaapiyihtaau vai
  • il/elle l'avale tout entier
ᒥᓯᐚᓯᐤ misiwaasiiu vai • il/elle est en
un seul morceau
ᒥᓯᐚᔮᐤ misiwaayaau vii • tout est là,
c'est entier
ᒥᓯᐚᔮᑭᓐ misiwaayaakin vii • c'est
entier (étalé)
ᒥᓯᐚᔮᒋᐅᓯᒼ misiwaayaachiwisim vti
  • il/elle le fait bouillir entier
ᒥᓯᐚᔮᒋᐅᓵᐦᐊᐤ misiwaayaachiwiswaau
vta • il/elle le/la fait bouillir entier
ᒥᓯᐚᔮᒋᓯᐤ misiwaayaachisiu vai • il est
entier, complet; elle est entière,
complète

ᒥᓯᐳᔮᐤ misipuyaau vta • il/elle frotte la
peau pour l'assouplir en la faisant
glisser sur une corde attachée à un
poteau du tipi
ᒥᓯᑑᐃᔥᑖᐤ misituwishtaau vii • c'est
tout étalé
ᒥᓯᑖᔮᐲ misitaayaapii na -m • le tissage
de la raquette sous le pied
ᒥᓯᑭᓐ misikin vii • il y a de la pluie
verglaçante
ᒥᓯᑯᔖᐤ misikuschaau vai • il/elle pose
une ligne de pêche de nuit pour un
gros poisson en utilisant une carpe
entière comme appât
ᒥᓯᑯᔥᑖᐤ misikushtaau vai • il/elle le
barbouille (écriture)
ᒥᓯᒋᔥᑎᐦᐋᐤ misichistihaau vta • il/elle
l'élargit, en fait un plus grand ▪ ᓂᒼ
ᒥᓯᒋᔥᑎᐦᐋᐤ ᐊᓂᒼ ᐳᓈᒻ ᑲ ᐆᔥᐋᒡₓ ▪ Elle
fait un grand flan à la vapeur.
ᒥᓯᒋᐦᑎᐤ misichihtiu vai • il/elle est
grand-e ▪ ᐊᐧᐋᒡᐧᐋᒼ ᒥᓯᒋᐦᑎᐤ ᐊᐧ ᐃᐦᑳᐤ ᑲ
ᐧᐄᐸᒥᒡₓ ▪ La femme que j'ai vue était
grande.
ᒥᓯᓂᔥᑎᐦᐄᑭᓐ misinishtihiikin ni • de la
broderie
ᒥᓯᓂᔥᑎᐦᐄᒑᐤ misinishtihiichaau vai
  • il/elle brode
ᒥᓯᓂᐦᐄᑭᓂᔥ misinihiikinish ni • un petit
livre, un livret, une carte
ᒥᓯᓂᐦᐄᑭᓂᐦᒑᐤ misinihiikinihchaau vai
  • il/elle imprime, fait des livres
ᒥᓯᓂᐦᐄᑭᓈᐳᐃ misinihiikinaapui ni -uum
  • de l'encre
ᒥᓯᓂᐦᐄᑭᓈᒋᓂᐧᐃᑦ misinihiikinaachiniwit
ni • du carton, une boîte en papier
ᒥᓯᓂᐦᐄᑭᓈᒋᓐ misinihiikinaachin ni • du
papier
ᒥᓯᓂᐦᐄᑭᓈᐦᑎᒃᐧ misinihiikinaahtikw ni
  • un crayon, un stylo
ᒥᓯᓂᐦᐄᑭᓐ misinihiikin ni • une lettre,
un livre
ᒥᓯᓂᐦᐄᑳᒑᐤ misinihiikaachaau vai
  • il/elle écrit avec
ᒥᓯᓂᐦᐄᒑᐅᑭᒥᒃᐧ misinihiichaaukimikw ni
  • un bureau de poste, un bureau (un
lieu de travail)
ᒥᓯᓂᐦᐄᒑᐤ misinihiichaau vai • il/elle
écrit, achète à crédit

ᒥᓯᓂᐦᐄᒑᐱᔨᐤ misinihiichaapiyiu vii ♦ ça laisse des marques comme des chaussures sur le plancher; c'est utilisé pour écrire, pour taper

ᒥᓯᓂᐦᐄᒑᐱᔨᐤ misinihiichaapiyiu vai ♦ il/elle n'a pas assez d'argent pour payer sa facture

ᒥᓯᓂᐦᐄᒑᐱᔨᐦᑖᐤ misinihiichaapiyihtaau vai ♦ il/elle tape (sur un clavier)

ᒥᓯᓂᐦᐄᒑᔥᑎᒧᐙᐤ misinihiichaashtimuwaau vta ♦ il/elle l'écrit pour lui/elle

ᒥᓯᓂᐦᐅᓲ misinihusuu vai reflex -u ♦ il/elle appose sa signature, signe son nom

ᒥᓯᓂᐦᐊᒧᐚᐤ misinihamuwaau vta ♦ il/elle lui écrit

ᒥᓯᓂᐦᐊᒼ misiniham vti ♦ il/elle l'écrit, l'enregistre

ᒥᓯᓂᐦᖤᐤ misinihaapaau vai ♦ il/elle crée un motif en tissant

ᒥᓯᓂᐦᐚᐤ misinihwaau vta ♦ il/elle écrit, trace des dessins sur lui/elle

ᒥᓯᓈᐱᔅᑭᐦᐄᑭᓐ misinaapiskihiikin ni ♦ un appareil photo, une caméra, une photo ▪ ᓂᐦᒄ ᐙᓂᑭᔥᑎᔮᓐ ᓂᒥᓯᓈᐱᔅᑭᐦᐄᑭᓐ ᒑ ᐦᓇᑉᐋᐙᐸᒫᑎᐦᒄ ▪ J'ai oublié ma caméra quand je suis allé au mariage.

ᒥᓯᓈᐱᔅᑭᐦᐄᒑᐤ misinaapiskihiichaau vai ♦ il/elle prend des photos, fait un film ▪ ᒉᒃ ᑳᐦ ᒥᓯᓈᐱᔅᑭᐦᐄᒑᐤ ᒑ ᑭᔅᑯᑎᒫᒉᑦ ▪ Elle prenait toujours des photos quand elle enseignait.

ᒥᓯᓈᐱᔅᑭᐦᐄᒑᐱᔨᐤ misinaapiskihiichaapiyiu vii ♦ ça prend des photos, des films

ᒥᓯᓈᐱᔅᑭᐦᐄᒑᓯᐤ misinaapiskihiichaasiu na -iim ♦ un ou une photographe

ᒥᓯᓈᐱᔅᑭᐦᐊᒼ misinaapiskiham vti ♦ il/elle en prend une photo

ᒥᓯᓈᐱᔅᑭᐦᐚᐤ misinaapiskihwaau vta ♦ il/elle le/la prend en photo ▪ ᑳᐦ ᒥᓯᓈᐱᔅᑭᐦᐚᐤ ᐅᑌᒥᒼ ▪ Elle a pris une photo de son chien.

ᒥᓯᓈᑖᐤ misinaataau vii ♦ c'est écrit

ᒥᓯᓈᓲ misinaasuu vai -u ♦ il/elle est écrit-e dessus, son nom est sur quelque chose, il/elle est inscrit-e

ᒥᓯᓯᒃᐚᐤ misisikwaau vii ♦ c'est une grande étendue de glace

ᒥᓯᓵᐦᒄ misisaahkw na ♦ une taon à cheval

ᒥᓰᔥᑎᐦᐚᑭᓐ misistihwaakin na ♦ un poisson éviscéré entier cuit sur un bâton

ᒥᓯᐦᐊᓐ misihan vii ♦ la glace commence à se former

ᒥᓯᐦᑎᐅᓯᑯᓯᐤ misihtiusikusiiu vii ♦ c'est un seul gros morceau de glace

ᒥᓯᐦᑎᐅᓯᒃᐚᐤ misihtiusikwaau vii ♦ toute l'étendue d'eau est maintenant gelée

ᒥᓯᐦᑎᐅᓯᐤ misihtiusiiu vai ♦ il/elle est d'une pièce

ᒥᓯᐦᑎᐎᔥᑖᐤ misihtiwishtaau vai ♦ il/elle le répand partout

ᒥᓯᐦᑎᐚᐤ misihtiwaau vii ♦ c'est en une pièce; c'est entier

ᒥᓯᐦᑎᐚᔮᑭᓐ misihtiwaayaakin vii ♦ c'est entier (étalé)

ᒥᓯᐦᑎᒄ misihtikw ni ♦ un tronc entier, un rondin entier

ᒥᓯᐦᑎᒋᓯᐤ misihtichisiu vai ♦ ce morceau de bois est grand

ᒥᓯᐦᑖᐱᐎᒡ misihtaapiwich vai pl ♦ ils sont tout étalés, elles sont tout étalées

ᒥᓯᐦᑖᐱᑎᒼ misihtaapitim vti ♦ il/elle l'étale en tirant

ᒥᓯᐦᑖᐱᑖᐤ misihtaapitaau vta ♦ il/elle l'étale

ᒥᓯᐦᑖᐱᔨᐤ misihtaapiyiu vai ♦ il/elle se répand, se dissémine partout

ᒥᓯᐦᑖᐱᔨᐤ misihtaapiyiu vii ♦ ça se transmet à tout le monde, ça se répand partout ▪ ᐋᔥ ᒥᓯᐦᑖᐱᔨᐤ ᐋ ᐋᑎᐱᔨᐊ ᒑ ᐊᔅᒡᐃᔨᑖᐎᒡ ▪ La maladie dont nous avons entendu parler est déjà en train de se répandre.

ᒥᓯᐦᑖᐱᔨᐦᐋᐤ misihtaapiyihaau vta ♦ il/elle la/le disperse aux alentours

ᒥᓯᐦᑖᐱᔨᐦᑖᐤ misihtaapiyihtaau vai ♦ il/elle le fait savoir à tout le monde, elle le dissémine ▪ ᐋᔥ ᒥᐦ ᑳᐦ ᒥᓯᐦᑖᐱᔨᐦᑖᐤ ᐋᓇᒡ ᒫᑖᐤ ᒑ ᐃᓂᒃ ᐋᒡ ᓕ ᐦᐄᦙᒡᐊᐎ ᐊᐎᐊᔨᐦ ▪ Elle/Il a déjà répandu la nouvelle partout alors que je lui avais dit de se taire.

ᒥᓯᐦᑖᑯᒋᓐ misihtaakuchin vii ♦ les nuages recouvrent tout le ciel

ᒥᓯᐦᑖᓂᒼ misihtaanim vti ♦ il/elle l'étale à la main

ᒥᓯᐦᑖᓈᐤ misihtaanaau vta ♦ il/elle l'étale à la main

ᒥᔑᑖᔅᑭᒥᐽ **misihtaaskimich** p,lieu ◆ dans le monde entier ▪ ᐋᔅᑎᐲ ᒥᔑᑖᔅᑭᒥᐽ ᙀ ᐸᙴᑦᓈᓂᐤ ᐅᑎᐹᒋᒧᐎᐦ ▪ *Son message fut entendu dans le monde entier.*

ᒥᔑᑖᔕᐦᑖᐤ **misihtaashtaau** vii ◆ c'est étendu, déployé

ᒥᔑᑖᔥᑭᐙᐤ **misihtaashkiwaau** vta ◆ il/elle le/la répand partout avec son pied ou son corps

ᒥᔑᑖᔕᐦᑭᒼ **misihtaashkim** vti ◆ il/elle l'étale partout, en laisse des traces partout avec ses pieds ou son corps

ᒥᔑᑖᔮᐱᓐ **misihtaayaapin** vai ◆ il y a de la lumière matinale partout

ᒥᔑᑖᔮᔅᒑᐤ **misihtaayaaschaau** vai ◆ le soleil brille partout

ᒥᔑᑖᔮᐦᑭᐦᑖᐤ **misihtaayaahkihtaau** vii ◆ le feu de forêt se répand

ᒥᔑᑖᐦᐋᐤ **misihtaahaau** vta ◆ il/elle en (animé) place partout

ᒥᔑᐦᑯᓯᓂᐦᐊᒼ **misihkusiniham** vti ◆ il/elle le barbouille en coloriant ou en écrivant

ᒥᔑᐦᑯᓯᓂᐦᐙᐤ **misihkusinihwaau** vta ◆ il/elle le/la barbouille en coloriant ou en écrivant

ᒥᔑᐦᑯᔥᑭᐙᐤ **misihkushkiwaau** vta ◆ il/elle le/la barbouille avec le pied ou le corps

ᒥᔑᐦᑯᔥᑭᒼ **misihkushkim** vti ◆ il/elle le barbouille avec le pied ou le corps (laisse des traces, de la saleté)

ᒥᔑᐦᑰᐦᐊᒼ **misihkuham** vti ◆ il/elle le barbouille avec quelque chose

ᒥᔑᐦᑰᐦᐙᐤ **misihkuhwaau** vta ◆ il/elle le/la barbouille avec quelque chose

ᒥᓱᐎᐦᐋᐤ **misuwihaau** vta ◆ il/elle le/la traite de façon à ce qu'il/elle en ait assez de cette situation ce qui a pour effet qu'il/elle évite que ça se reproduise

ᒥᓵᒋᓯᐤ **misaachisiu** vai ◆ il/elle est grand-e (étalé)

ᒥᓵᐦᐋᐤ **misaahaau** vii ◆ l'eau est assez froide pour que la glace commence à se former

ᒥᓵᐦᑎᒄ **misaahtikw** ni -um ◆ un tronc entier, un rondin entier

ᒥᔅᐳᓐ **mispun** vii ◆ il neige

ᒥᔅᑎᐙᑯᐦᑎᓐ **mistiwaakuhtin** vii ◆ ça flotte ici et là

ᒥᔅᑎᐙᑯᐦᒋᓐ **mistiwaakuhchin** vai ◆ il/elle flotte de ci de là

ᒥᔅᑎᑯᐱᒋᐤ **mistikupichiu** na -iim ◆ de la résine

ᒥᔅᑎᑯᑭᒥᒄ **mistikukimikw** ni ◆ une maison ou cabane de bois, une hutte

ᒥᔅᑎᑯᔅᑳᐤ **mistikuskaau** vii ◆ il y a beaucoup d'arbres, c'est une forêt

ᒥᔅᑎᑯᔅᒋᓯᓐᐦ **mistikuschisinh** ni pl ◆ des chaussures en cuir avec des semelles dures, lit. 'chaussures en bois'

ᒥᔅᑎᒫᒄ **mistimaakw** na -um ◆ une grande baleine foncée

ᒥᔅᑎᓯᐤ **mistisiu** na -iim ◆ un aigle à tête blanche *Haliaeetus leucocephalus*

ᒥᔅᑎᓯᒄ **mistisikw** na -um ◆ un grand harle, un grand bec-scie (canard) *Mergus merganser*

ᒥᔅᑎᓯᓃ **mistisinii** ni -m ◆ le village ou la communauté de Mistissini, lit. 'grand rocher'

ᒥᔅᑎᓯᓈᐲ **mistisinaapii** ni -m ◆ une ancre de pierre pour le filet de pêche

ᒥᔅᑎᓱ **mistisu** na -um ◆ une vache *bovine sp.*

ᒥᔅᑎᓱᑭᒥᒄ **mistisukimikw** ni ◆ une étable

ᒥᔅᑎᓱᔮᓐ **mistisuyaan** na ◆ une peau de vache, du cuir de vache

ᒥᔅᑖᐳᔥ **mistaapush** na -im ◆ un lièvre arctique *Lepus arcticus*

ᒥᔅᑖᔅᐱᓱᐎᔮᓐ **mistaaspisuwiyaan** ni ◆ un sac pour transporter la mousse qui sert de couches au bébé

ᒥᔅᑭᐎᑖᐱᔅᑭᑎᓐ **miskiwitaapiskitin** vii ◆ il y a de la glace sur le piège et ça l'empêche de se refermer

ᒥᔅᑭᐎᒥᔅᒁᐤ **miskiwimiskwaau** vai ◆ il/elle découvre des huttes de castor

ᒥᔅᑭᐎᓂᑯᓯᐤ **miskiwinikusiiu** vai ◆ il/elle est ferme au toucher

ᒥᔅᑭᐎᓯᐎᓐ **miskiwisiwin** ni ◆ de la force, du pouvoir

ᒥᔅᑭᐎᓯᐤ **miskiwisiiu** vai ◆ il/elle est dur-e, fort-e de corps et d'âme

ᒥᔅᑭᐎᓯᒥᑭᓐ **miskiwisiimikin** vii ◆ c'est fort, puissant (ex. machine); ça peut porter lourd

ᒥᔅᑭᐎᔅᒋᐎᑳᐤ **miskiwischiwikaau** vii ◆ c'est de la boue durcie

ᒥᑭᐤᐃᔥᒉᑎᓐ **miskiwischaakitin** vii ♦ le marécage est gelé

ᒥᑭᐚᐤ **miskiwaau** vta ♦ il/elle le/la trouve

ᒥᑭᐚᐱᐦᐄᑭᓈᐤ **miskiwaapihiikinaau** vai ♦ il/elle récupère quelque chose qui a été abandonné ou jeté

ᒥᑭᐚᐦᐋᐤ **miskiwaahaau** vta ♦ il/elle le/la trouve, le/la découvre

ᒥᑭᐚᐦᑖᐤ **miskiwaahtaau** vai+o ♦ il/elle le découvre

ᒥᑭᒫᐤ **miskimaau** vta ♦ il/elle enlève quelque chose qui lui appartient

ᒥᑭᒻ **miskim** vti ♦ il/elle le trouve

ᒥᑭᐦᑖᐤ **miskihtwaau** vai ♦ il/elle l'enlève (animé) à quelqu'un

ᒥᑯᑎᒧᐚᐤ **miskutimuwaau** vta ♦ il/elle le lui rappelle

ᒥᑯᒥᐅᑭᒥᒄ **miskumiukimikw** ni ♦ un congélateur, une glacière

ᒥᑯᒦ **miskumii** na -m ♦ de la glace

ᒥᑯᒦᐅᑎᐚᐤ **miskumiiutiwaau** vai ♦ sa fourrure est gelée

ᒥᑯᒦᐅᑖᓐ **miskumiiutaan** vii ♦ c'est de la pluie verglaçante

ᒥᑯᒦᐅᑭᒻ **miskumiiukimikw** ni ♦ un réfrigérateur, un frigo, un congélateur, un dépôt de glace

ᒥᑯᒦᐤ **miskumiiuu** vai -iiwi ♦ il/elle est glacé-e, verglacé-e

ᒥᑯᒦᐤ **miskumiiuu** vii -iiwi ♦ c'est glacé

ᒥᑯᒦᐚᐳᐃ **miskumiiwaapui** ni -um ♦ de l'eau obtenue en faisant fondre de la neige

ᒥᑯᒦᐚᑭᒥᐤ **miskumiiwaakimiu** vii ♦ il y a de la glace dans l'eau

ᒥᑯᓂᒻ **miskunim** vti ♦ il/elle le trouve en tâtonnant

ᒥᑯᓈᐤ **miskunaau** vta ♦ il/elle le/la trouve en tâtonnant

ᒥᑳᑎᑯᓐ **miskaatikun** vii ♦ c'est bizarre

ᒥᑳᑎᑯᓯᐤ **miskaatikusiiu** vai ♦ il/elle est bizarre; il/elle se comporte de façon étrange, bizarrement

ᒥᑳᑎᒻ **miskaatim** vti ♦ il/elle en est surpris-e

ᒥᑳᑖᐤ **miskaataau** vta ♦ il/elle est étonné-e par lui/elle, stupéfait-e, ébahi-e

ᒥᑳᑖᔨᒫᐤ **miskaataayimaau** vta ♦ il/elle pense qu'il/elle est étonnant-e

ᒥᑳᑖᔨᐦᑎᒥᐦᐄᑰ **miskaataayihtimihiikuu** vai -u ♦ il/elle est surpris-e, étonné-e de quelque chose ▪ ᑖᓐ ᒥᒥᑳᑖᔨᐦᑎᒥᐦᐄᑰ ᒪᓖ ᒉᐊ ᐙᐸᒧᑦ ᐊᐋᑉ ᑭᔅᐚᑐᑕᒼ ᐅᒐᐲᓯᐊᓂᓈᔫ ▪ *Marie est étonnée de voir à quelle vitesse Jean peut faire son travail.*

ᒥᑳᑖᔨᐦᑎᒥᐦᐋᐤ **miskaataayihtimihaau** vta ♦ il/elle l'étonne, l'ébahit

ᒥᑳᑖᔨᐦᑎᒻ **miskaataayihtim** vti ♦ il/elle en est stupéfait-e, ébahi-e

ᒥᑳᑖᔨᐦᑖᑯᓐ **miskaataayihtaakun** vii ♦ c'est surprenant, incroyable

ᒥᑳᑖᔨᐦᑖᑯᓯᐤ **miskaataayihtaakusiu** vai ♦ il/elle est surprenant-e, incroyable, extraordinaire

ᒥᑳᓯᓂᐚᐤ **miskaasiniwaau** vta ♦ il/elle le/la regarde stupéfait-e, le/la fixe

ᒥᑳᓯᓂᒻ **miskaasinim** vti ♦ il/elle le regarde stupéfait-e, le fixe

ᒥᑳᓯᓈᑯᓐ **miskaasinaakun** vii ♦ ça semble étonnant, sensationnel, fantastique

ᒥᑳᓯᓈᑯᓯᐤ **miskaasinaakusiu** vai ♦ il/elle semble étonnant-e, a l'air extraordinaire

ᒥᔅᒀᑯᓈᔥᑭᐚᐤ **miskwaakunaashkiwaau** vta ♦ il/elle trouve des traces d'un ours près de sa caverne, le/la trouve sous la neige avec son pied

ᒥᔅᒋᓈᐦᒄ **mischinaahkw** na ♦ le Maître des poissons dans la culture traditionnelle

ᒥᔅᒋᓯᓃᐤ **mischisiniuu** vai -iwi ♦ c'est (animé) la partie de la peau de phoque utilisée pour faire des bottes

ᒥᔅᒋᓯᓂᔥᒌᔥ **mischisinishchiishh** na pej ♦ de vieilles chaussures ▪ ᐋᓅ ᐋᑉ ᐛ ᐊᑎᐋᐦᑎᒄ ᐋᓂᒃ ᐅᒋᔅᒋᓯᔥ ▪ *Il ne semble pas pouvoir se débarrasser de ses vieilles chaussures.*

ᒥᔅᒋᓯᓂᐦᒑᓯᐤ **mischisinihchaasiu** na -iim ♦ un cordonnier, une cordonnière (la personne qui fait des mocassins, des bottes, des chaussures)

ᒥᔅᒋᓯᓈᒋᓐ **mischisinaachinh** ni pl ♦ des semelles découpées pour faire des bottes en peau de phoque

ᒥᔅᒋᓈᔮᐲ mischisinaayaapii ni ♦ un cordon de mocassin, un lacet de chaussure

ᒥᔅᒋᓯᓐ mischisinh ni pl ♦ des chaussures, des bottes, des mocassins

ᒥᔅᒑᑯᒥᓈᐦᑎᒄ mischaakuminaahtikw ni ♦ un buisson de canneberges des marais *Vaccinium oxycoccus, oxycoccus palustris*

ᒥᔅᒑᑯᒥᓐ mischaakuminh ni pl ♦ des airelles des marais, des canneberges des marais *Vaccinium oxycoccus, oxycoccus palustris*, lit.'baies de marais'

ᒥᔅᒑᑯᓵᑭᐦᐄᑭᓐ mischaakusaakihiikin ni -m ♦ un étang au milieu d'un marécage

ᒥᔅᒑᑯᔅᑭᒥᑳᐤ mischaakuskimikaau vii ♦ c'est un terrain marécageux

ᒥᔅᒑᑯᔖᑭᐦᐄᑭᓂᔥ mischaakushaakihiikinish ni -m ♦ un étang au milieu d'un marécage

ᒥᔅᒑᑯᔥᑎᒄ mischaakushtikw ni -um ♦ un ruisseau, une rivière dans un marécage

ᒥᔅᒑᑯᐦᑎᓐ mischaakuhtin vii ♦ la rivière traverse une zone marécageuse

ᒥᔅᒑᑰ mischaakuu vii -uwi ♦ c'est marécageux

ᒥᔅᒑᒄᕖᐲ mischaakwaapui ni -uum ♦ de l'eau marécageuse

ᒥᔅᒑᒄᕖᑭᒫᐤ mischaakwaakimaau vii ♦ il y a un lac dans le marécage

ᒥᔅᒑᒄᕚᔅᒁᔮᐤ mischaakwaaskwaayaau vii ♦ il y a des arbres dans le marécage

ᒥᔅᒑᒄᕚᔑᐦᑎᒡ mischaakwaashihtich na pl ♦ des branchages d'un arbre provenant d'un marécage

ᒥᔅᒑᒄᕚᐦᑎᑯᔅᑳᐤ mischaakwaahtikuskaau vii ♦ c'est un boisé dans un marécage

ᒥᔅᒑᒄ mischaakw ni -um ♦ une tourbière, un marécage, une fondrière de mousse, une swamp (anglicisme)

ᒥᔅᒑᓈᓐ mischaanaan na ♦ un poisson vidé par la gorge et cuit entier sur un bâton ou suspendu au-dessus du feu

ᒥᔑᐚᒡ mishiwaach p,manière ♦ de toute façon ■ ᑰᒃ ᐋᑯᓐ ᐄᔮᐹᒋᒫᒡ ᑕᐹ ᒥᔑᐚᒡ ᒥᔅᒃᐋᑎᒡ ᓇ ᐄᐦᑖᓯᐧᐋᔨᒡ. ■ *Oublions-la parce que de toute façon elle ne sait pas se qui se passe.*

ᒥᔑᐤ mishiu p,conjonction ♦ si, au cas où ■ ᒥᔑᐤ ᒥᔅᒌᐦᑕᐦᒃ ᐊ" ᐳᓈᓯ·ᐃᔩᒡ ᒣᐦᓈᒃ ᑭᓐ ᐃ" ᐃᑎᐦᐋᐧᒄ. ■ *Si elle apprend que nous sommes sorties en canot, elle voudra sans doute venir aussi.*

ᒥᔑᐱᔑᐤ mishipishiu na ♦ un lion

ᒥᔑᑭᒫᐤ mishikimaau vii ♦ c'est un grand lac

ᒥᔑᑯᐦᒋᒫᐤ mishikuhchimaau vta ♦ il/elle le/la fait bouillir entier/entière

ᒥᔑᑯᐦᒋᒫᐤ mishikuhchimaau vta ♦ il/elle attrape un animal dans son piège mais il/elle est gâté-e parce qu'il/elle a passé trop longtemps dans l'eau; il/elle tire un animal mais ne réussit pas à le ramasser parce qu'il/elle s'enfonce dans l'eau et ne remonte pas à la surface

ᒥᔑᑳᐤ mishikaau vai ♦ il/elle arrive en canot

ᒥᔑᑳᒫᐱᔨᐤ mishikaamaapiyiu vai ♦ il/elle traverse jusqu'à l'autre côté d'une étendue d'eau en véhicule

ᒥᔑᑳᒫᐦᐊᒻ mishikaamaaham vti ♦ il/elle atteint l'autre côté d'une étendue d'eau à la nage ou en pagayant

ᒥᔑᑳᒫᐦᔮᐅᐲᓯᒻ mishikaamaahyaaupiisim na ♦ le mois de septembre

ᒥᔑᑳᒫᐦᔮᐅᒌᔑᑳᐤ mishikaamaahyaauchiishikaau vii ♦ c'est une journée mouillée et venteuse en automne

ᒥᔑᑳᒫᐦᔮᐤ mishikaamaahyaau vai ♦ il/elle vole en provenance d'une étendue d'eau vers la terre

ᒥᔑᑳᔅᑯᐱᒋᐤ mishikaaskupichiu vai ♦ il/elle atteint l'autre côté d'une étendue de glace en déplaçant son campement d'hiver

ᒥᔑᑳᔥᑭᑖᑖᒄ mishikaashkitaataakw na -um ♦ un crocodile

ᒥᔑᒧᐦᑯᒫᓐ mishimuhkumaan na -im ♦ une personne qui vient des États Unis, lit. 'un grand couteau'

ᒥᔑᒫᔨᐦᑎᒻ mishimaayihtim vti ♦ il/elle a de la peine, du chagrin

ᒥᔑᓂᔥᑎᐦᐄᑭᓈᔮᐲ mishinishtihiikinaayaapii na ♦ du fil à broder

ᒥᔅᐋᐸᔾᒄ **mishinaapaayaakw** na -um
 • un grand porc-épic mâle
ᒥᔑᔥ< **mishiship** na -im • un eider à
 duvet, un eider commun, (canard)
 *Somateria mollissima*
ᒥᔑᔥᑎᐤ **mishishtiu** p,quantité • en plus
 ᒫ ᒥᔑᔥᑎᐤ ᑭᐱ ᐋ"ᑎᒡᐁᐃᓴᓄ ᐊᒉᒑᒡᐦ ᐊᐦ
 ᓂᔅᑯᒥᐁᐊᖕ • *Ils vont nous donner plus
 d'informations au sujet de cet accord.*
ᒥᔑᔥᑎᑳᐤ **mishishtikwaau** vii • c'est
 une rivière large
ᒥᔑ"ᑖᔮᔥᑖᐱᔫ **mishihtaayaashtaapiyiu**
 vai • le feu, la lumière s'allume partout
ᒥᓱᑎᑳᐤ **mishutikaau** vii • un gros canot
ᒥᓱᑎᒻ **mishutim** vti • il/elle atteint la
 cible
ᒥᓱᑖᐤ **mishutaau** vai+o • il/elle atteint la
 cible
ᒥᔖᐤ **mishaau** vii • c'est gros
ᒥᔖᑭᓐ **mishaakin** vii • c'est grand
 (étalé)
ᒥᔖᓂᑳᐤ **mishaanikaau** vii • c'est une
 grande île
ᒥᔖᔪᐃᑳᔅᑭᐦᐊᒻ **mishaayuwikaaskiham**
 vti • il/elle l'étire (ex. des bottes de
 peau de phoque en utilisant un bâton)
ᒥᔘᐋᑭᓃᐤ **mishwaakiniuu** vai -iwi • il/elle
 est touché-e et blessé-e
ᒥᔘᐋᑭᓂᐦᑳᑖᐤ **mishwaakinihkaataau** vta
 • il/elle le/la blesse
ᒥᔘᐋᑭᓂᐦᒑᐤ **mishwaakinihchaau** vai
 • il/elle le blesse ▪ ᓃ ᒥᔘᐋᑭᓂᐦᒑᐤ ᓂᔅᑭ
 ᑳ ᐋᒃᑖᒡᑦ ▪ *Elle/Il a blessé l'oie sur
 laquelle il/elle a tiré.*
ᒥᔘᐋᑭᓐ **mishwaakin** na • un blessé, un
 animal blessé ▪ ᐊᒃ ᓇᒫ"ᒥ ᒥᔘᐋᒡ ᐊᐦ
 ᒥᔘᐋᑭᓐ ▪ *Je n'ai pas trouvé celui qui était
 blessé.*
ᒥᔥᑎᑎᐦᑭᒫᒄ **mishtitihkimaakw** na -um
 • un très gros poisson blanc
ᒥᔥᑎᑯᐃᑦ **mishtikuwit** ni • une boîte en
 bois
ᒥᔥᑎᑯᐃᓂᐦᐄᑭᓐ **mishtikuwinihiikin** ni -im
 • un piège en bois qui tue l'animal
ᒥᔥᑎᑯᐱᒋᐤ **mishtikupichiu** na • de la
 résine, de la sève
ᒥᔥᑎᑯᑭᒥᒄ **mishtikukimikw** ni • un
 bâtiment, une structure en bois

ᒥᔥᑎᑯᓈᐹᐅᒋᒫᐤ **mishtikunaapaauchimaau** na • un ou
 une chef de construction, chef des
 travaux
ᒥᔥᑎᑯᓈᐹᐤᐦᑯᑖᑭᓐ **mishtikunaapaauhkutaakin** ni • un
 rabot
ᒥᔥᑎᑯᓈᐹᐤ **mishtikunaapaau** na -m • un
 charpentier, lit. 'homme de bois'
ᒥᔥᑎᑯᐦᑳᓐ **mishtikuhkaan** ni • un mât
ᒥᔥᑎᑯᐦᔮᐚᐳᐃ **mishtikuhyaawaapui** ni
 • du bouillon de tétras
ᒥᔥᑎᑯᐦᔮᐤ **mishtikuhyaau** na -m • une
 perdrix, un tétras du Canada *Canachites
 canadensis*
ᒥᔥᑎᑰ **mishtikuu** vai -uwi • il/elle est
 fait-e en bois, c'est du bois (animé)
ᒥᔥᑎᑰ **mishtikuu** vii -uwi • c'est boisé,
 c'est une île boisée
ᒥᔥᑎᒀᒥᐦᒁᓐ **mishtikwaamihkwaan** na
 • une cuillère en bois
ᒥᔥᑎᒀᓂᑐᐦᑯᔨᓐ **mishtikwaanituhkuyin** ni
 -im • de l'aspirine, lit. 'remède pour la
 tête'
ᒥᔥᑎᒃᐚᔅᒋᓂᑳᐤ **mishtikwaaschinikaau** vii
 • c'est une île boisée
ᒥᔥᑎᒀᔮᐤ **mishtikwaayaau** vii • c'est
 une rivière grande et large
ᒥᔥᑎᒄ **mishtikw** na -m • un arbre
ᒥᔥᑎᒄ **mishtikw** ni -m • un bâton
ᒥᔥᑎᒋᒧᐃᓐ **mishtichimuwin** vii • il y a
 beaucoup de pluie
ᒥᔥᑎᒌᐚᒋᐃᓐ **mishtichiiwaachiwin** vii
 • la marée est vraiment basse
ᒥᔥᑎᐦᑭᓐ **mishtihkin** ni • un manteau en
 peau de caribou dont les poils n'ont
 pas été rasés
ᒥᔥᑏᐦ **mishtiih** p,quantité • beaucoup de,
 plusieurs ▪ ᐋᔥ ᒥᔥᑏᐦ ᐊᐦ ᓃ ᐊᒃ
 ᐊᔅᒉᐊᐃᔮᐤ ᒥᔖᔥᑎᒥᐤ ▪ *On nous a donné
 beaucoup de viande d'ours.*
ᒥᔥᑖᐱᒫᑯᔑᔥ **mishtaapimaakushish** na -um
 • une jeune baleine boréale *Balaena
 mysticetus*
ᒥᔥᑖᐱᒫᒄ **mishtaapimaakw** na -um • une
 baleine boréale *Balaena mysticetus*
ᒥᔥᑖᐹᐤ **mishtaapaau** na -m • un esprit
 qui guide dans la cérémonie de la tente
 tremblante, un géant, lit. 'grand
 homme'

ᒥᔅᑖᐦᒋᑯᑎᒋᔑᐃ mishtaahchikutichishii na-iim ♦ les intestins d'un phoque adulte

ᒥᔅᑖᐦᒋᑯᔑᔥ mishtaahchikushish na ♦ une jeune phoque adulte

ᒥᔅᑖᐦᒋᑯᔮᓐ mishtaahchikuyaan na ♦ de la peau de phoque adulte

ᒥᔅᑖᐦᒋᒄ mishtaahchikw na-um ♦ un phoque adulte

ᒥᔅᑭᐃᐱᒫᑎᓰᐤ mishkiwipimaatisiiu vai ♦ il/elle est fort-e et en bonne santé

ᒥᔅᑭᐃᑎᒫᐤ mishkiwitimaau vta ♦ il/elle le/la congèle

ᒥᔅᑭᐃᑎᓐ mishkiwitin vii ♦ c'est gelé

ᒥᔅᑭᐃᑎᔅᑭᒥᑭᑎᓐ mishkiwitiskimikitin vii ♦ c'est de la terre gelée

ᒥᔅᑭᐃᑎᐦᑖᐤ mishkiwitihtaau vai+o ♦ il/elle le gèle, le congèle

ᒥᔅᑭᐃᑖᐅᐦᑳᐤ mishkiwitaauhkaau vii ♦ c'est une zone de gravier dur, de sable

ᒥᔅᑭᐃᑖᐹᔑᒑᐤ mishkiwitaapaashichaau vai ♦ il/elle fabrique de la corde, de la cordelette avec de la peau gelée

ᒥᔅᑭᐃᑖᐦᐋᐤ mishkiwitaahaau vai ♦ il/elle a un coeur de pierre, c'est un ou une sans-coeur

ᒥᔅᑭᐃᑳᐴ mishkiwikaapuu vai-uwi ♦ il/elle est bien ancré-e, solidement en place

ᒥᔅᑭᐃᒋᐤ mishkiwichiu vai ♦ il/elle est gelé-e, a des engelures

ᒥᔅᑭᐃᓂᑯᓐ mishkiwinikun vii ♦ il/elle semble solide, fort-e, résistant-e au toucher

ᒥᔅᑭᐃᓈᑯᓯᐤ mishkiwinaakusiu vai ♦ il/elle a l'air fort-e, il/elle est fort-e

ᒥᔅᑭᐃᔅᑭᒥᑳᐤ mishkiwiskimikaau vii ♦ c'est de la mousse dure, de la terre dure

ᒥᔅᑭᐃᔥᑎᒀᓈᐤ mishkiwishtikwaanaau vai ♦ il/elle est têtu-e, entêté-e

ᒥᔅᑭᐃᐦᐋᐤ mishkiwihaau vta ♦ il/elle le/la durcit, le/la raffermit

ᒥᔅᑭᐃᐦᑖᐤ mishkiwihtaau vai+o ♦ il/elle le durcit, le rend fort

ᒥᔅᑭᐋᐃᐦᑯᓈᐤ mishkiwaaihkunaau na-m ♦ un biscuit de pilote, un biscuit dur

ᒥᔅᑭᐋᐱᓯᔅᒋᓯᐤ mishkiwaapisischisiu vai ♦ il/elle est dur-e (minéral)

ᒥᔅᑭᐋᐱᔅᑳᐤ mishkiwaapiskaau vii ♦ c'est dur (minéral)

ᒥᔅᑭᐋᑭᒥᐤ mishkiwaakimiu vii ♦ c'est une boisson forte, un liquide fort

ᒥᔅᑭᐋᑯᓂᑳᐤ mishkiwaakunikaau vii ♦ c'est de la neige durcie

ᒥᔅᑭᐋᑯᓂᒋᓯᐤ mishkiwaakunichisiu vai ♦ la neige est dure

ᒥᔅᑭᐋᒥᔅᑳᐤ mishkiwaamiskaau vii ♦ le fond d'une étendue d'eau est dur

ᒥᔅᑭᐋᔅᑯᓐ mishkiwaaskun vii ♦ c'est dur (long et rigide)

ᒥᔅᑭᐋᔅᑯᓯᐤ mishkiwaaskusiu vai ♦ il/elle est dur-e (long et rigide)

ᒥᔅᑭᐋᐦᑭᑎᑖᐤ mishkiwaahkititaau vii ♦ ça durcit en séchant

ᒥᔅᑭᐋᐦᑭᑎᓲ mishkiwaahkitisuu vai-u ♦ il/elle durcit en séchant

ᒥᔅᑭᔒ mishkishii na ♦ une visière, une visière de casquette

ᒥᔅᑭᔒ mishkishii na ♦ un ongle, une griffe, une trace de motoneige

ᒥᔅᑯᒥᔒ mishkumishii ni-um ♦ un sorbier monticole, sorbier de montagne, sorbier plaisant, *Sorbus decora*

ᒥᔅᑯᒥᔒᐃᒥᓐ mishkumishiiuminh ni pl ♦ des baies de sorbier *Sorbus decora*

ᒥᔅᑯᒥᔒᐋᐦᑎᒄ mishkumishiiwaahtikw ni-um ♦ des branches ou du bois de sorbier

ᒥᔅᑯᔑᐃᔮᓂᐄᐦᒢᐋᔮᐤ mishkushiwiyaaniwiihkwaayaau ni-im [Whapmagoostui] ♦ de la jute, de la toile de jute, de la grosse toile

ᒥᔅᑯᔒᐦ mishkushiuh ni pl-iim ♦ de l'herbe, des légumes, du foin

ᒥᔅᑯᔒᐅᓂᑳᐤ mishkushiiunikaau vii ♦ l'île est herbeuse

ᒥᔅᑯᔒᐅᔅᑭᒥᑳᐤ mishkushiiuskimikaau vii ♦ c'est un terrain herbeux

ᒥᔅᑯᔒᐅᔥᑐᑎᓐ mishkushiiushtutin ni ♦ un chapeau de paille

ᒥᔅᑯᔒᐤ mishkushiiu vii-iiwi ♦ c'est herbeux

ᒥᔅᑯᔒᐋᑭᒫᐤ mishkushiiwaakimaau vii ♦ l'étendue d'eau est toute herbeuse

ᒥᔅᑯᔒᐦᑳᓂᐦᒑᐤ mishkushiihkaanihchaau vai ♦ il/elle fait des meules de foin

**mishkaashiu** vai ♦ il/elle trouve un endroit pour installer son campement

**mishchikushish** na dim ♦ un petit arbre

**mishchikush** ni -iim ♦ un petit bâton

**mishchaanaau** na ♦ un poisson éviscéré par la gorge et cuit entier sur un bâton ou sur le feu

**miyiwaawin** ni ♦ un cadeau

**miyiwaapishin** vai ♦ il/elle a du pus dans les yeux après avoir dormi

**miyiwaahaau** vta ♦ il/elle l'éloigne par ses actes, son attitude

**miyiu** ni ♦ un cadavre

**miyimiwaauhkaau** vii ♦ c'est humide (granulé)

**miyimiwaakunikaau** vii ♦ c'est de la neige humide

**miyimiwaakunichisiu** vai ♦ c'est de la neige mouillée (animé)

**miyimuwikichishaau** vai ♦ il/elle a les fesses humides

**miyimuwisitaau** vai ♦ il/elle a les pieds mouillés, trempes

**miyimuwisiiu** vai ♦ il/elle est humide, moite

**miyimuwihtikaau** vii ♦ le bois est humide

**miyimuwihtichisiu** vai ♦ il/elle est humide (bois)

**miyimuwaau** vii ♦ c'est humide

**miyiskutiwaapiminaakun** vii ♦ ça se voit à l'oeil nu (utilisé à forme négative: microscopique)

**miyii** na -uum ♦ une morue *Gadus morhua*

**miyuwitaamuu** vai -u ♦ il/elle a la tuberculose

**miyuwiniwaau** vta ♦ il/elle aime son apparence; il/elle trouve qu'il/elle a de l'allure

**miyuwinaakun** vii ♦ c'est joli, bien rangé

**miyuwinaakusiu** vai ♦ il est beau, elle est belle, il/elle a l'air en bonne santé

**miyuwinaakuhiisuu** vai reflex -u ♦ il/elle se rend attirant-e

**miyuwinaakuhaau** vta ♦ il/elle améliore son apparence, l'embellit, le/la décore

**miyuwinaakuhtaau** vai ♦ il/elle lui donne l'air beau/belle, soigné-e

**miyuwihkihtaau** vii ♦ c'est rempli de pus

**miyuwaau** vai ♦ il/elle a une fourrure épaisse, de qualité

**miyuwaatimuwin** ni ♦ le fait de se réjouir

**miyuwaatim** vti ♦ il/elle s'en réjouit

**miyuwaayaau** vii ♦ la fourrure est belle

**miyupiu** vai ♦ il/elle est bien assis-e, assis-e confortablement

**miyupimaatisiiu** vai ♦ il/elle est en bonne santé

**miyupiyiu** vai ♦ il/elle va bien, marche bien

**miyupiyiu** vii ♦ ça va bien, ça marche bien

**miyuputaau** vii ♦ c'est bien scié

**miyuputaau** vai+o ♦ il/elle le voit bien

**miyupaayaau** vii ♦ c'est bien sur l'eau (on peut aussi le dire après la débâcle pour dire qu'il n'y a plus de glace dans l'eau et qu'on peut voyager)

**miyutinaau** vii ♦ la montagne est belle

**miyututiwaau** vta ♦ il est bon, elle est bonne avec lui/elle; il/elle le/la traite bien

**miyututaachaau** vai ♦ il/elle traite bien les gens

**miyututaamimaau** vta ♦ il/elle est en bons termes avec lui/elle

**miyutaauhkaau** vii ♦ le terrain est plat et dégagé, sans roches et sans végétation abondante

**miyutaamuu** vai -u ♦ il/elle respire librement

**miyutaashtimihkwaau** vai ♦ il/elle a un beau visage

ᒥᔪᑭᑖᐅᑳᐤ miyukitaauhkaau vii ♦ c'est du sable fin

ᒥᔪᑯ miyukuu vii -uwi ♦ ça coule bien (liquide)

ᒥᔪᑳᐤ miyukaau vii ♦ c'est mou

ᒥᔪᑳᑯᓂᑳᐤ miyukaakunikaau vii ♦ la neige est molle

ᒥᔪᑳᔅᑯᓐ miyukaaskun vii ♦ c'est (du bois) mou

ᒥᔪᑳᔅᑯᓯᐤ miyukaaskusiu vai ♦ il est mou, elle est molle (bois)

ᒥᔪᒀᑎᒥ miyukwaatim vti ♦ il/elle le coud bien

ᒥᔪᒀᑖᐤ miyukwaataau vta ♦ il/elle le/la coud bien

ᒥᔪᒀᓲ miyukwaasuu vai -u ♦ il/elle sait bien coudre

ᒥᔪᒋᓰᐤ miyuchisiiu vai ♦ il est doux, elle est douce

ᒥᔪᒋᔅᒋᐐᑳᐤ miyuchischiwikaau vii ♦ c'est de la boue molle

ᒥᔪᒋᔅᒑᔨᒫᐤ miyuchischaayimaau vta ♦ il/elle le/la connait bien

ᒥᔪᒋᔅᒑᔨᐦᑎᒥ miyuchischaayihtim vti ♦ il/elle le connait bien

ᒥᔪᒌᔑᑭᓂᐦᐊᒨᒡ miyuchiishikinihamuch vti pl ♦ les sons du tonnerre annoncent le beau temps, un temps dégagé

ᒥᔪᒌᔑᑳᐤ miyuchiishikaau vii ♦ il fait beau aujourd'hui, il y a du beau temps

ᒥᔪᒥᓂᑳᐅᐦ miyuminikaauh vii pl ♦ les baies sont mûres, prêtes à être cueillies

ᒥᔪᒥᓂᒋᓯᐎᒡ miyuminichisiwich vai pl ♦ les baies (animé) sont mûres et on peut les ramasser

ᒥᔪᒥᔮᐤ miyumiyaau vta ♦ il/elle lui donne quelque chose d'utile, de bon

ᒥᔪᒥᐦᒋᖹ miyumihchihuu vai -u ♦ il/elle se sent bien

ᒥᔪᒥᐦᒋᐦᑖᐤ miyumihchihtaau vai+o ♦ il/elle en ressent l'effet

ᒥᔪᒦᒋᓲ miyumiichisuu vai -u ♦ il/elle mange bien

ᒥᔪᒧᐦᑖᐤ miyumuhtaau vai ♦ il/elle crée un bon chemin, le met correctement

ᒥᔪᒨ miyumuu vii ♦ c'est un bon sentier, une bonne route

ᒥᔪᒫᑯᓐ miyumaakun vii ♦ ça sent bon

ᒥᔪᒫᑯᓯᐤ miyumaakusiu vai ♦ il/elle sent bon

ᒥᔪᒫᑯᐦᐄᓲ miyumaakuhiisuu vai reflex -u ♦ il/elle se fait sentir bon, il/elle se parfume

ᒥᔪᒫᑯᐦᐋᐤ miyumaakuhaau vta ♦ il/elle le/la fait sentir bon

ᒥᔪᒫᑯᐦᑖᐤ miyumaakuhtaau vai ♦ il/elle le fait sentir bon

ᒥᔪᒫᒫᐤ miyumaamaau vta ♦ il/elle aime son odeur

ᒥᔪᒫᓲ miyumaasuu vai -u ♦ il/elle sent bon en cuisant, en brûlant

ᒥᔪᒫᓵᐙᐤ miyumaasaawaau vai ♦ l'odeur de sa cuisine, de sa pipe, de son tabac, de sa cigarette sent bon

ᒥᔪᒫᔥᑖᐤ miyumaashtaau vii ♦ ça sent bon quand ça cuit, quand ça brûle

ᒥᔪᒫᐦᑎᒥ miyumaahtim vti ♦ il/elle en trouve l'odeur appétissante, en aime l'odeur

ᒥᔪᓂᑯᓐ miyunikun vii ♦ les conditions sont bonnes pour marcher en hiver

ᒥᔪᓂᑯᓯᐤ miyunikusiu vai ♦ il/elle est facile à manipuler, agréable à toucher

ᒥᔪᓂᒥ miyunim vti ♦ il/elle marche facilement à la surface de la neige

ᒥᔪᓂᐦᑖᐅᒋᓐ miyunihtaauchin vii ♦ ça pousse bien

ᒥᔪᓈᐦᐄᑭᓐ miyunaahiikin na -u ♦ un caribou mâle, incapable d'être en rut parce qu'il a été vaincu par un mâle plus fort

ᒥᔪᓯᐤ miyusiu vai ♦ il/elle est bon/bonne, utile

ᒥᔪᓯᑯᓯᐤ miyusikusiu vai ♦ la glace est claire et propre, bonne pour en faire de l'eau potable

ᒥᔪᓯᒀᐤ miyusikwaau vii ♦ c'est de la bonne glace bien lisse pour voyager

ᒥᔪᔅᐱᑯᓐ miyuspikun vii ♦ ça a bon goût

ᒥᔪᔅᐱᑯᓯᐤ miyuspikusiu vai ♦ il/elle a bon goût, goûte bon

ᒥᔪᔅᑖᓲ miyustaasuu vai -u ♦ il/elle prépare ça bien, avec soin et bien en ordre

ᒥᔪᔅᑭᒥᐤ miyuskimiu vii ♦ c'est le printemps, le temps de la fonte des neiges

ᒥᔪᔅᒥᑳᐤ miyuskimikaau vii ♦ c'est un beau secteur

ᒥᔪᔅᑫᐧᐋᐤ miyuskwaau vai ♦ c'est une belle femme, il/elle a le teint clair

ᒥᔪᔑᒫᐤ miyushimaau vta ♦ il/elle l'allonge confortablement

ᒥᔪᔑᓐ miyushin vai ♦ il/elle est étendu-e confortablement

ᒥᔪᔑᔑᐤ miyushishiu vai ♦ il est bon, beau; elle est bonne, belle; il/elle est joli-e; il/elle est bon/bonne à l'usage (se dit d'une peau d'orignal ou d'un certain type d'arbre)

ᒥᔪᔥᑎᒡᐋᔮᐤ miyushtikwaayaau vii ♦ la rivière est bien droite

ᒥᔪᔥᑖᐤ miyushtaau vai ♦ il/elle le place joliment

ᒥᔪᔥᑭᐧᐋᐤ miyushkiwaau vta ♦ il/elle lui convient bien

ᒥᔪᔥᑭᒻ miyushkim vti ♦ ça lui convient bien, il/elle s'y ajuste bien

ᒥᔪᔥᑫᐧᐋᐅᔑᐤ miyushkwaaushiu vai ♦ c'est une jolie fille, elle a le teint clair

ᒥᔪᔨᐧᐋᐤ miyuyiwaau vii ♦ c'est pratique à utiliser, facile à utiliser

ᒥᔪᐦᐋᐤ miyuhaau vta ♦ il/elle le/la fait bien; il/elle en fait un bon, une bonne, un beau, une belle ▪ ᓈᔥᒡ ᐋᐦ ᐦ ᒥᔪᐦᐋᒡ ᐊᔅᒡᒥᒡ ᐯᔥᑯᑦᒡᐧ ᐋᐦ ᐊᔭᐱᑎᓈᐦᐄᓴᐦᐊᒡ ▪ Il fabrique une bonne paire de raquettes.

ᒥᔪᐦᑎᐧᐋᐤ miyuhtiwaau vta ♦ il/elle aime bien l'écouter, aime le son qu'il/elle fait

ᒥᔪᐦᑎᑭᑎᓐᐦ miyuhtikitinh vii pl ♦ le bois pour le feu se fend facilement quand il est gelé

ᒥᔪᐦᑎᑳᐤ miyuhtikaau vii ♦ le bois pour le feu est bon

ᒥᔪᐦᑎᒻ miyuhtim vti ♦ il/elle aime bien l'écouter, en aime le son ▪ ᐦ ᒥᔪᐦᑎᒻ ᐊᓂᒡ ᓂᑲᒧᓂᔨᐤ ᐋᐦ ᐯᐦᑎᒡᐦ ▪ Il a aimé la chanson qu'il a entendu.

ᒥᔪᐦᑖᐤ miyuhtaau vai ♦ il/elle le fait bien, le rend beau ▪ ᐁᐅᑯᓐ ᒥᔪᐦᑖᐤ ᐧᐋᐯᔨᓈᓄᐤ ᐋᐦ ᐊᔮᐦᐋᒡᐦ ▪ Elle a fabriqué une belle couverture.

ᒥᔪᐦᑖᑯᓐ miyuhtaakun vii ♦ c'est agréable à l'oreille

ᒥᔪᐦᑖᑯᓯᐤ miyuhtaakusiu vai ♦ il/elle est beau/belle à entendre ▪ ᐦ ᒥᔪᐦᑖᑯᓯᐤ ᐋᐦ ᓂᑯᒡᒡ ᐋᐦ ᐅᔥᑎᓈᐊᓅᒡᐊᓄᐦᒡᐦ ▪ Il a bien chanté à la réunion.

ᒥᔪᐦᑦᐧᐋᐤ miyuhtwaau vai ♦ il/elle vit bien, a de bonnes valeurs, vit selon de bons principes

ᒥᔪᐦᑭᓲ miyuhkisuu vai-u ♦ il/elle se sent bien de boire, ça lui fait du bien de boire; c'est bien cuit (animé), il/elle est bien cuit-e

ᒥᔪᐦᑯᐹᐤ miyuhkupaau vii ♦ c'est une rivière bordée de buissons

ᒥᔪᐦᒀᒨ miyuhkwaamuu vai-u ♦ il/elle dort bien

ᒥᔮᐅᐱᔨᐧᐃᒡ miyaaupiyiwich vai pl ♦ des coups de tonnerre passent au-dessus de cet endroit

ᒥᔮᐅᐱᔨᐤ miyaaupiyiu vai ♦ il/elle dépasse, passe

ᒥᔮᐅᐱᔨᐤ miyaaupiyiu vii ♦ ça passe à côté

ᒥᔮᐅᐱᔨᐦᐋᐤ miyaaupiyihaau vta ♦ il/elle le/la conduit au-delà d'un certain point

ᒥᔮᐅᐱᔨᐦᑖᐤ miyaaupiyihtaau vai ♦ il/elle le dépasse en voiture, est en retard au travail, à son rendez-vous

ᒥᔮᐅᐦᐊᒻ miyaauham vti ♦ il/elle le dépasse en véhicule

ᒥᔮᐅᐦᐧᐋᐤ miyaauhwaau vai ♦ il/elle le/la dépasse en voiture

ᒥᔮᐧᐋᔑᐤ miyaawaashiu vai ♦ il/elle passe soufflé-e par le vent

ᒥᔮᐧᐋᔥᑎᓐ miyaawaashtin vii ♦ ça passe emporté par le vent

ᒥᔮᐤ miyaau vta ♦ il/elle le/la lui donne

ᒥᔮᐸᑎᐦᐊᒻ miyaapaatiham vti ♦ il/elle sent facilement les humains

ᒥᔮᑯᓐ miyaakun vii ♦ ça sent

ᒥᔮᑯᓯᐤ miyaakusiu vai ♦ il/elle sent, a une odeur

ᒥᔮᒫᐤ miyaamaau vta ♦ il/elle le/la sent, renifle

ᒥᔮᓂᒻ miyaanim vti ♦ il/elle laisse des traces récentes

ᒥᔮᔥᑭᐧᐋᐤ miyaashkiwaau vta ♦ il/elle le/la dépasse

ᒥᔮᔥᑭᒻ miyaashkim vti ♦ il/elle le passe avec le pied

ᒥᔮᒡᑳᑐᓃᑎᒄ **miyaahpaahkunihtikw** na -im ♦ un arbre aux branches sèches

ᒥᔮᒡᑳᑐᒡ **miyaahpaahkunh** ni pl ♦ des branchages séchés

ᒥᔮᑎᒼ **miyaahtim** vti ♦ il/elle le sent, renifle

ᒥᔮᑭᑐᐃ **miyaahkitui** na -uum ♦ une lotte *Lota lota*

ᒥᔮᑭᑑᔑᑮ **miyaahkituushikii** na -im ♦ la peau de la lotte

ᒥᔮᑭᑑᔥᑎᒃᐙᓐ **miyaahkituushtikwaan** ni ♦ une tête de lotte

ᒥᔮᑭᓱ **miyaahkisuu** vai -u ♦ il/elle sent le brûlé, on le/la sent qui cuit

ᒥᔮᑭᑖᐤ **miyaahkihtaau** vii ♦ ça sent le brûlé, ça sent la cuisine

ᒥᔮᒋᒑᐤ **miyaahchichaau** vai ♦ il/elle sent quelque chose

ᒥᔂᓱ **miywaausuu** vai -u ♦ il/elle ramasse des baies sans autres feuilles ou débris

ᒥᔂᐦᑳᐤ **miywaauhkaau** vii ♦ il y a du beau sable sur le sol

ᒥᔂᐛᐦᑎᓐ **miywaawaahtin** vii ♦ ça a un bon rythme, c'est agréable à entendre

ᒥᔂᐤ **miywaau** vii ♦ c'est bon, bien

ᒥᔂᐱᑎᓐ **miywaapitin** vii ♦ c'est utile

ᒥᔂᐱᑎᓯᐤ **miywaapitisiiu** vai ♦ il/elle travaille bien

ᒥᔂᐱᒋᐋᐤ **miywaapichihaau** vta ♦ il/elle le trouve utile, efficace, obligeant

ᒥᔂᐱᒋᐦᑖᐤ **miywaapichihtaau** vai+o ♦ il/elle le trouve utile

ᒥᔂᐱᒫᐅᓯᐤ **miywaapimaausiiu** vai ♦ il/elle prospère

ᒥᔂᐱᒫᐤ **miywaapimaau** vta ♦ il/elle le/la favorise; il/elle le/la considère bien

ᒥᔂᐱᓐ **miywaapin** vii ♦ c'est une belle matinée, bien dégagée

ᒥᔂᐱᓯᓯᐤ **miywaapisischisiu** vai ♦ il est beau, elle est belle, il/elle est utile

ᒥᔂᐱᔅᑳᐤ **miywaapiskaau** vii ♦ c'est beau, utile (minéral)

ᒥᔂᐱᐦᑖᐤ **miywaapihtaau** vii ♦ ça a un bon tirage (ex. la cheminée), la fumée monte bien

ᒥᔂᐱᐦᒑᓂᒼ **miywaapihchaanim** vti ♦ il/elle le démêle (filiforme)

ᒥᔂᐱᐦᒑᓈᐤ **miywaapihchaanaau** vta ♦ il/elle le/la démêle (filiforme)

ᒥᔂᐹᐅ **miywaapaauu** vai -aawi ♦ c'est un bel homme

ᒥᔂᐹᐃᒑᐤ **miywaapaawichichaau** vai ♦ il/elle réussit à bien faire le lavage

ᒥᔂᐹᑭᓐ **miywaapaakin** vii ♦ c'est bon (filiforme)

ᒥᔂᐹᒋᓯᐤ **miywaapaachisiu** vai ♦ il/elle est bon/bonne, utile (filiforme)

ᒥᔂᑎᒥᐤ **miywaatimiiu** vii ♦ l'eau a la bonne profondeur

ᒥᔂᑎᒼ **miywaatim** vti ♦ il/elle s'en réjouit

ᒥᔂᑎᓯᐤ **miywaatisiiu** vai ♦ il/elle est honnête, a bon caractère

ᒥᔂᑐᑎᒼ **miywaatutim** vti ♦ il/elle en dit du bien, le recommande

ᒥᔂᑭᒥᐤ **miywaakimiu** vii ♦ l'eau est calme

ᒥᔂᑭᒥᐱᔨᐤ **miywaakimipiyiu** vii ♦ l'eau bouge tout doucement

ᒥᔂᑭᒥᔑᐤ **miywaakimishiu** vii dim ♦ l'eau est calme

ᒥᔂᑭᓐ **miywaakin** vii ♦ c'est beau, utile (étalé)

ᒥᔂᒋᐎᓐ **miywaachiwin** vii ♦ le rapide est lisse

ᒥᔂᒋᒧᔥᑎᐛᐤ **miywaachimushtiwaau** vta ♦ il/elle lui donne de bonnes nouvelles

ᒥᔂᒋᒨ **miywaachimuu** vai -u ♦ il/elle annonce de bonnes nouvelles

ᒥᔂᒋᒫᐤ **miywaachimaau** vta ♦ il/elle dit du bien de lui/d'elle; il/elle fait l'éloge de quelqu'un ou quelque chose (animé)

ᒥᔂᒋᓯᐤ **miywaachisiu** vai ♦ il/elle est beau/belle, utile (étalé)

ᒥᔂᒥᔅᑳᐤ **miywaamiskaau** vii ♦ le fond du lac est fait de sable ou de galets

ᒥᔂᒥᔅᑳᑭᒫᐤ **miywaamiskaakimaau** vii ♦ le fond du lac est beau

ᒥᔂᔅᒁᔮᐤ **miywaaskwaayaau** vii ♦ il y a beaucoup de bois pour différents usages

ᒥᔂᔒᐤ **miywaashiu** vii ♦ c'est bon, beau, joli, agréable, utile, bien fait

ᒥᔂᔥᑎᐛᐤ **miywaashtiwaau** vai ♦ il/elle brille fort

ᒥᐚᔨᒧᐃᓐ miywaayimuwin ni ◆ le réconfort

ᒥᐚᔨᒧᐦᐄᑰ miywaayimuhiikuu vai -u ◆ ça le rend confortable

ᒥᐚᔨᒧᐦᐄᓲ miywaayimuhiisuu vai reflex -u ◆ il/elle s'installe confortablement

ᒥᐚᔨᒧᐦᐋᐅ miywaayimuhaau vta ◆ il/elle le/la met à l'aise

ᒥᐚᔨᒧ miywaayimuu vai -u ◆ il/elle est confortable, il/elle se sent à l'aise

ᒥᐚᔨᒨᒥᑭᓐ miywaayimuumikin vii ◆ c'est confortable (ex. une maison)

ᒥᐚᔨᒫᐤ miywaayimaau vta ◆ il/elle l'aime bien

ᒥᐚᔨᐦᑎᒥᐦᐄᓲ miywaayihtimihiisuu vai reflex -u ◆ il/elle s'amuse, se fait plaisir

ᒥᐚᔨᐦᑎᒥᐦᐋᐅ miywaayihtimihaau vta ◆ il/elle le/la rend content-e, heureux, heureuse

ᒥᐚᔨᐦᑎᒧᐃᓈᑯᓯᐤ miywaayihtimuwinaakusiu vai ◆ il/elle a l'air content-e, satisfait-e

ᒥᐚᔨᐦᑎᒼ miywaayihtim vti ◆ il/elle l'aime, est content-e

ᒥᐚᔨᐦᑖᑯᓐ miywaayihtaakun vii ◆ c'est un temps agréable, une atmosphère agréable

ᒥᐚᔨᐦᑖᑯᓯᐤ miywaayihtaakusiu vai ◆ il/elle est sympathique, gentil/gentille

ᒥᐚᔨᐦᑖᑯᐦᐄᓲ miywaayihtaakuhiisuu vai -u ◆ il/elle fait semblant d'être gentil/gentille

ᒥᐚᐦᑎᑭᐚᐤ miywaahtikiwaau vai ◆ il/elle a une belle fourrure

ᒥᐦᐄᑯᒥᐦᓲ mihiikumiisuu vai reflex -u ◆ il/elle s'attire la malchance par ses paroles

ᒥᐦᐄᑯᒫᐅ mihiikumaau vta ◆ il/elle lui porte malchance avec ses paroles

ᒥᐦᐄᐦᑭᓂᐅᔮᓐ mihiihkiniwiyaan ni ◆ une peau de loup

ᒥᐦᐄᐦᑭᓂᓈᑯᓯᐤ mihiihkininaakusiu vai ◆ c'est un chien gris, lit.'il/elle a l'air d'un loup'

ᒥᐦᐄᐦᑭᓈᒧᑎᐦᒄ mihiihkinaamutihkw na -um ◆ un caribou qui se cache après avoir été effrayé par des loups

ᒥᐦᐄᐦᑭᓐ mihiihkin na ◆ un loup *canis lupus*

ᒥᐦᐄᐦᒌᒥᓐ mihiihchiiminh ni pl ◆ des groseilles, lit. 'baies poilues' *Ribes sp.*

ᒥᐦᑎᐤ mihtiuu vii -iwi ◆ c'est du bois pour le feu, du bois de chauffage

ᒥᐦᑎᐎᑭᔮᐳᐃ mihtiwikiyaapui ni ◆ des gouttes pour les oreilles

ᒥᐦᑎᐎᑮ mihtiwikii nid ◆ une oreille

ᒥᐦᑎᐎᒫᐤ mihtiwimaau vta ◆ il/elle est mécontent-e de la quantité reçue et pourrait le lui faire savoir

ᒥᐦᑎᐚᐤ mihtiwaau vai ◆ il/elle est mécontent-e de la somme qu'il/elle a reçu

ᒥᐦᑎᐚᒡ mihtiwaach p,quantité ◆ presque tout

ᒥᐦᑎᐦᑳᓐ mihtihkaan ni ◆ un tas de bois

ᒥᐦᑐᑳᓐ mihtukaan ni ◆ une hutte d'hiver

ᒥᐦᑐᓈᐦᑖᐤ mihtunaahtaau vai ◆ il/elle se défoule sur quelque chose

ᒥᐦᑑᑎᐦᒑᐤ mihtuutihchaau vai ◆ il/elle fait un radeau

ᒥᐦᑑᑦ mihtuut ni ◆ un radeau, lit. 'un canot en bois'

ᒥᐦᒑᑎᒼ mihtaatim vti ◆ il/elle regrette son absence, ça lui manque

ᒥᐦᒑᑖᐤ mihtaataau vta ◆ il/elle lui manque quand il/elle est absent-e ■ ᒥᐦᒑᑖᐤ ᐅᐦᒑᐎᔾ ᐋᐦᐸᔨᐦᒡ x ■ *Son père lui manque quand il part en voyage.*

ᒥᐦᒑᑖᔨᐦᑎᒼ mihtaataayihtim vti ◆ il/elle le regrette

ᒥᐦᒑᑖᔮᔨᒫᐅ mihtaataayaayimaau vta ◆ il/elle lui manque

ᒥᐦᒑᒄ mihtaakw p,manière ◆ fini, terminé, surmonté (utilisé à la forme négative pour une sensation désagréable) ■ ᐅᔅᐱᒡ ᑳ ᑭᓂᐚᒋᒥᒡ ᐋᓐ ᐋᐸ ᐲᐦᑎᔨᐦᑖᐸᓐ, ᐋᓈᐦ ᒫᒃ ᓂᔮ ᒋᒥᐦᒑᒄ ᐃᔑᐦᑎᓄᐦ x *Quand j'ai commencé à m'occuper de lui, il avait le mal du pays, maintenant c'est presque fini.*

ᒥᐦᒑᒥᓐ mihtaamin na ◆ un grand ours noir *Ursus americanus*

ᒥᐦᒑᔨᒫᐅ mihtaayimaau vta ◆ il/elle est conscient-e de ce qu'il/elle fait, ressent, peut faire

ᒥᐦᒑᔨᐦᑎᒼ mihtaayihtim vti ◆ il/elle est conscient-e de son aide, en est conscient-e

ᒥᐦᒑᔪᔾ mihtaayuyi na ◆ de la neige qui pend des branches des arbres

ᒥᐦᒡ miht ni -im ◆ du bois pour le feu

ᒥᑭᐱᐤ **mihkipiu** vai ♦ il/elle prend beaucoup de place quand il/elle est assis-e

ᒥᑭᑎᓈᐤ **mihkitinaau** vii ♦ c'est une grosse montagne

ᒥᑭᑖᐅᓯᐤ **mihkitaausiu** vai [Wemindji] ♦ il/elle est noir-e

ᒥᑭᔅᒋᐎᓈᐤ **mihkischiwinaau** vai ♦ il/elle a un grand nez, un gros museau

ᒥᑭᔥᑖᐤ **mihkishtaau** vii ♦ ça prend beaucoup de place

ᒥᑭᔥᑳᐤ **mihkishkaau** vii ♦ c'est cuit saignant

ᒥᑭᑖᐅᔅᒄ **mihkihtaauskw** na -um ♦ un ours noir, un ours brun *Ursus americanus*

ᒥᑭᑖᔑᑉ **mihkihtaaship** na -im ♦ un canard malard ou colvert *Anas platyrhynchos*

ᒥᑭᑯᔮᓂᒻ **mihkihkuyaanim** vti ♦ il/elle fait bondir les flammes en ajoutant du carburant

ᒥᑯᐎᐦᐋᐤ **mihkuwihaau** vta ♦ il/elle met du sang sur lui/elle

ᒥᑯᐎᐦᑖᐤ **mihkuwihtaau** vai+o ♦ il/elle lui met du sang dessus

ᒥᑯᐱᔨᐤ **mihkupiyiu** vai ♦ il/elle rougit, a la rougeole

ᒥᑯᐱᔨᐤ **mihkupiyiu** vii ♦ ça rougit

ᒥᑯᑎᓈᐦᐄᓯᐎᓐ **mihkutinaahwiisuwin** ni ♦ du rouge à lèvres

ᒥᑯᑭᔖᐦᐅᓱᐎᓐ **mihkukishaahusuwin** ni ♦ du vernis à ongle

ᒥᑯᒫᐲ **mihkumaapii** na -m ♦ un meunier rouge *Catostomus catostomus*

ᒥᑯᒫᒄ **mihkumaakw** na -m ♦ une grosse truite

ᒥᑯᓂᐙᓂᓲᓐ **mihkuniwaanisuun** ni ♦ du rouge à joues

ᒥᑯᓂᒻ **mihkunim** vti ♦ il/elle le rougit en le touchant avec les mains

ᒥᑯᓈᐤ **mihkunaau** vta ♦ il/elle le/la rougit avec les mains

ᒥᑯᓯᐤ **mihkusiu** vai ♦ il/elle est rouge

ᒥᑯᓯᓈᑖᐤ **mihkusinaataau** vii ♦ c'est écrit en rouge, colorié en rouge

ᒥᑯᓯᓈᓲ **mihkusinaasuu** vai-u ♦ il/elle est coloré-e en rouge, écrit-e en rouge

ᒥᑯᔅᑭᒥᒄ **mihkuskimikw** ni ♦ de la mousse de sphaigne rougeâtre (qui provoque une éruption cutanée chez les bébés) *Sphagnum capillifolium*, sphaigne grêle

ᒥᑯᔑᔑᐤ **mihkushishiu** vai ♦ il/elle est rose

ᒥᑯᔖᐤ **mihkushaau** vai ♦ il/elle a la peau rouge

ᒥᑯᔖᐱᔨᐤ **mihkushaapiyiu** vai ♦ il/elle a la peau rouge; il/elle a une éruption cutanée

ᒥᑯᔥᑎᒁᓈᐤ **mihkushtikwaanaau** vai ♦ il/elle a les cheveux roux

ᒥᑯᔥᑖᐤ **mihkushtaau** vii ♦ c'est écrit en rouge

ᒥᑯᔥᑭᑖᐤ **mihkushkitaau** na -m ♦ une omble de fontaine, une truite au ventre rouge (sur le point de frayer) *Salvelinus fontinalis*

ᒥᑯᐅᐤ **mihkuhuu** vai-u ♦ il/elle s'habille en rouge

ᒥᑯᐋᐤ **mihkuhaau** vta ♦ il/elle le/la rend rouge, le/la rougit, le/la colorie en rouge

ᒥᑯᐋᔖᐤ **mihkuhaashaau** na ♦ un meunier rouge *Catostomus catostomus*

ᒥᑯᐦᒁᐱᔨᐤ **mihkuhkwaapiyiu** vai ♦ il/elle rougit

ᒥᑰᔖᐤ **mihkuushaau** vii ♦ les feuilles changent de couleur en automne

ᒥᑳᐄᐙᐤ **mihkaaiwaau** vai ♦ il/elle a une grande queue

ᒥᑳᐱᐦᑖᐤ **mihkaapihtaau** vii ♦ il y a beaucoup de fumée qui provient du feu

ᒥᑳᐱᐦᑖᐱᔨᐤ **mihkaapihtaapiyiu** vii ♦ il y a beaucoup de fumée qui provient du feu

ᒥᑳᓂᑳᐤ **mihkaanikaau** vii [Whapmagoostui] ♦ c'est une grande île

ᒥᑳᔥᑖᐱᔨᐤ **mihkaashtaapiyiu** vii ♦ des flammes hautes et brillantes s'élèvent du feu

ᒥᒁᐅᑖᑯᔑᐤ **mihkwaautaakushiu** vii ♦ c'est un ciel rouge le soir, après le coucher du soleil

ᒥᒁᐅᑳᐤ **mihkwaaukaau** vii ♦ c'est du sang rouge

ᒥᒁᐅᔅᑯᓐ **mihkwaauskun** vii ♦ c'est rouge (long et rigide)

ᒥᐦᑳᐅᔅᑳᐤ mihkwaauskwaau vii ♦ c'est un ciel rouge, il y a des nuages rouges

ᒥᐦᑳᐙᐱᓐ mihkwaawaapin vii ♦ c'est un lever de soleil rouge

ᒥᐦᑳᐙᓰᒼ mihkwaawaasim vti ♦ le soleil brille partout

ᒥᐦᒁᐤ mihkwaau vii ♦ c'est rouge

ᒥᐦᒑᐱᓐ mihkwaapin vii ♦ c'est une aube rouge

ᒥᐦᒑᐱᓯᔅᒋᓯᐤ mihkwaapisischisiu vai ♦ il/elle est rouge (minéral)

ᒥᐦᒑᐱᔅᑳᐤ mihkwaapiskaau vii ♦ c'est rouge (minéral)

ᒥᐦᑳᐹᑭᓐ mihkwaapaakin vii ♦ c'est rouge (filiforme)

ᒥᐦᑳᐹᒋᓯᐤ mihkwaapaachisiu vai ♦ il/elle est rouge (filiforme)

ᒥᐦᑳᑭᒥᐤ mihkwaakimiu vii ♦ c'est un liquide rouge

ᒥᐦᑳᑭᓐ mihkwaakin vii ♦ c'est rouge (étalé), c'est du tissu rouge

ᒥᐦᑳᒋᓯᐤ mihkwaachisiu vai ♦ il/elle est rouge (étalé)

ᒥᐦᑳᓈᐦᑎᒄ mihkwaanaahtikw ni ♦ le plat-bord d'un canot

ᒥᐦᑳᔅᑯᓯᐤ mihkwaaskusiu vai ♦ il/elle est rouge (long et rigide)

ᒥᐦᑳᔅᒋᑲᓈᐤ mihkwaaschikinaau vai ♦ il/elle a la poitrine rouge

ᒥᐦᑳᔒᐤ mihkwaashiu vii dim ♦ c'est très rose, rouge

ᒥᐦᑳᔥᑖᐤ mihkwaashtaau vii ♦ c'est une lumière rouge

ᒥᐦᑳᔮᐲ mihkwaayaapii ni ♦ une veine, une artère

ᒥᐦᒄ mihkw ni ♦ du sang

ᒥᐦᒋᐙᔖᐤ mihchiwaashaau vii ♦ la baie est grande

ᒥᐦᒋᐤ mihchiu vai ♦ il/elle enlève la viande d'une peau avec un ensoupleur

ᒥᐦᒋᐴ mihchipuu vai -u ♦ il/elle reçoit une grosse portion de nourriture

ᒥᐦᒋᐹᒥᒋᐤ mihchipaamichiu vai ♦ c'est un bois au grain large

ᒥᐦᒋᑯᑖᐤ mihchikutaau vai ♦ il/elle a un grand nez, un grand bec

ᒥᐦᒋᒥᓂᒋᓱᓯᐎᒡ mihchiminichisusiwich vai pl ♦ ce sont de grosses baies (animé)

ᒥᐦᒋᒫ mihchimaa p, conjonction ♦ et, ainsi que, de même que ▪ ᓂᒥ ᒋᔖᐅᒥ ᐁᐦᒑᐅᑭ ᐁᐱᓰᐦᑯᐱᑎᔅᒥᒡ ᒥᐦᒋᒫ ᐅᑎᐙᔑᒥᔑᐦ ᓂᒥ ᐅᒋ ᐁᐦᒑᐎᒃ ▪ Ils n'étaient pas chez eux, de même que leurs enfants.

ᒥᐦᒋᓈᑯᓯᐤ mihchinaakusiu vai ♦ il/elle a l'air gros/grosse

ᒥᐦᒋᓯᑯᓯᐤ mihchisikusiu vai ♦ c'est un gros morceau de glace (animé)

ᒥᐦᒋᓯᒃᑳᐤ mihchisikwaau vii ♦ c'est une grosse zone de glace

ᒥᐦᒋᔅᑖᐤ mihchistaau vta ♦ il/elle écharne une peau, enlève la viande avec un grattoir

ᒥᐦᒋᔥᑎᒃᐙᓈᐤ mihchishtikwaanaau vai ♦ il/elle a une grosse tête

ᒥᐦᒋᔥᑎᒃᐙᔮᐤ mihchishtikwaayaau vii ♦ c'est une grosse rivière large

ᒥᐦᒋᔥᑭᒼ mihchishkim vti ♦ il/elle laisse de grandes traces

ᒥᐦᒋᔨᐙᓯᐤ mihchiyiwaasiu vai ♦ il/elle est désolé-e, il/elle se repent ▪ ᐋᔥ ᐊᐦ ᑮ ᒥᐦᒋᔨᐙᔅ ᐊᒃ ᐱᑎᓓ ᐅᒃ ᒥᒋᓈᔑᐦᐙᔥᐋᐦᒡ ᐊᐅᒡ ᑳ ᐃᔨ ᐎᐦᒁᓐᒌᐦᒃ ▪ Il/elle était désolé-e de ne pas avoir d'abord réfléchi à ce qu'il allait lui dire.

ᒥᐦᒋᔨᐙᔮᔨᐦᑎᒧᐎᓐ mihchiyiwaayaayihtimuwin ni ♦ un regret, un remord

ᒥᐦᒋᔨᐙᔮᔨᐦᑎᒧᐙᐤ mihchiyiwaayaayihtimuwaau vta ♦ il/elle le/la plaint

ᒥᐦᒋᔨᐙᔮᔨᐦᑎᒼ mihchiyiwaayaayihtim vti ♦ il/elle en est désolé-e, s'en repentit

ᒥᐦᒋᐦᑭᐙᔮᔅᑯᓯᐤ mihchihkiwaayaaskusiu vai ♦ l'arbre a des cercles de croissance assez espacées

ᒥᐦᒋᐦᑯᓐ mihchihkun na ♦ un écharnoir, un grattoir fait d'un os pour nettoyer les peaux

ᒥᐦᒌᐙᔮᐤ mihchiiwaayaau vii ♦ c'est un gros tunnel, c'est un tunnel large

ᒥᐦᒌᐤ mihchiiu vai ♦ il/elle enlève la viande d'une peau

ᒥᐦᒌᐱᑖᐤ mihchiipitaau vai ♦ il/elle attrape un gros poisson dans son filet

ᒥᐦᒑᐱᓯᔅᒋᓯᐤ mihchaapisischisiu vai ♦ il/elle est gros/grosse (minéral)

ᒥᐦᒑᐱᔅᑳᐤ mihchaapiskaau vii ♦ le caillou, le rocher est grand

ᒥᐦᒑᐹᑭᓐ mihchaapaakin vii ♦ c'est épais (filiforme)

ᒥᐦᒑᐹᒋᓯᐤ mihchaapaachisiu vai ♦ il/elle est épais/épaisse (filiforme)

ᒥᐦᒑᑎᐧᐃᒡ mihchaatiwich vai pl ♦ il y en a beaucoup, en abondance

ᒥᐦᒑᑎᐤ mihchaatiu vai ♦ il/elle abonde, est abondant-e

ᒥᐦᒑᑎᓈᓂᐅ mihchaatinaaniuu vii,impersonnel -iwi ♦ il y a beaucoup de gens

ᒥᐦᒑᑐᐱᐳᓐ mihchaatupipun p,temps ♦ de nombreuses années

ᒥᐦᒑᑐᑭᒫᐤ mihchaatukimaauh vii pl ♦ il y a plusieurs lacs

ᒥᐦᒑᑐᔨᒡ mihchaatuyich p,manière ♦ de plusieurs manières, façons ▪ ᒥᐦᒑᑐᔨᒡ ᐊᐃ ᐃᔅᐁᑯᓂᒡ ᓂᑐ"ᐦᑭᓂᓱ ᒥᐦ ᑯᒥᐦᒑᐳᓅᐧ ▪ Ils ont essayé plusieurs sortes de médicaments sur lui.

ᒥᐦᒑᑐᐦᐋᐤ mihchaatuhaau vta ♦ il/elle en fait beaucoup, en attrape beaucoup, en place beaucoup (animé)

ᒥᐦᒑᑐᐦᑖᐤ mihchaatuhtaau vai ♦ il/elle en fait beaucoup, en reçoit beaucoup

ᒥᐦᒑᑦᐋᐤ mihchaatwaau p,quantité ♦ plusieurs fois ▪ ᐊᑉ ᒥᐦᒑᑦᐋᐤ ᓂᑎᐦ ᐋ"ᑎᒡᐊᑯ ᐊᒡ ᒃ ᐃᑖᑭ ᐊᔭᐦx ▪ Je lui ai dit plusieurs fois de ne pas le faire.

ᒥᐦᒑᑦᐋᐱᔅᑳᐤ mihchaatwaapiskaauh vii pl ♦ il y en a plusieurs (minéral)

ᒥᐦᒑᑦᐋᐱᔅᒋᓯᐧᐃᒡ mihchaatwaapischisiwich vai pl ♦ il y en a beaucoup (minéral)

ᒥᐦᒑᑦᐋᐹᑭᒧᐧᐃᒡ mihchaatwaapaakimuwich vai pl -u ♦ il y en a plusieurs tendu-e-s, suspendu-e-s; beaucoup sont tendu-e-s, suspendu-e-s (filiforme)

ᒥᐦᒑᑦᐋᐹᑭᒧᐦᑖᐤ mihchaatwaapaakimuhtaau vai ♦ il/elle en suspend beaucoup

ᒥᐦᒑᑦᐋᐹᑭᒧᐦ mihchaatwaapaakimuuh vii pl ♦ il y en a plusieurs qui sont suspendus (filiforme)

ᒥᐦᒑᑦᐋᐹᑭᓐ mihchaatwaapaakinh vii pl ♦ il y en a plusieurs (filiforme)

ᒥᐦᒑᑦᐋᐹᒋᓯᐧᐃᒡ mihchaatwaapaachisiwich vai pl ♦ il y en a beaucoup (filiforme)

ᒥᐦᒑᑦᐧᐋᑭᓐ mihchaatwaakinh vii pl ♦ il y en a plusieurs (étalé)

ᒥᐦᒑᑦᐧᐋᒋᓯᐧᐃᒡ mihchaatwaachisiwich vai pl ♦ il y en a beaucoup (étalé)

ᒥᐦᒑᑦᐧᐋᔅᑯᓐ mihchaatwaaskunh vii pl ♦ il y en a plusieurs (long et rigide)

ᒥᐦᒑᑦᐧᐋᔅᑯᓯᐧᐃᒡ mihchaatwaaskusiwich vai pl ♦ il y en a beaucoup (long et rigide, ex. arbres, planches)

ᒥᐦᒑᑭᒥᐤ mihchaakimiu vii ♦ il y a beaucoup de liquide, la marée est haute

ᒥᐦᒑᓐ mihchaanh vii ♦ il y en a beaucoup ▪ ᐅᐃᐦ ᒥᐦᒑᓐ ᑭᐧᐋᐸ ᒥᓐᑎᑯ"ᒡx ▪ Il y a beaucoup de type sur l'île.

ᒥᐦᒑᔅᑯᐋᔮᐤ mihchaaskuiwaayaau vii ♦ ça a un grand diamètre

ᒥᐦᒑᔅᑯᓐ mihchaaskun vii ♦ c'est grand, gros (long et rigide)

ᒥᐦᒑᔅᑯᓯᐤ mihchaaskusiu vai ♦ il/elle est grand, (long et rigide)

ᒥᐦᒑᔅᑯᔨᐋᐤ mihchaaskuyiwaau vai ♦ il/elle est de forte corpulence, a le tronc large

ᒥᐦᒑᔑᐅᓂᒃᐋᓐ mihchaashiunikwaan ni ♦ un collet à renard

ᒥᐦᒑᔑᐅᔮᓐ mihchaashiuyaan na -im ♦ une peau de renard

ᒥᐦᒑᔑᐧᐃᓂᐦᐄᑭᓐ mihchaashiwinihiikin ni ♦ un piège à renard

ᒥᐦᒑᔑᐧᐃᓂᐦᐄᒑᐤ mihchaashiwinihiichaau vai ♦ il/elle pose un piège à renard

ᒥᐦᒑᔑᐋᐳᐃ mihchaashiwaapui ni ♦ du bouillon de renard

ᒥᐦᒑᔑᐤ mihchaashiu na -iim ♦ un renard *Vulpes sp.*

ᒥᐦᔮᐳᑖᑭᒧᐦᑖᐤ mihyaaputaakimuhtaau vai ♦ il/elle le met (étalé) à l'envers

# ᒦ

ᒦᐧᐃᑖᔮᐲ miiwitaayaapii ni ♦ une sangle, une corde

ᒦᐧᐃᑦ miiwit ni ♦ une valise, un sac, un contenant

ᒦᐱᑏᑳᓐ miipitihkaanh ni pl ◆ des fausses dents, un dentier

ᒦᑎᓱᑎᒄ miitisuhtikw na ◆ un peuplier mort et sec, encore debout

ᒦᑐᓂᓵᓐ miitunisaan ni -siim ◆ une roche utilisée comme pilon pour réduire le poisson séché en poudre

ᒦᑐᓯᐢᑳᐤ miitusiskaau vii ◆ c'est une aire de peupliers

ᒦᑐᐢ miitus na -im ◆ un peuplier baumier (*Populus balsamifera*); un peuplier faux-tremble, un tremble *Populus tremuloides*

ᒦᑖᒀᓂᒼ miitaakwaanim vti ◆ il/elle le retient

ᒦᑖᒀᓈᐤ miitaakwaanaau vta ◆ il/elle le/la retient

ᒦᑖᒀᔮᐢᑯᐦᑎᓐ miitaakwaayaaskuhtin vii ◆ le poteau, la planche s'ajuste mal à cause de sa forme

ᒦᑯᓈᐦᒑᐅᑎᓐ miikunaahchaautin vii ◆ il y a du givre, c'est givré

ᒦᑯᓈᐦᒑᐅᒋᐤ miikunaahchaauchiu vai ◆ il/elle se recouvre de givre

ᒦᑯᓐ miikun na ◆ des plumes ou une aile d'oie utilisée comme balai

ᒦᒋᐚᐦᑉ miichiwaahp ni -im ◆ un tipi

ᒦᒋᐤ miichiu vai ◆ il/elle le mange

ᒦᒋᒫᑯᓂᔥ miichimaakunish na ◆ un petit flocon de neige

ᒦᒋᒫᐦᑎᑯᐦᒑᐤ miichimaahtikuhchaau vai ◆ il/elle prépare de la nourriture pour appâter pour le castor

ᒦᒋᒫᐦᑎᒄ miichimaahtikw ni -im ◆ de la nourriture pour le castor

ᒦᒋᒼ miichim ni ◆ de la nourriture

ᒦᒋᓱᐦᐋᐤ miichisuhaau vta ◆ il/elle lui procure de la nourriture

ᒦᒋᓱ miichisuu vai -u ◆ il/elle mange

ᒦᒋᓲᑭᒥᒄ miichisuukimikw ni ◆ un restaurant, une salle à manger

ᒦᒋᓲᓈᐦᑎᒄ miichisuunaahtikw ni ◆ une table

ᒦᒋᐢ miichis na -im ◆ une perle

ᒦᒋᐢᑎᐦᑭᓲ miichistihkisuu vai reflex -u ◆ il/elle souille son pantalon accidentellement

ᒦᒋᐢᑏᓲ miichistiisuu vai reflex -u ◆ il/elle se souille

ᒦᒋᔑᔥᑎᐦᐄᑭᓐ miichishishtihiikin ni ◆ du perlage, de la broderie perlée, des motifs perlés

ᒦᒋᔑᔥᑎᐦᐄᒑᐤ miichishishtihiichaau vai ◆ il/elle coud des perles

ᒦᒋᔥᑯᔒᔥ miichishkushiish na -im ◆ une hirondelle de rivage, une hirondelle des sables *Riparia riparia*

ᒦᓂᐎᐟ miiniwit ni -um ◆ un sac de baies

ᒦᓂᐎᓃᐱᓐ miiniwiniipin vii ◆ c'est l'été indien

ᒦᓂᐚᑎᓰᐤ miiniwaatisiiu vai ◆ il/elle se sent mieux après avoir été malade

ᒦᓂᐚᒋᐦᐄᐚᐤ miiniwaachihiiwaau vai ◆ il/elle guérit

ᒦᓂᐚᒋᐦᐄᐚᐤ miiniwaachihiiwaau vii ◆ ça guérit

ᒦᓂᐚᒋᐦᐄᐚᓯᐤ miiniwaachihiiwaasiu na -iim ◆ un guérisseur, une guérisseuse

ᒦᓂᐚᒋᐦᐋᐤ miiniwaachihaau vta ◆ il/elle le/la guérit

ᒦᓂᐚᐢᑯᐦᐊᒼ miiniwaaskuham vti ◆ il/elle le redresse, le dirige en utilisant un bâton comme support

ᒦᓂᑭᔒᐤ miinikishiuh ni pl ◆ une camarine noire *Empetrum nigrum*

ᒦᓂᔔᒫᔮᐤ miinishuumaayaau vai ◆ il/elle a des crottes pleines de baies (par ex. un ours)

ᒦᓂᔖᐃᐦᑯᓈᐤ miinishaaihkunaau na -aam ◆ de la banique avec des raisins secs ou des groseilles sèches

ᒦᓂᔖᐳᐃ miinishaapui ni -um ◆ du jus de baies

ᒦᓂᔖᐦᑎᒄ miinishaahtikw ni ◆ un arbuste fruitier

ᒦᓂᔥ miinish ni ◆ une baie

ᒦᓄᐎᑖᒧ miinuwitaamuu vai -u ◆ il/elle recommence à respirer

ᒦᓄᐎᔥᑎᓈᐤ miinuwishtinaau vai ◆ il/elle (caribou mâle de cinq ans) recommence à manger après la saison du rut en octobre

ᒦᓄᐱᑎᒼ miinupitim vti ◆ il/elle le guide dans la bonne direction

ᒦᓄᐱᑖᐤ miinupitaau vta ◆ il/elle le/la tire, le/la place dans la bonne direction

ᒦᓄᐱᔨᐤ miinupiyiu vii ◆ ça casse (ex. de la glace sur la rivière) en automne après la première gelée

ᒦᓄᒻ miinunim vti ♦ il/elle le redresse à la main

ᒦᓄᓈᐤ miinunaau vta ♦ il/elle le/la redresse à la main

ᒦᓄᐦᐊᒻ miinuham vti ♦ il/elle le dirige dans la bonne direction

ᒦᓄᐦᐙᐤ miinuhwaau vta ♦ il/elle le/la dirige dans la bonne direction

ᒦᓈᐴᐦ miinaapuuh vii pl -uwi ♦ les baies sont juteuses

ᒦᓈᔮᑎᒦᐤ miinaayaatimiiu vii ♦ c'est le seul endroit où l'eau est profonde

ᒦᓈᐦᑎᒄ miinaahtikw ni -um ♦ un arbuste fruitier

ᒦᓈᐱᔅᒋᓂᒻ miinwaapischinim vti ♦ il/elle le redresse (minéral) à la main

ᒦᓈᐱᔅᒋᓈᐤ miinwaapischinaau vta ♦ il/elle le/la redresse (minéral) à la main

ᒦᓈᔅᑯᐦᐙᐤ miinwaaskuhwaau vta ♦ il/elle le/la redresse en utilisant un bâton comme support

ᒦᓐ miin p,quantité ♦ encore, plus ▪ ᒦᓐ ᐧᐃᐯᔥ ᑭ ᑎᐦᒋᓯᐦᐋᐦ ▪ Reviens bientôt!

ᒦᓰᐅᑭᒥᒄ miisiiukimikw ni ♦ des toilettes, des cabinets, des latrines, une fosse d'aisance, une bécosse, une toilette extérieure

ᒦᓰᐤ miisiiu vai ♦ il/elle va à la selle; il/elle fait caca; il/elle chie

ᒦᔑᐦᐄᑭᓐ miishihiikin ni ♦ un pièce pour le raccommodage, un plombage

ᒦᔑᐦᐄᒑᐤ miishihiichaau vai ♦ il/elle raccommode, rapièce

ᒦᔑᐊᒧᐙᐤ miishihamuwaau vta ♦ il/elle en rajoute (à ce qu'il/elle dit, à ce qu'il/elle a)

ᒦᔑᐊᒻ miishiham vti ♦ il/elle lui en ajoute, le rapièce

ᒦᔑᐦᐙᐤ miishihwaau vta ♦ il/elle le/la raccommode, le/la rapièce

ᒦᔫᐃ miishui na -uim ♦ un jaseur d'Amérique, un jaseur des cèdres
*Bombycilla cedrorum*

ᒦᔥᑎᐦᑯᐃ miishtihkui na ♦ une peau de caribou

ᒦᔥᑎᐦᒁᑯᐦᑉ miishtihkwaakuhp ni ♦ un manteau en peau de caribou dont les poils n'ont pas été rasés

ᒦᔥᑐᐙᐤ miishtuwaau vai ♦ il/elle a une barbe, une moustache, des moustaches

ᒦᔥᑐᐙᓐᐦ miishtuwaanh ni pl ♦ des moustaches, une barbe

ᒦᔥᑭᐙᐤ miishkiwaau vta ♦ il/elle avance, prend injustement la place de façon déplacée

ᒦᔥᑯᑎᓂᒻ miishkutinim vti ♦ il/elle l'échange

ᒦᔥᑯᑎᓈᐤ miishkutinaau vta ♦ il/elle l'échange pour un-e autre

ᒦᔥᑯᑎᔥᑭᐙᐤ miishkutishkiwaau vta ♦ il/elle le/la remplace dans son travail, en porte un-e autre

ᒦᔥᑯᑎᔥᑭᒻ miishkutishkim vti ♦ il/elle le porte à la place d'un autre

ᒦᔥᑯᑐᓂᒧᐙᐤ miishkutunimuwaau vta ♦ il/elle l'échange avec lui/elle

ᒦᔥᑯᑐᓂᒻ miishkutunim vti ♦ il/elle l'échange pour un autre

ᒦᔥᑯᒋᐱᔫ miishkuchipiyiu vai ♦ il/elle change de place avec quelque chose, il/elle change de place

ᒦᔥᑯᒋᐱᔫ miishkuchipiyiu vii ♦ c'est mis à la place, ça prend sa place

ᒦᔥᑯᒋᐱᔨᐦᐆ miishkuchipiyihuu vai -u ♦ il/elle est assis-e à la place de quelqu'un d'autre, il/elle change de place avec lui/elle

ᒦᔥᑯᒋᑳᐴᐃᐦᐋᐤ miishkuchikaapuwihaau vta ♦ il/elle en met un autre (ex. un poêle) à sa place

ᒦᔥᑯᒋᔑᓐ miishkuchishin vai ♦ il/elle va s'allonger, se coucher ailleurs

ᒦᔥᑯᒋᔥᑖᓲ miishkuchishtaasuu vai -u ♦ il/elle réorganise les choses

ᒦᔥᑯᒋᔥᑭᒻ miishkuchishkim vti ♦ il/elle change de vêtements, change ce qu'elle porte

ᒦᔥᑯᒡ miishkuch p,manière ♦ en échange, comme résultat ▪ ᐸᒋ ᒋᐦ ᒪ ᐊᓱᐦᐃ ᑎᑕᔅᑯᔮᐦ ᒦᔥᒡ ᒪ ᒦᒉᐦ ᒋ ᐅᔥᑭ ᓂᑎᐦᔥ ▪ *Je vais te donner mon nouveau manteau en échange de tes mocassins.*

ᒦᔥᑯᔑᓐ miishkushin vai ♦ il/elle est aligné-e avec un autre objet dans sa ligne de vue

ᒦᔨ miiyi ni ♦ du pus

ᒦᔭᓂᒄ miiyaanikw p,emphatique ◆ surtout (expression utilisée pour renforcer les commandes, les ordres) ▪ ᒦᔭᓂᒄ, ᐊᑲᐧᐃ ᑖ ᑯᕐᒡ ᒫ ᐱᐅᑎᕋ, ᑦᐸ ᓂᒡ ᐅᒋ ᐱᐅᑦᑫᓯᓄᐤ ᐊᐊ ᐸᐅᒧᑌᐃᐧ. ▪ Surtout ne t'avise pas de passer ces rapides à nouveau, les gens ne passaient pas ces rapides!

ᒦᐦᒁᒡ miihkwaach p,quantité ◆ à peine (utilisé seulement à la forme négative) ▪ ᓂᒪ ᒦᐦᒁ ᓅᕐ ᒃᐤ ᓂᐸᐊ ᑦᐱᔅᒁᐠ. ▪ J'ai à peine dormi la nuit dernière.

## ᒧ

ᒧᐃᔫ muisiiu vai ◆ il/elle est consciente de la venue de quelqu'un

ᒧᐧᐃᐧᐋᐤ muwiwaau vta ◆ il/elle le/la mange

ᒧᐧᐃᐲᐤ muwipiu vai ◆ il/elle visite, rend visite

ᒧᐧᐃᐱᐸᒥᐢᑳᐤ muwipipaamishkaau vai ◆ il/elle abandonne temporairement son domicile après s'être préparé-e pour l'hiver

ᒧᐧᐃᐱᒫᐤ muwipimaau vai ◆ il/elle mange de la graisse, du gras

ᒧᐧᐃᐱᐢᑎᐦᐧᐋᐤ muwipistihwaau vai ◆ il/elle va à la pêche et passer la nuit

ᒧᐃᑎᐦᑖᐤ muwitihtaau vta ◆ il/elle lui rend visite

ᒧᐃᒋᔑᐧᐋᐤ muwichishiwaau vai ◆ il/elle rend visite

ᒧᐃᓱᐧᐋᑭᓐ muwisuwaakin ni ◆ un récipient pour les baies

ᒧᐃᓲ muwisuu vai -u ◆ il/elle ramasse des baies

ᒧᐃᐦᑖᐤ muwihtaau vta ◆ il/elle ramasse des baies pour lui/elle

ᒧᐋᐲᐤ muwaapiu vai ◆ il/elle va s'approvisionner en véhicule

ᒧᐋᐹᐤ muwaapaau vai ◆ il/elle mâche et mange son harnais (se dit d'un chien)

ᒧᐱᒫᐦᐋᐤ mupimaahaau vta ◆ il/elle lui donne de la graisse à manger, le/la nourrit avec de la graisse

ᒧᒋᔥᑖᐋᐱᓂᒼ muchishtaawaapinim vti ◆ il/elle le jette au feu

ᒧᒋᔥᑖᐋᐱᓈᐤ muchishtaawaapinaau vta ◆ il/elle le/la jette au feu

ᒧᒋᔥᑖᐱᔫ muchishtaapiyiu vai ◆ il/elle tombe dans le feu

ᒧᒋᔥᑖᐱᔫ muchishtaapiyiu vii ◆ ça tombe dans le feu

ᒧᒋᔥᑖᐦᐊᒫᐤ muchishtaahamaau vai ◆ il/elle fait une offrande de nourriture en la mettant dans le feu, il/elle fait une offrande par le feu

ᒧᒋᔥᑖᐦᐊᒫᒑᐧᐃᓐ muchishtaahamaachaawin ni ◆ une offrande par le feu, un sacrifice, un holocauste

ᒧᒋᔥᑖᐦᐊᒼ muchishtaaham vti ◆ il/elle le met dans le feu

ᒧᒋᔥᑖᐦᐧᐋᐤ muchishtaahwaau vta ◆ il/elle le/la met dans le feu

ᒧᒥᐢᑯᐦᐄᐧᐋᐤ mumiskuhiiwaau vai ◆ il/elle fournit du castor pour nourrir les gens

ᒧᒥᐢᒁᐤ mumiskwaau vai ◆ il/elle mange du castor

ᒧᒨᐧᐋᐤ mumwaakwaau vai ◆ il/elle mange du huard

ᒧᓯᓈᑯᓐ musinaakun vii ◆ c'est loin d'être prêt ▪ ᑦᐸ ᐊᓐᑦ ᒧᓯᓈᑯᓐ ᐊᐊ ᓂᐱᐢᑕᓂᐊᐠ ᐯ ᑯᕐᐱᓄᐊᓐᑎᐢ. ▪ j'ai vérifié la cuisson et c'est loin d'être prêt.

ᒧᓯᓈᑯᓯᐤ musinaakusiu vai ◆ il/elle est loin d'être prêt-e, est immature (utilisé à la forme négative) ▪ ᐊᓐᑦ ᓂᒪ ᒧᓯᓈᑯᓯᒡ ᐱᔪᐧᐃᔫᐧ ᐯ ᐧᐋᒥᐢᒃ. ▪ Les canetons que j'ai vus sont encore très petits pour cette époque de l'année.

ᒧᓴᐅᑳᓰᐤ musaaukaasiu vai ◆ il/elle va dans l'eau en barbotant

ᒧᓴᐅᑳᓰᐦᑎᑖᐤ musaaukaasihtitaau vai ◆ il/elle le tire de la berge en marchant dans l'eau

ᒧᓴᐅᑳᓰᐦᑎᐦᐋᐤ musaaukaasihtihaau vta ◆ il/elle l'emmène, le/la porte jusque dans l'eau

ᒧᓴᐅᔅᒋᐧᐋᐤ musaauschiwaau vai ◆ il/elle sort dans la baie

ᒧᓴᐅᔅᒑᑭᐦᐊᒼ musaauschaakiham vti ◆ il/elle sort dans le muskeg, la tourbière

ᒧᓵᓯᐤ **musaasiu** vai ◆ il/elle est à moitié nu-e

ᒧᓵᓯᕐᔭᐤ **musaasihyaau** vai ◆ il/elle s'envole vers l'eau

ᒧᔅᑯᐱᒋᐤ **musaaskupichiu** vai ◆ il/elle sort sur la glace, déplace son campement d'hiver

ᒧᔅᑯᐱᔨᐤ **musaaskupiyiu** vai ◆ il/elle sort sur la glace

ᒧᔅᑯᐱᔨᐤ **musaaskupiyiu** vii ◆ ça sort sur la glace

ᒧᔅᑯᐱᐦᑖᐤ **musaaskupihtaau** vai ◆ il/elle sort sur la glace en courant

ᒧᔅᑯᑐᐎᑖᐤ **musaaskutuwitaau** vai ◆ il/elle le porte sur son dos jusqu'à sur la glace

ᒧᔅᑯᑖᐹᐤ **musaaskutaapaau** vai ◆ il/elle le tire, le remonte sur la glace

ᒧᔅᑯᑖᒋᒫᐤ **musaaskutaachimaau** vta ◆ il/elle le/la tire sur le traîneau jusque sur la glace

ᒧᔅᑯᐦᑎᑖᐤ **musaaskuhtitaau** vai ◆ il/elle le sort et le dépose sur la glace

ᒧᔅᑯᐦᑎᐦᐋᐤ **musaaskuhtihaau** vta ◆ il/elle l'emmène jusque sur la glace

ᒧᔅᑰ **musaaskuu** vai-u ◆ il/elle sort sur la glace

ᒧᔥᑎᓂᔅᑳᑖᐤ **mustiniskaataau** vta ◆ il/elle le/la tue de ses propres mains, les mains nues

ᒧᔥᑎᔅᑭᒥᒡ **mustiskimich** p,lieu ◆ à même le sol, à la dure ■ ᒧᔥᑎᔅᑭᒥᒡ ᑮ ᐱᒧᔐ ᐋᐦ ᑮ ·ᐃᐦᑐᑕᐦᒃ ᐅᐦᑎᐦᔑᒪᐦᒄ ■ Elle devait dormir à même le sol parce qu'elle avait oublié son matelas.

ᒧᔥᑎᐦᑎᒡ **mustihtich** p,lieu ◆ par terre, au sol ■ ᐋᑳᐃ ᐱᔅᑎᒉ ᐊᔖ ᐋᐊᔨᔑ ᒫᓯᐦ ᒧᔥᑎᐦᑎᒡ ·ᐋᔨ ᐃᐦᒑᔮᑉᐦ ■ Ne mets pas le bébé au sol, il fait trop froid!

ᒧᔅᑖᐤᐦᒋᓯᐎᒡ **mustaauhchisiwich** vai pl ◆ il/elle est pur-e (granulé) sans rien d'autre ajouté

ᒧᔅᑖᐱᔅᑳᐤ **mustaapiskaau** vii ◆ c'est une lame sans manche

ᒧᔥᒋᐎᓂᐹᐤ **muschiwinipaakw** ni ◆ une source d'eau potable

ᒧᔥᒋᐎᓈᐳᐃ **muschiwinaapui** ni ◆ de l'eau de source

ᒧᔥᒋᐦᑭᐙᓈᐤ **muschihkiwaanaau** vta ◆ il/elle enlève les arrêtes du poisson cuit

ᒧᔑᐙᐅᔅᒌ **mushiwaauschii** ni ◆ la toundra

ᒧᔑᐙᐤ **mushiwaau** vii ◆ c'est stérile, dénudé

ᒧᔑᐙᒃ **mushiwaak** p,manière ◆ pas tout à fait, pas complètement (toujours utilisé à la forme négative: *taapaa mushiwaak* or *nimi mushiwaak*)

ᒧᔑᐱᔨᐤ **mushipiyiu** vai ◆ il/elle va lentement (toujours utilisé à la forme négative)

ᒧᔑᐱᔨᐤ **mushipiyiu** vii ◆ ça arrive doucement (toujours utilisé la forme négative)

ᒧᔑᔓᐃᐦᐊᒻ **mushishuwiham** vti ◆ il/elle dégage cet endroit de ses arbres et buissons

ᒧᔑᔐᔅᑳᐤ **mushishuschaakaau** vii ◆ c'est un muskeg, une tourbière sans arbres ni buissons

ᒧᐦᑖᐅᐦᑳᐤ **mushuutaauhkaau** vii ◆ c'est une zone de sable

ᒧᔖ **mushaa** p,manière ◆ libre, nu, carrément, directement ■ ᒧᔖ ᓃ ·ᐃᐦᑐᒋ ᐋᐅᒃ ᑳ ᐋᒋᒡᐱᒋᐃᒡ ■ Je lui ai dit carrément ce que j'avais entendu de lui.

ᒧᔖᐅᐦᐅᑎᑐᐙᐤ **mushaauhutituwaau** vta ◆ il/elle l'emporte en canot pour lui/elle en l'éloignant du rivage

ᒧᔖᐅᐦᐅᑖᐤ **mushaauhutaau** vai+o ◆ il/elle l'emporte au loin du rivage en pagayant

ᒧᔖᐅᐦᐅᔮᐤ **mushaauhuyaau** vta ◆ il/elle l'emmène en canot

ᒧᔖᐅᐦᐊᒻ **mushaauham** vti ◆ il/elle s'éloigne du rivage en pagayant ou à la nage

ᒧᔖᐙᐱᔨᐤ **mushaawaapiyiu** vai ◆ il/elle s'éloigne du rivage

ᒧᔖᐙᐱᔨᐤ **mushaawaapiyiu** vii ◆ ça s'éloigne du rivage

ᒧᔖᐙᐱᔨᐦᐋᐤ **mushaawaapiyihaau** vta ◆ il/elle l'emmène, le/la fait sortir en bateau

ᒧᔖᐙᐱᔨᐦᑖᐤ **mushaawaapiyihtaau** vai ◆ il/elle le gouverne pour lui faire éviter ou quitter le rivage

ᒧᔖᐙᐱᐦᐊᒻ **mushaawaapiham** vti ◆ il/elle le pousse pour qu'il s'éloigne du rivage

ᒨᔖᐊᑎᓐ **mushaawaatin** vii ♦ c'est une brise de terre

ᒨᔖᐊᑎᔑᓈᐤ **mushaawaatishinaau** vta ♦ il/elle le/la pousse pour qu'il/elle s'éloigne du rivage

ᒨᔖᐊᑯᐦᑎᑖᐤ **mushaawaakuhtitaau** vai ♦ il/elle l'éloigne du rivage en le dirigeant, le gouvernant

ᒨᔖᐊᓯᐁᐊ **mushaawaachiwin** vii ♦ l'eau se déverse dans une plus grande étendue d'eau

ᒨᔖᐊᕆᔑᓂᒫ **mushaawaachishinim** vti ♦ il/elle le pousse hors de l'eau

ᒨᔖᐊᔮᐳᑖᐤ **mushaawaayaaputaau** vii ♦ ça dérive avec le courant, la marée

ᒨᔖᐊᔮᐳᑯ **mushaawaayaapukuu** vai -u ♦ il/elle dérive avec le courant, la marée

ᒨᔖᐊᔮᔅᑯᐦᐊᒼ **mushaawaayaaskuham** vti ♦ il/elle le dirige pour l'éloigner du rivage

ᒨᔖᐊᐦᔮᐅᐱᓰᒻ **mushaawaahyaaupiisim** na ♦ le mois de juin

ᒨᔖᐊᐦᔮᐤ **mushaawaahyaau** vai ♦ il/elle migre vers le nord (par ex. un oiseau)

ᒨᔖᐱᑎᒼ **mushaapitim** vti ♦ il/elle en enlève la couverture, le dénude

ᒨᔖᐱᑎᓲ **mushaapitiisuu** vai reflex -u ♦ il/elle se découvre, se dénude

ᒨᔖᐱᑖᐤ **mushaapitaau** vta ♦ il/elle le/la découvre, dénude

ᒨᔖᐹᔮᐤ **mushaapaayaau** vii ♦ c'est de l'eau libre au printemps

ᒨᔖᑭᒋᔒᐤ **mushaakichishiiu** vai ♦ il/elle a le cul nu, les fesses à l'air

ᒨᔖᑯᔨᐚᐤ **mushaakuyiwaau** vai ♦ il/elle a le nez découvert

ᒨᔖᓂᒼ **mushaanim** vti ♦ il/elle le garde découvert

ᒨᔖᓈᐤ **mushaanaau** vta ♦ il/elle le/la retient découvert-e, il/elle le/la découvre

ᒨᔖᔑᓐ **mushaashin** vai ♦ il/elle est couché-e découvert, sans protection

ᒨᔖᔥᑎᓐ **mushaashtin** vii ♦ le vent le découvre

ᒨᔖᔥᑖᐤ **mushaashtaau** vii ♦ c'est placé, c'est étendu à découvert

ᒨᔖᔥᑭᑖᐤ **mushaashkitaau** vai ♦ il/elle est nu-e

ᒨᔖᔥᑭᑖᐱᐤ **mushaashkitaapiu** vai ♦ il/elle est assis-e déshabillé-e, nu-e

ᒨᔖᔥᑭᑖᐱᑎᓲ **mushaashkitaapitiisuu** vai reflex -u ♦ il/elle enlève ses propres vêtements

ᒨᔖᔥᑭᑖᐱᑖᐤ **mushaashkitaapitaau** vta ♦ il/elle lui enlève tous ses vêtements

ᒨᔖᔥᑭᑖᐱᐦᑖᐤ **mushaashkitaapihtaau** vai ♦ il/elle court tout nu

ᒨᔖᔥᑭᑖᓈᐤ **mushaashkitaanaau** vta ♦ il/elle le/la déshabille

ᒨᔖᔥᑯᐱᒋᐤ **mushaashkupichiu** vai ♦ il/elle déplace son campement d'hiver en traversant un lac gelé ou une rivière gelée

ᒨᔖᔮᐱᓯᒨ **mushaayaapisikimuu** vai -u ♦ le soleil ou la lune est complètement sorti-e

ᒨᔖᔮᐱᔥᑭᑯᒋᓐ **mushaayaapishkikuchin** vai ♦ le soleil ou la lune est complètement sorti-e

ᒨᔖᔮᑯᓈᐦᐊᒼ **mushaayaakunaaham** vti ♦ il/elle balaie la neige pour le dégager

ᒨᔖᔮᔑᑭᓈᐤ **mushaayaaschikinaau** vai ♦ il/elle a la poitrine découverte

ᒨᔖᐦᑎᓐ **mushaahtin** vii ♦ c'est étendu à découvert, exposé

ᒨᔖᐦᒁᒨ **mushaahkwaamuu** vai -u ♦ il/elle passe la nuit dehors

ᒧᔥᑎᑎᓐ **mushtitin** vii ♦ c'est gelé mais il n'y a pas de neige (se dit d'un lac, d'une rivière, du sol)

ᒧᔥᑖᐅᐦᑳᐤ **mushtaauhkaau** vii ♦ c'est pur

ᒧᔥᑖᐅᐦᒡ **mushtaauhch** p,manière ♦ seulement quelque chose en poudre sans rien d'autre ■ ᐋᐦᑎᔨ ᒧᔥᑖᐅᐦᒡ ᓂᑊ ᐃᔅᐋᓂᒼ ᐦᑴᓯᐳᓀᒡ. *On avait seulement de la farine, rien d'autre.*

ᒧᔥᑖᐱᔅᑯᒋᔒᐤ **mushtaapisischisiu** ♦ c'est une lame sans manche

ᒧᔥᑖᐱᔅᑳᐤ **mushtaapiskaau** vii ♦ c'est une lame sans manche

ᒧᔥᑖᑭᒥᒫᐤ **mushtaakimimaau** vta ♦ il/elle le boit sec, la boit non-diluée

ᒧᔥᑖᑭᒥᐦᑎᒼ **mushtaakimihtim** vti ♦ il/elle le boit sec

ᒧᐦᑖᑯᓈᐲᐤ mushtaakunaapiu vai
 ♦ il/elle est assis-e directement sur la neige

ᒧᐦᑖᑯᓈᔑᒫᐤ mushtaakunaashimaau vta
 ♦ il/elle le/la tire dans la neige, sans utiliser un traîneau

ᒧᐦᑖᑯᓈᔑᓐ mushtaakunaashin vai
 ♦ il/elle est couché-e, allongé-e directement sur la neige

ᒧᐦᑖᑯᓈᐦᑎᑖᐤ mushtaakunaahtitaau vai
 ♦ il/elle le traîne dans la neige

ᒧᐦᑖᑯᓈᐦᑖᐤ mushtaakunaahtaau vai ♦ il y a un reflet de soleil sur la neige

ᒧᐦᑖᒋᐦᔅᑭᒻ mushtaachishkim vti ♦ il/elle le porte à fleur de peau

ᒧᐦᑖᓂᐙᐤ mushtaaniwaau vta ♦ il/elle est attirée par lui/elle, le/la convoite, le/la trouve attirant-e

ᒧᐦᑖᓂᒻ mushtaanim vti ♦ il/elle le convoite

ᒧᐦᑖᓂᓈᑯᓐ mushtaaninaakun vii ♦ ça me plait, ça a l'air appétissant

ᒧᐦᑖᓂᓈᑯᓯᐤ mushtaaninaakusiu vai
 ♦ il/elle est attirant-e, appétissant-e

ᒧᐦᑖᓈᐅᐦᑳᐤ mushtaanaauhkaau vii
 ♦ c'est du sable pur, juste du sable (ex. le sol d'une habitation qui n'est pas recouvert de branchages)

ᒧᐦᑖᓈᔮᔨᒫᐤ mushtaanaayaayimaau vta
 ♦ il/elle le/la désire, le/la convoite

ᒧᐦᑖᓈᔮᔨᐦᑎᒻ mushtaanaayaayihtim vti
 ♦ il/elle le désire

ᒧᐦᑖᓈᔮᔨᐦᑖᑯᓐ
mushtaanaayaayihtaakun vii ♦ c'est désirable

ᒧᐦᑖᓈᔮᔨᐦᑖᑯᓯᐤ
mushtaanaayaayihtaakusiu vai ♦ il/elle est désirable

ᒧᐦᑖᔑᑭᐃ mushtaashikii p,manière ♦ sur la peau nue, directement sur la peau

ᒧᔅᑳᐦᑯᔑᐤ mushkaahkushiu vai ♦ il/elle pleure de fatigue, de manque de sommeil

ᒨᔮᒥᐱᔫ muyaamipiyiu vai ♦ il/elle est exact-e, juste, va parfaitement, convient bien

ᒨᔮᒥᐱᔨᐦᐋᐤ muyaamipiyihaau vta
 ♦ il/elle met la montre, l'horloge à l'heure

ᒨᔮᒥᐱᔨᐦᑖᐤ muyaamipiyihtaau vai
 ♦ il/elle met la bonne somme, est ponctuel-le à son rendez-vous

ᒨᔮᒥᐦᐊᒻ muyaamiham vti ♦ il/elle le corrige; l'horloge est à l'heure

ᒨᔮᒻ muyaam p,manière ♦ tout comme, pareil, pareille ■ ᐊᣉᑳᕈᒥᑉ ᣉᔫ ᐊᓪ ᐃᓯᐦᑯᔫ ᒨᓪ ᐊᐦ ᐊᐦᑐᔦᕁ ■ C'est comme si cette fille était malade.

ᒨᐦᒡ muhch p,manière ♦ comme il est, elle est; ni recouvert, ni emballé ■ ᒨᐦᒡ ᐊᓯᑎᐦ ᒥᑦ ᐱᐦᒌᐦ ᐊᐦ ᐧᐃᔭᐱᒡ ᒥᔨᐦᐋᐱᖠᕆᓯᐃ᦭ᓖ ■ Mets juste l'assiette comme elle est dans la boîte!

# ᒨ

ᒨᑖᑖᐅᐦᑳᐤ muutaataauhkaau vii ♦ c'est un ruisseau aux berges sablonneuses élevées

ᒨᑖᔮᐤ muutaayaau vii ♦ c'est un creux, une dépression profonde

ᒨᑖᔮᑭᓐ muutaayaakin vii ♦ c'est large, grand (étalé, par ex. de la toile)

ᒨᑖᔮᐦᑭᑎᑖᐤ muutaayaahkititaau vii
 ♦ c'est séché assez profondément (ex. de la viande)

ᒨᑖᔮᐦᑭᑎᓯᒻ muutaayaahkitisim vti
 ♦ il/elle fait sécher la viande assez profondément

ᒨᑖᔮᐦᑭᑎᓱ muutaayaahkitisuu vai -u
 ♦ il/elle est à moitié séché-e

ᒨᑖᔮᐦᑭᑎᔥᕚᐤ muutaayaahkitiswaau vta
 ♦ il/elle le/la fait sécher assez profondément

ᒨᑖᐦᑎᓐ muutaahtin vii ♦ c'est une rivière profonde, un torrent profond

ᒨᒋᑭᓐ muuchikin vii ♦ c'est le fun, c'est agréable

ᒨᒋᑭᐦᑖᐤ muuchikihtaau vai ♦ il/elle s'amuse bien, a du plaisir, du fun

ᒨᒋᒋᓈᑯᓐ muuchichinaakun vii ♦ ça a l'air passionnant

ᒨᒋᒋᐦᐋᐤ muuchichihaau vta ♦ il/elle le/la force à s'intéresser à lui/elle par ses actions, son apparence

ᒨᒋᒑᔨᐦᑎᒻ muuchichaayihtim vti
 ♦ il/elle exulte, s'en réjouit

ᒧᒋᔖᑳᑕᑯᓯᐤ muuchichaayihtaakusiu vai
 • il/elle est quelqu'un de drôle, d'amusant-e
ᒧᒋᔖᔮᒀᐤ muuchishaayaakwaau vai
 • il/elle mange de l'ours
ᒨᒥᓈᐤ muuminaau vai • il/elle ramasse et mange des baies
ᒨᒫᓵᐤ muumaasaau vai • il/elle mange du poisson
ᒧᓂᑎᐹᐤ muunitipaau vai • il/elle ramasse des racines pour en faire de la ficelle ou de la corde
ᒧᓂᑖᐦᑭᐦᐄᒑᐤ muunitaauhkihiichaau vai
 • il/elle creuse dans le sable, dans le sol avec quelque chose
ᒧᓂᑖᐦᑭᐦᐊᒻ muunitaauhkiham vti
 • il/elle creuse dans le sol, dans le sable
ᒧᓂᒑᑎᐦᐙᐤ muunitaatihwaau vta
 • il/elle taille la zone entre les trous du laçage de soutien pour le garder à l'intérieur du cadre de la raquette
ᒧᓂᓛᐦᒋᐱᔨᐤ muunichaapihchipiyiu vai
 • il/elle se déracine, est déraciné-e
ᒧᓂᓛᐦᒋᐦᐊᒻ muunichaapihchiham vti
 • il/elle le déracine
ᒧᓂᐢᑭᒥᒋᓂᒻ muuniskimichinim vti
 • il/elle le déterre du sol, de la mousse, à la main
ᒧᓂᐢᑭᒥᒋᓈᐤ muuniskimichinaau vta
 • il/elle le/la déterre du sol, de la mousse, à la main
ᒧᓃᐦᐄᐹᓐ muunihiipaan ni • un puits
ᒧᓃᐦᐄᑳᒑᐤ muunihiikaachaau vai
 • il/elle creuse avec
ᒧᓃᐦᐄᒑᐤ muunihiichaau vai • il/elle creuse
ᒧᓃᐦᐄᔗᐃᔮᓈᐤ muunihiishuwiyaanaau vai • il/elle travaille dans une mine
ᒧᓃᐦᐊᒻ muuniham vti • il/elle le déterre avec un outil
ᒧᓃᐦᐋᐱᑖᐢ muunihaapitaan ni • un anneau de bébé qui perce ses dents
ᒧᓃᐦᐙᐤ muunihwaau vta • il/elle le/la déterre avec un outil
ᒧᓃᐦᒋᐢᑖᐤ muunihchistaau vii • le feu fait un trou dans le sol
ᒨᓈᐦᑭᐦᐄᒑᐤ muunaauhkihiichaau vai
 • il/elle retire des choses du sable en creusant

ᒨᓈᐦᑭᐦᐊᒻ muunaauhkiham vti
 • il/elle le déterre du sable avec un outil
ᒨᓈᐦᑭᐦᐙᐤ muunaauhkihwaau vta
 • il/elle le/la déterre du sable, du gravier avec un outil
ᒨᓈᐦᒋᓂᒻ muunaauhchinim vti
 • il/elle le déterre du sable à la main
ᒨᓈᐦᒋᓈᐤ muunaauhchinaau vta
 • il/elle le/la déterre du sable à la main
ᒨᓈᑯᑭᐦᐙᐤ muunaakunikihwaau vta
 • il/elle le/la déterre de la neige avec un outil
ᒨᓈᑯᓂᒋᓈᐤ muunaakunichinaau vta
 • il/elle le/la déterre de la neige à la main
ᒨᓈᑯᓈᐦᐊᒻ muunaakunaaham vti
 • il/elle le déterre de la neige avec un outil
ᒨᓈᐦᑭᒑᐤ muunaahkihtaau vii • le feu fait un trou dans quelque chose
ᒨᓯᑖᐤ muusitaau vai • il/elle mange des pieds (par ex. des pieds de castor)
ᒨᓱᑎᒋᔒ muusutichishii ni -im • l'intestin d'un orignal
ᒨᓱᒥᓈᐦᑎᒄ muusuminaahtikw ni • une viorne trilobée, une boule-de-neige, une viorne comestible, le pimbina Viburnum sp.
ᒨᓱᒥᓐ muusuminh ni -im • des canneberges Viburnum sp.
ᒨᓱᓃ muusunii ni • le village ou la communauté de Moosonee
ᒨᓱᔮᓂᔅᒋᓯᓐ muusuyaanischisinh ni pl
 • des mocassins en peau d'orignal
ᒨᓱᔮᓈᔮᐱ muusuyaanaayaapii ni • de la ficelle, de la cordelette en peau d'orignal
ᒨᓱᔮᓈᐦᑎᒄ muusuyaanaahtikw ni • un poteau sur lequel on attache la peau d'orignal pour la faire sécher
ᒨᓱᔮᓐ muusuyaan na • de la peau d'orignal
ᒨᓱᔮᔅ muusuyaas ni -im • de la viande d'orignal
ᒨᔀᐳᐃ muuswaapui ni • du bouillon d'orignal
ᒨᔅ muus na -um • un orignal
ᒨᔅᑭᐎᐦᑳᑖᐤ muuskiwihkitaau vai
 • il/elle pleure de faim

ᒧᔅᑭᐊᑎᒼ **muuskiwaatim** vti ♦ il/elle pleure à cause de ça

ᒧᔅᑭᐋᑖᐤ **muuskiwaataau** vta ♦ il/elle pleure pour l'avoir, pleure pour lui/elle pendant son absence

ᒧᔅᑭᐋᓱ **muuskiwaasuu** vai-u ♦ il/elle pleure quelqu'un

ᒧᔅᑭᔖᐤ **muuskischaau** vai ♦ il/elle revient après avoir été rare pendant un certain nombre d'années

ᒧᔅᑯᒫᐤ **muuskumaau** vta ♦ il/elle le/la fait pleurer par ses paroles ou par le bruit de sa voix

ᒧᔅᑯᓈᒨ **muuskunaamuu** vai-u ♦ il/elle pleure de faim

ᒧᔅᑯᔨᑰ **muuskuyikuu** vai-u ♦ il/elle pleure de frustration

ᒧᔅᑯᐦᑭᓲ **muuskuhkisuu** vai-u ♦ il/elle pleure parce qu'il fait trop chaud

ᒧᔅᑳᐅᐦᑭᔥᑎᓐ **muuskaauhkishtin** vii ♦ c'est découvert du sable par le vent

ᒧᔅᑳᐅᐦᑭᐦᐊᒼ **muuskaauhkiham** vti ♦ il/elle le déterre avec un outil

ᒧᔅᑳᐅᐦᑭᐦᐙᐤ **muuskaauhkihwaau** vta ♦ il/elle le/la déterre avec un outil

ᒧᔅᑳᐅᐦᑳᔒᐤ **muuskaauhkaashiu** vai ♦ il/elle est découvert-e du sable par le vent

ᒧᔅᑳᐅᐦᒋᓂᒼ **muuskaauhchinim** vti ♦ il/elle le déterre du sable à la main

ᒧᔅᑳᐅᐦᒋᓈᐤ **muuskaauhchinaau** vta ♦ il/elle le/la déterre du sable, du sol avec un outil

ᒧᔅᑳᐅᐦᒋᔥᑭᐙᐤ **muuskaauhchishkiwaau** vta ♦ il/elle le/la déterre du sable, du sol avec le pied

ᒧᔅᑳᐅᐦᒋᔥᑭᒼ **muuskaauhchishkim** vti ♦ il/elle le déterre du sable avec le pied ou le corps

ᒧᔅᑳᐱᐦᑖᐤ **muuskaapihtaau** vii ♦ la fumée monte

ᒧᔅᑳᑯᓈᐦᐊᒼ **muuskaakunaaham** vti ♦ il/elle le déterre de la neige

ᒧᔅᒁᐦᑭᓲ **muuskwaahkisuu** vai-u ♦ il/elle pleure à cause d'une brûlure

ᒧᔅᒋᐱᑎᒼ **muuschipitim** vti ♦ il/elle le sort en tirant

ᒧᔅᒋᐱᑖᐤ **muuschipitaau** vta ♦ il/elle le/la retire de quelque chose

ᒧᔅᒋᐱᔨᐦᐋᐤ **muuschipiyihaau** vta ♦ il/elle le/la fait sortir

ᒧᔅᒋᐱᔨᐦᑖᐤ **muuschipiyihtaau** vai ♦ il/elle le fait sortir, lui fait faire surface

ᒧᔅᒋᐹᐱᔫ **muuschipaapiyiu** vai ♦ il/elle sort de l'eau, émerge

ᒧᔅᒋᐹᐱᔫ **muuschipaapiyiu** vii ♦ ça émerge, sort de l'eau

ᒧᔅᒋᐹᒋᓂᒼ **muuschipaachinim** vti ♦ il/elle le remonte à la surface de l'eau

ᒧᔅᒋᐹᒋᓈᐤ **muuschipaachinaau** vta ♦ il/elle le/la sort de l'eau

ᒧᔅᒋᐹᐦᑎᓐ **muuschipaahtin** vii ♦ c'est immergé dans l'eau

ᒧᔅᒋᒋᐎᓐ **muuschichiwin** vii ♦ le courant d'eau est fort par en-dessous

ᒧᔅᒋᓂᒼ **muuschinim** vti ♦ il/elle le sort de quelque chose

ᒧᔅᒋᓈᐤ **muuschinaau** vta ♦ il/elle le/la sort de quelque chose

ᒧᔅᒋᔅᑭᒥᑭᐦᐊᒼ **muuschiskimikiham** vti ♦ il/elle le déterre de la mousse avec un outil

ᒧᔅᒋᔅᑭᒥᑭᐦᐙᐤ **muuschiskimikihwaau** vta ♦ il/elle le/la déterre de la mousse, avec un instrument

ᒧᔅᒋᔅᑯᑖᐤ **muuschiskutaau** vii ♦ la glace n'a plus de neige dessus au printemps

ᒧᔅᒋᔥᑭᒼ **muuschishkim** vti ♦ il/elle le fait sortir, émerger, avec son pied ou son corps

ᒧᔅᒌᐤ **muuschiiu** vai ♦ il/elle sort de quelque chose

ᒧᔑᔑᐹᐱᔫ **muushishipaapiyiu** vii ♦ il y a de l'eau sur la glace provenant de la fonte de la neige

ᒧᔑᔬᐎᑭᐦᐊᒼ **muushishuwikiham** vti ♦ il/elle le coupe à blanc

ᒧᔑᐶ **muushihuu** vai-u ♦ il/elle ressent quelque chose, des émotions, des sensations, des contractions durant l'accouchement

ᒧᔑᐦᑖᐤ **muushihtaau** vai+o ♦ il/elle le sent, le pressent

ᒧᔖᐙᐱᔨᐎᒡ **muushaawaapiyiwich** vai pl ♦ les vagues disparaissent

ᒧᔖᑭᒥᓯᐤ **muushaakimisiu** vai ♦ c'est un liquide fluide, clair (animé)

**ᒨᔖᑭᒫᐤ** muushaakimaau vii ◆ le liquide est léger, n'est pas épais

**ᒨᔥ** muush p,temps ◆ toujours ▪ ᑭᒫ ᒨᔥ ᑯᐃᔅᒄ ᑭᓂᐧᐋᔮᒫᑦ ᐊᓂᔮᐦ ᐅᑎᐧᐋᔑᔒᒥᔥᐦ× ▪ *Je souhaite qu'elle prenne toujours bien soin de son bébé.*

**ᒨᔥᑎᐧᐋᐤ** muushtiwaau vta ◆ il/elle fait de la fumée pour attirer son attention

**ᒨᔥᑎᐧᑳᓈᐤ** muushtikwaanaau vai ◆ il/elle mange la tête d'un oiseau ou d'un animal

**ᒨᔥᑎᓯᐧᑳᐤ** muushtisikwaau vii ◆ c'est de la glace vive, qui n'est pas recouverte de neige

**ᒨᔥᑎᐦᐋᐤ** muushtihaau vta ◆ il/elle le/la fait sortir de quelque chose et l'expose

**ᒨᔥᑎᐦᑎᒼ** muushtihtim vti ◆ il/elle le mange sans rien d'autre

**ᒨᔥᑖᐅᐦᒋᐴ** muushtaauhchipuu vai -u ◆ il/elle mange quelque chose de sec et de poudreux (ex. de la farine, du lait en poudre) sans le mélanger à rien d'autre

**ᒨᔥᑖᐤ** muushtaau ni ◆ un feu de forêt

**ᒨᔥᑖᑯᓂᑭᐱᐤ** muushtaakunikipiu vai ◆ il/elle est assis-e dans la neige

**ᒨᔥᑭᐧᐃᒋᐤ** muushkiwichiu vai ◆ il/elle pleure de froid

**ᒨᔥᑭᒥᔮᒋᐧᐃᓯᒼ** muushkimiyaachiwisim vti ◆ il/elle fait du bouillon avec quelque chose

**ᒨᔥᑭᒥᔮᒋᐧᐃᓲ** muushkimiyaachiwisuu vai -u ◆ c'est du bouillon fait de la cuisson de viande ou de poisson

**ᒨᔥᑭᒥᔮᒋᐧᐃᐧᓵᐤ** muushkimiyaachiwiswaau vai ◆ il/elle fait du bouillon avec

**ᒨᔥᑭᒦ** muushkimii ni -m ◆ du bouillon, de la sauce

**ᒨᔥᑭᒦᐦᒑᐤ** muushkimiihchaau vai ◆ il/elle fait du bouillon

**ᒨᔥᑳᔑᐤ** muushkaashiu vai ◆ les nuages commencent à se former, ça s'ennuage

**ᒨᔥᒋᐹᒋᔥᑭᐧᐋᐤ** muushchipaachishkiwaau vta ◆ il/elle le/la fait émerger de l'eau avec son pied

**ᒨᔥᒋᐹᒋᔥᑭᒼ** muushchipaachishkim vti ◆ il/elle le fait émerger de l'eau avec son pied ou son corps

**ᒨᔥᒋᑭᐧᐋᒋᒋᐧᐃᓐ** muushchikiwaachichiwin vii ◆ il y a un courant fort qui émerge par en dessous

**ᒨᔥᒋᒋᐧᐃᓐ** muushchichiwin vii ◆ ça jaillit, comme l'eau d'une source

**ᒨᔥᒋᒋᔑᓂᒼ** muushchichishinim vti ◆ il/elle le fait sortir de quelque chose en tirant

**ᒨᔥᒋᔥᑖᐤ** muushchishtaau vai ◆ il/elle le fait sortir de quelque chose et l'expose

**ᒨᔥᒋᔥᑖᐤ** muushchishtaau vii ◆ c'est installé

**ᒨᔥᒋᔥᑭᐧᐋᐤ** muushchishkiwaau vta ◆ il/elle le/la fait sortir, émerger avec son pied

**ᒨᐦᐋᐤ** muuhaau vta ◆ il/elle le/la fait pleurer

**ᒨᐦᑖᐤ** muuhtaau na ◆ une chenille

**ᒨᐦᑭᐧᐃᓯᐤ** muuhkiwisiu na -iim ◆ un héron, un grand héron *Ardea herodias*

**ᒨᐦᑭᒋᔑᑳᐴ** muuhkichishikaapuu vai -uwi ◆ il/elle est debout penché-e en avant avec les fesses qui sortent

**ᒨᐦᑭᒋᔑᔑᓐ** muuhkichishishin vai ◆ il/elle est allongé-e avec les fesses qui sortent

**ᒨᐦᑭᒋᔒᐤ** muuhkichishiiu vai ◆ il/elle se penche en avant avec les fesses qui sortent

**ᒨᐦᑭᒋᔒᔥᑎᐧᐋᐤ** muuhkichishiishtiwaau vta ◆ il/elle se penche en avant avec les fesses pointées vers lui/elle

**ᒨᐦᑯᑖᐤ** muuhkutaau vta ◆ il/elle le/la taille, sculpte

**ᒨᐦᑯᑖᑭᓈᐱᔅᒄ** muuhkutaakinaapiskw ni ◆ la lame d'un couteau croche

**ᒨᐦᑯᑖᑭᓈᐦᑎᒄ** muuhkutaakinaahtikw ni ◆ un manche de couteau croche

**ᒨᐦᑯᑖᑭᓐ** muuhkutaakin ni ◆ un couteau croche

**ᒨᐦᑯᑖᒑᐤ** muuhkutaachaau vai ◆ il/elle taille, sculpte

**ᒨᐦᑯᒫᓂᐧᐃᑦ** muuhkumaaniwit ni ◆ un étui à couteau

**ᒨᐦᑯᒫᓂᔥ** muuhkumaanish ni ◆ un canif

**ᒨᐦᑯᒫᓈᐱᔅᒄ** muuhkumaanaapiskw ni ◆ une lame de couteau

**ᒨᐦᑯᒫᓈᐦᑎᒄ** muuhkumaanaahtikw ni ◆ un manche de couteau

ᒧᐦᑯᒫᐊ muuhkumaan ni ◆ un couteau

ᒧᐦᒃᐦᑭᑎ muuhkaaskitin vii ◆ ça renfle parce que ça contient du liquide gelé

ᒧᐦᒃᐦᑭᓯᐤ muuhkaaskichiu vai ◆ il/elle bombe, se renfle à cause du liquide gelé qu'il/elle contient

ᒧᐦᒃᐦᑭᑎᑖᐤ muuhkaahkititaau vii ◆ ça renfle en séchant

ᒧᐦᒃᐦᑭᑎᓱ muuhkaahkitisuu vai -u ◆ il/elle se courbe en séchant

ᒧᐦᒋᒋᐙᐱᓈᐤ muuhchichiwaapinaau vta ◆ il/elle la/le pousse et la/le fait tomber en avant

ᒧᐦᒋᒋᐱᔨᐤ muuhchichipiyiu vai ◆ il/elle tombe en avant

ᒧᐦᒋᔥᑎᐙᐤ muuhchiishtiwaau vta ◆ il/elle commence à se battre, à se disputer avec lui/elle

ᒧᐦᒋᔥᑎᒼ muuhchiishtim vti ◆ il/elle commence à le faire

ᒧᐦᔮᐙᐤ muuhyaawaau vai ◆ il/elle mange du lagopède

# L

ᒫᐃᓯᐤ maaisiiu vai ◆ il/elle est avare, radin-e

ᒫᐅᑎᐦ maautih p,dém,lieu ◆ c'est ici, juste ici (souvent utilisé avec un geste de la main ou des lèvres) ▪ ᒫᐅᑎᐦ ᒃ ᐋᐦᑦᐄᐤ ᒃ ᒋᑐᒉᔨᐤ ᐅᒋᐦᑐᐸᓂᐋᐤ ᐸᐅᓂᔑᒃ ▪ C'est ici qu'ils avaient leur abri d'hiver l'an dernier.

ᒫᐅᑖᐦ maautaah p,dém,lieu ◆ C'est ici, par ici (souvent utilisé avec un geste de la main ou des lèvres) ▪ ᒫᐅᒡᐦ ᒃ ᐄᒍᐦᒡᐦ ᒃ ᐋᓂᒥᐧᐅᔥᑦᒡᐦᒡᒃ ▪ C'est ici qu'ils sont allés quand ils sont allés à la chasse à l'ours.

ᒫᐅᒋᐦᐅᒥᑭ maauchihumikin vii ◆ ça s'accumule

ᒫᐅᒋᐦᐅ maauchihuu vai -u ◆ il/elle s'accumule, se reproduit

ᒫᐅᒋᐦᐋᐤ maauchihaau vta ◆ il/elle les ramasse, accumule, met de côté ▪ ᒫᐅᒋᐦᐋᐤ ᓂᐦᒃᐦ ᒃ ᓂᐋᒃᐃᐱᒡ ᐅᒍᓯᒃ ▪ Elle/il met de côté des oies pour le mariage de son fils.

ᒫᐅᒋᐦᑎᒧᐙᐤ maauchihtimuwaau vta ◆ il/elle le met de côté pour lui/elle

ᒫᐅᒋᐦᑎᒫᓱ maauchihtimaasuu vai reflex -u ◆ il/elle se le/la garde, se le/la met de côté

ᒫᐅᒋᐦᑖᐤ maauchihtaau vai+o ◆ il/elle accumule les choses

ᒫᐅᒋ maauchii pro,dém ◆ les voici, voici (animé plural, souvent utilisé avec un geste de la main ou des lèvres) (voir *maau*) ▪ ᒫᐅᒋ ᐋᐋᒡᑎᐦᒃᒡᒃ ᒃ ᓂᑎᐋᒋᐦᑦ ᒡ ᒋᔭᐧᔭᐦᒃ ▪ Voici les poupées que tu voulais donner!

ᒫᐅᒡᐦ maauch p,manière ◆ le plus ▪ ᐋᐅᒡᐦ ᐋᐦ ᒫᐅᒡᐦ ᒃ ᒋᔮᐱᒃ ᓂᐦᒃᑦᐅᒡᐦᐋᐱᐦᑎᑦᒃ ▪ Il était le professeur que j'aimais le plus.

ᒫᐅᓈᐹᐱᐤ maaunaapaakipiu vai ◆ il/elle est empilé-e (filiforme)

ᒫᐅᓈᐹᑭᔥᑖᐤ maaunaapaakishtaau vii ◆ ça forme un tas (filiforme)

ᒫᐅᓯᑯᓂᒼ maausikunim vti ◆ il/elle les rassemble et les retient

ᒫᐅᓯᑯᓈᐤ maausikunaau vta ◆ il/elle les ramasse et en tient plusieurs ensemble; il/elle prend soin de tous/toutes

ᒫᐅᓯᒃᐙᐱᐦᑳᑎᒼ maausikwaapihkaatim vti ◆ il/elle les attache ensemble

ᒫᐅᓯᒃᐙᐱᐦᑳᑖᐤ maausikwaapihkaataau vta ◆ il/elle les attache ensemble

ᒫᐅᔮ maauyaa pro,dém ◆ le/la voici, voici (inanimé, souvent utilisé avec un geste de la main ou des lèvres) (voir *maau*) ▪ ᒫᐅᔮ ᐧᐃᐦ ᒃ ᐅᑎᓂᒡᒃ ᐋᑦᐦᐱᐦᒃ ▪ Voici le manteau qu'elle s'est acheté!

ᒫᐅᔮᔨᐤ maauyaayiu pro,dém ◆ le voici, la voici, voici (inanimé obviatif, souvent utilisé avec un geste de la main ou des lèvres) (voir *maau*) ▪ ᒫᐅᔮᔨᐤ ᒡᒃ ᐅᒃᔨᐋᒧ ᐅᑎᐦ ᐸᒡᐸᔫᐦᒃ ▪ Voici sa trace, juste ici!

ᒫᐅᔮᔨᐤᐦ maauyaayiuh pro,dém ◆ les voici, voici (animé obviatif, inanimé obviatif pluriel, souvent utilisé avec un geste de la main ou des lèvres) (voir *maau*) ▪ ᒫᐅᔮᔨᐤᐦ ᒡᒃ ᒃ ᐋᐋᐸᐦᒡᒃ ᒡ ᒥᔭᔭᐦ ᑯᓇᒌᐦ ▪ Voici l'appât qu'elle a cru qui marcherait bien!

ᒫᐅᔾ" **maauyaah** pro,dém ♦ le/la voici! (animé obviatif), les voici (inanimé pluriel) (souvent utilisé avec un geste de la main ou des lèvres) (voir *maau*) ▪ ᒫᐅᔾ" ᐅᖧ"ᒋ"ᒉᐦ ᑳ ᐅᒉ"ᑎᒡ·ᐊᐸᐅ·ᐃᖅ ♦ ᒫᐅᔾ" ᐅᒥᓯ·ᓯᐦᑉᐋᐦ ᑳ ·ᐃᓂᑭᔅᒋᔅ ▪ *Voici l'écharnoir qui a été fait pour lui!* ♦ *Voici ses livres qu'elle a oubliés!*

ᒫᐅ"ᐃ **maauhii** pro,dém ♦ les voici! voici (inanimé pluriel, souvent utilisé avec un geste de la main ou des lèvres) (voir *maau*) ▪ ᒫᐅ"ᐃ ᐊᐱᑯᐃ" ᑳ ᐸᒐᔾ"ᓬᕽ ▪ *Voici les poteaux de tipi que nous sommes allés couper!*

ᒫᐅ"ᑐᓂᒼ **maauhtunim** vti ♦ il/elle les rassemble, les ramasse à la main

ᒫᐅ"ᑐᓈᐤ **maauhtunaau** vta ♦ il/elle les ramasse à la main

ᒫᐤ **maau** pro,dém ♦ le/la voici! voici celui-ci, voici celle-ci, voici (animé ou inanimé, accompagné d'un geste de la main ou en pointant les lèvres) (voir *maau*) ▪ ᒫᐤ ᒋᔥᑫᐸᑉ ᑳ ᓭᑎ·ᐊᒋᑦᒡ ᐊ" ᐱᒥᒃᓂ"ᑲᔅᕽ ▪ *Voici la graisse d'ours pour le pemmican que tu prépares.*

ᒫᑎᐃᓈᑯᓐ **maatiwinaakun** vii ♦ il semble qu'il fasse extrêmement froid avec de la neige qui souffle

ᒫᑎᐃᓐ **maatiwin** vii ♦ il fait extrêmement froid avec de la neige qui souffle

ᒫᑎ·ᐊᐅᒋᒥᒄ **maatiwaaukimikw** ni ♦ un gymnase, une salle des fêtes ▪ ᐊᒡᒡ" ᐊᓄᒡ" ᒫᑎ·ᐊᐅᒋᒥᒄ" ᓬ ᓭᔮᓭᓂ·ᐊᑦ ᒫᑎᐱᒃᑊᔅ ▪ *La danse de ce soir aura lieu à la salle des fêtes.*

ᒫᑎ·ᐋᐤ **maatiwaau** vai ♦ il/elle joue ▪ ·ᐃᔭ ᑭᔾᔅ ᒋᑉ ᒫᑎ·ᐋᐤ ᐊᓐ"ᒋᐦ ᓬ ᐅᒐᓄᔅᕽ ▪ *Elle aussi joue ce soir.*

ᒫᑎ·ᐋᑭᓐ **maatiwaakin** ni ♦ un jouet

ᒫᑎ·ᐋᒋᐋᐤ **maatiwaachaau** vai ♦ il/elle joue avec ▪ ·ᒡᓐ ᒥᑦ ᒫᑎ·ᐋᒋᐋᐤ ᐅᒋᕽ ᐊᑉ ·ᐃ"ᑭᑎ"ᑊᕽ ▪ *Jean ne fait que jouer avec sa nourriture parce qu'il ne l'aime pas.*

ᒫᑎ·ᐋᒫᐤ **maatiwaamaau** vta ♦ il/elle joue avec lui/elle ▪ ᒫᑎ·ᐋᒫᐤ ᐅᔥᒋᒼ" ᐊᑉ ᓂ·ᒐᐸᒡᔅ ᓬ ᒫᑐᔅᐧᕽ ▪ *Il joue avec sa petite soeur pour qu'elle ne pleure pas.*

ᒫᑎ·ᐋᒋᐅ **maatiwaashiu** vai dim ♦ il/elle joue (en parlant d'un enfant)

ᒫᑎ·ᐋ"ᐋᐤ **maatiwaahaau** vta ♦ il/elle les fait jouer; il/elle organise des sports pour eux/elles

ᒫᑎᒥᒋ"ᒡᐊᐤ **maatimichihtaau** vai+o ♦ il/elle commence à en ressentir l'effet

ᒫᑎᒥ"ᒋ"ᐅ **maatimihchihuu** vai -u ♦ elle sent les contractions de l'accouchement qui commence

ᒫᑎᓂ·ᐋᐤ **maatiniwaau** vai ♦ il/-elle sert à manger, distribue les cartes, distribue quelque chose ▪ ·ᐃᔭ ᒋ" ᐊᒋᐳᓄ ᓬ ᒫᑎᓂ·ᐋᒡ ᒥᒑᓭᓂᔅᕽ ▪ *On lui avait dit de servir la nourriture à la fête.*

ᒫᑎᓂ·ᐊᐸᐤ **maatiniwaapaau** vai ♦ il/elle sert à boire

ᒫᑎᓂ·ᐋᒋᓯᑳᐤ **maatiniwaachiishikaau** vii ♦ samedi ▪ ᓂᑉ ᒍ·ᐃᓮᐦ ᒫᑎᓂ·ᐋᒋᔅᑊᕽ ▪ *Nous irons ramasser des baies samedi.*

ᒫᑎᓂᐤ **maatiniu** p,manière ♦ lentement ▪ ᐋ"ᓬ ᒫᑎᓂᐤ ᐊ" ᐸ" ᐱᒋᐸᐸᒡ ᐊ" ᐸ" ᒉᐅᔅ·ᐃᔮᐸ ᒌᐱᐋᔅᔅ ▪ *Elle/il conduisait très lentement parce que la route était si étroite.*

ᒫᑎᓂᒫᑐᐃᒡ **maatinimaatuwich** vai pl recip -u ♦ ils/elles se le partagent

ᒫᑎᔑᒼ **maatishim** vti ♦ il/elle le coupe

ᒫᑎᔑᓱᐅ **maatishusuu** vai reflex -u ♦ il/elle se coupe

ᒫᑎᔥᐋᐤ **maatishwaau** vta ♦ il/elle le/la coupe

ᒫᑎᔨᒡ **maatiyich** p,temps ♦ en avance

ᒫᑎᐦᐃᒑᐤ **maatihiichaau** vai ♦ il/elle gratte une peau de bête gelée ▪ ᒫᑊ ᐊ" ᒫᑎ"ᐃᒑᐤ ᑳ ᒍ·ᐊᒍᒡ·ᐊᒋᔅ ▪ *Elle grattait une peau quand je suis allé lui rendre visite.*

ᒫᑎ"·ᐋᐤ **maatihwaau** vai ♦ il/elle gratte une peau de bête gelée

ᒫᑐᑎ·ᐋᐤ **maatutiwaau** vta ♦ il/elle va pleurer chez lui/elle

ᒫᑐᑎᑎᒼ **maatutitim** vti ♦ il/elle pleure à propos de ça

ᒫᑐ"ᑳᓱ **maatuhkaasuu** vai -u ♦ il/elle fait semblant de pleurer ▪ ᒫᑐ"ᑳᓱ ᐊ" ᓂᑎ·ᐋᔾ"ᒡ" ᓬ ᓂ·ᐋᔾ"ᐊᒡ"ᐊᐸᐅ·ᐃᒡᔅ ▪ *Il fait semblant de pleurer pour avoir ce qu'il veut.*

ᒫᑐ"ᑳᒧ **maatuhkwaamuu** vai ♦ il/elle pleure dans son sommeil

ᒫᑐ **maatuu** vai -u ♦ il/elle pleure ▪ ·ᐋ"ᑐᒡ ᐊ" ᒫᑐᔥ" ᐅᑉ·ᐊᒡᔾᕽ ▪ *Va et dis-lui que le bébé pleure.*

ᒫᑑᐃᓐ maatuuwin ni ◆ des pleurs

ᒫᑖᐳᐦᑖᐧᐃᒡ maataapuhtaawich vai pl ◆ ils/elles marchent côte à côte

ᒫᑖᑯᓱ maataakusuu vai -u ◆ la neige commence à fondre au printemps

ᒫᑖᑯᐦᑖᐤ maataakuhtaau vii ◆ le temps doux au printemps commence à faire fondre la neige

ᒫᑖᒫᐤ maataamaau vta ◆ il/elle arrive à un chemin

ᒫᑖᒫᐱᔨᐤ maataamaapiyiu vii ◆ ça rejoint la route ou la rivière principale

ᒫᑖᒫᒨ maataamaamuu vii -u ◆ c'est la jonction de deux sentiers

ᒫᑖᒫᔥᑎᒄᐋᐤ maataamaashtikwaau vii ◆ c'est la jonction de deux rivières

ᒫᑖᒫᐦᐋᒻ maataamaaham vti ◆ il/elle arrive à une rivière en canot

ᒫᑖᔥᑎᒄᐋᐱᔨᐅᐦ maataashtikwaapiyiuh vii pl ◆ c'est la jonction de deux rivières

ᒫᑖᐦᐋᐤ maataahaau vta ◆ il/elle voit les traces de gros gibier

ᒫᑖᐦᑎᔨᐤ maataahtiiu vai ◆ il/elle trouve des traces d'orignal ou de caribou

ᒫᑯᐱᐤ maakupiu vai ◆ la neige est bien tassée

ᒫᑯᐱᑎᒄᐋᐋᓂᐱᔑᔮᓐ maakupitikwaawaanipishuyaanh ni pl ◆ des ficelles pour attacher les poteaux utilisés pour faire la cuisine à feu libre

ᒫᑯᐱᑎᒥᔅᑯᐦᑐᔮᓐ maakupitimiskuhtuyaan ni ◆ une ficelle pour attacher ensemble un cadre pour faire sécher la peau de castor

ᒫᑯᐱᑎᒻ maakupitim vti ◆ il/elle l'attache

ᒫᑯᐱᑎᓯᓈᐹᐤ maakupitisinaapaau vai ◆ il/elle attache les flotteurs au filet de pêche

ᒫᑯᐱᑏᓱ maakupitiisuu vai reflex -u ◆ il/elle s'attache, se lie

ᒫᑯᐱᑖᐤ maakupitaau vii ◆ c'est attaché

ᒫᑯᐱᑖᐤ maakupitaau vta ◆ il/elle l'attache

ᒫᑯᐱᑖᐱᐦᒑᐱᔨᐤ maakupitaapihchaapiyiu vai ◆ il/elle est noué-e

ᒫᑯᐱᑖᐱᐦᒑᐱᔨᐤ maakupitaapihchaapiyiu vii ◆ c'est noué (filiforme)

ᒫᑯᐱᒋᒑᐤ maakupichichaau vai ◆ il/elle attache, amarre

ᒫᑯᐱᓱ maakupisuu vai -u ◆ il/elle est attaché-e, lié-e

ᒫᑯᐱᔨᐤ maakupiyiu vai ◆ il/elle se comprime

ᒫᑯᐱᔨᐤ maakupiyiu vii ◆ ça se compresse

ᒫᑯᒥᑰ maakumikuu vta -u ◆ il/elle le/la mord

ᒫᑯᒫᐤ maakumaau vta ◆ il/elle le/la mord

ᒫᑯᓂᒑᐤ maakunichaau vai ◆ il/elle serre, retient

ᒫᑯᓂᒑᐱᔨᐦᑖᐤ maakunichaapiyihtaau vai ◆ il/elle serre les poings

ᒫᑯᓂᒑᔨᐤ maakunichaayiu vai ◆ il/elle serre les poings

ᒫᑯᓂᒨᐋᐤ maakunimuwaau vta ◆ il/elle le/la retient pour quelqu'un, réussit à le prendre pour quelqu'un

ᒫᑯᓂᒻ maakunim vti ◆ il/elle le saisit, le presse

ᒫᑯᔥᑭᐋᐤ maakushkiwaau vta ◆ il/elle lui presse dessus avec son pied ou son corps

ᒫᑯᔥᑭᒻ maakushkim vti ◆ il/elle presse dessus avec son pied ou son corps

ᒫᑯᔥᑳ maakushkaa p,évaluative ◆ peut-être, peut-être que... ■ ᒫᑯᔥᑳ ᒋᑦ ᐋᔨᒡ ᐱᑎ ᓂᑯᓯᓐᐦ ■ Peut-être qu'elle va venir bientôt.

ᒫᑯᐦᐄᑭᓐ maakuhiikin ni ◆ un poids pour compresser des choses

ᒫᑯᐦᐄᒑᐤ maakuhiichaau vai ◆ il/elle comprime des contenants, des paquets

ᒫᑯᐦᐋᒻ maakuham vti ◆ il/elle le comprime

ᒫᑯᐦᐋᐤ maakuhaau vta ◆ il/elle l'emporte sur lui/elle, le/la vainc, le/la bat

ᒫᑯᐦᐛᐤ maakuhwaau vta ◆ il/elle le/la comprime

ᒫᑯᐦᑎᒻ maakuhtim vti ◆ il/elle le mord

ᒫᑯᐦᒑᐤ maakuhchaau vai ◆ il/elle mord

ᒫᒄᐙᐦᒋᐱᔨᐤ maakwaauhchipiyiu vii ◆ c'est bien tassé (granuleux, ex. du sable)

ᒫᒄᐋᐱᐳᓐ maakwaapipun vii ◆ c'est le milieu de l'hiver, pendant l'hiver

ᒫᑳᐱᔑᒋᑲᓈᔨᐤ **maakwaapischikinaayiu** vai ♦ il/elle serre les dents

ᒫᑳᑎᐱᔅᑳᐤ **maakwaatipiskaau** vii ♦ c'est tard dans la nuit

ᒫᑳᑯᓂᒋᐱᔨᐤ **maakwaakunichipiyiu** vii ♦ la neige est bien tassée, damée

ᒫᑳᑯᓈᔥᑭᐙᐤ **maakwaakunaashkiwaau** vta ♦ il/elle tasse la neige avec son pied ou son corps

ᒫᑳᑯᓈᔥᑭᒼ **maakwaakunaashkim** vti ♦ il/elle tasse la neige avec son pied ou son corps

ᒫᑳᒌᔑᑳᐤ **maakwaachiishikaau** vii ♦ c'est tard dans la journée

ᒫᑳᒡ **maakwaach** p,temps ♦ à ce moment-là, pendant, durant ▪ ᒫᑳᒡ ᐋᑯ ᒥᔦᐆᐦᒡ ᐊᒌᐊᒡᑏᒃ ᓂᐋᐦᐳ ᐋᐤ ᐅᐊᒌᐦᒡ ᓇᐦᒡ. ▪ *En ce moment c'est magnifique dehors à cause des couleurs différentes des feuilles.*

ᒫᑳᓃᐱᓐ **maakwaaniipin** vii ♦ c'est le milieu de l'été

ᒫᑳᔥᑭᐙᐤ **maakwaashkiwaau** vta ♦ il/elle va droit là où il y a plein de gibier

ᒫᑳᔨᒨ **maakwaayimuu** vai -u ♦ il/elle se sent découragé-e, abattu-e, déprimé-e

ᒫᑳᔨᐦᑎᒼ **maakwaayihtim** vti ♦ il/elle se sent découragé-e, démoralisé-e, déprimé-e

ᒫᑳᔮᓂᒡ **maakwaayaanich** p,lieu ♦ au milieu de l'île ▪ ᐋᓂᒡ ᒫᑳᔮᓂᒡ ᐋᑯᒡ ᑳ ᐙᐱᒃᐳ ᒥᒃᒐ ᓂᑎᒡ ᐋᐤ ᑏᑯᐃᒡ. ▪ *J'ai vu beaucoup d'oies qui se nourrissaient au milieu de l'île.*

ᒫᑳᔮᐦᑎᒃ **maakwaayaahtikw** p,lieu ♦ au fond des bois ▪ ᒫᑳᔮᐦᑎᒃ ᐋᓂᒡ ᐦ ᒥᒐᐃᒡ ᐅᒪᔅᑯᐙᐤ. ▪ *Ils ont construit leur hutte d'hiver au fond des bois.*

ᒫᑳᐦᑭᓐ **maakwaahkin** vii ♦ la marée est basse, est au plus bas

ᒫᒃ **maak** p,conjonction ♦ alors, comme, maintenant que ▪ ᒫᒃ ᐤ ᒥᐋᔨᑎᒃ ᑳ ᐅᒡᐱᐦ ᐅᓴᔨᕒᐸ. ▪ *Elle/Il sera content-e, maintenant qu'elle/il a un nouveau fusil.*

ᒫᒌᐱᔨᐤ **maachipiyiu** vai ♦ il/elle s'étend à partir d'un point d'origine

ᒫᒌᐱᔨᐤ **maachipiyiu** vii ♦ ça se sépare depuis un point d'origine

ᒫᒋᒋᐎᓂᐱᔨᐤ **maachichiwinipiyiu** vii ♦ le niveau d'eau monte vite

ᒫᒋᒋᐎᓐ **maachichiwin** vii ♦ le niveau d'eau monte vite

ᒫᒋᔑᒑᓯᐤ **maachishichaasiu** na -iim ♦ un chirurgien, une chirurgienne

ᒫᒋᔥᑎᓐ **maachishtin** vii ♦ la glace se brise et commence à descendre la rivière; c'est la débâcle

ᒫᒋᔥᑯᒌᔥ **maachishkuchish** na -im ♦ une petite grenouille brune, une rainette crucifère

ᒫᒋᐦᐋᐤ **maachihaau** vta ♦ il/elle l'inspire à suivre son exemple

ᒫᒋᐦᑳᐙᑮᐤ **maachihkwaakiuu** vai -iwi ♦ il/elle saigne à mort, jusqu'à en mourir, meurt de saignements

ᒫᒌᐤ **maachiiu** vai ♦ il/elle part, s'en va, s'éloigne à pied

ᒫᒌᐱᒋᐤ **maachiipichiu** vai ♦ il/elle voyage vite à pied en hiver

ᒫᒌᐱᐦᑖᐤ **maachiipihtaau** vai ♦ il/elle court vite

ᒫᒌᔅ **maachiis** na -im ♦ une allumette, de l'anglais 'matches'

ᒫᒌᐦᑭᐙᐤ **maachiihkiwaau** vta ♦ il/elle le/la commence (ex des raquettes)

ᒫᒌᐦᑭᒼ **maachiihkim** vti ♦ il/elle commence à faire quelque chose

ᒫᒥᑐᓈᔨᒫᐤ **maamitunaayimaau** vta ♦ il/elle réfléchit à son sujet, pense à lui/elle

ᒫᒥᑐᓈᔨᐦᑎᒧᐎᓐ **maamitunaayihtimuwin** ni ♦ la méditation, une pensée

ᒫᒥᑐᓈᔨᐦᑎᒼ **maamitunaayihtim** vti ♦ il/elle y réfléchit, y pense

ᒫᒥᑖᐦᑐ **maamitaahtu** p,manière ♦ dix chacun, dix par dix

ᒫᒥᑖᐦᑐᒥᑎᓂᐤ **maamitaahtumitiniu** p,quantité ♦ cent chacun

ᒫᒥᔅᑳᑖᐤ **maamiskaataau** vta ♦ il/elle est ébahi-e, stupéfait-e par lui/elle

ᒫᒥᔅᑳᑖᔨᒫᐤ **maamiskaataayimaau** vta ♦ il/elle pense qu'il/elle est bizarre, stupéfiant-e

ᒫᒥᔅᑳᑖᔨᐦᑎᒼ **maamiskaataayihtim** vti ♦ il/elle pense que c'est surprenant, bizarre, étonnant

ᒫᒥᔅᑳᑖᔨᐦᑖᑯᓯᐤ **maamiskaataayihtaakusiu** vai ♦ il/elle est surprenant-e, étonnant-e

ᒫᒥᔅᑳᓰᐦᑎᐙᐤ **maamiskaasihtiwaau** vta
 • il/elle est stupéfait-e d'entendre ce qu'il/elle a à dire

ᒫᒥᔅᑳᐦᑎᒼ **maamiskaahtim** vti • il/elle est surpris-e, étonné-e par ça

ᒫᒥᔑᐤ **maamishiiu** vai • il/elle espère quelque chose

ᒫᒥᔑᐦᑎᒼ **maamishiititim** vti • il/elle y met son espoir

ᒫᒥᔥᑳᒡ **maamishkaach** p,interjection
 • c'est incroyable, étonnant ▪ ᓄᐌ ᒫᒥᔥᑳᒡ ᐃᐱᔖᑕᒃ ᑭᑲ ᐊᑰᖕᐦ ▫ *On peut voir des choses incroyables aujourd'hui.*

ᒫᒥᐦᑳᐅᐦᑳᐤ **maamihkaauhkaau** vii
 • c'est à gros grains (granuleux, ex. du sable ou du sucre)

ᒫᒥᐦᑳᔅᒀᔮᐤ **maamihkaaskwaayaau** vii
 • c'est une aire boisée avec de grands arbres

ᒫᒥᐦᑳᐦᐊᓐ **maamihkaahan** vii • il y a de grosses vagues sur l'eau

ᒫᒥᐦᒋᒥᑯᓯᐤ **maamihchimikusiiu** vai
 • il/elle est digne d'éloges

ᒫᒥᐦᒋᒫᐤ **maamihchimaau** vta • il/elle fait son éloge

ᒫᒥᐦᒋᓰᑖᐤ **maamihchisitaau** vai • il/elle a de grands pieds

ᒫᒦᐙᓯᐤ **maamiiwaasiu** vai • il/elle exprime son bonheur, sa gratitude, sa reconnaissance

ᒫᒦᓂᒥᐦ **maamiinimh** p,manière • en guidant de manière générale, en indiquant en gros ▪ ᒫᒦᓂᒥᐦ ᓂᑏ ᐄᐦᑐᒐᐅᐊᑎᐤ ᐊᑎᒡᐦ ᐃ ᐋᐦᒌᒃ ▫ *Je lui ai indiqué en gros où aller.*

ᒫᒦᓄᐱᑎᒼ **maamiinupitim** vti • il/elle ne cesse de le réaligner

ᒫᒦᓄᐱᑖᐤ **maamiinupitaau** vta • il/elle continue à le/la guider pour le/la réaligner

ᒫᒦᓄᒫᐤ **maamiinumaau** vta • il/elle le/la dirige verbalement, lui donne des conseils

ᒫᒦᓈᑯᓂᑭᐦᐄᒑᐤ **maamiinwaakunikihiichaau** vai • il/elle égalise la neige avec un outil

ᒫᒦᓯᐤ **maamiisiiu** vai • il/elle a la diarrhée

ᒫᒥᔑᐦᐄᒑᐤ **maamiishihiichaau** vai
 • il/elle pose des pièces; il/elle rapièce

ᒫᒥᔑᐦᐊᒼ **maamiishiham** vti • il/elle le raccommode, le/la rapièce

ᒫᒥᔑᐦᐙᐤ **maamiishihwaau** vta • il/elle le/la raccommode

ᒫᒥᔥᑯᑎᓂᒼ **maamiishkutinim** vti • il/elle le change plusieurs fois

ᒫᒥᔥᑯᑎᓈᐤ **maamiishkutinaau** vta
 • il/elle le/la change plusieurs fois, il/elle alterne de l'un-e à l'autre

ᒫᒦᔥᑯᒡ **maamiishkuch** p,manière • à mon tour, ton tour, son tour, notre tour, votre tour, leur tour ▪ ᒫᒦᔥᑯᒡ ᐅᒌᐙᐤ ᐊᓂᐦ ᑯᔅᓯᑕᓅᑉᐦ ▫ *C'est à votre tour d'emmener nos petits-enfants!*

ᒫᒧᐱᐧᐃᒡ **maamuwipiwich** vai pl
 • ils/elles s'assoient toutes/tous ensemble

ᒫᒧᐱᔨᐦᐅᐧᐃᒡ **maamuwipiyihuwich** vai pl -u • ils/elles vont ensemble, se déplacent ensemble

ᒫᒧᐱᔨᐦᑖᐤ **maamuwipiyihtaau** vai
 • il/elle le mélange

ᒫᒧᐱᐦᑖᐧᐃᒡ **maamuwipihtaawich** vai pl
 • ils/elles courent tous ensemble

ᒫᒧᐧᑲᑖᐤ **maamuwikutaau** vai+o • il/elle les suspend ensemble

ᒫᒧᐧᑲᑖᐤᐦ **maamuwikutaauh** vii pl
 • ils/elles sont suspendu-e-s ensemble

ᒫᒧᐧᑲᒋᓂᒡ **maamuwikuchinich** vai pl
 • ils/elles sont suspendu-e-s ensemble

ᒫᒧᐧᑲᔮᐤ **maamuwikuyaau** vta • il/elle suspend ensemble

ᒫᒧᐧᑳᐳᐧᐃᐦᐋᐤ **maamuwikaapuwihaau** vta • il/elle les fait tenir debout ensemble

ᒫᒧᐧᐃᒀᑎᒼ **maamuwikwaatim** vti
 • il/elle les coud ensemble

ᒫᒧᐧᐃᒀᑖᐤ **maamuwikwaataau** vta
 • il/elles les coud ensemble

ᒫᒧᐧᐃᓂᒼ **maamuwinim** vti • il/elle les tient, les maintient tous ensemble

ᒫᒧᐧᐃᓈᐤ **maamuwinaau** vta • il/elle les tient, les maintient tous ensemble

ᒫᒧᐧᐃᓯᓂᐦᐊᒼ **maamuwisiniham** vti
 • il/elle le rédige, en fait la synthèse par écrit, lit. 'rassembler par l'écriture'

ᒫᒧᐧᐃᔑᒫᐤ **maamuwishimaau** vta
 • il/elle les couche ensemble

**ᒫᒧᐧᐃᐧᔖᐤ** maamuwishwaau vta ◆ il/elle les coupe tous ensemble

**ᒫᒧᐧᐃᔥᑖᐤ** maamuwishtaau vai ◆ il/elle l'assemble, le rédige

**ᒫᒧᐧᐃᔥᑖᐤ** maamuwishtaau vii ◆ c'est rassemblé, rédigé

**ᒫᒧᐧᐃᔥᑖᐤᐦ** maamuwishtaauh vii pl ◆ ils (inanimé) sont tous placés ensemble, rassemblés

**ᒫᒧᐧᐃᐦᐋᐤ** maamuwihaau vta ◆ il/elle les assemble

**ᒫᒧᐧᐃᐦᑖᐧᐃᒡ** maamuwihtaawich vai pl ◆ ils/elles marchent ensemble

**ᒫᒧᐧᐃᐦᑖᐤ** maamuwihtaau vai+o ◆ il/elle les assemble

**ᒫᒧᐧᐄᐧᐃᒡ** maamuwiiwich vai pl ◆ ils/elles se rassemblent

**ᒫᒧᐧᐋᐱᐦᑳᑎᒻ** maamuwaapihkaatim vti ◆ il/elle les attache ensemble

**ᒫᒧᐧᐋᐱᐦᑳᑖᐤ** maamuwaapihkaataau vta ◆ il/elles les attache, les noue ensemble

**ᒫᒧᐧᐋᐱᐦᑳᑖᐤᐦ** maamuwaapihkaataauh vii pl ◆ ces choses sont attachées ensemble

**ᒫᒧᐧᐋᐱᐦᑳᓱᐧᐃᒡ** maamuwaapihkaasuwich vai pl -u ◆ ils/elles sont attaché-e-s ensemble

**ᒫᒧᐧᐋᔅᑯᔥᑖᐤ** maamuwaaskushtaau vai ◆ il/elle les dépose ensemble (long et rigide, ex. des bâtons)

**ᒫᒧᐧᐋᔥᑯᔑᒫᐤ** maamuwaashkushimaau vta ◆ il/elle les dépose ensemble (long et rigide, ex. des planches de bois)

**ᒫᒧᒋᑳᔖᐤ** maamuchikaashaau vii ◆ c'est un bon feu bien chaud

**ᒫᒧᔑᐦᑭᒫᐤ** maamushihkimaau vta ◆ il/elle en mange les miettes, les épluchures

**ᒫᒧᔥᒋᐦᑭᐧᐋᒋᐧᐃᓐ** maamushchihkiwaachiwin vii ◆ l'eau bouillonne par en dessous

**ᒫᒧᔮᒻ** maamuyaam p,manière redup ◆ correctement, de façon correcte ▪ ᑏᐧᐋᐦᐤᒡ ᒑᔅᒑᔨᒫᒡ ᐋᑳ ᒫᒧᔮᒻ ᐧᔓᔥ ᐋᐦ ᐃᔨᐦᑎᔨᒡᐦ. ▪ *Elles surent immédiatement qu'il n'était un peu dérangé d'esprit.*

**ᒫᒧᐦᑭᒧᒡ** maamuhkimuch vti pl ◆ ils/elles voyagent tous ensemble dans un véhicule; ils/elles font quelque chose ensemble

**ᒫᒨ** maamuu p,manière ◆ tous ensemble ▪ ᒫᒨ ᒌᐦ ᐧᐄᒋᐧᐃᒡ ᐊᓂᔩ ᒥᐦᑐᑳᓂᔨᐤ. ▪ *Ils vécurent tous ensemble dans la même lutte d'hiver.*

**ᒫᒨᔅᒋᐱᑖᐤ** maamuuschipitaau vta ◆ il/elle les rassemble rapidement

**ᒫᒨᔅᒋᓈᐤ** maamuuschinaau vta ◆ il/elle les ramasse tous

**ᒫᒫᐱᓱᓈᔮᐲ** maamaapisunaayaapii ni ◆ une cordelette de hamac

**ᒫᒫᐱᓱᓐ** maamaapisun ni ◆ une balançoire, un hamac

**ᒫᒫᐱᓲ** maamaapisuu vai -u ◆ il/elle se balance

**ᒫᒫᐱᐦᒑᓈᐤ** maamaapihchaanaau vta ◆ il/elle le/la balance dans un hamac, sur une balançoire

**ᒫᒫᑎᐧᔖᐤ** maamaatishwaau vta ◆ il/elle le/la coupe en petits morceaux

**ᒫᒫᑐᓂᒻ** maamaatunim vti ◆ il/elle le sent en le touchant ou en pressant dessus

**ᒫᒫᑐᓂᓈᐤ** maamaatuninaau vta ◆ il/elle le/la sent en le/la touchant ou en pressant dessus

**ᒫᒫᑐᓂᔥᑭᒻ** maamaatunishkim vti ◆ il/elle tâte du pied

**ᒫᒫᑯᒥᔅᒋᐧᐋᐤ** maamaakumischiwaau vai ◆ il/elle mâche de la gomme

**ᒫᒫᑯᒫᐤ** maamaakumaau vta ◆ il/elle le/la mâche

**ᒫᒫᑯᓂᒻ** maamaakunim vti ◆ il/elle le presse, le pétrit

**ᒫᒫᑯᓈᐤ** maamaakunaau vta ◆ il/elle le/la pétrit, le/la presse, l'aplatit

**ᒫᒫᑯᔥᑭᐧᐋᐤ** maamaakushkiwaau vta ◆ il/elle le/la presse, l'aplatit du pied

**ᒫᒫᑯᐦᐋᐤ** maamaakuhaau vta ◆ il/elle dame la neige

**ᒫᒫᑯᐦᑎᒻ** maamaakuhtim vti ◆ il/elle le mâche

**ᒫᒫᐧᑳᑯᓈᔥᑭᒻ** maamaakwaakunaashkim vti redup ◆ il/elle dame la neige

**ᒫᒫᐧᑳᔑᐤ** maamaakwaashiu na -iim ◆ un être mythique qui ressemble au gorille, au singe

**ᒫᒫᒋᔑᒻ** maamaachishim vti ◆ il/elle le coupe en morceaux

**ᒫᒫᒋᔥᑭᑖᐤ** maamaachishkitaau vai ◆ il/elle a des maux de ventre dues à la diarrhée

ᒫᒪᔐᑯᐦᐋᐤ **maamaasinaakuhaau** vta
- c'est clair qu'il/elle ne l'a mal fait

ᒫᒪᔐᑯᐦᑖᐤ **maamaasinaakuhtaau** vai
- il/elle le fait superficiellement, à la hâte

ᒫᒪᓯᓯᐤ **maamaasisiu** vai ◆ il/elle se hâte, fait les choses superficiellement

ᒫᒪᔥᐦᐤ **maamaashihuu** vai -u ◆ il/elle s'habille de façon inopportune pour le climat froid, avec des vêtements qui ne sont pas appropriés pour le froid

ᒫᒪᔑᐦᑭᒻ **maamaashiihkim** vti ◆ il/elle le fait superficiellement, à la hâte

ᒫᒪᔑᐦᑳᐤ **maamaashiihkaau** vai ◆ il/elle le fait de façon incorrecte

ᒫᒪᔨᐦᑭᓯᒻ **maamaayihkisim** vti ◆ il/elle le cuit en partie

ᒫᒫᐦᐋᐤ **maamaahaau** vta ◆ il/elle lui chante une berceuse

ᒫᒫᐦᒌᑖᔥᑯᔖᐙᐤ **maamaahchiitaashkushaawaau** vai
- il/elle le taille, le sculpte, le construit de différentes façons

ᒫᒫᐦᒌᔑᓂᐦᑖᐅᒋᐤ **maamaahchiishinihtaauchiu** vai
- il/elle pousse de façon anormale

ᒫᒫᐦᒌᔑᓈᑯᓐ **maamaahchiishinaakun** vii
- ça a plusieurs couleurs, plusieurs parties, plusieurs apparences différentes

ᒫᒫᐦᒌᔑᓈᑯᓯᐤ **maamaahchiishinaakusiu** vai ◆ il/elle a plusieurs couleurs, plusieurs parties, plusieurs apparences

ᒫᒫᐦᒌᔑᐦᒀᐱᔨᐤ **maamaahchiishihkwaapiyiu** vai
- il/elle fait une grimace sans s'en rendre compte

ᒫᒫᐦᒌᔑᐦᒀᐱᔨᐦᐤ **maamaahchiishihkwaapiyihuu** vai -u
- il/elle fait des grimaces

ᒫᒫᐦᒌᔑᐦᒀᔨᔥᑎᐙᐤ **maamaahchiishihkwaayishtiwaau** vta
- il/elle lui fait des grimaces

ᒫᒫᐦᒡ **maamaahch** p,manière ◆ différent-e, chic ▪ ᐋᓐ ᒫᒫᐦᒡ ᐋᔑᓈᑯᒡ ᐋᐸ ᐋᔥᑯᐱᔥᐹᐦ ᐃᔥ ᐋᐱᒥᐦᑭᐋᔥᐤx ▪ *La maison qu'on nous a montré était très chic.*

ᒫᓂᑎᐦ **maanitih** p,dém,lieu ◆ c'est juste ici (souvent utilisé avec un geste de la main ou des lèvres) ▪ ᒫᓂᑎᐦ ᐋᔮᒡ ᐹᓂᒡ ᑲᐱᔨᔥᒡᐋᔨᓐx ▪ *C'est posé ici à coté du poêle.*

ᒫᓂᑖᐅᐱᔮᔑᔥ **maanitaaupiyaashiish** na -im ◆ un tyran huppé, un moucherolle huppé *Myiarchus crinitus*

ᒫᓂᑖᐅᒫᑯᓐ **maanitaaumaakun** vii ◆ ça a une odeur étrange

ᒫᓂᑖᐅᓈᑯᓐ **maanitaaunaakun** vii ◆ ça a l'air inconnu

ᒫᓂᑖᐅᓈᑯᓯᐤ **maanitaaunaakusiu** vai
- il/elle semble inconnu-e

ᒫᓂᑖᐤᐦᑖᑯᓯᐤ **maanitaauhtaakusiu** vai
- il/elle parle d'une drôle de façon, de façon bizarre

ᒫᓂᑖᐙᔨᒫᐤ **maanitaawaayimaau** vta
- il/elle le/la considère comme un étranger ou une étrangère; il/elle n'est pas habitué-e à lui/à elle

ᒫᓂᑖᐙᔨᐦᑖᑯᓐ **maanitaawaayihtaakun** vii
- c'est étrange, bizarre

ᒫᓂᑖᐙᔨᐦᑖᑯᓯᐤ **maanitaawaayihtaakusiu** vai ◆ il/elle a l'air bizarre

ᒫᓂᑖᐤ **maanitaau** na -aam ◆ un étranger, une étrangère, un visiteur, une visiteuse

ᒫᓂᑖᔅᑳᐤ **maanitaaskaau** vai ◆ il y a beaucoup d'étrangers, d'étrangères, de visiteurs et de visiteuses

ᒫᓂᑖᐦ **maanitaah** p,dém,lieu ◆ là-bas ▪ ᒫᓂᑖᐦ ᑳ ᐋᔨᒋ ᐅᑳᐃᐦ ᐋᐦ ᐃᔥᐳᓯᒡx ▪ *Elle est allée là-bas chez sa mère.*

ᒫᓂᒌ **maanichii** pro,dém ◆ les voilà! voilà ceux-là, celles-là (animé pluriel, accompagné d'un geste de la main ou en pointant les lèvres) (voir *maan*) ▪ ᒫᓂᒌ ᒌ ᓃᒥᑎᐦᒡ ᑳ ᓂᑐᒥᑎᐦᐋᔨᒡx ▪ *Voilà les danseurs qui ont été invités.*

ᒫᓂᒑᐤ **maanichaau** vai ◆ il/elle établit son campement

ᒫᓂᒦᒋᒫᐤ **maanimiichimaau** vai ◆ il/elle ramasse et met en réserve de la nourriture

ᒫᓂᔅᑳᐦᑎᒀᐦᑎᒄ **maaniskaahtikwaahtikw** ni -um ◆ un poteau de clôture

ᒫᓂᔅᑳᐦᑎᒄ **maaniskaahtikw** ni ◆ une clôture

ᒫᓂᔥᑳᓂᔑᐤᐃᔨᔨᐤ **maanishchaanishiiuiiyiyiu** na -iim ◆ un berger, une bergère

ᒫᓂᔥᑳᓂᔑᐤᑭᒥᒄ **maanishchaanishiiukimikw** ni ◆ une étable, un abri pour dormir

ᒫᓂᔑᓂᔥ **maanishchaanish** na -im ◆ un agneau, un mouton *Ovis aries*

ᒫᓂᔾ **maaniyaa** pro,dém ◆ le/la voilà! voilà celui-là, voilà celle-là, voilà (obviatif inanimé, accompagné d'un geste de la main ou en pointant les lèvres) (voir *maan*) ▪ ᒫᓂᔾ ᐊᕐᑳ ᑭᒋᔐᐤ ▪ *Voilà de la nourriture qu'elle a préparée pour les autres.*

ᒫᓂᔾᔫ **maaniyaayiu** pro,dém ◆ le/la voilà! voilà celui-là, voilà celle-là, voilà (obviatif inanimé, accompagné d'un geste de la main ou en pointant les lèvres) (voir *maan*)

ᒫᓂᔾᔫᐦ **maaniyaayiuh** pro,dém ◆ le/la voilà! voilà celui-là, celle-là, cela (obviatif animé); les voilà là-bas! voilà ceux-là, celles-là (obviatif pluriel animé ou inanimé) (accompagné d'un geste de la main ou en pointant les lèvres) (voir *maan*) ▪ ᒫᓂᔾᔫᐦ ᐃᐦᐋᐄ ᑭ ᐋᒋᑉᓕᒡ ᒪ ᓐᐦᑖᒡᶜ ▪ *Voilà là-bas le filet de pêche qu'elle/il voulait emporter.*

ᒫᓂᔾ" **maaniyaah** pro,dém ◆ le/la voilà! voilà celui-là, celle-là, cela (obviatif animé); les voilà là-bas! voilà ceux-là, celles-là (obviatif pluriel animé ou inanimé) (accompagné d'un geste de la main ou en pointant les lèvres) (voir *maan*) ▪ ᒫᓂᔾ" ᓂᔥ ᑭ ᓃᒫᑉᑦ ᐊᐱᐦᑫᐊᕆᐦ ▪ *La voilà, la pelle qu'il a déjà fini.*

ᒫᓂ"ᐃ **maanihii** pro,dém ◆ les voilà! voilà ceux-là, celles-là (inanimé pluriel, accompagné d'un geste de la main ou en pointant les lèvres) (voir *maan*) ▪ ᒫᓂ"ᐃ ᒦᓯᐊᐦᐸᐦ ᐊ" ᐃᔭᐅᓂᒡᐦ ▪ *Ces livres-là sont écrits en cri.*

ᒫᓄᑭᐊᐤ **maanukiwaau** vta ◆ il/elle lui fait ou lui bâtit un abri

ᒫᓄᑳᓲ **maanukaasuu** vai reflex -u ◆ il/elle se construit un abri

ᒫᓈ **maanaa** pro,dém ◆ le/la voilà là-bas! voilà là-bas (inanimé, accompagné d'un geste de la main ou en pointant les lèvres) ▪ ᒫᓈ ᓂᒡ" ᑭ ᐊᓯᒡᐃᐧ ᑭ ᐅᐦᑲ ᓂᐸᓂᐦᑎᑦᶜ ▪ *Voilà là-bas ma nouvelle poêle à frire!*

ᒫᓈᑎ" **maanaatih** p,dém,lieu ◆ là-bas ▪ ᒫᓈᑎ" ᑲ ᐅᓯ"ᒡᑦ ᐅᑎᐸᐃᐧᐊ ᓰᑯᐦᐱᐦᵡ ▪ *Il va faire son poste d'affût là-bas au printemps.*

ᒫᓈᑖ" **maanaataah** p,dém,lieu ◆ c'est par là-bas (souvent utilisé avec un geste de la main ou des lèvres) ▪ ᒫᓈᑖ" ᐄ"ᕈᒡ ᑭ ᐊᐧᐋᑉᒫᒡᐅ ᐊᐧᐊᓂᒋᔨᐧ ᐋᑦᖀᓐᑖ"ᵡ ▪ *Le dernier endroit où j'ai vu les enfants c'était par là-bas près de l'eau.*

ᒫᓈᒌ **maanaachii** pro,dém ◆ les voilà là-bas! tout là-bas il y a ceux-là, celles-là (animé pluriel, accompagné d'un geste de la main ou en pointant les lèvres) (voir *maanaah*) ▪ ᒫᓈᒌ ᐋᒀᓯᔨᐧ ᑭ ᐋᐧᓂ·ᐊᔭᒣᐸᐅ·ᐊᵘᵡ ▪ *Les voilà là-bas ces garçons qu'on cherchait.*

ᒫᓈ" **maanaah** pro,dém ◆ le/la voilà là-bas! tout là-bas il y a celui-là, celle-là (animé, accompagné d'un geste de la main ou en pointant les lèvres) (voir *maanaah*) ▪ ᒫᓈ" ᐊᦥᑉᔥ ᑭ ᐅᑎᓈᐱᐦᐊᐄᶜ ᒪ ᐊᑉᒥᒡᵡ ▪ *Voilà là-bas la fille qui a été choisie pour parler.*

ᒫᓈ"ᐃ **maanaahii** pro,dém ◆ les voilà là-bas! tout là-bas il y a ceux-là, celles-là (inanimé pluriel, accompagné d'un geste de la main ou en pointant les lèvres) (voir *maanaa*) ▪ ᒫᓈ"ᐃ ᐅ" ᑭ ᐅᐊᒍᐦᑖᑉᐅ·ᐊᵘᵡ ▪ *Voilà là-bas les canots qui ont été réparés.*

ᒫ **maan** pro,dém ◆ le/la voilà! voilà celui-là, voilà celle-là, voilà (animé ou inanimé, accompagné d'un geste de la main ou en pointant les lèvres) (voir *maan*) ▪ ᒫ ᐃᕆᐊᔨ ᑭ ᐊᐸᒥᐦᒐᐦᵈ ᐊ" ᕈᑉᐦᔥᵈᵡ ▪ *On va utiliser le tipi que voilà pour faire rôtir les oies.*

ᒫ" **maanh** p,temps ◆ de temps en temps ▪ ᐊᔨᐯ ᒥᐦ ᒫ" ᐸᕆ ᐱ"ᕈᐸ ᐅᕐᐋ"ᵘᵡ ▪ *Elle/il ne vient chez nous que de temps en temps.*

ᒫᓯᒫᑯᓵᐳᐃ **maasimaakusaapui** ni ◆ du bouillon de truite mouchetée, d'omble de fontaine

ᒫᓯᒫᑯᔅ **maasimaakus** na -im ◆ une truite mouchetée, une truite saumonée, une omble de fontaine *Salvelinus fontinalis*

ᒫᓯ"ᒑᐃᓐ **maasihchaawin** ni ◆ une bagarre

ᒫᓯ"ᒑᐤ **maasihchaau** vai ◆ il/elle se bat, lutte

ᒫᓯ"ᒑᓯᐤ **maasihchaasiu** na -iim ◆ un boxeur, un combattant, une combattante

ᒫᔅᑎᔅᑯᔮᐤ **maastiskuyaau** vai ◆ il/elle a tué tous les castors dans la hutte

ᒫᔅᑖᔅᑰᐦᑎᑖᐤ **maastaaskuhtitaau** vai ◆ il/elle s'use, s'abîme en restant accroché-e aux tiges et buissons

ᒫᔅᑭᓂᐤ **maaskiniu** ni -aam ◆ un sentier, un chemin, une rue, une route

ᒫᔅᑭᓈᐦᑭᐙᐤ **maaskinaahkiwaau** vta ◆ il/elle ouvre un sentier pour elle/lui

ᒫᔅᑭᓈᐦᒑᐤ **maaskinaahchaau** vai ◆ il/elle fait la piste, crée un chemin

ᒫᔅᑭᓐ **maaskin** vii ◆ c'est difforme, estropié

ᒫᔅᑳᐹᑭᓐ **maaskaapaakin** vii ◆ c'est déformé (filiforme)

ᒫᔅᑳᐹᒋᓯᐤ **maaskaapaachisiu** vai ◆ il/elle est déformé-e (filiforme)

ᒫᔅᑳᔅᑯᓐ **maaskaaskun** vii ◆ c'est déformé (long et rigide)

ᒫᔅᑳᔅᑯᓯᐤ **maaskaaskusiu** vai ◆ il/elle est déformé-e (long et rigide)

ᒫᔅᒃᐚᐤ **maaskwaau** vai ◆ il/elle a la voix rauque

ᒫᔅᒋᐱᑐᓈᐤ **maaschipitunaau** vai ◆ il/elle est estropié-e du bras, a un bras difforme

ᒫᔅᒋᐱᔨᐤ **maaschipiyiu** vai ◆ il/elle boite

ᒫᔅᒋᑎᐦᒑᐤ **maaschitihchaau** vai ◆ il/elle a les mains difformes, estropiées

ᒫᔅᒋᑳᑖᐤ **maaschikaataau** vai ◆ il/elle est estropié-e de la jambe, a une jambe difforme

ᒫᔅᒋᓂᐦᑖᐅᒋᐤ **maaschinihtaauchiu** vai ◆ il/elle est difforme, estropié-e

ᒫᔅᒋᓂᐦᑖᐅᒋᓐ **maaschinihtaauchin** vii ◆ ça ne pousse pas bien, c'est difforme

ᒫᔅᒋᓯᐤ **maaschisiu** vai ◆ il/elle est difforme, a une malformation, il/elle boite

ᒫᔅᒌᔅᒀᔥᑎᒡ **maaschiiskwaashtich** na pl ◆ des branchages de cèdre

ᒫᔅᒌᔅᒃ **maaschiisk** na -im ◆ un cèdre du Canada *Thuja occidentalis*

ᒫᔒᐎᐦᖭ **maashiwihaakaa** p,évaluative ◆ certainement, sûrement

ᒫᔒᐦ **maashiwiih** p,manière ◆ sans rien attendre

ᒫᔑᑯᒥᒌᔑᑳᐅᐦ **maashikumichiishikaauh** p,temps ◆ tous les jours

ᒫᔑᑯᒻ **maashikum** p,quantité ◆ tous, toute, chaque ■ ᒫᔑᑯᒻ ᐋᔨᒫᒡᐦ ᐦᐋᐧᐃᓓ ᓂᐹᕆᐊᕐᒋᑭᑦ ■ *Chaque fois que je le vois, il me serre la main tout de suite.*

ᒫᔑᒧᔥᑎᐚᐤ **maashimushtiwaau** vta ◆ il/elle lui donne de mauvaises nouvelles; il/elle lui dit quels sont ses défauts

ᒫᔑᒨ **maashimuu** vai -u ◆ il/elle annonce la mort de quelqu'un, il/elle dit qu'il/elle a de douleur quelque part, il/elle pense qu'il/elle est incapable de le faire

ᒫᔑᐦᐋᐤ **maashihaau** vta ◆ il/elle le/la combat, lutte avec lui/elle

ᒫᔑᐦᑖᐤ **maashihtaau** vai+o ◆ il/elle se bat, se débat, lutte avec

ᒫᔥᑎᓂᐲᐎᐦ **maashtinipiiwiih** ni pl -im ◆ du duvet (volaille)

ᒫᔥᑎᓂᒨᐙᐤ **maashtinimuwaau** vta ◆ il/elle les lui donne tous/toutes

ᒫᔥᑎᓂᒻ **maashtinim** vti ◆ il/elle prend tout; il/elle donne tout, se débarrasse de tout

ᒫᔥᑎᓈᐤ **maashtinaau** vta ◆ il/elle les prend, les donne tous/toutes; il/elle les utilise complètement

ᒫᔥᑎᔥᑭᐚᐤ **maashtishkiwaau** vta ◆ il/elle l'use en le/la portant (se dit d'un vêtement); il/elle n'en a plus à porter (ex. un pantalon)

ᒫᔥᑎᔥᑭᒻ **maashtishkim** vti ◆ il/elle l'use en le portant, il/elle n'a plus rien à se mettre (se dit de vêtements)

ᒫᔥᑎᐦᒋᓱ **maashtihchisuu** vai -u ◆ il/elle utilise tout son bois pour le feu

ᒫᔥᑖᐹᐅᑖᐤ **maashtaapaautaau** vai ◆ il/elle a fait toute la lessive

ᒫᔥᑖᐹᐅᔮᐤ **maashtaapaauyaau** vta ◆ il/elle l'utilise complètement pour le lavage (ex. du savon); il/elle les a tous lavés/toutes lavées

ᒫᔥᑖᑰᐦᑖᐱᔨᐤ **maashtaakuhtaapiyiu** vii ◆ la neige est toute fondue

ᒫᔥᑖᒋᐎᓱ **maashtaachiwisuu** vai -u ◆ il/elle s'évapore, se dessèche

ᒫᔥᑖᒋᐎᐦᑖᐤ **maashtaachiwihtaau** vii ◆ ça bout, s'évapore complètement

ᒫᔥᑖᔑᐤ **maashtaashiu** vai ◆ il/elle s'envole au complet; c'est complètement emporté par le vent

ᒫᔥᑖᔥᑎᓐ **maashtaashtin** vii ◆ c'est entièrement emporté par le vent

ᒫᔥᑖᔥᑯᔑᒫᐤ **maashtaashkushimaau** vta ◆ il/elle l'use en traversant des buissons à pied; il/elle l'use (se dit d'un vêtement)

ᒫᔥᑯᑉ **maashkuch** p,évaluative ◆ peut-être ■ ᒫᔥᑯᑉ ᐋᔪ ᐧᐃᐯᐧ ᐊᐸ ᑭᓯᑊᐅ ᐊᐦ ᐊᔥᑕᒫᔅᒄ ■ *Je crois qu'elle saura peut-être bientôt tisser des raquettes.*

ᒫᔥᒋᓂᐧᐋᔓ **maashchiniwaashiu** vai dim ◆ il/elle le trouve mignon, la trouve mignonne

ᒫᔥᒋᓂᔓ **maashchinishiu** vai dim ◆ il/elle le trouve mignon

ᒫᔥᒋᓈᑯᔓ **maashchinaakushiu** vii dim ◆ ça a l'air mignon

ᒫᔥᒋᓈᑯᔑᔓ **maashchinaakushishiu** vai dim ◆ il est mignon, elle est mignonne

ᒫᔥᒋᓈᑯᐦᐋᔓ **maashchinaakuhaashiu** vai dim ◆ il/elle rend mignon, la rend mignonne

ᒫᔥᒋᓈᑯᐦᒑᔓ **maashchinaakuhchaashiu** vai dim ◆ il/elle le rend mignon

ᒫᔥᒋᔥᑭᒑᓂᔥ **maashchishkichaanish** na-shim ◆ une pie-grièche grise ou boréale *Lanius excubitor*

ᒫᔥᒑᔨᐦᑖᑯᔓ **maashchaayihtaakushiu** vii dim ◆ c'est mignon

ᒫᔥᒑᔨᐦᒑᑯᔑᔓ **maashchaayihchaakushishiu** vai dim ◆ il est mignon, elle est mignonne

ᒫᔨᐤ **maayiuu** vai -iwi ◆ il/elle est couvert-e d'excréments

ᒫᔨᔅᑯᐱᒍ **maayiskupichiu** vai ◆ il/elle va vers l'aval du cours d'eau en déplaçant son campement d'hiver

ᒫᔨᔅᑯᐱᐦᑖᐤ **maayiskupihtaau** vai ◆ il/elle descend la rivière sur la glace

ᒫᔨᔅᑯᑖᐹᐤ **maayiskutaapaau** vai ◆ il/elle descend la rivière en tirant quelque chose sur la glace

ᒫᔨᔅᑯᐦᑎᑖᐤ **maayiskuhtitaau** vai ◆ il/elle l'emporte en aval sur la glace

ᒫᔨᔅᑯᐦᑎᐦᐋᐤ **maayiskuhtihaau** vta ◆ il/elle lui fait descendre la rivière sur la glace

ᒫᔨᔅᑯᐦᑖᐤ **maayiskuhtaau** vai ◆ il/elle descend la rivière à pied vers l'aval sur la glace

ᒫᔨᔅᑰ **maayiskuu** vai -u ◆ il/elle va en aval sur la glace

ᒫᔨᔥᑭᒻ **maayishkim** vti ◆ il/elle descend la rivière en la longeant à pied

ᒫᔨᐦᑭᐦᑖᐤ **maayihkihtaau** vii ◆ c'est partiellement cuit

ᒫᔮᐅᒑᔨᒫᐤ **maayaauchaayimaau** vta ◆ il/elle pense qu'il/elle le mérite

ᒫᔮᐅᒑᔨᐦᑎᒼ **maayaauchaayihtim** vti ◆ il/elle pense que les choses se déroulent comme il/elle voulait

ᒫᔮᐤ **maayaau** p,interjection ◆ c'est bien fait pour lui/elle, il/elle ne l'as pas volé ■ ᒫᔮᐤ ᐁᔪᑊ ᐊᐸ ᐅᔮᒥ ᐊᐦ ᐊᓯᐦᒋᑯᔭ ᐊᐤ ᐊᑯᓂᐦᒍᐸᔅ ■ *C'est bien fait pour toi si tu n'as pas réussi à briser cette fenêtre.*

ᒫᔮᑎᓐ **maayaatin** vii ◆ c'est diabolique, dangereux

ᒫᔮᑎᓰᐤ **maayaatisiiu** vai ◆ il/elle est cruel/cruelle, diabolique

ᒫᔮᑖᔅᐱᓈᐧᐃᓐ **maayaataaspinaawin** ni ◆ une maladie vénérienne

ᒫᔮᓂᐤ **maayaaniu** p,temps ◆ récemment ■ ᓂᒋᔅᒑᔨᒫᐤ ᒫᔮᓂᐤ ᐊᐦ ᐊᐦ ᓂᑎᔮᐸᒥᔅᒄ ■ *Je sais qu'elle est allé le voir récemment.*

ᒫᔮᓯᓂᒼ **maayaasinim** vti ◆ il/elle voit un mauvais présage

ᒫᔮᔨᒫᐤ **maayaayimaau** vta ◆ il/elle l'insulte, se moque de lui/d'elle, lui manque de respect

ᒫᔮᔨᐦᑎᒥᓈᑯᓯᐤ **maayaayihtiminaakusiu** vai ◆ il/elle est méprisable, indigne

ᒫᔮᔨᐦᑎᒼ **maayaayihtim** vti ◆ il/elle l'insulte, se moque de ça, le tourne en dérision

ᒫᔮᔨᐦᑖᑯᓐ **maayaayihtaakun** vii ◆ c'est ridiculisé, moqué

ᒫᔮᔨᐦᒋᒑᐤ **maayaayihchichaau** vai ◆ il/elle manque de respect, est un affront

ᒫᔮᐦᒀᓐ **maayaahkwaanh** ni pl ◆ des crottes

ᒫᐦ **maah** p,interjection ◆ écoute! hé! ■ ᒫᐦ, ᒥᒋᐦᑖᐧᐃᐳ ᓂᑭᐦᑐᐤ ᐸᒋᐧᐃᔨᔅ ■ *Ecoute, entends-tu l'orage qui approche?*

ᒫᐦᐄᐱᑎᒼ **maahiipitim** vti ◆ il/elle le laisse descendre la rivière à la ligne en flottant

ᒫᐦᐄᐱᒍ **maahiipichiu** vai ◆ il/elle déplace son campement d'hiver en aval de la rivière

ᒫᐦᐄᐱᔫ **maahiipiyiu** vai ♦ il/elle descend le courant, va en aval à la nage, en véhicule

ᒫᐦᐄᐱᔫ **maahiipiyiu** vii ♦ ça descend la rivière

ᒫᐦᐄᐱᔩᕽᐁᐤ **maahiipiyihaau** vta ♦ il/elle l'emmène en aval de la rivière en véhicule

ᒫᐦᐄᐱᔩᐦᑖᐤ **maahiipiyihtaau** vai ♦ il/elle descend le courant, va en aval en véhicule

ᒫᐦᐄᐦᑖᐤ **maahiipihtaau** vai ♦ il/elle court en aval

ᒫᐦᐄᑯᔥᑖᐤ **maahiikushtaau** vta ♦ il/elle n'empile pas le bois correctement ce qui pourrait porter malchance à la chasse

ᒫᐦᐄᓂᒑᐤ **maahiinichaau** vai ♦ il/elle dirige le canot, le tire sur l'eau peu profonde en aval

ᒫᐦᐅᑎᐚᐤ **maahutiwaau** vta ♦ il/elle l'emporte en aval de la rivière pour lui/elle

ᒫᐦᐅᑖᐚᐤ **maahutaawaau** vta ♦ il/elle l'emporte en aval de la rivière pour lui/elle en véhicule

ᒫᐦᐅᔫ **maahuyaau** vta ♦ il/elle l'emmène en aval de la rivière en véhicule

ᒫᐦᐊᒻ **maaham** vti ♦ il/elle descend la rivière en canot, il/elle descend la rivière à la nage

ᒫᐦᐋᐳᑖᐤ **maahaaputaau** vii ♦ ça dérive en aval

ᒫᐦᐋᐳᑯᑦ **maahaapukuu** vai-u ♦ il/elle dérive en aval

ᒫᐦᐋᑎᑯᔥᑎᓐ **maahaatikushtin** vii ♦ le vent souffle dans la direction du courant, vers l'aval

ᒫᐦᐋᔒᐤ **maahaashiu** vai ♦ il/elle fait voile dans la direction du courant, vers l'aval

ᒫᐦᑎᔅ **maahtis** na [Whapmagoostui] ♦ un détonateur, une amorce, une capsule détonante (sur une cartouche de fusil)

ᒫᐦᑖᔥᐦᐃᑯᔑᐤ **maahtaahshihkushiu** vai ♦ il/elle est grincheux/grincheuse d'avoir trop peu dormi, il/elle se plaint du manque de sommeil

ᒫᐦᑭᔮᒋᓐ **maahkiyaachin** ni-im ♦ de la toile de tente, de l'anglais 'Marquee'

ᒫᐦᑭᔮᐦᑎᒄ **maahkiyaahtikw** ni-um ♦ les poteaux qui soutiennent le poteau de faîte d'une tente, de l'anglais 'Marquee'

ᒫᐦᑮ **maahkii** ni-m ♦ une tente, de l'anglais 'Marquee'

ᒫᐦᒋᐱᒥᓲ **maahchipimisuu** vai-u ♦ il/elle tombe en panne d'essence

ᒫᐦᒋᐱᒫᔮᐦᑭᓲ **maahchipimaayaahkisuu** vai-u ♦ il/elle (ex. la motoneige) tombe en panne d'essence

ᒫᐦᒋᐱᒫᔮᐦᑭᐦᑖᐤ **maahchipimaayaahkihtaau** vii ♦ ça manque d'essence, de gaz

ᒫᐦᒋᐱᔫ **maahchipiyiu** vai ♦ il/elle est fini-e, diminue, il n'y en a plus (animé)

ᒫᐦᒋᐱᔫ **maahchipiyiu** vii ♦ c'est fini, utilisé; ça diminue

ᒫᐦᒋᐱᔩᕽᐁᐤ **maahchipiyihaau** vta ♦ il/elle l'utilise complètement

ᒫᐦᒋᐱᔩᐦᑖᐤ **maahchipiyihtaau** vai ♦ il/elle le renverse et le vide complètement

ᒫᐦᒋᐳᐦᑯᑦ **maahchipuhkusuu** vai-u ♦ il/elle utilise toute la poudre

ᒫᐦᒋᒡ **maahchich** p,temps ♦ dernier ■ ᐊᐴᑦ ᒫᐦᒋᒡ ᒧ ᒌᐸᓯᐋᐴ ᐊᓂᒫᐦᒋᐦᐳᔅᑲᓂᐤ. ■ *On lira les derniers bans de mariage dimanche.*

ᒫᐦᒋᓵᓈᔮᐦᑭᓲ **maahchisinaayaahkisuu** vai-u ♦ il/elle utilise toutes les balles, cartouches

ᒫᐦᒋᐦᐋᐤ **maahchihaau** vta ♦ il/elle l'utilise complètement; le/la termine

ᒫᐦᒋᐦᑖᐤ **maahchihtaau** vai+o ♦ il/elle l'utilise, le finit complètement

ᒫᐦᔮᐱᐦᒑᓂᒻ **maahyaapihchaanim** vti ♦ il/elle lui fait descendre la rivière en flottant (se dit d'un canot), en le tenant avec une ligne tout en marchant le long du rivage

# ᐌ

ᐌᐃᐦᑯᓈᐚᐤ **mwaaihkunaawaau** vai ♦ il/elle mange de la banique, du bannock, du gâteau

ᐌᐱᒫᒀᐤ **mwaapimaakwaau** vai ♦ il/elle mange de la baleine

ᒫᐴᔓ° mwaapushwaau vai ♦ il/elle mange du lièvre

ᒫᑎᐦᒃᐋ° mwaatihkwaau vai ♦ il/elle mange du caribou

ᒫᒃᐋ° mwaakwaau vai ♦ il/elle mange du porc-épic

ᒫᒃᐙᐳᐃ mwaakwaapui ni ♦ du bouillon de huard

ᒫᒃᵂ mwaakw na -um ♦ un huard commun *Gavia immer*

ᒫᔅᒑ° mwaaschaau vai ♦ il/elle mange de l'oie

ᒫᔒᐹ° mwaashipaau vai ♦ il/elle mange du canard

ᒫᔑᐦᒃᐙᑖᑭᓂᐤ mwaashihkwaataakiniuu vai -iwi ♦ c'est un arbre dont les aiguilles sont mangées par des animaux ou des oiseaux

ᒫᔥᑎᑎᐙᔨᐦᑖᑯᓯᐤ mwaashtitiwaayihtaakusiu vai ♦ il/elle nous manque quand il/elle part, est parti-e

ᒫᔥᑎᓂᒻ mwaashtinim vti ♦ il/elle arrive trop tard pour l'attraper (ex. l'avion), le rate de peu

ᒫᔥᑎᓈ° mwaashtinaau vai ♦ il/elle arrive trop tard pour l'attraper, le/la rate de peu

ᒫᔥᑎᔑᔑᓐ mwaashtishishin vai ♦ il/elle le manque en arrivant trop tard

ᒫᔥᑎᔑᔥᑭᐙ° mwaashtishishkiwaau vta ♦ il/elle le/la rate parce qu'il/elle est déjà parti-e

ᒫᔥᑎᔑᔥᑭᒻ mwaashtishishkim vti ♦ il/elle le rate parce qu'il est déjà parti

ᒫᔥᑎᔥ mwaashtish p,temps ♦ un petit peu trop tard ■ ᒫᔥᑎᔥ ᒌ ᐯᕐ ᑎᑯᔑᓐ, ᐊᓐ ᒌ ᐧᐋᐳᒫᑦ ᐊᓂᑖᐦ ᒋ ᐯᕐ ᓂᑎ·ᐧᐋᔨᒡ, ■ *Elle/il est arrivé-e trop tard, la personne qu'elle/il voulait voir était déjà partie.*

ᒫᔥᑎᐦᐋᒑ° mwaashtihiichaau vai ♦ il/elle manque sa cible de peu, de justesse

ᒫᔥᑎᐦᐊᒻ mwaashtiham vti ♦ il/elle le rate de peu en tirant ou en lançant

ᒫᔥᑎᐦᐋ° mwaashtihwaau vta ♦ il/elle le/la rate de peu en tirant ou en lançant

ᒫᔓᔥᑭᒻ mwaashchishkim vti ♦ il/elle rate une marche de l'escalier sans faire exprès

ᒫᔨᔑᔥᑖ° mwaayishishtaau vai ♦ il/elle mange des pieds de caribou

ᒫᐦᒃᐙᒑ° mwaahkwaachaau vai ♦ il/elle mange des oeufs de poisson

ᒫᐦᒃᐙᒑ° mwaahkwaachaau vai ♦ il/elle surprend des gens en train de s'embrasser, de faire l'amour

ᒫᐦᒃᐙᒑᓯᐤ mwaahkwaachaasiu na -iim ♦ un petit esturgeon, qui vient d'éclore, lit. 'mangeur d'oeuf de poisson cru'

ᒫᐦᒋᑳ° mwaahchikwaau vai ♦ il/elle mange de la viande de phoque

ᒫᐦᒡ mwaahch p,manière ♦ juste comme; exactement pareil, pareille ■ ᒫᐦᒡ ᐊᑲᕕᒋᕐ ᑲ ᐋᕐᒋᕐᑭᓈᓯᐧᐋᐧᐃ ᐊᓂᔥ ᐅᒋᓯᐦᒃᐃᔫᒡ, ■ *Elle/il est la copie conforme de sa grand-mère.*

# ᓂ

ᓂᐧᐃᑎᒫ° niwitimaau vta ♦ il/elle l'attrape dans sa bouche quand il/elle passe ■ ᓐᐦ ᓂᐧᐃᑎᒫ° ᓂᒡᐧᓪ ᐊᓂᐟᐦ ᓂᔅᐦ ᑲ ·ᐧᐊᐱᒨᑎᐧᐃᑭ ■ *Mon chien a attrapé dans sa gueule le poisson que je lui ai jeté à manger.*

ᓂᐧᐃᑎᓂᒻ niwitinim vti ♦ il/elle l'attrape à la main

ᓂᐧᐃᑎᓈ° niwitinaau vta ♦ il/elle l'attrape à la main (par ex. animé, une balle)

ᓂᐧᐃᑎᐦᐋᒑ° niwitihiichaau vai ♦ il/elle tire sur une cible mobile

ᓂᐧᐃᑎᐦᐊᒻ niwitiham vti ♦ il/elle tire dessus, le frappe quand il bouge

ᓂᐧᐃᑎᐦᐋ° niwitihwaau vta ♦ il/elle lui tire dessus quand il/elle bouge, passe en volant

ᓂᐧᐃᑎᐦᑎᒻ niwitihtim vti ♦ il/elle le mord quand il bouge

ᓂᐧᐃᒋᐱᑎᒻ niwichipitim vti ♦ il/elle le saisit quand il passe

ᓂᐧᐃᒋᐱᑖ° niwichipitaau vta ♦ il/elle le/la saisit quand il/elle passe

ᓂᐧᐃᒌᔥᑎᐧᐋᐤ niwichiishtiwaau vta
• il/elle lui fait la révérence, la/le salue; il/elle se prosterne devant elle/lui pour l'adorer

ᓂᐧᐋᐧᐃᐤ niwaawiiu vai • il/elle se penche en avant

ᓂᐧᐋᐱᐤ niwaapiu vai • il/elle est assise penché-e ou courbé-e en avant

ᓂᐧᐋᐱᔨᐤ niwaapiyiu vai • il/elle se penche en avant, oscille vers l'avant

ᓂᐧᐋᐱᔨᐤ niwaapiyiu vii • ça oscille, fléchit

ᓂᐧᐋᐱᔨᔨᐦᐆ niwaapiyihuu vai-u • il/elle se penche en avant, se courbe

ᓂᐧᐋᐱᐦᒑᐤ niwaapihtaau vai • il/elle court penché-e ou courbé-e en avant

ᓂᐧᐋᑯᒑᐤ niwaakutaau vii • c'est suspendu en position inclinée

ᓂᐧᐋᑯᒉᓐ niwaakuchin vai • il/elle le suspend penché-e

ᓂᐧᐋᑳᐳᐧᐃᐦᐋᐤ niwaakaapuwihaau vta • il/elle le/la met debout, le/la relève penché-e

ᓂᐧᐋᑳᐳᐧᐃᐦᒑᐤ niwaakaapuwihtaau vai+o • il/elle le dresse en position inclinée

ᓂᐧᐋᑳᐳ niwaakaapuu vai-uwi • il/elle est debout penché-e ou courbé-e en avant

ᓂᐧᐋᔅᑳᐧᔨᐤ niwaaskwaayiu vai • il/elle penche la tête de côté

ᓂᐧᐋᔒᓐ niwaashin vai • il/elle est étendu-e courbé-e en deux

ᓂᐧᐋᔮᐱᒨ niwaayaapimuu na • un arbre qui ploie sous le poids de la neige

ᓂᐧᐋᔮᐱᐦᒑᐤ niwaayaapihtaau vii • le feu et la fumée vont dans une même direction

ᓂᐧᐋᔮᐱᐦᒑᐱᔨᐤ niwaayaapihtaapiyiu vii • la fumée va dans cette direction

ᓂᐧᐋᔮᔅᑯᒧᐦᒑᐤ niwaayaaskumuhtaau vai • il/elle dresse le poteau en position inclinée

ᓂᐧᐋᔮᔅᑯᒨ niwaayaaskumuu vii-u • c'est ployé (long et rigide)

ᓂᐧᐋᔮᔅᑯᒨ niwaayaaskumuu vai-u • il/elle est ployé-e (animé, long et rigide)

ᓂᐧᐋᔮᔅᑯᓂᒼ niwaayaaskunim vti • il/elle le tient (long et rigide) penché

ᓂᐧᐋᔮᔅᑯᓈᐤ niwaayaaskunaau vta • il/elle le/la tient (long et rigide) penché-e

ᓂᐧᐋᔮᔅᑯᐦᐊᒼ niwaayaaskuham vti • il/elle le courbe avec quelque chose (long et rigide)

ᓂᐧᐋᔮᔅᑯᐦᐧᐋᐤ niwaayaaskuhwaau vta • il/elle le/la courbe avec quelque chose (long et rigide)

ᓂᐧᐋᔮᔅᑯᐦᑎᓐ niwaayaaskuhtin vii • c'est incliné (long et rigide)

ᓂᐧᐋᔮᔒᐤ niwaayaashiu vai • il/elle est courbé-e par le vent (par ex. un arbre)

ᓂᐧᐋᔮᔥᑯᔑᓐ niwaayaashkushin vai • il/elle (long et rigide) est posé-e sur un plan incliné

ᓂᐧᐋᐦᒑᐤ niwaahtaau vai • il/elle marche penché-e en avant ou courbé-e vers l'avant

ᓂᐱᑖ nipitaa p,lieu • d'un côté ▪ ᓃ ᐋᒌᔥᐧᐋᒡᑕᓈ ᓂᐱᑖ ᐅᑎᒄ.x • Elle/il a cassé sa raquette d'un côté.

ᓂᐱᑖᐱᑐᓈᐤ nipitaapitunaau vai • il/elle n'a qu'un seul bras

ᓂᐱᑖᑎᐦᒑᐤ nipitaatihchaau vai • il/elle n'a qu'une seule main

ᓂᐱᑖᑯᒑᐤ nipitaakutaau vii • ça pend d'un côté

ᓂᐱᑖᑳᑖᐤ nipitaakaataau vai+o • il/elle a juste une jambe, il/elle a une jambe blessée et ne peut pas marcher dessus

ᓂᐱᑖᑳᒼ nipitaakaam p,lieu • un des côtés de l'habitation ▪ ᒥᑦ ᓂᐱᑖᑳᒼ ᓃ ᐧᐋᐋᔥᒡᑕᓈ.x ▪ Elle avait déposé les branches d'épinette sur un des côtés de l'habitation seulement.

ᓂᐱᑖᓯᐤ nipitaasiu vai • c'est un des deux éléments d'une paire ▪ ᒥᑦ ᓂᐱᑖᓰᐤ ᐧᐊᒡ ᐅᑎᒄ.x ▪ Elle/Il n'a qu'une mitaine.

ᓂᐱᑖᔅᑭᓂᐤ nipitaaskiniu p,lieu • un des côtés de la route ▪ ᐅᒡ ᓂᐱᑖᔅᑭᓂᐤ ᐊᒡᑎᐦ ᒥᑦ ᑳ ᓂᐦᒑᐅᑎ ᐅᐦᔥᒡᑕᓂᒻ.x • Les mûre ne poussaient que sur un des côtés de la route.

ᓂᐱᑖᔥᑭᓈᐤ nipitaashkinaau vai • il n'a qu'un seul bois (se dit de sa ramure)

ᓂᐱᑖᔮᐤ nipitaayaau vii • un des éléments de la paire manque

ᓂᐱᑖᔮᐱᐤ nipitaayaapiu vai • il/elle n'a qu'un seul oeil, il/elle est borgne

**ᓂᐱᑖᔮᑎᐦᑯᓂᐆ** nipitaayaatihkuniuu vai -iwi ◆ il y a des branches d'un seul côté de l'arbre
**ᓂᐱᑖᔮᔑᐤ** nipitaayaashiu vai ◆ il/elle vogue d'un côté, la moitié est emportée par le vent
**ᓂᐱᑖᔮᐦᑭᓲ** nipitaayaahkisuu vai -u ◆ il/elle est brûlé-e d'un côté
**ᓂᐱᑖᔮᐦᑭᐦᑖᐤ** nipitaayaahkihtaau vii ◆ c'est brûlé d'un côté
**ᓂᐱᑭᔅᒋᐦᒄ** nipikischihkw ni ◆ une marmite, un chaudron, une casserole en fonte
**ᓂᐱᑭᐦᐊᒼ** nipikiham vti ◆ il/elle l'aplatit avec quelque chose
**ᓂᐱᑭᐦᐙᐤ** nipikihwaau vta ◆ il/elle l'aplatit avec quelque chose
**ᓂᐱᑳᐤ** nipikaau vii ◆ c'est plat
**ᓂᐱᑳᐱᓯᔅᒋᓯᐤ** nipikaapisischisiu vai ◆ il/elle est plat-e (minéral)
**ᓂᐱᑳᐱᔅᑳᐤ** nipikaapiskaau vii ◆ c'est plat (minéral)
**ᓂᐱᑳᔅᑯᓐ** nipikaaskun vii ◆ c'est plat (long et rigide)
**ᓂᐱᑳᔅᑯᓯᐤ** nipikaaskusiu vai ◆ il/elle est plat-e (long et rigide)
**ᓂᐱᑳᐦᑎᒄ** nipikaahtikw na/ni ◆ une planche en bois
**ᓂᐱᒋᑭᐦᐊᒼ** nipichikiham vti ◆ il/elle le coupe à plat, bien lisse
**ᓂᐱᒋᑭᐦᐙᐤ** nipichikihwaau vta ◆ il/elle le/la coupe à plat, bien lisse
**ᓂᐱᒋᑯᑖᐤ** nipichikutaau vai ◆ il/elle a le nez plat
**ᓂᐱᒋᓂᒼ** nipichinim vti ◆ il/elle l'aplatit à la main
**ᓂᐱᒋᓈᐤ** nipichinaau vta ◆ il/elle l'aplatit à la main
**ᓂᐱᒋᓯᐤ** nipichisiu vai ◆ il/elle est plat-e
**ᓂᐱᒋᔅᑎᑯᐦᑭᐦᑎᒼ** nipichistikuhkihtim vti ◆ il/elle fait un plancher pour ça
**ᓂᐱᒋᔅᑎᑯᐦᒡ** nipichistikuhch p,lieu -um ◆ sur le plancher
**ᓂᐱᒋᔅᑎᑰ** nipichistikuu vii -uwi ◆ il y a un plancher en bois dedans
**ᓂᐱᒋᔅᑎᒄ** nipichistikw ni -um ◆ le sol, le plancher
**ᓂᐱᒋᐦᐋᐤ** nipichihaau vta ◆ il/elle l'aplatit
**ᓂᐱᒋᐦᑖᐤ** nipichihtaau vai+o ◆ il/elle le rend plat
**ᓂᐱᒋᐦᑯᑎᒼ** nipichihkutim vti ◆ il/elle le rabote bien lisse, l'aplanit
**ᓂᐱᒋᐦᑯᑖᐤ** nipichihkutaau vta ◆ il/elle le/la rabote bien lisse, l'aplanit
**ᓂᐱᐦ** nipih préverbe ◆ devrais, pourrais (utilisé seulement avec la première personne de verbes indépendants)
**ᓂᐱᐦᐄᐙᐎᓐ** nipihiiwaawin ni ◆ un meurtre, un homicide volontaire ou involontaire
**ᓂᐱᐦᐄᐙᐤ** nipihiiwaau vai ◆ il/elle tue, cause la mort
**ᓂᐱᐦᐄᒑᔥᑭᐙᐤ** nipihiichaashkiwaau vta ◆ il/elle le/la tue en pressant avec son pied ou son corps
**ᓂᐱᐦᐄᓲ** nipihiisuu vai reflex -u ◆ il/elle se tue (accidentellement) ou se suicide
**ᓂᐱᐦᐄᔑᓐ** nipihiishin vai ◆ il/elle tombe et meurt
**ᓂᐱᐦᐊᒫᐤ** nipihamaau vai ◆ le poisson a la chair tendre après avoir frayé
**ᓂᐱᐦᐋᐤ** nipihaau vta ◆ il/elle le/la tue
**ᓂᐱᐦᐋᒋᑳᔑᐙᐤ** nipihaachikaashiwaau vai ◆ il/elle tue facilement du vison
**ᓂᐱᐦᐋᒥᔅᒁᐤ** nipihaamiskwaau vii ◆ c'est facile pour lui/elle de tuer le castor
**ᓂᐱᐦᐋᔨᒫᐤ** nipihaayimaau vta ◆ il/elle le/la tue par ses pensées, en conjurant
**ᓂᐱᐦᑎᐙᐤ** nipihtiwaau vta ◆ il/elle le/la tue pour lui/elle
**ᓂᐱᐦᑎᒧᐙᐤ** nipihtimuwaau vta ◆ il/elle le/la tue pour lui/elle, à sa place
**ᓂᐱᐦᑖᐤ** nipihtaau vai+o ◆ il/elle le tue
**ᓂᐱᐦᑖᑳᒑᐤ** nipihtaakaachaau vai ◆ il/elle tue avec
**ᓂᐲ** nipii ni -m ◆ de l'eau
**ᓂᐲᐅᑎᐙᐤ** nipiiutiwaau vai ◆ sa fourrure est mouillée
**ᓂᐲᐅᑎᐦᒑᐤ** nipiiutihchaau vai ◆ il/elle a les mains mouillées
**ᓂᐲᐅᓂᒼ** nipiiunim vti ◆ il/elle le mouille avec ses mains
**ᓂᐲᐅᓈᐤ** nipiiunaau vta ◆ il/elle le/la mouille avec ses mains
**ᓂᐲᐅᓯᒁᐤ** nipiiusikwaau vii ◆ il y a de l'eau sur la glace

**ᓂᐲᐅᔅᑭᒥᑳᐤ** nipiiuskimikaau vii ◆ c'est un terrain humide

**ᓂᐲᐅᔥᑭᐧᐋᐤ** nipiiushkiwaau vta ◆ il/elle le/la mouille avec son pied ou son corps

**ᓂᐲᐅᔥᑭᒼ** nipiiushkim vti ◆ il/elle le mouille avec son pied ou son corps

**ᓂᐲᐅᐦᐄᓲ** nipiiuhiisuu vai reflex -u ◆ il/elle se mouille, se trempe

**ᓂᐲᐅᐦᐆ** nipiiuhuu vai reflex -u ◆ il/elle se mouille, se trempe

**ᓂᐲᐅᐦᐋᐤ** nipiiuhaau vta ◆ il/elle le/la mouille

**ᓂᐲᐅᐦᑖᐤ** nipiiuhtaau vai ◆ il/elle le mouille

**ᓂᐲᐆ** nipiiuu vai -iiwi ◆ il/elle est mouillé-e

**ᓂᐲᐆ** nipiiuu vii -iiwi ◆ c'est mouillé

**ᓂᐲᐧᐋᐱᔅᑳᐤ** nipiiwaapiskaau vii ◆ c'est humide (minéral)

**ᓂᐲᒥᑭᓐ** nipiimikin vii ◆ ça meurt, paralysé

**ᓂᐲᐦᑭᐦᑎᒼ** nipiihkihtim vti ◆ il/elle y ajoute de l'eau

**ᓂᐳᐱᔨᐤ** nipupiyiu vai ◆ il/elle se replie

**ᓂᐳᐱᔨᐤ** nipupiyiu vii ◆ ça se replie

**ᓂᐳᑳᑖᐦᐱᑖᐤ** nipukaataahpitaau vta ◆ il/elle l'entrave

**ᓂᐳᓂᒼ** nipunim vti ◆ il/elle le replie

**ᓂᐳᓈᐤ** nipunaau vta ◆ il/elle le/la replie

**ᓂᐹᐅᐱᔨᒌᔅ** nipaaupiyichiis na ◆ un pyjama

**ᓂᐹᐅᑭᒥᒄ** nipaaukimikw ni ◆ une chambre à coucher, un hôtel

**ᓂᐹᐅᔥᑐᑎᓐ** nipaaushtutin ni ◆ un bonnet de nuit

**ᓂᐹᐅᔮᓐ** nipaauyaan ni ◆ une chemise de nuit

**ᓂᐹᐧᐃᓐ** nipaawin ni ◆ un lit

**ᓂᐹᐤ** nipaau vai ◆ il/elle dort

**ᓂᐹᑦ** nipaat p,temps ◆ évidemment (expression indiquant le caractère mal à-propos d'un évènement) ▪ ᓂᐹᑦ ᐧᐋᔥ ᐧᐃᔨᐧᐄᑎᒥᐦᒡ ᒫ ᐧᐄᐦ ᐃᐦᑖᑦ ᒫᐧᑳᒡ ᐋᐦ ᐄᐹᑎᓂᔨᒡ. ▪ *Evidemment il voudra sortir maintenant qu'il fait un temps épouvantable.*

**ᓂᐹᑭᓂᐧᐃᑦ** nipaakiniwit ni ◆ un sac de literie

**ᓂᐹᑭᓐ** nipaakin ni ◆ une couverture, un sac de couchage

**ᓂᐹᔑᐤ** nipaashiu vai dim ◆ il/elle somnole, fait une petite sieste

**ᓂᐹᔥ** nipaash p,manière ◆ faire quelque chose à l'essai, à moitié, sans attendre de bons résultats, rapidement et cochonnement, de ci de là ▪ ᒥᒄ ᓂᐹᔥ ᓂᒌᐦ ᒋᔥᑖᐹᐅᒋᑭᒥᐧᑳᓐ ᐋᐦ ᒌᐦ ᒋᔅᒐᔨᐦᑎᒫᓐ ᒦᓐ ᐧᐄᐱᒡ ᒫ ᐹᒋ ᒥᐦᒫᑎᒡ ᐊᐧᐋᔑᔑᒡ. ✧ ᓂᐹᔥ ᒫ ᑯᒋᐦᑖᐦ ᑭᔮᐦ ᒌᔨ ᒫ ᐧᐄᐦ ᒋᔅᑯᑎᒫᓱᔨᓐ ᑖᓂᑖᐦ ᐋᐦ ᐃᐦᑐᑖᑭᓂᐧᐃᒡ. ▪ *Je n'ai pas bien lavé le plancher parce que je savais que beaucoup d'enfants allaient revenir bientôt.* ✧ *Essaie au moins d'essayer à apprendre à le faire!*

**ᓂᐹᐦᐄᐧᐋᐤ** nipaahiiwaau vii ◆ ça endort

**ᓂᐹᐦᐄᐧᐋᐤ** nipaahiiwaau vai ◆ il/elle l'endort

**ᓂᐹᐦᐅᑰ** nipaahukuu vai -u ◆ ça le/la fait dormir

**ᓂᐹᐦᐋᐤ** nipaahaau vta ◆ il/elle l'anesthésie, l'endort

**ᓂᐹᐦᑳᓲ** nipaahkaasuu vai -u ◆ il/elle fait semblant de dormir

**ᓂᐧᐹᐱᐦᑳᑎᒼ** nipwaapihkaatim vti ◆ il/elle l'attache plié en deux

**ᓂᐧᐹᐱᐦᑳᑖᐤ** nipwaapihkaataau vta ◆ il/elle l'attache plié-e en deux

**ᓂᐧᐹᐱᐦᒑᐱᑎᒼ** nipwaapihchaapitim vti ◆ il/elle le tire (filiforme) en double

**ᓂᐧᐹᐱᐦᒑᐱᑖᐤ** nipwaapihchaapitaau vta ◆ il/elle le/la tire (filiforme) en double

**ᓂᐧᐹᐱᐦᒑᓂᒼ** nipwaapihchaanim vti ◆ il/elle le double (filiforme)

**ᓂᐧᐹᐱᐦᒑᓈᐤ** nipwaapihchaanaau vta ◆ il/elle le/la double (filiforme)

**ᓂᐧᐹᑭᐱᐤ** nipwaakipiu vai ◆ il/elle est placé-e plié-e en deux

**ᓂᐧᐹᑭᑯᒋᓐ** nipwaakikuchin vai ◆ il/elle est suspendu-e plié-e en deux

**ᓂᐧᐹᑭᔥᑖᐤ** nipwaakishtaau vii ◆ c'est placé plié en deux

**ᓂᐧᐹᑭᔥᑖᐤ** nipwaakishtaau vai ◆ il/elle le place (étalé) plié en deux

**ᓂᐧᐹᑭᐦᐊᒼ** nipwaakiham vti ◆ il/elle le plie (étalé) avec un outil

**ᓂᐧᐹᑭᐦᐋᐤ** nipwaakihaau vta ◆ il/elle le/la place plié-e en deux

**ᓂᐧᐹᑭᐦᐧᐋᐤ** nipwaakihwaau vta ◆ il/elle le/la plie (étalé) en pressant dessus

ᓂᐹᑯᑯᑖᐤ nipwaakukutaau vai+o
 • il/elle le suspend plié-e en deux
ᓂᐹᑯᑯᑖᐤ nipwaakukutaau vii • c'est suspendu plié en deux
ᓂᐹᑯᑯᔮᐤ nipwaakukuyaau vta • il/elle le/la suspend plié-e en deux
ᓂᐹᒋᓂᒼ nipwaachinim vti • il/elle le plie (étalé)
ᓂᐹᒋᓈᐤ nipwaachinaau vta • il/elle le/la plie (étalé)
ᓂᐹᒋᔑᒼ nipwaachishim vti • il/elle le coupe quand il est plié en deux
ᓂᐹᒋᔽᐤ nipwaachishwaau vta
 • il/elle le/la coupe quand il/elle est plié-e en deux
ᓂᐹᒋᔥᑎᐦᐊᒼ nipwaachishtiham vti
 • il/elle fait l'ourlet, coud un pli dedans
ᓂᐹᒋᔥᑎᐦᐚᐤ nipwaachishtihwaau vta
 • il/elle coud un pli dedans (animé)
ᓂᐹᔅᑯᐦᐊᒼ nipwaaskuham vti • il/elle l'épingle quand il est plié en deux
ᓂᐹᔅᑯᐦᐚᐤ nipwaaskuhwaau vta
 • il/elle l'épingle quand il est plié en deux
ᓂᑎᐃ nitiwii p,manière • n'importe où, n'importe comment, pas aussi bien ▪ ᒫᑦ ᓂᑎᐃ ᐁᑳ ᐋᔑᑖᐦᑖᐤ ᐊᓂᐦᐃ ᐅᑕᔅᓯᐦᐄ ᐋᓪ ᐋᐤ ᐦᐄᐤ •ᐅᐦ ᑎᐸᔅᑕᐦ ▪ Elle/Il n'a pas fabriqué ses raquettes aussi bien qu'il aurait dû parce qu'elle/il était pressé-e.
ᓂᑎᐚᐚᐤ nitiwaawaau vai • il/elle va ramasser des oeufs
ᓂᑎᐚᐚᐦᐊᒼ nitiwaawaaham vti
 • il/elle va chercher des oeufs en canot
ᓂᑎᐚᐱᐤ nitiwaapiu vai • il/elle cherche des gens dont on attend le retour
ᓂᑎᐚᐱᒫᐤ nitiwaapimaau vta • il/elle va le/la chercher, le/la voir
ᓂᑎᐚᐱᐦᑎᒼ nitiwaapihtim vti • il/elle va le chercher
ᓂᑎᐚᒡ nitiwaach p,conjonction [Wemindji]
 • puisque (action alternative due aux circonstances) ▪ ᐊᒃ ᐦᐋᐧᐦ ᐅᐦᕐ ᐦᐦ ᐹᐱᔾᒼ ᓂᑎᐚᒡ ᐅᐸᐊ ᐊᒡᐦ ᑲ ᐃᔾᐸᔾᑎᐸᐧ ▪ Puisqu'ils ne pouvaient pas rentrer à la maison tout de suite, nous avons décidé d'aller là où ils étaient.

ᓂᑎᐚᔥᒑᐤ nitiwaaschaau vai • il/elle va chasser l'oie
ᓂᑎᐚᔥᒑᐱᔫ nitiwaaschaapiyiu vai
 • il/elle sort chasser l'oie en véhicule
ᓂᑎᐚᔒᒻ nitiwaashishiim nad -im
 • mon enfant
ᓂᑎᐚᔨᒫᐤ nitiwaayimaau vta • il/elle le/la veut
ᓂᑎᐚᔨᐦᑎᒫᒑᔥᑎᒧᐚᐤ nitiwaayihtimaachaashtimuwaau vta
 • il/elle demande quelque chose à quelqu'un
ᓂᑎᐚᔨᐦᑎᒼ nitiwaayihtim vti • il/elle le veut
ᓂᑎᐚᔨᐦᑖᑯᓐ nitiwaayihtaakun vii
 • c'est nécessaire
ᓂᑎᐚᔨᐦᑖᑯᓯᐤ nitiwaayihtaakusiu vai
 • il/elle est désirée, désirable, on attend cela de lui/d'elle
ᓂᑎᐚᐦᐋᐤ nitiwaahaau vta • il/elle va le/la voir
ᓂᑎᐚᐦᑖᐤ nitiwaahtaau vai+o • il/elle va le voir, le vérifier
ᓂᑎᐚᐦᒋᒃᐚᐤ nitiwaahchikwaau vta
 • il/elle chasse le phoque, la loutre
ᓂᑎᐚᐦᒋᒃᐚᐦᐊᒼ nitiwaahchikwaaham vti
 • il/elle chasse le phoque en canot
ᓂᑎᒥᐦᒡ nitimihch p,lieu • en amont de la rivière ▪ ᐊᒡ ᓂᑎᒥᐦᒡ ᐊᑯᑖᐤ ᑲ ᐅᔥᒋᐸᓂᐄ ᓂᑐᦰᑭᓂᐸᒥᑖᦣ ▪ La clinique fut construite en amont de la rivière.
ᓂᑎᓱᓂᐦᐄᒑᐤ nitisunihiichaau vai
 • il/elle passe une commande par catalogue
ᓂᑎᔨᔅᑯᐱᒋᐤ nitiyiskupichiu vai • il/elle déplace son campement d'hiver en longeant la rivière gelée en amont
ᓂᑎᔨᔅᑯᐱᐦᑖᐤ nitiyiskupihtaau vai
 • il/elle remonte la rivière en courant sur la glace
ᓂᑎᔨᔨᒼ nitiyiyim nad • mon enfant
ᓂᑎᐦᐄᐱᔨᐤ nitihiipiyiu vai • il/elle remonte la rivière en véhicule, en nageant
ᓂᑎᐦᐄᐱᔨᐤ nitihiipiyiu vii • ça remonte la rivière
ᓂᑎᐦᐄᐱᔨᐦᐋᐤ nitihiipiyihaau vta
 • il/elle l'emmène en amont de la rivière, en véhicule

**ᓂᑎᐦᐄᐱᔨᐦᑖᐤ** nitihiipiyihtaau vai ◆ il/elle l'emporte en remontant la rivière en véhicule

**ᓂᑎᐦᐄᐱᐦᑖᐤ** nitihiipihtaau vai ◆ il/elle remonte la rivière en courant

**ᓂᑎᐦᐄᒋᐏᓐ** nitihiichiwin vii ◆ l'eau va contre le courant

**ᓂᑎᐦᐄᐢᑯᑐᐏᑖᐤ** nitihiiskutuwitaau vta ◆ il/elle remonte la rivière sur la glace en le/la portant sur son dos

**ᓂᑎᐦᐄᐢᑯᑖᐹᐤ** nitihiiskutaapaau vai ◆ il/elle remonte la rivière sur la glace en tirant une charge

**ᓂᑎᐦᐄᐢᑯᑖᒋᒫᐤ** nitihiiskutaachimaau vta ◆ il/elle remonte la rivière en traîneau sur la glace

**ᓂᑎᐦᐄᐢᑯᐦᑎᑖᐤ** nitihiiskuhtitaau vai ◆ il/elle remonte la rivière à pied sur la glace en le portant

**ᓂᑎᐦᐄᐢᑯᐦᑎᐦᐋᐤ** nitihiiskuhtihaau vta ◆ il/elle l'emmène en remontant la rivière sur la glace

**ᓂᑎᐦᐄᐢᑯᐦᑖᐤ** nitihiiskuhtaau vai ◆ il/elle remonte la rivière à pied sur la glace

**ᓂᑎᐦᐄᐢᑰ** nitihiiskuu vai -u ◆ il/elle remonte la rivière sur la glace

**ᓂᑎᐦᐄᐢᑰᓂᔪᒫᐤ** nitihiiskuuniyumaau vai ◆ il/elle remonte la rivière en le/la portant sur son dos

**ᓂᑎᐦᐄᔥᑭᒻ** nitihiishkim vti ◆ il/elle remonte la rivière à pied

**ᓂᑎᐦᐄᐦᐅᑖᐤ** nitihiihutaau vai+o ◆ il/elle l'emporte en canot vers l'amont

**ᓂᑎᐦᐅᑖᓲ** nitihutaasuu vai -u ◆ il/elle emporte des provisions vers l'intérieur des terres en canot

**ᓂᑎᐦᐅᔮᐤ** nitihuyaau vta ◆ il/elle l'emmène en amont de la rivière par voie d'eau ou voie aérienne

**ᓂᑎᐦᐊᒻ** nitiham vti ◆ il/elle remonte la rivière en pagayant, à la nage

**ᓂᑎᐦᐋ** nitihaa p,interjection ◆ voyons, voyons voir, montre-moi ça ▪ ᓂᑎᐦᐋ, ᓂᑭ ᐚᐱᐦᑖᓐ ᒫ ᐊᓐ ᑳ ᐅᔑᐦᑖᔮᓐ. ▪ *Voyons ce que tu as fait!*

**ᓂᑎᐦᐋᔑᐤ** nitihaashiu vai ◆ il/elle vogue vers l'amont, remonte le courant

**ᓂᑐᐏᐚᐱᒫᐤ** nituwiwaapimaau vta ◆ il/elle va le/la voir

**ᓂᑐᐏᐚᐱᐦᑎᒻ** nituwiwaapihtim vti ◆ il/elle va le voir

**ᓂᑐᐏᑎᐹᔨᒫᐤ** nituwitipaayimaau vta ◆ il/elle va voir s'il/si elle va bien

**ᓂᑐᐏᒋᐢᒑᔨᒫᐤ** nituwichischaayimaau vta ◆ il/elle va le/la voir, vérifier

**ᓂᑐᐏᒋᔖᔮᒁᐤ** nituwichishaayaakwaau vta ◆ il/elle chasse l'ours

**ᓂᑐᐏᒥᐢᒁᐅᒫᐤ** nituwimiskwaaumaau vta ◆ il/elle lui demande la main de sa fille, lui demande sa fille en mariage

**ᓂᑐᐏᓂᒋᔥᑭᐚᐤ** nituwinichishkiwaau vta ◆ il/elle va le/la rencontrer

**ᓂᑐᐏᐦᑎᓌᑭᓐ** nituwihtinwaakin ni ◆ un manche à air

**ᓂᑐᐱᔨᐤ** nitupiyiu vai ◆ il/elle est soldat-e, il/elle s'engage dans l'armée, il/elle fait la guerre

**ᓂᑐᐱᔨᐤ** nitupiyiu na ◆ un soldat, une soldate ▪ ᔖᔥ ᐹᐱᐦᔮᐤ ᓂᑐᐱᔨᐤ.

**ᓂᑐᐲᔨᑎᐚᐤ** nitupiiyitiwaau vta ◆ il/elle lui fait la guerre

**ᓂᑐᑎᒧᐚᐤ** nitutimuwaau vta ◆ il/elle mendie, supplie pour lui/elle

**ᓂᑐᑎᒫᐤ** nitutimaau vai ◆ il/elle mendie, quémande

**ᓂᑐᑎᒫᔥᑎᒫᒑᐤ** nitutimaashtimaachaau vai ◆ il/elle prie pour quelqu'un d'autre

**ᓂᑐᑎᒫᔥᑎᒫᒑᓯᐤ** nitutimaashtimaachaasiu na -iim ◆ un défenseur, une défenseuse (d'une cause), une ou une avocate, un partisan, une partisane

**ᓂᑐᑯᓈᐚᐱᑖᐤ** nitukunaawaapitaau vta ◆ il/elle tâte l'intérieur de sa bouche avec ses doigts

**ᓂᑐᑯᓈᐚᓈᐤ** nitukunaawaanaau vta ◆ il/elle tâte l'intérieur de sa bouche avec ses doigts

**ᓂᑐᒋᑭᓐ** nituchikin ni ◆ un baromètre

**ᓂᑐᒫᐤ** nitumaau vta ◆ il/elle l'invite chez lui/elle; il/elle l'appelle pour qu'il/elle vienne

**ᓂᑐᒫᐦᑎᒻ** nitumaahtim vti ◆ il/elle le cherche à l'odeur

**ᓂᑐᓂᒥᐢᒁᐤ** nitunimiskwaau vai ◆ il/elle tâtonne sous l'eau à la recherche du castor

**ᓂᑐᓯᓂᐦᐄᒑᐅᓯᓂᐦᐄᑭᓐ** nitusinihiichaausinihiikin ni ◆ un catalogue

ᓂᑐᕐᓂᓕᒫᐤ **nitusinihiichaau** vai ◆ il/elle passe une commande par correspondance

ᓂᑐᕐᓂᐊᒧᐙᐤ **nitusinihamuwaau** vta ◆ il/elle le commande par catalogue pour lui/elle

ᓂᑐᕐᓂᐊᒻ **nitusiniham** vti ◆ il/elle le commande par catalogue

ᓂᑐᕐᓂᐦᐋᐤ **nitusinihwaau** vta ◆ il/elle le/la commande par catalogue

ᓂᑐᵚᑭᐙᐤ **nitushkiwaau** vta ◆ il/elle va le/la combattre, le/la gronder

ᓂᑐᐦᑎᐙᐤ **nituhtiwaau** vta ◆ il/elle l'écoute

ᓂᑐᐦᑎᒻ **nituhtim** vti ◆ il/elle l'écoute

ᓂᑐᐦᑯᓐ **nituhkun** vii ◆ c'est un remède

ᓂᑐᐦᑯᓯᔫ **nituhkusiiu** vai ◆ il/elle guérit, ça fait guérir (animé)

ᓂᑐᐦᑯᔨᓂᐤ **nituhkuyiniu** vai ◆ il/elle est médecin

ᓂᑐᐦᑯᔨᓂᑭᒥᒄ **nituhkuyinikimikw** ni ◆ un hôpital

ᓂᑐᐦᑯᔨᓂᒋᓯᐤ **nituhkuyinichisiu** vai ◆ il/elle sent le médicament

ᓂᑐᐦᑯᔨᓂᔅᑳᐅᑭᒥᒄ **nituhkuyiniskwaaukimikw** ni ◆ la résidence des infirmières ou des infirmiers

ᓂᑐᐦᑯᔨᓂᔅᑳᐤ **nituhkuyiniskwaau** na -m ◆ une infirmière, un infirmier

ᓂᑐᐦᑯᔨᓐ **nituhkuyin** ni -im ◆ un remède, un médicament

ᓂᑐᐦᑯᔨᓐ **nituhkuyin** na -im ◆ un docteur, une docteure, un ou une médecin

ᓂᑐᐦᑯᐦᐄᑰ **nituhkuhiikuu** vai -u ◆ ça le/la guérit

ᓂᑐᐦᑯᐦᐄᓯᐙᒑᐤ **nituhkuhiisiwaachaau** vai ◆ il/elle l'utilise comme remède

ᓂᑐᐦᑯᐦᐋᐤ **nituhkuhaau** vta ◆ il/elle le/la guérit

ᓂᑐᐦᑯᐦᑖᐤ **nituhkuhtaau** vai ◆ il/elle le guérit

ᓂᑐᐦᒑᒨ **nituhchaamuu** vai -u ◆ il/elle invite les gens

ᓂᑑ **nituu** préverbe ◆ aller faire

ᓂᑑᐱᑯᔑᐦᑖᐤ **nituupikushihtaau** vai ◆ il/elle va attendre dans l'espoir de recevoir de la nourriture

ᓂᑑᐹᔅᒋᓯᒑᐤ **nituupaaschisichaau** vai ◆ il/elle va à la chasse à l'oie

ᓂᑑᒋᔖᐦᑎᒻ **nituuchischaayihtim** vti ◆ il/elle l'examine, le vérifie

ᓂᑑᒥᔅᒀᐤ **nituumiskwaau** vai ◆ il/elle chasse le castor

ᓂᑑᒥᔅᒀᒋᒫᐤ **nituumiskwaachimaau** vai ◆ il/elle explore l'endroit pour compter le nombre de huttes de castor

ᓂᑑᒥᔥᑎᑯᐦᔮᐙᐤ **nituumishtikuhyaawaau** vai ◆ il/elle chasse le tétras

ᓂᑑᒫᓵᐤ **nituumaasaau** vai ◆ il/elle va à la pêche

ᓂᑑᓂᒋᔥᑭᒻ **nituunichishkim** vti ◆ il/elle va le rencontrer

ᓂᑑᓂᒫᐦᑖᐤ **nituunimaahtaau** vai+o ◆ il/elle examine le piège à castor pour voir s'il y a des traces de la présence des castors autour du piège

ᓂᑑᓰ **nituusisaa** nad voc ◆ belle-mère! (la femme de mon père qui n'est pas ma mère), tante! (la soeur de ma mère, la femme du frère de mon père)

ᓂᑑᓰᔅ **nituusis** nad ◆ ma tante (la soeur de ma mère, la femme du frère de mon père), ma belle-mère (la femme de mon père qui n'est pas ma mère)

ᓂᑑᔥᒑᐤ **nituuschaau** vai ◆ il/elle va à la chasse à l'oie

ᓂᑑᔑᐃᔮᓂᐙᐤ **nituushuwiyaaniwaau** vta ◆ il/elle lui demande de l'argent

ᓂᑑᔑᐃᔮᓈᑎᒻ **nituushuwiyaanaatim** vti ◆ il/elle cherche de l'argent dedans

ᓂᑑᔫᐃᓈᐤ **nituuyuwinaau** vai ◆ il/elle trappe pour la fourrure

ᓂᑑᐅᐃᓐ **nituuhuwin** ni ◆ du gibier

ᓂᑑᐅᑎᑎᒻ **nituuhutitim** vti ◆ il/elle le chasse

ᓂᑑᐅ **nituuhuu** vai -u ◆ il/elle chasse

ᓂᑑᐅᐦᑳᓲ **nituuhuuhkaasuu** vai -u ◆ il/elle fait semblant d'aller à la chasse

ᓂᑑᐦᐋᐤ **nituuhaau** vta ◆ il/elle le/la chasse

ᓂᑑᐦᔮᐙᐤ **nituuhyaawaau** vai ◆ il/elle chasse le lagopède

ᓂᑖᓂᓴ **nitaanisaa** nad voc ◆ fille!

ᓂᑖᓂᔅ **nitaanis** nad ◆ ma fille

ᓂᑖᓂᔅᑯᑖᐹᒻ **nitaaniskutaapaam** nad ◆ mon arrière-arrière-grand-père ou grand-mère

ᓂᑖᓂᐃᑭᐃᔒᒻ **nitaanishkiwishiim** nad
 ♦ mon arrière-grand-père ou grand-mère

ᓂᒐᓯᐱᐦᑖᐤ **nitaasipihtaau** vai+o ♦ il/elle observe le mouvement de l'eau pour voir s'il y a des castors

ᓂᐙᐛᓯᔖᐤ **nitwaawaasischaau** vai
 ♦ il/elle tire un coup en l'air pour attirer l'attention

ᓂᐋᐱᐦᒋᑭᓂᔥ **nitwaapihchikinish** ni dim
 ♦ un ordinateur portable

ᓂᐙᐱᐦᒋᑭᓐ **nitwaapihchikin** ni ♦ un ordinateur

ᓂᑖᑭᒥᓈᐤ **nitwaakiminaau** vai ♦ il/elle tâtonne sous l'eau pour le trouver

ᓂᑭ **niki** préverbe ♦ indicateur du futur utilisé avec la première personne de verbes à l'indépendant ▪ ᐙᐸᐦᒉ ᓂᑭ ᐃᐧᐦᔖᔮ ᓂᓂᑐᒄᐯᒥᒑᓐ. *J'irai demain à ma cabane de chasse.*

ᓂᑭᑎᑐᐃᒡ **nikitituwich** vai pl recip -u
 ♦ ils/elles divorcent, se séparent, se quittent

ᓂᑭᑎᒧᐛᐤ **nikitimuwaau** vta ♦ il/elle le/la laisse à sa charge, à ses bons soins

ᓂᑭᑎᒼ **nikitim** vti ♦ il/elle l'abandonne, le laisse, quitte la ville

ᓂᑭᑎᐦᐅᐛᐤ **nikitihuwaau** vta ♦ il/elle les laisse sur place en partant en véhicule

ᓂᑭᑎᐦᐅᑰ **nikitihukuu** vai -u ♦ le véhicule les abandonne, les laisse sur place

ᓂᑭᑎᐦᐊᒧᐛᐤ **nikitihamuwaau** vta
 ♦ il/elle le laisse pour lui/elle en partant en véhicule

ᓂᑭᑎᐦᐊᒼ **nikitiham** vti ♦ il/elle part en véhicule

ᓂᑭᑎᐦᐙᐤ **nikitihwaau** vta ♦ il/elle le/la quitte en véhicule, le/la laisse sur place, part en avant de lui/d'elle

ᓂᑭᑐᒐᐤ **nikituchaau** vai ♦ il/elle quitte son domicile, son habitation

ᓂᑭᑖᐤ **nikitaau** vta ♦ il/elle l'abandonne, le/la laisse

ᓂᑭᒋᐱᒌᔑᑎᐙᐤ **nikichipichiishtiwaau** vta
 ♦ il/elle quitte son campement d'hiver pour aller vivre ailleurs

ᓂᑭᒧᓐ **nikimun** ni ♦ une chanson

ᓂᑭᒧᐛᐤ **nikimuhaau** vta ♦ il/elle chante à propos de lui/d'elle

ᓂᑭᒧᐦᑖᐤ **nikimuhtaau** vai ♦ il/elle chante à propos de ça

ᓂᑭᒨ **nikimuu** vai -u ♦ il/elle chante

ᓂᑭᒨᓯᓂᐦᐄᑭᓐ **nikimuusinihiikin** ni ♦ un livre de chant, de chansons

ᓂᑭᒨᔥᑎᐛᐤ **nikimuushtiwaau** vta
 ♦ il/elle chante pour lui/elle

ᓂᑭᒨᔥᑎᒼ **nikimuushtim** vti ♦ il/elle chante pour ça

ᓂᑭᐦᐊᒼ **nikiham** vti ♦ il/elle le rencontre en conduisant; il/elle freine

ᓂᑭᐦᐙᐤ **nikihwaau** vta ♦ il/elle le/la rencontre sur son chemin en véhicule; il/elle freine

ᓂᑯᑎᓲ **nikutisuu** vai -u ♦ il/elle va chercher sa proie à l'endroit où il l'a tuée

ᓂᑯᑐᓐ **nikutun** p,temps ♦ un de ces jours, une fois ▪ ᓂᑯᑐᓐ ᐋᐦ ᑲᑭᐸᔨᒡ ᐋᒡᑎᐦ ᒡ ᐙᐱᐦᑎᐦᒃ ᐋᒡ ᐋᒉᐳᐋᒡ. *Un de ces jours, elle verra ce que les gens essayaient de lui dire.*

ᓂᑯᑖᐛᓱᒥᑎᓂᐤ **nikutwaasumitiniu** p,nombre
 ♦ soixante

ᓂᑯᑖᐛᔖᑉ **nikutwaashaap** p,nombre
 ♦ seize

ᓂᑯᑖᐛᔥᒡ **nikutwaashch** p,nombre ♦ six

ᓂᑯᓯᔥ **nikusis** nad ♦ mon fils

ᓂᑯᓵ **nikusaa** nad voc ♦ fils!

ᓂᑯᐦᑖᐤ **nikuhtaau** vai ♦ il/elle fend du bois

ᓂᑳᐐ **nikaawii** na ♦ ma mère

ᓂᑳᐐᔑᐱᓐ **nikaawiishipin** nad ♦ ma défunte mère

ᓂᑳᐱᑎᒼ **nikaapitim** vti ♦ il/elle l'arrête de bouger en tirant dessus

ᓂᑳᐱᑖᐤ **nikaapitaau** vta ♦ il/elle l'arrête quand il/elle passe

ᓂᑳᐱᔨᐤ **nikaapiyiu** vai ♦ il/elle s'arrête

ᓂᑳᐱᔨᐤ **nikaapiyiu** vii ♦ ça s'arrête tout seul

ᓂᑳᐱᐦᑳᑎᒼ **nikaapihkaatim** vti ♦ il/elle l'arrête, le retient en l'attachant

ᓂᑳᐱᐦᒑᓈᐤ **nikaapihchaanaau** vta
 ♦ il/elle l'arrête (animé, filiforme) de la main

**ᓂᑳᐹᔮᐦᐋᓐ** nikaapaayaahaan vii ◆ ça (le vent) empêche quelque chose ou quelqu'un d'avancer dans l'eau

**ᓂᑳᓂᒻ** nikaanim vti ◆ il/elle a laissé des vieilles traces, ses traces sont anciennes

**ᓂᑳᓂᒻ** nikaanim vti ◆ il/elle arrête ses mouvements à la main

**ᓂᑳᓈᐤ** nikaanaau vta ◆ il/elle arrête ses mouvements avec ses mains

**ᓂᑳᔥᑭᐙᐤ** nikaashkiwaau vta ◆ il/elle lui bloque le passage avec son pied ou son corps

**ᓂᑳᔥᑭᒻ** nikaashkim vti ◆ il/elle lui bloque le passage avec son pied ou son corps

**ᓂᑳᔮᑯᓈᐦᐊᒻ** nikaayaakunaaham vti ◆ il/elle l'arrête en mettant de la neige contre lui

**ᓂᑳᔮᑯᓈᐦᐙᐤ** nikaayaakunaahwaau vta ◆ il/elle l'arrête en mettant de la neige contre lui/elle

**ᓂᑳᔮᔅᑯᐦᐊᒻ** nikaayaaskuham vti ◆ il/elle l'arrête avec un bâton ou en utilisant quelque chose de long et rigide contre lui

**ᓂᑳᔮᔅᑯᐦᐙᐤ** nikaayaaskuhwaau vta ◆ il/elle l'arrête avec un bâton ou en utilisant quelque chose de long et rigide contre lui/elle

**ᓂᑳᔮᔅᑯᐦᑎᓐ** nikaayaaskuhtin vii ◆ c'est retenu par quelque chose (long et rigide)

**ᓂᑳᔮᔑᐤ** nikaayaashiu vai ◆ il/elle est arrêté-e par la force du vent

**ᓂᑳᔮᔥᑎᓐ** nikaayaashtin vii ◆ c'est arrêté par la force du vent

**ᓂᑳᔮᔥᑯᔑᓐ** nikaayaashkushin vai ◆ il/elle est retenu-e par quelque chose de long et rigide

**ᓂᑳᐦᐊᒻ** nikaaham vti ◆ il/elle l'arrête en mettant quelque chose contre lui

**ᓂᑳᐦᐙᐤ** nikaahwaau vta ◆ il/elle l'arrête en mettant quelque chose contre lui/elle

**ᓂᒁᑖᐤ** nikwaataau vta ◆ il/elle l'attrape au collet

**ᓂᒁᑖᑭᓐ** nikwaataakin na ◆ un animal pris au collet

**ᓂᒁᑭᓈᔅᒄ** nikwaakinaaskw na ◆ un bâton duquel pend un collet

**ᓂᒁᑭᓈᐦᑎᒄᐦ** nikwaakinaahtikwh ni pl ◆ des bâtons de chaque côté du piège

**ᓂᒁᓈᔮᐲ** nikwaanaayaapii ni -m ◆ du câble à collet

**ᓂᒁᓐ** nikwaan ni ◆ un collet

**ᓂᒁᓲ** nikwaasuu vai -u ◆ il/elle est pris-e dans un collet

**ᓂᒋᐱᔨᐤ** nichipiyiu vai ◆ il/elle arrête de bouger, ne sort pas en douceur

**ᓂᒋᐱᔨᐤ** nichipiyiu vii ◆ ça arrête de bouger; ça ne sort pas bien

**ᓂᒋᑯᐃᔨᑯᔅᑯᓐ** nichikuiyikuskun vii ◆ les nuages sont de couleur rose et bleue

**ᓂᒋᑯᐎᔪᔅᒁᐤ** nichikuwiyuskwaau vii ◆ il y a de petites couches de nuages bleus et roses

**ᓂᒋᑯᐹᔥᑖᓐ** nichikupaashtaan vii ◆ c'est une pluie douce sans vent

**ᓂᒋᑯᒥᓈᐦᑎᒄ** nichikuminaahtikw ni ◆ un buisson d'airelles, de myrtilles

**ᓂᒋᑯᒥᓐᐦ** nichikuminh ni pl ◆ une sorte de bleuets

**ᓂᒋᑯᓐ** nichikun ni ◆ Nichikun

**ᓂᒋᑯᔨ** nichikuyi na ◆ de la peau de loutre

**ᓂᒋᑳᐴ** nichikaapuu vai -uwi ◆ il/elle arrête de marcher

**ᓂᒋᒁᐳᐃ** nichikwaapui ni ◆ du bouillon de loutre

**ᓂᒋᒄ** nichikw na -m ◆ une loutre *Lutra canadensis*

**ᓂᒋᒧᔑᒫᐤ** nichimushimaau vai ◆ il/elle reste accroché-e à quelque chose

**ᓂᒋᒧᔑᓐ** nichimushin vai ◆ il/elle se fait coincer

**ᓂᒋᒧᐦᐙᐤ** nichimuhwaau vta ◆ il/elle le/la maintient en place pour l'empêcher de bouger

**ᓂᒋᒧᐦᑎᑖᐤ** nichimuhtitaau vai ◆ il/elle l'attache à quelque chose

**ᓂᒋᒧᐦᑎᓐ** nichimuhtin vii ◆ ça se coince

**ᓂᒋᓂᒻ** nichinim vti ◆ il/elle l'arrête à la main

**ᓂᒋᓯᒑ** nichisichaa p,lieu ◆ de côté

**ᓂᒋᔅᑭᐎᓈᑯᓐ** nichiskiwinaakun vii ◆ ça a l'air faible

**ᓂᒋᔥᑭᐙᐤ** nichishkiwaau vta ◆ il/elle le/la rencontre en marchant

**ᓂᒋᔥᑭᒻ** nichishkim vti ◆ il/elle le rencontre en chemin

ᓂᒋᔥᑳᑐᐧᐃᒡ **nichishkaatuwich** vai pl recip -u
- ils/elles se rencontrent

ᓂᒋᔥᑳᑑ **nichishkaatuuh** vii pl recip ◆ des choses se rencontrent

ᓂᒋᐦᐋᐅ **nichihaau** vta ◆ il/elle le/la rencontre en chemin

ᓂᒋᐤ **nichiiu** vai ◆ il/elle s'arrête en étant sur le point de faire quelque chose

ᓂᒥ **nimi** p,négatif ◆ ne...pas, pas

ᓂᒥ ᐃᔅᒋᐦᑎᓐ **nimi ischihtin** vii ◆ le ciel n'est pas noir les nuits d'été, le soleil de minuit

ᓂᒥ ᐃᔥᒀᐹᐋᐧᐋᐤ **nimi ishkwaapaawaau** vai ◆ il/elle est tout-e mouillé-e

ᓂᒥ ᐋᐧᐋᒡ **nimi waawaach** p,négative
- pas du tout, pas même ▪ ᓂᒥ ᐋᐧᐋᒡ ᓃᐯ ᒌ ᐋᐱᒫᐤ ᐊᐦᒌᐸᐤ ᐅᒥ ᐳᓂᒃ ▪ *Je n'ai pas même eu la chance de la voir avant qu'elle ne parte en canot.*

ᓂᒥ ᒋᔨᐋᐧ **nimi chiyiwaa** p,négative
- ne...pas ▪ ᓂᒥ ᒋᔨᐋᐧ ᐅᒥ ᐸᐱᔮᐤ ᒃ ᓂᐅᒌᑖᐯᔕᐃᒡ ᐋ ᒡᐦᓈᑎᐋᓯᐤᐋᔨᒃ ▪ *Il ne s'est pas présenté à la réunion à laquelle il était invité.*

ᓂᒥ ᓂᐦᑖ **nimi nihtaa** p,négative ◆ jamais ▪ ᓂᒥ ᓂᐦᑖ ᒎᐋᑦ ᓂᒣᔥᐤ ▪ *Elle ne mange jamais de poisson.*

ᓂᒥᑎᐦᐄᒑᐋᐧᐋᐦᑎᒄ **nimitihiichaawaahtikw** na ◆ un arbre sur lequel un orignal ou un caribou a frotté sa ramure

ᓂᒥᑎᐦᐋᒻ **nimitiham** vti ◆ il/elle (ex. un caribou, un orignal) frotte ses bois dessus, frotte sa ramure dessus

ᓂᒥᑖᐋᐧᐱᔨᐤ **nimitaawaapiyiu** vii ◆ ça s'effondre dans la rivière (ex. la berge)

ᓂᒥᑖᐤ **nimitaau** p,lieu ◆ au bord de quelque chose ▪ ᓂᒥᑖᐤ ᐊᑦ ᐊᐧᑐᑳ ᐅᔥᐱᓭᐦᐤ ᒋ ᐊᐅᔅᒥᔑᐤ ▪ *Approche-toi du feu pour te réchauffer.*

ᓂᒥᑖᓯᐱᐦᑖᐤ **nimitaasipihtaau** vai ◆ il/elle court jusqu'au rivage

ᓂᒥᓵ **nimisaa** nad voc ◆ grande-soeur, soeur aînée!

ᓂᒥᔅ **nimis** nad ◆ ma soeur aînée, ma grande-soeur

ᓂᒥᔅᒋᐤᑦ **nimischiuch** na pl ◆ le tonnerre ▪ ᓂᒥᔅᒋᐤᑦ ᐄᒥ ᑦᒎᐧᐃ ᒑᓈᒃᐸᐦᒃ ▪ *On entendait le tonnerre la nuit dernière..*

ᓂᒥᔅᒋᓈᐤ **nimischinaau** vta [Whapmagoostui]
- il/elle le/la fait sortir en pressant dessus

ᓂᒥᔅᒋᓯᓂᔥᒌᔥ **nimischisinishchiish** nad pej
- une ancienne petite amie, un ancien petit ami, lit. 'vieille savate' ▪ ᒌ ᐋᐧᐱᒣᐤ ᐅᒥᔅᒋᓯᓂᔥᒌᒻ ᒃ ᐅᒥᐋᐧ·ᐊᐤᒃ ▪ *Elle/Il a vu sa vielle chaussure (son ancienne petite amie) à la danse.*

ᓂᒥᔅᒌᐅᔅᒀᐤ **nimischiiuskwaau** vii ◆ il va y avoir un orage si on en croit les nuages

ᓂᒥᔅᒌᐅᔥᑯᑖᐋᐧᔮᐱ **nimischiiushkutaawaayaapii** ni -m ◆ du fil électrique

ᓂᒥᔅᒌᐅᔥᑯᑖᐤ **nimischiiushkutaau** ni -m ◆ de l'électricité

ᓂᒥᔅᒌᔅᑳᐤ **nimischiiskaau** vii ◆ il y a beaucoup d'orages

ᓂᒥᔥᑭᑖᐤ **nimishkitaau** vai ◆ il/elle régurgite un petit peu

ᓂᒥᔥᒎᐹᑯᐦᒋᓐ **nimishchupaakuhchin** vai
- sa vésicule biliaire (celle d'un animal mort) commence à se répandre dans le corps après avoir passé trop longtemps dans l'eau

ᓂᒥᔮᐅᑖᐦ **nimiyaautaah** p,négative ◆ pas de cette façon, pas comme ça ▪ ᓂᒥᔮᐅᑖᐦ ᐊᐅᒡ ᒃ ᐊᑳᐅᑦ ᒋ ᐊᒋᔅᑎᒡ ▪ *Elle/il n'a pas tissé les raquettes comme on lui avait dit.*

ᓂᒥᔮᐤ **nimiyaau** p,négatif ◆ ce n'est pas ▪ ᓂᒥᔮᐤ ᐊ ᐋᐋ ᒃ ᐋᐧᐱᒫᒃ ᒋ ᑕᒌᔮᐅᒃ ▪ *Ce n'est pas cette personne que je m'attendais à voir.*

ᓂᒥᐦᐋᒻ **nimiham** vti ◆ il/elle agite son poing vers ça en signe de colère

ᓂᒥᐦᐋᐤ **nimihwaau** vta ◆ il/elle agite son poing vers lui/elle en signe de colère

ᓂᒥᐦᑎᓂᑳᑦ **nimihtinikaat** ni ◆ la jambe gauche

ᓂᒥᐦᑎᓂᓰᑦ **nimihtinisit** ni ◆ le pied gauche

ᓂᒥᐦᑎᓂᔅᒡ **nimihtinisch** p,lieu ◆ sur le bras gauche

ᓂᒥᐦᑎᓂᒡ **nimihtinihch** p,lieu ◆ sur le côté gauche du corps

ᓂᒥᐦᒋᑳᑦ **nimihchikaat** ni ◆ la jambe gauche

ᓂᒥᐦᒋᐤ **nimihchiiu** vai ◆ il est gaucher, elle est gauchère

ᓂᒥᕼᒡ **nimihch** p,lieu ◆ gauche ▪ ᒥᑯ ᐅᒡᐦ ᓂᒥᕼᒡ ᐱᒡᐦᒡ ᐊᑲᒡᐦ ᑯᔑ ᑭᓯᕽᐅᒡ ᐊᑦ ᒦᓯᓯᑎᔑᒡᐅᒡ ▪ *Elle peut seulement coudre des perles avec la main gauche.*

ᓂᒧᐃ **nimui** p,négative ◆ non, pas ▪ ᓂᒧᐃ ᓂᒥᒡ ᐧᐊᕙᒡᐊᑎ ᓂᒥᓛᐃᔥᑭᔦᔥᐳ ᐊᒡ ᒥᔅᑭᑯᒡ ▪ *Je n'ai pas vu les gens de l'intérieur arriver sur le rivage.*

ᓂᒧᐃ ᓂᒥᒡ **nimui nihtaa** p,négative ◆ jamais ▪ ᓂᒧᐃ ᓂᒥᒡ ᑭᒃ ᑭᒡ ᓂᒥᒃ ᐱᐲᒡᐦᐊᐧ ᓂᔭᕒᓛᑳᓂᒥᒡᕽ ▪ *Je ne le laisserai jamais plus démonter mon horloge.*

ᓂᒧᔓᒥᐱᓐ **nimushumipin** nad ◆ feu mon grand-père, mon défunt grand-père

ᓂᒧᔓᒻ **nimushum** nad ◆ mon grand-père

ᓂᒫ **nimaa** p,négative ◆ tu ne trouves pas? vous ne trouvez pas? n'est-ce pas? ᐅᐊᐦ ᒡᐦ ᑭᓯᕽᐅ ᐊᒡᔥ ᒦᔫᔭᔥᐳ ᐊᒡ ᐊᑎᔆᒡᑦ, ᓂᒫᕽ ▪ *Cet aîné était un bon conteur de légendes, tu ne trouves pas?*

ᓂᒫᐅᔥᑎᒃᐧᐋᓐ **nimaaushtikwaan** ni ◆ une tête d'esturgeon

ᓂᒫᐧᐋᐳᐃ **nimaawaapui** ni -uum ◆ du bouillon d'esturgeon

ᓂᒫᐤ **nimaau** na -m ◆ un esturgeon, un esturgeon jaune ou de lac *Acipenser fulvescens*

ᓂᒫᐲ **nimaapii** na -m ◆ un meunier noir, une carpe noire *Catostomus commersoni*

ᓂᒫᐲᐅᔥᑎᒃᐧᐋᓐ **nimaapiiushtikwaan** ni ◆ une tête de brochet

ᓂᒫᐲᐧᐋᐳᐃ **nimaapiiwaapui** ni ◆ du bouillon de meunier, de carpe, de goujon

ᓂᒫᐲᓃᑳᓂᒫᒃᐧ **nimaapiiniikaanimaakw** ni ◆ la partie avant d'un appât (poisson)

ᓂᒫᓯᐃᓐ **nimaasiwin** vii ◆ il y a beaucoup de poissons

ᓂᒫᓯᐱᒦ **nimaasipimii** ni -um ◆ de la graisse de poisson

ᓂᒫᓯᐧᐸᓈᔅᒃᐧ **nimaasipwaanaaskw** ni -um ◆ un bâton fendu en deux pour faire rôtir le poisson

ᓂᒫᓯᑎᒋᔒ **nimaasitichishii** ni ◆ des entrailles de poisson, lit. 'l'intestin de poisson'

ᓂᒫᓯᔑᑯᒥᓐ **nimaasishikumin** ni -m ◆ du poisson désossé mélangé avec des baies

ᓂᒫᓯᐦᐄᐲ **nimaasihiipii** na -um ◆ un filet de pêche

ᓂᒫᓵᐃᐦᑯᓈᐤ **nimaasaaihkunaau** na -m [Whapmagoostui] ◆ une crêpe de poisson

ᓂᒫᓵᐳᐃ **nimaasaapui** ni -m ◆ du bouillon de poisson

ᓂᒫᔅ **nimaas** na -im ◆ un poisson

ᓂᒫᔅᑯᐃ **nimaaskui** ni ◆ le sac aérien d'un esturgeon

ᓂᒫᔥᑖᑯᐎᑦ **nimaashtaakuwit** ni -um ◆ un récipient pour le poisson fumé

ᓂᒫᔥᑖᑯᐦᒑᐤ **nimaashtaakuhchaau** vai ◆ il/elle prépare du poisson fumé

ᓂᒫᔥᑖᒃᐧ **nimaashtaakw** ni -um ◆ un poisson fumé

ᓂᒫᔥᑭᒻ **nimaashkim** vti ◆ il/elle laisse des traces ou des signes en marchant

ᓂᒫᐦ **nimaah** p,négative ◆ non ▪ ᓂᒫᐦ, ᓂᒫ ᓂᒡ ᐋᒡᐦᐋᐤ ᐊᒡ ᐱᐲᒃᐧᐊᐤ ᓂᒧᐃ *Non, je ne vais pas avec les autres pour poser le filet de pêche d'hiver.*

ᓂᒫᐦᐋᐤ **nimaahaau** vta ◆ il/elle voit des traces de son activité

ᓂᒫᐦᑖᐤ **nimaahtaau** vai ◆ il/elle laisse des traces de sa présence, de son passage

ᓂᓂᐳᑎᐦᑎᒥᓈᐦᐧᐋᐤ **niniputihtiminaahwaau** vta redup ◆ il/elle lui casse, brise les épaules avec quelque chose

ᓂᓂᐳᑎᐦᑯᑭᓈᐦᐧᐋᐤ **niniputihkukinaahwaau** vta redup ◆ il/elle lui brise, casse les deux ailes

ᓂᓂᐳᑭᔑᒋᐦᑎᒥᓈᐦᐧᐋᐤ **ninipukischihtiminaahwaau** vta redup ◆ il/elle lui casse, brise les deux omoplates

ᓂᓂᑎᔨᐤ **ninitiyiu** vai redup ◆ il/elle ment, raconte des mensonges, ne dit pas la vérité

ᓂᓂᑎᔨᒫᐤ **ninitiyimaau** vta redup ◆ il/elle lui ment

ᓂᓂᑎᔮᒋᒧ **ninitiyaachimuu** vai redup -u ◆ il/elle raconte des histoires fausses

ᓂᓂᑎᔮᒋᒫᐤ **ninitiyaachimaau** vta redup ◆ il/elle lui raconte des mensonges à son sujet

ᓂᓂᑭᐧᐋᐱᔨᐦᑖᐤ **ninikiwaapiyihtaau** vai redup ◆ il/elle le frise, le fait boucler

ᓂᓂᑭᐧᐋᔥᑎᒃᐧᐋᓈᐤ **ninikiwaashtikwaanaau** vai redup ◆ il/elle a les cheveux frisés, il/elle frise

ᓂᓂᑭᐦᑐᑐᐧᐃᒡ ninikihutuwich vai pl redup recip -u ♦ les vagues se rencontrent en provenant de directions opposées

ᓂᓂᐧᑳᓈᒋᐱᔨᐤ ninikwaanaachipiyiu vai redup ♦ il/elle est ridé-e (étalé)

ᓂᓂᐧᑳᓈᒋᐱᔨᐤ ninikwaanaachipiyiu vii redup ♦ c'est froissé (étalé)

ᓂᓂᐧᑳᓈᒋᓂᒻ ninikwaanaachinim vti redup ♦ il/elle le froisse

ᓂᓂᐧᑳᓈᒋᓈᐤ ninikwaanaachinaau vta redup ♦ il/elle le/la froisse

ᓂᓂᐧᑳᓈᒋᔥᑭᐙᐤ ninikwaanaachishkiwaau vta redup ♦ il/elle le/la froisse (étalé) avec son pied ou son corps

ᓂᓂᐧᑳᓈᒋᔥᑭᒼ ninikwaanaachishkim vti redup ♦ il/elle le froisse (étalé) avec son pied ou son corps

ᓂᓂᒌᐤ ninichiiu vai redup ♦ il/elle a peur que quelque chose ne lui arrive

ᓂᓂᒌᔥᑎᐙᐤ ninichiishtiwaau vta redup ♦ il/elle a peur de lui/d'elle, le/la redoute

ᓂᓂᒌᔥᑎᒻ ninichiishtim vti redup ♦ il/elle a peur de le faire

ᓂᓂᒥᐱᔨᐤ ninimipiyiu vai ♦ il/elle tremble

ᓂᓂᒫᓯᐹᐃᐧᐃᓐ ninimaaspinaawin ni redup ♦ une paralysie agitante

ᓂᓂᐦᐄᐦᑎᐙᐤ ninihiihtiwaau vta redup ♦ il/elle lui obéit

ᓂᓂᐦᐄᐦᑎᒻ ninihiihtim vti redup ♦ il/elle obéit

ᓂᓂᐦᖉᐦᑭᐙᐤ ninihaawiihkiwaau vta redup ♦ il/elle prend soin de ses besoins

ᓂᓂᐦᑑ ninihtuu vai redup -u ♦ il/elle est distrait-e et pressé-e de partir

ᓂᓂᐦᒋᐴ ninihchipuu vai redup -u ♦ il/elle mange vite pour pouvoir faire autre chose, parce qu'il/elle est distrait-e et ne peut pas s'attarder

ᓂᓂᐦᒌᐤ ninihchiiu vai redup ♦ il/elle est anxieux/anxieuse, agité-e parce qu'il/elle s'attend à ce qu'il arrive quelque chose

ᓂᓂᐦᒑᔨᐦᑎᒻ ninihchaayihtim vti redup ♦ il/elle se fait du souci à propos de ça, il/elle se doute que quelque chose va arriver

ᓃᐲᐸᐦᑖᐤ niniipiiushtaau vii ♦ c'est fleuri

ᓂᒌᒋᐦᐄᑯᒡ niniichihiikuch na pl ♦ mes parents

ᓂᓅᑎᒫᐤ ninuutimaau vai ♦ il/elle marche dans la neige sans raquettes

ᓂᓅᑎᒫᐱᐦᑖᐤ ninuutimaapihtaau vai ♦ il/elle court dans la neige sans ses raquettes

ᓂᓅᑎᒫᐦᑖᐤ ninuutimaahtaau vai ♦ il/elle traverse la neige sans raquettes

ᓂᓅᓱᐃᐧᐹᔅᒋᔂᐤ ninuusuwipaaschiswaau vta ♦ il/elle lui tire dessus alors qu'il/elle s'enfuit, s'envole

ᓂᓈᐱᑳᒨᐃᒡ ninaapikaamuwich vai pl -u ♦ les branches de cet arbre poussent à plat

ᓂᓈᐸᐅᐱᔨᐦᐤ ninaapaaupiyihuu vai -u ♦ il/elle marche comme un homme, fièrement

ᓂᓈᐸᐅᒨ ninaapaaumuu vai -u ♦ il/elle parle hardiment, effrontément, il/elle se vante

ᓂᓈᐸᐅᔒᐤ ninaapaaushiu vai ♦ il/elle est autoritaire, effronté-e, hardi-e

ᓂᓈᐸᐋᔨᐦᑎᐤ ninaapaawiyihtiu vai ♦ il/elle est doué-e pour les tâches d'homme

ᓂᓈᐹᐙᒋᒫᐤ ninaapaawaachimaau vta ♦ il/elle dit de lui qu'il est doué, lit. 'il/elle parle de lui comme d'un vrai homme'

ᓂᓈᑭᑎᐙᐱᒫᐤ ninaakitiwaapimaau vta ♦ il/elle le/la surveille de près

ᓂᓈᑭᓯᓂᐙᐤ ninaakisiniwaau vta ♦ il/elle fait bien attention à son apparence, à ses activités parce qu'il/elle est attiré-e par lui/elle

ᓂᓈᑭᓯᓂᒻ ninaakisinim vti ♦ il/elle fait attention à son apparence

ᓂᓈᓂᓱᓂᐙᐤ ninaanisuniwaau vai ♦ il/elle lui court après

ᓂᓈᓂᓱᓂᒻ ninaanisunim vti ♦ il/elle le poursuit

ᓂᓈᓂᔑᐱᑎᒻ ninaanishipitim vti redup ♦ il/elle le démonte, le sépare

ᓂᓈᓂᔑᐱᑖᐤ ninaanishipitaau vta redup ♦ il/elle le/la sépare, le/la divise

ᓂᐋᓂᔑᐱᔪᐤ **ninaanishipiyiu** vai redup
  ◆ il/elle se casse et se disperse dans toutes les directions, est complètement détruit

ᓂᐋᓂᔑᐱᔪᐤ **ninaanishipiyiu** vii redup
  ◆ ça se brise et se répand dans toutes les directions, c'est complètement détruit

ᓂᐋᓂᔥ **ninaanish** p,lieu redup ◆ dans tous les sens, tout détaché, partout ▪ ᒐᑯ ᓂᐋᓂᔥ ᐦᒼ ᐃᑎᐧᒋᐤ ᒌᐸᔮᐤ ᒉ ᐱᒃᐸᓛᐦᐸ ᐅᐱᒥᓰᒥᕐᕁ ▪ *Il y avait des morceaux partout, quand elle/il a démonté son moteur.*

ᓂᐋᓂᔥᑎᓈᐤ **ninaanishtinaau** vta redup
  ◆ il/elle le/la démonte, le/la sépare

ᓂᐋᔅᐱᑎᐘᐤ **ninaaspitiwaau** vta redup
  ◆ il/elle l'imite

ᓂᐋᔅᐱᑐᐦᑎᐘᐤ **ninaaspituhtiwaau** vta redup ◆ il/elle répète après lui/elle; il/elle imite ce qu'il/elle l'entend dire, imite sa voix

ᓂᐋᔅᐱᑐᐦᑎᒼ **ninaaspituhtim** vti redup
  ◆ il/elle répète, imite ce qu'il/elle entend

ᓂᐋᔅᑯᒧᐧᐃᒋᔥᐃᑳᐤ
**ninaaskumuwichiishikaau** vii redup
  ◆ c'est l'Action de Grâce

ᓂᐋᔅᑯᒧᐎᓐ **ninaaskumuwin** ni redup ◆ la gratitude, la reconnaissance

ᓂᐋᔅᑯᒧ **ninaaskumuu** vai redup -u ◆ il/elle remercie, exprime sa gratitude

ᓂᐋᔅᑯᒫᐤ **ninaaskumaau** vta redup ◆ il/elle le/la remercie, éprouve de la gratitude envers lui/elle

ᓂᐋᔥᒃᐙᐅᔑᐦᐋᐤ **ninaashkwaaushihaau** vta redup ◆ il/elle lui répond de façon irrespectueuse

ᓂᐋᔥᒃᐙᐅᔑᐦᑖᐤ **ninaashkwaaushihtaau** vai+o redup ◆ il/elle répond (insolemment)

ᓂᐋᐦᐹᒥᑳᐴ **ninaahpaamikaapuu** vai redup -uwi ◆ il/elle est prêt-e et accessible

ᓂᐋᐦᐹᒥᓂᒼ **ninaahpaaminim** vti redup
  ◆ il/elle le tient prêt et disponible

ᓂᐋᐦᐹᒥᓈᐤ **ninaahpaaminaau** vta redup
  ◆ il/elle le/la tient prêt-e et disponible

ᓂᐋᐦᐹᒥᐦᐋᐤ **ninaahpaamihaau** vta redup
  ◆ il/elle l'expose, prêt-e et disponible

ᓂᐋᐦᐹᒥᐤ **ninaahpaamiiu** vai redup
  ◆ il/elle se rend prêt-e et accessible

ᓂᐋᐦᑭᐤ **ninaahkiu** p,manière redup ◆ varié, différent ▪ ᓂᐋᐦᑭᐤ ᐋᐦ ᐃᔨᓂᔨᕐᕁ ᓂᓕᔨᕐᕁ ᓂᕁᐦ ᐱᑎᐦᑐᔮᐦᕁ ▪ *Nous avons attrapé différentes sortes de poissons dans notre filet.*

ᓂᐋᐦᑳᑎᑭᒨ **ninaahkaatikimuu** vai -u
  ◆ il/elle est empêché-e de voyager à cause du vent

ᓂᐋᐦᑳᑎᓰᐤ **ninaahkaatisiiu** vai ◆ il est maladif, elle est maladive, il/elle est faible

ᓂᐋᐦᑳᑖᐙᑯᓈᐤ
**ninaahkaataawaakunaau** vai ◆ il/elle a de la difficulté à marcher dans la neige

ᓂᐋᐦᑳᑖᔅᐱᓈᐤ **ninaahkaataaspinaau** vai
  ◆ il/elle souffre pendant longtemps

ᓂᐋᐦᑳᑖᔨᒦᓲ **ninaahkaataayimiisuu** vai reflex -u ◆ il/elle se sent incapable de faire quelque chose

ᓂᐋᐦᑳᑖᔨᒫᐤ **ninaahkaataayimaau** vta
  ◆ il/elle a pitié de lui/d'elle à cause de son état

ᓂᐋᐦᑳᑖᔨᐦᑐᒧᐦᐋᐤ
**ninaahkaataayihtimuhaau** vta ◆ il/elle lui fait de la peine

ᓂᐋᐦᑳᑖᔨᐦᑎᒼ **ninaahkaataayihtim** vti
  ◆ il/elle en souffre, en est misérable

ᓂᐋᐦᑳᒋᐱᔪᐤ **ninaahkaachipiyiu** vai
  ◆ il/elle tombe tout le temps en panne, se casse sans arrêt

ᓂᐋᐦᑳᒋᐱᔪᐤ **ninaahkaachipiyiu** vii ◆ ça tombe toujours en panne, ça se casse tout le temps

ᓂᐋᐦᑳᒋᑳᐴ **ninaahkaachikaapuu** vai -uwi
  ◆ il/elle ne peut pas déplacer son campement d'hiver parce qu'il/elle est malade

ᓂᐋᐦᑳᒋᐦᐄᐙᓰᐤ **ninaahkaachihiiwaasiu** na -iim ◆ un oppresseur, une oppresseure

ᓂᐋᐦᑳᒋᐦᐋᐤ **ninaahkaachihaau** vta
  ◆ il/elle le/la maltraite, abuse de lui/d'elle

ᓂᓯᑎᐙᑖᔨᒫᐤ **nisitiwaataayimaau** vta
  ◆ il/elle le/la reconnaît, se fait une idée de lui/d'elle

ᓂᓯᑎᐙᑖᔨᐦᑎᒼ **nisitiwaataayihtim** vti
  ◆ il/elle le reconnaît, a quelque idées sur ça

ᓂᓯᑎᐙᔨᐦᑎᒼ nisitiwaayihtim vti
• il/elle le comprend, le reconnaît

ᓂᓯᑐᐃᓂᐚ nisituwiniwaau vta
• il/elle le/la reconnaît

ᓂᓯᑐᐃᓈᑯᓐ nisituwinaakun vii • c'est reconnaissable

ᓂᓯᑐᐃᓈᑯᓯᐤ nisituwinaakusiu vai
• il/elle est reconnaissable

ᓂᓯᑐᐦᑎᐚ nisituhtiwaau vta • il/elle le/la comprend; il/elle reconnaît sa voix

ᓂᓯᑐᐦᑎᒼ nisituhtim vti • il/elle le comprend

ᓂᓯᑐᐦᑖᑯᓐ nisituhtaakun vii • le son est reconnaissable

ᓂᓯᑐᐦᑖᑯᓯᐤ nisituhtaakusiu vai • sa voix est reconnaissable, compréhensible, on sait ce qu'il/elle veut dire

ᓂᓯᑯᓵ nisikusaa nad voc • belle-mère! (la femme du père de mon mari ou de ma femme), tante! (la soeur de mon père, la femme du frère de ma mère)

ᓂᓯᑯᔅ nisikus nad • ma belle-mère (la femme du père de mon mari ou de ma femme), ma tante (la soeur de mon père ou la femme du frère de ma mère)

ᓂᓯᓵ nisisaa nad voc • (mon) beau-père! (le père de l'époux ou de l'épouse), (mon) oncle! (relation de sexe opposé à celui de mon parent -le frère de ma mère, le mari de la soeur de mon père)

ᓂᓯᔅ nisis nad • mon beau-père (le père de mon époux ou épouse), mon oncle (relation de sexe opposé à celui de mon parent- le frère de ma mère, le mari de la soeur de mon père)

ᓂᔅᐱᑎᐚ nispitiwaau vta • il/elle lui ressemble

ᓂᔅᑎᐃᓵᐅᒋᓂᒼ nistiwisaauchinim vti
• il/elle rassemble les bûches brûlantes

ᓂᔅᑎᓂᒑᐤ nistinichaau vai • il/elle dirige le canot vers l'amont en passant l'eau peu profonde

ᓂᔅᑐᒥᒋᐦᑖᐤ nistumichihtaau vai+o
• il/elle peut le sentir, est sensible à cela

ᓂᔅᑐᓯᐤ nistusiu vai • il/elle y est sensible

ᓂᔅᑐᔅᐱᑎᒼ nistuspitim vti • il/elle reconnaît ce que c'est au goût

ᓂᔅᑐᔅᐱᑯᓯᐤ nistuspikusiu vai • il/elle a un goût reconnaissable

ᓂᔅᑐᔅᐹᐤ nistuspwaau vta • il/elle le/la reconnaît au goût

ᓂᔅᑖᓵ nistaasaa nad voc • frère aîné!

ᓂᔅᑖᔅ nistaas nad • mon frère aîné

ᓂᔅᑭᐚ niskiwaa p,manière • en passant, en allant ▪ ᑭ ᑲᐱᔑᒼ ᓂᔅᑭᐊ ᑲ" ᐊᑎ ᐱ"ᒋᓛᑦ ᐊᓂᑦ" ᐊᒋᐋᒻ x ▪ Je me suis arrêté chez eux en allant chercher de l'eau.

ᓂᔅᑭᐋᐱᑎᒼ niskiwaapitim vti • il/elle le saisit quand il passe

ᓂᔅᑭᐋᔑᓐ niskiwaashin vai • il/elle l'effleure en passant

ᓂᔅᑭᐋᐦᒫᒑᐤ niskiwaahamaachaau vai
• il/elle chante des répons, des chansons à réponses

ᓂᔅᑭᐋᐦᐊᒼ niskiwaaham vti • il/elle l'accompagne quand il/elle chante

ᓂᔅᑭᐋᐦᐋᒫᑐᐃᒡ niskiwaahaamaatuwich vai pl recip -u
• ils/elles se mettent à chanter avec, se joignent au chant

ᓂᔅᑭᐋᐦᐚ niskiwaahwaau vta • il/elle le/la touche quand il/elle passe

ᓂᔅᑭᐋᐦᑎᓐ niskiwaahtin vii • ça se frotte en passant

ᓂᔅᑭᒫᔥᑖᑯᐃᑦ niskimaashtaakuwit ni
• un ballot de peaux d'oie séchées

ᓂᔅᑭᒫᔥᑖᑯᐦᒑᐤ niskimaashtaakuhchaau vai • il/elle prépare des peaux d'oies séchées

ᓂᔅᑭᒫᔥᑖᒄ niskimaashtaakw ni -um • de la peau d'oie séchée

ᓂᔅᑯᑎᓐ niskutin vii • c'est recouvert de glace

ᓂᔅᑯᒋᐤ niskuchiu vai • il/elle est tout-e recouvert-e de glace

ᓂᔅᑯᒥᑐᐃᒡ niskumituwich vai pl recip -u
• ils/elles sont d'accord

ᓂᔅᑯᒥᑐᐃᓐ niskumituwin ni • un accord, une entente entre deux ou plusieurs personnes

ᓂᔅᑯᒧᐃᓐ niskumuwin ni • une entende, un accord

ᓂᔅᑯᒨ niskumuu vai -u • il/elle est d'accord; il/elle consent; il/elle est reconnaissant-e

ᓂᔅᑯᒫᐤ niskumaau vta • il/elle le/la remercie, lui donne son consentement

ᓂᔅᑯ niskuu vai -u ♦ il/elle résiste

ᓂᔅᑳᐳᐃ niskaapui ni ♦ du bouillon d'oie

ᓂᔅᑳᐅᔑᐦᑎᒧᐙᐤ niskwaaushihtimuwaau vta ♦ il/elle répond pour lui/elle

ᓂᔅᑳᒌᐙᑎᓐ niskwaachiiwaatin vii ♦ il y a un soudain blizzard qui vient du Nord

ᓂᔅᑳᔖᐅᐃᓂᐦᐊᐤ niskwaashaawinihan vii ♦ il y a un vent de tempête soudain qui vient du Sud

ᓂᔅᑳᐦᐊᒧᐙᐤ niskwaahamuwaau vta ♦ il/elle chante avec lui/elle

ᓂᔅᒃ nisk na ♦ une bernache du Canada, une outarde, une oie sauvage *Branta canadensis*

ᓂᔅᒋᐱᒦ nischipimii ni -m ♦ de la graisse d'oie

ᓂᔅᒋᐲᓯᒼ nischipiisim na ♦ le mois d'avril

ᓂᔅᒋᒥᓂᐦ nischiminich na pl ♦ une espèce de bleuets; l'airelle myrtille, le bleuet du Canada *Gaylussacia sp.*

ᓂᔅᒋᒥᓈᐦᑎᒄ nischiminaahtikw ni ♦ un buisson d'airelle myrtille *Gaylussacia sp.*

ᓂᔅᒋᒦᒼ nischimiim ni ♦ les parties comestibles de l'oie, lit. 'de la nourriture d'oie'

ᓂᔅᒋᐦᑳᓂᐦ nischihkaanich na pl -im ♦ des épilobes (une épilobe) *Epilobium augustifolium*

ᓂᔅᒋᐦᑳᓂᔅᑯᔑᐅᐦ nischihkaaniskushiuh ni pl -im ♦ une épilobe *Epilobium augustifolium*

ᓂᔑᐎᓈᑎᓐ nishiwinaatin vii ♦ c'est complétement détruit

ᓂᔑᐎᓈᑎᓰᐤ nishiwinaatisiiu vai ♦ il/elle est détruit-e

ᓂᔑᐎᓈᒋᒫᐤ nishiwinaachimaau vta ♦ il/elle le/la prévient d'un désastre à venir et il a lieu

ᓂᔑᐎᓈᒋᔑᐦᑎᒧᐙᐤ nishiwinaachishtimuwaau vta ♦ il/elle le/la lui abîme entièrement

ᓂᔑᐎᓈᒋᐦᐄᐙᐎᓐ nishiwinaachihiiwaawin ni ♦ une destruction

ᓂᔑᐎᓈᒋᐦᐄᐙᐤ nishiwinaachihiiwaau vai ♦ il/elle détruit la vie

ᓂᔑᐎᓈᒋᐦᐄᐙᐤ nishiwinaachihiiwaau vii ♦ ça détruit la vie

ᓂᔑᐎᓈᒋᐦᐄᑰ nishiwinaachihiikuu vai -u ♦ ça le/la détruit

ᓂᔑᐎᓈᒋᐦᐅᐤ nishiwinaachihuu vai reflex -u ♦ il/elle se détruit avec son mode de vie

ᓂᔑᐎᓈᒋᐦᐋᐤ nishiwinaachihaau vta ♦ il/elle le/la détruit

ᓂᔑᐎᓈᒋᐦᑖᐤ nishiwinaachihtaau vai+o ♦ il/elle le détruit

ᓂᔑᐹᐤ nishipaau vai ♦ il/elle tombe ivre-mort

ᓂᔑᔥᑤᐤ nishishtwaau vii ♦ ça a bon goût

ᓂᔑᔥᑤᑭᒥᐦᐋᐤ nishishtwaakimihaau vta ♦ il/elle lui donne un goût riche (liquide)

ᓂᔑᔥᑤᑭᒥᐦᑖᐤ nishishtwaakimihtaau vai+o ♦ il/elle prépare un riche breuvage, donne un goût riche au breuvage

ᓂᔒᒥᔖ nishiimishaa nad voc ♦ frère cadet! ou soeur cadette!

ᓂᔒᒥᔥ nishiimish na ♦ mon frère cadet ou ma soeur cadette, mon petit-frère ou ma petite-soeur

ᓂᔒᔩᔨᐤ nishiiyiyiu na -im ♦ un homme moderne

ᓂᔥᐹᒋᐤ nishpaachiiu vai ♦ il/elle défèque accidentellement en pétant

ᓂᔥᑎᐎᐱᑎᒼ nishtiwipitim vti ♦ il/elle en rassemble

ᓂᔥᑎᐎᐱᑖᐤ nishtiwipitaau vta ♦ il/elle les rassemble

ᓂᔥᑎᐎᐦ nishtiwich vai pl ♦ il y en a trois

ᓂᔥᑎᐎᒫᐤ nishtiwimaau vta ♦ il/elle les rassemble en un seul morceau dans sa bouche

ᓂᔥᑎᐎᓂᒼ nishtiwinim vti ♦ il/elle en rassemble

ᓂᔥᑎᐎᓂᐦᑖᐤ nishtiwinihtaau vai+o ♦ il/elle reconnaît les traces

ᓂᔥᑎᐎᓈᐤ nishtiwinaau vta ♦ il/elle les rassemble à la main; il/elle rassemble les gens

ᓂᔥᑎᐎᓵᐅᒋᓂᒼ nishtiwisaauchinim vti ♦ il/elle met les bouts pas encore brûlés du bois dans le feu

ᓂᔥᑎᐎᔖᐅᑭᐦᐊᒼ nishtiwishaaukiham vti ♦ il/elle rassemble les bouts de bois pas encore brûlés

ᓂᔅᑎᐃᔅᑎᐦᐊᒼ nishtiwishtiham vti
  • il/elle les coud ensemble
ᓂᔅᑎᐃᔅᑎᐦᐚᐤ nishtiwishtihwaau vta
  • il/elle les coud ensemble
ᓂᔅᑎᐃᔥᑖᐤ nishtiwishtaau vai • il/elles les place ensemble
ᓂᔅᑎᐃᔥᑭᐚᐤ nishtiwishkiwaau vta
  • il/elle les rassemble avec ses pieds
ᓂᔅᑎᐃᔥᑭᒼ nishtiwishkim vti • il/elle rassemble les choses avec ses pieds
ᓂᔅᑎᐃᐦᐊᒼ nishtiwiham vti • il/elle rassemble des choses avec un outil
ᓂᔅᑎᐃᐦᐋᐤ nishtiwihaau vta • il/elle l'assemble, le/la monte
ᓂᔅᑎᐃᐦᐚᐤ nishtiwihwaau vta • il/elle les rassemble avec un outil
ᓂᔅᑎᐃᐦᑎᒼ nishtiwihtim vti • il/elle les mâche, les mord ensemble
ᓂᔅᑎᐃᐦᑖᐤ nishtiwihtaau vai+o • il/elle les rassemble
ᓂᔅᑎᐃᐤ nishtiwiiu vai • il/elle assiste à une réunion
ᓂᔅᑎᐚᐅᒋᓂᒼ nishtiwaauchinim vti
  • il/elle ramasse du sable avec ses mains
ᓂᔅᑎᐚᐤ nishtiwaau vii • c'est la rencontre de cours d'eau
ᓂᔅᑎᐚᐱᐦᐋᔑᒫᐤ nishtiwaapihchaashimaau vta • il/elle les empile (filiforme) sur une seule pile
ᓂᔅᑎᐚᐱᐦᐋᐦᑎᑖᐤ nishtiwaapihchaahtitaau vai • il/elle empile les choses (filiforme) en les attachant
ᓂᔅᑎᐚᔅᑯᔥᑖᐤ nishtiwaaskushtaau vai
  • il/elle les empile (long et rigide)
ᓂᔅᑎᐚᔑᐤ nishtiwaashiu vai • il/elle est rassemblé-e par le vent
ᓂᔅᑎᐚᔥᑎᓐ nishtiwaashtin vii • c'est rassemblé par le vent
ᓂᔅᑎᓂᒑᐤ nishtinichaau vai • il/elle marche le long du rivage en tirant le canot dans l'eau
ᓂᔅᑎᓐᐦ nishtinh vii pl • il y a trois choses
ᓂᔅᑎᐦᐊᒼ nishtiham vti • il/elle remonte la rivière en pagayant dans un courant fort ou dans des rapides

ᓂᔅᑎᐦᐋᐱᐦᒑᐱᑎᒼ nishtihaapihchaapitim vti • il/elle fait remonter le rapide au canot à la ligne
ᓂᔅᑎᐦᐋᑭᓈᐦᑎᒄ nishtihaakinaahtikw ni
  • une perche utilisée pour remonter un rapide
ᓂᔅᑎᐦᐋᔅᑯᐦᐊᒼ nishtihaaskuham vti
  • il/elle utilise une perche pour remonter la rivière en canot dans les rapides
ᓂᔅᑐ nishtu p,nombre • trois
ᓂᔅᑐᐃᔫ nishtuiyiu p,quantité • trois paires
ᓂᔅᑐᐄᒑᐤ nishtuwitaau vai • il/elle porte trois castors, loutres, renards sur son dos
ᓂᔅᑐᐱᐄᐤ nishtupiwich vai pl • il y en a trois qui sont assis-es
ᓂᔅᑐᐱᐳᓈᓯᐤ nishtupipunwaasiu vai
  • il/elle a trois ans
ᓂᔅᑐᐱᐳᓈᓰᒥᑲᓐ nishtupipunwaasiimikin vii • ça a trois ans
ᓂᔅᑐᐱᐳᖨ nishtupipunh p,temps • trois ans
ᓂᔅᑐᐱᑖᐤ nishtupitaau vta • il/elle attrape trois poissons dans son filet; il/elle en retire trois
ᓂᔅᑐᐱᐦᑳᓐ nishtupihkaan ni • une natte à trois brins
ᓂᔅᑐᐋᔨᑰ nishtupaayikuu vai -u • la Trinité, lit. 'il/elle est trois en un-e'
ᓂᔅᑐᑎᐱᔅᒁᐤ nishtutipiskwaau vai
  • il/elle reste dehors, absente trois nuits
ᓂᔅᑐᑎᐱᐦᐃᑲᓐ nishtutipihiikin p,quantité
  • trois miles, trois gallons
ᓂᔅᑐᑎᐸᐹᔥᑯᒋᑭᓈᓯᐤ nishtutipaapaashkuchikinaasiu vai
  • il/elle pèse trois livres
ᓂᔅᑐᑎᐸᐹᔥᑯᒋᑭᓈᔮᐤ nishtutipaapaashkuchikinaayaau vii
  • ça pèse trois livres
ᓂᔅᑐᑎᐸᐹᔥᑯᒋᑭᓐ nishtutipaapaashkuchikin p,quantité • trois livres
ᓂᔅᑐᑎᐹᔅᑯᓂᑭᓐ nishtutipaaskunikin p,quantité • trois verges, mètres
ᓂᔅᑐᑖᐅᓰᐄᐤ nishtutaausiiwich vai pl • il y a trois familles dans un campement

ᓂᔅᑐᑖᐹᐤ **nishtutaapaau** vai ◆ il/elle rapporte le castor, la loutre à la maison en le traînant

ᓂᔅᑐᑖ"ᐋᐤ **nishtutaahaau** vai ◆ il/elle est facilement affecté-e

ᓂᔅᑐᑭᒥᒋᓯᐎᒡ **nishtukimichisiwich** p,quantité ◆ il y a trois maisons, trois habitations ◼ ᒥ" ᓂᔅᑐᑭᒥᒋᓯᐎᒡ ᐃᔥᔥᐳᒡ ᑳ ᐊᓯᒋᐳᑖᓲ" ·ᐃᒦ·ᐋᐤ"ₓ ◼ *Trois maisons ont été inondées.*

ᓂᔅᑐᑭᒥᒡ **nishtukimich** p,quantité ◆ trois maisons, habitations, tipis ◼ ᓂᔅᑐᑭᒡ ᓂᒦ" ᐱ"ᑎᑌᒑᐋ ᐊᐋ ᒥᒦᓂ"ᐁᐋ ᒎ ᒥᒦᓂ"ᐅᒡ ᐊ·ᐊᓂᒃ ◼ *On a apporté notre pétition dans trois maisons pour que les gens la signent.*

ᓂᔅᑐᑭᒨ **nishtukimuu** p,quantité ◆ trois maisons, trois habitations ◼ ᓂᔅᑐᑭᒨ ᓂᒦ" ᐃᐱ"ᐃᒦ·ᐋᐋ ᓂᓯᓕₓ ◼ *Nous avons donné des oies aux habitants de ces trois maisons.*

ᓂᔅᑐᑭᓈᐤ **nishtukinaau** vai ◆ ses os ont bon goût

ᓂᔅᑐᑳᐳ·ᐃ"ᐋᐤ **nishtukaapuwihaau** vta ◆ il/elle en place trois (long et rigide) debout

ᓂᔅᑐᑳᑖ·ᐋᔮᐤ **nishtukaataawaayaau** vii ◆ ça a trois pieds

ᓂᔅᑐ·ᐌᓯᓂᑭᓐ **nishtukwaapinikin** p,quantité ◆ trois poignées de quelque chose de granuleux ◼ ᓂᔅᑐ·ᐌᓯᓂᑭᓐ ᓂ" ᐱᓯᑎᒦ ᐊᔨᑰ ᐊᐅᑎ ᒎᐱᒫₓ ◼ *Elle met trois poignées de flocons d'avoine dans le bouillon.*

ᓂᔅᑐᒡ **nishtuch** na -im ◆ le péteux (un personnage de légende qui a pété trois fois)

ᓂᔅᑐᒥᑎᓂᐤ **nishtumitiniu** p,nombre ◆ trente

ᓂᔅᑐᒥᒋ"ᒋᓐ **nishtumichihchin** p,quantité ◆ trois pouces

ᓂᔅᑐᒥᓂ"ᒃᐋ **nishtuminihkwaakin** p,quantité ◆ trois tasses pleines

ᓂᔅᑐᒥᓯᒡ **nishtumisit** p,quantité ◆ trois pieds

ᓂᔅᑐᒥ"ᒋ"ᐦ **nishtumihchihuu** vai -u ◆ il/elle est maintenant sensible à la douleur et à d'autres sensations

ᓂᔅᑐᓂᔅ **nishtunisch** p,quantité ◆ trois coudées

ᓂᔅᑐᓯᐤ **nishtusiiu** vai ◆ il/elle a bon goût

ᓂᔅᑐᔖᑉ **nishtushaap** p,nombre ◆ treize

ᓂᔅᑐᔨᒡ **nishtuyich** p,manière ◆ trois façons

ᓂᔅᑐ"ᐋᐤ **nishtuhaau** vta ◆ il/elle les divise en trois

ᓂᔅᑐ"ᑎᒡ **nishtuhtich** p,quantité ◆ trois morceaux de bois

ᓂᔅᑐ"ᑖᐎᒡ **nishtuhtaawich** vai pl ◆ ils/elles marchent à trois

ᓂᔅᑐ"ᑖᐤ **nishtuhtaau** vai ◆ il/elle le divise en trois

ᓂᔅᑐ"ᑭ·ᐋᐤ **nishtuhkiwaau** vai ◆ le poisson a bon goût

ᓂᔅᑐ"ᑭᒧᒡ **nishtuhkimuch** vti pl ◆ il y en a trois dans un canot, ils sont trois ensemble

ᓂᔅᑖᐹᐅᔮᐤ **nishtaapaauyaau** vta ◆ il/elle le/la noie

ᓂᔅᑖᐹ·ᐋᐤ **nishtaapaawaau** vai ◆ il/elle se noie

ᓂᔅ·ᑖᐅᒋᔖᒥᑖ"ᑐᒥᑎᓂᐤ **nishtwaauchishaamitaahtumitiniu** p,nombre ◆ trois mille

ᓂᔅ·ᑖᒥᑖ"ᑐᒥᑎᓂᐤ **nishtwaaumitaahtumitiniu** p,nombre ◆ trois cents

ᓂᔅ·ᑖᐤ **nishtwaau** p,quantité ◆ trois fois

ᓂᔅ·ᑖᐱᔅᑭ"ᐋᐤ **nishtwaapiskihaau** vta ◆ il/elle place les trois (minéral) ensemble

ᓂᔅ·ᑖᐱᔅᑳᐤ **nishtwaapiskaauh** vii pl ◆ il y en a trois (minéral)

ᓂᔅ·ᑖᐱᔅᒋᓯᐎᒡ **nishtwaapischisiwich** vai pl ◆ il y en a trois (minéral)

ᓂᔅ·ᑖᐱᔅ **nishtwaapisch** p,quantité ◆ trois choses (minéral)

ᓂᔅ·ᑖᐱᔥᑭᔥᑖᐤ **nishtwaapishkishtaau** vai ◆ il/elle en place trois (minéral) ensemble

ᓂᔅ·ᑖᐱ"ᑳᑎᒻ **nishtwaapihkaatim** vti ◆ il/elle attache trois choses ensemble

ᓂᔅ·ᑖᐱ"ᑳᑖᐤ **nishtwaapihkaataau** vta ◆ il/elle attache les trois (animé) ensemble

ᓂᔅ·ᑖᐱ"ᑳᑖᐤ **nishtwaapihkaataauh** vii pl ◆ il y en a trois qui sont attachés ensemble

ᓂᔅ·ᑖᐱ"ᒑᐤ **nishtwaapihchaau** vai ◆ il/elle rapporte à la maison trois porcs-épics, renards morts

ᓂᔅᑖᐚᐃᐧᐃᒡ **nishtwaapaawiwich** vai pl - aawi ♦ il y a trois frères, trois hommes

ᓂᔅᑖᐹᑭᓐ" **nishtwaapaakinh** vii pl ♦ il y en a trois (filiforme)

ᓂᔅᑖᐹᑭᔥᑖᐤ **nishtwaapaakishtaau** vai ♦ il/elle en place trois (filiforme)

ᓂᔅᑖᐹᑭ"ᐋᐤ **nishtwaapaakihaau** vta ♦ il/elle en place trois (filiforme) ensemble

ᓂᔅᑖᐹᒋᓯᐃᐧᒡ **nishtwaapaachisiwich** vai pl ♦ il y en a trois (filiforme)

ᓂᔅᑖᐹᒡ **nishtwaapaach** p,quantité ♦ il y en a trois (filiforme)

ᓂᔅᑖᑭᒥᐤ **nishtwaakimiu** vii ♦ c'est une boisson riche

ᓂᔅᑖᑭᓐ" **nishtwaakinh** vii pl ♦ il y en a trois (étalé)

ᓂᔅᑖᒋᓂᒻ **nishtwaachinim** vti ♦ il/elle en tient, en utilise trois (étalé)

ᓂᔅᑖᒋᓯᐃᐧᒡ **nishtwaachisiwich** vai pl ♦ il y en a trois (étalé)

ᓂᔅᑖᒋᔑᒫᐤ **nishtwaachishimaau** vta ♦ il/elle en met, en utilise trois couches

ᓂᔅᑖᒋᔥᑭᐚᐤ **nishtwaachishkiwaau** vta ♦ il/elle en porte trois couches, trois épaisseurs

ᓂᔅᑖᒋᔥᑭᒻ **nishtwaachishkim** vti ♦ il/elle porte trois couches, trois épaisseurs

ᓂᔅᑖᒋ"ᑖᐤ **nishtwaachihtaau** vai+o ♦ il/elle en met trois couches

ᓂᔅᑖᒡ **nishtwaach** p,quantité ♦ trois choses (étalé)

ᓂᔅᑖᒥ"ᐹᓐ **nishtwaamihkwaan** p,quantité ♦ trois cuillerées

ᓂᔅᑖᔅᑯᑳᐳᐃᐧᑖᐤ **nishtwaaskukaapuwihtaau** vai ♦ il/elle en dresse trois (long et rigide)

ᓂᔅᑖᔅᑯᓐ" **nishtwaaskunh** vii pl ♦ il y en a trois (long et rigide)

ᓂᔅᑖᔅᑯᓯᐃᐧᒡ **nishtwaaskusiwich** vai pl ♦ il y en a trois (long et rigide)

ᓂᔅᑖᔥᑭᒋᐧᒡ **nishtwaashkichiwich** vai pl ♦ il y en a trois gelé ensemble

ᓂᔅᑖ"ᑎᒃ **nishtwaahtikw** p,quantité ♦ trois bâton, poteau (long et rigide)

ᓂᔥᑯᔥᑎᐚᐤ **nishkushtiwaau** vta ♦ il/elle lutte contre lui/d'elle

ᓂᔥᑯᔥᑎᒻ **nishkushtim** vti ♦ il/elle se défend, le fait avec ardeur

ᓂᔥᐘᐅᔑᐦᐄᐚᐃᐧᓐ **nishkwaaushihiiwaawin** ni ♦ une réponse

ᓂᔥᐘᐅᔑ"ᐋᐤ **nishkwaaushihaau** vta ♦ il/elle lui répond

ᓂᔥᐘᐅᔑ"ᑖᐤ **nishkwaaushihtaau** vai+o ♦ il/elle répond

ᓂᔥᐚᒌᐚᑎᓐ **nishkwaachiiwaatin** vii ♦ il y a une grosse tempête

ᓂᔥᒋᔑᔥ **nishchishish** na ♦ un oison, le petit de l'oie, de la bernache *Branta canadensis*

ᓂᔪᒫᐅᓲ **niyumaausuu** vai -u ♦ il/elle porte un enfant sur son dos

ᓂᔪᒫᐤ **niyumaau** vta ♦ il/elle le/la porte sur son dos

ᓂᔮᐅᑎᔅᑭᒥᒡ **niyaautiskimich** p,lieu ♦ à mi-pente ▪ ᐋᒡ" ᓂᔮᐅᑎᔅᑭᒻ ᐊᑎᓐ" ᐯ ᐦ ᓂᐯ"ᐋᐳᐋ·ᐃᐧ ᒻ"ᒢᒍ ᐊᑎ"ᑎᒃ ▪ *On tuait beaucoup de caribou à mi-pente.*

ᓂᔮᐅᑖᐅᐦᒡ" **niyaautaauhch** p,lieu ♦ à mi-chemin vers le sommet d'une montagne ▪ ᐋᓐ" ᐊ" ᐦ" ᒥᒥ"ᒥᒣᓄᐃᐧ" ᐋᐦᑕᐅ" ᐋᑎᓐ" ᓂᔮᐅᑖᐅᐦᒡ"ᐃᐧ× ▪ *Il y avait de gros bleuets à mi-chemin vers le sommet de la montagne.*

ᓂᔮᐅᑖᐹᒋᒋᐃᐧᓐ **niyaautaapaachichiwin** p,lieu ♦ à mi-chemin dans le rapide, à mi-rapide ▪ ᓂᔮᐅᑖᐹᒋᒋᐃᐧᓐ ᐊ" ᐊᐳ"ᑎᐊ ᐋᐊᑎᓐ" ᐯ ᐊᐱᒥᐳ"ᐅᐦᐱ"ᐯ ᐯ ᐱᐳᑎᒻ"ᐃᐧ× ▪ *À mi-rapide, c'est là que nous avons accosté en descendant le rapide.*

ᓂᔮᐅᑖᑯᓂᒡ **niyaautaakunich** p,lieu ♦ au milieu d'une pente couverte de neige, à mi-pente ▪ ᐊᓂᑎᓐ" ᓂᔮᐅᑖᑯᓂᒡ ᐊᑎᓐ" ᐯ ·ᐦᑲᒋᓯᒻᐦ ᐊ ᑲᐅᒋᓯᑎᐳᐃᐧ"ᒡᒡ ·ᐋᐦ ᐋᓐ" ᐦ" ·ᐃᐧ ᒥᒋᐱᔥ×" ▪ *La motoneige s'est renversée à mi-pente parce qu'elle allait trop vite.*

ᓂᔮᐅᑖᔥᑎᒄ **niyaautaashtikw** p,lieu ♦ à mi-chemin le long d'une rivière ▪ ᓂᔮᐅᑖᔥᑎᒄ ᐋᒡ" ᓂ" ·ᐋᐳᐋ· ᐯ ᐋ·ᐅᑎᑭ·ᐯ"ᐋᒻ"ᐃᐧ× ▪ *Nous avons établi notre camp à mi-chemin le long de la rivière alors que nous cherchions des traces de l'activité des castors.*

ᓂᔮᐅᑖᔥᑎᒡ **niyaautaashtich** p,lieu ♦ endroit situé entre le bord extérieur d'une habitation et son foyer ▪ ᐊᑎᑎ° ᐋᒡ" ᓂᔮᐅᑖᔥᑎᒡ ᐳ"ᑦᐊᐳᐦᐅᒷ"ᐯ× ▪ *Dépiaute les rats musqués plus près du centre!*

ᓂᔮᐅᑖᐦᑎᒃ **niyaautaahtikw** p,lieu ♦ à mi-chemin sur le tronc, sur l'arbre ▪ ᓂᔮᐅᑖᐦᑎᒃ ᐋᓂᔮ ᒥᓂᐦᐋᑯᓐ ᒃ ᐊᑯᔨᒡ ᐊᐤ ᐊᓱᑭᓐᐧ. *Cet écureuil se tenait à mi-chemin sur le tronc de l'épinette blanche.*

ᓂᔮᐅᒋᒨ **niyaauchikimuu** p,lieu ♦ au milieu du lac ▪ ᐋᓐ ᓂᔮᐅᒋᒨ ᐊᐟᓐ ᒃ ᐅᕐ ᑭᐃᐱᕐᒡ ᐋᓐᐧ ᐋᐦ ᒥᒋᔅᑎ ᓂᒫᐦ. *Un très gros poisson jaillit à la surface au milieu du lac.*

ᓂᔮᐅᒋᑯᑖᒡ **niyaauchikutaau** vii ♦ c'est suspendu en l'air

ᓂᔮᐅᒡ **niyaauch** p,lieu ♦ à mi-chemin ▪ ᓂᔮᐅᒡ ᐋᒡ ᐊᐤ ᒦᑲᓐ ᐋᐦ ᐊᐟᒐ ᐊᑯᓐ ᑭᒋᒡ ᓂᓂᔅᐦᐱᒥᑳᓐ. *Notre cabane de chasse est à mi-chemin le long de la route.*

ᓂᔮᑭᓐ **niyaakinh** p,temps ♦ en avance, à l'avance ▪ ᓂᔮᑭᓐ ᒫ ᐧᐋᐦᑎᒫᐦ ᐋᐦ ᒃᔫᐦᒐᓐ. ▪ *Préviens-moi (Dis-moi le à l'avance) quand tu veux sortir!*

ᓂᔮᒃ **niyaak** p,temps ♦ en avance

ᓂᔮᒋᔅᐦᐟ **niyaachisht** p,manière ♦ tout de suite ▪ ᐋᓅ ᓂᔮᒋᔅᐦᐟ ᐋᐦ ᐦ ᒃᔫᒡᒡ ᒃ ᐋᐦ ᐃᔥᒑᒥᒡᑯᐦ. *Elle/il a répondu tout de suite quand il a essayé de discuter avec elle.*

ᓂᔮᓂᑯᑐᓐ **niyaanikutunh** p,temps ♦ quelquefois ▪ ᓂᔮᓂᑯᑐᓐ ᐋᓅ ᐋᐦ ᐋᐦ ᔪᐧᐋᑦ ᔨᐸᐧᔮᐦ. *Quelquefois j'ai vraiment envie de manger de l'oie rôtie sur le feu.*

ᓂᔮᓈᓈᐅᔖᑉ **niyaanaanaaushaap** p,nombre ♦ dix-huit

ᓂᔮᓈᓈᐤ **niyaanaanaau** p,nombre ♦ huit

ᓂᔮᓈᓈᒥᑎᓂᐤ **niyaanaanaamitiniu** p,nombre ♦ quatre-vingt

ᓂᔮᓱᐧᐃᓯᔫ **niyaasuwisiiu** vai ♦ il/elle est faible, incapable

ᓂᔮᔥᑎᐧᐃᐱᔨᐤ **niyaashtiwipiyiu** vai ♦ le courant n'est vif qu'au milieu de la rivière

ᓂᔮᔥᑎᐧᐃᑯᐦᐆ **niyaashtiwikuhuu** vai -u ♦ il/elle porte une couche de vêtements

ᓂᔮᔥᑎᐧᐃᑳᐳᐧᐃᒡ **niyaashtiwikaapuwich** vai pl -uwi ♦ il y a une ligne étroite d'arbres, de vagues dans les rapides

ᓂᔮᔥᑎᐧᐃᒋᐃᐧᐃᐤ **niyaashtiwichiwin** vii ♦ le rapide est large

ᓂᔮᔨᐧᐃᒡ **niyaayiwich** vai pl ♦ il y en a cinq

ᓂᔮᔨᓐᐦ **niyaayinh** vii pl ♦ il y en a cinq

ᓂᔮᔫ **niyaayu** p,nombre ♦ cinq

ᓂᔮᔫᒥᑎᓂᐤ **niyaayumitiniu** p,nombre ♦ cinquante

ᓂᔮᔫᔖᑉ **niyaayushaap** p,nombre ♦ quinze

ᓂᔮᔮᐅᒥᑖᐦᑐᒥᑎᓂᐤ **niyaaywaaumitaahtumitiniu** p,nombre ♦ cinq cents

ᓂᔮᔮᐤ **niyaaywaau** p,quantité ♦ cinq fois

ᓂᐦᐄᐧᐋᔑᓐ **nihiiwaashin** vai ♦ il/elle est allongé-e avec la fourrure dans la bonne direction

ᓂᐦᐄᐧᐋᐦᐄᑰ **nihiiwaahiikuu** vai-u ♦ il/elle est satisfait-e, content-e, est d'accord

ᓂᐦᐄᐧᐋᐦᐋᐤ **nihiiwaahaau** vta ♦ il/elle lui plaît, lui fait plaisir

ᓂᐦᐄᐱᔫ **nihiipiyiu** vai ♦ ça s'arrange bien, les choses tournent bien pour lui/elle

ᓂᐦᐄᐱᔫ **nihiipiyiu** vii ♦ ça s'arrange bien

ᓂᐦᐄᐱᔨᐦᐋᐤ **nihiipiyihaau** vta ♦ il/elle l'aide pour que ça marche pour lui/elle

ᓂᐦᐄᑎᓐ **nihiitin** vii ♦ c'est un bon vent; il y en a juste assez et il souffle dans la bonne direction

ᓂᐦᐄᑯᐦᑎᓐ **nihiikuhtin** vii ♦ un bateau accoste, arrive au port

ᓂᐦᐄᒨᔨᓰᐤ **nihiimuyisiiu** vai ♦ il/elle est très alerte, conscient-e de ce qui va se passer

ᓂᐦᐄᓂᐧᐋᐤ **nihiiniwaau** vta ♦ il/elle admire son apparence

ᓂᐦᐄᓂᒻ **nihiinim** vti ♦ il/elle l'admire; il/elle pose ou replace un collet

ᓂᐦᐄᓈᑯᐦᐋᐤ **nihiinaakuhaau** vta ♦ il/elle arrange son apparence

ᓂᐦᐄᔑᓐ **nihiishin** vai ♦ il/elle s'étend confortablement

ᓂᐦᐄᔥᑭᐧᐋᐤ **nihiishkiwaau** vta ♦ il/elle lui va bien, lui convient bien

ᓂᐦᐄᔥᑳᑰ **nihiishkaakuu** vai-u ♦ ça lui convient, lui va bien

ᓂᐦᐄᐦᑎᒻ **nihiihtim** vti ♦ il/elle entend bien, il/elle obéit

ᓂᐦᐄᐦᑭᐧᐋᐤ **nihiihkiwaau** vta ♦ il/elle l'enterre

ᓂᐦᐄᑳᓲ **nihiihkaasuu** vai reflex -u ♦ il/elle se prépare à hiberner

ᓂᐦᐊᐱᐅ **nihapiu** vai ♦ il/elle se trouve une place, s'installe

ᓂᐦᐋᐅᐱᔨᐅ **nihaaupiyiu** vai ♦ il/elle reprend sa forme, est compacte

ᓂᐦᐋᐅᐱᔨᐅ **nihaaupiyiu** vii ♦ ça reprend sa forme, c'est compact

ᓂᐦᐋᐅᓂᒼ **nihaaunim** vti ♦ il/elle le met de côté, le range

ᓂᐦᐋᐅᓈᐤ **nihaaunaau** vta ♦ il/elle le/la met de côté, le/la range

ᓂᐦᐋᐅᓯᐤ **nihaausiiu** vai ♦ il/elle ne prend pas beaucoup de place, est petit-e, bien proportionné-e

ᓂᐦᐋᐅᔅᑖᓲ **nihaaustaasuu** vai -u ♦ il/elle range

ᓂᐦᐋᐅᔥᑖᐤ **nihaaushtaau** vai ♦ il/elle range les choses, met les choses en ordre

ᓂᐦᐋᐅᐦᐋᐤ **nihaauhaau** vta ♦ il/elle le/la réarrange, le/la range, le/la met de côté

ᓂᐦᐋᐧᐄᐤ **nihaawiiu** vai ♦ il/elle s'installe

ᓂᐦᐋᐧᐄᐦᑭᐧᐋᐤ **nihaawiihkiwaau** vta ♦ il/elle l'enterre

ᓂᐦᐋᐧᐋᐤ **nihaawaau** vii ♦ ça ne prend pas beaucoup de place; c'est petit, compact

ᓂᐦᐋᐧᐋᐱᐦᑳᑎᒼ **nihaawaapihkaatim** vti ♦ il/elle l'arrange en l'attachant

ᓂᐦᐋᐧᐋᐱᐦᑳᑖᐤ **nihaawaapihkaataau** vta ♦ il/elle l'arrange en l'attachant

ᓂᐦᐋᐧᐋᐱᐦᒑᓂᒼ **nihaawaapihchaanim** vti ♦ il/elle l'arrange (filiforme), le met en ordre

ᓂᐦᐋᐧᐋᐱᐦᒑᓈᐤ **nihaawaapihchaanaau** vta ♦ il/elle l'arrange (filiforme), le/la met en ordre

ᓂᐦᐋᐧᐋᒋᓂᒼ **nihaawaachinim** vti ♦ il/elle le plie

ᓂᐦᐋᐧᐋᒋᓈᐤ **nihaawaachinaau** vta ♦ il/elle le/la plie

ᓂᐦᐋᐧᐋᔅᑯᐱᔫᐦ **nihaawaaskupiyiuh** vii pl ♦ ils s'ajustent (long et rigide), se mettent en place

ᓂᐦᐋᐧᐋᔅᑯᔥᑖᐤ **nihaawaaskushtaau** vai ♦ il/elle les empile avec soin (long et rigide)

ᓂᐦᐋᐧᐋᔥᑎᒋᓂᒼ **nihaawaashtichinim** vti ♦ il/elle réarrange correctement les branchages sur le sol

ᓂᐦᐋᐤ **nihaau** p,manière ♦ parfaitement ■ ᓂᐦᐋᐤ ᒦᔪ ᐃᓐᒪᐱᒡ ᐊᓈᐱᒡ ᐅᒋᒋᔮᓐ ᑲ ᐅᑖᐸᒨᒡₓ ■ *Ses nouvelles chaussures lui vont parfaitement.*

ᓂᐦᐋᐱᐅ **nihaapiu** vai ♦ il/elle voit bien ou clairement

ᓂᐦᐋᐱᒫᐤ **nihaapimaau** vta ♦ il/elle le/la remarque tout de suite

ᓂᐦᐋᐱᔥᑎᒼ **nihaapishtim** vti ♦ il/elle s'assoit pour faire quelque chose

ᓂᐦᐋᐱᐦᑎᒼ **nihaapihtim** vti ♦ il/elle le voit bien

ᓂᐦᐋᑯᓈᔑᒫᐤ **nihaakunaashimaau** vta ♦ il/elle le/la tire avec la fourrure dans le bon sens sur la neige

ᓂᐦᐋᑯᓈᔑᓐ **nihaakunaashin** vai ♦ il/elle est allongé-e dans la neige la fourrure dans la bonne direction

ᓂᐦᐋᑳᒋᐱᔨᐅ **nihaakaachipiyiu** vai ♦ il/elle va ou vient doucement en véhicule

ᓂᐦᐋᑳᒋᐱᔨᐅ **nihaakaachipiyiu** vii ♦ ça va, vient doucement

ᓂᐦᐋᑳᒡ **nihaakaach** p,manière ♦ peu à peu, doucement ■ ᓂᐦᐋᑳᒡ ᓯᑎᓈᓐ ᓂᒥ ᑭ ᐃᔅᒋᐧᐃᒑᒃₓ ■ *Verse-le doucement pour ne pas renverser!*

ᓂᐦᐋᒋᐦᐄᑰ **nihaachihiikuu** vai -u ♦ il/elle est d'accord avec lui/elle, lui fait plaisir

ᓂᐦᐋᒋᐦᐋᐤ **nihaachihaau** vta ♦ il/elle lui fait plaisir, lui plaît

ᓂᐦᐋᔅᑤᓲ **nihaastwaasuu** vai reflex -u ♦ il/elle se met des choses de côté pour les utiliser plus tard

ᓂᐦᐋᔨᒫᐤ **nihaayimaau** vta ♦ il/elle lui permet de le faire

ᓂᐦᐋᔨᐦᑎᒥᐦᐄᑰ **nihaayihtimihiikuu** vai -u ♦ il/elle lui plaît

ᓂᐦᐋᔨᐦᑎᒥᐦᐋᐤ **nihaayihtimihaau** vta ♦ il/elle lui fait plaisir en consentant, en donnant son accord

ᓂᐦᐋᔨᐦᑎᒼ **nihaayihtim** vti ♦ il/elle est d'accord, veut le faire

ᓂᐦᐋᔨᐦᑖᑯᓐ **nihaayihtaakun** vii ♦ c'est permis

ᓂᐦᐋᔨᐦᒑᑯᓯᐤ **nihaayihtaakusiu** vai
- il/elle a la permission de faire quelque chose

ᓂᐦᑐᑭᓐ **nihtukin** ni ◆ un barbillon, l'ardillon d'un harpon

ᓂᐦᑐᔾ **nihtuyi** ni ◆ un harpon à baleine, à esturgeon

ᓂᐦᒑ **nihtaa** p,temps ◆ jamais ▪ ᓂᐦᒡ ᐊ ᒥᓂᐧᐊᒡᐧᐁᔨᒦᔨᐦᑖᓵᔨᒨ᙮ₓ ▪ *Vas-tu jamais le voir?*

ᓂᐦᒑᐅᑎᐧᐊᐱᐤ **nihtaautiwaapiu** vai
- il/elle est capable de voir l'avenir ou de voir loin

ᓂᐦᒑᐅᑎᐹᒋᒧ **nihtaautipaachimuu** vai -u
- il/elle aime raconter des histoires

ᓂᐦᒑᐅᑖᓂᐧᐋᐤ **nihtaautaaniwaau** vai
- il/elle fait bien la cuisine

ᓂᐦᒑᐅᒀᓲ **nihtaaukwaasuu** vai -u
- il/elle sait comment faire des choses en couture, il/elle sait coudre

ᓂᐦᒑᐅᒋᐤ **nihtaauchiu** vai ◆ il/elle grandit

ᓂᐦᒑᐅᒋᓈᐤ **nihtaauchinaau** vta ◆ il/elle l'élève

ᓂᐦᒑᐅᒋᓐ **nihtaauchin** vii ◆ ça pousse

ᓂᐦᒑᐅᒋᎿᐅᓲ **nihtaauchihaausuu** vai -u
- il/elle élève des enfants

ᓂᐦᒑᐅᒋᎿᐤ **nihtaauchihaau** vta ◆ il/elle le/la cultive (des baies), le/la préserve

ᓂᐦᒑᐅᒋᐦᑎᒫᓲ **nihtaauchihtimaasuu** vai reflex -u ◆ il/elle se le fait pousser

ᓂᐦᒑᐅᒋᐦᑖᐤ **nihtaauchihtaau** vai+o
- il/elle le fait pousser, le cultive

ᓂᐦᒑᐅᒋᐦᒋᑭᓐ **nihtaauchihchikin** ni ◆ un jardin, une plante

ᓂᐦᒑᐅᒋᐦᒑᐤ **nihtaauchihchaau** vai
- il/elle cultive quelque chose, fait pousser quelque chose

ᓂᐦᒑᐅᒥᓂᎿ **nihtaauminihuu** vai -u
- c'est un chasseur très compétent; c'est une chasseuse très compétente

ᓂᐦᒑᐅᓲᐦᒀᐦᐊᒻ **nihtaausuuhkwaaham** vti
- il/elle tape sur la glace et trouve que c'est facile de détecter les tunnels de castor au son que fait la glace

ᓂᐦᒑᐅᐦᑖᐤ **nihtaauhtaau** vai ◆ il/elle peut maintenant marcher

ᓂᐦᒑᐧᐋᐤ **nihtaawaau** vai ◆ il/elle parle bien, le bébé peut bien parler maintenant

ᓂᐦᒑᐧᐋᐦᑎᐧᐄᐤ **nihtaawaahtiwiiu** vai
- il/elle grimpe avec agilité

ᓂᐦᒋᑳᐤ **nihchikaau** vii ◆ on en voit le contour, la silhouette

ᓂᐦᒋᒋᓯᐤ **nihchichisiu** vai ◆ il/elle est visible dans ses contours

ᓂᐦᒋᓈᑯᓈᐤ **nihchinaakunaau** vta
- il/elle l'habille et lui met ses chaussures

ᓂᐦᒋᓈᑯ **nihchinaakuu** vai -u ◆ il/elle s'habille

# ᓃ

ᓃᐱᑖᐱᐧᐃᒡ **niipitaapiwich** vai pl ◆ ils sont assis, placés en rang, elles sont assises, placées en rang

ᓃᐱᑖᑯᑖᐤ **niipitaakutaau** vai ◆ il/elle suspend les choses en rang

ᓃᐱᑖᑯᑖᐤᐦ **niipitaakutaauh** vii pl ◆ des choses pendent sur une rangée

ᓃᐱᑖᑯᒋᓂᒡ **niipitaakuchinich** vai pl
- ils/elles sont pendu-e-s, suspendu-e-s en rang

ᓃᐱᑖᑯᔮᐤ **niipitaakuyaau** vta ◆ il/elle les suspend en une rangée

ᓃᐱᑖᑳᐳᐧᐃᒡ **niipitaakaapuwiwich** vai pl -uwi ◆ ils/elles sont (debout) en rang

ᓃᐱᑖᔑᓂᒡ **niipitaashinich** vai pl
- ils/elles sont couché-e-s, étendu-e-s en rang

ᓃᐱᑖᔥᑖᐤ **niipitaashtaau** vai ◆ il/elle les place en rang

ᓃᐱᑖᔮᐱᐦᑳᑎᒻ **niipitaayaapihkaatim** vti
- il/elle enfile des choses sur une ligne en rangée

ᓃᐱᑖᔮᐱᐦᑳᑖᐤ **niipitaayaapihkaataau** vta
- il/elle les enfile en une rangée

ᓃᐱᑖᔮᔅᑯᐦᐄᑭᓈᐦᑎᒄ **niipitaayaaskuhiikinaahtikw** ni ◆ un bâton sur lequel on suspend du poisson ou de la viande pour les cuire ou les faire sécher

ᓃᐱᑖᔮᔅᑯᐦᐊᒻ **niipitaayaaskuham** vti
- il/elle met les choses en rangée sur un bâton

ᓃᐱᑖᔮᔅᑯᐦᐧᐋᐤ **niipitaayaaskuhwaau** vta
- il/elle les aligne sur un bâton

ᓃᐱᑖᐦᐋᐤ **niipitaahaau** vta ◆ il/elle les place sur une rangée

ᓃᐸᑖᑖᐎᐤ niipitaahtaawich vai pl
• ils/elles marchent en rang

ᓃᐱᓂᐎᓂᐦᐄᒑᐅ° niipiniwinihiichaau vai
• il/elle pose un piège en été

ᓃᐱᓂᐚ° niipiniwaau vai • il/elle porte sa fourrure d'été

ᓃᐱᓂᐱᐦᒋᔥᑎᐦᐚ° niipinipichistihwaau vai
• il/elle place un filet de pêche en été

ᓃᐱᓂᐱᔮᓯᐤ° niipinipiyaasiu na -iim • un grand oiseau d'été, un grand oiseau migrateur

ᓃᐱᓂᐱᔮᔒᔥ niipinipiyaashiish na -im
• un oiseau d'été, un oiseau migrateur

ᓃᐱᓂᓯᐦᑯᔅ niipinisihkus na -im • une hermine en été *Mustela erminea*

ᓃᐱᓂᔅᑭᒥᑳᐅ° niipiniskimikaau vii • c'est du sol d'été, il n'y a pas de neige sur le sol

ᓃᐱᓂᔓᐎᓐ niipinishuwin ni • un endroit où on est forcé de passer l'été

ᓃᐱᓂᔖᐅ° niipinishaau vai • c'est une peau de bête d'été

ᓃᐱᓂᐦᐆ niipinihuu vai -u • il/elle est habillé-e pour l'été

ᓃᐱᓂᐦᑖᐅ° niipinihtaau vai • il/elle passe l'été à un certain endroit

ᓃᐱᓂᐦᐦ niipinihch p,temps • l'été dernier
■ ᐊᔨᐊᓂᑦ ᑭ ᒥᑣᑐᐸᓕᕐᑦ ᓃᐱᓂᐦᐦx ■ Elle/il a eu dix ans l'été dernier.

ᓃᐱᓈᐹᔅᐚ° niipinaapaaswaau vai
• il/elle fait sécher la peau de l'animal à l'intérieur de l'habitation

ᓃᐱᓈᑯᐚᐦᑎᐚ° niipinaakwaahtiwaau ni
• de l'écorce grignotée par un porc-épic pendant l'été

ᓃᐱᓈᒧᓯᐆ niipinaamusiiuu vii -iiwi
• c'est une étendue d'eau qui ne gèle jamais

ᓃᐱᓐ niipin vii • c'est l'été

ᓃᐱᓯᐦᐚ° niipisihwaau vta • il/elle les enfile (ex. des perles), il/elle enfile du poisson sur un bâton

ᓃᐱᓯᐦᑯᐹᐤ° niipisihkupaau vii • c'est un ruisseau bordé de buissons épais

ᓃᐱᓯ niipisii ni -m • un saule *Salix sp.*

ᓃᐱᓯᐆᑭᐦᒋ niipisiiukihchii ni • un crochet de saule pour suspendre les marmites au-dessus du feu

ᓃᐱᓯᔅᑳᐅ° niipisiiskaau vii • c'est une zone de saules

ᓃᐱᓯᐦᑎᒄ niipisiihtikw ni -m • un bâton de saule sec

ᓃᐱᓵᔮᐱᐦᑳᑎᒻ niipisaayaapihkaatim vti
• il/elle l'enfile en ligne

ᓃᐱᔅᑯᐱᐤ° niipiskupiu vai • il/elle est à genoux, assis-e sur les talons

ᓃᐱᔅᑯᐱᒧᐦᑖᐅ° niipiskupimuhtaau vai
• il/elle marche sur les genoux

ᓃᐱᔅᑰ niipiskuu vai -u • il/elle s'agenouille

ᓃᐱᐤ° niipiiu vai • il/elle a des fleurs, des feuilles

ᓃᐱᔥ niipiish ni • des fleurs, des fleurs artificielles

ᓃᐳᐎᔥᑎᒧᐚ° niipuwishtimuwaau vta
• il/elle se met à sa place, résiste pour lui/elle

ᓃᐳᐎᔥᑎᒻ niipuwishtim vti • il/elle l'endure, se tient à côté

ᓃᐳᐎᐦᐋ° niipuwihaau vta • il/elle le/la met debout

ᓃᐳᐚᐱᔅᒋᓂᑭᓐ niipuwaapischinikin ni
• une marque indiquant la direction à prendre

ᓃᐳᐚᓂᑳᐅ° niipuwaanikaau vii • c'est une île élevée

ᓃᐳᐚᔅᒑᐅᒋᓂᒻ niipuwaaschaauchinim vti • il/elle met du bois sur le feu qui flambe tout droit

ᓃᐳᐚᔅᒑᐅ° niipuwaaschaau vai • les rayons du soleil sont au-dessus et en-dessous ce qui indique un temps très froid

ᓃᐳ niipuu vai -uwi • il/elle est debout

ᓃᐹᐱᐤ° niipaapiu vai • il/elle reste réveillé-e tard la nuit, il est gardien de nuit, elle est gardienne de nuit

ᓃᐹᐱᒋᐤ° niipaapichiu vai • il/elle déplace son campement d'hiver pendant la nuit

ᓃᐹᐱᔥᑎᐚ° niipaapishtiwaau vta
• il/elle le/la veille toute la nuit

ᓃᐹᐱᔨᐤ° niipaapiyiu vai • il/elle voyage tard la nuit en véhicule

ᓃᐹᑎᐱᔥ niipaatipisch p,temps • quand c'est tranquille la nuit

ᓃᐹᒁᓲ niipaakwaasuu vai -u • il/elle coud la nuit

ᓃᐹᒦᒋᓲ niipaamiichisuu vai -u ♦ il/elle mange la nuit

ᓃᐹᔮᐱᑎᓯᐤ niipaayaapitisiiu vai ♦ il/elle travaille de nuit

ᓃᐹᔮᔥᑖᓂᒫᑭᓐ niipaayaashtaanimaakin ni ♦ une veilleuse, une bougie-veilleuse, une lumière de nuit

ᓃᐹᐦᐆ niipaahuu vai -u ♦ il/elle voyage en canot la nuit

ᓃᐹᐦᑖᐤ niipaahtaau vai ♦ il/elle marche la nuit, la nuit s'abat sur lui/elle alors qu'il/elle voyage

ᓃᐹᐦᒀᐃᓐ niipaahkwaawin ni ♦ le repas du soir

ᓃᐹᐦᒀᐤ niipaahkwaau vai ♦ il/elle mange le repas du soir

ᓃᑎᒧᔅ niitimus nad ♦ mon beau-frère, ma belle-soeur, mon cousin croisé ou ma cousine croisée (une personne du sexe opposé au mien qui est la descendante du frère de ma mère ou de la soeur de mon père)

ᓃᑭᑖᐅᐦᒋᐱᔫ niikitaauhchipiyiu vii ♦ ça glisse dans l'eau ou dans le trou (se dit du sable)

ᓃᑭᑖᐅᐦᒋᐹᐤ niikitaauhchipaau vii ♦ ça glisse dans l'eau ou dans le trou à cause de la pression de l'eau (ex. du sable, de la terre)

ᓃᑭᐊᒻ niikiham vti ♦ il/elle le relâche, retire la tension qui est dessus

ᓃᑭᐦᐚᐤ niikihwaau vta ♦ il/elle le relâche, retire la tension qui est dessus (animé)

ᓃᑳᐱᐦᑳᑎᒻ niikaapihkaatim vti ♦ il/elle en relâche les liens

ᓃᑳᐱᐦᑳᑖᐤ niikaapihkaataau vta ♦ il/elle relâche les liens de quelque chose (animé)

ᓃᑳᐱᐦᒑᐱᑎᒻ niikaapihchaapitim vti ♦ il/elle relâche sa prise en le tirant

ᓃᑳᐱᐦᒑᐱᑖᐤ niikaapihchaapitaau vta ♦ il/elle relâche la tension sur quelque chose (animé, filiforme) tout en tirant

ᓃᑳᐱᐦᒑᐱᔫ niikaapihchaapiyiu vai ♦ il/elle se relâche, la tension sur lui/elle se relâche (filiforme)

ᓃᑳᐱᐦᒑᐱᔫ niikaapihchaapiyiu vii ♦ la tension sur quelque chose (filiforme) se relâche

ᓃᑳᐱᐦᒑᓂᒻ niikaapihchaanim vti ♦ il/elle le baisse quand il est suspendu par une ficelle

ᓃᑳᐱᐦᒑᓈᐤ niikaapihchaanaau vta ♦ il/elle relâche la tension sur quelque chose (animé, filiforme)

ᓃᑳᐱᐦᒑᔥᑭᐚᐤ niikaapihchaashkiwaau vta ♦ il/elle relâche la tension qui est dessus (animé, filiforme) avec son pied ou son corps

ᓃᑳᐱᐦᒑᔥᑭᒻ niikaapihchaashkim vti ♦ il/elle relâche la tension qui est dessus (filiforme) avec son pied ou son corps

ᓃᑳᓂᐱᒋᐤ niikaanipichiu vai ♦ il/elle part en avant en déplaçant son campement d'hiver

ᓃᑳᓂᐱᔫ niikaanipiyiu vai ♦ il/elle avance, va en avant

ᓃᑳᓂᐱᔫ niikaanipiyiu vii ♦ ça avance

ᓃᑳᓂᐱᐦᑖᐤ niikaanipihtaau vai ♦ il/elle court devant, prend la tête

ᓃᑳᓂᑯᔐᐤ niikaanikuschaau vai ♦ il/elle pose des lignes de pêche nocturne avec de se déplacer vers le prochain campement

ᓃᑳᓂᒋᔥᒑᔨᐦᑎᒻ niikaanichischaayihtim vti ♦ il/elle en sait quelque chose avant que ça arrive

ᓃᑳᓂᔥᑭᐚᐤ niikaanishkiwaau vta ♦ il est leur chef, elle est leur cheffe, il/elle est à la tête d'un groupe, est leur leader

ᓃᑳᓂᔥᑭᒻ niikaanishkim vti ♦ il en est le chef, elle en est la cheffe, il/elle en est le/la leader

ᓃᑳᓂᐦᑎᐦᐋᐤ niikaanihtihaau vta ♦ il/elle le/la fait aller en tête

ᓃᑳᓂᐦᑖᐤ niikaanihtaau vai ♦ il/elle marche en tête, devant

ᓃᑳᓂᐦᒡ niikaanihch p,temps ♦ à l'avenir, devant, en avant ▪ ᐋᐯᔫ ᓃᑳᓂᐦᒡ ᒌ ᐃᐦᑖᑖᐤ ᐊ ᑎᒃᔅᐱᐦᒑᐅᒡᒡ *Ils étaient devant nous quand nous remontions la rivière.*

ᓃᑳᓂᔮᐤ niikaaniyaau vai ♦ il/elle vole en tête, en avant

ᓃᑳᓃᐤ niikaaniiu vai ♦ il/elle est en tête, le premier ou la première, devant des autres

ᓃᑳᓈᐱᐦᑎᒧᐎᓐ niikaanaapihtimuwin ni ♦ la prévoyance

ᓃᑳᓈᐱᐦᑎᒻ **niikaanaapihtim** vti ◆ il/elle le présage

ᓃᑳᓈᔮᐱᒫᐤ **niikaanaayaapimaau** vta ◆ il/elle le/la présage

ᓃᑳᔮᐱᐦᑎᒻ **niikaanaayaapihtim** vti ◆ il/elle sait à l'avance que quelque chose va arriver

ᓃᑳᔮᐃᐦᑖᑯᓯᐤ **niikaanaayaayihtaakusiu** vai ◆ il/elle est bien considéré-e

ᓃᑳᓐ **niikaan** p,lieu ◆ devant, en avant ▪ ᒌᓐ ᐧᐄᔥ ᓃᑳᓐ ᐃᒧᒡ ᐋᐦ ᒋᔅᑯᑎᒫᐧᑖᐸᓯᐨ. *Elle est toujours la première à l'école.*

ᓃᑳᔮᐱᐦᑎᒻ **niikaayaapihtim** vti [Whapmagoostui] ◆ il/elle sait à l'avance qu'on trouvera de la nourriture (des animaux ou des poissons)

ᓃᒋᐱᔨᐤ **niichipiyiu** vii ◆ ça se relâche

ᓃᒋᐱᔨᐤ **niichipiyiu** vai ◆ il/elle se relâche, la tension qui était sur lui/elle se relâche

ᓃᒋᓂᒻ **niichinim** vti ◆ il/elle relâche sa prise, diminue sa vitesse

ᓃᒋᓈᐤ **niichinaau** vta ◆ il/elle relâche sa prise sur lui/elle

ᓃᒋᔖᓂᔥ **niichishaanish** na dim ◆ mon petit frère, ma petite soeur, mon frère cadet, ma soeur cadette, mon cousin ou ma cousine

ᓃᒋᔖᓐ **niichishaan** nad ◆ mon frère ou ma soeur, mon cousin ou ma cousine parallèle (le fils ou la fille du frère de mon père ou de la soeur de ma mère)

ᓃᒌᔨᔨᐤ **niichiiyiyiu** nad ◆ mon frère, ma soeur, mon cousin ou ma cousine parallèle (le fils ou la fille de la soeur de ma mère ou du frère de mon père), mon frère cri, ma soeur crie, mon compagnon humain, ma compagne humaine

ᓃᒦᐤ **niimiu** vai ◆ il/elle danse

ᓃᒦᐹᔅᒋᓯᑭᓈᐤ **niimipaaschisikinaau** vai ◆ il/elle emporte un fusil

ᓃᒥᑖᐹᓈᔅᒀᐤ **niimitaapaanaaskwaau** vai ◆ il/elle emporte un traîneau ou un toboggan

ᓃᒥᑯᑖᐤ **niimikutaau** vai+o ◆ il/elle le suspend juste au-dessus de quelque chose

ᓃᒥᑯᑖᐤ **niimikutaau** vii ◆ c'est suspendu juste au-dessus de quelque chose

ᓃᒥᑯᒋᓐ **niimikuchin** vai ◆ il/elle est pendu-e, suspendu-e sans vraiment toucher

ᓃᒥᑯᔮᐤ **niimikuyaau** vta ◆ il/elle le/la suspend au-dessus de quelque chose

ᓃᒥᒌᑭᐦᐄᑭᓈᐤ **niimichiikihiikinaau** vai ◆ il/elle emporte une hache

ᓃᒥᓂᒧᐧᐋᐤ **niiminimuwaau** vta ◆ il/elle le lui tend

ᓃᒥᓂᒻ **niiminim** vti ◆ il/elle le tient en l'air, le lui tend

ᓃᒥᓈᐤ **niiminaau** vta ◆ il/elle le/la tient en l'air, le/la lui tend

ᓃᒥᔥᑎᐧᐋᐤ **niimishtiwaau** vta ◆ il/elle danse devant lui/elle

ᓃᒥᐦᐄᐧᐋᐤ **niimihiiwaau** vta ◆ il/elle fait une danse

ᓃᒥᐦᐋᐤ **niimihaau** vta ◆ il/elle le/la fait danser

ᓃᒥᐦᑯᒫᓈᓐ **niimihkumaanaan** ni ◆ un couteau de chasse

ᓃᒦᔥᑎᒧᐧᐋᐤ **niimiishtimuwaau** vta ◆ il/elle danse à sa place

ᓃᒦᔥᑎᒻ **niimiishtim** vti ◆ il/elle danse en l'honneur de quelque chose

ᓃᒨᑖᓐ **niimuutaan** ni ◆ un sac à dos

ᓃᒫᐃᓂᐧᐃᑦ **niimaawiniwit** ni ◆ un sac-repas, une musette, un sac à lunch

ᓃᒫᐃᓐᐦᑭᐧᐋᐤ **niimaawinihkiwaau** vta ◆ il/elle prépare de la nourriture pour lui/elle pour son voyage

ᓃᒫᐃᓐᐦᒑᐤ **niimaawinihchaau** vai ◆ il/elle emballe sa nourriture pour le voyage

ᓃᒫᐃᓐ **niimaawin** ni ◆ des provisions de bouche, de la nourriture de voyage

ᓃᒫᐤ **niimaau** vai ◆ il/elle apporte quelque chose qu'elle va manger plus tard

ᓃᒫᐹᓐ **niimaapaan** ni ◆ une sangle pour tirer du gibier mort

ᓃᒫᑭᒧᐦᑖᐤ **niimaakimuhtaau** vai ◆ il/elle le suspend sans que ça touche tout à fait le fond

ᓃᒫᑭᒧ **niimaakimu** vai -u ◆ il/elle est pendu-e, suspendu-e sans vraiment toucher le fond

ᓃᒫᑭᒨ **niimaakimuu** vii -u ◆ ça pend sans vraiment toucher le fond

ᓃᒫᔅᑯᔑᓐ **niimaaskushin** vai ♦ il/elle est étendu-e ou couché-e sans vraiment toucher le fond

ᓃᒫᔅᑯᐦᐊᒼ **niimaaskuham** vti ♦ il/elle le retient avec un bâton

ᓃᒫᔅᑯᐦᐚᐤ **niimaaskuhwaau** vta ♦ il/elle le/la retient avec un bâton

ᓃᒫᔅᑯᐦᑎᓐ **niimaaskuhtin** vii ♦ c'est étendu au-dessus, mais ne touche pas le fond

ᓃᒫᐦᐋᐤ **niimaahaau** vta ♦ il/elle lui prépare un dîner, un déjeuner; il/elle l'envoie avec lui pour quelqu'un d'autre

ᓃᐧᓵᓱᒥᑎᓂᐤ **niiswaasumitiniu** p,nombre ♦ soixante-dix, septante

ᓃᐧᓵᔥᐚᐤ **niiswaaswaau** p,quantité ♦ sept fois

ᓃᐧᓵᔅᑭᑎᓐᐦ **niiswaaskitinh** vii pl ♦ les deux sont gelés ensemble

ᓃᐧᓵᔅᑯᑳᐳᐅᐦᐋᐤ **niiswaaskukaapuwihaau** vta ♦ il/elle met les deux (animé, long et rigide) côte à côte

ᓃᐧᓵᔅᑯᑳᐳᐅᐦᑖᐤ **niiswaaskukaapuwihtaau** vai+o ♦ il/elle dresse deux choses (long et rigide) côte à côte

ᓃᐧᓵᔅᑯᒧᐧᐃᑦ **niiswaaskumuwich** vai pl -u ♦ ils/elles sont l'un-e à côté de l'autre

ᓃᐧᓵᔅᑯᒧᐦᐋᐤ **niiswaaskumuhaau** vta ♦ il/elle met les deux (animé, long et rigide) ensemble

ᓃᐧᓵᔅᑯᒧᐦᑖᐤ **niiswaaskumuhtaau** vai ♦ il/elle en place deux ensemble (long et rigide)

ᓃᐧᓵᔅᑯᒨᐦ **niiswaaskumuuh** vii pl ♦ il y en a deux côte à côte (long et rigide)

ᓃᐧᓵᔅᑯᓐᐦ **niiswaaskunh** vii pl ♦ il y en a deux

ᓃᐧᓵᔅᑯᓯᐧᐃᒡ **niiswaaskusiwich** vai pl ♦ ils/elles sont deux, il y en a deux (animé) (long et rigide)

ᓃᔅᒋᐱᒋᐤ **niischipichiiu** vii ♦ ça pousse bien parce qu'il y a de la pluie après une sécheresse

ᓃᔅᒋᓂᒼ **niischinim** vti ♦ il/elle l'humidifie

ᓃᔅᒋᓈᐤ **niischinaau** vta ♦ il/elle l'humidifie

ᓃᔅᒋᓯᐤ **niischisiu** vai ♦ il/elle est humide, moite

ᓃᔑᐧᐃᒡ **niishiwich** vai pl ♦ il y en a deux (animé)

ᓃᔑᐱᑎᒼ **niishipitim** vti ♦ il/elle le rabat, le baisse

ᓃᔑᐱᑖᐤ **niishipitaau** vta ♦ il/elle l'abat, le/la rabat, le/la baisse

ᓃᔑᐱᔨᐤ **niishipiyiu** vai ♦ il/elle diminue, baisse

ᓃᔑᐱᔨᐤ **niishipiyiu** vii ♦ ça descend, diminue

ᓃᔑᐱᔨᐦᐆ **niishipiyihuu** vai -u ♦ il/elle glisse vers le bas

ᓃᔑᓐᐦ **niishinh** vii pl ♦ il y en a deux

ᓃᔒᐦᐋᐤ **niishiihaau** vai ♦ un caribou mâle qui a fini son rut

ᓃᔓ **niishu** p,nombre ♦ deux

ᓃᔓᐄᑖᐤ **niishuwitaau** vai ♦ il/elle porte deux choses, castors, loutres, renards sur son dos

ᓃᔓᐱᐧᐃᒡ **niishupiwich** vai pl ♦ il y en a deux qui sont assis-es

ᓃᔓᐱᐳᓈᓯᐤ **niishupipunwaasiu** vai ♦ il/elle a deux ans

ᓃᔓᐱᐳᓈᓰᒥᑭᓐ **niishupipunwaasiimikin** vii ♦ ça a deux ans

ᓃᔓᐱᔨᐧᐃᒡ **niishupiyiwich** vai pl ♦ il y en a deux qui conduisent, dans des véhicules séparés

ᓃᔓᑎᐱᔅᑳᐅᐦ **niishutipiskaauh** p,temps ♦ deux nuits

ᓃᔓᑎᐱᔅᒃᐚᐤ **niishutipiskwaau** vai ♦ il/elle reste sorti-e deux nuits

ᓃᔓᑎᐱᐦᐄᑭᓐ **niishutipihiikin** p,quantité ♦ deux miles, deux gallons

ᓃᔓᑎᐹᐹᔥᑯᒋᑭᓈᓯᐤ **niishutipaapaashkuchikinaasiu** vai ♦ il/elle pèse deux livres

ᓃᔓᑎᐹᐹᔥᑯᒋᑭᓈᔮᐤ **niishutipaapaashkuchikinaayaau** vii ♦ ça pèse deux livres

ᓃᔓᑎᐹᐹᔥᑯᒋᑭᓐ **niishutipaapaashkuchikin** p,quantité ♦ deux livres

ᓃᔓᑎᐹᔅᑯᓂᑭᓐ **niishutipaaskunikin** p,quantité ♦ deux verges, mètres

ᓃᔓᑎᑳᔑᐧᐃᒡ **niishutikaashiwich** vai pl ♦ les deux voguent ensemble

ᓃᔓᑎᒋᓯᐧᐃᒡ **niishutichisiwich** vai pl ♦ il y en a deux qui voyagent en canot

ᓃᔥᑎᓈ·ᐊᔮᐤ niishutinaawaayaau vii
♦ c'est un fusil à deux-coups

ᓃᔥᑎᓈᐅᐦ niishutinaauh vii pl ♦ il y a deux montagnes

ᓃᔥᑖᐴᓰᐃᐧ niishutaausiiwich vai pl ♦ il y a deux familles qui habitent ensemble dans un campement ou une habitation

ᓃᔥᑖᐹᐤ niishutaapaau vai ♦ il/elle ramène deux castors, deux loutres à la maison, il/elle en traîne deux

ᓃᔥᑯᒥᒋᓰᐃᐧ niishukimichisiwich vai pl ♦ il y a deux habitations dans un campement

ᓃᔥᑯᒫᐅᐦ niishukimaauh vii pl ♦ il y a deux lacs

ᓃᔥᑯᔥᒁᐤ niishukishkwaau vai ♦ son sabot, son ongle est divisé en deux

ᓃᔥᑯᑖᐤ niishukutaau vai+o ♦ il/elle suspend deux choses

ᓃᔥᑯᔮᐤ niishukuyaau vta ♦ il/elle en suspend deux (animé)

ᓃᔥᑯᐦᑎᑖᐤ niishukuhtitaau vai ♦ il/elle met deux choses dans l'eau

ᓃᔥᑯᐦᒋᒫᐤ niishukuhchimaau vta ♦ il/elle en met deux (animé) dans un liquide

ᓃᔥᑳᐴᐃᓈᓃᐤ niishukaapuwinaaniuu vii,impersonnel -iwi ♦ il y a un mariage

ᓃᔥᑳᐴᐋᐦᑯᓈᐤ niishukaapuwaaihkunaau na [Wemindji] ♦ un gâteau de mariage

ᓃᔥᑳᐴ niishukaapuu vai -uwi ♦ il/elle se marie

ᓃᔥᑳᐴᑯᐦᑉ niishukaapuukuhp ni ♦ une robe de mariée

ᓃᔥᑳᑖ·ᐊᔮᐤ niishukaataawaayaau vii ♦ ça a deux pieds

ᓃᔥᑯᐹᐱᓂᑭᐣ niishukwaapinikin p,quantité ♦ deux poignées

ᓃᔥᒋᐦᒁᒧᐃᐧ niishuchihkwaamuwich vai pl -u ♦ les deux dorment ensemble

ᓃᔥᒌᔑᑳᐤ niishuchiishikaau vii ♦ c'est mardi

ᓃᔥᒌᔑᑳᐅᐦ niishuchiishikaauh vii pl ♦ c'est deux jours

ᓃᔥᒥᒋᐦᒋᐣ niishumichihchin p,quantité ♦ deux pouces

ᓃᔥᒥᓂᑳᐅᐦ niishuminikaauh vii pl ♦ il y a deux baies

ᓃᔥᒥᓂᒋᓯᐃᐧ niishuminichisiwich vai pl ♦ ce sont deux baies, il y a deux baies

ᓃᔥᒥᓂᐦ niishuminich p,quantité pl ♦ deux baies

ᓃᔥᒥᓂᔅᑳᐅᐦ niishuminiskaauh vii pl ♦ il y a deux ballots complets

ᓃᔥᒥᓈᔥᑖᐅᐦ niishuminaashtaauh vii pl ♦ il y en a deux piles

ᓃᔥᒥᓰᐟ niishumisit p,quantité ♦ deux pieds

ᓃᔥᒧᐦᑎᑳᐣ niishumihtikaanh p,quantité ♦ deux cordes de bois

ᓃᔥᒧᔖ·ᐊᔮᐤ niishumushaawaayaau vii [Whapmagoostui] ♦ il y a deux ouvertures dans le tunnel de castor

ᓃᔥᓂᒻ niishunim vti ♦ il/elle en tient deux ensemble

ᓃᔥᓂᔥ niishunisch p,quantité ♦ deux coudées (filiforme)

ᓃᔥᓈᐤ niishunaau vta ♦ il/elle en tient deux ensemble

ᓃᔥᓵᑭᐦᑖ·ᐊᔮᐤ niishusaakihaataawaayaau vii ♦ il y a deux ouvertures dans le tunnel de castor

ᓃᔥᐳᑎᔮᒌ niishuskitiyaachii p,quantité ♦ deux paquets

ᓃᔥᒋᓈᓯᐤ niishuschisinaasiu vai ♦ il y a assez de peau pour deux paires de mocassins, de chaussures

ᓃᔥᒋᓯᐣ niishuschisin ni ♦ deux paires de mocassins découpés pas encore cousus; deux paires de chaussures

ᓃᔥᔖᑉ niishushaap p,nombre ♦ douze

ᓃᔥᔥᑎᒁᐅᐦ niishushtikwaauh vii pl ♦ il y a deux rivières

ᓃᔥᔥᑖᐅᐦ niishushtaauh vii pl ♦ il y en a deux là

ᓃᔥᔫᐦ niishuyich p,manière ♦ à deux places, de deux façons

ᓃᔥᐋᐤ niishuhaau vta ♦ il/elle le/la divise en deux parties, en fait deux

ᓃᔥᐦᑎᑳᐅᐦ niishuhtikaauh vii pl ♦ il y a deux morceaux de bois pour le feu

ᓃᔥᐦᑎᐦ niishuhtich p,quantité ♦ deux morceaux de bois

ᓃᔥᐦᑏ niishuhtii p,quantité ♦ deux dollars

ᓃᔓᐦᑖᐧᐃᒡ niishuhtaawich vai pl ♦ c'est un double mariage, ils/elles sont deux à marcher ensemble

ᓂᔑᐦᑖᐅ niishuhtaau vai ♦ il/elle le divise en deux parties, en fait deux

ᓃᔓᐦᒋᓂᔅᒑᐤ niishuhchinischaau vai ♦ il/elle se sert des deux mains pour faire quelque chose

ᓂᔖᐦᑎᐧᐃᐤ niishaahtiwiiu vai ♦ il/elle descend l'escalier, l'échelle

ᓂᔖᐦᑎᐙᐱᔫ niishaahtiwaapiyiu vai ♦ il/elle descend en glissant le long de quelque chose, glisse jusqu'en bas

ᓂᔖᐦᑎᐙᐱᔫ niishaahtiwaapiyiu vii ♦ ça descend en glissant le long de quelque chose

ᓃᔖᐅᒋᔖᒥᑖᐦᑐᒥᑎᓂᐤ niishwaauchishaamitaahtumitiniu p,nombre ♦ deux mille

ᓃᔖᐅᒥᑖᐦᑐᒥᑎᓂᐤ niishwaaumitaahtumitiniu p,nombre ♦ deux cents

ᓃᔖᐤ niishwaau p,quantité ♦ deux fois

ᓂᔖᐱᔅᑭᒧᐦᐋᐤ niishwaapiskimuhaau vta ♦ il/elle en met deux, en utilise deux (animé, minéral)

ᓂᔖᐱᔅᑭᒧᐦᑖᐤ niishwaapiskimuhtaau vai ♦ il/elle le double (minéral)

ᓂᔖᐱᔅᑭᒨ niishwaapiskimuu vii -u ♦ c'est double (minéral, ex. des plaques de verre)

ᓂᔖᐱᔅᑭᒨᐦ niishwaapiskimuuh vii pl ♦ il y en a deux (minéral)

ᓂᔖᐱᑭᐦᐋᐤ niishwaapikihaau vta ♦ il/elle en place deux (animé, minéral) ensemble

ᓂᔖᐱᔅᑳᐤᐦ niishwaapiskaauh vii pl ♦ il y en a deux (minéral), il y a deux pièges

ᓂᔖᐱᔅᒋᓯᐧᐃᒡ niishwaapischisiwich vai pl ♦ ils/elles sont doubles, il y en a deux

ᓂᔖᐱᔅᒋᔥᑭᐙᐤ niishwaapischishkiwaau vta ♦ il/elle en porte deux (animé, minéral)

ᓂᔖᐱᔅᒋᔥᑭᒼ niishwaapischishkim vti ♦ il/elle est pris dans deux pièges

ᓂᔖᐱᔥ niishwaapisch p,quantité ♦ deux (minéral)

ᓂᔖᐱᔥᑭᔥᑖᐤ niishwaapishkishtaau vai ♦ il/elle place deux choses (minéral), trappe

ᓂᔖᐱᐦᑳᑎᒼ niishwaapihkaatim vti ♦ il/elle en attache deux ensemble

ᓂᔖᐱᐦᑳᑖᐤ niishwaapihkaataau vta ♦ il/elle en attache deux (animé) ensemble

ᓂᔖᐱᐦᑳᑖᐅᐦ niishwaapihkaataauh vii pl ♦ il y a deux choses attachées ensemble

ᓂᔖᐱᐦᑳᓱᐧᐃᒡ niishwaapihkaasuwich vai pl -u ♦ ils/elles sont attaché-e-s ensemble

ᓂᔖᐱᐦᒑᐤ niishwaapihchaau vai ♦ il/elle rapporte à la maison deux porcs-épics, renards morts

ᓂᔖᐱᐦᒑᐦᑎᓐ niishwaapihchaahtin vii ♦ c'est une double corde

ᓂᔖᐙᐃᐧᐃᒡ niishwaapaawiwich vai pl -aawi ♦ il y a deux frères, deux hommes

ᓂᔖᐹᑭᒧᐧᐃᒡ niishwaapaakimuwich vai pl -u ♦ il y en a deux (filiforme) suspendu-e-s côte à côte

ᓂᔖᐹᑭᒧᐦᐋᐤ niishwaapaakimuhaau vta ♦ il/elle en suspend deux (animé, filiforme)

ᓂᔖᐹᑭᒨᐦ niishwaapaakimuuh vii pl ♦ il y en a deux enfilés (filiforme) côte à côte

ᓂᔖᐹᑭᓐᐦ niishwaapaakinh vii pl ♦ il y en a deux (filiforme)

ᓂᔖᐹᑭᔥᑖᐤ niishwaapaakishtaau vai ♦ il/elle place deux choses (filiforme)

ᓂᔖᐹᑭᔥᑖᐅᐦ niishwaapaakishtaauh vii pl ♦ deux sont placés (filiforme)

ᓂᔖᐹᑭᐦᐋᐤ niishwaapaakihaau vta ♦ il/elle en met deux (animé, filiforme) ensemble

ᓂᔖᐹᒋᐱᑎᒼ niishwaapaachipitim vti ♦ il/elle en arrache deux (filiforme)

ᓂᔖᐹᒋᐱᑖᐤ niishwaapaachipitaau vta ♦ il/elle en arrache deux (animé, filiforme)

ᓂᔖᐹᒋᓂᒼ niishwaapaachinim vti ♦ il/elle le double (filiforme, par ex. de la corde)

ᓂᔖᐹᒋᓈᐤ niishwaapaachinaau vta ♦ il/elle le/la double (animé, filiforme)

ᓂᔖᐹᒋᓯᐧᐃᒡ niishwaapaachisiwich vai pl ♦ il y en a deux (filiforme), il y a deux tuyaux de poêle

ᓂᔖᑭᑯᑖᐤ niishwaakikutaau vai+o ♦ il/elle en suspend deux (étalé)

ᓂ·ᔥᑭᒧᐚᐅ niishwaakimuhaau vta
 • il/elle en suspend deux (animé, étalé); il/elle assemble deux peaux de rat musqué, l'une dans l'autre

ᓂ·ᔥᑭᒧᐦᑖᐤ niishwaakimuhtaau vai
 • il/elle en place deux (étalé)

ᓂ·ᔥᑳᑭᓐᐦ niishwaakinh vii pl • il y en a deux (étalé)

ᓂ·ᔥᑳᑭᐦᐊᒼ niishwaakiham vti • il/elle utilise deux voiles

ᓂ·ᔥᑳᑭᐦᐱᑎᒼ niishwaakihpitim vti
 • il/elle en attache deux (étalé) ensemble

ᓂ·ᔥᑳᑭᐦᐱᑖᐤ niishwaakihpitaau vta
 • il/elle en attache deux (animé, étalé) ensemble

ᓂ·ᔥᐛᒋᓂᒼ niishwaachinim vti • il/elle en tient deux (étalé)

ᓂ·ᔥᐛᒋᓈᐤ niishwaachinaau vta • il/elle en tient deux (étalé)

ᓂ·ᔥᐛᒋᓯᐧᐃᒡ niishwaachisiwich vai pl
 • ils/elles sont deux (étalé)

ᓂ·ᔥᐛᒋᐦᔥᑭᐚᐤ niishwaachishkiwaau vta
 • il/elle en porte deux couches (animé)

ᓂ·ᔥᐛᒋᐦᔥᑭᒼ niishwaachishkim vti • il/elle en porte deux couches

ᓂ·ᔥᐛᒋᐦᑎᓐᐦ niishwaachihtinh vii pl • il y en a deux couches (étalé)

ᓂ·ᔥᐛᒡ niishwaach p,quantité • deux choses (étalé)

ᓂ·ᔥᐛᔅᒋᐦᒀᔮᐤ niishwaaschihkwaayaau vii
 • il y en a deux seaux pleins

ᓂ·ᔥᐛᔅᒋᐦᒄ niishwaaschihkw p,quantité
 • deux seaux

ᓂ·ᔥᐛᔖᑉ niishwaashaap p,nombre • dix-sept

ᓂ·ᔥᐛᔥᑭᒋᐧᐃᒡ niishwaashkichiwich vai pl
 • les deux sont gelés/gelées ensemble

ᓂ·ᔥᐛᔥᑯᔑᓂᒡ niishwaashkushinich vai pl
 • les deux sont étendus/étendues ensemble

ᓂ·ᔥᐛᔥᒡ niishwaashch p,nombre • sept

ᓂ·ᔥᐚᐦᐊᒼ niishwaaham vti • il/elle en touche deux à la fois

ᓂ·ᔥᐚᐦᐚᐤ niishwaahwaau vta • il/elle en touche deux (animé) à la fois

ᓂ·ᔥᐛᐦᑎᒄ niishwaahtikw p,quantité • deux bâtons, poteaux, arbres

ᓂᔥᑎᒨᔕᓐ niishtimuushaan na • le premier-né ou la première-née

ᓂᔥᑎᒼ niishtim p,temps • première fois, en premier ▪ ᓂᔥᑎᒼ ᑳ ·ᐘᐸᒡ ·ᐘᐯᔅ ᓈᒼ ᐊᑉ ᒣ ᑦᐦᑎᒃ ▪ La première fois que j'ai vu un ours blanc, j'ai eu très peur de lui.

ᓂᔥᑎᓂᐤ niishtiniu p,nombre • vingt

ᓂᔥᑖᐤ niishtaau na • ma belle-soeur (si je suis une femme), mon beau-frère,(si je suis une femme) mon cousin croisé ou ma cousine croisée (une personne du même sexe que moi qui est la descendante du frère de ma mère ou de la soeur de mon père)

ᓂᔥᑖᒥᑯᔅᑯᔅᒑᐦᑎᒄ niishtaamikuskuschaahtikw ni • la barre transversale avant des raquettes

ᓂᔥᑖᒥᑯᔅᑯᔥ niishtaamikuskusch ni • la barre transversale avant des raquettes

ᓂᔥᑖᒥᑳᑦ niishtaamikaat ni • la patte avant d'un animal à quatre pattes

ᓂᔥᑖᒧᑎᑯᐦᒡ niishtaamutikuhch p,lieu
 • la proue, l'avant du canot ou du bateau ▪ ᐋᓂᑦ ᓂᔥᑖᒧᑎᑯᐦᒡ ᐊᐦᑎᒼ ᑳ ᒥᒌᒡ ᐅᐚᔥᑎᔮᒼ ▪ Elle/Il met ses fusils à l'avant du canot.

ᓂᔥᑖᒧᑎᐦᑯᐦᒡ niishtaamutihkuhch p,lieu
 • la proue d'un bateau ou d'un canot

ᓂᔥᑖᒧᔥᑳᒑᐤ niishtaamushkaachaau ni
 • la peau qui couvre les pattes avant du caribou, de l'orignal

ᓂᔥᑖᒧᐦᐊᒼ niishtaamuham vti • il/elle tire devant et le rate

ᓂᔥᑖᒧᐦᐚᐤ niishtaamuhwaau vta
 • il/elle tire devant lui/elle et le/la rate

ᓂᔥᑖᒧᐦᒑᐤ niishtaamuhchaau vai
 • il/elle est assis-e à l'avant du canot

ᓂᔥᑖᒧᐦᒑᓯᐤ niishtaamuhchaasiu na -iim
 • la personne assise à l'avant du canot

ᓂᔥᑳᐤ niishkaau vii • c'est humide

ᓂᔨ niiyi pro,personnel emphatique 1 • moi ▪ ᓂᔨ ·ᐋᓐᐤ ᓂᒼ ᐱᐦᒑᐳᒃ ▪ C'était moi qui flambait les aiguilles du porc-épic.

ᓂᔮᓐ niiyaan pro,personnel emphatique 1p
 • nous (mais pas toi) ▪ ᓂᔮᓐ ᓂᑉ ᐱᐦᑖᐦᓈᓐ ᐋᓂᑉ ᐋᒥᔉ ▪ Nous allons dépecer ces castors nous-mêmes.

ᓃᐦᐄ niihii p,affirmative ♦ oui ▪ ᓃᐦᐄ, ᐧᔨᓴ ᓂᑉᐦ ᐸᐦᒐᐦ ᐊᐦ ᑎᐸᒋᒧᐧᐃᐊᓐᐦₓ ▪ *Oui, j'ai déjà entendu cette histoire.*

ᓃᐦᐄᐱᔨᐦᒑᐤ niihiipiyihtaau vai ♦ il/elle fait en sorte que ça s'arrange bien, il/elle l'arrange, le corrige

ᓃᐦᐄᑎᓐ niihiitin vii ♦ ça s'ajuste parfaitement

ᓃᐦᑎᒋᐧᐋᐤ niihtichiwaau vai ♦ il/elle descend à pied; le soleil se couche

ᓃᐦᑎᒋᐧᐋᐱᔫ niihtichiwaapiyiu vai ♦ il/elle tombe, descend en roulant

ᓃᐦᑎᒋᐧᐋᐱᐦᐧᐋᐤ niihtichiwaapihwaau vta ♦ il/elle le/la balaie d'un geste et le/la fait tomber

ᓃᐦᑎᒋᐧᐋᐱᐦᒑᐤ niihtichiwaapihtaau vai ♦ il/elle descend en courant

ᓃᐦᑎᒋᐧᐋᑖᐦᑳᐤ niihtichiwaataauhkaau vii ♦ la colline descend en pente douce

ᓃᐦᑎᒋᐧᐋᒋᐃᓐ niihtichiwaachiwin vii ♦ ça descend en volant

ᓃᐦᑎᒋᐧᐋᔮᐤ niihtichiwaayaau vii ♦ c'est une pente qui descend

ᓃᐦᑎᒋᐧᐋᔮᑯᓈᐱᔫ niihtichiwaayaakunaapiyiu vai ♦ il/elle descend sur un banc de neige

ᓃᐦᑎᒋᐧᐋᔮᑯᓈᐱᔫ niihtichiwaayaakunaapiyiu vii ♦ c'est une avalanche

ᓃᐦᑎᒋᐧᐋᐦᒑᐤ niihtichiwaahtitaau vai ♦ il/elle le descend

ᓃᐦᑎᒋᐧᐋᐦᑏᐦᐋᐤ niihtichiwaahtihaau vta ♦ il/elle le/la descend, l'emmène en bas

ᓃᐦᑎᓂᑭᓐ niihtinikin ni ♦ la hampe, la partie arrondie du piège qui le fait se déclencher

ᓃᐦᑎᓂᒻ niihtinim vti ♦ il/elle l'abaisse, le baisse à la main

ᓃᐦᑎᓈᐤ niihtinaau vta ♦ il/elle l'abaisse, le/la baisse à la main

ᓃᐦᑎᔅᒁᐦᐧᐋᐤ niihtiskwaahwaau vta ♦ il/elle lui fait baisser la tête de déception, en le/la frappant ou en lui tirant dessus

ᓃᐦᑎᔥᑭᐧᐋᐤ niihtishkiwaau vta ♦ il/elle le frappe et le renverse avec le pied ou le corps

ᓃᐦᑎᐦᐤᑖᐤ niihtihutaau vai+o [Chisasibi] ♦ il/elle déroule la ligne de pêche de nuit sans se faire attraper dans le crochet

ᓃᐦᑎᐦᐊᒻ niihtiham vti ♦ il/elle le frappe et le renverse

ᓃᐦᑎᐦᐧᐋᐤ niihtihwaau vta ♦ il/elle le/la frappe et le/la renverse avec quelque chose

ᓃᐦᑖᐅᐦᒋᐱᔫ niihtaauhchipiyiu vii ♦ ça s'érode (ex. une barre de sable)

ᓃᐦᑖᐱᐦᒑᐱᑎᒻ niihtaapihchaapitim vti ♦ il/elle l'abaisse en tirant dessus (filiforme)

ᓃᐦᑖᐱᐦᒑᐱᑖᐤ niihtaapihchaapitaau vta ♦ il/elle l'abaisse en tirant dessus (filiforme)

ᓃᐦᑖᐱᐦᒑᐱᒋᑭᓐ niihtaapihchaapichikin ni ♦ une ligne ou un câble pour descendre quelque chose

ᓃᐦᑖᐱᐦᒑᓂᒻ niihtaapihchaanim vti ♦ il/elle le baisse (filiforme)

ᓃᐦᑖᐱᐦᒑᓈᐤ niihtaapihchaanaau vta ♦ il/elle le/la baisse (filiforme)

ᓃᐦᑖᐹᒋᓂᒻ niihtaapaachinim vti ♦ il/elle le baisse avec une corde

ᓃᐦᑖᑭᐦᐊᒻ niihtaakiham vti ♦ il/elle le baisse (étalé)

ᓃᐦᑖᑭᐦᐧᐋᐤ niihtaakihwaau vta ♦ il/elle le/la fait tomber en le/la frappant

ᓃᐦᑖᑯᓈᔥᑭᒻ niihtaakunaashkim vti ♦ il/elle piétine la neige

ᓃᐦᑖᑯᓈᐦᐊᒻ niihtaakunaaham vti ♦ il/elle fait baisser le niveau de la neige

ᓃᐦᑖᒋᐃᓐ niihtaachiwin p,lieu ♦ en bas du rapide, en aval ▪ ᓈᐦᒡ ᓃᐦᒋᐃᐊ ᐊᑯᑎᐦ ᐃᔮᑯ ᓂᒥᔫₓ *Le poisson fraye en bas du rapide.*

ᓃᐦᑖᒥᒋᐧᐋᐤ niihtaamichiwaau vai ♦ il/elle descend de la montagne

ᓃᐦᑖᒥᔅᑳᐤ niihtaamiskaau vii ♦ c'est la partie profonde d'une étendue d'eau

ᓃᐦᑖᒥᔅᒋᐱᔫ niihtaamischipiyiu vai ♦ il/elle tombe dans la partie profonde d'une étendue d'eau

ᓃᐦᑖᒥᔅᒋᐱᔫ niihtaamischipiyiu vii ♦ ça tombe dans la partie profonde d'une étendue d'eau

ᓃᐦᑖᔑᐤ niihtaashiu vai ♦ il/elle est abattu-e ou jeté-e par terre par le vent

ᓃᐦᑖᔥᑎᓐ niihtaashtin vii ♦ c'est abattu, renversé, jeté par terre

ᓃᐦᑖᐦᑎᐐᐤ niihtaahtiwiiu vai ♦ il/elle redescend

ᓃᐦᑖᐦᑎᐚᐱᔨᐤ niihtaahtiwaapiyiu vai ♦ il/elle tombe dans l'escalier

ᓃᐦᑖᐦᑎᐚᐱᔨᐤ niihtaahtiwaapiyiu vii ♦ ça descend l'escalier, tombe d'une marche à l'autre

ᓃᐦᑖᐦᒡ niihtaahch p,lieu ♦ sous, en dessous, au fond ■ ᐊᓂᒡ ᓃᐦᑖᐦᒡ ᒑᓯᐸᒋᒑᐦᒡ ᐊᒡᑎᓐ ᐊᔥᒡᐃᐦ ᓅᓂᐦᐋᐸᓐᐦ. ■ Mes pièges sont posés sous la cachette.

ᓃᐦᒋᒋᐚᐤ niihchichiwaau vai ♦ le soleil se couche; il/elle descend, redescend

ᓃᐦᒋᒋᐚᐱᓂᒻ niihchichiwaapinim vti ♦ il/elle le jette à terre

ᓃᐦᒋᒋᐚᐱᓈᐤ niihchichiwaapinaau vta ♦ il/elle le/la jette à terre

ᓃᐦᒋᒋᐚᐱᔨᐤ niihchichiwaapiyiu vai ♦ il/elle descend en voiture, descend

ᓃᐦᒋᒋᐚᐱᐦᐊᒻ niihchichiwaapiham vti ♦ il/elle le renverse de haut

ᓃᐦᒋᒋᐚᐱᐦᐚᐤ niihchichiwaapihwaau vta ♦ il/elle le/la renverse d'un geste

ᓃᐦᒋᒋᐚᐱᐦᑖᐤ niihchichiwaapihtaau vai ♦ il/elle descend en courant

ᓃᐦᒋᒋᐚᔮᐳᑯᐤ niihchichiwaayaapukuu vai-u ♦ il/elle descend la pente en flottant

ᓃᐦᒋᒋᐚᐦᑎᐦᐋᐤ niihchichiwaahtihaau vta ♦ il/elle le/la descend

ᓃᐦᒋᒋᑲᐛᔥᑯᐦᑎᐤ niihchichikwaashkuhtiu vai ♦ il/elle saute en bas

ᓃᐦᒋᔥᑭᒻ niihchishkim vti ♦ il/elle le renverse

## ᓅ

ᓄᐎᑎᐦᑳᐤ nuwitihkwaau vai ♦ il/elle chasse le caribou

ᓄᐎᒋᔖᔮᒃᐚᐤ nuwichishaayaakwaau vta ♦ il/elle suit un ours

ᓄᐎᒋᐤ nuwichiiu vai ♦ il/elle s'empêche de tomber

ᓄᐎᒡ nuwich p,manière ♦ très, beaucoup ■ ᓄᐎᒡ ᓂᒃ ᒥᔮᐦᑎᒡᕐᐋ ᑳ ᐚᐸᒥᒃ ᒣᓐ ᐊᒡ ᒥᔮᓚᒋᔨᒡ. J'étais très contente de le voir à nouveau en forme.

ᓄᐎᒨᔁᐤ nuwimuuswaau vai ♦ il/elle poursuit un orignal

ᓄᐎᐦᐊᒻ nuwiham vti ♦ il/elle le poursuit en véhicule

ᓄᒋᐦᔮᐚᓯᐤ nuchihyaawaasiu na -iim ♦ un busard des marais, un busard Saint-Martin Circus cyaneus, un faucon gerfaut Falco rusticolus

## ᓅ

ᓅᑎᐱᐤ nuutipiu vai ♦ il/elle campe une ou deux nuits pendant son voyage avant d'atteindre sa destination

ᓅᑎᒥᐱᔨᐎᒡ nuutimipiyiwich vai pl ♦ les vagues sont arrondies, ne déferlent pas

ᓅᑎᒥᑎᓈᐤ nuutimitinaau vii ♦ le sommet de la montagne est arrondi

ᓅᑎᒥᑭᓂᒑᐦᑎᓐ nuutimikinichaahtin vii ♦ la lame est arrondie

ᓅᑎᒥᓈᐤ nuutiminaau vta ♦ il/elle le/la moule, le/la façonne en rond

ᓅᑎᒥᓯᐤ nuutimisiu vai ♦ il/elle est de forme ronde, arrondi-e

ᓅᑎᒥᔅᑳᐤ nuutimiskwaau vai ♦ il/elle chasse, trappe le castor

ᓅᑎᒥᔥᑎᒀᓈᐤ nuutimishtikwaanaau vai ♦ il/elle a la tête ronde

ᓅᑎᒥᔫᐚᓯᐤ nuutimiyiwaasiu na -iim ♦ un cisco de lac Coregonus artedii

ᓅᑎᒥᔮᒋᓂᒻ nuutimiyaachinim vti ♦ il/elle l'enroule (étalé), l'enveloppe dans une forme arrondie

ᓅᑎᒥᐦᐋᐤ nuutimihaau vta ♦ il/elle lui donne une forme ronde

ᓅᑎᒥᐦᑎᑳᐤ nuutimihtikaau vii ♦ c'est une bille de bois ronde entière

ᓅᑎᒥᐦᑖᐤ nuutimihtaau vai+o ♦ il/elle lui donne une forme arrondie

ᓅᑎᒥᐦᑯᒄ nuutimihkukw ni ♦ une aiguille à coudre

ᓅᑎᒦᐚᓯᐤ nuutimiiwaasiu na -iim ♦ un cisco, un corégone Coregonus artedii

ᓅᑎᒫᐙᔮᑯᓈᐅ nuutimaawaayaakunaau vai ♦ il/elle marche sans ses raquettes dans la neige non tassée

ᓅᑎᒫᐤ nuutimaau vii ♦ c'est arrondi

ᓅᑎᒫᐱᓯᔅᒋᓯᐤ nuutimaapisischisiu vai ♦ il/elle est arrondi-e (minéral)

ᓅᑎᒫᐱᔅᑳᐤ nuutimaapiskaau vii ♦ c'est arrondi (minéral)

ᓅᑎᒫᐹᑭᓐ nuutimaapaakin vii ♦ c'est rond (filiforme)

ᓅᑎᒫᐹᒋᓯᐤ nuutimaapaachisiu vai ♦ il/elle est rond-e

ᓅᑎᒫᓵᐤ nuutimaasaau vai ♦ il/elle attrape du poisson

ᓅᑎᒫᔅᑯᓐ nuutimaaskun vii ♦ c'est arrondi (long et rigide)

ᓅᑎᒫᔅᑯᓯᐤ nuutimaaskusiu vai ♦ il/elle est arrondi-e (long et rigide)

ᓅᑎᒫᔅᑯᔨᐙᔮᐤ nuutimaaskuyiwaayaau vii ♦ c'est de forme cylindrique

ᓅᑎᓂᐦᐄᐹᐤ nuutinihiipaau vai ♦ il/elle prépare, répare, pose, vérifie un filet de pêche

ᓅᑎᐦᐄᐹᐤ nuutihiipaau vai [Whapmagoostui] ♦ il/elle prépare, répare, pose, vérifie un filet de pêche

ᓅᑎᐦᐹᐤ nuutihpaau vai ♦ il/elle extrait et mange la cervelle d'un animal ou d'un oiseau

ᓅᑎᐦᑯᒫᐤ nuutihkumaau vai ♦ il/elle vérifie s'il/elle a des poux, il/elle lui cherche les poux

ᓅᑖᐱᑖᓯᐤ nuutaapitaasiu na -iim ♦ un ou une dentiste

ᓅᑖᒧᐚᐤ nuutaamuwaau vai ♦ il/elle attrape du poisson en train de frayer

ᓅᑖᒧᐚᓈᓐ nuutaamuwaanaan ni ♦ une frayère dans laquelle on pêche

ᓅᑖᓯᒹᒫᒄ nuutaashimwaakwaau vai ♦ il/elle chasse les huards à gorge rousse

ᓅᑖᐦᑎᒃᒹᐤ nuutaahtikwaau vai ♦ il/elle fait de la coupe de bois, bûche

ᓅᑖᐦᑎᔅᑯᐚᐤ nuutaahtiskuwaau vai ♦ il/elle chasse tétras à queue fine, la gélinotte à queue fine

ᓅᑖᐦᒋᒃᒹᐤ nuutaahchikwaau vai ♦ il/elle chasse le phoque ou la loutre

ᓅᑯᓂᐦᑎᑯᓯᐤ nuukunihtikusiu vai ♦ ses traces sont visibles

ᓅᑯᐦ nuukun vii ♦ c'est visible

ᓅᑯᓯᐤ nuukusiu vai ♦ il/elle est visible

ᓅᑯᓰᔥᑎᐚᐤ nuukusiishtiwaau vta ♦ il/elle lui apparaît comme dans une vision

ᓅᑯᐦᐋᐤ nuukuhaau vta ♦ il/elle le/la montre, le/la révèle

ᓅᑯᐦᑖᐤ nuukuhtaau vai ♦ il/elle le révèle, le montre

ᓅᒋᐹᐅᔥᑎᑯᐚᐤ nuuchipaaushtikuwaau vai ♦ il/elle passe les rapides

ᓅᒋᐹᐅᔥᑎᑯᐚᓯᐤ nuuchipaaushtikuwaasiu na -iim ♦ un canard arlequin, un arlequin plongeur *Histrionicus histrionicus*

ᓅᒋᑭᐦᒑᑖᐤ nuuchikihchaataau vta ♦ il/elle nettoie le tuyau de pipe

ᓅᒋᒋᔥᒁᑎᒻ nuuchichishkwaatim vti ♦ il/elle chasse le rat musqué dans ce cours d'eau

ᓅᒋᒥᔥᑎᑯᐦᔮᐚᐤ nuuchimishtikuhyaawaau vai ♦ il/elle chasse la "perdrix" (le tétras, la gélinotte)

ᓅᒋᒦᒋᒫᐤ nuuchimiichimaau vai ♦ il/elle prépare à manger

ᓅᒋᒦᒋᓵᐤ nuuchimiichisaau vai ♦ il/elle fabrique des choses avec des perles

ᓅᒋᓂᒫᐚᓯᐤ nuuchinimaawaasiu na -iim ♦ un pêcheur d'esturgeon, une pêcheuse d'esturgeon

ᓅᒋᔅᑯᓯᐚᓯᐤ nuuchiskusiwaasiu na -iim ♦ un moissonneur, une moissonneuse

ᓅᒋᔑᑎᒫᐤ nuuchishtimwaau vai ♦ il/elle travaille avec des chiens

ᓅᒋᔥᑯᔒᐚᑭᓐ nuuchishkushiwaakin ni ♦ une fourche, une faux

ᓅᒋᐦᑖᐤ nuuchihtaau vai+o ♦ il/elle s'amuse avec

ᓅᒋᐤ nuuchiu vai ♦ il/elle s'arrête de faire quelque chose

ᓅᒑᔨᒫᐤ nuuchaayimaau vta ♦ il/elle le/la respecte par sa conduite

ᓅᒑᔨᐦᑎᒻ nuuchaayihtim vti ♦ il/elle le respecte par sa conduite

ᓅᒥᑳᐴ nuumikaapuu vai -uwi ♦ il/elle marche et s'arrête avant d'arriver à sa destination

ᓅᒻ nuum p,lieu ♦ à mi-chemin ■ ᓅᒻ ᓅᒡ ᐃᔒ ·ᐃᓪᐦ× ■ *Marche avec lui jusqu'à mi-chemin!*

ᓄᓇᑎᒼ **nuunaatim** vti ♦ il/elle le suce

ᓄᓇᒋᑭᓐ **nuunaachikin** ni ♦ la tétine du biberon

ᓄᓇᒋᒑᐤ **nuunaachichaau** vai ♦ il/elle suce

ᓄᓇᒫᐤ **nuunaamaau** vta ♦ il/elle le/la suce

ᓅᓯᐙᐱᒫᐤ **nuusiwaapimaau** vta ♦ il/elle surveille où il/elle va et le/la suit

ᓅᓯᐙᐱᐦᑎᒼ **nuusiwaapihtim** vti ♦ il/elle le suit des yeux

ᓅᓯᐙᐦᑭᑖᐤ **nuusiwaahkihtaau** vii ♦ le feu s'étend

ᓅᓯᐸᐤ **nuusipaau** vai ♦ il/elle barbote dans l'eau

ᓅᓯᓈᐦᐊᒼ **nuusinaaham** vti ♦ il/elle le suit en véhicule

ᓅᓯᓴ **nuusisaa** nad voc ♦ (mon) petit-fils! (ma) petite-fille!

ᓅᓱᐲᔥᑎᐙᐤ **nuusupiishtiwaau** vta ♦ il/elle le/la poursuit

ᓅᓱᐲᔥᑎᒼ **nuusupiishtim** vti ♦ il/elle le poursuit

ᓅᓱᓈᐦᐄᒑᐤ **nuusunaahiichaau** vai ♦ il/elle apprend en observant et en essayant

ᓅᓵᒥᔅᒄ **nuusaamiskw** na -um ♦ une castor femelle

ᓅᓵᒨᔅ **nuusaamuus** na -um ♦ une orignal femelle

ᓅᔅᒋᐦᑖᐤ **nuuschihtaau** vai+o ♦ il/elle fait un autre essai pour tuer le castor au même endroit, il/elle y ajoute

ᓅᔅᒑᐤ **nuuschaau** vai ♦ il/elle suce la moelle des os

ᓅᔑᔑᒥᔥ **nuushishimish** na ♦ mon petit-fils, ma petite-fille, mon petit-enfant

ᓅᔔᔥᑭᐙᐤ **nuushuushkiwaau** vta ♦ il/elle le/la suit

ᓅᔔᔥᑭᒼ **nuushuushkim** vti ♦ il/elle le suit

ᓅᔖᑎᐦᒄ **nuushaatihkw** na -um ♦ une caribou femelle adulte

ᓅᔖᒦᒋᒼ **nuushaamiichim** na -um ♦ une ourse (femelle)

ᓅᔖᒫᒄ **nuushaamaakw** na -um ♦ un poisson femelle

ᓅᔖᓂᐤ **nuushaaniu** vai ♦ il/elle tête

ᓅᔖᓂᑎᑎᐙᐤ **nuushaanititiwaau** vta ♦ il/elle le/la tête

ᓅᔖᓂᑎᑎᒼ **nuushaanititim** vti ♦ il/elle le tête

ᓅᔖᓂᐦᐋᐅᓲ **nuushaanihaausuu** vai -u ♦ il/elle allaite son bébé, son petit

ᓅᔖᓂᐦᐋᐤ **nuushaanihaau** vta ♦ il/elle lui donne le sein, l'allaite

ᓅᔖᔥᑎᒼ **nuushaashtim** na ♦ une chienne

ᓅᔖᔮᒄ **nuushaayaakw** na -m ♦ une porc-epic femelle

ᓅᔖᔮᐦᒋᒄ **nuushaayaahchikw** na -m ♦ une loutre femelle, une phoque femelle

ᓅᔖᐦᔮᐤ **nuushaahyaau** na -m ♦ une lagopède femelle *lagopus sp.*

ᓅᐦᑖ **nuuhtaa** nad voc ♦ père! papa!

ᓅᐦᑖᐧᐄ **nuuhtaawii** na ♦ mon père

ᓅᐦᑖᐧᐄᔑᐱᓐ **nuuhtaawiishipin** nad ♦ mon défunt père

ᓅᐦᑖᐱᐳᓂᔒᐤ **nuuhtaapipunishiu** vai ♦ il/elle est prise là par la venue de l'hiver avant d'atteindre sa destination

ᓅᐦᑖᐱᐳᓐ **nuuhtaapipunh** p,temps ♦ avant la fin de l'année prévue ou de l'hiver prévu ■ ᓅᐦᑖᐱᐳᓐ ᓂᐦ ᐸᒋ ᑭᐙᐱᓈᓂ ᑳ ᐊᐦᑯᓯᒋ ᓂᑳᐧᐄ ■ *Nous avions prévus d'être absents pour une année, mais nous sommes revenus plus tôt que prévu parce que ma mère est tombée malade.*

ᓅᐦᑖᐱᔨᐤ **nuuhtaapiyiu** vai ♦ il/elle en manque

ᓅᐦᑖᐱᔨᐤ **nuuhtaapiyiu** vii ♦ ça vient à manquer

ᓅᐦᑖᐱᔨᐦᐋᐤ **nuuhtaapiyihaau** vta ♦ il/elle le/la rend déficient-e, le/la fait ne pas réussir

ᓅᐦᑖᐱᔨᐦᑖᐤ **nuuhtaapiyihtaau** vai ♦ il/elle fait qu'il en manque

ᓅᐦᑖᐳᐙᐤ **nuuhtaapuwaau** vai ♦ il/elle trempe une tasse ou une cuillère dans le bouillon, en lèche l'écume ou la graisse

ᓅᐦᑖᑳᒫᑯᐦᒋᓐ **nuuhtaakaamaakuhchin** vai ♦ il/elle rate son saut par-desssus une étendue d'eau

ᓅᐦᑖᑳᔒᐙᐤ **nuuhtaakaashiwaau** vai ♦ une famille n'est pas capable de suivre le groupe, s'arrête pour camper avant les autres

ᓄᐦᑖᓇᐤ **nuuhtaanaau** vta ◆ il/elle ne réussit pas à en donner la quantité totale (animé, de l'argent, de la farine)

ᓄᐦᑖᓯᐤ **nuuhtaasiiu** vai ◆ il/elle est faible, incapable

ᓄᐦᑖᔑᓐ **nuuhtaashin** vai ◆ il/elle n'y arrive pas, la force lui manque à cause du manque de nourriture ou de sa mauvaise santé

ᓄᐦᑖᔒᔥ **nuuhtaashiish** p,temps ◆ avant, pas assez, manquer un peu ▪ ᐊᑲᐱ ᓄᐦᑖᔒᔥ ᓂᒥ ᐅᐦ ᐦ ᓂᐱᐊᑦ ᐊᓂᑦ ᐅᑎᒋᓴᓂᐤ ᑲ ᒥᔮᐲᓯᐦᐊᒡ ▪ *Il ne pouvait pas atteindre son quota de castor, il lui en manquait un peu.*

ᓄᐦᑖᔥᑭᐙᐤ **nuuhtaashkiwaau** vta ◆ il/elle va le/la chercher mais s'en retourne avant de l'avoir rejoint-e

ᓄᐦᑖᔥᑭᒼ **nuuhtaashkim** vti ◆ il/elle retourne avant de l'atteindre

ᓄᐦᑖᔮᐹᑳᐙᐤ **nuuhtaayaapaakwaau** vai ◆ il/elle souffre de la soif, a très soif avant qu'elle puisse trouver à boire

ᓄᐦᑖᐦᐊᒼ **nuuhtaaham** vti ◆ il/elle n'y arrive pas à la nage ou en pagayant; il/elle n'a pas assez d'argent pour le payer

ᓄᐦᑖᐦᐙᐤ **nuuhtaahwaau** vta ◆ il/elle tire trop court et le/la rate; il/elle n'a pas assez d'argent pour payer

ᓄᐦᑖᐦᑭᑖᐤ **nuuhtaahkitaau** vai ◆ il/elle a faim et mange avant les autres

ᓄᐦᑖᐦᑭᑖᑎᑎᐙᐤ **nuuhtaahkitaatitiwaau** vta ◆ il/elle a faim et envie de le/la manger avant que la cuisson soit terminée

ᓄᐦᑦ **nuuht** p,manière ◆ juste avant ▪ ᓄᐦᑦ ᐋᒡ ᐦ ᐅᐦ ᒌᐊᑉᐊᑎ ᐊᓄᒡ ᐊᓂᑦ ᑲ ᐁᐦ ᐃᒋᐱᒋᐦᐠ ▪ *Ils ont fait demi-tour (en canot) juste avant d'avoir atteint leur destination.*

ᓄᐦᑯᒥᓵ **nuuhkumisaa** nad voc ◆ (mon) beau-père! (mon) oncle! (le frère de mon père, le mari de la soeur de ma mère)

ᓄᐦᑯᒥᔅ **nuuhkumis** nad ◆ mon oncle (relation du même sexe que celui de mon parent- le frère de mon père, le mari de la soeur de ma mère), mon beau-père (le mari de ma mère)

ᓄᐦᑯᒼ **nuuhkum** nad ◆ ma grand-mère

ᓄᐦᑰ **nuuhkuu** nad voc ◆ grand-mère!, grand-maman!

ᓄᐦᐧᑳᑎᒼ **nuuhkwaatim** vti ◆ il/elle le lèche

ᓄᐦᐧᑳᑖᐤ **nuuhkwaataau** vta ◆ il/elle le/la lèche

ᓄᐦᐧᑳᒋᒑᐤ **nuuhkwaachichaau** vai ◆ il/elle lèche

ᓄᐦᒋᒥᔒᔥ **nuuhchimishiish** p,lieu ◆ à peu de distance du rivage ▪ ᓄᐦᒋᒥᔒᔥ ᐦ ᐊᒋᑖᐤ ᐊᓄᒡ ᐅᑑᒋᐤ ᑲ ᓂᑭᓐᐊᒡ ▪ *Ils ont laissé leur canot à faible distance du rivage.*

ᓄᐦᒋᒥᐅᐃᔨᔨᐤ **nuuhchimiiuiiyiyiu** na -im ◆ un habitant ou une habitante de l'intérieur des terres

ᓄᐦᒋᒥᐅᐋᐦᒋᑿ **nuuhchimiiuaahchikw** na -um ◆ une otarie d'eau douce, de l'intérieur des terres

ᓄᐦᒋᒥᐅᒫᒄ **nuuhchimiiumaakw** na -im ◆ un poisson d'eau douce, de l'intérieur des terres

ᓄᐦᒋᒥᐦᒡ **nuuhchimiihch** p,lieu ◆ à l'intérieur des terres ▪ ᐁ ᐊᓄᒼ ᐅ ᐊᐱ ᑎᑲᒼ ᐊᐸ ᓄᐦᒼ ᐅ ᑎᑲᐹᐸᔑ ▪ *Je passerai l'automne à l'intérieur des terres.*

## ᓈ

ᓈ **naa** pro,dém ◆ celui-là là-bas, celle-là là-bas, cela, ça, ce, cet, cette (inanimé) (voir *manaa*) ▪ ᐹᒡ ᒫ ᓈ ᓂᒉᐳᓯᐹᓯᐦᐊᒡ ▪ *Apporte-moi mon panier de couture qui est là-bas.*

ᓈᐅᐃᔨᒡ **naauwiyich** p,manière ◆ quatre sortes, manières

ᓈᐅᑎᒡ **naautich** p,quantité ◆ quatre canots

ᓈᐅᑖᐅᓰᐃᒡ **naautaausiiwich** vai pl ◆ il y a quatre familles dans un campement, une habitation

ᓈᐅᒌᔑᑳᐤ **naauchiishikaau** vii ◆ c'est jeudi, lit. 'c'est le quatrième jour'

ᓈᐅᒥᒋᐦᒋᓐ **naaumichihchin** p,quantité ◆ quatre pouces

ᓈᐅᒥᓂᔅᑳᐤ **naauminiskaau** p,quantité ◆ quatre ballots

ᓈᐅᑭᑎᔮᒌ naauskitiyaachii p,quantité
 • quatre paquets

ᓈᐅᔖᑉ naaushaap p,nombre • quatorze

ᓈᐅᔥ naaush p,temps • longtemps ▪ ᓈᔅ ᓈᐅᔥ ᐊᔅ ᐦᐦ ᐊᒧᓯ·ᐊᑦᑕ·ᐃᓪ ᐅᒥᕐᓂᐦᐊᑉᐊₓ ▪ *J'ai attendu sa lettre longtemps.*

ᓈᐅᑎᒡ naauhtich p,quantité • quatre morceaux de bois

ᓈᐅᐦᑭᑎᓈᐤ naauhkitinaau vii • c'est une pointe qui s'avance de la montagne

ᓈᐅᐦᑭᑖᐅᐦᑳᐤ naauhkitaauhkaau vii
 • c'est une dépression soudaine et escarpée dans une colline

ᓈᐅᐦᑳᐤ naauhkaau vii • il y a une pointe au bord de la colline, de la montagne

ᓈ·ᐊᐅᒥᑖᐦᑐᒥᓂᐤ naawaaumitaahtumitiniu p,nombre
 • quatre cents

ᓈ·ᐊᐤ naawaau p,quantité • quatre fois

ᓈ·ᐊᐱᐦᒑᐤ naawaapihchaau vai • il/elle rapporte à la maison quatre porcs-épics, renards morts

ᓈ·ᐊᒡ naawaach p,quantité • quatre choses (étalé)

ᓈᐤ naau p,nombre • quatre

ᓈᐱᒡ naapihch p,temps • l'été dernier

ᓈᐹᐅᒑᔨᐦᑖᑯᓐ naapaauchaayihtaakun vii
 • ça a l'air masculin, mâle

ᓈᐹᐅᒑᔨᐦᑖᑯᓯᐤ naapaauchaayihtaakusiu vai • il/elle est pleine de ressources, est bien capable

ᓈᐹᐅᓈᑯᓐ naapaaunaakun vii • ça semble masculin, mâle

ᓈᐹᐅᓈᑯᓯᐤ naapaaunaakusiu vai • il a l'air mignon, viril, a l'air d'un bon chasseur, d'un bon pourvoyeur

ᓈᐹᐤ naapaauu vai -aawi • c'est un homme

ᓈ·ᐋᒋᒦᓲ naapaawaachimiisuu vai reflex -u • il se vante d'être un vrai homme

ᓈᐹᐤ naapaau na -m • un homme

ᓈᐹᑎᕽ naapaatihkw na -um • un caribou mâle

ᓈᐹᒥᔅᐠ naapaamiskw na -um • un castor mâle

ᓈᐹᒦᒋᒼ naapaamiichim na -um • un ours mâle

ᓈᐹᒨᔅ naapaamuus na -um • un orignal mâle

ᓈᐹᒫᐠ naapaamaakw na -um • un poisson mâle

ᓈᐹᔒᐤ naapaashishiiuu vai -iiwi
 • c'est un garçon

ᓈᐹᔑᔥ naapaashish na -im • un garçon

ᓈᐹᔥᑎᒼ naapaashtim na • un chien mâle

ᓈᐹᔮᐠ naapaayaakw na -m • un porc-épic mâle

ᓈᐹᐦᔮᐤ naapaahyaau na -m • un lagopède mâle

ᓈᑎᐱᐤ naatipiu vai • il/elle va s'asseoir plus près

ᓈᑎᐱᔥᑎᒼ naatipishtim vti • il/elle s'en rapproche

ᓈᑎᐹᐦᐊᒼ naatipaaham vti • il/elle va chercher de l'eau en véhicule

ᓈᑳᒫᐱᑎᒼ naatikaamaapitim vti
 • il/elle le tire jusqu'au rivage

ᓈᑳᒫᐱᑖᐤ naatikaamaapitaau vta
 • il/elle le/la tire jusqu'au rivage (par ex. des gens dans un canot)

ᓈᑳᒫᐱᔨᐤᐃᒡ naatikaamaapiyiwich vai pl
 • ils/elles arrivent sur rivage

ᓈᑳᒫᐱᔨᐤ naatikaamaapiyiu vai
 • il/elle se dirige vers le rivage en véhicule

ᓈᑳᒫᐱᔨᐤ naatikaamaapiyiu vii • ça va vers le rivage

ᓈᑳᒫᐱᔨᐦᐋᐤ naatikaamaapiyihaau vta
 • il/elle l'amène au rivage en canot, à la nage

ᓈᑳᒫᐱᔨᐦᑖᐤ naatikaamaapiyihtaau vai
 • il/elle l'apporte au rivage, à terre en véhicule

ᓈᑳᒫᐱᐦᑖᐤ naatikaamaapihtaau vai
 • il/elle court jusqu'au rivage

ᓈᑳᒫᑐᐃᑖᐤ naatikaamaatuwitaau vai
 • il/elle le porte sur son dos jusqu'au rivage

ᓈᑳᒫᒋᐃᐧᐣ naatikaamaachiwin vii
 • c'est un courant du large

ᓈᑳᒫᔥᑖᐤ naatikaamaashtaau vii
 • c'est placé loin du feu

ᓈᑳᒫᔮᐅᐦᑳᐤ naatikaamaayaauhkaau vii • c'est une pointe de sable qui atteint presque l'autre rive

ᓈᑎᑳᔾᑎᑳᓯᵒ naatikaamaayaatikaasiu vai ♦ il/elle marche jusqu'au rivage

ᓈᑎᑳᔾᔅᑯᕝᐊᒫ naatikaamaayaaskuham vti ♦ il/elle le dirige vers le rivage

ᓈᑎᑳᔾᔈᵒ naatikaamaayaashiu vai ♦ il/elle est emporté-e par le vent vers le rivage

ᓈᑎᑳᔾᔈᔨᑖᐤᒃ naatikaamaayaashihtaau vai+o ♦ il/elle vogue vers le rivage

ᓈᑎᑳᔾᔅᐦᑎᓐ naatikaamaayaashtin vii ♦ c'est un vent du large

ᓈᑎᑳᒫᐦᐅᔮᐤ naatikaamaahuyaau vta ♦ il/elle l'amène en direction du rivage en canot, à la nage

ᓈᑎᑳᒫᐦᐊᒻ naatikaamaaham vti ♦ il/elle pagaie, nage vers le rivage

ᓈᑎᑳᒫᐦᑎᑖᐤᒃ naatikaamaahtitaau vai ♦ il/elle le rapporte au rivage à pied dans l'eau ou sur la glace

ᓈᑎᑳᒫᐦᑎᐦᐋᐤ naatikaamaahtihaau vta ♦ il/elle l'amène au rivage à pied

ᓈᑎᑳᒻ naatikaam p,lieu ♦ près du rivage ■ ᓈᑎ" ᓈᑎᑳᒻ ᐊᑯᑎ" ᑳ ᐊᑯᔪᒡ ᐊᐅ ·ᒡᐋᒃ. *Le huard nageait près du rivage.*

ᓈᑎᑳᓯᐧᐃᑖᐤ naatikaasiwitaau vai ♦ il/elle porte des choses sur son dos jusqu'au le rivage en marchant dans l'eau

ᓈᑎᑳᓯᐤ naatikaasiu vai ♦ il/elle marche dans l'eau vers le rivage

ᓈᑎᑳᓯᐱᒋᐤ naatikaasipichiu vai ♦ il/elle rejoint le rivage à pied en déplaçant son campement d'hiver

ᓈᑎᑳᓯᐱᔨᐤ naatikaasipiyiu vai ♦ il/elle va vers le rivage en véhicule

ᓈᑎᑳᓯᐱᔨᐤ naatikaasipiyiu vii ♦ ça va vers le rivage

ᓈᑎᑳᓯᐱᐦᑖᐤ naatikaasipihtaau vai ♦ il/elle court dans l'eau vers le rivage

ᓈᑎᑳᓯᑎᓂᔪᒫᐤ naatikaasitiniyumaau vta ♦ il/elle le/la transporte jusqu'au rivage sur son dos

ᓈᑎᑳᓯᐦᑎᐦᐋᐤ naatikaasihtihaau vta ♦ il/elle l'emporte, le/la transporte jusqu'au rivage en marchant dans l'eau

ᓈᑎᑳᓯᐦᑖᐤ naatikaasihtaau vai ♦ il/elle l'emporte vers le rivage en barbotant

ᓈᑎᑳᔅᑯᐧᐃᑖᐤ naatikaaskuwitaau vai ♦ il/elle le porte jusqu'au rivage, jusqu'à terre sur la glace

ᓈᑎᑳᔅᑯᐱᒋᐤ naatikaaskupichiu vai ♦ il/elle déplace son campement d'hiver en traversant la glace jusqu'à la terre ferme

ᓈᑎᑳᔅᑯᐱᐦᑖᐤ naatikaaskupihtaau vai ♦ il/elle court vers le rivage sur la glace

ᓈᑎᑳᔅᑯᑎᓂᔪᒫᐤ naatikaaskutiniyumaau vta ♦ il/elle le/la transporte jusqu'au rivage sur son dos, sur la glace

ᓈᑎᑳᔅᑯᑖᐹᐤ naatikaaskutaapaau vai ♦ il/elle tire, hisse des choses sur le rivage sur la glace

ᓈᑎᑳᔅᑯᑖᒋᒫᐤ naatikaaskutaachimaau vta ♦ il/elle le tire jusqu'au rivage sur la glace

ᓈᑎᑳᔅᑯᐦᑎᑖᐤ naatikaaskuhtitaau vai ♦ il/elle l'apporte sur le rivage, sur la terre à pied sur la glace

ᓈᑎᑳᔅᑯᐦᑎᐦᐋᐤ naatikaaskuhtihaau vta ♦ il/elle l'emporte jusqu'au rivage en marchant sur la glace

ᓈᑎᑳᔅᑯ naatikaaskuu vai -u ♦ il/elle quitte la glace à pied vers la terre

ᓈᑎᑳᐤ naatikwaau vai ♦ il/elle vérifie ses collets

ᓈᑎᒋᔥᑎᐦᒋᑰ naatichishtihchikuu vai -u ♦ il/elle a cherché ses affaires qu'il/elle avait mises en réserve

ᓈᑎᒧᐋᐤ naatimuwaau vta ♦ il/elle le/la défend, prend sa défense, prend son parti

ᓈᑎᒫᒑᐤ naatimaachaau vai ♦ il/elle défend

ᓈᑎᒫᓵᐦᐊᒻ naatimaasaaham vti ♦ il/elle va pêcher en canot, en bateau

ᓈᑎᒻ naatim vti ♦ il/elle se dirige vers ça

ᓈᑎᓂᑳᑎᐦᐊᒻ naatinikaatiham vti ♦ il/elle va le chercher pour le rapporter sur ses épaules

ᓈᑎᓂᒑᐤ naatinichaau vai ♦ il/elle va chercher un canot pour le porter sur ses épaules

ᓈᑎᓂᒻ naatinim vti ♦ il/elle le place plus près du prochain

ᓈᑎᔅᑳᐋᐤ naatiskwaawaau vta ♦ il se glisse à l'intérieur pour coucher avec une femme

ᓈᑎᔅᑳᐋᑖᐤ naatiskwaawaataau vta ♦ il se glisse au lit avec elle

ᓈᑎᔒᐤ naatischaau vai ♦ il/elle va chercher de la mousse

ᓈᑎᔑᒧᔥᑎᐙᐤ naatishimushtiwaau vta ♦ il/elle s'enfuit vers lui/elle pour être protégé-e

ᓈᑎᔑᒧᔥᑎᒼ naatishimushtim vti ♦ il/elle s'enfuit vers ça

ᓈᑎᔑᒫᐤ naatishimaau vta ♦ il/elle s'enfuit vers lui/elle en sentant le danger

ᓈᑎᔫᔥᑎᐙᐤ naatiyushtiwaau vta ♦ il/elle s'approche de lui/d'elle à pas de loup, comme un chasseur s'approche du gibier

ᓈᑎᔫᔥᑎᒼ naatiyushtim vti ♦ il/elle s'en approche à pas de loup; il/elle rampe jusque là

ᓈᑎᔫᔥᑖᒋᒑᐤ naatiyushtaachichaau vai ♦ il/elle s'approche du gibier ou des oiseaux à pas de loup

ᓈᑎᐦ naatih p,dém,lieu ♦ ici ▪ ᐊᑯᑎᐦ ᓈᑎᐦ ᑳ ᒥᔅᑭᒫᕽ ᐊᐦ ᓵᐃᓂᐋᑦ. C'est ici que nous avons trouvé ce porte-monnaie.

ᓈᑎᐦᐄᐹᐤ naatihiipaau vai ♦ il/elle vérifie le filet de pêche

ᓈᑎᐦᐊᒥᓲ naatihamisuu vai-u ♦ il/elle va ramasser des baies en véhicule

ᓈᑎᐦᐊᒼ naatiham vti ♦ il/elle va le chercher en véhicule

ᓈᑎᐦᐙᐤ naatihwaau vta ♦ il/elle va le/la chercher en véhicule

ᓈᑐᐃᑖᐤ naatuwitaau vta ♦ il/elle va chercher quelque chose pour la/le rapporter

ᓈᑐᐃᑖᐤ naatuwitaau vta ♦ il/elle va chercher quelque chose pour le rapporter

ᓈᐋᑐᑖᐤ naatutaau ♦ il/elle va là où il/elle a laissé son canot en automne et le rapporte au printemps

ᓈᑐᑳᑎᒫᓃᐤ naatukaatimaaniuu vii,impersonnel -iwi ♦ on déplace le campement pour suivre les caribous

ᓈᑐᔥᑯᔮᐤ naatushkuyaau vta ♦ il/elle va chercher de l'écorce de bouleau

ᓈᑐᔨᐤ naatuyiu vai ♦ il/elle va tuer le caribou là où ils sont

ᓈᑖᐅᐦᑭᐦᐊᒼ naataauhkiham vti ♦ il/elle marche vers la crête

ᓈᑖᐅᐦᑳᐤ naataauhkaau vii ♦ c'est une pointe de terre

ᓈᑖᐤ naataau vta ♦ il/elle va vers lui/elle

ᓈᑖᐳᔨᑎᑎᒼ naataapuyititim vti ♦ il/elle pagaie en direction des rapides

ᓈᑖᔒᐦᑖᐤ naataashihtaau vai ♦ il/elle va ramasser des branches

ᓈᑖᔒᐦᑖᐦᐊᒼ naataashihtaaham vti ♦ il/elle va ramasser des branchages en véhicule

ᓈᑖᐦ naataah p,dém,lieu ♦ là-bas ▪ ᐊᑯᑦ ᓈᑖᐦ ᐄᑎᔥᐋᐸᐅᐋᑦ ᐱᒋᓘᑦᐦᑦ ᑳ ᐋᐦᑯᔑᑦ. Ils l'ont envoyé là-bas dans le sud, quand il est tombé malade.

ᓈᑖᐦᑭᐦᑖᐤ naataahkihtaau vii ♦ le feu s'étend

ᓈᑣᐱᑎᒼ naatwaapitim vti ♦ il/elle le casse en deux en le tirant, en le pliant

ᓈᑣᐱᑐᓈᔑᓐ naatwaapitunaashin vai ♦ il/elle tombe et se casse le bras

ᓈᑣᐱᑐᓈᐦᐙᐤ naatwaapitunaahwaau vta ♦ il/elle coupe le bras de quelqu'un avec un instrument ou une machine

ᓈᑣᐱᑖᐤ naatwaapitaau vta ♦ il/elle le/la casse en tirant, en pliant

ᓈᑣᐱᔨᐤ naatwaapiyiu vai ♦ il/elle se casse en deux

ᓈᑣᐱᔨᐤ naatwaapiyiu vii ♦ ça se casse en deux

ᓈᑣᐹᒋᓂᒼ naatwaapaachinim vti ♦ deux barrages de castors sont près de la hutte parce qu'il y a une autre hutte pas loin

ᓈᑣᐹᔮᐤ naatwaapaayaau vii ♦ c'est une zone d'eau entre les rapides

ᓈᑣᑭᒫᐤ naatwaakimaau vta ♦ il/elle le/la ronge, le/la rogne

ᓈᑣᑭᐦᐄᒑᐤ naatwaakihiichaau vai ♦ il/elle fend du bois

ᓈᑣᑭᐦᐊᒼ naatwaakiham vti ♦ il/elle le coupe à la hache

ᓈᑣᑭᐦᐙᐤ naatwaakihwaau vta ♦ il/elle le/la coupe à la hache

ᓈᑣᑭᐦᑎᒼ naatwaakihtim vti ♦ il/elle le rogne, le ronge (long et rigide)

ᓈᑣᑯᑖᔑᓐ naatwaakutaashin vai ♦ il/elle tombe et se casse le nez

ᓈᑣᑳᑖᐱᔨᐤ naatwaakaataapiyiu vai ♦ il/elle a la jambe cassée

ᓈᑣᑳᑖᐱᔨᐤ naatwaakaataapiyiu vii ♦ ça a un pied cassé (ex. une chaise, une table)

ᓈᑕᐳᑖᓂᒻ naatwaakaataanim vti
- il/elle en casse le pied (ex. d'une table) avec la main

ᓈᑕᐳᑖᓈᐤ naatwaakaataanaau vta
- il/elle lui casse la jambe, la patte avec la main

ᓈᑕᐳᑖᐙᐤ naatwaakaataahwaau vta
- il/elle lui casse la jambe, la patte avec quelque chose

ᓈᑖᓂᒻ naatwaanim vti ◆ il/elle le casse à la main

ᓈᑖᓂᔅᒋᐱᔫ naatwaanischipiyiu vai
- l'arbre se casse à la cime

ᓈᑖᓈᐤ naatwaanaau vta ◆ il/elle le/la casse en deux

ᓈᑣᔅᒋᓂᑭᓐ naatwaaschinikin ni ◆ un tunnel fermé à plusieurs endroits pour trapper le castor

ᓈᑣᔑᒫᐤ naatwaashimaau vta ◆ il/elle le/la casse en le/la jetant ou le/la frappant contre quelque chose

ᓈᑣᔑᒻ naatwaashim vti ◆ il/elle le coupe en deux

ᓈᑣᔑᓐ naatwaashin vai ◆ il/elle tombe et se casse (long et rigide)

ᓈᑣᔑᐧᐋᐤ naatwaashwaau vta ◆ il/elle le/la coupe en deux

ᓈᑣᔥᑭᐙᐤ naatwaashkiwaau vta
- il/elle le/la casse en deux (long et rigide) avec son pied ou son corps

ᓈᑣᔥᑭᒻ naatwaashkim vti ◆ il/elle le casse (long et rigide) avec son pied ou son corps

ᓈᑖᔮᐤ naatwaayaau vii ◆ c'est une rivière sinueuse

ᓈᑖᔮᐱᑖᔑᓐ naatwaayaapitaashin vai
- il/elle tombe et se casse une dent

ᓈᑖᔮᐱᑖᐙᐤ naatwaayaapitaahwaau vta ◆ il/elle se casse une dent, les dents

ᓈᑖᔮᔅᑯᐦᑎᑖᐤ naatwaayaaskuhtitaau vai
- il/elle brise le manche de la hache en s'en servant

ᓈᑖᔮᔒᐤ naatwaayaashiu vii dim ◆ c'est une petite rivière sinueuse

ᓈᑖᔮᔒᐤ naatwaayaashiu vai ◆ il/elle se casse sous la force du vent

ᓈᑖᔮᔥᑎᓐ naatwaayaashtin vii ◆ ça casse en deux à cause de la force du vent

ᓈᑖᔮᐦᑭᐦᑖᐤ naatwaayaahkihtaau vii
- c'est cassé en deux par le feu

ᓈᑖᔮᐦᑭᐦᓲ naatwaayaahkihsuu vai -u
- il/elle brûle et se casse en deux

ᓈᑖᐦᐊᒻ naatwaaham vti ◆ il/elle le casse en deux avec quelque chose

ᓈᑖᐦᐙᐤ naatwaahwaau vta ◆ il/elle le/la casse en deux avec quelque chose

ᓈᑖᐦᑎᑖᐤ naatwaahtitaau vai ◆ il/elle heurte contre quelque chose et il/elle se casse (long et rigide)

ᓈᑭᑎᐙᐱᐦᑎᒻ naakitiwaapihtim vti
- il/elle le surveille, garde l'oeil dessus

ᓈᑭᑎᐙᔨᒦᓲ naakitiwaayimiisuu vai reflex -u ◆ il/elle se soigne bien, se débrouille bien

ᓈᑭᑎᐙᔨᒫᐤ naakitiwaayimaau vta
- il/elle l'observe de près, s'occupe de lui/d'elle

ᓈᑭᑎᐙᔨᐦᑎᒻ naakitiwaayihtim vti
- il/elle l'observe de près, le surveille bien, en prend soin

ᓈᑭᔑᒋᐦᑎᒻ naakishichihtim vti ◆ il/elle écoute attentivement ce qui est dit

ᓈᑭᔑᔥᒋᐦᐋᐤ naakishishchihaau vta
- il/elle écoute attentivement ce qu'il/elle a à dire

ᓈᑳ naakaa nad voc ◆ maman!

ᓈᒋᐐᑖᐤ naachiwitaau vai ◆ il/elle va ramasser du feu de bois

ᓈᒋᐐᓂᐦᐄᒑᐤ naachiwinihiichaau vai
- il/elle va vérifier ses pièges

ᓈᒋᐙᐤ naachiwaau na -aam ◆ une personne autochtone

ᓈᒋᐱᒋᔥᑎᐙᐤ naachipichiishtiwaau vii
- il/elle se rend à son camp en hiver

ᓈᒋᐱᔫ naachipiyiu vai ◆ il/elle va se placer tout près

ᓈᒋᐱᐦᐋᐤ naachipihaau vta ◆ il/elle court le/la chercher

ᓈᒋᐱᐦᑣᐤ naachipihtwaau vai ◆ il/elle va l'attraper en courant

ᓈᒋᐱᔒᐱᔪᔮᑭᓈᐤ naachipiishipuyaakinaau vai ◆ il/elle va chercher des poissons à la frayère

ᓈᒋᑯᓈᐤ naachikunaau vai ◆ il/elle va chercher de la neige

ᓈᒋᑯᔅᒑᐤ **naachikuschaau** vai ♦ il/elle va vérifier sa ligne de pêche nocturne

ᓈᒋᑳᐳᐃᔥᑎᐙᐤ **naachikaapuwishtiwaau** vta ♦ il/elle va se tenir plus près de lui/d'elle

ᓈᒋᑳᐳᐃᔥᑎᒼ **naachikaapuwishtim** vti ♦ il/elle va se tenir à côté

ᓈᒋᑳᐴ **naachikaapuu** vai -uwi ♦ il/elle va se tenir tout près

ᓈᒋᒥᑯᔖᐤ **naachimikushaau** vii ♦ il/elle voyage pour se rendre au comptoir pour Noël et Nouvel An

ᓈᒋᒥᔮᐹᐦᑯᓇᐤ **naachimiyaahpaahkunaau** vai ♦ il/elle va chercher des branches sèches

ᓈᒋᒦᒋᒫᐤ **naachimiichimaau** vai ♦ il/elle va chercher de la nourriture

ᓈᒋᔑᒧᔥᑎᒼ **naachishimushtim** vti ♦ il/elle se sauve pour se mettre en sécurité

ᓈᒋᔥᑖᐱᐦᑐᐙᐤ **naachishtaapihtuwaau** vta ♦ il/elle va le chercher et le traîner pour lui/elle

ᓈᒋᔥᑖᐹᐤ **naachishtaapaau** vai ♦ il/elle va le chercher en le tirant

ᓈᒋᔥᑖᐹᐤ **naachishtaapaau** vta ♦ il/elle va le/la chercher en le/la traînant

ᓈᒌ **naachii** pro,dém ♦ les voilà là-bas! tout là-bas il y a ceux-là, celles-là (animé pluriel, accompagné d'un geste de la main ou en pointant les lèvres) (voir *maanaah*) ▪ ᐋᐣᑕᓂ ᓈᒌ ᐊᐧᐃᔨᓯᒃ ᐯᐧᒋᐤ ᐊᓂᒥᐦ ᑖᓇᐧᒡ.

ᓈᒥᑎᓃ **naamitiniu** p,nombre ♦ quarante

ᓈᒨᓂᐱᔫ **naamimunipiyiu** vii ♦ c'est emporté par le vent

ᓈᒨᓂᐱᔫ **naamimunipiyiu** vai ♦ il/elle va au gré du vent

ᓈᒨᓂᔥᑭᒼ **naamimunishkim** vti ♦ il/elle marche avec le vent

ᓈᒨᓂᐦᑖᐤ **naamimunihtaau** vai ♦ il/elle marche dans le sens du vent, a le vent dans le dos

ᓈᒨᓂᐦᔮᐤ **naamimunihyaau** vai ♦ il/elle vole au vent

ᓈᒨᓈᐤ **naamimunaau** vii ♦ c'est sous le vent, le côté sous le vent

ᓈᒨᓈᒋᐎᓐ **naamimunaachiwin** vii ♦ c'est la fin du rapide

ᓈᒨᓈᔒᐦᑖᐤ **naamimunaashihtaau** vai ♦ il/elle le fait voguer avec le vent

ᓈᒨᓐ **naamimun** p,lieu ♦ le coté sous le vent ▪ ᓈᒨᐦ ᓂᕽ ᐃᑎᐦᑎᒑ ᐅᒡ ᐯ ᓈᐦᐋᒡ ᓅᒡᒑᐃᐦ. ▪ *J'ai dirigé le canot du côté sous le vent pendant que mon père vérifiait le filet.*

ᓈᒥᔅᑳᔨᐤ **naamiskwaayiu** vai ♦ il/elle hoche la tête, fait un signe de la tête

ᓈᒥᔅᑳᔨᔥᑎᐙᐤ **naamiskwaayishtiwaau** vta ♦ il/elle lui fait un signe de la tête pour montrer son accord

ᓈᒧᑎᐙᐤ **naamutiwaau** vta ♦ il/elle lui grogne après

ᓈᒧᑎᒼ **naamutim** vti ♦ il/elle lui grogne après

ᓈᒨ **naamuu** vai -u ♦ il/elle grogne

ᓈᓂᐱᑖᐦᐙᐤ **naanipitaahwaau** vai ♦ il/elle coupe le gras du dos du gros gibier

ᓈᓂᐹᔨᐙᐤ **naanipaayiwaau** vai ♦ il/elle baille

ᓈᓂᐹᐦᑐᐃᑳᓯᐦᑎᑖᐤ **naanipaahtuwikaasihtitaau** vai ♦ il/elle l'apporte le long du rivage en barbotant

ᓈᓂᑎᐙᐱᒫᐤ **naanitiwaapimaau** vta redup ♦ il/elle le/la cherche

ᓈᓂᑎᐙᐱᐦᑎᒼ **naanitiwaapihtim** vti redup ♦ il/elle le cherche

ᓈᓂᑎᐙᐱᐦᒁᒨ **naanitiwaapihkwaamuu** vai -u ♦ il/elle dort les yeux ouverts

ᓈᓂᑎᐙᐳᔥᐙᐤ **naanitiwaapushwaau** vai redup ♦ il/elle va chasser le lièvre

ᓈᓂᑎᐙᒃᐙᐤ **naanitiwaakwaau** vai redup ♦ il/elle va chasser le porc-épic

ᓈᓂᑎᐚᔨᒫᐤ **naanitiwaayimaau** vta redup ♦ il/elle le/la cherche

ᓈᓂᑎᐚᔨᐦᑎᒼ **naanitiwaayihtim** vti redup ♦ il/elle le cherche

ᓈᓂᑎᐚᔨᐦᒋᒑᐤ **naanitiwaayihchichaau** vai redup ♦ il/elle chasse le gros gibier, cherche quelque chose du regard

ᓈᓂᑑ **naanituu** p,évaluative ♦ peut-être ▪ ᓈᓂᑑ ᓈᔥ ᒦ ᒌᑎᔅᑯᐯᕒᒡ ᐊᓂᐦ ᐊᑎᔅᑯᐦ. ▪ *Je crois qu'il a peut-être attrapé tous les castors de cette hutte.*

ᓈᓂᑎᒫᑎᓈᐤ **naanitimaatinaau** vii ♦ c'est une chaîne de montagnes continue

**ᓈᓂᑎᒻ** naanitim p,temps
◆ complètement, tout en une fois ▪ ᓈᔥᑎᓰᒡ ᓈᓂᑎᒻ ᒌᐦ ᒌᔑᐦᑐᑎᒻ ᐊᓂᔮ ᐅᑖᐱᑎᓲᐎᓐ᙮ ▪ *Elle/il a terminé tout son travail en une fois.*

**ᓈᓂᑐᐧᐃᐳᐧᐋᐤ** naanituwipuwaau vta redup
◆ il/elle va lui chercher quelque chose à boire

**ᓈᓂᑐᐧᐃᐦᑖᐤ** naanituwihtaau vai redup
◆ il/elle cherche les traces d'un animal

**ᓈᓂᑐᐱᔨᔥᑎᐧᐋᐤ** naanitupiyishtiwaau vta redup ◆ il/elle tourne dans tous les sens à sa recherche

**ᓈᓂᑐᒑᓂᒧᐧᐋᐤ** naanituchaanimuwaau vai
◆ il/elle lui cherche les poux sur la tête

**ᓈᓂᑐᒫᐦᑎᒻ** naanitumaahtim vti redup
◆ il/elle le cherche à l'odeur, le renifle

**ᓈᓂᑐᒫᐦᒋᒑᐤ** naanitumaahchichaau vai redup ◆ il/elle cherche en reniflant, par l'odeur

**ᓈᓂᑐᓂᒑᐤ** naanitunichaau vai ◆ il/elle fouille le contenu d'un contenant

**ᓈᓂᑐᓂᒻ** naanitunim vti redup ◆ il/elle le cherche à tâtons

**ᓈᓂᑐᓈᐤ** naanitunaau vta redup ◆ il/elle le/la cherche à tâtons

**ᓈᓂᑑ** naanituu préverbe redup ◆ aller faire

**ᓈᓂᑑᐱᒋᐧᐋᐤ** naanituupichiwaau vai redup
◆ il/elle va chercher de la gomme d'épinette

**ᓈᓂᑑᑎᐦᒁᐤ** naanituutihkwaau vai redup
◆ il/elle chasse le caribou

**ᓈᓂᑑᑐᔮᓲ** naanituutuyaasuu vai reflex redup -u ◆ il/elle se cause des problèmes

**ᓈᓂᑑᑭᔅᒑᐦᑎᒁᐤ** naanituukischaahtikwaau vai redup
◆ il/elle va chercher du bois pourri pour fumer les peaux

**ᓈᓂᑑᒋᔖᔮᒁᐤ** naanituuchishaayaakwaau vai ◆ il/elle chasse l'ours, cherche un ours

**ᓈᓂᑑᒥᓈᐤ** naanituuminaau vai redup
◆ il/elle va chercher des baies

**ᓈᓂᑑᒥᔅᒁᐤ** naanituumiskwaau vai redup
◆ il/elle va chercher des huttes de castor

**ᓈᓂᑑᒨᔂᐤ** naanituumuuswaau vai redup
◆ il/elle va chasser l'orignal

**ᓈᓂᑑᔅᒑᐤ** naanituuschaau vai redup
◆ il/elle cherche des oies

**ᓈᓂᑑᐦᔮᐧᐋᐤ** naanituuhyaawaau vai redup
◆ il/elle chasse le lagopède

**ᓈᓂᑖᔑᐤ** naanitaashiu vai ◆ il/elle cherche une bonne place pour établir son campement

**ᓈᓂᑖᔑᒧᑎᐧᐋᐤ** naanitaashimutiwaau vta
◆ il/elle lui demande de l'aide

**ᓈᓂᑭᓯᒌᐤ** naanikisichiiu vai ◆ il/elle reste en arrière, résiste

**ᓈᓂᑭᐦᐊᒻ** naanikiham vti ◆ il/elle empêche le canot d'avancer trop vite

**ᓈᓂᑳᑯᓈᔑᒨ** naanikaakunaashimuu vai -u
◆ il/elle reste en arrière en se laissant traîner dans la neige

**ᓈᓂᑳᑯᓈᔑᒫᐤ** naanikaakunaashimaau vta
◆ il/elle l'empêche d'aller trop vite sur la neige en le/la retenant (par ex. avec une corde)

**ᓈᓂᑳᑯᓈᐦᑎᑖᐤ** naanikaakunaahtitaau vai
◆ il/elle essaie de le ralentir en freinant avec les pieds en voyageant sur la neige

**ᓈᓂᑳᑯᓈᐦᑎᓐ** naanikaakunaahtin vii
◆ c'est retenu en traînant dans la neige

**ᓈᓂᑳᔥᑭᐧᐋᐤ** naanikaashkiwaau vta
◆ il/elle continue à lui bloquer le chemin, à le/la dissuader

**ᓈᓂᑳᔥᑭᒻ** naanikaashkim vti ◆ il/elle l'empêche d'avancer avec son pied ou son corps

**ᓈᓂᒋᔥᑭᐧᐋᐤ** naanichishkiwaau vta
◆ il/elle le/la bloque, est dans son chemin

**ᓈᓃᐳᐧᐃᓂᐱᐦᑖᐤ** naaniipuwinipihtaau vai
◆ il y a un reflet de terre dans le ciel

**ᓈᓃᐴ** naaniipuu vai redup -uwi ◆ il/elle reste là, traîne

**ᓈᓃᐹᐦᑖᐤ** naaniipaahtaau vai redup
◆ il/elle marche autour la nuit

**ᓈᓃᑳᐱᐦᒑᔥᑭᐧᐋᐤ** naaniikaapihchaashkiwaau vta redup
◆ il/elle (un toboggan, une charge qu'elle/il tire) lui pèse légèrement dessus

**ᓈᓃᑳᓂᐱᔨᐦᐆ** naaniikaanipiyihuu vai redup -u ◆ il/elle se fraye son chemin devant les autres

ᓈᓃᔐᑖᐃᒡ **naaniishuhtaawich** vai pl redup
 • ils/elles marchent en paires
ᓈᓃᔐᑖᐤ **naaniishuhtaau** vai redup
 • il/elle marche avec lui/elle, ils/elles marchent en couple
ᓈᓅᒌᐤ **naanuuchiiu** vai • il est respectueux; elle est respectueuse
ᓈᓅᒌᔅᒀᐙᐤ **naanuuchiiskwaawaau** vta redup • c'est un don Juan, un coureur de jupons
ᓈᓅᓱᐎᑖᐸᐧᐋᑖᐤ **naanuusuwitaapwaataau** vta redup • il/elle court et continue à l'appeler
ᓈᓈᑎᐱᔥᑎᐧᐋᐤ **naanaatipishtiwaau** vta redup • il/elle va s'asseoir plus près de lui/d'elle; il/elle se rapproche vers lui/elle
ᓈᓈᑎᐱᔥᑎᒼ **naanaatipishtim** vti redup • il/elle se rapproche petit à petit, assis-e
ᓈᓈᑎᐦᐋᐧᐋᐤ **naanaatihaawaau** vai redup • il/elle va ramasser des oeufs
ᓈᓈᑖᐤ **naanaataau** vta redup • il/elle va de l'un-e à l'autre
ᓈᓈᑖᒥᔅᒄ **naanaataamiskw** na -um • un castor rare, au long corps et avec des dents tordues
ᓈᓈᑣᔮᔅᑎᒋᓈᐤ **naanaatwaayaastichinaau** vai redup • il/elle casse des branches à la main
ᓈᓈᑭᒋᓯᐤ **naanaakichisiu** vai redup • il/elle va observer
ᓈᓈᑭᒋᐦᐄᐧᐋᐤ **naanaakichihiiwaau** vai • il/elle observe, surveille
ᓈᓈᑭᒋᐦᐋᐤ **naanaakichihaau** vta redup • il/elle s'occupe de lui/d'elle, le/la remarque, fait attention à lui/elle
ᓈᓈᑭᒋᐦᑖᐤ **naanaakichihtaau** vai+o redup • il/elle en prend soin, le remarque, y fait attention
ᓈᓈᒌᔨᐦᑖᐧᐋᐤ **naanaachiiyihtaawaau** vai redup • il/elle va d'un endroit dégagé à l'autre pour chercher des baies au printemps
ᓈᓈᒐ **naanaachaa** p,temps • plus tard, à peine ▪ ᓈᓈᒐ ᒉ ᒋᔅᒋᒡ ᒉ ᒋᑕ·ᐃᔦᓯᐱᓕᐦᒃ ▪ À peine étaient-ils arrivés en canot qu'il a commencé à pleuvoir.
ᓈᓈᒐᔑᔥ **naanaachaashiish** p,temps • un petit peu plus tard, peu après ▪ ᓈᓈᒐᔑᔥ ᐦᒻ ᐅᑐᒋᒥᒡ ᒉ ᒥᔅ ᐋᓇᑭ ᐅᑎᒥᒃ ▪ Donne-lui son repas peu après son arrivée!
ᓈᓈᒥᐱᔨᐤ **naanaamipiyiu** vai • il/elle tremble
ᓈᓈᒥᐱᔨᐤ **naanaamipiyiu** vii • ça vibre
ᓈᓈᒥᐱᔨᐦᐋᐤ **naanaamipiyihaau** vta redup • il/elle le/la fait rebondir
ᓈᓈᒥᐱᔨᐦᑖᐤ **naanaamipiyihtaau** vai redup • il/elle le fait rebondir
ᓈᓈᒥᒌᒼ **naanaamichiim** p,manière • peu à peu ▪ ᓈᓈᒥᒌᒼ ᓂᒥ ᐁᐦᑖᐃᒡ ᓂᔥᑭᒡ ᒑᐱᓯᓈᑭᒃ ▪ Les oies diminuent en nombre peu à peu tous les automnes.
ᓈᓈᒥᔑᐣ **naanaamishin** vai redup • il/elle rebondit en étant secoué-e
ᓈᓈᓂᒌᒼ **naanaanichiim** p,manière • peu à peu ▪ ᓈᓈᓂᒌᒼ ᐦᒻ ᒐᐣᐋ ᓂᒻᐸᓕᓯᒼᑕᒃ ▪ La force du vent augmente peu à peu alors que nous naviguons.
ᓈᓯᐹᐤ **naasipaau** vai • il/elle descend au rivage
ᓈᓯᐹᐱᑎᒼ **naasipaapitim** vti • il/elle le tire pour le faire descendre vers le rivage
ᓈᓯᐹᐱᑖᐤ **naasipaapitaau** vta • il/elle le/la tire vers le rivage
ᓈᓯᐹᐱᒋᐤ **naasipaapichiu** vai • il/elle déplace son campement d'hiver vers la côte
ᓈᓯᐹᐱᔨᐤ **naasipaapiyiu** vai • il/elle va jusqu'à une étendue d'eau en véhicule
ᓈᓯᐹᐱᔨᐤ **naasipaapiyiu** vii • ça descend vers une étendue d'eau
ᓈᓯᐹᐱᐦᑖᐤ **naasipaapihtaau** vai • il/elle court jusqu'au rivage
ᓈᓯᐹᑎᑎᐧᐋᐤ **naasipaatitiwaau** vta • il/elle descend au rivage pour le/la rencontrer
ᓈᓯᐹᑎᒥᐦᒡ **naasipaatimihch** p,lieu • au bord de l'eau, près de l'eau ▪ ᐋᒡ ᐋᐤ ᒥᐦᒋᑦ ᒋᔮᔥᑯ ᐋᒡᐦ ᓈᓯᐹᑎᒥᐦᒡ ▪ Il y a beaucoup de mouettes au bord de l'eau.
ᓈᓯᐹᑎᓂᔅᒐᓯᐤ **naasipaatinischaasiu** na-iim • un condylure étoilé Condylura cristata
ᓈᓯᐹᑎᔑᐦᐧᐋᐤ **naasipaatishihwaau** vta • il/elle l'envoie au rivage

ᓈᓯᐹᑐᐃᑖᐤ **naasipaatuwitaau** vai
- il/elle l'emporte jusqu'au rivage sur son dos

ᓈᓯᐹᑐᐃᑖᐤ **naasipaatuwitaau** vta
- il/elle l'emporte sur son dos jusqu'à l'eau

ᓈᓯᐹᒋᔑᒨ **naasipaachishimuu** vai -u
- il/elle s'enfuit vers l'eau

ᓈᓯᐹᒋᔑᒫᐤ **naasipaachishimaau** vta
- il/elle lui échappe, s'enfuit de lui/d'elle vers l'eau

ᓈᓯᐹᒧᐦᑖᐤ **naasipaamuhtaau** vai
- il/elle fait un sentier qui descend jusqu'au rivage, jusqu'à l'eau

ᓈᓯᐹᒨ **naasipaamuu** vii -u
- ça mène au rivage, à l'eau (ex. un sentier)

ᓈᓯᐹᓰᐦᑖᐤ **naasipaasihtaau** vai+o
- il/elle porte son canot sur ses épaules en direction de l'eau

ᓈᓯᐹᓰᐦᑖᑭᓐ **naasipaasihtaakin** ni
- un portage qui va jusqu'au bord de l'eau

ᓈᓯᐹᐦᑎᑖᐤ **naasipaahtitaau** vai
- il/elle l'emporte jusqu'au bord de l'eau

ᓈᓯᐹᐦᑎᐦᐋᐤ **naasipaahtihaau** vta
- il/elle l'emporte jusqu'à une étendue d'eau

ᓈᓯᐹᐦᔮᐤ **naasipaahyaau** vai
- il/elle vole jusqu'à l'eau, la côte

ᓈᓯᑲᐤ **naasikwaau** vii
- c'est une pointe de glace

ᓈᓵᑳᐤ **naasaakaau** vii
- c'est une pointe rocheuse escarpée

ᓈᔅᐱᑎᑖᐦᑎᒼ **naaspititaahtim** vti
- il/elle perd son souffle

ᓈᔅᐱᑎᒧᐦᑖᐤ **naaspitimuhtaau** vai
- il/elle le fixe, l'assujettit de façon permanente

ᓈᔅᐱᑎᐦᑾᒨ **naaspitihkwaamuu** vai -u
- il/elle meurt dans son sommeil, il/elle s'endort et ne se réveille plus

ᓈᔅᐱᑖᐱᐦᐊᒻ **naaspitaapiham** vti
- il/elle le ferme à clé

ᓈᔅᐱᑖᑎᒧᐙᐱᔨᐤ **naaspitaatimuwaapiyiu** vii
- ça coule jusqu'au fond

ᓈᔅᐱᑖᑭᐦᐊᒻ **naaspitaakiham** vti
- il/elle y fait des plis permanents, le plisse

ᓈᔅᐱᑖᑭᐦᐙᐤ **naaspitaakihwaau** vta
- il/elle le/la plisse (se dit d'un vêtement)

ᓈᔅᐱᑖᒋᐱᔨᐤ **naaspitaachipiyiu** vai
- il/elle est plissé-e

ᓈᔅᐱᑖᒋᐱᔨᐤ **naaspitaachipiyiu** vii
- c'est plissé

ᓈᔅᑭᒥᑳᐤ **naaskimikaau** vii
- c'est une pointe de terre

ᓈᔅᒋᐎᑳᐤ **naaschiwikaau** vii
- c'est une pointe boueuse

ᓈᔥᐱᒋᐱᔨᐤ **naashpichipiyiu** vai
- il/elle continue sans pouvoir s'arrêter

ᓈᔥᐱᒋᐱᔨᐤ **naashpichipiyiu** vii
- ça continue sans s'arrêter

ᓈᔥᐱᒋᐱᐦᑖᐤ **naashpichipihtaau** vai
- il/elle, ça (animé) marche sans pouvoir s'arrêter

ᓈᔥᐱᒋᔑᓐ **naashpichishin** vai
- il/elle tombe et meurt sur le coup

ᓈᔥᐱᒋᐤ **naashpichiiu** vai
- il/elle s'en va et ne revient pas

ᓈᔥᑎᔨᔥ **naashtiyish** p,manière
- du tout, tout, complètement, toujours ▪ ᓈᔥᑎᔥ ᒉᒥᔅᑐᐸᐦ ᐊᓯᑦ ᐁ ᐃᔑ ᐋᐦᑎᒡᐋᐳᓂᐊᑦᒡ ✧ ᓈᔥᑎᔥ ᓂᒋ ᒥᒄ ᒃᔑᑳᐦᒑ ᒑ ᒐ ᐋᐦᑎᒉ ᐃᔑᑦᓅᑉ ᒉ ᐊᐦᑎᒡᑌᐊᑉᐊ ᐊ ᒉ ᐃᔥᐳᔨᓀᐢ. *Tout ce qu'on t'a dit s'est réalisé.* ✧ *Je ne savais pas du tout quoi faire quand c'est arrivé.*

ᓈᔥᑐᔑᓐ **naashtushin** vai
- il/elle tombe et meurt sur le coup

ᓈᔥᑐᐦᐙᐤ **naashtuhwaau** vta
- il/elle l'atteint, le/la tue sur le coup en tirant au fusil

ᓈᔥᑖᐹᐦ **naashtaapwaah** p,manière
- très, tellement ▪ ᓈᔥᑖᐦ ᑯᔥᑎᑎᑳ ᐋ ᐅᐦᒋᐸᔨᒡ. *C'est très dangereux au début des rapides.*

ᓈᔥᑖᒋᐎᓈᐤ **naashtaachiwinaau** vai
- il/elle la chair tendre à cause du courant fort (se dit d'un poisson)

ᓈᔥᑣᒨ **naashtwaamuu** vai -u
- il/elle a la chair tendre après avoir frayé ▪ ᓂ ᓈᔥᑣᒨ ᓂᓕᔅ ᒉ ᒥᔅᑊᐊᐃ ᐊᐅᒡ ᐊ ᑲᑊᐊᓂᑭᑊᔅ. ▪ *J'ai trouvé un poisson le long du rivage qui avait frayé et qui avait la chair bien tendre.*

ᓈᔥᑣᔨᒧᐦᐋᐤ **naashtwaayimuhaau** vta
- il/elle le/la chatouille à mort

ᓈᔥᑣᔨᒨ **naashtwaayimuu** vai -u
- il/elle est accablé-e de douleur, a beaucoup de chagrin

ᓈᔥᑣᔨᐦᑎᒼ **naashtwaayihtim** vti
- il/elle est écrasé-e de chagrin

ᓈᔥᐟ **naasht** p,conjonction ◆ et, ou, si..ou non ▪ ᓂᑭ ᐄᐦᒋ ᒋᔅᒌᔨᒫᐤ ᐅ ᒥᔪᐦᑎᒦᐸ ᓈᔥᐟ ᒦᐦ ᐅ ᒥᓛᔫᑎᒦᐸ ᐊᓂᔮ ᒦᐦᒉᐤ ᐁ ᒥᔮᓯᓈᑖᐦ ▪ *Je ne savais pas si elle aimerait le cadeau qu'elle avait reçu.*

ᓈᔥᑯᔑᐎᑳᐤ **naashkushiwikaau** vii ◆ c'est une pointe herbeuse

ᓈᔥᒡ **naashch** p,manière ◆ très ▪ ᓈᔥᒡ ᐊᐦ ᒦᐦ ᐱᒋᔅᑎᓈᒡ ᑳᐦ ᐅ ᐊᒋ ᒌᑖᒡ ▪ *J'avais très hâte qu'il rentre à nouveau à la maison.*

ᓈᔮᐅᐦᑳᐤ **naayaauhkaau** vii ◆ c'est une pointe de sable

ᓈᔮᐤ **naayaau** vii ◆ c'est une pointe; ça a une pointe; c'est une saillie sur quelque chose

ᓈᔮᐱᔅᑳᐤ **naayaapiskaau** vii ◆ c'est une pointe de rocher, la pointe d'un affleurement

ᓈᔮᑭᓐ **naayaakin** vii ◆ c'est une pointe au bord de quelque chose d'étalé

ᓈᔮᔅᒀᔮᐤ **naayaaskwaayaau** vii ◆ c'est une pointe boisée

ᓈᐦᐄ **naahii** pro,dém ◆ les voilà là-bas! tout là-bas il y a ceux-là, celles-là (inanimé pluriel, accompagné d'un geste de la main ou en pointant les lèvres) (voir *maanaa*) ▪ ᐊᒡ ᒫ ᓈᐦᐄ ᐊᑦᓱᐦᑐᐊᐦ ᐁ ᒌᔮᒋᐸᓂᑖᐦ ▪ *Apporte ces cadres à peaux de castor par là, ceux qui sont déjà faits!*

ᓈᐦᐄᔫ **naahiiyiu** p,manière ◆ en personne, de ses propres yeux ▪ ᓈᐦᐄᔫ ᓂᒦᐦ ᐙᐱᒫᐤ ᐱᔥ ᐆᑦ ᐊᐦ ᐙᐱᒫᑦ ᐁ ᐙᐱᒥᑯᓯᑦ ᐊᓂᑦ ᐙᓯᐋᑦᒨᒃ ▪ *Moi aussi j'ai vu de mes propres yeux cette baleine qui avait été repérée dans la baie.*

ᓈᐦᐋᐙᔅᑎᒋᐱᑎᒻ **naahaauaastichipitim** vti ◆ il/elle arrange les branchages du sol du tipi

ᓈᐦᐋᐎᐤ **naahaawiiu** vai ◆ il/elle emballe de façon compacte et ordonnée

ᓈᐦᐹᒥᔥᑖᐤ **naahpaamishtaau** vai ◆ il/elle le dispose pour qu'il soit tout prêt et disponible

ᓈᐦᐹᒥᔥᑖᐤ **naahpaamishtaau** vii ◆ c'est installé, prêt et disponible

ᓈᐦᐹᒻ **naahpaam** p,manière ◆ c'est disponible facilement

ᓈᐦᑎᑳᐤ **naahtikaau** vii ◆ ça a un coin, une pointe (du bois utile)

ᓈᐦᑖᐙᐳᔅᒋᐦᑎᒄ **naahtaawaapuschihtikw** na ◆ un arbre très brûlé

ᓈᐦᑯᐹᐤ **naahkupaau** vii ◆ c'est une pointe de saules

ᓈᐦᓈᒥᒦᒋᐤ **naahnaamimiichiu** vai ◆ il/elle en mange tellement qu'il/elle ne peut plus jamais en manger sans que ça ne le rende malade

ᓈᐦᓈᒥᒧᐙᐤ **naahnaamimuwaau** vta ◆ il/elle en mange tellement (animé) qu'il/elle ne peut plus jamais en manger parce que ça le/la rend malade

# ᓯ

ᓯᐳᐦᐱᑎᒻ **sipuhpitim** vti ◆ il/elle le ferme avec un cordon

ᓯᐳᐦᐱᑖᐤ **sipuhpitaau** vta ◆ il/elle le/la ferme avec un cordon

ᓯᐳᐦᑖᓂᒻ **sipuhtaanim** vti ◆ il/elle ferme le rabat de porte du tipi

ᓯᑭᐙᐱᔨᐤ **sikiwaapiyiu** vai ◆ sa fourrure est emmêlée, ses cheveux sont emmêlés

ᓯᑭᐳᑖᐤ **sikiputaau** vta ◆ il/elle le fait rôtir pour lui/elle

ᓯᑭᐻᐤ **sikipwaau** vai ◆ il/elle fait tourner et rôtir de la viande suspendue par une ficelle au-dessus d'un feu ouvert

ᓯᑭᐻᑭᓐ **sikipwaakin** ni ◆ le crochet au bout de la ligne à rôtir

ᓯᑭᐻᓈᔮᐲ **sikipwaanaayaapii** ni-m ◆ un câble à rôtir

ᓯᑭᐻᓈᐦᑎᒄ **sikipwaanaahtikw** ni ◆ une broche utilisée pour faire rôtir le gibier ou la volaille

ᓯᑭᐻᓐ **sikipwaan** na ◆ de la viande rôtie sur un fil

ᓯᑭᑎᐦᑯᓂᐤ **sikitihkuniuu** vai-iwi ◆ l'arbre est touffu, a beaucoup de branches

ᓯᑭᒧᐦᑖᐤ **sikimuhtaau** vai ◆ il/elle l'y accroche, l'y attache

ᓯᑭᒨ **sikimuu** vai-u ◆ il/elle est collé-e à quelque chose, s'accroche à quelque chose

ᓯᑭᒨ **sikimuu** vii -u ♦ ça adhère à quelque chose; c'est suspendu à quelque chose

ᓯᑭᒫᑎᐲᐤ **sikimaatipiu** vai ♦ il/elle reste tranquille

ᓯᑭᒫᑎᓰᐤ **sikimaatisiiu** vai ♦ il/elle a un tempérament paisible, calme

ᓯᑭᒫᓵᓈᑯᓐ **sikimaasinaakun** vii ♦ ça a l'air calme, tranquille

ᓯᑭᒫᓵᓈᑯᓰᐤ **sikimaasinaakusiu** vai ♦ il/elle a l'air calme, tranquille

ᓯᑭᔅᑳᐤ **sikiskaau** vii ♦ c'est bien couvert, bien ajusté

ᓯᑭᔅᒋᓂᒼ **sikischinim** vti ♦ il/elle enterre un corps

ᓯᑭᔅᒋᓂᒼ **sikischinim** vti ♦ il/elle recouvre les parties ouvertes de l'habitation; il/elle range

ᓯᑭᔅᒋᓈᐤ **sikischinaau** vta ♦ il/elle l'enterre

ᓯᑭᔅᒋᓰᐤ **sikischisiiu** vai ♦ il/elle est bien fermé-e

ᓯᑭᐦᐊᒼ **sikiham** vti ♦ il/elle l'attache à quelque chose, le visse dessus

ᓯᑭᐦᐚᐤ **sikihwaau** vta ♦ il/elle l'attache à quelque chose, le visse dessus

ᓯᑭᐦᑯᐹᐤ **sikihkupaau** vii ♦ c'est un ruisseau, une rivière bordée de buissons épais

ᓯᑯᑯᐦᑖᐤ **sikukuhtaau** vai ♦ il/elle a le hoquet

ᓯᑯᓰᐤ **sikusiu** vai ♦ le filet de pêche a une maille étroite

ᓯᑯᔅᒌᔅᑳᐤ **sikuschiskaau** vii ♦ c'est une zone de pins dense

ᓯᑯᔥᑎᐦᐚᐤ **sikushtihwaau** vta ♦ il/elle fore des trous rapprochés pour le laçage de soutien de la raquette

ᓯᑯᔨᔅᑯᓈᓐ **sikuyiskunaan** ni ♦ du foie de morue cuit et mélangé avec de la chair

ᓯᑯᐦᐚᐤ **sikuhwaau** vai ♦ il/elle fait des mailles étroites en tissant sa raquette

ᓯᑳᐤ **sikaau** vii ♦ la forêt, le bush est dense ▪ ᐋᓅ ᐊᔮ ᓯᑳᒡ ᐊᓂᒉᐦ ᐊᔮ ᐊᑑᐦᒋᐦᒡ. ▪ *La forêt est très dense là où nous voulions aller.*

ᓯᑳᐹᒋᓂᒼ **sikaapaachinim** vti ♦ il/elle le tient par le manche

ᓯᑳᐹᒋᓈᐤ **sikaapaachinaau** vta ♦ il/elle le/la tient par le manche

ᓯᑳᓂᑳᐤ **sikaanikaau** vii ♦ il y a beaucoup d'îles rapprochées

ᓯᑳᔅᑯᐦᐊᒼ **sikaaskuham** vti ♦ il/elle l'épingle

ᓯᑳᔅᑯᐦᐚᐤ **sikaaskuhwaau** vta ♦ il/elle l'épingle

ᓯᑳᔅᑳᐤ **sikaaskwaau** vii ♦ c'est une zone de végétation très dense

ᓯᑳᔅᒁᔮᐤ **sikaaskwaayaau** vii ♦ c'est dense avec du bois, des saules

ᓯᒋᐤ **sichiu** vai ♦ il urine, fait pipi

ᓯᒋᐱᑎᐦᑖᐤ **sichipitihtaau** vta ♦ il/elle étire et lace la peau sur le cadre

ᓯᒋᐱᑎᐦᑖᑭᓈᔮᐲ **sichipitihtaakinaayaapii** ni ♦ une ficelle pour attacher la peau sur un cadre pour la faire sécher

ᓯᒋᐱᑖᐤ **sichipitaau** vta ♦ il/elle étire la peau sur le cadre

ᓯᒋᐱᔅᑯᓈᔮᐳᔥ **sichipiskunaayaapush** na -um ♦ un lièvre pris au collet par le dos

ᓯᒋᐱᔨᐤ **sichipiyiu** vai ♦ il/elle s'accroche à quelque chose

ᓯᒋᐱᔨᐤ **sichipiyiu** vii ♦ ça s'accroche à quelque chose

ᓯᒋᐹᑎᒼ **sichipaatim** vti ♦ il/elle ferme les boutons

ᓯᒋᐹᑖᐤ **sichipaataau** vta ♦ il/elle le/la boutonne, le/la ferme

ᓯᒋᐹᒋᑭᓐ **sichipaachikin** ni ♦ un bouton à pression

ᓯᒋᐹᓲᓐ **sichipaasun** na ♦ un bouton

ᓯᒋᑎᐦᒑᔮᐳᔥ **sichitihchaayaapush** na -um ♦ un lièvre pris au collet par les pattes avants (antérieures)

ᓯᒋᑳᑖᓈᐤ **sichikaataanaau** vta ♦ il/elle le/la tient par la jambe

ᓯᒋᑳᑖᐦᐱᑖᐤ **sichikaataahpitaau** vta ♦ il/elle l'attache par la jambe

ᓯᒋᒀᐱᑖᐤ **sichikwaapitaau** vta ♦ il/elle l'attrape par le cou

ᓯᒋᒀᓈᐤ **sichikwaanaau** vta ♦ il/elle le/la tient par le cou

ᓯᒋᒀᔮᐱᐦᑳᑖᐤ **sichikwaayaapihkaataau** vta ♦ il/elle l'attache autour du cou

ᓯᒥᐋᐅᑎᐦᒄ **sichimaautihkw** na -um ♦ un caribou au mois d'août quand ses poils sont sur le point de tomber et qu'il est dévoré par les moustiques

ᓯᒋᒫᐅᔮᓐ **sichimaauyaan** ni ♦ une moustiquaire, un filet moustiquaire

ᓯᒋᒫᐤ sichimaau na ◆ un moustique

ᓯᒋᓂᔅᒑᓈᐤ sichinischaanaau vta ◆ il/elle lui tient la main

ᓯᒋᓂᔅᒑᐦᑎᐦᐋᐤ sichinischaahtihaau vta ◆ il/elle lui prend la main en marchant

ᓯᒋᔅᑎᐧᐃᑭᔮᐳᔥ sichistiwikiyaapush na -um ◆ un lièvre pris au collet par les oreilles

ᓯᒋᔅᑎᐱᐦᒁᓈᔮᐲ sichistipihkwaanaayaapii ni ◆ une cordelette pour attacher la toile de tente

ᓯᒋᔅᑏᓲ sichistiisuu vai reflex -u ◆ il/elle se fait pipi dessus

ᓯᒋᔅᑖᐤ sichistaau vta ◆ il/elle urine sur lui/elle

ᓯᒋᔔᑭᓈᔮᐳᔥ sichishuukinaayaapush na -um ◆ un lièvre pris au collet par le bas du dos

ᓯᒋᔮᓯᐤ sichiyaasiu vai ◆ il/elle est reconnaissant-e

ᓯᒋᔮᐦᐆ sichiyaahuu vai -u ◆ il/elle en éprouve de la reconnaissance

ᓯᒋᔮᐦᐋᐤ sichiyaahaau vta ◆ il/elle le/la rend reconnaissant-e par ses actes

ᓯᒋᐦᑎᐧᐃᑭᔮᓈᐤ sichihtiwikiyaanaau vta ◆ il/elle lui tire les oreilles

ᓯᒋᐦᑎᐱᐦᒁᓐ sichihtipihkwaan ni -m ◆ un morceau de toile qui renforce le revêtement du tipi là où une corde ou une ficelle est attachée

ᓯᒋᐦᑎᒻ sichihtim vti ◆ il/elle urine dessus

ᓯᒋᐦᑎᓐ sichihtin vii ◆ ça s'accroche, s'emmêle à quelque chose

ᓯᒋᐦᒁᒨ sichihkwaamuu vai -u ◆ il/elle mouille son lit, urine pendant son sommeil

ᓯᒥᑖᐱᐦᒑᓂᑭᓐ simitaapihchaanikin ni ◆ de la babiche lacée en zigzag sur la barre transversale supérieure de la raquette

ᓯᓂᐙᓯᒻ siniwaasim vti ◆ il/elle l'a laissé dans l'eau chaude trop longtemps pour pouvoir facilement retirer les plumes de la tête et des ailes d'une volaille, la couche externe des pieds de castor ou d'ours, la queue de castor ou de rat musqué

ᓯᓂᐚᑎᐦᐄᑭᓐ sinipwaatihiikin ni ◆ un pulvérisateur

ᓯᓂᐚᑎᐦᐄᒑᐱᔨᐤ sinipwaatihiichaapiyiu vii ◆ ça gicle, ça éclabousse

ᓯᓂᐚᑎᐦᐊᒻ sinipwaatiham vti ◆ il/elle l'arrose

ᓯᓂᐚᑎᐦᐧᐋᐤ sinipwaatihwaau vta ◆ il/elle l'arrose

ᓯᓂᑯᓂᒻ sinikunim vti ◆ il/elle le frotte avec la main

ᓯᓂᑯᓈᐤ sinikunaau vta ◆ il/elle le/la frotte avec la main

ᓯᓂᑯᔅᑐᐧᐋᓈᐤ sinikustuwaanaau vai ◆ il/elle lui frotte le menton

ᓯᓂᑯᔑᒨ sinikushimuu vai -u ◆ il/elle se frotte contre quelque chose

ᓯᓂᑯᔑᒫᐤ sinikushimaau vta ◆ il/elle le/la frotte sur quelque chose

ᓯᓂᑯᔥᑭᐧᐋᐤ sinikushkiwaau vta ◆ il/elle se frotte contre lui/elle

ᓯᓂᑯᔥᑭᒻ sinikushkim vti ◆ il/elle se frotte contre ça

ᓯᓂᑯᐦᐄᑭᓐ sinikuhiikin ni ◆ une lime

ᓯᓂᑯᐦᐄᒑᐤ sinikuhiichaau vai ◆ il/elle affile, affûte, aiguise

ᓯᓂᑯᐦᐊᒻ sinikuham vti ◆ il/elle le lime

ᓯᓂᑯᐦᐧᐋᐤ sinikuhwaau vta ◆ il/elle le/la lime

ᓯᓂᑯᐦᑎᑖᐤ sinikuhtitaau vai ◆ il/elle le frotte contre quelque chose

ᓯᓂᑯᐦᑎᑭᐦᐄᑭᓐ sinikuhtikihiikin ni ◆ une brosse à récurer

ᓯᓂᑯᐦᑎᑭᐦᐊᒻ sinikuhtikiham vti ◆ il/elle frotte le plancher avec une brosse

ᓯᓂᑯᐦᑎᑭᐦᐧᐋᐤ sinikuhtikihwaau vta ◆ il/elle le/la frotte avec une brosse à récurer

ᓯᓂᒀᐧᐋᑭᓐ sinikwaawaakin ni ◆ un mouchoir

ᓯᓂᒀᐤ sinikwaau vai ◆ il/elle se mouche

ᓯᓂᒀᐱᔅᑳᐦᐋᓐ sinikwaapiskaahaan vii ◆ c'est abîmé d'avoir frotté contre du rocher

ᓯᓂᒀᐲᐤ sinikwaapiiu vai ◆ il/elle se frotte les yeux

ᓯᓂᒀᔅᑯᔑᒨ sinikwaaskushimuu vai -u ◆ il/elle frotte contre un bâton ou un arbre

ᓯᓂᔅᒋᑳᐴ sinischikaapuu vai -uwi ◆ il/elle se tient blotti-e, pelotonné-e

ᓯᓂᐦᒋᔑᓐ sinischishin vai ♦ il/elle tombe sur quelque chose de mouillé et de moelleux

ᓰᓈᑯ sinaakiu vai ♦ il/elle prend une collation, un goûter, de l'anglais 'snack'

ᓰᓈᔨᐚᓯᒻ sinaayiwaasim vti ♦ il/elle a laissé la queue (de castor, de porc-épic, de rat musqué) trop longtemps dans l'eau chaude ce qui rend difficile d'enlever la couche externe

ᓯᓯᐳᑖᐤ sisiputaau vai+o redup ♦ il/elle l'aiguise, le lime

ᓯᓯᐳᑖᑭᓐ sisiputaakin ni redup -m ♦ une pierre à aiguiser

ᓯᓯᐳᔮᐤ sisipuyaau vai redup ♦ il/elle l'aiguise, le/la lime

ᓯᓯᒋᐧᐃᑖᐤ sisichiwitaau vai redup ♦ il/elle (se dit d'un caribou mâle adulte) a une ramure courbée avec plusieurs branches

ᓯᓯᔅ sisis ni -im ♦ des ciseaux, de l'anglais 'scissors'

ᓯᓱᐹᒋᓈᐤ sisupaachinaau vai ♦ il/elle met de l'eau sur la peau avant de gratter la chair gelée

ᓯᓱᔅᒋᐃᑭᐦᐊᒻ sisuschiwikiham vti ♦ il/elle met de la boue dessus

ᓯᓱᔅᒋᐃᑭᐦᐚᐤ sisuschiwikihwaau vta ♦ il/elle met de la boue sur lui/elle

ᓯᓱᐦᒋᒨ sisuhchimuu vai -u ♦ il/elle parle avec audace

ᓯᓵᒋᐦᐚᐤ sisaachihaau vta ♦ il/elle l'effraie, lui fait peur

ᓯᔅᑭᑎᐱᐤ siskitipiu vai ♦ il/elle en a assez d'être assis-e, il/elle est fatigué-e d'être assis-e

ᓯᔅᑭᑖᔨᒫᐤ siskitaayimaau vta ♦ il/elle se lasse de lui/d'elle; il/elle le trouve ennuyeux, la trouve ennuyeuse

ᓯᔅᑭᑖᔨᐦᑎᒼ siskitaayihtim vti ♦ il/elle le trouve ennuyeux

ᓯᔅᑭᑖᔨᐦᑖᑯᓐ siskitaayihtaakun vii ♦ c'est ennuyeux

ᓯᔅᑭᑖᔨᐦᑖᑯᓯᐤ siskitaayihtaakusiu vai ♦ il est ennuyeux, elle est ennuyeuse

ᓯᔅᑭᒋᑳᐴ siskichikaapuu vai -uwi ♦ il/elle en a assez d'être debout, il/elle est fatigué-e d'être debout

ᓯᔅᑭᒋᒦᒋᐤ siskichimiichiu vai ♦ il/elle en a assez d'en manger, il/elle est fatigué-e d'en manger

ᓯᔅᑭᒋᒧᐚᐤ siskichimuwaau vta ♦ il/elle en a assez d'en manger (animé)

ᓯᔅᑭᒋᐦᐋᐤ siskichihaau vta ♦ il/elle l'ennuie

ᓯᔅᑭᒋᐤ siskichiu vai ♦ il/elle est fatigué-e de faire quelque chose; il/elle en a assez de faire quelque chose

ᓯᔅᑭᒨᓈᓐ siskimunaan ni ♦ une bouchée

ᓯᔅᑭᒧᔑᐤ siskimushiu vai ♦ il/elle en prend une petite bouchée

ᓯᔅᑭᒧᔮᐤ siskimuyaau vta ♦ il/elle met quelque chose dans sa bouche

ᓯᔅᑭᒨ siskimuu vai -u ♦ il/elle le met dans sa bouche

ᓯᔅᑭᓐ siskin vii ♦ le temps est doux au printemps et commence à faire fondre la neige

ᓯᔅᑭᐦᐆᐚᒋᐋᐤ siskihuwaachaau vai ♦ il/elle utilise quelque chose comme canne, comme béquille

ᓯᔅᑭᐦᐆᓐ siskihun ni ♦ une canne, une béquille

ᓯᔅᑭᐦᐆ siskihuu vai -u ♦ il/elle marche avec une canne, des béquilles

ᓯᔅᑭᐦᐊᒻ siskiham vti ♦ il/elle y met le feu

ᓯᔅᑭᐦᐋᒫᓱᐚᑭᓐ siskihaamaasuwaakin ni ♦ un allume-cigarette, un briquet

ᓯᔅᑭᐦᐚᐤ siskihwaau vai ♦ il/elle le met en feu

ᓯᔅᒋᐤ sischiu ni -iim ♦ de la boue, de l'argile

ᓯᔅᒋᐱᐄᐧᐃᓐ sischipiiwin vii ♦ c'est une tempête de neige mouillée

ᓯᔅᒋᑯᒌᐚᓯᐤ sischikuchiiwaasiu vai ♦ il/elle se fâche soudainement, se met soudain en colère

ᓯᔅᒋᑯᓂᑳᐤ sischikunikaau vii ♦ la neige est molle et mouillée à cause d'un temps doux en hiver

ᓯᔅᒋᑯᓂᒼ sischikunim vti ♦ il/elle se cogne la main dedans accidentellement

ᓯᔅᒋᑯᓈᐤ sischikunaau vta ♦ il/elle pose sa main sur elle/lui, accidentellement

ᓯᔅᒋᑯᔥᑭᐚᐤ sischikushkiwaau vta ♦ il/elle se cogne à lui/elle en marchant

ᓯᔅᒋᑯᔥᑭᒻ sischikushkim vti ♦ il/elle s'y cogne

ᓯᔅᒋᑯᐦᐊᒻ sischikuham vti ♦ il/elle le heurte, le percute

ᓯᔅᒋᑯᐦᐙᐤ sischikuhwaau vta ♦ il/elle le/la heurte, le/la percute accidentellement

ᓯᔅᒋᐙᐧᐋᒋᒋᐎᓐ sischikwaawaachichiwin vii ♦ il y a un virage soudain dans le rapide

ᓯᔅᒋᐙᑭᒥᐦᑎᒻ sischikwaakimihtim vti ♦ il/elle le boit et réalise que c'est très chaud

ᓯᔅᒋᔑᒫᐤ sischishimaau vta ♦ il/elle frotte une allumette dessus

ᓯᔅᒋᐦᑎᑖᐤ sischihtitaau vai ♦ il/elle l'allume d'une autre source

ᓯᔅᒌᐅᑎᐙᐤ sischiiutiwaau vai ♦ sa fourrure est boueuse

ᓯᔅᒌᐅᓂᒻ sischiiunim vti ♦ il/elle met de la boue dessus avec ses mains

ᓯᔅᒌᐅᓈᐤ sischiiunaau vta ♦ il/elle met de la boue sur lui/elle avec les mains

ᓯᔅᒌᐅᔑᓐ sischiiushin vai ♦ il/elle se fait recouvrir de boue en tombant sur ou en touchant quelque chose de boueux

ᓯᔅᒌᐅᐦᐙᐤ sischiiuhaau vta ♦ il/elle met de la boue sur lui/elle avec les mains

ᓯᔅᒌᐅᐦᑎᓐ sischiiuhtin vii ♦ ça se recouvre de boue en tombant, en touchant quelque chose

ᓯᔅᒌᐅᐦᑖᐤ sischiiuhtaau vai ♦ il/elle le rend boueux, le salit de boue involontairement

ᓯᔅᒌᐤ sischiiuu vai -iiwi ♦ il est boueux, elle est boueuse

ᓯᔅᒌᐤ sischiiuu vii -iiwi ♦ c'est boueux

ᓯᔅᒌᐙᑭᒥᐤ sischiiwaakimiu vii ♦ l'eau est boueuse

ᓯᔅᒌᐙᒥᔅᑳᐤ sischiiwaamiskaau vii ♦ l'étendue d'eau à un fond boueux

ᓯᔅᒌᐙᔅᑯᓂᒻ sischiiwaaskunim vti ♦ il/elle met de la boue dessus (long et rigide) avec les mains

ᓯᔅᒌᐦᑳᓈᐱᔅᒄ sischiihkaanaapiskw ni ♦ du métal pour retenir le ciment

ᓯᐦᐳᐱᔨᐤ sihpupiyiu vai ♦ il/elle se ferme

ᓯᐦᐳᐱᔨᐤ sihpupiyiu vii ♦ ça se ferme

ᓯᐦᐳᓂᒻ sihpunim vti ♦ il/elle l'aplatit avec les mains

ᓯᐦᐳᓈᐤ sihpunaau vta ♦ il/elle l'aplatit avec les mains

ᓯᐦᐳᐦᐊᒻ sihpuham vti ♦ il/elle l'aplatit avec quelque chose

ᓯᐦᐳᐦᐙᐤ sihpuhwaau vta ♦ il/elle l'aplatit avec quelque chose

ᓯᐦᑣᔅᑯᐱᔨᐤ sihtwaaskupiyiu vai ♦ il/elle se redresse (long et rigide)

ᓯᐦᑣᔅᑯᓯᐤ sihtwaaskusiu vai ♦ il/elle est droit-e, raide (long et rigide)

ᓯᐦᑯᐎᓐ sihkuwin ni ♦ de la salive, un crachat

ᓯᐦᑯᓯᐅᔮᓐ sihkusiuyaan na -im ♦ une peau d'hermine

ᓯᐦᑯᓯᐎᓂᐦᐄᑭᓐ sihkusiwinihiikin ni ♦ un piège à hermine, à fouine

ᓯᐦᑯᓯᐎᓂᐦᐄᒑᐤ sihkusiwinihiichaau vai ♦ il/elle pose un piège à belette

ᓯᐦᑯᔅ sihkus na -im ♦ une hermine, une belette *Mustela erminea*

ᓯᐦᑰ sihkuu vai -u ♦ il/elle crache

ᓯᐦᒳᔅᑯᓂᒑᐤ sihkaaskunichaau vai ♦ il/elle étire la peau par-dessus la neige en l'ancrant avec des bâtons

ᓯᐦᒁᑎᒻ sihkwaatim vti ♦ il/elle crache dessus

ᓯᐦᒁᑖᐤ sihkwaataau vta ♦ il/elle lui crache dessus

ᓯᐦᒑᓈᐤ sihchaanaau vta ♦ il/elle l'étale à la main

ᓯᐦᒑᔮᔅᒑᐅᒋᓂᒻ sihchaayaaschaauchinim vti ♦ il/elle étale les bûches incandescentes avec quelque chose

## ᓰ

ᓰᐅᑏᔅ siiutiis ni -im ♦ un bonbon, de l'anglais 'sweeties'

ᓰᐙᓯᔅᒑᐤ siiwaasischaau vai ♦ le soleil brille fort

ᓰᐱᑖᔮᔅᑯᐦᐄᑉᐙᓐ siipitaayaaskuhiipwaan ni [Wemindji] ♦ une méthode pour cuire un castor désossé en l'étirant en forme carrée avec quatre bâtons

ᓯᐲᑕᔮᔅᑯᐦᐄᑭᓐ siipitaayaaskuhiikin ni ◆ une méthode pour cuire un castor désossé en l'étirant en forme carrée avec quatre bâtons

ᓯᐲᑕᔮᔅᑯᐦᐙᐤ siipitaayaaskuhwaau vta ◆ il/elle désosse le castor et l'étire avec des bâtons pour le rôtir

ᓯᐱᓂᔖᔨᐤ siipinischaayiu vai ◆ il/elle étire les bras

ᓯᐱᔅᑳᐤ siipiskaau vii ◆ ça s'étire, c'est collant et gluant

ᓯᐱᔅᒋᐱᑖᐤ siipischipitaau vta ◆ il/elle l'étire

ᓯᐱᔅᒋᐱᔨᐤ siipischipiyiu vai ◆ il/elle s'étire (ex. de la gomme)

ᓯᐱᔅᒋᐱᔨᐤ siipischipiyiu vii ◆ ça s'étire (ex. un élastique)

ᓯᐱᔅᒋᓰᐤ siipischisiu vai ◆ il/elle est élastique, collant-e et gluant-e

ᓯᐱᔅᒋᐦᑎᑳᐤ siipischihtikaau vii ◆ c'est difficile de fendre le bois

ᓯᐲ siipii ni -m ◆ une rivière, un fleuve

ᓯᐲᐖᓯᐤ siipiiwaasiu vai ◆ il/elle est patient-e

ᓯᐲᔅᑳᐤ siipiiskaau vii ◆ il y a plusieurs rivières

ᓯᐲᐦᑳᓐ siipiihkaan ni -m ◆ un canal

ᓯᐹᔫᐏᒋᐱᑖᐤ siipaayuwichipitaau vta ◆ il/elle l'étire (étendu)

ᓯᐹᔫᐏᒋᓈᐤ siipaayuwichinaau vta ◆ il/elle l'étire (étalé) avec ses mains

ᓰᑎᐎᐱᐤ siitiwipiu vai ◆ il/elle est juste assis-e là

ᓰᑎᐎᑳᐳ siitiwikaapuu vai -uwi ◆ il/elle est juste debout là

ᓰᑎᐎᐦᐋᐤ siitiwihaau vta ◆ il/elle le/la dépose avec précaution

ᓰᑎᐤ siitiu p,manière ◆ lentement, avec précaution, en faisant attention ▪ ᓰᑎᐤ ᒥᐟ ᐋᐦ ᐃᑎᔅᑑᐙᓈᐧᐃᑦ ᐊᐟᓐ" ᒥᐟ ᒨ ᒨ ᐃᐦᑎᕁ ▪ Tu dois faire attention à ce que tu fais et à ce que tu lui dis et ensuite elle sera bien.

ᓰᑐᓈᐤ siitunaau vta ◆ il/elle le/la soutient (physiquement)

ᓰᑦᐙᐱᐦᑳᑎᒼ siitwaapihkaatim vti ◆ il/elle l'attache pour le rassembler

ᓰᑦᐙᐱᐦᑳᑖᐤ siitwaapihkaataau vta ◆ il/elle l'attache pour le/la rassembler

ᓰᑦᐙᒥᐦᑭᓈᓃᓲ siitwaamihkinaaniisuu vai reflex -u ◆ il/elle est assis-e avec les mains sur les joues

ᓰᑦᐙᔅᑯᐦᐄᑭᓐ siitwaaskuhiikin ni ◆ un bâton ou pieu servant d'étai, de montant, de béquille ou de support

ᓰᑦᐙᔅᑯᐦᐊᒼ siitwaaskuham vti ◆ il/elle le fait tenir, l'étaye avec quelque chose de long et rigide

ᓰᑦᐙᔅᑯᐦᐙᐤ siitwaaskuhwaau vta ◆ il/elle l'étaie, la/le cale avec un objet long et rigide, lui pose un support

ᓰᑦᐙᔨᒫᐤ siitwaayimaau vta ◆ il/elle est réconforté-e par sa présence

ᓰᑦᐙᔨᐦᑎᒼ siitwaayihtim vti ◆ il/elle est réconforté-e par sa présence

ᓰᑭᐦᐊᒨᐙᐤ siikihamuwaau vta ◆ il/elle le/la sert, lui sert sa nourriture

ᓰᑭᐦᐊᒼ siikiham vti ◆ il/elle en sert, en présente

ᓰᑭᐦᖂᓈᐤ siikihaakunaau vai ◆ il/elle met de la neige dans un récipient

ᓰᑭᐦᑖᐦᑎᐙᐤ siikihaahtiwaau vta ◆ il/elle le/la baptise

ᓰᑭᐦᑖᐦᑖᓱ siikihaahtaausuu vai -u ◆ il/elle fait baptiser son bébé

ᓰᑭᐦᑖᐦᑖᒑᐏᓐ siikihaahtaachaawin ni ◆ un baptême

ᓰᑭᐦᐙᐤ siikihwaau vta ◆ il/elle le/la sert, le/la distribue

ᓰᑯᓂᔑᐤ siikunishiu vai ◆ il/elle est forcé-e de passer le printemps à un certain endroit

ᓰᑯᓂᐦᑖᐤ siikunihtaau vai ◆ il/elle passe le printemps dans un certain endroit

ᓰᑯᓂᐦᑳᐤ siikunihkwaau vai ◆ il/elle a le visage bronzé au printemps

ᓰᑯᓂᐦᒡ siikunihch p,temps ◆ le printemps dernier ▪ ᐋᓂᐦ ᐋᐟ ᒨ ᓂᐹᐦᑖᐹᓂᐋᐧᐃᑦ ᓂᔅᑳ ᓰᑯᓂᐦᒃ ▪ On a tué beaucoup d'oies le printemps dernier.

ᓰᑯᓈᔮᐤ siikunaayaau vii ◆ c'est un temps printanier

ᓰᑯᓐ siikun vii ◆ c'est le printemps

ᓰᑯᓵᑭᓐ siikusaakin na -im ◆ ce qui reste du gras frit, couenne rissolée

ᓰᑳᐳᐙᓂᒼ siikaapuwaanim vti ◆ il/elle le renverse (liquide)

ᓰᑳᐳᐙᓈᐤ siikaapuwaanaau vta ◆ il/elle le/la renverse (liquide)

ᓰᑳᐅᑖᖵ siikaahutaau vii ♦ l'eau gicle dans le canot

ᓰᑳᐅᑯ siikaahukuu vai -u ♦ il/elle se fait éclabousser en se déplaçant en canot

ᓰᑳᐊᓐ siikaahan vii ♦ ça éclabousse et rentre dedans

ᓰᒋᑭᐅ siichikiuu vii -iwi ♦ le sang gicle

ᓰᒋᑭᐃᐦᐋᐤ siichikiwihaau vta ♦ il/elle le/la verse

ᓰᒋᑭᐃᐦᑖᖵ siichikiwihtaau vai+o ♦ il/elle le vide en versant

ᓰᒋᒃᐚᐦᐚᐤ siichikwaahwaau vta ♦ il/elle verse son sang, il/elle le/la fait saigner

ᓰᒋᓂᒼ siichinim vti ♦ il/elle le renverse

ᓰᓂᐱᑎᒼ siinipitim vti ♦ il/elle le presse en tirant dessus

ᓰᓂᐹᑎᔥᑭᐚᐤ siinipaatishkiwaau vta ♦ il/elle le/la presse pour faire sortir le liquide avec son pied ou son corps

ᓰᓂᐹᑎᔥᑭᒼ siinipaatishkim vti ♦ il/elle le presse pour en faire sortir le liquide avec son pied ou son corps

ᓰᓂᐹᑎᐦᐄᑭᓐ siinipaatihiikin ni ♦ un tordeur, une essoreuse de machine à laver le linge

ᓰᓂᐹᑖᔮᔅᑯᐦᐄᑭᓈᐦᑎᒃ siinipaataayaaskuhiikinaahtikw ni ♦ des perches pour essorer la peau

ᓰᓂᑯᐹᑭᐦᐄᑭᓐ siinikupaakihiikin ni ♦ un linge à vaisselle, un torchon à vaisselle

ᓰᓂᒑᒧᐚᐤ siinichaamuwaau vai ♦ il/elle nettoie les boyaux de l'animal

ᓰᓂᒼ siinim vti ♦ il/elle le presse en faisant glisser sa main

ᓰᓂᓲ siinisuu vai -u ♦ le gras est enlevé de la viande par ébullition

ᓰᓈᐤ siinaau vta ♦ il/elle l'essuie en faisant glisser sa main

ᓰᓯᐹᐤ siisipaau vai ♦ il/elle fait fondre de la neige pour avoir de l'eau

ᓰᓯᐹᓈᐴᐃ siisipaanaapui ni -m ♦ de l'eau de neige fondue

ᓰᓯᒼ siisim vti ♦ il/elle le fait frire

ᓰᓰᒋᓯᐤ siisiichisiu na -iim ♦ un canard guillemot noir, un guillemot à miroir *Cepphus grylle*

ᓰᔅᑳᐹᐅᑖᖵ siiskaapaautaau vai ♦ il/elle le lave pour enlever le sang

ᓰᐦᑎᐃᐱᔫ siihtiwipiyiu vai ♦ il/elle tombe dans une fissure, une crevasse

ᓰᐦᑎᐃᐱᔫ siihtiwipiyiu vii ♦ ça tombe dans une crevasse, une fissure

ᓰᐦᑎᐃᐹᒫᐤ siihtiwipaamaau vta ♦ il/elle le/la tient entre ses jambes

ᓰᐦᑎᐃᐹᐦᑎᒼ siihtiwipaahtim vti ♦ il/elle tient entre ses jambes

ᓰᐦᑎᐃᑎᐦᒀᒫᐤ siihtiwitihkwaamaau vta ♦ il/elle le/la tient sous son bras

ᓰᐦᑎᐃᑎᐦᒀᐦᑎᒼ siihtiwitihkwaahtim vti ♦ il/elle le tient sous son bras

ᓰᐦᑎᐃᔑᒧ siihtiwishimuu vai -u ♦ il/elle se déplace entre les deux

ᓰᐦᑎᐃᔑᓐ siihtiwishin vai ♦ il/elle s'ajuste bien entre les deux

ᓰᐦᑎᐃᐦᐄᑭᓐ siihtiwihiikin ni ♦ de quoi boucher les fentes

ᓰᐦᑎᐃᐦᐄᒑᐤ siihtiwihiichaau vai ♦ il/elle remplit les fentes

ᓰᐦᑎᐃᐦᐊᒼ siihtiwiham vti ♦ il/elle remplit les fissures

ᓰᐦᑎᐃᐦᑎᓐ siihtiwihtin vii ♦ c'est coincé dans une crevasse, une fissure étroite

ᓰᐦᑎᐋᐱᔅᑳᐤ siihtiwaapiskaau vii ♦ c'est une crevasse dans un rocher, un endroit étroit entre les rochers

ᓰᐦᑎᐋᐱᔅᒑᒋᐃᓐ siihtiwaapischaachiwin vii ♦ le rapide coule entre une zone étroite de rochers

ᓰᐦᑎᐋᔅᑯᐦᑎᑖᐤ siihtiwaaskuhtitaau vai ♦ il/elle le met (long et rigide) dans un espace étroit

ᓰᐦᑑ siihtuu p,lieu ♦ entre, dans un espace étroit ▪ ᓰᐦᑑ ᐊᐅᔥ ᒥᕐᑯᐦᐋᐲᕐᓂᐊᐤ ᐊᑎᐦᒄ ᑳ ᐊᒄᓯᒡ ᐊᐄ ᐋᔅᒥᒐᑦ. ▪ *L'enfant s'est caché dans l'espace étroit entre deux boîtes.*

ᓰᐦᑎᐱᐃᒡ siihtipiwich vai pl ♦ ils sont assis rassemblés et serrés, elles sont assises rassemblées et serrées

ᓰᐦᑎᑯᑖᐅᐦ siihtikutaauh vii pl ♦ c'est suspendu en groupe serré

ᓰᐦᑎᒧᐦᐋᐤ siihtimuhaau vta ♦ il/elle la/le met et la/le serre bien

ᓰᐦᑎᒧᐦᑖᐤ siihtimuhtaau vai ♦ il/elle le porte serré

ᓰᐦᑎᒧᐋᔮᐤ siihtimwaayaau vii ♦ c'est si petit, on peut à peine bouger

ᓰᐦᑎᓂᒼ siihtinim vti ♦ il/elle le tient en serrant bien

ᒌᐦᑎᓈᐤ *siihtinaau* vta ♦ il/elle le/la tient bien serré-e; il/elle s'ajuste bien à son doigt, à sa main

ᒌᐦᑎᓰᐤ *siihtisiiu* vai ♦ il/elle est serré-e

ᒌᐦᑎᔅᑖᓲ *siihtistaasuu* vai -u ♦ ses affaires sont bien rassemblées

ᒌᐦᑎᔅᒁᐤ *siihtiskwaau* vii ♦ le ciel est couvert

ᒌᐦᑎᔅᒋᒫᐤ *siihtischimaau* vta ♦ il/elle le lace serré

ᒌᐦᑎᔅᒋᓂᑖᐤ *siihtischinitaau* vai ♦ il/elle l'emballe en serrant bien

ᒌᐦᑎᔅᒋᓂᐦᐋᐤ *siihtischinihaau* vta ♦ il/elle l'emballe en serrant bien

ᒌᐦᑎᔅᒋᓈᐤ *siihtischinaau* vai ♦ il/elle est emballé-e serré-e, de façon compacte

ᒌᐦᑎᔮᒋᐱᑎᒻ *siihtiyaachipitim* vti ♦ il/elle le tend en serrant bien (étalé)

ᒌᐦᑎᔮᒋᐱᑖᐤ *siihtiyaachipitaau* vta ♦ il/elle le/la tire en serrant bien (étalé)

ᒌᐦᑎᔮᒋᓂᒻ *siihtiyaachinim* vti ♦ il/elle l'emballe en serrant bien

ᒌᐦᑎᔮᒋᓈᐤ *siihtiyaachinaau* vta ♦ il/elle l'emballe en serrant bien dans quelque chose (étalé)

ᒌᐦᑎᐦᐊᒻ *siihtiham* vti ♦ il/elle le resserre

ᒌᐦᑎᐦᐙᐤ *siihtihwaau* vta ♦ il/elle le resserre avec quelque chose

ᒌᐦᑎᐦᐱᑎᒻ *siihtihpitim* vti ♦ il/elle l'attache en serrant bien

ᒌᐦᑎᐦᐱᑖᐤ *siihtihpitaau* vta ♦ il/elle l'attache en serrant bien

ᒌᐦᒑᐱᔅᑳᐤ *siihtaapiskaau* vii ♦ c'est un endroit étroit entre les rochers

ᒌᐦᒑᐱᐦᐊᒻ *siihtaapiham* vti ♦ il/elle le resserre avec un outil

ᒌᐦᒑᐱᐦᑖᐤ *siihtaapihtaau* vta ♦ c'est plein de fumée

ᒌᐦᒑᐱᐦᑖᓂᐦᑖᐤ *siihtaapihtaanihtaau* vai ♦ il`elle le remplit de fumée

ᒌᐦᒑᐱᐦᑳᑎᒻ *siihtaapihkaatim* vti ♦ il/elle l'attache bien serré

ᒌᐦᒑᐱᐦᑳᑖᐤ *siihtaapihkaataau* vta ♦ il/elle l'attache bien serré-e

ᒌᐦᒑᐱᐦᒑᐱᑎᒻ *siihtaapihchaapitim* vti ♦ il/elle le tend bien (filiforme)

ᒌᐦᒑᐱᐦᒑᐱᑖᐤ *siihtaapihchaapitaau* vta ♦ il/elle le/la tend bien (filiforme)

ᒌᐦᒑᐱᐦᒑᓂᒻ *siihtaapihchaanim* vti ♦ il/elle le tend bien (filiforme)

ᒌᐦᒑᐱᐦᒑᓈᐤ *siihtaapihchaanaau* vta ♦ il/elle le/la tend bien (filiforme)

ᒌᐦᒑᐳᐦᐙᐤ *siihtaapuhwaau* vta ♦ il/elle le/la resserre avec un outil

ᒌᐦᒑᑯᓈᐊᒻ *siihtaakunaaham* vti ♦ il/elle tasse bien la neige dedans

ᒌᐦᒑᑯᓈᐦᐙᐤ *siihtaakunaahwaau* vta ♦ il/elle tasse bien la neige dedans (animé)

ᒌᐦᒑᒋᐱᑎᒻ *siihtaachipitim* vti ♦ il/elle le tend bien (étalé)

ᒌᐦᒑᒋᐱᑖᐤ *siihtaachipitaau* vta ♦ il/elle étire la peau sur le cadre, le/la tend bien serré-e

ᒌᐦᒑᔅᑯᐦᑎᓐ *siihtaaskuhtin* vii ♦ c'est serré entre des choses longues et rigides

ᒌᐦᒑᔅᒁᔮᐤ *siihtaaskwaayaau* vii ♦ les bois sont denses, la forêt est dense

ᒌᐦᒑᔅᒁᔮᑭᒫᐤ *siihtaaskwaayaakimaau* vii ♦ le lac est entouré d'une forêt dense

ᒌᐦᑭᑎᐱᐤ *siihkitipiu* vai ♦ il/elle a froid en étant assis-e

ᒌᐦᑭᑎᒫᐤ *siihkitimaau* vta ♦ il/elle lui fait attraper un rhume, prendre froid, en ne l'habillant pas assez ou en laissant entrer le froid

ᒌᐦᑭᑖᐹᐙᐤ *siihkitaapaawaau* vai ♦ il/elle a froid parce qu'il/elle est mouillé-e

ᒌᐦᑭᑖᔨᐦᑎᒻ *siihkitaayihtim* vti ♦ il/elle a froid

ᒌᐦᑭᑖᔨᐦᑖᑯᓐ *siihkitaayihtaakun* vii ♦ c'est frisquet, plutôt froid

ᒌᐦᑭᐦᐆᔮᐤ *siihkihuyaau* vta ♦ il/elle le/la nettoie de son sang dans un lac (par ex. une peau)

ᒌᐦᒋᓯᒁᐤ *siihchisikwaau* vii ♦ la glace retourne au rivage après la débâcle

ᒌᐦᒋᔥᑖᐤ *siihchishtaau* vii ♦ c'est encombré de choses

ᓱ

ᓱᐃᓂᔅᒑᔨᐅ suwinischaayiu vai ♦ il/elle lui étire la main
ᓱᐃᒁᑎᐛᐅ suwihkutiwaau vii ♦ la fourrure est ensanglantée; il y a du sang sur la fourrure
ᓱᐃᒁᑖᒨ suwihkutaamuu vai-u ♦ il/elle crache du sang
ᓱᐃᒄᓯᐤ suwihkusiu vai ♦ il/elle est ensanglanté-e
ᓱᐃᒄᔑᓐ suwihkushin vai ♦ il/elle le tache de sang
ᓱᐃᒄᑎᓐ suwihkuhtin vii ♦ ça s'ensanglante; ça se couvre de sang
ᓱᐃᒀᐅ suwihkwaau vii ♦ c'est couvert de sang, c'est ensanglanté
ᓱᐃᒀᐹᑲᓐ suwihkwaapaakin vii
♦ c'est couvert de sang, c'est ensanglanté (filiforme)
ᓱᐃᒀᐹᒋᓯᐤ suwihkwaapaachisiu vai
♦ il/elle est ensanglanté-e (filiforme)
ᓱᓵᔅᑯᓐ susaaskun vii ♦ c'est de la glace vive glissante
ᓱᔅᑯᔥᒋᓂᒻ suskuschinim vti ♦ il/elle attache le piège de castor sur un bâton fourchu et le penche pour le mettre dans l'eau
ᓱᐦᑭᓐ suhkin vii ♦ ça a une bonne prise (ex. un piège)
ᓱᐦᑳᑎᓰᐃᐧᓐ suhkaatisiiwin ni ♦ du pouvoir
ᓱᐦᑳᑎᓰᐤ suhkaatisiiu vai ♦ il/elle est puissant-e
ᓱᐦᒋᐱᔨᐤ suhchipiyiu vai ♦ il/elle se déplace avec force
ᓱᐦᒋᐱᔨᐤ suhchipiyiu vii ♦ ça se déplace avec force
ᓱᐦᒋᐱᔨᐦᐤ suhchipiyihuu vai-u ♦ il/elle se déplace avec une grande force, a une forte attraction
ᓱᐦᒋᐱᔨᐦᐋᐤ suhchipiyihaau vta ♦ il/elle le/la déplace avec force
ᓱᐦᒋᐱᔨᐦᑖᐤ suhchipiyihtaau vai ♦ il/elle le déplace avec force
ᓱᐦᒋᒋᒫᐤ suhchichimaau vai ♦ il/elle pagaie avec force

ᓱᐦᒋᒫᑯᓐ suhchimaakun vii ♦ ça sent fort
ᓱᐦᒋᒫᑯᓯᐤ suhchimaakusiu vai ♦ il/elle sent fort
ᓱᐦᒋᒫᓲ suhchimaasuu vai-u ♦ il/elle (ex. cigare) sent fort quand il/elle brûle
ᓱᐦᒋᒫᓵᐛᐅ suhchimaasaawaau vai
♦ il/elle le brûle et ça sent fort
ᓱᐦᒋᒫᔥᑖᐤ suhchimaashtaau vii ♦ ça brûle et ça sent fort
ᓱᐦᒋᓈᑯᓐ suhchinaakun vii ♦ ça a l'air fort, solide
ᓱᐦᒋᓈᑯᓯᐤ suhchinaakusiu vai ♦ il/elle a l'air fort-e, solide
ᓱᐦᒋᓈᑯᐦᐋᐤ suhchinaakuhaau vta
♦ il/elle le/la rend d'apparence solide, forte
ᓱᐦᒋᓈᑯᐦᑖᐤ suhchinaakuhtaau vai
♦ il/elle lui donne l'air fort, solide
ᓱᐦᒋᓯᑯᓯᐤ suhchisikusiu vai ♦ la glace est solide
ᓱᐦᒋᓯᒁᐅ suhchisikwaau vii ♦ c'est de la glace solide
ᓱᐦᒋᓰᐃᐧᓐ suhchisiiwin ni ♦ de la force
ᓱᐦᒋᓰᐤ suhchisiiu vai ♦ il/elle est fort-e
ᓱᐦᒋᓰᒥᑲᓐ suhchisiimikin vii ♦ c'est fort, solide
ᓱᐦᒋᔅᐱᑯᓐ suhchispikun vii ♦ le goût en est fort, prononcé
ᓱᐦᒋᔅᐱᑯᓯᐤ suhchispikusiu vai ♦ il/elle goûte fort, a un goût très prononcé
ᓱᐦᒋᔅᑖᐦᐋᐤ suhchistaahaau vai ♦ il/elle est brave, courageux/courageuse, n'est pas affecté-e par ses émotions
ᓱᐦᒋᔥᑎᒁᓈᐤ suhchishtikwaanaau vai
♦ il/elle est têtu-e, à la tête dure
ᓱᐦᒋᔥᑳᐅᔑᐤ suhchishkaaushiu vai
♦ il/elle est capable de porter de lourdes charges sur son dos
ᓱᐦᒋᐦᑖᑯᓐ suhchihtaakun vii ♦ ça produit un son puissant
ᓱᐦᒋᐦᑖᑯᓯᐤ suhchihtaakusiu vai ♦ il/elle émet un bruit qui indique qu'il/elle est fort-e, solide
ᓱᐦᒌᐛᓯᐤ suhchiiwaasiu vai ♦ il/elle fait une colère, a un accès de colère
ᓱᐦᒌᔨᔨᐅᓈᑯᓯᐤ suhchiiyiyiunaakusiu vai
♦ il/elle a l'air rude, semble robuste
ᓱᐦᒑᑭᓐ suhchaakin vii ♦ c'est un tissu solide

ᒪ"ᒉᑭᔪᐤ **suhchaachisiu** vai ♦ il/elle est solide (se dit d'une peau de bête)

ᒪ"ᒉᓂᐦᑯᑖᐹᐤ **suhchaaniskutaapaau** vai ♦ il/elle fait un noeud solide

ᒪ"ᒉᔨᒧᑎᐙᐤ **suhchaayimutiwaau** vta ♦ il/elle est résolu-e à faire ou à dire quelque chose pour lui/elle, alors que les autres ont peur de le faire

ᒪ"ᒉᔨᒨ **suhchaayimuu** vai -u ♦ il/elle est confiant-e, est plein-e de détermination

ᒪ"ᒉᔨᒫᐤ **suhchaayimaau** vta ♦ il/elle est sûr-e qu'il/elle va le faire

ᒪ"ᒉᔨᐦᑎᒻ **suhchaayihtim** vti ♦ il/elle fait confiance à ça

ᒪ"ᒉᔨᐦᑖᑯᓐ **suhchaayihtaakun** vii ♦ ça semble fort. solide

ᒪ"ᒉᔨᐦᑖᑯᓯᐤ **suhchaayihtaakusiu** vai ♦ il/elle a l'air fort-e

## ᓱ

ᓱᐱᐱᔫ **suupipiyiu** vii ♦ ça fait beaucoup de mousse

ᓱᐱᑎᐦᒑᐤ **suupitihchaau** vai ♦ il/elle a les mains savonneuses

ᓱᐱ"ᐊᒻ **suupiham** vti ♦ il/elle met du savon dessus

ᓱᐱ"ᑎᒻ **suupihtim** vti ♦ il/elle le suce

ᓱᐴᐗᑭᒥᐤ **suupuwaakimiu** vii ♦ c'est de l'eau savonneuse

ᓱᐴᐗᑭᒥᐱᔫ **suupuwaakimipiyiu** vii ♦ l'eau mousse

ᓱᐴᐗᒋᓈᐤ **suupuwaachinaau** vai ♦ il/elle met du savon sur la peau avant de la gratter

ᓱᐴᐦᐙᐤ **suupuhwaau** vta ♦ il/elle le/la savonne

ᓱᐳᔮᑭᓐ **suupuuyaakin** ni ♦ un porte-savon

ᓱᐹᐳᐃ **suupaapui** ni -uum ♦ de l'eau savonneuse

ᓱᑊ **suup** na -im ♦ du savon

ᓱᒃᐚᒋᐎᓐ **suukwaawaachiwin** vii ♦ c'est un rapide rugissant

ᓱᔐᐊᔅᑯᐦᐙᐤ **suusiwaaskuhwaau** vta ♦ il/elle le/la ponce

ᓱᓱᐱᒫᐤ **suusuupimaau** vta redup ♦ il/elle le/la suce

ᓱᓱᐱᐦᑎᒻ **suusuupihtim** vti redup ♦ il/elle le suce

ᓱᓲᓯᑯᓯᐤ **suusuusikusiu** vai ♦ la glace est lisse

ᓱᓲᓯᒃᐚᐤ **suusuusikwaau** vii ♦ c'est de la glace lisse

ᓱᔅᑯᓐ **suusuuskun** vii ♦ le mauvais temps approche si on en croit les nuages

ᓱᔅᒋᒃᐚᑎᐦᐊᒻ **suusuuschikwaatiham** vti ♦ il/elle court avant de se laisser glisser

ᓱᓵᓯᐤ **suusaasiu** na -iim ♦ un omble chevalier *Salvelinus alpinus*, un saumon (terme général)*Salmo salar Linnaeus*

ᓱᓵᓯᐅᔥᑎᒃᐚᓐ **suusaasiiushtikwaan** ni ♦ une tête d'omble chevalier, de saumon

ᓱᓵᔅᑯᓐ **suusaaskun** vii ♦ la glace est glissante

ᓱ"ᑳᐹᐤ **suuhkaapaau** vai ♦ il/elle tire la charge presque sans effort

ᓱ"ᑳᒋᐎᓐ **suuhkaachiwin** vii ♦ c'est un courant fort

ᓱ"ᑳᔅᑭᐙᐤ **suuhkaaskiwaau** vai ♦ il/elle a les cheveux épais

ᓱ"ᑳᐚᒋᐎᓐ **suuhkwaawaachiwin** vii ♦ il y a un bruit fort de rapides

ᓱ"ᑳᐗᒻ **suuhkwaaham** vti ♦ il/elle vérifie avec son ciseau à glace si ça sonne creux là où il aurait des tunnels de castor sous la glace

ᓱᐦᒃ **suuhk** p,interjection ♦ fort, plus fort, plus ■ ᓈᔥᒡ ᓱᐦᒃ ᐊᐦ ᑭ ᐅᑕᐱᐦᒃ ᐊᐅᒡ ᐱᒥᑳᐴᔪᐤ. *Il a tiré fort sur la corde.*

ᓱᐦᒋᐱᔫ **suuhchipiyiu** vii ♦ ça a beaucoup de force

ᓱᐦᒋᒋᐎᓐ **suuhchichiwin** vii ♦ ça a un courant fort

ᓱᐦᒋᓂᑳᑎᐦᐄᒑᐤ **suuhchinikaatihiichaau** vai ♦ il/elle peut porter une lourde charge sur ses épaules

ᓱᐦᒋᓂᔖᐤ **suuhchinischaau** vai ♦ il/elle a une bonne poigne, une prise solide

# ᓵ

**ᓵᐱᐨ** saapin vii ♦ c'est fort (toujours utilisé à la forme négative)

**ᓵᐱᓯᐤ** saapisiiu vai ♦ il/elle est fort-e (toujours utilisé à la forme négative) ▪ ᓇᓖᐤ ᐊᑯ ᓵᐱᓯᐨ ᐊᑯ ᒥᔅᑭᒥᓯᐟᐤ ᐅᔔᔖᔨᐦ. ▪ Elle est faible parce que son lait n'est pas nutritif.

**ᓵᐱᱻᐄᑰ** saapihiikuu vai -u ♦ ça l'intéresse (toujours utilisé à la forme négative) ▪ ᑕᐧ ᓵᐱᱻᐄᑰ ᐅᑯ ᐋᔭᓂᐦ ᐊᱻ ᒋᔅᑯᑎᒫᓯᒡ. ▪ L'école ne semble pas l'intéresser cette année.

**ᓵᐱᐤ** saapiiu vai ♦ il/elle est fort-e

**ᓵᐳᐋᓯᒥ** saapuwaasim vti ♦ il/elle brille à travers quelque chose

**ᓵᐳᐋᓵᔮᐤ** saapuwaasaayaau vii ♦ le ciel commence à se dégager

**ᓵᐳᐋᒑᐤ** saapuwaaschaau vai ♦ le soleil brille à travers quelque chose

**ᓵᐳᓯᔅᑖᔮᐹᐙᐤ** saapusistaayaapaawaau vai ♦ il/elle se mouille les pieds

**ᓵᐹᑭᒥᐤ** saapaakimiu vii ♦ c'est un liquide fort (utilisé seulement à la forme négative: ce café n'est pas fort, ce thé n'est pas fort) ▪ ᓂᐁᑦ ᐅᒥ ᓵᐹᑭᒥᐤ ᐅ ᐱ ᒡ ᒥᓐᐄᐦᐊᐧᑦ. ▪ Le thé qu'on m'a donné n'était pas fort.

**ᓵᐹᑭᒥᱻᑖᐤ** saapaakimihtaau vai+o ♦ il/elle le rend fort (utilisé seulement à la forme négative: elle/il l'affaiblit) ▪ ᓇᓖᐤ ᐊᑯ ᓵᐹᑭᒥᱻᑦ ᐊᓄᐟ ᒡᱻᔮᓱ ᒡ ᐅᓗᱻᑦ. ▪ Le café qu'elle/il a fait n'est pas fort.

**ᓵᐹᔅᑭᑎᐣ** saapaaskitin vii ♦ c'est gelé, congelé (toujours utilisé à la forme négative) ▪ ᐊᓂᔪ ᐅᒥ ᓵᐹᔅᑭᑎᐣ ᐊᐁ ᐧᐄᔅ ᒡ ᐱᱻᑎᑐᐋᓕ ᐅᑦᑦᔔᱻᑦ. ▪ La viande que j'ai mise dans le congélateur hier n'est pas encore congelée.

**ᓵᐹᔅᑯᱻᑎᐨ** saapaaskuhtin vii ♦ c'est enroulé bien serré (utilisé seulement à la forme négative)

**ᓵᐹᔥᑖᐤ** saapaashtaau vii ♦ c'est fort, brillant; ça brille très fort (toujours utilisé à la forme négative) ▪ ᓇᓖᐤ ᐊᑯ ᓵᐹᔥᑕᐨ ᐊᓄᐟ ᐅᐊᱻᓗᒥᐦᐹᐦ. ▪ Sa lampe ne brille pas beaucoup.

**ᓵᐹᔥᑯᔑᐣ** saapaashkushin vai ♦ il/elle est enroulé-e sur une bobine (utilisé seulement à la forme négative) ▪ ᑕᐧ ᒥᔥᐹᔪ ᓂᐲᔅᒡᑳᐹᑦ ᐊᑯ ᐅᔅᓵᔥᑯᔑᱻᑦ ᐱᔅᒡᑳᓚᐦᐄᱻ. ▪ Ma machine à coudre ne marche pas bien parce que le fil n'est pas enroulé assez serré sur la bobine.

**ᓵᐹᔨᒫᐤ** saapaayimaau vta ♦ il/elle s'y intéresse, en a envie (animé) (toujours utilisé à la forme négative) ▪ ᑕᐧ ᓵᐹᔨᒫᐤ ᐊᒡᓘ ᐊᔑᐟᔕᱻᑦ ᒡ ᒥᐦᑦ. ▪ La poupée que je lui ai donnée ne l'intéresse pas du tout.

**ᓵᐹᔨᱻᑎᒻ** saapaayihtim vti ♦ il/elle a envie de quelque chose (toujours utilisé à la forme négative) ▪ ᑕᐧ ᓵᐹᔨᱻᑎᐣ ᑭ ᑯᱻ ᔔᔭᐨ ᐊᑯ ᐱᓚᐨᐊᐨ ᐅᑎᐋᔅᓯᱻᑦ. ▪ Elle n'a pas du tout envie de sortir en canot sans emmener ses enfants.

**ᓵᐁᐹᒋᱻᑎᐣ** saapwaachihtin vii ♦ des gouttelettes de pluie traversent la toile (ex. toile de tente)

**ᓵᐁᐹᔅᑭᑎᐣ** saapwaaskitin vii ♦ c'est congelé, complètement gelé

**ᓵᐁᐹᔅᑭᱻᑖᐤ** saapwaaskitihtaau vai+o ♦ il/elle le gèle complètement

**ᓵᑭᐋᐤ** saakiwaau vai ♦ sa fourrure, sa barbe commence à pousser

**ᓵᑭᑎᓈᐤ** saakitinaau vii ♦ le sommet de la montagne est visible

**ᓵᑭᑎᔑᱻᐙᐤ** saakitishihwaau vta ♦ il/elle le/la fait sortir d'un tunnel, d'une tanière en le/la poursuivant

**ᓵᑭᑖᒫᐤ** saakitaamaau vta ♦ il/elle le/la tient qui dépasse entre ses dents

**ᓵᑭᑖᱻᑎᒻ** saakitaahtim vti ♦ il/elle le tient qui dépasse entre ses dents

**ᓵᑭᔅᑭᐣ** saakiskin vii ♦ ça commence à pousser (ex. de l'herbe)

**ᓵᑭᔅᒋᓂᑖᐤ** saakischinitaau vai ♦ il/elle le remplit

**ᓵᑭᔅᒋᓂᱻᐊᐤ** saakischinihaau vta ♦ il/elle le/la remplit

**ᓵᑭᔅᒋᓈᐤ** saakischinaau vii ♦ c'est plein

**ᓵᑭᔅᒋᓈᐹᐱᔫ** saakischinaapaapiyiu vai ♦ il/elle se remplit de liquide

**ᓵᑭᔅᒋᓈᐹᐱᔫ** saakischinaapaapiyiu vii ♦ ça se remplit de liquide

**ᓵᑭᔅᒋᓈᐹᒋᔅᑖᐤ** saakischinaapaachistaau vai ♦ il/elle le remplit avec de l'eau, avec un liquide

ᓵᑭᔅᓇᐸᑎᑎᐊᐤ saakischinaapaachihaau vta ◆ il/elle le/la remplit de liquide

ᓵᑭᔅᓇᐸᔮᐤ saakischinaapaayaau vii ◆ c'est plein d'eau, de liquide

ᓵᑭᔅᓇᑯᐦᑎᑖᐤ saakischinaakuhtitaau vai ◆ il/elle le met dans un contenant et le recouvre d'eau

ᓵᑭᔅᓇᑯᐦᑎᓐ saakischinaakuhtin vii ◆ ça remplit le contenant

ᓵᑭᔅᓇᑯᐦᒋᒫᐤ saakischinaakuhchimaau vta ◆ il/elle en remplit le récipient dans l'eau

ᓵᑭᔅᓇᑯᐦᒋᓐ saakischinaakuhchin vai ◆ il/elle remplit le récipient (ex. une peau trempée dans l'eau)

ᓵᑭᔅᓇᔑᑳᑯ saakischinaashkaakuu vai -u ◆ il/elle en est rempli-e (ex. amour, colère)

ᓵᑭᐦᐄᑭᓂᐹᑯᔥ saakihiikinipaakush ni -im ◆ un petit étang

ᓵᑭᐦᐄᑭᓂᔅᑳᐤ saakihiikiniskaau vii ◆ c'est une zone avec beaucoup de lacs

ᓵᑭᐦᐄᑭᓐ saakihiikin ni -im ◆ un lac

ᓵᑭᐊᒻ saakiham vti ◆ le castor sort de sa hutte à la nage

ᓵᑯᓯᑯᐱᔫ saakusikupiyiu vai ◆ il/elle glisse sous la glace

ᓵᑯᓯᑯᐱᔫ saakusikupiyiu vii ◆ ça glisse sous la glace

ᓵᑯᓯᑯᔨᑭᐦᐚᐤ saakusikuyikihwaau vta ◆ il/elle le/la pousse sous la glace

ᓵᑯᓯᒃᐚᐱᑯ saakusikwaapikuu vai -u ◆ ça flotte sous la glace

ᓵᑯᓯᒄ saakusikw p,lieu ◆ sous la glace ■ ᓵᑯᓯᑳ>ᑦ ᐊᓪ ᓂᕐᑦ ᑲ ᑦᓯᕐᒃᑫ. ■ La loutre que j'ai tirée au fusil a plongé sous la glace.

ᓵᑯᑖᐤ saakuhtaau vai ◆ le soleil commence à se lever

ᓵᑯᐦᒡ saakuhch p,temps ◆ au printemps dernier

ᓵᑲᐱᑖᐤ saakaapitaau vai ◆ il/elle fait ses dents, il/elle perce ses dents

ᓵᑲᐱᐦᑖᐤ saakaapihtaau vii ◆ la fumée s'élève au-dessus de quelque chose

ᓵᑲᐸᒋᔑᒫᐤ saakaapaachishimaau vta ◆ il/elle le/la fait dépasser

ᓵᑲᐸᒋᔑᓐ saakaapaachishin vai ◆ il/elle (animé, filiforme) dépasse

ᓵᑲᐸᒋᐦᑎᓐ saakaapaachihtin vii ◆ ça dépasse (filiforme)

ᓵᑳᔅᑯᐱᔫ saakaaskupiyiu vii ◆ ça débouche dans une clairière (ex. un ruisseau)

ᓵᑳᔅᑯᐱᐦᑖᐤ saakaaskupihtaau vai ◆ il/elle s'élance en courant dans la clairière

ᓵᑳᔅᑯᔑᓐ saakaaskushin vai ◆ il/elle dépasse (long et rigide) de quelque chose

ᓵᑳᔅᑯᐦᑎᓐ saakaaskuhtin vii ◆ ça dépasse de quelque chose (long et rigide)

ᓵᑳᔑᑭᐤ saakaashikiuu vii -iwi ◆ l'eau commence à jaillir

ᓵᑳᔥᑖᐱᔫ saakaashtaapiyiu vii ◆ la lumière du brasier se voit au-dessus des arbres

ᓵᑳᔥᒑᐤ saakaashchaau vii ◆ le soleil brille dessus

ᓵᒃᐚᐱᔅᒋᐱᔫ saakwaapischipiyiu vai ◆ il/elle tombe sous les roches

ᓵᒃᐚᐱᔅᒋᐱᔫ saakwaapischipiyiu vii ◆ ça tombe sous les rochers

ᓵᒃᐚᔅᑯᐦᐄᑭᓈᐦᑎᒄ saakwaaskuhiikinaahtikw ni ◆ la partie centrale évasée d'un étireur de fourrure

ᓵᒃᐚᔅᑯᐦᐚᐤ saakwaaskuhwaau vta ◆ il/elle glisse la partie médiane de l'étireur de fourrure dedans (animé); il/elle le/la fait glisser au milieu

ᓵᒃᐚᔅᑯᐦᑎᑖᐤ saakwaaskuhtitaau vai ◆ il/elle le glisse (long et rigide) entre les deux

ᓵᒃᐚᔅᑯᐦᑎᓐ saakwaaskuhtin vii ◆ c'est coincé au milieu (long et rigide)

ᓵᒋᐚᐱᒫᐤ saachiwaapimaau vta ◆ il/elle l'examine du regard

ᓵᒋᐚᐱᐦᑎᒻ saachiwaapihtim vti ◆ il/elle l'examine du regard

ᓵᒋᐱᑎᒻ saachipitim vti ◆ il/elle le tire pour qu'il dépasse

ᓵᒋᐱᑎᐦᐄᐹᐤ saachipitihiipaau vai ◆ il/elle met les flotteurs et les poids sur un filet de pêche (ceci est fait quand le filet est mis à l'eau)

ᓵᒋᐱᑐᐋᓐ saachipitwaan ni ◆ une natte (de cheveux)

ᓵᕆᐱᑲᓐ saachipikin vii ♦ les feuilles commencent juste de sortir des bourgeons et elles sont à peine visibles

ᓵᕆᐱᒋᔫ saachipichiiu vii ♦ les bourgeons éclosent au printemps

ᓵᕆᐱᔫ saachipiyiu vai ♦ il/elle apparaît

ᓵᕆᐱᔫ saachipiyiu vii ♦ ça apparaît

ᓵᕆᐱᐦᑖᐤ saachipihtaau vai ♦ il/elle se met bien en vue en courant

ᓵᕆᐹᐤ saachipaau vai ♦ il/elle dépasse de l'eau

ᓵᕆᐹᐤ saachipaau vii ♦ ça dépasse de l'eau

ᓵᕆᐹᐱᐤ saachipaapiu vai ♦ il/elle dépasse de l'eau, en étant assis

ᓵᕆᐹᑯᐦᑎᑖᐤ saachipaakuhtitaau vai ♦ il/elle le met dans l'eau avec un bout qui dépasse

ᓵᕆᐹᑯᐦᑎᓐ saachipaakuhtin vii ♦ c'est dans l'eau avec un morceau qui dépasse

ᓵᕆᐹᑯᐦᒋᒫᐤ saachipaakuhchimaau vta ♦ il/elle le/la met dans l'eau en laissant dépasser une partie

ᓵᕆᐹᑳᐴ saachipaakaapuu vai -uwi ♦ il/elle dépasse dans l'eau

ᓵᕆᐹᔥᑖᐤ saachipaashtaau vii ♦ c'est dans l'eau avec un morceau qui dépasse

ᓵᕆᐹᔥᑖᐤ saachipaashtaau vai ♦ il/elle le place dans l'eau avec une partie qui dépasse

ᓵᕆᑯᑖᑭᒧ saachikutaakimuu vai ♦ il/elle a sa cérémonie de première prise (de chasse ou de pêche; une cérémonie pour la première prise d'un enfant où la machoire d'un poisson ou le bec d'un petit oiseau est planté dans du pemmican ou du flan et mangé pendant une fête) ■ ᐅᑳᑎᔑᐦᒡ ᑮ ᓵᕆᑯᑖᑭᒧ ᖃᐃᑦᓕᓐ. ■ *Hier, Catelyn a eu sa cérémonie de première prise.*

ᓵᕆᑯᓂᐦᐋᐤ saachikunihaau vta ♦ il/elle le/la rend visible par-dessus la neige

ᓵᕆᑯᓈᐤ saachikunaau vai ♦ il/elle est visible au-dessus de la neige

ᓵᕆᑯᓈᐤ saachikunaau vii ♦ c'est visible au-dessus de la neige

ᓵᕆᑯᓈᐦᑎᑖᐤ saachikunaahtitaau vai ♦ il/elle le rend visible au-dessus de la neige

ᓵᕆᒋᐎᓐ saachichiwin vii ♦ ça coule de quelque chose, c'est l'entrée d'un lac

ᓵᕆᒥᑰ saachimikuu vai -u ♦ il/elle est terrorisé-e par le bruit que ça fait, le son que ça émet

ᓵᕆᒫᐤ saachimaau vta ♦ il/elle l'effraie par les bruits vocaux qu'il/elle fait

ᓵᕆᓂᐦᑖᐅᒋᓐ saachinihtaauchin vii ♦ ça commence à pousser (ex. de l'herbe)

ᓵᕆᓯᐤ saachisiu vai ♦ il/elle est terrorisé-e, il/a peur

ᓵᕆᔅᑎᐚᐤ saachistiwaau vai ♦ il/elle parle distinctement (utilisé à la forme négative) ■ ᒫᑭᒡ ᓂᒥ ᓵᕆᔅᑎᐚ ᐅᐦᑎᕐᒧᑯᐃ ᐋᐦ ᐋᑎᕐᒡ. ■ *Elle/il peut à peine parler, émettre un son (vocal) parce qu'elle a mal à la gorge.*

ᓵᕆᔅᑎᐚᐤ saachistiwaau vii ♦ c'est la sortie d'un lac, l'embouchure du lac

ᓵᕆᔅᑎᓐ saachistin vii ♦ ça dépasse et apparaît

ᓵᕆᔅᑐᐃᐱᔫ saachistuwipiyiu vai ♦ il/elle rejoint le lac par la rivière en véhicule

ᓵᕆᔅᑐᐃᐦᐊᒻ saachistuwiham vti ♦ il/elle rejoint le lac par la rivière en pagayant

ᓵᕆᔅᑯᒫᐤ saachiskumaau vai ♦ il/elle dépasse de la glace

ᓵᕆᔅᑯᒫᐤ saachiskumaau vii ♦ ça dépasse de la glace

ᓵᕆᔅᒀᐤ saachiskwaau vai ♦ il/elle fait dépasser sa tête de quelque chose; le soleil se dévoile par intervalles

ᓵᕆᔅᒀᐱᐤ saachiskwaapiu vai ♦ il/elle est assis-e avec la tête qui dépasse

ᓵᕆᔅᒀᑳᐴ saachiskwaakaapuu vai -uwi ♦ il/elle est debout avec la tête qui dépasse

ᓵᕆᔅᒀᐦᐄᐹᐤ saachiskwaahiipaau vai ♦ il/elle pose son filet de pêche là où il y a de l'eau libre au printemps

ᓵᕆᔑᒫᐤ saachishimaau vta ♦ il/elle le/la fait dépasser

ᓵᕆᔑᓐ saachishin vai ♦ il/elle apparaît

ᓵᕆᔥᑐᐃᔥᑭᒻ saachishtuwishkim vti ♦ il/elle arrive sur un lac en marchant sur un cours d'eau gelé

ᓵᕐᐅᑭᒼ **saachishkim** vti ♦ il/elle avance là où c'est dégagé

ᓵᕐ"ᐃ᙮ᐊ᙮ᐄᐊᐤ **saachihiiwaawin** ni ♦ de l'amour

ᓵᕐ"ᐃ᙮ᐊ᙮ᐤ **saachihiiwaau** vai ♦ il/elle aime

ᓵᕐ"ᐊ᙮ᐤ **saachihaau** vta ♦ il/elle l'aime

ᓵᕐ"ᐅᒉᐤ **saachihtitaau** vai ♦ il/elle le fait sortir, dépasser

ᓵᕐ"ᒉᐤ **saachihtaau** vai+o ♦ il/elle l'aime

ᓵᕐ"ᒉᔨ᙮ᐊᐱᔨ"ᐅ **saachihtaayiwaapiyihuu** vai-u ♦ il/elle tire la langue

ᓵᕐ"ᐸᔅᐳᒋᐳ **saachihkwaanaakusiu** vai ♦ il/elle a le visage empreint de terreur, son visage exprime la peur

ᓵᕐᐲᔭᔅᒥᑭᐳ **saachiiuskimikiuu** vii -iwi ♦ c'est l'entrée d'un lac qui est plus comme un marécage plutôt qu'un ruisseau ou une rivière

ᓵᕐᐲᐤ **saachiiuu** vii -iiwi ♦ c'est un ruisseau coulant dans un lac, c'est l'entrée d'un lac

ᓵᒐ᙮ᐊᐤ **saachaawaau** vai ♦ il/elle contourne la pointe

ᓵᒐ᙮ᐊᑎᐸ᙮ᐤ **saachaawaatikwaau** vii ♦ Il y a des signes indiquant la fin du rapide au loin

ᓵᒐ᙮ᐊᔮᐸᐳᒉᐤ **saachaawaayaaputaau** vii ♦ ça apparaît porté le courant

ᓵᒐ᙮ᐊᔮᐸᐳᒃ **saachaawaayaapukuu** vai -u ♦ la pression du courant le/la fait surgir en pleine vue

ᓵᒐ᙮ᐊᔮᑎᐸ᙮ᐤ **saachaawaayaatikwaau** vii ♦ le rapide apparaît

ᓵᒐᔨ᙮ᐤ **saachaayiwaau** vii ♦ le vent souffle autour d'une pointe

ᓴᓂᑎᐹᓂᔥ **saanitiipaanish** ni ♦ une tasse légère, sans poignée, utilisée en voyage

ᓵᔅᐱᒫᐤ **saasipimaau** vai ♦ il/elle fait frire, fait fondre de la graisse d'animal

ᓵᔅᐱᒫᒉᐤ **saasipimaataau** vta ♦ il/elle en fait fondre le gras (animé)

ᓵᔅᐱᒫᓐ **saasipimaan** ni ♦ du gras fondu

ᓵᔅᐳᒉᐤ **saasiputaau** vii ♦ les vagues le lèchent

ᓵᓯᑳᐳᔑᔥᒉᐤ **saasikaapushishtaau** vii ♦ c'est une zone d'arbres encore dressés après un feu de forêt

ᓵᓯᑳᔅᐠᐤ **saasikaaskwaau** vii ♦ c'est une forêt très dense

ᓵᓯᓂᐤ **saasiniuu** vii -iwi ♦ c'est utilisé pour faire l'empeigne ou la claque (la partie supérieure du mocassin située sur le dessus du pied)

ᓵᓯᓐ" **saasinh** ni pl ♦ des dessus de mocassins

ᓵᓰᑭ"ᐃᐹᐤ **saasiikihiipaau** vai ♦ il/elle verse de l'eau d'un contenant à un autre

ᓵᓰᐠᐛᐱᔅᑳᐤ **saasiikwaapiskaau** vii ♦ c'est une zone de roche, assez difficile

ᓵᓱᐃ"ᑯᓂᒫᑰ **saasuwihkunimaakuu** vai -u ♦ il y a une trace de sang sur ses vêtements, signe qu'il va tuer de la nourriture dans un futur proche

ᓵᓱᐃ"ᑯᓂᒫ"ᒉᐤ **saasuwihkunimaahtaau** vai ♦ il/elle a du sang sur ses vêtements, de retour de la chasse

ᓵᓱᐃ"ᑯ"ᐃᓱ **saasuwihkuhiisuu** vai reflex -u ♦ il/elle se met du sang dessus

ᓵᓴᐱᒫᐠᐤ **saasaapimaakwaau** vai ♦ il/elle fait fondre du gras de baleine

ᓵᓴᐲ" **saasaapiih** ni pl -m ♦ des herbes ou herbages aquatiques, du goémon, du varech

ᓵᓴᐳ᙮ᐊᑎᒼ **saasaapuwaatim** vti ♦ il/elle ajoute de la graisse au bouillon fait de sang de caribou, au bouillon de duodénum de lagopède

ᓵᓴᑯᑯᒋᓐ **saasaakukuchin** vai ♦ son jupon dépasse

ᓵᓴᑯᓯᐤ **saasaakusiiu** vai ♦ il/elle est mince, svelte

ᓵᓵᒋᐱᑐᓈᐤ **saasaachipitunaau** vai ♦ il/elle a les bras nus

ᓵᓵᒋᑳᒉᐤ **saasaachikaataau** vai ♦ il/elle a les jambes nues

ᓵᓵᒋᐠᐛ"ᑯᒉᐤ **saasaachikwaahkutaau** vii ♦ les flammes du feu de forêt sont visibles

ᓵᓵᒋᔅᑎᐤ **saasaachistiu** vai ♦ il/elle est pieds nus

ᓵᓵᔅᒋ"ᐠᐤ **saasaaschihkwaau** vai ♦ il/elle fait frire quelque chose

ᓵᓵᔅᒋ"ᐠᐋᑎᒼ **saasaaschihkwaatim** vti ♦ il/elle le fait frire

ᓵᓵᔅᒋ"ᐠᐋᒉᐤ **saasaaschihkwaataau** vta ♦ il/elle le/la fait frire

ᓵᓵᔑᐦᒁᐊᐦᑰᓈᐤ saasaaschihkwaanaaihkunaau na -m ♦ une pâte frite

ᓵᓵᐦᒁᐲᔫ saasaahkwaapiyiu vai ♦ la glace émet des craquements

ᓵᓵᐦᒁᐲᔫ saasaahkwaapiyiu vii ♦ les sons d'une rivière ou d'un lac récemment gelées indiquent que traverser cette rivière ou ce lac n'est pas sans danger

ᓵᓵᐦᒁᓂᒼ saasaahkwaanim vti ♦ il/elle fait grincer la glace en marchant dessus

ᓵᔅᑯᑖᒨ saaskutaamuu vai -u ♦ il/elle s'éclaircit la voix

ᓵᔅᑯᓈᓂᔑᑯᒥᓐ saaskunaanishikumin ni ♦ des entrailles de poisson frites and mélangées avec des baies

ᓵᔅᑯᓈᓐ saaskunaan ni ♦ des entrailles et de rogue de poisson frites

ᓵᔅᒋᐱᑎᒼ saaschipitim vti ♦ il/elle le ramène au rivage

ᓵᔅᒋᐱᑖᐤ saaschipitaau vta ♦ il/elle le/la ramène au rivage

ᓵᔅᒋᐱᔫ saaschipiyiu vii ♦ le canot accoste sur le rivage

ᓵᔅᒋᐱᔫ saaschipiyiu vai ♦ il/elle accoste sur le rivage

ᓵᔅᒋᐱᔬᐦᐋᐤ saaschipiyihaau vta ♦ il/elle le/la fait accoster

ᓵᔅᒋᐱᔨᐦᑖᐤ saaschipiyihtaau vai ♦ il/elle le ramène au rivage (se dit d'un canot)

ᓵᔅᒋᐹᑎᒨᐦ saaschipaatimuuh vii pl ♦ les saules poussent en rangée le long du rivage

ᓵᔅᒋᒂᐦᑳᒋᐚᓐ saaschikwaahkaachiwaan ni -m ♦ le contenu d'un estomac frit de lièvre ou de lagopède

ᓵᔅᒋᒨ saaschimuu vai -u ♦ il/elle (en canot) accoste sur le rivage, il/elle pose la tête sur le rivage

ᓵᔅᒋᒨ saaschimuu vii -u ♦ le canot est remonté sur la plage

ᓵᔅᒋᔑᓐ saaschishin vai ♦ il/elle est couché-e tout près du bord

ᓵᔅᒑᓈᑯᓐ saaschaanaakun vii ♦ ça semble se rapprocher

ᓵᔅᒑᓈᑯᓯᐤ saaschaanaakusiu vai ♦ il/elle semble se rapprocher

ᓵᔅᒑᔨᒫᐤ saaschaayimaau vta ♦ il/elle frissonne parce qu'il/elle le/la trouve désagréable

ᓵᔅᒑᔨᐦᑎᒼ saaschaayihtim vti ♦ il/elle frissonne parce qu'il/elle trouve ça désagréable

ᓵᔅᒑᔮᐱᒫᐤ saaschaayaapimaau vta ♦ il/elle se rapproche de lui/d'elle

ᓵᔨᐚᔅᒑᐤ saayiwaaschaau vai ♦ il/elle tue un castor après avoir détruit les tunnels et la hutte

ᓵᔮᐱᑖᔫ saayaapitaayiu vai ♦ il/elle montre les dents

ᓵᐦᑖᐲᔫ saahtaapiyiu vii ♦ il fait jour, le temps se dégage

ᓵᐦᑖᑖᐤ saahtaataau vii ♦ ça brille bien (ex. le feu)

ᓵᐦᑖᒋᐎᓐ saahtaachiwin vii ♦ les rapides se voient de loin

ᓵᐦᑖᓯᒼ saahtaasim vti ♦ il/elle brille dessus (par ex. le soleil)

ᓵᐦᑖᔮᐱᓐ saahtaayaapin vii ♦ la lumière du jour est visible

ᓵᐦᑖᔮᐱᓯᑖᐤ saahtaayaapisistaau vii ♦ ça brille (minéral) à la lumière

ᓵᐦᑖᔮᐱᓯᔅᒋᓯᐤ saahtaayaapisischisiu vai ♦ il/elle luit, rougeoie à cause de la chaleur

ᓵᐦᑖᔮᔅᑯᑖᐤ saahtaayaaskutaau vii ♦ ça éclaire l'endroit (ex. une lumière, un feu)

ᓵᐦᑯᑎᒼ saahkutim na -um ♦ une buse pattue *Buteo lagopus*, une buse à queue rousse *Buteo jamaicensis*

ᓵᐦᒁᐱᑎᒼ saahkwaapitim vti ♦ il/elle s'évase, les plombs de son fusil se dispersent dès qu'il/elle tire

ᓵᐦᒁᐱᑖᐤ saahkwaapitaau vta ♦ il/elle s'évase au fond, dans le bas

ᓵᐦᒁᐲᔫ saahkwaapiyiu vai ♦ il/elle s'élargit, s'évase

ᓵᐦᒁᐲᔫ saahkwaapiyiu vii ♦ ça s'évase

ᓵᐦᒀᑯᑖᐤ saahkwaakutaau vii ♦ c'est suspendu en position évasée

ᓵᐦᒀᑯᑖᐤ saahkwaakutaau vta ♦ il/elle le suspend en position évasée

ᓵᐦᒀᑯᒋᓐ saahkwaakuchin vii ♦ il/elle est suspendu-e tout évasé

ᓵᐦᒁᓈᐤ saahkwaanaau vta ♦ il/elle l'évase à la main

ᓵᐦᒀᓯᐤ saahkwaasiu vai ♦ il/elle est évasé-e

ᓵᐦᒀᔮᐤ saahkwaayaau vii ♦ c'est évasé, ça a un bord

ᓵᐦᒀᔮᔒᐤ saahkwaayaashiu vai ♦ il/elle est gonflé-e par le vent

ᓵᐦᒀᔮᔥᑏᓐ saahkwaayaashtin vii ♦ le vent le gonfle, le distend

ᓵᐦᒀᐊᒻ saahkwaaham vti ♦ il/elle l'évase, le tourne en dehors

ᓵᐦᒑ saahchaa p,manière ♦ de lui-même, d'elle même, il/elle l'a voulu ∎ ·ᐄᔭ ᓵᐦᒑ ᑮᐦ ᐄᒑᐦᑎᒡ ᒐ ᑎᒍᔑᐦᒃₓ ∎ Elle est venue d'elle-même.

## ᔒ

ᔑ·ᐃᑖᐦᐋᐤ shiwitaahaau vai ♦ il/elle a le coeur tendre

ᔑ·ᐃᑖᐦᐋᑎᑎᐙᐤ shiwitaahaatitiwaau vta ♦ il/elle éprouve de la tendresse pour lui/elle

ᔑ·ᐃᓂᔅᒑᔨᐤ shiwinischaayiu vai ♦ il/elle étend la main, sort sa main

ᔑ·ᐋᔨᒫᐤ shiwaayimaau vta ♦ il/elle lui témoigne de l'affection; il/elle l'aime profondément

ᔑ·ᐋᔨᐦᑖᑯᓯᐤ shiwaayihtaakusiu vai ♦ il/elle est adorable

ᔑ·ᐋᔨᐦᒋᒑᐎᓐ shiwaayihchichaawin ni ♦ de l'affection, de l'amour

ᔑ·ᐋᔨᐦᒋᒑᐤ shiwaayihchichaau vai ♦ il est affectueux, elle est affectueuse, il/elle aime

ᔑ·ᐋᔭᐱᑎᒄ shiwaayaapitikw ni ♦ le côté coupant de la lame d'une hache

ᔑ·ᐋᐦᑯᒄ shiwaahkukw ni ♦ une aiguille à coudre le cuir

ᔑᑭᐱᐤ shikipiu vai ♦ il/elle urine là où elle s'assoit

ᔑᑯᐱᔨᐤ shikupiyiu vai ♦ il/elle se ramollit (ex. du poisson qu'on a gardé trop longtemps)

ᔑᑯᑖᐅᒥᓈᐦᑎᒄ shikutaauminaahtikw ni ♦ une chicouté, une plaquebière, une ronce petit-mûrier *Rubus chamaemorus*

ᔑᑯᑖᐅᐦ shikutaauh ni pl -m ♦ des chicoutés, des plaquebières, des baies de ronce petit-mûrier *Rubus chamaemorus*

ᔑᑯᒥᓐ shikumin ni ♦ du poisson dont on a retiré les arrêtes qu'on a mélangé avec des baies

ᔑᑯᒫᐤ shikumaau vta ♦ il/elle mélange du poisson sans arrêtes avec des baies

ᔑᑯᒫᐦᑎᐙᐤ shikumaahtiwaau vai ♦ il/elle mange du poisson et des baies en alternant

ᔑᑯᓂᒼ shikunim vti ♦ il/elle le manie jusqu'à ce qu'il s'assouplisse

ᔑᑯᓈᐤ shikunaau vta ♦ il/elle l'écrase à la main

ᔑᑯᔑᒫᐤ shikushimaau vta ♦ il/elle l'écrase en laissant tomber

ᔑᑯᔥᑭᐙᐤ shikushkiwaau vta ♦ il/elle l'écrase avec le pied ou le corps

ᔑᑯᔥᑭᒼ shikushkim vti ♦ il/elle l'écrase avec son pied ou son corps

ᔑᑯᐦᐊᒻ shikuham vti ♦ il/elle le laisse tomber avec un floc

ᔑᑯᐦᐋᐅᑯᐦᒋᓐ shikuhwaaukuhchin vai ♦ sa viande (se dit d'un animal mort) ramollit parce qu'on l'a laissé dans l'eau trop longtemps

ᔑᑯᐦᐋᐅᒋᔑᓐ shikuhwaauchishin vai ♦ sa viande (se dit d'un animal mort) commence à ramollir parce qu'on l'a laissé sortie trop longtemps

ᔑᑯᐦᑎᑖᐤ shikuhtitaau vai ♦ il/elle le laisse tomber avec un floc

ᔑᑯᐦᑳᐅᐦ shikuhkaauh vii pl ♦ les baies sont bien mûres

ᔑᑳᐱᔒᔥ shikaapishiish ni -im [Wemindji] ♦ un tout petit ruisseau bordé de buissons

ᔑᑳᐱᐦᑳᑎᒼ shikaapihkaatim vti ♦ il/elle l'attache à quelque chose

ᔑᑳᐱᐦᑳᓲ shikaapihkaasuu vai-u ♦ il/elle est attaché-e à quelque chose, est en laisse

ᔑᑳᐱᐦᒑᓂᒼ shikaapihchaanim vti ♦ il/elle le tient par la ficelle

ᔑᑳᐱᐦᒑᓈᐤ shikaapihchaanaau vta ♦ il/elle le/la tient par la ficelle, la laisse

ᔑᑳᐹᔥᒄ shikaapaashkwh ni pl -im ♦ de l'herbe à bernache, la zostère marine *Zostera marina*

ᔑᑳᑯᔮᓐ shikaakuyaan na ◆ une peau de mouffette, une pièce de 25 cents

ᔑᒃᐚᐦ shikwaauh vii pl ◆ les baies sont bien mûres

ᔑᒋᑭᓘᑯᔑᒡ shichikinimaakushich na pl-m ◆ un petit poisson

ᔑᒥᑎᐱᐤ shimitipiu vai ◆ il/elle se redresse assis-e

ᔑᒥᑎᐱᐦᐋᐤ shimitipihaau vta ◆ il/elle le/la relève en l'asseyant

ᔑᒥᑎᑯᒋᓐ shimitikuchin vai ◆ il/elle est suspendu-e, pendu-e verticalement

ᔑᒥᑎᔅᑳᔨᐤ shimitiskwaayiu vai ◆ il/elle lève la tête tout en étant couché-e

ᔑᒥᑐᐄᑖᐤ shimituwitaau vai ◆ il/elle porte quelqu'un sur son dos, le corps redressé

ᔑᒥᑐᐦᑖᐤ shimituhtaau vai ◆ il/elle marche sur ses pattes de derrière, marche redressé-e

ᔑᒥᑖᐅᐦᑳᐤ shimitaauhkaau vii ◆ la colline s'élève en pente douce

ᔑᒥᑖᐱᐦᑳᑎᒻ shimitaapihkaatim vti ◆ il/elle l'attache pour le porter sur son dos

ᔑᒥᑖᐱᐦᑳᑖᐤ shimitaapihkaataau vta ◆ il/elle l'attache pour qu'il/elle soit porté-e sur son dos

ᔑᒥᑖᔅᑯᐦᐚᐤ shimitaaskuhwaau vta ◆ il/elle l'étaye, le/la soutient avec un bâton

ᔑᒥᒋᑳᐳᐃᐦᑖᐤ shimichikaapuwihtaau vai+o ◆ il/elle le dresse

ᔑᒥᒋᑳᐳ shimichikaapuu vai -uwi ◆ il/elle se dresse

ᔑᒥᒋᔑᒫᐤ shimichishimaau vta ◆ il/elle l'allonge avec la tête relevée

ᔑᒥᒋᔑᓐ shimichishin vai ◆ il/elle s'étend, s'allonge en position assise

ᔑᒥᒋᔥᑖᐤ shimichishtaau vii ◆ c'est posé verticalement

ᔑᓐᐚᔨᐤ shinwaayiu p,lieu ◆ de chaque côté de la fourrure d'un animal ▪ ᐋᐦᐊᐤ ᔑᓐᐚᔨᐤ ᐊᑎᐦᑦ ᒥᔅᐸᐃᑦᔅᒣᓂᑦ ᐊᔅᒀᐱᓚᒃ ▪ La peau de castor est attachée de chaque côté sur le cadre.

ᔑᔑᐙᔑᓐ shishiwaashin vai ◆ il/elle sonne, retentit comme du métal

ᔑᔑᐙᦅᑎᓐ shishiwaahtin vii ◆ ça sonne, ça fait un écho de métal

ᔑᔑᑯᑖᐅᓈᐦᐚᐤ shishikutaaunaahwaau vta ◆ il/elle lui donne un coup dans la bouche ou la gueule avec quelque chose

ᔑᔑᒃᐚᑎᑭᐦᐃᐃᑭᓈᐦᑎᒄ shishikwaatikihiikinaahtikw ni ◆ une baguette ou un refouloir sur un ancien fusil

ᔑᔎᐱᑎᒻ shishupitim vti redup ◆ il/elle le frotte rapidement dessus

ᔑᔎᐱᑖᐤ shishupitaau vta redup ◆ il/elle le/la frotte rapidement dessus

ᔑᔎᐹᑭᐦᓱ shishupaakihusuu vai reflex redup -u ◆ il/elle s'enduit de quelque chose de liquide

ᔑᔎᐹᑭᐦᐊᒻ shishupaakiham vti redup ◆ il/elle le mouille

ᔑᔎᐹᑭᐦᐚᐤ shishupaakihwaau vta redup ◆ il/elle l'enduit avec quelque chose de liquide

ᔑᔎᐹᒋᓂᒻ shishupaachinim vti redup ◆ il/elle le frotte avec un liquide

ᔑᔎᐹᒋᓈᐤ shishupaachinaau vta redup ◆ il/elle le/la frotte avec un liquide

ᔑᔎᑎᐹᒡ shishutipaach p,lieu ◆ au bord de l'eau (dans l'eau) ▪ ᐊᑎᓐ ᔑᔎᐹᒡ ᐊᒡᑎᓐ ᐯ ᒨᕐᒌᑦ ᓂᔨᔑᐦ ▪ Elle/Il a joué dans l'eau près du rivage.

ᔑᔎᑎᔅᑰ shishutiskuu vai -u ◆ il/elle marche le long du rivage d'un lac gelé ou d'une rivière

ᔑᔎᑎᔅᒄ shishutiskw p,lieu ◆ le long du rivage d'une rivière gelée ou d'un lac gelé ▪ ᐋᔪᐦ ᐊᐦ ᐁᐄᓐᑎᒥᑦ ᐊᔅᐸᐊᑦ ᐊᓇ ᑎᐦᐋᓯᓄᐦ ᐯ ᒣᐦᐋᐦᓰᔭᐦ ▪ Il y a plein de traces de lagopède le long du rivage de ce lac gelé.

ᔑᔎᑎᔥᑯᐱᒋᐤ shishutishkupichiu vai ◆ il/elle déplace son campement d'hiver en longeant le rivage

ᔑᔎᒡ shishuch p,lieu ◆ près du rivage ▪ ᐊᓂᑦ ᔑᔎᒡ ᐊᒡᑎᓐ ᐯ ᐊᕐ ᐱᐦᑎᓄᒃ ᐊᐦ ᑎᐦᐋᓯᓂ ᐯ ᒥᐦᐋᓰᔭᐦ ▪ J'ai mis ton filet près du rivage quand je l'ai sorti.

ᔑᔎᓂᑎᐦᒀᑖᐤ shishunitihpaataau vta redup ◆ il/elle frotte de la cervelle dessus pour le tanner

ᔑᔎᓂᒻ shishunim vti redup ◆ il/elle le frotte dessus

ᔑᔎᓃᓲ shishuniisuu vai reflex redup -u ◆ il/elle s'en enduit

ᓯᔐᓈᐤ shishunaau vta redup ♦ il/elle en frotte sur lui/elle

ᓯᔐᔅᒋᐎᒋᓈᐤ shishuschiwichinaau vta redup ♦ il/elle le/la frotte avec de la boue, de l'argile

ᓯᔐᐦᐅᐦᐄᑭᓈᐦᑎᒄ shishuhiikinaahtikw ni ♦ un pinceau

ᓯᔐᐦᐅᐦᐄᑭᓐ shishuhiikin ni ♦ de la peinture

ᓯᔐᐦᐅᐦᐄᒑᐤ shishuhiichaau vai ♦ il/elle peint

ᓯᔐᐦᐅᐊᒼ shishuham vti ♦ il/elle le peint, l'étale

ᓯᔐᐦᐅᐙᐤ shishuhwaau vta ♦ il/elle le/la peint, l'étale

ᓯᔐᐦᐅᒁᓃᓱᐤ shishuhkwaaniisuu vai reflex redup -u ♦ il/elle s'en barbouille le visage

ᓯᔐᐦᐅᒁᓈᐤ shishuhkwaanaau vta redup ♦ il/elle lui barbouille la figure avec

ᓯᔖᐅᐦᑐᐱᐤ shishaauhtupiu vai ♦ il/elle s'assoit en étirant les jambes

ᓯᔖᐸᐙᓈᐤ shishaapwaanaau vta ♦ il/elle compresse du mélange à tanner (de la cervelle) dans la peau de caribou, d'orignal pour la ramollir

ᓯᔖᐦᒁᑎᐦᒑᔨᐤ shishaahkwaatihchaayiu vai ♦ il/elle écarte les doigts

ᓯᔑᑭᒋᐦᐄᑰ shishkichihiikuu vai-u ♦ il/elle en a assez, en a marre, n'est plus intéressé-e

ᓯᔑᑭᒋᐦᑎᐚᐤ shishkichihtiwaau vta ♦ il/elle en a assez de l'écouter

ᓯᔑᒋᑯᒡ shishchikuch p,manière ♦ aussitôt ▪ ᐋᓐ ᓯᔑᒋᑯᒡ ᐊᐦ ᐃᐦ ᐅᐦᑦ ᐴᔅᑭᐦ ᒍᒑᒡ ᑭ ᑎᔅᒍᐦ ᓂᔅᑭᑕᑉᓴ. La fumée s'éleva aussitôt que la foudre eût frappé.

ᓯᔮᑳᒻ shiyaakaam p,temps ♦ souvent

ᓯᐦᑐᐱᑎᒼ shihtupitim vti ♦ il/elle le redresse, l'étire

ᓯᐦᑐᐱᑖᐤ shihtupitaau vta ♦ il/elle le/la redresse, l'étire

ᓯᐦᑐᐱᔨᐤ shihtupiyiu vai ♦ il/elle se déplie, s'allonge, s'étire

ᓯᐦᑐᐱᔨᐤ shihtupiyiu vii ♦ ça se déplie, s'étire, se redresse

ᓯᐦᑐᐱᔨᐦᐆ shihtupiyihuu vai-u ♦ il/elle s'étire

ᓯᐦᑐᑳᐴ shihtukaapuu vai-uwi ♦ il/elle se lève

ᓯᐦᑐᑳᑖᔨᐤ shihtukaataayiu vai ♦ il/elle redresse la jambe

ᓯᐦᑐᓂᒼ shihtunim vti ♦ il/elle le redresse à la main

ᓯᐦᑐᓈᐤ shihtunaau vta ♦ il/elle le/la redresse à la main

ᓯᐦᑐᔑᒫᐤ shihtushimaau vta ♦ il/elle le/la dépose tout-e droit-e

ᓯᐦᑐᔑᓐ shihtushin vai ♦ il/elle est étendu-e en travers

ᓯᐦᑐᐦᐊᒼ shihtuham vti ♦ il/elle le redresse

ᓯᐦᑐᐦᐙᐤ shihtuhwaau vta ♦ il/elle l'aplatit en le/la lissant

ᓯᐦᑑ shihtuu vai-u ♦ il/elle s'étire

ᓯᐦᑖᑯᓈᐹᐦᑎᑯᒡ shihtaakunaapaahtikuch na pl -im ♦ des aiguilles qui proviennent des branchages

ᓯᐦᑖᐦᑯᓂᒡ shihtaahkunich na pl -im ♦ des branches, des branchages d'arbre

ᓯᐦᑖᐹᔅᐲᐊᒼ shihtwaapiskiham vti ♦ il/elle le redresse (minéral) avec un outil

ᓯᐦᑖᐹᔅᐲᐦᐙᐤ shihtwaapiskihwaau vta ♦ il/elle le/la redresse (minéral) avec un outil

ᓯᐦᑖᐹᔅᒋᓂᒼ shihtwaapischinim vti ♦ il/elle le redresse (minéral) à la main

ᓯᐦᑖᐹᔅᒋᓈᐤ shihtwaapischinaau vta ♦ il/elle le/la redresse (minéral) à la main

ᓯᐦᑖᐹᑭᒧᐦᐋᐤ shihtwaapaakimuhaau vta ♦ il/elle l'étale (filiforme)

ᓯᐦᑖᐹᑭᒧᐦᑖᐤ shihtwaapaakimuhtaau vai ♦ il/elle l'enfile (filiforme)

ᓯᐦᑖᐹᑭᔥᑖᐤ shihtwaapaakishtaau vii ♦ c'est placé droit (filiforme)

ᓯᐦᑖᐹᑭᐦᐊᒼ shihtwaapaakiham vti ♦ il/elle tire dessus (filiforme) avec quelque chose

ᓯᐦᑖᑭᒧᐦᑖᐤ shihtwaakimuhtaau vai ♦ il/elle le suspend (étalé) en travers

ᓯᐦᑖᑭᔥᑖᐤ shihtwaakishtaau vai ♦ il/elle l'étale (étalé)

ᓯᐦᑖᑭᐦᐋᐤ shihtwaakihaau vta ♦ il/elle l'étale (étalé)

ᔆᐦᑖᑉᐦᐱᑎᒻ shihtwaakihpitim vti
- il/elle l'étire (étalé) en tirant dessus avec de la ficelle

ᔆᐦᑖᑯᔨᐙᐱᔨᐦᐆ shihtwaakuyiwaapiyihuu vai-u
- il/elle allonge le cou

ᔆᐦᑖᒋᐱᑎᒻ shihtwaachipitim vti
- il/elle le déplie en tirant dessus (étalé)

ᔆᐦᑖᒋᐱᑖᐆ shihtwaachipitaau vta
- il/elle le/la déplie en tirant dessus (étalé)

ᔆᐦᑖᒋᐱᔨᐆ shihtwaachipiyiu vai
- il/elle s'étend, se déplie (étalé)

ᔆᐦᑖᒋᐱᔨᐆ shihtwaachipiyiu vii
- ça s'étale, s'étend (étalé)

ᔆᐦᑖᒋᐱᔨᐦᐋᐆ shihtwaachipiyihaau vta
- il/elle le/la secoue (étalé)

ᔆᐦᑖᒋᐱᔨᐦᑖᐆ shihtwaachipiyihtaau vai
- il/elle le secoue (étalé)

ᔆᐦᑖᒋᓂᒻ shihtwaachinim vti
- il/elle le déplie (étalé)

ᔆᐦᑖᒋᓈᐆ shihtwaachinaau vta
- il/elle le/la déplie (étalé)

ᔆᐦᑖᔅᑯᐱᔨᐆ shihtwaaskupiyiu vai
- il/elle se redresse (long et rigide)

ᔆᐦᑖᔅᑯᐱᔨᐆ shihtwaaskupiyiu vii
- ça s'étend (long et rigide)

ᔆᐦᑖᔅᑯᓂᒻ shihtwaaskunim vti
- il/elle le redresse (long et rigide) avec les mains

ᔆᐦᑖᔅᑯᓯᐆ shihtwaaskusiu vai
- il/elle est droit-e, raide

ᔆᐦᑖᔅᑯᐦᐊᒼ shihtwaaskuham vti
- il/elle le redresse (long et ridige) avec quelque chose

ᔆᐦᑖᔅᑯᐦᐙᐆ shihtwaaskuhwaau vta
- il/elle le/la redresse (long et ridige) avec quelque chose

ᔆᐦᑖᔥᑭᓈᐆ shihtwaashkinaau vai
- il/elle a les bois droits

ᔆᐦᑖᔥᑯᔑᒫᐆ shihtwaashkushimaau vta
- il/elle l'étend bien droit, de tout son long

ᔆᐦᑖᔥᑯᔑᓐ shihtwaashkushin vai
- il/elle est allongé-e tout droit de tout son long

ᔆᐦᑖᔨᐅᐃᑳᔅᑯᐦᐊᒼ shihtwaayuwikaaskuham vti
- il/elle l'étire sur des bâtons

ᔆᐦᑖᔨᐅᐃᑳᔅᑯᐦᐙᐆ shihtwaayuwikaaskuhwaau vta
- il/elle l'étire sur des bâtons

ᔆᐦᑖᐦᒁᐆ shihtwaahkwaau vai
- la partie avant courbée d'une raquette se redresse

ᔆᐦᑖᐦᒀᐱᔨᐆ shihtwaahkwaapiyiu vai
- il/elle se redresse (par ex. la partie avant courbée d'une raquette)

ᔆᐦᑯᒋᒨᐙᐆ shihkuchimuwaau vai
- il/elle persuade les gens

ᔆᐦᑯᒋᒫᐆ shihkuchimaau vta
- il/elle le/la persuade

ᔆᐦᑯᒋᐦᐄᐙᐆ shihkuchihiiwaau vai
- il est persuasif, elle est persuasive

ᔆᐦᑯᒋᐦᐋᐆ shihkuchihaau vta
- il/elle le/la vainc

ᔆᐦᑰᑖᔩᒫᐆ shihkuutaayimaau vta
- il/elle le/la vainc avec sa pensée

ᔆᐦᑳᐱᔅᑭᐦᐋᐆ shihkaapiskihaau vta
- il/elle le/la fait sécher sur les rochers

ᔆᐦᑳᐹᐆ shihkaapaau vta
- il/elle fait sécher le filet de pêche sur les buissons

ᔆᐦᑳᐹᐦᑎᐦᐋᐆ shihkaapaahtihaau vta
- il/elle place son filet de pêche à marée basse

ᔆᐦᒁᔨᒫᐆ shihkwaayimaau vta
- il/elle doute de ses capacités

ᔆᐦᒁᔨᐦᑎᒻ shihkwaayihtim vti
- il/elle doute de ses capacités

ᔆᐦᒐᔫᐃᓂᑯᒑᔥ shihchaayuwinikuchaash na-im
- un grand polatouche (écureuil) *Glaucomys sabrinus*

ᔒᐅᑖᐆ shiiutaau vai
- il/elle a faim

ᔒᐅᑖᐦᑖᐆ shiiutaahtaau vai
- il/elle a faim à force de marcher

ᔒᐅᒫᑯᓐ shiiumaakun vii
- ça a une odeur aigre

ᔒᐅᒫᑯᓯᐆ shiiumaakusiu vai
- il/elle a une odeur aigre, sure

ᔒᐅᓯᐆ shiiusiu vai
- il/elle a un goût salé ou sucré

ᔑᐅᔑᓐ shiiushin vai ♦ il/elle surit
ᔑᐅᔥᑯᓈᔑᓐ shiiushkunaashin vai
 ♦ il/elle se fait couper le souffle
ᔑᐅᐊᐤ shiiuhaau vta ♦ il/elle le/la sucre ou le/la sale (liquide)
ᔑᐅᑎᓐ shiiuhtin vii ♦ ça tourne, ça devient aigre
ᔑᐅᑖᐤ shiiuhtaau vta ♦ il/elle met du sel dessus, le sale
ᔑᐅᑖᑭᓈᐳᐃ shiiuhtaakinaapui ni -m ♦ de l'eau salée
ᔑᐅᑖᑭᓐ shiiuhtaakin ni -im ♦ du sel
ᔑᐅᐦᑳᐱᐤ shiiuhkaapiu vai ♦ il/elle cligne de l'oeil, fait un clin d'oeil
ᔑᐅᐦᑳᐱᒫᐤ shiiuhkaapimaau vta ♦ il/elle lui fait un clin d'oeil
ᔑᐅᐦᑳᐱᑎᒻ shiiuhkaapihtim vti ♦ il/elle ferme un oeil pour bien viser
ᔒᐚᐤ shiiwaau vii ♦ c'est sucré ou salé
ᔒᐚᐳᐃ shiiwaapui ni -m ♦ de l'eau salée
ᔒᐚᐳᐚᑭᒥᐤ shiiwaapuwaakimiu vii ♦ l'eau a un goût salé
ᔒᐚᐳᒥᔅᑯᒦ shiiwaapuumiskumii ni -m ♦ de la glace d'eau salée
ᔒᐚᑭᒥᐤ shiiwaakimiu vii ♦ le liquide est sucré ou salé
ᔒᐚᑭᒥᓂᒑᐤ shiiwaakiminichaau vai ♦ il/elle sucre son café ou son thé
ᔒᐚᑭᒥᓂᒻ shiiwaakiminim vti ♦ il/elle le sucre ou le sale (liquide)
ᔒᐚᑭᒥᔑᓐ shiiwaakimishin vai ♦ le liquide surit
ᔒᐚᑭᒥᑎᓐ shiiwaakimihtin vii ♦ ça devient aigre (liquide)
ᔒᐚᑭᒥᑖᐤ shiiwaakimihtaau vai+o ♦ il/elle le sucre, le sale (liquide)
ᔒᐚᑭᓈᐤ shiiwaakinaau vai ♦ il/elle suce la moelle des os d'oie
ᔑᐱᐱᐤ shiipipiu vai ♦ il/elle est assis-e plus longtemps que d'habitude
ᔑᐱᐱᔫ shiipipiyiu vii ♦ ça s'étire
ᔑᐱᑎᓐ shiipitin vii ♦ ça prend longtemps à geler (ex. un lac, une rivière)
ᔑᐱᑳᐳᐎᒡ shiipikaapuwich vai pl -uwi ♦ ils/elles restent longtemps debout
ᔑᐱᑳᐳᐎᔥᑎᐚᐤ shiipikaapuwishtiwaau vta ♦ il/elle le/la soutient pendant longtemps

ᔑᐱᑳᐳ shiipikaapuu vai -uwi ♦ il/elle reste longtemps debout sans se fatiguer
ᔑᐱᒋᐤ shiipichiu vai ♦ il/elle résiste au froid
ᔑᐱᒋᔅᒋᓯᐤ shiipichischisiu vai ♦ il/elle a bonne mémoire
ᔑᐱᓂᔑᒑᔩᐤ shiipinischaayiu vai ♦ il/elle étend le bras
ᔑᐱᓈᐤ shiipinaau vai ♦ il/elle supporte la douleur, met longtemps à mourir
ᔑᐱᓐ shiipin vii ♦ c'est solide, ça dure
ᔑᐱᔅᒋᐱᑎᒻ shiipischipitim vti ♦ il/elle le fait s'étirer
ᔑᐱᔅᒋᐱᔩᐦᐋᐤ shiipischipiyihaau vta ♦ il/elle le/la fait s'étirer
ᔑᐱᔥᑭᒻ shiipishkim vti ♦ il/elle le porte longtemps sans l'user
ᔑᐱᔥᒋᔥᑭᒻ shiipishchishkim vti ♦ il/elle l'étire avec son pied ou son corps
ᔑᐱᔨᐚᓰᐎᓐ shiipiyiwaasiwin ni ♦ de la patience
ᔑᐱᔨᐚᔒᔥᑎᐚᐤ shiipiyiwaashiishtiwaau vta ♦ il/elle est patient-e avec lui/elle
ᔑᐱᔨᐚᔒᔥᑎᒻ shiipiyiwaashiishtim vti ♦ il/elle est patient-e avec ça
ᔑᐱᐦᐄᒑᐤ shiipihiichaau vai ♦ il/elle étend une peau sur un cadre pour la faire sécher
ᔑᐱᐦᐊᒻ shiipiham vti ♦ il/elle l'étend à sécher sur une forme (se dit de fourrures en général)
ᔑᐱᐦᐋᒋᔥᑯᔮᓈᐤ shiipihaachishkuyaanaau vai ♦ il/elle étend une peau de rat musqué sur un cadre pour la faire sécher
ᔑᐱᐦᐋᒑᔑᐚᐤ shiipihaachaashiwaau vai ♦ il/elle étend une peau de renard sur un cadre pour la faire sécher
ᔑᐱᐦᐋᔮᐱᔥᑖᓂᐚᐤ shiipihaayaapishtaaniwaau vai ♦ il/elle étend une peau de martre sur un cadre pour la faire sécher
ᔑᐱᐦᐚᐤ shiipihwaau vta ♦ il/elle l'étend sur une forme pour le faire sécher (se dit d'une fourrure ou d'une peau de bête)
ᔑᐱᑎᐚᐤ shiipihtiwaau vta ♦ il/elle résiste aux ordres, ne fait pas ce qu'elle/il lui dit de faire

ᔑᐱᐦᑎᒼ shiipihtim vti ♦ il/elle est têtu-e et résiste à faire ce qu'on lui dit

ᔑᐱᐦᑎᓐ shiipihtin vii ♦ ça ne se casse pas facilement quand on le laisse tomber

ᔑᐱᐦᑭᓲ shiipihkisuu vai -u ♦ il/elle prend longtemps à cuire, résiste à la chaleur

ᔑᐱᐦᑭᐦᑖᐅ shiipihkihtaau vii ♦ ça met longtemps à cuire, ça résiste à la chaleur

ᔑᐱᐦᑯᔑᐤ shiipihkushiu vai ♦ il/elle reste longtemps réveillé-e, éveillé-e

ᔑᐱᐤ shiipiiu vai ♦ il/elle se détire

ᔑᐱᐃᔑᒋᐎᓐ shiipiishichiwin vii ♦ c'est une rigole (par ex. après la pluie ou la fonte des neiges)

ᔑᐱᐃᔅᑳᐅ shiipiishiskaau vii ♦ il y a beaucoup de ruisseaux

ᔑᐱᐃᔑᔥ shiipiishish ni -im ♦ un ruisseau, un courant, un cours d'eau, un crique

ᔑᐱᐃᔑᔥᑭᒥᑭᐎᔑᐤ shiipiishishkimikiwishiu vii dim ♦ c'est un ruisseau de printemps

ᔑᐳᐚᔥᑖᔮᐅ shiipuwaashtaayaau vii ♦ c'est une clairière dans les arbres de sorte qu'on voit de l'autre côté

ᔑᐹ shiipaa p,lieu ♦ sous ▪ ᔑᐹ ᒋᓴᐱᒋᑭᓂᐦᒡ ᐊᐟᐣ ᐊᐧᒡ ᐊᐤ ᐊᓄᑭᓯᐤ. ▪ L'échelle est sous la cachette.

ᔑᐹᐚᐹᐅ shiipaawaapaau vii ♦ de l'eau coule dans le passage

ᔑᐹᐚᒋᐎᓐ shiipaawaachiwin vii ♦ le courant, la marée dégage un nouveau chenal

ᔑᐹᐚᔮᓯᒀᐅ shiipaawaayaasikwaau vii ♦ il y a un trou dans la glace

ᔑᐹᐱᐤ shiipaapiu vai ♦ il/elle est assis-e sous quelque chose

ᔑᐹᐱᑎᒼ shiipaapitim vti ♦ il/elle le tire dessous

ᔑᐹᐱᑖᐅ shiipaapitaau vta ♦ il/elle le/la tire dessous

ᔑᐹᐱᒋᑭᓐ shiipaapichikin ni ♦ de la ficelle utilisée sous la glace pour placer un filet de pêche

ᔑᐹᐱᔫ shiipaapiyiu vai ♦ il/elle va sous quelque chose

ᔑᐹᐱᔫ shiipaapiyiu vii ♦ ça passe en dessous de quelque chose

ᔑᐹᐱᐦᑖᐤ shiipaapihtaau vai ♦ il/elle court en-dessous, dans un tunnel

ᔑᐹᐱᐦᒑᐱᑎᒼ shiipaapihchaapitim vti ♦ il/elle l'étire (filiforme)

ᔑᐹᑎᐦᒋᔥᑭᐚᐅ shiipaatihchishkiwaau vta ♦ il/elle lui donne un coup de pied dessous

ᔑᐹᑎᐦᒋᔥᑭᒼ shiipaatihchishkim vti ♦ il/elle lui donne un coup de pied sous quelque chose

ᔑᐹᑖᒋᒨ shiipaataachimuu vai -u ♦ il/elle rampe sous quelque chose

ᔑᐹᒋᐱᑎᒼ shiipaachipitim vti ♦ il/elle le tire et l'étire (étalé)

ᔑᐹᒋᐱᑖᐅ shiipaachipitaau vta ♦ il/elle le/la tire et l'étire (étalé)

ᔑᐹᒋᐱᔫ shiipaachipiyiu vai ♦ ça se détire

ᔑᐹᒋᐱᔫ shiipaachipiyiu vii ♦ ça s'étire

ᔑᐹᒋᐱᔫᐎᑯᐦᑉ shiipaachipiyuwikuhp ni ♦ un chandail, un maillot, un gilet, un pull-over

ᔑᐹᒋᔑᓂᒼ shiipaachishinim vti ♦ il/elle le pousse dessous

ᔑᐹᒋᔑᓈᐤ shiipaachishinaau vta ♦ il/elle le/la pousse sous quelque chose

ᔑᐹᒦᑐᓯᔅᑳᐅ shiipaamiitusiskaau vii ♦ c'est une zone de peuplier sans sous-bois

ᔑᐹᓈᐅ shiipaanaau vta ♦ il/elle le/la pousse dessous à la main

ᔑᐹᓈᑯᓱᐎᒡ shiipaanaakusuwich vai pl -u ♦ le sol autour des arbres est dégagé, il n'y a pas de buissons sous les arbres

ᔑᐹᓯᑯᐦᐊᒼ shiipaasikuham vti ♦ il/elle le pousse sous la glace

ᔑᐹᓯᑯᐦᐚᐅ shiipaasikuhwaau vta ♦ il/elle le/la pousse sous la glace

ᔑᐹᓯᓈᒋᐱᔫ shiipaasinaachipiyiu vai ♦ il/elle passe sous une montagne par un tunnel

ᔑᐹᔅᑯᐦᐊᒼ shiipaaskuham vti ♦ il/elle l'étire avec un bâton

ᔑᐹᔅᒀᔮᐅ shiipaaskwaayaau vii ♦ c'est une zone d'arbres sans sous-bois

ᔑᐹᔥᑎᑯᒋᐎᓐ shiipaashtikuchiwin vii ♦ la rivière coule entre des îles; il y a des rapides entre les îles

ᔒᐹᔅᑎᑰ shiipaashtikuu vii -uwi ♦ les rapides sont dans le faux-chenal de la rivière

ᔒᐹᔅᑎᒃ shiipaashtikw ni -um ♦ un bras de rivière parallèle

ᔒᐹᔥᑭᐚᐤ shiipaashkiwaau vta ♦ il/elle passe sous lui/elle

ᔒᐹᔥᑭᒼ shiipaashkim vti ♦ il/elle passe en dessous, au travers

ᔒᐹᔨᒫᐤ shiipaayimaau vta ♦ il/elle prend son temps pour faire quelque chose (d'animé) qui doit être fait

ᔒᐹᔨᐦᑎᒻ shiipaayihtim vti ♦ il/elle prend son temps pour faire quelque chose qui doit être fait

ᔒᐹᔪᐃᑳᔅᑯᐦᐚᐤ shiipaayuwikaaskuhwaau vta ♦ il/elle l'étire avec un bâton

ᔒᐹᔪᐃᒋᐱᔫ shiipaayuwichipiyiu vii ♦ ça s'étire (étalé)

ᔒᐹᔪᐃᒋᔥᑭᐚᐤ shiipaayuwichishkiwaau vta ♦ il/elle l'étire en le/la portant (animé, vêtement)

ᔒᐹᔮᐤ shiipaayaau vii ♦ il n'y a pas de sous-bois, de broussailles; il y a un ruisseau, de l'eau qui traverse un terrain entouré d'eau

ᔒᐹᔮᐹᑯᒧᐦᑖᐤ shiipaayaapaakumuhtaau vai ♦ il/elle le place (filiforme) en dessous

ᔒᐹᔮᑯᓂᑳᐤ shiipaayaakunikaau vii ♦ il y a un tunnel dans la neige

ᔒᐹᔮᒋᔥᑎᒃ shiipaayaachishtikw p,lieu ♦ sous les buissons, les branches ▪ ᐋᓐ ᐚ ᑭᓯᐦᑐᒉᐤ ·ᐋᔪᔨᐦᐁᐤ ᐧᐃᓂᒡ ᔒᐸᔮᒋᔥᑎᒃₓ ▪ Il y a des sentiers de lièvre bien fréquentés sous les buissons.

ᔒᐹᔮᔅᒀᔮᐤ shiipaayaaskwaayaau vii ♦ c'est une forêt sans sous-bois

ᔒᐹᔮᔅᒋᔅᑳᐤ shiipaayaaschiskaau vii ♦ c'est une aire de pins gris sans sous-bois

ᔒᐹᔮᔒᐤ shiipaayaashiu vai ♦ le vent souffle sous lui/elle

ᔒᐹᔮᔒᑭᐧᐃᐦᑖᐤ shiipaayaashikiwihtaau vai+o ♦ il/elle fait couler l'eau à travers quelque chose

ᔒᐹᔮᔥᑎᓐ shiipaayaashtin vii ♦ le vent souffle en dessous

ᔒᐹᔮᐦᑎᒃ shiipaayaahtikw p,lieu ♦ sous un arbre ▪ ᔒᐹᔮᐦᑎᒃ ᓂᐦ ᒉᕆᐋᓐ ᑲ ᑯᑎᐧᐋᔫᕽₓ ▪ On a mangé sous un arbre quand on s'est reposé.

ᔒᐹᐦᐊᒻ shiipaaham vti ♦ il/elle marche en dessous

ᔒᐹᐦᐚᐤ shiipaahwaau vta ♦ il/elle passe dessous (animé, par ex. un arbre) en marchant

ᔒᐹᐦᑖᐤ shiipaahtaau vai ♦ il/elle marche sous quelque chose

ᔒᐹᐦᑖᑭᓐ shiipaahtaakin ni ♦ une forme pour étendre et faire sécher la fourrure

ᔒᑭᐛᐱᔨᐦᐋᐤ shiikiwaapiyihaau vta ♦ il/elle le/la tamise

ᔒᑭᐛᔖᐤ shiikiwaashaau vii ♦ le feu est presque éteint

ᔒᑭᐛᔮᐱᓂᑭᓐ shiikiwaayaapinikin ni ♦ un vieil appât sur une ligne de pêche de nuit

ᔒᑭᐦᐅᓐ shiikihun ni ♦ un peigne

ᔒᑭᐦᐆ shiikihuu vai -u ♦ il/elle se peigne (les cheveux)

ᔒᑭᐦᐊᒻ shiikiham vti ♦ il/elle le peigner

ᔒᑭᐦᐚᐤ shiikihwaau vai ♦ il/elle lui peigne les cheveux, il/elle le/la peigne

ᔒᑯᐧᐃᑖᐦᒋᐳᐧᐃᓐ shiikuwitaahchipuwin ni ♦ des boîtes de conserve vides

ᔒᑯᐧᐃᒥᓈᐤ shiikuwiminaau vta ♦ il/elle vide les baies dans un grand récipient

ᔒᑯᐱᔨᐦᐋᐤ shiikupiyihaau vta ♦ il/elle le/la vide dans un autre récipient

ᔒᑯᐱᔨᐦᑖᐤ shiikupiyihtaau vai ♦ il/elle le vide

ᔒᑯᐹᑖᐦᑭᑎᑖᐅᐦ shiikupaataahkititaauh vii pl ♦ les baies sont séchées par le soleil

ᔒᑯᐹᒋᑮ shiikupaachikiuu vii -iwi ♦ ça se vide

ᔒᑯᐹᒋᑭᐤ shiikupaachikiu vai ♦ il/elle se vide, s'écoule

ᔒᑯᓂᒼ shiikunim vti ♦ il/elle le vide

ᔒᑯᓈᐤ shiikunaau vta ♦ il/elle le/la vide

ᔒᑯᔥᑎᒻ shiikushtim vti ♦ il/elle mange tout et vide les plats

ᔒᑯᔥᑳᑭᓐ shiikushkaakinh ni pl pej ♦ des vieux vêtements

ᔒᑯᔥᑳᒋᑭᓐ shiikushkaachikinh ni pl pej ♦ des vieux vêtements

ᔅᑯᔨᐱᐤ shiikuyaakipiu vai ◆ il/elle est vide, dégonflé-e, trop ample

ᔅᑯᔨᔥᑖᐤ shiikuyaakishtaau vii ◆ c'est dégonflé

ᔅᑳᑖᔨᒫᐤ shiikaataayimaau vta ◆ il/elle éprouve du dédain, du mépris envers lui/elle

ᔅᑳᒋᐦᒁᐱᔨᐦᐅ shiikaachihkwaapiyihuu vai-u ◆ il/elle fait une grimace, fait la moue

ᔅᑳᒋᐦᒁᔨᐤ shiikaachihkwaayiu vai ◆ il/elle fait une grimace, il/elle grimace

ᔑᓂᔥᑭᑎᐚᔮᐹᐚᐤ shiinishkitiwaayaapaawaau vai ◆ il/elle est trempe, trempé-e-mouillé-e

ᔑᓈᔥᑭᒋᐤ shiinaashkichiu vai ◆ il/elle perd du gras à cause du froid

ᔑᔑᓐ shiishin vai ◆ ll/elle est émoussé-e, épointé-e

ᔑᔑᐱᒫᔥᑖᒄ shiishiipimaashtaakw na -im ◆ de la peau de canard séchée

ᔑᔑᐲᔅᒋᐦᒃ shiishiipischihkw ni ◆ une bouilloire munie d'un bec verseur courbé, une marmite pour cuire le canard

ᔑᔑᐲᐦᑳᓐ shiishiipihkaan na ◆ un appelant à canards, un appeau, une chanterelle, un appeleur; une canardière

ᔑᔑᐹᐴᐃ shiishiipaapui ni ◆ du bouillon de canard

ᔑᔑᑉ shiishiip na -im ◆ un canard

ᔑᔑᑯᐣ shiishiikun na ◆ un hochet

ᔑᔥᑳᔥᑖᐤ shiishkaashtaau vii ◆ la neige fondue forme de petits monticules

ᔑᔥᒁᔮᒋᑭᐎᓂᒫ shiishkwaayaachikiwinim vti ◆ il/elle le met à rude épreuve

ᔑᔥᒁᔮᒋᑭᐎᓈᐤ shiishkwaayaachikiwinaau vta ◆ il/elle le/la met à rude épreuve

ᔑᔥᒁᔮᒋᑭᐎᐦᐋᐤ shiishkwaayaachikiwihaau vta ◆ il/elle le/la filtre

ᔑᔥᒁᔮᒋᑭᐎᐦᑖᐤ shiishkwaayaachikiwihtaau vai+o ◆ il/elle le filtre, le passe

ᔑᔥᒁᔮᒋᑭᐎᐦᑖᑭᓐ shiishkwaayaachikiwihtaakin ni ◆ un tamis, une crépine, une passoire, un filtre

ᔒᐦᐊᒻ shiiham vti ◆ il/elle émousse l'outil qui sert à couper ou à percer

ᔒᐦᐚᐤ shiihwaau vta ◆ il/elle émousse l'outil pour couper ou percer

ᔒᐦᑎᑖᐤ shiihtitaau vai ◆ il/elle émousse le fil de la lame

ᔒᐦᑎᒥᐦᒋᐦᐋᐤ shiihtimihchihaau vta ◆ il/elle le/la sent bien serré sur elle/lui

ᔒᐦᑎᓐ shiihtin vii ◆ le côté qui coupe est émoussé

ᔒᐦᑖᔒᐤ shiihtaashiu vii ◆ le ciel couvert

ᔒᐦᑖᔥᑯᔑᓐ shiihtaashkushin vai ◆ il/elle (long et rigide) s'ajuste bien avec l'autre

ᔒᐦᑭᑖᔒᐤ shiihkitaashiu vai ◆ il/elle est froid-e à cause du vent

ᔒᐦᑭᒋᐤ shiihkichiu vai ◆ il/elle est froid-e

ᔒᐦᑭᒋᔥᑎᒁᓈᐅᒋᐤ shiihkichishtikwaanaauchiu vai ◆ il/elle a la tête froide

ᔒᐦᑭᒋᔨᐙᐱᔨᐤ shiihkichiyiwaapiyiu vai ◆ il/elle grelotte, tremble de froid

ᔒᐦᑭᒋᐦᑎᐎᑭᔮᐅᒋᐤ shiihkichihtiwikiyaauchiu vai ◆ il/elle a les oreilles froides

ᔒᐦᑭᒋᐦᒁᒨ shiihkichihkwaamuu vai -u ◆ il/elle est froid-e quand il/elle dort

ᔒᐦᒋᐎᔮᐤ shiihchiwiyaau vai ◆ il/elle le/la dépasse, fait mieux que lui/elle

ᔒᐦᒋᐱᑎᒻ shiihchipitim vti ◆ il/elle le tend bien, le tire bien fort

ᔒᐦᒋᐱᑖᐤ shiihchipitaau vta ◆ il/elle le/la tend bien, le/la tire bien fort

ᔒᐦᒋᐱᔨᐤ shiihchipiyiu vai ◆ il/elle se resserre, enfle légèrement

ᔒᐦᒋᐱᔨᐤ shiihchipiyiu vii ◆ ça se resserre, ça enfle légèrement

ᔒᐦᒋᑳᐴᐎᐨ shiihchikaapuwiwich vai pl -uwi ◆ ils se tiennent, se dressent tassés ensemble; elles se tiennent, se dressent tassées ensemble

ᔒᐦᒋᒧᐚᐤ shiihchimuwaau vai ◆ il/elle encourage, incite fortement

ᔒᖕᒋᒧ shiihchimaau vta ◆ il/elle le/la presse, insiste auprès de lui/d'elle

ᔒᖕᒋᒧᑯᓐ shiihchimaakun vii ◆ son odeur envahit la pièce, l'endroit

ᔒᖕᒋᒧᑯᖕᒑᐤ shiihchimaakuhtaau vai ◆ son odeur remplit la pièce, l'endroit

ᔒᖕᒋᔑᓐ shiihchishin vai ◆ il/elle s'ajuste bien

ᔒᖕᒋᔑᑖᓂᒻ shiihchishtaanim vti ◆ il/elle arme le fusil

ᔒᖕᒋᔑᑭᐙᐤ shiihchishkiwaau vta ◆ il/elle porte quelque chose de trop serré; il/elle est assis-e trop près de lui

ᔒᖕᒋᔑᑭᒻ shiihchishkim vti ◆ il/elle porte quelque chose de serré

ᔒᖕᒋᖕᑎᓐ shiihchihtin vii ◆ c'est bien ajusté, serré

ᔒᖕᒐᐤ shiihchaau vii ◆ c'est serré, il y a peu de place

## ᔆ

ᔆᐅᐱᑎᒻ shuwipitim vti ◆ il/elle le dirige, le manie, est capable de le tirer

ᔆᐅᐱᑖᐤ shuwipitaau vta ◆ il/elle réussit à le/la tirer, est capable de le/la tirer

ᔆᐅᓂᒻ shuwinim vti ◆ il/elle peut le bouger ou le casser à la main

ᔆᐅᓈᐤ shuwinaau vta ◆ il/elle peut le/la déplacer ou le/la casser à la main

ᔆᐅᐃᔥᑭᐙᐤ shuwishkiwaau vta ◆ il/elle réussit à le/la casser, à le/la bouger avec son pied ou son corps

ᔆᐅᐃᔥᑭᒻ shuwishkim vti ◆ il/elle réussit à le casser, à le bouger avec son pied ou son corps

ᔆᐃᔮᓂᐃᐧᑦ shuwiyaaniwit ni ◆ un sac à main, une bourse, une sacoche; un portefeuille

ᔆᐃᔮᓂᑭᒥᒄ shuwiyaanikimikw ni ◆ une banque

ᔆᐃᔮᓂᒋᒧ shuwiyaanichimaau na -m ◆ un banquier

ᔆᐃᔮᓈᐱᔥᑯᔥ shuwiyaanaapishkush na -im ◆ une pièce de monnaie, un sou

ᔆᐃᔮᓐ shuwiyaan na -im ◆ de l'argent

ᔆᐃᖕᐛᐤ shuwihwaau vta ◆ il/elle peut le/la casser, le/la tuer

ᔆᐹᐱᔫ shupaapiyiu vii ◆ c'est un courant rapide et lisse

ᔆᓂᑖᑭᓐ shunitaakin ni ◆ de la ficelle pour le filet

ᔆᓴᒋᐱᐱᔫ shusaachipipiyiu vii ◆ l'eau arrive sur la glace et gèle

ᔆᔥᒋᐃᒋᓂᒻ shuschiwichinim vti ◆ il/elle frotte de la boue dessus

ᔆᔥᒋᐃᒋᓈᐤ shuschiwichinaau vta ◆ il/elle frotte de la boue dessus (animé, étalé)

## ᔓ

ᔔᐃᓂᔅᒑᔨᔥᑎᐙᐤ shuuwinischaayishtiwaau vta ◆ il/elle lui tend la main

ᔔᐱᒥᔫ shuupimiyiu vai ◆ il/elle coule, dégouline, comme de la crème glacée fondue

ᔔᐹᐱᔫ shuupaapiyiu vai ◆ l'eau a des courants rapides intermittents

ᔔᑭᖕᐊ shuukihan vii ◆ c'est épais et coulant

ᔔᑳᐅᐃᑦ shuukaauwit ni ◆ un bol de sucre, de l'anglais 'sugar'

ᔔᑳᐅᐄᖕᒃᐚᔮᐤ shuukaauwiihkwaayaau ni -aam ◆ un sac de sucre, un sac à sucre, de l'anglais 'sugar'

ᔔᑳᐅᓂᒻ shuukaaunim vti ◆ il/elle met du sucre dessus en le touchant

ᔔᑳᐅᓈᐤ shuukaaunaau vta ◆ il/elle lui met du sucre dessus en le/la touchant

ᔔᑳᐅᖕᐛᐤ shuukaauhaau vta ◆ il/elle met du sucre dessus en le/la touchant

ᔔᑳᐚᐳᐃ shuukaawaapui ni -m ◆ de l'eau sucrée, de l'anglais 'sugar'

ᔔᑳᐤ shuukaau ni -aam ◆ du sucre, de l'anglais 'sugar'

ᔔᑳᖕᑭᖕᑎᐙᐤ shuukaahkihtiwaau vta ◆ il/elle utilise du sucre dessus ou dedans (animé)

ᔔᑳᖕᑭᖕᑎᒻ shuukaahkihtim vti ◆ il/elle utilise du sucre dessus ou dedans

ᔔᒋᔑᔥᑖᐤ shuuchishishtaau vai ◆ il/elle le dilue, y ajoute de l'eau

ᓅᒉᔐᑎᒫᐤ shuuchishtimaau vta ♦ il/elle le/la dilue, lui ajoute de l'eau dedans, lui verse de l'eau dessus

ᓅᒥᐱᔫ shuumipiyiu vai ♦ il/elle est un petit peu dégelé-e

ᓅᒥᐱᔒᐤ shuumipiyishiu vai dim ♦ il/elle est un petit peu dégelé-e

ᓅᒥᓂᔖᐃᐦᑰᓈᐤ shuuminishaaihkunaau na [Wemindji] ♦ de la bannique aux raisins

ᓅᒥᓂᔥ shuuminish na -im ♦ un raisin sec, un pruneau

ᓅᒥᓈᐴ shuuminaapui ni -m ♦ du jus de raisin, du vin

ᓅᒫᐦᑭᑎᓐ shuumaaskitin vii ♦ c'est un petit peu gelé

ᓅᒫᔥᑭᔒᐤ shuumaashkichiu vai ♦ il/elle est un peu gelé-e

ᓅᒫᔮᐤ shuumaayaau vii ♦ la neige fond à cause du temps doux

ᓅᔒᐎᐳᑖᐤ shuushiwiputaau vai+o ♦ il/elle le lime pour qu'il soit lisse

ᓅᔒᐎᐳᔮᐤ shuushiwipuyaau vai ♦ il/elle le lime pour qu'il soit lisse

ᓅᔒᐎᐳᔮᐤ shuushiwipuyaau vta ♦ il/elle le/la lisse en limant

ᓅᔒᐎᓂᒻ shuushiwinim vti ♦ il/elle le lisse à la main

ᓅᔒᐎᓈᐤ shuushiwinaau vta ♦ il/elle le/la lisse à la main

ᓅᔒᐎᓯᐤ shuushiusiu vai ♦ il/elle est lisse

ᓅᔒᐎᓯᒃᐋᐤ shuushiwisikwaau vii ♦ la glace est lisse

ᓅᔒᐎᔑᑭᔮᐤ shuushiwishikiyaau vai ♦ il/elle a la peau lisse

ᓅᔒᐎᔒᒫᐤ shuushiwishimaau vta ♦ il/elle le/la rend lisse à force de l'utiliser (par ex. le fond d'un traîneau)

ᓅᔒᐎᔖᔮᐤ shuushiwishaayaau vai ♦ c'est une peau lisse

ᓅᔒᐎᐦᐊᒻ shuushiwiham vti ♦ il/elle le lisse avec quelque chose, le ponce

ᓅᔒᐎᐦᑖᐤ shuushiwihtaau vai+o ♦ il/elle le rend lisse à force de l'utiliser

ᓅᔒᐎᐦᑯᑎᒻ shuushiwihkutim vti ♦ il/elle le taille et le rend tout lisse

ᓅᔒᐎᐦᑯᑖᐤ shuushiwihkutaau vta ♦ il/elle le/la taille et le/la rend tout lisse

ᓅᔒᐚᐤ shuushiwaau vii ♦ c'est lisse

ᓅᔒᐚᐱᓯᔅᒋᓯᐤ shuushiwaapisischisiu vai ♦ il/elle est lisse (minéral)

ᓅᔒᐚᐱᔅᑳᐤ shuushiwaapiskaau vii ♦ c'est lisse (minéral)

ᓅᔒᐚᐹᑭᓐ shuushiwaapaakin vii ♦ c'est lisse (filiforme)

ᓅᔒᐚᐹᒋᓯᐤ shuushiwaapaachisiu vai ♦ il/elle est lisse

ᓅᔒᐚᑭᒥᐤ shuushiwaakimiu vii ♦ l'eau est calme, lisse

ᓅᔒᐚᑭᒥᒋᐎᓐ shuushiwaakimichiwin vii ♦ le courant est lisse

ᓅᔒᐚᑭᓐ shuushiwaakin vii ♦ c'est lisse (étalé)

ᓅᔒᐚᑯᓈᐤ shuushiwaakunikaau vii ♦ c'est de la neige lisse

ᓅᔒᐚᑯᓂᒋᓯᐤ shuushiwaakunichisiu vai ♦ la neige est lisse, glissante

ᓅᔒᐚᒋᐱᑎᒻ shuushiwaachipitim vti ♦ il/elle le lisse (étalé)

ᓅᔒᐚᒋᐱᑖᐤ shuushiwaachipitaau vta ♦ il/elle le/la lisse (étalé)

ᓅᔒᐚᒋᓯᐤ shuushiwaachisiu vai ♦ il/elle est lisse

ᓅᔒᐚᔅᑯᓐ shuushiwaaskun vii ♦ c'est lisse (long et rigide)

ᓅᔒᐚᔅᑯᓯᐤ shuushiwaaskusiu vai ♦ il/elle est lisse (long et rigide)

ᓅᔓᐎᐦᒁᐤ shuushuwihkwaau vai ♦ il/elle glisse

ᓅᔓᐎᐦᒁᐱᔨᐦᐆ shuushiwihkwaapiyihuu vai -u ♦ il/elle descend en glissant

ᓅᔓᐎᐦᒁᐱᔨᐦᐋᐤ shuushuwihkwaapiyihaau vta ♦ il/elle le/la pousse pour qu'il/elle descende en glissant

ᓅᔓᐎᐦᒁᐱᔨᐦᑖᐤ shuushuwihkwaapiyihtaau vai ♦ il/elle le fait glisser

ᓅᔓᐎᐦᒁᓐ shuushuwihkwaan ni ♦ une glissade

ᓅᔥᑯᐱᔩᐤ shuushkupiyiu vai ♦ il/elle glisse avec

ᓅᔥᑯᐱᔩᐤ shuushkupiyiu vii ♦ ça glisse à côté

ᓅᔥᑯᐱᔨᐦᐋᐤ shuushkupiyihaau vta ♦ il/elle le/la fait glisser

ᓅᔅᑯᐱᔨᐦᑖᐤ shuushkupiyihtaau vai
  ♦ il/elle le fait glisser
ᓅᔅᑯᑎᓈᐤ shuushkutinaau vii ♦ c'est une montagne aux pentes raides
ᓅᔅᑯᐦᐄᑭᓐ shuushkuhiikin na ♦ un fer à repasser
ᓅᔅᑯᐦᐄᒑᐤ shuushkuhiichaau vai
  ♦ il/elle repasse
ᓅᔅᑯᐦᐊᒻ shuushkuham vti ♦ il/elle le repasse
ᓅᔅᑯᐦᐙᐤ shuushkuhwaau vta ♦ il/elle le/la repasse
ᓅᔥᑳᐤ shuushkwaau vii ♦ c'est une pente
ᓅᔥᑳᐹᐱᔅᒋᐱᔫ shuushkwaapischipiyiu vai ♦ il/elle glisse sur une pente rocheuse
ᓅᔥᑳᐹᐱᔅᒋᐱᔫ shuushkwaapischipiyiu vii ♦ ça glisse sur une pente rocheuse
ᓅᔥᑳᐹᐱᔥᒑᒋᒋᐎᓐ shuushkwaapishkaachichiwin vii ♦ le rapide est en pente
ᓅᔥᑳᐹᐱᔥᒑᒋᒋᐎᓐ shuushkwaapishchaachichiwin vii ♦ le rapide est en pente; c'est un mouvement lisse du rapide sur les rochers
ᓅᔥᑳᒥᔅᑳᐤ shuushkwaamiskaau vii
  ♦ l'étendue d'eau a un fond en pente
ᓅᔥᑳᒥᔅᒋᐱᔫ shuushkwaamischipiyiu vai ♦ il/elle glisse sur une pente rocheuse et tombe dans l'eau
ᓅᔥᑳᒥᔅᒋᐱᔫ shuushkwaamischipiyiu vii ♦ ça descend une pente de rocher en glissant en hiver

## ᔖ

ᔖᐅᓈᐤ shaaunaau vai ♦ il/elle se blesse facilement
ᔖᐅᓐ shaaun vii ♦ c'est fragile, ça casse facilement
ᔖᐅᓯᐤ shaausiiu vai ♦ il/elle est fragile, se casse facilement
ᔖᐅᐦᐋᐤ shaauhaau vta ♦ il/elle le/la maltraite, alors il/elle casse facilement

ᔖᐅᐦᑖᐤ shaauhtaau vai ♦ il/elle est brutal-e avec, alors ça se casse facilement
ᔖᐎᓅᔖᐙᑎᓐ shaawinimushaawaatin vii ♦ c'est un vent du sud-est
ᔖᐎᓂᓯᐤ shaawinisiu na ♦ l'esprit du sud
ᔖᐎᓂᐦᐋ shaawinihan vii ♦ c'est un vent du Sud
ᔖᐎᓃᐙᐤ shaawiniiwaau vii ♦ le vent souffle du Sud
ᔖᐙᒋᐎᓐ shaawaachiwin vii ♦ il y a un écho des rapides
ᔖᐱᑉᐙᓈᐤ shaapipwaanaau vai ♦ il/elle presse pour le/la faire passer
ᔖᐳᐙᓵᔮᐤ shaapuwaasaayaau vii ♦ la lumière arrive, brille au travers
ᔖᐳᐱᔫ shaapupiyiu vai ♦ il/elle le traverse
ᔖᐳᐱᔫ shaapupiyiu vii ♦ ça traverse, ça passe au travers
ᔖᐳᑎᓐ shaaputin vii ♦ le froid passe au travers
ᔖᐳᒋᐤ shaapuchiu vai ♦ le froid le/la traverse
ᔖᐳᒋᔖᔨᐦᑎᒻ shaapuchischaayihtim vti
  ♦ il/elle le connaît parfaitement
ᔖᐳᒥᓂᒡ shaapuminich na pl -im ♦ des groseilles Ribes oxyacanthoides
ᔖᐳᒥᓈᐦᑎᒄ shaapuminaahtikw na ♦ un groseillier sauvage, un groseillier du Nord Ribes oxyacanthoides
ᔖᐳᓂᑭᓐ shaapunikin ni ♦ une aiguille à coudre, une aiguille hypodermique
ᔖᐳᓂᒻ shaapunim vti ♦ il/elle le connaît parfaitement
ᔖᐳᓈᑯᓐ shaapunaakun vii ♦ c'est transparent
ᔖᐳᓈᑯᓯᐤ shaapunaakusiu vai ♦ il/elle est transparent-e
ᔖᐳᔑᑖᔑᓐ shaapushitaashin vai
  ♦ il/elle marche sur quelque chose de pointu qui lui transperce le pied
ᔖᐳᔥᑎᐦᐊᒻ shaapushtiham vti ♦ il/elle le perce, le fait traverser en cousant
ᔖᐳᔥᑎᐦᐙᐤ shaapushtihwaau vta
  ♦ il/elle le/la perce, le/la fait traverser en cousant

ᓵᐴᔥᑭᐘᐤ shaapushkiwaau vta ♦ il/elle marche en traversant la foule

ᓵᐴᔥᑭᒼ shaapushkim vti ♦ il/elle le traverse à pied; il/elle le réussit (ex. son test, son opération)

ᓵᐳᔮᒋᓂᒻ shaapuyaachinim vti ♦ il/elle le fait traverser quelque chose d'étalé en poussant

ᓵᐳᔮᒋᓈᐤ shaapuyaachinaau vta ♦ il/elle le/la fait traverser quelque chose d'étalé en poussant

ᓵᐳᐦᐊᒼ shaapuham vti ♦ il/elle le fait passer au travers en le perforant

ᓵᐳᐦᐚᐤ shaapuhwaau vta ♦ il/elle le met, tire droit à travers lui/elle

ᓵᐳᐦᑖ shaapuhtiwaa p,lieu ♦ par là, passer ▪ ᒫᐦ ᓵᐳᐦᑖ ᐱᒧᐦᑖᑦ, ᒫᐦ ᐋᔮᒃ ᐊᐹ ᓂᐙᐸᒪᐠ. ▪ Elle/Il a passé juste là et fait comme s'il ne me voyait pas.

ᓵᐳᐦᑎᐙᐱᔨᐤ shaapuhtiwaapiyiu vai ♦ il/elle passe sans s'arrêter

ᓵᐳᐦᑎᐙᐱᐦᑖᐤ shaapuhtiwaapihtaau vai ♦ il/elle court sans s'arrêter, passe en courant

ᓵᐳᐦᑎᐙᓐ shaapuhtiwaan ni ♦ une habitation avec une entrée à chaque bout

ᓵᐳᐦᑎᐚᔥᑭᐘᐤ shaapuhtiwaashkiwaau vta ♦ il/elle le/la dépasse en marchant

ᓵᐳᐦᑎᐚᔥᑭᒼ shaapuhtiwaashkim vti ♦ il/elle passe à côté sans s'arrêter

ᓵᐳᐦᑎᐚᔮᐤ shaapuhtiwaayaau vii ♦ c'est ouvert aux deux bouts

ᓵᐳᐦᑎᐚᐦᑖᐤ shaapuhtiwaahtaau vai ♦ il/elle traverse, marche sans s'arrêter

ᓵᐳᐦᑎᐚᐦᔮᒥᑭᓐ shaapuhtiwaahyaamikin vii ♦ ça vole sans s'arrêter; ça passe en volant

ᓵᐳᐦᒀᒨ shaapuhkwaamuu vai-u ♦ il/elle est profondément endormi-e

ᓵᐹᔥᑭᒋᐤ shaapaashkichiu vai ♦ il/elle est assez gelé-e (toujours utilisé à la forme négative) ▪ ᑖᐤ ᓂᒼ ᒦᑎᐦᐚ ᐱᓂᒦ ᐋᐦᐟ ᐋᓐᵈ ᓵᔥᑭᒋᓐ. ▪ Je ne peux pas gratter la peau parce qu'elle n'est pas encore assez gelée.

ᓵᐹᔮᐤ shaapaayaau vii ♦ de l'eau apparaît sur les lacs et les rivières au printemps

ᓵᐴᐚᐤ shaapwaawaau vai ♦ il/elle se rend de l'autre côté de la pointe

ᓵᐴ shaapwaau p,lieu ♦ de l'autre côté d'une pointe

ᓵᐴᐋᐱᒫᐤ shaapwaapimaau vta ♦ il/elle voit à travers lui/elle; il/elle le/la radiographie

ᓵᐴᐋᐱᓲ shaapwaapisuu vai-u ♦ la peau est toute fumée

ᓵᐴᐋᐱᐦᑎᒼ shaapwaapihtim vti ♦ il/elle voit à travers; il/elle en prend des rayons X

ᓵᐴᐋᐱᐦᑖᐤ shaapwaapihtaau vii ♦ la fumée passe au travers

ᓵᐴᐋᐱᐦᒋᑭᓐ shaapwaapihchikin ni ♦ une machine à rayons X

ᓵᐴᐋᐱᐦᒋᒑᐤ shaapwaapihchichaau vai ♦ il/elle prend des rayons X

ᓵᐴᐋᐱᐦᒋᒑᓯᐤ shaapwaapihchichaasiu na-iim ♦ un technicien ou une technicienne de rayons-X, un-e radiologue ▪ ᑲ ᐃᔅᒡ ᓂᑐᐦᑖᐯᔥ ᓂ ᐋᐱᐦᒋᒼ ᓵᐴᐋᐱᐦᒋᒑᓯᒻ. ▪ Le docteur m'a dit d'aller voir le radiologue.

ᓵᐛᐹᐤ shaapwaapaawaau vai ♦ il/elle est trempé-e mouillé-e

ᓵᐛᐹᐤ shaapwaapaawaau vii ♦ ce n'est pas imperméable

ᓵᐚᔅᑯᐱᔨᐦᑖᐤ shaapwaaskupiyihtaau vai ♦ il/elle le fait traverser (filiforme) quelque chose en bois

ᓵᐚᔅᑯᐦᐚᐤ shaapwaaskuhwaau vta ♦ il/elle le/la perce

ᓵᐚᔅᑯᐦᑎᓐ shaapwaaskuhtin vii ♦ ça passe au travers (long et rigide); c'est coincé dedans

ᓵᐚᔒ shaapwaashiu vai ♦ le vent le/la traverse, le vent transperce ses vêtements

ᓵᐚᔥᑎᐚᐤ shaapwaashtiwaau vii ♦ la lumière brille et traverse quelque chose

ᓵᐚᔥᑎᓐ shaapwaashtin vii ♦ le vent souffle au travers

ᓵᐚᔥᑖᐤ shaapwaashtaau vii ♦ ça brille au travers

ᓵᐚᔥᑭᒋᐤ shaapwaashkichiu vai ♦ il/elle est complètement gelé-e

ᓵᐚᔥᑯᔑᓐ shaapwaashkushin vai ♦ il/elle le/la traverse, transperce

ᔖᐹᔥᑯᔥᑭᒻ **shaapwaashkushkim** vti
- il/elle traverse un bosquet

ᔖᑭᐅᑖᐤ **shaakiwiputaau** vai+o
- il/elle le scie étroit

ᔖᑭᐅᔮᐤ **shaakiwipuyaau** vta ◆ il/elle le/la scie étroit-e

ᔖᑭᐋᑖᔅᑎᒥᐦᒆᐤ **shaakiwitaashtimihkwaau** vai ◆ il/elle a un visage étroit

ᔖᑭᐃᑭᒥᒄ **shaakiwikimikw** ni ◆ une habitation de forme allongée

ᔖᑭᐃᑭᒫᐤ **shaakiwikimaau** vii ◆ c'est un lac étroit

ᔖᑭᐃᓯᐤ **shaakiwisiu** vai ◆ il/elle est étroit-e

ᔖᑭᐃᓯᑯᓯᐤ **shaakiwisikusiu** vai ◆ le morceau de glace est étroit

ᔖᑭᐃᔅᑯᒥᑳᐤ **shaakiwiskumikaau** vii ◆ c'est un lac gelé étroit

ᔖᑭᐃᔅᒑᑳᐤ **shaakiwischaakaau** vii ◆ c'est une tourbière étroite

ᔖᑭᐃᔒᒻ **shaakiwishim** vti ◆ il/elle le coupe étroit

ᔖᑭᐃᔑᐚᐤ **shaakiwishwaau** vta ◆ il/elle le/la coupe étroit-e

ᔖᑭᐃᐦᐋᐤ **shaakiwihaau** vta ◆ il/elle le/la rend étroite, le/la rétrécit

ᔖᑭᐃᐦᑖᐤ **shaakiwihtaau** vai+o ◆ il/elle le rend étroit, le rétrécit

ᔖᑭᐃᐦᑳᐤ **shaakiwihkwaau** vai ◆ il/elle a un visage étroit

ᔖᑭᐚᐤ **shaakiwaau** vii ◆ c'est étroit

ᔖᑭᐙᐱᓯᔅᒋᓯᐤ **shaakiwaapisischisiu** vai
- il/elle est étroit-e (minéral)

ᔖᑭᐙᐱᔅᑳᐤ **shaakiwaapiskaau** vii
- c'est étroit (minéral)

ᔖᑭᐚᐸᑭᓐ **shaakiwaapaakin** vii ◆ c'est étroit (filiforme)

ᔖᑭᐚᐸᒋᓯᐤ **shaakiwaapaachisiu** vai
- il/elle est étroit-e (filiforme)

ᔖᑭᐚᑭᓐ **shaakiwaakin** vii ◆ c'est étroit (étalé)

ᔖᑭᐚᒋᓯᐤ **shaakiwaachisiu** vai ◆ il/elle est étroit-e (étalé)

ᔖᑭᐚᓂᑳᐤ **shaakiwaanikaau** vii ◆ c'est une île étroite

ᔖᑭᐚᔅᑯᓯᐤ **shaakiwaaskusiu** vai ◆ il/elle est étroit-e (long et rigide)

ᔖᑭᐙᔨᐚᔒᐤ **shaakiwaayiwaashiu** vai dim
- il/elle (par ex. un castor) a la queue étroite

ᔖᑭᒋᐚᐤ **shaakichiwaau** vai ◆ il/elle grimpe, monte

ᔖᑭᒋᐚᐱᑏᓲ **shaakichiwaapitiisuu** vai reflex -u ◆ il/elle se hisse sur quelque chose

ᔖᑭᒋᐚᐱᐦᐊᒻ **shaakichiwaapiham** vti
- il/elle le balaie d'un geste qui le jette dans les airs

ᔖᑭᒋᐚᐱᐦᑖᐤ **shaakichiwaapihtaau** vai
- il/elle le remonte en courant

ᔖᑭᒋᐚᐳᐦᐚᐤ **shaakichiwaapuhwaau** vta ◆ il/elle le/la balaie d'un geste qui le/la jette dans les airs

ᔖᑭᒋᐚᒋᔑᒨ **shaakichiwaachishimuu** vai -u ◆ il/elle s'échappe au courant

ᔖᑭᒋᐚᓯᐦᑖᐤ **shaakichiwaasihtaau** vai
- il/elle portage en montant la côte

ᔖᑭᒋᐚᐦᑖᐤ **shaakichiwaahtaau** vai
- il/elle le monte, l'emporte en haut

ᔖᑭᒋᐚᐦᑎᐦᐋᐤ **shaakichiwaahtihaau** vta
- il/elle l'emmène en haut

ᔖᑭᒋᔥᑐᓈᐱᐤ **shaakichishtunaapiu** vai
- il/elle (ex. oiseau) est dans son nid

ᔖᑯᐱᔨᐦᐋᐤ **shaakupiyihaau** vta ◆ il/elle le/la met dessous

ᔖᑯᐱᔨᐦᑖᐤ **shaakupiyihtaau** vai ◆ il/elle le glisse en dessous

ᔖᑯᑎᒋᐱᔨᐦᐋᐤ **shaakutichipiyihaau** vta
- sa pagaie va sous le canot

ᔖᑯᑎᓐ **shaakutin** vii ◆ ça gèle facilement

ᔖᑯᑎᐦᒋᔥᑭᐚᐤ **shaakutihchishkiwaau** vta
- il/elle lui donne un coup de pied sous quelque chose

ᔖᑯᑎᐦᒋᔥᑭᒻ **shaakutihchishkim** vti
- il/elle lui donne un coup de pied sous quelque chose

ᔖᑯᑖᐦᐋᐤ **shaakutaahaau** vai ◆ il/elle a peur facilement

ᔖᑯᒋᐤ **shaakuchiu** vai ◆ il/elle prend froid, se refroidit facilement

ᔖᑯᓂᒻ **shaakunim** vti ◆ il/elle met ses mains directement dessous, le rentre, le borde

ᔖᑯᓈᐤ **shaakunaau** vta ◆ il/elle met les mains directement sous lui/elle

ᓵᑯᓈᐤ shaakunaau vai ♦ il/elle pleure facilement

ᓵᑯᔑᒨ shaakushimuu vai-u ♦ il/elle rampe, se glisse en dessous

ᓵᑯᔑᒫᐤ shaakushimaau vta ♦ il/elle le/la glisse dessous

ᓵᑯᔑᓐ shaakushin vai ♦ il/elle est en dessous

ᓵᑯᔫᐙᓰᐤ shaakuyiwaasiu vai ♦ il est coléreux, elle est coléreuse; il/elle s'emporte facilement

ᓵᑯᔮᒋᓂᒻ shaakuyaachinim vti ♦ il/elle met ses mains sous quelque chose d'étalé

ᓵᑯᔮᒋᓈᐤ shaakuyaachinaau vta ♦ il/elle met sa main sous sa couverture, sous ses vêtements (Jean met ses mains sous la couverture de Marie)

ᓵᑯᐦᐊᒻ shaakuham vti ♦ il/elle le met dessous, entre quelque chose

ᓵᑯᐦᐋᐤ shaakuhaau vta ♦ il/elle est capable de le/la soulever, réussit à le/la persuader du contraire

ᓵᑯᐦᐋᐹᐙᐤ shaakuhaapaawaau vii ♦ de l'eau coule en-dessous

ᓵᑯᐦᐙᐤ shaakuhwaau vta ♦ il/elle le/la met sous quelque chose

ᓵᑯᐦᑎᑖᐤ shaakuhtitaau vai ♦ il/elle le glisse entre les deux

ᓵᑯᐦᑎᓐ shaakuhtin vii ♦ c'est placé en dessous

ᓵᑯᐦᑖᐤ shaakuhtaau vai ♦ il/elle est capable de le soulever, de le surmonter

ᓵᑳᔥᑎᐙᐤ shaakaashtiwaau vai ♦ les rayons du soleil sont visibles, le soleil se lève

ᓵᑳᔥᑖᐱᔫ shaakaashtaapiyiu vii ♦ le soleil sort des nuages

ᓵᒀᐹᐙᐤ shaakwaapaawaau vii ♦ de l'eau s'infiltre en dessous

ᓵᒀᐹᐙᐤ shaakwaapaawaau vai ♦ l'eau transperce ses vêtements

ᓵᒀᐹᓈᐦᑎᑖᐤ shaakwaapaanaahtitaau vai ♦ il/elle le glisse sous le laçage de la charge du toboggan

ᓵᒀᐹᓐ shaakwaapaan ni ♦ les cordes latérale d'un traîneau ou toboggan, une corde

ᓵᒀᔅᑯᓂᒻ shaakwaaskunim vti ♦ il/elle le met entre les poteaux et la toile du tipi

ᓵᒀᔅᑯᓈᐤ shaakwaaskunaau vta ♦ il/elle le/la met entre les poteaux et la toile du tipi

ᓵᒀᔅᑯᔑᒫᐤ shaakwaaskushimaau vta ♦ il/elle le/la glisse au milieu

ᓵᒀᔒᐤ shaakwaashiu vai ♦ le vent souffle sous ses couches (par ex. de vêtements)

ᓵᒀᔥᑎᓐ shaakwaashtin vii ♦ le vent souffle en dessous

ᓵᒀᔨᒧᑎᐙᐤ shaakwaayimutiwaau vta ♦ il/elle se sent intimidé-e face à lui/elle

ᓵᒀᔨᒧᐦᐄᐙᐤ shaakwaayimuhiiwaau vai ♦ il/elle l'embarrasse

ᓵᒀᔨᒧᐦᐋᐤ shaakwaayimuhaau vta ♦ il/elle l'intimide

ᓵᒀᔨᒨ shaakwaayimuu vai-u ♦ il/elle est timide

ᓵᒀ shaakw p,lieu ♦ sous

ᓵᒋᑳᑖᔑᓐ shaachikaataashin vai ♦ il/elle est allongé-e les jambes qui dépassent de quelque chose

ᓵᒋᔥᑿᔑᓐ shaachishkwaashin vai ♦ il/elle est allongé-e avec la tête qui sort de quelque chose

ᓵᒑᐙᔮᒋᐎᓐ shaachaawaayaachiwin vii ♦ ça indique qu'il y a un rapide après le tournant

ᓵᒫᒡ shaamaach p,temps ♦ longtemps (utilisé avec une forme négative) ■ ᐋᓂᒡ ᐊᑭ ᓵᒫᒡ ᐅᒥᕐ ᑎᐱᔅᒡ ᐊᐤ ᓂᑖᐦᑳᒡ ■ Ma bannique a mis longtemps à cuire.

ᓵᒫᔥᑎᐲᐤ shaamaashtipiu vai ♦ il/elle est assis-e les genoux relevés

ᓵᔒᐙᐹᐤ shaashiwaapaau vai ♦ il/elle se débat contre quelque chose de filiforme auquel il/elle est attaché-e

ᓵᔑᑭᑎᓂᒻ shaashikitinim vti ♦ il/elle le courbe en arrière

ᓵᔑᑭᑎᓈᐤ shaashikitinaau vta ♦ il/elle le/la met sur son dos en tirant

ᓵᔑᑭᑎᔑᒫᐤ shaashikitishimaau vta ♦ il/elle le/la dépose sur le dos

ᓵᔑᑭᑖᐳᑯᐎᒡ shaashikitaapukuwich vai pl-u ♦ la direction des vagues du rapide change à cause du vent très fort

ᓵᔑᑭᒋᑎᒻ **shaashikichipitim** vti
- il/elle le recule en tirant dessus

ᓵᔑᑭᒋᐱᔫ **shaashikichipiyiu** vai
- il/elle tombe à la renverse

ᓵᔑᑭᒌᐤ **shaashikichiiu** vai ◆ il/elle se penche en arrière

ᓵᔑᔑᓂᒡ **shaashishinich** vai pl ◆ les vagues lèchent sur le rivage

ᓵᔑᐦᑳᐹᒋᐱᔫ **shaashihkaapaachipiyiu** vii ◆ la foudre frappe en longs éclairs

ᓵᔑᐦᑳᔥᑖᐱᔫ **shaashihkaashtaapiyiu** vii
- il y a de longs éclairs

ᓵᔒᐱᐦᑯᔑᐤ **shaashiipihkushiu** vai
- il/elle s'étire dans son sommeil

ᓵᔒᐲᐤ **shaashiipiiu** vai redup ◆ il/elle s'étire

ᓵᔒᐹᐱᑎᒻ **shaashiipaapitim** vti ◆ il/elle le coud à la main

ᓵᔒᐹᐱᐦᒑᐱᑎᒻ **shaashiipaapihchaapitim** vti ◆ il/elle le tisse, le fait rentrer et sortir

ᓵᔒᐹᔥᑭᒥᒋᐎᓐ **shaashiipaashkimichiwin** vii ◆ c'est un petit ruisseau qui coule sur et sous la terre

ᓵᔒᐹᔨᒨ **shaashiipaayimuu** vai -u
- il/elle souffre depuis longtemps

ᓵᔒᐹᔮᑯᓂᒌᐤ **shaashiipaayaakunichiiu** vai ◆ il/elle s'enterre sous la neige

ᓵᔒᐹᔮᔨᐦᑎᒻ **shaashiipaayaayihtim** vti
- il/elle somnole

ᓵᔒᐹᐦᒑᐤ **shaashiipaahchaau** vai
- il/elle rentre sous terre et ressort quand il y a une flaque d'eau

ᓵᔒᑭᐹᔮᑯᐦᑖᐤ **shaashiikipaayaakuhtaau** vii ◆ la neige fond en formant de petites pointes au printemps

ᓵᔒᑰᐦᑖᐤ **shaashiikuhtaau** vai ◆ le porc-épic mâle urine souvent pendant la saison de l'accouplement même quand il marche

ᓵᔒᑳᑰᐦᑖᔒᐤ **shaashiikaakuhtaashiu** vii dim ◆ la neige fond et forme de petites pointes

ᓵᔖᐙᐤ **shaashaawiu** vai ◆ il/elle travaille, bouge et ses muscles se détendent

ᓵᔖᐙᐱᔫ **shaashaawaapiyiu** vii ◆ ça fait un grand bruit métallique, un bruit de ferraille qui résonne

ᓵᔖᐙᐱᔨᐦᐋᐤ **shaashaawaapiyihaau** vta
- il/elle lui fait rendre un son métallique, un bruit de ferraille

ᓵᔖᐙᔒᒫᐤ **shaashaawaashimaau** vta
- il/elle le/la laisse tomber et il/elle fait un bruit de ferraille

ᓵᔖᐙᐦᑎᑖᑭᓐ **shaashaawaahtitaakin** ni
- une cloche

ᓵᔖᐹᐱᔨᐦᐋᐤ **shaashaapiyihaau** vta redup
- il/elle secoue le hochet, la crécelle

ᓵᔖᑯᒫᐤ **shaashaakumaau** vta redup
- il/elle le/la mâchonne jusqu'à ce qu'il soit tout fin

ᓵᔖᑯᐦᐊᒻ **shaashaakuham** vti redup
- il/elle le casse en petits morceaux

ᓵᔖᑯᐦᐙᐤ **shaashaakuhwaau** vta redup
- il/elle le/la casse en petits morceaux

ᓵᔖᑯᐦᑎᒻ **shaashaakuhtim** vti redup
- il/elle mordille des os

ᓵᔖᒋᔥᑎᒀᓈᐤ **shaashaachishtikwaanaau** vai ◆ il/elle est nu-tête

ᓵᔖᒋᔥᑎᒀᓈᑳᐴ **shaashaachishtikwaanaakaapuu** vai -uwi
- il/elle se tient là nu-tête

ᓵᔖᒋᔥᑎᔑᓐ **shaashaachishtishin** vai
- il/elle est couché-e pieds nus

ᓵᔖᒋᔥᑎᐦᒑᐤ **shaashaachishtihchaau** vai
- il/elle ne porte pas de gants, de mitaines, il/elle est mains nues

ᓵᔖᔒᐤ **shaashaashiu** na -ilm ◆ un grand chevalier à pattes jaunes *Tringa melanoleuca*, ou un petit chevalier à pattes jaunes *Tringa flavipes*

ᓵᔥᔃᑭᐦᐄᐱᒋᐤ **shaashwaakihiipichiu** vai
- il/elle passe sur la neige mouillée, la neige fondante en déplaçant son campement d'hiver

ᓵᔥᔃᑭᐦᐄᑭᓂᐱᒋᐤ **shaashwaakihiikinipichiu** vai ◆ il/elle passe sur la neige mouillée, la neige fondante en déplaçant son campement d'hiver

ᓵᔥᔃᑭᐦᐊᒻ **shaashwaakiham** vti ◆ il/elle se déplace sur de la neige mouillée

ᓵᔥ **shaash** p,temps ◆ déjà ▪ ᓵᔥ ᒥᐦ ᓂᒥ ᐃᐦᑖᐤ ᑳ ᐧᐋ ᑲᓈᐙᐱᒫᒋ. *Elle/il était déjà partie quand je suis allé-e la voir.*

ᓵᔥᑎᒀᔮᐱ **shaashtikwaayaapii** ni -m
- une corde épaisse

ᓵᔥᑎᒋᔖᓐ **shaashtichishaan** ni ◆ des entrailles de corégone (de poisson) mélangées avec des oeufs de poisson et épaissies avec de la farine

ᓵᔥᑖᓯᐤ **shaashtaasiu** vai ◆ ça sent rance

ᓵᔥᑖᔑᓐ **shaashtaashin** vai ◆ il/elle est rance

ᓵᔥᑖᔮᐤ **shaashtaayaau** vii ◆ ça sent le rance; c'est rance

ᓵᔥᑖᔥᑎᓐ **shaashtaahtin** vii ◆ ça devient rance

ᓵᔥᑭᔥᑖᐤ **shaashkishtaau** vai ◆ il/elle le place (un canot) avec un bout sur le rivage

ᓵᔥᑭᔥᑖᐤ **shaashkishtaau** vii ◆ c'est placé avec un bout sur le rivage

ᓵᔥᑳᔥᑖᐤ **shaashkaashtaau** vii ◆ la neige fond au soleil

ᓵᔥᑳᔥᑖᐲᔨᐤ **shaashkaashtaapiyiu** vii ◆ les flammes dansent

ᓵᔥᒋᔑᓐ **shaashchishin** vai ◆ il/elle est étendu-e avec un bout sur le rivage

ᓵᔨᐘᑭᓐ **shaayiwaakin** vii ◆ c'est du tissu non-coupé ou non-cousu

ᓵᔨᐘᒋᓯᐤ **shaayiwaachisiu** vai ◆ il est entier, elle est entière (étalé), pas encore coupé-e ou cousu-e

ᓵᔦᐅᐱᐤ **shaayuwipiu** vai ◆ il/elle est là sans être recouvert-e

ᓵᔦᐅᐱᔨᐤ **shaayuwipiyiu** vai ◆ il/elle s'ouvre, est ouvert-e

ᓵᔦᐅᐱᔨᐤ **shaayuwipiyiu** vii ◆ ça s'ouvre; c'est ouvert

ᓵᔦᐅᑯᑖᐤ **shaayuwikutaau** vai+o ◆ il/elle le laisse suspendu-e ouvert-e

ᓵᔦᐅᑯᔮᐤ **shaayuwikuyaau** vta ◆ il/elle le/la laisse ouvert-e suspendu-e

ᓵᔦᐅᔥᑖᐤ **shaayuwishtaau** vai ◆ il/elle le laisse ouvert-e

ᓵᔦᐅᔥᑖᐤ **shaayuwishtaau** vii ◆ c'est laissé ouvert

ᓵᔦᐅᔥᑭᐛᐤ **shaayuwishkiwaau** vta ◆ il/elle l'ouvre avec son pied ou son corps

ᓵᔦᐅᔥᑭᒼ **shaayuwishkim** vti ◆ il/elle l'ouvre avec son pied ou son corps

ᓵᔦᐅᐦᐋᐤ **shaayuwihaau** vta ◆ il/elle le/la laisse ouvert-e

ᓵᔭᑭᔥᑖᐤ **shaayaakishtaau** vii ◆ la toile n'est pas fermée autour du bas du tipi

ᔖᐦᑎᐚᔮᐤ **shaahtiwaayaau** vii ◆ le type a une grande ouverture en haut parce que la toile est basse sur le cadre

ᔖᐦᑯᑎᓂᒼ **shaahkutinim** vti ◆ il/elle le vainc à la main

ᔖᐦᑯᑎᓈᐤ **shaahkutinaau** vta ◆ il/elle le vainc à la main

ᔖᐦᑯᑎᔥᑭᐛᐤ **shaahkutishkiwaau** vta ◆ il/elle est capable de le/la pousser

ᔖᐦᑯᑖᔨᒫᐤ **shaahkutaayimaau** vta ◆ il/elle le/la vainc par la pensée

ᔖᐦᑯᒋᐱᔨᐤ **shaahkuchipiyiu** vai ◆ il/elle surmonte les obstacles qui l'empêchait de le faire

ᔖᐦᑯᒋᐱᔨᐤ **shaahkuchipiyiu** vii ◆ ça arrive même si c'était improbable

ᔖᐦᑯᒋᒧᐚᐤ **shaahkuchimuwaau** vta ◆ il/elle est capable de persuader les autres

ᔖᐦᑯᒋᒫᐤ **shaahkuchimaau** vta ◆ il/elle est capable de le/la persuader par ses paroles

ᔖᐦᑯᒋᐦᐄᐚᐤ **shaahkuchihiiwaau** vai ◆ il/elle est convaincant-e

ᔖᐦᑯᒋᐦᑖᐤ **shaahkuchihtaau** vai+o ◆ il/elle le surmonte, le conquiert, le gagne

ᔖᐦᑯᒡ **shaahkuch** p,manière [Wemindji] ◆ sûrement, certainement, pour sûr

ᔖᐦᒁᔥᑖᐤ **shaahkwaashtaau** vai ◆ il/elle a des choses éparpillées tout autour de lui/d'elle

ᔖᐦᒁᐦᐄᑭᓐ **shaahkwaahiikin** ni ◆ un couteau, un racloir, un grattoir semi-circulaire

ᔖᐦᒁᐦᐊᒼ **shaahkwaaham** vti ◆ il/elle le gratte

ᔖᐦᒁᐦᐚᐤ **shaahkwaahwaau** vta ◆ il/elle le/la gratte

ᔖᐦᒋᐚᐤ **shaahchiwaau** vai ◆ il/elle est nu-e, déculotté-e

## ᔥ

ᔥᑭᓂᐱ **shwaakinipii** ni ♦ de la neige fondante sur la glace au moment de la fonte des neiges au printemps

ᔥᐊⁿ **shwaan** na ♦ un châle

ᔥᔥᑖᐅ **shwaashtaau** vii ♦ la neige fond au soleil au fil de la journée

## ᐃ

ᐃᑯᔅᑯⁿ **yikuskun** vii ♦ c'est une journée nuageuse

ᐃᐦᑭᐦᐊᒨᐙᐅ **yihkihamuwaau** vta ♦ il/elle le/la pousse pour lui/elle avec quelque chose

ᐃᐦᑭᐦᐙᐅ **yihkihwaau** vta ♦ il/elle le/la pousse avec quelque chose

ᐃᐦᑳᔅᑯᐦᐄᑭᓈᐦᑎᒄ **yihkaaskuhiikinaahtikw** ni ♦ une perche utilisée pour pousser le canot

ᐃᐦᒋᓂᒼ **yihchinim** vti ♦ il/elle lui donne une poussée

ᐃᐦᒋᓈᐅ **yihchinaau** vta ♦ il/elle le/la pousse à la main

ᐃᐦᒋᔥᑭᐙᐅ **yihchishkiwaau** vta ♦ il/elle le/la pousse du pied ou du corps

ᐃᐦᒋᔥᑭᒼ **yihchishkim** vti ♦ il/elle le pousse du pied ou avec son corps

## ᔫ

ᔫᐃᐱᑎᒼ **yuwipitim** vti ♦ il/elle laisse rentrer l'air

ᔫᐃᐱᑖᐅ **yuwipitaau** vta ♦ il/elle laisse rentrer l'air sur lui/elle

ᔫᐃᐱᔨᐤ **yuwipiyiu** vii ♦ l'enflure diminue, l'air sort, ça se dégonfle

ᔫᐃᐱᔨᐦᑖᐅ **yuwipiyihtaau** vai ♦ il/elle laisse sortir l'air, le dégonfle

ᔫᐃᒑᐱᔨᐤ **yuwichaapiyiu** vai ♦ il/elle se dégonfle

ᔫᐃᒑᐱᔨᐤ **yuwichaapiyiu** vii ♦ ça se dégonfle

ᔫᐃᒑᓂᒼ **yuwichaanim** vti ♦ il/elle le comprime, le dégonfle à la main

ᔫᐃᒑᓈᐅ **yuwichaanaau** vta ♦ il/elle le/la comprime, le/la dégonfle à la main

ᔫᐙᐅ **yuwaau** vii ♦ l'air s'en échappe

## ᔫ

ᔫᑎᓂᐱᔨᐤ **yuutinipiyiu** vii ♦ le vent se lève

ᔫᑎᓂᐱᔨᐤ **yuutinipiyiu** vai ♦ il/elle voyage sur l'eau malgré le vent qui souffle fort

ᔫᑎᓂᓈᑯⁿ **yuutininaakun** vii ♦ il semble qu'il y aura du vent

ᔫᑎᓂᔅᒄ **yuutiniskw** na ♦ un nuage de vent

ᔫᑎᓂᔑᐤ **yuutinishiu** vai ♦ le vent se lève alors qu'il/elle voyage

ᔫᑎⁿ **yuutin** vii ♦ il y a du vent, le vent souffle

ᔫᔅᐱᓯᐤ **yuuspisiiu** vai ♦ il/elle est humble

ᔫᔅᐹᑎᓯᐤ **yuuspaatisiiu** vai ♦ il/elle vit humblement

ᔫᔅᑭᐱᐤ **yuuskipiu** vai ♦ il/elle est assise, posée sur quelque chose de doux

ᔫᔅᑭᓂᒡ **yuuskinich** na pl ♦ des framboises *Rubus idaeus var. strigosus*

ᔫᔅᑭᓈᐦᑎᒄ **yuuskinaahtikw** ni ♦ un framboisier *Rubus idaeus var. strigosus*

ᔫᔅᑳᐤ **yuuskaau** vii ♦ c'est mou, tendre

ᔫᔅᑳᔮᐤ **yuuskaayaau** vii ♦ le temps est doux en hiver

ᔫᔅᒋᓂᒑᐤ **yuuschinichaau** vai ♦ il/elle le tanne tout doux

ᔫᔅᒋᓂᒼ **yuuschinim** vti ♦ il/elle l'assouplit à la main

ᔫᔅᒋᓈᐤ **yuuschinaau** vta ♦ il/elle l'assouplit à la main

ᔫᔅᒋᓯᐤ **yuuschisiiu** vai ♦ il est doux, elle est douce, il/elle est tendre

ᔫᔅᒋᔑⁿ **yuuschishin** vai ♦ il/elle est couchée sur quelque chose de doux

ᔫᔅᒋᐦᐋᐤ **yuuschihaau** vta ♦ il/elle l'assouplit

ᔨᐦᐋᑭᓂᒻ yuuhiikinich na pl -im ♦ viande ou chair de poisson séchée et pulvérisée

ᔨᐦᐄᒐᐤ yuuhiichaau vai ♦ il/elle pile du poisson séché ou de la viande pour du pemmican

ᔨᐦᑖᐚᐱᓈᐤ yuuhtaawaapinaau vta ♦ il/elle ouvre le rabat de la porte

ᔨᐦᑖᐱᑎᒻ yuuhtaapitim vti ♦ il/elle ouvre le rabat de porte du tipi

ᔨᐦᑖᐱᑖᐤ yuuhtaapitaau vta ♦ il/elle ouvre le rabat de porte du tipi

ᔨᐦᑖᑯᑖᐤ yuuhtaakutaau vii ♦ ça pend ouvert (ex. le rabat de la porte du tipi)

ᔨᐦᑖᓂᒻ yuuhtaanim vti ♦ il/elle ouvre le rabat de porte du tipi

ᔨᐦᑖᓈᐤ yuuhtaanaau vta ♦ il/elle ouvre le rabat de porte du tipi

ᔨᐦᑖᔮᔅᑯᐦᐊᒻ yuuhtaayaaskuham vti ♦ il/elle ouvre le rabat de porte du tipi avec un bâton

ᔨᐦᑖᔮᔅᑯᐦᐚᐤ yuuhtaayaaskuhwaau vta ♦ il/elle ouvre le rabat de porte du tipi avec un bâton

ᔨᐦᑖᔮᔎ yuuhtaayaashiu vai ♦ il/elle (ex. la porte) s'ouvre sous l'effet du vent

ᔨᐦᑖᔮᔥᑎᓐ yuuhtaayaashtin vii ♦ le rabat de la porte est ouvert par le vent

ᔨᐦᔫᒫᐤ yuuhyuumaau vta redup ♦ il/elle le/la ressuscite

ᔨᐦᔫᔥᑭᒻ yuuhyuushkim vti redup ♦ il/elle laisse rentrer le froid en entrant et sortant

ᔨᐦᔫᐦᑎᒻ yuuhyuuhtim vti redup ♦ il/elle suce l'air au travers

## ᔦ

ᔮᐃᑳᐱᐦᒑᔑᒻ yaaikaapihchaashim vti redup ♦ il/elle le coupe en bandes

ᔮᐃᑳᐹᔒᒻ yaaikaapaashim vti redup ♦ il/elle le coupe en bandes

ᔮᐃᑳᔎ yaaikaashiu vai redup ♦ il/elle est fendu-e, déchiré-e par le vent (étalé)

ᔮᐃᒋᐱᔨᐤ yaaichipiyiu vai redup ♦ il/elle est déchiré-e en lambeaux

ᔮᐃᒋᐱᔨᐤ yaaichipiyiu vii redup ♦ c'est déchiré en bandes

ᔮᐃᒋᒀᔅᑯᐦᑎᑖᐤ yaaichikwaaskuhtitaau vii ♦ le manche de la hache se détache pendant qu'il/elle hache

ᔮᐃᒋᔑᒻ yaaichishim vti redup ♦ il/elle le coupe, le scie en bandes

ᔮᐃᔥᒋᐱᑎᒻ yaaischipitim vti ♦ il/elle sort de quelque chose en tirant dessus

ᔮᐃᔨᑎᐱᐤ yaaiyitipiu vai ♦ il/elle est bien en place, bien posé-e

ᔮᐃᔨᑎᒧᐦᐋᐤ yaaiyitimuhaau vta ♦ il/elle le met solidement en place

ᔮᐃᔨᑎᒧᐦᑖᐤ yaaiyitimuhtaau vai ♦ il/elle le place bien dessus

ᔮᐃᔨᑎᒨ yaaiyitimuu vai -u ♦ il/elle est bien en place

ᔮᐃᔨᑎᒨ yaaiyitimuu vii -u ♦ c'est bien en place, c'est solidement en place

ᔮᐃᔨᑎᓂᒻ yaaiyitinim vti ♦ il/elle le tient solidement

ᔮᐃᔨᑎᓈᐤ yaaiyitinaau vta ♦ il/elle le/la tient solidement

ᔮᐃᔨᑎᓐ yaaiyitin vii ♦ c'est ferme, solide

ᔮᐃᔨᑎᓰᐤ yaaiyitisiiu vai ♦ il/elle est digne de confiance

ᔮᐃᔨᑖᐱᐦᑳᑎᒻ yaaiyitaapihkaatim vti ♦ il/elle l'attache bien serré

ᔮᐃᔨᑖᐱᐦᑳᑖᐤ yaaiyitaapihkaataau vta ♦ il/elle l'attache solidement

ᔮᐃᔨᑖᔥᑯᔑᒫᐤ yaaiyitaashkushimaau vta ♦ il/elle le/la dépose, l'étend bien

ᔮᐃᔨᑖᔥᑯᔥᑖᐤ yaaiyitaashkushtaau vai ♦ il/elle le dépose bien en place (long et rigide)

ᔮᐃᔨᑖᔥᑯᔥᑖᐤ yaaiyitaashkushtaau vii ♦ c'est bien placé (long et rigide)

ᔮᐃᔨᑖᔨᒫᐤ yaaiyitaayimaau vta ♦ il/elle a confiance qu'il/elle sera sauf/sauve

ᔮᐃᔨᑖᔨᐦᑎᒻ yaaiyitaayihtim vti ♦ il/elle a confiance que ce sera sauf, sécure

ᔮᐃᔨᒋᑳᐳᐃᐦᐋᐤ yaaiyichikaapuwihaau vta ♦ il/elle le/la dresse solidement

ᔮᐃᔨᒋᑳᐳᐃᐦᑖᐤ yaaiyichikaapuwihtaau vai+o ♦ il/elle met bien en place

ᔮᐃᔨᒋᑳᐳ yaaiyichikaapuu vai -uwi ♦ il/elle se tient fermement debout, tient bien

ᔕᐃᕆᑳᐳ yaaiyichikaapuu vii -uwi ♦ c'est solide, c'est solidement dressé

ᔕᐃᕆᒃᐗᑎᒼ yaaiyichikwaatim vti ♦ il/elle le coud solidement

ᔕᐃᕆᒃᐗᑖᐤ yaaiyichikwaataau vta ♦ il/elle le/la coud solidement

ᔕᐃᕆᔑᓐ yaaiyichishin vai ♦ il/elle est bien posé-e

ᔕᐃᕆᔥᑖᐤ yaaiyichishtaau vai ♦ il/elle le pose bien, le met bien en place

ᔕᐃᕆᔥᑖᐤ yaaiyichishtaau vii ♦ c'est bien placé, c'est placé solidement

ᔕᐃᕆᐦᐋᐤ yaaiyichihaau vta ♦ il/elle l'attache, le fixe solidement

ᔕᐃᕆᐦᑖᐤ yaaiyichihtaau vai+o ♦ il/elle le met bien en place, le fixe bien

ᔕᐃᔨᓈᑯᐦᐋᐤ yaaiyisinaakuhaau vta ♦ il/elle l'attache, le fixe

ᔕᐃᔨᓈᑯᐦᑖᐤ yaaiyisinaakuhtaau vai ♦ il/elle le fixe bien en place

ᔕᐃᐦᐅᑖᐤ yaaihutaau vai+o [Whapmagoostui] ♦ il/elle (se dit d'un poisson) arrache la ligne de pêche de nuit remontée sans se faire attraper sur le crochet

ᔕᐅᑖᐅᐦᑳᐤ yaautaauhkaau vii ♦ la colline, la montage, la butte à l'air difficile à gravir, à escalader

ᔕᐅᓈᑯᓐ yaaunaakun vii ♦ c'est loin, éloigné

ᔕᐅᓈᑯᓯᐤ yaaunaakusiu vai ♦ il/elle est au loin

ᔕᐅᓈᒃᐗᑎᑭᓐ yaaunaakwaatikin vii ♦ c'est un tunnel, c'est un trou long et profond

ᔕᐚᐚᑖᐤ yaawaawaataau vii ♦ c'est un coup de fusil qu'on entend au loin

ᔕᐗᐱᒫᐤ yaawaapimaau vta ♦ il/elle est loin de lui/d'elle

ᔕᐗᐱᐦᑎᒼ yaawaapihtim vti ♦ il/elle en est loin

ᔕᐗᑎᒼ yaawaatim vti ♦ il/elle s'entend au loin

ᔕᑎᐗᑭᒦ yaatiwaakimii ni ♦ une baie sur un lac

ᔕᑭᐚᑯᓂᔅᑳᐤ yaakiwaakuniskaau vii ♦ la neige granuleuse est profonde ce qui rend la marche difficile

ᔕᑭᐚᑯᓐ yaakiwaakun ni ♦ de la neige granuleuse sous la surface

ᔕᑭᐤ yaakiu ni ♦ du sable

ᔖᑳᐅᑎᐚᐤ yaakaautiwaau vai ♦ il/elle a la fourrure pleine de sable

ᔖᑳᐅᑖᐅᐦᑳᐤ yaakaautaauhkaau vii ♦ c'est un sol sablonneux

ᔖᑳᐅᔑᐤ yaakaaushiu vii dim ♦ c'est sablonneux, il y a une petite zone sablonneuse

ᔖᑳᐅᔑᒫᐤ yaakaaushimaau vta ♦ il/elle lui met du sable dessus ou dedans en le mettant en contact avec quelque chose

ᔖᑳᐅᔥᑭᐚᐤ yaakaaushkiwaau vta ♦ il/elle lui met du sable dessus avec son pied ou son corps

ᔖᑳᐅᔥᑭᒼ yaakaaushkim vti ♦ il/elle met du sable dessus avec son pied ou son corps

ᔖᑳᐅᐦᐋᐤ yaakaauhaau vta ♦ il/elle lui met du sable dessus

ᔖᑳᐅᐦᑎᐧᐃᒑᐤ yaakaauhtiwichaau vai ♦ il/elle a du sable dans les oreilles

ᔖᑳᐅᐦᑎᓐ yaakaauhtin vii ♦ ça se recouvre de sable; du sable se met dessus

ᔖᑳᐅᐦᑖᐤ yaakaauhtaau vai ♦ il/elle le rend plein de sable

ᔖᑳᐤ yaakaauu vii -aawi ♦ c'est sablonneux

ᔖᑳᐚᐱᓯᔑᓯᐤ yaakaawaapisischisiu vai ♦ il/elle a du sable dessus (minéral)

ᔖᑳᐚᐱᔅᑳᐤ yaakaawaapiskaau vii ♦ ça a du sable dessus

ᔖᑳᐚᑭᒥᐤ yaakaawaakimiu vii ♦ c'est de l'eau sablonneuse

ᔖᑳᐚᑭᓐ yaakaawaakin vii ♦ c'est sablonneux (étalé)

ᔖᑳᐚᒋᓯᐤ yaakaawaachisiu vai ♦ il/elle est plein-e de sable (étalé)

ᔖᑳᐚᒥᔅᑯ yaakaawaamiskuu vii -uwi ♦ la rivière coule dans un lit de sable

ᔖᑳᐚᒥᔅᑳᐤ yaakaawaamiskaau vii ♦ le fond de l'eau est sablonneux

ᔖᑳᐚᔅᑯᓐ yaakaawaaskun vii ♦ c'est sablonneux (long et rigide)

ᔖᑳᐚᔅᑯᓯᐤ yaakaawaaskusiu vai ♦ il y a du sable dessus (long et rigide)

ᔖᑳᐤ yaakaau ni -aam ♦ du sable

ᔮᐤ yaakwaah p,interjection ♦ attention! gare à toi! ▪ ᔮᐤ, ᑭᐸ ᐳᐦᑎᐱᔨᐦ ᐊᑳ ᐋᐦ ᐱᑖᒋᔨᑯ · ▪ *Attention, tu vas tomber dans ce trou!*

ᔮᓈᓈᐅᔖᑉ yaanaanaushaap p,nombre ♦ dix-huit

ᔮᓈᓈᐤ yaanaanaau p,nombre ♦ huit

ᔮᓈᓈᒥᑎᓂᐤ yaanaanaamitiniu p,nombre ♦ quatre-vingt, octante

ᔮᔑᐱᔨᐤ yaashipiyiu vii ♦ ça descend, décroît

ᔮᔑᐱᔨᐤ yaashipiyiu vai ♦ il/elle descend, décroît

ᔮᔑᑎᔑᓈᐤ yaashitishinaau vta ♦ il/elle le/la passe en le/la descendant

ᔮᔒᐤ yaashiiu vai ♦ il/elle descend

ᔮᔖᐱᐦᒑᓂᒼ yaashaapihchaanim vti ♦ il/elle l'abaisse, le fait descendre à la corde

ᔮᔖᐱᐦᒑᓈᐤ yaashaapihchaanaau vta ♦ il/elle l'abaisse avec une corde

ᔮᔨᐱᑎᒼ yaayipitim vti ♦ il/elle le brosse rapidement avec la main

ᔮᔨᐱᑖᐤ yaayipitaau vta ♦ il/elle le/la brosse rapidement avec la main

ᔮᔨᐱᐦᑖᐤ yaayipihtaau vai ♦ il/elle court le long du bord

ᔮᔨᑖ yaayitaa p,manière ♦ assure-toi de, assurez-vous de, n'oublie pas, n'oubliez pas ▪ ᔮᔨᑖ ᒥᔅᐳᐦ ᒋᔖᐱᔅᒋᔕ‍ᐊ ᐃᔅᐱᔥ · ▪ *Assure-toi d'avoir bien éteint le fourneau quand tu partiras!*

ᔮᔨᑖᐃ yaayitaai p,manière ♦ assure-toi de, assurez-vous de, n'oublie pas, n'oubliez pas ▪ ᔮᔨᑖᐃ ᓂᑎᐊᔨᒼᒡ ᐊᓂᒫ ᑯᓂᐋᑭᐊᑦ ᐸ ᐃᐊᓂᔅᑏᔕᑦ · ♦ ᔮᔨᑖᐃ ᐊ ᐃᔨ ᑭᓂ ᓂᑎᐋᐱᓗ ᐊᓄᑦ ᑎᐦᑎᐊᐦ ᐸ ᐊᐱᑎᒋᑦ · ▪ *N'oublie pas d'aller chercher tes pièges que tu avais oublié.* ♦ *Est-ce bien sûr que c'est elle qui doit aller voir ces arbres rongés par un porc-épic?*

ᔮᔨᑭᐦᐊᒼ yaayikiham vti ♦ il/elle le coupe en bandelettes avec une hache

ᔮᔨᑳᐱᐦᒑᐱᑎᒼ yaayikaapihchaapitim vti ♦ il/elle le déchire en bandelettes

ᔮᔨᑳᐱᐦᒑᐱᑖᐤ yaayikaapihchaapitaau vta ♦ il/elle le/la déchire en bandelettes

ᔮᔨᑳᐱᐦᒑᔕ‍ᐊᐤ yaayikaapihchaashwaau vta ♦ il/elle le/la coupe en morceaux

ᔮᔨᑳᐹᑳᐱᐤ yaayikaapaakaapiu vai ♦ il/elle est dans les bandes, les bandelettes

ᔮᔨᑳᐹᔕ‍ᐋᐤ yaayikaapaashwaau vta ♦ il/elle le/la coupe en morceaux

ᔮᔨᑳᒫᔮᐤ yaayikaamaayaau p,lieu ♦ le long du rivage d'un lac ou d'une rivière ▪ ᐊᓂᒡ ᐊ ᐊᐣ ᔮᔨᑳᒫᔨᐤ ᐊᑯᓐᒡ ᑳ ᒥᔅᑲᒄ ᐊᓄᐦ ·ᐋᓄᔾᐢ ᔭᔅᐊ · ▪ *Elle/Il a trouvé un tunnel le long du rivage du lac.*

ᔮᔨᑳᔅᑯᐦᑎᑖᐤ yaayikaaskuhtitaau vai ♦ il/elle en arrache une bande en l'attrapant sur quelque chose

ᔮᔨᑳᔥᑎᐣ yaayikaashtin vii ♦ le vent le fend, le déchire (étalé)

ᔮᔨᑳᔥᑯᔑᒫᐤ yaayikaashkushimaau vta ♦ il/elle en arrache un morceau en l'attrapant sur quelque chose

ᔮᔨᒋᐱᑎᒼ yaayichipitim vti ♦ il/elle en coupe une bandelette

ᔮᔨᒋᐱᑖᐤ yaayichipitaau vta ♦ il/elle en coupe une bandelette

ᔮᔨᒋᐳᔮᐤ yaayichipuyaau vta ♦ il/elle le/la scie en morceaux

ᔮᔨᒋᔕ‍ᐋᐤ yaayichishwaau vta ♦ il/elle le/la coupe en morceaux

ᔮᔨᒋᔥᑭᒼ yaayichishkim vti ♦ il/elle le déchire en le portant

ᔮᔨᓂᒼ yaayinim vti ♦ il/elle le brosse avec les mains

ᔮᔨᓈᐤ yaayinaau vta ♦ il/elle le /la brosse avec les mains, il/elle vérifie le filet de pêche

ᔮᔨᓯᓈᑯᐣ yaayisinaakun vii ♦ ça a l'air solide, stable

ᔮᔨᔅᑭᓂᐤ yaayiskiniu p,lieu ♦ le long de la route

ᔮᔨᔅᑯᑖᐤ yaayiskutaau vii ♦ la glace casse et se détache du bord d'une étendue d'eau

ᔮᔨᔅᒀᓈᐤ yaayiskwaanaau vta ♦ il/elle lui carresse la tête

ᔮᔨᔅᒋᐱᑎᒼ yaayischipitim vti ♦ il/elle le sort de quelque chose en tirant dessus

ᔮᔨᔑᑉ yaayiship na -im ♦ un canard siffleur d'Amérique *Anas americana*

ᔮᔨᔑᒫᐤ yaayishimaau vta ♦ il/elle allume une allumette dessus, le/la frotte en passant

ᔮᔨᔥᑭᒼ yaayishkim vti ♦ il/elle marche le long de quelque chose

ᔮᐅᐦᑳᓂᐤ yaayihkwaanaau vta ♦ il/elle lui caresse le visage

ᔮᔭᐅᐦᑕᐅ yaayaauhutaau vai+o ♦ il/elle emporte quelque chose le long du rivage en canot

ᔮᔭᐅᐦᔮᐤ yaayaauhuyaau vai ♦ il/elle l'emmène (animé) le long du rivage en canot ou en bateau ▪ ᔮᔭᐅᐦᔮᐤ ᐅᑦᓯᒃₓ *Elle emmène sa grande soeur en canot le long du rivage.*

ᔮᔭᐅᐦᐊᒻ yaayaauham vti ♦ il/elle longe le rivage en pagayant

ᔮᔭᐋᐤ yaayaawaau vai ♦ il/elle longe le rivage à pied

ᔮᔭᐋᐱᔨᐤ yaayaawaapiyiu vai ♦ il/elle suit le rivage en véhicule, nage le long du rivage

ᔮᔭᐋᐱᔨᐤ yaayaawaapiyiu vii ♦ ça se déplace le long du rivage

ᔮᔭᐋᐱᔨᐦᐋᐤ yaayaawaapiyihaau vta ♦ il/elle l'emporte en véhicule le long du rivage, de la côte

ᔮᔭᐋᐱᔨᐦᑖᐤ yaayaawaapiyihtaau vai ♦ il/elle l'emporte le long de la côte en véhicule

ᔮᔭᐋᐱᐦᑖᐤ yaayaawaapihtaau vai ♦ il/elle court le long du rivage

ᔮᔭᐋᑖᐅᐦᒋᐱᑎᒼ yaayaawaataauhchipitim vti ♦ il/elle (un castor, un rat musqué) creuse un tunnel le long de la berge, du rivage

ᔮᔭᐋᑳᓯᐤ yaayaawaakaasiu vai ♦ il/elle patauge le long du rivage

ᔮᔭᐋᓯᑯᐱᒋᐤ yaayaawaasikupichiu vai ♦ il/elle déplace son campement d'hiver en longeant le rivage gelé à pied

ᔮᔭᐋᓯᑯᐱᐦᑖᐤ yaayaawaasikupihtaau vai ♦ il/elle court le long du rivage sur la glace

ᔮᔭᐋᓯᑯᑐᐎᑖᐤ yaayaawaasikutuwitaau vta ♦ il/elle l'emporte sur son dos le long du rivage sur la glace

ᔮᔭᐋᓯᑯᑐᐎᑖᐤ yaayaawaasikutuwitaau vai ♦ il/elle le porte sur son dos le long du rivage sur la glace

ᔮᔭᐋᓯᑯᑖᐹᐤ yaayaawaasikutaapaau vai ♦ il/elle marche le long du rivage sur la glace en tirant une charge

ᔮᔭᐋᓯᑯᐦᑎᐦᐋᐤ yaayaawaasikuhtihaau vta ♦ il/elle l'emporte le long du rivage sur la glace

ᔮᔭᐋᓯᑯ yaayaawaasikuu vai-u ♦ il/elle marche le long du rivage sur la glace

ᔮᔭᐋᓯᒃᐋᐤ yaayaawaasikwaau vii ♦ il y a de la glace le long du bord de l'eau

ᔮᔭᐋᔅᑯᐱᒋᐤ yaayaawaaskupichiu vai ♦ il/elle déplace son campement d'hiver en longeant le rivage gelé à pied

ᔮᔭᐋᔅᑯᑖᒋᒫᐤ yaayaawaaskutaachimaau vta ♦ il/elle marche le long du rivage sur la glace en le/la tirant sur un traîneau

ᔮᔭᐋᔥᑎᓐ yaayaawaashtin vii ♦ ça vogue, souffle le long du rivage

ᔮᔭᐋᔮᐱᐦᑖᐤ yaayaawaayaapihtaau vii ♦ la fumée va le long du rivage

ᔮᔭᐋᔮᐱᐦᒑᔑᓐ yaayaawaayaapihchaashin vai ♦ il/elle est étendu-e le long du bord

ᔮᔭᐋᔮᐱᐦᒑᐦᑎᓐ yaayaawaayaapihchaahtin vii ♦ c'est là le long du bord (filiforme)

ᔮᔭᐋᔮᐸᑭᒧᐦᐋᐤ yaayaawaayaapaakimuhaau vta ♦ il/elle le/la met (filiforme) le long du rivage

ᔮᔭᐋᔮᐸᑭᒧᐦᑖᐤ yaayaawaayaapaakimuhtaau vai ♦ il/elle l'enfile (filiforme) le long du bord

ᔮᔭᐋᔮᐸᑭᒧ yaayaawaayaapaakimuu vii -u ♦ c'est enfilé le long du bord (filiforme)

ᔮᔭᐋᔮᑎᑳᓯᐤ yaayaawaayaatikaasiu vai ♦ il/elle patauge le long du rivage

ᔮᔭᐋᔮᑎᑳᓯᐦᑖᐤ yaayaawaayaatikaasihtitaau vai ♦ il/elle l'apporte le long du rivage en pataugeant

ᔮᔭᐋᔮᑎᑳᓯᐦᑎᐦᐋᐤ yaayaawaayaatikaasihtihaau vta ♦ il/elle l'emporte le long du rivage en pataugeant

ᔮᔭᐋᔮᑎᓂᔫᒫᐤ yaayaawaayaatiniyumaau vta ♦ il/elle patauge dans l'eau le long du rivage en le/la portant sur son dos

ᔮᔮᐘᔮᔑᐤ yaayaawaayaashiu vai
- il/elle vogue, souffle le long du rivage

ᔮᔮᐤ yaayaau p,lieu • le long du rivage ■ ᐋᒫᒡ ᐊᑉ ᑯᐦ ᐊᐸᔮᔮᑐᐧᐊᑦᐴᓓ ᔅᔅᔩᐦ ᐊᓂᒡᐨ ᔮᔮᒄ ■ *Beaucoup d'algues ont été déposées le long du rivage.*

ᔮᔮᐱᔅᑭᐦᐊᒫ yaayaapiskiham vti • il/elle marche sur le bord du rocher

ᔮᔮᐱᔥ yaayaapisch p,lieu • au bord d'un rocher ■ ᐊᓂᑎᐦ ᔮᔮᐱᔥ ᐊᑎᑦᐦ ᑳ ᒉᐦᐳᒡ ᑯᓓᒡᑦᓱᐦ ■ *Le balbuzard pêcheur atterrit au bord du rocher.*

ᔮᔮᐴᐧᐊᐤ yaayaapuwaau vai • il/elle boit quelque chose

ᔮᔮᔅᑯᓂᒫ yaayaaskunim vti • il/elle en touche la longueur (long et rigide) avec sa main

ᔮᔮᔅᑯᓈᐤ yaayaaskunaau vta • il/elle en touche la longueur (animé, long et rigide)

ᔮᔮᔅᑰ yaayaaskuu vai-u • il/elle se tient à quelque chose pour se soutenir, se retient à quelque chose

ᔮᔮᔅᒀᔮᐤ yaayaaskwaayaau p,lieu • à la lisière du bois ■ ᐋᒫᒡ ᐊᑉ ᑯᐦ ·ᐃᓂᐧᑎᑉᐦᐤ ᐊᑎᑦᐦᑯ ᐋᓂᑦ ᐊᑉ ᐊᑎ ᔮᔮᔅᒀᔮᑦᐨ ■ *Il y avait beaucoup de traces de caribous à la lisière du bois.*

ᔮᔮᐦᑎᐱᐤ yaayaahtipiu vai • il/elle remue assis-e

ᔮᔮᐦᑎᒃ yaayaahtikw p,lieu • à la lisière du bois, de la forêt ■ ᐊᓂᑎᐦ ᔮᔮᐦᑎᒃ ᐊᑎᑦᐦ ᑳ ᐱᒥᒎ ᒨᔅᑯᒉᓓᑭᐤᑉᐨ ■ *Il y avait un sentier d'ours à la lisière de la forêt.*

ᔮᔮᐦᑎᔥᑭᐧᐊᐤ yaayaahtishkiwaau vta • il/elle le/la remue, le/la déplace avec son pied ou son corps

ᔮᔮᐦᑎᔥᑭᒫ yaayaahtishkim vti • il/elle le remue, le déplace avec son pied ou son corps

ᔮᔮᐦᑎᐦᐊᒫ yaayaahtiham vti • il/elle le remue, le déplace en utilisant quelque chose

ᔮᔮᐦᑎᐦᐧᐊᐤ yaayaahtihwaau vta • il/elle le/la remue, le/la déplace avec quelque chose

ᔮᔮᐦᒋᐱᑎᒫ yaayaahchipitim vti • il/elle le remue, le bouge

ᔮᔮᐦᒋᐱᑖᐤ yaayaahchipitaau vta • il/elle le/la remue, le/la bouge

ᔮᔮᐦᒋᐱᔨᐤ yaayaahchipiyiu vai redup
- il/elle bouge, remue tout-e seul-e

ᔮᔮᐦᒋᐱᔨᐤ yaayaahchipiyiu vii • ça bouge, remue

ᔮᔮᐦᒌᐤ yaayaahchiiu vai redup • il/elle bouge, remue

ᔮᔮᐦᒌᒥᑭᓐ yaayaahchiimikin vii • ça bouge, remue

ᔮᐦᐄᑭᑎᓈᐤ yaahiikitinaau vta • il/elle le/la courbe, replie vers l'arrière à la main

ᔮᐦᐄᑭᑖᔅᑯᐱᑖᐤ yaahiikitaaskupitaau vta
- il/elle le/la courbe, replie vers l'arrière

ᔮᐦᐄᑭᑖᔅᑯᓯᐤ yaahiikitaaskusiu vai
- il/elle est plié-e, penché-e en arrière, à la renverse

ᔮᐦᐄᑭᒋᐱᑖᐤ yaahiikichipitaau vta
- il/elle le/la courbe, replie vers l'arrière

ᔮᐦᐄᑭᒋᐱᔨᐤ yaahiikichipiyiu vai • il/elle est plié-e, penché-e en arrière, à la renverse

ᔮᐦᐄᑭᒋᐱᔨᐤ yaahiikichipiyiu vii • c'est plié vers l'arrière

ᔮᐦᐋᐤ yaahaau vta • il/elle finit avant lui/elle

ᔮᐦᑭᒥᐦᒋᐦᐆ yaahkimihchihuu vai-u
- il/elle se sent légère, pleine d'énergie

ᔮᐦᑭᓐ yaahkin vii • c'est léger

ᔮᐦᑳᐱᔅᑳᐤ yaahkaapiskaau vii • c'est léger (minéral), ça ne pèse pas lourd

ᔮᐦᒋᑎᐦᐋᐤ yaahchitihaau vta • il/elle l'allège

ᔮᐦᒋᐦᑎᐤ yaahchihtiu vai • il est léger, elle est légère

ᔮᐦᒋᐦᑖᐤ yaahchihtaau vai+o • il/elle l'allège

ᔮᐦᔮᐅᑖᑎᐦᒑᐤ yaahyaautaatihchaau vai
- le rat musqué, le castor construit des tunnels sinueux

ᔮᐦᔮᐅᒋᔨᐦᑎᐤ yaahyaauchiyihtiu vai
- il/elle fait des choses inutiles

ᔮᐦᔮᐃᓐ yaahyaawin ni • son haleine, son souffle

ᔮᐦᔮᐤ yaahyaau vai • il/elle respire

ᔮᐦᔮᑎᑎᐧᐊᐤ yaahyaatitiwaau vta
- il/elle lui respire dessus

ᔮᐦᔮᒋᐦᑎᓐ **yaahyaachihtin** vii ◆ le vent commence à tomber

ᔮᐦᔮᓲ **yaahyaasuu** vai -u ◆ il/elle halète

ᔮᐦᔮᐦ **yaahyaah** p,quantité ◆ (toujours utilisé à la forme négative avec *taapaa* ou *nimui*, pour une mise en emphase) évidemment une grande quantité ou une grande taille ■ ᑳᐸ ᔮᐦᔮᐦ ᐅᒋ ᐃᔑᐯᐦᒉᑐᓈᓂᐦ ᐋᓂᔮᐦ ᒥᐦᑎᑯᐦ ᑳ ᐋᐸᒋᒋᑖᒡ ■ *Les rondins qu'il a utilisés étaient évidemment assez gros.*

ᔮᐦᐧᔮᐅᒑᐤ **yaahywaauchaau** vii ◆ la neige mouillée est douce quand on marche dessus

## ᐧᔮ

ᐧᔮᐱᔨᐤ **ywaapiyiu** vii ◆ la glace baisse à cause du niveau d'eau

ᐧᔮᑯᓈᔑᓐ **ywaakunaashin** vai ◆ il/elle s'enfonce dans la neige après sa chute

ᐧᔮᑯᓈᐦᑎᓐ **ywaakunaahtin** vii ◆ ça s'enfonce dans la neige en tombant

ᐧᔮᓂᒻ **ywaanim** vti ◆ il/elle le comprime, le presse

ᐧᔮᓈᐤ **ywaanaau** vta ◆ il/elle le/la comprime, le/la presse

www.ingramcontent.com/pod-product-compliance
Lightning Source LLC
Chambersburg PA
CBHW031938080426
42735CB00007B/179